Denn bitter ist der Tod
Denn keiner ist ohne Schuld

Akribische Recherche, präziser Spannungsaufbau und
höchste psychologische Raffinesse zeichnen die Bücher
der Amerikanerin ELIZABETH GEORGE aus.
Ihre Fälle sind stets detailgenaue Portraits unserer Zeit
und ihrer Gesellschaft. Elizabeth George, die lange an
der Universität »Creative Writing« lehrte, lebt heute
in Seattle, USA. Ihre Bücher, sowie die Verfilmungen
ihrer Bestseller begeistern seit Jahren ein
Millionenpublikum.

Mehr zu Elizabeth George und ihren Romanen unter
www.elizabeth-george.de

ELIZABETH GEORGE

Denn bitter ist der Tod
Denn keiner ist ohne Schuld

Zwei Romane in einem Band

Aus dem Amerikanischen von
Mechtild Sandberg-Ciletti

Weltbild

Die amerikanische Originalausgabe von *Denn bitter ist der Tod* erschien 1992
unter dem Titel »*For the Sake of Elena*« bei Bantam Books, New York.
Die amerikanische Originalausgabe von *Denn keiner ist ohne Schuld* erschien 1993
unter dem Titel »*Missing Joseph*« bei Bantam Books, New York.

Besuchen Sie uns im Internet:
www.weltbild.de

Genehmigte Lizenzausgabe für Verlagsgruppe Weltbild GmbH,
Steinerne Furt, 86167 Augsburg
Denn bitter ist der Tod
Copyright der Originalausgabe © 1992 by Susan Elizabeth George
Copyright der deutschen Ausgabe © 1993 by Blanvalet Verlag, München,
in der Verlagsgruppe Random House GmbH
Übersetzung: Mechtild Sandberg-Ciletti
Denn keiner ist ohne Schuld
Copyright der Originalausgabe © 1993 by Susan Elizabeth George
Copyright der deutschen Ausgabe © 1994 by Blanvalet Verlag, München,
in der Verlagsgruppe Random House GmbH
Übersetzung: Mechtild Sandberg-Ciletti
Umschlaggestaltung: Tertia Ebert, Graphik & Illustration
Umschlagmotiv: Wolf Huber, München
Gesamtherstellung: GGP Media GmbH, Pößneck
Printed in the EU
ISBN 978-3-8289-9588-8

2013 2012 2011 2010
Die letzte Jahreszahl gibt die aktuelle Lizenzausgabe an.

ELIZABETH GEORGE

Denn bitter ist der Tod

Roman

Aus dem Amerikanischen von
Mechtild Sandberg-Ciletti

Weltbild

*Für meine Eltern
in Dankbarkeit für ihre unermüdliche
und verständnisvolle Unterstützung*

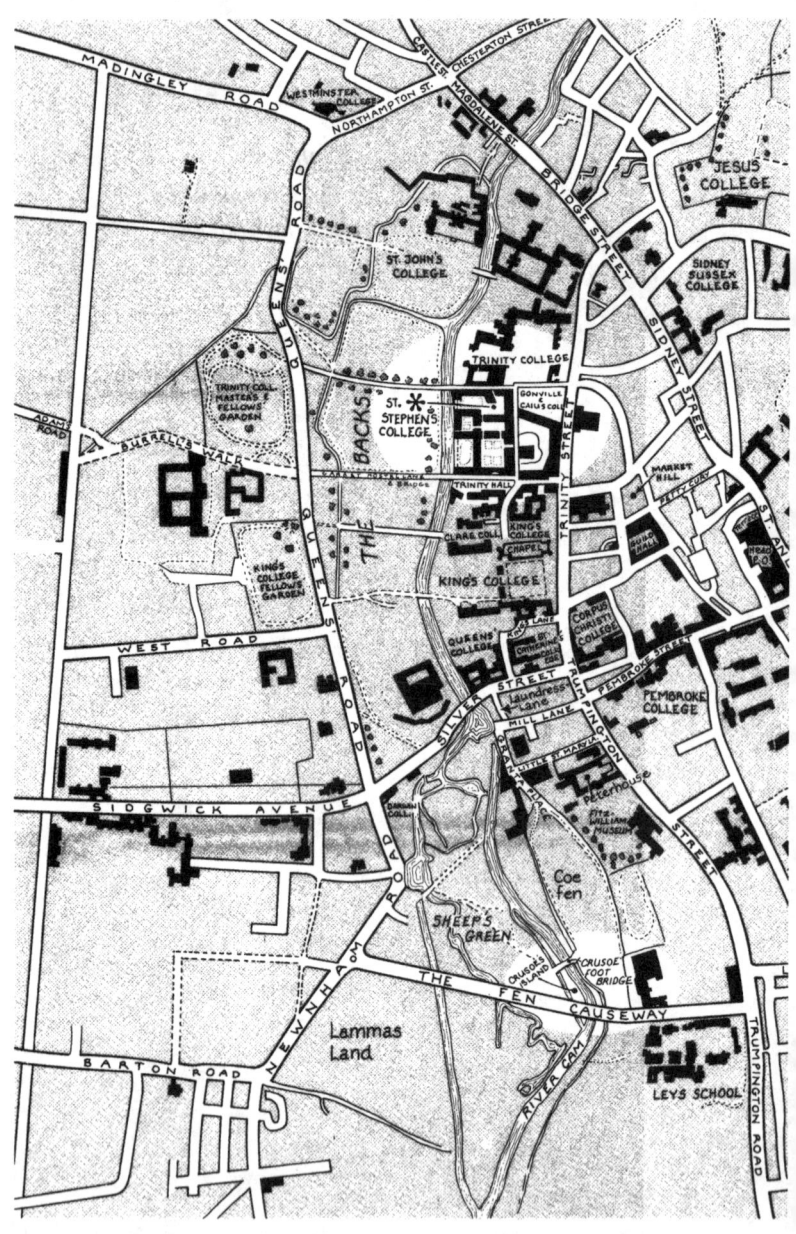

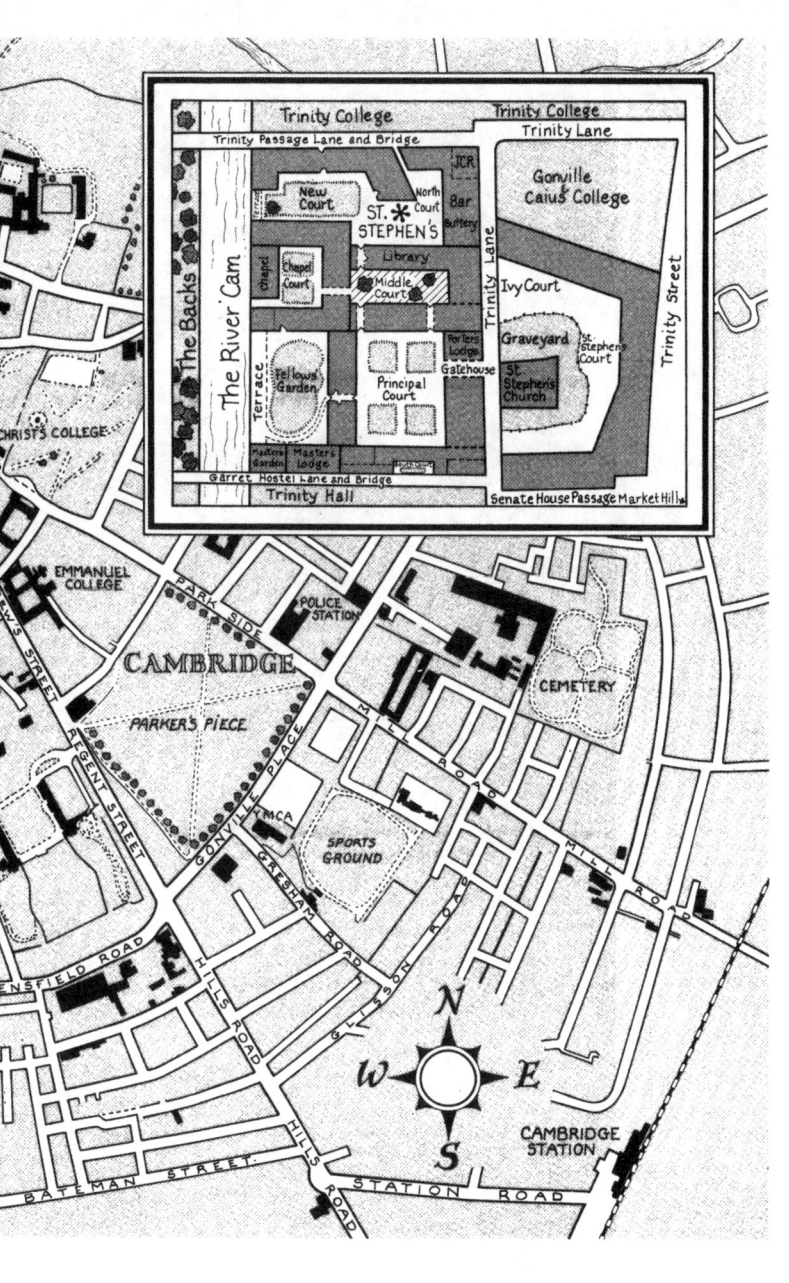

Dawn snuffs out star's spent wick,
Even as love's dear fools cry evergreen,
And a languor of wax congeals the vein
No matter how fiercely lit.

Neuer Morgen löscht den Docht des Sterns — verbraucht,
Genau wenn Liebesnarren treu ›auf immer‹ schrei'n,
Und die Ader erstarrt in trägem Wachs,
Egal wie grell zuvor der Schein.

Sylvia Plath

1

Elena Weaver erwachte, als das zweite Licht im Zimmer anging. Das erste, dreieinhalb Meter entfernt, auf ihrem Schreibtisch, hatte nur bescheidenen Erfolg gehabt. Das zweite Licht jedoch, das ihr aus einer Schwenkarmlampe auf dem Nachttisch direkt ins Gesicht schien, war so wirkungsvoll wie ein Fanfarenstoß oder Weckerrasseln. Als es in ihren Traum einbrach – höchst unwillkommen in Anbetracht des Themas, mit dem ihr Unbewußtes gerade beschäftigt war –, fuhr sie mit einem Ruck aus dem Schlaf.

Sie hatte die ersten Stunden der vergangenen Nacht nicht in diesem Bett, nicht in diesem Zimmer zugebracht und war darum im ersten Moment verwirrt, verstand nicht, wieso die einfachen roten Vorhänge gegen diese häßlichen Dinger mit dem gelb-grünen Blumenmuster ausgewechselt worden waren. Das Fenster war auch am falschen Platz. Genau wie der Schreibtisch. Es hätte überhaupt kein Schreibtisch hier sein dürfen. So wenig wie der Kram, der auf ihm herumlag, lose Blätter, Hefte, aufgeschlagene Bücher.

Erst als ihr Blick auf den PC und das Telefon fiel, die ebenfalls auf dem Schreibtisch standen, erkannte sie, daß sie in ihrem eigenen Zimmer war. Allein. Sie war kurz vor zwei nach Hause gekommen, hatte sich sofort ausgezogen und erschöpft ins Bett fallen lassen. Sie hatte also ungefähr vier Stunden geschlafen. Vier Stunden... Elena stöhnte. Kein Wunder, daß sie nicht gleich gewußt hatte, wo sie war.

Sie wälzte sich aus dem Bett, schob ihre Füße in weiche Pantoffeln und schlüpfte fröstelnd in den grünwollenen Morgenmantel, der achtlos hingeworfen neben ihrer Jeans auf dem Boden lag. Der Stoff war alt und abgenützt, angenehm weich vom vielen Getragenwerden. Ihr Vater hatte ihr vor einem Jahr zu ihrer Immatrikulation in Cambridge einen eleganten Seidenmorgenmantel geschenkt – eine ganz neue Garderobe hatte er ihr geschenkt, die sie jedoch größtenteils ausrangiert hatte –, aber sie hatte ihn nach einem ihrer häufigen Wochenendbesuche bei ihm zurückgelassen. Um ihm einen Gefallen zu tun, trug sie ihn, wenn sie in seinem Haus war, aber sonst nie. Es wäre ihr nicht eingefallen, ihn zu Hause in London bei ihrer Mutter anzuziehen und ebensowenig im College. Der alte grüne war ihr lieber. Er war weich wie Samt auf ihrer Haut.

Sie ging durch das Zimmer zu ihrem Schreibtisch und zog die Vorhänge auf. Draußen war es noch dunkel. Der Nebel, der seit fünf Tagen schwer und bedrückend über der Stadt lag, schien an diesem Morgen noch dichter zu sein. Er überzog die Fensterscheiben mit perlender Feuchtigkeit. Auf dem breiten Fensterbrett stand ein Käfig mit Futternapf und Trinkflasche, mit einem Laufrad in der Mitte und in einer Ecke einem alten Socken, der zum Nest umfunktioniert war. In dem Socken zusammengerollt, lag ein kleines sherryfarbenes Pelzbündel.

Elena klopfte mit den Fingern leicht an die kühlen Stäbe des Käfigs. Sie schob ihr Gesicht so nahe, daß sie die Gerüche von zerrissener Zeitung, Sägespänen und Mäusekot wahrnehmen konnte und blies sachte in Richtung Nest.

»Ma-us«, sagte sie. Wieder klopfte sie an die Gitterstangen. »Maa-us!«

Das Mäuschen hob den Kopf und öffnete ein blitzendes dunkles Auge. Witternd hob es den Kopf.

»Tibbit!« Elena lachte das kleine Tier mit den aufgeregt zuckenden Schnurrhaaren an. »Gut'n Morg'n, Ma-us.«

Die Maus kroch aus ihrem Nest und flitzte ans Gitter, um, in offenkundiger Erwartung eines Morgenimbisses, Elenas Finger zu beschnuppern. Elena öffnete die Käfigtür und hielt das kleine Bündel ungeduldiger Neugier einen Moment auf ihrer flachen Hand, ehe sie es auf ihre Schulter setzte. Die Maus knabberte versuchsweise an dem langen, glatten Haar, das die gleiche helle Farbe hatte wie ihr Fell, dann kroch sie weiter und machte es sich unter dem Kragen des Morgenrocks an Elenas Hals bequem. Dort begann sie sich zu putzen.

Elena hatte den gleichen Gedanken. Sie zog den Schrank auf, in dem das Waschbecken untergebracht war, und knipste das Licht über dem Becken an. Nach gründlicher Morgentoilette band sie sich das Haar mit einem Gummiband zurück und holte aus dem Kleiderschrank ihren Jogginganzug und eine dicke Jacke. Sie schlüpfte in die Hose und ging nebenan in die Küche.

Sie schaltete das Licht ein und inspizierte das Bord über der Spüle. Coco-Pops, Weetabix, Cornflakes. Ihr Magen wollte davon nichts wissen. Sie holte sich eine Packung Orangensaft aus dem Kühlschrank und trank direkt aus der Tüte. Die Maus, die ihre Morgenwäsche beendet hatte, huschte erwartungsvoll wieder auf Elenas Schulter hinaus. Elena rieb ihr den Kopf mit dem Zeigefinger, während sie trank, und die Maus begann mit spitzen kleinen Zähnen an ihrem Fingernagel zu knabbern. Genug geschmust. Ich bin hungrig.

»Na gut«, sagte Elena und kramte, etwas angeekelt von dem Geruch der sauer gewordenen Milch, im Kühlschrank, bis sie das Glas mit dem Erdnußmus fand. Die Maus bekam wie täglich eine Fingerspitze voll als besonderes Bonbon. Während sie noch damit beschäftigt war, sich die letzten klebrigen Reste aus dem Fell zu lecken, ging Elena in ihr Zimmer zurück und setzte sie auf dem Schreibtisch ab. Sie zog den Morgenrock aus, schlüpfte in ein Sweat-Shirt und begann mit ihren Gymnastikübungen.

Sie wußte, wie wichtig es war, sich vor dem täglichen

Lauftraining aufzuwärmen. Ihr Vater hatte es ihr mit nervtötender Monotonie eingebleut, seit sie in ihrem ersten Semester dem *Hare and Hounds* Club der Universität beigetreten war. Das änderte jedoch nichts daran, daß sie die Übungen unglaublich langweilig fand und sie nur schaffte, wenn sie sich dabei ablenkte – indem sie Fantasien spann, den Frühstückstoast röstete, zum Fenster hinaussah oder ein Stück Fachliteratur las, das sie zu lange liegengelassen hatte. An diesem Morgen steckte sie das Brot in den Toaster, ehe sie mit ihren Übungen anfing, und während es langsam dunkel wurde, lockerte sie vorschriftsmäßig Waden- und Schenkelmuskeln und sah dabei zum Fenster hinaus in den Nebel, der wie graue Watte um die Laterne in der Mitte des North Court hing.

Aus dem Augenwinkel sah sie die Maus auf dem Schreibtisch umherflitzen. Ab und zu erhob sie sich auf die Hinterbeine und streckte schnuppernd die kleine Schnauze in die Luft. Sie war nicht dumm. Ihre fein entwickelten Geruchsnerven sagten ihr, daß der leiblichen Genüsse noch mehr warteten, und sie wollte ihren Anteil daran haben.

Als der Toast fertig war, brach Elena ein Stück für die Maus ab und warf es in ihren Käfig. Die Maus startete sofort.

»Hey!« Sie hielt das kleine Tier fest, ehe es den Käfig erreichte. »Sag mir erst Wied'rseh'n, Tibbit.« Liebevoll rieb sie ihre Wange am Fell der Maus, ehe sie das Tier in den Käfig setzte. Die Maus hatte Mühe mit dem Toastbrocken, der beinahe so groß war wie sie selbst, aber sie schaffte es, den Koloß in ihr Nest zu schleppen. Lächelnd schnippte Elena noch einmal mit den Fingern an den Käfig, dann nahm sie den Rest des Toasts und eilte aus dem Zimmer.

Während die Glastür im Korridor hinter ihr zufiel, schlüpfte sie in die Jacke ihres Jogging-Anzugs und stülpte die Kapuze über den Kopf. Sie lief die erste Treppe in

Aufgang L hinunter und schlug den Bogen zur nächsten Treppe, indem sie sich, auf das schmiedeeiserne Geländer gestützt, um die Kurve schwang. Federnd kam sie in halber Hocke auf und fing den Druck ihres Gewichts vor allem mit den Fußgelenken, weniger mit den Knien, ab. Die zweite Treppe rannte sie schneller hinunter, ließ sich vom Schwung über den Eingang tragen und riß die Tür auf. Die kalte Luft schlug ihr wie ein Wasserschwall ins Gesicht. Ihre Muskeln verkrampften sich sofort. Um sie wieder zu lokkern, lief sie einen Moment an Ort und Stelle und schüttelte dabei ihre Arme aus. Sie atmete tief ein. Die Luft, vom Nebel beherrscht, der aus Fluß und Mooren emporstieg, schmeckte nach Humus und Holzrauch und legte sich feucht auf ihre Haut.

Sie lief zum Südende des New Court hinüber und sprintete durch die beiden Durchgänge zum Principal Court. Nirgends eine Menschenseele. Nirgends ein Licht. Herrlich! Sie fühlte sich frei wie ein Vogel.

Und sie hatte keine fünfzehn Minuten mehr zu leben.

Der Nebel, dessen Feuchtigkeit seit fünf Tagen von Häusern und Bäumen tropfte, setzte sich triefend auf den Fensterscheiben ab und bildete Pfützen auf Bürgersteigen und Straßen. Draußen, vor dem St. Stephen's College, blinkten die Warnlichter eines Lastwagens, kleine orangefarbene Leuchtfeuer, funkelnd wie Katzenaugen. In der Senate House Passage streckten viktorianische Laternen lange gelbe Lichtfinger durch den Nebel, doch die gotischen Türmchen des King's College, eben noch sichtbar, wurden schnell von der finstergrauen Düsternis verschluckt. Der Himmel dahinter war noch fahl wie jede Novembernacht. Der Morgen war eine volle Stunde entfernt.

Elena lief von der Senate House Passage in die King's Parade. Der Aufprall ihrer Füße auf dem Pflaster setzte sich in vibrierenden Schwingungen durch Muskeln und Knochen bis in ihren Magen fort. Sie drückte die Handflächen auf ihre Hüften, genau an die Stelle, an der in der Nacht sein Kopf geruht hatte. Aber anders als in der vergangenen Nacht ging ihr Atem jetzt ruhig und regelmäßig, nicht hastig und hechelnd vom rasenden Lauf zur Ekstase. Dennoch konnte sie beinahe seinen zurückgeworfenen Kopf sehen, den Ausdruck angespannter Konzentration auf seinem Gesicht. Und sie konnte beinahe sehen, wie seine Lippen ihren Namen formten, während er ihr entgegendrängte und sie immer heftiger an sich zog. Sie fühlte den fiebernden Schlag seines Herzens und hörte seinen Atem, keuchend wie der eines Sprinters.

Sie genoß es, daran zu denken. Sie hatte sogar davon geträumt, als am Morgen das Licht sie geweckt hatte.

Kraftvoll lief sie von Lichtpfütze zu Lichtpfütze die King's Parade hinunter in Richtung Trumpington. Irgendwo in der Nähe machte jemand Frühstück; ein schwacher Geruch nach Kaffee und Schinken hing in der Luft. Ihre Kehle zog sich abwehrend zusammen, und sie legte Tempo zu, um dem Geruch zu entkommen.

An der Mill Lane bog sie zum Fluß ab. Das Blut pochte jetzt in ihren Schläfen, und sie hatte trotz der Kälte zu schwitzen begonnen. Schweiß rann von ihren Brüsten zur Taille hinab.

Wenn du schwitzt, ist das ein Zeichen, daß dein Körper funktioniert, hatte ihr Vater ihr immer wieder gesagt.

Die Luft erschien ihr frischer, als sie sich dem Fluß näherte. Sie wich zwei Fahrzeugen der städtischen Straßenreinigung aus. Der Arbeiter im hellgrünen Anorak war das erste lebende Wesen, das sie an diesem Morgen sah. Er hievte einen Müllsack auf einen der Wagen und hob, als sie vorüberkam, eine Thermosflasche, als wollte er ihr zuprosten.

Am Ende der schmalen Straße schoß sie auf die Fußgängerbrücke über den Cam hinaus. Die Backsteine unter ihren Füßen waren glitschig. Sie trabte einen Moment auf der Stelle, um den Ärmel ihrer Jacke zurückzuschieben und auf die Uhr zu sehen. Aber sie hatte die Uhr in ihrem Zimmer liegengelassen. Leise vor sich hinschimpfend, lief sie weiter über die Brücke, um einen raschen Blick in die Laundress Lane zu werfen.

Herrgott noch mal, wo bleibt sie denn wieder? Elena spähte mit zusammengekniffenen Augen durch den Nebel und seufzte gereizt. Es war nicht das erstemal, daß sie warten mußte, aber ihr Vater hatte so entschieden.

»Ich erlaube nicht, daß du allein läufst, Elena. So früh am Morgen. Und dann noch am Fluß entlang. Keine Widerrede. Wenn du wenigstens eine andere Route nehmen könntest...«

Aber sie wußte, daß das nichts ändern würde. Eine andere Route, und ihm würden andere Einwände einfallen. Sie hätte ihm überhaupt nichts davon sagen sollen, daß sie regelmäßig lief. Aber sie hatte sich nichts dabei gedacht, als sie es ihm erzählt hatte. *Ich bin* Hare and Hounds *beigetreten, Daddy.* Und er hatte die Gelegenheit sofort genutzt, um ihr wieder seine liebevolle Fürsorge zu demonstrieren. Genau wie er sich ihre Arbeiten vornahm, ehe sie sie abgab. Er pflegte sie mit gerunzelter Stirn äußerst aufmerksam zu lesen, und dabei sagten Haltung und Gesichtsausdruck deutlich: Sieh, wie ich mich kümmere, sieh, wie sehr ich dich liebe, sieh, wie sehr ich es zu schätzen weiß, daß du in mein Leben zurückgekehrt bist. Nie wieder werde ich dich im Stich lassen, mein Herzenskind. Und dann erörterte er die Arbeit mit ihr, brachte seine kritischen Überlegungen an, ließ sich über Einleitung und Schluß und eventuelle Unklarheiten aus, zitierte auch noch ihre Stiefmutter zur Beratung herbei und lehnte sich am Ende mit seligem Blick in seinem Ledersessel zurück. Seht doch, was für eine glückliche Familie wir sind! Einfach widerlich!

Ihr Atem stieg dampfend in die Luft. Sie hatte länger als eine Minute gewartet. Aber niemand tauchte aus den Nebelschwaden in der Laundress Lane auf.

Soll sie doch der Teufel holen, dachte sie und lief zur Brücke zurück. Auf dem Mill Pond hoben sich schemenhaft Schwäne und Enten aus dem Dunst, und am Südwestufer des Teichs ließ eine Trauerweide ihre Zweige ins Wasser hängen. Elena warf einen letzten Blick über ihre Schulter zurück, aber es folgte ihr niemand. Sie lief allein weiter.

Beim Lauf zum Wehr hinunter, schätzte sie den Winkel des Hangs falsch ein und vertrat sich den Fuß. Mit einem Aufschrei zuckte sie zusammen, lief aber gleich weiter. Ihre Zeit war beim Teufel – nicht daß sie überhaupt eine Ahnung hatte, wie schnell sie bis jetzt gewesen war –, aber vielleicht konnte sie oben auf dem Damm ein paar Sekunden aufholen. Sie lief schneller.

Die Straße verengte sich zu einem Asphaltstreifen, der links vom Fluß und rechts von der großen, nebelverhüllten Fläche des Sheep's Green begrenzt wurde. Die wuchtigen Silhouetten alter Bäume hoben sich hier aus dem Nebel, und da und dort blitzten im Schein der Lichter, die von jenseits des Flusses herüberleuchteten, die eisernen Geländer von Brücken und Stegen auf. Enten ließen sich beinahe lautlos ins Wasser fallen, als Elena sich näherte, und sie griff in ihre Tasche, holte den letzten Happen Toast heraus, zerkrümelte ihn und warf den Tieren die Bröckchen zu.

Ihre Zehenspitzen stießen in stetigem Rhythmus gegen die Kappen ihrer Joggingschuhe. Ihre Ohren begannen in der Kälte zu schmerzen. Sie zog die Schnur der Kapuze fester zu und schlüpfte in die Handschuhe, die sie mitgenommen hatte. Vor ihr teilte sich der Fluß in zwei Arme, die Robinson Crusoe's Island umfingen, eine kleine Insel, am

Südende von Bäumen und Büschen überwuchert, am Nordende von Bootsschuppen besetzt, in denen die Ruderboote, Kanus und Skulls der Colleges repariert wurden. Vor kurzem hatte hier jemand Feuer gemacht; Elena konnte den Rauch noch riechen. Wahrscheinlich hatte in der Nacht jemand auf dem Nordteil der Insel kampiert und einen Haufen verkohlten Holzes hinterlassen, das in aller Eile mit Wasser gelöscht worden war. Der Geruch war ein anderer als der eines natürlich erloschenen Feuers.

Im Laufen spähte sie neugierig zwischen den Bäumen hindurch. Kanus und Kähne warteten ordentlich übereinander gestapelt. Ihr Holz glänzte von der Feuchtigkeit des Nebels. Kein Mensch weit und breit.

Der Weg stieg zum Fen Causeway an, Ende der ersten Etappe ihrer morgendlichen Runde. Wie immer nahm sie die leichte Steigung mit einem neuen Energieschub in Angriff. Sie atmete tief und regelmäßig, aber sie spürte, wie sich der Druck in ihrer Brust staute. Sie hatte sich gerade an das neue Tempo gewöhnt, als sie sie sah.

Zwei Gestalten tauchten vor ihr aus dem Nebel auf, die eine zusammengekauert, die andere quer über dem Weg liegend. Schemenhaft und verschwommen vibrierten sie wie ungewisse Holographien im trüben Lichtschein des Causeway, der sich etwa zwanzig Meter hinter ihnen befand. Die geduckte Gestalt, die vielleicht Elenas Schritte hörte, drehte den Kopf und hob eine Hand. Die andere Gestalt rührte sich nicht.

Elena blinzelte durch den Nebel. Ihr Blick flog von einer Gestalt zur anderen. Sie schätzte die Größe ab.

Townee! dachte sie und stürzte vorwärts.

Die geduckte Gestalt richtete sich auf, wich zurück, als Elena näherkam und schien im dichten Nebel bei der Brücke zu verschwinden, die den Fußweg mit der Insel verband. Elena blieb keuchend stehen und fiel auf die Knie.

Sie streckte den Arm aus, berührte die Gestalt auf dem Boden, um sie voller Angst zu untersuchen, und es war nichts weiter als ein alter, mit Lumpen ausgestopfter Mantel.

Verwirrt drehte sie sich um, eine Hand auf den Boden gestützt, um sich in die Höhe zu stemmen, und holte Luft, um zu sprechen.

Im selben Moment zerriß die graue Düsternis vor ihr. Etwas blitzte links von ihr auf. Der erste Schlag fiel.

Er traf sie genau zwischen die Augen. Ihr Körper wurde nach rückwärts geschleudert.

Der zweite Schlag traf Nase und Wange, durchschnitt Haut und Fleisch und zertrümmerte das Jochbein wie Glas.

Falls ein dritter Schlag sie traf, so fühlte sie es nicht mehr.

Es war kurz nach sieben, als Sarah Gordon ihren Escort auf den gepflasterten Platz direkt neben der technischen Hochschule steuerte. Trotz des Nebels und des morgendlichen Berufsverkehrs hatte sie die Fahrt von zu Hause in weniger als fünf Minuten geschafft. Sie war über den Fen Causeway gefegt, als säßen ihr die Furien im Nacken. Sie zog die Handbremse an, stieg aus und schlug die Tür zu.

Denk ans Malen, sagte sie sich. An nichts als ans Malen.

Sie ging nach hinten zum Kofferraum und nahm ihre Sachen heraus: einen Klappstuhl, einen Skizzenblock, einen Holzkasten, eine Staffelei, zwei Leinwände. Als das alles zu ihren Füßen auf dem Boden lag, warf sie einen forschenden Blick in den Kofferraum und überlegte, ob sie etwas vergessen hatte. Sie konzentrierte sich auf Details – Kohle, Temperafarben und Bleistifte im Kasten – und versuchte krampfhaft, die aufsteigende Übelkeit und das heftige Zittern ihrer Beine zu ignorieren.

Einen Moment lehnte sie den Kopf an den schmutzigen Kofferraumdeckel und ermahnte sich noch einmal, allein ans Malen zu denken. Das Sujet, der Ort, die Beleuchtung, die Komposition, die Wahl der Mittel verlangten ihre volle Konzentration. Sie versuchte, sie zu geben. Der heutige Morgen bedeutete eine Wiedergeburt.

Vor sieben Wochen hatte sie diesen Tag in ihrem Kalender angemerkt, den 13. November. *Tu's doch,* hatte sie quer über das kleine weiße Quadrat der Hoffnung geschrieben, und jetzt war sie hier, um acht Monaten lähmender Untätigkeit ein Ende zu bereiten, indem sie sich des einzigen Mittels bediente, das sie wußte, um den Weg zu der Leidenschaft zu finden, mit der sie einst ihrer Arbeit begegnet war. Wenn sie nur den Mut aufbringen könnte, einen kleinen Rückschlag zu überwinden...

Sie schlug den Kofferraumdeckel zu und sammelte ihre Sachen auf. Jeder Gegenstand fand wie von selbst den gewohnten Platz in ihren Händen und unter ihren Armen. Es gab keinen Anflug von Erschrecken, so daß sie sich fragte, wie sie es früher geschafft hatte, das alles zu tragen. Und allein die Tatsache, daß manche Handgriffe automatisch zu sein schienen, zweite Natur wie das Fahrradfahren, beflügelte sie einen Moment lang. Sie ging über den Fen Causeway zurück und stieg den Hang hinunter zu Robinson Crusoe's Island. Die Vergangenheit ist tot, sagte sie sich. Sie war hierher gekommen, um sie zu begraben.

Allzu lange hatte sie starr vor der Staffelei gestanden, unfähig, sich der heilenden Kräfte zu erinnern, die der Kreativität innewohnten. Nichts hatte sie in all diesen Monaten geschaffen außer diverse Möglichkeiten der Selbstzerstörung: Sie hatte ein halbes Dutzend Rezepte für Tabletten gesammelt, ihre alte Flinte gereinigt und geölt, sich vergewissert, daß ihr Gasherd funktionierte, aus ihren Schals einen Strick geknüpft und war die ganze Zeit überzeugt gewesen, alle künstlerische Kraft in ihr sei tot. Aber damit war es jetzt vorbei. Die sieben Wochen täglich wachsender Angst vor dem näherrückenden 13. November waren vorüber.

Auf der kleinen Brücke, die zu Robinson Crusoe's Island hinüberführte, blieb sie stehen. Obwohl es inzwischen hell geworden war, versperrte ihr der Nebel wie eine Wolkenbank die Sicht. Aus einem der Bäume über sich hörte sie den schmetternden Gesang eines Zaunkönigs, und vom Causeway klang das gedämpfte Rauschen des Verkehrs herüber. Irgendwo auf dem Fluß quakte eine Ente. Auf der anderen Seite von Sheep's Green bimmelte eine Fahrradglocke.

Die Bootsschuppen zu ihrer Linken waren noch geschlossen. Zehn eiserne Stufen führten zur Crusoe's Bridge hinauf und hinunter zum Moor, dem Coe Fen, am Ostufer des Flusses. Sie sah, daß die Brücke frisch gestrichen war; es war ihr vorher gar nicht aufgefallen. Früher grün und orangefarben, von Rostflecken durchsetzt, war sie jetzt braun und cremeweiß, ein helles Netz von Geländerstangen, die licht durch den Nebel schimmerten. Die Brücke selbst schien über dem Nichts zu hängen. Und alles um sie herum war durch den Nebel verändert und unsichtbar.

Trotz ihrer Entschlossenheit seufzte sie. Es war unmöglich. Kein Licht, keine Hoffnung, keine Inspiration an diesem trostlosen Ort. Zum Teufel mit Whistlers Nachtstudien der Themse. Zum Teufel mit Turner und dem, was er aus diesem Nebelmorgen gemacht hätte. Kein Mensch würde ihr glauben, daß sie hergekommen war, um dies zu malen.

Doch es war der Tag, den sie gewählt hatte. Die Ereignisse hatten ihr bestimmt, zum Malen auf diese Insel zu kommen. Und malen würde sie! Sie eilte weiter, über die Brücke hinweg, und stieß das quietschende schmiedeeiserne Tor auf, entschlossen, nicht auf die Kälte zu achten, die sich kriechend in ihrem ganzen Körper auszubreiten schien. Sie biß die Zähne zusammen.

Hinter der Pforte spürte sie unter ihren Füßen den

Schlamm, der schmatzend an den Sohlen ihrer Turnschuhe sog, und schauderte. Es war kalt. Aber es war *nur* die Kälte. Sie suchte sich ihren Weg in das Wäldchen aus Erlen, Weiden und Buchen.

Die Bäume trieften vor Nässe. Wassertropfen fielen klatschend auf die rostfarbene Laubdecke. Ein dicker, abgebrochener Ast lag ihr im Weg, und gleich dahinter bot eine kleine Lichtung unter einer Pappel Ausblick. Dorthin ging Sarah. Sie lehnte Staffelei und Leinwände an den Baum, stellte ihren Klappstuhl auf und legte ihren Holzkasten daneben. Den Skizzenblock hielt sie an die Brust gedrückt.

Malen, zeichnen, malen, skizzieren. Das Herz schlug ihr bis zum Hals. Ihre Finger erschienen ihr steif. Sie taten ihr weh bis in die Nägel. Sie verachtete sich für ihre Schwäche.

Sie zwang sich, sich auf dem Klappstuhl niederzusetzen und über den Fluß zur Brücke zu blicken. Sie achtete auf die Details und bemühte sich, Linien und Winkel zu erfassen, Teil einer simplen Kompositionsaufgabe, die gelöst werden mußte. Reflexhaft begann ihr Verstand auszuwerten, was ihr Auge aufnahm. Drei Erlenzweige, auf deren feuchten späten Herbstblättern das bißchen Licht glänzte, das vorhanden war, wirkten wie ein Rahmen für die Brücke. Sie bildeten Diagonalen, die zunächst über dem Bauwerk schwebten und sich dann schnurgerade zur Treppe hinuntersenkten, die zum Coe Fen führte, wo im Nebel die fernen Lichter von Peterhouse zu erahnen waren. Eine Ente und zwei Schwäne trieben geisterhaft auf dem Fluß, der so grau war, so grau wie die Luft, daß die Vögel im Raum zu schweben schienen.

Schnelle Striche, dachte sie, großzügig und kühn, Kohle, um mehr Tiefe zu erzielen. Sie setzte ihren ersten Strich, dann einen zweiten und einen dritten, ehe ihre Finger erschlafften und die Kohle losließen, so daß sie über das Papier in ihren Schoß rollte.

Sie starrte auf den mißlungenen Ansatz einer Zeichnung. Dann riß sie das Blatt aus dem Block und begann von neuem.

Sie merkte, wie ihr Magen rumorte und Übelkeit ihr in die Kehle stieg. Verzweifelt sah sie sich um. Sie wußte, daß die Zeit nicht reichte, um nach Hause zu fahren, wußte auch, daß sie sich keinesfalls hier und jetzt übergeben konnte. Sie blickte auf ihre Skizze, erblickte die unvollkommenen, spannungslosen Linien und knüllte das Blatt zusammen. Sie fing eine dritte Skizze an und konzentrierte sich einzig darauf, ihre rechte Hand ruhig und sicher zu führen. Gegen die Panik kämpfend, versuchte sie, die Neigung der Erlenzweige nachzuempfinden; das gesprenkelte Muster der Blätter anzudeuten. Die Kohle zerbrach ihr in der Hand.

Sie stand auf. So war das nichts. Die schöpferische Kraft mußte sie führen. Zeit und Ort mußten versinken. Die Leidenschaft mußte zurückkehren. Aber das war nicht geschehen. Sie war fort.

Du kannst, dachte sie mit wütender Entschlossenheit. Du kannst und du willst. Nichts kann dich hindern. Niemand steht dir im Weg.

Sie klemmte den Skizzenblock unter den Arm, packte ihren Klappstuhl und ging in südlicher Richtung über die Insel, bis sie zu einer kleinen Landzunge kam. Sie war von Nesseln überwuchert, aber sie bot einen anderen Blick auf die Brücke. Das war die Stelle.

Der Boden unter der dichten Laubdecke war lehmig. Bäume und Büsche bildeten ein Netzwerk aus fast kahlen Ästen und Zweigen, hinter dem sich in der Ferne die Steinbrücke des Fen Causeway erhob. Hier stellte Sarah ihren Klappstuhl auf. Sie trat einen Schritt zurück und stolperte – über einen Ast, wie es schien, der unter einem Blätterhaufen halb verborgen war. Sie schreckte auf.

»Verdammt«, entfuhr es ihr, und sie trat das Ding mit dem Fuß weg. Die Blätter fielen zur Seite. Sarah drehte sich der Magen um. Es war kein Ast, es war ein menschlicher Arm.

2

Zum Glück war der Arm mit einem Körper verbunden. In seiner neunundzwanzigjährigen Dienstzeit bei der Polizei von Cambridge hatte Superintendent Daniel Sheehan nie mit einem Fall von Zerstückelung zu tun gehabt, und er war auch jetzt nicht scharf auf dieses zweifelhafte Vergnügen.

Nach dem Anruf von der Dienststelle um zwanzig nach acht war er mit blinkenden Lichtern und heulender Sirene von Arbury losgebraust, froh, dem Frühstück entrinnen zu können, das seit nunmehr zehn Tagen in Folge aus Grapefruit ohne Zucker, einem gekochten Ei und einem Scheibchen Toast ohne Butter bestand. In seiner Frustration neigte er dazu, Sohn und Tochter wegen ihrer Kleidung und ihrer Haare anzuschnauzen, als trügen sie nicht adrette Schuluniformen, als wäre ihr Haar nicht frisch gewaschen und ordentlich gekämmt. Die beiden pflegten nur ihre Mutter anzusehen, ehe sie sich alle drei schweigend ihrem eigenen Frühstück zuwandten, Märtyrer, die allzu lange schon unter den unberechenbaren Launen des chronischen Hungerkünstlers litten.

Am Kreisverkehr Newnham Road stand der Verkehr, Sheehan erreichte die Brücke am Fen Causeway nur deshalb lange vor allen anderen, weil er halb auf dem Bürgersteig vorfuhr. Er konnte sich lebhaft vorstellen, wie es jetzt auf den Einfallstraßen im Süden der Stadt zuging. Sobald er seinen Wagen hinter dem Fahrzeug der Spurensicherung abgestellt hatte und ausgestiegen war, befahl er deshalb dem Constable, der auf der Brücke Wache stand, bei der Zentrale zusätzliche Leute zur Verkehrsregelung anzufordern. Nichts haßte er so sehr wie Gaffer und Sensationsjäger.

Er stopfte seinen marineblauen Schal fest in seinen Mantel, dann tauchte er unter der gelben Polizeiabsperrung durch. Auf der Brücke standen mehrere Studenten weit über das Geländer gebeugt, um zu sehen, was unten vorging. Sheehan winkte den Constable herbei und befahl ihm, die jungen Leute weiterzuschicken. Wenn das Opfer zu einem der Colleges gehörte, so würde er darüber nicht früher etwas verlauten lassen als unbedingt nötig. Seit einer höchst unglücklich verlaufenen Untersuchung am Emmanuel College im vergangenen Herbst bestand zwischen der örtlichen Polizei und der Universität ein sehr empfindlicher Friede. Den wollte Sheehan keinesfalls gefährden.

Er überquerte die kleine Brücke zur Insel, wo sich eine Beamtin um eine Frau bemühte, die bleich und in sich zusammengefallen auf einer der unteren Stufen der Eisentreppe saß. Sie hatte einen alten blauen Mantel an, der vorn mit braunen und gelben Flecken übersät war. Offensichtlich hatte sie sich übergeben.

»Sie hat die Leiche gefunden?« fragte Sheehan die Beamtin, die wortlos nickte. »Wer ist mittlerweile hier?«

»Alle außer Pleasance. Drake wollte ihn nicht aus dem Labor weglassen.«

Sheehan brummte gereizt. Schon wieder eine kleine Differenz bei den Herren Gerichtsmedizinern. Mit einer ruckartigen Kopfbewegung wies er auf die Frau auf der Treppe. »Besorgen Sie ihr eine Decke. Wir brauchen sie hier vorläufig noch.« Er kehrte zur Pforte zurück und betrat den Südteil der Insel.

Je nach Standpunkt war dies der ideale Tatort beziehungsweise der Alptraum jedes Ermittlungsbeamten. Spuren – ob nun von Belang oder nicht – gab es da in Hülle und Fülle, von verrottenden Zeitungen bis zu weggeworfenen Plastikbeuteln, die ganz oder teilweise mit Abfällen aller Art gefüllt waren. Das Ganze sah aus wie eine einzige Müllhalde und bot dazu mindestens ein Dutzend deutlicher und unverkennbar nicht zusammengehöriger Fußabdrücke in der feuchten Erde.

»O Mist!« knurrte Sheehan.

Die Leute von der Spurensicherung hatten Holzbretter ausgelegt. Sie begannen an der Pforte und setzten sich nach Süden fort, bis sie sich im Nebel verloren. Er ging mit dröhnenden Schritten über sie hinweg und versuchte dabei, dem von den Bäumen tropfenden Wasser auszuweichen, so gut es ging. Vor einer Lichtung, auf der zwei Leinwände und eine Staffelei an einer Pappel lehnten, blieb er stehen. Auf dem Boden lag ein offener Holzkasten mit einer wohlgeordneten Reihe Pastellkreiden und acht handbeschrifteten Farbtuben, auf denen sich bereits ein dünner Feuchtigkeitsfilm gesammelt hatte. Stirnrunzelnd blickte er vom Fluß zur Brücke und weiter zu den weißen Nebelschwaden, die aus dem Moor aufstiegen, und fühlte sich angesichts der Malutensilien an die französischen Bilder erinnert, die er vor Jahren im Courtauld Institute gesehen hatte: lauter Tupfer und Kringel und Strichelchen, die erst dann eine halbwegs erkennbare Komposition ergaben, wenn man zehn Meter zurücktrat und ordentlich die Augen zusammenkniff und sich vorstellte, wie die Welt aussehen würde, wenn man einmal eine Brille brauchte.

Ein Stück weiter schwenkten die Planken nach links, und er stieß auf den Polizeifotografen und die Gerichtsbiologin. Beide waren dick eingepackt gegen die Kälte und hatten ihre Wollmützen tief in die Gesichter gezogen. Wie tolpatschige Tänzer hüpften sie von einem Fuß auf den anderen, um sich warmzuhalten. Der Fotograf sah so käsig aus wie immer, wenn er eine Leiche fotografieren mußte. Die Biologin sah mürrisch und gereizt aus. Die Arme fest auf der Brust gekreuzt, als glaubte sie, daß der Mörder sich noch dort drüben im Nebel aufhalte, und sie nur hoffen konnte, ihn zu schnappen, wenn sie augenblicklich losrannten.

Als Sheehan die beiden erreichte und die übliche Frage stellte – »Was haben wir denn diesmal?« –, sah er den Grund für die Gereiztheit der Biologin. Aus dem Dunst unter den Weiden tauchte ein hochgewachsener Mann auf, der, den Blick unverwandt zu Boden gerichtet, langsam näherkam. Trotz der Kälte hatte er seinen Kaschmirmantel nur lässig über die Schultern geworfen, und er trug keinen Schal, der vom eleganten Schnitt seines italienischen Anzugs abgelenkt hätte: Drake, Leiter der gerichtsmedizinischen Abteilung, einer der beiden sich ewig in den Haaren liegenden Wissenschaftler, die Sheehan in den vergangenen fünf Monaten das Leben schwer gemacht hatten. Frönt wie immer seiner Lust am großen Auftritt, dachte Sheehan.

»Was gefunden?« fragte er.

Drake blieb stehen, um sich eine Zigarette anzuzünden. Er drückte die Flamme des Streichholzes zwischen den Fingern aus und ließ das Hölzchen in eine kleine Dose fallen, die er aus der Manteltasche zog. Sheehan verkniff sich einen Kommentar. Der Bursche war doch wirklich für jede Eventualität gewappnet.

»Uns fehlt eine Waffe«, sagte er. »Ich fürchte, wir werden im Fluß danach suchen müssen.«

Na prächtig, dachte Sheehan und berechnete im Kopf, wieviel Zeit und Personal die Durchführung einer solchen Operation kosten würde. Er trat zu der Leiche, um sie sich näher anzusehen.

»Weiblich«, bemerkte die Biologin. »Ein ganz junges Ding.«

Während Sheehan schweigend zu dem jungen Mädchen

hinunterblickte, fiel ihm auf, wie unglaublich laut es rundherum war. Von der Ruhe des Todes war hier nichts zu spüren. Hupen dröhnten vom Causeway herüber, Motoren ratterten, Bremsen quietschten, Menschenstimmen mischten sich mit dem allgemeinen Getöse. In den Bäumen krakeelten die Vögel, und irgendwo kläffte ein Hund. Das Leben ging weiter.

Das Mädchen war durch Gewalteinwirkung umgekommen, daran gab es keinen Zweifel. Man hatte sie mit Laub zugedeckt, doch nicht so gründlich, daß Sheehan nicht das Schlimmste gesehen hätte. Der Mörder hatte ihr Gesicht zertrümmert. Die Schnur der Kapuze ihrer Joggingjacke war fest um ihren Hals gezogen. Ob sie an den Kopfverletzungen gestorben war oder durch Erdrosseln, würde der Pathologe feststellen müssen, eines jedoch war klar: Niemand würde ihr Gesicht identifizieren können. Es war bis zur Unkenntlichkeit zerstört.

Sheehan ging in die Knie, um die Tote genauer zu mustern. Sie lag auf der rechten Seite, das Gesicht zur Erde gewandt, ihr langes Haar war nach vorn gefallen und ruhte in losen Locken auf dem Boden. Die Arme befanden sich vor dem Körper, die Handgelenke dicht beieinander, aber nicht gebunden. Ihre Knie waren angewinkelt.

Nachdenklich kaute er auf der Unterlippe, sah zum Fluß, der vielleicht anderthalb Meter entfernt war, dann wieder zu der Toten. Sie hatte einen fleckigen braunen Jogginganzug an und weiße Joggingschuhe mit schmutzigen Bändern. Sie war schlank. Sie wirkte sportlich und durchtrainiert. Sie schien genau das Politikum zu sein, auf das er mit Freuden verzichtet hätte. Er hob ihren Arm, um zu sehen, ob ihre Jacke ein Emblem trug, und seufzte resigniert, als er auf der linken Brustseite der Jacke ein aufgenähtes Wappen vom St. Stephen's College entdeckte.

»Verdammt!« brummte er. Er ließ den Arm wieder herabsinken und nickte dem Fotografen zu. »Machen Sie zu«, sagte er und entfernte sich.

Er sah zum Coe Fen hinüber. Der Nebel schien sich zu lichten, aber vielleicht sah das im zunehmenden Tageslicht nur so aus, war flüchtige Illusion, Wunschdenken. Es spielte im Grunde sowieso keine Rolle, ob der Nebel da war oder nicht, Sheehan war in Cambridge geboren und aufgewachsen, er wußte, was jenseits der undurchdringlichen Feuchtigkeit lag. Peterhouse. Gegenüber, Pembroke. Links von Pembroke Corpus Christi. Von dort aus reihte sich in nördlicher, westlicher und östlicher Richtung ein College an das andere. Und rund um sie herum, der Universität, der sie ihre Existenz zu verdanken hatte, unterstellt, breitete sich die Stadt aus. In dem Nebeneinander von Colleges, Fakultäten, Bibliotheken, Geschäfts- und Privathäusern, Studenten, Dozenten und Bürgern von Cambridge spiegelten sich sechshundert Jahre widerwilliger Symbiose.

Er drehte sich um, als er Bewegung hinter sich spürte, und sah direkt in die scharfen grauen Augen Drakes. Der Wissenschaftler hatte offenbar gewußt, was zu erwarten war. Lange schon hatte er auf eine Gelegenheit gehofft, seinem Mitarbeiter im Labor die Daumenschrauben anzulegen.

»Ich denke, in diesem Fall wird wohl keiner behaupten, daß es sich um Selbstmord handelt«, sagte er.

Superintendent Malcolm Webberly von New Scotland Yard drückte seine dritte Zigarette innerhalb ebenso vieler Stunden aus und sah nachdenklich in die Runde. Wieviel Erbarmen würden seine *divisional inspectors* walten lassen, wenn er sich jetzt gleich fürchterlich zum Narren machte? In Anbetracht von Länge und Lautstärke seiner vor zwei Wochen vorgetragenen Schimpfkanonade mußte er wahrscheinlich mit dem Schlimmsten rechnen. Er verdiente es nicht anders. Mindestens eine halbe Stunde lang hatte er vor seinem Team über die, wie er sie bissig nannte, »fahrenden Ritter« gewettert, und jetzt mußte er von einem seiner eigenen Leute verlangen, sich unter sie einzureihen.

Er blickte sie der Reihe nach an. Sie saßen um den runden Tisch in seinem Büro. Hale, nervös wie immer, spielte mit einem Häufchen Büroklammern, die er zu einer Art Kettenhemd zusammensetzte, vielleicht in Erwartung eines Kampfes gegen einen mit Zahnstochern bewaffneten Feind. Stewart – der Zwanghafte des Haufens – nutzte die Gesprächspause, um an einem Bericht weiterzuarbeiten. Man munkelte, er schaffe es problemlos, beim Beischlaf mit seiner Frau gleichzeitig Polizeiberichte auszufüllen, und lege bei beidem etwa das gleiche Maß an Enthusiasmus an den Tag. MacPherson, der mit Duldermiene neben ihm saß, reinigte sich die Fingernägel mit einem Taschenmesser, dessen Spitze abgebrochen war, und Lynley, links von ihm, polierte die Gläser seiner Lesebrille mit einem blütenweißen Taschentuch, dessen eine Ecke ein feingesticktes schnörkeliges A zierte.

Webberly mußte lächeln über die Ironie der Situation. Vor vierzehn Tagen erst hatte er sich über die neue Vorliebe des Landes für eine Art Wanderpolizei aufgeregt. Anlaß dazu war ein Artikel in der *Times* gewesen, in dem die Summen öffentlicher Gelder aufgeschlüsselt wurden, die in diese blödsinnigen Aktivitäten der Justiz flossen.

»Schauen Sie sich das an«, hatte er getobt und die Zeitung so zusammengeknüllt, daß es unmöglich war, sich »das« anzuschauen. »Die Polizei von Manchester ermittelt gegen die Kollegen in Sheffield wegen Bestechungsverdachts. Yorkshire nimmt die Kriminalpolizei in Birmingham unter die Lupe; und Cambridgeshire kraucht in Nordirland herum und sucht nach Leichen in den Schränken der dortigen Polizei. Keiner kehrt mehr vor der eigenen Tür. Es ist Zeit, daß das wieder anders wird.«

Seine Männer hatten zustimmend genickt. Webberly fragte sich allerdings, ob sie wirklich zugehört hatten. Sie waren alle überlastet, dem Politgeschwafel ihres Superintendent dreißig Minuten ihrer kostbaren Zeit zu schenken, war ein zusätzliches Eingeständnis an ihr Tagessoll. Aber dieser Gedanke kam ihm erst später. Fürs erste galoppierte er munter weiter voran auf seinem Streitroß.

»Was ist eigentlich los mit uns? Beim kleinsten Anzeichen eines möglichen Ärgers mit der Presse kneifen die obersten Dienstherren der Polizeibehörden die Schwänze ein wie geprügelte Hunde. Sie laden jeden ein, ihren Leuten auf den Zahn zu fühlen, anstatt ihren Laden selbst in Ordnung zu halten, ihre eigenen Untersuchungen durchzuführen und die Medien weiterzuschicken. Was sind denn das für Versager, die nicht einmal fähig sind, ihre eigene schmutzige Wäsche zu waschen?«

Sie wußten alle, daß die Frage rhetorisch gemeint war und warteten geduldig darauf, daß er sie beantworten würde. Und das tat er auch, auf seine Art.

»Die sollen *mir* mal mit so was kommen. Denen werd ich sagen, wo's lang geht.«

Und jetzt waren sie ihm »mit so was gekommen«, mit einem Sondergesuch von zwei verschiedenen Seiten und entsprechender Anweisung von seinem eigenen Vorgesetzten, und das alles, ohne ihm Zeit oder Gelegenheit zu lassen, ihnen zu sagen »wo's lang geht«.

Webberly stand auf und ging schwerfällig zu seinem Schreibtisch, um über die Sprechanlage seine Sekretärin zu rufen. Auf seinen Knopfdruck bekam er Knistern, Knakken und angeregte Unterhaltung zu hören. Beides war er gewöhnt. Der Apparat funktionierte schon seit dem schweren Sturm von 1987 nicht mehr richtig. Und Dorothea Harrimans endlose Ergüsse über das Objekt ihrer heißen Bewunderung waren ihm leider auch nur allzu vertraut.

»Sie sind eindeutig gefärbt, glaub mir. Auf diese Weise braucht sie nie Angst zu haben, daß sie auf Fotos oder so Tuschflecken unter den Augen...« Lautes Knacken unterbrach den Monolog. »... kein Vergleich mit Fergie... es ist mir gleich...«

»Harriman!« unterbrach Webberly.

»Weiße Strumpfhosen sähen am besten aus... Ein Glück, daß sie...«

»Harriman!«

Als die Perle noch immer nicht reagierte, stürmte Webberly zur Tür, riß sie auf und rief Dorothea Harriman laut und ärgerlich beim Namen.

Dorothea Harriman machte ihren Auftritt, als er schon auf dem Rückweg zum runden Tisch war. Sie hatte sich kürzlich die Haare schneiden lassen, hinten und an den Seiten ziemlich kurz, vorn eine lange blonde Schmachtlocke, die ihr mit eingefärbten goldenen Glanzlichtern tief in die Stirn fiel. Sie trug ein rotes Wollkleid und passende Pumps und dazu weiße Strümpfe. Unglücklicherweise schmeichelte ihr Rot so wenig wie der Prinzessin. Aber wie die Prinzessin hatte sie bemerkenswerte Fesseln.

»Superintendent Webberly?« fragte sie und nickte den Beamten am Tisch so kühl und sachlich zu, als habe sie nichts als ihre Arbeit im Kopf.

»Wenn Sie sich einen Moment vom Gespräch über die Prinzessin losreißen könnten...« sagte Webberly.

Dorothea Harriman sah ihn mit großen Kinderaugen an. Welche Prinzessin? fragte ihre Unschuldsmiene.

»Wir erwarten ein Fax aus Cambridge«, fuhr er fort. »Kümmern Sie sich darum. Jetzt gleich bitte. Sollten inzwischen Anrufe aus dem Kensington Palace für Sie kommen, werde ich die Herrschaften bitten zu warten.«

Harriman preßte die Lippen aufeinander, konnte aber ein spitzbübisches Lächeln nicht ganz unterdrücken. »Fax«, wiederholte sie knapp. »Cambridge. Sofort, Superintendent.« Und ehe sie zur Tür hinausging, sagte sie noch: »Charles hat dort studiert, wie Sie vielleicht wissen.«

John Stewart blickte auf und klopfte sich mit seinem Füller nachdenklich an die Zähne. »Charles?« fragte er leicht verwirrt.

»Wales«, sagte Webberly.

»Wales?« rief Stewart. »Ich denke, es war Cambridge.«

»Prinz von Wales!« rief Hale ungeduldig.

»Der Prinz von Wales ist in Cambridge?« fragte Stewart. »Aber das ist doch Sache des Special Branch. Uns geht das nichts an.«

»Lieber Himmel!« Webberly zog Stewart den Bericht weg, an dem er gearbeitet hatte und rollte ihn zu Stewarts Entsetzen zu einer Röhre zusammen. »Nichts Prinz«, sagte er, die Röhre schwenkend. »Nur Cambridge. Klar?«

»Sir.«

»Danke.« Webberly bemerkte mit Erleichterung, daß MacPherson endlich sein Taschenmesser weggelegt hatte und Lynley ihn mit seinen unergründlichen dunklen Augen, die in so starkem Gegensatz zu seinem blonden Haar standen, aufmerksam ansah.

»Es geht um einen Mord, der gestern nacht in Cambridge verübt worden ist. Man hat uns ersucht, die Ermittlungen zu übernehmen«, sagte Webberly und schnitt mit einer kurzen abgehackten Handbewegung alle Kommentare und Einwände ab. »Ich weiß. Sie brauchen mich nicht daran zu erinnern. Vor zwei Wochen habe ich noch große Töne gespuckt, und jetzt habe ich den Salat. Schmeckt mir gar nicht, das können Sie mir glauben.«

»Hillier?« fragte Hale scharfsinnig.

Chief Superintendent Sir David Hillier war Webberlys Vorgesetzter. Wenn das Gesuch von ihm gekommen war, dann war es kein Gesuch, dann war es Gesetz.

»Nicht direkt. Hillier ist einverstanden. Er kennt den Fall. Aber das Gesuch war an mich direkt gerichtet.«

Drei der Männer tauschten neugierige Blicke; der vierte, Lynley, sah Webberly unverwandt an.

»Ich muß improvisieren«, fuhr Webberly fort. »Ich weiß, daß Sie alle im Augenblick bis zum Hals in Arbeit stecken. Ich kann jemanden aus einer der anderen Abteilungen bitten, aber ich würde es lieber nicht tun.« Er reichte Stewart seinen Bericht zurück und wartete schweigend, während er mit peinlicher Gewissenhaftigkeit die Papiere wieder glättete. Dann sprach er weiter. »Es handelt sich um den Mord an einer Studentin. Sie war im zweiten Jahr am St. Stephen's College.«

Darauf reagierten alle vier. Eine abrupte Bewegung, ein fragender Ausruf, ein scharfer Blick in Webberlys Gesicht. Sie wußten alle, daß Webberlys Tochter am St. Stephen's College studierte. Webberly sah die Besorgnis auf ihren Gesichtern.

»Es hat nichts mit Miranda zu tun«, beruhigte er seine Mitarbeiter. »Aber sie hat das Mädchen gekannt. Das ist einer der Gründe, weshalb man sich an mich gewandt hat.«

»Aber nicht der einzige«, warf Stewart ein.

»Richtig. Mich haben der Rektor des St. Stephen's College und der Vizekanzler der Universität angerufen. Für die örtliche Polizei ist die Sache nicht ganz einfach. Sie ist einerseits berechtigt, nach eigenem Ermessen zu handeln, da der Mord nicht auf dem Collegegelände verübt wurde. Andererseits ist sie, da das Opfer an einem College eingeschrieben war, bei ihren Ermittlungen auf die Kooperation der Universität angewiesen.«

»Und ist die Uni etwa nicht bereit zu kooperieren?« fragte MacPherson ungläubig.

»Sie zieht eine außenstehende Behörde vor. Es hat offenbar wegen der Art und Weise, wie die Polizei im letzten

Frühjahr einen Selbstmord behandelte, Unstimmigkeiten gegeben. Grobe Fahrlässigkeit, behauptete der Vizekanzler; außerdem seien vertrauliche Informationen an die Presse weitergegeben worden. Da das Mädchen die Tochter eines der Professoren ist, möchte man nun, daß alles mit größtem Takt und Feingefühl behandelt wird.«

»Gefragt ist Inspector Herzlieb«, bemerkte Hale mit sarkastisch herabgezogenen Mundwinkeln. Sie wußten alle, daß es ein ziemlich plumper Versuch von ihm war, sich als voreingenommen hinzustellen. Hales Eheprobleme waren allgemein bekannt. Das letzte, was er jetzt brauchte, war ein sich ewig hinziehender Fall irgendwo in der Provinz.

Webberly ignorierte ihn. »Die Kollegen in Cambridge sind natürlich nicht glücklich über die Situation. Es ist ihr Revier. Sie sind der Auffassung, daß sie die Ermittlungen leiten sollten. Wir können also nicht erwarten, daß sie sich vor Hilfsbereitschaft überschlagen werden, wenn wir kommen. Aber ich habe kurz mit dem zuständigen Superintendent gesprochen – einem gewissen Sheehan... Er scheint in Ordnung zu sein, und sie werden sich auf jeden Fall nicht querstellen. Er ärgert sich, daß man nicht bereit ist, ihm und seinen Leuten freie Hand zu lassen, aber er weiß natürlich auch, daß er überhaupt nichts erreichen wird, wenn die Universität ihre Kooperation verweigert.«

Ehe er fortfahren konnte, kam Dorothea Harriman ins Zimmer und legte ihm mehrere Blätter Papier mit dem Briefkopf der Polizei Cambridge auf den Tisch. Naserümpfend sammelte sie Plastikbecher und überquellende Aschenbecher ein, die zwischen Heftern und Berichten herumstanden, warf die Becher in den Papierkorb und trug die Aschenbecher mit ausgestrecktem Arm hinaus.

Noch beim Lesen des Berichts gab Webberly die enthaltenen Informationen an seine Mitarbeiter weiter.

»Viel ist das bis jetzt nicht«, sagte er. »Zwanzig Jahre alt.

Elena Weaver.« Er gab dem Vornamen des Mädchens eine italienische Betonung.

»Ausländerin?« fragte Stewart.

»Das glaube ich nicht. Der Rektor des College sagte jedenfalls nichts davon. Die Mutter lebt in London, und der Vater ist, wie ich schon sagte, Professor an der Universität. Er ist einer der aussichtsreichsten Anwärter auf den Penford-Lehrstuhl für Geschichte, was auch immer das ist. Jedenfalls scheint er auf seinem Gebiet eine Kapazität zu sein.«

»Daher die Extrawurst«, bemerkte Hale bissig.

»Sie haben noch keine Autopsie vorgenommen«, fuhr Webberly fort, »aber grob geschätzt dürfte der Tod vergangene Nacht zwischen Mitternacht und sieben Uhr morgens eingetreten sein. Das Gesicht wurde mit einem schweren stumpfen Gegenstand zertrümmert, und dann wurde sie, den ersten Untersuchungen zufolge, erdrosselt.«

»Vergewaltigung?« fragte Stewart.

»Bisher kein Hinweis darauf.«

»Zwischen Mitternacht und sieben Uhr morgens?« fragte Hale. »Aber Sie sagten doch, sie sei nicht auf dem Collegegelände gefunden worden.«

Webberly nickte. »Richtig. Sie ist am Fluß gefunden worden.« Stirnrunzelnd las er die restlichen Informationen, die man ihm aus Cambridge gefaxt hatte. »Sie hatte einen Jogginganzug und Joggingschuhe an. Man vermutet deshalb, daß sie zum Lauftraining unterwegs war, als sie überfallen wurde. Die Leiche war mit Blättern zugedeckt. Irgendeine Malerin ist gegen Viertel nach sieben heute morgen über sie gestolpert. Und hat sich, wie Sheehan mir sagte, gleich an Ort und Stelle übergeben.«

»Doch hoffentlich nicht über die Leiche«, sagte MacPherson.

»Das wäre schlimm für die Freunde von der Spurensicherung«, meinte Hale.

Die anderen lachten gedämpft. Webberly störte sich nicht daran. Im jahrelangen Umgang mit Mord entwickelte auch der Sensibelste ein dickes Fell.

»Die werden voraussichtlich auch so mehr als genug zu tun haben«, gab er zurück.

»Wieso?« fragte Stewart.

»Das Mädchen wurde auf einer Insel gefunden, die anscheinend ein beliebter Treffpunkt für Liebespärchen und andere Leute ist. Sie haben ungefähr ein halbes Dutzend Säcke voll Müll eingesammelt, der analysiert werden muß.« Er warf den Bericht auf den Tisch. »Das ist im Moment alles, was wir wissen. Keine Autopsie. Keine Vernehmungsprotokolle. Wer den Fall übernimmt, muß also ganz von vorn anfangen.«

Lynley griff nach dem Bericht, setzte seine Brille auf und las schweigend. Als er fertig war, sagte er: »Ich mach das.«

»Ich dachte, Sie arbeiten noch an dem Kavaliersmord in Maida Vale«, sagte Webberly erstaunt.

»Den haben wir gestern nacht geklärt. Genauer gesagt, heute morgen. Wir haben den Täter um halb drei verhaftet.«

»Du meine Güte, dann machen Sie doch mal ne Pause, Jungchen«, sagte MacPherson.

Lynley lächelte nur und stand auf. »Hat einer von Ihnen zufällig Havers gesehen?«

Sergeant Barbara Havers saß im Informationszentrum im Erdgeschoß von New Scotland Yard vor einem der grünen Computerbildschirme. Eigentlich sollte sie Angaben über Vermißte heraussuchen – solche, die seit mindestens fünf Jahren verschwunden waren, meinte der Gerichtsanthropologe –, weil man versuchen wollte, dem menschlichen Gerippe, das unter dem Kellerboden eines Abbruchhauses auf der Isle of Dogs gefunden worden war, einen Namen zu geben. Sie hatte sich aus reiner Gefälligkeit bereit erklärt, den Job für einen Kollegen von der Dienststelle Manchester Road zu übernehmen, aber sie war nicht in der geistigen Verfassung, die auf dem Bildschirm erscheinenden Fakten aufzunehmen, geschweige denn sie mit einer Liste genauer Maße von Ellen und Speichen, Oberschenkelknochen, Schienbeinen und Wadenbeinen zu vergleichen. Gereizt rieb sie sich die Augen und sah zum Telefon, das auf dem Nachbarschreibtisch stand.

Sie sollte zu Hause anrufen; versuchen mit ihrer Mutter zu sprechen, oder wenigstens mit Mrs. Gustafson, um sich zu vergewissern, daß alles in Ordnung war. Aber sie schaffte es nicht. Es war ja im Grunde auch sinnlos. Mrs. Gustafson war fast taub, und ihre Mutter lebte in ihrem eigenen Wolkenkuckucksheim fortschreitender geistiger Verwirrung. Die Chance, daß Mrs. Gustafson das Läuten des Telefons hörte, war so gering wie die Wahrscheinlichkeit, daß ihre Mutter begreifen würde, was das schrille Läuten des schwarzen Apparats in der Küche zu bedeuten hatte. Wenn sie es hörte, könnte es ebensogut passieren, daß sie, statt ans Telefon zu gehen, das Backrohr öffnete oder an die Haustür ging. Und selbst wenn sie es schaffte, den Hörer abzuheben, war zweifelhaft, ob sie Barbaras Stimme erkennen oder sich überhaupt erinnern würde, wer Barbara war.

Ihre Mutter war dreiundsechzig Jahre alt. Sie war bei ausgezeichneter körperlicher Gesundheit. Nur ihr Geist war verwirrt.

Derzeit kümmerte sich Mrs. Gustafson tagsüber um Doris Havers, aber Barbara war sich völlig im klaren darüber, daß das nur eine Notlösung sein konnte. Mrs. Gustafson, die selbst schon zweiundsiebzig war, besaß weder die Kraft noch das Verständnis, sich einer Frau anzunehmen, die den ganzen Tag so sorgfältig beaufsichtigt werden mußte wie ein Kleinkind. Dreimal war Barbara bereits mit den Grenzen dieses Arrangements konfrontiert worden. Zweimal hatte sie, später als sonst vom Dienst zurück, Mrs. Gustafson selig schnarchend im Wohnzimmer vor dem dröhnenden Fernsehgerät vorgefunden, während ihre Mutter sich auf Wanderschaft begeben hatte, zum Glück nur in den Garten hinaus.

Der dritte Zwischenfall vor erst zwei Tagen hatte sie jedoch zu Tode erschreckt. Sie hatte dienstlich in der Nähe ihres eigenen Wohnviertels zu tun gehabt und war auf einen Sprung nach Hause gefahren, um nach dem Rechten zu sehen. Das Haus war leer. Zunächst dachte sie sich nichts dabei; sie glaubte, Mrs. Gustafson habe ihre Mutter zu einem Spaziergang mitgenommen, und war der alten Frau dankbar, daß sie sich diese Mühe machte.

Aber alle Dankbarkeit verflog, als keine fünf Minuten später Mrs. Gustafson im Haus erschien. Sie sei nur schnell nach Hause gelaufen, um ihre Fische zu füttern, erklärte sie und fügte hinzu: »Es ist doch nichts mit Ihrer Mutter, oder?«

Im ersten Moment konnte Barbara nicht glauben, was Mrs. Gustafsons Frage besagte. »Ist sie denn nicht bei Ihnen?« fragte sie.

Mrs. Gustafson hob die von Altersflecken übersäte Hand zum Hals, und ein Zittern setzte die grauen Locken ihrer Perücke in heftige Bewegung. »Ich war nur schnell drüben, um die Fische zu füttern«, sagte sie. »Höchstens ein, zwei Minuten, Barbie.«

Barbaras Blick flog zur Uhr. Panik überfiel sie, Schreckensbilder stiegen vor ihr auf: Ihre Mutter tot, überfahren in der Uxbridge Road; niedergedrängt von den Menschenmassen in der Untergrundbahn; auf verzweifelter Suche nach dem Friedhof in South Ealing, auf dem ihr Sohn und ihr Mann beerdigt waren; überfallen oder gar niedergeschlagen.

Sie stürzte aus dem Haus, während Mrs. Gustafson händeringend zurückblieb und klagend rief: »Ich war doch nur bei den Fischen«, als sei das eine Entschuldigung für ihre Fahrlässigkeit. Sie sprang in ihren Mini und raste zur Uxbridge Road. Sie brauste durch Seitenstraßen und Hintergassen. Sie hielt Leute an, um zu fragen. Sie rannte in Läden und Geschäfte. Und sie fand ihre Mutter schließlich im Hof der Grundschule, die einst Barbara und ihr lang verstorbener kleiner Bruder besucht hatten.

Der Rektor hatte schon die Polizei alarmiert. Zwei Beamte – ein Mann und eine Frau – sprachen auf Doris Havers ein, als Barbara kam. An den Fenstern der Schule drückten sich neugierige Kinder die Nasen platt. Kein Wunder, dachte sie, bei dem Anblick, den ihre Mutter bot. Sie hatte nichts weiter an als eine sommerliche Kittelschürze und Hausschuhe. Die Brille hatte sie aus irgendeinem Grund auf den Kopf geschoben. Ihr Haar war ungekämmt, ihr Körper roch ungewaschen. Sie babbelte und zappelte wie eine Verrückte. Als die Beamtin sie beim Arm nehmen wollte, wich sie geschickt aus und rannte laut nach ihren Kindern rufend auf das Schulhaus zu.

Das war vor gerade zwei Tagen gewesen, ein deutliches Zeichen, daß Mrs. Gustafson mit ihrer Aufgabe überfordert war.

In den acht Monaten seit dem Tod ihres Vaters hatte Barbara alles mögliche versucht, um das Problem der Versorgung ihrer Mutter zu lösen. Zuerst hatte sie sie in ein Seniorenzentrum gebracht. Aber dort konnte man die »Klienten« höchstens bis neunzehn Uhr behalten, Barbaras Arbeitszeiten bei der Polizei jedoch waren unregelmäßig. Hätte Lynley, Barbaras Vorgesetzter, gewußt, daß sie spätestens um sieben ihre Mutter abholen mußte, so hätte er darauf bestanden, daß sie sich die Zeit dazu nahm. Aber für ihn wäre das eine zusätzliche Arbeitsbelastung gewesen, und Barbara bedeuteten ihre Arbeit und die Partnerschaft mit Thomas Lynley zuviel; niemals hätte sie sie wegen persönlicher Probleme aufs Spiel gesetzt.

Danach hatte sie es mit diversen Tageshilfen und Gesellschafterinnen versucht, vier hintereinander, die insgesamt ganze zwölf Wochen blieben. Sie hatte beim Sozialamt eine Haushaltshilfe beantragt. Und am Ende hatte sie auf ihre Nachbarin, Mrs. Gustafson, zurückgegriffen. Trotz der Warnungen ihrer eigenen Tochter war Mrs. Gustafson als Retterin in der Not eingesprungen. Aber eine Dauerlösung war das nicht. Barbara wußte, daß nur noch ein Heim in Frage kam. Aber die Vorstellung, ihre Mutter in ein städtisches Heim zu stecken, in dem so ziemlich alles im argen lag, war ihr unerträglich. Ein privates Heim andererseits konnte sie nicht bezahlen.

Sie kramte die Karte aus ihrer Jackentasche, die sie am Morgen eingesteckt hatte. *Hawthorn Lodge*, stand darauf. *Uneeda Drive, Greenford.* Ein kurzer Anruf bei Florence Magentry, und alle ihre Probleme wären gelöst.

»Mrs. Flo«, hatte Mrs. Magentry gesagt, als sie am Morgen um halb zehn auf Barbaras Klopfen geöffnet hatte. »So nennen mich meine Damen. Mrs. Flo.«

Sie wohnte in einem einstöckigen Reihenhaus aus der ersten Bauphase nach 1945, das sie romantisch »Hawthorne Lodge« getauft hatte. Backsteinfassade, rostrot gestrichene Tür und Fensterrahmen, ein Erkerfenster mit Blick in einen Vorgarten voller Gartenzwerge. Durch die Haustür gelangte man in einen kleinen Flur mit Treppe nach oben. Rechts befand sich ein Wohnzimmer, in das Mrs. Flo Barbara führte, während sie ohne Punkt und Komma von den »Annehmlichkeiten« erzählte, die das Haus den Damen bot, die hier zu Besuch weilten.

»Ich sage immer Besuch«, erklärte Mrs. Flo und tätschelte Barbaras Arm mit weicher, weißer und überraschend warmer Hand. »Das klingt nicht so endgültig, nicht wahr? Kommen Sie, ich zeige Ihnen alles.«

Barbara wußte genau, daß sie das Positive zu sehen suchte. Im Geist ging sie die einzelnen Punkte durch. Bequeme Möbel im Wohnzimmer – abgenützt, aber solide –, dazu ein Fernsehgerät, eine Stereoanlage, zwei Borde mit Büchern und eine große Sammlung Zeitschriften; frischer Anstrich und neue Tapeten, freundliche Bilder an den Wänden; eine saubere Küche mit einer Eßnische, deren Fenster nach hinten zum Garten hinausgingen; oben vier Zimmer, eines für Mrs. Flo, die anderen drei für die »Damen«. Zwei Toiletten, eine oben, eine unten, beide blitzsauber. Und Mrs. Flo selbst mit ihrem modernen Kurzhaarschnitt und dem adretten Hemdblusenkleid mit Blumenbrosche am Kragen. Sie sah aus wie eine elegante ältere Dame, und sie roch nach Zitrone.

»Sie haben genau im richtigen Moment angerufen«, hatte sie gesagt. »Wir haben letzte Woche unsere liebe Mrs. Tilbird verloren. Dreiundneunzig war sie. Aber hellwach, sage ich Ihnen. Sie ist einfach eingeschlafen, wirklich ein Segen. So friedlich. Im nächsten Monat wäre sie zehn Jahre bei mir gewesen.« Mrs. Flos Augen wurden feucht. »Nun ja, niemand lebt ewig, nicht wahr? Möchten Sie die Damen kennenlernen?«

Die Bewohnerinnen von Hawthorne Lodge saßen warm eingepackt im Garten in der Morgensonne. Sie waren nur zu zweit, die eine eine vierundachtzigjährige Blinde, die Barbaras Begrüßung lächelnd erwiderte und dann augenblicklich einnickte, und die andere eine verängstigt wirkende Frau Mitte Fünfzig, die wie ein Kind Mrs. Flos Hand umklammerte und sich auf ihrem Stuhl ganz klein machte. Barbara kannte die Symptome.

»Können Sie denn mit zweien fertigwerden?« fragte sie unumwunden.

Mrs. Flo strich der Frau, die immer noch ihre Hand umklammert hielt, über das Haar. »Ich habe keine Schwierigkeiten mit ihnen. Gott lädt jedem eine Last auf, ist es nicht so? Aber keinem teilt er eine Last zu, die schwerer ist, als er tragen kann.«

An diese Worte dachte Barbara jetzt. War es vielleicht so, daß sie versuchte, eine Last abzuwälzen, die sie selbst aus Faulheit oder Egoismus nicht tragen wollte?

Sie wich der Frage aus, indem sie sich alles vor Augen hielt, was für einen Umzug ihrer Mutter nach Hawthorne Lodge sprach: die Nähe zum Bahnhof Greenford und die Tatsache, daß sie nur einmal würde umsteigen müssen – in der Tottenham Court Road –, wenn sie ihre Mutter bei Mrs. Flo unterbrachte und selbst das kleine Häuschen nahm, das sie mit viel Glück in Chalk Farm aufgetrieben hatte; der Obst- und Gemüsestand direkt am Bahnhof, an dem sie ihrer Mutter vor einem Besuch frisches Obst besorgen konnte; der kleine Park nur eine Straße weiter mit einer Weißdornallee, die zu einem Spielplatz mit Schaukeln, Wippe, Karussell und Bänken führte, wo sie sich niedersetzen und den Kindern zusehen konnten; die Geschäfte in unmittelbarer Nähe – eine Reinigung, ein Supermarkt, ein Spirituosenladen, eine Bäckerei und sogar ein chinesisches Restaurant, das über die Straße verkaufte.

Aber noch während sie sich all diese Punkte aufzählte, die für einen Anruf bei Mrs. Flo sprachen, war Barbara sich auch der wenigen Negativpunkte bewußt, die ihr in dem Haus in Greenford aufgefallen waren. Gegen den Verkehrslärm der A 40, sagte sie sich, könnte man eben nichts machen, und es sei nun mal nicht zu ändern, daß die kleine Gemeinde Greenford genau zwischen Eisenbahn und Autoschnellstraße eingekeilt war. Ihr fielen die zwei zerbrochenen Gartenzwerge im Vorgarten ein, dem einen hatte die Nase gefehlt, dem anderen der Arm. Absurd, sich damit zu befassen, aber die beschädigten Figuren hatten irgendwie so erbärmlich gewirkt. Und die glänzenden Stellen an der Sofalehne, wo fettige alte Köpfe zu lange in die Polster gedrückt gewesen waren, hatten etwas Schauriges gehabt. Und die Krümel am Mundwinkel der Blinden...

Kleinigkeiten, wies sie sich selbst zurecht, kleine Widerhaken, die sich in ihr Schuldgefühl einhängten. Man konnte nicht überall Perfektion erwarten. Außerdem waren alle diese nicht ganz so erfreulichen Dinge harmlos im Vergleich zu ihren Lebensverhältnissen in Acton und dem Zustand des Hauses, in dem sie jetzt lebten.

Aber in Wirklichkeit ging es eben um mehr als eine Entscheidung zwischen Acton und Greenford, um mehr als die Frage, ob sie ihre Mutter zu Hause behalten oder in einem Heim unterbringen sollte. Es ging um Barbaras eigene Wünsche: ein Leben fern von Acton, fern von ihrer Mutter und den Lasten, die zu tragen sie sich im Gegensatz zu Mrs. Flo nicht gerüstet fühlte.

Der Erlös aus dem Verkauf des Hauses in Acton würde reichen, den Aufenthalt ihrer Mutter bei Mrs. Flo zu bezahlen. Und sie könnte das Häuschen in Chalk Farm nehmen. Es machte nichts, daß es gerade einmal dreißig Quadratmeter groß war, nicht viel mehr als ein umfunktionierter Schuppen mit einem Backsteinkamin und einem Dach, dem zahlreiche Schindeln fehlten. Es hatte Möglichkeiten. Und mehr verlangte Barbara längst nicht mehr vom Leben, nur die Verheißung, den Hauch einer Möglichkeit.

Hinter ihr öffnete sich die Tür, und sie wendete den Kopf. Lynley kam herein. Er sah ausgeruht aus trotz der langen Nacht, die der Killer von Maida Vale sie gekostet hatte.

»Was gefunden?« fragte er.

»Wenn ich das nächste Mal einem Kollegen einen Gefallen zu tun verspreche, dann geben Sie mir bitte einen Tritt. Dieser Bildschirm macht mich total blind.«
»Also nichts?«
»Nein. Aber ich hab mich auch nicht richtig reingehängt.«

Sie seufzte, notierte den letzten Eintrag, den sie gelesen hatte und schaltete das Gerät aus. Sie rieb sich den steifen Hals.

»Und wie war Hawthorne Lodge?« fragte Lynley. Er zog sich einen Stuhl heran und setzte sich zu ihr.

Sie wich seinem Blick aus. »Ach, ganz ordentlich eigentlich. Aber Greenford ist schon ein bißchen sehr weit draußen. Ich weiß nicht, ob meine Mutter die Umstellung schaffen würde. Sie ist an Acton gewöhnt. Das Haus. Sie wissen schon, was ich meine. Sie braucht ihre vertraute Umgebung.«

Sie spürte, daß er sie ansah, wußte aber auch, daß er ihr keine Ratschläge geben würde. Ihre Lebensumstände waren zu unterschiedlich. Aber er wußte vom Zustand ihrer Mutter und von der Entscheidung, der sie deshalb jetzt ins Auge sehen mußte.

»Ich komme mir vor wie eine Verbrecherin«, sagte sie dumpf. »Wieso?«

»Man fühlt sich den eigenen Eltern gegenüber immer in der Verantwortung. Was ist das Beste? fragen wir. Und ist das Beste auch das Richtige, oder ist es nur ein bequemer Ausweg?«

»Gott bürdet uns keine Lasten auf, die wir nicht tragen können«, hörte Barbara sich sagen.

»Das ist eine besonders idiotische Platitüde, Havers. Schlimmer noch als die Weisheit, daß sich immer alles zum Besten wendet. So ein Quatsch. Meistens wendet sich alles zum Schlimmsten, und Gott – wenn es ihn gibt – verteilt andauernd untragbare Lasten. Gerade Sie müßten das eigentlich wissen.«

»Wieso?«

»Sie sind Polizeibeamtin.« Er stand auf. »Wir haben einen neuen Fall. Außerhalb von London. Ich fahre voraus. Kommen Sie nach, wenn Sie können.«

Sein verständnisvolles Angebot ärgerte sie. Sie wußte, er würde keinen anderen Beamten mitnehmen. Er würde die doppelte Arbeit leisten, bis sie nachkommen konnte. Sie haßte seine selbstverständliche Großzügigkeit. Er machte sie damit zu seiner Schuldnerin, und sie besaß nicht die Möglichkeit, sich zu revanchieren.

»Nein«, sagte sie. »Ich regle das zu Hause. Ich bin in – wieviel Zeit habe ich? Eine Stunde? Zwei?«

»Havers...«

»Ich komme mit.«

»Wir müssen nach Cambridge.«

Sie hob mit einem Ruck den Kopf und sah die Befriedigung in seinen warmen braunen Augen. Ungläubig schüttelte sie den Kopf. »Sie sind wirklich ein Narr, Inspector.«

Er nickte lachend. »Aber nur in der Liebe.«

3

Anthony Weaver brachte seinen Citroën in der breiten gekiesten Auffahrt seines Hauses in der Adams Road zum Stehen. Er starrte durch die Windschutzscheibe auf den Winterjasmin, der – ordentlich und gebändigt – am Spalier links von der Haustür emporwuchs. In den letzten acht Stunden hatte er in einer Welt zwischen Alptraum und Hölle gelebt, und jetzt war er völlig empfindungslos. Das ist der Schock, sagte ihm sein Verstand. Ganz gewiß würde er wieder zu fühlen beginnen.

Er machte keine Anstalten auszusteigen. Statt dessen wartete er darauf, daß seine geschiedene Frau etwas sagen würde. Doch Glyn Weaver, die starr und steif neben ihm saß, hüllte sich weiterhin in das Schweigen, mit dem sie ihn schon am Bahnhof in Cambridge begrüßt hatte.

Sie hatte ihm nicht gestattet, nach London zu kommen und sie zu holen, sie hatte ihm nicht gestattet, ihren Koffer zu tragen oder ihr eine Tür zu öffnen. Sie hatte ihn ihren Schmerz nicht sehen lassen. Er verstand, warum. Er hatte die Schuld am Tod ihrer gemeinsamen Tochter bereits auf sich genommen. Er hatte diese Verantwortung schon in dem Moment übernommen, als er Elena identifiziert hatte. Glyn brauchte ihm ihre Beschuldigungen gar nicht ins Gesicht zu schleudern. Er stimmte ihnen sowieso zu.

Er sah, wie ihr Blick über die Fassade des Hauses glitt, und war neugierig, ob sie eine Bemerkung machen würde. Seit sie Elena zu Beginn ihres ersten Semesters hergebracht hatte, war sie nicht mehr in Cambridge gewesen, und auch damals war sie nicht in die Adams Road gekommen.

Er wußte, daß sie das Haus als ein Symbol seiner zweiten Ehe und seines beruflichen Ehrgeizes sehen würde, als ein Paradestück seines Erfolges. Klinker, zwei Stockwerke, weiße Türen und Fenster, eine Glasveranda mit einer Dachterrasse darüber. Das war etwas ganz anderes als die popelige Drei-Zimmer-Wohnung in der Hope Street, in der sie vor mehr als zwanzig Jahren als junges Ehepaar gehaust hatten. Dieses Haus stand nicht eingeklemmt zwischen zwei anderen dicht an der Straße. Dieses Haus stand allein am Ende einer breiten, vornehmen Auffahrt. Es war das Haus eines Ordinarius, eines angesehenen Angehörigen der Fakultät für Geschichte.

Rechts vom Haus schloß eine in Herbstfarben glühende Rotbuchenhecke den großen Garten ab. Durch eine Lücke in den Büschen näherte sich mit großen Sprüngen ein irischer Setter dem Wagen. Beim Anblick des Tieres sprach Glyn zum ersten Mal. Ihre Stimme war leise und verriet keine Emotion.

»Das ist ihr Hund?«

»Ja.«

»Wir konnten in London keinen halten. Die Wohnung war zu klein. Sie hat sich immer einen Hund gewünscht. Sie wollte einen Spaniel. Sie...«

Glyn brach ab und stieg aus dem Wagen. Der Hund kam mit hängender Zunge zögernd zwei Schritte näher. Glyn betrachtete das Tier, machte jedoch keinen Versuch, es zu locken. Es kam noch ein Stück näher und beschnupperte ihre Füße. Sie zwinkerte einmal hastig und sah zum Haus zurück.

»Justine hat dir ein sehr schönes Zuhause geschaffen, Anthony«, sagte sie.

Die Haustür zwischen Backsteinpilastern öffnete sich, polierte braune Eichenpaneele fingen das rasch schwindende Nachmittagslicht ein, das durch den Nebel fiel. Anthonys Frau Justine stand dort, eine Hand auf dem Türknauf. »Glyn«, sagte sie. »Bitte kommen Sie doch herein. Ich habe Tee gemacht.« Danach kehrte sie ins Haus zurück, klug genug, kein Beileid auszusprechen, wo es nicht willkommen gewesen wäre.

Anthony folgte Glyn ins Haus, trug ihren Koffer ins Gästezimmer hinauf und kam dann ins Wohnzimmer, wo die beiden Frauen ihn erwarteten. Glyn stand am Fenster mit Blick auf den Rasen und die eleganten Gartenmöbel aus weißem Schmiedeeisen, Justine stand beim Sofa, die Hände halb erhoben, die Fingerspitzen aneinandergepreßt.

Die beiden Frauen hätten nicht unterschiedlicher sein können. Glyn, mittlerweile sechsundvierzig Jahre alt, versuchte offensichtlich gar nicht, sich gegen das nahende Alter zu wehren. Ihr Gesicht war müde, mit tiefen Kerben, die sich von Nase zu Kinn zogen, mit Krähenfüßen um die Augen, mit Kräuselfältchen an der Oberlippe. Die Kinnpartie, wo das Bindegewebe zu erschlaffen begann, verlor schon an Kontur. Ihr dunkles Haar, das sie lang trug, zu einem strengen Knoten zurückgesteckt, war von Grau durchzogen. Ihr Körper begann um Taille und Hüften schwammig zu werden, und sie kleidete sich in Tweed und Wolle, hautfarbene Strümpfe und flache Schnürschuhe.

Justine hingegen schaffte es mit ihren fünfunddreißig Jahren immer noch, den Eindruck frischer, blühender Jugend zu vermitteln. Ihr Gesicht war apart, ohne schön zu sein, mit zarter, faltenloser Haut, blauen Augen, scharf konturierten Wangenknochen, straffem Kiefer. Sie war groß, schlank, athletisch, und das aschblonde Haar fiel ihr wie in ihrer Jugend voll und lose auf die Schultern. Sie trug noch die Kleider, die sie am Morgen angezogen hatte, als sie zur Arbeit gefahren war – ein schmales graues Kostüm mit breitem schwarzen Ledergürtel, graue Strümpfe, schwarze Pumps, eine silberne Nadel am Revers. Perfekt wie immer.

Anthony blickte an ihr vorbei ins Speisezimmer, wo sie den Tisch für den Nachmittagstee gedeckt hatte. Es zeigte ihm, wie Justine die Stunden verbracht hatte, seit er sie im Verlag angerufen hatte, um ihr den Tod seiner Tochter zu berichten. Während er im Leichenschauhaus, auf der Polizei, im College, in seinem Büro, am Bahnhof gewesen war, während er die Tote identifiziert, Fragen beantwortet, Beileidsbekundungen entgegengenommen und seine geschiedene Frau angerufen hatte, hatte Justine ihre eigenen Vorbereitungen für die kommenden Tage der Trauer getroffen.

Sie hatte den Tisch mit ihrem Hochzeitsservice gedeckt, goldgeränderte Tassen und Teller mit einem Rosenmuster, mit blitzendem Silber, schneeweißen Servietten und einem Blumenarrangement. In der Mitte des Tisches warteten ein Mohnkuchen, eine Platte mit feinen Canapés, eine zweite voll frischgebackener *scones* mit Erdbeermarmelade und Cream.

Anthony sah seine Frau an. Justine lächelte flüchtig und sagte mit einer flatternden Geste zum Tisch noch einmal: »Ich habe Tee gemacht.«

»Danke dir, Darling«, sagte er. Die Worte hörten sich unnatürlich an, wie schlecht einstudiert.

»Glyn.« Justine wartete, bis Glyn sich umdrehte. »Darf ich Ihnen etwas anbieten?«

Glyns Blick wanderte zum Tisch und von dort zu Anthony. »Vielen Dank, nein. Ich kann jetzt nichts essen.«

Justine wandte sich ihrem Mann zu. »Anthony?«

Er sah die Falle. Doch er ging zum Tisch, nahm sich ein Brötchen, ein *scone*, ein Stück Kuchen. Es schmeckte alles wie Sägemehl.

Justine kam zu ihm und schenkte ihm Tee ein. Das fruchtige Aroma der modernen Kräutermischung, die sie bevorzugte, stieg dampfend in die Luft. Sie standen nebeneinander vor dem einladend gedeckten Tisch mit dem funkelnden Silber und den frischen Blumen. Glyn blieb am Fenster im anderen Zimmer. Keiner machte Anstalten, sich zu setzen.

»Was hat die Polizei gesagt?« fragte Glyn. »Sie haben mich überhaupt nicht angerufen.«

»Weil ich sie darum gebeten habe.«

»Warum?«

»Ich fand, es sei meine Aufgabe.«

»*Deine* Aufgabe?«

Anthony sah, wie Justine ihre Teetasse abstellte, jedoch nicht aufblickte.

»Was ist ihr passiert, Anthony?«

»Glyn, setz dich doch. Bitte.«

»Ich möchte wissen, was passiert ist.«

Anthony stellte seinen Teller neben die unberührte Tasse Tee. Er kehrte ins Wohnzimmer zurück. Justine folgte ihm. Er setzte sich aufs Sofa, bedeutete seiner Frau, sich zu ihm zu setzen und wartete, um zu sehen, ob Glyn sich vom Fenster entfernen würde. Sie tat es nicht. Justine drehte unaufhörlich ihren Ehering.

Anthony berichtete Glyn die Fakten. Elena war morgens bei ihrem Lauftraining überfallen und getötet worden. Der Mörder hatte sie zusammengeschlagen und erdrosselt.

»Ich möchte sie sehen.«

»Nein, Glyn. Lieber nicht.«

Zum ersten Mal schwankte Glyns Stimme. »Sie war meine Tochter. Ich möchte sie sehen.«

»Nicht so, wie sie jetzt ist. Später. Wenn die Leute vom Bestattungsinstitut...«

»Ich will sie sehen, Anthony.«

Er hörte die schrille Spannung in ihrer Stimme und wußte aus Erfahrung, wohin das führen würde. Um es abzubiegen, sagte er hastig: »Eine Seite ihres Gesichts ist völlig zertrümmert. Man sieht die Knochen. Sie hat keine Nase mehr. Möchtest du das wirklich sehen?«

Glyn wühlte in ihrer Handtasche und zog ein Papiertaschentuch heraus. »O Gott«, flüsterte sie. Dann: »Wie ist es geschehen? Du hast mir gesagt – du hast versprochen, daß sie niemals allein läuft.«

»Sie hat gestern abend Justine angerufen und ihr für heute morgen abgesagt.«

»Sie hat...« Glyns Blick schweifte von Anthony zu seiner Frau. »*Sie* sind mit Elena gelaufen?«

Justine hörte auf, ihren Ehering zu drehen, ließ aber ihre Finger auf ihm liegen wie auf einem Talisman. »Anthony hat mich darum gebeten. Er wollte nicht, daß sie bei Dunkelheit allein am Fluß läuft. Deshalb bin ich mit ihr gelaufen. Gestern abend rief sie an und sagte, sie würde heute morgen nicht laufen. Anscheinend hat sie es sich dann anders überlegt.«

»Wie lange ist das so gegangen?« fragte Glyn ihren geschiedenen Mann scharf. »Du hast gesagt, Elena würde nicht allein laufen, aber du hast kein Wort davon gesagt, daß Justine...« Abrupt schwenkte sie um. »Wie konntest du nur, Anthony? Wie konntest du Justine das Wohl deiner Tochter anvertrauen?«

»Aber Glyn!« fiel Anthony ihr ins Wort.

»Es ist doch klar, daß es sie nicht kümmert. Sie hat bestimmt nicht richtig auf Elena aufgepaßt.«

»Glyn! Hör auf!«

»Es ist doch wahr. Sie hat nie Kinder gehabt. Woher soll sie wissen, wie das ist, wenn man dasitzt und wartet und sich Sorgen macht? Wenn man Träume hat. So viele Träume, die jetzt alle kaputt sind, weil *sie* heute morgen nicht mit Elena gelaufen ist.«

Justine hatte sich nicht gerührt. Ihr Gesicht war starr, eine gefrorene Maske guter Erziehung. »Kommen Sie, ich zeige Ihnen Ihr Zimmer«, sagte sie und stand auf. »Sie sind sicher sehr müde. Ich habe Ihnen das gelbe Zimmer gegeben, zum Garten hinaus. Da ist es ruhig.«

»Ich möchte Elenas Zimmer haben.«

»Oh – ja, natürlich. Kein Problem. Ich will nur rasch das Bett beziehen...« Justine eilte aus dem Zimmer.

Glyn sagte sofort: »Wieso hast du ihr Elena anvertraut?«

»Aber Glyn, was soll das? Justine ist meine Frau.«

»Klar, das ist der springende Punkt, richtig? Was macht es dir schon aus, daß Elena tot ist? Du hast ja eine Frau zur Hand, die dir jederzeit eine neue Tochter bescheren kann.«

Anthony sprang auf. Als Schild gegen ihre Worte beschwor er das Bild Elenas herauf, wie er sie zuletzt vom Fenster der Glasveranda gesehen hatte – lachend und winkend auf ihrem Fahrrad, als sie nach ihrem gemeinsamen Mittagessen zum Tutorium geradelt war. Sie waren allein gewesen, hatten beim Essen über den Hund geschwatzt, eine Stunde liebevollen Einverständnisses geteilt.

Eine tiefe Qual erfaßte ihn. Elena neu erschaffen? Eine zweite kreieren? Es gab nur eine. Er selbst war mit ihr gestorben.

Ohne ein Wort drängte er sich an Glyn vorbei. Er konnte ihre leisen, harten Worte noch hören, als er aus dem Haus lief, auch wenn er sie nicht voneinander unterscheiden konnte. Er rannte zu seinem Wagen, drehte mit zitternder Hand den Zündschlüssel und fuhr schon rückwärts die Auffahrt hinunter, als Justine ihm nachgelaufen kam.

Sie rief seinen Namen. Einen Moment lang starrte er sie an, wie sie da stand, im Licht der Scheinwerfer gefangen, dann trat er das Gaspedal durch und schoß über aufspritzenden Kies auf die Adams Road hinaus.

Er keuchte und zitterte. Dann begann er zu weinen – tränenlos, trocken –, um seine Tochter und seine beiden Frauen, um sein verpfuschtes Leben.

Er fuhr die Grange Road hinunter, weiter durch die Barton Road und atmete ein wenig auf, als er Cambridge hinter sich wußte. Es war dunkel geworden, und der Nebel war dicht, besonders in dieser Region brachliegender offener Felder und winterkahler Hecken. Er fuhr ohne Vorsicht, und als sich aus der flachen Landschaft ein Dorf hob, parkte er den Wagen und stieg aus. Er fror. Der bitterkalte Wind East Anglias hatte es noch kälter werden lassen. Er hatte seinen Mantel zu Hause liegen gelassen. Er hatte nur sein Jackett an. Aber das war nebensächlich. Er klappte den Kragen hoch und ging los, vorbei an einem kleinen Schwingtor und einem halben Dutzend strohgedeckter Häuser, und blieb erst stehen, als er zu ihrem Haus kam. Er ging auf die andere Straßenseite, um etwas Abstand zu gewinnen, aber selbst durch den Nebel konnte er in das Fenster hineinsehen.

Sie war da. Mit einer Tasse in der Hand ging sie durch das Wohnzimmer, klein und zierlich. Er wollte nur zu ihr. Er mußte sie sehen, mit ihr sprechen. Sie in die Arme nehmen, sich von ihr gehalten fühlen.

Er trat vom Bürgersteig herunter. Im selben Moment brauste ein Auto heran, hupte warnend, scherte aus, um ihm auszuweichen. Es brachte ihn wieder zu Verstand.

Er beobachtete, wie sie zum offenen Kamin ging und Holz aufs Feuer legte. Wie damals. Und als sie sich vom Feuer abgewandt hatte und ihre Blicke einander begegnet waren, hatte sie ihm lächelnd die Hand entgegengestreckt.

»Tonio«, hatte sie leise und voller Liebe gesagt.

Und er hatte geantwortet, wie in diesem Augenblick. »*Tigresse.*« Nur ein Flüstern. »*Tigresse.*«

Lynley kam um halb sechs in Cambridge an und fuhr direkt nach Bulstrode Gardens, das ihn an Jane Austens Zuhause in Chawton erinnerte. Die gleiche Symmetrie – zwei Fenster und zwischen ihnen die weißgestrichene Tür, drei Fenster in gleichmäßigen Abständen darüber. Das Haus mit dem Ziegeldach und mehreren schlichten Kaminen war ein rechteckiger, massiver, architektonisch uninteressanter Bau. Aber Lynley war nicht enttäuscht wie damals in Chawton. Von Jane Austen hätte man erwartet, daß sie in einem versponnenen Häuschen mit Strohdach und romantischem Blumengarten gelebt hatte. Bei einem jungen Dozenten der theologischen Fakultät, der eine Frau und drei kleine Kinder zu ernähren hatte, erwartete man solche Verstiegenheit nicht.

Er stieg aus dem Bentley und zog seinen Mantel über. Der Nebel bedeckte Spuren der Gleichgültigkeit und Vernachlässigung am Haus mit einem gütigen Schleier. Doch daß im Garten nichts getan worden war, ihn für den Winter zu rüsten, sah man deutlich. Die halbmondförmige Auffahrt vor dem Haus war mit braunen Herbstblättern übersät, und das große Blumenbeet im Inneren des Halbmonds, von der Straße durch eine niedrige Backsteinmauer abgegrenzt, ging fast unter im wuchernden Unkraut. Die Sommerpflanzen lagen schwarz und tot auf der festen dunklen Erde, Bäume und Büsche wuchsen wild und unbeschnitten.

Lynley ging unter einer schlanken Birke am Rand der Auffahrt hindurch. Aus einem Nachbarhaus konnte er schwach Musik hören, und irgendwo im Nebel wurde krachend eine Tür zugeschlagen. Es klang wie ein Pistolenschuß. Er schlug einen Bogen um ein umgekipptes Dreirad, stieg die Stufe zur Veranda hinauf und läutete.

Von drinnen antworteten ihm die lauten Rufe zweier Kinder, die polternd zur Tür stürmten und gegen das Holz trommelten.

»Tante Helen!« rief eines von ihnen. »Tante Helen!«

Im Zimmer rechts neben der Haustür ging Licht an. Ein Säugling begann zu weinen. Eine Frau rief: »Einen Augenblick!«

»Tante Helen. Es hat geklingelt.«

»Ich weiß, Christian.«

Die Außenbeleuchtung über der Haustür ging an, und Lynley hörte das Geräusch des zurückschnappenden Riegels. »Vorsicht, Schatz, geh ein bißchen zur Seite«, sagte die Frau, als sie die Tür öffnete.

»Tommy!« rief Lady Helen Clyde. Sie hatte einen Säugling im Arm, und ein Junge und ein Mädchen drängten sich an ihre Beine. Sie trat einen Schritt zurück und zog die Kinder mit sich. »Du bist in Cambridge?«

»Ja.«

Sie warf einen Blick über seine Schulter, als erwartete sie, daß er in Begleitung sei. »Ganz allein?«

»Richtig.«

»So eine Überraschung. Komm herein.«

Im Haus roch es nach nasser Wolle, saurer Milch, Babypuder und Windeln, und überall im Wohnzimmer lagen Spielsachen herum, aufgeschlagene Bilderbücher mit zerrissenen Seiten auf Sofa und Sesseln, abgelegte Pullover und Jacken vor dem Kamin. Eine fleckige blaue Decke hing über einem Kinderschaukelstuhl. Lynley folgte Helen durch das Wohnzimmer in die Küche. Neugierig und ein wenig herausfordernd sah Christian Lynley an.

»Wer ist der Mann, Tante Helen?« fragte der kleine Junge. Seine Schwester blieb, den Daumen im Mund, an Helens Seite. »Hör auf, Perdita«, sagte er. »Mami hat gesagt, du sollst nicht lutschen. Du bist ein richtiges Baby.«

»Christian!« mahnte Helen sanft. Sie führte Perdita zu einem Kindertisch unter einem der Fenster und setzte sie auf das kleine Stühlchen. Den Daumen im Mund, begann das Kind sich hin- und herzuwiegen, ohne die großen dunklen Augen von Helen abzuwenden.

»Sie kommen gar nicht gut mit der neuen kleinen Schwester zurecht«, sagte Helen leise zu Lynley und nahm den weinenden Säugling an die andere Schulter. »Ich wollte sie eben zum Stillen hinaufbringen.«

»Wie geht es Pen?« fragte Lynley.

Helen sah zu den Kindern hinunter. Der eine Blick sagte alles. »Ich bringe nur die Kleine rasch hinauf«, sagte sie. »Ich bin gleich wieder da.« Sie lächelte. »Ich kann dich doch einen Moment mit den Kindern allein lassen?«

»Beißt er?«

»Nur Mädchen.«

»Sehr tröstlich.«

Lachend ging sie davon. Er hörte ihre Schritte auf der Treppe und ihre gedämpfte Stimme, als sie tröstend auf den weinenden Säugling einsprach.

Er wandte sich den Kindern zu. Es waren Zwillinge, das wußte er, etwas über vier Jahre alt, Christian und Perdita. Das kleine Mädchen war die Älteste, aber der Junge war größer und aggressiver und, wie Lynley sehen konnte, nicht bereit, sich von freundlichen Annäherungsversuchen Fremder locken zu lassen.

»Mami ist krank.« Christian begleitete dieses Statement mit einem Fußtritt gegen einen Küchenschrank. Dann schleuderte er seine blaue Decke, die er mitgeschleppt hatte, auf den Boden, riß die Schranktür auf und begann auszuräumen, einen Topf nach dem anderen. »Das Baby ist schuld dran. Es hat Mami krank gemacht.«

»Das kommt manchmal vor«, sagte Lynley. »Es wird ihr bestimmt bald wieder bessergehen.«

»*Mir* macht's sowieso nichts aus.« Christian knallte einen Topf auf den Boden. »Aber Perdita heult dauernd. Und gestern hat sie nachts ins Bett gemacht.«

Lynley sah das kleine Mädchen an, das sich stumm hin- und herwiegte und hingebungsvoll am Daumen lutschte. »Aber doch sicher nicht mit Absicht«, sagte er.

»Daddy kommt fast nie heim.« Christian zog einen zweiten Topf aus dem Schrank und hieb mit ihm gnadenlos auf den ersten ein. »Daddy mag das Baby nicht. Er ist böse auf Mami.«

»Wie kommst du denn darauf?«

»Ich mag Tante Helen. Sie riecht gut.«

Endlich ein gemeinsames Thema. »Ja, das stimmt.«

»Magst du Tante Helen?«

»Ja, ich mag sie sehr gern.«

Christian schien dies als Grundlage für eine Freundschaft zu genügen. Er stand auf und rammte Lynley einen Topf mit Deckel in den Oberschenkel. »Da!« sagte er. »Du mußt das so machen.« Und er knallte kräftig mit dem Deckel auf den Topf.

»Also, wirklich, Tommy! Ermutigst du ihn etwa noch?« Helen schloß die Küchentür hinter sich und sammelte Töpfe und Deckel ein. »Setz dich zu Perdita, Christian. Ich mache euch das Abendessen.«

»Nein! Ich will spielen.«

»Jetzt nicht.« Helen entwand ihm einen Topf, hob ihn hoch und trug ihn zum Tisch. Er schrie und tobte. Seine Schwester beobachtete ihn mit großen Augen, ohne aufzuhören, sich zu wiegen. »Ich muß ihnen das Abendessen machen«, sagte Helen zu Lynley. »Vorher beruhigt er sich nicht.«

»Ich bin zu einer ungünstigen Zeit gekommen.«

»Das kann man wohl sagen.« Sie seufzte.

Er war enttäuscht. Sie kniete nieder und begann die Töpfe vom Boden einzusammeln. Er half ihr. Im kalten Licht der Küche konnte er sehen, wie blaß sie war. »Wie lange bleibst du noch?« fragte er.

»Fünf Tage. Am Samstag kommt Daphne für zwei Wochen. Danach Mutter, auch für zwei Wochen. Dann muß Pen allein fertig werden.« Sie strich sich eine kastanienbraune Haarsträhne aus dem Gesicht. »Ich frage mich, wie sie es schaffen soll, Tommy. So schlimm war es noch nie.«

»Christian sagte, daß sein Vater wenig zu Hause ist.«

Helen preßte die Lippen aufeinander. »Das ist noch milde ausgedrückt.«

Er berührte ihre Schulter. »Was ist mit ihnen, Helen?«

»Ich weiß es nicht. Es ist ein Kampf bis aufs Messer, aber sie sprechen beide nicht darüber.« Sie lächelte trübe. »Das ist nun die Seligkeit einer Ehe, die im Himmel geschlossen worden ist.«

Getroffen zog er seine Hand weg.

»Tut mir leid«, sagte sie.

Er zuckte mit einem schwachen Lächeln die Achseln und stellte den letzten Topf in den Schrank.

»Tommy?« Er sah sie an. »Es hat keinen Sinn. Das weißt du, nicht wahr? Du hättest nicht kommen sollen.«

Sie stand auf und ging zum Kühlschrank. Sie nahm vier Eier, Butter, ein Stück Käse und zwei Tomaten heraus. Sie holte einen Laib Brot aus dem Brotkasten. Dann bereitete sie rasch, ohne zu sprechen, das Abendessen für die Kinder, während Christian mit einem Bleistiftstummel, den er irgendwo gefunden hatte, die Tischplatte bekritzelte. Perdita wiegte sich daumenlutschend mit übersinnlichem Blick.

Lynley stand neben der Spüle und sah Helen zu. Er hatte seinen Mantel noch immer nicht ausgezogen. Sie hatte ihn ihm nicht abgenommen. Was, fragte er sich, hatte er sich von diesem Überraschungsbesuch erhofft? Hatte er erwartet, daß sie sich ihm dankbar in die Arme werfen würde? In ihm den starken Retter sehen würde? Barbara Havers hatte recht. Er war wirklich ein Narr.

»Dann gehe ich jetzt wohl besser«, sagte er.

Sie hob kurz den Kopf, während sie Rührei aus der Pfanne auf zwei Teller löffelte. »Fährst du nach London zurück?« fragte sie.

»Nein. Ich habe hier zu tun.« Er berichtete ihr kurz von dem Fall, der ihn hergeführt hatte, und sagte zum Schluß: »Ich habe ein Zimmer im St. Stephen's.«

»Ah, zurück in die Studienzeit.« Sie trug die beiden Teller zum Tisch und stellte jedem Kind ein Glas Milch hin. Christian stürzte sich mit Heißhunger auf sein Abendessen. Perdita wiegte sich. Helen drückte ihr eine Gabel in die Hand und strich ihr zärtlich über die Wange.

»Helen.« Es war ein Trost, ihren Namen sagen zu können. Sie sah auf. »Ich gehe jetzt.«

»Warte, ich bringe dich hinaus.«

Sie ging mit ihm durchs Wohnzimmer zur Haustür. Es war kälter in diesem Teil des Hauses. Er blickte zur Treppe.

»Soll ich Pen guten Tag sagen?«
»Besser nicht, Tommy.« Er räusperte sich, nickte. Sie berührte leicht seinen Arm. »Bitte, versteh mich.«
Er wußte, daß sie nicht von ihrer Schwester sprach.
»Kann ich dich nicht wenigstens zum Abendessen hier weglotsen?«
»Ich kann sie nicht mit den Kindern allein lassen. Und ich habe keine Ahnung, wann Harry nach Hause kommt. Er bleibt heute abend zu einem Bankett im Emmanuel College. Kann sein, daß er auch dort übernachtet. Das hat er diese Woche schon viermal getan.«
»Rufst du mich an, wenn er nach Hause kommen sollte?«
»Er wird sich nicht...«
»Rufst du mich an?«
»Ach, Tommy.«
Verzweifelt fragte er: »Ich habe diesen Fall freiwillig übernommen, Helen. Als ich hörte, daß es Cambridge war.«
Sobald die Worte heraus waren, verachtete er sich für dieses Manöver. Es war die übelste Art von Gefühlsmanipulation, ihrer beider nicht würdig. Sie erwiderte nichts. Er hob die Hand und streichelte ihre Wange. Sie lehnte sich an ihn und legte warm ihren Arm um ihn. Er schmiegte seine Wange an ihr weiches Haar.
»Christian hat gesagt, er mag dich, weil du gut riechst.«
Er hörte ihrer Stimme an, daß sie lächelte. »Ach ja?«
»Ja.« Noch einen Moment hielt er sie fest und berührte mit den Lippen ihren Scheitel. »Christian hat recht«, sagte er und ließ sie los. Er öffnete die Haustür.
»Tommy.« Sie verschränkte die Arme vor der Brust.
Er wartete schweigend, in der Hoffnung, daß sie einen ersten Schritt machen würde.
»Ich rufe dich an, wenn Harry heimkommen sollte.«
»Ich liebe dich, Helen.« Er ging zu seinem Wagen.

Helen kehrte in die Küche zurück. Zum ersten Mal in den neun Tagen, seit sie in Cambridge war, sah sie sich in Ruhe mit dem Blick einer Außenstehenden in dem Raum um. Alles zeugte von Verwahrlosung.

Der gelbe Linoleumboden, den sie erst vor drei Tagen gründlich geschrubbt hatte, starrte schon wieder vor Schmutz und war voller Flecken von verschütteten Getränken und Speisen. Die schmierig aussehenden Wände waren von unzähligen grauen Fingerabdrücken der Kinder übersät. Auf den Arbeitsplatten drängte sich ein Wust von Dingen, die sonst nirgends Platz gefunden hatten – ein Stapel ungeöffnete Post, eine hölzerne Schale mit Äpfeln und braun verfärbten Bananen, Zeitungen, ein Marmeladenglas mit Kochlöffeln, ein Malbuch und Malkreiden, ein Toaster und eine Reihe verstaubter Bücher. Der Gasherd war mit Essensresten verkrustet, und über drei leeren Bastkörben auf dem Kühlschrank hatten sich Spinnweben zusammengezogen.

Wie, dachte Helen, hatte dieser Anblick auf Lynley gewirkt? Er hatte Bulstrode Gardens von einem einzigen Besuch zweifellos ganz anders in Erinnerung gehabt – ein gepflegter sommerlicher Garten, Drinks und heitere Gespräche auf der schönen Terrasse, die mittlerweile einem Spielplatz und Sandkasten für die Kinder hatte weichen müssen. Ihre Schwester und Harry Rodger waren damals ein leidenschaftlich verliebtes junges Paar gewesen und hatten nur füreinander Augen gehabt. Die Außenwelt schien für sie nicht zu existieren. Sie tauschten tiefe Blicke und lächelten wissend; sie berührten einander bei jeder Gelegenheit; sie fütterten sich gegenseitig mit kleinen Häppchen und tranken aus einem Glas. Bei Tag hatte jeder sein eigenes Leben – Harry an der Universität, Pen im Fitzwilliam Museum –, doch bei Nacht waren sie eins.

Helen hatte soviel hingebungsvolle Zärtlichkeit damals

übertrieben und peinlich gefunden. Jetzt allerdings gestand sie sich ein, daß es ihr viel lieber gewesen wäre, ihre Schwester und Harry miteinander turteln zu sehen, als die drastische Veränderung miterleben zu müssen, die mit der Geburt des dritten Kindes in die Beziehung eingetreten war.

Christian, der noch beim Abendessen saß, hatte seine Toaststreifen zu Bombern umfunktioniert, die er mit Karacho auf seinen Teller hinuntersausen ließ. Sein Pullover war verschmiert von einer Mischung aus Ei, Tomate und Käse. Perdita hatte ihr Essen kaum angerührt. Sie saß reglos auf ihrem kleinen Stuhl, ihre Puppe auf dem Schoß, die sie nachdenklich betrachtete, aber nicht berührte.

Helen kniete neben ihr nieder, während Christian mit lautem Gebrüll einen neuen Angriff auf seinen Teller startete. Perdita zuckte zusammen, als ihr ein Stück Tomate ins Gesicht flog.

»Das reicht, Christian.« Helen nahm ihm seinen Teller weg. Er war ihr kleiner Neffe, sie liebte ihn, aber nach neun Tagen ständigen Kampfs war ihre Geduld fast erschöpft. Sie konnte in diesem Moment nicht einmal Verständnis für die unausgesprochenen Ängste aufbringen, die sich, wie sie wußte, hinter seinem aggressiven Verhalten verbargen. Er setzte zu wütendem Protestgeheul an. Sie griff über den Tisch und legte ihm die Hand auf den Mund.

»Schluß jetzt. Sei nicht so ungezogen. Das reicht wirklich, Christian.«

Erschrocken über Helens ungewohnt scharfen Ton, fing der Junge an zu weinen. »Mami!« jammerte er.

Ohne Skrupel machte Helen sich ihren Vorteil zunutze. »Ja, Mami. Sie braucht Ruhe, das weißt du, aber du kümmerst dich gar nicht darum.« Er sagte nichts, hörte aber auf zu weinen, und sie wandte sich seiner Schwester zu. »Willst du nicht etwas essen, Perdita?«

Das kleine Mädchen starrte nur stumm auf die Puppe auf seinem Schoß. Helen seufzte. »Ich gehe jetzt nach oben und sehe nach Mami und dem Baby«, sagte sie zu Christian. »Seid solange brav, ihr beiden, ja?«

Christian musterte den Teller seiner Schwester. »Sie hat überhaupt nichts gegessen.«

»Vielleicht kannst du sie überreden, wenigstens ein bißchen was zu essen.«

Sie ließ die beiden in der Küche zurück. Oben war es still, und sie nahm sich einen Moment, um wieder zu Atem zu kommen. Sie lehnte die Stirn an das kühle Glas eines Fensters und dachte an Lynley und sein unerwartetes Erscheinen in Cambridge.

Fast zehn Monate waren vergangen, seit er ihr Hals über Kopf nach Skye nachgefahren war; fast zehn Monate seit jenem eisigen Januartag, an dem er sie gebeten hatte, seine Frau zu werden, und sie ihm einen Korb gegeben hatte. Er hatte kein zweites Mal gefragt, und seither waren sie stillschweigend übereingekommen, sich auf die ungezwungene Freundschaft zurückzuziehen, die sie einmal verbunden hatte. Aber das war im Grunde nicht mehr möglich. Mit seinem Heiratsantrag hatte Lynley eine Grenze überschritten und ihre Beziehung unwiderruflich verändert. Und nun, stellten sie beide fest, befanden sie sich in einem Niemandsland; sie konnten einander Freunde nennen, solange sie wollten, bis an ihr Lebensende womöglich, in Wirklichkeit jedoch hatte die Freundschaft zwischen ihnen in dem Moment geendet, als Lynley es riskiert hatte, seine Liebe zu ihr zu bekennen.

Jede ihrer Begegnungen seit Januar – ganz gleich, wie unverbindlich oder überflüssig oder zufällig – war von der Tatsache geprägt gewesen, daß er sie gebeten hatte, seine Frau zu werden. Und weil sie nie darüber gesprochen hatten, bewegten sie sich auf trügerischem Boden. Ein falscher

Schritt, das wußte sie, und sie würde im Treibsand des Bemühens versinken, ihm etwas zu erklären, was ihn zutiefst verletzen würde.

Seufzend richtete Helen sich auf und straffte ihre Schultern. Ihr Nacken tat ihr weh. Sie war todmüde.

Die Tür zum Schlafzimmer ihrer Schwester am Ende des Flurs war geschlossen. Sie klopfte leise, ehe sie eintrat, ohne auf eine Aufforderung Penelopes zu warten. Sie wußte inzwischen, daß ihre Schwester nicht reagierte.

Die Fenster waren geschlossen. Das Zimmer war überheizt und stickig. Das breite Bett stand zwischen den Fenstern, und dort lag Penelope, aschfahl selbst im weichen Licht der Nachttischlampe, den Säugling an ihrer Brust. Nicht einmal, als Helen ihren Namen sagte, blickte sie auf. Sie blieb mit geschlossenen Augen liegen, die Lippen im Schmerz zusammengepreßt. Ihr Gesicht war schweißnaß, und aus ihren Augen rannen unaufhörlich Tränen. Sie wischte sie nicht ab. Und sie machte die Augen nicht auf.

Nicht zum ersten Mal überkam Helen tiefe Frustration über ihre Unfähigkeit zu helfen. Sie wußte, wie schlecht es ihrer Schwester ging, sie hatte ihre Brüste gesehen, die aufgesprungenen, blutenden Brustwarzen; sie hatte Penelopes unterdrückte Aufschreie gehört, wenn sie die Milch aus den Brüsten drückte. Aber sie kannte Penelope gut genug, um zu wissen, daß sie sich allen Gegenargumenten zu verschließen pflegte, wenn sie sich einmal etwas in den Kopf gesetzt hatte; und sie würde dieses Kind stillen bis zu seinem sechsten Monat, koste es, was es wolle.

Helen trat ans Bett und sah zu dem Säugling hinunter. Zum ersten Mal bemerkte sie, daß Pen das Kind nicht in den Armen hielt. Sie hatte es auf ein Kissen gelegt und hielt es im Kissen an ihre Brust gedrückt. Das Kind trank. Und Penelope weinte lautlos.

Sie hatte den ganzen Tag das Zimmer nicht verlassen.

Gestern hatte sie wenigstens, von den Zwillingen bedrängt, zehn Minuten lang apathisch im Wohnzimmer gesessen, während Helen ihr Bett frisch bezogen hatte. Heute jedoch war sie hinter geschlossener Tür geblieben und hatte sich nur gerührt, wenn Helen ihr das Kind zum Stillen gebracht hatte. Manchmal las sie. Manchmal saß sie in einem Sessel am Fenster. Die meiste Zeit weinte sie.

Obwohl das Kind jetzt einen Monat alt war, hatten Penelope und ihr Mann seinen Namen noch nicht in den Mund genommen. Sie nannten es nur »die Kleine«. Als glaubten sie, das Kind dadurch ungeschehen machen zu können.

Das Kind hörte auf zu saugen. Sein Köpfchen sank ins Kissen. Sein Kinn war naß von der Muttermilch. Seufzend schob Penelope das Kissen weg. Helen nahm das Kind auf und hob es an ihre Schulter.

»Ich habe vorhin die Tür gehört.« Penelopes Stimme war müde und angestrengt. Sie öffnete die Augen nicht. Ihr Haar – dunkel wie das ihrer Kinder – lag feucht um ihren Kopf. »War es Harry?«

»Nein, Tommy. Er ist dienstlich hier.«

Penelope öffnete die Augen. »Tommy Lynley? Was wollte der denn?«

Helen tätschelte den warmen kleinen Rücken des Kindes. »Guten Tag sagen, glaube ich.« Sie ging zum Fenster. Sie hörte, daß Penelope sich im Bett herumdrehte, und wußte, daß sie sie beobachtete.

»Woher wußte er, daß du hier bist?«

»Ich hatte es ihm gesagt.«

»Wozu? Nein, antworte mir nicht. Du wolltest, daß er kommt, stimmt's?« Es klang wie eine Anklage. Helen wandte sich vom Fenster ab. Ehe sie etwas erwidern konnte, fuhr ihre Schwester fort: »Ich kann dich ja verstehen, Helen. Du möchtest weg hier. Du möchtest zurück nach London. Wem würde das nicht so gehen.«

»Das stimmt doch gar nicht.«

»Du willst zurück in deine eigene Wohnung und dein eigenes Leben. Du willst endlich deine Ruhe haben. O Gott, ich glaube, das fehlt mir am meisten. Ein bißchen Ruhe. Stille. Und ein bißchen Zeit für mich selbst. Alleinsein. Ungestört.« Pen begann wieder zu weinen. Sie wandte sich zum Nachttisch und zog eine Schachtel Kleenex zu sich heran. »Entschuldige. Ich bin total am Ende. Ich bin für alle nur eine Last.«

»Sag so was nicht. Bitte. Du weißt, daß es nicht wahr ist.«

»Schau mich doch an. Los, Helen, schau mich an. Ich bin zu nichts nütze. Ich kann nicht einmal meinen Kindern eine richtige Mutter sein. Ich bin eine totale Niete.«

»Das ist die Depression, Pen. Das weißt du doch. Das gleiche hast du nach der Geburt der Zwillinge durchgemacht. Erinnerst du dich...«

»Ist doch nicht wahr. Damals ging es mir glänzend.«

»Du hast vergessen, wie es war. Du hast es hinter dir gelassen. Und diese Depression wirst du genauso vergessen.«

Penelope wandte sich ab. »Harry übernachtet wieder im Emmanuel, nicht wahr?« Sie hob das tränennasse Gesicht und sah ihre Schwester an. »Schon gut. Du brauchst gar nichts zu sagen. Ich weiß Bescheid.«

Es war das erste Mal in diesen neun Tagen, daß Penelope Bereitschaft zu einem Gespräch zeigte. Helen setzte sich zu ihr aufs Bett. »Was läuft hier eigentlich ab, Pen?«

»Er hat bekommen, was er wollte. Warum soll er jetzt bleiben und den Schaden besichtigen?«

»Ich verstehe nicht. Ist eine andere Frau im Spiel?«

Pen lachte bitter, unterdrückte ein Schluchzen und wechselte abrupt das Thema. »Du weißt doch, warum er hergekommen ist, Helen. Spiel nicht die Naive. Du weißt, was er will, und daß er entschlossen ist, es sich zu holen. Das ist doch die typische Lynley-Methode. Ohne Umwege zum Ziel.«

Helen sagte nichts. Sie legte das Kind neben ihrer Schwester auf dem Bett nieder und sah lächelnd auf das strampelnde kleine Bündel hinunter. Sie küßte das runde Gesichtchen und lachte.

»Der will doch was ganz anderes hier als irgendeinen Mord aufklären, Helen. Aber mach das ja nicht mit. Sag nein.«

»Das ist doch längst nicht mehr aktuell.«

»Helen! Sei nicht dumm.« Penelope beugte sich vor und faßte sie beschwörend am Handgelenk. »Du hast jetzt alles, was man sich wünschen kann. Gib es nicht eines Mannes wegen auf. Mach Schluß mit ihm. Er will dich für sich haben. Er ist entschlossen, dich zu erobern. Und er wird nicht aufgeben, solange du ihm nicht klipp und klar sagst, daß es keinen Sinn hat. Also tu's.«

Helen lächelte, liebevoll, wie sie hoffte, und legte ihre Hand auf die ihrer Schwester. »Pen, wir leben doch nicht im viktorianischen Zeitalter. Tommy hat es nicht auf meine Unschuld abgesehen. Wenn es so wäre, dann ist er leider...« Sie lachte vergnügt. »Warte, laß mich rechnen – ja, ungefähr fünfzehn Jahre zu spät dran. Weihnachten sind es genau fünfzehn Jahre. Soll ich dir's erzählen?«

Penelope entzog ihr ihre Hand. »Da gibt's nichts zu lachen.«

Helen sah hilflos und erstaunt, wie ihre Schwester von neuem zu weinen anfing. »Pen...«

»Nein! Du lebst in einer Traumwelt. Rosen und Champagner und seidene Kissen. Babys, die der Klapperstorch bringt. Brave kleine Mädchen und Jungen, die ihre Mama vergöttern. Keine schmutzigen Windeln, kein Krach, keine Unordnung. Ich kann dir nur raten, sieh dich hier gut um, wenn du die Absicht haben solltest zu heiraten.«

»Tommy ist nicht nach Cambridge gekommen, um mir einen Heiratsantrag zu machen.«

»Sieh dich gründlich um. Das Leben ist nämlich ausgesprochen beschissen. Es ist nichts als Todesangst. Aber daran denkst du nicht. Du denkst an gar nichts.«

»Pen, du bist unfair.«

»Oh, ich kann verstehen, daß du gern mit ihm schlafen würdest. Darauf hast du doch gehofft, als er heute abend kam, nicht? Wirklich, ich kann's verstehen. Er soll ja ein toller Liebhaber sein. Ich kenne mindestens ein Dutzend Frauen in London, die das mit Vergnügen bestätigen werden. Tu also, was du willst. Schlaf mit ihm. Heirate ihn. Ich hoffe nur, du bist nicht so blöd zu glauben, daß er dir die Treue halten wird. Oder sonst irgend etwas.«

»Wir sind Freunde, Pen. Das ist alles.«

»Vielleicht möchtest du ja auch nur die Häuser und Autos und Angestellten und das Geld haben. Und den Titel natürlich. Den dürfen wir nicht vergessen. Gräfin Asherton. Eine glänzende Partie. Dann kann Daddy wenigstens auf eine von uns stolz sein.« Sie drehte sich auf die Seite und schaltete die Nachttischlampe aus. »Ich will jetzt schlafen. Bring die Kleine in ihr Bett.«

»Pen...«

»Nein, ich will jetzt schlafen.«

4

»Es war von Anfang an klar, daß Elena Weaver das Zeug hatte, Hervorragendes zu leisten«, sagte Terence Cuff zu Lynley. »Aber das sagen wir wohl von den meisten Studienanfängern. Was hätten sie hier zu suchen, wenn sie nicht die Fähigkeiten für hervorragende Leistungen in ihren Fächern besäßen?«

»Was war denn ihr Fach?«
»Englisch.«
Cuff schenkte zwei Gläser Sherry ein und reichte Lynley eines. Mit einer kurzen Geste wies er zu der Sitzgruppe rechts vom offenen Kamin, einem Prunkstück spätelisabethanischer Architektur mit Marmorkaryatiden, korinthischen Säulen und dem Wappen des Collegegründers, Lord Brasdown, verziert.

Vor seinem Besuch beim Rektor hatte Lynley einen Abendspaziergang durch die sieben Höfe gemacht, die den westlichen Teil des St. Stephen's College bildeten, und im Garten, der eine Terrasse mit Blick auf den Cam hatte, eine kleine Ruhepause eingelegt. Er war ein Architekturliebhaber. Die Betrachtung der stilistischen Besonderheiten und Launen, die jede Epoche hervorgebracht hatte, bereitete ihm immer wieder Vergnügen. Cambridge war, das hatte er schon oft festgestellt, reich an architektonischen Kapricen – der Brunnen im *Great Court* des Trinity College oder die *Mathematical Bridge* des Queen's College –, doch das St. Stephen's College verdiente, wie er entdeckt hatte, besondere Aufmerksamkeit. Fünf Jahrhunderte Baukultur waren hier vereint. Vom *Principal Court* aus dem sechzehnten Jahrhundert mit seinen Klinkerbauten bis zum dreieckigen *North Court* des zwanzigsten Jahrhunderts. Das St. Stephen's war eines der größten Colleges der Universität, begrenzt auf der Nordseite vom Trinity College, im Süden von der Trinity Hall und von der Trinity Lane in Ost- und Westteil getrennt. Nur der Fluß, der seine westliche Begrenzung bildete, gewährte eine gewisse Öffnung nach außen.

Das Haus des Rektors stand am Südwestende des Geländes mit Blick auf den Cam. Es war im siebzehnten Jahrhundert erbaut worden, Klinker mit konstrastierenden hellen Ecksteinen, eine glückliche Kombination klassischer und gotischer Details. Die vollkommene Ausgewogenheit bezeugte den Einfluß des klassischen Ideals. Zwei Erkerfenster wölbten sich zu beiden Seiten der Haustür, während aus dem schrägen Schieferdach eine Reihe Mansardenfenster mit halbrunden Ziergiebeln hervorsprang. Eine späte Liebe zur Gotik offenbarte sich in der zinnenartigen Ornamentierung des Dachs, im Spitzbogen über der Haustür und im Fächergewölbe der Decke in der Vorhalle. In diesem Haus war Lynley mit Terence Cuff verabredet, dem Rektor des St. Stephen's, der wie Lynley selbst einst am Exeter College in Oxford studiert hatte.

Lynley konnte sich nicht erinnern, während seiner Zeit in Oxford von Cuff gehört zu haben, aber da der Mann gut zwanzig Jahre älter war als er, durfte man keinesfalls den Schluß daraus ziehen, daß Cuff sich in Oxford nicht besonders hervorgetan hatte. An Selbstbewußtsein jedenfalls schien es ihm nicht zu fehlen. Es war klar, daß er, auch wenn ihm der gewaltsame Tod einer seiner Studentinnen naheging, vielleicht sogar persönlich naheging, Elena Weavers Tod nicht als Anzeichen für Inkompetenz als Leiter des Colleges betrachtete.

»Ich bin froh, daß der Vizekanzler damit einverstanden war, Scotland Yard zuzuziehen«, sagte Cuff, nachdem er sich in einem der Polstersessel niedergelassen hatte. »Es ist natürlich eine Hilfe, daß wir Miranda Webberly hier am St. Stephen's haben. Da konnten wir dem Vizekanzler gleich den Namen ihres Vaters nennen.«

»Wenn ich Webberly recht verstanden habe, war man hier etwas besorgt wegen der Art und Weise, wie die zuständige Polizei im letzten Frühjahr einen Fall behandelt hat.«

Cuff stützte den Kopf in die offene Hand. Er trug keine Ringe. Sein Haar war voll und aschgrau. »Ja. Es war eindeutig Selbstmord. Aber irgend jemand von der Polizei deutete der Lokalpresse an, es sähe ihm sehr nach einem vertuschten Mord aus. Sie kennen so etwas, nehme ich an; eine Unterstellung, daß die Universität bestrebt ist, ihre eigenen Leute zu decken. Mit aktiver Unterstützung der Lokalpresse entwickelte sich die Sache zu einem häßlichen kleinen Skandal. Wir möchten nicht, daß so etwas noch einmal passiert.«

»Aber soviel ich weiß, wurde das Mädchen doch gar nicht auf dem Universitätsgelände getötet. Es ist also anzunehmen, daß jemand aus der Stadt das Verbrechen verübt hat. Und wenn das zutrifft, sind Sie auf dem besten Weg, in einen Skandal ganz anderer Art verwickelt zu werden, ob nun mit oder ohne Hilfe von New Scotland Yard.«

»Ja. Das ist mir durchaus klar.«

»Dann kann doch das Eingreifen des Yard...«

Cuff unterbrach Lynley abrupt. »Elena ist auf Robinson Crusoe's Island getötet worden. Kennen Sie die Insel? Nicht weit von der Mill Lane und dem University Centre. Sie ist ein beliebter Treffpunkt der jungen Leute, ein Ort, an dem sie trinken und rauchen können.«

»Sie meinen, die Studenten? Das finde ich aber merkwürdig.«

»Natürlich. Nein, die Studenten sind nicht auf die Insel angewiesen. Sie können in ihren Gemeinschaftsräumen trinken und rauchen. Die oberen Semester können ins University Centre gehen. Und jeder, der noch mehr vorhat, kann das in seinem eigenen Zimmer tun. Wir haben natürlich gewisse Regeln, aber ich kann nicht behaupten, daß sie mit großem Nachdruck durchgesetzt werden.«

»Dann treffen sich auf der Insel wohl vor allem die jungen Leute aus der Stadt.«

»Am Südende, ja.« Cuff nickte. »Am Nordende haben sich ein paar Bootsbauer niedergelassen, die im Winter Boote reparieren.«

»Boote des Colleges?«

»Auch, ja.«

»Dort also können Studenten und Bürger der Stadt aufeinander treffen?«

Cuff nickte. »Sie denken an einen unerfreulichen Zusammenstoß zwischen einem Studenten und jemandem aus der Stadt? Ein Wort gibt das andere, und am Ende geschieht ein Mord aus Rache?«

»Wäre Elena Weaver so etwas zuzutrauen gewesen?«

»Sie denken an eine Auseinandersetzung, die zu einem Hinterhalt führte?«

»Es wäre eine Möglichkeit.«

Cuff starrte über den Rand seines Sherryglases auf einen antiken Globus, der in einem der Erkerfenster der Bibliothek stand. »Das kann ich mir ehrlich gesagt nicht vorstellen. Elena war nicht der Typ, der einen Streit vom Zaun bricht. Ich bezweifle überhaupt, daß es jemand aus der Stadt war, wenn wir annehmen, daß der Mörder sie kannte und ihr auflauerte. Soviel ich weiß, hatte sie keinerlei Beziehung zu Bürgern von Cambridge.«

»Dann also ein völlig willkürliches Verbrechen?«

»Der Nachtwächter meinte, daß sie das Collegegelände gegen Viertel nach sechs verließ. Sie war allein. Es wäre natürlich das Bequemste, sich zu sagen, daß sie von einem Mörder getötet wurde, der sie nicht kannte, und basta. Aber leider kann ich daran nicht recht glauben.«

»Sie vermuten, es war jemand, der sie kannte? Jemand aus einem der Colleges?«

Cuff bot Lynley eine Zigarette aus der Rosenholzdose auf dem Tisch an. Als Lynley ablehnte, zündete er sich selbst eine an, blickte einen Moment ins Leere und sagte dann: »Das halte ich für wahrscheinlicher, ja.«

»Und haben Sie irgendwelche Vermutungen?«

Cuff kniff die Augen zusammen. »Überhaupt keine.«

Lynley vermerkte den kategorischen Ton und führte

Cuff zum Beginn ihres Gesprächs zurück. »Sie sagten vorhin, Elena wäre begabt gewesen.«

»Ah ja, eine verräterische Bemerkung, nicht wahr?«

»Nun ja, sie weist eher auf Versagen als auf Erfolg hin. Wie sah es denn mit ihren Leistungen aus?«

»Soviel ich weiß, war ihr Schwerpunkt in diesem Jahr englische Literaturgeschichte, aber der Tutor kann es Ihnen ganz genau sagen, wenn es Sie interessiert. Er hat Elena seit ihrem ersten Semester geholfen, sich hier in Cambridge zurechtzufinden.«

Lynley zog eine Augenbraue hoch. Die Funktion des Tutors war ihm vertraut. Es ging dabei weniger um akademische als um persönliche Hilfestellung. Die Tatsache, daß er Elena Weaver durchgehend betreut hatte, ließ darauf schließen, daß ihre Probleme über die üblichen Startschwierigkeiten einer orientierungslosen Studienanfängerin hinausgegangen waren.

»Hat es denn Probleme gegeben?«

Cuff nahm sich einen Moment Zeit, um die Asche seiner Zigarette in einen Porzellanaschenbecher zu stäuben, ehe er sagte: »Ja, mehr als üblich. Sie war ein intelligentes jungen Mädchen und hat sehr gut geschrieben, aber schon sehr bald im ersten Semester versäumte sie Übungsstunden, und da leuchtete bei uns das erste rote Licht auf.«

»Und weiter?«

»Sie schwänzte Seminare. Sie erschien zu mindestens drei Übungsstunden in angetrunkenem Zustand. Sie blieb die ganze Nacht fort – der Tutor kann Ihnen sagen, wie oft das vorkam, wenn es wichtig ist –, ohne sich beim Pförtner abzumelden.«

»Und ich nehme an, Sie haben sie wegen Ihres Vaters nicht an die Luft gesetzt. Ist sie vielleicht nur seinetwegen im St. Stephen's aufgenommen worden?«

»So kann man das nicht sagen. Er ist ein hervorragender

Wissenschaftler. Das an sich wäre für uns natürlich Grund genug gewesen, eine Aufnahme seiner Tochter ernsthaft zu erwägen. Aber sie war darüber hinaus, wie ich schon sagte, eine intelligente junge Frau. Gute Schulnoten, gute Aufnahmeprüfung, das Gespräch mit ihr war – alles in allem – mehr als befriedigend. Und es war durchaus verständlich, daß sie das Leben in Cambridge zunächst überwältigend fand.«

»Und als dann das rote Licht aufleuchtete...?«

»Da habe ich mich mit ihrem Tutor und ihren Dozenten zusammengesetzt, um einen Aktionsplan auszuarbeiten. Es war im Grund ein ganz einfacher Plan. Er sah vor, daß sie regelmäßig ihre Vorlesungen und Seminare zu besuchen hatte, sich den Besuch der Übungsstunden schriftlich bestätigen ließ und engeren Kontakt zu ihrem Vater hielt, damit der ebenfalls ihre Fortschritte überwachen konnte. Von da an verbrachte sie häufig die Wochenenden bei ihm.« Er machte ein leicht verlegenes Gesicht, als er weitersprach. »Ihr Vater hielt es für hilfreich, ihr zu erlauben, in ihrem Zimmer ein kleines Tier zu halten, eine Maus, genauer gesagt. Er hoffte, sie würde sich für das Tier verantwortlich fühlen und die Nächte nicht außerhalb verbringen. Sie war anscheinend sehr tierlieb. Schließlich zogen wir noch einen jungen Mann vom Queen's College zu, einen Jungen namens Gareth Randolph. Er sollte die Rolle des Studentenbetreuers übernehmen und sie, das war uns noch wichtiger, in eine passende Vereinigung einführen. Letzteres war ihrem Vater gar nicht recht. Er war von Anfang an absolut dagegen.«

»Wegen des Jungen?« fragte Lynley.

»Wegen der Vereinigung. Sie heißt VGS. Gareth Randolph ist ihr Präsident. Und er ist einer der besten behinderten Studenten an der Universität.«

Lynley runzelte die Stirn. »Das hört sich an, als hätte

Weaver gefürchtet, seine Tochter könnte eine Liebesbeziehung zu einem behinderten jungen Mann anfangen.« Hier lag in der Tat Sprengstoff.

»Das kann gut sein«, meinte Cuff. »Aber meiner Meinung nach wäre eine Beziehung zu Gareth Randolph nur gut für sie gewesen.«

»Wieso?«

»Aus naheliegendem Grund. Elena war auch behindert.« Als Lynley darauf nichts sagte, sah Cuff ihn verwirrt an. »Das haben Sie doch gewußt. Das hat man Ihnen doch gesagt.«

»Nein. Das hat mir niemand gesagt.«

Terence Cuff beugte sich vor. »Verzeihen Sie vielmals. Ich dachte, man hätte Sie unterrichtet. Elena Weaver war taub.«

VGS, erklärte Terence Cuff, war die Abkürzung für die Vereinigung Gehörloser Studenten an der Universität Cambridge, einer Gruppe, die sich einmal wöchentlich in einem kleinen Konferenzraum im Souterrain der Peterhouse Bibliothek am Ende der Little St. Mary's Lane traf. Sie war Anlaufstelle für die nicht unbeträchtliche Zahl gehörloser Studenten an der Universität. Darüber hinaus verfocht sie den Gedanken, daß Gehörlosigkeit weniger eine Behinderung sei als eine eigene Kultur.

»Die Gruppe ist sehr stolz«, erklärte Cuff. »Sie hat enorm viel dafür getan, das Selbstbewußtsein der gehörlosen Studenten zu fördern. Sie weist immer wieder darauf hin, daß es keine Schande ist, sich der Gebärdensprache zu bedienen, wenn man nicht sprechen kann; und daß es ebensowenig eine Schande ist, nicht von den Lippen ablesen zu können.«

»Und trotzdem, sagen Sie, wollte Anthony Weaver seine Tochter dieser Gruppe fernhalten. Wenn sie selbst gehörlos war, war das doch eigentlich unvernünftig.«

Cuff stand aus seinem Sessel auf und ging zum Kamin, um Feuer zu machen. Es war kühl geworden im Zimmer, und seine Reaktion war verständlich, dennoch wirkte sie wie ein Ausweichmanöver. Als das Feuer brannte, blieb er am Kamin stehen, schob die Hände in die Hosentaschen und senkte den Blick auf seine Schuhspitzen.

»Elena konnte von den Lippen ablesen«, erklärte er. »Sie hat auch recht gut gesprochen. Ihre Eltern – vor allem ihre Mutter – wollten ihr unbedingt die Chance geben, wie ein normaler Mensch in einer normalen Welt zu leben. Keiner sollte merken, daß sie gehörlos war. Die VGS betrachteten sie als Rückschritt.«

»Aber Elena hat sich doch der Gebärdensprache bedient, oder nicht?«

»Ja, aber sie hatte damit erst als Teenager angefangen. Ihre Schule wandte sich damals an den Sozialdienst, weil ihre Mutter nicht zu bewegen war, sie an einem Kurs für die Gebärdensprache teilnehmen zu lassen. Und selbst dann durfte sie zu Hause die Zeichen nicht gebrauchen.«

»Absurd«, meinte Lynley.

»Unserer Meinung nach, gewiß. Aber Elenas Eltern wollten ihrer Tochter, wie gesagt, die Chance geben, in der Welt der Hörenden ihren Weg zu machen. Man kann sicher darüber streiten, ob ihre Methode die richtige war, aber es ändert nichts daran, daß Elena am Ende alle drei beherrschte. Sie konnte von den Lippen ablesen, sie konnte sprechen und sich mit Hilfe der Gebärdensprache verständlich machen.«

»Aber in welcher Welt fühlte sie sich zu Hause?«

»Tja«, sagte Cuff, während er mit einem Schürhaken im Feuer herumstocherte, »Sie verstehen sicher, daß wir unter diesen Umständen bereit waren, in Elena Weavers Fall gewisse Zugeständnisse zu machen. Sie war zwischen zwei Welten hin- und hergerissen und fühlte sich, wie Sie richtig bemerkten, in keiner wirklich zu Hause. Es war das Ergebnis ihrer Erziehung.«

»Hm. Was ist Weaver für ein Mensch?«

»Ein brillanter Historiker. Hochintelligent. Engagiert. Beruflich absolut integer.«

Eine ausweichende Antwort, wie Lynley vermerkte. »Wie ich hörte, steht er vor einer bedeutenden Beförderung?«

»Sie meinen, die Berufung auf den Penford-Lehrstuhl? Ja, man hat ihn für diesen Posten vorgeschlagen.«

»Und was ist der Penford-Lehrstuhl genau?«

»Es ist der bedeutendste Lehrstuhl für Geschichte an dieser Universität.«

»Ein Renommierposten?«

»Mehr. Eine Stellung, die dem Dozenten erlaubt, sich ausschließlich den Dingen zu widmen, die ihn wirklich interessieren. Er kann lesen oder schreiben, Doktoranden betreuen, ganz wie er will. Er genießt uneingeschränkte akademische Freiheiten und kann nationaler Anerkennung und der Wertschätzung seiner Kollegen gewiß sein. Wenn Weaver berufen werden sollte, wird das der größte Augenblick in seinem beruflichen Werdegang sein.«

»Hätten die ungenügenden Leistungen seiner Tochter hier an der Universität seine Chancen auf eine Berufung beeinträchtigt?«

Cuff tat die Frage mit einem Achselzucken ab. »Ich gehöre nicht zum Wahlausschuß, Inspector. Der Ausschuß beschäftigt sich schon seit dem letzten Dezember mit den verschiedenen Kandidaten. Ich kann Ihnen nicht sagen, worauf es bei der Berufung im einzelnen ankommt.«

»Aber könnte Weaver geglaubt haben, daß der Ausschuß ihn wegen der Probleme seiner Tochter negativ beurteilen würde?«

Cuff stellte den Schürhaken wieder an seinen Platz und strich mit dem Daumen über den matt glänzenden Messinggriff. »Ich habe es immer für das klügste gehalten, mich möglichst wenig für das Privatleben und die persönlichen

Überzeugungen der Dozenten zu interessieren«, antwortete er. »Ich fürchte daher, daß ich Ihnen in dieser Hinsicht wenig helfen kann.«

Erst nachdem er zu Ende gesprochen hatte, blickte Cuff auf, und wieder erkannte Lynley deutlich die Abneigung, Informationen irgendwelcher Art weiterzugeben.

»Sie werden sicher wissen wollen, wo wir Sie untergebracht haben«, sagte Cuff höflich. »Ich werde gleich dem Pförtner läuten.«

Es war kurz nach sieben, als Lynley bei Anthony Weaver in der Adams Road läutete. Das Haus war nicht allzu weit vom St. Stephen's College entfernt, so daß er zu Fuß gekommen war; über die moderne Beton- und Stahlkonstruktion der Garret Hostel Brücke, dann unter nahezu kahlen Kastanien hindurch den Burrell's Walk entlang, der in feuchten gelben Blättern schwamm. Ab und zu überholte ihn ein dick vermummter Radfahrer, dann leuchteten die Katzenaugen an den Rädern im Licht der weit auseinanderstehenden Laternen auf, sonst jedoch war der Fußweg, der die Queen's Road mit der Grange Road verband, dunkel und leer. Stechpalmen- und Buchsbaumhecken – unterbrochen von Zäunen und Mauern – begrenzten ihn, und jenseits erhob sich der massige, rostrote Bau der Universitätsbibliothek, in die um diese Stunde nur noch vereinzelte Gestalten hineinhuschten.

Die Häuser in der Adams Road standen alle hinter Hekken, zurückgesetzt von der Straße. Bäume überschatteten sie, nackte Silberbirken, deren Geäst sich wie schwarzes Filigran aus dem Nebel hob, Pappeln, deren Borken in allen vorstellbaren Grautönen schimmerten, Erlen, die dem nahenden Winter ihr Laub noch nicht geopfert hatten. Es war ruhig hier. Nur das Glucksen des Wassers, das durch ein freiliegendes Abflußrohr lief, durchbrach die Stille. Der

Duft nach brennenden Kaminfeuern hing freundlich in der Nachtluft, doch als Lynley vor dem Haus der Familie Weaver wartete, nahm er nichts wahr als den Geruch der feuchten Wolle seines eigenen Mantels.

Die Tür wurde ihm von einer großen blonden Frau mit einem fein gezeichneten, etwas starren Gesicht geöffnet. Sie sah viel zu jung aus, um Elenas Mutter sein zu können, und sie wirkte auch nicht gerade gramgebeugt. Nie, dachte Lynley, während er sie betrachtete, hatte er einen Menschen von so vollendeter Körperhaltung gesehen; als hätte kurz vor seinem Läuten eine unsichtbare Hand jedes Glied, jedes Gelenk und jeden Muskel genau eingerichtet.

»Ja?« Nur ihre Lippen bewegten sich.

Er zeigte ihr seinen Ausweis, nannte seinen Namen und bat um ein Gespräch mit den Eltern der Toten.

Sie sagte nur: »Ich hole meinen Mann«, und ließ ihn im Eingang stehen. Zu seiner Linken führte eine Tür in ein Wohnzimmer. Zu seiner Rechten war eine Glasveranda mit einem Rattantisch, der zum Frühstück gedeckt war.

Lynley zog seinen Mantel aus, legte ihn über das polierte Treppengeländer und trat ins Wohnzimmer. Dort blieb er stehen, von dem, was er sah, auf unerklärliche Weise zurückgestoßen. Wie der Eingang hatte das Wohnzimmer Parkettboden; wie im Eingang lag ein Orientteppich darüber. Die Möbel – ein Sofa, zwei Sessel, eine Chaiselongue – waren in grauem Leder gehalten, die Beistelltische hatten Glasplatten und Füße aus rosageädertem Marmor. Die Aquarelle an den Wänden waren auf das Farbschema des Wohnzimmers abgestimmt und hingen genau in der Mitte über dem Sofa; das erste eine Schale mit Aprikosen auf einem Fensterbrett, hinter dem ein sanft türkisblauer Himmel leuchtete, das zweite eine schlanke graue Vase mit lachsfarbenem Mohn, von dem drei Blüten auf den elfenbeinfarbenen Untergrund gefallen waren. Beide Bilder waren mit »Weaver« signiert. Jemand in der Familie malte also. Auf einem Glastisch an der Wand stand neben einem Arrangement Seidentulpen eine in Silber gerahmte Fotografie. Abgesehen von dem Foto und den beiden Aquarellen wirkte der Raum völlig unpersönlich, und Lynley fragte sich, wie die übrigen Räume des Hauses aussahen. Er trat zu dem Glastisch, um sich die Fotografie anzusehen. Es war ein Hochzeitsporträt, nach der Länge von Weavers Haar zu urteilen, vielleicht zehn Jahre alt. Und die Braut – die sehr ernsthaft und überraschend jung aussah – war die Frau, die ihm eben die Tür geöffnet hatte.

»Inspector?« Lynley stellte die Fotografie zurück, als Anthony Weaver ins Zimmer kam. Er ging sehr langsam. »Elenas Mutter schläft. Soll ich sie wecken?«

»Sie hat etwas genommen, Darling.« Weavers Frau stand unschlüssig an der Tür, eine Hand an der silbernen Brosche am Revers ihrer Jacke.

»Lassen Sie sie ruhig schlafen«, sagte Lynley.

»Der Schock«, bemerkte Weaver und fügte hinzu: »Sie ist erst heute nachmittag aus London gekommen.«

»Soll ich eine Tasse Kaffee machen?« fragte Weavers Frau, die sich nicht weiter ins Zimmer gewagt hatte.

»Danke, für mich nicht«, sagte Lynley.

»Für mich auch nicht. Danke dir, Justine.« Weaver lächelte ihr flüchtig zu – die Anstrengung, die ihn das kostete, war offenkundig – und hielt ihr eine Hand hin zum Zeichen, daß sie hereinkommen sollte. Als sie sich zu ihnen gesellt hatte, ging Weaver zum offenen Kamin und zündete das Gasfeuer unter einem kunstvollen Arrangement künstlicher Kohle an. »Bitte nehmen Sie Platz, Inspector.«

Weaver selbst wählte einen der beiden Ledersessel, und seine Frau nahm den anderen. Lynley, der auf dem Sofa Platz genommen hatte, beobachtete einen Moment schweigend den Mann, der an diesem Morgen seine Tochter verloren hatte. Die braunen Augen hinter den dicken, in Nickel gefaßten Brillengläsern, waren blutunterlaufen, die unteren Lider rot und aufgequollen. Seine Hände – kleine Hände für einen Mann seiner Statur – zitterten bei jeder Geste, und seine Lippen, teilweise unter einem dunklen Schnurrbart verborgen, bebten, während er stumm auf ein Wort von Lynley wartete.

Ein Mann mittleren Alters, der füllig zu werden begann, im dunklen Haar die ersten grauen Strähnen, das Gesicht nicht mehr jugendlich glatt. Er trug einen Anzug mit Weste und goldene Manschettenknöpfe und wirkte trotz dieses förmlichen Anzugs in der kühlen, durchdachten Eleganz, die ihn umgab, völlig fehl am Platz.

»Was möchten Sie wissen, Inspector?« Weavers Stimme war so unsicher wie seine Handbewegungen. »Sagen Sie mir, was wir tun können, um zu helfen. Ich muß es wissen. Ich muß dieses Ungeheuer finden. Er hat sie erdrosselt. Hat man Ihnen das gesagt? Ihr Gesicht war... Sie trug das Halskettchen mit dem Einhorn daran, das ich ihr zu Weihnachten geschenkt hatte. Daher wußte ich sofort, daß es Elena war. Und selbst wenn das Einhorn nicht gewesen wäre... Ihr Mund war halb geöffnet, und ich habe ihren rechten Schneidezahn gesehen. Daran habe ich sie sofort erkannt. Der Zahn war angeschlagen. Da fehlte eine kleine Ecke.«

Justine Weaver senkte die Lider und faltete ihre Hände im Schoß.

Weaver nahm seine Brille ab. »O Gott! Ich kann nicht glauben, daß sie tot ist.«

Die offensichtliche Qual des Mannes ließ Lynley nicht unberührt. Wie oft war er in den vergangenen dreizehn Jahren Zeuge ebensolcher Szenen gewesen? Und er fühlte sich noch genauso unfähig, den Schmerz zu lindern, wie damals bei seinem ersten Gespräch mit der hysterischen

Frau, deren Ehemann im Suff ihre Mutter erschlagen hatte. Der einzige Trost, den er zu bieten hatte, war, diese Menschen nicht daran zu hindern, ihrem Schmerz Ausdruck zu geben.

Weavers Augen waren feucht, als er weitersprach. »Sie war so zart. So empfindlich.«

»Weil sie gehörlos war?«

»Nein. Es war meine Schuld.« Als Weavers Stimme brach, sah seine Frau ihn kurz an, preßte die Lippen zusammen und senkte den Blick wieder. »Ich habe ihre Mutter verlassen, als Elena fünf Jahre alt war, Inspector. Sie werden das früher oder später sowieso erfahren, also sage ich es Ihnen am besten gleich. Sie lag in ihrem Bett und schlief. Ich habe meine Sachen gepackt und bin gegangen und nie wieder zurückgekehrt. Ich hatte keine Möglichkeit, einer Fünfjährigen – die mich ja nicht einmal hören konnte – zu erklären, daß ich nicht sie verließ, daß es nicht ihre Schuld war. Schuld trugen einzig Glyn, meine damalige Frau, und ich. Elena konnte nichts dafür. Ich habe sie verraten und im Stich gelassen. Damit hatte sie in den nächsten fünfzehn Jahren zu kämpfen – und natürlich auch mit dem Gefühl, es sei doch *ihre Schuld*. Die Folgen waren Zorn, Verwirrung, Mißtrauen und Ängste.«

Lynley brauchte nichts zu fragen. Weaver redete ganz von allein, als hätte er nur auf eine passende Gelegenheit zur Selbstanklage gewartet.

»Sie hätte nach Oxford gehen können – das wollte ihre Mutter –, aber sie entschied sich für Cambridge. Können Sie sich vorstellen, was das für mich bedeutete? Ihr ganzes Leben hatte sie mit ihrer Mutter zusammengelebt. Ich hatte mich bemüht, für sie da zu sein, aber Glyn hielt mich immer auf Distanz. Ein richtiger Vater durfte ich ihr nie sein. Das war meine Chance, ihr wieder näherzukommen, eine neue Beziehung zu ihr aufzubauen, ihr meine Liebe zu zeigen.

Und ich war glücklich, als ich im Lauf des vergangenen Jahres spürte, wie die Bindung zwischen uns fester und enger wurde. Es gab für mich nichts Schöneres, als hier zu sitzen und zuzusehen, wenn Justine Elena bei ihren Aufsätzen half. Wenn diese beiden Frauen...« Er stockte. »Diese beiden Frauen in meinem Leben..., diese beiden Frauen zusammen, Justine und Elena, meine Frau und meine Tochter...« Und endlich gestattete er sich zu weinen. Es war das schreckliche Schluchzen eines Verzweifelten.

Justine Weaver rührte sich nicht. Sie schien unfähig, sich zu bewegen. Einmal atmete sie tief durch, hob die Lider und richtete ihren blauen Blick auf das helle künstliche Feuer.

»Soviel ich weiß, hatte Elena hier an der Universität zunächst Schwierigkeiten«, bemerkte Lynley, sich an Justine und ihren Mann zugleich wendend.

»Ja«, antwortete Justine. »Die Umstellung... vom Zusammenleben mit ihrer Mutter und von London... auf das Leben hier...« Sie warf ihrem Mann einen unsicheren Blick zu. »Sie brauchte ein wenig Zeit, um...«

»Wie hätte sie denn eine solche Veränderung ganz ohne Schwierigkeiten verarbeiten sollen?« fragte Weaver scharf. »Sie lag im Kampf mit sich selbst. Sie war auf der Suche. Sie hat ihr Bestes getan. Sie wollte sich selbst finden.« Er wischte sich das Gesicht mit einem zerknitterten Taschentuch und setzte seine Brille wieder auf. »Aber für mich hat das keine Rolle gespielt. Für mich war sie eine Freude. Ein Geschenk.«

»Die Schwierigkeiten Ihrer Tochter haben Sie also nicht in Verlegenheit gebracht? Beruflich, meine ich.«

Weaver starrte ihn an. Blitzartig wichen Schmerz und Verzweiflung in seinem Gesicht grenzenloser Fassungslosigkeit. Lynley machte diese schlagartige Veränderung stutzig. Er fragte sich, ob ihm hier etwas vorgespielt wurde.

»Mein Gott«, stieß Weaver hervor. »Was wollen Sie damit sagen?«

»Ich habe gehört, daß Sie zur Berufung auf einen sehr renommierten Posten hier an der Universität vorgeschlagen sind«, erklärte Lynley.

»Und was hat das mit...«

Lynley beugte sich vor. »Meine Aufgabe ist es«, sagte er, »Informationen zu sammeln und auszuwerten, Dr. Weaver. Um dieser Aufgabe gerecht zu werden, muß ich Fragen stellen, die Sie vielleicht lieber nicht hören würden.«

Weaver ließ sich das durch den Kopf gehen, während er das zusammengeknüllte Taschentuch in seiner Hand knetete. »Nichts, was meine Tochter getan hat, hätte mich je in Verlegenheit bringen können. Nichts an ihrer Person.«

Lynley registrierte die emphatischen Verneinungen und machte sich seine eigenen Gedanken dazu. »Hat sie Feinde gehabt?« fragte er.

»Nein. Und keiner, der sie gekannt hat, hätte ihr etwas zuleide tun können.«

»Anthony«, sagte Justine zaghaft. »Du glaubst nicht, daß sie und Gareth... Vielleicht hatten sie sich zerstritten.«

»Gareth Randolph?« fragte Lynley. »Der Präsident der Gehörlosenvereinigung?«

Als Justine nickte, fügte er hinzu: »Dr. Cuff hat mir berichtet, daß man ihn letztes Jahr gebeten hatte, sich Elenas anzunehmen. Was können Sie mir über ihn sagen?«

»Wenn er es war, bringe ich ihn um«, sagte Weaver.

Justine nahm die Frage auf. »Er studiert Maschinenbau am Queen's College.«

Weaver sagte mehr zu sich selbst als zu Lynley: »Und die Unterrichtsräume sind gleich beim Fen Causeway. Er hat dort seinen praktischen Unterricht. Und seine Seminare. Wie lange geht man von dort zur Insel? Zwei Minuten vielleicht? Eine Minute, wenn man schnell läuft?«

»Hatte er Elena gern?«

»Sie haben sich jedenfalls häufig gesehen«, sagte Justine. »Aber das war eine der Bedingungen, die Dr. Cuff und ihre Dozenten ihr im vergangenen Jahr gestellt hatten: Teilnahme an den Veranstaltungen der Gehörlosenvereinigung. Gareth hat sich darum gekümmert, daß sie regelmäßig zu den Zusammenkünften ging. Und er hat sie auch zu einer Reihe von gesellschaftlichen Veranstaltungen der Gruppe mitgenommen.« Sie warf ihrem Mann einen kurzen Blick zu, ehe sie vorsichtig hinzufügte: »Ich glaube, Elena hatte Gareth recht gern. Aber nicht so gern, denke ich, wie er sie hatte. Er ist ein sehr netter Junge. Ich kann mir nicht vorstellen, daß er...«

»Er ist im Box-Club«, bemerkte Weaver. »Er soll sehr gut sein. Das hat jedenfalls Elena mir erzählt.«

»Und kann er gewußt haben, daß sie heute morgen laufen wollte?«

»Das ist es ja eben«, entgegnete Weaver. »Sie wollte gar nicht laufen.« Er wandte sich seiner Frau zu. »Du hast mir doch gesagt, daß sie nicht laufen wollte. Daß sie dich angerufen hatte.«

Seine Worte klangen anklagend. Justine zog sich unwillkürlich tiefer in ihren Sessel zurück. »Anthony!« sagte sie beinahe beschwörend.

»Sie hat Sie angerufen?« fragte Lynley perplex. »Wie denn?«

»Mit dem Schreibtelefon«, antwortete Justine.

Anthony Weaver stand aus seinem Sessel auf. »Ich habe eines in meinem Arbeitszimmer. Kommen Sie, ich zeige es Ihnen.«

Er ging Lynley und seiner Frau voraus durch das Speisezimmer und eine blitzsaubere Küche voll blitzblanker Geräte. Sein Arbeitszimmer lag an einem kurzen Flur, der in den rückwärtigen Teil des Hauses führte. Es war ein kleiner

Raum mit Blick in den Garten, und als Weaver Licht machte, begann draußen unter dem Fenster ein Hund zu winseln.

»Hast du ihn gefüttert?« fragte Weaver.

»Er möchte herein.«

»Nein. Das kann ich jetzt nicht ertragen. Nein, auf keinen Fall läßt du ihn herein, Justine.«

»Aber er versteht doch überhaupt nicht, was plötzlich los ist. Er mußte nie...«

»Bitte, laß ihn jetzt nicht herein.«

Justine sagte nichts mehr. Wie zuvor blieb sie an der Tür stehen, als ihr Mann und Lynley in das Zimmer traten, das einen ganz anderen Charakter hatte als die übrigen Räume des Hauses. Ein abgetretener einfarbiger Teppich bedeckte den Boden. Bücher drängten sich auf durchhängenden Borden aus billigem Fichtenholz. Auf einem Aktenschrank stand eine Sammlung gerahmter Fotografien, an der Wand hingen mehrere gerahmte Zeichnungen. Unter dem Fenster des Raumes stand Weavers Schreibtisch, ein wuchtiges Möbel aus grauem Metall, ausgesprochen häßlich. Abgesehen von einem Stapel Briefe und einer Reihe Nachschlagewerke, standen dort eine Schreibtastatur, ein Bildschirm, ein Telefon und ein Modem. Dies also war das Schreibtelefon.

»Wie funktioniert es?« fragte Lynley.

Weaver schneuzte sich und steckte das Taschentuch ein. »Ich rufe in meinem Büro im College an«, sagte er und ging zum Schreibtisch. Er schaltete den Bildschirm ein, tippte eine Nummer in das Telefon ein und gab auf dem Modem eine Anweisung ein.

Wenig später erschien auf dem Bildschirm eine dünne horizontale Linie, die ihn in zwei Felder aufteilte. Im unteren erschienen die Worte: *Hier Jenn.*

»Ein Kollege?« fragte Lynley.

»Adam Jenn, mein Doktorand.« Weaver tippte schnell. Der Text erschien im oberen Feld des Bildschirms. *Hier Weaver, Adam. Ich möchte nur einem Polizeibeamten das Schreibtelefon zeigen. Elena hat es gestern abend benutzt.*

In Ordnung, hieß es im unteren Feld des Bildschirms. *Soll ich am Apparat bleiben? Möchten Sie etwas Besonderes demonstrieren?*

Weaver warf Lynley einen fragenden Blick zu. »Nein, das reicht schon«, sagte Lynley. »Ich sehe, wie es funktioniert.«

Nicht nötig, tippte Weaver.

Okay, kam es zurück. Und dann: *Ich bin den ganzen Abend hier, Dr. Weaver. Und morgen den ganzen Tag. So lange Sie mich brauchen. Bitte machen Sie sich keine Sorgen.*

Weaver schluckte. »Netter Junge«, flüsterte er und schaltete den Bildschirm aus.

»Was hat Elena Ihnen gestern abend mitgeteilt?« fragte Lynley Justine Weaver.

Sie stand immer noch an der Tür, eine Schulter am Pfosten. Sie starrte auf den Bildschirm, als könnte sie sich so besser erinnern. »Sie schrieb nur, daß sie heute morgen nicht laufen würde. Sie hatte manchmal Schwierigkeiten mit ihrem linken Knie. Ich nahm an, sie wollte es ein, zwei Tage schonen.«

»Um wieviel Uhr hat sie angerufen?«

Justine runzelte nachdenklich die Stirn. »Es muß kurz nach acht gewesen sein. Sie hat nach ihrem Vater gefragt, aber er war noch nicht aus dem College zurück. Ich schrieb ihr, er sei noch einmal ins College gefahren, und sie schrieb zurück, sie würde ihn dort anrufen.«

»Und hat sie das getan?«

Weaver schüttelte den Kopf und drückte den Zeigefinger auf seine bebenden Lippen.

»Sie waren allein, als sie anrief?«

Justine nickte.

»Und Sie sind sicher, daß es Elena war?«

Justines zarte Haut wurde eine Idee blasser. »Aber natürlich. Wer sonst –?«

»Wer hat gewußt, daß Sie beide morgens miteinander liefen?«

Ihr Blick eilte zu ihrem Mann und wieder zu Lynley. »Anthony natürlich. Und ich habe es wahrscheinlich ein oder zwei Kollegen erzählt.«

»Wo?«

»Im University Press Verlag.«

»Sonst noch jemand?«

Wieder sah sie ihren Mann an. »Anthony? Weißt du noch jemanden?«

Weaver starrte immer noch auf den Bildschirm des Schreibtelefons, als hoffte er, es käme ein Anruf. »Adam Jenn wahrscheinlich. Ich habe es ihm sicher erzählt. Und vermutlich ihre Freunde. Die Leute auf ihrem Flur.«

»Die Zugang zu ihrem Zimmer und ihrem Telefon hatten?«

»Gareth«, warf Justine ein. »Gareth hat sie es bestimmt erzählt.«

»Er hat auch ein Schreibtelefon.« Weaver sah Lynley scharf an. »Elena hat gar nicht angerufen, nicht wahr? Es war jemand anders.«

Lynley hatte den Eindruck, daß Weaver die Untätigkeit kaum noch aushielt – aus was für Gründen auch immer. »Das ist möglich«, stimmte er zu. »Aber es kann auch sein, daß Elena bloß einen Vorwand brauchte, um heute morgen allein zu laufen. Oder wäre das ganz und gar untypisch gewesen?«

»Sie ist mit ihrer Stiefmutter gelaufen. Immer.«

Justine schwieg. Lynley sah sie an. Sie wich seinem Blick aus. Das war Geständnis genug.

Weaver sagte: »Du hast sie überhaupt nicht gesehen, als

du heute morgen gelaufen bist, Justine? Wie kommt das? Hast du nicht nach ihr geschaut?«

»Sie hat mich doch angerufen, Darling«, sagte Justine geduldig. »Ich habe gar nicht erwartet, sie zu sehen. Außerdem bin ich nicht am Fluß gelaufen.«

»Sie sind heute morgen auch gelaufen?« fragte Lynley interessiert. »Um welche Zeit?«

»Zur gleichen Zeit wie immer. Um Viertel nach sechs. Aber ich bin einen anderen Weg gelaufen.«

»Sie waren nicht beim Fen Causeway?«

Sie zögerte einen Moment. »Doch, ich war dort, aber erst am Schluß meiner Runde, nicht zu Beginn wie sonst. Ich bin in der anderen Richtung quer durch die Stadt gelaufen und dann von Osten nach Westen über den Causeway gekommen. In Richtung Newnham Road.« Mit einem kurzen Blick zu ihrem Mann straffte sie die Schultern, als müßte sie sich gegen irgend etwas wappnen. »Ehrlich gesagt, Inspector, ich laufe nicht gern am Fluß. Es macht mir keinen Spaß. Darum habe ich heute morgen die Gelegenheit genutzt, um eine andere Route zu laufen.«

Deutlicher, dachte Lynley, würde Justine Weaver sich im Beisein ihres Mannes nicht über die Natur ihrer Beziehung zu seiner Tochter Elena äußern.

Kurz nachdem der Inspector gegangen war, ließ Justine den Hund ins Haus. Anthony war nach oben gegangen. Er würde es nicht merken. Er würde vor morgen früh nicht wieder herunterkommen. Wem also tat sie etwas damit an, daß sie den Hund in seinem Korb schlafen ließ, den er gewöhnt war? Sie würde morgen in aller Frühe aufstehen und ihn hinauslassen, ehe Anthony etwas merkte.

Es war unloyal von ihr, das wußte sie. Ihrer Mutter wäre es niemals eingefallen, den Wünschen ihres Mannes zuwiderzuhandeln. Aber der Hund tat ihr leid. Er war ein fühlendes Wesen, er war verwirrt und glaubte sich verstoßen.

Er spürte, daß etwas nicht in Ordnung war, aber er wußte nicht, was es war.

Als Justine die Hintertür öffnete, kam der Setter sofort, aber nicht mit übermütigen Sprüngen wie sonst, sondern zaghaft, als wüßte er, daß sein Willkommen zweifelhaft war. An der Tür sah er mit seinen braunen Augen hoffnungsvoll zu ihr auf und wedelte zweimal schüchtern mit dem Schwanz.

»Ist ja gut«, flüsterte Justine. »Komm nur herein.«

Das Klappern seiner Krallen auf den Küchenfliesen, als er diversen Gerüchen folgte, hatte etwas Gemütliches. Genau wie sein Kläffen und Knurren, wenn er spielte, sein Schnauben, wenn er Löcher grub und Erde in die Nase bekam, der tiefe Seufzer, mit dem er sich abends in seinen Korb fallen ließ, das leise Brummen, mit dem er um Aufmerksamkeit bettelte. In vieler Hinsicht war er wie ein Mensch, und das hatte Justine sehr überrascht.

»Ich glaube, ein Hund wäre gut für Elena«, hatte Anthony im vergangenen Jahr gesagt, kurz bevor seine Tochter nach Cambridge gekommen war. »Victor Heringtons Hündin hat vor kurzem geworfen. Ich fahre mal mit Elena hin, dann kann sie sich einen von den Welpen aussuchen.«

Justine hatte keine Einwände erhoben, obwohl sie guten Grund dazu gehabt hätte. Der Hund, der zweifellos Mühe und Schmutz machen würde, sollte ja nicht im St. Stephen's College bei Elena leben, sondern in der Adams Road. Aber die Vorstellung, einen Hund zu haben, lockte sie. Abgesehen von einem blauen Wellensittich, der ihrer Mutter blind ergeben gewesen war, hatte Justine nie ein Tier ihr eigen genannt – keinen Hund, der ihr treu hinterherzockelte, keine Katze, die sich nachts auf dem Fußende ihres Bettes zusammenrollte, kein Pferd, auf dem sie über die Wiesen Cambridgeshires hätte jagen können. Ihre Eltern waren gegen Tiere gewesen. Tiere trugen Schmutz ins Haus. Schmutz war unvereinbar mit der feinen Lebensart.

Anthony hatte sie kennengelernt, nicht lange nachdem sie bei University Press als frischgebackene Lektoratsassistentin angefangen hatte. Man hatte ihr die Betreuung eines Buches über die Regierung Eduards III. übertragen. Anthony Weaver war der Herausgeber des Bandes gewesen, einer Sammlung von Aufsätzen aus der Feder renommierter englischer Mittelalter-Spezialisten. In den letzten zwei Monaten vor der Veröffentlichung hatten sie eng zusammengearbeitet – manchmal in ihrem kleinen Büro im Verlag, häufiger in seinen Räumen im St. Stephen's College. Und wenn sie einmal eine Arbeitspause eingelegt hatten, hatte Anthony erzählt: von seinem Werdegang, seiner Tochter, seiner ersten Ehe, seiner Arbeit, seinem Leben.

Nie hatte sie einen Mann gekannt, der sich so virtuos mittels Sprache mitzuteilen verstand. In ihrer Welt bestand Kommunikation aus einem kurzen Hochziehen der Augenbrauen, einem flüchtigen Kräuseln der Lippen. War es ein Wunder, daß sie seiner Redefreude, seinem warmen Lächeln, seinem direkten Blick sofort verfallen war? Nichts hatte sie sich sehnlicher gewünscht, als Anthony zuhören zu können, und neun Jahre lang war ihr dieser Wunsch erfüllt worden, bis ihm die festumrissene Welt der Universität Cambridge zu eng geworden war.

Der Setter zerrte einen alten schwarzen Socken aus seinem Korb und brachte ihn ihr, Aufforderung zum Spiel. »Heute abend nicht«, murmelte sie. »Komm, sei brav, geh in deinen Korb.« Sie kraulte ihm kurz den weichen Kopf, dann ging sie aus der Küche und schloß die Tür hinter sich. Im Eßzimmer hielt sie inne, um ein loses Fädchen zu entfernen, das von der Tischdecke herabhing, im Wohnzimmer, um das Gasfeuer auszuschalten und zuzusehen, wie die bläulichen Flammen zwischen den künstlichen Kohlen erloschen. Dann erst, da es nun keinen Grund mehr gab zu bleiben, ging sie nach oben.

Anthony lag im halbdunklen Schlafzimmer auf dem Bett. Er hatte Schuhe und Jackett ausgezogen, und Justine bückte sich automatisch, um die Schuhe in den Schrank zu stellen und danach das Jackett aufzuhängen. Als das getan war, wandte sie sich ihrem Mann zu. Das Licht, das aus dem Flur hereinfiel, zeigte die Tränenspuren, die sich von den Augenwinkeln über seine Schläfen zogen und unter seinem Haar verschwanden. Seine Augen waren geschlossen.

Sie wünschte, sie hätte Mitleid oder Schmerz oder Teilnahme spüren können. Alles, nur nicht wieder diese beklemmende Angst, die sie gepackt hatte, als er am Nachmittag einfach weggefahren war und sie mit Glyn alleingelassen hatte.

Sie ging zum Bett und knipste die kleine Lampe auf dem Nachttisch neben Anthonys Kopf an. Er hob den rechten Arm, um seine Augen abzuschirmen. Mit der linken Hand suchte er sie.

»Ich brauche dich«, flüsterte er. »Bleib bei mir.«

Noch vor einem Jahr hätte sich ihr Herz geöffnet. Jetzt fühlte sie nichts. Und auch ihr Körper reagierte nicht auf die Verheißung hinter seinen Worten. Ihr waren nur negative Gefühle geblieben. Seit einer Ewigkeit, so schien ihr, tobten Zorn und Mißtrauen und ein Rachedurst in ihr, den bisher nichts hatte stillen können.

Anthony drehte sich auf die Seite. Er zog sie zum Bett hinunter und legte den Kopf in ihren Schoß, seine Arme um ihre Taille. Mechanisch strich sie ihm über das Haar.

»Es ist nur ein Traum«, sagte er. »Sie kommt dieses Wochenende her, und dann sind wir drei wieder zusammen. Wir fahren nach Blakeney hinaus. Oder üben uns im Schießen für die Fasanenjagd. Oder trinken einfach Tee und reden miteinander. Wie eine Familie. Zusammen.«

Justine sah, wie die Tränen über seine Wangen rannen und auf ihren grauen Rock tropften. »Ich will sie wieder haben«, flüsterte er. »Elena. Elena.«

Sie sagte das einzige, was sie in diesem Moment mit Überzeugung sagen konnte. »Es tut mir leid.«

»Halt mich fest. Bitte.« Er schob seine Hände unter ihre Jacke und flüsterte ihren Namen. Er hielt sie mit beiden Armen umschlossen und zog ihre Bluse aus dem Rock. Seine Hände lagen warm auf ihrem Rücken. Sie glitten hinauf zum Verschluß ihres Büstenhalters. »Halt mich fest«, sagte er wieder. Er schob die Jacke von ihren Schultern und hob sein Gesicht zu ihren Brüsten. Durch die feine Seide fühlte sie seinen Atem, seine Zunge, seine Zähne an ihrer Brust. »Halt mich fest«, flüsterte er wieder. »Bitte halt mich ganz fest.«

Sie wußte, daß der Liebesakt eine gesunde, lebensbejahende Reaktion auf einen schmerzlichen Verlust war. Sie hätte nur gern gewußt, ob ihr Mann heute schon einmal auf diese gesunde, lebensbejahende Weise seinen schmerzlichen Verlust abreagiert hatte.

Als hätte er ihren Widerstand gespürt, rückte er von ihr ab, nahm seine Brille vom Nachttisch und setzte sich auf. »Entschuldige«, sagte er. »Ich weiß nicht einmal mehr, was ich tue.«

Sie stand auf. »Wo warst du?«

»Ich hatte den Eindruck, du wolltest nicht...«

»Ich spreche nicht von jetzt. Ich spreche von heute nachmittag. Wo warst du?«

»Ich bin herumgefahren.«

»Wo?«

»Nirgendwo.«

»Das glaube ich dir nicht.«

Er wandte sich von ihr ab, ohne etwas zu sagen.

»Jetzt geht das wieder los. Du warst bei ihr. Du hast mit

ihr geschlafen. Oder habt ihr eure – wie sagtest du gleich? – eure Seelenfreundschaft erneuert?«

Er sah sie an. Schüttelte langsam den Kopf. »Du verstehst es wirklich, dir den richtigen Moment auszusuchen, wie?«

»Das ist nur ein Ausweichmanöver, Anthony. Und Schuldzuweisung. Aber das klappt nicht. Nicht einmal heute abend. Also, wo warst du?«

»Was muß ich denn noch tun, um dich davon zu überzeugen, daß es aus ist? Du wolltest es doch so. Du hast deine Bedingungen gestellt. Ich habe sie erfüllt. Alle, ohne Ausnahme. Es ist aus.«

»Ach wirklich?« Sie spielte ihren Trumpf gelassen aus. »Wo warst du denn gestern abend? Ich habe dich, gleich nachdem ich mit Elena telefoniert hatte, im College angerufen. Wo warst du, Anthony? Du hast den Inspector belogen, aber deiner Frau wirst du doch wohl die Wahrheit sagen können.«

»Sprich nicht so laut. Sonst weckst du Glyn.«

»Das ist mir gleich. Und wenn ich Tote wecke.«

Sie erschrak wie er. Ihre Worte fielen wie Wasser auf das Feuer ihres Zorns, waren so ernüchternd wie die Erwiderung ihres Mannes.

»Ach, könntest du das doch, Justine.«

5

Barbara Havers fuhr ihren rostigen Mini langsam die Oldfield Lane in Greenford hinunter. Neben ihr kauerte klein und ängstlich ihre Mutter in einem viel zu weit gewordenen schwarzen Mantel. Vor der Abfahrt aus Acton hatte Barbara ihr noch einen hübschen rot-blauen Schal um den Hals gebunden, aber während der Fahrt hatte Doris Havers den lockeren Knoten aufgezogen, und jetzt drehte sie den

Schal immer fester um ihre Hände. Selbst im trüben Schein der Armaturenbeleuchtung konnte Barbara erkennen, daß die Augen ihrer Mutter hinter den Brillengläsern weit aufgerissen waren vor Angst. Sie war seit Jahren nicht mehr so weit weg von zu Hause gewesen.

»Schau, Mama, da ist das chinesische Restaurant«, sagte Barbara. »Da können wir uns dann ab und zu etwas holen. Und da ist der Friseur. Schade, daß es nicht hell ist. Dann könnten wir jetzt in den Park gehen und uns dort ein bißchen auf die Bank setzen. Aber das holen wir bald nach. Vielleicht schon nächstes Wochenende.«

Statt einer Antwort begann ihre Mutter tonlos vor sich hin zu summen, ein Lied, das ihr Unbewußtes ihr eingegeben haben mußte. Barbara kannte die ersten Textworte. *Think of me, think of me fondly...* Sie hatte es in den letzten Jahren häufig genug im Radio gehört, und ihre Mutter, die es sicher ebensooft gehört hatte, schien sich in diesem Moment der Ungewißheit darauf besonnen zu haben, um ihren tiefsten Gefühlen Ausdruck zu geben.

Ich denke ja an dich, hätte Barbara am liebsten gesagt. Glaub mir, es ist das beste für dich. Es ist die einzige Möglichkeit, die wir noch haben.

Statt dessen sagte sie mit schrecklich gekünstelter Munterkeit: »Schau doch mal, wie breit der Bürgersteig hier ist, Mama. Solche Bürgersteige sieht man in Acton nicht, nicht wahr?«

Sie erwartete keine Antwort, und sie erhielt auch keine. Sie lenkte den Wagen in den Uneeda Drive.

»Siehst du die Bäume da an der Straße, Mama? Sie sind jetzt kahl, aber stell dir mal vor, wie schön sie im Sommer aussehen.« Natürlich würden sie kein grünes Dach bilden, wie man das in den feineren Straßen Londons sah. Dazu war der Abstand zwischen ihnen zu groß. Aber sie würden wenigstens die graue Monotonie der Reihenhäuser mit den

Klinkerfassaden durchbrechen, und dafür war Barbara so dankbar wie für die Vorgärten, auf die sie ihre Mutter im Vorbeifahren aufmerksam machte. Sie gab vor, Details zu sehen, die sie in der Dunkelheit gar nicht sehen konnte, und erzählte heiter von einer Familie Gartenzwerge, einem kleinen Teich mit Keramikenten, einem Beet mit späten Stiefmütterchen. Es machte nichts, daß sie nichts dergleichen gesehen hatte. Ihre Mutter würde sich morgen sowieso nicht mehr daran erinnern. Sie würde sich schon in einer Viertelstunde an nichts mehr erinnern.

Barbara wußte, daß ihr auch das Gespräch über den Umzug nach Hawthorn Lodge längst entfallen war, das sie mit ihr geführt hatte. Sie hatte Mrs. Flo angerufen, die Aufnahme ihrer Mutter in die Wege geleitet und war nach Hause gefahren, um die Sachen zu packen.

»Für den Anfang braucht Ihre Mutter nicht gleich alle ihre Sachen«, hatte Mrs. Flo freundlich gesagt. »Bringen Sie nur einen Koffer mit ein paar Dingen mit, das andere machen wir ganz allmählich. Nennen Sie es einen kleinen Besuch, wenn Sie glauben, daß es ihr dann leichter fällt.«

Barbara, die sich jahrelang die irrwitzigen Urlaubsplanungen ihrer Mutter angehört hatte, war sich der Ironie der Situation bewußt, als sie jetzt anfing, zu packen und von einem Besuch in Greenford zu reden. Welch ein Unterschied zu den exotischen Zielen, die so lange das kranke Hirn ihrer Mutter beschäftigt hatten! Immerhin, da Doris Havers seit Jahren mit den Gedanken an Urlaubsreisen umgegangen war, erschreckte der Anblick des Koffers sie weniger, als es sonst vielleicht der Fall gewesen wäre.

Aber ihr war aufgefallen, daß Barbara nichts von ihren eigenen Sachen in den großen Kunststoffkoffer gepackt hatte. Sie war sogar in Barbaras Zimmer gegangen und mit einer Ladung Hosen und Pullover aus Barbaras Kleiderschrank zurückgekehrt.

»Die darfst du nicht vergessen, Kind«, sagte sie fürsorglich. »Besonders nicht, wenn wir in die Schweiz reisen. Reisen wir in die Schweiz? Da wollte ich doch schon so lange einmal hin. Frische Luft. Barbie, denk nur, die herrliche Luft.«

Sie hatte ihrer Mutter erklärt, daß die Reise nicht in die Schweiz ging und sie selbst nicht mitkommen konnte. »Aber es ist ja auch nur ein Besuch«, hatte sie zum Schluß gelogen. »Nur für ein paar Tage. Und am Wochenende komme ich.« Sie hatte gehofft, ihre Mutter würde es irgendwie schaffen, so lange an diesen Gedanken festzuhalten, daß sie beim Einzug in Hawthorn Lodge keine Schwierigkeiten machen würde.

Aber jetzt sah sie, daß Verwirrung und Angst den Moment geistiger Klarheit ausgelöscht hatten, als sie ihrer Mutter die Vorteile des Aufenthalts bei Mrs. Flo und die Nachteile weiterer Abhängigkeit von Mrs. Gustafson begreiflich gemacht hatte. In heller Aufregung kaute ihre Mutter auf ihrer Unterlippe und drehte den bunten Schal immer hektischer um ihre Arme, während sie unaufhörlich vor sich hin summte. *Think of me, think of me fondly...*

»Mama«, sagte Barbara, als sie einen Parkplatz in der Nähe des Hauses gefunden hatte. Ihre Mutter summte weiter, ohne zu antworten. Barbaras Stimmung sank auf den Nullpunkt. Am Nachmittag hatte sie sich eine Zeitlang der Hoffnung hingegeben, dieser Umzug würde leicht vonstatten gehen. Ihre Mutter hatte den bevorstehenden »Urlaub« sogar mit freudiger Erregung begrüßt. Aber jetzt erkannte Barbara, daß dieser Umzug so herzzerreißend werden würde, wie sie von Anfang an gefürchtet hatte.

Flüchtig dachte sie daran, Gott um die Kraft zu bitten, die sie zur Durchführung ihrer Pläne brauchte. Aber sie glaubte eigentlich nicht an Gott, und die Idee, sich nur an ihn zu wenden, weil sie ihn gerade einmal brauchte, erschien ihr so sinnlos wie heuchlerisch. Also raffte sie ihre ganze Entschlußkraft zusammen, öffnete die Tür und ging um den Wagen herum, um ihrer Mutter beim Aussteigen behilflich zu sein.

»Da wären wir, Mama«, sagte sie mit geheuchelter Munterkeit. »Komm, sehen wir uns Mrs. Flo einmal an, ja?«

In einer Hand den Koffer, führte sie ihre Mutter langsam den Bürgersteig entlang zu dem grauen Haus, das die Lösung aller Probleme verhieß.

»Horch, Mama«, sagte sie, als sie läutete. Aus dem Inneren des Hauses war Gesang zu hören. *Getting to know you* sang Deborah Kerr, vielleicht in Vorbereitung auf die neue Hausgenossin. »Sie haben Musik. Hörst du's?«

»Hier riecht's nach Kohl«, sagte ihre Mutter. »Barbie, ich glaub nicht, daß so ein Haus was für den Urlaub ist. Kohl ist was Ordinäres. Nein, das ist nicht das Richtige.«

»Der Geruch kommt von nebenan, Mama.«

»Ich riech den Kohl ganz genau, Barbie. Niemals würde ich in so einem Hotel ein Zimmer nehmen.«

Barbara hörte die wachsende Erregung im nörgelnden Tonfall ihrer Mutter. Sie betete darum, daß Mrs. Flo endlich aufmachen würde, und läutete ein zweites Mal.

»Wir würden doch unseren Gästen niemals Kohl vorsetzen, Barbie.«

»Warte doch erst mal ab, Mama.«

»Nein, Barbie, ich glaub wirklich nicht...«

Gott sei Dank wurde es endlich hell vor der Tür. Doris Havers kniff erschrocken die Augen zusammen und drückte sich ängstlich an ihre Tochter.

Mrs. Flo trug noch das adrette Hemdblusenkleid mit der Brosche am Hals. Sie sah so frisch aus wie am Morgen. »Ah, Sie sind angekommen. Sehr schön.« Sie kam heraus und schob Doris Havers eine Hand unter den Arm. »Kommen Sie, meine Liebe, ich möchte Sie gleich den Damen vorstellen. Wir haben schon von Ihnen gesprochen und sind alle sehr gespannt, Sie kennenzulernen.«

»Barbie...« flehte Doris Havers.

»Keine Sorge, Mama. Ich bin da.«

Die Damen waren im Wohnzimmer und sahen sich *The King and I* auf Video an. Deborah Kerr sang mit melodiöser Stimme einer Schar reizender orientalischer Kinder etwas vor, und die Damen auf der Couch wiegten sich im Takt.

»Hier sind wir, meine Damen«, rief Mrs. Flo und legte Doris Havers einen Arm um die Schultern. »Hier ist unsere neue Hausgenossin. Und wir freuen uns schon alle, sie kennenzulernen, nicht wahr? Wie schade, daß Mrs. Tilbird nicht mehr bei uns ist.«

Sie machte Barbaras Mutter mit Mrs. Salkild und Mrs. Pendlebury bekannt, die aneinandergelehnt auf dem Sofa sitzenblieben. Doris Havers stand stocksteif und warf angstvolle Blicke nach Barbara. Barbara lächelte ihr aufmunternd zu. Der Koffer hing ihr wie eine Zentnerlast am Arm.

»Möchten Sie nicht ablegen, meine Liebe?« fragte Mrs. Flo und griff schon nach dem obersten Mantelknopf.

»Barbie!« rief Doris Havers schrill.

»Aber es ist doch alles in Ordnung«, sagte Mrs. Flo. »Überhaupt kein Grund zur Aufregung. Wir freuen uns alle so darauf, Sie ein Weilchen bei uns zu haben.«

»Es riecht nach Kohl.«

Barbara stellte den Koffer ab und kam Mrs. Flo zu Hilfe. Ihre Mutter umkrallte ihren Mantelknopf, als handelte es sich um den Hope-Diamanten. Speichel sammelte sich in ihren Mundwinkeln.

»Mama, du hast dir diesen Urlaub doch immer gewünscht«, sagte Barbara. »Komm, gehen wir nach oben, dann kannst du dir dein Zimmer ansehen.« Sie nahm ihre Mutter beim Arm.

»Am Anfang machen sie alle ein bißchen Schwierigkeiten«, bemerkte Mrs. Flo, die wohl Barbaras aufflackernde Nervosität wahrnahm. »Die Veränderung macht ihnen zu schaffen. Das ist ganz normal. Da sollten Sie sich keine Sorgen machen.«

Gemeinsam führten sie ihre Mutter aus dem Zimmer. Die Treppe war nicht so breit, daß sie zu dritt nebeneinander gehen konnten, darum ging Mrs. Flo lebhaft schwatzend voraus. Barbara, die die ruhige Entschlossenheit unter dem leichten Geplauder spürte, bewunderte die geduldige Bereitschaft dieser Frau, ihr Leben in den Dienst der Alten und Gebrechlichen zu stellen. Sie selbst hatte nur den Wunsch, dieses Haus so schnell wie möglich wieder zu verlassen, und sie haßte sich für ihre Kleinmütigkeit.

Doris Havers wurde immer steifer. Jeder Schritt bedeutete Überwindung. Obwohl Barbara ihr ständig gut zuredete und stützend ihren Arm hielt, reagierte sie wie ein Tier auf dem Weg zur Schlachtbank in jenen letzten grauenvollen Momenten, wenn es schon das Blut wittert.

»Der Kohl«, wimmerte sie.

Barbara versuchte, sich zu wappnen. Sie wußte, daß es im Haus nicht nach Kohl roch. Sie begriff, daß der Geist ihrer Mutter sich an den letzten rationalen Gedanken klammerte, den er hervorgebracht hatte. Aber als der Kopf ihrer Mutter schlaff an ihre Schulter fiel, und sie die Tränenspuren im hellen Puder sah, den Doris Havers in kindlicher Vorfreude auf die lang ersehnte Urlaubsreise aufgelegt hatte, war es mit ihrer Fassung vorbei.

Sie begreift es nicht, dachte sie. Sie wird es nie begreifen.

»Mrs. Flo«, sagte sie. »Ich glaube, es hat keinen –«

Mrs. Flo, die schon oben im Flur stand, drehte sich herum und hob abwehrend eine Hand. »Lassen Sie sich ein wenig Zeit, Kind. Das fällt jedem schwer.«

Sie ging über den Flur, öffnete eine Tür und machte Licht. Man hatte ein Krankenhausbett ins Zimmer gestellt.

Sonst sah es aus wie ein beliebiges Gästezimmer und war zweifelsohne weit freundlicher als Doris Havers' Zimmer in Acton.

»Schau dir die schöne Tapete an, Mama«, sagte sie. »Lauter Gänseblümchen. Du magst Gänseblümchen doch so gern. Und der Teppich. Schau doch. Auf dem Teppich sind auch Gänseblümchen. Und du hast ein eigenes Waschbecken. Und einen Schaukelstuhl am Fenster. Habe ich dir eigentlich gesagt, daß du vom Fenster aus den Park sehen kannst, Mama? Da kannst du den Kindern beim Ballspielen zusehen.« Bitte, dachte sie. Gib mir nur ein Zeichen.

Doris Havers klammerte sich an ihren Arm und wimmerte laut.

»Geben Sie mir den Koffer, Kind«, sagte Mrs. Flo. »Wenn wir die Sachen rasch einräumen, beruhigt sie sich schneller. Je weniger Durcheinander, desto besser für Ihre Mutter. Sie haben doch ein paar Fotos und Souvenirs für sie dabei?«

»Ja. Sie liegen obenauf.«

»Dann stellen wir die jetzt mal auf. Nur die Fotos fürs erste. Das ist ein Stück Zuhause.«

Es waren nur zwei Fotos in einem Doppelrahmen, eines zeigte Barbaras Bruder, das andere ihren Vater. Als Mrs. Flo den Koffer aufklappte, den Rahmen herausnahm und ihn auf der Kommode aufstellte, wurde Barbara plötzlich mit tiefer Scham bewußt, daß sie in ihrer Eile, ihre Mutter aus ihrem Leben zu entfernen, überhaupt nicht daran gedacht hatte, ein Foto von sich mitzubringen.

»Nun, das sieht doch schon sehr hübsch aus«, sagte Mrs. Flo, trat ein paar Schritte von der Kommode zurück und neigte den Kopf zur Seite, um die Fotografien zu bewundern. »Was für ein niedlicher kleiner Junge. Ist er...«

»Mein Bruder. Er ist tot.«

Mrs. Flo schnalzte teilnahmsvoll mit der Zunge. »Wollen wir ihr jetzt aus dem Mantel helfen?« fragte sie.

Barbara spürte, wie ihre Mutter zurückschreckte.

»Barbie...« Es war ein Aufschrei der Niederlage und der Kapitulation.

»Ja. So ist es gut. Ein Knopf. Und noch einer. Und nachher gibt es eine schöne Tasse Tee. Die wird Ihnen sicher schmecken. Und vielleicht ein Stück Kuchen dazu?«

»Kohl.« Es war kaum mehr als ein Lallen, undeutlich wie ein schwacher Schrei aus weiter Ferne.

Barbara entschied sich. »Ach, ihre Alben«, sagte sie. »Mrs. Flo, ich habe die Alben meiner Mutter vergessen.«

Mrs. Flo blickte von dem Schal auf, den sie mit Mühe Doris Havers' Händen entwunden hatte. »Die können Sie doch später vorbeibringen, Kind. Sie wird sicher nicht alles auf einmal haben wollen.«

»Aber die Alben sind ihr sehr wichtig. Die muß sie haben. Sie hat...« Barbara hielt einen Moment inne. Ihr Verstand sagte ihr, daß ihr Handeln töricht war, aber ihr Herz sagte ihr, daß es keine andere Lösung gab. »Sie hat jahrelang immer Urlaubsreisen geplant und alles in ihren Alben eingeklebt. Sie blättert jeden Tag in ihnen. Sie kommt sich bestimmt völlig verloren vor und...«

Mrs. Flo legte ihr leicht die Hand auf den Arm. »Miss Havers, beruhigen Sie sich. Sie tun das einzig Richtige. Das müssen Sie sich vor Augen halten.«

»Nein. Es ist schon schlimm genug, daß ich vergessen habe, ihr ein Foto von mir einzupacken. Ich kann sie nicht einfach ohne ihre Alben hier zurücklassen. Entschuldigen Sie vielmals. Ich habe Ihre Zeit verschwendet. Ich habe alles verpfuscht. Ich will nur...« Sie würde nicht weinen, nein. Ihre Mutter brauchte sie, und sie mußte sofort mit Mrs. Gustafson sprechen.

Sie ging zur Kommode, nahm den Rahmen mit den Fotos herunter und legte ihn wieder in den Koffer. Sie klappte den Koffer zu und zog ihn vom Bett. Sie nahm ein Papiertaschentuch aus ihrer Manteltasche und wischte ihrer Mutter Wangen und Nase. »Okay, Mama«, sagte sie, »fahren wir wieder nach Hause.«

Der Chor sang das *Kyrie*, als Lynley den Chapel Court durchquerte und sich der Kirche näherte, die zwischen Arkaden den größten Teil der Westseite des Hofs einnahm. Ursprünglich war sie wohl so plaziert gewesen, daß aus dem Middle Court der bewundernde Blick auf sie fallen mußte; doch Rufe nach Vergrößerung der Universität hatten im achtzehnten Jahrhundert dazu geführt, daß sie von einem Geviert von Bauten eingeschlossen worden war, dessen Mittelpunkt sie nun bildete.

Bodenlampen beleuchteten die aus hellen Quadersteinen gefügten Mauern des Gebäudes, das, wenn schon nicht von Christopher Wren entworfen, eindeutig seiner Liebe zum klassischen Ebenmaß nachempfunden war. Die vier korinthischen Pilaster, die die Fassade der Kirche begrenzten, waren mit einem Ziergiebel mit Laterne und Uhr gekrönt. Dekorative Girlanden schwangen sich bogenförmig an den Pilastern abwärts. Zu beiden Seiten der Uhr schimmerte je ein Rundfenster. Durch die Arkaden zu beiden Seiten der Kirche waren der Fluß und die Parkanlagen dahinter zu sehen.

Die strahlenden Klänge einer Trompetenfanfare rissen Lynley aus seinen Betrachtungen. Die Töne schwebten rein und klar durch die kalte Nachtluft. Als Lynley das Seitenportal an der Südostecke des Baus aufzog, antwortete der Chor mit einem neuen Kyrie auf die Fanfare. Er trat in die Kirche, als eine zweite Fanfare erklang.

Bis zur Höhe der Bogenfenster waren die Wände in hellem Eichenholz getäfelt, das sich in den um einen Mittelgang gruppierten Kirchenstühlen wiederholte. Hier waren die Mitglieder des College-Chors aufgereiht, ihre Aufmerksamkeit auf eine einsame Trompeterin gerichtet, die am Fuß des Altars stand. Sie wirkte klein vor dem prächtigen Barockretabel mit einem Gemälde, das die Auferstehung des armen Lazarus zeigte. Als sie ihre zweite Fanfare geblasen hatte, senkte sie ihr Instrument, sah Lynley und lachte ihm zu, während der Chor sein letztes *Kyrie* sang. Es folgten einige dröhnende Takte auf der Orgel, dann war es still.

»Altstimmen, fürchterlich«, sagte der Chorleiter. »Soprane nichts als Gekreische. Tenöre wie jaulende Hunde. Die übrigen leidlich. Also bitte, morgen abend um die gleiche Zeit.«

Seine niederschmetternde Beurteilung wurde mit allgemeinem Stöhnen quittiert. Der Chorleiter ließ sich davon nicht erschüttern, schob seinen Bleistift hinter ein Ohr und sagte: »Aber die Trompete war ausgezeichnet. Danke, Miranda. Das wär's, Herrschaften.«

Während die Gruppe sich langsam auflöste, ging Lynley den Mittelgang hinunter zu Miranda Webberly, die dabei war, ihre Trompete zu reinigen und in ihren Kasten zu packen. »Du hast den Jazz an den Nagel gehängt, Randie?« sagte er.

Sie hob empört den Kopf mit den lockigen roten Haaren. »Ich? Nie im Leben!« erklärte sie.

»Du bist also noch bei den Jazzern?«

»Aber ja. Mittwoch abend haben wir in der Trinity Hall eine Session. Kommen Sie?«

»Mit Vergnügen. Das werde ich mir doch nicht entgehen lassen.«

Sie lachte. »Gut.« Sie klappte ihren Trompetenkasten zu und lehnte ihn an einen Kirchenstuhl. »Dad hat mich schon angerufen und mir gesagt, daß heute abend einer von Ihnen hier aufkreuzen würde. Aber wieso sind Sie allein?«

»Sergeant Havers mußte noch etwas Privates erledigen. Sie kommt später nach. Morgen vormittag, vermute ich.«

»Hm. Ja. Möchten Sie einen Kaffee oder so was? Sie wollen doch bestimmt mit mir reden. Die Mensa ist noch offen. Wir können aber auch auf mein Zimmer gehen.« Sie errötete ein wenig. »Ich meine, wenn Sie auf Ruhe Wert legen.«

Lynley lächelte. »Gehen wir zu dir.«

Sie schlüpfte in eine riesige blaue Marinejacke, wickelte sich einen Wollschal um den Hals und nahm ihren Trompetenkasten. »Also gut. Gehen wir. Ich bin drüben im New Court.«

Anstatt durch den Chapel Court zu gehen und den Durchgang zwischen den Süd- und Ostgebäuden zu benutzen, führte Miranda ihn an den Arkaden entlang zu einer Tür am Nordende. Sie stiegen eine kurze Treppe hinauf, gingen einen Korridor hinunter, durch eine Tür, stiegen eine zweite Treppe hinunter. Und die ganze Zeit sprach Miranda.

»Ich weiß eigentlich noch gar nicht, wie ich das mit Elena einordnen soll«, sagte sie. Es klang wie ein Diskurs, den sie den Tag über mit sich selbst geführt hatte. »Dauernd denk ich, ich müßte doch Wut oder Empörung oder Schmerz fühlen, aber bis jetzt fühle ich überhaupt nichts. Allenfalls habe ich Schuldgefühle, weil ich nichts fühle. Ich versteh das nicht. Ich bin doch im christlichen Glauben erzogen. Ich müßte doch um sie trauern, oder nicht?« Sie wartete nicht auf Lynleys Antwort. »Ich glaube, im Grunde kann ich es einfach nicht fassen, daß sie tot ist. Ich hab sie gestern abend nicht gesehen. Ich hab sie heute morgen nicht weggehn hören. Es war wie alle Tage, und darum kommt mir auch alles völlig normal vor. Vielleicht, wenn ich sie gefunden hätte, oder wenn sie in ihrem Zimmer umgebracht worden wäre und die Putzfrau sie gefunden hätte und schreiend angerannt gekommen wäre – so wie im Kino, wissen Sie –, dann hätte ich sie mit eigenen Augen gesehen und dann hätte es mich getroffen. Ehrlich, ich kann nicht verstehen, daß ich überhaupt nichts fühle. Ist sie mir völlig gleichgültig?«

»Warst du besonders eng mit ihr befreundet?«

»Nein, eben nicht. Ich hätte mich mehr um sie kümmern sollen. Ich hätte mich mehr bemühen sollen. Ich habe sie immerhin seit dem letzten Jahr gekannt.«

»Du warst also nicht mit ihr befreundet?«

Miranda blieb an der Tür stehen, die aus dem Randolph-Haus in den New Court hinausführte. Sie krauste die Nase.

»Ich bin keine Läuferin«, sagte sie und stieß die Tür auf.

Links war eine Terrasse mit Blick auf den Fluß. Rechts führte ein mit Kopfsteinen gepflasterter Fußweg zwischen dem Randolph-Haus und einer Rasenfläche hindurch. In der Mitte des Rasens stand eine mächtige alte Kastanie, und dahinter erhob sich das hufeisenförmige Gebäude, das den New Court umschloß, drei Stockwerke prunkvoller Neogotik mit Lanzettfenstern, gewölbten Portalen, einem gezinnten Dach und einem spitzen Turm.

»Hier entlang«, sagte Miranda und führte ihn über den Fußweg zur Südostecke des Gebäudes. Der süße Duft des Winterjasmins, der sich hier an der Mauer hochrankte, wehte Lynley entgegen, dann zog Miranda eine Tür auf, neben der in eine kleine Steinplatte der Buchstabe »L« eingegraben war.

Zwei Treppen hinauf, dann hatten sie Mirandas Appartement erreicht, eines von zweien, die einander in einem kurzen Flur gegenüberlagen und sich eine Küche, eine Dusche und eine Toilette teilten.

Miranda machte einen Abstecher in die Küche, um Wasser aufzusetzen. »Ich hab allerdings nur Nescafé da«, sagte sie mit einer kleinen Grimasse. »Aber wir können uns ja ein bißchen Whisky reinkippen. Nur meiner Mutter dürfen Sie das nicht verraten.«

»Daß du eine Vorliebe für Whisky entwickelt hast?«
Sie verdrehte die Augen. »Daß ich überhaupt eine Vorliebe habe. Es sei denn, sie gilt einem Mann. Da können Sie ihr erzählen, was Sie wollen. Denken Sie sich was Scharfes aus. Stecken Sie mich in ein schwarzes Negligé. Dann schöpft sie wieder Hoffnung.« Sie lachte und ging zu ihrem Zimmer.

»Du hast dir ja eine richtige Luxusbehausung unter den Nagel gerissen«, bemerkte er, als sie eintraten. An Universitätsmaßstäben gemessen traf das zu. Ihr Appartement bestand nicht wie üblich aus nur einem Zimmer, sondern aus zweien, einem kleineren, in dem sie schlief, und einem größeren, das ihr als Wohnraum diente, immerhin geräumig genug, um zwei kleine Sofas und einen Walnußtisch unterzubringen, den sie als Schreibtisch benutzte. Das Fenster mit Blick auf die Trinity Passage Lane hatte eine breite Fensterbank aus Eichenholz, auf der ein Käfig stand. Lynley ging hin, um sich das kleine Tier anzusehen, das in rasantem Tempo in einem Laufrad strampelte.

Miranda stellte ihren Trompetenkasten neben den Sessel und legte ihren Mantel ab. »Das ist Tibbit«, sagte sie und ging zum Kamin, um das elektrische Feuer einzuschalten.

Lynley blickte auf. »Elenas Maus?«

»Ich hab sie rübergeholt, als ich hörte, was passiert war. Ich wollte sie nicht allein da drüben stehen lassen.«

»Wann war das?«

»Heute nachmittag. Kurz nach zwei ungefähr.«

»Ihr Zimmer war nicht abgesperrt?«

»Nein. Da jedenfalls noch nicht. Elena hat nie abgesperrt.« Auf einem Regal in einer Wandnische standen mehrere Flaschen Alkohol, fünf Gläser, drei Tassen mit Untertassen. Miranda nahm zwei Tassen und eine Flasche heraus und trug sie zum Tisch. »Das könnte wichtig sein, nicht wahr?« meinte sie. »Daß sie ihr Zimmer nicht abgesperrt hat.«

Die kleine Maus beendete abrupt ihr Lauftraining und huschte vom Rad zum Käfiggitter, um neugierig Lynleys Finger zu beschnuppern.

»Möglich, ja«, sagte er. »Hast du heute morgen jemanden in ihrem Zimmer gehört? Etwas später, vermutlich, vielleicht um sieben, halb acht.«

Miranda schüttelte den Kopf. »Ohrstöpsel«, sagte sie bedauernd.

»Du schläfst mit Ohrstöpseln?«

»Immer schon. Seit...« Sie zögerte, schien einen Moment verlegen. Dann sagte sie ruhig: »Sonst kann ich nicht schlafen. Ich hab mich dran gewöhnt, nehme ich an. Sieht zwar scheußlich aus, aber ich kann's nicht ändern.«

Was sie in ihrer Erklärung ausgelassen hatte, konnte Lynley sich ohne weiteres selbst dazu denken. Wer näher mit Webberly bekannt war, wußte, daß seine Ehe ein einziger Kampf war. Miranda hatte vermutlich angefangen, ihre Ohren zuzustopfen, um sich das nächtliche Schlachtgetümmel nicht anhören zu müssen.

»Wann bist du heute morgen aufgestanden, Randie?«

»Um acht. Vielleicht auch ein bißchen später.« Sie lächelte schief. »Eher ein bißchen später. Ich hatte um neun eine Vorlesung.«

»Und was hast du nach dem Aufstehen getan? Geduscht?«

»Hm. Ja. Tee getrunken. Und mir eine Scheibe Toast gemacht.«

»Die Tür zu ihrem Zimmer war geschlossen?«

»Ja.«

»Und alles schien wie sonst? Kein Anzeichen dafür, daß jemand bei ihr gewesen war?«

»Nichts. Nur...« In der Küche begann der Kessel zu

pfeifen. Sie nahm die zwei Tassen und ein Milchkännchen und lief zur Tür. Dort blieb sie kurz stehen. »Mir wär's wahrscheinlich gar nicht aufgefallen. Ich meine, sie hatte viel mehr Besuch als ich, wissen Sie.«

»Sie war also beliebt?«

Mirandas Gesicht verriet Unbehagen. Das Pfeifen des Kessels schien noch einen Grad schriller zu werden.

»Bei Männern?« meinte Lynley.

»Lassen Sie mich erst den Kaffee holen«, sagte sie.

Sie ließ die Tür offen. Lynley konnte sie in der Küche rumoren hören. Er konnte die geschlossene Tür gegenüber sehen. Vom Pförtner hatte er sich einen Schlüssel für diese jetzt abgesperrte Tür geben lassen, aber er verspürte keinerlei Neigung, ihn zu benutzen. Er dachte über diese Erkenntnis nach und war verwundert.

Er war dabei, den Fall von hinten aufzurollen. Eigentlich hätte er trotz der späten Ankunft zuerst mit den Kollegen der Dienststelle Cambridge sprechen müssen; dann mit den Eltern; dann mit der Person, die die Tote gefunden hatte. Danach hätte er auf der Suche nach einem möglichen Hinweis auf die Identität des Mörders das persönliche Eigentum des Opfers durchsehen müssen. Alles nach Vorschrift, nachzulesen unter »Ordnungsgemäßes Verfahren«, wie Barbara Havers ihm zweifellos vorgehalten hätte. Er hätte keine Gründe dafür nennen können, warum er sich nicht an die Reihenfolge hielt. Er hatte einfach das Gefühl, daß die Art des Verbrechens auf eine private Geschichte schließen ließ, vielleicht eine Abrechnung. Und nur ein Verständnis der persönlichen Umgebung konnte darüber Aufschluß geben, welcher Art diese Geschichte und diese Abrechnung waren.

Mit einem Tablett kehrte Miranda zurück. »Die Milch ist leider sauer«, bemerkte sie. »Bleibt uns nur der Whisky. Aber ich hab noch ein bißchen Zucker. Möchten Sie welchen?

Er lehnte ab. »Also, wie war das mit Elenas Besuch?« fragte er. »Das waren wohl vor allem Männer?«

Sie machte ein Gesicht, als hätte sie gehofft, er habe seine Frage vergessen. Er setzte sich zu ihr an den Tisch. Sie goß Whisky in beide Tassen, rührte mit demselben Löffel um, den sie dann ableckte und beim Sprechen zum Gestikulieren benutzte.

»Nicht nur«, erklärte sie. »Sie war gut befreundet mit den Mädchen vom *Hare and Hounds*. Die sind ab und zu vorbeigekommen. Oder sie ist mit ihnen weggegangen – zu Partys oder so. Sie ist unheimlich gern ausgegangen. Ich weiß, sie hat gern getanzt. Sie sagte immer, sie könnte die Schwingungen der Musik spüren, wenn sie laut genug sei.«

»Und die Männer?« fragte Lynley.

Sie schlug sich mit dem Kaffeelöffel auf die offene Hand. »Meine Mutter wäre glückselig, wenn ich auch nur ein Zehntel von dem ausstrahlen würde, was Elena hatte. Die Männer sind auf sie geflogen, Inspector.«

»Und du konntest das eigentlich nicht verstehen?«

»Im Gegenteil. Ich konnte es sehr gut verstehen. Sie war originell und lustig, sie hat gern geredet und konnte gut zuhören – komisch eigentlich, wenn man bedenkt, daß sie in Wirklichkeit keines von beidem konnte, nicht? Aber irgendwie hat sie einem immer den Eindruck vermittelt, daß nur man selbst sie interessierte, wenn sie mit einem zusammen war. Darum kann ich gut verstehen, daß Männer – Sie wissen schon.« Sie wedelte mit dem Löffel.

»Eitel wie wir Männer nun mal sind.«

»Na ja, Männer sehen sich doch gern als Nabel der Welt. Und Elena hat's eben verstanden, ihnen die Illusion zu lassen.«

»Bestimmte Männer?«

»Na, Gareth Randolph zum Beispiel«, sagte Miranda. »Er war oft bei ihr. Zwei-, dreimal die Woche bestimmt. Ich hab's immer gemerkt, wenn Gareth hier war. Dann lag so eine Spannung in der Luft. Er hat was wahnsinnig Intensives, wissen Sie. Elena sagte, sie könnte seine Aura schon spüren, wenn er unten zur Tür reinkäme. Oh-oh, jetzt wird's heiß, sagte sie immer, wenn wir zusammen in der Küche waren. Und eine Minute später war er da. Sie behauptete, in bezug auf Gareth hätte sie einen sechsten Sinn.« Miranda lachte. »Aber ich glaube eher, sie hat sein Rasierwasser gerochen.«

»Waren die beiden ein Paar?«

»Sie waren jedenfalls viel zusammen. Und die Leute haben sie in einen Topf geworfen.«

»War Elena das recht?«

»Sie sagte, sie seien nur Freunde.«

»Gab es sonst noch einen besonderen Mann?«

Sie trank einen Schluck Kaffee, goß noch etwas Whisky in ihre Tasse und schob ihm die Flasche über den Tisch. »Ich weiß nicht, ob er ihr was Besonderes bedeutet hat, aber sie ist auch mit Adam Jenn ausgegangen. Er ist Doktorand bei ihrem Vater. Sie hat ihn ziemlich häufig gesehen. Und ihr Vater ist natürlich oft hier gewesen, aber das zählt ja wohl nicht. Der kam ja nur zur Kontrolle. Sie hat im letzten Jahr ziemlich gebummelt, und er wollte dafür sorgen, daß das nicht noch mal passierte. So hat's Elena jedenfalls hingestellt. Da kommt der Kontrolleur, sagte sie immer, wenn sie ihn vom Fenster aus sah. Ein- oder zweimal hat sie sich in meinem Zimmer versteckt, um ihn zu ärgern, und kam dann lachend raus, wenn er gerade anfing wütend zu werden, weil sie nicht da war.«

»Das Programm, das sich die Leute hier ausgedacht hatten, um sie bei der Stange zu halten, hat ihr vermutlich nicht gefallen.«

»Sie sagte, das Beste daran sei die Maus. Sie nannte sie Tibbit, meine Zellengefährtin. Das war typisch für sie. Sie hatte ein Talent dafür, alles von der komischen Seite zu nehmen.«

Miranda schien ihren Schatz an Informationen ausgeschöpft zu haben. Sie lehnte sich in ihrem Sessel zurück, zog die Beine zum Schneidersitz hoch und trank von ihrem Kaffee. Doch der Blick, mit dem sie ihn ansah, war unsicher, als hielte sie etwas zurück.

»Das waren doch noch nicht alle, nicht wahr, Randie?«

Miranda wand sich. Sie inspizierte die Äpfel und Orangen in der kleinen Schale auf dem Tisch und danach die Poster an der Wand. Dizzy Gillespie, Louis Armstrong, Wynton Marsalis, Dave Brubeck am Klavier, Ella Fitzgerald am Mikrofon. Ihre erste Liebe galt immer noch dem Jazz.

»Miranda«, sagte Lynley. »Wenn du etwas weißt...«

»Ich weiß ja eben nichts, Inspector. Jedenfalls nicht mit Sicherheit. Ich kann Ihnen doch nicht jede Kleinigkeit weitertratschen. Ich meine, am Ende ist sie völlig belanglos, aber ich hab Leute in Schwierigkeiten gebracht, weil ich Ihnen davon erzählt habe. Mein Vater hat immer gesagt, so was sei bei der Polizeiarbeit die größte Gefahr.«

Lynley nahm sich vor, Webberly für die Zukunft von philosophischen Erörterungen mit seiner Tocher abzuraten. »Ja, natürlich, so etwas kann immer mal passieren«, stimmte er zu. »Aber ich werde nicht gleich jemanden verhaften, nur weil du seinen Namen nennst.« Als sie nichts sagte, beugte er sich über den Tisch und schlug mit dem Finger an ihre Kaffeetasse. »Ehrenwort, Randie. Okay? Also, weißt du noch etwas?«

»Das, was ich Ihnen über Gareth und Adam gesagt habe, hatte ich von Elena«, sagte sie. »Darum hab ich's Ihnen erzählt. Alles andere in meinem Kopf ist nichts als Klatsch. Oder vielleicht auch was, was ich beobachtet und nicht verstanden hab. Und das kann doch keine Hilfe sein. Das könnte höchstens zu Irrtümern führen.«

»Wir klatschen hier nicht, Randie. Wir versuchen, die Wahrheit über ihren Tod herauszubekommen. Hier geht's um Tatsachen, nicht um Spekulationen.«

Sie antwortete nicht gleich, sondern starrte die Whiskyflasche an. Das Etikett zierte ein fettiger Fingerabdruck. Sie sagte: »Fakten sind keine Schlußfolgerungen. Das sagt mein Vater immer.«

»Genau. Völlig richtig.«

Sie zögerte, warf sogar einen Blick über ihre Schulter, als wollte sie sich vergewissern, daß sie immer noch allein war.

»Es ist aber nur eine Beobachtung, sonst nichts«, sagte sie.

»Verstanden.«

»Also gut.« Sie richtete sich auf. »Ich glaube, sie hatte am Sonntag abend Krach mit Gareth. Aber ich weiß es natürlich nicht genau«, fügte sie hastig hinzu, »weil ich sie nicht hören konnte. Sie haben mit den Händen geredet. Ich habe sie nur flüchtig in Elenas Zimmer gesehen, ehe sie die Tür zumachte, und als Gareth ging, war er ganz schön wütend. Sie hätten hören sollen, wie er die Türen geknallt hat. Aber es kann auch ganz bedeutungslos sein, weil der Junge ja immer so geladen ist. Der hätte sich genauso aufgeregt, wenn sie über die Mehrwertsteuer diskutiert hätten.«

»Ja. Ich verstehe. Und nach dem Streit?«

»Ist Elena auch weggegangen.«

»Um welche Zeit war das?«

»So gegen zwanzig vor acht. Ich hab sie nicht heimkommen hören.« Miranda sah wohl das wache Interesse in seinem Gesicht, denn sie sagte hastig: »Ich glaube nicht, daß Gareth mit Elenas Ermordung etwas zu tun hat, Inspector. Er kommt leicht in Rage, das stimmt, und er ist immer sehr unter Druck, aber er war nicht der einzige...«

»Es war noch jemand hier?«

»Nein – nicht direkt.«

Sie sank in sich zusammen. »Also gut. Mr. Thorsson.«

»Er war hier?« Sie nickte. »Wer ist das?«
»Einer von Elenas Dozenten. Englisch.«
»Wann war er hier?«
»Genau genommen habe ich ihn zweimal hier gesehen. Aber nicht am Sonntag.«
»Am Tag oder abends?«
»Abends. Einmal ungefähr in der dritten Semesterwoche. Dann noch einmal am letzten Donnerstag.«
»Könnte er häufiger hier gewesen sein?«
Er sah ihr an, daß sie am liebsten nicht geantwortet hätte; dennoch sagte sie: »Ja, möglich ist es. Aber ich habe ihn nur zweimal gesehen, Inspector. Nur zweimal.« Zweimal, das ist Tatsache, sagte ihr Ton.
»Hat sie dir erzählt, warum er zu ihr kam?«
Miranda schüttelte den Kopf. »Ich glaube nicht, daß sie ihn besonders gemocht hat. Sie hat ihn immer Lenny den Lustmolch genannt. Er heißt Lennart. Er ist Schwede. Das ist alles, was ich weiß. Ehrlich.«
»Tatsache, meinst du.« Lynley war überzeugt, daß Miranda Webberly – Tochter ihres Vater – ihm ein halbes Dutzend Spekulationen als Beilage hätte bieten können.

Lynley ging beim Pförtner vorbei, ehe er auf die Trinity Lane hinaustrat. Terence Cuff hatte in weiser Voraussicht dafür gesorgt, daß die Räume, die den Besuchern des College zur Verfügung gestellt wurden, sich im St. Stephen's Court befanden, der wie der Ivy Court durch die schmale Gasse vom Rest des College getrennt war. Im Gegensatz zu den übrigen Gebäuden des College gab es hier weder Pförtnerhaus noch Pförtner, es wurde also abends nicht abgesperrt, so daß die Gäste sich völlig frei bewegen konnten.

Ein einfacher schmiedeeiserner Zaun setzte diesen Teil der Gebäude von der Straße ab. Er lief von Norden nach Süden, eine Demarkationslinie, die durch die Westmauer der St. Stephen's Kirche unterbrochen wurde, eine der ursprünglichen Gemeindekirchen Cambridges. Der helle Feldstein, die Strebepfeiler und der normannische Turm bildeten einen interessanten Gegensatz zu den adretten edwardianischen Klinkerbauten rundherum.

Lynley stieß das Eisentor auf. Ein zweiter Zaun dahinter steckte die Grenzen des Friedhofs ab. Dort befanden sich die Gräber, vom gelben Licht der Bodenlampen beleuchtet, die ihren Schein an die Mauern der Kirche warfen. Der Nebel war in der Zeit, als er bei Miranda gewesen war, noch dichter geworden und verwandelte Sarkophage, Grabsteine, Grüfte, Büsche und Bäume in farblose Schemen vor einem Hintergrund sachte wogenden Dunsts. Am schmiedeeisernen Zaun, der den St. Stephen's Court vom Friedhof trennte, standen mit feuchtglänzenden Lenkern vielleicht hundert oder mehr Fahrräder.

An ihnen vorüber ging Lynley zum Ivy Court, wo der Pförtner ihm früher am Tag sein Zimmer gezeigt hatte. Die Räume in diesem Gebäude – Arbeits- und Besprechungszimmer, Küchen und kleinere Ruhezimmer, in denen man bei Bedarf ein Nickerchen machen konnte – wurden, wie der Pförtner ihm erklärte, nur von den Dozenten des College benutzt. Da die meisten von ihnen außerhalb des College wohnten, war das Gebäude nachts praktisch leer.

Lynleys Zimmer blickte in den Ivy Court und zum Kirchhof hinunter. Es war mit seinen braunen Teppichfliesen, den fleckigen, vergilbten Wänden und verblaßten Blümchenvorhängen nicht besonders freundlich. Man rechnete am College offensichtlich nicht damit, daß Besucher sich hier für einen längeren Aufenthalt einrichten würden.

Nachdem der Pförtner ihn alleingelassen hatte, hatte Lynley sich nachdenklich umgesehen, hatte sich probeweise in den muffig riechenden Ohrensessel gesetzt, eine Schublade aufgezogen, das leere Bücherregal an der Wand betrachtet. Er ließ Wasser ins Becken laufen und prüfte die Tragfähigkeit der Kleiderstange im Schrank. Und dachte dabei die ganze Zeit an Oxford.

Ein anderes Zimmer, eine ähnliche Stimmung; ein Gefühl, als tue die ganze Welt sich vor ihm auf und winke ihm mit der Offenbarung ihrer Geheimnisse und kommender Erfüllung. Wie neugeboren hatte er sich in der relativen Anonymität gefühlt. Leere Regale, leere Wände, leere Schubladen. Hier, hatte er gedacht, würde er sich selbst einen Namen machen. Niemand brauchte von seinem Titel und seiner Herkunft zu wissen, niemand von seiner lachhaften Angst. Das geheime Leben der Eltern hatte in Oxford keinen Platz. Hier, hatte er gedacht, würde er vor der Vergangenheit sicher sein.

Er mußte lächeln, als er daran dachte, wie hartnäckig er an diesem letzten Jugendglauben festgehalten hatte. Er hatte sich allen Ernstes auf dem Weg in eine goldene Zukunft gesehen, die keinerlei Auseinandersetzung mit der Vergangenheit verlangte. So versuchen wir, unserer persönlichen Situation zu entfliehen, dachte er. Wir alle.

Er brauchte keine fünf Minuten, um seine Koffer auszupacken. Als er sich danach in den Sessel setzte, spürte er die Kälte des Zimmers und seine innere Ruhelosigkeit. Um sich abzulenken, begann er den Tagesbericht zu schreiben. Normalerweise war das Barbara Havers' Aufgabe, aber er war in diesem Moment froh, etwas zu tun zu haben, was die Gedanken an Helen zurückdrängen würde, wenn auch vielleicht nur für eine Stunde.

»Ein Anruf, ja, Sir«, hatte der Pförtner gesagt, als er im Häuschen nachgefragt hatte.

Sie hat angerufen, dachte Lynley. Harry ist nach Hause gekommen. Und sogleich hatte seine Stimmung sich aufgehellt, nur um sich augenblicklich wieder zu verdüstern, als der Pförtner ihm die Nachricht überreichte. Superintendent Daniel Sheehan von der Polizei Cambridge erwartete ihn am kommenden Morgen um halb neun.

Keine Nachricht von Helen.

Er schrieb flüssig, fast ohne Pause und füllte Seite um Seite mit den Einzelheiten seines Zusammentreffens mit Terence Cuff, mit den Eindrücken, die er aus dem Gespräch mit Anthony und Justine Weaver gewonnen hatte, einer Beschreibung des Schreibtelefons und seiner Möglichkeit, den Tatsachen, die Miranda Webberly ihm geliefert hatte. Er schrieb weit mehr als notwendig, teilweise im Stil freier Assoziation, worüber Havers mit Recht die Nase rümpfen würde, was ihn aber zwang, sich ganz auf den Mordfall zu konzentrieren und nicht in Gedankengänge abzuschweifen, die seine Frustration nur verstärkt hätten. Nach einer Stunde legte er den Füller aus der Hand, nahm seine Brille ab und dachte augenblicklich an Helen.

Viel länger konnte er diesen Zustand der Ungewißheit nicht mehr ertragen. Sie hatte sich Zeit ausbedungen. Er hatte sie ihr gegeben, Monat um Monat, in der Angst, ein falscher Schritt von ihm würde sie für immer von ihm forttreiben. Er hatte sich nach Kräften bemüht, wieder der zu werden, der er einst für sie gewesen war, der Freund und Kumpel, mit dem man Pferde stehlen konnte. Aber von Tag zu Tag fiel es ihm schwerer, diesen Schein rein brüderlicher Zuneigung zu wahren.

Sie traf sich mit anderen Männern. Sie erzählte ihm das nicht direkt, aber er merkte es. Er las es in ihren Augen, wenn sie von einem Theaterbesuch berichtete, von einem Fest, auf dem sie gewesen war, einer Ausstellung, die sie besucht hatte. Und wenn es ihm auch gelang, sich in flüchtigen Abenteuern mit anderen Frauen, Helen vorübergehend aus dem Kopf zu schlagen, die innere Bindung konnte er nicht zerreißen.

Er war erschöpft. Er stand vom Schreibtisch auf und ging

zum Waschbecken. Er spritzte Wasser in sein Gesicht und betrachtete es ruhig im Spiegel.

In Cambridge würde es sich entscheiden, sagte er sich. Ob Gewinn oder Verlust, hier würde es sich entscheiden.

Wieder am Schreibtisch, überflog er, was er geschrieben hatte, ohne etwas davon aufzunehmen. Ungeduldig schlug er das Heft zu.

Die Luft im Zimmer erschien ihm plötzlich unerträglich stickig, und er beugte sich über den Schreibtisch, um das Fenster ganz nach oben zu schieben. Feucht und kühl berührte die Nachtluft sein Gesicht. Vom Friedhof – halb verhüllt vom Nebel – stieg der schwache Duft der Fichten herauf, und während er den würzigen Geruch einatmete, stellte er sich den Boden dort unter den Bäumen vor, von herabgefallenen Nadeln übersät, weich und elastisch unter dem Fuß.

Eine Bewegung am Zaun zog seine Aufmerksamkeit auf sich. Im ersten Moment glaubte er, der Wind habe aufgefrischt und sei dabei, die Nebelschwaden um Bäume und Büsche zu zerreißen. Dann sah er eine Gestalt aus dem Schatten der Bäume treten, die von ihm weg an den Fahrrädern vorbeihuschte. Sie hielt den Kopf erhoben, als wollte sie die Fenster des Gebäudes auf der Ostseite des Hofs im Auge behalten. Frau oder Mann, das konnte Lynley nicht erkennen, und als er die Schreibtischlampe ausschaltete, um besser sehen zu können, erstarrte die Gestalt plötzlich, als hätte sie selbst auf diese Entfernung gespürt, daß sie beobachtet wurde. Dann hörte Lynley das Geräusch eines leerlaufenden Automotors aus der Trinity Lane; die lachenden Stimmen junger Leute, die einander gute Nacht wünschten. Eine Hupe jaulte, krachend wurde der Gang eingelegt, und der Wagen brauste aufheulend davon. Die Stimmen verklangen, und die schattenhafte Gestalt unten gewann wieder Substanz.

Sie lief zu einer Tür auf der Ostseite des Hofs. Die Laterne dort, von Efeu umrankt, spendete nur trübes Licht. Lynley wartete darauf, daß der Schatten in den milchigen Lichtschein direkt vor der Tür treten würde, hoffte, er würde einen Blick über die Schulter werfen und ihm, wenn auch noch so flüchtig, sein Gesicht zeigen. Aber ohne sich umzudrehen, huschte die Gestalt lautlos zur Türnische, umschloß mit heller Hand den Türknauf und verschwand im Gebäude. Einen Moment lang jedoch, als sie unter dem Licht hindurchglitt, konnte Lynley das Haar sehen – lang, voll und dunkel.

Eine Frau. Sofort dachte er an ein heimliches Stelldichein, an einen Liebhaber, der nervös und ungeduldig hinter einem dieser dunklen Fenster wartete. Gleich würde eines von ihnen hell werden. Aber es geschah nichts. Statt dessen wurde plötzlich die Tür geöffnet, und die Frau, die eben erst im Haus verschwunden war, trat wieder heraus. Diesmal blieb sie einen Moment unter dem Licht stehen, um die Tür hinter sich zuzuziehen. Der schwache Schein zeigte die Rundung einer Wange, die Konturen von Nase und Kinn. Aber nur einen Moment lang. Dann war sie schon wieder fort, eilte über den Hof und verschmolz mit der Dunkelheit beim Friedhof, so lautlos wie der Nebel.

6

Die Polizeidienststelle war am Parker's Piece, einer großzügigen Grünanlage mit zahlreichen Spazierwegen. Hier zogen Jogger ihre dampfenden Atemwölkchen hinter sich her, und auf der Wiese jagten zwei Dalmatiner ein orangerotes Frisbee, das ein Mann mit Vollbart und Glatze ihnen warf. Alle Welt schien glücklich zu sein, daß der Nebel sich endlich aufgelöst hatte. Selbst die Fußgänger, die auf dem

Bürgersteig vorüberhasteten, hielten ihre Gesichter der Sonne entgegen. Es war nicht milder als an den Tagen zuvor, und der scharfe Wind biß durch die Kleider, aber der blaue Himmel und das klare Licht ließen die Kälte eher belebend als unangenehm erscheinen.

Lynley blieb vor dem unfreundlichen Gebäude aus Beton und Backstein stehen, in dem die Hauptdienststelle der örtlichen Polizei untergebracht war. In einem Glaskasten vor der Tür hingen Flugblätter, die für die Sicherheit von Kindern im Auto warben, sowie Informationen über die Organisation namens *Schach dem Verbrechen*. Und auf das Glas aufgeklebt war ein Handzettel mit kurzen Angaben über Elena Weavers Tod und der Bitte an alle, die sie Sonntag abend oder Montag morgen gesehen hatten, sich zu melden. Es war ein eilig zusammengestelltes Blatt mit einer körnigen fotokopierten Fotografie des toten jungen Mädchens. VGS stand groß und deutlich auf dem unteren Rand des Blatts, und daneben war eine Telefonnummer angegeben. Lynley seufzte nur. Die gehörlosen Studenten wollten offenbar ihre eigenen Ermittlungen führen. Das würde seine Aufgabe nicht leichter machen.

Warme Luft schlug ihm entgegen, als er die Tür öffnete und in die Vorhalle trat, wo ein junger Mann in schwarzer Lederkluft mit dem diensthabenden Beamten wegen eines Strafzettels stritt.

Der Constable warf Lynley einen dankbaren Blick zu, offensichtlich froh über die Störung, und unterbrach die wütende Tirade des jungen Mannes in Schwarz mit den Worten: »Jetzt setzen Sie sich erst mal, junger Mann. Regen Sie sich nicht gleich so auf.« Dann nickte er Lynley zu. »Kriminalpolizei? Scotland Yard?«

»So offensichtlich ist das?«

»Die vornehme Blässe. Typisch. Aber Ihren Ausweis können Sie mir trotzdem zeigen.«

Lynley legte ihm den Ausweis vor, der Constable inspizierte ihn und nickte. »Erster Stock«, sagte er. »Folgen Sie nur den Hinweisschildern.« Er nahm die Auseinandersetzung mit dem jungen Verkehrssünder wieder auf.

Das Büro des Superintendent war nach vorn gelegen, mit Blick auf Parker's Piece. Als Lynley näherkam, öffnete ihm eine knochige Frau mit geometrischem Haarschnitt. Die Arme in die Hüften gestemmt, musterte sie Lynley von Kopf bis Fuß. Man hatte sein Kommen offenbar von unten gemeldet.

»Inspector Lynley«, sagte sie abweisend. »Der Superintendent hat um halb elf eine Besprechung mit dem Chief Constable in Huntingdon. Bitte denken Sie daran, wenn...«

»Schon gut, Edwina«, rief jemand aus dem Büro.

Sie verzog die schmalen Lippen zu einem frostigen Lächeln und trat zur Seite, um Lynley vorbeizulassen. »Natürlich«, sagte sie. »Kaffee, Mr. Sheehan?«

»Ja.« Superintendent Daniel Sheehan kam Lynley entgegen und bot ihm die große, fleischige Hand. Sein Händedruck war kräftig, sein Lächeln offen und freundlich, obwohl er Lynley als Eindringling in sein Revier hätte betrachten können. »Für Sie auch einen Kaffee, Inspector?«

»Gern, danke. Schwarz.«

Edwina nickte kurz und verschwand. Das Klappern ihrer hohen Absätze im Korridor war laut und heftig.

Sheehan lachte. »Kommen Sie herein. Ehe die Meute über Sie herfällt. Nicht alle meine Leute sind erfreut über Ihr Erscheinen, wissen Sie.«

»Das ist eine verständliche Reaktion.«

Sheehan führte ihn zu einem blauen Kunstledersofa, das im Verein mit zwei ähnlich bescheidenen Sesseln und einem Tisch aus Preßholz offenbar die sogenannte »Sitzecke« des Büros bildete. Hier hing an der Wand ein großer Stadtplan, auf dem alle Colleges rot markiert waren.

Während Lynley seinen Mantel ablegte, ging Sheehan zum Schreibtisch, schob mehrere Blätter zusammen, die dort lose herumlagen, und bündelte sie mit einer Büroklammer. Lynley beobachtete ihn halb neugierig, halb mit Bewunderung darüber, daß er angesichts der Einmischung des Yard, die man leicht als Vorwurf gegen seine Truppe hätte auslegen können, so gelassen blieb.

Dabei wirkte Sheehan auf den ersten Blick gar nicht wie ein Stoiker. Sein rotes Gesicht ließ eher ein rasch aufbrausendes Temperament vermuten, und seine Statur, die kräftigen Arme und Beine, der breite, gewölbte Brustkorb, weckte Gedanken an einen Kampfhahn. Doch gegen diesen Eindruck sprachen seine freundliche Gelassenheit und die Ungezwungenheit seiner Rede. Seine Erwiderung auf Lynleys Bemerkung war direkt, nicht von politischer Klugheit diktiert, und das gefiel Lynley. Es zeigte Sheehan als einen freimütigen, selbstsicheren Menschen.

»Tja, ich kann leider nicht behaupten, daß wir an der Situation schuldlos sind«, sagte Sheehan. »Wir haben mit unseren Gerichtsmedizinern ein Problem, das schon vor zwei Jahren hätte geklärt werden müssen. Aber der Chef mag sich in innerbehördliche Streitereien nicht einmischen, also geht die Sache ewig weiter.«

Er kam zum Sofa und legte das Bündel Papiere auf den Tisch, auf dem bereits ein Hefter mit der Aufschrift *Weaver* lag. Der Sessel ächzte unter seinem Gewicht, als er sich setzte.

»Ich bin selbst nicht gerade überglücklich, daß man Sie uns vor die Nase gesetzt hat«, bekannte er. »Aber es hat mich nicht gewundert, als der Vizekanzler hier anrief und sagte, man wünsche die Mitarbeit von New Scotland Yard. Unsere Gerichtsmediziner haben sich letztes Jahr im Mai – es ging damals um den Selbstmord eines Studenten – ganz schön was geleistet. Die Universität möchte natürlich keine

Reprise. Kann man den Leuten nicht verübeln. Was mir bei der Sache nicht gefällt, ist die Unterstellung der Voreingenommenheit. Die Herrschaften von der Uni scheinen zu glauben, wenn es einen Studenten erwischt, sei die zuständige Polizei eher geneigt, sich die Hände zu reiben, als gründlich zu ermitteln.«

»Ich habe gehört, von Ihren Leuten hätte jemand Informationen an die Presse weitergegeben, die die Universität in ein ziemlich schlechtes Licht rückten.«

Sheehan brummte zustimmend. »Stimmt. Das waren unsere Gerichtsmediziner. Wir haben da zwei Primadonnen. Und wenn sie sich nicht einig sind, tragen sie ihre Meinungsverschiedenheiten in der Presse aus statt im Labor. Drake – der Chef – bezeichnete den Todesfall als Selbstmord. Pleasance, sein Mitarbeiter, sprach von Mord. Da fing der Ärger an.« Sheehan zog ein Päckchen Kaugummi heraus. »Seit fast zwei Jahren flehe ich den Chef an, die beiden zu trennen – oder Pleasance zu versetzen. Wenn wenigstens das durch die Zuziehung von Scotland Yard zu diesem Fall bewirkt werden sollte, werde ich froh und dankbar sein.« Er bot Lynley einen Kaugummi an. »Ohne Zukker«, sagte er, als Lynley ablehnte. »Aber ich kann Sie verstehen. Das Zeug schmeckt wie Radiergummi.« Er schob ein Stück in den Mund. »Aber man hat die Illusion, was zu essen. Nur mein Magen glaubt's irgendwie nicht.«

»Sie müssen wohl auf Ihr Gewicht achten?«

Sheehan schlug sich mit der flachen Hand auf den überhängenden Bauch. »Der muß weg. Ich hatte letztes Jahr einen Herzinfarkt. Ah, da kommt der Kaffee.«

Edwina trat mit einem Tablett ins Zimmer. Sie stellte es auf den Tisch, nahm die beiden braunen Tassen herunter, sah auf ihre Uhr und sagte mit einem kurzen Blick zu Lynley: »Soll ich Sie erinnern, wenn es Zeit ist, Mr. Sheehan?«

»Nicht nötig, Edwina.«
»Der Chief Constable erwartet Sie...«
»...um halb elf. Ich weiß.« Sheehan nahm seine Kaffeetasse und prostete seiner Sekretärin lächelnd zu. Edwina hätte offensichtlich gern noch etwas gesagt, aber sie verkniff es sich und ging aus dem Zimmer. Lynley bemerkte, daß sie die Tür nicht ganz hinter sich schloß.

»Wir haben im Moment nicht viel für Sie«, sagte Sheehan mit einer Kopfbewegung zu den Papieren und dem Hefter auf dem Tisch. »Die Autopsie kann erst heute am späten Vormittag durchgeführt werden.«

Lynley setzte seine Brille auf. »Und was haben Sie bis jetzt?«

»Nicht viel, wie ich schon sagte. Zwei Schläge ins Gesicht, die eine Keilbeinfraktur verursachten. Danach wurde sie mit der Schnur ihrer eigenen Kapuze erdrosselt.«

»Das alles passierte auf einer Insel, wie ich hörte.«

»Nur der eigentliche Mord. Wir haben auf dem Fußweg, der am Fluß entlangführt, deutliche Blutspuren gefunden. Sie wird zunächst dort überfallen worden sein. Dann hat man sie über den Steg auf die Insel gezogen. Wenn Sie sich die Örtlichkeiten ansehen, werden Sie feststellen, daß das kein Problem gewesen sein kann. Die Insel ist nur durch einen Graben vom Westufer des Flusses getrennt. Man hätte sie innerhalb von fünfzehn Sekunden oder weniger vom Fußweg wegzerren können, als sie einmal bewußtlos war.«

»Hat sie sich gewehrt?«

Sheehan trank einen Schluck Kaffee und schüttelte den Kopf. »Sie hatte Handschuhe an, aber wir haben an dem Material weder Haare noch Hautspuren gefunden. Wir halten es für wahrscheinlich, daß sie völlig überrascht war. Aber wir untersuchen gegenwärtig im Labor ihren Trainingsanzug.«

»Sonst irgendwelche Spuren?«

»Ein ganzer Sack voll Müll, den wir durchforsten müssen. Alte Zeitungen, leere Zigarettenschachteln, eine Weinflasche. Die Insel ist schon seit Jahren ein beliebter Treffpunkt für junge Leute. Was da an Müll anfällt, können Sie sich vielleicht denken.«

Lynley schlug den Hefter auf. »Sie haben die mögliche Todeszeit bereits eng fixiert. Zwischen halb sechs und sieben, steht hier«, bemerkte er und sah auf. »Wie ich im College hörte, hat der Pförtner sie um Viertel nach sechs weggehen sehen.«

»Und die Leiche wurde nicht lang nach sieben gefunden. Also bleibt ein Spielraum von nicht einmal einer Stunde«, stellte Sheehan fest. »Das ist gut.«

Lynley sah sich die Fotografien vom Tatort an. »Wer hat sie gefunden?«

»Eine junge Frau namens Sarah Gordon. Sie war da draußen, weil sie malen wollte.«

Lynley zog die Brauen hoch. »Bei dem Nebel?«

»Ja, hat mich auch gewundert. Man konnte keine zehn Meter weit sehen. Ich weiß nicht, was die Frau sich dabei gedacht hat. Aber sie hatte alles Notwendige dabei – zwei Staffeleien, Farben und Kreiden... Sie hatte eindeutig einen längeren Aufenthalt geplant. Der allerdings jäh zu Ende war, als sie statt Inspiration die Leiche fand.«

Lynley sah sich die Bilder an. Elena Weavers Körper war zum großen Teil von feuchtem Laub bedeckt. Sie lag auf der rechten Seite, die Arme vor sich, die Knie angewinkelt, die Beine leicht hochgezogen. Man hätte meinen können, sie schliefe, wäre nicht das Gesicht der Erde zugewandt gewesen. Das lange Haar fiel nach vorn und ließ den Nakken bloß. Die Schnur, mit der sie erdrosselt worden war, schnitt in ihre Haut ein, an manchen Stellen so tief, daß man sie kaum noch sehen konnte, so tief, daß man sich unwillkürlich einen Moment wütender, triumphierender Gewalt vorstellte. Irgend etwas an der Lage der Toten erschien Lynley vertraut, und er fragte sich, ob dieses Verbrechen vielleicht die Nachahmung eines anderen war.

»Es sieht nicht so aus, als hätte man sie einfach getötet und liegengelassen«, sagte er.

Sheehan beugte sich vor, um auch einen Blick auf die Bilder werfen zu können. »Nein, so wird es auch nicht gewesen sein. Das war kein zufälliges Verbrechen. Das war ein Hinterhalt, wenn Sie mich fragen.«

»Hm. Dafür scheint einiges zu sprechen.« Er berichtete Sheehan von Elenas angeblichem Anruf im Haus ihres Vaters am Abend vor ihrem Tod.

»Wir suchen also jemanden, der sie gut kannte, der wußte, daß sie jeden Morgen lief und daß ihre Stiefmutter wenn möglich den Fluß meiden würde. Jemand, der dem Mädchen nahestand.« Sheehan nahm eines der Fotos, dann noch eines und betrachtete die Aufnahmen mit einem Ausdruck ehrlichen Bedauerns. »Schrecklich. So ein hübsches junges Ding.« Er warf die Fotos wieder auf den Stapel. »Wir werden uns natürlich bemühen, Ihnen in jeder Weise behilflich zu sein. Meiner Ansicht nach hat der Mörder das Mädchen gekannt und gehaßt bis aufs Blut.«

Fast im selben Moment, als Lynley auf den Durchgang trat, der den Middle Court mit dem North Court verband, kam Barbara Havers die Treppe von der Mensa herunter. Sie schnippte ihren Zigarettenstummel in ein Asternbeet und schob beide Hände in die Taschen ihres erbsengrünen Wollmantels, den sie offen trug, so daß darunter die marineblaue lange Hose mit den ausgebeulten Knien und der burgunderrote Pullover zu sehen waren. Zwei Schals – der eine braun, der andere pinkfarben – vervollständigten das Ensemble.

»Sie sind ein Bild, Havers«, sagte Lynley, als sie zu ihm kam. »Ist das der Regenbogeneffekt? Sie wissen schon – so ähnlich wie der Treibhauseffekt, nur unmittelbarer wahrnehmbar.«

Sie kramte eine Packung Players aus ihrer Handtasche, zündete sich eine an und blies ihm nachdenklich den Rauch ins Gesicht. Er atmete gierig das Aroma ein. Seit zehn Monaten rauchte er nicht mehr, aber am liebsten hätte er Barbara die Zigarette aus der Hand gerissen und bis zum letzten Tabakkrümel in sich hineingepafft.

»Ich wollte mich meiner Umgebung anpassen«, sagte Barbara. »Gefällt Ihnen das Kostüm nicht? Wieso? Sehe ich nicht absolut akademisch aus?«

»O doch, entschieden. Es kommt nur darauf an, wie man ›akademisch‹ definiert.«

»Na ja, was ist schon von einem zu erwarten, der seine entscheidenden Jahre in Eton zugebracht hat?« fragte Barbara den Himmel. »Wenn ich in Cut und Zylinder aufgekreuzt wäre, hätte ich dann vor Ihnen bestanden?«

»Nur wenn Sie Ginger Rogers am Arm gehabt hätten.«

Sie lachte. »Ach, gehen Sie doch zum Teufel.«

»Gleichfalls.« Er sah sie fragend an. »Haben Sie Ihre Mutter in Hawthorn Lodge einquartiert?«

Barbara antwortete nicht, sondern sah zwei Mädchen nach, die eifrig sprechend, die Köpfe über einem Blatt Papier zusammengesteckt, an ihnen vorüberkamen. Lynley sah, daß es das Flugblatt war, das ihm vor der Polizeidienststelle aufgefallen war. Sein Blick kehrte zu Barbara Havers zurück. »Havers?«

Sie winkte ab, als handelte es sich um eine Nebensächlichkeit. »Ich hab's mir anders überlegt. Es war nicht das Richtige.«

»Wieso? Was wollen Sie denn jetzt mit ihr tun?«

»Ich mach vorläufig einfach mit Mrs. Gustafson weiter.

Mal sehen, wie's geht.« Sie fuhr sich mit der Hand zerstreut über ihr kurzes Haar. »Also. Was haben wir hier?«

Er fügte sich ihrem Wunsch nach einem Themawechsel und berichtete ihr kurz, was er bisher von Sheehan gehört hatte.

»Und Waffen?« fragte sie, als er geendet hatte.

»Womit sie niedergeschlagen worden ist, weiß man noch nicht. Am Tatort wurde nichts gefunden. Jetzt versuchen sie, aufgrund der Verletzung zu rekonstruieren, was für eine Waffe benützt wurde.«

»Also vorläufig der allgegenwärtige stumpfe Gegenstand«, sagte Barbara. »Und die Strangulierung?«

»Mit der Schnur ihrer Kapuze.«

»Der Mörder wußte, was sie anhaben würde?«

»Kann sein.«

»Fotos?«

Er reichte ihr den Umschlag. Sie steckte die Zigarette zwischen die Lippen, klappte den Hefter auf und blinzelte durch Rauchwolken auf die Bilder.

»Waren Sie mal im Brompton Oratory, Havers?«

Sie blickte auf. Die Zigarette wippte in ihrem Mund, als sie sprach. »Nein. Warum? Werden Sie auf Ihre alten Tage fromm?«

»Da steht eine Skulptur. Die heilige Cäcilie. Gleich als ich die Leiche sah, kam mir die Haltung bekannt vor, aber erst auf dem Rückweg hierher wurde mir klar, warum. Sie erinnert mich an die Skulptur der heiligen Cäcilie.«

Über ihre Schulter hinweg griff er zu den Fotos, um das eine herauszusuchen, das er ihr zeigen wollte. »Es ist die Haltung ihrer Arme, die Art, wie das Haar nach vorn fällt, sogar die Schnur um ihren Hals.«

»Die heilige Cäcilie ist erdrosselt worden?« fragte Havers. »Ich dachte, die Märtyrer sind alle unter dem Jubel grölender Römer von Löwen zerrissen worden.«

»Ihr hatte man den Kopf halb vom Rumpf getrennt, und sie mußte zwei Tage aushalten, ehe sie starb. Aber die Skulptur zeigt nur den Schnitt selbst, der wie eine Abschnürung aussieht.«

»Du meine Güte. Kein Wunder, daß sie in den Himmel gekommen ist.« Barbara warf ihre Zigarette auf den Boden und trat sie aus. »Und worauf wollen Sie hinaus, Inspector? Haben wir es vielleicht mit einem Mörder zu tun, der's drauf anlegt, sämtliche Skulpturen im Brompton Oratory nachzubilden? Dann kann ich nur hoffen, daß mir bis spätestens bis zur Kreuzigung der Fall abgenommen wird. Gibt's überhaupt eine Kreuzigung in der Kapelle?«

»Ich weiß nicht mehr. Aber die Apostel sind alle da.«

»Und elf von ihnen Märtyrer«, brummte sie. »Das kann ja heiter werden. Es sei denn, der Mörder hat's nur auf Frauen abgesehen.«

»Spielt keine Rolle. Ich bezweifle, daß jemand uns diese Theorie abnehmen würde. Kommen Sie«, sagte er und führte sie in Richtung New Court. Unterwegs zählte er ihr alle wichtigen Fakten auf, die er von Terence Cuff, den Weavers und Miranda Webberly erfahren hatte.

»Der Penford-Lehrstuhl, unerfüllte Liebe, Eifersucht und eine böse Stiefmutter«, bemerkte Havers. Sie sah auf ihre Uhr. »Das alles in nur sechzehn Stunden einsamer Arbeit. Brauchen Sie mich überhaupt, Inspector?«

»Und wie. Ihnen nimmt man es doch viel eher ab, daß Sie hier Studentin sind. Das liegt vermutlich an der Kleidung.« Er öffnete ihr die Tür zur Treppe L. »Zwei Treppen hoch«, sagte er und zog den Schlüssel aus der Tasche.

Schon im ersten Stock hörte sie Musik. Sie wurde lauter, als sie höher kamen. Das tiefe Klagen eines Saxophons, der helle Ruf einer Klarinette. Miranda Webberlys Jazz. Im Flur im zweiten Stock vernahmen sie einige zaghafte Trompetentöne: Miranda in Begleitung der Großen.

»Hier ist es«, sagte Lynley und sperrte die Tür auf. Elena Weaver hatte im Gegensatz zu Miranda nur ein Ein-Zimmer-Apartment gehabt, mit Blick zum North Court, und es war, ebenfalls im Gegensatz zu Mirandas Räumen, in chaotischem Zustand. Schränke und Schubladen standen offen; zwei Lampen brannten; aufgeschlagene Bücher stapelten sich auf dem Schreibtisch. Auf dem Boden lagen auf einem Haufen ein grüner Morgenmantel, eine Blue jeans, ein schwarzes Mieder und ein zusammengeknüllter Slip. Es war warm und muffig im Zimmer.

Lynley trat zum Schreibtisch und machte das Fenster einen Spalt auf, während Barbara Mantel und Schal ablegte und auf das Bett warf. Sie ging zum offenen Kamin in der Ecke des Zimmers, auf dessen Sims eine ganze Reihe Einhörner aus Porzellan stand. An der Wand darüber hingen Poster, die ebenfalls Einhörner zeigten, mit Dame und ohne Dame, meist in wallende Nebelschleier gehüllt.

Lynley inspizierte derweilen den Kleiderschrank auf der anderen Seite des Zimmers, ein Arsenal an neonfarbenen Elastikkreationen. Eine Tweedhose und ein geblümtes Kleid mit zartem Spitzenkragen hingen etwas abseits von den übrigen Sachen.

Barbara trat zu ihm. Wortlos sah sie die Kleider durch. »Die packen wir am besten alle gleich ein. Damit die Fasern mit denen an ihrem Trainingsanzug verglichen werden können«, sagte sie. »Der hat bestimmt auch hier drinnen gehangen.« Sie begann, die Kleider von den Bügeln zu nehmen. »Aber schon komisch, nicht?«

»Was?«

Sie wies mit dem Daumen auf das Kleid und die Hose am Ende der Kleiderstange. »Welches war denn nun die Maske, Inspector? Der Vamp im Neonlook oder das Engelchen in Spitze?«

»Vielleicht beides.« Als er zum Schreibtisch trat, sah er

dort einen großen Kalender liegen und schob Bücher und Papiere zur Seite, um ihn sich anzusehen. »Da scheinen wir Glück gehabt zu haben, Havers.«

Sie stopfte die Kleider in einen Plastiksack, den sie aus ihrer Schultertasche genommen hatte. »Inwiefern?«

»Hier liegt ihr Kalender. Die vergangenen Monate sind nicht herausgerissen, nur zurückgeklappt.«

»Na, wunderbar.«

Er nahm seine Brille heraus. Die ersten sechs Monate umfaßten die beiden letzten Drittel ihres ersten Universitätsjahrs. Die meisten Eintragungen waren klar. Vorlesungen waren unter dem jeweiligen Thema notiert: *Chaucer*, mittwochs um zehn; *Spenser*, donnerstags um elf; und so weiter. Für die Übungsstunden standen die Namen der jeweiligen Dozenten. Thorsons Name war im Frühjahrssemester regelmäßig am gleichen Tag zur gleichen Stunde eingetragen. Von Januar bis einschließlich Mai tauchte mit zunehmender Regelmäßigkeit das Kürzel VGS auf, ein Hinweis darauf, daß Elena sich zumindest hier an die Bedingungen gehalten hatte, die Tutor, Dozenten und Terence Cuff ihr gestellt hatten, um ihre soziale Eingliederung zu fördern. Auch die Namen *Hare and Hounds* und *Search and Pellett*, eine weitere Universitätsvereinigung, erschienen mit einiger Regelmäßigkeit. Und das lakonische *Dad*, jeden Monat häufig wiederkehrend, zeigte, wieviel Zeit Elena mit ihrem Vater und seiner Frau verbracht hatte. Nichts wies darauf hin, daß sie ihre Mutter in London je außerhalb der Ferien besucht hatte.

»Und?« fragte Barbara, ließ das letzte Kleidungsstück in den Sack fallen, drehte ihn zu und schrieb ein paar Worte auf ein Etikett.

»Ziemlich klare Sache«, sagte er. »Bis auf – schauen Sie sich das an, Havers, und sagen Sie mir, was Sie davon halten.«

Er wies auf ein Symbol, das Elena in ihrem Kalender immer wieder verwendet hatte, die einfache Form eines Fischs. Zum ersten Mal tauchte das Zeichen am 18. Januar auf und erschien von da an ziemlich regelmäßig drei- bis viermal die Woche, im allgemeinen wochentags, ab und zu samstags, höchst selten auch einmal an einem Sonntag.

Barbara stellte den Kleidersack auf den Boden. »Sieht aus wie ein frühchristliches Symbol«, meinte sie. »Vielleicht ist sie regelmäßig zur Bibelstunde gegangen.«

»Das wäre aber eine rasche Bekehrung gewesen«, versetzte Lynley. »Der Universität lag doch daran, daß sie mit der VGS Kontakt hielt. Von Religion war keine Rede.«

»Vielleicht wollte sie es geheimhalten.«

»Daß sie da etwas geheimhalten wollte, liegt auf der Hand. Ich kann mir nur nicht vorstellen, daß es Verabredungen mit dem Herrgott waren.«

Barbara Havers schien bereit, andere Möglichkeiten in Betracht zu ziehen. »Sie war doch Läuferin, nicht? Vielleicht ist es eine Diät, und das waren die Tage, an denen sie Fisch essen mußte. Der ist gesund für den Blutdruck, für den Cholesterinspiegel, für – wofür noch? Für den Muskeltonus oder so was? Aber sie war sowieso sehr schlank – das sieht man an ihren Kleidern –, darum wollte sie es geheimhalten.«

»Sie meinen, eine Tendenz zur Magersucht?«

»Könnte doch sein. Wenn sie es sich schon gefallen lassen mußte, daß alle möglichen Fremden ihr Leben kontrollierten, wollte sie wenigstens über ihren eigenen Körper die Kontrolle haben.«

»Aber dann hätte sie den Fisch hier in der Küche zubereiten müssen«, widersprach Lynley, »und das wäre Randie Webberly bestimmt aufgefallen. Sie hat aber kein Wort davon gesagt. Außerdem – hören Magersüchtige nicht einfach zu essen auf?«

»Okay, dann ist es eben das Zeichen irgendeiner Gruppe. Einer Geheimgesellschaft, die Übles im Schilde führt. Drogen, Alkohol, Diebstahl von Staatsgeheimnissen. Wir sind hier schließlich in Cambridge, wo die edelste Truppe von Hochverrätern, die Großbritannien je gesehen hat, ihre akademische Ausbildung erhalten hat. Vielleicht wollte sie in ihre Fußstapfen treten.«

Lynley lachte. Sie blätterten weiter im Kalender. Bis zum Sommer blieben die Eintragungen von Monat zu Monat unverändert; dann tauchte nur noch der Fisch auf – und nicht häufiger als dreimal. Zum letztenmal erschien das Zeichen am Tag vor ihrem Tod, und die einzige Notiz bestand in einer Adresse, die am Mittwoch vor ihrem Tod eingetragen war: 31 Seymour Street. Und die Zeit: 14 Uhr.

»Da haben wir etwas«, sagte Lynley, und Havers schrieb die Adresse neben *Hare and Hounds, Search and Pellett* und einer Kopie des Fischzeichens in ihr Heft. »Ich kümmere mich darum«, sagte sie und begann, die Schreibtischschubladen durchzusehen, während er sich dem Schrank zuwandte, in dem das Waschbecken untergebracht war.

»Schauen Sie sich das an«, sagte Barbara, als er den Schrank gerade wieder schloß, um sich die Kommode daneben vorzunehmen. Sie hielt ein flaches weißes Plastiketui mit einem Etikett in der Mitte hoch. »Die Pille«, sagte sie und schob die Scheibe mit den Pillen, die noch in die durchsichtige Folie eingeschweißt war, aus dem Etui.

»Na, bei einer zwanzigjährigen Studentin ist das wohl kaum etwas Besonders«, meinte Lynley.

»Aber sie sind vom letzten Februar, Inspector. Und die Packung ist nicht angebrochen. Sieht aus, als hätte es derzeit keinen Mann in ihrem Leben gegeben. Können wir also den eifersüchtigen Liebhaber als möglichen Täter eliminieren?«

Dies schien, dachte Lynley, jedenfalls zu bestätigen, was

sowohl Justine Weaver als auch Miranda Webberly am vergangenen Abend über Gareth Randolph gesagt hatten: Elenas Beziehung zu ihm war rein freundschaftlicher Natur gewesen. Die Tatsache, daß die Packung unberührt war, ließ jedoch ferner vermuten, daß Elena überhaupt nicht gewillt gewesen war, einen Mann in ihr Leben zu lassen. Und das wiederum konnte jemanden so zur Raserei gebracht haben, daß er sie schließlich getötet hatte. Aber hätte sie tatsächlich Schwierigkeiten mit einem Mann gehabt, hätte sie doch wahrscheinlich mit jemandem darüber gesprochen und Rat und Hilfe gesucht.

Die Musik im anderen Zimmer brach ab. Letzte Trompetenklänge klangen noch nach, dann hörte man gedämpftes Rumoren und gleich darauf das Quietschen einer Tür.

»Randie«, rief Lynley.

Die Tür zu Elenas Zimmer wurde aufgestoßen. Miranda hatte ihre dicke dunkelblaue Marinejacke an und eine grüne Mütze keß ins rote Haar gedrückt.

»Hallo, Randie«, sagte Barbara. »Nett, Sie zu sehen.«

Miranda lächelte. »Sie sind aber früh gekommen.«

»Das mußte sein. Ich konnte doch Seine Lordschaft nicht allein wursteln lassen. Außerdem...« mit einem spöttischen Blick zu Lynley... »fehlt ihm das Gespür für das moderne Universitätsleben.«

»Danke, Sergeant«, sagte Lynley. »Ohne Sie wäre ich verloren.« Er wies auf den Kalender. »Würdest du dir mal den Fisch da ansehen, Randie? Sagt er dir etwas?«

Miranda kam zum Schreibtisch und sah sich die mit Bleistift hingeworfenen Zeichnungen im Kalender an. Sie schüttelte den Kopf.

»Sie hat nicht vielleicht des öfteren in eurer Küche gekocht?« fragte Barbara im Hinblick auf ihre Diättheorie.

Miranda riß die Augen auf. »Gekocht? Fisch, meinen Sie? Elena soll Fisch gekocht haben?«

»Das hätten Sie doch gemerkt, nicht?«

»Ich hätt mich sofort heftigst übergeben. Ich kann Fisch nicht ausstehen.«

»Dann bezieht sich das Zeichen vielleicht auf einen Verein, dem sie angehört hat?« Havers prüfte gleich ihre nächste Theorie.

»Tut mir leid. Ich weiß, daß sie bei der VGS und *Hare and Hounds* war und wahrscheinlich noch in ein oder zwei anderen Clubs. Aber ich weiß nicht, bei welchen.« Randie blätterte in dem Kalender wie vorher Lynley und Barbara Havers und kaute dabei zerstreut auf ihrem Daumen. »Das Zeichen kommt viel zu oft«, sagte sie, als sie bis zum Januar zurückgeblättert hatte. »Kein Club hat so viele Veranstaltungen.«

»Dann bezieht es sich vielleicht auf eine Person?«

Lynley sah, wie Randie rot wurde. »Ich hab keine Ahnung. Wirklich nicht. Sie hat nie was davon gesagt, daß so was Intensives im Gang war. Ich meine, so intensiv, daß gleich drei oder vier Abende in der Woche dafür draufgingen. Sie hat nie was gesagt.«

»Du meinst, du weißt nichts mit Sicherheit«, bemerkte Lynley. »Du weißt keine Tatsachen. Aber du hast mit ihr zusammengewohnt, Randie. Du hast sie weit besser gekannt, als du glaubst. Erzähl mir, was Elena so getrieben hat. Das sind reine Tatsachen, sonst nichts. Ich werde dann auf ihnen aufbauen.«

Miranda zögerte lange, ehe sie sagte: »Sie ist abends oft allein ausgegangen.«

»Und über Nacht weggeblieben?«

»Nein. Das wäre gar nicht gegangen, weil sie sich seit Dezember beim Pförtner ab- und anmelden mußte. Aber sie ist immer sehr spät heimgekommen, wenn sie ausgegangen ist – ich meine, wenn's einer von diesen geheimnisvollen Ausgängen war. Da war sie immer noch weg, wenn ich zu Bett gegangen bin.«

»Heimliche Ausgänge?«

Miranda nickte. »Sie ist immer allein gegangen. Sie hat sich parfümiert. Sie hat nie Bücher mitgenommen. Ich hatte immer den Verdacht, daß sie sich mit jemandem trifft.«

»Aber sie hat dir nie Näheres gesagt?«

»Nein. Und ich wollte nicht neugierig sein. Ich hatte das Gefühl, sie wollte es geheimhalten.«

»Dann wird es wohl kaum ein Kommilitone gewesen sein, hm?«

»Nein, wahrscheinlich nicht.«

»Thorsson vielleicht?« Ihr Blick fiel auf den Kalender. »Was weißt du über seine Beziehung zu Elena? Da steckt doch was dahinter, Randie. Ich seh's dir am Gesicht an. Und er war am Donnerstag abend hier.«

»Ich weiß nur...« Randie stockte, seufzte. »Ich weiß nur, was sie zu mir gesagt hat, Inspector. Nur *gesagt*.«

»Ja, gut. Verstanden.«

»Sie hat gesagt, er sei hinter ihr her«, erklärte Miranda. »Er habe schon im letzten Semester versucht, sich an sie ranzumachen, und dieses Semester sei es das gleiche. Sie fand es widerlich. Sie sagte, er sei schleimig. Und sie hat gesagt, sie würde ihn Dr. Cuff wegen sexueller Belästigung melden.«

»Und hat sie das getan?«

»Ich weiß nicht.« Miranda drehte einen Knopf an ihrer Jacke. »Ich weiß nicht, ob sie noch dazu gekommen ist.«

Lennart Thorsson war noch in der Vorlesung im Gebäude der englischen Fakultät in der Sidgwick Avenue, als Lynley und Havers ihn endlich aufstöberten. Daß sowohl sein Thema als auch die Art seines Vortrags sich unter den Studenten großer Beliebtheit erfreuten, bezeugte die Zahl der Hörer in dem großen Saal. Es waren mindestens hundert, größtenteils Frauen. Sie hingen förmlich an seinen Lippen.

Er ging beim Sprechen auf dem Podium auf und ab. Er benutzte kein Manuskript. Wenn er überlegte, fuhr er sich mit der rechten Hand durch die rotblonde Mähne, die ihm lockig bis auf die Schultern fiel.

»In den Königsdramen befassen wir uns also mit den Fragen, mit denen Shakespeare selbst sich so eingehend befaßt hat«, sagte Thorsson. »Monarchie. Macht. Hierarchie. Autorität. Herrschaft. Und bei unserer Untersuchung dieser Fragen können wir nicht umhin, auch die Frage des Status quo genauer unter die Lupe zu nehmen. Wie weit schreibt Shakespeare aus einer Perspektive, die der Erhaltung des Status quo dient? Wie macht er das, wenn er es tut? Und wenn er ganz geschickt die Illusion aufbaut, er halte sich im Rahmen der sozialen Beschränkungen seiner Zeit, während er in Wirklichkeit hinterhältig für den Umsturz der gesellschaftlichen Ordnung wirbt, wie bewerkstelligt er *das*?«

Thorsson machte eine Pause, um den eifrigen Mitschreibern Zeit zu geben, sich seine Gedanken zu notieren. Dann machte er eine rasche Kehrtwendung auf dem Absatz und begann wieder zu marschieren. »Unterziehen wir diese Position einer Untersuchung. Fragen wir, bis zu welchem Grad Shakespeare die existierenden gesellschaftlichen Hierarchien offen in Frage stellt. Von welchem Standpunkt aus er sie in Frage stellt. Bietet er alternative Werte – subversive Werte –, und wenn ja, was sind das für Werte? Oder –« Thorsson neigte sich mit erhobenem Zeigefinger seinen Zuhörern zu, und seine Stimme wurde noch eindringlicher – »tut Shakespeare vielleicht etwas noch Komplexeres? Stellt er vielleicht die Grundlagen dieses, seines Landes, nämlich Autorität, Macht und Hierarchie in Frage und rüttelt damit an den Prämissen, auf denen diese Gesellschaft insgesamt basiert? Entwirft er andere Lebensweisen, indem er argumentiert, daß der Mensch keinen Fortschritt macht und keine Veränderung bewirkt, wenn das Mögliche einzig durch die existierenden Verhältnisse definiert wird? Denn ist nicht Shakespeares wahre Grundvoraussetzung – in jedem seiner Stücke – die, daß alle Menschen gleich sind? Und gelangt nicht jeder König in jedem Drama an jenen Punkt, an dem seine Interessen sich mit denen der Menschheit im allgemeinen decken und nicht mehr mit denen des Königstums? ›Ich denke, der König ist nur ein Mensch, wie ich einer bin.‹ Wie – ich – einer – bin. Dies ist der Punkt, den wir zu untersuchen haben. Gleichheit. Der König und ich sind gleich. Wir sind nur Menschen. Es gibt keine annehmbare gesellschaftliche Hierarchie, weder hier noch sonstwo. Wir sind uns also einig, daß es Shakespeare, dem phantasiebegabten Künstler, möglich war, Gedanken aufzunehmen und sich mit ihnen zu beschäftigen, über die erst Jahrhunderte später gesprochen werden sollte, indem er sich in eine Zukunft dachte, die er nicht kannte. Und das ist der Grund dafür, daß seine Werke heute noch Gültigkeit haben – wir stehen heute erst am Anfang einer Auseinandersetzung mit seinen Gedanken.«

Thorsson trat zum Pult, ergriff ein Heft und klappte es knallend zu. »Bis zur nächsten Woche. Heinrich IV. Guten Morgen.«

Einen Moment lang rührte sich niemand. Papier knisterte. Ein Stift fiel zu Boden. Dann erwachten die Zuhörer, widerwillig, wie es schien, mit einem kollektiven Seufzer aus der Versunkenheit. Gespräche wurden laut, als die Leute zu den Türen drängten, während Thorsson seine Bücher in einem Beutel verstaute. Er legte seine schwarze Robe ab und schob sie zusammengeknüllt zu den Büchern in den Beutel. Dabei sprach er kurz mit einer jungen Frau, die noch in der ersten Reihe saß, berührte einmal leicht und kurz mit einem Finger ihre Wange, lachte über eine Bemerkung von ihr und ging dann durch den Gang zur Tür.

»Ah«, sagte Havers mit gesenkter Stimme. »Der Fürst der Finsternis persönlich.«

Es war eine sehr passende Bemerkung. Thorsson schien eine Leidenschaft für die Farbe Schwarz zu haben. Pullover, Hose, Tweedjackett, Mantel und Schal – alles schwarz. Selbst seine Stiefel waren schwarz, spitz und mit hohen Absätzen. Wenn er es darauf anlegte, die Rolle des jugendlichen Rebellen zu spielen, hätte er kein besseres Kostüm wählen können. Aber so jung war er gar nicht mehr, bemerkte Lynley, als Thorsson sie erreichte und mit einem kurzen Nicken an ihnen vorüber wollte. Seine Augen waren von einem Netz feiner Fältchen umgeben, und in das volle Haar mischte sich das erste Grau. Mitte Dreißig, schätzte Lynley. Er und Thorsson waren im selben Alter.

»Mr. Thorsson?« Er zeigte seinen Ausweis. »New Scotland Yard. Haben Sie einen Moment Zeit?«

Thorsson blickte von Lynley zu Barbara Havers und wieder zu Lynley und sagte: »Es geht um Elena Weaver, nehme ich an.«

»Richtig.«

Er schwang seinen Beutel über die Schulter und fuhr sich seufzend durch das Haar. »Hier haben wir keine Ruhe zu einem Gespräch. Sind Sie mit dem Wagen hier?« Als Lynley nickte, sagte er: »Gut, dann fahren wir doch zum College.« Mit einer brüsken Bewegung drehte er sich herum und eilte zur Tür hinaus, wobei er schwungvoll seinen langen Schal über die Schulter warf.

»Prima Abgang«, bemerkte Havers.

»Scheint eine Spezialität von ihm zu sein.«

Sie folgten Thorsson in den offenen Innenhof hinunter, von einem wohlmeinenden modernen Architekten geschaffen, der das dreiflügelige Fakultätsgebäude auf Stahlbetonsäulen rund um ein Rasenrechteck hatte erbauen lassen. Der über dem Boden schwebende Bau wirkte labil und bot keinen Schutz vor dem Wind, der in diesem Moment zwischen den Säulen hindurchpfiff.

»Ich habe in einer Stunde ein Tutorium«, teilte Thorsson ihnen mit.

Lynley lächelte freundlich. »Ich hoffe sehr, daß wir bis dahin fertig sind.« Er winkte Thorsson zu seinem Wagen, den er verbotswidrig am Nordosteingang zum Selwyn College geparkt hatte.

»Oho«, sagte Thorsson, als er den Bentley sah, »in solchen Karossen kutschiert also die englische Polizei herum? Kein Wunder, daß das Land zum Teufel geht.«

»Moment mal, mein Wagen schafft den Ausgleich«, mischte sich Barbara ein. »Nehmen Sie den Durchschnitt von einem zehn Jahre alten Mini und einem vier Jahre alten Bentley, und Sie kommen auf sieben Jahre Gleichheit, stimmt's?«

Lynley lachte. Doch Thorsson verzog keine Miene.

Lynley fuhr zur Grange Road hinauf, um in die Stadtmitte zurückzugelangen. Am Ende der Straße, während sie warteten, um nach rechts in die Madingley Road einbiegen zu können, kreuzte ein einsamer Radfahrer ihren Weg. Lynley erkannte ihn erst, als er schon vorbei war, Helens Schwager, der abwesende Harry Rodger. Er radelte mit wehendem Mantel heimwärts. Lynley sah ihm einen Moment nach und fragte sich, ob er die Nacht im Emmanuel College verbracht hatte. Rodgers Gesicht war bleich, bis auf die Nase, die so rot war wie seine Ohren. Er sah ausgesprochen mißmutig und elend aus. Besorgnis um Helen meldete sich bei Lynley. Sie ist überfordert, dachte er. Sie braucht ihr eigenes Zuhause und London. Aber er schob die Gedanken weg und zwang sich, dem Gespräch zwischen Barbara Havers und Lennart Thorsson zuzuhören.

»Das Werk des Künstlers illustriert seinen Kampf um eine utopische Vision, Sergeant, eine Vision, die über eine feudale Gesellschaft weit hinausgeht und die ganze Menschheit umfaßt, nicht nur eine elitäre Gruppe und Individuen, die zufällig mit einem silbernen Löffel im Mund zur Welt kommen. Und somit ist das Wesentliche seines Werks auf wunderbare Weise subversiv. Aber die meisten kritischen Analytiker möchten das nicht so sehen. Undenkbar, daß ein Autor des sechzehnten Jahrhunderts mehr visionäre Kraft besessen haben könnte als sie – die natürlich überhaupt keine visionäre Kraft besitzen.«

»Dann war Shakespeare also der Marxist des Theaters.«

Thorsson schnaubte geringschätzig. »Ach, simplistischer Dünkel«, sagte er scharf. »So was würde ich von allen möglichen Leuten erwarten, aber gerade nicht von...«

Barbara drehte sich in ihrem Sitz herum. »Ja?«

Thorsson sprach seinen Gedanken nicht aus. Es war auch nicht nötig. ...*von jemandem Ihrer Klasse*, diese vier Worte hingen zwischen ihnen und raubten seinen liberalen literaturkritischen Anmerkungen praktisch alle Glaubwürdigkeit.

Sie hüllten sich alle drei in Schweigen, bis Lynley den Wagen vor dem Nordeingang zum St. Stephen's College anhielt.

»Mein Zimmer ist da drüben«, sagte Thorsson und steuerte auf die Westseite des Hofs zu. Ehe sie durch die Haustür links vom bezinnten Turm traten, warf Barbara Lynley einen Blick zu und wies mit dem Kopf auf den Eingang zu Treppenhaus L, direkt gegenüber dem Ostblock des Hofs.

Thorsson lief mit lauten Schritten die blanke Holztreppe hinauf, und als sie ihn einholten, hatte er schon die Tür zu einem Zimmer aufgesperrt, dessen Fenster auf den Fluß und die herbstlich gefärbten Parkanlagen hinausgingen. Er warf seinen Beutel auf einen Tisch, an dem sich zwei geradlehnige Stühle gegenüberstanden, hängte seinen Mantel über die Lehne des einen und ging zu einem Alkoven, in dem ein Bett stand.

»Ich brauche jetzt dringend einen Moment Ruhe«, verkündete er und legte sich rücklings auf der karierten Tagesdecke nieder. »Nehmen Sie Platz, wenn Sie wollen.« Er wies zu einem Sessel und einem dazu passenden Sofa am Fußende des Betts. Was er bezweckte, war klar. Wenn schon ein Verhör, dann auf seinem Terrain und zu seinen Bedingungen.

Lynley ignorierte die Aufforderung, Platz zu nehmen, und nahm sich einen Moment Zeit, die Bücher in dem altmodischen Bücherschrank zu betrachten. Lyrik, klassische Romanliteratur, Literaturkritik in Englisch, Französisch und Schwedisch, und mehrere Bände Erotica, einer von ihnen bei einem Kapitel mit der Überschrift »Der Orgasmus der Frau« aufgeschlagen. Lynley lächelte leicht ironisch.

Am Tisch öffnete Barbara Havers ihr Heft, nahm einen Stift aus ihrer Schultertasche und sah Lynley erwartungsvoll an. Auf dem Bett streckte Thorsson die Arme und gähnte.

Lynley drehte sich herum. »Elena Weaver war viel mit Ihnen zusammen«, sagte er.

Thorsson blinzelte träge. »Das dürfte kaum Anlaß sein, mich zu verdächtigen, Inspector. Ich war einer ihrer Lehrer.«

»Aber Sie haben sich außerhalb der Lehrveranstaltungen mit ihr getroffen.«

»Ach ja?«

»Sie waren bei ihr. In ihrem Zimmer. Mehr als einmal, soviel ich weiß.« Möglichst demonstrativ ließ Lynley seinen Blick über das Bett gleiten. »Haben Sie sie hier unterrichtet, Mr. Thorsson?«

»Ja. Aber am Tisch. Ich habe festgestellt, daß junge Damen weit besser denken, wenn sie auf ihren vier Buchstaben sitzen.« Thorsson lachte gedämpft. »Ich sehe schon, worauf Sie hinauswollen, Inspector. Ich kann Sie beruhigen. Ich verführe keine Schulmädchen, auch wenn sie dazu einladen.«

»Hat Elena Weaver Sie dazu eingeladen?«

»Diese Mädchen kommen hier an und setzen sich einem praktisch auf den Schoß, da müßte man schon schwachsinnig sein, um nicht zu wissen, was sie wollen. Das passiert andauernd. Aber ich werde mich hüten, auf diese Aufforderung einzugehen.« Er gähnte wieder. »Ich gebe zu, ich bin drei-, viermal bei ehemaligen Schülerinnen schwach geworden, aber das war nach ihrem Abschluß. Da sind sie erwachsen und wissen, wo's langgeht. Ein nettes Wochenende und das war's. Man hat sich amüsiert – die Mädchen wahrscheinlich weit besser als ich – und man trennt sich wieder.«

Lynley entging nicht, daß Thorsson seine Frage nicht beantwortet hatte.

»Dozenten, die Affären mit Schulmädchen unterhalten«, fuhr Thorsson fort, »passen in einen Raster, Insepctor, der immer gleich ist. Wenn Sie jemanden suchen, der mit Elena eine Affäre hatte, dann sehen Sie sich nach einem Mann mittleren Alters um, verheiratet, unattraktiv, unglücklich und sträflich dumm.«

»Nach einem Mann also, der mit Ihnen nicht die geringste Ähnlichkeit hat«, sagte Barbara Havers.

Thorsson ignorierte sie. »Ich bin doch nicht verrückt. Ich habe keine Lust, mir Leben und Karriere zu ruinieren. Wenn man sich mit einer Studentin einläßt, reicht allein der Skandal aus, einen jahrelang unglücklich zu machen.«

»Wieso habe ich den Eindruck, daß ein Skandal Sie nicht im geringsten kümmern würde, Mr. Thorsson?« fragte Lynley.

Barbara fügte hinzu: »Haben Sie sie tatsächlich sexuell belästigt, Mr. Thorsson?«

Thorsson rollte sich auf die Seite. Er richtete den Blick auf Barbara Havers. Verachtung zog seinen Mundwinkel herab.

»Sie waren am Donnerstag abend bei ihr«, sagte Barbara. »Warum? Wollten Sie sie davon abhalten, ihre Drohung wahrzumachen? Ich kann mir nicht vorstellen, daß es Ihnen recht gewesen wäre, wenn sie Sie beim Rektor des College angeschwärzt hätte. Also, was hat sie Ihnen gesagt? Hatte sie sich bereits wegen sexueller Belästigung beschwert? Oder hofften Sie, sie noch daran hindern zu können?«

»Sie sind wirklich eine dumme Kuh«, sagte Thorsson geringschätzig.

Zorn schoß in Lynley hoch. Aber Barbara Havers, das sah er, reagierte gar nicht. Sie drehte gemächlich den Aschenbecher auf dem Tisch hin und her und studierte seinen Inhalt. Ihr Gesicht war ausdruckslos.

»Wo wohnen Sie, Mr. Thorsson?« fragte Lynley.

»In einer Seitenstraße der Fulbourn Road.«

»Sind Sie verheiratet?«

»Gott sei Dank, nein. Die Engländerinnen versetzen mich nicht gerade in Ekstase.«

»Leben Sie mit jemandem zusammen?«

»Nein.«

»Hat von Sonntag auf Montag jemand bei Ihnen übernachtet? War Montag morgen jemand bei Ihnen?«

Thorssons Blick huschte einen Moment weg. »Nein«, antwortete er, aber er war kein guter Lügner.

»Elena Weaver war in der Geländelauf-Mannschaft«, fuhr Lynley fort. »Haben Sie das gewußt?«

»Möglich. Ich erinnere mich nicht.«

»Sie ist jeden Morgen gelaufen. Haben Sie das gewußt?«

»Nein.«

»Sie hat Sie Lenny der Lustmolch genannt. Haben Sie das gewußt?«

»Nein.«

»Warum waren Sie am Donnerstag abend bei ihr?«

»Ich dachte, wir könnten uns einigen, wenn wir wie zwei Erwachsene miteinander sprächen. Ich mußte feststellen, daß das eine Illusion war.«

»Sie wußten also, daß sie sich wegen sexueller Belästigung über Sie beschweren wollte? Hat sie Ihnen das am Donnerstag abend gesagt?«

Thorsson lachte übertrieben. Er schwang die Beine über die Bettkante. »Jetzt verstehe ich. Sie sind zu spät dran, Inspector, falls Sie hier sein sollten, um ein Mordmotiv aufzuspüren. Hier gibt's nichts zu holen. Das kleine Luder hatte die Beschwerde über mich bereits eingereicht.«

»Er hat ein Motiv«, sagte Barbara. »Was passiert denn so einem Universitätsdozenten, wenn er beim Techtelmechtel mit einer hübschen Studentin erwischt wird?«

»Das hat er doch ziemlich deutlich gesagt. Mindestens wird er geächtet, schlimmstenfalls fliegt er. Die Universität ist ungeachtet ihrer politischen Richtung eine äußerst konservative Institution, was die Moral angeht. Man würde nicht dulden, daß ein Dozent sich mit einer Studentin einläßt, einer Abhängigen gewissermaßen.«

»Und warum sollte Thorsson etwas darauf geben, was die anderen von ihm halten? Der braucht doch seine Kollegen nicht.«

»Doch, Havers, er braucht sie zumindest beruflich. Wenn seine Kollegen ihn ächten, sind seine Chancen auf eine Karriere hier in Cambridge dahin. Das wäre bei jedem Dozenten so, aber ich könnte mir denken, daß Thorssons Lage noch eine Spur heikler ist.«

»Wieso?«

»Ein Shakespeare-Experte, der nicht einmal Engländer ist? Hier? In Cambridge? Ich denke, er mußte sehr hart kämpfen, um das zu erreichen.«

»Und wird vielleicht noch härter kämpfen, um es zu behalten.«

»Richtig. Auch wenn Thorsson sich einigermaßen geringschätzig über Cambridge geäußert hat, glaube ich nicht, daß er bereit wäre, seine Position zu gefährden. Er ist jung genug, um noch auf einen Lehrstuhl zu spekulieren, aber den bekommt er natürlich nie, wenn er hier über die Stränge schlägt.«

Barbara löffelte Zucker in ihren Kaffee und biß ein Stück von ihrem Rosinenbrötchen ab. Die Mensa war fast leer. Die wenigen jungen Leute, die an den Tischen verteilt saßen, schienen sich nicht für Lynley und Havers zu interessieren.

»Und die Gelegenheit hatte er auch«, erklärte Barbara.

»Ja, wenn wir ihm nicht glauben, daß er von Elenas Gewohnheit, morgens zu laufen, nichts wußte.«

»Das hat er bestimmt gewußt, Inspector. Man braucht sich doch nur ihren Kalender anzuschauen, um zu sehen, wie oft sie mit Thorsson zusammen war. Glauben Sie im Ernst, sie hätte ihm nie erzählt, daß sie im Lauf-Team war? Daß sie nie darüber gesprochen hat? So ein Quatsch!«

Lynley probierte einen Schluck Kaffee und verzog das Gesicht. So bitter, als habe er stundenlang gekocht. Er gab ebenfalls Zucker hinein und lieh sich Barbaras Löffel.

»Wenn eine Untersuchung eingeleitet worden war, dann wollte er doch bestimmt, daß sie möglichst schnell eingestellt wird«, fuhr Barbara fort.

»Immer vorausgesetzt, er ist schuldig«, entgegnete Lynley. »Elena Weaver mag ihn bezichtigt haben, sie belästigt zu haben, Sergeant, aber wir dürfen nicht vergessen, daß bisher nichts bewiesen ist.«

»Und jetzt kann nichts mehr bewiesen werden!« Barbara wies mit anklagendem Finger auf ihn. »Schlagen Sie sich etwa auf die Seite dieses Kerls? Der arme Lenny Thorsson! Wird fälschlich beschuldigt, ein Mädchen belästigt zu haben, weil er sie abgewiesen hat, als sie ihn verführen wollte.«

»Ich schlage mich auf gar niemands Seite, Havers. Ich sammle lediglich Fakten. Und das entscheidende Faktum ist doch, daß Elena Weaver ihn bereits angezeigt hatte und eine Untersuchung in Gang gebracht worden war. Sehen Sie es doch einmal mit kühlem Kopf. Er hat ein Motiv, ganz eindeutig. Er mag reden wie ein Idiot, aber ich halte ihn keineswegs für einen Dummkopf. Er muß gewußt haben, daß er ganz oben auf der Liste der Verdächtigen rangieren würde, sobald wir Näheres über ihn hörten. Wenn er sie also getötet hat, wird er sich, denke ich, ein erstklassiges Alibi beschafft haben. Was meinen Sie?«

»Da bin ich nicht so sicher.« Sie wedelte mit der Hand, die das Rosinenbrötchen hielt. Eine Rosine platschte in ihren Kaffee, aber sie achtete gar nicht darauf. »Ich halte ihn für schlau genug zu wissen, daß wir genau dieses Gespräch über ihn führen würden. Er hat einen guten Posten in Cambridge zu verlieren, er ist ein gescheiter Kerl, er würde niemals Elena Weaver umbringen, ohne sich ein hieb- und stichfestes Alibi zu beschaffen. Schauen Sie uns doch an! Wir spielen ihm genau in die Hände.« Sie biß in ihr Brötchen und kaute energisch.

Lynley mußte zugeben, daß ihre Ausführung einer gewissen verdrehten Logik nicht entbehrte. Doch die Hitzigkeit, mit der sie argumentierte, war ihm nicht geheuer. So heftige Emotion ließ fast immer auf einen Verlust an Objektivität schließen. Er kannte das von sich selbst zu gut, um es bei Havers unbeachtet zu lassen.

Er kannte den Ursprung ihres Zorns. Doch ihn direkt anzusprechen, würde Thorssons Worten einen Nachdruck verleihen, den sie nicht verdienten. Er suchte einen anderen Weg.

»Er hat natürlich von dem Schreibtelefon in ihrem Zimmer gewußt. Das wäre ein Punkt. Und wie Miranda mir gesagt hat, war Elena um die Zeit, als Justine Weaver den Anruf erhielt, schon gar nicht mehr in ihrem Zimmer. Wenn er öfter bei ihr war – und das gibt er ja zu –, dann wußte er wahrscheinlich auch, wie das Schreibtelefon funktioniert. Er kann also bei den Weavers angerufen haben.«

»Genau«, sagte Barbara.

»Aber wenn uns die Spurensicherung nicht Indizien liefern kann, haben wir nichts weiter gegen ihn als unsere Abneigung.«

Er schob seine Kaffeetasse zur Seite. »Wir brauchen einen Zeugen, Havers.« Er stand auf. »Kommen Sie, sehen wir uns die Frau an, die die Leiche gefunden hat. Wenn sie uns schon sonst nichts bieten kann, werden wir wenigstens hören, was sie eigentlich im Nebel malen wollte.«

Barbara Havers trank den letzten Schluck Kaffee und wischte sich die Krümel vom Kinn. Auf dem Weg zur Tür schlüpfte sie in ihren Mantel; die beiden Schals flatterten hinter ihr her. Er sprach erst, als sie draußen auf der Terrasse standen. Und er wählte seine Worte vorsichtig.

»Was Thorsson da vorhin zu Ihnen gesagt hat...«

Sie sah ihn verständnislos an. »Was denn, Sir?«

Lynley wußte, wie empfindlich sie war. »In seinem Zimmer, Havers. Die – äh...« Er suchte nach einer Beschönigung. »Diese Bemerkung, als er Sie...«

»Ach, Sie meinen, als er mich eine Kuh nannte?«

»Ja.« Wie, fragte er sich, sollte er ihren Zorn beschwichtigen? Er hätte sich keine Sorgen machen zu brauchen.

Sie lachte leise. »Ach, denken Sie sich da nichts, Inspector. Wenn ein Esel mich eine Kuh nennt, bedenke ich immer, von wem es kommt.«

7

»Und was ist das hier, Christian?« fragte Helen und hielt ein Stück des großen Holzpuzzles hoch, das zwischen ihnen auf dem Boden lag.

Es war eine aus Mahagoni, Eiche, Fichte und Birke geschnitzte Karte der Vereinigten Staaten, ein Geschenk, das die Zwillinge zu ihrem vierten Geburtstag von Helens ältester Schwester Iris aus Amerika bekommen hatten. Das Puzzle spiegelte mehr Iris' Geschmack als ihre Zuneigung zu Nichte und Neffe.

»Qualität und Haltbarkeit, Helen. Darauf muß man achten«, pflegte sie belehrend zu sagen, als sei zu erwarten, daß Christian und Perdita sich bis ins hohe Alter an Kinderspielzeug erfreuen würden.

»Kalifornien!« rief Christian triumphierend, nachdem er das Klötzchen, das seine Tante hochhielt, einen Moment aufmerksam betrachtet hatte. Er strampelte mit den Füßen vor Vergnügen, während Perdita daumenlutschend an Helens Seite saß und dem Spiel zusah.

»Gut. Und die Hauptstadt von Kalifornien ist?«

»New York.«

Helen lachte. »Sacramento.«

»Ach so, ja, Sackermenno.«

»Gut. Jetzt leg das Teil an seinen Platz. Weißt du, wohin es gehört?«

Nach einem vergeblichen Versuch, es mit Gewalt in die Lücke für Florida hineinzupressen, schob Christian es über das Brett zur gegenüberliegenden Küste. »Noch eines, Tante Helen«, sagte er.

Sie wählte das kleinste Teil und hielt es hoch. Christian sah mit zusammengekniffenen Augen auf die Karte hinunter und tauchte seinen Finger in die Lücke östlich von Connecticut.

»Hier!« rief er.

»Ja. Aber weißt du auch den Namen?«

»Hier! Hier!«

»Ich möchte erst den Namen wissen, Schatz.«

»Hier, Tante Helen.«

»Rose Island«, flüsterte Perdita neben Helen.

»Rose Island!« kreischte Christian und sprang mit einem Triumphschrei nach dem Holzstück, das Helen immer noch hochhielt.

»Und die Hauptstadt?« Helen hielt das Puzzleteil noch höher. »Komm. Gestern hast du's gewußt.«

»Lantischer Ozean«, schrie er.

Helen lächelte. »Gar nicht schlecht«, sagte sie.

Christian riß ihr das Teil aus der Hand und rammte es verkehrt herum in das Puzzlebrett. Als es nicht paßte, versuchte er es anders herum und stieß seine Schwester weg, als sie ihm helfen wollte. »Ich kann das schon, Perdy«, behauptete er und schaffte es diesmal tatsächlich, das Teil einzufügen.

»Noch eins«, forderte er.

Ehe Helen ihm den Gefallen tun konnte, wurde draußen die Haustür geöffnet. Gleich darauf kam Harry Rodger ins Wohnzimmer.

»Hallo, alle miteinander«, sagte er und zog seinen Mantel aus. »Na, bekommt Daddy einen Kuß?«

Jauchzend rannte Christian durch das Zimmer und warf sich seinem Vater an die Beine. Perdita rührte sich nicht. Rodger schwang den kleinen Jungen in die Höhe, küßte ihn geräuschvoll auf beide Wangen und stellte ihn wieder zu Boden. Er tat so, als wollte er ihn verhauen und fragte dabei: »Warst du wieder ungezogen, Christian? Warst du ein schlimmer Junge?« Christian kreischte vor Vergnügen.

Helen, die spürte, wie Perdita sich näher an sie drückte, blickte zu dem Kind hinunter. Sie hockte völlig zusammengezogen da, den Daumen im Mund, den Blick starr auf den Säugling gerichtet, der auf einer dicken Decke neben ihr auf dem Boden lag.

»Wir machen ein Puzzle«, berichtete Christian seinem Vater. »Tante Helen und ich.«

»Und was ist mit Perdita? Hilft sie euch?«

»Nein. Perdita mag nicht spielen. Aber Tante Helen und ich spielen. Komm, schau mal.« Christian zog seinen Vater an der Hand weiter ins Zimmer.

Helen drängte den Zorn gegen ihren Schwager zurück. Harry war in der vergangenen Nacht nicht nach Hause gekommen. Er hatte nicht einmal angerufen, um Bescheid zu sagen. An diesen beiden Tatsachen erstickte alle Teilnahme, die sie sonst vielleicht bei seinem Anblick empfunden hätte. Er sah elend aus, gleich, ob seine Krankheit körperlich oder seelischer Natur war. Seine Augen hatten einen gelblichen Schimmer. Sein Gesicht war unrasiert. Seine Lippen aufgesprungen. Er sah aus, als hätte er die Nacht nicht geschlafen.

»Kalifornien.« Christian stocherte mit dem Zeigefinger in das Puzzle hinein. »Siehst du, Daddy? Nevada. Puta.«

»Utah«, verbesserte Harry Rodger automatisch und sagte zu Helen gewandt: »Und wie läuft's hier?«

Helen war sich der Anwesenheit der Kinder bedrückend bewußt und sagte daher trotz ihres Zorns nur ruhig: »Ganz gut, Harry. Schön, dich zu sehen.«

Er antwortete mit einem vagen Lächeln. »Na gut, dann stör ich euch jetzt nicht länger.« Er gab Christian einen leichten Klaps auf die Schulter und floh in Richtung Küche.

Christian begann augenblicklich zu quengeln. Helen spürte, wie ihr heiß wurde. »Komm, Christian, sei lieb. Ich mach euch jetzt euer Mittagessen. Bleibst du einen Moment hier bei Perdita und der Kleinen? Zeig Perdita, wie man das Puzzle macht, hm?«

»Ich will aber zu Daddy«, schrie er.

Helen seufzte. Wie vertraut ihr diese Szene geworden war. Sie drehte das Puzzle herum und kippte die Holzteile auf den Boden. »Schau, Christian«, sagte sie, aber er fing schon an, die Teile in den offenen Kamin zu werfen, und schrie nur noch lauter.

Rodger steckte den Kopf zur Tür herein. »Herrgott noch mal, Helen. Kannst du nicht dafür sorgen, daß er endlich die Klappe hält?«

Helen riß die Geduld. Sie sprang auf, rannte durch das Zimmer und stieß ihren Schwager in die Küche zurück. Krachend schlug sie die Tür hinter sich zu.

Ihre plötzliche Heftigkeit mochte Rodger überraschen, aber er reagierte nicht darauf. Als wäre nichts geschehen, kehrte er an die Arbeitsplatte zurück, um sich die Post der letzten zwei Tage vorzunehmen, die er gerade durchzusehen begonnen hatte. Er hielt einen Brief ans Licht, musterte ihn mit zusammengekniffenen Augen, legte ihn weg, griff zum nächsten.

»Was ist hier eigentlich los, Harry?« fragte Helen scharf.

Er warf ihr nur einen kurzen Blick zu, ehe er sich wieder den Briefen widmete. »Wovon redest du?«

»Ich rede von dir. Und von meiner Schwester. Sie ist übrigens oben. Falls du kurz zu ihr hineinschauen willst. Denn du wirst dich ja sicher gleich wieder auf den Weg ins College machen, stimmt's? Dein Besuch hier ist doch wie üblich nur eine Stippvisite.«

»Ich habe um zwei eine Vorlesung.«

»Und danach?«

»Heute abend muß ich zu einem offiziellen Essen. Wirklich, Helen, du hörst dich schon genauso miesepetrig an wie Pen.«

Helen riß ihm die Briefe aus der Hand und knallte sie auf die Arbeitsplatte. »Es reicht!« sagte sie. »Du egozentrischer kleiner Wurm. Du bildest dir wohl ein, wir alle seien nur für deine Bequemlichkeit da?«

»Wie richtig du das siehst, Helen.« Penelope stand an der Tür. »Das hätte ich dir gar nicht zugetraut.« Mit einer Hand stützte sie sich an die Wand, mit der anderen hielt sie den Ausschnitt ihres Morgenrocks zusammen. Zwei feuchte Flecken über ihren Brüsten färbten den pinkfarbenen Stoff fuchsiarot. Harry sah kurz dorthin und wandte sich ab. »Das gefällt dir wohl nicht?« fragte Penelope ihn. »Trifft wohl ins Schwarze, Harry? Nicht ganz das, was du wolltest, hm?«

Harry wandte sich wieder seinen Briefen zu. »Fang jetzt nicht wieder an, Pen.«

Sie lachte dünn. »Ich habe nicht angefangen. Soweit ich mich erinnere, hast du das angefangen. Oder täusche ich mich? Tagelang. Nächtelang. Geredet und gedrängt. Sie sind ein Geschenk, Pen, unser Geschenk an das Leben. Aber wenn eines von ihnen sterben sollte... Das warst du doch, nicht wahr?«

»Und du mußt mir das immer wieder vorhalten. Seit sechs Monaten läßt du mich bezahlen. Aber gut, meinetwegen. Tu, was du willst. Ich kann dich nicht daran hindern. Aber ich kann mich entziehen.«

Penelope lachte wieder, sehr brüchig diesmal. Sie lehnte sich haltsuchend an den Kühlschrank. Mit einer Hand griff sie sich in ihr Haar, das feucht und strähnig auf ihre Schultern herabfiel. »Wie schön für dich, Harry. Du kannst dich entziehen. Ich konnte mich nie entziehen. Ich mußte es mir gefallen lassen, daß du –«

»Hör endlich auf damit!«

»Warum denn? Weil meine Schwester hier ist und du nicht möchtest, daß sie es erfährt? Weil die Kinder im

Nebenzimmer spielen? Weil die Nachbarn aufmerksam werden könnten, wenn ich laut genug schreie?«

Harry schleuderte die Briefe weg. »Das laß ich mir von dir nicht unterschieben. *Du* hast dich entschieden.«

»Weil du mir keinen Moment Ruhe gelassen hast. Ich habe mich nicht einmal mehr als Frau gefühlt. Du hättest mich ja überhaupt nicht angerührt, wenn ich nicht einverstanden gewesen...«

»Nein!« brüllte Harry. »Verdammt noch mal, Pen. Du hättest nein sagen können.«

»Ich war nur die Muttersau, stimmt's?«

»Der Vergleich hinkt. Säue suhlen sich im Dreck, nicht in Selbstmitleid.«

»Hört auf!« fuhr Helen dazwischen.

Im Wohnzimmer kreischte Christian. Das Weinen des Säuglings mischte sich mit seinem Geschrei. Irgend etwas flog laut krachend an die Wand.

»Da! Hör dir an, was du mit ihnen machst«, sagte Harry Rodger. »Hör's dir genau an.« Er ging zur Tür.

»Und was tust du?« rief Penelope schrill. »Vorbildlicher Vater, vorbildlicher Ehemann, vorbildlicher Dozent, vorbildlicher Heiliger. Du entziehst dich, wie immer! Und genießt deine Rache, ja? Sechs Monate hat sie mich nicht ran gelassen, aber dafür wird sie mir jetzt büßen. Jetzt, wo sie schwach und krank ist, kann ich ihr mal zeigen, was für ein Nichts sie ist.«

Er wirbelte herum. »Ich bin fertig mit dir. Es wird Zeit, daß du dir endlich überlegst, was du willst, anstatt mir ständig Vorwürfe für das zu machen, was du hast.«

Ehe sie etwas erwidern konnte, war er gegangen. Einen Augenblick später fiel krachend die Haustür zu. Christian brüllte. Der Säugling schrie. Penelope begann zu weinen.

»Ich will dieses Leben nicht!«

Helen schossen die Tränen in die Augen, aber sie wußte

nicht, was sie sagen sollte, wie sie ihre Schwester hätte trösten können. Zum ersten Mal verstand sie das Schweigen ihrer Schwester, ihr Wachen am Fenster, ihr stummes Weinen. Aber sie verstand nicht den wahren Grund, der ihre Schwester an diesen Punkt gebracht hatte. Es war ein Akt der Selbstaufgabe, der Helen so fremd war, daß sie allein vor der Vorstellung zurückschreckte.

Sie nahm ihre Schwester in den Arm.

»Nein!« Penelope wollte sie abwehren. »Faß mich nicht an. Ich tropfe ja überall. Die Kleine –«

Helen hielt sie einfach fest. Sie versuchte, eine Frage zu formulieren, und überlegte, wo sie anfangen sollte, wie sie fragen konnte, ohne ihren wachsenden Zorn zu verraten, der in so viele Richtungen ging, daß er um so schwerer zu verheimlichen war.

Ihr Zorn galt vor allem Harry und seinem Egoismus, noch ein Kind in die Welt zu setzen, als handle es sich lediglich um eine Demonstration seiner Manneskraft und nicht um die Erschaffung eines Individuums mit ganz eigenen Bedürfnissen. Sie war aber auch auf ihre Schwester zornig, daß sie sich dem Pflichtbegriff gebeugt hatte, der Frauen seit Urzeiten eingetrichtert wurde und ihnen nicht gestattete, sich anders als über ihre funktionierende Gebärmutter zu definieren.

Die Entscheidung, Kinder in die Welt zu setzen – die Penelope und ihr Mann ursprünglich gewiß mit Freude und Überzeugung getroffen hatten –, war ihrer Schwester zum Verhängnis geworden. Sie hatte ihren Beruf aufgegeben, um sich ganz der Sorge für die Zwillinge zu widmen, und war damit allmählich in Abhängigkeit geraten, zu einer Frau geworden, die meinte, ihren Mann um jeden Preis halten zu müssen. Als er daher noch ein Kind gewollt hatte, hatte sie sich seinem Wunsch gefügt. Sie hatte ihre Pflicht getan. Wie einen Mann besser halten, als wenn man ihm gab, was er wollte. Daß dies alles sich als fataler Irrtum herausstellte, machte die gegenwärtige Situation um so bitterer.

Helen hielt ihre schluchzende Schwester im Arm und murmelte Tröstendes.

»Ich halte es nicht mehr aus«, sagte Penelope. »Ich ersticke. Ich bin nichts. Ich bin nur eine Maschine.«

Du bist Mutter, dachte Helen, während im Nebenzimmer Christian unaufhörlich weiterbrüllte.

Es war Mittag, als Lynley den Bentley in der verwinkelten Hauptstraße des Dorfes Grantchester anhielt, einer kleinen Siedlung von Häusern, Pubs, einer Kirche und einem Pfarrhaus, die von Cambridge durch die Rugbyplätze der Universität und brachliegende Felder getrennt war. Die Adresse auf dem Polizeiformular war vage gewesen: *Sarah Gordon, The School, Grantchester*. Aber als sie das Dorf erreichten, sah Lynley, daß weitere Nachfragen nicht nötig waren. Zwischen einer Zeile strohgedeckter Häuser mit dem Pub *Red Lion* stand ein hellbraunes Backsteingebäude mit leuchtend roten Fensterrahmen und vielen Oberlichten im Dach. An einer der Säulen, die die Einfahrt flankierten, stand in bronzefarbenen Lettern auf einem Schild *The School*.

»Nicht schlecht«, bemerkte Barbara und stieß ihre Wagentür auf. »Liebevolle Renovierung eines historischen Gebäudes, wie es immer so schön heißt. Ich hasse diese Typen, die mit einer Engelsgeduld jeden Furz konservieren. Wer ist die Frau überhaupt?«

»Sie ist Malerin oder so was. Mehr weiß ich leider auch nicht.«

Dort, wo früher die Schultür gewesen war, befand sich jetzt ein großes, viergeteiltes Fenster, durch das sie hohe weiße Wände, Teil eines Sofas und den blauen Glasschirm einer gebogenen Bodenlampe aus Messing sehen konnten. Als sie die Wagentüren zuschlugen und die Einfahrt hinaufstiegen, kam ein Hund an dieses Fenster gerannt und begann zornig zu kläffen.

Die neue Haustür war auf der Seite in einem überdachten Durchgang, der Haus und Garage verband. Sie wurde, als sie näherkamen, von einer schlanken Frau geöffnet, die zu verblichenen Jeans ein Männerhemd trug und um den Kopf, wie einen Turban gewickelt, ein rosa Frottiertuch. Mit der einen Hand hielt sie den Turban fest, mit der anderen den Hund, einen zottigen Mischling mit langen Schlappohren.

»Keine Angst, er beißt nicht«, versicherte sie im Kampf mit dem kläffenden, zerrenden Hund. »Er hat nur schrecklich gern Besuch.« Und zu dem Hund gewandt: »Setz dich, Flame!« Ein milder Befehl, den das Tier überhaupt nicht zur Kenntnis nahm.

Lynley zog seinen Ausweis heraus und stellte sich und Barbara Havers vor. »Sie sind Sarah Gordon?« sagte er. »Es ist wegen gestern morgen. Wir möchten Sie gern einen Moment sprechen.«

Flüchtig schien es, als würden ihre dunklen Augen noch dunkler. Aber vielleicht kam es daher, daß sie in diesem Moment in den Schatten des überhängenden Dachs trat. »Was soll ich Ihnen dazu noch sagen, Inspector? Ich habe der Polizei alles gesagt, was ich weiß.«

»Ja, das glaube ich Ihnen. Ich habe den Bericht gelesen. Aber ich weiß aus Erfahrung, daß es mir hilft, die Dinge aus erster Hand zu hören. Wenn Sie also nichts dagegen haben...«

»Nein, natürlich nicht. Bitte. Kommen Sie herein.« Sie trat von der Tür zurück. Der Hund sprang sofort erfreut an Lynley hoch. »Flame! Schluß jetzt!« Sarah Gordon riß den Hund zurück, klemmte ihn kurzerhand unter den Arm, so heftig er sich auch wehrte, und trug ihn in den Raum, den sie von der Straße aus gesehen hatten. Dort setzte sie ihn in einen Korb neben dem offenen Kamin, sagte: »Bleib!« und tätschelte ihm leicht den Kopf. Sein neugieriger Blick flog von Lynley zu Barbara und zurück zu seiner Herrin. Als er feststellte, daß alle vorhatten zu bleiben, kläffte er noch einmal zum Zeichen seiner Befriedigung und streckte sich dann bequem aus.

Sarah warf ein frisches Scheit Holz auf das Feuer, das im Kamin brannte, ehe sie sich Lynley und Barbara zuwandte.

»War das Haus früher wirklich eine Schule?« fragte Lynley.

Sie sah ihn erstaunt an. Offensichtlich hatte sie erwartet, er werde ohne Umschweife auf den Anlaß seines Besuchs zu sprechen kommen. Aber dann lächelte sie, sah sich kurz um und antwortete: »Die Dorfschule, ja. Sie war ganz schön heruntergekommen, als ich sie gekauft habe.«

»Und Sie haben sie selbst renoviert?«

»Hier ein Zimmer, da ein Zimmer, immer wenn ich das Geld und die Zeit dazu hatte. Bis auf den Garten hinten ist jetzt alles fertig. Dieses Zimmer hier war das letzte. Es entspricht sicher nicht dem, was man in einem so altehrwürdigen Haus erwartet, aber gerade deshalb mag ich es.«

Während Barbara sich aus dem Schal wickelte, sah Lynley sich um. Das Zimmer mit den vielen Lithographien und Ölgemälden an den Wänden war in der Tat eine angenehme Überraschung. Thema aller Bilder war der Mensch: Kinder, Jugendliche, alte Männer beim Kartenspiel, eine alte Frau, die sinnend aus einem Fenster sah. Es waren gegenständliche Bilder von starker Aussagekraft in klaren und unvermischten Farben.

Eigentlich hätte dieser Raum, in dem soviel Kunst versammelt war, kühl und steril wirken müssen wie ein Museum. Doch der bunte Teppich auf dem gebleichten Eichenboden, die knallrote Decke auf dem hellen Sofa zeigten, daß er bewohnt war. Auf dem Boden vor dem offenen Kamin war eine Zeitung aufgeschlagen, nicht weit von der Tür lagen ein Skizzenbuch und eine Staffelei, und es roch köstlich nach heißer Schokolade. Der Duft stieg aus einem grünen Keramikkrug auf, der neben einem Becher auf dem Buffet am anderen Ende des Zimmers stand.

Sarah Gordon, die sah, welche Richtung sein Blick nahm, sagte: »Ich habe mir eben einen Topf Kakao gemacht. Kakao tut mir immer gut, wenn ich niedergedrückt bin. Möchten Sie eine Tasse?«

Er schüttelte den Kopf. »Sergeant?«

Barbara lehnte dankend ab und setzte sich auf das helle Sofa, wo sie Schal und Mantel ablegte und ihren Notizblock aus ihrer Schultertasche kramte. Eine große rote Katze, die unversehens hinter dem Vorhang am Fenster hervorkam, sprang über die Sofalehne direkt auf ihren Schoß und machte es sich dort gemütlich.

Sarah, mit dem Kakaobecher in der Hand, rettete sie. »Entschuldigen Sie«, sagte sie und nahm die Katze hoch. Sie setzte sich ans andere Ende des Sofas und vergrub ihre Finger im flauschigen Fell der Katze. Die Hand, die den Becher hielt, zitterte merklich. Wie um sich für diese Anfälligkeit zu entschuldigen, sagte sie: »Ich habe nie vorher einen Toten gesehen. Nein, das stimmt nicht ganz. Ich habe Tote in Särgen gesehen, aber eben erst, nachdem sie vom Bestattungsinstitut hergerichtet worden waren. Anscheinend können wir den Tod nur so ertragen – wenn er uns gefällig präsentiert wird. Aber das andere Gesicht... am liebsten würde ich vergessen, daß ich sie überhaupt gesehen habe, aber die Erinnerung ist mir wie in mein Hirn eingebrannt.« Sie griff sich an das Frottiertuch, das sie um ihren Kopf gewunden hatte. »Ich habe seit gestern morgen fünfmal geduscht. Dreimal habe ich mir die Haare gewaschen. Warum tue ich das?«

Lynley hatte sich in den Sessel dem Sofa gegenüber gesetzt. Er versuchte gar nicht, eine Antwort auf die Frage zu geben. Jeder reagierte auf die Konfrontation mit gewaltsamem Tod ganz anders. Er hatte junge Kriminalbeamte gekannt, die so lange nicht mehr gebadet hatten, bis der Fall gelöst war; andere hatte nicht mehr gegessen; wieder andere nicht mehr geschlafen. Die meisten von ihnen wurden mit der Zeit immun gegen Tod und Gewalt, sahen in einem Mord nur noch die Arbeit, die mit ihm auf sie zukam. Aber wer nicht beruflich mit dem Tod zu tun hatte, sah es anders. Er nahm den gewaltsamen Tod persönlich, wie eine absichtlich gegen ihn gerichtete Gemeinheit. Niemand wollte auf so grausame Weise an die eigene Vergänglichkeit erinnert werden.

Er sagte: »Erzählen Sie mir von gestern morgen.«

Sarah stellte den Becher auf einen kleinen Tisch und schob auch die andere Hand in das Fell der Katze. Das Tier schien zu spüren, daß die Berührung kein Zeichen von Zuneigung war, sondern ein Suchen nach Halt und Trost, und es verweigerte sich. Mit flach zurückgelegten Ohren begann es zu knurren. Sarah streichelte es. »Komm, Silk«, sagte sie, »sei lieb.« Doch die Katze ließ sich nicht beschwichtigen. Sie richtete sich schweifschlagend auf, und als Sarah sie festhalten wollte, sprang sie zornig fauchend zu Boden. Sarah blickte ihr niedergeschlagen nach, wie sie zum Kamin trottete und sich dort niederließ.

»Katzen«, bemerkte Barbara vielsagend. »Genau wie Männer.«

Sarah schien ernsthaft über die Bemerkung nachzudenken. Sie saß, als hielte sie immer noch die Katze im Schoß, leicht vorgebeugt, die Hände auf den Oberschenkeln, in Schutzhaltung. »Gestern morgen«, sagte sie.

»Ja bitte«, sagte Lynley.

Sie hatte die Fakten schnell berichtet und fügte dem, was Lynley im Polizeibericht gelesen hatte, kaum etwas hinzu. Von Schlaflosigkeit geplagt, war sie um Viertel nach fünf aufgestanden, hatte sich angekleidet, eine Schale Cornflakes gegessen. Sie hatte die Zeitung vom Vortag gelesen, ihre Malsachen sortiert und zusammengepackt. Um kurz vor sieben war sie am Fen Causeway angekommen. Sie war auf die Insel gegangen, um die Brücke zu zeichnen. Sie hatte die Leiche gefunden.

»Ich bin auf sie getreten«, sagte sie. »Ich – ich darf gar nicht daran denken. Ich verstehe nicht – ich meine, ich hätte doch den Impuls haben müssen, ihr zu helfen. Ich hätte nachsehen müssen, ob sie noch lebt. Aber ich habe nichts dergleichen getan.«

»Wo genau hat sie gelegen?«

»Gleich neben einer kleinen Lichtung auf dem Weg zum Südende der Insel.«

»Sie haben sie nicht sofort bemerkt?«

Sie griff nach ihrem Kakaobecher und umschloß ihn mit beiden Händen. »Nein. Ich war ja zum Zeichnen gekommen. Ich wollte endlich wieder etwas schaffen. Ich hatte monatelang nicht mehr gearbeitet – genauer gesagt, nichts mehr von Wert produziert. Ich fühlte mich völlig unzulänglich, wie gelähmt, und ich hatte entsetzliche Angst, es könnte völlig weg sein.«

»Es?«

»Das Talent, Inspector. Die Kreativität. Die Leidenschaft. Die Inspiration. Nennen Sie es, wie Sie wollen. Ich hatte Angst, es sei nichts mehr davon übrig. Es war eine furchtbare Beklemmung, die immer stärker geworden war. Deshalb hatte ich vor einigen Wochen den festen Entschluß gefaßt, jetzt endlich mit den Ablenkungsmanövern Schluß zu machen. Ich hatte mir vorgenommen, mich nicht mehr dauernd mit irgendwelchen Projekten hier im Haus zu beschäftigen – nur aus Angst vor der Niederlage –, sondern wieder an die Arbeit zu gehen. Den gestrigen Tag hatte ich mir als Stichtag gesetzt.« Als ahnte sie Lynleys nächste Frage, fuhr sie fort: »Ich habe ihn ganz willkürlich gewählt. Ich dachte mir, wenn ich ihn im Kalender markiere, bin ich gebunden; wenn ich das Datum im voraus festsetze, bin ich gezwungen, wieder anzufangen. Gleich voll einzusteigen. Das war mir sehr wichtig.«

Wieder sah Lynley sich im Zimmer um, aufmerksamer diesmal, sein Augenmerk auf die Sammlung von Lithographien und Ölgemälden gerichtet. Ein Vergleich mit den Aquarellen, die er in Anthony Weavers Haus gesehen hatte, drängte sich auf. Sie waren hübscher gewesen, sauber ausgeführt, harmlos. Diese Bilder hier forderten heraus – in der Farbgebung und in der Gestaltung.

»Das sind alles Ihre Arbeiten«, sagte er, eine Feststellung, keine Frage, denn es war klar, daß alle diese Bilder von derselben begabten Künstlerin stammten.

Sie wies mit dem Kakaobecher auf eine der Wände. »Ja, das sind alles meine Arbeiten. Nicht eine davon aus jüngster Zeit.«

Eine bessere Zeugin, sagte sich Lynley mit einer gewissen Genugtuung, hätte das Schicksal ihm nicht bescheren können. Wer malen wollte, mußte sehen können. Ohne zu sehen, konnte er nichts schaffen. Wenn es auf der Insel etwas zu sehen gegeben hatte, ein Objekt, das nicht dahin gehörte, einen Schatten, der der Beachtung wert gewesen war, dann hatte Sarah Gordon es gewiß gesehen. Er beugte sich vor und sagte: »Wie war die Stimmung auf der Insel? Erzählen Sie mir alles, woran Sie sich erinnern.«

Sarah starrte ins Leere. »Es war neblig, sehr feucht. Von den Blättern an den Bäumen tropfte es. Die Schuppen, wo die Boote repariert werden, waren geschlossen. Die kleine

Brücke war frisch gestrichen. Mir ist das wegen der neuen Farben aufgefallen. Sie reagierten ganz anders auf das Licht. Und es war...« Sie geriet ins Stocken. Ihr Gesicht war nachdenklich. »Beim Tor war es ziemlich matschig, und der Matsch war – aufgewühlt. Wie durchgepflügt.«

»Als hätte man da einen Menschen durchgeschleift? Mit den Fersen am Boden?«

»Ja, das könnte sein. Und auf dem Boden neben einem abgebrochenen Ast lagen Abfälle. Und...« Sie sah ihn an. »Ich glaube, ich habe auch die Überreste eines Feuers gesehen.«

»Bei dem heruntergefallenen Ast?«

»Davor, ja.«

»Und was für Abfälle waren das auf dem Boden?«

»Hauptsächlich Zigarettenschachteln. Ein paar Zeitungen. Eine große Weinflasche. Ein Plastikbeutel, glaube ich. Ja, ein orangeroter Plastikbeutel. Ich erinnere mich. Könnte es sein, daß dort jemand längere Zeit auf das Mädchen gewartet hat?«

Lynley beantwortete die Frage nicht. »Sonst noch etwas?«

»Die Lichter in der Kuppel vom Peterhouse College. Ich konnte sie auf der Insel sehen.«

»Haben Sie vielleicht auch etwas gehört?«

»Nichts Ungewöhnliches. Vögel. Einen Hund, glaube ich, irgendwo auf dem Fen. Es erschien mir alles völlig normal. Nur der Nebel war sehr dicht, aber das hat man Ihnen sicher schon gesagt.«

»Vom Fluß haben Sie keine Geräusche gehört?«

»Ein Boot, meinen Sie? Nein, tut mir leid.« Ihre Schultern sanken ein wenig herab. »Ich wollte, ich könnte Ihnen mehr sagen. Ich komme mir entsetzlich egozentrisch vor. Als ich auf der Insel war, dachte ich nur an meine Malerei. Und das ist das, was mich auch jetzt in erster Linie beschäftigt, um ehrlich zu sein.«

»Ist es nicht ziemlich ungewöhnlich, bei Nebel in der freien Natur zu zeichnen?« fragte Barbara. Sie hatte die ganze Zeit konzentriert mitgeschrieben, jetzt jedoch blickte sie neugierig auf.

Sarah widersprach nicht. »Doch, da haben Sie recht. Es ist im Grunde völlig verrückt. Und wenn es mir wirklich gelungen wäre, etwas zu Papier zu bringen, hätte es mit meiner sonstigen Arbeit wahrscheinlich kaum Ähnlichkeit gehabt, nicht?«

Das stimmte. Abgesehen davon, daß Sarah Gordon ausschließlich mit kräftigen, reinen Farben arbeitete, waren alle ihre Gemälde von plastischer Schärfe und Klarheit. Nirgends verschwommene Linien, blasse Farben, die das Werk des Nebels sind. Hinzu kam, daß nicht eine ihrer Arbeiten eine Landschaft darstellte.

»Wollten Sie Ihren Stil ändern?« fragte Lynley.

»Von den Kartoffelessern zu den Sonnenblumen?« Sarah stand auf und schenkte sich frischen Kakao ein. Der Hund und die Katze hoben augenblicklich begierig die Köpfe. Sie ging zu dem Hund, kauerte bei ihm nieder und streichelte seinen Kopf. Er wedelte erfreut mit dem Schwanz und senkte den Kopf wieder auf die Vorderpfoten. Sie setzte sich im Schneidersitz neben ihm auf den Boden und wandte sich Lynley und Barbara zu.

»Ich war soweit, daß ich alles versucht hätte«, sagte sie. »Ich weiß nicht, ob Sie sich vorstellen können, wie das ist, wenn man Angst hat, die Fähigkeit und den Willen, etwas zu schaffen, verloren zu haben. Ja...« als erwartete sie Widerspruch... »den Willen. Denn es ist ein Willensakt. Es ist viel mehr als Inspiration durch irgendeine nette Muse. Man muß sich dafür entscheiden, ein Stück des eigenen Wesens dem Urteil anderer preiszugeben. Ich war überzeugt, das Wichtige sei der Schaffensakt, nicht die Rezeption des fertigen Werks durch andere. Aber irgendwo unterwegs ist mir diese Überzeugung verlorengegangen. Und wenn man nicht mehr daran glaubt, daß der Akt selbst wichtiger ist als jede Analyse des Hervorgebrachten durch andere, tritt die Lähmung ein. Genauso war es bei mir.«

»Da muß ich an Ruskin und Whistler denken, soweit ich mich ihrer Geschichte erinnere«, bemerkte Lynley.

Aus irgendeinem Grund schreckte sie vor dieser Assoziation zurück. »Äh – ja. Der Kritiker und sein Opfer. Aber wenigstens hatte Whistler seine große Zeit bei Hof. Das immerhin hatte er.« Ihr Blick wanderte von einem Bild zum anderen, langsam, als müßte sie sich selbst davon überzeugen, daß sie tatsächlich diese Bilder geschaffen hatte. »Ich hatte sie verloren – die Leidenschaft. Und ohne sie hat man nur noch Masse, die Gegenstände an sich. Farbe, Leinwand, Ton, Wachs, Stein. Allein die Leidenschaft macht sie lebendig. Natürlich kann man dennoch malen oder zeichnen oder bildhauern. Das tun viele. Aber was man ohne Leidenschaft zeichnet oder malt oder bildet, ist Handwerk, mehr nicht. Die Selbstaussage fehlt. Und das wollte ich wiederfinden – die Bereitschaft, sich verletzlich zu machen, die Fähigkeit, zu fühlen und zu riskieren. Wenn die Voraussetzung dazu eine neue Technik, ein veränderter Stil, andere Medien gewesen wäre, hätte ich das ohne Zögern versucht. Ich hätte alles versucht.«

»Und haben Ihre Versuche geholfen?«

Sie neigte sich über den Hund und rieb ihre Wange an seinem Kopf. Irgendwo im Haus begann das Telefon zu läuten. Ein Anrufbeantworter schaltete sich ein. Einen Augenblick später hörten sie eine gedämpfte Männerstimme, jedoch ohne die Worte zu verstehen. Sarah schien weder die Person des Anrufers noch der Anruf selbst zu interessieren. Sie sagte: »Ich bin ja nicht dazu gekommen, das herauszufinden. Ich habe an einer Stelle auf der Insel mehrere Skizzen gemacht. Als die nichts geworden sind – sie waren ganz schrecklich –, habe ich mir einen anderen Platz gesucht und bin dabei auf die Leiche gestoßen.«

»Wie war das genau?«

»Ich weiß nur noch, daß ich einen Schritt nach rückwärts machte und auf etwas trat. Ich dachte, es wäre ein Ast oder so etwas. Ich habe es mit dem Fuß weggestoßen, und da habe ich gesehen, daß es ein Arm war.«

»Sie hatten die Tote also nicht bemerkt?« fragte Barbara nach.

»Sie war ganz mit Blättern zugedeckt. Und meine Aufmerksamkeit war auf die Brücke gerichtet. Ich glaube, ich habe überhaupt nicht auf den Weg geachtet.«

»In welcher Richtung haben Sie ihren Arm gestoßen?« fragte Lynley. »Zu ihr hin oder von ihr weg?«

»Zu ihr hin.«

»Und sonst haben Sie sie nicht angerührt?«

»O nein! Aber ich hätte es tun sollen, nicht wahr? Es hätte ja sein können, daß sie noch lebte. Ich hätte sie wenigstens berühren sollen. Ich hätte mich vergewissern sollen. Aber ich habe es nicht getan. Mir ist nur übel geworden. Ich habe mich übergeben. Und dann bin ich weggerannt.«

»In welche Richtung? Den Weg zurück, den Sie gekommen waren?«

»Nein. Über den Coe Fen.«

»Im Nebel?« fragte Lynley. »Nicht den Weg zurück, den Sie gekommen waren?«

Sarah wurde rot. »Ich war gerade über eine Leiche gestolpert, Inspector. Ich war völlig durcheinander. Ich bin über die Brücke gerannt und dann über das Moor. Es gibt da einen Fußweg, der gleich bei der technischen Fakultät herauskommt. Da hatte ich meinen Wagen abgestellt.«

»Und von dort sind Sie zur Polizei gefahren?«

»Ich bin weitergelaufen. Die Lensfield Road hinunter. Über Parker's Piece. Das ist nicht weit.«

»Aber Sie hätten fahren können.«
»Das stimmt. Ja.« Sie verteidigte sich nicht. Der Hund räkelte sich unter ihrer Hand und seufzte einmal tief. Sie erwachte aus ihrer Versunkenheit. »Ich war nicht fähig, einen klaren Gedanken zu fassen. Ich war schon vorher das reinste Nervenbündel. Für mich ging es doch um Sein oder Nichtsein. Können Sie das verstehen? Ich wollte den Bann brechen, der mich seit Monaten lähmte. Das war das einzige, was ich im Kopf hatte. Als ich die Leiche fand, war ich keiner angemessenen Reaktion fähig. Ich hätte nachsehen sollen, ob das Mädchen noch lebte. Ich hätte versuchen sollen, ihr zu helfen. Ich hätte auf dem gepflasterten Weg bleiben sollen. Ich hätte mit dem Wagen zur Polizei fahren sollen. Das weiß ich alles. Ich habe keine Erklärung für mein Verhalten. Höchstens, daß ich völlig den Kopf verlor. Sie können mir glauben, daß ich ziemlich entsetzt über mich selber bin.«

»War in der technischen Fakultät schon Licht?«

Sie richtete ihren Blick auf ihn, schien jedoch durch ihn hindurchzusehen. »Licht? Ich glaube, ja. Aber ich kann es nicht mit Sicherheit sagen.«

»Haben Sie unterwegs jemanden gesehen?«

»Auf der Insel nicht. Und im Moor auch nicht, da war es zu neblig. In der Lensfield Road bin ich an ein paar Radfahrern vorbeigekommen, und natürlich waren Autos auf der Straße. Aber das ist alles, woran ich mich erinnere.«

»Warum haben Sie sich gerade die Insel ausgesucht? Warum sind Sie nicht hier in Grantchester geblieben? Zumal bei dem Nebel.«

Wieder errötete sie. »Ich weiß nicht, wie ich es Ihnen erklären soll. Ich hatte den Tag festgesetzt, und ich hatte mir vorgenommen, auf die Insel zu fahren. Wenn ich da irgend etwas verändert hätte, wäre mir das wie ein Ausweichen vorgekommen, wie Flucht und Kapitulation. Und genau das wollte ich nicht. Ich weiß, es klingt erbärmlich. Rigide und zwanghaft. Aber so war es.« Sie stand auf. »Kommen Sie«, sagte sie. »Vielleicht können Sie es verstehen, wenn Sie mein Atelier sehen.«

Sie führte sie in den rückwärtigen Teil des Hauses und ließ sie dort in ihr Atelier treten. Es war ein großer, lichter Raum, in dessen Decke vier rechteckige Oberlichte eingelassen waren. Lynley blieb stehen, bevor er eintrat, und sah sich um. Was er sah, wirkte wie die wortlose Bestätigung dessen, was Sarah Gordon ihnen erzählt hatte.

An den Wänden hingen große Kohlezeichnungen – ein menschlicher Torso, ein körperloser Arm, zwei Nackte, die sich umarmten, ein Männergesicht im Halbprofil –, Studien, wie ein Maler sie zu machen pflegt, ehe er ein neues Werk in Angriff nimmt. Doch ein fertiges Werk war nirgends zu sehen; statt dessen lehnten Dutzende angefangener und niemals vollendeter Bilder unter den Skizzen an den Wänden. Auf einem großen Arbeitstisch standen und lagen Sarah Gordons Utensilien: Kaffeedosen, in denen saubere, trockene Pinsel steckten; Flaschen mit Terpentin, Leinöl und Lack; ein Kasten mit unbenützten Pastellfarben; mehr als ein Dutzend Farbtuben mit handbeschrifteten Etiketten. Es hätte ein kreatives Chaos sein müssen, Farbkleckse auf dem Tisch, Fingerabdrücke auf Flaschen und Dosen, aufgeschraubte Tuben, an deren Öffnung Farbwürstchen vertrockneten. Statt dessen sah es so sauber und ordentlich aus wie in einer Ausstellung unter dem Motto *Ein Tag aus dem Leben von...*

Nicht ein Hauch von Terpentin hing in der Luft. Keine Skizzen, als Vorlage gebraucht oder verworfen, lagen herum. Keine fertigen Gemälde warteten auf den letzten Lacküberzug. Es war offensichtlich, daß der Raum regelmäßig gereinigt wurde; der Eichenboden glänzte wie unter Glas, und nirgends war auch nur ein Stäubchen zu entdekken. Unter einem der Oberlichte stand eine Staffelei mit einem Gemälde, das mit einem Tuch voller Farbkleckse zugedeckt war, und selbst das sah aus, als sei es monatelang nicht angerührt worden.

»Das war mal der Mittelpunkt meines Lebens«, sagte Sarah Gordon resigniert. »Verstehen Sie jetzt, Inspector? Ich möchte, daß es wieder zum Mittelpunkt wird.«

Barbara Havers war zu einem hohen Regal auf der anderen Seite des Zimmers getreten. Kästen mit Dias waren auf den Borden, eselohrige Skizzenblöcke, Behälter mit Pastellpaste, eine große Rolle Leinwand, vielfältige Werkzeuge vom Palettenmesser bis zur Zange. Auf der Arbeitsplatte unter den Borden lag eine große Glasplatte mit aufgerauhter Oberfläche. Barbara berührte sie vorsichtig mit den Fingerspitzen und sah Sarah Gordon fragend an.

»Da mahle ich meine Farben«, erklärte Sarah. »Dafür ist die Platte da.«

»Sie sind also eine echte Puristin«, bemerkte Lynley.

Sie lächelte, mit der gleichen Resignation, die er in ihrer Stimme gehört hatte. »Als ich zu malen angefangen habe – das ist mittlerweile Jahre her –, wollte ich, daß jeder Teil einer fertigen Arbeit ein Stück von mir ist. Ich wollte das ganze Gemälde sein. Ich habe sogar das Holz eigenhändig bearbeitet, auf das ich dann meine Leinwände aufgespannt habe. Ich wollte ganz rein sein.«

»Und diese Reinheit ist Ihnen verlorengegangen?«

»Der Erfolg beschmutzt alles. Auf lange Sicht.«

»Und Sie hatten Erfolg.« Lynley trat zu der Wand, an der die großen Kohlezeichnungen hingen, eine über der anderen. Er blätterte sie durch. Ein Arm, eine Hand, die Linie eines Halses, ein Gesicht. Diese Frau war sehr begabt.

»In gewisser Weise. Ja. Ich hatte Erfolg. Aber der Erfolg hat mir immer weniger bedeutet als die Gewißheit, mit mir selbst im reinen zu sein. Und das habe ich im Grunde gestern morgen gesucht – die innere Ruhe.«

»Und dann haben Sie Elena Weaver gefunden«, bemerkte Barbara.

Sarah Gordon, die vor einem verhüllten Gemälde stand, sagte, ohne sich umzudrehen: »Elena Weaver?« Ihr Ton hatte etwas Ungläubiges.

»Die Tote«, erklärte Lynley. »Elena Weaver. Haben Sie sie gekannt?«

Sie drehte sich herum. Ihre Lippen bewegten sich lautlos. Schließlich flüsterte sie: »O Gott, nein.«

»Miss Gordon?«

»Ich – ich kenne ihren Vater. Anthony Weaver.« Sie tastete nach dem hohen Hocker neben der Staffelei und setzte sich darauf. »Ach Gott«, sagte sie leise. »Mein armer Tony.« Wie um eine Frage zu beantworten, die niemand gestellt hatte, fügte sie mit einer das Atelier umschließenden Geste hinzu: »Er war ein Schüler von mir. Bis zum letzten Frühjahr, als das Taktieren um den Penford-Lehrstuhl losging, war er mein Schüler.«

»Ihr Schüler?«

»Ja, ich habe mehrere Jahre lang Unterricht gegeben. Jetzt tue ich das nicht mehr, aber Tony... Dr. Weaver hat in den vergangenen Jahren an den meisten meiner Kurse teilgenommen. Er hatte auch Einzelunterricht bei mir. Daher kenne ich ihn. Eine Zeitlang waren wir einander sehr nahe.« Ihre Augen wurden feucht. Sie zwinkerte die Tränen hastig weg.

»Und kannten Sie seine Tochter?«

»Flüchtig, ja. Ich bin ihr mehrmals begegnet – im letzten Herbst – da brachte er sie als Modell für eine Zeichenklasse mit.«

»Aber gestern haben Sie sie nicht erkannt?«

»Nein. Wie hätte ich sie erkennen sollen? Ich hab ja ihr

Gesicht gar nicht gesehen.« Sie senkte den Kopf, hob schnell eine Hand und strich sich hastig über die Augen. »Wie schrecklich für ihn. Sie war ihm alles. Haben Sie schon mit ihm gesprochen? Ist er –? Aber ja, natürlich haben Sie mit ihm gesprochen. Was für eine Frage!« Sie hob den Kopf. »Wie geht es ihm?«

»Der Tod eines Kindes ist immer schrecklich.«

»Aber Elena war ihm mehr als ein Kind. Er sagte immer, sie sei seine Hoffnung auf Erlösung.« Ihr Gesicht bekam einen Ausdruck der Selbstverachtung. »Und ich – die arme kleine Sarah – zerbreche mir den Kopf darüber, ob ich je wieder zeichnen, je wieder ein Kunstwerk zustande bringen werde, während Tony... Wie kann ein Mensch so selbstsüchtig sein!«

»Aber es kann Ihnen doch keiner übelnehmen, daß Sie wieder zu Ihrer Arbeit finden wollen.«

Es war, dachte er, ein durchaus verständliches Begehren. Aber während er ihr ins Wohnzimmer folgte, wurde er sich seiner diffusen Beunruhigung bewußt, ähnlich der, die er angesichts von Anthony Weavers Reaktion auf den Tod seiner Tochter gespürt hatte. Es war etwas an ihr, an ihrem Verhalten und ihren Worten, das ihn stutzig machte. Er konnte den Finger nicht darauf legen, aber er spürte intuitiv, daß da etwas war, einer allzu lang im voraus geplanten Reaktion ähnlich. Einen Augenblick später gab sie selbst ihm die Antwort.

Als sie ihnen die Tür öffnete, sprang Flame aus seinem Korb und raste kläffend durch den Flur, um nach draußen zu gelangen. Sarah bückte sich, um ihn zu packen, und dabei glitt ihr das Handtuch vom Kopf. Feuchtes lockiges Haar, dunkel wie schwarzer Kaffee fiel auf ihre Schulter herab.

Lynley starrte sie an, wie sie da an der halb offenen Tür stand. Es war das Haar und es war das Profil, vor allem aber das Haar. Das war die Frau, die er am vergangenen Abend im Ivy Court gesehen hatte.

Sobald sie die Tür geschlossen und abgesperrt hatte, lief sie zur Toilette. Sie rannte durch das Wohnzimmer, durch die Küche dahinter und schaffte es gerade noch. Sie fiel vor der Toilette nieder und übergab sich. Der Magen schien sich ihr umzudrehen, als ihr der Kakao, sauer und brennend, in der Kehle hochschwappte. Er schoß ihr in die Nase, als sie zu atmen versuchte. Sie hustete, würgte, übergab sich von neuem. Kalter Schweiß bedeckte ihre Stirn. Der Boden schien sich zu neigen, die Wände schienen zu schwanken. Sie drückte fest die Augen zu.

Hinter sich hörte sie leises Winseln. Ein Stups an ihr Bein folgte. Dann berührte der weiche Kopf des Hundes ihren ausgestreckten Arm, und warmer Atem strich über ihre Wange.

»Es ist schon gut, Flame«, sagte sie. »Keine Angst. Es geht mir schon wieder gut.« Die Augen immer noch geschlossen, griff sie nach dem Hund und drehte ihm ihr Gesicht zu. Sie hörte den rhythmischen Schlag seines Schwanzes an der Wand. Er leckte ihr die Nase. Der Gedanke ging ihr durch den Kopf, daß es für Flame keine Rolle spielte, wer sie war, was sie getan hatte, was sie geschaffen hatte, ob sie überhaupt einen einzigen Beitrag von Dauer an das Leben geleistet hatte. Es spielte keine Rolle für Flame, wenn sie nie wieder einen Pinsel zur Hand nahm. Der Gedanke hatte etwas Tröstliches. Daran wollte sie sich festhalten. Sie wollte glauben, daß es nichts mehr in ihrem Leben gab, was sie tun mußte.

Ein wenig wacklig stand sie auf und ging zum Waschbecken, um sich den Mund zu spülen. Als sie den Kopf hob, sah sie ihr Gesicht im Spiegel und hob eine Hand. Sie zeichnete die Linien auf der Stirn nach, die feinen Kerben, die sich von den Nasenflügeln zum Mund zogen, das Netz kleiner, narbenähnlicher Fältchen unmittelbar oberhalb des Unterkiefers. Erst neununddreißig. Sie sah aus wie mindestens fünfzig. Und sie fühlte sich wie sechzig. Abrupt wandte sie sich ab.

In der Küche ließ sie Wasser über ihre Handgelenke laufen, bis es eiskalt war. Dann trank sie direkt aus dem Hahn, warf sich noch einmal mit beiden Händen Wasser ins Gesicht und trocknete es mit einem gelben Geschirrtuch. Sie dachte daran, sich die Zähne zu putzen, sich hinzulegen und zu schlafen, aber es erschien ihr zu mühsam, in ihr Schlafzimmer hinaufzusteigen, viel zu mühsam, Zahnpasta auf eine Bürste zu drücken und die Bürste energisch und mit Druck durch den Mund zu führen. Sie kehrte ins Wohnzimmer zurück, wo das Feuer noch brannte und sich die Katze noch immer desinteressiert und mit sich selbst zufrieden in seiner Wärme aalte. Flame folgte ihr, stieg wieder in seinen Korb und sah ihr zu, wie sie frisches Holz ins Feuer warf.

»Mir geht's gut«, sagte sie zu dem Hund. »Wirklich.«

Er sah nicht überzeugt aus – schließlich wußte er die Wahrheit, da er das meiste mitangesehen und sie ihm den Rest erzählt hatte –, aber er drehte sich dennoch ein paarmal um die eigene Achse, scharrte kräftig in seiner Decke und ließ sich dann auf sie niederfallen. Die Lider sanken ihm herab.

»So ist's gut«, sagte sie. »Schlaf eine Runde.« Sie war froh, daß wenigstens einer von ihnen dazu imstande war.

Um sich von Gedanken an Schlaf und von alledem, was Schlaf unmöglich machte, abzulenken, ging sie ans Fenster. Ihr schien, daß mit jedem Schritt, den sie sich vom Feuer entfernte, die Temperatur im Zimmer um zehn Grad fiel. Sie wußte, daß das unmöglich so sein konnte, aber sie fror dennoch und umschlang ihren Oberkörper fest mit beiden Armen. Sie blickte hinaus.

Der Wagen stand noch da. Das Silber der eleganten Karosserie funkelte in der Sonne. Wieder fragte sie sich, ob die beiden wirklich von der Polizei gewesen waren. Im ersten Moment hatte sie geglaubt, sie seien gekommen, um sich ihre Arbeiten anzusehen. Das war schon seit Ewigkeiten nicht mehr vorgekommen und ohne Anmeldung nie, aber es schien ihr die einzige vernünftige Erklärung für das Erscheinen zweier Fremder in einem Bentley. Ein seltsames Paar, unharmonisch: der Mann groß, gutaussehend, kultiviert, erstaunlich gut gekleidet; die Frau klein, reizlos, ohne Stil, mit einer Sprache, die ihre Herkunft deutlich verriet. Und dennoch hatte Sarah sie sogar, nachdem sie sich vorgestellt hatten, noch als Ehepaar angesehen. So war es einfacher, mit ihnen zu sprechen.

Sie hatten ihr nicht geglaubt. Das hatte sie ihnen angesehen. Und wer konnte es ihnen verübeln? Warum im tiefsten Nebel über das Moor laufen, anstatt den Weg zu nehmen, den sie gekommen war? Warum anstatt den Wagen zu nehmen, zu Fuß zur Polizei zu sprinten? Es war unsinnig. Das wußte sie sehr wohl. Und die beiden wußten es auch.

Kein Wunder, daß der Bentley immer noch vor dem Haus stand. Die Polizeibeamten selbst waren nicht zu sehen. Sie fragten wahrscheinlich bei den Nachbarn nach, um ihre Aussage zu verifizieren.

Denke nicht daran, Sarah.

Sie zwang sich, vom Fenster wegzugehen, kehrte in ihr Atelier zurück. Auf einem Tisch nahe der Tür stand der Anrufbeantworter. Sie starrte einen Moment verwundert auf das blinkende Gerät, ehe ihr einfiel, daß sie das Telefon hatte läuten hören, während sie mit den Polizeibeamten gesprochen hatte. Sie drückte auf den Knopf, um das Band abzuspielen.

»Sarah, Liebste. Ich muß dich sehen. Ich weiß, daß ich kein Recht habe, das zu verlangen. Du hast mir nicht verziehen. Ich verdiene keine Verzeihung. Aber ich muß dich sehen. Ich muß mit dir sprechen. Du bist die einzige, die mich ganz kennt, die mich versteht, die Mitgefühl und Zärtlichkeit –« Er begann zu weinen. »Ich habe Sonntag abend fast den ganzen Abend vor deinem Haus gestanden. Im Auto. Ich konnte dich durch das Fenster sehen. Und – ich war am Montag da, aber ich hatte nicht den Mut, an die Tür zu gehen. Und jetzt ... Sarah, bitte! Elena ist ermordet worden. Bitte. Ruf mich im College an. Hinterlaß eine Nachricht. Ich tue alles, was du willst. Nur laß mich dich sehen. Ich bitte dich. Ich brauche dich, Sarah.«

Sie lauschte wie betäubt. Fühl doch etwas, befahl sie sich. Aber nichts rührte sich in ihrem Herzen. Sie drückte den Handrücken an ihren Mund und biß fest hinein. Dann noch einmal und ein drittes und viertes Mal, bis sie anstatt Seife und Hautcreme den leicht salzigen Geschmack ihres Bluts auf der Zunge hatte. Sie preßte Erinnerung aus sich heraus. Irgend etwas, ganz gleich, was. Es spielte keine Rolle was. Es mußte nur etwas sein, das sie mit Gedanken beschäftigte, die sie aushalten konnte.

Douglas Hampson, ihr Pflegebruder, siebzehn Jahre alt. Von dem sie bemerkt werden wollte; begehrt werden wollte; den sie selbst begehrte. Der muffige Schuppen hinten im Garten seiner Eltern in King's Lynn. Nicht einmal der Geruch des Meeres konnte den Gestank nach Kompost und Dung verdrängen. Aber ihnen war das gleich gewesen. Sie hatte die Aufmerksamkeit und Zuwendung eines anderen Menschen gewollt; er war ganz scharf darauf gewesen, es zu tun, weil er siebzehn war und voller Begierde und weil er bis in alle Ewigkeit gehänselt werden würde, wenn er diesmal wieder aus den Ferien ins Internat zurückkehrte, ohne vor seinen Kameraden mit einer heißen Nummer prahlen zu können.

Sie hatten sich einen Tag ausgesucht, an dem die Sonne

glühend heiß auf die Straßen brannte und besonders auf das alte Blechdach des Geräteschuppens. Er hatte sie geküßt und ihr die Zunge in den Mund geschoben, und während sie sich fragte, ob es das war, was die Leute meinten, wenn sie sagten, zwei »trieben es miteinander« – sie war erst zwölf und hatte keine Ahnung –, kämpfte er erst mit ihren Shorts und dann mit ihrem Schlüpfer, und die ganze Zeit japste er wie ein Hund bei der Hetzjagd.

Es war schnell vorbei gewesen, und sie hatte nichts davon als Blut und Schmerz.

Douglas stand hinterher sofort auf, säuberte sich an ihren Shorts und warf sie ihr dann wieder zu. Während er den Reißverschluß seiner Jeans zuzog, sagte er: »Hier riecht's wie auf dem Klo. Ich muß raus.« Und schon war er weg.

Er antwortete nicht auf ihre Briefe. Er schwieg sich aus, als sie ihn im Internat anrief und ihm weinend ihre Liebe erklärte. Natürlich hatte sie ihn überhaupt nicht geliebt. Aber sie hatte glauben müssen, sie liebte ihn. Eine andere Entschuldigung gab es nicht dafür, daß sie diese gefühllose, gleichgültige Eroberung ihres Körpers ohne Protest zugelassen hatte.

Heute begehrte er sie. Vierundvierzig Jahre alt, seit zwanzig Jahren verheiratet, Versicherungsangestellter auf dem besten Weg in die Midlife-crisis – heute begehrte er sie.

Nun komm schon, Sarah, pflegte er zu sagen, wenn sie sich zum Mittagessen trafen, wie sie das häufig taten. Ich kann dir nicht gegenüber sitzen und so tun, als interessierst du mich nicht. Komm schon. Tun wir's.

Wir sind Freunde, pflegte sie zu erwidern. Du bist mein Bruder, Doug.

Ach, zum Teufel damit. Das hat dich damals doch auch nicht gestört.

Und dann lächelte sie ihn liebevoll an – weil sie ihn jetzt gern hatte – und versuchte gar nicht erst zu erklären, was sie das *damals* gekostet hatte.

Sie reichte nicht – die Erinnerung an Douglas. Gegen ihren Willen ging sie durch das Atelier zu dem verhüllten Bild auf der Staffelei, hob das Tuch und betrachtete das Porträt, das sie vor so vielen Monaten begonnen hatte, als Pendant zu dem anderen. Es hatte ein Weihnachtsgeschenk für ihn werden sollen. Da hatte sie noch nicht gewußt, daß es kein Weihnachten geben würde.

Er saß leicht vorgebeugt, in einer für ihn typischen Haltung, einen Ellbogen auf das Knie gestützt, die Brille lose zwischen den Fingern. Sein Gesicht war von der Leidenschaft erleuchtet, die stets in ihm erwachte, wenn er über Kunst sprach. Den Kopf leicht zur Seite geneigt, sah er jungenhaft und glücklich aus, ein Mann, der zum ersten Mal in seinem Leben aus der eigenen Fülle lebt.

Er trug keinen dunklen Anzug mit Weste, sondern ein Arbeitshemd voller Farbspritzer, mit halb aufgestelltem Kragen und einem Riß im Ärmel. Wie oft hatte er, wenn sie vor ihn getreten war, um das Spiel des Lichts auf seinem Haar zu studieren, die Arme ausgestreckt und sie trotz ihrer Proteste, die ja keine echten Proteste waren, lachend an sich gezogen. Sein Mund an ihrem Hals, seine Hand auf ihrem Herzen, das Gemälde vergessen, während sie ihre Kleider abwarfen. Wie hatte er sie angesehen, ihrem Körper Schönheit gegeben durch seine Blicke, sie gehalten mit seinen Blicken, während sie sich geliebt hatten. Und seine Stimme, sein Flüstern, seine Zärtlichkeit...

Sie wehrte sich gegen die Macht der Erinnerung und zwang sich, das Bild neutral zu betrachten, rein als Kunstwerk. Sie dachte daran, es zu vollenden; sie spielte mit dem Gedanken an eine Ausstellung, an die Möglichkeit, den Weg zu finden, um wieder malen zu können und diesem

Bild etwas mitzugeben, das über braves Handwerk hinausging. Denn sie konnte es ja. Sie war Malerin.

Sie streckte die Arme zur Staffelei aus. Ihre Hände zitterten. Sie zog sie zurück, zu Fäusten geballt.

Auch wenn sie ihren Geist mit anderen Gedanken anfüllte, verriet ihr Körper sie auch jetzt noch, selbst jetzt, da alles zu Ende war, nicht bereit, zu vermeiden oder zu verleugnen.

Sie blickte zurück zum Anrufbeantworter, hörte seine Stimme und sein Flehen.

Ihre Hände zitterten immer noch. Ihre Beine fühlten sich an wie aus Glas. Und ihr Geist mußte akzeptieren, was ihr Körper ihr sagte. Es gibt Dinge, die sind weit schlimmer, als eine Leiche zu finden.

8

Lynley hatte gerade seine Pie in Angriff genommen, als Barbara Havers ins Pub kam. Draußen waren die Temperaturen gesunken, und der Wind hatte zugenommen. Barbara hatte sich auf das Wetter eingestellt, indem sie den einen ihrer Schals dreimal um ihren Kopf geschlungen und den anderen so weit hochgezogen hatte, daß er Mund und Nase bedeckte.

An der Tür blieb sie stehen und musterte die lärmende Menge der Mittagsgäste unter der Sammlung antiquarischer Sicheln, Hacken und Heugabeln, die die Wände des Gasthauses schmückten. Sie nickte Lynley zu, als sie ihn entdeckt hatte, und ging dann zum Tresen, wo sie sich ihrer Straßenkleidung entledigte, ein Mittagessen bestellte und sich eine Zigarette anzündete. Ein Glas mit Tonic in der einen Hand, einen Beutel Essigchips in der anderen, drängte sie sich zwischen den Tischen hindurch und setzte sich zu ihm in die Ecke. Die Zigarette hing ihr mit bedrohlich langer Asche schief zwischen den Lippen.

Sie warf Mantel und Schals neben seine Sachen auf die Bank und ließ sich auf den Stuhl ihm gegenüber fallen. Sie schoß einen giftigen Blick auf den Lautsprecher ab, der, direkt über ihnen hängend, *Killing Me Softly* zum besten gab, unangenehm laut von Roberta Flack gesungen.

»Es ist immer noch besser als das Guns N' Roses«, bemerkte Lynley mit lauter Stimme, um Musik, Stimmengewirr und Geschirrgeklapper zu übertönen.

»Aber auch nur gerade«, gab Barbara zurück. Mit den Zähnen riß sie den Chipsbeutel auf und kaute eine Weile schweigend vor sich hin, während Lynley der Rauch ihrer abgelegten Zigarette ins Gesicht stieg.

Er wedelte demonstrativ mit der Hand. »Sergeant...«

»Ach Mensch, fangen Sie doch wieder an«, brummte sie unwillig. »Da kämen wir viel besser miteinander aus.«

»Und ich glaubte, wir marschierten glücklich und zufrieden miteinander auf die Rente zu.«

»Marschieren ist richtig. Bei Glück und Zufriedenheit bin ich mir nicht so sicher.« Sie schob den Aschenbecher zur Seite. Nun stieg der Rauch einer blauhaarigen Frau in die Nase, die mit einem röchelnden Corgie und einem Herrn in kaum besserem Zustand am Nachbartisch saß. Über den Rand ihres Ginglases hinweg durchbohrte sie Barbara mit mörderischem Blick. Barbara kapitulierte murrend, tat einen letzten Zug aus der Zigarette und drückte sie aus.

»Also?« sagte Lynley.

Sie zupfte ein Tabakfädchen von ihrer Zunge. »Zwei von den Nachbarn haben bestätigt, was sie uns erzählt hat. Die Frau von nebenan« – sie holte ihren Block aus der Umhängetasche und klappte ihn auf – »eine Mrs. Stamford – Mrs. *Hugo* Stamford, das hat sie mir extra eingebleut und es auch vorsichtshalber gleich noch buchstabiert, für den Fall, daß ich Analphabetin sein sollte – sie hat gesehen, wie sie gestern morgen so gegen sieben den Kofferraum ihres Wagens vollgepackt hat. Sie hätte es sehr eilig gehabt, sagte Mrs. Stamford. Und sei außerdem mit ihren Gedanken ganz woanders gewesen. Als Mrs. Stamford vor die Tür ging, um die Milch reinzuholen, hat sie ihr guten Morgen zugerufen, aber Sarah Gordon hat sie gar nicht gehört. Dann –« sie blätterte um – »ein Mann namens Norman Davies, der gegenüber wohnt. Er hat sie auch so gegen sieben in ihrem Wagen vorbeisausen sehen. Er erinnert sich so gut, weil er mit seinem Collie Gassi war, und der Hund sein Ei auf den Bürgersteig legte statt auf die Straße. Dem guten Norman war das furchtbar peinlich. Sarah sollte nur keinesfalls glauben, er erlaube Mr. Jeffries – so heißt der Hund –, einfach auf den Fußweg zu kacken. Er regte sich eine Weile darüber auf, daß sie mit dem Auto fuhr. Das täte ihr gar nicht gut, hat er mir erklärt. Sie müßte wieder mehr laufen. Sie sei immer viel gelaufen. Was ist los mit dem Mädchen? Was kurvt sie plötzlich mit ihrem Auto herum? *Ihr* Wagen hat ihm übrigens überhaupt nicht imponiert. Wer so einen Schlitten fährt, hat er gesagt, spielt nur den geldgierigen arabischen Ölscheichs in die Hände. Mann, der Kerl redet wirklich wie ein Buch. Ich konnte von Glück sagen, daß ich vor dem Mittagessen weggekommen bin.«

Lynley nickte, sagte aber nichts.

»Was ist denn?« fragte sie.

»Ich bin mir nicht sicher, Havers...«

Er brach ab, als ein junges Mädchen an den Tisch kam, um Barbaras Essen zu bringen, Fisch mit Erbsen und Pommes frites, über die Barbara großzügig Essig kippte, während sie die kleine Kellnerin musterte und sagte: »Gehörst du nicht in die Schule?«

»Ich seh nur so jung aus«, antwortete das Mädchen.

Barbara prustete verächtlich. »Na klar.« Sie machte sich

über ihren Fisch her. Das Mädchen verschwand mit wippenden Unterröcken, und Barbara sagte auf Lynleys letzte Bemerkung bezogen: »Das gefällt mir aber gar nicht, Inspector. Ich hab den Eindruck, Sie wollen sich auf Sarah Gordon einschießen.« Wie in Erwartung einer Erwiderung sah sie von ihrem Essen auf. Als er nichts sagte, fügte sie hinzu: »Das hat wohl mit der Geschichte von der heiligen Cäcilie zu tun? Als Sie hörten, daß sie Malerin ist, stand für Sie fest, daß sie die Leiche unbewußt so hindrapiert hat.«

»Nein, das ist es nicht.«

»Was dann?«

»Ich bin sicher, daß ich sie gestern abend im St. Stephen's College gesehen habe. Und ich kann es mir nicht erklären.«

Barbara senkte ihre Gabel. Sie trank einen Schluck Tonic und rieb sich mit der Papierserviette den Mund. »Hey, das ist ja sehr interessant. Wo haben Sie sie denn gesehen?«

Lynley berichtete ihr von der Frau, die aus den Schatten des Friedhofs getreten war, während er aus dem Fenster gesehen hatte. »Ich konnte ihr Gesicht nicht klar sehen«, gab er zu. »Aber das Haar ist es. Und das Profil auch. Ich könnte es schwören.«

»Aber was soll sie denn dort getan haben? Sie sind doch nicht in der Nähe von Elena Weavers Zimmer, oder?«

»Nein. Im Ivy Court haben nur die Dozenten ihre Räume – Arbeitszimmer und Unterrichtsräume.«

»Eben. Was kann sie dann –«

»Ich vermute, daß Anthony Weavers Räume dort sind, Havers.«

»Und?«

»Wenn das zutrifft – und ich werde das nach dem Mittagessen überprüfen –, würde ich denken, daß sie zu ihm wollte.«

Barbara stapelte Pommes frites und Erbsen auf ihre Gabel und schob die Ladung in den Mund. Sie kaute einen

Moment nachdenklich, ehe sie sagte: »Machen wir hier vielleicht den großen Quantensprung, Inspector, indem wir von A nach Z gehen, ohne die restlichen zweiundzwanzig Buchstaben zu berücksichtigen?«

»Bei wem sonst soll sie gewesen sein?«

»Kommt da nicht praktisch jeder am College in Frage? Oder noch besser – ist es nicht möglich, daß die Frau gar nicht Sarah Gordon war? Sondern eben nur jemand mit dunklem Haar. Es könnte auch Lennart Thorsson gewesen sein, wenn er nicht ins Licht getreten ist. Die Farbe stimmt zwar nicht, aber Haar hat er genug für zwei Frauen.«

»Aber es war eindeutig jemand, der nicht gesehen werden wollte. Angenommen, es wäre tatsächlich Thorsson gewesen, weshalb hätte er sich verstecken sollen?«

»Und warum hätte sie sich verstecken sollen?« Barbara wandte sich wieder ihrem Fisch zu. Sie spießte ein Stück auf, schob es in den Mund, schwenkte die Gabel in seine Richtung. »Okay, ich will nicht stur sein. Spielen wir's mal nach Ihrer Weise durch. Nehmen wir an, Anthony Weavers Arbeitsräume sind dort. Nehmen wir weiter an, Sarah Gordon wollte zu ihm. Sie hat uns erzählt, daß er ihr Schüler war. Wir wissen also, daß sie ihn kannte. Sie nannte ihn Tony, wahrscheinlich also kannte sie ihn ziemlich gut. Das hat sie ja auch selbst zugegeben. Also, was kommt dabei heraus? Sarah Gordon sucht ihren ehemaligen Schüler auf – einen Freund –, um ihm ihre Teilnahme über den Tod seiner Tochter auszudrücken.« Sie senkte die Gabel, legte sie auf den Tellerrand und lieferte gleich selbst das Gegenargument zu ihrer Theorie. »Nur wußte sie ja gar nicht, daß seine Tochter tot war. Sie hatte keine Ahnung, daß die Leiche, die sie gefunden hatte, die von Elena Weavers war. Das erfuhr sie erst heute morgen von uns.«

»Und selbst wenn sie uns belogen haben sollte und sehr wohl wußte, wer die Tote war – warum hat sie Weavers nicht zu Hause aufgesucht, wenn sie ihm ihre Teilnahme aussprechen wollte?«

»Also gut, ändern wir unsere Geschichte. Vielleicht hatten Sarah Gordon und Anthony – Tony – Weaver ein festes Verhältnis miteinander. Sie wissen ja, wie so was läuft. Beiderseitige Kunstleidenschaft führt zu beiderseitiger Leidenschaft weit fleischlicherer Art. Am Montag abend waren sie verabredet. Da haben Sie den Grund für die Heimlichkeit. Sie wußte nicht, daß die Tote, die sie gefunden hatte, Elena Weavers war, und erschien wie vereinbart zum Stelldichein. In Anbetracht der Umstände wird Weavers nicht daran gedacht haben, sie anzurufen und abzusagen. Sie kam also zu ihm – immer vorausgesetzt, das sind tatsächlich seine Räume dort –, und mußte feststellen, daß er nicht da war.«

»Wenn sie wirklich verabredet gewesen wären, hätte sie dann nicht wenigstens ein paar Minuten gewartet? Hätte sie, wenn die beiden ein festes Verhältnis hatten, nicht den Schlüssel zu seinen Räumen gehabt?«

»Woher wissen Sie, daß sie ihn nicht hat?«

»Sie kam nach weniger als fünf Minuten wieder heraus, Sergeant. Ich würde sagen, sie war höchstens zwei Minuten im Haus. Legt das nahe, daß sie irgendwo eine Tür aufgesperrt und auf ihren Liebhaber gewartet hat? Im übrigen frage ich mich sowieso, wieso die beiden sich in seinen Arbeitsräumen treffen sollten. Er hat einen Doktoranden, der dort arbeitet. Das wissen wir von ihm. Außerdem ist er für einen hochangesehenen Posten vorgeschlagen, und ich kann mir nicht vorstellen, daß er es sich unter diesen Umständen erlauben würde, sich mit seiner heimlichen Geliebten im College zu treffen. Wenn der Nominierungsausschuß davon Wind bekäme, täte das seiner Kandidatur sicher nicht gut. Wenn die beiden wirklich ein Liebesverhältnis verbindet, warum hat Weaver sich dann nicht einfach in ihrem Haus in Grantchester mit ihr getroffen?«

»Wovon reden wir hier eigentlich, Inspector?«
Lynley schob seinen Teller zur Seite. »Wie häufig kommt es vor, daß der Entdecker der Leiche sich als der Mörder entpuppt, der seine Spuren verwischen wollte?«
»Ungefähr so häufig, wie sich herausstellt, daß der Mörder ein Familienmitglied ist.« Barbara warf ihm einen scharfen Blick zu. »Wie wär's, wenn Sie mir genau sagen würden, worauf Sie hinaus wollen. Die Nachbarn haben ihr nämlich ein klares Alibi gegeben, und ich krieg allmählich dieses ungute Westerbrae-Gefühl, wenn Sie wissen, was ich meine.«
Er wußte es sehr wohl. Sie hatte guten Grund, an seiner Fähigkeit, objektiv zu bleiben, zu zweifeln. Er versuchte, seine Skepsis der Malerin gegenüber zu verteidigen. »Sarah Gordon findet die Leiche. Am selben Abend erscheint sie im College, wo Weaver seine Arbeitsräume hat. Mir gefällt dieses Zusammentreffen nicht.«
»Was heißt hier Zusammentreffen? Sie hat doch die Tote nicht erkannt. Sie wollte Weaver aus ganz anderen Gründen aufsuchen. Vielleicht wollte sie ihn für die holde Kunst zurückgewinnen. Die ist ihr wichtig, das wissen wir doch.«
»Aber sie wollte eindeutig nicht gesehen und erkannt werden.«
»Das war Ihr Eindruck, Inspector. An einem nebligen Abend. Vielleicht hatte sie sich nur warm eingepackt, um nicht zu frieren.« Barbara knüllte den Chipsbeutel zusammen und rollte ihn in ihrer Hand hin und her. Sie war besorgt und gleichzeitig bemüht, sich das Ausmaß ihrer Besorgnis nicht ansehen zu lassen. »Ich glaube, Sie urteilen hier ein bißchen vorschnell«, sagte sie vorsichtig. »Es würde mich interessieren, warum. Sarah Gordon ist dunkel, schlank, attraktiv. Sie erinnert mich an jemanden. Hat sie Sie vielleicht auch an jemanden erinnert?«
»Havers —«

»Inspector, einen Moment! Sehen Sie sich die Fakten an. Wir wissen, daß Elena um Viertel nach sechs vom College losgelaufen ist. Das hat ihre Stiefmutter Ihnen gesagt. Der Pförtner hat es bestätigt. Ihrer eigenen Aussage zufolge – die mittlerweile von ihren Nachbarn bestätigt wurde – ist Sarah Gordon gegen sieben Uhr von zu Hause weggefahren. Und dem Polizeibericht zufolge erschien sie um zwanzig nach sieben auf der Dienststelle, um zu melden, daß sie die Tote gefunden hatte. Und jetzt sehen Sie sich bitte mal sachlich an, was Sie unterstellen, okay? Erstens, daß Elena Weaver, obwohl sie um Viertel nach sechs vom St. Stephen's startete, aus irgendeinem Grund fünfundvierzig Minuten brauchte, um von ihrem College zum Fen Causeway zu laufen – eine Entfernung von nicht einmal anderthalb Kilometern. Zweitens, daß Sarah Gordon ihr, als sie dort ankam, aus unbekannten Gründen mit einem Gegenstand, den sie dann verschwinden ließ, das Gesicht einschlug, sie danach erdrosselte, die Leiche mit Laub zudeckte, sich übergab und schließlich zur Polizei flitzte, um den Verdacht von sich abzulenken. Das alles in etwas mehr als fünfzehn Minuten. Und die Frage nach dem Motiv haben wir noch nicht einmal gestellt. Warum hat sie Elena Weaver getötet? Sie halten mir dauernd Vorträge über Motiv, Mittel und Gelegenheit, Inspector. Jetzt erklären Sie mir bitte, wie Sarah Gordon da reinpaßt.«

Das konnte er nicht. Er konnte nicht mit Tatsachen aufwarten. Er konnte nicht einmal behaupten, Sarah Gordon habe gelogen, denn alles, was sie ihnen über die Gründe ihres Besuchs auf der Insel erzählte, hatte wahr und überzeugend geklungen. Da er Barbara also nichts entgegensetzen konnte, zwang er sich, ihre Fragen ernsthaft zu betrachten. Er hätte gern behauptet, Sarah Gordons Ähnlichkeit mit Helen Clyde sei rein oberflächlicher Natur – dunkles Haar, dunkle Augen, helle Haut, schlanker Körperbau.

Aber er konnte nicht leugnen, daß es tiefergehende Ähnlichkeiten waren, die ihn zu ihr hinzogen – eine Direktheit im Ausdruck, eine Bereitschaft, die eigenen Motive zu erforschen, der Wille zu persönlicher Entwicklung, die Fähigkeit, allein zu sein. Und unter alledem etwas, das sehr verletzlich war und Angst hatte. Er wollte nicht glauben, daß seine Schwierigkeiten mit Helen ihn neuerlich in eine Art beruflicher Blindheit zu stürzen drohten, und er ähnlich wie damals, als er stur darauf beharrt hatte, die Schuld bei einem Mann zu suchen, den Helen gern gehabt hatte, Gefahr lief, sein Augenmerk einzig auf eine Verdächtige zu richten, zu der er sich aus Gründen, die mit dem Fall selbst überhaupt nichts zu tun hatten, hingezogen fühlte. Und doch mußte er zugeben, daß Barbara Havers' Hinweis auf den zeitlichen Ablauf des Verbrechens zutreffend war und somit Sarah Gordons Schuld eindeutig ausgeschlossen war.

Seufzend rieb er sich die Augen und fragte sich, ob er diese Frau am vergangenen Abend überhaupt gesehen hatte. Kurz bevor er ans Fenster getreten war, hatte er an Helen gedacht. Vielleicht hatte seine Phantasie ihm einen Streich gespielt. Vielleicht hatte er nur gesehen, was er sich zu sehen gewünscht hatte.

Barbara kramte in ihrer Tasche und warf eine Packung Players auf den Tisch. Anstatt sich jedoch eine Zigarette anzuzünden, sah sie Lynley nachdenklich an.

»Thorsson kommt viel eher in Frage«, behauptete sie. Und als er etwas entgegnen wollte, schnitt sie ihm einfach das Wort ab, indem sie sagte: »Lassen Sie mich erst mal ausreden, Sir. Wenn wir schon zwischen Thorsson und der Gordon wählen müssen, dann setze ich auf den Mann. Er wollte Elena Weaver verführen. Sie hat ihn abblitzen lassen und gemeldet. So. Und warum setzen Sie auf die Frau?«

»Das tue ich ja gar nicht. Aber ihre Verbindung zu Weaver gibt mir zu denken.«

»Gut. Dann denken Sie. Und inzwischen, schlage ich vor, befassen wir uns mit Thorsson. Wir fragen mal bei *seinen* Nachbarn nach. Vielleicht hat jemand ihn am Morgen kommen oder gehen sehen. Wir schauen uns die Obduktionsergebnisse an. Wir prüfen nach, was es mit dieser Adresse in der Seymour Street auf sich hat.«

Solide Polizeiarbeit, Havers' Stärke. »Einverstanden«, sagte er.

»So leicht? Wieso das?«

»Das ist der Teil, den Sie übernehmen.«

»Und Sie?«

»Ich stelle fest, ob Weaver seine Räume tatsächlich dort hat, wo ich vermute.«

»Inspector...«

Er zog eine Zigarette aus der Packung, reichte sie ihr und riß ein Streichholz ab. »So was nennt man einen Kompromiß, Sergeant. Rauchen Sie eine«, sagte er.

Als Lynley das schmiedeeiserne Tor am Südeingang zum Ivy Court aufstieß, sah er im alten Friedhof der St. Stephen's Kirche eine Hochzeitsgesellschaft beim Fotografieren. Es war eine seltsame Gruppe. Die Braut war weiß geschminkt und trug einen grünen Kopfschmuck, der aussah wie ein Stück Buchsbaumhecke. Ihre Brautjungfer war in einen scharlachroten Burnus gehüllt, und der Brautführer sah aus wie ein Kaminkehrer. Nur der Bräutigam trug den konventionellen Cut. Dafür trank er Champagner aus einem Reitstiefel, den er anscheinend einem seiner Gäste ausgezogen hatte. Der Wind peitschte die Kleider der kleinen Gesellschaft. Das lebhafte Spiel der Farben – Weiß, Rot, Schwarz und Grau – vor dem matten Graugrün der flechtenüberzogenen alten Schiefergrabsteine besaß seinen eigenen Reiz.

Auch der Fotograf schien das zu sehen, denn er rief

immer wieder: »So bleiben, Nick. So bleiben, Flora. Ja, gut. Perfekt«, während er ein Bild nach dem anderen schoß.

Flora, dachte Lynley mit einem Lächeln. Kein Wunder, daß sie einen ganzen Busch auf dem Kopf trägt.

Er umrundete einen Haufen umgestürzter Fahrräder und ging quer durch den Hof zu der Tür, durch die er am vergangenen Abend die Frau hatte verschwinden sehen. Fast verborgen von wild wucherndem Efeu, hing ein offensichtlich neu beschriftetes Schild unter der Lampe. Drei Namen standen darauf. Anthony Weavers war der erste, wie Lynley mit einem gewissen Triumphgefühl feststellte.

Von den anderen beiden Namen kannte er nur einen: A. Jenn. Das mußte Weavers Doktorand sein.

Und es war Adam Jenn, den er antraf, als er die Treppe in den ersten Stock hinaufgestiegen war. Die Tür war angelehnt und dahinter zeigte sich ein unbeleuchtetes dreieckiges Vestibül, von dem drei Räume weggingen: eine schmale Küche, ein größerer Schlafraum und das Arbeitszimmer. Aus dem Arbeitszimmer hörte Lynley gedämpfte Stimmen – eines Mannes und einer Frau – und nahm die Gelegenheit wahr, um einen raschen Blick in die beiden anderen Räume zu werfen.

Die Küche zu seiner Rechten war gut ausgestattet mit einem Herd, einem Kühlschrank und einer Reihe verglaster Hängeschränke, in denen genug Kochgerät und Eßgeschirr für einen kleinen Haushalt standen. Abgesehen von Herd und Kühlschrank schien hier alles neu zu sein, vom blitzenden Mikrowellenherd bis zum Geschirr. Die Wände waren frisch gestrichen, und es roch so rein wie Babypuder. Die Quelle dieses angenehmen Geruchs hatte er schnell entdeckt: ein viereckiger Deowürfel, der an einem Haken hinter der Tür hing.

Die blitzblanke Perfektion in der kleinen Küche faszinierte ihn. Er hatte sich, nachdem er Weavers Arbeitszimmer in dem Haus in der Adams Road kennengelernt hatte. die Collegebehausung des Mannes ganz anders vorgestellt. Neugierig knipste er das Licht im Schlafzimmer auf der anderen Seite des Vestibüls an und blieb an der offenen Tür stehen.

Eine cremefarbene Tapete mit einem feinen braunen Streifen bedeckte die Wände, an denen mehrere gerahmte Bleistiftzeichnungen hingen – Jagdszenen, alle mit dem Namen »Weaver« signiert. Das Licht des Messingleuchters, der von der weißen Decke herabhing, fiel auf ein schmales Bett und einen danebenstehenden dreibeinigen Tisch, mit einer Nachttischlampe aus Messing und einem zweiflügeligen Bilderrahmen darauf. Lynley ging hin, um sich die Fotos anzusehen. Von der einen Seite lachte ihm Elena Weaver beim übermütigen Spiel mit einem jungen Irish Setter entgegen; von der anderen sah ihn in starrer Atelierspose, mit geschlossenen Lippen lächelnd, als wünschte sie, ihre Zähne zu verbergen, Justine an. Er stellte die Fotos wieder nieder und sah sich nachdenklich um. Die Hand, die in der chromblitzenden Küche gewaltet hatte, schien auch das Schlafzimmer eingerichtet zu haben. Neugierig schlug er die braun-grüne Tagesdecke auf dem Bett ein Stück zurück und sah darunter nur eine nackte Matratze und ein nicht bezogenes Kopfkissen. Es überraschte ihn nicht.

Gerade als er wieder ins Vestibül trat, wurde die Tür des Arbeitszimmers geöffnet, und zwei junge Leute kamen heraus. Bei Lynleys Anblick faßte der junge Mann das Mädchen, das ihm vorausging, beim Arm und zog sie hinter sich, wie um sie zu beschützen.

»Kann ich Ihnen behilflich sein?« Die Worte waren höflich, doch der frostige Ton und der scharfe Blick verrieten argwöhnische Abwehr.

Lynley warf einen Blick auf das Mädchen, das ein dickes Kollegheft an die Brust gedrückt hielt. Blondes Haar quoll unter der Strickmütze hervor, die sie so tief in die Stirn gezogen trug, daß sie ihre Augenbrauen verbarg, jedoch die Farbe ihrer Augen betonte, die veilchenblau waren und in diesem Moment sehr erschrocken dreinblickten.

Die Reaktion der beiden war unter den Umständen nur normal. Eine Studentin des College war auf brutale Weise getötet worden. Verständlich, daß Fremde hier nicht willkommen und automatisch verdächtig waren. Lynley zog seinen Ausweis heraus und stellte sich vor.

»Adam Jenn?« fragte er.

Der junge Mann nickte. Zu dem Mädchen sagte er: »Wir sehen uns nächste Woche, Joyce. Aber Sie müssen die angegebenen Texte lesen, ehe Sie den nächsten Aufsatz schreiben. Die Liste haben Sie ja. Und Grips haben Sie auch. Seien Sie also nicht so faul, hm?« Er lächelte, wie um den Tadel in seinen letzten Worten zu mildern, aber das Lächeln wirkte mechanisch, war nur ein flüchtiges Verziehen der Lippen, während die braunen Augen mißtrauisch blieben.

Joyce bedankte sich, lächelte, verabschiedete sich, und einen Moment später hörten sie sie polternd die Holztreppe hinunterlaufen. Erst als unten die Tür zufiel, bat Adam Jenn Lynley in Weavers Arbeitszimmer.

»Dr. Weaver ist nicht hier«, sagte er. »Ich meine, falls Sie ihn gesucht haben.«

Lynley antwortete nicht gleich, sondern trat zu dem Erkerfenster, das zum Ivy Court hinunterblickte. Zwei bequeme alte Sessel standen hier einander gegenüber, zwischen ihnen ein schmaler Tisch, auf dem ein Buch mit dem Titel *Eduard III.: Der Ritterkult* lag. Der Autor war Anthony Weaver.

»Er ist ein Genie.« Adam Jenns Bemerkung klang wie eine Verteidigung. »In mittelalterlicher Geschichte kann ihm keiner in England das Wasser reichen.«

Lynley setzte eine Brille auf, schlug den Band auf, blätterte wahllos darin herum, las ein paar Zeilen der pompösen akademischen Prosa und lächelte. Er warf einen Blick auf die Widmung des Buchs *Für Elena,* und klappte es zu. Er nahm seine Brille wieder ab.

»Sie sind Doktorand bei Dr. Weaver«, sagte er.

»Ja.« Adam Jenn verlagerte sein Gewicht von einem Fuß auf den anderen. Er hatte ein weißes Hemd an und eine frisch gewaschene Jeans mit Bügelfalte. Er schob beide Hände in die Taschen und wartete schweigend neben einem ovalen Tisch, auf dem mehrere aufgeschlagene Bücher und Zeitschriften lagen.

»Wie sind Sie zu Dr. Weaver gekommen?« Lynley zog seinen Mantel aus und legte ihn über die Rückenlehne eines der alten Sessel.

»Glück. Ausnahmsweise mal«, sagte Adam.

Eine Antwort, die keine war. Lynley zog eine Augenbraue hoch. Adam verstand das so, wie Lynley es meinte, und erläuterte näher.

»Ich hatte während des Studiums zwei seiner Bücher gelesen. Ich war in seinen Vorlesungen. Als er letztes Jahr zu Anfang des Frühjahrssemesters für den Penford-Lehrstuhl vorgeschlagen wurde, bin ich einfach zu ihm gegangen und habe ihn gefragt, ob ich bei ihm promovieren könne. Mit dem Inhaber des Penford-Lehrstuhls als Doktorvater...« Er sah sich im Zimmer um, als könnte er in dem Wust dieser Gelehrtenstube eine adäquate Erklärung für Weavers Bedeutung finden, und begnügte sich schließlich mit den Worten: »Höher kann man nicht steigen.«

»Aber Sie riskieren doch einiges, wenn Sie sich so früh mit Dr. Weaver zusammentun, nicht wahr? Was passiert, wenn er die Berufung nicht bekommt?«

»Das ist mir die Sache wert. Wenn er die Berufung erst in der Tasche hat, werden die Leute in Scharen kommen, um bei ihm zu promovieren. Aber dann war ich halt zuerst da.«

»Sie scheinen sich Ihrer Sache ziemlich sicher zu sein. Ich dachte immer, bei solchen Berufungen spiele die Politik eine große Rolle. Eine Veränderung im politischen Klima, und der Kandidat ist erledigt.«

»Das stimmt schon. Für die Bewerber ist es der reinste Balanceakt. Sie brauchen sich nur beim Ausschuß unbeliebt zu machen, oder einem der Macher aufs Hühnerauge zu treten, und sie sind weg vom Fenster. Aber es wäre dumm vom Ausschuß, ihn nicht zu berufen. Wie ich schon sagte, er ist der beste Mittelalter-Historiker weit und breit, da sind sie sich alle einig.«

»Und es wird wohl kaum passieren, daß er sich unbeliebt macht oder jemandem auf die Hühneraugen steigt?«

Adam Jenn lachte jungenhaft. »*Dr. Weaver?*« sagte er nur.

»Ich verstehe. Wann wird die Berufung denn bekanntgegeben?«

»Ja, das ist komisch.« Adam schüttelte den Kopf. »Eigentlich hätte sie schon im letzten Juli bekanntgegeben werden sollen, aber der Ausschuß hat den Termin immer wieder hinausgeschoben. Sie haben angefangen, die Kandidaten so genau zu überprüfen, als vermuteten sie jede Menge Leichen im Keller. Verrückt, diese Leute.«

»Vielleicht sind sie nur vorsichtig. Wie ich gehört habe, ist dieser Posten ziemlich begehrt.«

»Berufen werden da nur die Allerbesten.« Adams Gesicht glühte. Zweifellos sah er schon sich selbst als Inhaber dieses Lehrstuhls, wenn Weaver in Pension ging.

Lynley trat an den ovalen Tisch und warf einen Blick auf die Bücher und Schriften, die auf ihm ausgebreitet lagen. »Sie teilen sich diese Räume mit Dr. Weaver, wie man mir gesagt hat.«

»Ich bin fast jeden Tag ein paar Stunden hier, ja. Und ich halte hier auch meine Tutorien.«

»Und seit wann besteht dieses Arrangement?«

»Seit Semesterbeginn.«

Lynley nickte. »Sehr attraktive Räumlichkeiten. So angenehm arbeitete es sich in meiner Zeit nicht.«

Adam sah sich kurz im Arbeitszimmer um, ließ den Blick über die Massen von Papieren und Büchern schweifen, über Möbel und Arbeitsgeräte. Es war klar, daß ihm das Wort »attraktiv« nicht in den Sinn gekommen wäre, hätte man ihn nach seiner Meinung zu diesem Raum gefragt. Aber dann fiel ihm wohl ein, wo er Lynley zuletzt gesehen hatte, und er wandte den Kopf zur Tür. »Ach, Sie sprechen von der Küche und vom Schlafzimmer. Die hat Dr. Weavers Frau letztes Frühjahr aufmöbeln lassen.«

»In Erwartung der Berufung? Schließlich braucht ein illustrer Professor ja auch entsprechende Räumlichkeiten, hm?«

Adam lachte. »So etwa, ja. Aber hier drinnen hat sie nichts verändert. Das hat Dr. Weaver nicht erlaubt.« Gewissermaßen von Mann zu Mann fügte er hinzu: »Sie wissen ja, wie das ist«, und was er meinte, war klar: Man muß den Frauen und ihren Launen mit Toleranz begegnen, und niemand ist toleranter als wir Männer.

Daß Justine Weaver im Arbeitszimmer nicht zum Zuge gekommen war, war deutlich zu sehen. Die Ähnlichkeiten mit dem Allerheiligsten in der Villa in der Adams Road waren offenkundig: die gleiche schmuddelige Gemütlichkeit, das gleiche Chaos, wenn auch gewiß mit Methode, die gleiche Flut an Büchern und Schriften.

Auf einem großen Schreibtisch standen ein Drucker und ein Computerbildschirm. Der ovale Tisch in der Mitte des Zimmers schien als eine Art Besprechungszentrum zu fungieren. Der Erker bot die Möglichkeit zum Rückzug, zum Lesen und Studieren in Ruhe. Auf dem Kaminsims stand neben einem Stapel ungeöffneter Post eine einsame Grußkarte, und Lynley nahm sie zur Hand, eine Geburtstagskarte, *Für Daddy*, wie in runden, noch kindlichen Schriftzügen darauf stand, *von Elena*.

Lynley stellte die Karte wieder auf ihren Platz und wandte sich Adam Jenn zu, der immer noch am Tisch stand, eine Hand in der Hosentasche, die andere an der gebogenen Lehne eines Stuhls. »Haben Sie sie gekannt?«

Adam zog den Stuhl heraus. Lynley setzte sich zu ihm an den Tisch, schob zwei Aufsätze und eine Tasse mit kaltem Tee zur Seite.

Adams Gesicht war ernst. »Ja, ich habe sie gekannt.«

»Waren Sie hier, als sie am Sonntag abend ihren Vater anrief?«

Adams Blick flog zum Schreibtelefon, das auf einem kleinen Eichentisch neben dem offenen Kamin stand. »Sie hat nicht hier angerufen. Jedenfalls nicht, solange ich hier war.«

»Bis wann waren Sie denn hier?«

»Bis ungefähr halb acht.« Er sah auf die Uhr, als wollte er sich vergewissern. »Ich war um acht mit drei Leuten im University Centre verabredet und war erst noch auf meiner Bude.«

»Wo wohnen Sie?«

»In der Nähe von Little St. Mary's. Es muß also gegen halb acht gewesen sein. Vielleicht auch ein bißchen später – Viertel vor.«

»War Dr. Weaver noch hier, als Sie gegangen sind?«

»Dr. Weaver? Nein, der war am Sonntag gar nicht hier. Er kam am frühen Nachmittag für kurze Zeit, aber dann ist er zum Essen nach Hause gefahren und nicht mehr gekommen.«

»Ich verstehe.«

Es hätte Lynley interessiert, warum Weaver über sein Tun am Abend vor dem Tod seiner Tochter gelogen hatte.

Adam schien zu merken, daß dieses Detail aus irgendeinem Grund von Bedeutung war, und fuhr sogleich mit ernsthafter Nachdrücklichkeit zu sprechen fort.

»Es kann aber sein, daß er später noch einmal herkam. Ich kann nicht behaupten, daß er nicht hier war. Vielleicht habe ich ihn ja verpaßt. Er arbeitet seit ungefähr zwei Monaten an einem Aufsatz – über die Rolle der Klöster im mittelalterlichen Handel –, und es kann gut sein, daß er noch etwas durchsehen wollte. Die meisten Unterlagen sind in Latein. Sie sind schwierig zu lesen. Man braucht ewig, um aus ihnen klug zu werden. Es ist gut möglich, daß er am Sonntag abend hier über diesen Dokumenten gesessen hat. Das tut er oft. Es ist ihm ungeheuer wichtig, alle Details richtig zu bringen. Wenn ihn also irgend etwas beschäftigt hat, ist er wahrscheinlich kurzerhand und ohne lange Planung noch einmal hergekommen. Davon hätte ich dann nichts gewußt. Und er hätte es nicht für nötig gehalten, es mir zu sagen.«

Lynley konnte sich nicht erinnern, außer bei Shakespeare je so heftige Beteuerungen gehört zu haben. Er sagte: »Sie halten sehr viel von Dr. Weaver, nicht wahr?« Den Zusatz: So viel, daß Sie ihn blindlings schützen würden, ließ er unausgesprochen. Aber Adam Jenn verstand auch so.

»Er ist ein großer Gelehrter. Er ist ehrlich. Seine Integrität ist beispielhaft.« Adam wies auf den Briefstapel auf dem Kaminsims. »Die sind alle seit gestern nachmittag gekommen, seit bekannt wurde, was ihr – was geschehen ist. Die Leute verehren ihn. Sie mögen ihn.«

»Hat Elena ihren Vater gemocht?«

Adams Blick flog zu der Geburtstagskarte. »Ja. Jeder mag ihn. Er läßt sich auf andere ein. Er ist immer da, wenn jemand Schwierigkeiten hat. Man kann mit ihm reden. Er ist offen. Aufrichtig.«

»Und Elena?«

»Er hat sich um sie gesorgt. Er hat sich viel Zeit für sie

genommen. Er hat sie ermutigt, hat ihre Aufsätze durchgesehen, ihr beim Lernen geholfen, viel mit ihr darüber gesprochen, was sie später einmal in ihrem Leben anfangen wollte.«

»Ihr Erfolg war ihm wichtig.«

»Ich weiß, was Sie denken«, sagte Adam. »Der Erfolg der Tochter ist ein Erfolg des Vaters. Aber so ist er nicht. Er hat sich nicht nur für sie Zeit genommen. Er hat sich für jeden Zeit genommen. Er hat mir geholfen, hier eine Unterkunft zu finden. Er hat mir Studenten zum Tutorium vermittelt. Ich habe mich um ein Forschungsstipendium beworben, und auch da hilft er mir. Und wenn ich eine fachliche Frage habe, ist er immer für mich da. Ich habe nie das Gefühl, ihm lästig zu fallen. Wissen Sie, was für eine unschätzbare Eigenschaft das bei einem Menschen ist? Es gibt nicht viele seiner Sorte.«

Es war nicht die Lobeshymne auf Weaver, die Lynley interessant fand. Adam Jenns Bewunderung für den Mann, der seine wissenschaftliche Arbeit betreute und förderte, war verständlich. Was sich hinter Jenns Elogen verbarg, war interessanter: Es war ihm gelungen, jeder Frage nach Elena auszuweichen. Er hatte es sogar geschafft, kein einziges Mal, ihren Namen zu nennen.

Von draußen war schwach das Gelächter der Hochzeitsgesellschaft auf dem Kirchhof zu hören. Jemand rief: »Komm, gib mir einen Kuß!« und jemand anders: »Das könnte dir so passen.« Ein Champagnerkorken knallte.

Lynley sagte: »Sie stehen Dr. Weaver sehr nahe.«

»Ja, das stimmt.«

»Wie ein Sohn.«

Adams Gesicht rötete sich. Er sah erfreut aus.

»Wie ein Bruder Elenas.«

Adam sagte nichts.

»Oder vielleicht nicht gerade wie ein Bruder«, fuhr Lynley fort. »Sie war ja doch ein attraktives Mädchen. Sie haben einander sicher häufig gesehen. Hier, draußen im Haus der Familie Weaver. Zweifellos von Zeit zu Zeit im Gemeinschaftsraum, auf diesem oder jenem Fest, bei ihr in ihrem Zimmer.«

»Ich war nie in ihrem Zimmer«, sagte Adam. »Ich habe sie immer nur abgeholt.«

»Ich weiß, daß Sie mit ihr ausgegangen sind.«

»Ins Kino ab und zu oder mal zum Essen. Einmal waren wir auch einen Tag auf dem Land.«

»Ah ja.«

»Es ist nicht so, wie Sie glauben. Ich hab das nicht getan, weil ich wollte – ich meine, ich konnte nicht... ach, verdammt!«

»Hat Dr. Weaver Sie gebeten, sich um Elena zu kümmern?«

»Ja, wenn Sie es unbedingt wissen müssen. Er fand, wir paßten zueinander.«

»Und stimmte das?«

»Nein!« sagte er mit einer Vehemenz, die Lynley verblüffte, und ergänzte gleich, als wollte er den Eindruck seiner Heftigkeit löschen: »Ich war für sie so etwas wie ein bezahlter Begleiter, und das war alles.«

»Brauchte Elena denn einen bezahlten Begleiter?«

Adam schob die Aufsätze zusammen, die auf dem Tisch lagen. »Ich habe wahnsinnig viel zu arbeiten. Die Tutorien, meine eigenen Studien. Ich hab in meinem Leben keinen Platz für eine Frau. Ich kann mir Komplikationen und Ablenkungen dieser Art nicht leisten. Meine Arbeit nimmt mich völlig in Anspruch.«

»Es war sicher nicht einfach, das Dr. Weaver zu erklären?«

Adam seufzte. »Gleich am zweiten Wochenende nach Semesteranfang hat er mich zu sich nach Hause eingeladen.

Er wollte mich mit ihr bekanntmachen. Wie hätte ich da nein sagen können? Wo er mir soviel geholfen hatte. Da mußte ich mich doch revanchieren.«
»Wie meinen Sie das? Brauchte er denn Ihre Hilfe?«
»Elena hatte einen Bekannten, der ihm nicht paßte. Er wollte, daß ich da dazwischenfunke. Ein Student vom Queens.«
»Gareth Randolph.«
»Richtig. Sie hatte ihn letztes Jahr bei der Vereinigung Gehörloser Studenten kennengelernt. Dr. Weaver sah die Freundschaft nicht gern. Ich hatte den Eindruck, er hoffte, sie würde sich vielleicht – na, Sie wissen schon.«
»Für Sie erwärmen?«
Er hob den Kopf und sah Lynley an. »Aber verliebt war sie in diesen Gareth sowieso nicht. Das hat sie mir selbst erzählt. Sie waren miteinander befreundet, sie hat ihn gemocht, mehr war es nicht. Aber sie hat gewußt, wovor ihr Vater Angst hatte.«
»Wovor denn?«
»Daß sie am Ende einen – ich meine, wenn sie heiraten sollte...«
»Daß sie einen Gehörlosen heiraten würde«, sagte Lynley. »Was ja keinesfalls ungewöhnlich gewesen wäre, da sie selbst gehörlos war.«
Adam stand von seinem Stuhl auf. Er ging zum Fenster und sah in den Hof hinunter. »Es ist schwierig«, sagte er, Lynley den Rücken zugewandt. »Ich weiß nicht, wie ich Ihnen Dr. Weaver nahebringen kann. Und selbst wenn ich es könnte, würde es keinen Unterschied machen. Ganz gleich, was ich sagte, er würde immer schlecht dastehen. Und es hätte nichts mit dem zu tun, was ihr passiert ist.«
»Ja, und selbst wenn es so wäre, kann Dr. Weaver es sich einfach nicht leisten, schlecht dazustehen, nicht wahr? Es geht ja um die Berufung auf den Penford-Lehrstuhl.«

»Ach, das ist es doch gar nicht.«

»Nun, dann kann es doch keinem schaden, wenn Sie offen mit mir sind.«

Adam lachte trocken. »Das ist leicht gesagt. Sie wollen doch nur einen Mörder zur Strecke bringen und wieder nach London verschwinden. Sie interessiert es nicht, wieviele Leben dabei kaputtgehen.«

Die Polizei in der Rolle der Eumeniden. Er hörte diesen Vorwurf nicht das erste Mal. Zum Teil traf er ja auch zu – es mußte eine unparteiische Justiz geben, wenn das gesellschaftliche Gefüge nicht zusammenbrechen sollte –, aber in diesem Moment konnte er nur darüber lachen, wenn auch recht bitter. Immer wieder dieselbe Form der Verleugnung: Ich schütze einen anderen, indem ich die Wahrheit verschweige, schütze ihn vor Schaden, vor Schmerz, vor der Realität, vor Verdacht; stets trug die feige Ausflucht die Maske selbstgerechten Edelmuts.

»Ihr Tod ist nicht in luftleerem Raum geschehen, Adam. Er betrifft jeden, den sie kannte. Keiner kann gedeckt bleiben. Es sind schon Leben kaputtgegangen. Das ist so bei Mord. Wenn Sie das bisher nicht gewußt haben, wird es Zeit, daß Sie es lernen.«

Adam schluckte geräuschvoll. »Sie hat sich darüber amüsiert«, sagte er schließlich. »Sie hat sich über alles amüsiert.«

»Worüber in diesem Fall?«

»Daß ihr Vater solche Angst hatte, sie könnte Gareth Randolph heiraten. Daß er es nicht gern sah, wenn sie mit den anderen gehörlosen Studenten zusammen war. Aber am meisten hat sie sich darüber amüsiert, daß er – ich glaube, daß er sie so sehr liebte und sich wünschte, sie würde ihn genauso wiederlieben. Sie hat sich darüber lustig gemacht. So war sie.«

»Was für eine Beziehung bestand zwischen ihr und ihrem Vater?« fragte Lynley, obwohl er wußte, wie unwahrscheinlich es war, daß Adam Jenn auch nur ein Wort sagen würde, das seinem Mentor schaden konnte.

Adam sah auf seine Hände hinunter und fing an, mit dem Daumen der rechten die Nagelhaut der Finger an der linken Hand zurückzuschieben. »Er wollte an ihrem Leben Anteil haben. Aber immer wirkte es –« Er schob die Hände wieder in die Hosentaschen. »Ich weiß nicht, wie ich es erklären soll.«

Lynley erinnerte sich an Weavers Beschreibung seiner Tochter. Er erinnerte sich an Justine Weavers Reaktion auf die Beschreibung. »Unecht?«

»Es war so, als glaubte er, sie mit Liebe überschütten zu müssen. Als müßte er ihr dauernd beweisen, wieviel sie ihm bedeutet, damit sie es eines Tages vielleicht wirklich glauben würde.«

»Ich könnte mir vorstellen, daß er das Gefühl hatte, sich besonders um sie bemühen zu müssen, weil sie gehörlos war. Sie befand sich in einer neuen Umgebung. Er wollte sie stützen, ihr zum Erfolg verhelfen. Um ihretwillen und um seinetwillen.«

»Ich weiß, worauf Sie hinauswollen. Sie sind schon wieder bei seiner Berufung auf den Penford-Lehrstuhl. Aber es ging viel weiter. Es ging über ihre Leistung an der Uni hinaus. Und es ging über ihre Gehörlosigkeit hinaus. Meiner Ansicht nach glaubte er aus irgendeinem Grund, er müßte sich ihr beweisen. Und das hat ihn so in Anspruch genommen, daß er sie selbst gar nicht gesehen hat. Jedenfalls nicht so, wie sie wirklich war. Oder höchstens bruchstückhaft.«

Diese Schilderung paßte zu Weavers selbstquälerischem Erguß am vergangenen Abend. Das Bild war ziemlich typisch. Man lebt als Vater oder Mutter in einer trostlosen Ehe, die man am liebsten lösen möchte und fühlt sich hin und her gerissen zwischen den eigenen Bedürfnissen und denen des Kindes. Bleibt man in der Ehe, um den Bedürfnissen des Kindes gerecht zu werden, so sichert man sich damit den Beifall der Gesellschaft, aber man selbst verkümmert. Bricht man andererseits aus der Ehe aus, um den eigenen Bedürfnissen entgegenzukommen, so erleidet das Kind Schaden. Erforderlich wäre ein meisterlicher Balanceakt zwischen diesen auseinanderklaffenden Bedürfnissen, der es den Partnern erlaubt, die Ehe zu lösen und sich ein neues, produktiveres Leben aufzubauen, ohne daß die Kinder bei diesem Prozeß irreparablen Schaden erleiden.

Für Anthony Weaver war die Situation noch schlimmer. Um seines eigenen inneren Friedens willen – der ihn, wie die Gesellschaft ihm sagte, sowieso nicht zustand –, hatte er seine Ehe gelöst und dann feststellen müssen, daß die Schuldgefühle, die mit der Scheidung einhergingen, dadurch um so bitterer waren, daß er ein kleines Kind im Stich gelassen hatte, das ihn liebte und von ihm abhängig war; ein behindertes Kind noch dazu. Welche Gesellschaft hätte ihm das je verziehen? Er hatte verlieren müssen. Hätte er sich entschieden, die Ehe aufrechtzuerhalten und sein Leben seiner Tochter zu weihen, so hätte er sich als edler Märtyrer fühlen können. Mit der Entscheidung für sich hatte er sich Schuldgefühle eingehandelt, da er – in seinen und der Gesellschaft Augen – einem niedrigen und egoistischen Bedürfnis nachgegeben hatte.

Sich Elena als guter Vater zu beweisen, ihr den Weg zu ebnen und um ihre Liebe zu werben – das war anscheinend die einzige Möglichkeit der Sühne gewesen, die er für sich gesehen hatte. Lynley verspürte Mitleid bei dem Gedanken an das verzweifelte Ringen dieses Mannes darum, als das akzeptiert zu werden, was er war: der Vater seiner Tochter.

»Ich glaube nicht, daß er sie wirklich gekannt hat«, sagte Adam Jenn.

Lynley fragte sich, ob Weaver sich selbst kannte. Er stand auf. »Wann sind Sie gestern abend, nachdem Dr. Weaver Sie angerufen hatte, hier weggegangen?«

»Kurz nach neun.«

»Sie haben abgesperrt?«

»Natürlich.«

»Am Sonntag abend auch?«

»Ja. Wir sperren das Arbeitszimmer immer ab.«

»Wie steht es mit den anderen Türen?«

»Die Küche und das Schlafzimmer haben keine Schlösser, aber die Haustür hat eines.«

»Haben Sie je das Schreibtelefon benutzt, um mit Elena zu telefonieren – entweder in ihrem Zimmer oder draußen bei Dr. Weaver?«

»Ab und zu, ja.«

»Wußten Sie, daß Elena jeden Morgen gelaufen ist?«

»Ja, mit Mrs. Weaver.« Adam schnitt ein Gesicht. »Dr. Weaver wollte sie keinesfalls allein laufen lassen. Sie legte keinen Wert auf Mrs. Weavers Gesellschaft, aber der Hund kam auch immer mit, das machte es für sie erträglich. Sie hat den Hund geliebt. Und das Laufen auch.«

Zwei Mädchen saßen auf der Treppe vor der Tür, als Lynley hinauskam, und steckten die Köpfe über einem aufgeschlagenen Buch zusammen. Sie blickten nicht auf, als er an ihnen vorüberging, aber sie verstummten abrupt und fingen erst wieder zu sprechen an, als er den unteren Flur erreicht hatte. Er hörte Adam Jenn rufen. »Katherine, Keelie, wir können anfangen«, und ging in den kühlen Herbstnachmittag hinaus.

Er blickte durch den Hof zum Friedhof und dachte über seine Begegnung mit Adam Jenn nach; versuchte sich vorzustellen, wie es war, zwischen Vater und Tochter zu stehen, fragte sich, was dieses heftige *Nein!* auf seine Frage, ob er und Elena zueinander paßten, zu bedeuten gehabt hatte.

Und noch immer wußte er über Sarah Gordons Besuch im Ivy Court nicht mehr als vorher.

Er sah auf seine Taschenuhr. Es war kurz nach zwei. Havers würde noch eine Weile mit den Kollegen zu tun haben. Ihm blieb genügend Zeit, um zu Crusoe's Island zu laufen. Und wenn nur, um die Laufzeit zu überprüfen. Er ging in sein Zimmer hinauf, um sich umzuziehen.

9

Anthony Weaver betrachtete das diskrete Namensschild auf dem Schreibtisch – P. L. Beck, Bestattungsunternehmer – und war von Herzen dankbar. Dieses Geschäftsbüro des Bestattungsunternehmens war so wenig feierlich und pietätvoll wie der gute Geschmack es gestattete. Auch wenn die warmen Farben und die komfortable Einrichtung an den Tatsachen, die ihn hierher geführt hatten, nichts änderte, so wurde einem hier doch wenigstens nicht die Endgültigkeit des Todes mit Trauerflor, Orgelmusik vom Band und schwarzgekleideten Angestellten nahegebracht.

Neben ihm saß Glyn, die Hände im Schoß zu Fäusten geballt, beide Füße flach auf dem Boden, Kopf und Schultern stocksteif. Sie sah ihn nicht an.

Nachdem sie ihm den ganzen Vormittag damit in den Ohren gelegen hatte, hatte er schließlich nachgegeben und war mit ihr auf die Polizeidienststelle gefahren, wo sie trotz allem, was er ihr gesagt hatte, erwartet hatte, ihre tote Tochter vorzufinden und sie sehen zu können. Als sie hörte, daß die Leiche zur Obduktion gebracht worden war, hatte sie verlangt, als Beobachterin an der Prozedur teilnehmen zu dürfen. Und als ihr die Beamtin mit einem flehenden Blick zu Anthony unter Entschuldigungen erklärt hatte, daß das nicht möglich sei, daß die Obduktion im übrigen in einem anderen Gebäude durchgeführt werde, nicht hier auf der Dienststelle, und daß sie, selbst wenn dem nicht so wäre, unmöglich...

»Ich bin ihre Mutter!« rief Glyn. »Sie ist mein Kind. Ich will sie sehen.«

Die Leute von der Polizei Cambridge waren keine gefühllosen Rabauken. Man führte sie eiligst in ein Konferenzzimmer, wo eine besorgte junge Sekretärin ihr Mineralwasser brachte, das Glyn ablehnte. Eine zweite Sekretärin kam mit einer Tasse Tee. Eine Verkehrspolizistin bot Aspirin an. Und während händeringend nach dem Polizeipsychologen gefahndet wurde, erklärte Glyn immer wieder, sie wolle Elena sehen. Ihre Stimme war hoch und schrill. Ihre Gesichtszüge waren verzerrt. Als sie nicht bekam, was sie wollte, begann sie zu schimpfen und zu schreien.

Anthony, der das alles mitansah, empfand nichts als wachsende Scham. Er entwickelte eine unüberwindliche Distanz zu der Frau, die sich hier in aller Öffentlichkeit herabwürdigte, die schließlich auf ihn losging und ihm wütend vorwarf, er sei viel zu ichbezogen, um überhaupt fähig zu sein, die Leiche seiner eigenen Tochter zu identifizieren; woher also wollten sie wissen, daß die Tote, die sie gefunden hatten, wirklich Elena Weaver war, wenn sie nicht die Mutter die Identifizierung vornehmen ließen? Ihre Mutter, die sie geboren, die sie geliebt, die sie allein aufgezogen hatte, *allein*, verstehen Sie, Sie stures Pack? Er hat von ihrem fünften Lebensjahr an nichts mehr mit ihr zu tun gehabt! Da hatte er nämlich endlich, was er wollte, seine kostbare Freiheit, ja, darum lassen Sie mich sie jetzt endlich sehen...

Ich bin Holz, dachte er. Nichts, was sie sagte, kann mich berühren. Aber diese stoische Entschlossenheit, sich unangreifbar zu machen, die ihn davon abhielt, seinerseits zurückzuschlagen, konnte ihn nicht daran hindern, seine Gedanken zurückschweifen zu lassen und zu versuchen, sich zu erinnern – an Begreifen war sowieso nicht zu denken –, welche Kräfte ihn überhaupt mit dieser Frau zusammengebracht hatten.

Er erinnerte sich an die Cocktail-Party in einer eleganten Villa unweit der Trumpington Road, die sie zusammengeführt hatte. Der neue Abgeordnete des Bezirks hatte zur Feier seines Sieges etwa dreißig Doktoranden eingeladen, die als Wahlhelfer für ihn gearbeitet hatten. Anthony war mit einem Freund auf die Party gegangen, weil er an dem Abend nichts Besseres vorgehabt hatte. Glyn Westhompson war aus dem gleichen Grund da. Das gemeinsame Desinteresse an den Ränken und Intrigen der Lokalpolitik erzeugte die Illusion von Geistesverwandtschaft. Zuviel Champagner sorgte für den körperlichen Reiz. Als er vorgeschlagen hatte, mit der Flasche auf die Terrasse hinauszugehen in den Mondschein, hatte er eine kleine Knutscherei im Sinn gehabt, eine Chance, den üppigen Busen zu streicheln, den er durch den dünnen Stoff ihrer Bluse sehen konnte.

Aber auf der Terrasse war es dunkel, der Abend war warm, und Glyn reagierte völlig unerwartet. Beinahe fühlte er sich überrumpelt. Während sie mit gierigem Mund an seiner Zunge sog, öffnete sie mit einer Hand ihre Bluse, hakte ihren Büstenhalter auf, und schob ihm die andere in die Hose. Stöhnend ließ sie ihn wissen, wie erregt sie war. Sie setzte sich rittlings auf seinen Oberschenkel und ließ die Hüften kreisen.

Sie sprachen nichts. Ohne nachzudenken, hob er sie auf die Steinbalustrade der Terrasse, und sie spreizte die Beine. Er drang in sie ein, keuchend vor Anstrengung, um zum Höhepunkt zu kommen, ehe jemand auf die Terrasse heraustrat und sie mitten im Akt ertappte. Und als es vorbei war, wußte er nicht mehr, wie sie hieß.

Fünf oder auch mehr Studenten kamen aus dem Haus, ehe Glyn und er sich getrennt hatten. Jemand sagte: »Hoppla!«, und jemand anders: »Das könnte mir jetzt auch gefallen«, und sie lachten alle und gingen weiter. Mehr als alles andere war es der Gedanke an ihre spöttische Erheiterung, der ihn veranlaßte, Glyn in den Arm zu nehmen, sie zu küssen und heiser zu murmeln: »Komm, verschwinden wir hier, ja?« Denn dieses Mit-ihr-Weggehen erhöhte aus irgendeinem Grund den Akt, machte sie beide zu Edleren als zwei schwitzenden Körpern ohne Geist und Verstand, die nur zur Kopulation drängten.

Sie kam mit ihm in das beengte kleine Haus in der Hope Street, das er mit drei Freunden teilte. Sie verbrachte die Nacht bei ihm und dann noch eine. Langsam, über einen Zeitraum von zwei Wochen, zog sie bei ihm ein – zuerst ließ sie irgendein Kleidungsstück zurück, dann ein Buch, dann kam sie mit einer Lampe daher. Von Liebe war nie die Rede zwischen ihnen. Sie liebten sich nicht. Aber sie heirateten. Die Eheschließung war die höchste Form öffentlicher Anerkennung, die er dem hirn- und herzlosen Geschlechtsakt mit einer Frau, die er nicht kannte, geben konnte.

Die Bürotür wurde geöffnet. Ein Mann – vermutlich P. L. Beck – trat ein. Wie in der Büroeinrichtung drückte sich in seiner Kleidung sorgfältige Vermeidung all dessen aus, was an den Tod gemahnt hätte. Er trug einen adretten marineblauen Blazer zu einer weichen grauen Hose.

»Dr. Weaver?« sagte er, drehte sich flott auf dem Absatz und sah Glyn an. »Und Mrs. Weaver?« Er schien seine Hausaufgaben gemacht zu haben. Auf geschickte Weise hielt er ihre Namen voneinander getrennt. Anstatt falsche Teilnahme über den Tod einer jungen Frau zu äußern, die er nicht gekannt hatte, sagte er: »Die Polizei hat mich von Ihrem Kommen unterrichtet. Ich werde mich bemühen, dies alles so schnell wie möglich mit Ihnen zu erledigen. Darf ich Ihnen vielleicht etwas anbieten? Kaffee oder Tee?«

»Für mich nicht, danke«, sagte Anthony. Glyn sagte gar nichts.

Beck wartete nicht auf eine Reaktion von ihr. Er setzte sich und sagte: »Wie ich höre, ist der Leichnam noch nicht freigegeben. Das wird voraussichtlich noch einige Tage dauern. Das hat man Ihnen gesagt, nicht wahr?«

»Nein. Man hat uns nur gesagt, daß eine Obduktion durchgeführt wird.«

»Ah ja.« Nachdenklich stützte er die Ellbogen auf den Schreibtisch und legte die Fingerspitzen aneinander. »Im allgemeinen nehmen die Untersuchungen einige Tage in Anspruch. Bei einem plötzlichen Todesfall geht das alles ziemlich schnell, besonders wenn der –« mit einem schnellen, besorgten Blick zu Glyn – »wenn der Verstorbene in ärztlicher Behandlung war. Aber in einem solchen Fall...«

»Wir verstehen«, sagte Anthony.

»Bei einem Mord«, sagte Glyn. Sie wandte den Blick von der Wand und richtete ihn auf Beck, ohne ihren Körper auch nur einen Zentimeter zu drehen. »Sie sprechen von Mord. Sagen Sie doch, wie es ist. Reden Sie nicht um die Wahrheit herum. Sie ist nicht die Verstorbene. Sie ist das Opfer. Es ist Mord. Ich habe mich noch nicht daran gewöhnt, aber wenn ich es oft genug höre, wird mir das Wort mit der Zeit bestimmt ganz automatisch über die Lippen kommen. Meine Tochter, das Opfer. Der Tod meiner Tochter, ein Mord.«

Beck sah Anthony an. Vielleicht hoffte er, der würde etwas entgegnen, würde seine geschiedene Frau vielleicht etwas trösten. Als Anthony stumm blieb, fuhr Beck eilig zu sprechen fort.

»Sie müssen mir sagen, wann und wo die Trauerfeier

stattfinden soll, und wo Ihre Tochter bestattet werden soll. Wir haben hier eine schöne Kapelle, wenn Sie die für die Trauerfeier benutzen wollen. Und – ich weiß natürlich, wie schwierig das für Sie beide ist –, aber Sie müssen sich jetzt entscheiden, ob sie offen aufgebahrt werden soll.«

»Offen...« Anthony war entsetzt bei der Vorstellung, daß seine Tochter den Neugierigen zur Schau gestellt werden sollte. »Niemals. Das kommt nicht...«

»Aber ich möchte es«, sagte Glyn.

»Das kannst du nicht wollen. Du weißt nicht, wie sie aussieht.«

»Sag du mir nicht, was ich will. Ich habe gesagt, daß ich sie sehen möchte. Und ich werde sie sehen. Alle werden sie sehen. So will ich es.«

»Wir können natürlich gewisse kosmetische Korrekturen vornehmen«, bemerkte Beck. »Mit Modelliermasse und Schminke –«

Glyn schnellte vorwärts, und Beck zuckte erschrocken zurück. »Sie haben mir nicht zugehört. Alle sollen sehen, was ihr angetan worden ist. Die ganze Welt soll es sehen.«

Und was versprichst du dir davon? hätte Anthony gern gefragt, aber er wußte die Antwort schon. Sie hatte Elena seiner Obhut anvertraut, und jetzt sollte die ganze Welt sehen, wie er versagt hatte. Fünfzehn Jahre lang hatte sie mit ihrer Tochter in einem der scheußlichsten Viertel Londons gelebt, und alles, was Elena aus diesen harten Jahren davongetragen hatte, war ein angeschlagener Zahn, Erinnerung an eine völlig harmlose Schlägerei auf dem Schulhof.

Fünfzehn Jahre London – ein angeschlagener Zahn. Fünfzehn Monate Cambridge – ein grauenvoller Tod.

Anthony wehrte sich nicht. Er sagte zu Beck: »Haben Sie vielleicht eine Broschüre? Damit wir uns überlegen können, was wir...«

»Aber natürlich«, versicherte Beck hastig und zog eine

Schublade auf. Er schob ihnen über den Schreibtisch einen rostbraunen Plastikhefter zu, auf dem in goldenen Lettern *Beck und Söhne, Bestattungsunternehmen* stand.

Anthony schlug den Hefter auf. Farbfotografien unter Plastik. Er blätterte sie durch, ohne sie zu sehen, las den Text unter ihnen, ohne ihn aufzunehmen. Er erkannte Hölzer: Mahagoni und Eiche. Er erkannte Wörter: korrosionsbeständig, Gummidichtung, Kreppfutter, Asphaltisolierung. Undeutlich hörte er Beck die Vorteile von Kupfer und Stahl gegenüber Eiche preisen, von verstellbaren Matratzen faseln.

»Diese *Uniseal* Särge sind wirklich die besten. Der Sperrmechanismus und die Dichtung garantieren eine luftdichte Versiegelung. Sie haben also optimalen Schutz gegen das Eindringen...« Er zögerte zartfühlend. Die Unschlüssigkeit stand ihm ins Gesicht geschrieben. Von Würmern, Maden, Moder? Wie drückte man es am taktvollsten aus? »...der Elemente.«

Die Wörter unter den Fotografien verschwammen. Anthony hörte Glyn sagen: »Haben Sie Särge hier?«

»Nur wenige. Die Kunden wählen im allgemeinen aus den Broschüren. Sie sollten sich in einer solchen Situation keinesfalls gezwungen fühlen.«

»Ich möchte sie sehen.«

Beck sah Anthony an. Er schien Protest zu erwarten. Als keiner erfolgte, sagte er: »Aber bitte. Kommen Sie mit.« Und verließ ihnen voraus das Büro.

Anthony folgte seiner geschiedenen Frau und dem Bestattungsunternehmer. Er hätte gern darauf bestanden, die Entscheidung über den Sarg in der sicheren Geborgenheit von Becks Büro zu treffen, wo Fotografien ihnen beiden erlauben würden, sich die endgültige Realität noch ein kleines Weilchen länger vom Leibe zu halten. Aber er wußte, diese Bitte um Abstand würde nur als weiteres Zeugnis seiner Unzulänglichkeit ausgelegt werden. Und hatte nicht Elenas Tod bereits hinreichend seine Untauglichkeit als Vater demonstriert, hatte er nicht von neuem bestätigt, was Glyn seit Jahren behauptete: daß sein einziger Beitrag zum Leben ihrer gemeinsamen Tochter eine blinde Keimzelle gewesen war, die gut schwimmen konnte?

»Bitte sehr.« Beck stieß eine schwere Eichentür auf. »Dann lasse ich Sie jetzt allein.«

»Das ist nicht nötig«, sagte Glyn.

»Aber Sie möchten doch, sicher besprechen...«

»Nein.« Sie drängte sich an ihm vorbei in einen völlig schmucklosen Ausstellungsraum. Vor ihr waren mehrere Särge an der perlgrauen Wand aufgereiht. Sie standen aufgeklappt, so daß Samt, Satin und Krepp zu sehen waren, auf hüfthohen, durchscheinenden Sockeln.

Anthony zwang sich, Glyn von einem zum anderen zu folgen. Jeder war mit einem diskreten Preisschild versehen, jeder mit einer Herstellungsgarantie. Alle waren sie mit gerüschtem Laken, dazu passendem Kopfkissen und einer leichten Decke ausgestattet. Jeder hatte seinen eigenen Namen: Neapolitanisch Blau, Windsor Pappel, Herbsteiche, Venezianische Bronze. Anthony vermied es, sich vorzustellen, wie Elena aussehen würde, wenn sie endlich in einem dieser Särge lag, das helle Haar wie Seidengespinst auf dem Kopfkissen ausgebreitet.

Vor einem schlichten grauen Sarg mit einfacher Satinausstattung blieb Glyn stehen. Sie klopfte mit dem Finger leicht an die Sargwand. Beck schien das für eine Aufforderung zu halten und eilte augenblicklich zu ihnen. Seine Lippen waren fest aufeinander gepreßt, und er zupfte an seinem Kinn.

»Was ist das?« fragte Glyn. Auf einem kleinen Schildchen auf dem Deckel stand *Außenhülle nicht isoliert*. Der Preis war mit 200 Pfund angegeben.

»Preßholz.« P. L. Beck rückte nervös seine Krawatte zurecht und fuhr hastig fort. »Wir haben hier gepreßtes Holz mit einer Flanellhülle und Satinausstattung. Sehr ordentlich natürlich, aber außen ist der Sarg abgesehen von dem Flanell überhaupt nicht isoliert, und in Anbetracht unserer Witterung, würde ich, um ehrlich zu sein, diesen Sarg lieber nicht empfehlen. Wir führen ihn für den Fall, daß es Schwierigkeiten gibt... ich meine finanzielle Schwierigkeiten. Ich kann mir nicht denken, daß Sie Ihre Tochter...

Sein Ton sagte alles. Er brauchte den Satz nicht zu vollenden.

»Natürlich«, begann Anthony, doch Glyn unterbrach ihn. »Dieser Sarg tut es vollkommen.«

Einen Moment lang konnte Anthony sie nur anstarren. Dann sagte er mit Anstrengung: »Du glaubst doch nicht, ich werde zulassen, daß sie in diesem Ding beerdigt wird.«

Sie versetzte klar und deutlich: »Es ist mir gleichgültig, was du zulassen willst oder nicht. Ich habe nicht genug Geld, um...«

»Ich bezahle.«

Zum erstenmal, seit sie angekommen waren, sah sie ihn an. »Mit dem Geld deiner Frau? Wohl kaum.«

»Mit Justine hat das nichts zu tun.«

Beck entfernte sich einen Schritt von ihnen. Er rückte das Preisschild auf dem Sarg gerade. »Ich lasse Sie allein. Dann können Sie in Ruhe reden«, sagte er.

»Nicht nötig.« Glyn öffnete ihre große schwarze Handtasche und kramte darin herum. Ein Schlüsselbund klirrte, eine Puderdose schnappte auf, ein Kugelschreiber fiel zu Boden. »Sie nehmen doch einen Scheck? Ich muß ihn allerdings auf meine Bank in London ausstellen. Wenn das Schwierigkeiten machen sollte, können Sie ja dort anrufen. Ich bin schon seit Jahren Kundin...«

»Glyn! Das dulde ich nicht.«

Sie fuhr herum. Mit der Hüfte schlug sie gegen den Sarg auf dem Sockel. Der Deckel klappte mit dumpfem Krachen zu. »Was duldest du nicht?« fragte sie. »Du hast hier überhaupt keine Rechte.«

»Wir sprechen von meiner Tochter.«

Beck schlich sich unauffällig zur Tür.

»Bleiben Sie hier!« Zorn brannte auf Glyns Wangen. »Du hast deine Tochter verlassen, Anthony. Das wollen wir doch nicht vergessen. Du wolltest deine Karriere. Und du wolltest deine Freiheit. Das wollen wir doch nicht vergessen. Du hast, was du wolltest. Alles. Hier hast du keinerlei Rechte mehr.« Mit dem Scheckbuch in der Hand bückte sie sich, um ihren Kugelschreiber aufzuheben. Sie legte das Scheckbuch auf den Preßholzsarg und begann zu schreiben.

Ihre Hand zitterte. Anthony griff nach dem Scheckbuch und sagte: »Glyn! Bitte.«

»Nein«, entgegnete sie. »Das bezahle ich, Anthony. Ich will dein Geld nicht. Du kannst mich nicht kaufen.«

»Ich will dich gar nicht kaufen. Ich möchte nur Elena...«

»Sag du nicht ihren Namen! Ja nicht!«

Beck sagte: »Ich lasse Sie lieber allein«, und eilte hinaus, ohne auf Glyns augenblickliches »Nein!« zu achten.

Glyn schrieb weiter. Sie hielt den Schreiber wie eine Waffe in der Hand. »Zweihundert Pfund hat er gesagt, richtig?«

»Hör doch auf!« sagte Anthony. »Mußt du denn selbst daraus noch einen Kampf zwischen uns machen?«

»Sie soll das blaue Kleid tragen, das meine Mutter ihr zum Geburtstag geschenkt hat.«

»Wir können sie nicht wie ein Arme-Leute-Kind begraben. Das lasse ich nicht zu.«

Sie riß den Scheck aus dem Buch und sagte: »Wo ist der Mann jetzt hin? Hier ist sein Geld. Gehen wir.« Sie steuerte auf die Tür zu.

Anthony wollte sie am Arm fassen.

Sie fuhr zurück. »Du Bastard!« zischte sie. »Wer hat sie denn großgezogen, hm? Wer hat jahrelang mit ihr gearbeitet, um ihr das Sprechen beizubringen? Wer hat ihr bei den Schularbeiten geholfen und ihre Kleider gewaschen? Wer hat ihre Tränen getrocknet, wenn sie geweint hat, und nachts an ihrem Bett gesessen, wenn sie traurig oder krank war? Du nicht, du Egoist. Und deine Frau, die Schneekönigin, auch nicht. Elena ist meine Tochter, Anthony. Meine allein, damit du es weißt. Und ich werde sie so begraben, wie ich es für richtig halte. Weil ich nämlich im Gegensatz zu dir keinen Prestigeposten im Auge habe und nicht darauf Rücksicht nehmen muß, was die Leute von mir denken.«

Als ihm bewußt wurde, daß er kein Zeichen des Schmerzes bei ihr sah, konnte er plötzlich innerlich einen Schritt zurücktreten. Er sah keine Mutterliebe, er sah nichts, was die Tiefe ihres Verlusts angezeigt hätte. »Mit Elenas Begräbnis hat das alles überhaupt nichts zu tun«, sagte er in langsamem Begreifen. »Es geht immer noch um mich. Ich frage mich, ob ihr Tod überhaupt so schlimm für dich ist.«

»Wie kannst du es wagen!« flüsterte sie.

»Hast du geweint, Glyn? Verspürst du Schmerz? Fühlst du überhaupt etwas außer dem Bedürfnis, ihren Mord zur Rache zu nutzen? Es sollte mich wundern. Zu nichts anderem hast du sie ja ihr Leben lang benutzt.«

Er sah den Schlag nicht kommen. Ihre rechte Hand traf ihn mit solcher Wucht ins Gesicht, daß seine Brille zu Boden fiel.

»Du dreckiger...« Sie hob den Arm, um ein zweites Mal zuzuschlagen.

Er hielt sie fest. »Auf diesen Moment hast du jahrelang gewartet. Nur schade, daß du nicht das Publikum hast, das du gern hättest.« Er stieß sie weg. Sie taumelte an den grauen Sarg. Aber sie war noch nicht fertig.

»Red du mir nicht von Schmerz!« spie sie ihn an. »Red du mir ja nicht von Schmerz!«

Sie wandte sich ab, warf die Arme über den Sarg und begann zu weinen.

»Ich habe nichts. Sie ist tot. Ich kann sie nicht zurückhaben. Ich kann sie nirgends finden. Und ich kann nicht – ich kann niemals...« Die Finger einer Hand krümmten sich und begannen am Flanell des Sarges zu zupfen. »Aber du kannst. Du kannst immer noch, Anthony. Ich möchte, daß du stirbst.«

In all seiner Empörung verspürte er plötzlich erschrecktes Mitgefühl. Nach den Jahren der Feindschaft, nach diesen Augenblicken in dem Bestattungsinstitut hätte er es nicht für möglich gehalten, daß er je fähig sein würde, etwas anderes als Abscheu vor ihr zu empfinden. Aber in diesen Worten »du kannst« erkannte er das Ausmaß und die Natur ihres Schmerzes. Sie war sechsundvierzig Jahre alt. Sie konnte kein Kind mehr bekommen.

Daß der Gedanke, ein anderes Kind zu zeugen, um Elena zu ersetzen, undenkbar war; daß in dem Augenblick, als er die Leiche seiner Tochter erblickt hatte, sein Leben seinen Sinn verloren hatte; das spielte in diesem Zusammenhang keine Rolle. Er konnte noch ein Kind zeugen, wenn er das wollte, ganz gleich, wie untröstlich er in diesem Augenblick war. Er hatte noch die Wahl. Glyn hatte sie nicht mehr.

Er trat einen Schritt näher zu ihr und legte ihr die Hand auf den zuckenden Rücken. »Glyn, ich...«

»Rühr mich nicht an!« Sie sprang zur Seite, verlor das Gleichgewicht und fiel auf ein Knie.

Der fadenscheinige Flanell, der den Sarg umhüllte, zerriß. Das Holz darunter war dünn und zerbrechlich.

Mit hämmerndem Herzen und dröhnendem Schädel hielt Lynley an, als er den Fen Causeway vor sich sah. Er zog seine Uhr aus der Tasche. Er klappte sie auf. Sieben Minuten.

Vornübergebeugt, die Hände auf den Knien, nach Luft schnappend wie ein Fisch auf dem Trockenen, schüttelte er den Kopf. Knapp eine Meile gelaufen, und er war total erledigt. Sechzehn Jahre Rauchen hatten ihren Tribut gefordert. Zehn Monate Abstinenz reichten zur Wiedergutmachung nicht aus.

Stolpernd trat er auf die abgetretenen Holzplanken, die das Wasser zwischen Robinson Crusoe's Island und Sheep's Green überbrückten. Er lehnte sich an das Metallgeländer, warf den Kopf zurück und sog die Luft ein wie einer, der gerade vor dem Ertrinken gerettet worden war. Sein Gesicht und sein Körper waren in Schweiß gebadet. Laufen war etwas Herrliches.

Sieben Minuten, dachte er, für eine knappe Meile. Sie hatte für diese Strecke gewiß weniger als fünf Minuten gebraucht. Sie war täglich mit ihrer Stiefmutter gelaufen. Sie war Langstreckenspezialistin gewesen. Sie hatte zum Geländeteam der Universität gehört. Wenn ihr Kalender stimmte, war sie seit dem vergangenen Januar regelmäßig bei den *Hare and Hounds* gelaufen, wahrscheinlich auch schon vorher. Abhängig von der Distanz, die sie sich für den fraglichen Morgen vorgenommen hatte, hatte sie ihr Tempo vielleicht gedrosselt. Aber er konnte sich nicht vorstellen, daß sie mehr als zehn Minuten gebraucht hatte, um bis zur Insel zu laufen, ganz gleich, was für ein Pensum sie vor sich gehabt hatte. Folglich mußte sie den Ort, wo der Tod auf sie gewartet hatte, nicht später als sechs Uhr fünfundzwanzig erreicht haben, es sei denn, sie hatte irgendwo unterwegs einen Halt eingelegt.

Er sah sich um. Ein Ort wie geschaffen für einen Hinterhalt, selbst ohne Nebel. Weiden, Erlen, Buchen – alle noch nicht kahl – bildeten eine undurchdringliche Wand, die die

Insel nicht nur von der Dammstraße abschirmte, die sich an ihrem Südende oberhalb von ihr zur Stadt hinzog, sondern auch von dem öffentlichen Fußweg, der keine drei Meter entfernt am Fluß entlangführte. Wer ein Verbrechen plante, konnte hier damit rechnen, ungestört zu bleiben. Wenn auch gelegentlich ein Fußgänger die größere Brücke vom Coe Fen zur Insel überquerte und von da zum Fußweg weiterging, wenn auch Radfahrer über Sheep's Green oder zum Fluß entlangfuhren, hatte der Mörder ziemlich sicher sein können, daß in der nächtlichen Dunkelheit eines kalten Novembermorgens früh um halb sieben niemand ihn überraschen würde. Kein Mensch würde sich um diese Zeit in dieser Gegend aufhalten außer Elenas Stiefmutter. Und dafür, daß auch sie dem Ort an diesem Morgen fernblieb, hatte ein Anruf über das Schreibtelefon gesorgt, von jemand getätigt, der geglaubt hatte, Justine gut genug zu kennen, um zu wissen, daß sie allein nicht laufen würde.

Sie war aber doch gelaufen; hatte allerdings zum Glück für den Mörder eine andere Route gewählt. Immer vorausgesetzt, es konnte überhaupt von Glück die Rede sein.

Lynley blickte einen Moment lang, ans Geländer gelehnt, ins Wasser, dann richtete er sich auf und ging über die kleine Brücke auf die Insel. Das hohe Holztor zum Nordende stand offen. Auf der anderen Seite war eine Werkstatt, an deren Wand mehrere Boote gestapelt waren. Neben der grünen Tür lehnten drei alte Fahrräder. Drinnen untersuchten drei Männer in dicken Pullovern ein Loch in einem Kahn. Das Licht der Leuchtstoffröhren an der Decke legte einen gelblichen Schimmer auf ihre Haut.

»Verdammte Idioten sind das«, schimpfte einer der Männer. »Schaut euch den Riß an. Die reine Achtlosigkeit. Die haben alle keinen Respekt mehr heutzutage.«

Einer der anderen beiden Männer sah auf. Er war jung – höchstens zwanzig. Er hatte ein pickliges Gesicht und langes

Haar, und sein Ohrläppchen zierte ein funkelnder Zirkon. »Ja?« sagte er. »Was gibt's?«

Die anderen beiden legten die Arbeit nieder. Sie waren schon älter, wirkten müde. Einer musterte Lynley von Kopf bis Fuß. Der andere ging zum anderen Ende der Werkstatt, schaltete eine Schleifmaschine ein und machte sich über die Seite eines Kanus her.

Lynley, der das amtliche Verbotsschild gesehen hatte, das das Südende der Insel absperrte, fragte sich, warum Sheehan hier nichts dergleichen veranlaßt hatte. Die Antwort bekam er von dem jungen Mann.

»Wir lassen uns doch hier nicht raussperren, nur weil irgendso ne Tussi Pech gehabt hat.«

»Nu mach mal halblang, Derek«, sagte der ältere Mann. »Es geht immerhin um einen Mord.«

Derek schüttelte nur verächtlich den Kopf und zündete sich eine Zigarette an. Das Streichholz ließ er zu Boden fallen, ohne sich darum zu kümmern, daß mehrere Farbkanister in der Nähe standen.

Nachdem Lynley sich ausgewiesen hatte, fragte er, ob einer von ihnen das tote Mädchen gekannt habe. Nein, sie wußten nur, daß es sich um eine Studentin handelte. Mehr hatten sie von der Polizei nicht erfahren.

Lynley fragte sich, ob die Polizei auch diesen nördlichen Teil der Insel abgesucht hatte.

»Die ham hier überall rumgeschnüffelt«, erklärte Derek. »Ham einfach das Tor aufgebrochen, eh wir hier waren. Ned war den ganzen Tag stinksauer deswegen.« Er schrie über das Kreischen der Schleifmaschine hinweg nach hinten: »Stimmt's, Kumpel?«

Aber Ned schien ihn nicht zu hören. Er war ganz auf seine Arbeit konzentriert.

»Und Ihnen ist nichts Ungewöhnliches aufgefallen?« fragte Lynley.

Derek blies durch den Mund eine dicke Rauchwolke in die Luft und sog sie mit der Nase wieder ein. Er grinste, offenbar befriedigt von der Wirkung. »Sie meinen, abgesehen von den Scharen von Bullen, die hier durchs Gebüsch gerobbt sind, weil sie uns so gern was angehängt hätten?«

»Wie meinen Sie das?« fragte Lynley.

»Na, es ist doch immer dasselbe. Da wird so ne Maus von der Uni abgemurkst, und die Bullen möchten's gern einem aus der Stadt anhängen, weil die Herren von der Uni nämlich sofort ein Höllenspektakel veranstalten, wenn nicht alles so läuft, wie sie sich's vorstellen. So ist das hier, Mister. Fragen Sie mal Bill.«

Aber Bill schien nicht geneigt, sich näher zu diesem Thema zu äußern. Er war mit einer Metallsäge an der Werkbank beschäftigt.

Derek sagte: »Sein Sohn arbeitet bei der hiesigen Zeitung. Er hat eine Story über einen Studenten geschrieben, der sich im letzten Frühjahr angeblich umgebracht hat. Aber den Herren von der Uni hat's nicht gepaßt, wie die Sache sich entwickelt hat, und sofort haben sie versucht, alles abzuwürgen. Ja, so läuft das hier, Mister.« Derek wies mit schmutzigem Daumen in Richtung Stadtmitte. »Die Uni will hier das absolute Sagen haben, und alle haben sich danach zu richten.«

»Aber ist das denn nicht längst passé?« fragte Lynley. »Diese Feindschaft zwischen Bürgern und Studenten?«

Jetzt endlich gab Bill seine Meinung zum besten. »Kommt ganz drauf an, wen Sie fragen.«

»Genau«, bestätigte Derek. »Wenn Sie mit den feinen Leuten unten am Fluß reden, dann ist es damit endgültig vorbei. Die merken den Ärger erst, wenn er ihnen ins Gesicht schlägt. Aber reden Sie mal mit unsereinem, da liegt die Sache ein bißchen anders.«

Dereks Worte beschäftigten Lynley auf dem Rückweg

zum Südteil der Insel. Wie oft hatte er in den vergangenen Jahren Variationen zu diesem Thema gehört! Aber nein, Klassenunterschiede gibt es bei uns nicht mehr, das ist längst passé. Immer wurde es im Brustton der Überzeugung von jemandem behauptet, den Karriere, Herkunft oder Geld für die Realitäten des Lebens blind machten. Aber in Wirklichkeit bekamen all jene, die keine glänzende Karriere und keinen tief in britischer Erde verwurzelten Stammbaum vorweisen konnten, die kein Vermögen hatten und nicht einmal die Hoffnung, sich von ihrem mageren Lohn ein paar Pfund zusammenzusparen, sehr wohl die Klassenunterschiede einer Gesellschaft zu spüren, die es fertigbrachte, einen Menschen nach seiner Redeweise abzustempeln und gleichzeitig zu behaupten, es gäbe keine Klassenunterschiede.

Die Universität hätte wahrscheinlich als allererste bestritten, daß zwischen Studenten und Bürgern Schranken bestünden. Und kaum verwunderlich. Diejenigen, die die Mauern errichteten, fühlten sich ja durch ihr Vorhandensein nur äußerst selten eingeengt.

Dennoch glaubte Lynley nicht, daß dieser alte soziale Konflikt mit Elena Weavers Ermordung zu tun hatte. Es gab keine Verbindung zwischen ihr und der Stadt, und er war sicher, daß Nachforschungen in dieser Richtung zu nichts führen würden.

Auf dem Pfad aus Brettern, den die Polizei gelegt hatte, ging er vom schmiedeeisernen Tor der Insel zum Tatort. Alles, was an möglichem Beweismaterial gefunden worden war, hatte die Spurensicherung eingesackt und mitgenommen. Nur ein Feuerring war geblieben, vage umrissen vor einem herabgestürzten Ast. Dorthin ging er und setzte sich. Die Asche war durchgesiebt worden. Es sah aus, als hätte man sogar einen Teil entfernt.

Neben dem Ast sah er den Abdruck einer Flasche in der

feuchten Erde und erinnerte sich an Sarah Gordons Aufzählung der Gegenstände, die sie auf der Insel bemerkt hatte. Er stellte sich einen Mörder vor, der so gerissen war, eine ungeöffnete Weinflasche als Waffe zu benutzen, den Wein danach in den Fluß zu entleeren, die Flasche auszuspülen und in der Erde zu wälzen, so daß es aussehen mußte, als wäre auch sie nur ein Stück Abfall, das seit Wochen hier gelegen hatte. Die bisher noch recht unbestimmte Beschreibung der Tatwaffe könnte auf eine gefüllte Weinflasche passen. Aber wenn das zutraf, wie um alles in der Welt sollten sie dann dem Eigentümer der Flasche auf die Spur kommen?

Er stand auf und ging zu der Lichtung, wo die Leiche versteckt gewesen war. Efeu, Nesseln, wildes Erdbeerlaub wucherten hier unversehrt, obwohl jedes einzelne Blättchen jeder Pflanze von Fachleuten gedreht und gewendet worden war. Er ging weiter zum Fluß und blickte über das weite Moorland, des Coe Fen, an dessen fernem Rand sich die hellbraunen Bauten von Peterhouse erhoben. Er betrachtete sie genau und mußte zugeben, daß er sie deutlich sehen konnte; mußte zugeben, daß ihre Lichter auf diese Entfernung – insbesondere das Licht aus der Laterne eines der Gebäude – wahrscheinlich selbst durch dichten Nebel zu erkennen sein würden; mußte zugeben, daß er die Glaubwürdigkeit Sarah Gordons überprüfte. Er hätte nicht erklären können, warum.

Als er sich vom Wasser abwandte, nahm er flüchtig, aber ganz deutlich den sauren Geruch von Erbrochenem wahr. Es war nur ein einziger kurzer Hauch, wie der Atem einer vorüberziehenden Krankheit. Er verfolgte ihn zu seinem Ursprung am Ufer, einem langsam erstarrenden Häufchen grünlich braunen Schleims. Als er sich hinunterbeugte, um es näher anzusehen, konnte er Barbara Havers' Stimme hören: Die Nachbarn haben sie eindeutig entlastet, Inspector. Sie bestätigen ihre Aussage, aber Sie können sie ja fragen, was sie gefrühstückt hat, und dann dieses Häufchen hier im Labor untersuchen lassen.

Vielleicht, dachte er, ist das mein persönliches Problem. Alles an der Aussage von Sarah Gordon paßt. Da gibt es nicht die kleinste Lücke.

Mensch, wozu wollen Sie denn Lücken? hätte Havers ihn gefragt. Ihre Aufgabe ist doch nicht, sich Lücken zu wünschen. Finden sollen Sie sie. Und wenn Sie keine finden, dann machen Sie eben woanders weiter.

Das beschloß er zu tun und kehrte auf dem Bretterweg zu dem Fußpfad zurück, der über die Brücke zum Fen Causeway hinaufführte. Dort öffnete sich ein Tor zu Bürgersteig und Straße. Direkt gegenüber befand sich ein ähnliches Tor, und er ging hinüber, um zu sehen, was dahinter lag.

Ein morgendlicher Jogger, sah er, der von St. Stephen's her den Fluß entlang kam, hatte, wenn er den Fen Causeway erreichte, drei Möglichkeiten. Eine Linkswendung brachte ihn an der Technischen Fakultät vorbei zu Parker's Piece und der Polizeidienststelle. Eine Rechtswendung führte ihn zur Newnham Road und, wenn er weiterlief, nach Barton. Oder aber, er konnte, wie Lynley jetzt sah, einfach geradeaus weiterlaufen, die Straße überqueren, dieses zweite Tor passieren und in südlicher Richtung weiter dem Fluß folgen. Der Mörder mußte nicht nur genau gewußt haben, welche Route Elena zu laufen pflegte, er hatte auch die verschiedenen Optionen gekannt. Und er hatte gewußt, daß er sie mit Sicherheit nur hier bei Crusoe's Island erwischen würde.

Lynley begann zu frieren und lief den Weg zurück, den er gekommen war, gemächlicher diesmal, gerade schnell genug, um wieder warm zu werden. Als er um die letzte Ecke hinter der Senate House Passage bog, sah er Barbara

Havers aus dem Pförtnerhaus des St. Stephen's College treten.

Sie musterte ihn in seiner provisorischen Joggingmontur und sagte, ohne eine Miene zu verziehen: »Sie versuchen's jetzt als *undercover agent*, Inspector?«

»Richtig. Füge ich mich nicht gut in die Umgebung ein?«

»Das reinste Chamäleon.«

»Ihre Aufrichtigkeit ist herzerwärmend.« Er erklärte ihr, was er getan hatte, und sagte abschließend: »Meiner Ansicht nach hat Elena für die Strecke keine fünf Minuten gebraucht, Havers. Aber wenn sie vorhatte, eine größere Strecke zu laufen, hat sie es sich vielleicht eingeteilt. Also zehn Minuten höchstens.«

Barbara nickte. Blinzelnd blickte sie die schmale Gasse zum King's College hinunter. »Wenn der Pförtner sie wirklich gegen Viertel nach sechs hat loslaufen sehen...«

»Ich glaube, darauf können wir uns verlassen.«

»...dann war sie lange vor Sarah Gordon auf der Insel.«

»Es sei denn, sie hat unterwegs irgendwo halt gemacht.«

»Wo denn?«

»Adam Jenn wohnt in der Nähe von Little St. Mary's. Das ist nicht einmal einen Häuserblock von Elenas Laufstrecke entfernt.«

»Sie meinen, sie ist da auf eine Tasse Tee eingekehrt?«

»Vielleicht. Vielleicht auch nicht. Aber wenn Adam gestern morgen nach ihr Ausschau gehalten haben sollte, wird er keine Schwierigkeiten gehabt haben, sie zu finden, hm?«

Sie gingen zum Ivy Court hinüber, bahnten sich einen Weg zwischen den allgegenwärtigen Fahrrädern hindurch und hielten auf Treppe O zu. »Ich muß dringend duschen«, sagte Lynley.

»Bitte. Wenn ich Ihnen nicht den Rücken schrubben muß.«

Als er aus der Dusche kam, saß sie am Schreibtisch über seinen Aufzeichnungen vom vergangenen Abend. Ihre Sachen hatte sie hemmungslos im ganzen Zimmer verstreut; ein Schal lag auf dem Bett, der andere hing über einem Sessel, ihren Mantel hatte sie einfach auf den Boden geworfen. Aus ihrer Umhängetasche, die aufgeklappt auf dem Schreibtisch lag, quollen Stifte, Scheckbuch, Papiertaschentücher und ein Plastikkamm, dem einige Zähne fehlten. Irgendwo in diesem Flügel des Gebäudes hatte sie eine mit Vorräten ausgestattete Küche gefunden; sie hatte eine Kanne Tee gekocht und goß jetzt etwas davon in eine Tasse mit goldenem Rand.

»Ah, Sie haben das gute Porzellan herausgeholt«, bemerkte er, während er sich das Haar trocknete.

Sie klopfte mit einem Finger an die Tasse. »Plastik«, sagte sie. »Ist das Ihrem edlen Mund zuzumuten?«

»Ich werd's aushalten.«

»Gut.« Sie schenkte ihm ein. »Milch war auch da, aber ich hatte den Eindruck, sie war sauer. Da habe ich sie lieber stehen lassen.« Sie ließ zwei Zuckerwürfel in den Tee fallen, rührte mit einem ihrer Stifte um und reichte ihm die Tasse. »Und würden Sie sich bitte etwas überziehen, Inspector? Beim Anblick einer nackten Männerbrust verlier ich so leicht den Kopf.«

»Also, was haben Sie?« fragte er, nachdem er ihrer Bitte gefolgt war und ein Hemd angezogen hatte. Er ging mit seiner Tasse zum Sessel und setzte sich.

Sie drehte den Schreibtischstuhl so, daß sie ihn sehen konnte, und legte ihren rechten Fuß auf ihr linkes Knie. Er sah, daß sie unter ihrer Jeans rote Socken anhatte.

»Wir haben Fasern«, sagte sie, »in beiden Achselhöhlen ihrer Trainingsjacke. Baumwolle, Polyester und Rayon.«

»Die können auch von Kleidungsstücken in ihrem Kleiderschrank stammen.«

»Stimmt. Ja. Das prüfen sie schon nach.«
»Also ist da noch alles offen.«
»Nein. Nicht unbedingt.« Er sah, daß sie mit Mühe ein befriedigtes Lächeln zurückhielt. »Die Fasern waren schwarz.«
»Ah.«
»Ja. Ich vermute, daß er sie unter den Armen packte, um sie auf die Insel zu schleifen. So sind die Fasern in die Achselhöhlen gekommen.«
»Hm. Und was ist mit der Waffe? Haben da die Untersuchungen schon Fortschritte gemacht?«
»Sie kommen immer wieder auf die gleiche Beschreibung zurück. Glatt, schwer, keinerlei Rückstände am Körper der Toten. Verändert hat sich lediglich, daß sie jetzt nicht mehr vom stumpfen Gegenstand sprechen. Sheehan hat was davon gemurmelt, daß er zur Obduktion noch jemanden zuziehen will. Seine beiden Pathologen sind anscheinend dafür bekannt, daß sie nie zu Potte kommen – geschweige denn zu einer übereinstimmenden Meinung.«
»Ja, er deutete schon an, daß es mit den Gerichtsmedizinern Probleme geben könnte«, sagte Lynley. »Er dachte über die Waffe nach, über den Ort und sagte:« »Es könnte Holz gewesen sein, meinen Sie nicht, Havers?«
Wie immer verstand sie sofort. »Ein Ruder, meinen Sie? Ein Paddel?«
»Ja, das würde ich vermuten.«
»Dann hätten wir aber sicher Rückstände. Einen Splitter, ein Lackfetzchen oder ähnliches.«
»Und man hat überhaupt nichts gefunden?«
»Kein Stäubchen.«
»Verdammt.«
»Genau. Mit den Spuren schaut's ausgesprochen schlecht aus. Dafür gibt's sonst gute Neuigkeiten. Ganz ausgezeichnete Neuigkeiten sogar.« Sie zog mehrere gefaltete Blätter

Papier aus ihrer Umhängetasche. »Sheehan hat mir die Obduktionsbefunde mitgegeben. Wir haben zwar keine Hinweise auf die Waffe, aber wir haben ein Motiv.«

»Das sagen Sie schon seit unserem ersten Zusammentreffen mit Lennart Thorsson.«

»Ja, aber das hier ist noch besser als eine Anzeige wegen sexueller Belästigung, Sir. Das hätte ihm beruflich das Genick gebrochen, wenn das rausgekommen wäre.«

»Was denn nur?«

Sie reichte ihm den Bericht. »Elena Weaver war schwanger.«

10

»Und da stellt sich natürlich ganz von selbst die Frage nach der nicht eingenommenen Pille«, fuhr Barbara fort.

Lynley holte seine Brille aus seinem Jackett, kehrte zum Sessel zurück und las erst einmal den Bericht. Sie war in der achten Woche schwanger gewesen. Es war jetzt der 14. November. Das bedeutete, daß das Kind irgendwann in der dritten Septemberwoche gezeugt worden sein mußte, noch ehe in Cambridge das Semester begonnen hatte. Noch ehe Elena Weaver hierher gekommen war?

»Und nachdem ich den lieben Kollegen davon erzählt hatte«, sagte Barbara, »hat sich Sheehan gut zehn Minuten lang zu dem Thema ausgelassen.«

Lynley riß sich von seinen Überlegungen los. »Was sagen Sie?«

»Ich spreche von der Schwangerschaft, Sir.«

»Ja, gut, was ist damit?«

Sie zuckte gereizt die Achseln. »Sie haben mir wohl überhaupt nicht zugehört?«

»Ich habe mir über die Zeit Gedanken gemacht. War sie

in London, als sie schwanger wurde? Oder war sie in Cambridge?« Er ignorierte die Fragen für einen Moment. »Was hatte Sheehan denn zu sagen?«

»Es klang alles ziemlich gestrig, aber er hat behauptet, diese Gesellschaft hier schriebe viktorianisch immer noch mit großem V. Jedenfalls hört sich's ganz einleuchtend an, Sir. Sheehan meint, Elena könnte ein Verhältnis mit einem Dozenten gehabt haben. Als sie merkte, daß sie schwanger war, hat sie von dem Mann verlangt, daß er sie heiratet. Aber er wollte nicht auf seine Karriere verzichten. Er hat gewußt, daß er beruflich erledigt wäre, wenn rauskommen sollte, daß er eine Studentin geschwängert hatte. Und sie hat ihm damit gedroht, es an die große Glocke zu hängen, weil sie glaubte, damit ihren Willen durchsetzen zu können. Aber es kam leider ganz anders. Er hat sie umgebracht.«

»Sie setzen also immer noch auf Lennart Thorsson.«

»Es paßt doch perfekt, Inspector. Übrigens habe ich die Adresse in der Seymour Street überprüft, die in ihrem Kalender stand.«

»Und?«

»Eine Klinik. Wie der zuständige Arzt mir sagte, war Elena am Mittwoch nachmittag da, um einen Schwangerschaftstest machen zu lassen. Und wir wissen, daß Thorsson am Donnerstag abend bei ihr war. Er war erledigt, Inspector. Aber es war ja noch viel schlimmer.«

»Wieso?«

»Na, die Pillenpackung in ihrem Zimmer. Ich glaube, Elena *wollte* schwanger werden, Sir.« Barbara trank einen Schluck Tee. »Sie hat ihn auf die klassische Methode reingelegt.«

Lynley blickte stirnrunzelnd auf den Bericht, nahm seine Brille ab und putzte die Gläser mit einem Zipfel von Barbaras Schal. »Das muß nicht unbedingt sein. Sie kann die Pille auch abgesetzt haben, weil es keinen Anlaß gab, sie zu nehmen – keinen Mann in ihrem Leben. Und als dann einer auftauchte, war sie nicht vorbereitet.«

»Blödsinn!« widersprach Barabara. »Die meisten Frauen wissen vorher, ob sie mit einem Mann schlafen werden oder nicht. Meistens wissen sie es schon in dem Moment, in dem sie ihn kennenlernen.«

»Aber nicht, wenn sie vergewaltigt werden.«

»Okay, dann nicht. Das geb ich zu. Aber das schließt Thorsson nicht aus.«

»Nein, aber es macht ihn auch nicht zum einzigen Kandidaten.«

Es klopfte zweimal kurz und dringlich an die Tür. Als Lynley »Ja bitte?« rief, streckte der Pförtner den Kopf herein. »Eine Nachricht«, sagte er und winkte mit einem Zettel.

»Danke.« Lynley stand auf.

Der Mann zog den Arm zurück. »Nicht für Sie, Inspector. Für Sergeant Havers.«

Barbara nahm den Zettel mit einem kurzen Nicken des Dankes. Der Pförtner zog sich zurück. Barbara las. Lynley sah, wie sie blaß wurde. Sie knüllte den Zettel zusammen und ging zum Schreibtisch zurück.

Er sagte leichthin: »Ich glaube, für heute haben wir geschafft, was zu schaffen war, Havers.« Er zog seine Uhr heraus. »Es ist nach – Du lieber Gott, so spät schon? Halb vier. Vielleicht sollten Sie lieber –«

Sie senkte den Kopf. Sie stopfte ihre Sachen in ihre Umhängetasche. Er brachte es nicht über sich, weiter Theater zu spielen. Sie waren schließlich keine Bankangestellten. Sie hatten keine normalen Arbeitszeiten.

»Es klappt nicht«, sagte sie. Sie warf den zusammengeknüllten Zettel in den Papierkorb. »Ich möchte wissen, warum zum Teufel nie was klappt.«

»Fahren Sie nach Hause«, sagte er. »Kümmern Sie sich um sie. Ich mach das hier schon.«
»Soviel Arbeit. Das ist nicht fair.«
»Es ist vielleicht nicht fair, aber es ist ein Befehl. Fahren Sie, Barbara. Sie können um fünf zu Hause sein. Kommen Sie morgen vormittag wieder her.«
»Aber erst knöpf ich mir noch Thorsson vor.«
»Das ist nicht nötig. Der läuft uns nicht weg.«
»Trotzdem.« Sie hob ihren Mantel vom Boden auf und hängte sich ihre Tasche über die Schulter. Als sie sich ihm zuwandte, sah er, daß ihre Nase und ihre Wangen sehr rot waren.
»Barbara«, sagte er, »das Richtige ist manchmal auch das Nächstliegende. Das wissen Sie doch, nicht wahr?«
»Das ist ja das Verdammte«, antwortete sie.

»Mein Mann ist nicht zu Hause, Inspector. Er ist mit seiner geschiedenen Frau zum Bestattungsunternehmen gefahren.«
»Ich glaube, die Auskunft, um die es mir geht, können Sie mir auch geben.«
Justine Weaver sah an ihm vorbei ins verblassende Nachmittagslicht. Ihre Brauen waren zusammengezogen, als überlegte sie, was sie mit ihm anfangen sollte. Sie kreuzte die Arme und drückte die Finger in die Ärmel ihres Gabardineblazers. Es sah aus, als wäre ihr kalt, aber sie trat nicht von der Tür weg, um aus dem Wind zu gehen.
»Das kann ich mir nicht vorstellen. Ich habe Ihnen alles gesagt, was ich über Sonntag abend und Montag morgen weiß.«
»Aber vermutlich nicht alles, was Sie über Elena wissen.«
Erst jetzt sah sie ihn an. Ihre Augen waren so blau wie dunkle Vergißmeinnicht; ihre Farbe bedurfte keiner Betonung durch überlegte Kleiderwahl. Obwohl sie an diesem

Tag offenbar nicht zur Arbeit gegangen war, war sie beinahe so förmlich gekleidet wie gestern abend – heller Blazer, hochgeschlossene Seidenbluse, schmale lange Hose.

»Ich finde, Sie sollten mit meinem Mann sprechen, Inspector«, sagte sie.

Lynley lächelte. »Natürlich.«

Von der Straße war das schrille Bimmeln einer Fahrradglocke zu hören, dem ein kurzes Hupen antwortete. Drei Meisen flatterten vom Dach zur Auffahrt hinunter und begannen zwitschernd im Kies zu picken, um gleich darauf unbefriedigt wieder aufzuflattern. Justines Blick folgte ihrem Flug zu einer Zypresse am Rand des Rasens.

»Kommen Sie herein«, sagte sie endlich und trat von der Tür zurück.

Sie nahm ihm seinen Mantel ab und hängte ihn auf, ehe sie ihn ins Wohnzimmer führte. Diesmal bot sie keine Erfrischung an. Sie blieb in der Mitte des Raums stehen und drehte sich, die Hände lose vor sich gefaltet, langsam nach ihm um. In dieser Pose, vor dieser Kulisse wirkte sie, so wie sie gekleidet war, wie ein Mannequin. Lynley fragte sich, ob es möglich war, ihre Kontrolle zu erschüttern.

Er sagte: »Wann ist Elena in diesem Jahr zum Herbstsemester nach Cambridge gekommen?«

»Das Semester hat in der ersten Oktoberwoche angefangen.«

»Das weiß ich. Aber ich möchte gern wissen, ob sie früher gekommen ist. Vielleicht, um noch ein paar Tage bei ihrem Vater und Ihnen zu verbringen und sich langsam wieder einzuleben.«

Sie nickte kurz. »Sie muß irgendwann Mitte September gekommen sein. Am dreizehnten haben wir für die Mitglieder der Fakultät ein kleines Fest gegeben, und da war sie schon hier. Das weiß ich. Soll ich im Kalender nachsehen? Brauchen Sie das genaue Datum?«

»Sie hat nach ihrer Rückkehr zunächst hier bei Ihnen und Ihrem Mann gewohnt?«

»Ja. Wenn man von wohnen sprechen kann. Sie war ständig unterwegs. Immer aktiv.«

»Auch nachts?«

»Das ist eine merkwürdige Frage. Worauf wollen Sie hinaus?«

»Elena war in der achten Woche schwanger, als sie starb.«

Ein flüchtiges Beben lief über ihr Gesicht, mehr psychischer als körperlicher Natur. Doch ehe er versuchen konnte, es zu interpretieren, senkte sie den Blick.

»Sie haben es gewußt«, sagte Lynley.

Sie sah auf. »Nein. Aber es überrascht mich nicht.«

»Weil Sie wußten, daß sie eine Beziehung hatte?«

Ihr Blick flog von ihm zur Wohnzimmertür, als erwartete sie, dort Elenas Liebhaber zu sehen.

»Mrs. Weaver«, sagte Lynley, »wir haben es mit einem möglichen Motiv für die Ermordung Ihrer Stieftochter zu tun. Wenn Sie etwas wissen, dann sagen Sie es mir, ich bitte Sie.«

»Sie sollten mit meinem Mann sprechen, nicht mit mir.«

»Warum?«

»Weil ich ihre *Stief*mutter war.« Sie richtete ihren Blick wieder auf ihn. Er war bemerkenswert kühl. »Verstehen Sie das nicht? Ich habe kein Recht.«

»Kein Recht, über diese Tote etwas Negatives zu sagen, meinen Sie?«

»Wenn Sie so wollen.«

»Sie haben Elena nicht gemocht. Das ist ziemlich deutlich. Aber das ist doch nichts Besonderes. Es gibt bestimmt Millionen von Frauen, die für die Kinder ihres Ehemanns aus einer anderen Ehe wenig übrig haben.«

»Nur werden diese Kinder im allgemeinen nicht ermordet, Inspector.«

»Der heimliche Wunsch der Stiefmutter, der in Erfüllung gegangen ist?« Sie zuckte zurück, und das war ihm Antwort genug. Ruhig sagte er: »Das ist kein Verbrechen, Mrs. Weaver. Sie sind nicht der erste Mensch auf der Welt, der zu seinem Entsetzen sehen muß, daß sein finsterster Wunsch ihm erfüllt worden ist.«

Mit steifen Schritten ging sie zum Sofa und setzte sich. Sie lehnte sich nicht zurück, sie ließ sich nicht in die Polster sinken; sie blieb auf der Kante sitzen, die Hände im Schoß, den Rücken kerzengerade und steif. »Bitte, setzen Sie sich, Inspector Lynley«, sagte sie. Als er der Aufforderung nachgekommen war und ihr gegenüber Platz genommen hatte, fuhr sie fort: »Also gut. Ich habe gewußt, daß Elena...« Sie schien nach einer angemessenen Wendung zu suchen... »na ja, daß sie von sexueller Enthaltsamkeit nichts hielt.«

»Hat sie Ihnen das gesagt?« fragte Lynley.

»Es war offenkundig. Ich konnte es an ihr riechen. Sie hat sich nicht immer die Mühe gemacht, hinterher zu duschen, und der Geruch ist ja ziemlich charakteristisch.«

»Haben Sie mit ihr darüber gesprochen? Oder hat Ihr Mann es angesprochen?«

Sie zog ironisch eine Augenbraue hoch. »Ich glaube, mein Mann ignorierte lieber, was seine Nase ihm sagte.«

»Und Sie?«

»Ich habe mehrmals versucht, mit ihr zu sprechen. Erstens, weil ich glaubte, sie sei aus Unwissenheit so nachlässig, und zweitens, weil ich mich vergewissern wollte, daß sie etwas zur Verhütung tat. Ich hatte, ehrlich gesagt, nicht den Eindruck, daß sie und ihre Mutter solche Gespräche führten.«

»Aber sie wollte wohl nicht mit Ihnen sprechen?«

»Im Gegenteil. Sie war durchaus bereit, mit mir zu sprechen. Sie war ziemlich belustigt über meine Besorgnis. Sie teilte mir mit, sie nähme die Pille bereits seit ihrem vierzehnten Lebensjahr. Sie habe damals ein Verhältnis mit dem Vater einer Schulfreundin gehabt. Ob das wahr ist, weiß ich nicht. Was die Hygiene angeht, so wußte Elena genau, was sie tat. Sie duschte absichtlich nicht. Die Leute sollten ruhig wissen, was sie trieb. Vor allem, glaube ich, wollte sie es ihren Vater wissen lassen.«

»Wie kommen Sie darauf?«

»Ach, manchmal kam sie sehr spät noch bei uns vorbei, und wenn wir dann noch auf waren, hat sie sich förmlich an ihren Vater gehängt. Mit ihm geschmust. Und gerochen hat sie wie...« Justine verstummte.

»Wollte sie ihren Vater stimulieren, glauben Sie?«

»Das dachte ich zuerst, ja. Sie hat sich wirklich ganz so verhalten. Aber dann kam mir der Verdacht, daß sie ihm nur unter die Nase reiben wollte, wie normal sie sei.«

»Aus Trotz?«

»Nein. Nein, gar nicht. Es war eher ein Akt der Unterwürfigkeit.« Sie merkte seinen fragenden Blick und fügte hinzu: »Ich bin ganz normal, Daddy. Schau, wie normal ich bin. Ich geh auf Partys, ich trinke und schlafe mit Männern. Das wolltest du doch, oder nicht? Du wolltest doch immer ein normales Kind.«

Ihre Worte bestätigten, was Terence Cuff am Abend zuvor über Anthony Weavers Beziehung zu seiner Tochter angedeutet hatte.

»Inspector, er wollte ihre Gehörlosigkeit negieren. Und ihre Mutter ebenso.«

»Hat Elena das gewußt?«

»Natürlich. Ihre Mutter und ihr Vater haben ja ihr ganzes Leben lang krampfhaft versucht, eine normale Frau aus ihr zu machen, genau das, was sie niemals werden konnte.«

»Weil sie gehörlos war.«

»Richtig.« Zum erstenmal löste sich Justine aus ihrer

starren Haltung und beugte sich ein wenig vor, um ihren Worten Nachdruck zu verleihen. »Wer taubstumm ist, ist nicht normal, Inspector.«

Sie hielt inne und sah ihn an, als wollte sie seine Reaktion beobachten. Und er spürte schon jenen Widerwillen in sich aufsteigen, der ihn stets durchzuckte, wenn jemand eine fremdenfeindliche, menschenfeindliche oder rassistische Bemerkung machte.

»Sehen Sie«, sagte sie ruhig, »Sie möchten auch einen normalen Menschen aus ihr machen. Sie möchten behaupten, sie sei normal, und möchten mich dafür verurteilen, daß ich zu behaupten wage, wenn man taubstumm sei, sei man anders. Genau das wollte Anthony gern glauben. Man kann ihn also im Grunde nicht dafür verurteilen, nicht wahr, daß er seine Tochter genauso beschreiben wollte, wie Sie es eben getan haben!«

Die Worte waren von einer klaren, kühlen Erkenntnis. Lynley fragte sich, wieviel Zeit und Überlegung Justine Weaver zu einer so distanzierten Beurteilung gebraucht hatte.

»Aber Elena konnte ihn verurteilen.«

»Ja, und sie hat es getan.«

»Adam Jenn hat mir erzählt, daß er sich auf Wunsch Ihres Mannes ab und zu mit ihr getroffen hat.«

Justine richtete sich wieder auf. »Anthony hoffte, Elena würde sich in Adam verlieben.«

»Könnte er dann vielleicht der sein, der sie geschwängert hat?«

»Das glaube ich nicht. Adam hat sie erst im letzten September kennengelernt, auf dem Fakultätsfest, das ich vorhin erwähnt habe.«

»Aber wenn sie kurz darauf schwanger wurde...?«

Justine wehrte mit einer kurzen Handbewegung ab. »Sie hat schon lange vorher regelmäßig mit einem oder mehreren Männern geschlafen. Auf jeden Fall seit Dezember.« Wieder schien sie seine nächste Frage vorauszusehen. »Ich weiß es, weil ich kurz vor dem Weihnachtsball eines dieser Gespräche mit ihr führte, von denen ich Ihnen erzählt habe. Da hat sie überhaupt keinen Zweifel daran gelassen, was sie tat.«

»Wer hat sie auf den Ball begleitet?«

»Gareth Randolph.«

Der gehörlose Student. Gut möglich, daß Elena Weaver ihn als Instrument der Rache benutzt hatte. Wenn es ihr darum gegangen war, ihren Vater dafür büßen zu lassen, daß er sie unbedingt als völlig normale junge Frau sehen wollte, hätte sie sich kaum etwas Besseres einfallen lassen können als eine Schwangerschaft. Damit bewies sie ihm, daß sie so war, wie er sie allem Anschein nach haben wollte – die normale Tochter mit normalen Bedürfnissen und normalen Gefühlen und einem normal funktionierenden Körper. Und gleichzeitig hatte sie ihre Vergeltung, indem sie sich als Vater ihres Kindes einen Gehörlosen wählte. Die perfekte Rache. Er fragte sich nur, ob Elena tatsächlich so hinterhältig gewesen war, oder ob ihre Stiefmutter ihre Schwangerschaft dazu benutzte, ein Bild von dem Mädchen zu zeichnen, das ihren eigenen Zwecken diente.

»Seit Januar taucht in Elenas Kalender immer wieder die Skizze eines Fisches auf. Sagt Ihnen das etwas?«

»Ein Fisch?«

»Ja. Mit Bleistift skizziert. Jede Woche mehrmals. Auch der Tag vor ihrem Tod war in ihrem Kalender mit diesem Zeichen markiert.«

»Ein Fisch, sagen Sie?«

»Ja.«

»Ich habe keine Ahnung, was das bedeuten soll.«

»Vielleicht ein Verein, dem sie angehörte? Eine Person, mit der sie sich regelmäßig getroffen hat?«

»Sie machen ja den reinsten Spionageroman aus Elenas Leben, Inspector.«

»Es scheint sich doch aber um ein Geheimnis zu handeln, oder sind Sie da anderer Meinung?«

»Wieso?«

»Nun, sonst hätte sie doch das niederschreiben können, wofür der Fisch stand.«

»Vielleicht war es einfacher, den Fisch hinzuzeichnen. Es hat bestimmt nichts Besonderes zu bedeuten. Weshalb hätte sie sich sorgen sollen, daß irgend jemand sieht, was sie in ihren Kalender eingetragen hat? Es war vermutlich ein Kürzel, das sie benützte, um etwas im Kopf zu behalten. Ein Tutorium vielleicht.«

»Oder ein heimliches Rendezvous.«

»Elena hat doch aus ihren sexuellen Aktivitäten überhaupt keinen Hehl gemacht, Inspector. Weshalb hätte sie in ihrem *eigenen* Kalender eine Verabredung mit einem Mann verschleiern sollen?«

»Ihres Vaters wegen vielleicht. Er sollte zwar ruhig wissen, was sie trieb, aber nicht mit wem. Er hat doch ihren Kalender bestimmt zu Gesicht bekommen. Er hat sie schließlich in ihrem Zimmer besucht. Und vielleicht wollte sie ihm den Namen verheimlichen.« Lynley wartete auf eine Erwiderung. Als Justine Weaver stumm blieb, sagte er: »In Elenas Schreibtisch haben wir mehrere Packungen mit der Pille gefunden. Sie hatte sie seit Februar nicht mehr genommen. Haben Sie dafür vielleicht eine Erklärung?«

»Höchstens die nächstliegende: Sie wollte schwanger werden. Aber das wundert mich nicht. Das ist doch ganz normal. Man liebt einen Mann. Man möchte ein Kind von ihm.«

»Sie und Ihr Mann haben keine Kinder, Mrs. Weaver?«

Der plötzliche Themenwechsel, der ganz logisch an ihre eigene Bemerkung anknüpfte, schien ihr einen Moment den Atem zu rauben. Sie öffnete kurz die Lippen. Ihr Blick flog zu dem Hochzeitsfoto auf dem Beistelltisch. Sie schien sich noch gerader aufzurichten, ehe sie ruhig antwortete: »Nein, wir haben keine Kinder.«

Er wartete. So oft in der Vergangenheit hatte sich bei dem Bemühen, der Wahrheit auf den Grund zu kommen, sein Schweigen als weit nützlicher erwiesen als die pointiertesten Fragen. Minuten verstrichen. Ein plötzlicher Windstoß warf einen Schwall Ahornblätter gegen die Fensterscheibe. Sie sahen aus wie eine aufgeblähte safrangelbe Wolke.

Justine sagte: »Kann ich sonst noch etwas für Sie tun?« und strich sich mit der Hand über die tadellos gebügelte Hose.

Er gab sich geschlagen. »Danke«, sagte er und stand auf. »Im Augenblick nicht.«

Sie brachte ihn hinaus und reichte ihm seinen Mantel. Ihr Gesicht sah nicht anders aus als eine halbe Stunde vorher, als sie ihn eingelassen hatte. Er wollte staunen über dieses Maß an Selbstbeherrschung, doch statt dessen fragte er sich, ob es wirklich darum ging, Gefühle zu beherrschen, und nicht vielmehr darum, diese Gefühle überhaupt zu haben. Und nur um auf diese Frage eine Antwort zu bekommen, nicht um den Panzer einer so beherrschten Person zu durchbrechen, stellte er seine letzte Frage: »Elena wurde gestern morgen von einer Malerin aus Grantchester gefunden«, sagte er. »Sie heißt Sarah Gordon. Kennen Sie sie?«

Hastig bückte sie sich, um ein kleines Blättchen aufzuheben, das kaum wahrnehmbar auf dem Parkettboden lag. Sie rieb mit einem Finger über die Stelle, drei-, viermal vor und zurück, als hätte das Blättchen das Holz beschädigt. Dann richtete sie sich wieder auf.

»Nein«, antwortete sie und blickte ihm direkt in die Augen. »Ich kenne keine Sarah Gordon.« Es war eine Glanzvorstellung.

Er nickte, öffnete die Tür und trat hinaus. Ein Irish Setter mit einem schmutzigen Tennisball im Maul kam ihnen entgegengesprungen. Mit langen Sätzen jagte er über den Rasen, sprang über einen weißen Gartentisch und lief über die Auffahrt, direkt auf Lynley zu. Er machte halt, ließ den Ball fallen und wedelte erwartungsvoll mit dem Schwanz. Lynley hob den Ball auf und schleuderte ihn über die Zypresse hinweg. Mit freudigem Kläffen rannte der Hund hinterher. Wieder kam er über den Rasen gesprungen, wieder setzte er über den Gartentisch, wieder legte er Lynley den Ball zu Füßen. Noch einmal, bettelte sein Blick. Noch einmal.

»Sie ist immer am späten Nachmittag hergekommen, um mit ihm zu spielen«, bemerkte Justine. »Er wartet auf sie. Er weiß nicht, daß sie nie wieder kommt.«

»Adam hat mir erzählt, daß der Hund morgens mit Ihnen und Elena gelaufen ist«, sagte Lynley. »Haben Sie ihn gestern, als Sie allein gelaufen sind, auch mitgenommen?«

»Nein, das war mir zu mühsam. Er hätte zum Fluß hinuntergezogen, und dahin wollte ich ja nicht.«

Lynley kraulte den Setter hinter den Ohren. Als er aufhörte, stupste der Hund ihn an. Lynley lächelte.

»Wie heißt er?«

»Sie hat ihn Townee genannt.«

Justine erlaubte sich keine Reaktion. Aber sie reagierte doch. Sie merkte es, als sie in der Küche stand und sah, wie verkrampft sie das Wasserglas hielt. Sie drehte den Hahn auf, ließ das Wasser einen Moment laufen, hielt das Glas darunter.

Es war, als wären jeder Streit und jede Diskussion, jeder Moment flehentlicher Bitte und jede Sekunde der Leere dieser letzten Jahre in dieser einen Feststellung zusammengefaßt und komprimiert worden: Sie und Ihr Mann haben keine Kinder.

Und sie selbst hatte dem Mann die Gelegenheit zu dieser Bemerkung gegeben: Man liebt einen Mann. Man möchte ein Kind von ihm. Aber nicht hier, nicht jetzt, nicht in diesem Haus, nicht von diesem Mann.

Ohne das Wasser abzudrehen, hob sie das Glas zum Mund und zwang sich zu trinken. Sie füllte das Glas ein zweites Mal und trank wieder. Erst dann drehte sie den Hahn zu und hob den Blick von der Spüle, um durch das Küchenfenster in den Garten hinauszusehen, wo zwei Bachstelzen auf dem Rand des Vogelbads wippten.

Eine Zeitlang hatte sie insgeheim gehofft, es werde ihr gelingen, ihn so zu verführen, daß er in seinem Begehren nach ihr alle Vorsicht vergessen – alle Kontrolle verlieren würde. Aber nichts – kein noch so leidenschaftliches Seufzen und Stöhnen, kein noch so erregtes Streicheln und Liebkosen – konnte Anthony davon abhalten, sich im kritischen Moment von ihr zu erheben, in der Nachttischschublade zu fummeln und sich diese verdammte Latexhülle überzustülpen, die Strafe dafür, daß sie in der Hitze einer fruchtlosen Auseinandersetzung damit gedroht hatte, ohne sein Wissen die Pille abzusetzen.

Er hatte ein Kind. Er wollte nicht noch eines. Er konnte Elena nicht noch einmal verraten. Er hatte sie verlassen. Er würde die Zurückweisung, die darin lag, nicht dadurch noch schlimmer machen, daß er ein zweites Kind in die Welt setzte, das Elena vielleicht als Rivalin um die Liebe des Vaters ansehen, von dem sie sich vielleicht verdrängt fühlen würde. Außerdem hatte er Angst, sie könnte glauben, es ginge ihm einzig darum, seine narzißtischen Bedürfnisse zu stillen, indem er ein Kind zeugte, das hören konnte.

Sie hatten das alles vor der Heirat besprochen. Er war von Beginn an aufrichtig gewesen. Er hatte ihr gesagt, daß Kinder in Anbetracht seines Alters und seiner Verantwortung Elena gegenüber nicht in Frage kämen. Sie war damals fünfundzwanzig gewesen und hatte am Anfang einer Karriere gestanden, die ihr wichtig war; an Kinder hatte sie nicht gedacht, nur ihr beruflicher Erfolg hatte sie interessiert. Den hatten ihr die vergangenen zehn Jahre gebracht – sie war mit fünfunddreißig zur Verlagsleiterin aufgestiegen –, aber sie hatten auch ihr Bewußtsein für ihre eigene Vergänglichkeit geschärft und den starken Wunsch in ihr geweckt, etwas Eigenes zu hinterlassen, etwas, das nicht das Werk eines anderen war.

Ein Monat nach dem anderen verstrich. Ein Ei nach dem anderen wurde vom Blutstrom ausgespült. Eine Lebensmöglichkeit nach der anderen wurde vertan.

Aber Elena war schwanger gewesen.

Justine wollte schreien. Weinen. Das kostbare Hochzeitsgeschirr aus dem Schrank reißen und jedes Stück einzeln an die Wand schleudern. Möbel umstürzen. Bilder zertrümmern. Mit der Faust durch die Fensterscheibe schlagen. Statt dessen senkte sie den Blick zu dem Glas, das sie in der Hand hielt, und stellte es sorgsam und präzise in die blütenweiße Porzellanspüle.

Sie dachte an den Blick, mit dem Anthony seine Tochter angesehen hatte; das Feuer blinder Liebe in diesem Blick. Und dennoch hatte sie es geschafft, sich zurückzuhalten, zu schweigen und nichts zu sagen, anstatt die Wahrheit auszusprechen und zu riskieren, daß er daraus schließen würde, daß sie seine Liebe zu Elena nicht teilte. Elena. Die ungezügelte, widersprüchliche Vitalität ihres Wesens – die rastlose, nervöse Energie, der forschende Verstand, der überschwengliche Humor, der tiefe schwarze Zorn. Und immer das leidenschaftliche Verlangen nach unbedingter Annahme, das in steter Fehde mit ihrem Wunsch nach Rache lag.

Die Rache war ihr gelungen. Justine hätte gern gewußt, was Elena empfunden hatte, wenn sie an den Moment dachte, da sie ihrem Vater sagen würde, daß sie schwanger war; daß sie ihn dafür bezahlen lassen würde, daß er sie nie so akzeptiert hatte, wie sie war. Es mußte ein Triumph für sie gewesen sein. Und sie selbst – Justine – müßte eigentlich auch ein wenig Triumph verspüren, da sie nun einen Beweis in der Hand hatte, der Anthonys Illusionen über seine Tochter ein für allemal zerstören würde. Sie war doch schließlich froh, wirklich froh, daß Elena tot war.

Sie wandte sich von der Spüle ab und ging durch das Speisezimmer ins Wohnzimmer. Es war still im Haus. Sie fror plötzlich und drückte eine Hand erst an ihre Stirn, dann an ihre Wangen. Vielleicht, dachte sie, brüte ich etwas aus. Dann setzte sie sich, die Hände im Schoß gefaltet, auf das graue Ledersofa und starrte auf den wohlgeordneten, symmetrischen Stapel künstlicher Kohle im offenen Kamin.

Wir geben ihr ein Zuhause, hatte er gesagt, als er erfahren hatte, daß Elena nach Cambridge kommen würde. Wir geben ihr Liebe. Nichts, Justine, ist wichtiger als das.

Zum ersten Mal seit Anthonys verzweifeltem Anruf am Vortag, dachte Justine darüber nach, wie Elenas Tod sich möglicherweise auf ihre Ehe auswirken würde. Denn wie oft hatte Anthony davon gesprochen, wie wichtig es sei, Elena außerhalb des College ein heiles Zuhause zu bieten, und wie oft hatte er die Dauerhaftigkeit ihrer zehnjährigen Ehe als ein leuchtendes Beispiel jener Art von Hingabe, Treue und stärkender Liebe angeführt, die alle suchten und wenige fanden, wenn sie heirateten. Wie oft hatte er von ihrer Zweisamkeit als einer Insel des Friedens gesprochen, auf die seine Tochter sich zurückziehen konnte, um sich für die Herausforderungen und Kämpfe ihres Lebens zu stärken.

Elena würde im Glanz und in der Wärme ihrer ehelichen Liebe gedeihen und wachsen. Sie würde ihr Frausein besser akzeptieren können, da sie eine vorbildhafte Ehe erlebt hatte, die glücklich und liebevoll und rundum vollkommen war.

Das war Anthonys Plan gewesen. Sein Traum. Und indem sie beide allen Widerwärtigkeiten zum Trotz daran festgehalten hatten, war es ihnen möglich gewesen, die Realität zu verschleiern und weiterhin die Lüge zu leben.

Justine blickte vom Kamin zu ihrem Hochzeitsbild. Sie saßen – war es eine Art Bank gewesen? – Anthony ein wenig hinter ihr. Sein Haar war damals länger gewesen, aber sein Schnurrbart war so konservativ gestutzt wie heute, und seine Brille hatte das gleiche Nickelgestell. Beide blickten sie aufmerksam in die Kamera, mit einem halben Lächeln nur, als könnte ein Vorzeigen allzuviel Glücks die Ernsthaftigkeit ihres Unterfangens in Frage stellen. Es ist schließlich eine schwerwiegende Sache, in das Unternehmen »vollkommene Ehe« einzusteigen. Aber ihre Körper berührten einander nicht auf dem Foto. Sein Arm umfing sie nicht. Seine Hände hielten nicht die ihren. Es war, als hätte der Fotograf eine Wahrheit erkannt, die sie selbst nicht gesehen hatten.

Zum ersten Mal sah Justine, was geschehen konnte, wenn sie nichts tat, und wußte, daß sie handeln mußte, auch wenn sie es lieber nicht getan hätte.

Townee spielte noch vorn im Garten, als sie aus dem Haus ging. Um sich die Zeit zu sparen, die es gekostet hätte, ihn hinten ins Haus zu sperren, rief sie ihn zu sich, machte die Autotür auf und ließ ihn in den Wagen springen, ohne sich darum zu kümmern, daß er schmutzige Tapser auf dem Beifahrersitz hinterließ. Jetzt war nicht der Moment, sich über Kleinigkeiten wie verschmutzte Autobezüge aufzuregen.

Sie fuhr den Wagen rückwärts aus der Auffahrt hinaus und nahm die Richtung zur Stadt. Er war vermutlich wie die meisten Männer ein Gewohnheitstier. Also würde er seinen Tag wahrscheinlich am Midsummer Common beschließen.

Hinter den Wolken verströmte die Sonne ihr letztes Licht und sandte lange rosige Strahlen in den Himmel hinauf. Townee bellte aufgeregt vorüberfliegende Hecken und vorbeifahrende Autos an.

Die Bootshäuser der Colleges säumten das Nordufer des Cam. Sie blickten über den Fluß hinweg nach Süden zum Midsummer Common, wo in der jetzt rasch einfallenden Dunkelheit ein junges Mädchen mit einem Cowboyhut auf langem blonden Haar eines von zwei Pferden striegelte. Das Pferd warf ungeduldig den Kopf und wehrte sich mit schlagendem Schweif gegen ihre Bemühungen. Aber das Mädchen mit dem Cowboyhut hatte es fest unter Kontrolle.

Der Wind schien hier, wo keine Häuser Schutz boten, kälter und stärker zu sein. Als Justine aus dem Wagen stieg und Townee an die Leine nahm, flatterten ihr drei orangefarbene Zettel wie wilde Vögel ins Gesicht. Sie schlug sie weg. Einer fiel auf die Kühlerhaube ihres Peugeots. Sie sah Elenas Bild.

Es war ein Flugblatt der Gehörlosenvereinigung, das um Informationen bat. Sie packte es, ehe der Wind es fortblasen konnte, und schob es in ihre Manteltasche. Dann ging sie zum Fluß.

Um diese Tageszeit waren keine Rudermannschaften auf dem Wasser. Sie trainierten im allgemeinen vormittags. Aber die einzelnen Bootshäuser waren noch offen, eine Reihe eleganter Fassaden, hinter denen sich nichts weiter verbarg als geräumige Schuppen.

Justine folgte mit dem Hund an der Leine der sanften Biegung des Flusses. Der Hund zog und hechelte, voll eifrigen Verlangens, die Bekanntschaft der vier Enten zu machen, die schnell vom Ufer abstießen, als sie ihn sahen. Justine nahm die Leine kürzer.

»Schluß jetzt!« sagte sie ungeduldig. »Bei Fuß!«

Vor ihnen näherte sich ein einsamer Skull gegen Wind und Strömung dem Ufer. Justine bildete sich ein, ihn keuchen zu hören, denn selbst auf diese Entfernung und im trüber werdenden Licht konnte sie den Glanz des Schweißes auf seinem Gesicht erkennen. Sie ging an den Flußrand.

Er sah nicht gleich auf, als er das Boot hereingebracht hatte. Er blieb über die Ruder gebeugt, den Kopf auf die Hände gestützt. Sein Haar – am Scheitel schütter – klebte feucht und geringelt an seinem Kopf. Justine fragte sich, wie lange er gerudert war und ob die körperliche Bewegung ihm irgendwie geholfen hatte, der Gefühle Herr zu werden, die ihn zweifellos überwältigt hatten, als er von Elenas Tod gehört hatte.

Erst als Townee zu winseln anfing, weil er laufen wollte, sah der Mann auf. Er sagte nichts. Auch Justine schwieg. Der Hund winselte weiter, die Enten quakten warnend, aus einem der Bootshäuser schallte Rock and Roll-Musik herüber.

Der Mann stieg aus dem Boot und kam ans Ufer. Ihr wurde bewußt, daß sie vergessen hatte, wie klein er war, vielleicht fünf Zentimeter kleiner als sie selbst, die nur eins dreiundsiebzig war.

Mit einer nachlässigen Geste zum Boot sagte er: »Ich wußte nicht, was ich sonst tun sollte.«

»Du hättest nach Hause fahren können.«

Er lachte fast lautlos. Mit einer Hand kraulte er Townee den Kopf. »Er sieht gut aus. Gesund. Sie hat sich gut um ihn gekümmert.«

Justine griff in ihre Tasche und zog das Flugblatt heraus, das ihr entgegengeflogen war. Sie gab es ihm. »Hast du das gesehen?«

Er las es. Er strich mit den Fingern über die schwarze Schrift und dann über Elenas Bild.

»Ja«, sagte er, »ich habe es schon gesehen. So habe ich es erfahren. Niemand hat mich angerufen. Ich hatte keine Ahnung. Ich habe es im Aufenthaltsraum gesehen, als ich heute morgen um zehn reinging, um mir einen Kaffee zu holen. Und dann . . .« Er blickte über den Fluß zum Midsummer Common, wo das junge Mädchen mit dem Cowboyhut ihre Pferde wegführte. »Ich wußte nicht, was ich tun sollte.«

»Warst du Sonntag nacht zu Hause, Victor?«
Er sah sie nicht an, als er den Kopf schüttelte.
»War sie bei dir?«
»Eine Zeitlang.«
»Und dann?«
»Dann ist sie in ihr Zimmer zurück. Und ich bin in meinem geblieben.« Jetzt erst sah er sie an. »Woher weißt du von uns? Hat sie es dir gesagt?«
»Ich weiß es seit September. Seit der Fakultätsparty. Ich weiß, daß ihr oben im Bad...«
»O Gott.« Er strich sich mit der Hand über das Gesicht. Es sah aus, als hätte er sich an diesem Tag nicht rasiert. Seine Haut hatte einen bläulichen Schimmer.
»Hat sie dir gesagt, daß sie schwanger war?«
»Ja.«
»Und?«
»Und was?«
»Und was hattest du vor?«
Er hatte zum Fluß hinausgeblickt, aber jetzt sah er sie wieder an. »Ich wollte sie heiraten«, sagte er.
Es war nicht die Antwort, auf die sie gefaßt gewesen war. Doch je länger sie darüber nachdachte, desto weniger überraschend fand sie sie. Allerdings ließ diese Antwort ein kleines Problem unberücksichtigt.
»Wo war deine Frau am Sonntag abend, Victor?« fragte sie. »Was hat Rowena getan, während du mit Elena zusammen warst?«

11

Lynley war froh, als er Gareth Randolph endlich im Büro der Gehörlosenvereinigung antraf. Er hatte ihn zuerst im Wohnheim des Queen's College gesucht. Dort hatte man ihn an die Sporthalle verwiesen, wo die Boxmannschaft der

Universität täglich zwei Stunden trainierte. Aber im kleineren der beiden Säle, in dem es penetrant nach Schweiß, feuchtem Leder, Kreide und Magnesium stank, hatte ein Schwergewichtler von Bulldozerformat ihm den Weg zum Ausgang gezeigt und gesagt, Gareth sitze bei der VGS am Telefon und hoffe auf einen Anruf über die »Kleine«, die umgebracht worden war.

»Sie war sein Mädchen«, erklärte der Schwergewichtler. »Er ist ziemlich fertig.« Und er hieb mit beiden Fäusten wütend auf den Punching-Ball ein, der von der Decke herabhing.

Lynley fragte sich, ob Gareth Randolph in seiner Gewichtsklasse ein ebenso schlagkräftiger Boxer war. Er konnte gar nicht umhin, das, was Anthony Weaver ihm über den jungen Mann gesagt hatte, mit Barbara Havers' Bericht von der Polizei Cambridge zu verknüpfen: Man hatte keinerlei Spuren gefunden, die über die Art der Waffe, mit der Elena Weaver geschlagen worden war, Auskunft gaben.

Die Gehörlosenvereinigung hatte ihren Sitz im Souterrain der Peterhouse-Bibliothek gleich am Ende der Little St. Mary's Lane, vielleicht fünfhundert Meter vom Queen's College entfernt, wo Gareth Randolph sein Zimmer hatte. Die Büroräume befanden sich am Ende eines niedrigen Korridors, der von hellen runden Ballonlampen erleuchtet wurde. Man konnte sie durch den Lubbock-Saal im Erdgeschoß der Bibliothek erreichen, oder direkt von der Straße aus durch einen Hintereingang, der keine fünfzig Meter von der Mill-Lane-Fußgängerbrücke entfernt war, über die Elena am Morgen ihres Todes gelaufen sein mußte. Auf der Milchglasscheibe der Haupttür stand *Vereinigung der gehörlosen Studenten von der Universität Cambridge*, darunter, weniger förmlich, VGS.

Lynley hatte eingehend darüber nachgedacht, wie er sich mit Gareth Randolph verständigen sollte. Er hatte mit dem

Gedanken gespielt, Superintendent Sheehan anzurufen und zu fragen, ob es bei der Polizeidienststelle Cambridge einen Dolmetscher gab. Er hatte nie zuvor mit einem Gehörlosen gesprochen und nach dem, was er in den letzten vierundzwanzig Stunden gehört hatte, konnte Gareth Randolph nicht wie Elena Weaver von den Lippen ablesen oder sich in Gebärdensprache verständlich machen.

Aber als er ins Büro kam, sah er, daß die Dinge sich von selbst regeln würden. Mit der Frau nämlich, die hinter einem Schreibtisch voller Bücher und Papierstapel saß, unterhielt sich ein junges Mädchen mit Brille und Zöpfen, die ihre Worte mit Gebärden begleitete. Hier, sagte sich Lynley, war seine Dolmetscherin.

»Gareth Randolph?« wiederholte die Frau hinter dem Schreibtisch auf seine Frage und nachdem sie einen Blick auf seinen Dienstausweis geworfen hatte. »Der ist im Konferenzzimmer. Bernadette, würdest du...?« Und zu Lynley gewandt: »Ich nehme an, Sie können die Gebärdensprache nicht, Inspector.«

»Richtig.«

Bernadette lächelte ein wenig verlegen angesichts ihrer plötzlichen Wichtigkeit und sagte: »Gut, Inspector. Dann kommen Sie mit. Wir kriegen das schon.«

Sie führte ihn durch einen kurzen Korridor, an dessen Decke weißgestrichene Rohre entlangliefen. »Gareth sitzt schon fast den ganzen Tag hier. Es geht ihm nicht besonders gut.«

»Wegen des Mordes?«

»Er hatte eine Schwäche für Elena. Das wußten alle.«

»Haben Sie selbst Elena gekannt?«

»Nur vom Sehen. Die anderen...«, sie machte eine Handbewegung, die wohl die Mitglieder der VGS umfassen sollte, »haben ab und zu einen Dolmetscher in den Vorlesungen dabei, nur um ganz sicher zu sein, daß ihnen nichts Wichtiges entgeht. Das ist übrigens meine Funktion hier. Ich dolmetsche. Damit verdiene ich mir was dazu, um während des Semesters über die Runden zu kommen. Außerdem bekomme ich auf die Weise ganz interessante Vorlesungen mit. Letzte Woche habe ich bei einer von Stephen Hawking gedolmetscht. Das war vielleicht ein Ding. Astrophysik. Versuchen Sie mal, so was in Zeichen auszudrücken. Die reinste Fremdsprache.«

»Das kann ich mir vorstellen.« Lynley lächelte. Sie gefiel ihm. »Aber für Elena Weaver haben Sie nie gedolmetscht?«

»Nein. Ich glaube, sie wollte keinen Dolmetscher.«

»Weil sie den Eindruck erwecken wollte, daß sie hören konnte?«

»Das weniger«, sagte Bernadette. »Ich glaube, sie war stolz darauf, daß sie von den Lippen ablesen konnte. Das ist sehr schwer, besonders für jemanden, der gehörlos zur Welt gekommen ist. Meine Eltern – sie sind beide gehörlos, wissen Sie – haben nie viel mehr von den Lippen abzulesen gelernt als ›macht drei Pfund‹ und ›danke schön‹. Aber Elena war echt erstaunlich.«

Sie öffnete die Tür zu einem Konferenzzimmer, das etwa die Größe eines Seminarraums hatte. Es enthielt wenig mehr als einen großen rechteckigen Tisch und mehrere Stühle. An dem Tisch saß, über ein Kollegheft gebeugt, ein junger Mann. Strähniges helles Haar fiel ihm über die breite Stirn in die Augen. Ab und zu hielt er beim Schreiben inne und kaute an den Fingernägeln der linken Hand.

»Moment«, sagte Bernadette und knipste ein paarmal das Licht an und aus.

Gareth Randolph blickte auf. Langsam erhob er sich. Er schob dabei einen Haufen zerknüllter Papiertücher zusammen, die auf dem Tisch lagen, und drückte sie in seiner Hand zusammen. Er war ein hoch aufgeschossener junger Mann mit blassem Gesicht, dessen Haut von roten Aknenarben durchsetzt war. Er sagte kein Wort, und als Bernadette zu sprechen begann, unterbrach er sie mit einer brüsken Geste, da sein Blick bis zu diesem Moment auf Lynley geruht hatte.

Bernadette wiederholte. »Das ist Inspector Lynley.« Ihre Hände flatterten wie flinke, helle Vögel unter ihrem Gesicht. »Er möchte dich wegen Elena Weaver sprechen.«

Der Blick des jungen Mannes flog wieder zu Lynley. Er musterte ihn von oben bis unten. Dann antwortete er, und Bernadette übersetzte. »Nicht hier.«

»In Ordnung«, sagte Lynley. »Wo immer es ihm recht ist.«

Bernadette übertrug Lynleys Worte und fügte in Gebärden- und Lautsprache hinzu: »Sprechen Sie Gareth direkt an, Inspector. Alles andere ist ziemlich entwürdigend.«

Gareth las und lächelte. Er antwortete Bernadette mit flüssigen Bewegungen.

»Was hat er gesagt?«

»Danke, Bernie. Wir machen doch noch eine Gehörlose aus dir.«

Gareth führte sie aus dem Konferenzzimmer hinaus. Sie gingen durch den Korridor zurück in ein ungelüftetes, überheiztes Büro. Der Platz reichte gerade für einen Schreibtisch, ein paar Bücherregale an den Wänden, drei Plastikstühle und einen kleinen Tisch, auf dem ein Schreibtelefon stand.

Schon bei der ersten Frage wurde Lynley klar, daß er bei diesem Verhör im Nachteil sein würde. Da Gareth Bernadettes Hände beobachtete, um Lynleys Fragen verstehen zu können, würde sich keine Gelegenheit ergeben, irgend etwas in seinem Blick zu erkennen, sollte eine Frage ihn unvorbereitet treffen. Und da er alle Fragen lautlos beantwortete, gab es auch keine Möglichkeit, aus Stimme oder Tonfall etwas herauszulesen. Lynley war neugierig, ob und wie Gareth seinen Vorteil nutzen würde.

»Ich habe schon viel über Ihre Beziehung zu Elena Weaver gehört«, begann Lynley. »Dr. Cuff vom St. Stephen's College hat Sie beide zusammengebracht, nicht wahr?«

»In ihrem Interesse«, antwortete Gareth wiederum mit brüsken, scharfen Bewegungen. »Um ihr zu helfen.«

»Durch VGS?«

»Elena war nicht gehörlos. Das war das Problem. Sie hätte es sein können, aber sie war es nicht. Sie haben es nicht zugelassen.«

Lynley runzelte verwirrt die Stirn. »Wie meinen Sie das? Alle haben mir gesagt...«

Gareth nahm sich ein Blatt Papier. Mit einem grünen Filzstift schrieb er zwei Wörter: *Gehörlos* und *gehörlos*. Das große G unterstrich er dreimal und schob das Blatt über den Schreibtisch.

Während Lynley auf die zwei Wörter blickte, sprach Bernadette. Ihre Hände schlossen Randolph in das Gespräch mit ein. »Er will damit sagen, Inspector, daß Elena gehörlos mit kleinem g war. Sie war behindert. Alle hier – besonders aber Gareth – sind gehörlos mit großem G.«

»Und das große G steht für anders?« fragte Lynley, der daran denken mußte, was Justine Weaver zu ihm gesagt hatte.

Gareth begann zu gestikulieren. »Ja, anders. Natürlich sind wir anders. Wir leben in einer Welt ohne Laute. Aber es ist mehr als das. Gehörlos sein mit großem G, das ist eine eigene Kultur. Gehörlos sein mit kleinem g ist eine Behinderung. Elena gehörte zu den Behinderten.«

Lynley deutete auf das erste der zwei Wörter. »Und Sie wollten Elena in diese Kultur einführen?«

»Würden Sie nicht auch wollen, daß ein Freund statt zu kriechen laufen lernt?«

»Ich verstehe diesen Vergleich nicht ganz.«

Randolph schob seinen Stuhl so heftig zurück, daß er

quietschend über den Linoleumboden schrammte. Er ging zum Bücherregal und zog zwei große, in Leder gebundene Alben heraus. Er warf sie auf den Schreibtisch. Auf dem Einband beider stand VGS und darunter eine Jahreszahl.

»Sehen Sie, was ich meine.« Randolph setzte sich wieder.

Lynley schlug eines der Alben an einer beliebigen Stelle auf. Es schien sich um ein Protokoll aller Aktivitäten gehörloser Studenten im vergangenen Jahr zu handeln, bestehend aus schriftlichen Berichten und Fotografien. Alles war eingeschlossen, von den Spielen der Rugby-Mannschaft bis zu den Tanzveranstaltungen, bei denen starke Lautsprecher den Rhythmus der Musik durch Schwingungen übertrugen, sowie Picknicks und gesellige Zusammenkünfte, bei denen Dutzende von Händen gleichzeitig gestikulierten und Dutzende von Gesichtern in lebendiger Aufmerksamkeit strahlten.

Lynley blätterte weiter. Er sah drei Rudermannschaften, deren Schlag von ihrem Steuermann mit Hilfe eines roten Signalfähnchens bestimmt wurde; eine zehnköpfige Percussion-Band, die sich eines überdimensionalen Metronoms bediente, um im gemeinsamen Rhythmus zu bleiben; eine Gruppe Flamenco-Tänzerinnen; eine Gruppe Turnerinnen und Turner. Und auf jeder Fotografie waren die Aktiven umgeben von Fans, deren Hände ihre gemeinsame Sprache sprachen. Lynley legte das Album wieder nieder.

»Wirklich eine tolle Gruppe«, sagte er.

»Das ist keine Gruppe. Das ist ein Lebensstil.« Randolph stellte die Alben wieder weg.

»Und wollte Elena an diesem Lebensstil teilhaben?«

»Sie wußte nicht mal, daß so was existierte, bis sie zu uns kam. Ihr hatte man immer nur beigebracht, daß Gehörlosigkeit eine Behinderung ist.«

»Da habe ich aber einen anderen Eindruck erhalten«, widersprach Lynley. »Wie ich hörte, haben ihre Eltern alles getan, um ihr jede Möglichkeit der Integration in die Welt der Hörenden zu geben. Sie haben ihr beigebracht, von den Lippen abzulesen. Sie haben ihr beigebracht zu sprechen. Das läßt doch weiß Gott nicht darauf schließen, daß sie sich mit der Gehörlosigkeit als einer Behinderung abgefunden haben.«

Randolph begann heftig zu gestikulieren. »Integration in die Welt der Hörenden – das ist doch Illusion. Wir können höchstens versuchen, die Hörenden in unsere Welt hereinzuholen. Damit sie uns als Menschen sehen, die genauso gut sind wie sie selbst. Aber ihr Vater wollte unbedingt, daß sie so tat, als gehörte sie zu den Hörenden. Brav von den Lippen ablesen. Brav sprechen.«

»Das ist doch kein Verbrechen. Wir leben schließlich in einer Welt der Hörenden.«

»*Sie* leben in einer Welt der Hörenden. Wir anderen kommen auch ohne Gehör gut zurecht. Wir wollen Ihr Gehör gar nicht haben. Aber das können Sie nicht glauben, nicht wahr? Weil Sie sich einbilden, etwas Besonderes zu sein, und nicht einfach anders.«

Wieder Justine Weavers Thema in leichter Variation. Die Taubstummen sind nicht normal. Aber, lieber Gott, die, die hören und sprechen können, sind es doch meistens auch nicht.

»Sie gehörte zu uns«, fuhr Randolph fort. »Zur VGS. Wir können stützen. Wir können verstehen. Aber das wollte er nicht. Er wollte nicht, daß sie überhaupt mit uns zu tun hatte.«

»Ihr Vater, meinen Sie?«

»Er wollte so tun, als könnte sie hören.«

»Wie hat sie selbst das denn empfunden?«

»Wie würden Sie es empfinden, wenn man von Ihnen verlangte, sich für etwas auszugeben, das Sie gar nicht sind?«

Lynley wiederholte seine frühere Frage. »Wollte sie denn an Ihrem Lebensstil teilhaben?«

»Sie wußte ja nicht mal...«

»Ja, das haben Sie schon gesagt. Sie wußte zunächst nicht, was es bedeutete, und hatte keine Möglichkeit, diese eigene Kultur zu verstehen. Aber als sie es erfaßt hatte, wollte sie sich da diesen Lebensstil zu eigen machen, gehörlos in Ihrem Sinn sein?«

»Sie hätte es gewollt. Mit der Zeit. Ganz bestimmt.«

Die Antwort sagte genug. Die Uninformierte, die sich auch informiert nicht bekehren lassen wollte. »Sie kam also nur zur *VGS*, weil Dr. Cuff darauf bestand. Weil sie nicht von der Uni fliegen wollte.«

»Anfangs, ja, da war das der einzige Grund. Aber dann ist sie zu unseren Veranstaltungen und Festen gekommen. Sie hat die Leute näher kennengelernt.«

»Hat sie auch Sie näher kennengelernt?«

Randolph zog die mittlere Schublade seines Schreibtisches auf. Er nahm ein Päckchen Kaugummi heraus und packte ein Stäbchen aus. Bernadette beugte sich vor, um seine Aufmerksamkeit zu gewinnen, aber Lynley hielt sie zurück. »Er wird gleich wieder hersehen.« Randolph nahm sich Zeit, aber Lynley hatte das Gefühl, daß es dem jungen Mann schwerer fiel, den Blick gesenkt zu halten, als ihm selbst, einfach abzuwarten. Als Randolph endlich aufblickte, sagte Lynley: »Elena war in der achten Woche schwanger.«

Bernadette räusperte sich. »Ach, du lieber Gott«, sagte sie und fügte hinzu: »Entschuldigen Sie.« Mit den Händen gab sie die Neuigkeit weiter.

Randolphs Blick flog zu Lynley und an ihm vorbei zur geschlossenen Tür. Er kaute seinen Kaugummi betont gemächlich, wie es schien. Und auch die Bewegungen seiner Hände waren langsam. »Das habe ich nicht gewußt.«

»Sie war nicht Ihre Freundin?«
Er schüttelte den Kopf.
»Ihre Stiefmutter sagte mir, daß sie seit Dezember letzten Jahres eine feste Beziehung zu einem Mann hatte, den sie regelmäßig sah. Die Verabredungen sind in ihrem Kalender nur mit einem Zeichen markiert – einem Fisch. Das bezog sich nicht auf Sie? Sie haben doch ungefähr um diese Zeit ihre Bekanntschaft gemacht, nicht wahr?«
»Ja. Ich habe sie gekannt. Ich habe mich um sie gekümmert. Dr. Cuff wollte es. Aber ich war nicht ihr Freund.«
»Ein Typ in der Sporthalle hat sie aber als ›Ihr Mädchen‹ bezeichnet.«
Randolph wickelte ein zweites Stäbchen Kaugummi aus dem Silberpapier und schob es in den Mund.
»Haben Sie sie geliebt?«
Wieder senkte er den Blick. Lynley fiel der Haufen Papiertücher im Konferenzzimmer ein. Er musterte das blasse Gesicht des jungen Mannes. »Man trauert nicht um einen Menschen, den man nicht liebt, Gareth«, sagte er, obwohl die Aufmerksamkeit des jungen Mannes nicht auf Bernadettes Hände gerichtet war.
Bernadette sagte: »Er wollte sie heiraten, Inspector. Das weiß ich, weil er es mir einmal gesagt hat. Und er –«
Vielleicht nahm Randolph ihr Gespräch über einen sechsten Sinn wahr. Er blickte auf. Schnell bewegte er die Hände.
»Ich habe ihm nur die Wahrheit gesagt«, erwiderte Bernadette. »Ich habe ihm gesagt, daß du sie heiraten wolltest. Er weiß, daß du sie geliebt hast, Gareth. Es ist offensichtlich.«
»Aber es war vorbei.« Randolph gestikulierte mit geballten Fäusten.
»Seit wann?«
»Sie hatte nichts für mich übrig.«

»Das ist keine richtige Antwort.«
»Ihr hat ein anderer gefallen.«
»Wer?«
»Das weiß ich nicht. Es ist mir auch egal. Ich hab gedacht, wir gehörten zusammen. Aber das hat nicht gestimmt. Das war's dann auch schon.«
»Wann hat sie Ihnen das klargemacht? Vor kurzem erst?«
Sein Gesicht war mürrisch. »Ich weiß nicht mehr.«
»Am Sonntag abend? Haben Sie deshalb mit ihr gestritten?«
»Ach Gott«, murmelte Bernadette, aber sie übersetzte brav weiter.
»Ich hatte keine Ahnung, daß sie schwanger war. Das hat sie mir nicht gesagt.«
»Aber das andere hat sie Ihnen gesagt. Daß sie einen anderen Mann liebte, das hat sie Ihnen gesagt. Am Sonntag abend, stimmt's?«
»Ach, Inspector«, sagte Bernadette, »Sie können doch nicht im Ernst glauben, daß Gareth etwas...«
Randolph warf sich über den Schreibtisch und packte Bernadettes Hände. Dann gestikulierte er kurz und abrupt.
»Was sagt er?«
»Er möchte nicht, daß ich ihn in Schutz nehme. Er sagt, das sei völlig unnötig.«
»Sie studieren Maschinenbau?« fragte Lynley, und Randolph nickte. »Die technische Fakultät ist am Fen Causeway, nicht wahr? Haben Sie gewußt, daß Elena Weaver morgens immer diese Route gelaufen ist? Haben Sie sie mal laufen sehen? Sind Sie vielleicht einmal mit ihr gelaufen?«
»Sie wollen glauben, daß ich sie getötet habe, weil sie mich abgewiesen hat«, antwortete Randolph. »Sie glauben,

ich sei eifersüchtig gewesen. Sie sind schon davon überzeugt, daß ich sie getötet habe, weil sie mir einen anderen vorgezogen hat.«

»Das wäre doch ein ziemlich handfestes Motiv, meinen Sie nicht?«

Bernadette stieß einen Laut des Protests aus.

Randolph sagte: »Vielleicht hat der Kerl sie umgebracht, der ihr das Kind gemacht hat. Vielleicht war er nicht so verrückt nach ihr wie sie nach ihm.«

»Aber Sie wissen nicht, wer er war?«

Randolph schüttelte den Kopf. Lynley hatte ganz deutlich den Eindruck, daß er log. Aber ihm fiel in diesem Moment kein Grund ein, weshalb Gareth Randolph hätte lügen sollen, zumal wenn dieser glaubte, daß der Mann, dessen Kind Elena erwartet hatte, auch ihr Mörder war. Es sei denn, er hatte die Absicht, selbst mit diesem Mann abzurechnen. Auf seine Weise.

Noch während dieser Gedanke Lynley durch den Kopf ging, erkannte er, daß Randolph vielleicht noch einen anderen Grund hatte, nicht mit der Polizei zusammenzuarbeiten. Wenn Elenas Tod, so sehr er ihn betrauerte, ihm gleichzeitig eine Art Genugtuung verschaffte, so gab es kaum ein besseres Mittel, den Genuß zu verlängern, als die Aufklärung des Mordes hinauszuschieben. Es kam ja gar nicht selten vor, daß ein verschmähter Liebhaber das Unheil, das der Geliebten zustieß, als verdiente Strafe betrachtete.

Lynley stand auf und nickte dem jungen Mann zu. »Ich danke Ihnen«, sagte er und wandte sich zum Gehen.

An der Tür hing, was er zuvor nicht hatte sehen können, ein Überblickkalender für das ganze Jahr. Gareth Randolph hatte also, als Lynley ihm von Elena Weavers Schwangerschaft berichtet hatte, nicht zur Tür gesehen, weil er den Blickkontakt hatte vermeiden wollen.

Er hatte die Glocken vergessen. Auch in Oxford hatten sie täglich geläutet, aber die Jahre hatten die Erinnerung verschüttet. Als er jetzt aus der Peterhouse-Bibliothek trat und den Rückweg zum St. Stephen's College antrat, begleitete ihn das Läuten der Glocken, die die Gläubigen zum Abendgottesdienst riefen. Es war, dachte er, eines der schönsten Geräusche im Leben. Er versuchte, seine ganze Wahrnehmung auf den Glockenklang zu konzentrieren, als er am alten, verwilderten Friedhof der Little St. Mary's Kirche vorüberging und in die Trumpington Street einbog, wo das Bimmeln von Fahrradglocken sich mit dem Lärm des Abendverkehrs mischte.

»Fahr schon vor, Jack«, rief aus der Tür eines Lebensmittelgeschäfts ein junger Mann einem davonstrampelnden Radfahrer nach. »Wir treffen dich dann im *Anchor*.«

»Okay!« Ein dünner Ruf, vom Wind zurückgetragen.

Drei Mädchen kamen vorüber, in hitziger Diskussion über *Robert, dieser Idiot*. Ihnen folgte eine junge Frau mit klappernden hohen Absätzen, die einen Kinderwagen vor sich herschob. Und dann wallte eine schwarzgekleidete Gestalt unbestimmbaren Geschlechts vorüber, aus deren voluminösen Gewändern, auf einer Harmonika gespielt, die klagenden Klänge von *Swing Low, Sweet Chariot* hervordrangen.

Und die ganze Zeit hatte Lynley Bernadettes Stimme im Kopf, die den zornigen Worten Gareth Randolphs Laut gab: Wir wollen Ihr Gehör gar nicht haben. Aber das können Sie nicht glauben, nicht wahr? Weil Sie sich einbilden, etwas Besonderes zu sein und nicht einfach anders. Er fragte sich, ob dies der entscheidende Unterschied zwischen Gareth Randolph und Elena Weaver gewesen war. *Wir wollen Ihr Gehör gar nicht haben.* Elena hingegen hatte man gelehrt, sich jeden Augenblick ihres Lebens bewußt zu sein, daß ihr etwas fehlte, daß sie an einem Mangel litt. Wie hatte Randolph hoffen können, sie für einen Lebensstil und eine Kultur zu gewinnen, die man sie von Geburt an abzulehnen und zu überwinden gelehrt hatte?

Er versuchte sich vorzustellen, wie es für die beiden gewesen war: Gareth, der, von seiner Sache überzeugt, versucht hatte, Elena dafür zu gewinnen. Und Elena, die sich nur an die Auflagen ihres Collegeleiters gehalten hatte, um nicht der Universität verwiesen zu werden. Hatte sie Interesse an der VGS vorgetäuscht? Enthusiasmus? Und wenn nicht – wenn sie nichts als Geringschätzung aufgebracht hatte –, wie hatte der junge Mann das aufgenommen, dem man ganz ohne sein Zutun die Aufgabe zugeschoben hatte, sie in eine Gesellschaft einzuführen, die ihr von Grund auf fremd war?

Lynley fragte sich, ob man den Weavers aus ihren Bemühungen um ihre Tochter einen Vorwurf machen konnte. Hatten sie nicht Elena auch etwas gegeben, das Gareth Randolph nie kennengelernt hatte? Hatten sie ihr nicht ermöglicht, ihre eigene Form des Gehörs auszubilden? Wenn das zutraf, wenn Elena sich tatsächlich mit einer gewissen ruhigen Sicherheit in einer Welt bewegen konnte, in der Randolph sich fremd fühlte, wie war er dann damit zurechtgekommen, daß er sich in eine Frau verliebt hatte, die weder seinen Lebensstil noch seine Träume teilte?

Lynley blieb vor dem Pförtnerhaus des King's College stehen. Geistesabwesend starrte er auf das Durcheinander von Fahrrädern, die dort kreuz und quer standen. Ein Student kritzelte irgendeine Meldung an eine Tafel unter dem Tor. Eine Gruppe Männer in schwarzen Roben eilte eifrig sprechend über den Rasen zur Kapelle, mit jenem gewichtigen Schritt, den alle Professoren aller Colleges an sich zu haben schienen. Er lauschte dem fortwährenden Glockengeläut und dachte nach. Er wußte, daß er fähig war, der Wahrheit über Elena Weavers Tod auf den Grund zu kommen. Aber war er fähig, unvoreingenommen der Wahrheit ihres Lebens auf den Grund zu kommen?

Er war belastet mit den Vorurteilen des Hörenden. Er wußte nicht, wie er sie abwerfen sollte – ob er sie überhaupt abwerfen mußte –, um an die Wahrheit hinter ihrer Ermordung zu kommen. Aber er wußte eines: Nur wenn es ihm gelang, sich in Elenas Bild von sich selbst einzufühlen, würde er ihre Beziehung zu anderen Menschen begreifen können. Und diese Beziehungen, so schien es jedenfalls im Augenblick, waren der Schlüssel zu dem, was ihr zugestoßen war.

Gelbes Licht fiel auf den Rasen, als das Südportal der King's College-Kapelle geöffnet wurde. Gedämpfte Orgelklänge wurden vom Wind herübergetragen. Lynley fröstelte. Er schlug seinen Mantelkragen hoch und beschloß, in die Kirche hineinzugehen.

Vielleicht hundert Menschen hatten sich zum Abendgottesdienst eingefunden. Gerade ging der Chor durch den Mittelgang nach vorn, unter dem prächtigen florentinischen Lettner hindurch, über dem Engel mit messingblitzenden Trompeten schwebten. Weihrauchluft erfüllte das Kirchenschiff, und die Menschen wirkten klein und unbedeutend unter dem hohen Rippengewölbe der Decke, dessen runde erhabene Verzierungen dort, wo sich die Streben kreuzten, in regelmäßigen Abständen mit dem Beaufort-Gitter und der Tudor-Rose geschmückt waren.

Lynley suchte sich einen Platz, von wo aus er die *Anbetung der Könige* betrachten konnte, das Rubens-Gemälde, das diskret beleuchtet als Retabel über dem Hauptaltar hing. Einer der Heiligen Drei Könige auf dem Bild beugte sich vor und streckte den Arm aus, um das Kind zu berühren, das die Mutter ihm darbot in heiterem Vertrauen darauf, daß ihm nichts geschehen würde. Und doch mußte sie schon zu diesem Zeitpunkt gewußt haben, was bevorstand. Sie mußte eine Vorahnung des Verlusts gehabt haben, der auf sie wartete.

Ein heller Sopran – die Stimme eines Jungen, der noch so klein war, daß sein Chorhemd fast bis zum Boden reichte – stimmte die ersten reinen Töne eines *Kyrie Eleison* an, und Lynley sah zu dem bunten Glasfenster über dem Gemälde hinauf. Gedämpftes Mondlicht fiel durch das Fenster herein und tauchte es in nur eine Farbe, ein tiefes Blau, das an den äußeren Rändern in Weiß überging. Er wußte, daß auf dem Fenster die Kreuzigung dargestellt war, doch das Mondlicht brachte nur ein Gesicht zum Leuchten – das eines Soldaten oder Apostels, Gläubigen oder Abtrünnigen, dessen Mund im schwarzen Schrei einer Gemütsbewegung aufgerissen war, die für immer ungenannt bleiben würde.

Leben und Tod. Alpha und Omega. Und Lynley suchte Sinn und Zusammenhang hinter beidem.

Als am Ende des Gottesdienstes der Chor hinausging und die Gläubigen sich erhoben, um ihm zu folgen, entdeckte Lynley Terence Cuff. Wartend stand er da, den Blick auf den Rubens gerichtet, die Hände in den Taschen seines Mantels. Lynley betrachtete dieses Halbprofil, und wieder frappierte ihn die Gelassenheit dieses Mannes. Seine Züge zeigten keine Spur von Sorge oder Ängsten. Es war, als könnte dem Mann der Druck seines Amtes nichts anhaben.

Als Cuff sich umdrehte und bemerkte, daß Lynley ihn beobachtete, zeigte er kein Erstaunen, sondern nickte grüßend und trat aus seiner Sitzreihe, um sich zu Lynley zu gesellen. Ehe er zu sprechen begann, umfing er die Kapelle mit einem Blick.

»Immer wieder komme ich hierher zurück«, sagte er. »Mindestens zweimal im Monat. Wie der verlorene Sohn. Ich fühle mich hier nie wie ein Sünder unter den Augen eines zornigen Gottes. Wie ein kleiner Gauner vielleicht, aber nicht wie ein Schurke. Welcher Gott könnte zornig bleiben, wenn man ihn in einer Kirche von solch architektonischer Pracht um Vergebung bittet.«

»Haben Sie es denn nötig, ihn um Vergebung zu bitten?«

Cuff lachte leise. »Ich unterhalte mich mit einem Polizeibeamten lieber nicht über meine Schandtaten.«

Sie gingen zusammen aus der Kapelle hinaus. »Ab und zu habe ich einfach das Bedürfnis, dem St. Stephen's College zu entfliehen«, bemerkte Cuff, als sie um den Westteil der Kirche herum in Richtung Trinity Lane gingen. »Meine akademischen Wurzeln sind hier im King's College.«

»Sie haben hier gelesen?«

»Ja. Jetzt ist es mir wohl teils Zuflucht, teils Zuhause.« Cuff wies mit erhobenem Arm zu den Türmen der Kapelle, die sich dunkel gegen den Nachthimmel abzeichneten. »So sollten Kirchen aussehen, Inspector. Seit den gotischen Baumeistern hat niemand mehr es so gut verstanden, mit Schöpfungen aus schlichtem, kaltem Stein an die tiefsten Gefühle zu rühren. Man sollte meinen, schon das Material als solches eigne sich dafür nicht. Aber das haben diese Baumeister widerlegt.«

Lynley kam auf Cuffs erste Bemerkung zurück. »Wovor sucht der Rektor eines College Zuflucht?«

Cuff lächelte. Im schwachen Licht sah er viel jünger aus als am Vortag in der Bibliothek. »Vor den politischen Machenschaften. Vor den Konflikten innerhalb seines Kollegiums. Vor den Positionskämpfen.«

»Vor allem also, was mit der Berufung des künftigen Inhabers des Penford-Lehrstuhls einhergeht?«

»Vor allen Begleiterscheinungen des Lebens in einer Gemeinschaft von Gelehrten, die einen Ruf zu verteidigen haben.«

»Da haben gerade Sie es mit einem hervorragenden Team zu tun.«

»Stimmt. St. Stephen's kann sich glücklich preisen.«

»Gehört auch Lennart Thorsson dazu?«

Cuff blieb stehen und sah Lynley an. Der Wind zauste ihm

das Haar und riß an dem anthrazitgrauen Schal, den er um den Hals geschlungen hatte. Er neigte den Kopf leicht zur Seite. »Der Einstieg war gut«, meinte er beifällig.

Sie gingen weiter an der alten Juristischen Fakultät vorbei. Ihre Schritte hallten in der schmalen Gasse wider. Vor der Trinity Hall standen ein Junge und ein Mädchen in erregtem Gespräch. Das Mädchen lehnte an der grauen Mauer. Sie hatte den Kopf zurückgeworfen, und auf ihrem Gesicht glänzten Tränen. Der Junge, eine Hand neben ihrem Kopf an die Mauer gestützt, die andere auf ihrer Schulter, sprach in zornigem Ton auf sie ein.

»Du verstehst es ja überhaupt nicht«, sagte sie. »Du willst es gar nicht verstehen. Du willst nur –«

»Kannst du nicht endlich mal aufhören, Beth? Du tust wirklich so, als hätte ich nichts anderes im Sinn, als jede Nacht in dein Bett zu kriechen.«

Das Mädchen wandte den Kopf ab, als Cuff und Lynley vorbeikamen. Cuff sagte gedämpft: »Immer läuft es auf diesen Streit hinaus. Ich bin fünfundfünfzig Jahre alt und frage mich immer noch, warum das so sein muß.«

»Ich vermute, es beruht auf dem, was jungen Mädchen eingebleut wird«, versetzte Lynley. »Nimm dich vor den Männern in acht. Sie wollen alle nur das eine, und wenn sie es haben, verschwinden sie. Gib ja nicht nach. Trau ihnen nicht über den Weg. Trau am besten überhaupt keinem Menschen.«

»Würden Sie auch so mit Ihrer Tochter reden?«

»Ich weiß es nicht«, antwortete Lynley. »Ich habe keine Tochter. Ich möchte gern glauben, daß ich ihr sagen würde, sie soll sich auf die Stimme ihres Herzens verlassen. Aber ich bin eben ein unverbesserlicher Romantiker.«

»Merkwürdig für einen Mann mit Ihrem Beruf.«

»Ja, nicht wahr?« Ein Auto näherte sich und bremste zum Abbiegen ab. Im Licht der Scheinwerfer sah Lynley Cuff an.

»Sex ist in einem Milieu wie diesem hier eine gefährliche Waffe. Warum haben Sie mir nichts von Elena Weavers Vorwürfen gegen Lennart Thorsson gesagt?«
»Ich hielt es für unnötig.«
»Unnötig?«
»Das Mädchen ist tot. Ich habe keinen Sinn darin gesehen, etwas zur Sprache zu bringen, was völlig unbewiesen ist und höchstens dem Ruf eines unserer Dozenten geschadet hätte. Es war schwer genug für Thorsson, es hier in Cambridge zu dem Ruf zu bringen, den er jetzt genießt.«
»Weil er Schwede ist?«
»Auch eine Universität ist gegen Fremdenfeindlichkeit nicht immun, Inspector. Ich wage zu sagen, daß einem britischen Shakespeare-Spezialisten auf dem Weg nach oben nicht so viele Steine in den Weg gelegt worden wären. Noch dazu einem, der hier promoviert ist.«
»Aber in einem Mordfall, Dr. Cuff...«
»Warten Sie. Mir ist Thorsson nicht sonderlich sympathisch. Ich mag die Art nicht, wie er Frauen ansieht. Aber er ist ein solider – wenn auch zugegeben etwas extravaganter – Shakespeare-Kenner, der eine ordentliche Zukunft vor sich hat. Seinen Namen wegen eines Vorwurfs in den Schmutz zu ziehen, der völlig unbewiesen ist und bleiben muß, fand ich – und finde ich immer noch – ungerechtfertigt.« Cuff schob beide Hände wieder in seine Manteltaschen und blieb vor dem Pförtnerhaus von St. Stephen's stehen. Zwei Studenten kamen an ihnen vorbei, grüßten ihn, und er nickte kurz. Er sprach weiter, mit gesenkter Stimme, das Gesicht im Schatten, den Rücken zum Pförtnerhaus.
»Und es geht nicht nur um ihn. Es geht auch um Dr. Weaver. Wenn ich diese Sache durch eine Untersuchung an die Öffentlichkeit bringe, glauben Sie, daß Thorsson dann Rücksicht nehmen wird? Nein, er wird Elenas Namen genauso in den Schmutz ziehen, um sich zu verteidigen.

Schließlich steht seine Karriere auf dem Spiel. Wer weiß, was für Geschichten er über sie erzählen würde – wie sie ihn verführen wollte; wie sie gekleidet war, wenn sie zum Tutorium zu ihm kam; was sie gesagt hat, und wie sie es sagte; was sie alles versuchte, um ihn zu verführen. Was glauben Sie, wie ihrem Vater zumute sein wird, wenn er sich das alles anhören muß, ohne daß Elena sich verteidigen kann? Er hat sie schon verloren. Wollen wir ihm auch noch das Bild der Erinnerung zerstören? Welchem Zweck würde das dienen?«

»Ich denke, Sie sollten lieber fragen, welchem Zweck es dient, es zu vertuschen. Ich könnte mir vorstellen, daß es für Sie recht schmeichelhaft wäre, wenn der neue Inhaber des Penford-Lehrstuhls ein Mitglied des St. Stephen's College wäre.«

Cuff sah ihn scharf an. »Das ist eine häßliche Unterstellung.«

»Mord ist auch häßlich, Dr. Cuff. Und Sie können schwerlich behaupten, daß ein Skandal um Elena Weaver den Berufsausschuß für den Penford-Lehrstuhl nicht veranlassen würde, sich anderswo umzusehen. Das wäre schließlich der einfachste Weg.«

»Der Ausschuß sucht nicht den einfachsten Weg. Er sucht den besten Kandidaten.«

»Und welche Kriterien beeinflussen seine Entscheidung?«

»Gewiß nicht das Benehmen der Kinder der Bewerber, Inspector, wie skandalös dieses Benehmen auch gewesen sein mag.«

Daß Cuff dieses Adjektiv gebrauchte, verriet Lynley einiges. »Sie glauben also nicht im Ernst daran, daß Thorsson sie belästigt hat. Sie glauben, sie hat sich diese Geschichte ausgedacht, weil er sie abgewiesen hat.«

»Das habe ich nicht gesagt. Ich sage lediglich, daß es nichts zu untersuchen gibt. Sein Wort steht gegen ihres, und sie kann uns nichts mehr sagen.«

»Hatten Sie mit Thorsson schon vor ihrem Tod über die Vorwürfe gesprochen?«

»Natürlich. Er bestritt alles.«

»Wie lauteten sie denn im einzelnen?«

»Er habe versucht, sie zu verführen, er habe sie berührt – an der Brust, am Gesäß, an den Oberschenkeln. Er habe ihr über sein Sexualleben mit einer Frau erzählt, mit der er einmal verlobt war, von den Schwierigkeiten, die sie mit der übermäßigen Größe seines Penis gehabt habe.«

Lynley zog eine Augenbraue hoch. »Wenn das alles ausgedacht ist, hatte die junge Dame eine blühende Phantasie, meinen Sie nicht?«

»Für heutige Verhältnisse? Gar nicht. Aber es spielt sowieso keine Rolle, weil nichts davon zu beweisen ist. Wenn nicht mindestens noch eine junge Frau ähnliche Anklagen gegen Thorsson erhebt, kann ich nichts weiter tun, als mit dem Mann zu sprechen und ihn zu warnen. Und das habe ich bereits getan.«

»Aber Sie haben diesen Vorwurf der sexuellen Belästigung nicht als Motiv für einen Mord gesehen? Stellen Sie sich vor, es hätten sich noch andere Mädchen gemeldet, nachdem bekannt geworden war, daß Elena ihn angezeigt hatte. Das wäre für Thorsson doch äußerst gefährlich gewesen.«

»Vorausgesetzt, es gibt solche anderen Mädchen, Inspector. Thorsson gehört seit zehn Jahren der Fakultät an, und nie gab es auch nur den Hauch eines Skandals. Wieso jetzt auf einmal? Und wieso ausgerechnet in Zusammenhang mit Elena Weaver, die vorher schon aufgefallen war, weil sie Schwierigkeiten hatte, sich in den Lehrbetrieb einzuordnen, und deshalb besondere Führung brauchte?«

»Sie ist ermordet worden, Dr. Cuff.«

»Nicht von Thorsson.«

»Sie scheinen sehr sicher zu sein.«

»Das bin ich, ja.«

»Sie war schwanger. In der achten Woche. Und sie hat es gewußt. Und einen Tag nachdem sie es erfahren hatte, hat Thorsson sie in ihrem Zimmer aufgesucht. Wie erklären Sie das?«

Cuff schien ein wenig in sich zusammenzusinken. Er rieb sich mit beiden Händen die Schläfen. »Von der Schwangerschaft habe ich nichts gewußt, Inspector.«

»Hätten Sie mir von Elenas Vorwürfen gegen Thorsson berichtet, wenn Sie davon gewußt hätten? Oder hätten Sie ihn auch dann noch geschützt?«

»Ich schütze sie alle drei. Elena, ihren Vater, Thorsson.«

»Aber das wäre doch ein noch zwingenderes Motiv gewesen, nicht wahr?

»Vorausgesetzt, er ist der Vater des Kindes.«

»Sie glauben das nicht?«

Cuff senkte die Hände. »Vielleicht möchte ich es einfach nicht glauben. Vielleicht möchte ich Ethos und Moral sehen, wo sie längst nicht mehr existieren. Ich weiß es nicht.«

»Eine Nachricht für Sie«, sagte Cuff, der zum Regal mit den Fächern für die einzelnen Dozenten getreten war, um zu sehen, ob für ihn selbst etwas da sei. Er reichte Lynley einen gefalteten Zettel, den dieser auseinanderfaltete und las.

»Von meiner Mitarbeiterin.« Er sah auf. »Lennart Thorssons Nachbar hat ihn gestern morgen kurz vor sieben draußen vor seinem Haus gesehen.«

»Das ist ja wohl kein Verbrechen. Er war vermutlich auf dem Weg zur Universität.

»Nein, Dr. Cuff. Er fuhr im Wagen vor seinem Haus vor, als der Nachbar die Schlafzimmervorhänge aufzog. Er kam gerade nach Hause. Von irgendwoher.«

12

Rosalyn Simpson stieg die letzte Treppe zu ihrem Zimmer im Queen's College hinauf und verwünschte nicht zum ersten Mal die Wahl, die sie getroffen hatte, als ihr Name bei der Zimmerverlosung im letzten Sommer gleich als zweiter aufgerufen worden war. Die vielen Treppen hatten nichts mit ihrer Unzufriedenheit zu tun, obwohl ihr klar war, daß jeder vernünftige Mensch ein Zimmer im Erdgeschoß und möglichst in der Nähe einer Toilette gewählt hätte. Statt dessen hatte sie sich für die L-förmige Mansarde mit den schrägen Wänden entschieden, an denen ihre indischen Behänge besonders gut zur Geltung kamen; mit den knarrenden Eichendielen und der kleinen Kammer, in der das Waschbecken war und in die sie mit ihrem Vater zusammen unter Ächzen und Stöhnen ihr Bett bugsiert hatte. Die Mansarde hatte unzählige Winkel und Nischen, die sie mit Pflanzen und Büchern gefüllt hatte, außerdem einen großen Stauraum unter dem Dach, in den sie selbst sich zu verkriechen pflegte, wenn sie mit der Welt nichts zu tun haben wollte – was im allgemeinen einmal pro Tag der Fall war –, und schließlich eine Falltür in der Zimmerdecke zu einem Gang, der die Mansarde mit Melinda Powells Zimmer verband. Dieser Geheimgang viktorianischen Vorbilds vor allem hatte sie gelockt, da er die Möglichkeit bot, ihre Busenfreundin Melinda jederzeit und unbeobachtet besuchen zu können. Sie hatten sich ewige Treue geschworen.

Sie fühlte sich niedergedrückt. Wieder hatte es Streit zu Hause gegeben. Trotzdem hatte sie in ihrem Rucksack das »kleine Päckchen mit Leckereien von zu Hause«, das ihre Mutter ihr mit Tränen in den Augen und bebenden Lippen in den Arm gedrückt hatte, als sie gegangen war.

Im obersten Stockwerk blieb sie vor ihrer Tür stehen und zog den Schlüssel aus der Tasche ihrer Jeans. Es war Essenszeit. Sie hätte zum gemeinschaftlichen Abendessen hinuntergehen können, doch sie wollte jetzt niemanden sehen. Als sie ihre Zimmertür öffnete, kam Melinda ihr entgegen.

»Da bist du ja wieder!« rief sie und küßte Rosalyn auf die Wange. »Na, wie war's? Komm, komm, erzähl!«

Rosalyn nahm ihren Rucksack ab und ließ ihn zu Boden fallen. Sie merkte plötzlich, daß sie Kopfschmerzen hatte. »Geht schon«, sagte sie kurz.

»Ja, und?«

»Ich möchte jetzt wirklich nicht darüber reden, Melinda«, unterbrach Rosalyn. Sie kniete sich auf den Boden, öffnete den Rucksack und begann auszupacken.

Melinda ging zu Rosalyns Schreibtisch. Dort nahm sie ein orangerotes Blatt Papier und wedelte es in der Luft. »Die lagen heute überall in der Uni rum. Ich hab dir eines aufgehoben. Da geht's um Männer. Schau dir's mal an.«

»Was ist es?«

»Schau's dir an.«

Rosalyn richtete sich auf und nahm Melinda das Blatt aus der Hand. Ein Flugblatt. Dann sah sie den Namen unter dem grobkörnigen Foto: Elena Weaver, und das Wort »ermordet«.

»Melinda, was ist das?« fragte sie erschrocken.

»Das ist hier passiert, während du bei Mama und Papa in Oxford warst.«

Rosalyn ließ sich in ihren alten Schaukelstuhl fallen. Sie starrte das Foto an, das Gesicht, das ihr so vertraut war, dieses Lachen, der angeschlagene Zahn, das lange fließende Haar. Elena Weaver. Ihre größte Rivalin. Sie konnte laufen wie der Wind.

»Melinda, ich kenne sie«, sagte Rosalyn. »Sie ist im *Hare and Hounds*. Ich war schon bei ihr im Zimmer. Ich...«

»Du *hast* sie gekannt, meinst du.« Melinda riß ihr das Blatt aus der Hand, knüllte es zusammen und warf es in den Papierkorb.

»Wirf es doch nicht weg. Was ist passiert?«

»Sie ist gestern morgen am Fluß gelaufen. Und in der Nähe von der Insel hat ihr jemand aufgelauert.«

»In der Nähe von – Crusoe's Island?« Rosalyn stockte der Atem. »Melinda, das ist...« Eine fast vergessene Erinnerung berührte ihr Bewußtsein, verdichtete sich wie ein Schatten und nahm Form an. Langsam, noch unsicher sagte sie: »Melinda, ich muß die Polizei anrufen.«

Melinda wurde blaß. »Die Insel!« rief sie in plötzlichem Begreifen. »Da hast du dieses Semester auch trainiert, nicht? Am Fluß. Genau wie dieses Mädchen. Rosalyn, versprich mir, daß du dort nicht mehr läufst. Schwör es mir, Rosalyn. Bitte.«

Rosalyn hob ihre Umhängetasche vom Boden auf. »Komm mit«, sagte sie.

Melinda rührte sich nicht. »Nein!« sagte sie. »Rosalyn, wenn du etwas gesehen hast – wenn du etwas weißt... Hör mir zu, das darfst du nicht tun. Rosalyn, wenn bekannt wird, daß du etwas gesehen hast, daß du etwas weißt... Bitte! Überleg doch erst mal, was dann passieren kann. Wir müssen uns das genau überlegen. Wenn du nämlich jemand gesehen hast, dann kann der Betreffende dich auch gesehen haben.«

Rosalyn war schon an der Tür. Sie zog den Reißverschluß ihrer Jacke zu.

»Rosalyn, bitte!« rief Melinda wieder. »Laß uns doch erst mal überlegen.«

»Da gibt's nichts zu überlegen«, entgegnete Rosalyn. Sie öffnete die Tür. »Du kannst hierbleiben, wenn du willst. Ich bin gleich wieder da.«

»Aber wohin willst du denn? Was willst du tun? Rosalyn!« Melinda rannte ihr verzweifelt nach.

Nachdem Lynley vergeblich versucht hatte, Thorsson in seinem Zimmer im St. Stephan's College zu erreichen, fuhr er zu dessen Haus in der Nähe der Fulbourn Road hinaus, nicht gerade eine Gegend, die Thorssons Rebellen- und Marxistenimage entsprach. Das schmucke Klinkerhaus mit den weißen Fensterrahmen gehörte zu einer relativ neuen Siedlung hübscher Stadtrandhäuser. Schmutzige Hinterhöfe und Kinder, die grölend auf der Straße spielten, wie Lynley das bei Thorssons Lebensphilosophie eigentlich erwartet hätte, gab es nicht; dafür gepflegte Rasenflächen, eingezäunte Gärten und Mittelklasseautos vor den Garagen.

Thorssons Haus am Ende einer Sackgasse stand dem Nachbarhaus direkt gegenüber. Jeder, der vorn zum Fenster hinaussah – ob unten oder oben – hatte Thorsson genau im Auge. Es war daher nicht anzunehmen, daß der Nachbar sich getäuscht hatte, als er behauptet hatte, Thorsson sei am Montag morgen um sieben nach Hause gekommen.

Soweit von der Straße zu sehen war, brannte in Thorssons Haus kein Licht. Dennoch läutete Lynley mehrmals. Er hörte das Bimmeln hinter der geschlossenen Tür, aber nichts rührte sich. Er trat ein paar Schritte zurück und blickte zu den oberen Fenstern hinauf. Sie blieben dunkel.

Er kehrte zu seinem Wagen zurück und blieb einen Moment nachdenklich hinter dem Steuer sitzen, während er die umliegenden Häuser betrachtete. Er dachte an all die jungen Leute, die wie gebannt an Thorssons Lippen hingen, wenn der seine ganz persönliche Deutung von Shakespeares Dramen zum besten gab und dabei eine Literatur, die mehr als vierhundert Jahre alt war, dazu gebrauchte, eine politische Einstellung zu propagieren, die vermutlich im Grunde nichts anderes war als eine Maske, hinter der sich seine eigene Nichtigkeit verbarg. Unbestreitbar jedoch präsentierte Thorsson seinen Stoff auf sehr verführerische Weise. Das hatte Lynley in der kurzen Zeit, da er der Vorlesung beigewohnt hatte, bemerkt. Der Mann wirkte überzeugend, seine Argumentation war intelligent, seine Art gerade unorthodox genug, um eine Kameraderie mit den Studenten zu fördern, die sonst wahrscheinlich nicht möglich gewesen wäre. Denn ein Rebell übte ja auf junge Menschen im allgemeinen eine besondere Anziehung aus.

War es bei diesen Gegebenheiten wirklich so unwahrscheinlich, daß Elena Weaver die Aufmerksamkeit Thorssons gesucht hatte und sich, von ihm zurückgewiesen, aus Rache die Anschuldigung wegen sexueller Belästigung ausgedacht hatte? War es umgekehrt wirklich so unwahrscheinlich, daß Thorsson eine Beziehung zu Elena Weaver aufgenommen hatte, nur um dann entdecken zu müssen, daß sie kein kleines Dummchen war, das man jederzeit wieder fallenlassen konnte, sondern eine Frau, die ihn festnageln wollte.

Lynley starrte auf das schmucke Haus und sagte sich, daß sich in diesem Fall letztlich alles auf eine kritische Tatsache zuspitzte: Elena Weaver war gehörlos gewesen. Und die entscheidende Frage war: Wer hatte am Sonntag abend ein Schreibtelefon benutzt, um im Haus Anthony Weavers anzurufen.

Thorsson war in Elenas Zimmer gewesen. Er kannte sich mit dem Schreibtelefon aus. Er hätte leicht den Anruf machen können, der Justine Weaver abgehalten hatte, am Montag morgen zum verabredeten Treffpunkt mit Elena zu kommen. Vorausgesetzt, Thorsson hatte gewußt, daß Elena mit ihrer Stiefmutter zu laufen pflegte; vorausgesetzt, es hatte nicht jemand anders, der Zugang zu einem Schreibtelefon hatte, den Anruf getätigt; vorausgesetzt, es hatte überhaupt einen solchen Anruf gegeben.

Lynley ließ den Wagen an und fuhr langsam durch die baumbestandenen Straßen. Er dachte an die beinahe blitzartig entstandene Abneigung Barbara Havers' gegen Lennart Thorsson. Barbara hatte im allgemeinen ein scharfes

Gespür für Unehrlichkeit und Heuchelei, und sie war alles andere als fremdenfeindlich. Sie hatte nicht erst Thorssons hübsches Häuschen im gutbürgerlichen Vorort sehen müssen, um das Ausmaß seiner Falschmünzerei zu erkennen. Lynley kannte sie gut genug, um zu wissen, daß sie nunmehr, da sie wußte, daß Thorsson in den frühen Morgenstunden des Montags nicht zu Hause gewesen war, darauf brannte, ihn zu überführen.

Obwohl alle Fakten, die sie zur Hand hatten, auf Lennart Thorsson deuteten, war Lynley gerade die Lückenlosigkeit, mit der sich da eins ins andere fügte, nicht geheuer. Er wußte aus Erfahrung, daß Mord oft eine nüchterne Angelegenheit war und häufig der Hauptverdächtige auch der Täter war. Er wußte aber auch, daß mancher Mord seinen Ursprung in dunkleren Abgründen der Seele hatte und ihm Motive zugrunde lagen, die weit komplizierter waren, als es aufgrund der ersten Indizien zunächst den Anschein hatte. Während er Personen und Fakten dieses besonderen Falls Revue passieren ließ, begann er andere Möglichkeiten zu erwägen als jene, hinter der schlicht und einfach die Notwendigkeit stand, ein junges Mädchen zu beseitigen, weil es schwanger war.

Er dachte an Gareth Randolph, der gewußt hatte, daß Elena einen Geliebten hatte, und sie dennoch geliebt hatte. Er hatte in seinem Büro bei der Vereinigung gehörloser Studenten ein Schreibtelefon. Er dachte an Justine Weaver, die ihm von Elenas Sexualgepflogenheiten erzählt hatte; die keine eigenen Kinder hatte; die Zugang zu einem Schreibtelefon hatte. An Adam Jenn, der sich auf Anthony Weavers Bitte regelmäßig mit Elena getroffen hatte; dessen Zukunft von seiner Promotion bei Weaver abhing; der in Weavers Arbeitszimmer im Ivy Court ein Schreibtelefon zur Verfügung hatte. An Sarah Gordon, die am Montag abend im Ivy Court gewesen war.

Er bog nach Westen ab und fuhr in Richtung Stadtmitte zurück. Immer wieder endeten seine Überlegungen bei Sarah Gordon. Sie ließ ihm keine Ruhe.

Sie wissen doch, warum, hätte Barbara Havers gesagt. Sie wissen genau, warum sie Ihnen nicht aus dem Kopf geht. Sie wissen, an wen sie Sie erinnert.

Er konnte es nicht leugnen. Und er konnte auch nicht bestreiten, daß er am Ende eines Tages, wenn er müde und erschöpft war, am anfälligsten war für alles und jeden, der ihn an Helen erinnerte. Das ging nun schon beinahe ein Jahr so. Sarah Gordon war schlank, dunkel, sensibel, intelligent, leidenschaftlich. Aber, sagte er sich, diese Eigenschaften waren nicht der einzige Grund, weshalb sich seine Gedanken gerade in dem Moment ihr zuwandten, da Motiv und Situation klar auf Lennart Thorsson deuteten.

Es gab andere Gründe, Sarah Gordon nicht außer acht zu lassen. Sie mochten nicht so auffallend sein wie jene, die in dem Verdacht gegen Thorsson resultierten, aber sie existierten, und sie beschäftigten ihn.

Sie steigern sich da in was rein, hätte Barbara Havers gesagt. Sie machen aus einer Mücke einen Elefanten.

Aber er war da nicht so sicher.

Er fand es ein merkwürdiges Zusammentreffen, daß Sarah Gordon, die die Tote gefunden hatte, am Abend desselben Tages im Ivy Court gewesen war, wo Anthony Weaver sein Arbeitszimmer hatte. Er fand es ein merkwürdiges Zusammentreffen, daß sie Weaver persönlich kannte. Er war ihr Schüler gewesen. Sie hatte ihn Tony genannt.

Na gut, kann ja sein, daß sie ein Verhältnis gehabt haben, hätte Havers gesagt. Na und?

Er strebt eine Berufung auf den Penford-Lehrstuhl an, Havers.

Moment mal, hätte sie ironisch gerufen. Verstehe ich das richtig? Weaver brach sein Verhältnis mit Sarah Gordon ab –

wobei wir nicht mal wissen, ob er tatsächlich ein Verhältnis mit ihr hatte –, weil er Angst hatte, wenn jemand davon erführe, würde er den Lehrstuhl nicht bekommen. Daraufhin brachte Sarah Gordon seine Tochter um. Nicht Weaver selbst, der nichts anderes verdient hätte, wenn er tatsächlich so eine feige Niete ist, sondern seine Tochter. Klasse. Und wann hat sie's getan? Wie hat sie's getan? Sie war vor sieben überhaupt nicht auf der Insel, und da war das Mädchen schon tot, Inspector. Wieso halten Sie an Sarah Gordon fest? Bitte sagen Sie mir das, es macht mich nämlich ziemlich nervös. Den Weg sind wir beide doch schon mal gegangen.

Es fiel ihm keine Antwort ein, die Havers akzeptabel gefunden hätte. Auf alles würde sie ihm entgegenhalten, daß jede nähere Beschäftigung mit Sarah Gordon in diesem Stadium nur seine Fixierung auf Helen bewies. Sie würde ihm sein sachliches Interesse an der Frau nicht abnehmen. Sie würde sein Unbehagen über merkwürdige Zufälle nicht ernst nehmen.

Doch Havers war jetzt nicht da, um Widerspruch zu erheben. Er wollte mehr über Sarah Gordon wissen, und er wußte, wo er jemanden finden konnte, der ihm Fakten liefern konnte. In Bulstrode Gardens.

Wie günstig, Inspector, hätte Havers gehöhnt.

Er bog dennoch in die Hills Road ab und hörte nicht auf das spöttische Gelächter Barbaras.

Es war halb neun, als er vor dem Haus hielt. Im Wohnzimmer brannte Licht. Es schimmerte gedämpft durch die Vorhänge und brach sich im blanken Metall eines Spielzeuglastwagens, der in der Auffahrt lag. Lynley hob ihn auf und läutete. Einen Moment blieb es still. Er hörte das Rauschen des Verkehrs auf der Madingley Road und roch den beißenden Geruch eines Laubfeuers in einem der benachbarten Gärten. Dann wurde ein Riegel zurückgeschoben, und die Tür öffnete sich.

»Tommy.«

Seltsam, dachte er. Wie lange schon pflegte sie ihn auf diese Art zu begrüßen, indem sie einzig seinen Namen sagte und sonst nichts? Wieso war ihm nie zuvor bewußt geworden, wieviel es ihm bedeutete, nur den Klang und den Tonfall ihrer Stimme zu hören.

Er reichte ihr das Spielzeug. Nicht nur fehlte dem Lastauto ein Rad, auch seine Kühlerhaube war eingedrückt, als hätte jemand mit einem Stein oder Hammer auf sie eingeschlagen. »Der lag draußen.«

Sie nahm ihm das Spielzeug ab. »Das ist Christians. Er achtet leider nicht sehr auf seine Sachen.« Sie trat von der Tür zurück. »Komm herein.«

Er zog den Mantel aus, ohne auf ihre Aufforderung zu warten. Dann wandte er sich ihr zu. Ihr Pullover hatte an drei verschiedenen Stellen Flecken. Tomatensoße, wie es schien. Sie bemerkte seinen Blick.

»Christians Werk. Auch seine Tischmanieren sind nicht die besten.« Sie lächelte müde. »Aber wenigstens macht er der Köchin keine verlogenen Komplimente. Im Kochen war ich ja weiß Gott noch nie eine Größe.«

»Du bist völlig erschöpft, Helen«, sagte er und strich ihr mit einer Hand flüchtig über die Wange. Ihre Haut war kühl und weich, wie die glatte Fläche frischen, süßen Wassers. Ihre dunklen Augen begegneten seinem Blick. »Helen«, sagte er mit tiefer Sehnsucht.

Sie trat von ihm weg und ging ins Wohnzimmer. »Sie sind jetzt im Bett. Das Schlimmste ist also überstanden. Hast du gegessen, Tommy?«

Er merkte, daß er noch immer die Hand erhoben hielt, mit der er ihr Gesicht berührt hatte, und ließ sie hastig fallen. Er kam sich vor wie ein liebeskranker Narr. »Nein«, sagte er. »Ich bin nicht deshalb gekommen.«

»Soll ich dir etwas machen?« Sie sah an ihrem Pullover

hinunter. »Natürlich keine Spaghetti. Ich kann mich allerdings nicht erinnern, daß du den Teller nach der Köchin geworfen hättest.«

»In letzter Zeit jedenfalls nicht.«

»Wir haben noch etwas Hühnersalat da. Und ein bißchen Schinken.«

»Nein, danke. Ich bin nicht hungrig.« Sie standen beim offenen Kamin neben einem offenen Karton mit Spielsachen. Schatten der Müdigkeit lagen unter ihren Augen. Er wollte sagen, komm mit mir, Helen, bleibe bei mir. Statt dessen sagte er: »Ich möchte gern mit Pen sprechen.«

Helen sah ihn groß an. »Mit Pen?«

»Ja. Es ist sehr wichtig. Ist sie wach?«

»Ich glaube schon, ja. Aber...« Sie blickte zur Tür und zur Treppe dahinter... »ich weiß nicht, Tommy. Sie hat einen schlechten Tag gehabt. Die Kinder, Krach mit Harry.«

»Er ist nicht zu Hause?«

»Nein. Wieder mal nicht.« Sie schüttelte den Kopf. »Es ist hoffnungslos. Ich weiß nicht, wie ich ihr helfen soll. Ich weiß nicht, was ich ihr sagen soll. Sie hat ein Kind, das sie nicht haben will. Sie hat ein Leben, das sie nicht aushalten kann. Sie hat Kinder, die sie brauchen, und einen Mann, der sie dafür straft, daß sie ihn bestraft hat. Und mein Leben ist so leicht im Vergleich zu ihrem. Alles, was ich ihr sage, klingt völlig banal und nutzlos.«

»Sag ihr einfach, daß du sie liebst.«

»Liebe ist nicht genug. Das weißt du.«

»Die Liebe ist das einzige, was zählt. Es ist das einzig Reale.«

»Das ist mir zu simpel.«

»Wieso? Wenn die Liebe so simpel und leicht zu haben wäre, dann wären wir doch nicht in diesem Dilemma. Dann brauchten wir uns nicht danach zu sehnen, unser Leben und unsere Träume der Obhut eines anderen Menschen anzuvertrauen. Wir würden uns nicht blind einem anderen anvertrauen, sondern unter allen Umständen die Kontrolle über uns selbst bewahren. Denn wenn wir die Kontrolle verlieren, Helen, nur einen Augenblick, dann fallen wir ins Leere, das wir nicht kennen.«

»Als Pen und Harry geheiratet haben –«

»Es geht doch gar nicht um sie!« unterbrach er. »Das weißt du genau.«

Sie starrten einander an. Der Raum zwischen ihnen schien immer noch eine tiefe Kluft zu sein. Dennoch versuchte er, die Kluft mit Worten zu überwinden. »Ich liebe dich«, sagte er, alle Vorsicht und allen Stolz in den Wind schlagend. »Und ich habe das Gefühl zu sterben.«

In ihren Augen schienen Tränen zu glänzen, aber ihr Körper war starr. Er wußte, daß sie nicht weinen würde.

»Hab doch keine Angst«, sagte er. »Bitte.«

Sie antwortete nicht. Aber sie floh auch nicht vor ihm. Und das machte ihm Hoffnung.

»Warum?« fragte er. »Willst du mir nicht das wenigstens sagen.«

»Es ist doch gut so, wie es zwischen uns ist.« Ihre Stimme war leise. »Warum kannst du dich nicht damit zufriedengeben.«

»Weil es nicht ausreicht, Helen. Es geht hier doch nicht um Freundschaft. Wir sind keine Kameraden.«

»Aber das waren wir einmal.«

»Ja, das waren wir einmal. Aber es gibt kein Zurück dahin. Jedenfalls für mich nicht. Und ich habe es weiß Gott versucht. Ich liebe dich. Ich begehre dich.«

Sie schluckte und wischte sich hastig eine Träne aus dem Auge. »Es tut mir leid«, sagte sie.

Er sah von ihr weg. Auf dem Kaminsims stand eine Fotografie ihrer Schwester mit ihrer Familie. Mann und Frau und zwei Kinder, der Sinn des Lebens klar definiert.

»Trotzdem muß ich Pen sprechen«, sagte er.

Sie nickte. »Ich hole sie.«

Als sie aus dem Zimmer gegangen war, trat er ans Fenster. Die Vorhänge waren zugezogen. Es gab nichts zu sehen. Er starrte auf das Blumenmuster. Geh, sagte er sich. Geh fort. Mach einen Schnitt. Mach ein Ende. Für immer.

Aber das konnte er nicht. Er konnte nicht einfach gehen und vergessen. Er sehnte sich nach Gemeinsamkeit und Bindung. Er sehnte sich nach Helen.

Er hörte sie draußen auf der Treppe – gedämpfte Stimmen, langsame Schritte – und wandte sich wieder der Tür zu. Er hatte Helens Worten entnommen, daß es ihrer Schwester nicht gutging, dennoch erschrak er bei ihrem Anblick. Seine Miene, das wußte er, war beherrscht, als sie eintrat, aber seine Augen verrieten ihn anscheinend. Penelope lächelte blaß, wie in Antwort auf eine unausgesprochene Bemerkung, und fuhr sich mit einer Hand durch das glanzlose, strähnige Haar. »Du hast mich nicht gerade in meinem besten Moment erwischt«, sagte sie.

»Danke, daß du trotzdem heruntergekommen bist.«

Wieder das blasse Lächeln. Langsam ging sie mit Helen an ihrer Seite durchs Zimmer. Sie setzte sich in einen Schaukelstuhl und zog den Morgenrock enger um sich.

»Möchtest du etwas trinken?« fragte sie. »Einen Whisky? Oder einen Cognac vielleicht?«

Er schüttelte den Kopf. Helen setzte sich in die Sofaecke, die dem Schaukelstuhl am nächsten war. Sie setzte sich nur auf die Kante und blieb so, vorgebeugt, den Blick auf ihre Schwester gerichtet, die Hände vorgestreckt, wie um sie zu stützen. Lynley setzte sich Penelope gegenüber. Er wollte jetzt nicht darüber nachdenken, was diese Veränderungen, die Penelope zeichneten, zu bedeuten hatten.

»Helen hat mir erzählt, daß du dienstlich hier bist«, sagte Penelope.

Er berichtete ihr das Wesentliche des Falls. Während er sprach, schaukelte sie. Der Stuhl knarrte gemütlich.

»Aber vor allem«, schloß er, »interessiert mich diese Sarah Gordon. Ich hoffte, du könntest mir vielleicht etwas über sie erzählen. Hast du von ihr gehört, Pen?«

Sie nickte. »Aber ja. Sie ist eine sehr bekannte Malerin. Die Lokalpresse hat sich kaum eingekriegt, als sie sich hier, in Grantchester, niederließ.«

»Wann war das?«

»Vor ungefähr sechs Jahren. Es war vor den Kindern.« Wieder das blasse Lächeln und ein Achselzucken. »Ich war damals noch als Restauratorin am Fitzwilliams. Das Museum hat einen großen Empfang für sie gegeben. Harry und ich waren dort. Wir haben sie kennengelernt. Wenn man das kennenlernen nennen kann. Es war eher, als würde man der Königin höchstpersönlich vorgestellt. Aber daran waren die Museumsleute schuld. Sarah Gordon selbst war überhaupt nicht prätentiös. Sehr nett und aufgeschlossen. Nach allem, was ich über sie gehört und gelesen hatte, hatte ich mir ein ganz anderes Bild gemacht.«

»Sie ist also eine bedeutende Künstlerin?«

»O ja. Damals, als ich sie kennenlernte, hatte sie gerade irgendeine königliche Auszeichnung bekommen, ich weiß nicht mehr was. Sie hatte die Königin porträtiert, und das Gemälde war von der Kritik sehr positiv aufgenommen worden. Sie hatte außerdem mehrere Ausstellungen an der Royal Academy gehabt, mit großem Erfolg, und galt allgemein als der neue Stern am Kunsthimmel.«

»Interessant«, meinte Lynley. »Dabei ist sie doch eigentlich gar keine ›moderne‹ Malerin, nicht wahr? Ich hätte gedacht, um in der Kunstszene als etwas Besonderes zu gelten, müßte man schon Neuland betreten. Aber das tut sie nicht. Ich habe ihre Arbeiten gesehen.«

»Weißt du, wichtiger, als eine neue Mode zu kreieren, ist

es, einen Stil zu haben, der Sammler und Kritiker emotional anspricht. Wenn ein Künstler einen eigenen Stil entwickelt, wagt er etwas Neues. Und wenn dieser Stil internationale Anerkennung erlangt, ist seine Karriere gemacht.«

»Und das ist bei ihr der Fall?«

»Das würde ich schon sagen, ja. Sie hat einen sehr eigenen Stil. Sehr klar. Sehr entschieden. Angeblich mahlt sie sogar ihre eigenen Pigmente wie eine Art moderner Botticelli – oder zumindest hat sie das einmal getan –, so daß ihre Farben besonders schön sind.«

»Sie sagte etwas davon, daß sie eine Puristin gewesen sei.«

»Ja, das gehört zu ihr. Genauso wie ihre Zurückgezogenheit. Grantchester, nicht London. Die Welt muß zu ihr kommen. Sie geht nicht in die Welt hinaus.«

»Hast du mal an ihren Bildern gearbeitet, als du noch im Museum warst?«

»Wie denn? Sie ist eine zeitgenössische Künstlerin, Tommy. Ihre Bilder brauchen nicht restauriert zu werden.«

»Aber du hast sie gesehen? Du kennst sie?«

»Natürlich. Warum?«

Helen sagte: »Hat denn dieser Fall etwas mit ihr und ihrer Kunst zu tun, Tommy?«

»Ich weiß es nicht«, antwortete er. »Sie sagte, sie habe seit Monaten nichts mehr geschaffen. Sie habe Angst, ihre Schaffenskraft verloren zu haben. Der Tag, an dem der Mord verübt wurde, war der, den sie für sich bestimmt hatte, um wieder mit dem Malen anzufangen. Es war wie ein Aberglaube. Entweder du fängst an diesem Tag an dieser Stelle wieder an oder du gibst für immer auf. Gibt es so etwas, Pen? Daß ein Künstler seinen kreativen Drang verliert und den Kampf um seine Wiedergewinnung so ungeheuer schwer findet, daß er sich äußere Hilfen schaffen muß, zum Beispiel, indem er einen bestimmten Tag für den Neuanfang festsetzt.«

Penelope richtete sich ein wenig auf. »Aber natürlich gibt es so etwas. Es sind schon Menschen verrückt geworden, weil sie glaubten, ihre Schaffenskraft verloren zu haben. Manche haben sich deshalb sogar das Leben genommen.«

Lynley hob den Kopf. Er sah, daß Helen ihn beobachtete. Beide waren sie bei Penelopes letzten Worten sofort auf den gleichen Gedanken gekommen. »Oder einem anderen das Leben genommen?« fragte Helen.

»Der ihre Schaffenskraft lähmte«, fügte Lynley hinzu.

»Camille und Rodin?« meinte Penelope. » Die haben sich nun wirklich gegenseitig umgebracht. Zumindest im übertragenen Sinn.«

»Aber wie hätte denn diese Studentin Sarah Gordon in ihrer schöpferischen Arbeit behindern können?« fragte Helen. »Kannten sich die beiden überhaupt?«

»Vielleicht war es nicht das Mädchen, sondern der Vater«, antwortete Lynley. Aber noch während er sprach, hielt er sich im stillen die Argumente vor, die dagegensprachen. Der Anruf bei Justine Weaver, das Wissen um Elenas Laufgewohnheiten, die ganze Zeitfrage, die Waffe, mit der sie geschlagen worden war, das Verschwinden dieser Waffe. Relevant waren doch Motiv, Mittel und Gelegenheit. Aber die fehlten Sarah Gordon, alle drei.

»Ich habe Whistler und Ruskin erwähnt, als ich mich mit ihr unterhalten habe«, sagte er. »Ihre Reaktion war eindeutig. Vielleicht also war ihre Lähmung in den letzten Monaten die Folge eines Verrisses durch einen Kritiker.«

»Das wäre möglich, wenn sie negative Kritiken bekommen hätte«, meinte Penelope.

»Aber das war nicht der Fall?«

»Nicht, daß ich wüßte.«

»Was lähmt dann die Schaffenskraft, Pen? Was fesselt die Leidenschaft?«

»Furcht«, antwortete sie.

Er sah Helen an. Sie senkte den Blick. »Furcht wovor?« fragte er.

»Vor dem Versagen. Vor der Zurückweisung. Die Angst davor, etwas von sich selbst zu geben und zusehen zu müssen, wie es niedergemacht wird.«

»Aber so etwas ist doch nicht geschehen?«

»Nein, aber das heißt noch lange nicht, daß sie nicht Angst hat, es könnte einmal geschehen. Viele scheitern an ihrem eigenen Erfolg.«

Penelope blickte zur Tür, als draußen in der Küche der Kühlschrank zu surren begann. Sie stand auf. »So ein Gespräch habe ich schon lange nicht mehr geführt.« Sie strich sich das Haar aus dem Gesicht und lächelte Lynley an. »Es war schön.«

»Du hast aber auch eine Menge zu sagen.«

»Früher mal, ja.« Sie ging zur Treppe und winkte ab, als er aufstehen wollte. »Ich sehe nach der Kleinen. Gute Nacht, Tommy.«

»Gute Nacht.«

Helen sprach erst, als sie oben die Tür gehen hörten. »Das hat ihr gutgetan«, sagte sie. »Das mußt du gewußt haben. Danke dir, Tommy.«

»Nein. Es war der reine Egoismus. Ich wollte mich informieren, und ich glaubte, daß Pen mir helfen könnte. Das war alles. Oder nein, nicht ganz. Ich wollte dich sehen, Helen. Diese Sehnsucht scheint nie aufzuhören.«

Sie stand auf, und er folgte ihr. Sie gingen zur Haustür. Er nahm seinen Mantel, doch ehe er ihn anzog, drehte er sich nach ihr herum und sagte impulsiv: »Miranda Webberley tritt morgen mit einer Jazz-Band in der Trinity Hall auf. Kommst du mit?« Als er sah, daß ihr Blick zur Treppe flog, fügte er hinzu: »Nur ein paar Stunden, Helen. So lange wird Pen doch allein mit ihnen fertigwerden. Sonst schnappen wir uns Harry im *Emmanuel* und schleppen ihn her.

Oder wir engagieren einen von Sheehans Constables. Das wäre für Christian wahrscheinlich das beste. Also – kommst du mit? Randie bläst nicht schlecht. Ihr Vater sagt, sie habe sich zu einem weiblichen Dizzy Gillespie entwickelt.«

Helen lächelte. »Also gut, Tommy. Ja. Ich komme mit.«

Er war glücklich, obwohl er den Verdacht hatte, daß sie ihn nur begleitete, um ihm dafür zu danken, daß er Pen für eine halbe Stunde aus ihrem Elend geholfen hatte. »Gut«, sagte er. »Ich hole dich um halb acht ab. Ich würde ja sagen, wir essen vorher irgendwo etwas, aber ich will nicht zuviel verlangen.« Er warf sich den Mantel über die Schultern. Die Kälte würde ihm nichts anhaben können.

Sie spürte wie immer, was in ihm vorging. »Es ist nur ein Konzert, Tommy.«

»Das weiß ich. Außerdem würden wir es vor dem Frühstück für die Kinder sowieso nicht bis Gretna Green und zurück schaffen. Aber selbst wenn es möglich wäre – mein Traum war es nie, mich vom Dorfschmied trauen zu lassen, du bist also relativ sicher. Wenigstens für einen Abend.«

Ihr Lächeln wurde heller. »Das ist sehr beruhigend.«

Er berührte leicht ihre Wange. »Wenn es dir nur gutgeht, Helen. Das ist mir das Wichtigste.«

Sie neigte ganz leicht den Kopf zur Seite und drückte ihre Wange an seine Hand.

Er sagte: »Du versagst diesmal nicht. Bei mir nicht. Das erlaube ich dir einfach nicht.«

»Ich liebe dich«, sagte sie. »Letztendlich.«

13

»Barbara? Kind? Bist du schon im Bett? Ich will dich nicht stören, wenn du schon schläfst. Du brauchst deinen Schlaf, das weiß ich. Aber wenn du noch auf bist, könnten wir doch mal über Weihnachten reden. Es ist natürlich noch früh, aber man sollte sich jetzt schon Gedanken machen – über die Geschenke, und welche Einladungen man annehmen soll, und welche man besser ablehnt.«

Barbara schloß einen Moment die Augen, als könnte sie so die Stimme ihrer Mutter ausblenden. Sie stand in ihrem dunklen Schlafzimmer am Fenster und sah in den Garten hinunter. Auf dem Zaun, der das Grundstück zu Mrs. Gustafson hin trennte, hockte eine Katze, ihre Aufmerksamkeit unverwandt auf das dichte Unkraut gerichtet, das wuchs, wo früher einmal ein schmaler Rasenzipfel gewesen war. Vermutlich lauerte sie einer Maus oder Ratte auf. Im Garten wimmelte es bestimmt von diesen Biestern. Fröhliches Jagen, wünschte Barbara ihr im stillen.

»Herzchen?«

Barbara hörte ihre Mutter durch den Flur schlurfen. Sie hörte abwechselnd das Schleifen und Klatschen der Sohlen ihrer Pantoffeln auf dem kahlen Fußboden. Sie wußte, sie hätte sich melden sollen, aber sie tat es nicht. Vielmehr hoffte sie inbrünstig, die sprunghafte Aufmerksamkeit ihrer Mutter würde sich etwas anderem zuwenden, Tonys früherem Zimmer vielleicht, in das sie immer noch hineinzugehen pflegte, um mit ihrem Sohn zu sprechen, als wäre er noch am Leben und nicht seit sechzehn Jahren auf dem Friedhof von South Ealing begraben, wo jetzt auch ihr Mann lag.

Fünf Minuten, dachte Barbara. Nur fünf Minuten Frieden.

Als sie vor einigen Stunden nach Hause gekommen war, hatte sie Mrs. Gustafson auf einem Küchenstuhl sitzend am Fuß der Treppe vorgefunden. Ihre Mutter war oben in ihrem Schlafzimmer gewesen, verwirrt und ängstlich auf der Kante ihres Betts kauernd. Mrs. Gustafson war sonderbarerweise mit dem Schlauch des Staubsaugers bewaffnet gewesen, und ihre Mutter hatte wie ein Häufchen Elend in der Dunkelheit gehockt, nicht einmal mehr fähig, sich zu erinnern, wie man Licht machte.

»Wir sind ein bißchen zusammengestoßen. Sie wollte dauernd zu Ihrem Vater«, sagte Mrs. Gustafson, als Barbara zu Tür hereingekommen war. Ihre graue Perücke saß schief, so daß die grauen Locken auf der einen Seite viel weiter herabhingen als auf der anderen. »Sie ist im ganzen Haus rumgelaufen und hat nach ihrem Jimmy gerufen. Dann wollte sie raus auf die Straße.«

Barbaras Blick fiel auf den Staubsaugerschlauch.

»Ich habe sie nicht geschlagen, Barbie«, versicherte Mrs. Gustafson. »Sie wissen doch, daß ich Ihre Mutter nicht schlagen würde.« Ihre Finger krümmten sich um den Schlauch. »Das ist eine Schlange«, erklärte sie in vertraulichem Ton. »Sie folgt wie ne Eins, wenn sie die sieht, Kind. Ich brauch nur ein bißchen damit zu wedeln. Mehr ist gar nicht nötig.«

Barbara war so entsetzt, daß ihr einen Moment lang die Worte fehlten. Sie fühlte sich zwischen zwei Notwendigkeiten hin- und hergerissen. Einerseits wären jetzt Worte und Taten fällig gewesen, um die alte Frau, die ihre Mutter terrorisierte, statt sie zu behüten, für ihre Dummheit zu strafen. Aber weit wichtiger war, Mrs. Gustafson bei Laune zu halten.

»Ich weiß, es ist schwierig, wenn sie wirr ist. Aber wenn Sie ihr angst machen, glauben Sie nicht, daß es dann noch schlimmer wird?« sagte sie darum nur und verachtete sich für den einsichtigen Ton, den sie anschlug, und das Flehen um Verständnis und Hilfe, das in ihm mitschwang.

»Doch, doch, es war ganz schön schlimm«, bestätigte Mrs. Gustafson. »Drum hab ich Sie ja angerufen, Barbie. Ich hab gedacht, nun hat sie das bißchen Grips, das sie noch hatte, auch noch verloren. Aber jetzt ist sie wieder ganz in Ordnung, stimmt's? Sagt keinen Piep mehr. Sie hätten in Cambridge bleiben sollen.«

»Aber Sie haben doch extra angerufen, damit ich komme.«
»Ja, das stimmt. Ich hab 'n bißchen Panik gekriegt, als sie dauernd ihren Jimmy gesucht hat und ihren Tee nicht trinken wollte und nicht mal das schöne Eibrot gegessen hat, das ich ihr gemacht hab. Aber jetzt geht's ihr gut. Gehen Sie nur rauf. Schauen Sie nach ihr. Vielleicht ist sie sogar eingeschlafen. Hat sich in den Schlaf geweint wie ein kleines Kind.«

Das verriet Barbara einiges darüber, wie die letzten Stunden vor ihrem Eintreffen verlaufen waren. Als sie zu ihrer auf der Bettkante kauernden Mutter ging, sah sie, daß ihr die Brille von der Nase gerutscht und zu Boden gefallen war.

»Mama?« sagte sie. Sie machte die Nachttischlampe nicht an, da sie fürchtete, ihre Mutter dadurch nur zu erschrecken. Sie legte ihr leicht die Hand auf den Kopf. Ihr Haar war sehr trocken, aber es war weich wie Flaum. Ich könnte mit ihr zum Friseur gehen und ihr eine Dauerwelle machen lassen, dachte Barbara. Da würde sie sich bestimmt freuen. Wenn sie nicht mitten in der Behandlung plötzlich vergaß, wo sie war, und beim Anblick ihres Kopfes mit Lockenwicklern aus dem Frisiersalon zu flüchten versuchte.

Doris Havers machte eine kleine Bewegung mit den Schultern, als wollte sie sich von einer Last befreien. »Pearl und ich haben heute den ganzen Nachmittag zusammen gespielt«, sagte sie. »Erst haben wir uns gestritten, weil sie unbedingt Puppen spielen wollte und ich lieber Flohhüpfer. Aber dann haben wir einfach beides gemacht.«

Pearl war die ältere Schwester ihrer Mutter gewesen. Sie war als junges Mädchen gestorben, während des Krieges, jedoch nicht als Opfer eines Bombenangriffes.

Unendliche Male hatte Barbara die Geschichte als Kind gehört. Du mußt alles vierzigmal kauen, hatte ihre Mutter immer gesagt, sonst verschluckst du dich und stirbst dran wie deine Tante Pearl.

»Eigentlich hätte ich Hausaufgaben machen müssen, aber ich hab keine Lust gehabt«, fuhr Barbaras Mutter fort. »Ich wollte lieber spielen. Mama wird bestimmt schimpfen. Ich weiß nicht, was ich sagen soll, wenn sie mich fragt.«

Barbara neigte sich zu ihr hinunter. »Mama«, sagte sie. »Ich bin's, Barbara. Ich bin wieder da. Ich mache jetzt Licht. Also erschrick nicht.«

»Aber die Verdunkelung. Wir müssen vorsichtig sein. Hast du die Vorhänge zugezogen?«

»Keine Sorge, Mama.« Sie knipste die Lampe an und setzte sich neben ihre Mutter auf das Bett. Sie legte ihr die Hand auf die Schulter und drückte leicht. »Gut so, Mama?«

Doris Havers' Blick wanderte vom Fenster zu Barbara. Sie kniff die wäßrigen blauen Augen zusammen. Barbara hob die Brille auf, putzte einen Fettfleck vom Glas und setzte ihrer Mutter die Brille wieder auf.

»Sie hat eine Schlange«, sagte Doris Havers. »Barbie, ich hab Angst vor Schlangen, und sie hat eine mitgebracht. Sie holt sie raus und hält sie mir hin, und dann sagte sie mir, was ich tun soll. Sie hat gesagt, Schlangen kriechen an einem hoch. Und sie kriechen in einen rein. Aber die ist so riesengroß. Wenn die in mich reinkriecht, dann...«

Barbara nahm ihre Mutter in den Arm. »Das ist keine Schlange, Mama. Das ist der Schlauch vom Staubsauger. Sie will dir angst machen. Aber weißt du, das würde sie nicht tun, wenn du ein bißchen besser auf sie hören würdest. Dann würde sie so was nicht machen. Kannst du nicht versuchen, dich nach ihr zu richten?«

Doris Havers' Gesicht umwölkte sich. »Der Schlauch vom Staubsauger? Nein, Barbie, das war eine Schlange.«

»Aber woher soll Mrs. Gustafson denn eine Schlange haben?«

»Das weiß ich auch nicht, Kind. Aber sie hat eine. Ich hab sie selbst gesehen. Sie hält sie in der Hand und wedelt damit rum.«

»Es ist der Schlauch vom Staubsauger, Mama. Komm, gehen wir zusammen runter und sehen uns das mal an.«

»Nein!« Barbara fühlte, wie ihre Mutter erstarrte. Ihre Stimme wurde schrill. »Ich hab Angst vor Schlangen, Barbie.«

»Ist ja gut, Mama. Ist schon gut.«

Sie sah ein, daß mit Vernunft nichts zu erreichen war. Darum sagte sie gar nichts. Sie zog ihre Mutter nur näher an sich und dachte mit Sehnsucht und Trauer an die kleine Wohnung in Chalk Farm, wo sie unter der Akazie gestanden und einen Moment von Hoffnung und Unabhängigkeit geträumt hatte.

»Kind? Bist du noch auf?«

Barbara wandte sich vom Fenster ab. Das Mondlicht fiel auf ihr Bett und die alte Kommode mit den Klauenfüßen. Der Ankleidespiegel an der Tür des Einbauschranks reflektierte das Licht und warf es weiß an die gegenüberliegende Wand. Dort hatte sie mit dreizehn ein Korkbrett aufgehängt. Für alle Andenken ihrer Jungmädchenzeit: Theaterprogramme, Einladungen zu Partys, Kinokarten, Erinnerungen an Schulfeste, vielleicht auch ein paar getrocknete Blumen. Nach drei Jahren hing noch immer nicht ein Stück daran, und ihr war langsam klar geworden, daß niemals etwas seinen Weg dorthin finden würde, wenn sie nicht aufhörte, sich Illusionen zu machen. Also fing sie an, Zeitungsartikel auszuschneiden und an das Brett zu pinnen; zuerst mehr oder weniger rührselige Geschichten über Kinder und Tiere, dann faszinierende Artikel über kleine Verbrechen und schließlich Sensationsberichte über Morde.

»Das ist doch nichts für ein junges Mädchen«, hatte ihre Mutter naserümpfend gesagt.

Nein, in der Tat nicht.

»Barbie? Kind?«

Ihre Tür war angelehnt. Barbara hörte das Kratzen der Fingernägel ihrer Mutter am Holz. Sie wußte, wenn sie jetzt mucksmäuschenstill blieb, bestand eine Chance, daß ihre Mutter wieder gehen würde. Aber das schien ihr nach dem, was sie an diesem Tag durchgemacht hatte, unnötig grausam zu sein. Darum sagte sie: »Ich bin noch wach, Mama. Ich bin noch nicht im Bett.«

Die Tür wurde aufgestoßen. Im Licht des Flurs erschien dünn und ausgemergelt Doris Havers. Ihr Nachthemd war zu kurz, ihr Morgenrock war verdreht.

»Heut war ich wohl schlimm, Barbie?« sagte sie. »Mrs. Gustafson wollte doch eigentlich hier schlafen. Ich weiß, daß du das heute morgen gesagt hast. Du bist nach Cambridge gefahren. Wenn du jetzt wieder da bist, muß ich was Schlimmes angestellt haben.«

Barbara war froh um diesen Moment seltener Klarheit. Sie sagte: »Du warst ein bißchen verwirrt.«

Ihre Mutter blieb ein paar Schritte vor ihr stehen. Sie hatte es geschafft, allein ein Bad zu nehmen – Barbara hatte nur zweimal kurz nach ihr gesehen –, aber hinterher hatte sie sich mit Eau de Cologne übergossen.

»Haben wir nicht bald Weihnachten, Kind?« fragte sie.

»Es ist November, Mama. Die zweite Novemberwoche. Weihnachten ist nicht mehr allzu weit.«

Ihre Mutter lächelte, offensichtlich erleichtert. »Dann hab ich doch recht gehabt. Um Weihnachten herum wird's immer kalt, nicht, und die letzten Tage war's ja wirklich kalt. Drum hab ich mir gedacht, daß Weihnachten vor der Tür steht.«

»Und du hast recht gehabt«, sagte Barbara. Sie war todmüde. Sie konnte kaum die Augen offenhalten. Sie sagte: »Wollen wir jetzt nicht in unsere Betten kriechen, Mama?«

»Morgen«, sagte ihre Mutter und nickte wie befriedigt über ihren Entschluß. »Wir erledigen das morgen, Schatz.«
»Was denn?«
»Den Wunschzettel. Du mußt dem Christkind doch schreiben, was du dir wünschst.«
»Ich bin ein bißchen alt fürs Christkind. Und außerdem muß ich gleich morgen früh wieder nach Cambridge. Inspector Lynley ist noch dort, und ich kann ihn nicht einfach allein lassen. Aber das weißt du ja, nicht wahr? Wir haben einen Fall in Cambridge. Daran erinnerst du dich doch, Mama?«
»Und wir müssen die Einladungen durchsehen und überlegen, wem wir was schenken. Wir haben morgen schrecklich viel zu tun.«
Barbara faßte ihre Mutter bei den knochigen Schultern und führte sie aus dem Zimmer.
»Am schwierigsten ist es, ein Geschenk für Daddy zu finden, nicht?« plapperte ihr Mutter weiter. »Mama ist kein Problem. Die freut sich immer über ihre Lieblingspralinen. Aber Dad – das ist wirklich schwierig. Weißt du schon was für Dad, Pearl?«
»Nein, Mama«, antwortete Barbara. »Ich weiß nichts.«
Sie gingen durch den Flur in das Zimmer ihrer Mutter, wo auf dem Nachttisch die kleine Nachtlampe in Form einer Ente brannte, die sie so gern hatte. Doris Havers plapperte weiter von Weihnachten, Partys und Geschenken, aber Barbara ging nicht mehr auf ihr Worte ein. Sie wurde immer deprimierter. Sie versuchte, sich damit zu trösten, daß dieser Tag, wenn schon nichts sonst, sie gelehrt hatte, daß sie ihre Mutter nicht über Nacht mit Mrs. Gustafson allein lassen konnte.
»Vielleicht«, sagte Doris Havers, als Barbara die Bettdecke hochzog und rechts und links unter die Matraze schob, weniger um ihre Mutter warmzuhalten, als um sie

möglichst im Bett festzuhalten, »vielleicht sollten wir Weihnachten einfach wegfahren und uns überhaupt keine Gedanken machen. Was meinst du dazu?«
»Das ist eine gute Idee. Schau doch morgen mit Mrs. Gustafson zusammen gleich mal deine Prospekte durch.«
Doris Havers' Gesicht zeigte Verwirrung. »Mrs. Gustafson?« sagte sie. »Barbie, wer ist denn das?«

14

Es war zwanzig vor acht, als Lynley am nächsten Morgen Barbara Havers' Mini durch die Trinity Lane flitzen sah. Er war gerade auf dem Weg zu seinem Wagen, den er in der Trinity Passage abgestellt hatte, als die vertraute alte Rostlaube unter Ausstoß giftiger Abgaswolken ratternd um die Ecke bog. Barbara hupte einmal kurz, als sie ihn sah. Er hob grüßend die Hand und blieb stehen. Sobald sie neben ihm angehalten hatte, öffnete er die Tür auf der Beifahrerseite und kroch geschickt in das kleine Auto.

Die Heizung des Mini kämpfte geräuschvoll, aber ohne sonderlichen Erfolg gegen die morgendliche Kälte. Vom Boden stieg warmer Dampf auf, der jedoch spätestens auf der Höhe seiner Knie abgekühlt war, so daß er von der Hüfte aufwärts in eisiger Kälte saß. Als er die Tür hinter sich zuschlug, drückte Barbara eine Zigarette im Aschenbecher aus und zündete sich sofort die nächste an.

»Ist das Ihr Frühstück?« erkundigte er sich vorsichtig.

»Nikotin auf Toast.« Sie inhalierte mit Genuß und wischte etwas heruntergefallene Asche von ihrem linken Hosenbein. »Also, was gibt's?«

Er antwortete nicht gleich. Erst kurbelte er das Fenster einen Spalt auf, um frische Luft hereinzulassen, dann wandte er sich ihr zu und sah ihr aufmerksam ins Gesicht.

Sie wirkte bemüht heiter, ihre Kleidung war angemessen lässig. Offensichtlich wollte sie den Anschein erwecken, als hätte sie keinerlei Sorgen. Aber ihre Hände hielten das Lenkrad viel zu krampfhaft umschlossen, und Linien der Spannung um ihren Mund widersprachen ihrem sorglosen Ton.

»Was war zu Hause los?« fragte er.

Sie zog an ihrer Zigarette. »Nichts Besonderes. Meine Mutter war mal wieder verwirrt. Mrs. Gustafson hat den Kopf verloren. Es war keine große Geschichte.«

»Havers...«

»Inspector, Sie könnten mich zurückbeordern und Nkata herkommen lassen. Das würde ich vollkommen verstehen. Ich weiß, es ist eine Zumutung, wenn ich dauernd hin und her gondle und dann auch noch so früh am Abend nach London zurückfahre.«

»Lassen Sie das meine Sorge sein, Sergeant. Ich brauche Nkata nicht.«

»Aber Sie können das doch nicht alles allein schaffen. Sie brauchen einen Assistenten.«

»Ich rede nicht vom Dienst, Barbara.«

Sie starrte zur Straße hinaus. Der Pförtner kam aus seinem Häuschen vor St. Stephen's, um einer älteren Frau zu helfen, die gerade vom Fahrrad gestiegen war und jetzt im Durcheinander einen freien Platz für ihr Rad suchte. Sie redete lebhaft auf ihn ein, während er ihr das Rad abnahm, es zwischen andere an die Mauer schob und absperrte. Dann gingen sie zusammen ins Haus.

»Barbara!« sagte Lynley.

Sie sah ihn an. »Ich schaff das schon, Sir. Ich versuch's jedenfalls. Wollen wir nicht fahren?«

Sie nickte, wendete und brauste knatternd los, durch die Straßen der erwachenden Stadt.

»Dann haben Sie wohl meine Nachricht bekommen«,

sagte sie, als sie an Parker's Piece vorüberfuhren. Auf der anderen Seite der weiten Grünflächen thronte breit und behäbig das Gebäude der Polizeidienststelle, in dessen Fenstern sich der wolkenlose Himmel spiegelte. »Haben Sie ihn gestern abend nicht mehr erreicht?«

»Er war nirgends zu finden.«

»Weiß er, daß wir kommen?«

»Nein.«

Sie drückte ihre Zigarette aus, zündete sich keine neue an. »Was meinen Sie?«

»Im wesentlichen, daß es zu schön ist, um wahr zu sein.«

»Weil wir schwarze Fasern an der Toten gefunden haben? Weil er Motiv und Gelegenheit hatte?«

»Ja, er scheint tatsächlich beides gehabt zu haben. Und wenn wir endlich eine Ahnung hätten, womit sie so schrecklich zugerichtet worden ist, werden wir vielleicht feststellen, daß er auch das Mittel hatte.« Er erinnerte sie an die Weinflasche, die Sarah Gordon ihrer Aussage zufolge in der Nähe des Tatorts gesehen hatte, und berichtete ihr von dem Abdruck ebendieser Flasche, den er in der feuchten Erde der Insel gefunden hatte. Mit ein paar Worten erläuterte er ihr seine Überlegungen darüber, wie der Täter die Flasche verwendet haben konnte, um sie dann als ein Stück Abfall unter vielen liegen zu lassen.

»Aber Sie glauben immer noch nicht, daß Thorsson der Täter ist. Ich seh's Ihnen doch an.«

»Das ist mir alles zu sauber, Havers. Und das ist mir nicht geheuer.«

»Wieso?«

»Weil Mord im allgemeinen – und dieser im besonderen – ein schmutziges Geschäft ist.«

Sie bremste vor einem Rotlicht ab und beobachtete eine bucklige alte Frau in einem langen schwarzen Mantel, die langsam über die Straße tappte. Sie hielt den Blick auf ihre

Füße gerichtet. Hinter sich zog sie einen kleinen Einkaufswagen. Er war leer.

Als die Ampel umschaltete, fuhr Barbara wieder an und sagte: »Für mich ist dieser Thorsson ein ganz dreckiger Kerl, Insepctor. Ich versteh nicht, wieso Sie das nicht sehen. Oder ist die Verführung von Schulmädchen für einen Mann nichts Dreckiges, solange die Mädchen sich nicht rühren.«

Er ließ sich nicht reizen. »Das sind keine Schulmädchen, Havers.«

»Dann eben Abhängige. Macht's das besser?«

»Nein, natürlich nicht. Aber wir haben bisher keinen Beweis für Ihre Verführungstheorie.«

»Mein Gott! Sie war schwanger! Irgend jemand muß sie doch verführt haben.«

»Oder *sie* hat jemanden verführt. Oder sie haben sich gegenseitig verführt.«

»Oder – wie Sie selbst meinten – sie ist vergewaltigt worden.«

»Vielleicht. Aber da habe ich inzwischen meine Zweifel.«

»Wieso?« Barbaras Ton war kampflustig. »Sind Sie vielleicht der typisch männlichen Meinung, sie hätte sich hingelegt und die Sache genossen?«

Er warf ihr einen kurzen Blick zu. »Das sicher nicht.«

»Was dann?«

»Sie hat Thorsson wegen sexueller Belästigung gemeldet. Wenn sie bereit war, das zu tun und sich einer möglicherweise peinlichen Untersuchung auch ihres eigenen Verhaltens auszusetzen, dann hätte sie eine Vergewaltigung nicht verschwiegen.«

»Und wenn sie von einem Freund vergewaltigt worden ist, Inspector? Bei einer Verabredung. Von einem Mann, mit dem sie sich zwar hin und wieder getroffen hat, aber mit dem sie keine nähere Beziehung wollte.«

»Dann haben Sie soeben Thorsson als Täter eliminiert.«
»Sie halten ihn wirklich für unschuldig.« Sie schlug mit der Faust auf das Lenkrad. »Sie suchen ja förmlich nach Möglichkeiten, ihn zu entlasten, stimmt's? Sie wollen das unbedingt einem anderen anhängen. Wem?« Im selben Moment schien sie zu begreifen, und sie warf ihm einen ungläubigen Blick zu. »Aber nein! Sie können doch nicht glauben –«

»Ich glaube gar nichts. Ich bin auf der Suche nach der Wahrheit.«

Sie bog links in Richtung Cherry Hinton ab, fuhr an einer Grünanlage vorbei, auf der gelb leuchtende Kastanien standen. Zwei junge Frauen schoben dort ihre Kinderwagen spazieren.

Es war kurz nach acht, als sie vor Thorssons Haus hielten. In der schmalen Auffahrt stand ein tadellos hergerichteter alter Tr-6, dessen bauchige grüne Kotflügel in der Morgensonne funkelten.

»Nicht übel.« Barbara musterte das Museumsstück. »Genau das Fahrzeug, das man bei einem überzeugten Marxisten erwartet.«

Lynley trat näher an den Wagen heran. Perlende Nässe lag auf der Karosserie. Nur die Windschutzscheibe war frei. Lynley legte seine Hand auf die Kühlerhaube und spürte einen letzten Hauch Motorwärme. »Er scheint heute auch erst am Morgen nach Hause gekommen zu sein«, sagte er.

Sie gingen zur Haustür. Lynley läutete, während Barbara ihr Schreibheft aus ihrer Tasche kramte. Als im Haus alles still blieb, läutete Lynley noch einmal. »Augenblick!« rief jemand von drinnen. Es dauerte länger als einen Augenblick, ehe sich hinter dem Milchglas der Haustür ein Schatten zeigte, der näher kam.

Thorsson trug einen Morgenrock aus schwarzem Samt. Er war noch dabei, den Gürtel zu knoten, als er die Tür öffnete. Sein Haar war feucht. Es hing ihm lockig auf die Schultern. Er hatte nichts an den Füßen.

»Mr. Thorsson«, sagte Lynley statt einer Begrüßung.

Thorsson blickte seufzend von Lynley zu Barbara Havers. »Na wunderbar«, sagte er und fuhr sich mit einer Hand durch das Haar. »Was ist eigentlich los mit Ihnen beiden? Was wollen Sie von mir?«

Ohne auf eine Antwort zu warten, wandte er sich ab und ging ihnen durch einen kurzen Flur voraus in den rückwärtigen Teil des Hauses. Als sie hinter ihm in die Küche traten, war er schon dabei, sich aus einer Kaffeemaschine eine Tasse Kaffee einzuschenken. Erst blies er, dann trank er schlürfend.

»Ich würde Ihnen ja eine Tasse anbieten«, sagte er, »aber ich brauche morgens die ganze Kanne, um wach zu werden.« Damit schenkte er sich frischen Kaffee nach.

Lynley und Barbara setzten sich an einen Chromtisch mit Glasplatte vor einer Terrassentür. Draußen standen Gartenmöbel, darunter auch ein breite weiße Liege, auf der feucht und zerknittert eine Decke lag.

Lynley blickte nachdenklich von der Liege zu Thorsson. Thorsson sah zum Küchenfenster hinaus auf die Gartenmöbel. Dann richtete er den Blick wieder auf Lynley. Sein Gesicht war ausdruckslos.

»Wir haben Sie anscheinend beim Morgenbad gestört«, bemerkte Lynley.

Thorsson trank von seinem Kaffee. Er trug ein flaches goldenes Kettchen um den Hals. Es lag glitzernd wie Schlangenhaut auf seiner Brust.

»Elena Weaver war schwanger«, sagte Lynley.

Thorsson lehnte sich mit der Kaffeetasse in der Hand an die Arbeitsplatte. Er machte ein desinteressiertes Gesicht. »Und Sie denken, daß ich keine Gelegenheit hatte, das bevorstehende Ereignis mit ihr zu feiern!«

»Wäre eine Feier denn angebracht gewesen?«
»Das weiß ich doch nicht.«
»Aber Sie waren am Donnerstag abend mit ihr zusammen.«
»Ich war nicht mit ihr zusammen, Inspector. Ich habe sie aufgesucht. Das ist ein Unterschied.«
»Natürlich. Wie dem auch sei, sie hatte am Mittwoch das Ergebnis des Schwangerschaftstests erhalten. Hat sie Sie gebeten, zu ihr zu kommen? Oder haben Sie sie aus eigenem Antrieb aufgesucht?«
»Sie hatte mich nicht um einen Besuch gebeten. Sie wußte gar nicht, daß ich komme.«
»Aha.«
Thorsson umfaßte den Henkel der Kaffeetasse fester. »Ich verstehe. Der Vater in spe, der es nicht erwarten kann, das Testergebnis zu erfahren. Alles in Ordnung, Schatz, oder müssen wir schon mal anfangen, Windeln zu stapeln? Und der werdende Vater soll ich sein.«
Barbara blätterte zur nächsten Seite in ihrem Heft. »Wenn Sie der Vater sein sollten, wäre es doch ganz natürlich, daß Sie das Ergebnis wissen wollten. Besonders wenn man bedenkt...«
»Wenn man was bedenkt?«
»Na, die Anzeige wegen sexueller Belästigung. Eine Schwangerschaft ist ein ziemlich überzeugender Beweis, meinen Sie nicht?«
Thorsson lachte rauh. »Und was habe ich Ihrer Meinung nach getan, Sergeant? Habe ich sie vergewaltigt? Oder habe ich sie erst unter Drogen gesetzt und mich dann an ihr vergangen?«
»Vielleicht«, versetzte Barbara kalt. »Aber Verführung scheint mir viel eher Ihre Masche zu sein.«
»Sie können mit Ihrem Wissen zu diesem Thema zweifellos Bände füllen.«

Lynley sagte: »Haben Sie früher schon einmal Probleme mit einer Studentin gehabt?«

»Was soll das heißen? Was für Probleme?«

»Ähnliche wie mit Elena Weaver. Sind Sie früher schon einmal sexueller Belästigung beschuldigt worden?«

»Natürlich nicht. Niemals. Fragen Sie im College nach, wenn Sie mir nicht glauben.«

»Ich habe schon mit Dr. Cuff gesprochen. Er bestätigt, was Sie sagen.«

»Aber sein Wort reicht Ihnen anscheinend nicht. Sie glauben lieber die Schauermärchen eines kleinen Flittchens, das sich für jeden hingelegt hätte.«

»Ein kleines Flittchen, Mr. Thorsson?« sagte Lynley. »Das ist eine merkwürdige Wortwahl. Wollen Sie damit sagen, daß Elena Weaver als leichtlebig galt?«

Thorsson schenkte sich noch einmal Kaffee ein und nahm sich Zeit, ihn zu trinken. »So etwas spricht sich herum«, sagte er schließlich. »Das College ist klein. Klatsch gibt es immer.«

Lynley sagte: »Wo waren Sie am Montag morgen, Mr. Thorsson?«

»Im College.«

»Ich meine, am Montag morgen zwischen sechs und halb sieben.«

»Im Bett.«

»Hier?«

»Wo sonst?«

»Das eben wollte ich von Ihnen wissen. Einer Ihrer Nachbarn sah Sie kurz vor sieben nach Hause kommen.«

»Dann irrt sich dieser Nachbar. Wer war es überhaupt? Die Ziege von nebenan?«

»Es hat jemand gesehen, wie Sie vorgefahren sind, aus dem Wagen stiegen und ins Haus gegangen sind. Alles recht eilig. Können Sie uns dazu Näheres sagen? Sie werden nicht bestreiten, daß Ihr Triumph nicht leicht zu verwechseln ist.«

»Tut mir leid, Inspector. Ich war hier.«

»Und heute morgen?«

»Heute?... War ich auch hier.«

»Der Motor Ihres Wagens war noch warm, als wir kamen.«

»Und das beweist, daß ich ein Mörder bin? Ist das Ihre Schlußfolgerung?«

»Ich habe keine Schlußfolgerungen gezogen. Ich möchte lediglich wissen, wo Sie waren.«

»Hier. Das sagte ich Ihnen doch. Ich weiß nicht, was der Nachbar gesehen hat. Mich jedenfalls nicht.«

»Ah ja.« Lynley sah Barbara an, die ihm gegenüber saß. Die Aussicht auf endlose Wortgefechte mit Thorsson langweilte und ermüdete ihn. Es schien nur einen Weg zur Wahrheit zu geben.

»Sergeant«, sagte er. »Bitte.«

Barbara Havers ließ es sich nicht zweimal sagen. Mit großer Feierlichkeit blätterte sie in ihrem Heft zurück bis zur Innenseite des Einbands, wo sie eine Kopie des amtlichen Wortlauts der Rechtsbelehrung aufbewahrte. Hunderte von Malen hatte Lynley sie die Worte sprechen hören; er wußte, daß sie sie auswendig konnte. Sie las sie nur um des dramatischen Effekts willen ab, und da er ihre Abneigung gegen Lennart Thorsson immer besser verstehen konnte, wollte er ihr diesen Moment persönlicher Genugtuung nicht verweigern.

»Also«, sagte er, als Barbara geendet hatte, »wo waren Sie am Sonntag abend, Mr. Thorsson? Wo waren Sie in den frühen Morgenstunden des Montags?«

»Ich verlange einen Anwalt.«

Lynley wies zum Telefon. »Bitte. Wir haben Zeit.«

»So früh ist keiner zu erreichen, das wissen Sie genau.«

»Dann warten wir eben.«

Thorsson schüttelte mit demonstrativem Abscheu den Kopf. »Na schön«, sagte er. »Ich wollte am Montag in aller Frühe ins College, weil ich dort einen Termin mit einer Studentin hatte. Aber ich hatte vergessen, ihre Arbeit mitzunehmen, und bin noch einmal umgekehrt, um sie zu holen. Natürlich war ich in Eile. Ich wollte pünktlich sein.«

»Aha, mit einer Studentin waren Sie verabredet. Und heute morgen?«

»Nichts heute morgen.«

»Wieso war dann der Motor Ihres Wagens noch warm, als wir kamen? Wieso war die Karosserie so feucht? Wo hatten Sie den Wagen in der Nacht geparkt?«

»Hier.«

»Und wir sollen Ihnen glauben, daß Sie heute morgen hinausgegangen sind, die Windschutzscheibe abgewischt haben und wieder ins Haus gegangen sind, um ein Bad zu nehmen.«

»Es ist mir ziemlich gleichgültig, was Sie...«

»Und daß Sie vielleicht den Motor ein Weilchen laufen ließen, um ihn anzuwärmen, obwohl sie augenscheinlich nicht die Absicht haben, im Augenblick irgendwohin zu fahren.«

»Ich habe bereits gesagt...«

»Sie haben bereits eine ganze Menge gesagt, Mr. Thorsson. Und nichts davon ist glaubwürdig.«

»Wenn Sie glauben, daß ich dieses blöde kleine Flittchen umgebracht habe...«

Lynley stand auf. »Ich würde mir gern Ihre Kleider ansehen.«

Thorsson schob seine Kaffeetasse mit einem Stoß über die ganze Arbeitsplatte, so daß sie krachend in die Spüle fiel. »Dafür brauchen Sie einen Durchsuchungsbefehl. Das wissen Sie genau.«

»Wenn Sie sich nichts vorzuwerfen haben, haben Sie auch nichts zu fürchten, Mr. Thorsson. Nennen Sie uns einfach den Namen der Studentin, mit der Sie sich am Montag früh getroffen haben, und übergeben Sie uns alle schwarzen Kleidungsstücke, die Sie besitzen. Wir haben nämlich an der Toten schwarze Fasern gefunden, aber da es sich um eine Mischung aus Polyester, Rayon und Baumwolle handelt, können wir ein, zwei Ihrer Kleidungsstücke gewiß gleich eliminieren.«

»Das ist eine Unverschämtheit. Wenn Sie schwarze Fasern suchen, dann versuchen Sie doch Ihr Glück mal bei den Roben der Dozenten und Studenten. Die sind auch schwarz. Aber das lassen Sie lieber bleiben, wie? Weil ja jeder an der ganzen gottverdammten Uni so eine Robe hat.«

»Ein interessanter Aspekt. Geht es hier zum Schlafzimmer?«

Lynley ging durch den Flur in Richtung Haustür. In einem Wohnzimmer im vorderen Teil des Hauses fand er eine Treppe und ging sogleich hinauf. Thorsson lief ihm nach, gefolgt von Barbara.

»Das ist eine Frechheit. Sie können doch nicht einfach...«

»Das ist Ihr Schlafzimmer?« sagte Lynley und blieb vor der ersten Tür in der oberen Etage stehen. Er ging in das Zimmer hinein und machte den Einbauschrank auf. »Schauen wir mal, was wir da haben. Sergeant, einen Sack bitte.«

Barbara warf ihm einen blauen Müllsack zu, und er machte sich daran, Thorssons Garderobe zu inspizieren.

»Das wird Sie Ihre Stellung kosten!«

Lynley sah auf. »Wo waren Sie am Montag morgen, Mr. Thorsson? Wo waren Sie heute morgen? Ein Unschuldiger hat nichts zu fürchten.«

»*Wenn* er unschuldig ist«, sagte Barbara. »Wenn er ein aufrechtes Leben führt. Wenn er nichts zu verbergen hat.«

Die Adern an Thorssons Hals schwollen beängstigend an. Mit zuckenden Fingern riß er am Gürtel seines Morgenmantels. »Nehmen Sie ruhig alles mit«, sagte er. »Sie haben meine Erlaubnis. Nehmen Sie alles. Aber vergessen Sie das hier nicht.«

Er riß sich den Morgenrock vom Leib. Darunter war er nackt. Er stemmte die Hände in die Hüften. »Ich habe nichts vor Ihnen zu verbergen«, sagte er.

»Ich wußte nicht, ob ich lachen oder applaudieren oder ihn auf der Stelle wegen unsittlicher Entblößung verhaften sollte«, sagte Barbara. »Der Bursche tanzt anscheinend mit Vorliebe aus der Reihe.«

»Ja, er möchte wohl gern etwas Besonderes sein«, meinte Lynley.

Sie hatten an einer Bäckerei in Cherry Hinton gehalten und zwei Rosinenbrötchen und zwei Styroporbecher lauwarmen Kaffee geholt. Sie tranken ihn auf der Rückfahrt zur Stadt, wobei Lynley hilfsbereit die Gangschaltung bediente, damit Barbara wenigstens eine Hand frei hatte.

»Auf jeden Fall sagt dieser Auftritt einiges. Ich weiß nicht, wie Sie's sehen, Sir, aber ich hatte den Eindruck, er hat nur auf die Gelegenheit gewartet, zu – ich meine, ich glaube, er war ganz scharf darauf, uns zu zeigen – na, Sie wissen schon.«

Lynley knüllte die dünne Papierserviette zusammen, in die sein Brötchen eingewickelt gewesen war, und stopfte sie in den Aschenbecher. »Er war ganz scharf darauf, sich im Glanz seiner überlegenen Männlichkeit zu zeigen. O ja, eindeutig. Sie haben ihn dazu herausgefordert, Havers.«

Mit einem Ruck drehte sie den Kopf. »Ich? Sir, ich habe überhaupt nichts getan.«

»O doch. Sie haben ihn von Anfang an wissen lassen, daß weder seine Position an der Universität noch sonst etwas an ihm Sie beeindrucken kann, und darum mußte er Ihnen zeigen, um welche Wonnen Sie sich durch Ihre Respektlosigkeit gebracht haben.«

»So ein eingebildeter Affe.«

»Sie sagen es.« Lynley trank einen Schluck Kaffee und schaltete eilig in den zweiten Gang hinunter, als Barbara kurz vor einer scharfen Kurve die Kupplung trat. »Aber er hat noch etwas anderes getan, Havers. Er hat uns ein Geschenk gemacht.«

»Was? Außer daß er mir die köstlichste Morgenunterhaltung seit Jahren geboten hat?«

»Er hat bestätigt, was Elena Terence Cuff erzählt hat.«

»Wieso? Was hat sie ihm denn erzählt?«

Lynley schaltete in den dritten und dann in den vierten Gang, ehe er antwortete. »Sie hat ihm erzählt, Thorsson habe unter anderem auf Schwierigkeiten angespielt, die er mit seiner Verlobten gehabt habe.«

»Was für Schwierigkeiten?«

»Sexueller Art. In Zusammenhang mit der Größe seines Penis.«

»Ach, zuviel Mann für das arme kleine Frauchen?«

»Richtig.«

Barbaras Augen blitzten. »Ha! Woher sollte Elena von seinen Maßen gewußt haben, wenn er ihr nicht selbst davon erzählt hat? Wahrscheinlich hat er gehofft, ihr den Mund wäßrig zu machen.«

»Möglich. Auf jeden Fall glaube ich nicht, daß sie dieses Detail erfunden hat. Zumal das mit der Größe ja stimmt.«

»Dann hat er also gelogen, was die sexuelle Belästigung angeht. Und wenn er da gelogen hat«, fügte Barbara mit unverhohlenem Vergnügen hinzu, »warum dann nicht auch in jeder anderen Hinsicht.«

»Er ist auf jeden Fall wieder mit im Rennen, Sergeant.«
»Ich würde sagen, er liegt an der Spitze.«
»Wir werden sehen.«
»Aber, Sir...«
»Fahren Sie weiter, Sergeant.«

Sie fuhren direkt zur Polizeidienststelle, um dort den Sack voll Kleider abzuladen, den sie bei Thorsson mitgenommen hatten. Der diensthabende Beamte quittierte Lynleys Dienstausweis mit einem kurzen Nicken und betätigte den elektrischen Türöffner, um sie ins innere Foyer zu lassen. Sie nahmen den Aufzug zum Büro des Superintendent.

Sheehan stand, den Telefonhörer am Ohr, neben dem unbesetzten Schreibtisch seiner Sektretärin. Sein Beitrag zu dem Gespräch bestand größtenteils aus Knurren und Flüchen. Schließlich sagte er ungeduldig: »Hören Sie, Drake, die Leiche liegt jetzt zwei Tage bei Ihnen, und es ist rein gar nichts passiert... Wenn Sie mit seinen Schlußfolgerungen nicht einverstanden sind, dann ziehen Sie einen Spezialisten vom Yard zu, damit wir endlich zu Stuhle kommen... Es ist mir schnurzegal, was der Chief Constable denkt. Tun Sie's einfach... Jetzt hören Sie mir doch mal zu. Es handelt sich nicht um eine Prüfung Ihrer Kompetenz als Abteilungsleiter, aber wenn Sie Pleasances Bericht nicht mit gutem Gewissen unterschreiben können, und er nicht bereit ist, etwas zu ändern, bleibt gar nichts anderes übrig... Ich habe nicht die Vollmacht, ihn zu feuern... So ist das nun mal, Mann. Rufen Sie einfach im Yard an.«

Er schien, als er auflegte, nicht erfreut, die Kollegen von New Scotland Yard zu sehen. Sie waren ihm im Moment nur ein weiteres Zeichen dafür, daß man ihn und seine Dienststelle nicht für fähig hielt, ohne Hilfe von außerhalb zurechtzukommen.

»Schwierigkeiten?« fragte Lynley.

Sheehan nahm einen Stapel Akten vom Schreibtisch seiner Sekretärin und ging die Papiere im Eingangskorb durch. »Die Frau hat wirklich einen sechsten Sinn«, sagte er und wies mit dem Kopf zu dem leeren Stuhl. »Sie hat sich heute morgen krank gemeldet. Die spürt genau, wenn's unangenehm wird.«

»Was gibt's denn so Unangenehmes?«

Sheehan nahm drei Briefe aus dem Eingangskorb, klemmte sie zusammen mit den Akten unter den Arm und ging schwerfällig in sein Büro. Lynley und Barbara folgten ihm.

»Der Chief Constable plagt mich seit Wochen damit, eine Strategie zu einer, wie er es nennt, ›Erneuerung der Gemeindebeziehungen‹ zu entwerfen – einfacher gesagt, ich soll mir was einfallen lassen, um die Herren von der Uni bei Laune zu halten, damit Sie und Ihre Freunde vom Yard hier in Zukunft wegbleiben. Dann rufen mich alle Viertelstunde das Bestattungsinstitut und die Eltern an und wollen wissen, wann Elena Weavers Leiche freigegeben wird. Und jetzt...« mit einem Blick auf den Plastiksack in Barbaras Armen... »haben Sie mir anscheinend noch was zum Spielen mitgebracht.«

»Kleider zur Untersuchung«, sagte Barbara. »Es geht um die Fasern, die an der Toten gefunden worden sind. Wenn das Labor uns da was Positives liefern kann, haben wir vielleicht, was wir brauchen.«

»Für eine Verhaftung?«

»Es sieht danach aus.«

Sheehan nickte grimmig. »Na gut, dann können die zwei Streithähne gleich weitermachen. Seit gestern keifen sie sich wegen der Waffe an. Die Kleider hier lenken sie vielleicht eine Weile ab.«

»Sie sind noch immer zu keinem Ergebnis gekommen?« fragte Lynley.

»Pleasance, ja, aber Drake ist anderer Meinung. Er weigert sich, den Bericht zu unterzeichnen. Aber einen Spezialisten vom Yard will er auch nicht zuziehen, obwohl ich ihm das bereits gestern nachmittag geraten habe. Der berufliche Stolz, verstehen Sie, ganz zu schweigen davon, daß seine berufliche Kompetenz in Zweifel gezogen werden könnte. Er fürchtet, Pleasance könnte recht haben. Und da er so nachdrücklich darauf gedrungen hat, ihn abzuschieben, würde er mehr als das Gesicht verlieren, wenn jemand Pleasances Schlußfolgerungen bestätigte.«

Sheehan legte Akten und Papiere auf seinem Schreibtisch ab. Er zog eine Schublade auf und nahm eine Rolle Pfefferminzdrops heraus. Nachdem er sie ihnen angeboten hatte, ließ er sich in seinen Sessel fallen und lockerte seine Krawatte. »Tja«, sagte er seufzend. »Der Stolz hat seine Tücken. Wenn man ihn mit Liebe oder Tod vermengt, ist man erledigt, wie?«

»Stört es Drake eigentlich, daß ein Spezialist vom Yard zugezogen werden soll, oder stört ihn die Einmischung eines Außenstehenden generell?«

»Das Yard stört ihn«, antwortete Sheehan. »Er hat Angst, es könnte so aussehen, als käme er ohne Hilfe der großen Brüder aus London nicht zurecht. Er erlebt ja mit, wie sich meine Leute hier über Ihre Anwesenheit aufregen. Er möchte nicht, daß es in seiner Abteilung genauso zugeht, wo er schon Mühe genug hat, Pleasance an der Kandare zu halten.«

»Aber Drake hätte nichts dagegen, wenn ein neutraler Experte – jemand, der mit dem Yard nichts zu tun hat – sich die Leiche ansähe? Jemand, der mit beiden unmittelbar zusammenarbeiten würde – ich meine, mit Drake und Pleasance –, ihnen die Informationen mündlich lieferte und es ihnen überließe, den Bericht abzufassen.«

Im Vorzimmer begann das Telefon zu läuten, aber

Sheehan ignorierte es. Er sah Lynley mit scharfem Interesse an. »Woran denken Sie, Inspector?«

»An einen Gutachter.«

»Unmöglich. Wir haben nicht die Mittel, so jemanden zu bezahlen.«

»Sie brauchen nicht zu bezahlen«, sagte Lynley.

Aus dem Vorzimmer waren eilende Schritte zu hören. Das Läuten des Telefons hörte auf. Eine atemlose Stimme drang gedämpft zu ihnen.

»Und wir bekommen auf diese Weise die Informationen«, fuhr Lynley fort, »die wir brauchen, ohne daß ein Schatten auf Drakes Kompetenz fällt.«

»Und was passiert, wenn eine gerichtliche Aussage notwendig wird, Inspector? Weder Drake noch Pleasance können als Zeugen aussagen, wenn der Befund nicht von ihnen stammt.«

»Doch, das können sie, wenn sie assistieren und zu dem gleichen Ergebnis gelangen wie der Gutachter.«

Sheehan schob nachdenklich die Rolle Drops auf dem Schreibtisch hin und her. »Läßt sich das diskret arrangieren?«

»Sie meinen so, daß niemand außer Drake und Pleasance von der Zuziehung des Spezialisten erfährt?« Als Sheehan nickte, sagte Lynley: »Lassen Sie mich nur kurz telefonieren.«

Aus dem Vorzimmer rief eine Frau: »Superintendent?« Sheehan stand auf und ging hinaus zu der uniformierten Beamtin, die den Anruf entgegengenommen hatte.

Während die beiden miteinander sprachen, sagte Barbara zu Lynley: »Sie denken an St. James, nicht wahr? Glauben Sie denn, er wird kommen können?«

»Bestimmt schneller als jemand vom Yard«, erwiderte Lynley.

Sheehan kam, plötzlich in Eile, ins Büro zurück. Er riß

seinen Mantel vom Garderobenhaken, packte den Plastiksack mit den Kleidern, der neben Barbaras Stuhl stand, und warf ihn der Beamtin zu, die an der Tür stehen geblieben war. »Lassen Sie das zur Untersuchung ins Labor bringen«, sagte er. Zu Lynley und Barbara gewandt, fügte er hinzu: »Gehen wir.«

»Gehen wir.«

Lynley wußte, was Sheehans starres Gesicht zu bedeuten hatte. Zu häufig hatte er diesen maskenhaften Ausdruck gesehen, um noch fragen zu müssen. Er wußte, daß seine eigenen Züge auf diese Art zu erstarren pflegten, wenn ein Verbrechen gemeldet wurde. Darum war er auf Sheehans nächste Worte vorbereitet.

»Ein neuer Mord«, sagte dieser, als sie aufstanden.

15

Zwei Mannschaftswagen rasten mit blinkenden Lichtern und heulenden Sirenen dem Zug von Fahrzeugen voraus. Sie brausten die Leansfield Road hinunter, weiter auf dem Fen Causeway, vorbei an den Grünanlagen hinter den Colleges bis zur Abzweigung nach Madingley im Westen. Barbaras Mini war zwischen dem zweiten Mannschaftswagen und Sheehans Limousine eingeschlossen, der ein Wagen der Spurensicherung und ein Rettungswagen folgten, auch wenn wahrscheinlich nichts mehr zu retten war.

Sie überquerten die Brücke über den M11, passierten das kleine Dorf Madingley und donnerten eine schmale, von Hecken gesäumte Landstraße hinunter. Zwei Minuten aus Cambridge hinaus, und sie waren mitten auf dem Land. Dichte Hecken – Weißdorn, Brombeeren und Ilex – markierten die Grenzen der frisch mit Winterweizen angesäten Felder.

Hinter einer Kurve stand halb auf dem Bankett ein Traktor. Oben saß ein Mann in einer dicken Jacke mit hochgeschlagenem Kragen, den Kopf eingezogen gegen Wind und Kälte. Er winkte, um sie anzuhalten, und sprang zu Boden. Ein Collie, der ruhig neben dem schmutzverkrusteten Hinterrad des Traktors gelegen hatte, sprang auf einen scharfen Befehl des Mannes auf und trottete an seine Seite.

»Da drüben«, sagte der Mann, nachdem er sich als Bob Jenkins vorgestellt und ihnen seinen Hof gezeigt hatte, der vielleicht einen halben Kilometer entfernt war, Wohnhaus und Nebengebäude unter Bäumen. »Shasta hat sie gefunden.«

Als der Hund seinen Namen hörte, spitzte er die Ohren, wedelte einmal kurz mit dem Schweif und folgte seinem Herrn zu einer etwa sechs Meter entfernten Stelle an der Hecke, wo in Gras und Unkraut ein Mensch lag.

»So was hab ich noch nie erlebt«, sagte Jenkins. »Was ist das eigentlich für eine Welt heutzutage!« Er zupfte an seiner Nase, die von der Kälte rot war, und kniff die Augen gegen den Nordostwind zusammen. Der Wind vertrieb den Nebel, aber er brachte die eisigen Nordsee-Temperaturen mit. Eine Hecke bot kaum Schutz vor ihm.

»O verdammt!« war das einzige, was Sheehan sagte, als er neben der Leiche niederkauerte. Lynley und Barbara gesellten sich zu ihm.

Die Tote war ein großes und schlankes Mädchen mit langem blonden Haar. Sie hatte ein grünes Sweatshirt an, weiße Shorts und Laufschuhe. Sie lag auf dem Rücken, das Kinn in die Höhe gerichtet. Ihr Mund stand offen, ihre Augen waren starr. Und ihr Körper war blutüberströmt, hier und dort dunkel gesprenkelt von unverbrannten Schießpulverpartikeln. Ein Blick genügte ihnen, um zu sehen, daß der Rettungswagen sie höchstens noch zur Obduktion ins gerichtsmedizinische Institut bringen konnte.

»Sie haben sie nicht angerührt?« fragte Lynley den Bauern.

Der schüttelte entsetzt den Kopf. »Ich hab überhaupt nichts angerührt. Shasta hat sie ein bißchen beschnuppert, aber dann hat er das Pulver gerochen und ist schleunigst abgehauen. Er hat was gegen Gewehre.«

»Sie haben heute morgen keine Schüsse gehört?«

Jenkins schüttelte wieder den Kopf. »Ich hab heut früh was am Traktor gerichtet. Dabei hab ich immer wieder den Motor gestartet. Ich wollte sehen, wie der Vergaser funktioniert. War ein ziemlicher Krach. Wenn sie da erschossen worden ist...« Er wies mit einer ruckartigen Kopfbewegung zu der Toten, sah aber nicht hin, »... das hätte ich nicht gehört.«

»Und der Hund?«

Jenkins kraulte den Kopf des Hundes, der dicht neben ihm stand. Shasta blickte zu ihm auf und wedelte mit dem Schwanz. »Der hat mal ne Weile ziemlich Krawall gemacht«, sagte Jenkins. »Ich hatte das Radio an, laut, damit ich's bei dem Motorengeräusch auch hören konnte, und ich mußte ihn anbrüllen, damit er aufgehört hat.«

»Wissen Sie, um welche Zeit das war?«

Erst verneinte er. Dann aber hob er hastig eine Hand, den Zeigefinger in die Höhe gestreckt, als wäre ihm plötzlich eine Erleuchtung gekommen. »Es muß so gegen halb sieben gewesen sein.«

»Sind Sie sicher?«

»Im Radio waren Nachrichten, und ich hab extra zugehört, weil ich wissen wollte, was jetzt eigentlich mit der Grundsteuererhöhung passiert.« Sein Blick flog zu der Toten und gleich wieder weg. »Kann sein, daß sie da erschossen worden ist. Aber ich muß Ihnen sagen, daß Shasta manchmal auch nur bellt, weil er gerade Lust hat. Er kriegt so seine Anfälle, wissen Sie.«

Die Beamten um sie herum waren dabei, den Tatort abzusperren, und die Leute von der Spurensicherung begannen, ihre Geräte aus dem Wagen zu holen. Der Fotograf näherte sich, seinen Apparat vor sich haltend wie einen Schild. Er war ein bißchen grün im Gesicht und wartete ein paar Schritte entfernt auf das Zeichen von Sheehan, der noch neben der Leiche hockte.

»Eine Flinte«, sagte er. Dann blickte er auf und schüttelte den Kopf. »Das wird schlimmer, als in der Wüste Sandkörner suchen.«

»Wieso?« fragte Barbara.

Sheehan sah sie erstaunt an. Lynley sagte: »Sie kommt aus der Stadt, Superintendent.« Und zu Barbara gewandt: »Jetzt beginnt die Fasanenjagd.«

»Jeder, der da mal sein Glück versuchen möchte, besitzt eine Flinte, Sergeant«, erläuterte Sheehan. »Die Jagd fängt nächste Woche an. Da wird's wieder Unfälle in Massen geben.«

»Aber das hier ist doch kein Unfall.«

»Nein. Das war kein Unfall.« Er kramte in seiner Hosentasche, zog eine Geldbörse heraus und entnahm ihr eine Kreditkarte. »Zwei Läuferinnen«, sagte er nachdenklich. »Beide groß, blond, langhaarig.«

»Sie glauben doch nicht, daß wir es mit einem Serienmörder zu tun haben?« In Barbaras Stimme schwangen Zweifel und Enttäuschung.

Sheehan kratzte mit der Kreditkarte etwas mit Blättern verklebten Schmutz von dem blutdurchtränkten Sweatshirt. Auf der linken Brustseite waren über einem College-Emblem die Worte *Queen's College, Cambridge* eingestickt.

»Sie denken an einen Kerl mit einem krankhaften Zwang, blonde Langstreckenläuferinnen umzubringen?« fragte Sheehan. »Nein, das glaube ich nicht. Solche Leute wechseln die Methoden nicht so drastisch. Sie ist ja gewissermaßen ihr Markenzeichen. Etwa nach dem Motto: Schaut her, ich hab wieder einer den Schädel eingeschlagen, und ihr Bullen habt mich immer noch nicht erwischt.« Er wischte die Kreditkarte ab, säuberte sich die Finger an einem rostbraunen Taschentuch und richtete sich auf. »Sie können jetzt fotografieren, Graham«, sagte er über die Schulter hinweg zu dem Fotografen. Auch die Beamten der Spurensicherung näherten sich sogleich, um mit ihren Untersuchungen zu beginnen.

Bob Jenkins sagte: »Ich muß auf das Feld da. Wenn Sie mich vielleicht durchlassen würden.« Er wies zu einer etwa drei Meter entfernten Lücke in der Hecke, wo ein Gatter Zugang zum dahinterliegenden Feld gewährte. Lynley musterte es kurz.

»In ein paar Minuten«, sagte er zu dem Bauern und fügte zu Sheehan gewandt hinzu: »Sie sollen überall am Straßenrand nach Abdrücken schauen, Superintendent. Nach Fußabdrücken oder Reifenspuren von einem Auto oder Fahrrad.«

»Natürlich«, sagte Sheehan und ging davon, um mit seinen Leuten zu sprechen.

Lynley und Havers traten zu dem Gatter. Es war gerade breit genug, um den Traktor durchzulassen, auf beiden Seiten von dichtem Weißdorn bedrängt. Vorsichtig kletterten sie darüber. Der Boden auf der anderen Seite war weich, von Fußabdrücken und Furchen durchsetzt. Aber das Erdreich war bröckelig und brüchig, so daß die zahlreichen Abdrücke nicht voneinander zu unterscheiden waren.

»Nichts Anständiges«, bemerkte Barbara, während sie sich aufmerksam umsah. »Aber wenn es ein Hinterhalt war...«

»...dann muß ihr hier aufgelauert worden sein«, schloß Lynley. Langsam ließ er seinen Blick über den Boden schweifen, von der einen Seite des Gatters zur anderen. Als er entdeckte, was er suchte – einen Abdruck im Boden, der mit den anderen keine Ähnlichkeit hatte – sagte er nur: »Havers!«

Ein glatter, fast runder Abdruck vorn, daran anknüpfend ein kaum wahrnehmbarer länglicher Abdruck und zum Schluß eine tiefere, keilförmige Einkerbung. Die Abdrücke befanden sich in rechtem Winkel zum Gatter, vielleicht achtzig Zentimeter von ihm und weniger als dreißig von der Hecke entfernt.

»Knie, Unterschenkel, Zehenspitze«, sagte Lynley. »Hier hat der Mörder gewartet. Hinter der Hecke versteckt. Er hat hier auf einem Knie gekniet und seine Flinte auf der zweiten Querlatte des Gatters aufgelegt.«

»Aber woher soll er gewußt haben...«

»Daß sie hier vorbeikommen würde? Genauso, wie er wußte, wo Elena Weaver zu finden war.«

Justine Weaver schabte mit dem Messer über den verbrannten Rand des Toasts und beobachtete, wie schwarze Kohlebrösel in die blitzsaubere Spüle rieselten. Sie versuchte, einen Ort in sich zu finden, an dem noch Mitgefühl und Verständnis vorhanden waren; einen Quell, aus dem sie schöpfen konnte, um neu zu beleben, was infolge der Ereignisse der vergangenen acht Monate – und der letzten Tage – verdorrt war. Aber wenn es einen solchen Quell je gegeben hatte, so war er lange ausgetrocknet, und zurückgeblieben war nichts als die Dürre von Groll und Hoffnungslosigkeit.

Sie haben ihre Tochter verloren, sagte sie sich. Sie leiden. Aber das ändert nichts an dem Schmerz und dem Elend, dem sie sich seit Montag abend ausgeliefert fühlte, Neuauflage einer früheren Qual, alte Melodie in einer anderen Tonart.

Gestern. Sie waren nach Hause gekommen und hatten

geschwiegen. Anthony und seine frühere Frau. Sie waren auf der Polizei gewesen. Beim Bestattungsinstitut. Sie hatten einen Sarg ausgesucht und die Formalitäten erledigt. Nichts davon hatten sie mit ihr geteilt. Erst als sie Brötchen und Kuchen aufgetischt hatte, waren sie etwas mehr aus sich herausgegangen. Und schließlich hatte Glyn sie direkt angesprochen. »Es wäre mir lieber«, hatte sie gesagt, den Blick auf die Brötchenplatte gerichtet, die Justine ihr hinhielt und von der sie nichts nahm, »es wäre mir lieber, Sie würden der Beerdigung meiner Tochter fernbleiben, Justine.«

Sie saßen im eleganten Wohnzimmer um den niedrigen Couchtisch. Im offenen Kamin glühte das künstliche Feuer. Die Vorhänge waren zugezogen. Die Lampen spendeten mildes Licht. Alles war kultiviert.

Im ersten Moment sagte Justine gar nichts. Sie sah ihren Mann an und wartete auf einen Protest. Doch er starrte angestrengt in seine Teetasse.

Er hat gewußt, daß das kommt, dachte sie und sagte: »Anthony?«

»Sie hatten ja keine echte Bindung an Elena«, fuhr Glyn fort. Ihre Stimme war ruhig, ihr Ton so ungeheuer vernünftig. »Deshalb ist es mir lieber, Sie kommen nicht. Ich hoffe, Sie verstehen das.«

»Zehn Jahre ihre Stiefmutter«, sagte Justine.

»Aber ich bitte Sie«, entgegnete Glyn. »Die zweite Frau ihres Vaters.«

Justine stellte die Platte auf den Tisch und starrte auf die Brötchen hinunter. Sie sah, daß sie sie in einem Muster angeordnet hatte. Eiersalat, Krabben, Schinken, Frischkäse – die Brotrinde säuberlich entfernt, immer abwechselnd hingelegt, so daß ein regelmäßiges Muster entstand.

»Wir lassen sie in London beerdigen«, fuhr Glyn fort. »Sie werden Anthony nur für ein paar Stunden entbehren müssen. Und wenn es vorbei ist, können Sie Ihr gewohntes Leben wiederaufnehmen.«

Justine fiel keine Erwiderung ein.

Glyn sprach weiter, als folgte sie einem Kurs, den sie im voraus abgesteckt hatte. »Wir wissen bis heute nicht, warum Elena taub zur Welt kam. Hat Anthony Ihnen das gesagt? Ich nehme an, wir hätten Untersuchungen machen lassen können – irgendwelche genetischen Tests, Sie wissen schon –, aber wir haben es nicht getan.«

Anthony beugte sich vor und stellte seine Tasse auf den Tisch. Er ließ die Finger unter der Untertasse, als hätte er Sorge, sie könnte sonst vom Tisch fallen.

Justine sagte: »Ich verstehe nicht, was das – «

»Sehen wir der Realität ins Auge, Justine. Auch Sie könnten ein taubes Kind zur Welt bringen, wenn es an Anthonys Genen liegt. Ich hielt es für richtig, Sie auf diese Möglichkeit aufmerksam zu machen. Sind Sie fähig – ich meine, emotional –, mit einem behinderten Kind umzugehen? Haben Sie bedacht, daß ein behindertes Kind Ihrer beruflichen Karriere ein für allemal ein Ende setzen würde?«

Justine sah ihren Mann an. Er wich ihrem Blick aus. Eine seiner Hände lag zur Faust geballt auf seinem Oberschenkel.

Justine sagte: »Ist das wirklich nötig, Glyn?«

»Ich könnte mir vorstellen, daß es hilfreich für Sie ist.« Glyn griff nach ihrer Teetasse. Einen Moment lang schien sie das Rosenmuster auf dem Porzellan zu betrachten. Sie drehte die Tasse nach links und nach rechts, als wollte sie es genau studieren. »Tja, das wäre dann wohl erledigt, nicht wahr? Es ist alles gesagt.« Sie stellte die Tasse nieder und stand auf. »Ich möchte kein Abendessen.« Damit ließ sie sie allein.

Justine wandte sich wieder ihrem Mann zu. Sie wartete auf ein Wort von ihm, aber er rührte sich nicht. Er schien sich in sich selbst zurückzuziehen und vor ihren Augen zu dem Staub zu zerfallen, aus dem alle Menschen gemacht sind. Er hat so kleine Hände, dachte sie. Und zum ersten Mal dachte sie über den breiten Trauring an seinem Finger nach und über den Grund, weshalb sie gerade diesen für ihn ausgesucht hatte – den breitesten und glänzendsten, den es gab, den auffallendsten.

»Möchtest du das auch?« fragte sie ihn schließlich.

Seine Augen wirkten klein und verschwollen. »Was?«

»Daß ich nicht zur Beerdigung komme. Möchtest du das auch, Anthony?«

»Es geht nicht anders. Versuch doch, das zu verstehen.«

»Verstehen? Was denn?«

»Daß sie im Augenblick für ihr Handeln nicht verantwortlich ist. Sie weiß selbst nicht, was sie sagt und tut. Es geht ihr sehr nahe. Das mußt du verstehen.«

»Und nicht zur Beerdigung gehen.«

Sie sah die Geste der Resignation – eine kleine Handbewegung nur – und wußte die Antwort schon, bevor er sie ihr gab. »Ich habe sie tief verletzt. Ich habe sie verlassen. Das wenigstens schulde ich ihr. Das schulde ich beiden.«

»Mein Gott!«

»Ich habe schon mit Terence Cuff wegen eines Gedenkgottesdienstes am Freitag in der St. Stephen's Kirche gesprochen. Daran wirst du selbstverständlich teilnehmen. Alle Freunde Elenas kommen.«

»Und das wär's? Das ist alles? Das entspricht deiner Auffassung von unserer Ehe? Von unserem gemeinsamen Leben? Von meiner Beziehung zu Elena?«

»Es geht doch hier nicht um dich. Du darfst dir das nicht so zu Herzen nehmen.«

»Du hast ihr nicht einmal widersprochen. Du hättest wenigstens protestieren können.«

Endlich sah er sie an. »Es muß eben so sein.«

Sie sagte nichts mehr. Sie spürte nur, wie ihr Groll noch bitterer wurde. Dennoch schwieg sie. Sei ein liebes Mädchen, Justine, konnte sie ihre Mutter sagen hören. Sei nett.

Sie legte die sechste Scheibe Toast in den Brotkorb und stellte ihn zu den weichen Eiern und den gebratenen Würstchen auf das weiße Korbtablett. Liebe Mädchen haben Mitgefühl, dachte sie. Nette Mädchen verzeihen immer wieder. Denk nicht an dich selbst. Wachse über dich selbst hinaus. Opfere dich für andere, die dringender Hilfe brauchen. Das ist christliche Lebensweise.

Aber das brachte sie nicht fertig. Auf die Waage, auf der sie ihr Verhalten wog, legte sie die Stunden fruchtlosen Bemühens, eine Beziehung zu Elena herzustellen; die Morgenstunden, in denen sie mit ihr gelaufen war, die Abende, an denen sie ihr beim Schreiben ihrer Aufsätze geholfen hatte, und die endlosen Sonntagnachmittage, an denen sie auf die Rückkehr von Vater und Tochter von irgendeinem Ausflug gewartet hatte, den Anthony für wichtig hielt, um Elenas Liebe und Vertrauen wiederzugewinnen.

Sie trug das Tablett in den Wintergarten, wo ihr Mann und seine geschiedene Frau am Korbtisch saßen. Seit fast einer halben Stunde stocherten sie in Cornflakes und Grapefruit herum und jetzt, nahm sie an, würden sie mit Eiern, Würstchen und Toast ebenso verfahren.

Sie wußte, sie hätte sagen sollen, ihr müßt etwas essen, und eine andere Justine hätte es vielleicht geschafft, die wenigen Worte auszusprechen und ihnen den Klang der Aufrichtigkeit zu geben. Aber sie sagte gar nichts. Sie schenkte ihm Kaffee ein. Er hob den Kopf. Er sah zehn Jahre älter aus als vor zwei Tagen.

»Das viele Essen«, sagte Glyn. »Ich bringe keinen Bissen hinunter. Es ist verschwendet«, und dabei ließ sie Justine, die ihr weiches Ei aufklopfte, nicht aus den Augen. »Sind Sie heute morgen gelaufen?« fragte sie, und als Justine nicht antwortete, fügte sie hinzu: »Sie werden sicher bald wieder anfangen wollen. Es ist ja wichtig für eine Frau, auf die Figur zu achten. Sie haben bestimmt nicht einen einzigen Schwangerschaftsstreifen am ganzen Körper.«

Justine starrte auf ihren Eierlöffel. Alle Ermahnungen ihrer Kindheit und Jugend fielen ihr ein, aber nach dem vergangenen Abend bildeten sie nur eine unzulängliche Barriere, die leicht zu überwinden war. »Elena war schwanger«, sagte sie und sah auf. »In der achten Woche.«

Anthonys Gesicht verfiel. Glyns zeigte ein seltsames, befriedigtes Lächeln.

»Der Mann von Scotland Yard war gestern nachmittag hier«, erklärte Justine. »Er hat es mir gesagt.«

»Schwanger?« wiederholte Anthony tonlos.

»Das hat sich bei der Obduktion gezeigt.«

»Aber wer... wie...?« Anthony fiel der Teelöffel aus der Hand.

»*Wie?*« Glyn lachte schrill. »Nun, wie Kinder eben im allgemeinen gemacht werden, vermute ich.« Sie nickte Justine zu. »Das muß ein Triumph für Sie sein, meine Liebe.«

Anthony drehte den Kopf mit einer schwerfälligen Bewegung, als müßte er gegen ein gewaltiges Gewicht kämpfen. »Was soll das heißen?«

»Ja, glaubst du denn, sie kostet diesen Moment nicht aus? Frag sie doch mal, ob sie es schon vorher wußte. Frag sie, ob diese Neuigkeit sie überhaupt überrascht hat. Und dann frag sie auch gleich, ob sie deine Tochter nicht dazu ermuntert hat, sich einen Mann zu nehmen, wann immer sie Lust dazu hatte.« Glyn beugte sich vor. »Elena hat mir nämlich alles erzählt, Justine. Über Ihre mütterlichen Gespräche mit ihr und Ihre guten Ratschläge.«

Anthony sagte: »Du hast sie ermuntert, Justine? Du hast es gewußt?«

»Das ist nicht wahr«, entgegnete Justine.

»Glaub nur ja nicht, sie hätte sich nicht gewünscht, daß Elena schwanger wird, Anthony. Sie hatte doch nur einen Wunsch: sie von dir wegzutreiben! Und dafür hätte sie jeden Preis bezahlt. Weil sie dann bekommen hätte, was sie wollte. Dich. Allein. Ohne jede Ablenkung.«

»Nein«, sagte Justine.

»Sie hat Elena gehaßt. Sie hat ihren Tod gewünscht. Es würde mich überhaupt nicht wundern, wenn *sie* Elena getötet haben sollte.«

Und einen Moment lang – ganz flüchtig nur – sah Justine den Zweifel in seinem Gesicht. Sie sah, was in seinem Hirn ablief: Sie war allein im Haus gewesen, als der Anruf am Schreibtelefon gekommen war; sie war am Morgen allein gelaufen; sie hatte den Hund nicht mitgenommen; sie hätte seine Tochter schlagen und erdrosseln können.

»Mein Gott, Anthony«, sagte sie.

»Du hast es gewußt.«

»Daß sie einen Liebhaber hatte, ja. Aber das ist alles. Und ich habe mit ihr gesprochen. Ja. Über – über Hygiene. Und daß sie aufpassen soll, damit sie nicht:...«

»Wer war es?«

»Anthony!«

»Verdammt noch mal, wer war es?«

»Sie weiß es«, sagte Glyn. »Das sieht man doch.«

»Wie lange?« fragte Anthony. »Wie lange ist das gegangen? Haben sie sich hier getroffen, Justine? Hier im Haus? Hast du das zugelassen?«

Justine sprang auf. Sie fühlte sich völlig leer.

»Antworte mir, Justine.« Anthonys Stimme wurde lauter. »Wer hat meiner Tochter das angetan?«

Justine rang um Worte. »Sie hat es sich selbst angetan.«

»O ja«, sagte Glyn mit wissendem Blick, und ihre Augen glänzten. »Spielen wir Stunde der Wahrheit.«

»Sie sind wirklich eine Schlange!«

Anthony stand auf. »Ich will es wissen, Justine.«
»Dann fahr in die Trinity Lane.«
»In die Trinity...« Abrupt wandte er sich von ihr ab. »Nein!« Er rannte aus dem Zimmer, stürzte ohne Mantel aus dem Haus. Der Wind bauschte die Ärmel seines gestreiften Hemds. Er sprang in seinen Wagen, der in der Einfahrt stand.

Glyn nahm sich ein Ei. »Es ist nicht ganz nach Plan gegangen, hm?« sagte sie zu Justine.

Adam Jenn studierte seine Aufzeichnungen über den Bauernaufstand von 1381. Was war die innere Ursache, was der äußere Anlaß des Aufstands gewesen? Er las ein paar Sätze über John Ball und Wat Tyler, über die Gesetze für die Arbeiter und über den König. Richard II., guten Willens, aber unfähig, hatten die Gaben und das Rückgrat gefehlt, die ein Führer brauchte. Er hatte es allen recht machen wollen und hatte nur geschafft, sich selbst zu zerstören. Er war der historische Beweis für die Behauptung, daß Erfolg mehr verlangt als nur das zufällige Privileg der Geburt. Politisches Gespür war unerläßlich, wenn man unversehrt ein privates und berufliches Ziel erreichen wollte.

Nach dieser Maxime hatte Adam sein akademisches Leben eingerichtet. Er hatte sich seinen Doktorvater mit großer Umsicht ausgesucht und Stunden seiner Zeit dafür geopfert, die Kandidaten für den Penford-Lehrstuhl genauestens unter die Lupe zu nehmen. Er hatte sich Anthony Weaver erst genähert, als er relativ sicher gewesen war, daß der Berufungsausschuß der Universität sich für ihn entscheiden würde. Mit dem Inhaber des Penford-Lehrstuhls als Doktorvater würde für ihn der Erfolg praktisch garantiert sein – zunächst eine Position als wissenschaftlicher Mitarbeiter, danach ein Forschungsstipendium, eine Dozentur und schließlich, noch vor seinem fünfundvierzigsten Geburtstag, die Berufung zum ordentlichen Professor. Das alles schien durchaus im Bereich des Möglichen zu liegen, als Anthony Weaver sich bereit erklärte, ihn als Doktoranden zu nehmen. Und Weavers Bitte an ihn, sich um seine Tochter zu kümmern, damit diese in ihrem zweiten Jahr an der Universität besser fuhr als im ersten, schien ihm nur eine weitere günstige Gelegenheit zu sein, zu beweisen – und wenn nur sich selbst –, daß er den notwendigen politischen Instinkt besaß, um es in diesem Umfeld weit zu bringen. Nur hatte er, als er sich die behinderte Tochter und Weavers Dankbarkeit für seine Hilfsbereitschaft vorstellte, die Rechnung ohne Elena gemacht.

Er hatte ein Bild von einem faden Mauerblümchen mit strähnigem Haar und eingefallener Brust gehabt, das gehemmt und verklemmt auf der Kante eines abgewetzten Diwans kauerte. Er hatte sich vorgestellt, sie trüge ein verblichenes Kleid mit Rosenmuster und kurze weiße Söckchen und Schnürschuhe mit abgestoßenen Kappen. Dr. Weaver zuliebe würde er seine Pflicht mit einer gefälligen Mischung aus Ernsthaftigkeit und Zuvorkommenheit tun. Er würde sogar ein kleines Notizbuch mit sich tragen, damit sie jederzeit schriftlich miteinander kommunizieren könnten.

An dieser Idee hatte er auch noch festgehalten, als er den Salon von Weavers Haus erstmals betreten hatte und mit raschem Blick die Gäste gemustert hatte, die zum Fakultätsfest geladen waren. Die Vorstellung vom abgewetzten Diwan hatte er allerdings angesichts der Einrichtung schnell aufgegeben – Abgewetztes oder Fadenscheiniges würde in diesem eleganten Ambiente von Glas und Leder keine fünf Minuten geduldet werden –, doch das Bild von dem reizlosen behinderten Mädchen, das ganz allein in der Ecke saß und Angst hatte, das hatte er sich bewahrt.

Bis sie auf ihn zugekommen war, katzenhaft, im engen

schwarzen Kleid, mit langen Onyxgehängen in den Ohren. Im weichen Schwung ihres blonden Haars wiederholte sich der Schwung ihrer Hüften. Sie lächelte ihn an und sagte, wie er zu hören meinte: »Hallo. Du bist sicher Adam, richtig?« Er konnte die Worte nicht richtig verstehen, weil ihre Aussprache undeutlich war. Er registrierte, daß ein schwüler Duft sie umgab, daß sie keinen Büstenhalter trug und ihre Beine nackt waren. Und daß die Blicke sämtlicher Männer im Raum ihr folgten.

Sie besaß ein Talent, einem Mann das Gefühl zu geben, er sei etwas Besonderes. Realistisch wie er war, erkannte er, daß dieser Eindruck daher rührte, daß Elena die Menschen beim Gespräch direkt ansehen mußte, um von ihren Lippen ablesen zu können, und eine Zeitlang gelang es ihm, sich einzureden, nur das an ihr fände er reizvoll. Aber selbst an jenem ersten Abend fühlte er sich heftig erregt von ihr.

Dennoch hatte er sie niemals angerührt. Nicht ein einziges Mal, obwohl sie sich ein Dutzend mal oder häufiger gesehen hatten. Er hatte sie nicht einmal geküßt. Und das eine Mal, als sie ihm impulsiv über den Oberschenkel gestreichelt hatte, hatte er automatisch ihre Hand weggeschlagen. Sie hatte ihn ausgelacht, erheitert und keineswegs gekränkt. Und so wild wie sein Verlangen, mit ihr zu schlafen, so wild war sein Verlangen, sie zu schlagen. Sie brannte wie ein Feuer in ihm, diese Begierde nach beidem: nach Gewalt und nach Sex; nach ihren Schmerzensschreien und der Genugtuung ihrer widerwilligen Unterwerfung.

So war es immer, wenn er eine Frau zu häufig sah. Er fühlte sich aufgerieben im Kampf zwischen Begierde und Ekel. Und immer begleitete ihn die Erinnerung an die Prügel, mit denen sein Vater seine Mutter gequält hatte, und an die Geräusche rasenden Kopulierens danach.

Die Bekanntschaft mit Elena, der Umgang mit ihr, seine Auftritte als ihr Begleiter gehörten zu seiner politischen

Strategie zur Förderung seiner akademischen Laufbahn. Aber diese selbstsüchtigen Bestrebungen, die sich als selbstlose Hilfsbereitschaft darstellten, hatten ihren Preis.

Er sah es in Weavers Blick, wenn dieser ihn nach dem Verlauf des Abends, eines Kinobesuches, eines Ausflugs mit Elena fragte; er erkannte es schon an jenem ersten Abend an dem Ausdruck seiner Befriedigung, mit dem Weaver, der seine Tochter kaum einen Moment aus den Augen ließ, zur Kenntnis nahm, daß Elena sich mit Adam unterhielt und nicht mit einem anderen. Sehr schnell wurde Adam klar, daß der Preis für den Erfolg in einem Bereich, in dem Anthony Weaver eine führende Rolle spielte, eng damit verknüpft war, wie sich Elenas Leben entwickelte.

»Sie ist ein wunderbares Mädchen«, pflegte Weaver zu sagen. »Sie hat einem Mann viel zu bieten.«

Adam fragte sich, was für Stolpersteine und rauhe Pfade jetzt, da Weavers Tochter tot war, vor ihm lagen. Außerdem wußte er inzwischen, daß Weaver seine eigenen egoistischen Interessen im Auge gehabt hatte, als er ihn als Doktoranden angenommen hatte.

Die Tür des Arbeitszimmers wurde geöffnet, als er gerade über seinen Aufzeichnungen grübelte. Er hob den Kopf und sprang einigermaßen verwirrt auf, als Anthony Weaver eintrat. Er hatte nicht damit gerechnet, ihn in den nächsten Tagen zu sehen.

»Dr. Weaver«, sagte er. »Ich habe nicht erwartet...« Er verstummte. Weaver trug weder Jackett noch Mantel. Sein dunkles Haar war vom Wind zerzaust. Er hatte weder Aktentasche noch Bücher bei sich. Zum Arbeiten schien er also nicht gekommen zu sein.

»Sie war schwanger«, sagte er.

Adam stockte der Atem. Seine Kehle war plötzlich wie zugeschnürt. Er hätte gern einen Schluck Tee getrunken.

Aber er schaffte es nicht, den Arm nach der Tasse auszustrecken.

Weaver schloß die Tür und blieb vor ihm stehen. »Ich mache Ihnen keine Vorwürfe, Adam. Sie und Elena haben einander offensichtlich geliebt.«

»Dr. Weaver...«

»Ich hätte mir nur gewünscht, Sie wären vorsichtiger gewesen. Es ist nicht gerade der ideale Start in ein gemeinsames Leben.«

Adam brachte keine Antwort zustande. Ihm schien, daß seine ganze Zukunft davon abhing, wie er in den kommenden Minuten reagierte und was er sagte. Er schwankte zwischen Wahrheit und Lüge und fragte sich, was seinen Interessen besser dienen würde.

»Als meine Frau es mir sagte, bin ich in blindem Zorn aus dem Haus gestürzt. Wie ein viktorianischer Vater, der entschlossen ist, Satisfaktion zu verlangen. Aber ich weiß, wie es zwischen Menschen zu solchen Dingen kommt. Ich möchte von Ihnen nur wissen, ob Sie über Heirat gesprochen haben. Vorher, meine ich. Bevor Sie mit ihr intim geworden sind.«

Adam wollte sagen, sie hätten oft darüber gesprochen, sie hätten Pläne geschmiedet, von einem gemeinsamen Leben geträumt. Aber eine solche Lüge hätte über die nächsten Monate eine überzeugende Demonstration tiefer Trauer erfordert, und die hätte er nicht zustandegebracht. Er bedauerte Elenas Tod, aber er betrauerte nicht ihren Verlust.

»Sie war ein besonderer Mensch«, sagte Anthony Weaver. »Ihr Kind – euer beider Kind, Adam – wäre etwas Besonderes geworden. Sie war unsicher, gewiß, und auf der Suche nach sich selbst, aber Sie haben ihr geholfen zu wachsen. Behalten Sie das im Gedächtnis. Bewahren Sie sich dieses Wissen. Sie haben ihr ungeheuer gut getan. Ich wäre stolz gewesen, Sie beide als Mann und Frau zu sehen.«

Er konnte es nicht tun. »Dr. Weaver, ich bin nicht derjenige.« Er senkte den Blick. Er starrte auf die offenen Bücher und Hefte. »Ich meine, ich habe Elena nie angerührt, Sir.« Er spürte die brennende Röte in seinem Gesicht. »Ich habe sie nicht einmal geküßt.«

»Ich bin nicht zornig, Adam. Mißverstehen Sie mich nicht. Sie brauchen es nicht zu leugnen.«

»Ich leugne nicht. Ich sage Ihnen die Wahrheit. Wir waren kein Liebespaar. Ich war es nicht.«

»Aber sie ist doch nur mit Ihnen ausgegangen.«

Adam zögerte, das eine zu sagen, was Anthony Weaver offensichtlich nicht sehen wollte, ob nun bewußt oder unbewußt. Er wußte, wenn er es sagte, würde er damit Anthony Weavers schlimmste Befürchtungen äußern. Doch einen anderen Weg, den Mann von der Wahrheit seiner Beziehung zu Elena zu überzeugen, schien es nicht zu geben.

Und so sagte er: »Nein, Sir. Ich bin nicht der einzige, mit dem Elena befreundet war. Sie haben Gareth Randolph vergessen.«

Weavers Augen hinter den Brillengläsern schienen zu verschwimmen. Hastig fuhr Adam fort: »Sie hat ihn mehrmals in der Woche gesehen, soviel ich weiß, Sir. Das gehörte zu ihrer Abmachung mit Dr. Cuff.« Mehr wollte er nicht sagen.

»Dieser taubstumme...« Weaver brach ab. Sein Blick wurde plötzlich wieder scharf. »Haben Sie sie zurückgewiesen, Adam? Hat sie darum anderswo gesucht? War sie Ihnen nicht gut genug? Haben Sie sie abgelehnt, weil sie taub war?«

»Nein. Aber gar nicht. Ich habe nur nicht...«

»Warum dann?«

Ich hatte Angst, wollte er sagen. Ich hatte Angst, sie würde mich bis aufs Mark aussaugen. Ich war rasend vor Begierde, aber niemals hätte ich sie heiraten wollen, weil sie

mich an den schwarzen Abgrund der Selbstzerstörung geführt hätte. Statt dessen sagte er: »Ich habe sie nicht abgelehnt. Zwischen uns ist einfach nichts passiert.«
»Wie meinen Sie das?«
»Der Funke hat gefehlt.«
»Weil sie taub war.«
»Das war nie die Frage, Sir.«
»Wie können Sie das behaupten? Wie können Sie von mir erwarten, daß ich das glaube? Natürlich war das die Frage. Für alle. Auch für sie selbst. Wie hätte es anders sein können?«

Adam wußte, daß dies gefährlicher Boden war. Er scheute die Konfrontation. Aber Weaver wartete auf seine Antwort, und seine steinerne Miene sagte Adam, wie wichtig es war, die richtige Antwort zu geben.

»Sie war doch nur taub, Sir. Sonst nichts. Nur taub.«
»Was soll das heißen?«
»Daß sie sonst vollkommen in Ordnung war. Und selbst daß sie taub war, bedeutete doch nicht, daß mit ihr etwas nicht in Ordnung war. Es ist lediglich ein Wort, das die Leute benutzen, um zu sagen, daß etwas fehlt.«
»Wie blind oder stumm oder gelähmt?«
»Wahrscheinlich.«
»Und wenn sie blind, stumm oder gelähmt gewesen wäre, würden Sie dann immer noch sagen, das sei nie die Frage gewesen?«
»Aber das war sie doch alles gar nicht.«
»Würden Sie immer noch sagen, das sei nicht die Frage?«
»Ich weiß es nicht. Ich kann es nicht sagen. Ich kann nur sagen, daß die Tatsache, daß Elena gehörlos war, für mich keine Rolle spielte.«
»Sie lügen.«
»Sir!«
»Für Sie war sie eine Mißgeburt.«

»Überhaupt nicht.«

»Ihre Stimme und ihre Aussprache waren Ihnen peinlich. Es war Ihnen peinlich, daß andere diese merkwürdige Stimme hörten, weil sie selbst nicht beurteilen konnte, wie laut sie sprach. Die Blicke der Leute waren Ihnen peinlich. Und Sie haben sich geschämt. Weil Sie nicht zu ihr stehen konnten. Doch nicht der überlegene Liberale, für den Sie sich immer gehalten hatten, wie? Immer haben Sie gewünscht, sie wäre normal, denn wenn sie es gewesen wäre – wenn sie nur hätte hören können –, dann hätten Sie nicht dauernd das Gefühl gehabt, Sie schuldeten ihr mehr, als Sie geben konnten.«

Adam war wie erstarrt. Er konnte nicht antworten. Er wollte vorgeben, nichts gehört zu haben, oder wollte wenigstens nicht zeigen, daß er verstanden hatte. Aber er sah, daß ihm keines von beiden gelang. Weavers Gesicht schien plötzlich zu verfallen. »O Gott«, sagte er nur.

Er ging zum Kaminsims, auf dem Adam die eingegangene Post gestapelt hatte. Mit einer ungeheuren Anstrengung, wie es schien, nahm er die Briefe und trug sie zu seinem Schreibtisch. Er setzte sich und begann, sie zu öffnen, langsam und schwerfällig.

Adam ließ sich vorsichtig auf seinem Stuhl nieder. Er versuchte sich wieder auf seine Aufzeichnungen zu konzentrieren. Er wußte, daß er Anthony Weaver in irgendeiner Form Trost schuldete, ein Zeichen des Mitgefühls und der Zuneigung. Aber seine begrenzte Lebenserfahrung erlaubte ihm nicht, die Worte zu finden, um Weaver zu sagen, daß das, was er empfang, keine Sünde war. Daß es nur Sünde war, davor zu fliehen.

Er hörte einen erstickten Laut und drehte sich herum. Weaver hatte mehrere geöffnete Briefe vor sich liegen, aber er sah sie nicht. Er hatte seine Brille abgenommen und hielt seine Augen mit der Hand bedeckt. Er weinte.

16

Melinda Powell wollte ihr Fahrrad gerade von der Queen's Lane in den Old Court schieben, als keine fünfzig Meter weiter ein Polizeiauto vorfuhr. Ein uniformierter Polizeibeamter stieg aus, dann folgten der Rektor des Queen's College und ein Tutor. Die drei blieben in der Kälte stehen und sprachen miteinander. Sie hielten die Arme verschränkt, die Wölkchen ihres Atems vernebelten ihre Gesichter, die ernst und bedrückt waren. Der Polizeibeamte nickte zu irgendeiner Bemerkung des Rektors, und als die drei auseinandergehen wollten, ratterte aus der Silver Street ein Mini in die Queen's Lane hinein und hielt hinter dem Polizeiwagen an.

Zwei Personen stiegen aus, ein großer, blonder Mann im Kaschmirmantel und eine ziemlich vierschrötige Frau, die in endlose Schals vermummt war. Sie traten zu den anderen. Der Blonde zeigte irgendeinen Ausweis, und der Rektor gab ihm daraufhin die Hand. Es folgte ernstes Palaver, dann eine Geste des Rektors zur Seitentür des College, danach eine Anweisung des Blonden an den uniformierten Beamten. Der nickte und kam im Laufschritt die Gasse herunter, auf Melinda zu, die dort mit Ihrem Fahrrad stand. »Entschuldigung, Miss«, sagte er, als er an ihr vorbeilief und durch die Pforte ins College eilte.

Melinda folgte ihm. Sie war fast den ganzen Morgen weg gewesen. Sie hatte sich mit einem Aufsatz abgeplagt, den sie nun zum vierten Mal umschrieb, um ihre Thesen mit allem Nachdruck herauszustellen, obwohl sie wußte, daß ihr Tutor ihn trotzdem von A bis Z verreißen würde. Es war fast Mittag. Normalerweise war der Old Court um diese Zeit fast leer. Aber als Melinda aus dem Durchgang trat, der zur

Queen's Lane führte, sah sie die Fußwege zwischen den Rasenflächen von zahlreichen Grüppchen schwatzender Studenten bevölkert, und drüben bei der Tür links vom Nordturm hatte sich sogar eine ziemlich große Gruppe gebildet.

Durch diese Tür verschwand der Polizeibeamte, nachdem er einen Moment angehalten hatte, um eine Frage zu beantworten. Melinda zögerte, als sie das sah. Ihr Fahrrad kam ihr plötzlich sehr schwer vor. Sie hob den Blick zur oberen Etage des Gebäudes und versuchte, durch die Fenster der Mansarde zu sehen. Sie hatte Angst.

»Was ist denn hier los?« fragte sie einen vorüberkommenden Studenten mit blauem Anorak.

»Irgend 'ne Langstrecklerin hat's erwischt«, sagte er. »Heute morgen.«

»Weißt du, wer's war?«

»Wieder eine von *Hare and Hound*, hab ich gehört.«

Melinda wurde schwarz vor den Augen. Sie hörte ihn fragen: »Geht's dir nicht gut?«, aber sie antwortete nicht, sondern schob wie betäubt ihr Fahrrad zur Tür.

Sie hatte es mir doch versprochen, dachte sie. Sie hatte die Freundin ruhig und ernsthaft beschworen zu bedenken, wie gefährlich es war, das Lauftraining fortzusetzen, solange ein Mörder auf freiem Fuß war. Sie hatte Widerspruch erwartet. Aber zu ihrem Erstaunen hatte Rosalyn sogleich zugestimmt. Sie würde das Lauftraining erst wieder aufnehmen, wenn der Mörder gefaßt sei. Oder wenn sie doch laufen sollte, so auf keinen Fall allein.

Um Mitternacht hatten sie sich getrennt. Rosalyn hatte erklärt, sie sei todmüde, sie müsse noch an einem Aufsatz arbeiten, sie müsse allein sein, um mit Elena Weavers Tod fertigzuwerden. Alles Vorwand, erkannte Melinda jetzt, Anfang vom Ende.

Sie lehnte ihr Fahrrad an die Mauer, obwohl das verboten

war, und drängte sich durch die Menge. Einer der Pförtner stand an der Tür und versperrte den Neugierigen den Zugang. Sein Gesicht war teils grimmig, teils zornig, vor allem aber angewidert. Über das Stimmengemurmel hinweg hörte sie ihn sagen: »... mit einer Schrotflinte. Mitten ins Gesicht.«

Und die Enttäuschung über die Fahrlässigkeit der geliebten Freundin löste sich so rasch auf, wie sie sie überfallen hatte, schmolz unter dem schrecklichen Eindruck dieser wenigen Worte.

Schrotflinte. Mitten ins Gesicht.

Melinda drückte die Faust auf den Mund. Anstelle des Pförtners an der Tür sah sie Rosalyn, Gesicht und Körper zerstört, von Schrotkugeln zerfetzt in ihrem Blut liegen. Und dem furchtbaren Bild folgte auf dem Fuß die erschreckende Erkenntnis, wer das getan haben mußte und warum, und daß nun ihr eigenes Leben auf dem Spiel stand.

Sie suchte unter den Studenten rundherum nach dem einen, der nach ihr Ausschau halten würde. Er war nicht da. Aber das hieß nicht, daß er nicht in der Nähe war, an einem Fenster vielleicht, wo er wartete und beobachtete, wie sie auf die Nachricht reagieren würde. Er würde sich nach den Anstrengungen des Morgens ein wenig ausruhen wollen, aber es gab keinen Zweifel, daß er entschlossen war, sein Werk zum bitteren Ende zu bringen.

Sie wollte fliehen und wußte doch, daß es jetzt darauf ankam, Ruhe zu bewahren. Denn wenn sie hier vor allen kehrtmachte und rannte – unter den Augen des Beobachters, der nur auf eine Reaktion von ihr wartete –, dann war sie mit Sicherheit verloren.

Wohin, fragte sie sich. Lieber Gott, wohin?

Die Menge der Studenten teilte sich, als ein Mann sagte: »Würden Sie bitte Platz machen?« Und dann: »Havers, rufen Sie jetzt in London an.« Der blonde Mann, den sie in der Queen's Lane gesehen hatte, drängte sich durch die tuschelnde Gruppe vor der Tür, während seine Begleiterin in Richtung zum Aufenthaltsraum der Studenten davonging.

»Der Pförtner hat gesagt, es war eine Flinte«, rief jemand, als der blonde Mann die Stufe zur Eingangstür hinaufstieg. Der Mann warf dem Pförtner einen unwilligen Blick zu, aber er sagte nichts, als er an ihm vorüberkam, sondern ging sogleich die Treppe hinauf.

»Ja, es soll ihr den ganzen Körper zerfetzt haben«, rief ein pickliger junger Mann.

»Nein, das Gesicht«, widersprach jemand.

»Zuerst ist sie vergewaltigt worden...«

»Gefesselt...«

Melinda machte kehrt und rannte los. Blind drängte sie sich durch die Menge. Wenn sie schnell genug machte, wenn sie nicht lange überlegte, wohin sie sich wenden sollte und wie sie dorthin gelangen würde, wenn sie nur schnell in ihr Zimmer hinaufrannte, ihren Rucksack packte, das Geld einsteckte, das ihre Mutter ihr zum Geburtstag geschickt hatte...

Sie rannte an dem Gebäude entlang zum Eingang auf der rechten Seite des Südturms. Sie stieß die Tür auf und flog die Treppe hinauf. Auf dem Flur im zweiten Stock rief jemand ihren Namen, aber sie achtete nicht darauf und lief weiter. Großmutters Haus in West Sussex, dachte sie. Colchester, wo ein Großonkel von ihr lebte, Kent, wo ihr Bruder lebte. Aber nichts erschien ihr sicher genug, weit genug weg. Keiner von ihnen schien ihr fähig, sie vor einem Mörder zu schützen, der Pläne und Handlungen schon zu kennen schien, ehe sie ausgeführt wurden, der vielleicht jetzt schon auf sie wartete...

Im obersten Stockwerk blieb sie vor ihrer Zimmertür stehen. Sie hatte Angst vor dem, was vielleicht dahinter

lauerte. Ihr war übel. Sie lauschte am schmutzigweißen Holz der Türfüllung und hörte nichts als ihren eigenen keuchenden Atem. Sie wollte fliehen, sich verstecken. Aber ohne Geld, das im Zimmer lag, konnte sie gar nichts tun.
»Lieber Gott, lieber Gott«, flüsterte sie.
Sie würde ganz leise den Türknauf drehen. Dann würde sie die Tür mit einem Ruck aufstoßen. Und wenn der Mörder drinnen war, würde sie schreien wie am Spieß.
Sie sog Luft ein, um ordentlich losbrüllen zu können, und stieß mit der Schulter die Tür auf, die krachend an die Wand flog. Melinda hatte freien Blick ins ganze Zimmer. Auf dem Bett lag Rosalyn.
Melinda fing an zu schreien.

Glyn Weaver stellte sich links neben das Fenster im Zimmer ihrer Tochter und hob den leichten Voilevorhang, um ungehindert in den Vorgarten hinuntersehen zu können. Kläffend und schwanzwedelnd sprang dort der Irish Setter um Justine herum, die im Trainingsanzug Gymnastikübungen machte, um sich aufzuwärmen. Der Hund schnappte sich die Leine, die neben ihr im Gras lag, und trug sie stolz wie eine Kriegsbeute durch den Garten.
Elena hatte ihr Dutzende von Fotos von dem Hund geschickt: ein kleines Wollknäuel, das zufrieden schlafend in ihrem Schoß lag; ein hochbeiniger Welpe, der unter dem Weihnachtsbaum im Haus ihres Vaters die Geschenke beschnupperte; ein geschmeidiger, fast ausgewachsener junger Hund, der in großem Sprung über eine Steinmauer setzte. Auf die Rückseite jedes Fotos hatte sie Townees Alter geschrieben – sechs Wochen zwei Tage; vier Monate acht Tage; genau zehn Monate; wie eine in ihr Kind vernarrte Mutter. Glyn fragte sich, ob sie auf das Kind, das sie erwartet hatte, auch so reagiert hätte oder ob sie sich für einen Abbruch entschieden hätte. Ein Kind war schließlich

etwas ganz anderes als ein Hund. Gleich aus welchen Gründen Elena sich für diese Schwangerschaft entschieden hatte – und Glyn hatte ihre Tochter gut genug gekannt, um zu wissen, daß sie diese Schwangerschaft höchstwahrscheinlich genau geplant hatte –, sie war gewiß nicht so töricht gewesen zu glauben, ein Kind werde ihr Leben nicht ändern.

Und wofür? Für nicht mehr als die vage Hoffnung, daß dieses bezaubernde Geschöpf – dieses Individuum, über das man absolut keine Kontrolle besaß – nicht die gleichen Fehler machen würde wie man selbst, nicht die alten Muster wiederholen und nicht den Schmerz erleben würde, den die Eltern durchgemacht und einander beigebracht hatten.

Unten band sich Justine jetzt das Haar zurück. Glyn vermerkte, daß sie dazu ein Tuch nahm, das farblich auf ihren Trainingsanzug und ihre Schuhe abgestimmt war. Ohne sonderliches Interesse fragte sie sich, ob Justine das Haus je anders als perfekt gekleidet verließ, und lachte bei ihrem Anblick leise vor sich hin. Selbst wenn man daran Anstoß nehmen wollte, daß Justine gerade zwei Tage nach dem Tod ihrer Stieftochter wieder zu joggen anfing, konnte man an der Farbwahl nichts aussetzen. Sie war absolut passend.

Was für eine Heuchlerin, dachte Glyn und verzog verächtlich den Mund. Sie wandte sich vom Fenster ab. Sie wollte diese Frau nicht mehr sehen.

Justine war ohne ein Wort aus dem Haus gegangen, kühl, elegant und hochmütig wie immer. Aber nicht mehr so beherrscht, wie sie sicher gern gewesen wäre. Dafür hatte die Konfrontation am Frühstückstisch gesorgt. Da war die wahre Frau hinter der Maske der pflichtbewußten Gastgeberin und perfekten Ehefrau des Universitätsprofessors zum Vorschein gekommen. Und jetzt wollte sie laufen, um diesen schönen, verführerischen Körper in Form zu halten.

Aber das war es nicht allein. Sie mußte jetzt laufen. Sie mußte sich verstecken. Denn heute morgen hatte sich die wahre Justine Weaver gezeigt. Endlich war die Wahrheit ans Licht gekommen.

Sie hatte Elena gehaßt. Und jetzt, da sie aus dem Haus war, wollte Glyn die Beweise suchen, daß sich hinter der Fassade hochmütiger Beherrschung eine Mörderin verbarg, die vor nichts zurückschreckte.

Von draußen hörte sie das Bellen des Hundes. Aufgeregt und freudig, entfernte es sich rasch die Adams Road hinunter. Bis zu Justines Rückkehr wollte Glyn jede Minute nutzen.

Sie eilte in das Schlafzimmer des Paares, ging direkt zur langen, niedrigen Kommode und öffnete die erste Schublade.

»Georgina Higgins-Hart.« Mit zusammengekniffenen Augen konsultierte der Constable mit dem Wieselgesicht sein Notizbuch, auf dessen Umschlag ein Fleck prangte, der verdächtig nach Tomatensoße aussah. »Mitglied bei *Hare and Hounds*. Bereitet sich auf den Magister in Renaissanceliteratur vor. Aus Newcastle.« Er klappte das Heft zu. »Der Rektor hat sie sofort identifiziert, Inspector. Er kennt sie, seit sie vor drei Jahren nach Cambridge gekommen ist.«

Der Constable stand vor der geschlossenen Tür zum Zimmer des Mädchens. Er stand wie ein Wachposten, die Beine gespreizt, die Arme verschränkt, und sein Gesichtsausdruck – der zwischen Selbstzufriedenheit und spöttischer Geringschätzung schwankte – verriet, in welchem Maß er der Untüchtigkeit des Yard die Schuld an diesem Mord gab.

Lynley sagte nur: »Haben Sie den Schlüssel, Constable?« und nahm ihn aus der Hand des Mannes entgegen.

Georgina war eine Woody-Allen-Verehrerin gewesen.

Poster mit Szenen aus seinen Filmen hingen an den Wänden. Auf den Borden des Bücherregals drängten sich kunterbunt die Besitztümer des Mädchens, alle möglichen Dinge von einer Sammlung alter Puppen bis zu einem recht umfangreichen Weinsortiment. Die wenigen Bücher, die sie besessen hatte, standen auf dem Sims des zugemauerten Kamins.

Lynley setzte sich auf das schmale Bett mit der pinkfarbenen Tagesdecke. Zwei Morde, die schon auf den ersten Blick auffallende Parallelen hatten: wieder eine Langstreckenläuferin, die dem Universitätsclub angehört hatte; wieder eine junge Frau, die groß und schlank und langhaarig war; wieder ein Studentin, die am frühen Morgen – in noch nächtlicher Dunkelheit – ihr Lauftraining absolviert hatte. Soweit die äußeren Ähnlichkeiten. Aber wenn die Morde tatsächlich miteinander verknüpft waren, mußte es noch andere Parallelen geben.

Und natürlich gab es die. Die auffälligste war, daß Georgina Higgins-Hart wie Elena Weaver an der englischen Fakultät eingeschrieben war. Sie war bereits im vierten Studienjahr gewesen, kurz vor der Magisterprüfung, selbstverständlich hatte sie die meisten Professoren und Dozenten gekannt.

Lynley wußte, was Havers sagen würde, wenn sie das hörte, und er konnte selbst die Verbindung nicht ignorieren, die sich da ergab.

Er konnte aber auch nicht ignorieren, daß Georgina Higgins-Hart dem Queen's College angehörte und sich somit eine weitere Verbindung in anderer Richtung anbot.

Abrupt stand er auf und ging zum Schreibtisch, der in einem Alkoven beim Fenster stand. Er las gerade die Einleitung zu einer Arbeit über *Das Wintermärchen*, als Barbara Havers hereinkam.

»Nun?« fragte sie.

»Georgina Higgins-Hart«, antwortete er. »Literatur der Renaissance.« Er spürte förmlich ihr Lächeln.

»Ich hab's ja gewußt. Ich hab's gewußt. Wir müssen sofort zu ihm rausfahren und sehen, ob wir diese Flinte finden, Inspector. Ich schlage vor, wir lassen uns von Sheehan ein paar Leute mitgeben. Die können die Bude auseinandernehmen.«

»Sie glauben doch nicht, daß ein Mann von Thorssons Intelligenz, wenn er einen solchen Mord begangen hätte, die Flinte mit nach Hause nehmen und zu seinen Sachen legen würde. Er weiß, daß er unter Verdacht steht, Sergeant. Er ist nicht blöd.«

»Er braucht nicht blöd zu sein«, engegnete sie. »Er braucht nur nicht mehr aus noch ein zu wissen.«

»Außerdem fängt nächste Woche die Fasanenjagd an, wie Sheehan uns gesagt hat. Wer da mitmachen will, hat eine Schrotflinte. Und das sind viele.«

»Wollen Sie vielleicht behaupten, daß diese Morde nichts miteinander zu tun haben?« sagte sie empört.

»Nein, das will ich nicht. Ich bin sogar überzeugt davon, daß sie miteinander zu tun haben. Nur vielleicht nicht unbedingt in der Weise, wie Sie glauben.«

»Wie denn sonst? Was gibt's denn noch für eine Verbindung außer der, die hier praktisch auf dem Präsentierteller liegt? Okay, ich weiß, Sie werden jetzt sagen, daß das Mädchen Langstreckenläuferin war, daß also noch eine weitere Verbindung besteht, die wir in Betracht ziehen müssen. Und ich weiß, daß sie rein äußerlich der gleiche Typ war wie Elena Weaver. Aber das sind doch im Vergleich zu dem, was wir über Thorsson wissen, unsichere Geschichten, Inspector.« Sie schien zu spüren, daß er ihr widersprechen wollte, und fuhr eindringlich fort: »Wir wissen, daß Elena Weavers Vorwürfe gegen Thorsson nicht völlig aus der Luft gegriffen waren. Das hat er uns heute morgen ja selbst

gezeigt. Wenn er sie also belästigt hat, warum dann nicht auch diese Georgina Higgins-Hart?«
»Es gibt noch eine andere Verbindung, Havers. Neben Thorsson. Und neben dem Sport.«
»Welche denn?«
»Gareth Randolph. Er ist auch im Queen's College.«
Sie schien über diese Neuigkeit weder erfreut noch sonderlich fasziniert. »Stimmt«, sagte sie ruhig. »Und sein Motiv, Inspector?«
Lynley betrachtete die Gegenstände auf Georginas Schreibtisch und katalogisierte sie im Geist, während er über Barbaras Frage nachdachte und eine hypothetische Antwort zu formulieren versuchte, die beiden Mordfällen gerecht wurde.
»Vielleicht eine traumatische Zurückweisung, die er nicht verarbeitet hat.«
»Ach, Elena Weaver hat ihn abblitzen lassen, woraufhin er sie umbrachte und dann merkte, daß der eine Mord nicht reicht, um die Erinnerung an die Zurückweisung auszulöschen, so daß er sie immer wieder töten muß? Wo immer er sie findet?« Barbara bemühte sich nicht, ihre Ungläubigkeit zu verbergen. »Verlangen Sie von mir bitte nicht, daß ich das schlucke, Sir. Die Methoden sind doch völlig unterschiedlich. Der Mord an Elena Weaver war vorsätzlich, das steht außer Zweifel. Aber es steckte doch eine unglaubliche Wut dahinter, der Wille, zu verletzen und zu töten. Dieser zweite Mord hingegen –« Sie wies mit einer Hand zum Schreibtisch – »der war meiner Ansicht nach nur von der Notwendigkeit, jemanden zu beseitigen, motiviert. Schnell. Einfach. Rationell.«
»Aber warum?«
»Georgina war Mitglied im *Hare and Hounds*. Sie hat Elena wahrscheinlich gekannt. Und wenn das zutrifft, ist anzunehmen, daß sie auch wußte, was Elena vorhatte.«

»In bezug auf Thorsson, meinen Sie.«

»Und vielleicht hätte Georgina Higgins-Hart Elenas Beschuldigungen bestätigen können. Vielleicht hat Thorsson das gewußt. Wenn er am Donnerstag abend bei Elena war, um mit ihr darüber zu reden, könnte sie ihm gesagt haben, daß noch jemand die Absicht hatte, sich über ihn zu beschweren. Und das hätte geheißen, daß nicht mehr nur Elenas Wort gegen seines stand. Es hätte zwei gegen einen gestanden, und das hätte nun wirklich nicht gut ausgesehen.«

Lynley mußte zugeben, daß Barbaras Hypothese schlüssiger war als seine. Und trotzdem saßen sie fest, solange sie keine konkreten Beweise hatten. Auch ihr schien das klar zu sein.

»Wir haben die schwarzen Fasern«, sagte sie mit Nachdruck. »Wenn sich da zu seinen Kleidern eine Übereinstimmung ergibt, sind wir auf dem richtigen Weg.«

»Glauben Sie im Ernst, Thorsson hätte uns heute morgen seine Sachen ausgehändigt, wenn er auch nur ein Fünkchen Sorge gehabt hätte, bei einer Untersuchung könnte sich eine Übereinstimmung zu den Fasern ergeben, die an Elena Weavers Leiche gesichert worden sind?« Lynley schlug ein offenes Buch auf dem Schreibtisch zu. »Er weiß, daß ihm da nichts droht, Havers. Wir brauchen etwas anderes.«

»Die Waffe, mit der Elena angegriffen worden ist.«

»Haben Sie übrigens St. James erreicht?«

»Er kommt morgen gegen Mittag. Er dokterte gerade mit irgendwelchen polymorphen Isoenzymen oder so was rum und ist bestimmt froh, daß er zur Abwechslung mal was anderes tun kann, als ständig durchs Mikroskop gucken.«

»Hat er das gesagt?«

»Nein. Er hat gesagt: ›Sagen Sie Tommy, daß er mir was schuldet.‹ Aber das geht ja bei Ihnen beiden immer so hin und her, stimmt's?«

»Stimmt.« Lynley blätterte in Georginas Terminkalender.

Sie hatte längst nicht soviel vorgehabt wie Elena Weaver, aber wie Elena hatte sie sich alle ihre Termine notiert. Seminare und Tutorien hatte sie mit dem Thema oder dem Namen des Dozenten gekennzeichnet. Auch *Hare and Hounds* hatte seinen Platz. Der Name Lennart Thorsson tauchte nirgends auf. Und nirgends war auch ein Zeichen zu entdecken, das im entferntesten dem Fischsymbol geglichen hätte, das ihnen in Elenas Kalender so häufig begegnet war. Lynley blätterte den ganzen Kalender durch, ohne irgend etwas Auffälliges zu entdecken. Wenn Georgina Higgins-Hart Geheimnisse hatte, waren sie nicht hier versteckt.

17

Niedergeschlagen und in dem immer stärker werdenden Gefühl, daß das Unausweichliche schnell näher rückte, sah Rosalyn zu, wie Melinda in hektischer Eile die beiden Rucksäcke packte. Sie nahm, was ihr gerade in die Hände fiel, Kniestrümpfe, Unterwäsche, drei Nachthemden aus der einen Schublade; einen Seidenschal, zwei Gürtel, vier T-Shirts aus einer anderen; ihren Reisepaß, einen abgegriffenen Michelin-Führer aus einer dritten. Dann ging sie zum Schrank und holte zwei Blue Jeans, ein Paar Sandalen und einen Rock heraus. Ihr Gesicht war fleckig vom Weinen, und während sie packte, schnüffelte sie unaufhörlich vor sich hin.

»Melinda.« Rosalyn bemühte sich, einen beruhigenden Ton anzuschlagen. »Du bist völlig verrückt.«

»Ich hab gedacht, du wärst es.« Immer wieder hatte sie das in der vergangenen Stunde gesagt. Nachdem sie zuerst voller Entsetzen geschrien und dann hemmungslos geschluchzt hatte, war sie jetzt wild entschlossen, auf der Stelle aus Cambridge zu fliehen, natürlich mit Rosalyn im Schlepptau.

Es war unmöglich, vernünftig mit ihr zu reden. Aber Rosalyn hatte auch gar nicht die Kraft, es zu versuchen. Sie hatte eine fürchterliche Nacht hinter sich und war nach einem Seminar am Vormittag zu Melindas Zimmer hinaufgegangen, um sich hinzulegen, weil der Pförtner ihr den Zugang zur Treppe ihrer Mansarde verwehrt hatte. Sie war in Melindas Zimmer eingeschlafen und erst aufgewacht, als die Tür krachend gegen die Wand geflogen war und Melinda völlig unerklärlich zu schreien angefangen hatte. Sie hatte nicht gewußt, daß an diesem Morgen eine Studentin erschossen worden war, die zum *Hare and Hounds* gehörte. Der Pförtner hatte ihr nichts davon gesagt, sondern nur erklärt, der Aufgang sei eine Weile geschlossen. Im College hatte sich die Neuigkeit von dem Mord zu dieser Zeit noch nicht herumgesprochen gehabt, darum hatte niemand vor dem Haus gestanden, von dem sie etwas hätte erfahren können. Aber wenn die Ermordete eine Studentin aus ihrem Teil des Wohnheims war, dann konnte es nur Georgina Higgins-Hart sein, die einzige hier, die auch zu *Hare and Hounds* gehörte.

»Ich dachte, du wärst es«, sagte Melinda schluchzend. »Du hattest mir versprochen, nicht allein zu laufen, aber ich hab gedacht, du wärst trotzdem gelaufen.«

»Weshalb hätte ich das denn tun sollen? Ich bin nicht allein gelaufen. Ich bin überhaupt nicht gelaufen.«

»Er ist hinter dir her, Rosalyn. Er ist hinter uns beiden her. Er wollte dich erwischen, aber statt dessen hat er sie erwischt. Aber er ist mit uns noch nicht fertig, und drum müssen wir schleunigst weg.«

Sie hatte das Geld aus dem Versteck im Schuhkarton genommen. Sie hatte ihre Rucksäcke aus dem Schrank geholt. Sie hatte ihren üppigen Bestand an Kosmetika in eine

Tasche gepackt. Und jetzt rollte sie die Blue Jeans zusammen, um sie in den Rucksack zu stopfen.

»Melinda, das ist doch Quatsch«, sagte Rosalyn, obwohl sie wußte, daß es wenig Sinn hatte, mit Melinda zu sprechen, wenn sie in einer solchen Verfassung war.

»Ich hab dir gestern abend gesagt, du sollst mit keinem Menschen drüber reden. Aber du wolltest ja nicht auf mich hören. Du mußt immer deine gottverdammte Pflicht und Schuldigkeit tun. Jetzt siehst du, was uns das gebracht hat.«

»Was denn?«

»Na, das hier. Daß wir abhauen müssen und nicht wissen, wo wir hin sollen. Aber wenn du vorher ein bißchen nachgedacht hättest – wenn du nur ausnahmsweise mal nachgedacht hättest... Und jetzt wartet er, Rosalyn. Er wartet nur auf den richtigen Moment. Er weiß, wo wir zu finden sind. Du hast ihn ja praktisch dazu aufgefordert, uns beide abzuknallen. Aber das wird nicht passieren. Ich hocke mich bestimmt nicht hier hin und warte darauf, daß er kommt. Und du tust das auch nicht.« Sie riß zwei Pullover aus einer Schublade. »Wir haben fast die gleiche Größe. Du brauchst nicht in dein Zimmer zu gehen, um deine Sachen zu holen.«

Rosalyn ging zum Fenster. Ein einsamer Mensch in schwarzer Robe eilte über den Rasen. Die Menge der Neugierigen hatte sich längst zerstreut, die Polizei war wieder abgefahren. Es war schwer zu glauben, daß an diesem Morgen wieder eine Studentin getötet worden war, und es war ihr unmöglich zu glauben, daß dieser zweite Mord mit dem Gespräch zu tun haben sollte, das sie am vergangenen Abend mit Gareth Randolph geführt hatte.

Sie war zusammen mit Melinda – die den ganzen Weg wütend protestiert und widersprochen hatte – zur VGS gegangen und hatte ihn dort in seinem kleinen Büro gefunden. Da niemand da gewesen war, der hätte dolmetschen können, hatten sie über den Bildschirm seines Computers miteinander kommuniziert. Er hatte schlecht ausgesehen, blaß und eingefallen, wie von einer Krankheit aufgezehrt. Er hatte zu Tode erschöpft und tief unglücklich ausgesehen. Aber er hatte nicht wie ein Mörder ausgesehen.

Irgendwie, dachte sie, hätte sie es gespürt, wenn Gareth eine Gefahr für sie gewesen wäre. Ganz sicher wäre eine Spannung von ihm ausgegangen, die sie wahrgenommen hätte. Er hätte Anzeichen von Panik gezeigt angesichts dessen, was sie ihm erzählte. Aber sie hatte nur Zorn und Schmerz entdeckt. Und dem hatte sie entnommen, daß er Elena Weaver geliebt hatte.

Rosalyn war in ihr Zimmer zurückgekehrt, Melinda in schwärzester Stimmung. Sie hatte nicht gewollt, daß Rosalyn überhaupt mit jemandem über Robinson Crusoe's Island sprach, und nicht einmal Rosalyns Kompromiß, statt mit der Polizei mit Gareth Randolph zu sprechen, hatte ihren Unwillen dämpfen können.

Sie hatte darum Müdigkeit vorgeschützt, einen dringenden Aufsatz, das Bedürfnis, in Ruhe nachzudenken. Und als Melinda gegangen war – nicht ohne noch einen vorwurfsvollen Blick zurückzuwerfen, ehe sie die Tür schloß –, war sie erleichtert gewesen.

»Warum denkst du nie an uns?« fragte Melinda in ihre Gedanken hinein. »Kannst du mir das mal sagen?«

»Diese Geschichte betrifft andere doch viel stärker als uns.«

Melinda hielt beim Packen inne. »Wie kannst du das sagen? Ich habe dich gebeten, nichts zu sagen. Du hast behauptet, du müßtest es sagen. Und jetzt ist noch ein Mädchen tot. Sie war auch im *Hare and Hounds*. Sie hat in deinem Trakt gewohnt. Er ist ihr gefolgt, Rosalyn. Er hat gedacht, sie wäre du.«

»Das ist doch absurd. Er hat überhaupt keinen Grund, mir etwas Böses zu wollen.«

»Du mußt ihm etwas gesagt haben, von dessen Bedeutung du selbst keine Ahnung hattest. Aber er wußte sofort, was es hieß. Er wollte dich umbringen, und da ich auch dabei war, will er mich auch umbringen. Aber die Chance kriegt er nicht. Wenn du nicht an uns denken willst, kann ich's nicht ändern. Aber ich tu's. Wir verschwinden hier, bis sie ihn geschnappt haben.« Sie zog den Reißverschluß des Rucksacks zu und warf das Gepäckstück auf das Bett. Dann holte sie Mantel, Schal und Handschuhe aus dem Schrank. »Erst mal fahren wir mit der Bahn nach London. Wir können in der Nähe von Earl's Court bleiben, bis ich das Geld habe, um...«

»Nein.«

»Rosalyn...«

»Gareth Randolph ist kein Killer. Er hat Elena geliebt. Das hat man doch gesehen. Niemals hätte er ihr etwas angetan.«

»So ein Quatsch! Andauernd bringen sich Leute deswegen um. Und dann morden sie gleich noch mal, um alles zu vertuschen. Und genau das tut er auch, ganz gleich, was du angeblich auf der Insel gesehen hast.«

Melinda sah sich im Zimmer um, als wollte sie sich vergewissern, daß sie nichts vergessen hatte. »Komm«, sagte sie. »Gehen wir endlich.«

Rosalyn rührte sich nicht. »Ich hab das gestern abend für dich getan, Melinda. Ich bin zur VGS gegangen und nicht zur Polizei. Und jetzt ist Georgina tot.«

»*Weil* du zur VGS gegangen bist. Weil du geredet hast. Hättest du den Mund gehalten, wäre keinem was passiert. Begreifst du das denn nicht?«

»Ich bin schuld. Wir sind beide schuld.«

Melindas Mund wurde zu einer messerscharfen Linie. »*Ich* bin schuld? Ich wollte dich schützen. Ich wollte dich davon abhalten, uns beide in Gefahr zu bringen. Und jetzt soll ich an Georginas Tod schuld sein? Na, das ist ja wohl das Letzte.«

»Ich tippe auf den Pullover«, sagte Barbara Havers. Sie ergriff die Teekanne aus rostfreiem Stahl, schenkte ein und rümpfte bei der blassen Farbe des Tees die Nase. »Was ist denn das für Zeug?« fragte sie die Kellnerin, die gerade an ihrem Tisch vorüberkam.

»Kräutermischung«, antwortete die Frau.

Resigniert kippte Barbara einen Löffel Zucker in ihre Tasse. »Grasschnipsel wahrscheinlich.« Sie kostete und nickte. »Ja, eindeutig Grasschnipsel. Haben die hier keinen normalen Tee, schwarz und stark, daß der Löffel drin steht?«

Lynley schenkte sich ebenfalls ein. »Das hier ist gesünder, Sergeant. Kein Teein.«

»Aber auch kein Geschmack, oder ist das nebensächlich?«

»Tja, das ist eben einer der Nachteile gesunden Lebens.«

Brummend kramte Barbara ihre Zigaretten heraus.

»Hier ist Rauchen nicht gestattet, Miss«, sagte die Kellnerin, als sie ihnen das bestellte Gebäck brachte, einen Teller mit Vollkornkeksen und zuckerfreien Obsttörtchen.

»Ach, verdammt noch mal«, schimpfte Barbara.

Sie waren in einem Tea-Room in Market Hill, einem kleinen Lokal zwischen einem Schreibwarengeschäft und einer Kneipe, die ein Treffpunkt der einheimischen Skinheads zu sein schien. *Heavy Mettell* hatte jemand mit ungeübter Hand in roter Schrift über das Fenster der Kneipe geschrieben, und jedesmal, wenn die Tür geöffnet wurde, donnerten einem ohrenbetäubende Rhythmen elektrischer Gitarren entgegen. Der kleine Tea-Room – mit schlichten Holztischen und Strohmatten auf dem Boden – war leer gewesen, als Lynley und Barbara gekommen waren. Kein Wunder bei der dröhnenden Musik von nebenan und der überaus gesunden Speisekarte.

Nachdem sie vom Queen's College weggefahren waren, hatten sie an einer Telefonzelle in der Trumpington Street gehalten, um im gerichtsmedizinischen Institut anzurufen und nachzufragen, ob die Überprüfung von Thorssons Kleidern eine Übereinstimmung mit den gesicherten Fasern erbracht hätte. Die Auskunft war negativ gewesen, und Lynley hatte das nicht gewundert.

»Keine Übereinstimmung«, sagte er zu Barbara, als er zum Wagen zurückkam. »Sie haben allerdings noch nicht alle Kleidungsstücke untersucht.«

Es blieben noch ein Mantel, ein Pullover, ein T-Shirt und zwei Hosen. Und in die setzte Barbara ihre Hoffnung.

Sie tunkte ihren Vollkornkeks in den schwindsüchtigen Tee und biß ab, ehe sie wieder zum Thema kam. »Es ist doch ganz logisch. Es war ein kalter Morgen. Er hat bestimmt einen Pullover angehabt. Wenn Sie mich fragen – wir haben ihn.«

Lynley nahm einen Bissen von seinem Apfeltörtchen und fand es gar nicht schlecht. »Das glaube ich nicht, Sergeant. Schauen Sie sich doch die Fasern an – Rayon, Polyester und Baumwolle. Das ist eine viel zu leichte Mischung für einen Winterpullover.«

»Na schön, meinetwegen. Dann hat er eben was drüber angehabt. Einen Mantel oder ein Jackett. Das hat er ausgezogen, bevor er sie umgebracht hat, und dann hat er's wieder angezogen, damit man die Blutflecken nicht sah, die er auf dem Pullover hatte.«

»Ach, und danach hat er in weiser Voraussicht darauf, daß wir aufkreuzen würden, den Pullover reinigen lassen und sauber in seinen Schrank gelegt? Nie im Leben, Havers. Das ist mir alles zu konstruiert. Außerdem bleiben zu viele Fragen offen.«

»Zum Beispiel?«

»Zum Beispiel: Was tat Sarah Gordon gerade an diesem Morgen am Tatort und was hatte sie abends klammheimlich im Ivy Court zu suchen? Zum Beispiel: Warum ist Justine Weaver am Montag morgen ohne den Hund gelaufen? Zum Beispiel: Haben Elena Weavers Aufenthalt in Cambridge und ihr Verhalten auf die Aussichten ihres Vaters, auf den Penford-Lehrstuhl berufen zu werden, irgendwelchen Einfluß gehabt?«

Barbara nahm sich einen zweiten Keks und brach ihn auseinander. »Und ich dachte, Ihr neuer Kandidat wäre Gareth Randolph. Was ist denn mit dem passiert? Haben Sie ihn von der Liste gestrichen? Und wie schaut's mit dem Motiv für den zweiten Mord aus, wenn Sie jetzt Sarah Gordon oder Justine Weaver oder sonst jemanden mit Thorsson in einen Topf werfen wollen?«

Lynley legte seine Gabel nieder. »Wenn ich das wüßte!«

Die Tür der kleinen Teestube wurde geöffnet. Sie blickten beide auf. Ein junges Mädchen kam zögernd herein und blieb unschlüssig stehen. Sie hatte ein zartes Gesicht unter einer Wolke kastanienbraunen Haars.

»Sie sind doch...« Sie sah sich um, als wollte sie sich vergewissern, daß sie mit den richtigen Leuten sprach. »Sie sind doch von der Polizei?« Als Lynley und Barbara bejahten, kam sie an den Tisch. »Mein Name ist Catherine Meadows. Kann ich Sie einen Moment sprechen?«

Sie legte die blaue Mütze, Schal und Handschuhe ab. Den Mantel behielt sie an. Sie setzte sich auf die Kante eines Stuhls, nicht an ihrem Tisch, sondern am Nebentisch. Als die Kellnerin kam, sah sie sie einen Moment verwirrt an, dann warf sie hastig einen Blick in die Karte und bestellte einen Pfefferminztee.

»Seit halb zehn suche ich Sie«, sagte sie. »Der Pförtner vom St. Stephen's konnte mir nicht sagen, wo Sie sind. Es ist reines Glück, daß ich Sie hier hineingehen sah. Ich war drüben bei *Barclay's*.«

»Aha«, sagte Lynley.

Catherine lächelte flüchtig und spielte mit ihren Haaren. Sie hielt ihre Umhängetasche auf dem Schoß und die Knie fest zusammengepreßt. Sie schwieg, bis die Kellnerin ihren Tee gebracht hatte. Dann sagte sie, den Blick zu Boden gerichtet: »Es geht um Lenny.«

Lynley sah, wie Barbara ihr Heft auf den Tisch schob und geräuschlos öffnete. »Lenny?« wiederholte er.

»Thorsson.«

»Ach so.«

»Ich habe Sie am Dienstag nach seiner Shakespeare-Vorlesung gesehen, als Sie auf ihn gewartet haben. Da wußte ich noch nicht, wer Sie sind, aber er hat mir später erzählt, daß Sie ihn wegen Elena Weaver sprechen wollten. Er sagte, wir brauchten uns keine Sorgen zu machen, weil...« Sie griff nach der Teetasse, als wollte sie trinken, entschied sich dann aber anders. »Aber das ist unwichtig. Sie brauchen nur zu wissen, daß er mit Elena überhaupt nichts zu tun hatte. Und getötet hat er sie bestimmt nicht. Er kann's gar nicht getan haben. Er war nämlich mit mir zusammen.«

»Um welche Zeit genau war das?«

Sie sah sie ernst an, und ihre Augen wurden dunkel. Sie war höchstens achtzehn. »Es ist ganz privat. Er könnte Schwierigkeiten bekommen, wenn es publik wird. Aber ich bin wirklich die erste Studentin, mit der Lenny jemals...« Sie rollte ihre Papierserviette zu einer schmalen Röhre zusammen und sagte mit ruhiger Entschlossenheit: »Ich bin die erste, zu der er je eine nähere Beziehung hatte. Er hat wahnsinnig mit sich gekämpft. Mit seinem Gewissen. Er hat versucht, sich klar zu werden, was das Richtige für uns ist, ob es ethisch vertretbar ist. Er ist nämlich mein Tutor.«

»Sie haben ein Verhältnis mit ihm, nehme ich an?«

»Ja, aber wir haben wochenlang überhaupt nichts getan. Wir haben uns dagegen gewehrt, obwohl wir uns von Anfang an zueinander hingezogen fühlten. Es war wie ein Zauber. Lenny hat ganz offen mit mir darüber gesprochen. So hat er es früher auch immer bewältigt. Er mag nämlich Frauen. Das gibt er ehrlich zu. Er hält es für das Beste, so etwas auszudiskutieren. Er hat es immer aufrichtig mit den Frauen besprochen, und dann haben sie es gemeinsam bearbeitet. Das hat immer geklappt. Wir beide haben es auch so versucht. Wirklich. Aber es hat nichts geholfen. Es war stärker als wir.«

»So hat es Thorsson dargestellt?« fragte Barbara, ihr Gesicht eine Maske sachlichen Interesses.

Dennoch schien Catherine einen Unterton in ihrer Stimme zu hören. Sie versetzte mit einer gewissen Herausforderung: »Es war meine Entscheidung, mit ihm zu schlafen. Lenny hat mich nicht gedrängt. Ich wollte es. Und wir haben vorher tagelang darüber gesprochen. Er wollte, daß ich ihn wirklich kenne, mit all seinen Stärken und Schwächen, ehe ich mich entschied. Er wollte, daß ich alles verstehe.«

»Daß Sie alles verstehen?« hakte Lynley nach.

»Na ja, ihn selbst. Sein Leben. Wie es für ihn war, als er damals verlobt war. Er wollte, daß ich ihn so sehe, wie er wirklich ist, damit ich ihn auch voll akzeptieren kann. Mit allem, was zu ihm gehört. Damit ich nicht so reagieren würde wie damals seine Verlobte.« Sie drehte sich auf ihrem Stuhl herum und sah ihnen direkt in die Gesichter. »Sie hat ihn zurückgewiesen. Sexuell, meine ich. Vier Jahre lang hat sie das mit ihm gemacht, nur weil er – ach, das tut hier nichts zur Sache. Aber Sie werden verstehen, daß er so etwas nicht noch einmal erleben wollte. Er hat unheimlich lange gebraucht, um den Schmerz zu verwinden und Frauen wieder zu vertrauen.«

»Hat er Sie gebeten, mit uns zu sprechen?« fragte Lynley.
Sie neigte den Kopf ein wenig zur Seite. »Sie glauben mir wohl nicht? Sie denken, ich hätte mir das alles ausgedacht.«
»Durchaus nicht. Ich würde nur gern wissen, ob und wann er Sie gebeten hat, mit uns zu sprechen.«
»Er hat mich nicht gebeten, mit Ihnen zu sprechen. Das würde er nie tun. Er hat mir nur heute morgen erzählt, daß Sie bei ihm waren und einen Teil seiner Kleider mitgenommen haben und allen Ernstes zu glauben scheinen...« Ihre Stimme schwankte plötzlich, und sie griff zu ihrer Teetasse und trank. Dann sagte sie, die Tasse auf der offenen Hand haltend, »Lenny hat mit Elena nichts zu tun gehabt. Er liebt *mich*.«

Barbara hüstelte. Catherine warf ihr einen scharfen Blick zu.

»Ich weiß schon, was Sie denken. Daß ich für ihn nichts weiter bin als eine dumme Gans, die leicht ins Bett zu kriegen war. Aber so ist es nicht. Wir wollen heiraten.«
»Ah ja.«
»Sobald ich mein Studium abgeschlossen habe.«
Lynley fragte: »Wann ist Mr. Thorsson am Montag morgen bei Ihnen weggegangen?«
»Um dreiviertel sieben.«
»Von Ihrem Zimmer im St. Stephen's?«
»Ich wohne nicht im College. Ich habe mit drei Freundinnen zusammen ein kleines Haus in der Nähe der Mill Road. In Richtung Ramsey Town.«
Und nicht, dachte Lynley, in Richtung Crusoe's Island.
Catherine stand auf. »Lenny hat mir gleich gesagt, daß Sie mir nicht glauben würden.« Sie setzte ihre Mütze auf und legte den Schal um. »Und jetzt sehe ich es, ja. Er ist ein wunderbarer Mensch. Er ist zärtlich. Er ist klug und liebevoll und hat schon viel durchgemacht, weil er zu gefühlvoll ist. Er hat Elena Weaver helfen wollen, aber sie hat es falsch

aufgefaßt. Und als er dann nicht mit ihr schlafen wollte, ist sie mit ihrer gemeinen Lüge zu Dr. Cuff gelaufen... Wenn Sie die Wahrheit nicht erkennen können...«

»War er gestern nacht mit Ihnen zusammen?« fragte Barbara.

Catherine richtete sich auf, zögerte. »Wie?«

»Hat er die Nacht wieder mit Ihnen verbracht?«

»Ich – nein. Er mußte an einem Vortrag arbeiten. Und an einem Artikel.« Ihre Stimme wurde ruhiger und sicherer. »Er arbeitet an einer Abhandlung über Shakespeares Tragödien, über die tragischen Helden. Sie sind Opfer ihrer Zeit, behauptet er. Nicht ihre eigenen tragischen Mängel sind ihnen zum Verhängnis geworden, sondern die gesellschaftlichen Bedingungen. Es ist eine absolut radikale Auffassung, genial. Er hat gestern abend daran geschrieben und –«

»Wo?« wiederholte Barbara.

»Er war zu Hause.«

»Er hat Ihnen gesagt, er sei die ganze Nacht zu Hause gewesen?«

Sie drückte die Handschuhe zusammen, die sie in den Händen hielt. »Ja.«

»Es kann nicht sein, daß er irgendwann weggegangen ist? Vielleicht, um jemanden zu besuchen?«

»Um jemanden zu besuchen? Wen denn? Ich war auf einer Versammlung. Ich bin ziemlich spät nach Hause gekommen. Er war nicht da gewesen und hatte auch nicht angerufen. Als ich bei ihm anrief, hat er sich nicht gemeldet, aber ich nahm einfach an – ich bin die einzige. Die einzige...« Sie senkte den Blick und zog hastig ihre Handschuhe über. »Ich bin die einzige...« Sie wandte sich zur Tür, drehte sich noch einmal um, als wollte sie etwas sagen, dann ging sie hinaus. Die Tür blieb hinter ihr offen. Ein Windstoß fuhr herein. Er war kalt und feucht.

Barbara ergriff ihre Teetasse und hob sie, als wollte sie dem Mädchen nachträglich zuprosten. »Ein toller Bursche, unser Lenny.«

»Er ist nicht der Mörder«, sagte Lynley.

»Nein. Das ist er nicht. Jedenfalls nicht Elenas Mörder.«

18

Penelope öffnete Lynley, als er abends um halb acht an dem Haus in Bulstrode Gardens läutete. Sie hatte den Säugling auf dem Arm und war immer noch in Morgenrock und Hausschuhen. Aber ihr Haar war frisch gewaschen und fiel ihr in seidigen Locken auf die Schultern. Ein leichter blumiger Duft umgab sie.

»Hallo, Tommy«, sagte sie und führte ihn ins Wohnzimmer, wo auf dem Sofa neben einer Spielzeugpistole und einem Berg Wäsche, der größtenteils aus Schlafanzügen und Windeln zu bestehen schien, mehrere aufgeschlagene Bücher lagen.

»Du hast gestern abend mein Interesse an Whistler und Ruskin geweckt«, sagte Penelope mit einem Blick auf die Bücher. »Ich habe den Disput zwischen den beiden noch einmal nachgelesen. Whistler war eine echte Kämpfernatur. Ganz gleich, was man von seinem Werk hält – und es war ja schon zu seiner Zeit umstritten genug –, man muß ihn bewundern, ob man will oder nicht.«

Sie ging zum Sofa, drückte den Wäschehaufen zu einem Nest zurecht und legte das Baby hinein, das vergnügt krähend mit Armen und Beinen strampelte. Sie zog eines der Bücher aus dem Stapel und sagte: »Hier ist ein Teil des Protokolls abgedruckt. Er hat tatsächlich gewagt, einen der einflußreichsten Kunstkritiker seiner Zeit wegen Verleumdung zu verklagen. Ich wüßte heute niemanden, der die

Courage besäße, so etwas zu tun. Hör dir diese Beurteilung Ruskins an.« Sie nahm das Buch und fuhr mit dem Finger die Seite hinunter. »Ah, da ist es schon. ›Ich habe gegen Kritik nicht nur etwas einzuwenden, wenn sie feindselig ist, sondern auch wenn sie inkompetent ist. Ich behaupte, daß nur ein Künstler ein kompetenter Kritiker sein kann.‹« Sie lachte und strich sich mit einer raschen Bewegung das Haar aus dem Gesicht. Es war eine Geste, die ihn sehr an Helen erinnerte. »Und so etwas sagt dieser Bursche über John Ruskin. Er hatte wirklich überhaupt keinen Respekt.«

»Und stimmt es denn, was er sagt?«

»Ich denke, das trifft auf alle Kritik zu, Tommy. Bei einem Gemälde gründet ein Künstler seine Beurteilung eines Werks auf ein Wissen, das sich aus Bildung und Erfahrung zusammensetzt. Die Beurteilung des Kritikers fußt auf einem historischen Kontext – wie hat man es früher gemacht – und auf der Theorie – wie sollte es heute gemacht werden. Das ist alles gut und schön: Theorie, Technik und geschichtlicher Hintergrund. Aber im Grunde muß man doch Künstler sein, um einen anderen Künstler und sein Werk wahrhaftig zu verstehen.«

Lynley trat zu ihr ans Sofa. Eines der Bücher war bei einem Gemälde Whistlers mit dem Titel *Nocturno in Schwarz und Gold* aufgeschlagen. »Ich kenne kaum etwas von ihm«, sagte er. »Eigentlich nur das Bildnis seiner Mutter.«

Sie schnitt ein Gesicht. »Ich kann nicht behaupten, daß das zu meinen Lieblingsbildern gehört, obwohl es eine hervorragende Farbstudie ist. Aber schau dir seine Flußbilder an. Sie sind großartig, findest du nicht? Diese Kühnheit, die Dunkelheit zu malen, im Schatten Substanz zu sehen.«

»Oder im Nebel?« meinte Lynley.

Penelope sah von ihrem Buch auf. »Wie meinst du das?«

»Ich spreche von Sarah Gordon«, erklärte er. »Sie wollte den Nebel malen, als sie am Montag morgen Elena Weaver fand. Und dieser Punkt irritiert mich, wenn ich versuche, ihre Rolle bei den Ereignissen zu beurteilen. Wäre so ein Versuch, den Nebel zu malen, mit Whistlers Versuchen, die Dunkelheit zu malen, vergleichbar?«

»Ich denke schon.«

»Aber das wäre – wie bei Whistler – ein völlig neuer Stil.«

»Na und? Stiländerungen sind bei Künstlern nichts Ungewöhnliches. Schau dir Picasso an. Blaue Periode. Kubismus. Immer suchte er das Neue.«

»Und was treibt den Künstler deiner Ansicht nach dazu?«

Sie zog ein anderes Buch heraus. Es war bei *Nocturno in Blau und Silber* aufgeschlagen, Whistlers Darstellung der nächtlichen Themse und der Battersea Brücke. »Das kann alles mögliche sein. Die Herausforderung, der Wille zur Weiterentwicklung, Langeweile, der Reiz des Neuen, eine flüchtige Idee, die zum tiefen Engagement wird. Maler ändern ihren Stil aus den unterschiedlichsten Gründen, vermute ich.«

»Und Whistler?«

»Ich denke, er hat gesehen, wo andere nicht gesehen haben.« Sie blätterte in ihrem Buch.

Draußen fuhr ein Wagen vor. Eine Tür wurde geöffnet und zugeschlagen. Sie hob den Kopf.

»Und wie ist es Whistler ergangen?« fragte Lynley. »Hat er seinen Prozeß gegen Ruskin gewonnen? Ich kann mich nicht mehr erinnern.«

Ihr Blick ruhte auf den geschlossenen Vorhängen. Er wanderte in Richtung Eingangstür, als sich draußen, im Kies knirschend, Schritte näherten.

Sie sagte: »Er hat gewonnen und verloren. Das Gericht hat ihm eine lächerliche Entschädigung zugesprochen, aber er mußte die Gerichtskosten tragen und war am Ende blank.«

»Und dann?«

»Dann ist er eine Weile nach Venedig gegangen, hat nichts gemalt und versucht, sich durch ein äußerst zügelloses Leben selbst zu zerstören. Danach ist er nach London zurückgekehrt und hat dort die Selbstzerstörung weiterbetrieben.«

»Aber gelungen ist sie ihm nicht?«

»Nein.« Sie lächelte. »Statt dessen hat er sich verliebt. In eine Frau, die sich auch in ihn verliebte. Und darüber vergißt man im allgemeinen vergangenes Unrecht, nicht wahr? Man kann sich so schlecht auf die Zerstörung des eigenen Selbst konzentrieren, wenn plötzlich der andere so ungeheuer wichtig ist.«

Die Haustür wurde geöffnet. Wieder Schritte. Einen Augenblick später erschien Harry Rodger an der Wohnzimmertür.

»Hallo, Tommy!« sagte er. »Ich hatte keine Ahnung, daß du in Cambridge bist.« Aber er blieb, wo er war, fühlte sich sichtlich unwohl. In der Hand trug er eine offene Sporttasche, aus der der Ärmel eines weißen T-Shirts hervorsah. »Du siehst frisch aus«, sagte er zu seiner Frau und trat nun doch einige Schritte ins Zimmer. Sein Blick flog zum Sofa, den Büchern, die dort lagen. »Ach so.«

»Tommy hat mich gestern abend nach Whistler und Ruskin gefragt.«

»Ach ja.« Rodger warf Lynley einen kühlen Blick zu.

»Ja«, fuhr sie eifrig fort. »Weißt du, Harry, ich hatte ganz vergessen, wie spannend die Situation zwischen den beiden —«

»Ja, ja natürlich.«

Langsam hob Penelope eine Hand, als wollte sie sich vergewissern, daß ihr Haar in Ordnung war. Die feinen Linien um ihre Mundwinkel vertieften sich. »Ich hole Helen«, sagte sie zu Lynley. »Sie liest den Zwillingen vor. Sie hat dich wahrscheinlich nicht kommen hören.«

Als sie gegangen war, trat Rodger ans Sofa und streichelte mit den Fingerspitzen die Stirn des Babys. »Wir sollten dich Aquarella taufen«, sagte er. »Das würde Mami gefallen, hm?« Mit einem Lächeln grimmigen Spotts sah er Lynley an.

Lynley sagte: »Die meisten Menschen haben neben der Familie noch andere Interessen.«

»Zweiter Ordnung. Die Familie kommt immer zuerst.«

»Das wäre bequem, ja. Aber die Menschen lassen sich nun mal nicht alle in die bequemste Form pressen.«

»Penelope ist Frau und Mutter.« Rodgers Stimme war ruhig, aber hart und unnachgiebig. »Sie hat sich vor vier Jahren dafür entschieden. Sie wollte eine Familie, sie wollte diese Familie lieben und für sie sorgen. Statt dessen deponiert sie ihr Kind in einem Wäschehaufen, während sie in Kunstbüchern schmökert und der Vergangenheit nachweint.«

Lynley fand die Verurteilung angesichts der Umstände, die Penelopes Interesse an der Kunst wiedergeweckt hatten, besonders unfair. Er sagte: »Hör mal, das war meine Schuld. Ich wollte gestern eine Auskunft von ihr.«

»Ja, gut. Ich verstehe. Aber für sie ist das vorbei, Tommy. Dieser Teil ihres Lebens.«

»Und wer sagt das?«

»Ich weiß, was du denkst. Aber du täuschst dich. Es war ein gemeinsamer Entschluß. Aber jetzt will sie ihn nicht mehr akzeptieren. Sie will sich nicht danach richten.«

»Warum muß sie das denn? So ein Entschluß ist schließlich nicht unumstößlich, oder? Warum kann sie nicht beides haben? Ihren Beruf und ihre Familie.«

»Weil es dabei immer nur Verlierer gibt. Alle Betroffenen leiden.«

»Ach, und so leidet nur Pen?«

Rodgers Gesicht wurde eisig, aber seine Stimme blieb

völlig ruhig. »Ich kenne solche Arrangements, Tommy. Ich erlebe sie bei meinen Kollegen. Die Frauen gehen ihre eigenen Wege, und die Familie zerfällt. Und selbst wenn es Pen gelänge, die Rollen von Frau, Mutter und Restauratorin unter einen Hut zu bringen, was sie aber eben nicht kann, deshalb hat sie ja ihre Stellung am Fitzwilliam aufgegeben, als die Zwillinge dawaren –, sie hat doch hier alles, was sie braucht. Einen Mann, ein ordentliches Einkommen, ein schönes Zuhause, drei gesunde Kinder.«

»Aber das reicht ihr vielleicht nicht.«

Rodger lachte scharf. »Du redest wie sie. Sie hat sich selbst verloren, erklärt sie mir. Sie sei nur noch eine Verlängerung aller anderen. So ein Quatsch! *Dinge* hat sie verloren! Das, was sie von ihren Eltern bekommen hat. Das, was wir uns leisten konnten, als wir noch beide gearbeitet haben. Dinge!« Er stellte seine Tasche neben dem Sofa ab und rieb sich müde den Nacken. »Ich habe mit ihrem Arzt gesprochen. Er meint, ich solle ihr einfach Zeit lassen. Das seien die typischen *post-partum*-Erscheinungen. In ein paar Wochen werde sich das geben. Ich kann nur sagen, hoffentlich bald. Ich bin nämlich mit meiner Geduld ziemlich am Ende.« Er wies mit dem Kopf auf das Baby. »Würdest du mal einen Moment auf sie aufpassen? Ich muß mir was zu essen machen.«

Damit eilte er aus dem Zimmer. Der Säugling gluckste und streckte die Ärmchen in die Luft.

Lynley setzte sich neben den Wäschehaufen und nahm eines der kleinen Händchen. Die zarten Finger umfaßten seinen Daumen, und ein warmer Strom von Zärtlichkeit für das Kind durchflutete ihn. Unvorbereitet auf diese plötzliche Gefühlswallung, zog er eines von Penelopes Büchern zu sich heran und flüchtete in die Lektüre eines Berichts über Whistlers Pariser Jahre. Mit einem akademisch gestelzten und verschraubten Satz wurde Whistlers erste Geliebte in

Paris abgetan: ›Er nahm ein Leben auf, das ihm für einen Bohemien angemessen schien, wobei er sogar soweit ging, sich in eine kleine *Midinette* zu verlieben – genannt *La Tigresse*, ganz im Einklang mit den in jener Epoche beliebten Übertreibungen –, mit der er eine Zeitlang zusammenlebte und die ihm Modell saß.‹ Lynley las weiter, aber die Midinette kam nicht mehr vor. Für den Verfasser dieses Werks war sie in einem Bericht über Whistlers Leben nur einen einzigen Satz wert gewesen, ohne Rücksicht darauf, wieviel sie ihm vielleicht bedeutet hatte, wie sehr sie ihn vielleicht in seinem Schaffen beeinflußt und inspiriert hatte.

Ein Nichts, sagte dieser beiläufige Satz. Eine Frau, die er gemalt hat und mit der er geschlafen hat. In die Geschichte war sie als Whistlers Geliebte eingegangen. Als eigenständige Persönlichkeit war sie längst vergessen.

Er stand auf und ging durch das Zimmer zum offenen Kamin, auf dessen Sims die Familienfotos standen; Penelope mit Harry, Penelope mit den Kindern, Penelope mit ihren Eltern, Penelope mit ihren Schwestern. Nicht eine Aufnahme zeigte Penelope allein.

»Tommy?«

Er drehte sich um. Helen war hereingekommen und blieb an der Tür stehen. Hinter ihr stand Penelope.

Ich glaube, ich verstehe euch jetzt, wollte er zu ihnen beiden sagen. Ich glaube, ich habe es endlich verstanden. Aber in dem Bewußtsein, daß sein Verständnis nur unvollkommen sein konnte, da er ein Mann war, sagte er statt dessen: »Harry wollte sich etwas zu essen machen. Danke für deine Hilfe, Pen.«

Ihre Antwort darauf war zaghaft und flüchtig: ein leises Zucken ihrer Lippen, das ein Lächeln hätte sein können, ein leichtes Nicken. Dann ging sie zum Sofa und begann, die Bücher einzusammeln. Sie stapelte sie auf dem Boden und nahm das Baby hoch.

»Sie müßte längst gefüttert werden«, sagte sie. »Es wundert mich, daß sie noch nicht schimpft.« Sie ging aus dem Zimmer. Sie hörten sie die Treppe hinaufsteigen.

Sie sprachen erst, als sie im Wagen saßen, auf der kurzen Fahrt zur Trinity Hall, wo in der Studentenhalle das Jazzkonzert stattfinden sollte. Helen war es, die das Schweigen brach.

»Sie ist wieder richtig lebendig geworden, Tommy. Ich kann dir nicht sagen, wie froh ich bin.«

»Ja, ich weiß. Ich habe den Unterschied gesehen.«

»Den ganzen Tag hat sie sich mit etwas beschäftigt, was endlich mal nicht mit Haushalt und Familie zu tun hatte. Sie braucht das.«

»Hast du mit ihr darüber gesprochen?«

»Ja. Und weißt du, was sie gesagt hat? ›Ich kann sie doch nicht einfach im Stich lassen. Sie sind meine Kinder, Helen. Was bin ich denn für eine Mutter, wenn ich einfach gehe?‹«

Lynley sah sie an. Sie hatte das Gesicht abgewandt. »Helen, du kannst dieses Problem nicht für sie lösen, das weißt du doch.«

»Nein, aber ich muß sie stützen. Ich kann jetzt nicht einfach abreisen.«

»Du willst länger bleiben?« fragte er augenblicklich niedergeschlagen.

»Ich telefoniere morgen mit Daphne. Sie kann ihren Besuch noch eine Woche verschieben. Sie wird sicher nichts dagegen haben. Sie hat ja selbst eine Familie.«

Ohne zu überlegen, sagte er: »Ach, Helen, verdammt, wenn du doch...« Dann brach er ab.

Er spürte, daß sie sich zu ihm umdrehte und ihn aufmerksam ansah. Er sagte nichts mehr.

»Du hast Pen gutgetan«, sagte sie. »Ich glaube, du hast sie gezwungen, sich etwas anzuschauen, was sie nicht sehen wollte.«

Das war ihm kein Trost. »Es freut mich, daß ich wenigstens für jemanden gut bin.«

Er stellte den Bentley in der Garret Hostel Lane ab, ein paar Schritte von der Fußgängerbrücke über den Cam entfernt. Sie gingen das kurze Stück bis zum Pförtnerhaus des College zu Fuß. Die Luft war kalt und feucht. Dichte Wolken verhüllten den Nachthimmel.

Lynley sah Helen an. Sie ging so dicht neben ihm, daß ihre Schulter die seine berührte. Er nahm ihre Wärme wahr und ihren frischen Duft. Er sagte sich, daß das Leben aus mehr bestand als der sofortigen Befriedigung der eigenen Wünsche. Und er bemühte sich, das zu glauben.

Er sagte, als hätte es in ihrem Gespräch keine Unterbrechung gegeben: »Aber bin ich für dich gut, Helen? Das ist doch die wahre Frage.« Es gelang ihm, einen leichten Ton anzuschlagen, aber das Herz schlug ihm bis zum Hals. »Ich wäge die Summe dessen, was ich bin, ab gegen das, was ich sein sollte, und frage mich, ob ich gut genug bin.«

»Gut genug?« Sie drehte den Kopf. »Wie kommst du darauf, daß du nicht gut genug sein könntest?«

Er wollte sie wieder in London haben, jederzeit erreichbar. Wenn er ihr gut genug war, würde sie seiner Bitte folgen und zurückkehren. Wenn sie seine Liebe schätzte, würde sie sich nach seinen Wünschen richten. So wünschte er es sich. Aber das konnte er ihr nicht sagen. Darum sagte er nur: »Ich glaube, ich suche nach einer Definition der Liebe.«

Sie lächelte und hängte sich bei ihm ein. »Du und die ganze Welt, Tommy, Schatz.« Sie bogen um die Ecke in die Trinity Lane. Ein großes Schild mit der Aufschrift *Jazzen Sie mal wieder* und Pfeile aus buntem Tonpapier, die auf den Bürgersteig aufgeklebt waren, wiesen den Weg zur Studentenhalle in der Nordostecke des Collegegeländes.

In dem modernen Bau war nicht nur die Studentenhalle

untergebracht, sondern auch eine Kneipe mit kleinen runden Tischen, die fast alle besetzt waren. Es ging laut und ausgelassen zu. Die allgemeine Aufmerksamkeit richtete sich auf die beiden Männer, die verbissen am Darts-Brett ihre Kräfte maßen. Es schien ein Wettstreit zwischen Jugend und Alter zu sein. Der eine Spieler war höchstens zwanzig, der andere ein gesetzter älterer Mann mit kurzem grauen Vollbart, offenbar ein Dozent des College.

»Los, Petersen, gib's ihm«, rief jemand, als der Junge sich zum Wurf aufstellte. »Zeig ihm, was du kannst.«

Der Junge krempelte sich demonstrativ die Ärmel hoch und nahm mit übertriebener Sorgfalt seinen Platz vor dem Brett ein, bevor er den Wurfpfeil schleuderte und unter dem grölenden Gelächter der Zuschauer das Brett völlig verfehlte. Er drehte den Spöttern den Rücken, deutete vielsagend auf sein Gesäß und griff sich den Bierkrug, den er vorher auf einem Tisch abgestellt hatte.

Lynley führte Helen durch das Gedränge zum Tresen, und nachdem sie sich dort zwei Bier geholt hatten, gingen sie weiter in die Studentenhalle, die mit einer Reihe von Sitzbänken und zahlreichen leichten Regiesesseln ausgestattet war. Am einen Ende des Raumes war eine Bühne, auf der sich bereits die Band mit ihren Instrumenten versammelt hatte. Als Miranda Webberly Lynley und Helen kommen sah, stolperte sie in ihrem Eifer, sie zu begrüßen, über eines der vielen Verlängerungskabel, die sich über die Bühne schlängelten. Sie konnte sich gerade noch fangen, lachte und lief ihnen durch den Saal entgegen.

»Sie sind wirklich gekommen!« rief sie. »Das ist toll. Inspector, versprechen Sie mir, meinem Vater zu erzählen, was für ein musikalisches Genie ich bin? Ich möchte nämlich unbedingt noch mal nach New Orleans, aber die Reise wird er mir nur finanzieren, wenn er glaubt, daß ich im Jazz eine Zukunft habe.«

»Ich werde ihm sagen, du bläst wie ein Engel.«

»Um Gottes willen, nein! Wie Chet Baker.« Sie begrüßte Helen und sagte dann gedämpfter: »Jimmy – das ist unser Schlagzeuger – wollte die Session heute eigentlich absagen. Er ist im Queen's, wissen Sie, und da ist doch heute morgen eine Studentin erschossen worden...« Sie warf einen Blick zurück zu dem jungen Schlagzeuger, der ganz in sich vertieft am Becken leichten, schnellen Rhythmus schlug. »Aber dann haben wir uns doch geeinigt zu spielen: Ich weiß allerdings nicht, wie's klingen wird. Keiner scheint so richtig in Stimmung zu sein.«

Der Saal hatte sich mittlerweile ziemlich gefüllt. Lynley nutzte das Gespräch mit Miranda, um zu fragen: »Randie, hast du gewußt, daß Elena Weaver schwanger war?«

Miranda trat etwas verlegen von einem Fuß auf den anderen. »Ich hatte so einen Verdacht.«

»Hat sie dir was gesagt?«

»Nein, ich hab's nur vermutet.«

»Und wie bist du darauf gekommen?«

»Wegen der Cornflakes in unserer Küche, Inspector. Es waren ihre. Die Packung stand seit Wochen unberührt da.«

»Ja und?«

»Ihr Frühstück«, warf Helen ein.

Miranda nickte. »Sie hat auf einmal nicht mehr gefrühstückt. Und drei- oder viermal hab ich, als ich in die Toilette ging, gemerkt, daß sie sich da vorher übergeben hatte. Einmal hatte sie vergessen abzusperren, und ich bin mitten reingeplatzt.« Hastig fügte sie hinzu: »Ich hätte schon am Montag was gesagt, aber ich wußte es ja nicht mit Sicherheit. Sie hat sich überhaupt nicht anders benommen als sonst.«

»Wie meinst du das?«

»Na, ich hatte nicht den Eindruck, daß sie sich irgendwelche Sorgen machte. Darum dachte ich, ich hätte mich vielleicht getäuscht.«

»Vielleicht hat sie sich wirklich keine Sorgen gemacht. Eine uneheliche Schwangerschaft ist ja heute nicht mehr eine Katastrophe wie vor dreißig Jahren.«

»In Ihrer Familie vielleicht nicht.« Miranda lachte. »Aber mein Vater würde bestimmt keine Freudentänze aufführen, wenn ich mit so einer Neuigkeit ankäme. Und ich glaube nicht, daß Elenas Vater anders ist.«

»Hey, Randie, es geht los«, rief der Saxophonist durch den Saal.

»Komme schon«, rief sie zurück. Mit einem vergnügten Nicken verabschiedete sie sich von Lynley und Helen. »In der zweiten Nummer hab ich ein Solo«, sagte sie noch und eilte davon.

Der Raum füllte sich immer mehr. Leute kamen mit ihren Gläsern aus der Cafeteria herein, andere kamen von draußen, da die Musik zweifellos in den umliegenden Gebäuden zu hören war. Köpfe nickten im Takt, Hände schlugen auf Stuhllehnen und an Biergläsern. Die Zuhörer waren gewonnen, und nach dem abrupten Ende des Stücks folgte auf einen Moment verblüffter Stille begeisterter Applaus.

Die Band nahm den Beifall nur mit einem kurzen Nicken des Mannes am Keyboard zur Kenntnis, und noch ehe der Applaus sich richtig gelegt hatte, stimmte das Saxophon die vertraute schwüle Melodie von *Take Five* an. Nachdem der Saxophonist das Stück einmal ganz durchgespielt hatte, begann er zu improvisieren. Der Bassist untermalte die Melodie mit drei sich ständig wiederholenden Tönen, und der Schlagzeuger hielt den Beat, sonst jedoch war das Saxophon allein. Der Musiker legte sich gewaltig ins Zeug – die Augen geschlossen, den mageren Körper weit nach rückwärts gebogen, sein Instrument steil in die Höhe gerichtet.

Als er zum Ende seiner Improvisation kam, nickte er Randie zu, die aufstand und mit seinem letzten Ton übernahm. Wieder begleitete der Baß, wieder gab der Schlagzeuger den Beat an. Aber der Sound der Trompete veränderte die Stimmung des Stücks. Es bekam einen ungeheuer klaren, beinahe überirdischen Klang, einen Ausdruck unbeschwerter Freude.

Wie der Saxophonist blies Miranda mit geschlossenen Augen und klopfte mit dem rechten Fuß den Takt. Doch im Gegensatz zum Saxophonisten zeigte sie, als ihr Solo beendet war und die Klarinette übernommen hatte, ganz offen ihre Freude über den Applaus, den sie bekam.

Mit der dritten Nummer, *Just a Child*, änderte sich die Stimmung von neuem. Es war ein Stück für Klarinettisten – einen dicken Rothaarigen mit schweißnassem Gesicht – und hatte einen rauchigen Sound, der von schummrigen Bars sprach, von rauchumflorten Lampen und Gläsern mit Gin.

Mit dem vierten Stück, das *Black Nightgown* hieß, ging der erste Teil des Konzerts zu Ende. Es gab einen Proteststurm, als der Keyboardspieler ankündigte »Wir machen jetzt eine Viertelstunde Pause«, aber da sich die Musiker nicht erweichen ließen, schob sich die Menge schließlich in die benachbarte Bar. Lynley schloß sich an.

Die beiden Darts-Spieler waren immer noch zugange. Die Aufführung im Nebenraum hatte sie weder in ihrer Konzentration noch in ihrem Eifer stören können. Der jüngere Mann war mittlerweile anscheinend zu Höchstform aufgelaufen; die Punktzahl an der Anschreibtafel zeigte, daß er seinen bärtigen Gegner fast eingeholt hatte.

»Und jetzt der letzte Wurf«, verkündete er und schwenkte seinen Wurfpfeil mit der schwungvollen Geste eines Zauberers, der gleich ein Kaninchen aus dem Zylinder ziehen wird. »Von rückwärts über die Schulter mitten ins Schwarze. Dann bin ich der Sieger. Wer will was drauf wetten?«

»Das fehlte gerade noch!« rief jemand lachend.

»Hau deinen Pfeil rein, Petersen«, rief ein anderer, »und mach dem grausamen Spiel ein Ende.«

Petersen spielte den Enttäuschten. »Ihr Kleinmütigen!« sagte er, drehte sich um, warf seinen Pfeil über die Schulter und machte ein genauso verdutztes Gesicht wie alle anderen, als der Pfeil wie magnetisch angezogen mitten ins Schwarze flog und dort stecken blieb.

Die Zuschauer brüllten. Petersen sprang auf einen Tisch. »Ich nehm's mit jedem auf!« schrie er. »Nur zu, meine Herrschaften. Versuchen Sie Ihr Glück. Collins hier hat gerade mächtig eins auf die Nase gekriegt. Ich brauch neues Blut.« Blinzelnd spähte er durch den Zigarettenrauch. »Sie, Dr. Herington! Sie brauchen sich gar nicht so in die Ecke zu drücken. Ich seh Sie trotzdem. Treten Sie vor und verteidigen Sie die Ehre der Dozenten.«

Lynley sah zu dem Tisch am anderen Ende des Raums hinüber, an dem ein Dozent im Gespräch mit zwei Studenten saß.

»Vergessen Sie doch mal das historische Gequake«, rief Petersen. »Das können Sie sich fürs Tutorium aufheben. Kommen Sie schon. Spielen Sie eine Runde gegen mich, Herington.«

Der Mann sah auf. Er winkte ab. Die Menge drängte ihn. Er ignorierte sie.

»Ach, verdammt noch mal, Herington, kommen Sie schon. Seien Sie ein Mann.« Petersen lachte.

Jemand anderer rief: »Ja, los, Hering, schlagen Sie zu.«

Und plötzlich hörte Lynley nichts weiter, nur den Namen und seine Variation. Herington und Hering. Die Neigung aller Schüler und Studenten, ihren Lehrern Spitznamen zu geben. Hatte Elena Weaver auch damit gespielt?

19

»Was ist denn, Tommy?« fragte Helen, als er sie von der Tür zur Studentenhalle wegholte.

»Ende des Konzerts. Für uns jedenfalls. Komm mit.«

Sie folgte ihm zurück in die Bar, die sich zu leeren begann, als die Jazzfans wieder in die Halle hinüberwanderten. Der Mann namens Herington saß noch an dem Tisch in der Ecke, aber einer der jungen Männer, die mit ihm zusammengesessen hatten, war gegangen, und der zweite war im Begriff, das gleiche zu tun. Herington stand nun ebenfalls auf. Er wechselte noch ein letztes Wort mit dem jüngeren Mann, dann zog er sein Jackett an und ging zur Tür.

Lynley musterte ihn aufmerksam, als er näherkam, versuchte, sich diesen Mann als möglichen Liebhaber einer Zwanzigjährigen vorzustellen. Herington hatte zwar ein jugendliches, feingezeichnetes Gesicht, sonst jedoch war er ein unscheinbarer Durchschnittsmann, höchstens einssiebzig groß, mit lockigem Haar, das sich am Scheitel deutlich zu lichten begann. Er mußte Ende Vierzig sein, und es fiel Lynley schwer zu glauben, daß dieser Mann ein Mädchen wie Elena Weaver angezogen und verführt haben sollte.

Als er auf dem Weg zur Tür an ihnen vorbei wollte, sagte Lynley: »Dr. Herington?«

»Ja?«

»Thomas Lynley«, sagte Lynley und stellte Helen vor. Er zog seinen Dienstausweis aus der Tasche. »Können wir uns hier irgendwo in Ruhe unterhalten?«

Herington schien die Frage nicht im geringsten zu verwundern. Er sah eher resigniert, aber auch erleichtert aus. »Ja. Kommen Sie mit«, sagte er und ging ihnen voraus in die Nacht hinaus.

Er führte sie in seine Räume in einem Gebäude zwei Höfe von der Studentenhalle entfernt, in der zweiten Etage gelegen, mit Blick auf den Fluß auf der einen und zum Park auf der anderen Seite, ein kleines Schlafzimmer und ein mit Möbeln und Büchern überladenes Arbeitszimmer.

Herington nahm einen Stapel Aufsätze von einem der Sessel und legte ihn auf den Schreibtisch. »Darf ich Ihnen einen Cognac anbieten?« fragte er, und als Helen und Lynley annahmen, ging er zu einer Glasvitrine neben dem offenen Kamin, nahm drei Schwenker heraus und hielt jeden ans Licht, ehe er einschenkte. Erst nachdem er sich in einen der schweren Polstersessel gesetzt hatte, sagte er: »Sie sind wegen Elena Weaver hier, nicht wahr?« Er sprach leise und ruhig. »Ich glaube, ich habe Sie schon seit gestern nachmittag erwartet. Hat Justine Weaver Ihnen meinen Namen genannt?«

»Nein, eigentlich Elena selbst.« Lynley berichtete von dem Fischsymbol in Elenas Kalender.

»Ach so. Ich verstehe.« Herington starrte in sein Glas. Seine Augen wurden feucht, und er drückte die Finger gegen die Unterlider, ehe er aufsah. »So hat sie mich natürlich nicht genannt«, sagte er unnötigerweise. »Sie hat mich Victor genannt.«

»Aber es war ihr Zeichen für ihre Verabredungen mit Ihnen, nehme ich an. Und sicher auch ein Mittel, ihre Beziehung zu Ihnen vor ihrem Vater geheimzuhalten, sollte der bei einem seiner Besuche einen Blick in ihren Kalender werfen. Denn ich vermute, Sie kennen ihren Vater recht gut.«

Herington nickte. Er trank einen Schluck Cognac, dann nahm er ein Zigarettenetui aus seinem grauen Tweedjackett. Nachdem er Helen und Lynley angeboten hatte, zündete er sich eine Zigarette an und behielt das brennende Streichholz einen Moment in der Hand. Er hatte große

Hände, sah Lynley, kräftige Hände mit wohlgeformten Fingern.

Herington hielt den Blick auf seine Zigarette gerichtet, als er sagte: »Das Schlimmste in den letzten drei Tagen war das Theaterspielen. Ins College zu kommen, meine Seminare abzuhalten, mit den anderen zusammen essen. Gestern abend vor dem Essen mit dem Rektor ein Glas Sherry zu trinken und freundlich zu schwatzen, obwohl ich am liebsten geheult hätte wie ein Tier.«

Seine Stimme schwankte ein wenig bei den letzten Worten, und Helen beugte sich in ihrem Sessel vor, als wollte sie ihm Trost spenden. Doch sie ließ es sein, als Lynley mahnend die Hand hob. Herington sog tief an seiner Zigarette und legte sie dann auf einem Aschenbecher ab, der neben ihm auf dem Tisch stand. Er schien sich wieder gefaßt zu haben.

»Aber welches Recht habe ich, meinen Schmerz zu zeigen?« fuhr er fort. »Ich habe schließlich Pflichten. Und Verantwortung. Eine Frau. Drei Kinder. An sie sollte ich denken. Ich sollte mich zusammenreißen und froh und dankbar sein, daß meine Ehe und meine Karriere nicht darüber in die Brüche gegangen sind, daß ich die letzten elf Monate eine Beziehung zu einer Frau aufgebaut habe, die siebenundzwanzig Jahre jünger war als ich. In den tiefsten Tiefen meiner schmutzigen Seele sollte ich froh sein, daß Elena tot ist. Weil es nun keinen Skandal geben wird, kein Getuschel und Gekicher hinter meinem Rücken. Es ist aus und vorbei, und ich sollte jetzt einen Schlußstrich ziehen und die Geschichte vergessen. Das tun Männer in meinem Alter doch, wenn sie ihr männliches Ego mit einem kleinen Abenteuer aufpoliert haben, das mit der Zeit doch ein bißchen lästig wurde? Und eigentlich hätte es doch lästig werden müssen, nicht wahr, Inspector?«

»Aber so war es nicht?«

»Ich liebe sie. Ich kann nicht einmal sagen, ich *habe* sie geliebt, denn dann muß ich der Tatsache ins Auge sehen, daß sie tot ist, und ich kann den Gedanken nicht ertragen.«

»Sie war schwanger. Wußten Sie das?«

Herington schloß die Augen. Seine Wimpern warfen halbmondförmige Schatten auf seine Wangen. Das Licht aus der Deckenlampe glitzerte auf Tränen zwischen den Wimpern, die er offenbar unbedingt zurückhalten wollte. Er zog ein Taschentuch heraus. Als es ihm möglich war, sagte er: »Ja, ich habe es gewußt.«

»Daraus hätten sich für Sie doch ernste Schwierigkeiten ergeben können, Dr. Herington.«

»Sie sprechen von dem Skandal? Von dem Schaden für meine berufliche Laufbahn? Dem Verlust lebenslanger Freundschaften? Das alles war mir unwichtig. Mir war klar, daß mich praktisch alle verurteilen würden, wenn ich meine Familie wegen eines zwanzigjährigen Mädchens verlassen sollte. Aber je mehr ich darüber nachdachte, desto klarer wurde mir, daß mir das gleichgültig war. Das, was meinen Kollegen wichtig ist, Inspector – Prestigeposten, politischer Einfluß, akademisches Renommé, Einladungen zu Konferenzen und Tagungen, Aufforderungen, den Vorsitz dieses oder jenes Ausschusses zu übernehmen – alle diese Dinge haben für mich schon vor langer Zeit ihre Wichtigkeit verloren, als ich nämlich zu der Erkenntnis kam, daß das einzige, was im Leben Wert besitzt, die innige Beziehung zu einem anderen Menschen ist. Und dies hatte ich in Elena gefunden. Ich hätte sie niemals aufgegeben. Ich hätte alles getan, um sie zu halten. Elena.«

Ihren Namen auszusprechen schien Herington ein Bedürfnis zu sein, eine Form der Erleichterung, die er sich seit ihrem Tod nicht erlaubt hatte.

»Wann haben Sie Elena zuletzt gesehen?« fragte Lynley.

»Sonntag abend, hier.«

»Aber sie ist nicht die Nacht geblieben? Der Pförtner hat sie am Morgen in St. Stephen's gesehen, als sie laufen ging.«

»Sie ist gegen – es muß kurz vor eins gewesen sein, als sie ging. Bevor hier die Pforte geschlossen wird.«

»Und Sie? Sind Sie auch nach Hause gefahren?«

»Nein. Ich bin geblieben. Ich übernachte in der Woche meistens hier. Seit gut zwei Jahren schon.«

»Ah ja. Sie wohnen also nicht in der Stadt?«

»In Trumpington.« Herington sah Lynleys Blick und sagte: »Ja, ich weiß, Inspector. Trumpington ist wirklich nicht so weit, daß man hier übernachten muß. Meine Gründe, abends nicht nach Hause zu fahren, hatten mit einer Entfernung ganz anderer Art zu tun. Anfangs jedenfalls. Vor Elena.«

Heringtons Zigarette war im Aschenbecher verglüht. Er zündete sich eine frische an und goß sich noch Cognac ein. Er schien sich wieder ganz in der Hand zu haben.

»Wann hat sie Ihnen gesagt, daß sie schwanger ist?«

»Am Mittwoch abend, nicht lange nachdem sie das Testergebnis erfahren hatte.«

»Hatte sie Ihnen vorher schon gesagt, daß sie einen derartigen Verdacht hatte?«

»Nein, vor Mittwoch hatte sie nie etwas von einer Schwangerschaft erwähnt. Ich hatte keine Ahnung.«

»Wußten Sie, daß sie keine Verhütungsmittel nahm?«

»Über dieses Thema haben wir nie gesprochen. Ich sah keine Notwendigkeit dazu.«

»Aber Dr. Herington«, sagte Helen impulsiv, »ein Mann Ihres Alters hätte doch nicht der Frau die alleinige Verantwortung für die Verhütung überlassen? Sie müssen doch mit ihr darüber gesprochen haben.«

»Ich sah keine Notwendigkeit dazu«, wiederholte er.

Lynley dachte an die Pillenpackungen, die Barbara Havers in Elena Weavers Schreibtisch gefunden hatte, und er erinnerte sich der Mutmaßungen, die er und Havers darüber angestellt hatten. »Dr. Herington, waren Sie der Überzeugung, sie nähme irgendein Verhütungsmittel? Hat sie Ihnen das gesagt?«

»Um mich zu täuschen, meinen Sie? Nein. Sie hat nie ein Wort über Verhütungsmittel gesagt. Es war auch nicht nötig, Inspector. Für mich hätte es keinen Unterschied gemacht, ob sie etwas nahm oder nicht.« Er griff nach seinem Cognacglas und drehte es langsam auf seiner Handfläche.

Lynley beobachtete sein Mienenspiel und glaubte Unsicherheit zu sehen. »Ich habe den deutlichen Eindruck«, sagte er, »daß Sie meinen Fragen ausweichen. Vielleicht würden Sie mir verraten, was Sie zurückhalten.«

Victor Herington sah Lynley einen Moment nachdenklich an, dann sagte er: »Ich wollte Elena heiraten. Schon deshalb war mir die Schwangerschaft willkommen. Aber das Kind war nicht von mir.«

»Es war nicht...«

»Sie wußte das nicht. Sie glaubte, ich sei der Vater. Und ich habe sie in dem Glauben gelassen. Aber leider war ich nicht der Vater.«

»Sie scheinen sicher zu sein.«

»O ja, Inspector.« Herington lächelte traurig. »Ich hatte vor fast drei Jahren eine Vasektomie. Elena wußte das nicht. Und ich habe es ihr auch nicht gesagt. Ich habe es keinem Menschen gesagt.«

Vor dem Haus, in dem Victor Heringtons Räume sich befanden, war eine Terrasse mit Blick auf den Cam. Mehrere Urnen mit Grünpflanzen standen dort und einige Bänke, auf denen – bei schönem Wetter – Mitglieder des College die Sonne genießen und dem Gelächter der jungen Leute lauschen konnten, die versuchten, mit einem Kahn den Fluß hinunter zur Seufzerbrücke zu staken.

Der Wind der letzten beiden Tage war deutlich abgeflaut. Nur hin und wieder fuhr ein kurzer, schwacher Windstoß über die Grünanlagen, und dann klang es, als seufzte die Nacht. Aber selbst diese Böen würden sich schließlich legen, und dann würde der Nebel wieder Einzug halten.

Es war kurz nach zehn. Das Jazzkonzert hatte geendet, kurz bevor sie bei Victor Herington weggegangen waren. Die Stimmen heimkehrender Studenten hallten noch durch den Hof, aber niemand näherte sich der Terrasse, auf die sie zusteuerten.

Sie wählten eine Bank am Südende, wo eine Mauer sie vor den Windböen schützte. Lynley setzte sich und zog Helen neben sich. Er nahm sie fest in den Arm. Er drückte seinen Mund an die Seite ihres Kopfes, nur um sie zu spüren, und in Antwort auf die Berührung ließ sie ihren Körper an seinen sinken und blieb so, einen stetigen sanften Druck ausübend. Sie sprach nicht, aber er glaubte zu wissen, was ihr durch den Kopf ging.

Victor Herington hatte, wie es schien, zum ersten Mal die Möglichkeit gesehen, über sein tiefes Geheimnis zu sprechen, und es war ihm ergangen wie den meisten Menschen, die eine Lüge leben; es hatte ihn gedrängt, sich alles von der Seele zu reden. Aber während er sprach, hatte Lynley gesehen, wie Helens anfängliche Sympathie für den Mann allmählich umschlug. Ihre Haltung veränderte sich, wurde abweisend. Ihre Augen verdunkelten sich. Und obwohl dies ein Gespräch war, das für seine Ermittlungen in einem Mordfall von entscheidender Bedeutung war, konnte Lynley nicht umhin, ebenso sehr auf Helen zu achten wie auf Heringtons Bericht. Er wollte sie um Verzeihung bitten – im Namen aller Männer – für die Vergehen an den Frauen, die Herington anscheinend ganz ohne Gewissensbisse aufzählte.

Herington hatte sich am Stummel seiner zweiten Zigarette eine dritte angezündet. Er hatte sich noch einmal Cognac eingeschenkt und hielt beim Sprechen den Blick auf die Flüssigkeit in seinem Glas gerichtet, auf das schwimmende kleine goldgelbe Oval, in dem sich die Deckenbeleuchtung brach. Er sprach mit leiser Stimme, ganz offen.

»Ich wollte leben. Das ist im Grunde die einzige Entschuldigung, die ich habe, und viel ist das nicht, ich weiß. Ich war bereit, die Ehe wegen der Kinder aufrechtzuerhalten. Ich war bereit zu heucheln und heile Welt zu spielen. Aber ich war nicht bereit, wie ein Mönch zu leben. Das hatte ich zwei Jahre lang getan. Zwei Jahre tot. Ich wollte wieder leben.«

»Wann haben Sie Elena kennengelernt?« fragte Lynley.

Herington wischte die Frage beiseite. Er schien die Geschichte auf seine Weise erzählen zu wollen, nur auf seine Weise. »Die Vasektomie hatte mit Elena nichts zu tun«, sagte er. »Sie war das Ergebnis einer ganz privaten Entscheidung über mein weiteres Leben. Ich wollte meinen Anteil an der sexuellen Freizügigkeit, in der wir heute leben, aber ich wollte nicht das Risiko einer unerwünschten Schwangerschaft eingehen. Und auch nicht das Risiko, von einer Frau hereingelegt zu werden. Darum ließ ich den Eingriff vornehmen. Und dann bin ich auf die Pirsch gegangen.«

Er hob sein Glas mit einem spöttischen Lächeln. »Es war, das muß ich zugeben, ein ziemlich bitteres Erwachen. Ich war knapp fünfundvierzig Jahre alt, in ganz ordentlicher Verfassung, hatte einen Prestigeberuf und genoß als relativ bekannter Universitätsprofessor Ansehen und eine gewisse Bewunderung. Ich erwartete, daß die Frauen sich um mich reißen würden, schon weil sie es schick und aufregend finden würden, mal mit einem Cambridge-Professor zu schlafen.«

»Aber so war es wohl nicht?«

»Jedenfalls nicht bei den Frauen, die mich interessierten.« Herington sah Helen mit einem langen, nachdenklichen Blick an, als versuchte er zu entscheiden, welcher der beiden Kräfte, die in ihm stritten, er nachgeben sollte: der Klugheit, die ihm riet, nicht mehr zu sagen, oder dem überwältigenden Drang, endlich reinen Tisch zu machen. Er gab dem Drang zur Selbstentblößung nach und wandte sich wieder Lynley zu.

»Ich wollte eine junge Frau, Inspector. Ich wollte einen jungen, straffen Körper, glatte Haut, weiche, faltenlose Hände...«

»Und Ihre Frau?« fragte Helen. Ihr Ton war ruhig. Sie hatte die Beine übereinandergeschlagen, ihre Hände lagen locker in ihrem Schoß. Aber Lynley kannte sie gut genug, um sich vorstellen zu können, wie zornig sie geworden war, als Herington seelenruhig seine Forderungen vorgebracht hatte: Kein Geist, keine Seele, nur ein junger Körper.

Herington antwortete ihr freimütig. »Drei Kinder«, sagte er. »Jedesmal hat Rowena sich hinterher ein bißchen mehr gehenlassen, dann ihre Haut, dann ihren Körper.«

»Mit anderen Worten, eine reife Frau, die drei Kinder geboren hatte, reizte Sie nicht mehr.«

»Ja, das gebe ich zu, so schlimm es klingt«, sagte Herington. »Ihr Körper hat mich abgestoßen. Aber vor allem hat mich abgestoßen, daß sie überhaupt nicht daran dachte, etwas für sich zu tun. Und daß es ihr überhaupt nichts ausmachte, als ich sie in Ruhe ließ. Im Gegenteil.«

Er stand auf und trat an das Fenster zum Park. Er zog den Vorhang zurück und starrte hinaus, während er von seinem Cognac trank.

»Ich wollte leben«, sagte er wieder. »Ich ließ die Vasektomie machen, um mich vor unerwünschten Problemen zu schützen. Dann begann ich, meine eigenen Wege zu gehen. Das einzige Problem war, daß ich merkte, daß es mir an der richtigen – wie soll ich es nennen? – der richtigen Strategie? der richtigen Technik? fehlte.« Er lachte mit leisem Spott. »Ich hatte mir eingebildet, es wäre ganz einfach. Ich würde zwar mit zwei Jahrzehnten Verspätung in die sexuelle Revolution einsteigen, aber einsteigen würde ich auf jeden Fall. Ein alternder Pionier. Gott, war das alles eine unerfreuliche Überraschung für mich.«

»Und dann ist Ihnen Elena Weaver über den Weg gelaufen?« fragte Lynley.

Herington blieb am Fenster und blickte in die Dunkelheit hinaus. »Ich kenne ihren Vater seit Jahren. Ich bin ihr schon früher begegnet, wenn sie zu Besuch hier war, ein- oder zweimal. Aber erst als er im vergangenen Herbst mit ihr zu uns ins Haus kam, weil sie sich einen jungen Hund aussuchen wollte, habe ich aufgehört, sie als Anthonys gehörlose kleine Tochter zu sehen. Aber auch da war es von meiner Seite nur Bewunderung. Sie sprühte vor Lebenslust, sie war gutmütig, voller Energie und Enthusiasmus. Sie kam trotz ihrer Gehörlosigkeit gut mit dem Leben zurecht, und ich fand sie – neben allem anderen – ungemein attraktiv. Aber Anthony ist ein Kollege, und selbst wenn mir nicht Dutzende junger Frauen schon gezeigt gehabt hätten, wie wenig begehrenswert ich war, hätte ich es niemals gewagt, mich der Tochter eines Kollegen zu nähern.«

»Dann hat sie sich also *Ihnen* genähert?«

Herington machte eine Geste, die das Zimmer umschloß. »Sie kam im letzten Jahr im Herbstsemester mehrmals hier vorbei. Sie erzählte mir, wie es dem Hund ging, trank eine Tasse Tee bei mir und stibitzte sich ein paar Zigaretten, wenn sie glaubte, ich sähe es nicht. Ich fand ihre Besuche nett. Ich begann, mich auf sie zu freuen. Aber bis Weihnachten geschah nichts zwischen uns.«

»Und dann?«

Herington kehrte zu seinem Sessel zurück. Er drückte

seine Zigarette aus, zündete sich aber keine neue an. »Sie kam vorbei, um mir das Abendkleid zu zeigen, das sie sich für einen der Weihnachtsbälle gekauft hatte. Sie sagte, ich zieh es mal an, ja?, und dann kehrte sie mir den Rücken und fing hier im Zimmer an, sich auszuziehen. Später wurde mir klar, daß sie das mit voller Berechnung getan hatte, aber in dem Moment war ich nur entsetzt. Nicht nur über ihr Verhalten, sondern über meine Reaktion angesichts solchen Verhaltens. Erst als sie schon in der Unterwäsche war, sagte ich: Lieber Gott, was tun Sie denn da, Kind? Aber ich war auf der anderen Seite des Zimmers, und sie stand mit dem Rücken zu mir. Sie konnte nicht von meinen Lippen ablesen. Sie hat sich einfach weiter ausgezogen. Da bin ich zu ihr gegangen, hab sie herumgedreht und meine Frage wiederholt. Sie schaute mir direkt in die Augen und sagte: ›Ich tue, was du dir wünschst, Victor.‹ Und da war es geschehen, Inspector.« Er trank den letzten Rest Cognac und stellte das leere Glas auf den Tisch. »Elena wußte genau, was ich suchte. Ich bin sicher, sie hat es schon an dem Tag gewußt, als sie mit ihrem Vater zu uns kam, um sich die Hunde anzusehen. Sie hatte ein unheimliches Gespür für Menschen – oder zumindest für mich. Sie wußte immer, was ich wollte und wann ich es wollte.«

»Da hatten Sie also den straffen jungen Körper gefunden, nach dem Sie auf der Suche gewesen waren«, sagte Helen kühl.

Herington wich nicht aus. »Ja«, antwortete er. »Aber es war anders, als ich es mir vorgestellt hatte. Ich hatte nicht mit Liebe gerechnet. Ich habe nur an Sex gedacht. Sex, wann immer wir Lust dazu hatten. Jeder von uns hat schließlich den Zwecken des anderen gedient.«

»Inwiefern?«

»Sie kam meiner Sehnsucht entgegen, ihre Jugend zu genießen und vielleicht selbst noch einmal ein Stück Jugend zu erleben. Und ich habe mich ihr als Instrument angeboten, ihren Vater zu bestrafen.« Er sah von Lynley zu Helen, als wollte er ihre Reaktion auf diese letzten Worte ergründen. Dann setzte er hinzu: »Ich bin schließlich kein völliger Dummkopf, Inspector.«

»Aber vielleicht sind Sie sich selbst gegenüber zu hart.«

»Nein«, widersprach Herington. »Schauen Sie, ich bin siebenundvierzig Jahre alt und kein Adonis. Mit mir geht es bergab. Sie war zwanzig, von Hunderten junger Männer umgeben, die noch ihr ganzes Leben vor sich hatten. Weshalb hätte sie sich ausgerechnet mich aussuchen sollen, wenn nicht, weil sie wußte, daß sie damit ihren Vater treffen konnte? Es war ja wirklich der perfekte Plan: einen seiner Kollegen zu wählen – einen seiner Freunde sogar. Einen Mann noch dazu, der älter war als er; der verheiratet war; der Kinder hatte. Ich konnte mir nicht vormachen, daß Elena mich wählte, weil sie mich attraktiver fand als alle anderen Männer. Ich habe von Anfang an gewußt, worum es ging.«

»Um den Skandal, von dem Sie vorhin gesprochen haben?«

»Anthony hat sich viel zu sehr von Elena abhängig gemacht. Von ihrem Verhalten hier in Cambridge und von ihren Leistungen. Er hat sich in alles eingemischt. Wie sie sich kleidete, wie sie sich benahm, wie sie beim Unterricht mitmachte, wie sie ihre Tutorien erledigte. Das war ihm alles ungeheuer wichtig. Meiner Ansicht nach glaubte er, man würde ihn – als Mann, als Vater und sogar als Wissenschaftler – an ihrem Erfolg oder Mißerfolg hier messen.«

»Und hatte die Berufung auf den Penford-Lehrstuhl mit alledem zu tun?«

»In seinem Kopf sicher, denke ich. In der Realität nicht.«

»Aber wenn er glaubte, man würde ihn an Elenas Verhalten messen...«

»...dann mußte er ständig darauf achten, daß sie sich so benahm, wie es sich für die Tochter eines angesehenen Dozenten gehörte. Das wußte Elena. Sie hat diese Einstellung in allem gespürt. Sie wollte ihn dafür strafen, und Sie können sich wohl vorstellen, daß ihr dazu seine Erniedrigung, wenn bekannt werden sollte, daß seine Tochter ein heißes Verhältnis mit einem seiner Kollegen und Freunde hatte, gerade recht war.«

»Machte es Ihnen denn nichts aus, sich auf diese Weise benutzt zu wissen?«

»Nein. Ich bekam ja auch, was ich wollte. Von Weihnachten an haben wir uns mindestens dreimal die Woche getroffen.«

»Hier?«

»Im allgemeinen, ja. In den Sommerferien bin ich mehrmals nach London gefahren, um sie zu sehen. Während des Semesters haben wir uns ein-, zweimal auch am Wochenende im Haus ihres Vaters gesehen.«

»Wenn er zu Hause war?«

»Nein, nein.«

»Und er hat nichts gemerkt?«

»Nein. Justine – seine Frau – wußte es. Sie hat es irgendwie herausbekommen, vielleicht hat auch Elena es ihr gesagt, ich weiß es nicht.«

»Aber sie hat es ihrem Mann nie gesagt?«

»Nein, Inspector, sie wird sich gehütet haben, ihm etwas zu sagen. Da hätte Anthony nach Manier der alten Griechen reagiert, die den Überbringer schlechter Nachrichten zu töten pflegten. Das hat Justine natürlich genau gewußt. Darum hat sie den Mund gehalten. Ich vermute, sie wartete darauf, daß Anthony selbst dahinter kommen würde.«

»Aber dazu kam es nie.«

»Nein.« Herington nahm wieder sein Zigarettenetui aus

dem Jackett. Doch er spielte nur damit. Er öffnete es nicht.
»Aber er hätte es natürlich früher oder später erfahren.«
»Von Ihnen?«
»Nein. Ich denke, dieses Vergnügen hätte sich Elena nicht nehmen lassen.«

Lynley fand Heringtons Gewissenlosigkeit in bezug auf Elena unbegreiflich. Er hatte offenbar keinerlei Notwendigkeit gesehen, ihr zu helfen, mit dem Groll gegen ihren Vater auf andere Weise fertigzuwerden.

»Dr. Herington, eines verstehe ich nicht...«
»Warum ich bei dem Spiel mitgemacht habe?« Herington legte das Zigarettenetui neben den Cognacschwenker auf den Tisch. »Weil ich sie geliebt habe. Erst war es ihr Körper – dieser wunderschöne Körper. Aber dann war sie selbst es. Elena. Sie war unglaublich lebendig und eigenwillig, sie war nicht zu zähmen. Und das wollte ich in meinem Leben. Der Preis war mir gleichgültig.«

»Sie wären sogar bereit gewesen, sich als der Vater ihres Kindes auszugeben.«
»Selbst dazu, Inspector.«
»Haben Sie eine Ahnung, wer der Vater war?«
»Nein. Aber seit letzten Mittwoch habe ich endlos über diese Frage nachgedacht.«
»Und zu welchem Schluß sind Sie gekommen?«
»Immer wieder zu demselben. Wenn ihr die Beziehung zu mir nur Mittel zur Rache an ihrem Vater war, dann war das bei dem anderen Mann nicht anders. Es hatte mit Liebe nichts zu tun.«
»Aber obwohl Sie das alles wußten, wollten Sie mit ihr ein gemeinsames Leben anfangen?«
»Erbärmlich, wie? Ich wollte wieder Leidenschaft. Ich wollte mich lebendig fühlen. Ich habe mir eingeredet, ich würde ihr guttun. Ich dachte, mit mir würde sie es mit der Zeit schaffen, ihren Groll gegen ihren Vater aufzugeben.

Ich bildete mir ein, ich sei der Richtige für sie, ich könnte sie heilen. Eine pubertäre kleine Phantasie, an der ich bis zum Ende festgehalten habe.«

Helen sagte: »Und Ihre Frau?«

»Ich hatte ihr doch nichts von Elena gesagt.«

»Das meinte ich nicht.«

»Ich weiß«, sagte er. »Sie meinten, ob ich überhaupt nicht daran gedacht habe, daß Rowena unsere Kinder zur Welt gebracht hatte, daß sie täglich meine Wäsche wusch und mir das Essen kochte und mein Haus saubermachte. Ob ich überhaupt nicht an die siebzehn Jahre Liebe und Loyalität gedacht habe, an meine Verpflichtung ihr gegenüber. Das haben Sie gemeint, nicht wahr?«

»Ja, wahrscheinlich.«

Er wandte sich von ihnen ab, den Blick ins Leere gerichtet. »Unsere Ehe war nur noch eine Farce.«

»Es würde mich interessieren, ob Ihre Frau das auch so sieht.«

»Rowena möchte aus dieser Ehe genauso heraus wie ich. Sie weiß es nur noch nicht.«

Jetzt, in der Dunkelheit auf der Terrasse, fühlte sich Lynley nicht nur von Heringtons Einschätzung seiner Ehe bedrückt, sondern auch von der Mischung aus Widerwillen und Gleichgültigkeit, die er seiner Frau gegenüber bekundet hatte. Er wünschte, Helen wäre bei diesem Gespräch nicht dabei gewesen. Denn während Herington ohne Gefühl seine Abkehr von seiner Frau und seine Suche nach der Gesellschaft und der Liebe einer Frau dargelegt hatte, glaubte Lynley endlich wenigstens teilweise verstanden zu haben, was Helens Weigerung, ihn zu heiraten, zugrunde lag.

Was wir von ihnen verlangen, dachte er. Was wir erwarten, was wir fordern. Aber niemals, was wir selbst zu geben bereit sind. Niemals, was *sie* wollen. Und niemals ein gründlicher Blick auf die Last, die wir ihnen mit unseren Wünschen und Forderungen auferlegen.

Er sah zum dunklen Himmel hinauf. In der Ferne funkelte ein Licht.

»Was siehst du?« fragte Helen.

»Eine Sternschnuppe, glaube ich. Mach die Augen zu, Helen, schnell. Und wünsch dir etwas.« Er drückte selbst die Augen zu.

Sie lachte leise. »Die Sternschnuppe ist ein Flugzeug, Tommy. Auf dem Weg nach Heathrow.«

Er öffnete die Augen und sah, daß sie recht hatte. »Tja, in der Astronomie war ich noch nie eine Leuchte.«

»Das kann ich nicht glauben. In Cornwall hast du mir immer sämtliche Sternbilder gezeigt, weißt du noch?«

»Das war reines Imponiergehabe, Helen. Ich wollte dich unbedingt beeindrucken.«

»Ach? Ich war wirklich beeindruckt.«

Er sah sie an. Er nahm ihre Hand. Trotz der Kälte hatte sie keine Handschuhe an. Er drückte ihre kühlen Finger an seine Wange. Er küßte ihre Handfläche.

»Ich habe dagesessen und diesem Mann zugehört, und dabei wurde mir bewußt, daß das gut ebenso ich sein könnte«, sagte er. »Es läuft doch alles nur darauf hinaus, was Männer wollen, Helen. Und wir wollen Frauen. Aber nicht als Persönlichkeiten, nicht als lebendige, atmende, verletzliche menschliche Wesen mit eigenen Wünschen und Träumen. Wir wollen sie – euch – als Verlängerung unserer selbst haben. Und da gehöre ich zu den Schlimmsten.«

Ihre Hand bewegte sich in seiner, aber sie entzog sie ihm nicht, sondern schob ihre Finger zwischen seine.

»Während ich ihm zugehört habe, Helen, habe ich daran gedacht, was du alles für mich sein solltest. Meine Geliebte, meine Frau, die Mutter meiner Kinder. In meinem Bett wollte ich dich haben. In meinem Auto. In meinem Haus. Meine Freunde solltest du bewirten. Mir zuhören, wenn ich von meiner Arbeit erzähle. Still neben mir sitzen, wenn ich nicht reden will. Aufbleiben, bis ich nach Hause komme, wenn ich dienstlich unterwegs bin. Mir dein Herz öffnen. Mein sein. Ja, das waren die Schlüsselwörter, die ich immer wieder gehört habe: Ich, mir, mein, mich.« Er blickte über die Grünanlagen zu den massigen dunklen Schatten der Eichen und Erlen. Als er sich ihr wieder zuwandte, war ihr Gesicht ernst, aber ihre Augen sahen ihn liebevoll an.

»Das ist doch keine Sünde, Tommy.«

»Eine Sünde nicht«, antwortete er. »Aber selbstsüchtig ist es. Was ich will. Wann ich es will. Und du hast dich danach zu richten, weil du eine Frau bist. So bin ich doch, stimmt's? Keinen Deut besser als dein Schwager; nicht besser als Herington.«

»Das stimmt nicht«, sagte sie. »Du bist nicht wie sie. Ich habe dich nie so gesehen.«

»Ich begehre dich seit langem, Helen. Und ich begehre dich jetzt so sehr wie eh und je. Ich habe dagesessen und Herington zugehört, und es ist mir wie Schuppen von den Augen gefallen. Mir ist vorgeführt worden, was zwischen Männern und Frauen nicht stimmt, und immer läuft es auf die eine verdammte Tatsache hinaus, an der sich nichts geändert hat. Ich liebe dich. Ich begehre dich.«

»Wenn du eine Nacht mit mir gehabt hättest, könntest du dann loslassen? Könntest du mich dann gehen lassen?«

Er lachte. Es klang bitter und schmerzlich. Er sah weg. »Ich wollte, es wäre so einfach. Ich wollte, es ginge nur darum. Aber du weißt, daß es nicht so ist. Du weißt, daß ich...«

»Aber könntest du es, Tommy? Könntest du mich gehen lassen?«

Er drehte sich wieder zu ihr herum, als er diesen Unterton in ihrer Stimme hörte, der etwas Drängendes, beinahe Beschwörendes hatte, als flehte sie um ein Maß des Verstehens, das ihm mit ihr nie gelungen war. Und während er ihr Gesicht betrachtete, schien ihm, daß die Erfüllung jedes Traums, den er je gehabt hatte, von dieser Frage abhing.

»Wie soll ich das beantworten?« fragte er. »Ich habe das Gefühl, du machst jede weitere Entscheidung von der Antwort abhängig.«

»Das wollte ich nicht.«

»Aber du tust es, nicht wahr?«

»Ja, vielleicht. In gewisser Weise.«

Er ließ die Hand los und ging zu der niedrigen Mauer am Rand der Terrasse. Unten schimmerte in der Dunkelheit der Fluß, schob sich grün-schwarz und träge der Ouse entgegen, unerbittlich in seiner Fortbewegung, langsam und sicher und unaufhaltsam wie die Zeit.

»Ich habe die gleichen Wünsche wie jeder andere Mann«, sagte er. »Ich möchte ein Zuhause, eine Frau. Ich möchte Kinder, einen Sohn. Ich möchte am Ende wissen, daß ich nicht umsonst gelebt habe, und diese Gewißheit kann ich nur haben, wenn ich etwas hinterlassen kann und jemanden habe, dem ich es hinterlassen kann. Im Moment kann ich nur sagen, daß ich endlich verstehe, welche Last einer Frau damit auferlegt wird, Helen. Mir ist klar, daß diese Last für eine Frau, auch wenn sie zwischen den Partnern geteilt oder von ihnen gemeinsam getragen wird, immer die schwerere ist. Ja, das weiß ich jetzt. Aber ich wünsche mir das alles dennoch.«

»Das kannst du mit jeder Frau haben.«

»Ich möchte es aber mit dir.«

»Du brauchst mich nicht dafür.«

»Ich *brauche* dich nicht?« Er versuchte, ihre Gesichtszüge zu erkennen, aber sie waren nur ein blasser Schimmer in der Dunkelheit unter dem ausladenden Baum, der seinen

Schatten über die Terrassenbank warf. Ein merkwürdiges Wort, dachte er und dachte an ihren Entschluß, bei ihrer Schwester in Cambridge zu bleiben. Er dachte an die vierzehn Jahre ihrer Freundschaft. Und endlich begriff er.

Er setzte sich auf der Mauer nieder. Er sah Helen an. Von der Fußgängerbrücke, die sich über dem Fluß wölbte, hörte er gedämpft die Geräusche eines vorbeifahrenden Fahrrads.

Wie hatte er eine so tiefe Liebe zu ihr fassen und sie gleichzeitig so wenig kennen können? Nie hatte sie zu verschleiern versucht, wer oder was sie war. Und doch hatte er sie mit Eigenschaften ausgestattet, die er sich an ihr wünschte, obwohl ihr Umgang mit anderen Menschen deutlich gezeigt hatte, was sie als ihre Rolle und Bestimmung sah. Er konnte nicht glauben, daß er ein solcher Narr gewesen war.

»Du willst mich nicht heiraten, Helen«, sagte er, »weil ich dich nicht brauche, jedenfalls nicht so, wie du es gern hättest. Du bist zu dem Schluß gekommen, daß ich dich nicht brauche, um stehen zu können, um mein Leben gestalten, um mich ganz fühlen zu können. Und das stimmt, Helen. Auf diese Weise brauche ich dich nicht.«

»Na bitte, da siehst du's«, sagte sie.

Er hörte die Endgültigkeit in ihrem Ton und wurde ärgerlich. »Ich sehe es. Ja. Ich sehe, daß ich nicht eines von deinen Projekten bin. Ich sehe, daß ich dich nicht brauche, um mich von dir retten zu lassen. Mein Leben ist einigermaßen geordnet, und ich möchte es mit dir teilen. In Partnerschaftlichkeit. Nicht als emotionaler Krüppel, der sich auf dich stützen muß, sondern als ein Mann, der mit dir zusammen wachsen möchte. So ist das. Es ist etwas anderes als das, was du gewöhnt bist, was du dir für dich vorgestellt hast, aber es ist das Beste, was ich zu bieten habe. Das ist meine Liebe. Und glaub mir, ich liebe dich.«

»Liebe ist nicht genug.«

»Herrgott noch mal, Helen, wann wirst du endlich begreifen, daß sie das einzige ist.«

Lynley sprang von der Mauer und ging zu ihr. »Du glaubst«, sagte er, ruhig jetzt, da er sah, wie sie begann, sich vor ihm zurückzuziehen, »ich werde niemals daran denken, dich zu verlassen, wenn ich dich nur dringend genug brauche. Du wirst dann nie etwas zu fürchten haben. So ist es doch, nicht wahr?«

Sie wandte sich ab. Behutsam griff er ihr ans Kinn und drehte ihren Kopf zu sich herum.

»Helen! Ist es nicht so?«

»Du bist nicht fair.«

»Du liebst mich, Helen.«

»Nicht! Bitte.«

»Du liebst mich ebensosehr, wie ich dich liebe. Du begehrst mich, du sehnst dich nach mir wie ich mich nach dir. Aber ich bin nicht wie die anderen Männer, mit denen du bisher zu tun hattest. Ich brauche dich nicht auf die Art, die es für dich ungefährlich macht, mich zu lieben. Ich bin nicht von dir abhängig. Ich kann allein stehen. Wenn du dich mit mir zusammentust, wagst du den Sprung ins Leere. Du riskierst alles, ohne die geringste Rückversicherung.«

Er spürte, daß sie zitterte.

»Helen.« Er zog sie in seine Arme. »Helen, Liebste«, flüsterte er und strich ihr über das dunkle Haar. Als sie aufblickte, küßte er sie. Ihre Arme umfingen ihn. Ihre Lippen wurden weich und öffneten sich ihm. Sie roch nach Parfum und dem Rauch von Heringtons Zigaretten.

»Verstehst du das?« flüsterte sie.

Statt einer Antwort küßte er sie wieder und überließ sich den Empfindungen, die diesen Kuß begleiteten: der Wärme und Weichheit ihrer Lippen und ihrer Zunge, dem leichten Geräusch ihres Atems, dem süßen Duft ihres Körpers. Leidenschaft und Begierde erhitzten ihn und löschten langsam alles andere aus. Er mußte sie haben. Jetzt. Heute nacht. Er war nicht bereit, auch nur eine Stunde länger zu warten. Er würde mit ihr schlafen, und zum Teufel mit den Konsequenzen. Er wollte von ihr kosten, er wollte sie berühren und sie ganz kennen. Er wollte sie besitzen. Er wollte ihr Stöhnen und den Aufschrei ihrer Lust hören, wenn er in sie eindrang und –

Abrupt ließ er sie los. »Mein Gott!« flüsterte er.

Er spürte, wie sie seine Wange berührte. Ihre Finger waren so kühl in seinem brennenden Gesicht.

Bis ins tiefste aufgewühlt, stand er auf. Er sagte: »Ich sollte dich jetzt besser nach Hause bringen.«

»Was ist denn?« fragte sie.

Wie billig es war, sich aus hochmütiger intellektueller Distanz selbst zu bezichtigen und mit Victor Herington zu vergleichen, zumal wenn er ziemlich sicher sein konnte, daß sie ihm versichern würde, er sei nicht so wie andere Männer. Weit schwieriger war es, unvoreingenommen hinzuschauen, wenn das eigene Verhalten – die eigenen Begierden und Absichten – die Wahrheit illustrierten. Es kam ihm vor, als hätte er in den vergangenen Stunden in aller Ernsthaftigkeit die Keime des Verstehens gesammelt, um sie jetzt in alle Winde zerstreut zu sehen.

Sie gingen über den Rasen zum Pförtnerhaus und zur jenseits liegenden Trinity Lane. Sie sprach nicht, doch ihre Frage hing noch in der Luft und wartete auf Antwort. Er gab sie erst, als sie den Wagen erreicht hatten. Er sperrte auf und öffnete ihr die Tür. Aber als sie einsteigen wollte, hielt er sie zurück. Er legte ihr die Hand auf die Schulter. Er suchte nach Worten.

»Ich habe über Herington den Stab gebrochen«, sagte er. »Ich habe das Verbrechen erkannt und die Strafe festgesetzt.«

»Ist das nicht Aufgabe eines Polizeibeamten?«
»Nicht wenn er des gleichen Verbrechens schuldig ist.«
Sie runzelte die Stirn. »Des gleichen –«
»Wenn auch er nur begehrt. Wenn er nicht gibt, nicht einmal nachdenkt. Sondern nur begehrt. Und sich nimmt, was er begehrt. Und ihm alles andere gleichgültig ist.«

Sie berührte seine Hand. Einen Moment lang sah sie zum Fluß, über dem die ersten geisterhaften Nebelschleier aufstiegen. Dann kehrte ihr Blick zu ihm zurück. »Du warst nicht allein in deinem Begehren«, sagte sie. »Nie, Tommy. Früher nicht, und gewiß nicht heute abend.«

Diese Vergebung weckte in ihm ein Gefühl innigen Verstehens, wie er es mit ihr nie gekannt hatte. »Bleib in Cambridge«, sagte er. »Komm nach Hause, wenn du soweit bist.«

»Danke dir«, flüsterte sie.

20

Am nächsten Morgen lag der Nebel schwer auf der Stadt. Autos, Lastwagen, Busse und Taxis krochen durch die feuchten Straßen. Fahrräder glitten wie Schemen durch die Düsternis. Vermummte Fußgänger auf den Bürgersteigen versuchten dem von Dächern, Fenstersimsen und Bäumen tropfenden Wasser auszuweichen. Es war, als hätte es die zwei Tage Wind und Sonnenschein nicht gegeben.

»Widerlich«, sagte Barbara Havers in ihrem erbsengrünen Mantel, mit einer pinkfarbenen Wollmütze auf dem Kopf. Sie schlug mit den Armen und stampfte mit den Füßen, während sie zu Lynleys Wagen gingen. Die blonden Fransen auf ihrer Stirn kräuselten sich in der Feuchtigkeit. »Kein Wunder, daß Philby und Burgess zu den Sowjets übergelaufen sind«, sagte sie. »Bei dem Klima.«

»Genau«, sagte Lynley. »Moskau im Winter. Das war schon immer mein Traum.«

Er warf ihr einen forschenden Blick zu. Sie war fast eine halbe Stunde zu spät gekommen. Gerade, als er beschlossen hatte, ohne sie aufzubrechen, hatte er sie durch den Korridor zu seinem Zimmer laufen hören. Gleich darauf hatte sie angeklopft.

»Tut mir leid«, sagte sie. »Dieser verdammte Nebel. Auf dem M11 hat alles gestanden.« Sie sprach betont schnodderig, aber er sah, daß ihr Gesicht blaß und müde war, und sie lief nervös im Zimmer umher, während er sich fertigmachte.

»Sie haben wohl eine schlimme Nacht hinter sich?« fragte er.

»Ach, ich hab schlecht geschlafen. Aber ich werd's überleben.«

»Und Ihre Mutter?«

»Die auch.«

»Aha.« Er legte seinen Schal um und schlüpfte in seinen Mantel. Vor dem Spiegel fuhr er sich mit der Bürste über das Haar, aber es war nur ein Vorwand, um Barbara unauffällig beobachten zu können. Sie starrte auf seine Aktentasche, die offen auf dem Schreibtisch stand, aber sie schien überhaupt nicht wahrzunehmen, was sie enthielt. Er blieb vor dem Spiegel stehen, um ihr Zeit zu lassen, sagte nichts, fragte sich, ob sie sprechen würde.

Scham und Schuldgefühle bedrängten ihn im Bewußtsein der krassen Unterschiede ihrer Lebensverhältnisse, die nicht allein in Herkunft und Vermögen begründet waren. Sie hatte mit Widrigkeiten zu kämpfen, die mit der Familie, in die sie hineingeboren war, mit der Erziehung, die sie genossen hatte, nichts zu tun hatten; vielmehr waren sie die Folge einer schicksalhaften Entwicklung, die in den vergangenen zehn Monaten so rasch vorangeschritten war, daß sie nichts hatte unternehmen können, um sie aufzuhalten. Jetzt aber, jetzt konnte sie sie mit einem einzigen Telefonanruf beenden, und er wünschte sich, daß sie das endlich akzeptierte, auch wenn ihm klar war, daß sie in diesem Anruf ein Abwälzen der Verantwortung sah. Auch wenn er nicht leugnen konnte, daß er sich unter ähnlichen Umständen wahrscheinlich genauso gefühlt hätte.

Schließlich konnte er nicht länger vor dem Spiegel stehen bleiben, ohne daß es seltsam gewirkt hätte. Er legte die Bürste aus der Hand und drehte sich herum. Sie hörte die Bewegung und blickte auf.

»Es tut mir leid, daß ich mich verspätet habe«, sagte sie hastig. »Ich weiß, daß Sie dauernd für mich einspringen. Ich weiß, daß das nicht ewig geht.«

»Darum geht es nicht, Barbara. Hier springt einer für den anderen ein, wenn es private Probleme gibt. Das versteht sich doch von selbst.«

»Das Komische ist«, sagte sie, »daß sie heute morgen völlig normal war. Die Nacht war ein Horror, aber heute morgen war sie ganz klar. Ich hoffe dauernd, daß dies ein positives Zeichen sein könnte.«

»Und was war gestern nacht? Was machen Sie hier für Ausweichmanöver, Barbara?«

Sie starrte ihn an. »Wie kann ich ihr ihr Zuhause nehmen, wenn sie nicht einmal begreift, was vorgeht? Das kann ich ihr nicht antun. Sie ist meine Mutter, Inspector.«

»Aber es ist doch keine Bestrafung.«

»Warum kommt es mir dann so vor? Schlimmer noch, warum fühle ich mich wie eine Verbrecherin, die ungeschoren davonkommt, während sie die Strafe auf sich nehmen muß?«

»Weil Sie es im tiefsten Innern tun möchten, vermute ich. Das sind doch die schlimmsten Schuldgefühle, wenn man auszuloten versucht, ob das, was man tun möchte – was im

Augenblick oberflächlich betrachtet selbstsüchtig erscheint –, auch das Richtige ist? Wie soll man erkennen, ob man wirklich ehrlich ist oder sich nur etwas vormacht, um die Situation so lösen zu können, wie es den eigenen Wünschen entspricht?«

Sie wirkte zutiefst niedergeschlagen. »Das ist die Frage, Inspector. Und ich werde niemals die Antwort wissen. Ich bin einfach überfordert.«

»Nein. Sie haben es in der Hand. Sie können entscheiden.«

»Ich kann ihr nicht wehtun. Sie begreift es doch nicht.«

Lynley klappte seine Aktentasche zu. »Und was begreift sie in der gegenwärtigen Lage, Sergeant?«

Damit hatte die Diskussion ein Ende. Auf dem Weg zu seinem Wagen berichtete er ihr von seinem Gespräch mit Victor Herington, und ehe sie einstieg, fragte sie: »Glauben Sie, daß Elena Weaver überhaupt jemanden geliebt hat?«

Er schaltete die Zündung ein. Die Heizung pustete kalte Luft auf ihre Füße. Lynley dachte an Heringtons letzte Worte »Versuchen Sie, es zu verstehen. Sie war nicht böse, Inspector. Sie war nur zornig. Und ich jedenfalls kann sie dafür nicht verdammen.«

»Obwohl Sie für sie in Wirklichkeit nur Mittel zum Zweck waren?« hatte Lynley gefragt.

»Ja«, hatte er geantwortet.

Jetzt sagte Lynley: »Wirklich kennenlernen können wir das Opfer eines Mordes nie, Sergeant. Zum Kern – zur inneren Wahrheit – können wir niemals vorstoßen. Am Ende haben wir nur Fakten und die Schlüsse, die wir aus ihnen gezogen haben.«

Er konnte in der schmalen Straße den Bentley nicht wenden, deshalb fuhr er langsam und vorsichtig im Rückwärtsgang zur Trinity Lane hinaus.

»Aber wieso wollte er sie heiraten, Inspector? Er hat

gewußt, daß sie nicht treu war. Sie hat ihn nicht geliebt. Er kann doch nicht im Ernst geglaubt haben, daß diese Ehe gutgehen würde.«

»Er hat geglaubt, seine Liebe würde ausreichen, um sie zu ändern.«

Sie lachte verächtlich. »Die Menschen verändern sich nicht.«

»Aber natürlich tun sie das. Immer dann, wenn die Veränderung ansteht.« Er lenkte den Wagen an der St. Stephen's Kirche vorbei in Richtung zum Trinity College. Sie bewegten sich im Schneckentempo vorwärts. »Das Leben wäre herrlich einfach, wenn es Sex nur aus Liebe gäbe, Sergeant. Tatsache ist jedoch, daß die Menschen den Sex für alles mögliche gebrauchen, und das meiste davon hat mit Liebe, Ehe, innerer Bindung, Intimität und dergleichen überhaupt nichts zu tun. Elena gehörte zu diesen Menschen. Und Herington war offensichtlich bereit, das zu akzeptieren.

»Aber was konnte er sich denn von einer Ehe mit ihr erwarten?« fragte Barbara protestierend. »Sie hätten doch ihr gemeinsames Leben gleich mit einer Lüge angefangen.«

»Das hat Herington nichts ausgemacht. Er wollte sie haben.«

»Und sie?«

»Sie wollte zweifellos den Triumph über ihren Vater. Sie wollte sein Gesicht sehen, wenn sie ihm die Neuigkeit eröffnete.«

»Inspector.« Barbaras Ton war nachdenklich. »Halten Sie es für möglich, daß Elena schon mit ihrem Vater gesprochen hatte? Sie hatte am Mittwoch erfahren, daß sie schwanger war. Aber sie ist erst am Montag morgen umgekommen. Seine Frau war unterwegs. Er war allein zu Hause. Kann es sein...?«

»Wir können die Möglichkeit jedenfalls nicht ausschließen.«

Mehr schien Barbara über ihren Verdacht nicht äußern zu wollen, denn sie wechselte das Thema wieder und sagte mit Entschiedenheit: »Sie können doch nicht erwartet haben, miteinander glücklich zu werden – Herington und Elena, meine ich.«

»Ich denke, da haben Sie recht. Herington hat sich Illusionen gemacht, wenn er glaubte, er könnte ihr helfen, ihren Zorn und ihren Groll zu überwinden. Und sie hat sich etwas vorgemacht, wenn sie glaubte, es würde ihr immerwährende Befriedigung verschaffen, ihrem Vater einen so niederschmetternden Schlag zu versetzen. Auf so einer Grundlage kann man keine Ehe schließen.«

»Im Grunde sagen Sie doch, daß man sein Leben nicht in die Hand nehmen kann, wenn man nicht vorher die Geister der Vergangenheit begraben hat.«

Er warf ihr einen forschenden Blick zu. »Das ist aber jetzt ein regelrechter Quantensprung, Sergeant. Ich glaube, man kann sich immer irgendwie durchs Leben mogeln. Die meisten Menschen tun das. Ich kann Ihnen allerdings nicht sagen, wie gut sie es machen.«

Wegen des Nebels, des dichten Verkehrs und der eigenwilligen Anordnung der Einbahnstraßen in Cambridge brauchten sie mehr als zehn Minuten zum Queen's College; zu Fuß hätten sie es in der gleichen Zeit geschafft. Lynley parkte an derselben Stelle wie am Vortag, und sie gingen durch den Torbogen in den Old Court hinein.

»Sie glauben also, hier finden wir die Antwort?« fragte Barbara, als sie zwischen den Rasenflächen hindurchschritten.

»Eine vielleicht.«

Sie fanden Gareth Randolph in der College-Mensa, einem häßlichen Raum mit Linoleumböden, langen Tischen und falscher Holztäfelung. Er saß allein an einem Tisch, trübselig über die Reste eines späten Frühstücks gebeugt, ein zur Hälfte gegessenes Spiegelei, dem das Gelb ausgestochen war, und eine Schale matschiger Cornflakes. Vor ihm lag aufgeschlagen ein Buch, aber er las nicht darin. Und er schrieb auch nicht in das Heft, das daneben lag, obwohl er einen Bleistift in der Hand hielt.

Er fuhr ruckartig in die Höhe, als Lynley und Barbara sich ihm gegenüber setzten. Er sah sich im Saal um, als suchte er einen Fluchtweg oder Hilfe. Lynley nahm ihm den Bleistift aus der Hand und schrieb auf den oberen Rand seines Hefts: *Sie waren der Vater ihres Kindes, nicht wahr?*

Randolph hob eine Hand zu seiner Stirn. Er drückte einen Moment seine Finger an die Schläfen, dann strich er sich ein paar schlaffe Haarsträhnen aus dem Gesicht. Er warf den Kopf zurück und stand auf. Mit dem Daumen deutete er kurz zur Tür. Sie sollten ihm folgen.

Randolphs Zimmer war wie das von Georgina Higgins-Hart im Old Court, ein quadratischer Raum mit weißen Wänden, an denen vier gerahmte Plakate der Londoner Philharmoniker hingen und drei vergrößerte Szenenfotos von Theatervorstellungen: *Les Misérables, Starlight Express, Aspects of Love*. Auf dem einen stand über den Worten *am Klavier* der Name Sonia Raleigh Randolph, die anderen zeigten eine attraktive junge Frau im Bühnenkostüm, singend.

Gareth wies erst auf die Plakate, dann auf die Fotos. »Mutta«, sagte er mit eigenartig gutturaler Stimme. »Schwesser.« Er beobachtete Lynley scharf. Er schien eine Reaktion auf die Ironie zu erwarten, die in den Berufen seiner Mutter und seiner Schwester lag. Lynley nickte nur.

Auf einem großen Schreibtisch am Fenster stand ein

Computer, der zugleich als Schreibtelefon funktionierte. Randolph schaltete das Gerät ein und zog einen zweiten Stuhl an den Schreibtisch. Er bedeutete Lynley, sich zu setzen.

»Sergeant«, sagte Lynley, als er sah, wie Randolph sich mit ihnen verständigen wollte, »Sie müssen vom Bildschirm mitschreiben.« Er zog seinen Mantel aus, legte seinen Schal ab und setzte sich. Barbara stellte sich hinter ihn.

Waren Sie der Vater? tippte Lynley.

Der junge Mann starrte die Worte lange an, ehe er antwortete: *Ich wußte nicht, daß sie schwanger war. Sie hat kein Wort gesagt. Das hab ich Ihnen doch schon gesagt.*

»Das heißt doch überhaupt nichts«, bemerkte Barbara. »Will er uns vielleicht für dumm verkaufen.«

»Sicher nicht«, sagte Lynley. »Er hat nur das Gefühl, daß er selbst für dumm verkauft worden ist.« Er tippte: *Sie waren mit Elena intim*, und formulierte es bewußt nicht als Frage, sondern als Feststellung.

Randolph antwortete mit einer Ziffer: *1*

Einmal?

Ja.

Wann?

Randolph rückte ein Stück vom Schreibtisch ab. Er blieb auf seinem Stuhl sitzen, den Blick zu Boden gerichtet.

Lynley tippte das Wort *September* und berührte die Schulter des jungen Mannes. Randolph blickte auf, las, senkte wieder den Kopf. Ein dumpfer Laut, wie ein Heulen tiefer Qualen, kam aus seinem Mund.

Lynley tippte: *Erzählen Sie, was passiert ist, Gareth*, und berührte Randolph wieder an der Schulter.

Der Junge sah auf. Er hatte zu weinen angefangen. Anscheinend zornig über seine Unbeherrschtheit, wischte er sich wütend mit dem Arm über die Augen. Lynley wartete. Randolph rückte wieder an den Schreibtisch heran.

London, tippte er. *Kurz vor Semesteranfang. Ich hatte Geburtstag und hab sie besucht. Sie hat mit mir in der Küche auf dem Boden gebumst, während ihre Mutter beim Einkaufen war.*
HERZLICHEN GLÜCKWUNSCH ZUM GEBURTSTAG, DU VOLLIDIOT.

»Na, Klasse«, sagte Barbara seufzend.

Ich habe sie geliebt, fuhr Randolph fort. *Ich dachte, das wäre etwas ganz Besonderes zwischen uns. Ich dachte...* Er nahm die Hände von den Tasten und starrte auf den Bildschirm.

Sie glaubten, diese Umarmung hätte Elena viel mehr bedeutet, als tatsächlich der Fall war? tippte Lynley.

Bumsen, antwortete Randolph. *Nicht Umarmung. Bumsen.*

Hat sie es so genannt?

Ich glaubte, zwischen uns würde sich was entwickeln. Letztes Jahr. Ich war ganz vorsichtig. Weil ich nichts kaputtmachen wollte. Und nichts überstürzen. Ich hab's nicht mal versucht bei ihr. Ich wollte, daß es wirklich gut und richtig ist.

Aber das war es nicht?

Ich glaubte schon. Denn wenn man das mit einer Frau tut, dann ist das doch wie ein Versprechen. Als sagte man etwas, das man keiner anderen sagen würde.

Wußten Sie, daß sie noch eine Beziehung zu einem anderen Mann hatte?

Damals nicht.

Wann haben Sie es erfahren?

Als sie dieses Semester raufkam, dachte ich, wir gehörten zusammen.

Als Paar, meinen Sie?

Aber das wollte sie nicht. Sie hat mich ausgelacht, als ich mit ihr darüber reden wollte. Hey, Gareth, was ist denn los mit dir, hat sie gesagt. Na schön, wir haben miteinander gebumst, es war nett, aber das war's auch schon. Da brauchst du doch nicht gleich 'ne große Romanze draus zu machen. Es war nichts Besonderes.

Aber für Sie war es das?

Ich dachte, sie liebt mich. Ich dachte, daß sie es deshalb mit mir tun wollte. Ich habe nicht gewußt..., er brach ab. Er sah erschöpft aus.

Lynley ließ ihm einen Moment Zeit und nutzte die Gelegenheit, um sich im Zimmer umzusehen. An einem Haken an der Tür hing Randolphs Schal, und darunter hingen seine Boxhandschuhe – glattes, glänzendes Leder, liebevoll gepflegt, wie es schien. Lynley fragte sich, wieviel von seinem Schmerz Gareth Randolph am Punching-Ball in der Sporthalle rausgelassen hatte.

Er wandte sich wieder dem Computer zu. *Bei dem Streit, den Sie am Sonntag mit Elena hatten, hat sie Ihnen da gesagt, daß sie eine Beziehung zu einem anderen Mann hatte?*

Ich habe von uns gesprochen, antwortete er. *Aber dieses Uns gab es gar nicht.*

Das hat sie zu Ihnen gesagt?

Ich hab gesagt, und was war das in London?

Und da erklärte sie Ihnen, daß das nichts zu bedeuten hatte?

Spaß, Gareth, hat sie gesagt. Wir waren geil, und da haben wir's halt getan. Sei nicht so spießig und mach da gleich eine große Liebe draus.

Sie hat sich über Sie lustig gemacht. Ich kann mir vorstellen, daß das wehgetan hat.

Ich hab versucht, mit ihr zu reden. Wie sie in London war. Was sie da für Gefühle hatte. Aber sie hat überhaupt nicht zugehört. Und dann hat sie es mir gesagt.

Daß sie einen anderen hatte.

Zuerst habe ich ihr nicht geglaubt. Ich hab gesagt, sie hätte Angst. Sie wollte es nur ihrem Vater recht machen. Ich habe alles mögliche gesagt. Ohne zu überlegen. Ich wollte ihr wehtun.

»Das sagt einiges«, bemerkte Barbara.

»Vielleicht«, gab Lynley zurück. »Aber es ist eine ziemlich typische Reaktion, wenn man von einem Menschen verletzt worden ist, den man liebt.« Er tippte: *Was haben Sie getan, als sie Sie davon überzeugt hatte, daß es einen anderen Mann gab?*

Randolph hob die Hände, aber er tippte nicht. Irgendwo in der Nähe begann ein Staubsauger zu heulen. Lynley tippte die Frage noch einmal: *Was haben Sie getan?*

Widerstrebend berührte Randolph die Tasten. *Ich habe am St. Stephen's gewartet, bis sie gegangen ist. Ich wollte wissen, wer es ist.*

Sie sind ihr zur Trinity Hall gefolgt? Sie haben gewußt, daß es Dr. Herington war? Als Randolph nickte, tippte Lynley: *Wie lange haben Sie dort gewartet?*

Bis sie rauskam.

Um eins?

Er nickte. Er hatte auf der Straße auf sie gewartet, schrieb er. Und als sie herausgekommen war, hatte er sie noch einmal gestellt, zornig und gekränkt über die Zurückweisung, tief enttäuscht, daß seine Träume zerplatzt waren. Aber vor allem war er angewidert von ihrem Verhalten. Denn er glaubte begriffen zu haben, warum sie sich mit Victor Herington eingelassen hatte. Er glaubte, sie wollte unbedingt zu den Hörenden gehören, zu einer Welt, in der man sie niemals ganz akzeptieren und niemals verstehen würde. Unterwürfigkeit statt Stolz. Sie hatten sich heftig gestritten. Er hatte sie auf der Straße stehenlassen.

Ich habe sie nie wiedergesehen, schloß er.

»Schaut nicht gut aus, Sir«, meinte Barbara.

Wo waren Sie am Montag morgen? tippte Lynley.

Als sie getötet wurde? Hier. In meinem Bett.

Aber das konnte natürlich niemand bestätigen. Er war allein gewesen.

»Wir brauchen die Boxhandschuhe, Inspector«, sagte Barbara, als sie ihr Heft zuklappte. »Er hat ein Motiv. Er hatte die Mittel. Und er hatte die Möglichkeit. Außerdem ist er ein ausgesprochen zorniger junger Mann.«

Lynley mußte zugeben, daß Barbaras Argumente nicht von der Hand zu weisen waren. Er tippte: *Haben Sie Georgina Higgins-Hart gekannt?* Und nachdem Randolph genickt hatte: *Wo waren Sie gestern morgen? Zwischen sechs und halb sieben?*

Hier. Ich habe geschlafen.

Kann das jemand bestätigen?

Er schüttelte den Kopf.

Wir brauchen Ihre Boxhandschuhe, Gareth. Wir müssen sie untersuchen lassen. Können wir sie mitnehmen?

Randolph stieß wieder dieses dumpfe Heulen aus. *Ich habe sie nicht getötet. Ich habe sie nicht getötet. Nein, nein, nein, ich ...*

Sachte schob Lynley die Hände des Jungen vom Drucker weg. *Wissen Sie, wer es getan hat?*

Randolph schüttelte wieder den Kopf. Er hielt die Hände im Schoß, zu Fäusten geballt, beinahe, als hätte er Angst, sie könnten ihn verraten, wenn er sie noch einmal zu den Tasten hob.

»Er lügt«, sagte Barbara. Sie blieb an der Tür stehen, um Randolphs Boxhandschuhe an den Riemen ihrer Schultertasche zu hängen. »Wenn überhaupt jemand ein Motiv hatte, sie umzubringen, dann er, Inspector.«

»Dem kann ich nicht widersprechen«, erwiderte Lynley.

Sie zog ihre pinkfarbene Mütze tief in die Stirn und klappte den Mantelkragen hoch. »Aber? Sie haben doch Einwände, wenn ich Ihren Ton richtig deute. Worum geht's?«

»Ich glaube, er weiß, wer sie getötet hat. Oder glaubt jedenfalls, es zu wissen.«

»Natürlich weiß er es. Weil er selbst es getan hat. Gleich nachdem er sie mit den Dingern hier ins Gesicht geschlagen hatte.« Sie schwenkte die Handschuhe in seiner Richtung. »Was für eine Waffe haben wir denn die ganze Zeit gesucht? Glatt, richtig? Dann fühlen Sie mal das Leder hier. Schwer? Stellen Sie sich vor, da stecken ein paar kräftige Fäuste drin. Etwas, das ein Gesicht zertrümmern kann? Dann schauen Sie sich mal Fotos von Boxern nach einem Kampf an.«

Der Junge erfüllte alle Voraussetzungen. Bis auf eine.

»Und die Schrotflinte, Sergeant?«

»Was?«

»Die Schrotflinte, mit der Georgina Higgins-Hart erschossen wurde. Was ist mit der?«

»Sie haben selbst gesagt, daß es an der Universität wahrscheinlich einen Schützenverein oder so was gibt. Wetten, daß Randolph Mitglied ist?«

»Und warum ist er ihr gefolgt?«

Sie runzelte die Stirn und stieß mit der Schuhspitze gegen den eisigen Steinboden.

»Havers, ich könnte verstehen, daß er Elena Weaver bei Crusoe's Island aufgelauert hat. Er hat sie geliebt. Sie hatte ihn zurückgewiesen. Sie hatte ihm klar und deutlich gesagt, daß sie einen anderen hatte. Sie hatte ihn ausgelacht und gedemütigt. Das alles ist klar.«

»Ja, und?«

»Aber was ist mit Georgina?«

»Mit Georgi...« Barbara strauchelte nur einen Moment, dann marschierte sie unbeirrt voran. »Vielleicht stimmt das, worüber wir schon mal gesprochen haben. Vielleicht mußte er Elena Weaver immer wieder töten. In allen jungen Frauen, die ihr ähnlich sahen.«

»Wenn das zutrifft, warum ist er dann nicht direkt zu ihr ins Zimmer gegangen, Havers? Warum hat er sie nicht hier im College getötet, sondern mußte ihr erst bis nach Madingley hinaus folgen? Und *wie* ist er ihr gefolgt?«

»Wie...«

»Er ist gehörlos, Havers!«

Das brachte sie zum Schweigen.

Lynley sprach weiter. »Es war auf dem Land, Havers. Es war stockfinster da draußen. Selbst wenn er sich einen Wagen besorgt hat und ihr mit Abstand gefolgt ist, bis sie aus der Stadt heraus waren, und sie dann überholt hat, um ihr auf dem Feld dort aufzulauern – glauben Sie nicht, daß es für ihn notwendig gewesen wäre, etwas zu hören, ihre Schritte, ihren Atem, ich weiß nicht was, um genau zu wissen, wann er abdrücken mußte? Wollen Sie behaupten, daß er am Mittwoch in aller Frühe da hinausgefahren ist und sich bei diesem Wetter unbekümmert darauf verlassen hat, daß das Licht der Sterne ihm reichen würde, um das Mädchen zu sehen, und zwar deutlich genug und früh genug, um zu zielen, abzudrücken und zu treffen?«

Statt einer Antwort hob sie einen der Boxhandschuhe hoch. »Was tun wir dann mit denen hier, Inspector?«

»Wir lassen St. James für sein Geld arbeiten. Und gehen selbst auf Nummer sicher.«

Sie waren auf dem Weg zur Queen's Lane, als jemand sie anrief. Sie drehten sich beide um. Ein schlankes Mädchen kam durch den Nebel den Weg heruntergelaufen. Sie war groß und blond und hatte das lange Haar mit zwei Schildpattkämmen zurückgesteckt. Sie hatte nur einen Trainingsanzug an, dessen Oberteil das Emblem des Colleges trug. Sie wirkte durchgefroren.

»Ich war in der Mensa«, sagte sie. »Ich habe Sie mit Gareth Randolph weggehen sehen. Sie sind doch von der Polizei?«

»Und wer sind Sie?«

»Ich bin Rosalyn Simpson.« Ihr Blick fiel auf die Boxhandschuhe. »Sie glauben doch nicht, daß Gareth etwas mit der Sache zu tun hat?« fragte sie bestürzt.

Lynley sagte nichts. Barbara verschränkte die Arme auf der Brust.

»Ich wäre schon früher zu Ihnen gekommen«, fuhr das Mädchen fort, »aber ich war bis Dienstag abend in Oxford. Und dann... ach, das ist ein bißchen kompliziert.« Sie blickte dorthin, wo Gareth Randolphs Zimmer war.

»Sie wissen etwas?« fragte Lynley.

»Ich war zuerst bei Gareth. Wegen des Flugblatts von der *VGS*, wissen Sie. Das ist mir gleich in die Hände gefallen, als ich zurückkam. Deshalb habe ich es für das Beste gehalten, mit ihm zu sprechen. Ich dachte, er würde die Information weitergeben. Außerdem gab es andere Gründe, weshalb – aber das spielt jetzt keine Rolle. Ich bin hier und sag's Ihnen jetzt.«

»Was?«

Wie Barbara verschränkte Rosalyn die Arme, allerdings schien sie es zu tun, um sich warmzuhalten, nicht um kühles Abwarten auszudrücken.

»Ich bin am Montag morgen am Fluß gelaufen. Ungefähr um halb sieben bin ich an Crusoe's Island vorbeigekommen. Ich glaube, ich habe die Person gesehen, die Elena getötet hat.«

Glyn Weaver schlich ein Stück die Treppe hinunter, gerade so weit, daß sie das Gespräch zwischen ihrem geschiedenen Mann und seiner Frau hören konnte. Sie waren im Wintergarten, obwohl das Frühstück schon ein paar Stunden vorbei war, und die förmliche Höflichkeit des Tons, in dem sie miteinander sprachen, verriet klar, wie die Dinge zwischen ihnen standen. Glyn lächelte.

»Terence Cuff möchte gern eine Rede halten«, sagte Anthony. Er sprach völlig neutral, ohne einen Schimmer von Gefühl. »Ich habe mit zwei von ihren Tutoren gesprochen. Sie werden ebenfalls ein paar Worte sagen. Und Adams möchte ein Gedicht vortragen, das sie sehr gern hatte.« Glyn hörte Geschirr klappern, eine Tasse klirren, die sorgfältig abgestellt wurde. »Die Leiche wird bis morgen wahrscheinlich nicht freigegeben werden, aber das Bestattungsinstitut stellt auf jeden Fall einen Sarg auf. Und da alle wissen, daß sie in London bestattet werden soll, wird niemand morgen eine Beerdigung erwarten.«

»Anthony, die Beerdigung ist in London...« Justines Stimme war ruhig. Glyn vermerkte gespannt den Ton kühler Entschlossenheit.

»Es geht nicht anders«, sagte Anthony. »Versuch das doch zu verstehen. Ich habe keine Wahl. Ich muß Glyns Wünsche respektieren. Das ist das mindeste, was ich tun kann.«

»Ich bin deine Frau.«

»Und sie war meine Frau. Und Elena war unsere gemeinsame Tochter.«

»Sie war nicht einmal sechs Jahre lang deine Frau. Sechs grauenvolle Jahre, wie du mir erzählt hast. Und es liegt über fünfzehn Jahre zurück. Du und ich hingegen...«

»Es spielt doch überhaut keine Rolle, wie lange ich mit ihr oder mit dir verheiratet war, Justine.«

»Doch! Es geht um Treue und Loyalität, um das Versprechen, das ich gegeben und gehalten habe. Ich war dir in jeder Hinsicht treu, während sie herumgeschlafen hat wie eine Hure, das weißt du ganz genau. Und jetzt erklärst du mir, ihre Wünsche zu respektieren, sei das mindeste, was du tun kannst? Sind denn ihre Wünsche wichtiger als meine?«

»Wenn du noch immer nicht begreifst, daß es Zeiten gibt, da die Vergangenheit...« begann Anthony, und dann trat Glyn in die Tür. Sie nahm sich nur einen Moment Zeit, um die beiden zu mustern, ehe sie zu sprechen begann. Justine stand an der großen Fensterwand zum Vorgarten. Sie trug ein schwarzes Kostüm und dazu eine perlgraue Bluse. An ihrem Stuhl lehnte ein schwarzer Aktenkoffer.

»Vielleicht möchten Sie den Rest auch noch sagen, Justine«, sagte Glyn. »Der Apfel fällt nicht weit vom Stamm. Wie die Mutter, so die Tochter. Das möchten Sie doch am liebsten sagen, nicht wahr?«

Justine wollte zu ihrem Stuhl zurückgehen. Glyn packte sie beim Arm. Sie grub ihre Finger in die feine Wolle der Kostümjacke und sah mit flüchtiger Genugtuung, wie Justine zusammenzuckte.

»Nun sagen Sie schon, was Sie denken«, fuhr sie fort. »Glyn hat Elena in die Schule genommen, Anthony. Glyn hat aus deiner Tochter ein Flittchen gemacht. Elena hat jeden rangelassen, der wollte, genau wie ihre Mutter.«

«Glyn!« sagte Anthony scharf.

»Versuch jetzt bitte nicht, sie in Schutz zu nehmen. Ich hab auf der Treppe gestanden. Ich hab gehört, was sie gesagt hat. Gerade mal drei Tage ist mein einziges Kind tot, ich versuche immer noch, irgendwie damit zurechtzukommen, und sie kann es nicht erwarten, uns beide in den Dreck zu ziehen. Und macht es am Sex fest. Sehr interessant.«

»Ich höre mir das nicht an«, sagte Justine.

Glyn hielt sie fester. »Können Sie die Wahrheit nicht ertragen? Sie benutzen den Sex doch als Waffe und nicht nur gegen mich.«

Glyn spürte, wie Justines Muskeln sich verhärteten. Sie wußte, daß ihr Hieb getroffen hatte und schlug gleich noch einmal zu. »Wenn er ein braver kleiner Junge war, wird er belohnt, wenn er böse war, wird er bestraft. Läuft es so? Ja? Und wie lange muß er dafür bezahlen, daß er Sie nicht zur Beerdigung mitkommen läßt?«

»Sie sind erbärmlich«, sagte Justine. »Sie denken doch nur an Sex. Genau wie...«

»Wie Elena?« Glyn ließ Justines Arm los. »Na bitte. Da haben wir's.«

Justine wischte sich den Ärmel, als wollte sie sich vom

Kontakt mit der geschiedenen Frau ihres Mannes reinigen. Sie nahm ihren Aktenkoffer.

»Ich gehe«, sagte sie ruhig.

Anthony sprang auf und starrte sie an, als sähe er erst jetzt, wie sie gekleidet war. »Du kannst doch nicht im Ernst vorhaben...«

»...drei Tage nach Elenas Tod wieder zur Arbeit zu gehen? Mich dafür der öffentlichen Mißbilligung auszusetzen? Doch, Anthony, genau das habe ich vor.«

»Aber, Justine! Die Leute...«

»Hör auf. Ich bitte dich. Ich bin nicht so wie du.«

Anthony blickte ihr hilflos nach, als sie hinausging, ihren Mantel nahm, die Haustür hinter sich zuzog. Er sah sie durch den Nebel zu ihrem grauen Peugeot gehen. Glyn beobachtete ihn scharf, gespannt, ob er hinauslaufen und versuchen würde, Justine aufzuhalten. Aber er schien zu müde dazu. Er wandte sich vom Fenster ab und ging in sein Zimmer.

Glyn trat an den Frühstückstisch, der noch nicht abgeräumt war: kalter Schinkenspeck in erstarrtem Fett, Eigelb, das austrocknete und rissig wurde wie gelber Schlamm. Im Korb lag noch eine Scheibe Toast. Glyn nahm sie nachdenklich und zerrieb sie leicht zwischen den Fingern. Ein Schauer winziger Brösel rieselte auf den gepflegten Parkettboden.

Aus dem hinteren Teil des Hauses hörte sie das Geräusch schwerer Schubladen, die aufgezogen wurden, und lauter, das Winsel und Heulen von Elenas Setter, der ins Haus gelassen werden wollte. Sie ging in die Küche, von deren Fenster aus sie den Hund sehen konnte, der auf der Hintertreppe saß und die Nase an die Tür preßte, während er voll unschuldiger Hoffnung mit dem Schwanz schlug. Er sprang ein Stück zurück, blickte aufwärts und sah sie am Fenster. Er wedelte heftiger und kläffte einmal in freudiger

Erwartung. Sie betrachtete ihn ruhig – ergötzte sich einen Moment daran, ihm Hoffnung zu machen –, ehe sie sich abwandte und in den hinteren Teil des Hauses ging.

An der Tür zu Anthonys Arbeitszimmer blieb sie stehen. Er kauerte vor einer offenen Schublade seines Aktenschranks. Der Inhalt zweier Hefter lag auf dem Boden verstreut, vielleicht zwanzig Bleistiftskizzen. Neben ihnen lag eine zusammengerollte Leinwand.

Glyn sah, wie Anthony mit einer Hand langsam über die Zeichnungen strich. Es wirkte wie eine Liebkosung. Dann begann er, die Skizzen durchzusehen. Mit ungeschickten Fingern. Zweimal schluchzte er auf. Als er innehielt, um seine Brille abzunehmen und die Gläser an seinem Hemd zu putzen, merkte sie, daß er weinte. Sie trat in das Zimmer, um die Zeichnungen auf dem Boden besser sehen zu können, und erkannte, daß sie alle Elena zeigten.

»Dad hat jetzt angefangen zu zeichnen«, hatte Elena ihr erzählt, und sie hatte bei der Vorstellung gelacht. Sie hatten häufig gelacht über Anthonys verzweifelte Versuche der Selbstfindung im Angesicht des heranrückenden Alters. Alles mögliche hatte er probiert. Erst war es Marathonlaufen gewesen, dann Schwimmen, danach war er geradelt wie ein Wahnsinniger, und schließlich hatte er segeln gelernt. Am meisten hatten sie sich amüsiert, als er zu zeichnen begonnen hatte. »Dad sieht sich als van Gogh«, pflegte Elena zu sagen, und dann machte sie ihren Vater nach, wie er breitbeinig dastand, den Skizzenblock in der Hand, den Blick mit zusammengekniffenen Augen in die Ferne gerichtet. Sie malte sich einen Schnurrbart auf die Oberlippe und verzog das Gesicht zu einer Grimasse angestrengter Konzentration. »Bleib so, Glynnie«, befahl sie ihrer Mutter. »Bleib so. In dieser Pose.« Und dann lachten sie alle beide.

Aber jetzt konnte Glyn sehen, daß die Zeichnungen gut waren und es ihm gelungen war, etwas vom Wesen ihrer

Tochter einzufangen: diese typische Haltung ihres Kopfes, die leichte Schrägstellung ihrer Augen, das Lachen, die Linie der Wange, der Nase, des Mundes. Es waren nur Studien, flüchtige Eindrücke, aber sie waren schön. Und sie waren wahr.

Als sie noch einen Schritt näher kam, sah Anthony auf. Er sammelte die Zeichnungen ein und schob sie wieder in ihre Hefter. Zusammen mit der zusammengerollten Leinwand legte er sie in die Schublade zurück.

»Du hast keine von ihnen rahmen lassen«, sagte sie.

Er antwortete nicht. Er schob die Schublade zu und ging zum Schreibtisch, spielte mit dem Computer, schaltete das Schreibtelefon ein, starrte auf den Bildschirm.

»Aber laß nur. Ich weiß schon, warum du sie versteckst«, fuhr Glyn fort. Sie trat hinter ihn, sprach dicht an seinem Ohr. »Wie viele Jahre lebst du schon so, Anthony? Zehn? Zwölf? Wie um Gottes willen hältst du das aus?«

Er senkte den Kopf. Sie blickte auf seinen gebeugten Nacken und erinnerte sich plötzlich, wie weich sein Haar war, wie es sich, wenn es zu lang war, zu ringeln pflegte wie das eines Kindes. Jetzt begann es grau zu werden.

»Was hat sie sich denn erhofft? Elena war deine Tochter. Sie war dein einziges Kind. Was um alles in der Welt hat sie sich erhofft?«

Er gab flüsternd Antwort, aber so, als spräche er mit jemandem, der nicht im Zimmer war. »Sie wollte mich verletzen. Anders konnte sie es mir nicht begreiflich machen.«

»Was denn?«

»Wie es ist, wenn man vernichtet wird. Wie ich sie vernichtet hatte. Durch Feigheit. Selbstsüchtigkeit. Ichbezogenheit. Aber vor allem durch Feigheit. Du willst den Penford-Lehrstuhl doch nur aus Eitelkeit, hat sie gesagt. Du willst ein schönes Haus und eine schöne Frau und eine

Tochter, die dir wie eine Marionette gehorcht. Damit die Leute voller Bewunderung zu dir aufblicken und dich beneiden. Damit die Leute sagen, dieser Glückspilz hat wirklich alles, was man sich wünschen kann. Aber das stimmt gar nicht. Du hast praktisch nichts. Du hast weniger als nichts. Weil das, was du hast, Lüge ist. Und du besitzt nicht einmal den Mut, das zuzugeben.«

Die Erkenntnis, als ihr die volle Bedeutung seiner Worte aufging, traf Glyn wie ein Schlag. »Du hättest es verhindern können! Wenn du ihr nur gegeben hättest, was sie wollte. Anthony, du hättest es verhindern können!«

»Nein. Ich mußte an Elena denken. Sie war hier in Cambridge, in diesem Haus, bei mir. Sie fing an, sich zu öffnen, ganz langsam, sie legte ihre Befangenheit ab. Sie ließ mich näher an sich heran. Ich konnte nicht riskieren, sie noch einmal zu verlieren. Und ich glaubte, ich *würde* sie verlieren, wenn ich...«

»Du hast sie doch trotzdem verloren!« schrie sie und schüttelte seinen Arm. »Sie kommt nie wieder durch diese Tür. Sie ist tot. Tot! Und du hättest es verhindern können.«

»Wenn sie ein Kind gehabt hätte, dann hätte sie vielleicht verstanden, was es für mich bedeutete, Elena hier zu haben. Dann hätte sie vielleicht verstanden, warum ich nicht einmal daran denken konnte, etwas zu tun, das sie womöglich wieder von mir fortgetrieben hätte. Ich hatte sie doch schon einmal verloren. Wir hätte ich diese Qual ein zweites Mal ertragen können? Wie konnte sie so etwas von mir erwarten?«

Glyn erkannte, daß er im Grunde gar nicht mit ihr sprach, gar nicht auf sie reagierte. Er verfolgte nur seine eigenen Gedankengänge. Er sprach mit sich selbst. Hinter einer Wand, die ihn vor der schlimmsten Wahrheit schützte, schrie er in einen Tunnel, aber das Echo schickte ganz andere Worte zurück. Plötzlich packte sie der gleiche

Zorn gegen ihn wie in den schlimmsten Zeiten ihrer Ehe, als sie seiner blinden Jagd nach Ansehen und Karriere auf ihre Weise begegnet war und täglich darauf gewartet hatte, daß ihm auffallen würde, wie spät sie nachts nach Hause kam, daß er Verdacht schöpfen würde; daß er es endlich ansprechen und ihr ein Zeichen geben würde, daß ihm etwas an ihr und ihrer Ehe lag.

»Dir geht's wieder mal nur um dich, stimmt's?« sagte sie. »So war es immer. Selbst Elena wolltest du nur aus Egoismus hier in Cambridge haben, nicht, um etwas für sie zu tun. Dir lag gar nichts daran, ihr eine gute Ausbildung zu geben. Du wolltest nur dein schlechtes Gewissen beruhigen und dir nichts mehr vorwerfen müssen.«

»Ich wollte ihr alle Möglichkeiten geben. Ich wollte die Trennung zwischen uns überbrücken.«

»Wie hättest du das tun können? Du hast sie doch nicht geliebt, Anthony. Du hast immer nur dich selbst geliebt. Dein Image, deinen Ruf, deine großartigen Leistungen. Du wolltest immer nur geliebt *werden*. Aber du hast sie nie geliebt. Und sogar jetzt kannst du noch dastehen und den Tod deiner Tochter betrachten und darüber sinnieren, wie du ihn verursacht hast, wie tief getroffen du bist und was das alles über *dich* sagt. Aber du bist nicht bereit, irgend etwas zu tun. Denn was würde das für ein Licht auf dich werfen!«

Endlich sah er sie an. Die Ränder seiner Augen waren rot und wund. »Du weißt überhaupt nicht, was war. Du verstehst nichts.«

»Ich verstehe sehr genau. Du beabsichtigst, die Toten zu begraben, deine Wunden zu lecken und weiterzumachen, als wäre nichts geschehen. Da bist noch genau derselbe Feigling wie vor fünfzehn Jahren. Da hast du dich mitten in der Nacht davongeschlichen und sie im Stich gelassen. Und jetzt tust du's wieder. Weil es das einfachste ist.«

»Ich habe sie nicht im Stich gelassen«, sagte er. »Diesmal habe ich zu ihr gestanden, Glyn. Darum ist sie gestorben.«

»Für dich? Deinetwegen?«

»Ja. Meinetwegen.«

»Natürlich. Du bist der Nabel der Welt.«

21

Lynley lenkte den Bentley in eine Parklücke an der Südwestecke der Polizeidienststelle Cambridge, schaltete den Motor aus und blieb reglos sitzen. Er fühlte sich wie ausgehöhlt. Barbara, die neben ihm saß, begann unruhig zu werden. Sie blätterte in ihrem Heft. Er wußte, sie las, was sie soeben bei dem Gespräch mit Rosalyn Simpson aufgeschrieben hatte.

»Es war eine Frau«, hatte das junge Mädchen gesagt.

Sie hatte ihnen den Weg gezeigt, den sie am Montag früh gelaufen war. Sie gingen durch den dichten, weißlich grauen Nebel in der Laundress Lane, wo aus der offenen Tür des Instituts für Asienstudien fahles Licht fiel. Irgend jemand schlug die Tür zu, und sofort wurde der Nebel undurchdringlich. Die Welt schien auf die fünf Quadratmeter ihres Blickfelds begrenzt.

»Laufen Sie jeden Morgen?« fragte Lynley das Mädchen, als sie die Mill Lane überquerten und um die Eisenpfosten herumgingen, die den Verkehr von der Fußgängerbrücke abhielten. Die Anlagen des Laundress Green zu ihrer Rechten lagen in dichtem Nebel. Jenseits, am anderen Ufer des Teichs, blinkte schwach ein Licht.

»Fast jeden Morgen«, antwortete sie.

»Immer um die gleiche Zeit?«

»Möglichst um Viertel nach sechs. Manchmal ein bißchen später.«

»Und am Montag?«
»Montags habe ich immer ein bißchen Mühe mit dem Aufstehen. Es war vielleicht fünf vor halb sieben, als ich am Montag losgelaufen bin.«
»Und auf der Insel waren Sie...«
»Nicht später als halb sieben.«
»Sie sind sicher? Es kann nicht später gewesen sein?«
»Ich war um halb acht wieder in meinem Zimmer, Inspector. Ich bin zwar schnell, aber so schnell auch wieder nicht. Und ich bin am Montag morgen gute zehn Meilen gelaufen, gleich am Anfang der Insel vorbei. Sie gehört zu meiner Trainingsstrecke.«

Ihr war an diesem Morgen nichts Ungewöhnliches aufgefallen. Es war noch ziemlich dunkel gewesen, als sie aufgebrochen war. In der Laundress Lane hatte sie einen Straßenkehrer überholt, der seinen Karren die Straße hinunterschob, aber sonst war sie keiner Menschenseele begegnet. Aber der Nebel war sehr dicht gewesen – »Mindestens so dicht wie heute«, sagte sie –, und sie konnte nicht ausschließen, daß irgendwo in einer Türnische oder im Schutz des Nebels auf dem Laundress Green jemand gewartet hatte.

Als sie die Insel erreichten, stießen sie dort auf ein kleines Feuer, von dem ein wenig beißender, rußschwarzer Qualm aufstieg. Ein Mann in Mantel und Handschuhen mit einer Schirmmütze auf dem Kopf warf Blätter, Abfälle und dürres Holz in die Flammen. Lynley erkannte ihn. Es war Ned, der verdrießlichere der beiden älteren Bootsbauer.

Rosalyn wies auf das Brückchen, das nicht den Cam selbst, sondern den Seitenarm des Flusses überspannte. »Da ist sie rübergegangen«, sagte sie. »Ich hab sie gehört, weil sie über irgendwas gestolpert ist – vielleicht ist sie auch ausgerutscht, es war ziemlich glitschig –, und sie hat außerdem gehustet. Ich dachte, sie wäre beim Joggen wie ich und schon ein bißchen außer Puste. Ich war, ehrlich gesagt, ein bißchen sauer, als ich ihr da begegnete, weil sie überhaupt nicht darauf zu achten schien, wo sie lief, und ich beinahe mit ihr zusammengestoßen wäre. Außerdem –« Sie zögerte verlegen. »Na ja, ich bin wahrscheinlich genau wie alle anderen von der Uni und hab was gegen die Stadtbürger. Jedenfalls fand ich es eine Zumutung, daß sie auf meiner Strecke lief.«

»Wie kamen Sie darauf, daß sie aus Cambridge war?«

Rosalyn starrte durch den Nebel zu der kleinen Brücke hinüber. »Es lag an der Kleidung, nehme ich an. Und vielleicht an ihrem Alter, obwohl sie natürlich vom Lucy Cavendish gewesen sein könnte.«

»Was war mit ihrer Kleidung?«

Rosalyn sah an ihrem eigenen Trainingsanzug hinunter. »Die Leute von der Uni haben im allgemeinen irgendwo ihre Collegefarben. Und meistens haben sie ihre College-Sweat-Shirts an.«

»Und die Frau hatte keinen Trainingsanzug an?« fragte Barbara scharf, von ihrem Heft aufblickend.

»Doch – oder, genauer, einen Jogginganzug –, aber er war kein College-Anzug. Ich meine, ich kann mich nicht erinnern, den Namen eines College darauf gesehen zu haben. Sie könnte allerdings vom Trinity Hall gewesen sein – der Farbe nach, meine ich.«

»Weil sie schwarz trug«, sagte Lynley.

Rosalyns Lächeln war Bestätigung. »Sie kennen die College-Farben?«

»Es war nur eine Vermutung.«

Lynley ging auf das Brückchen. Das schmiedeeiserne Tor war angelehnt. Die Polizeiabsperrung war nicht mehr da. Jeder, der hier eine Weile am Wasser sitzen wollte oder – wie Sarah Gordon – zeichnen wollte, konnte auf die Insel. Hat die Frau Sie gesehen?«

Rosalyn und Barbara waren auf dem Fußweg geblieben.

»O ja.«

»Sicher?«

»Ich bin ja beinahe mit ihr zusammengestoßen. Sie mußte mich sehen.«

»Und Sie hatten die gleichen Sachen an wie jetzt?«

Rosalyn nickte und schob die Hände in die Taschen des Anoraks, den sie aus ihrem Zimmer geholt hatte, ehe sie losgegangen waren. »Ohne den hier natürlich«, sagte sie und zog leicht die Schultern hoch, um auf den Anorak aufmerksam zu machen.

»Beim Laufen wird einem warm«, fügte sie hinzu. »Und...« Ihre Miene wurde lebhaft... »Sie hatte keinen Mantel und auch keine Jacke an, darum habe ich wahrscheinlich geglaubt, sie sei auch eine Läuferin. Obwohl...« Sie zögerte und starrte in den Dunst. »Es kann sein, daß sie einen über dem Arm trug, einen Mantel, meine ich. Ich kann mich nicht erinnern. Aber ja, ich glaube, sie trug etwas im Arm...«

»Wie hat sie ausgesehen?«

»Hm?« Rosalyn sah stirnrunzelnd auf ihre Laufschuhe hinunter. »Schlank. Das Haar war hinten zusammengebunden oder so.«

»Und die Farbe?«

»Ach, du lieber Gott. Helles Haar, glaube ich. Ja, ziemlich hell.«

»Ist Ihnen irgend etwas Ungewöhnliches an ihr aufgefallen? Ein besonderes Merkmal? Im Gesicht? Ein Mal auf ihrer Haut vielleicht? Ihre Nase? Hatte sie eine hohe Stirn? Ein spitzes Kinn?«

»Ich kann mich nicht erinnern. Es tut mir wirklich leid. Ich bin keine große Hilfe, nicht? Aber wissen Sie, das ist drei Tage her, und damals wußte ich doch nicht, daß ich nach ihr gefragt werden würde. Ich meine, Leute, die einem zufällig über den Weg laufen, sieht man sich doch nicht so genau an.« Rosalyn schnaufte unglücklich, ehe sie allen Ernstes sagte: »Aber wenn Sie mich vielleicht hypnotisieren wollen, so wie das manchmal mit einem Zeugen gemacht wird, der sich an Einzelheiten eines Verbrechens nicht erinnern kann...«

»Es ist schon gut«, sagte Lynley und kam zurück auf den Fußweg. «Glauben Sie, daß sie Ihr Sweat-Shirt deutlich gesehen hat?«

»Ich denke schon.«

»Auch den Namen?«

»Queen's College, meinen Sie? Ja. Den wird sie gesehen haben.« Rosalyn blickte zum College zurück, obwohl sie es auf diese Entfernung nicht einmal an einem klaren Tag hätte sehen können. Als sie sich ihnen wieder zuwandte, wirkte sie bedrückt, aber sie sagte nichts. Erst als ein junger Mann, der vom Coe Fen über die Brücke kam, klirrend die zehn Eisenstufen hinunterstieg und mit gesenktem Kopf an ihnen vorbei in den Nebel lief, der ihn schnell verschluckte, sagte sie leise: »Dann hat Melinda doch recht gehabt. Georgina ist an meiner Stelle gestorben.«

Lynley wollte das junge Mädchen nicht mit solchen Schuldgefühlen belasten. Er sagte: »Das wissen wir nicht mit Sicherheit«, obwohl er zu demselben Schluß gekommen war.

Rosalyn zog einen der Kämme aus ihrem Haar und packte eine lange Locke. »Hier«, sagte sie. Dann zog sie den Reißverschluß ihres Anoraks auf und deutete auf das Emblem auf ihrer Brust. »Und hier. Wir haben die gleiche Größe, das gleiche Gewicht. Wir sind beide blond. Wir sind beide am Queen's. Die Person, die Georgina gestern aufgelauert hat, hat sie mit mir verwechselt. Mich wollte sie töten. Weil ich etwas gesehen hatte. Weil ich etwas weiß. Weil ich etwas hätte verraten können. Und ich hätte es auch getan, ich hätte es tun *sollen*... Und wenn ich es getan hätte, dann wäre Georgina jetzt nicht tot.« Sie wandte sich ab.

Lynley wußte, daß er wenig oder nichts sagen konnte, um sie zu trösten.

Jetzt, mehr als eine Stunde später, holte Lynley tief Atem und stieß die Luft langsam aus, während er auf das Gebäude der Polizeidienststelle starrte.

»Es hatte also nichts mit der Tatsache zu tun, daß Elena Weaver schwanger war«, sagte Barbara. »Und jetzt?«

»Warten Sie hier auf St. James. Ich möchte wissen, was er uns über die Tatwaffe sagen kann. Und geben Sie ihm die Boxhandschuhe.«

»Und Sie?«

»Ich fahre zu den Weavers.«

»Gut.« Noch immer stieg sie nicht aus. Er spürte, daß sie ihn ansah. »Nur Verlierer, nicht wahr, Inspector?«

»Das ist bei einem Mord immer so«, sagte er.

Die beiden Autos der Weavers standen nicht in der Auffahrt, als Lynley vorfuhr. Aber das Tor der Garage war geschlossen. In der Annahme, daß man die Autos wegen der Feuchtigkeit hineingestellt hatte, ging er zur Haustür und läutete. Aus dem Garten hinter dem Haus hörte er das Bellen des Hundes, gleich darauf aus dem Inneren des Hauses die Stimmen einer Frau, die dem Hund befahl, ruhig zu sein. Dann wurde die Tür geöffnet.

Lynley, der mit Justine Weaver gerechnet hatte, war im ersten Moment verblüfft, als er an ihrer Stelle eine große, ziemlich stattliche Frau mittleren Alters sah, die einen Teller mit belegten Broten in der Hand hatte. Die Brote rochen durchdringend nach Thunfisch.

Lynley erinnerte sich seines ersten Gesprächs mit den Weavers und der Bemerkung, die Anthony Weaver über seine geschiedene Frau gemacht hatte. Dies also mußte Glyn Weaver sein, Elenas Mutter.

Er zeigte ihr seinen Ausweis und stellte sich vor. Sie sah sich den Ausweis genau an und gab ihm so Gelegenheit, sie näher zu mustern. Nur was die Größe anging, war sie Justine Weaver ähnlich. Ansonsten war sie ihr absolutes Gegenteil. Bei ihrem Anblick, dem graumelierten Haar, das unattraktiv zu einem Knoten zusammengedreht war, dem faltigen Gesicht mit der schlaffen Haut an Kiefer und Hals, den breiten Hüften, über denen der grobe Tweedrock spannte, mußte Lynley an Victor Heringtons Beschreibung seiner Frau denken und schämte sich, weil er sie genauso taxierte und verwarf.

Glyn Weaver sah von seinem Ausweis auf. Sie hielt ihm die Tür auf. »Kommen Sie herein«, sagte sie. »Ich wollte gerade zu Mittag essen. Möchten Sie auch etwas?« Sie hielt ihm einladend den Teller hin. »Mehr war leider nirgends zu finden. Die jetzige Frau meines geschiedenen Mannes achtet streng auf ihr Gewicht.«

»Ist sie da?« fragte Lynley. »Oder ist Mr. Weaver da?«

Glyn führte ihn in den Wintergarten und machte eine wegwerfende Handbewegung. »Nein, sie sind beide weg. Man kann Justine schließlich nicht zumuten, daß sie nach einer Lappalie wie einem Tod in der Familie, ewig zu Hause sitzt und Trübsal bläst. Wo mein geschiedener Mann ist, weiß ich nicht. Er ist erst vor kurzem weg.«

»Ist er mit dem Auto gefahren?«

»Ja.«

»In die Universität?«

»Ich habe keine Ahnung. Plötzlich war er weg. Vermutlich irrt er da draußen im Nebel herum und überlegt, was er als nächstes tun soll. Sie kennen so was wahrscheinlich. Moralische Verpflichtung im Kampf mit schnöder Lust. Bei Konflikten hat er immer seine Schwierigkeiten. Im allgemeinen siegt bei ihm leider die schnöde Lust.«

Lynley ging nicht auf ihre Worte ein. Er spürte genau,

was hinter der dünnen Fassade der Höflichkeit in Glyns Innerem tobte: Wut, Haß, Bitterkeit, Neid. Und eine Todesangst davor, diese Emotionen aufzugeben, weil dann der Schmerz in seiner ganzen Stärke hervorgebrochen wäre.

Glyn stellte ihren Teller auf den Korbtisch, auf dem immer noch das Frühstücksgeschirr stand. Sie stapelte die schmutzigen Teller übereinander, ohne auf die Essensreste zu achten. Aber anstatt sie in die Küche zu bringen, schob sie den Stapel nur zur Seite. Ein mit Butter verschmiertes Messer, das auf einen der gepolsterten Sessel fiel, ließ sie einfach liegen.

»Anthony weiß es«, sagte sie. »Und ich nehme an, Sie wissen es auch. Deswegen sind Sie vermutlich gekommen. Verhaften Sie sie heute noch?«

Sie setzte sich. Der Korbstuhl knarrte unter ihrem Gewicht. Sie nahm eines der Fischbrote und biß herzhaft hinein.

Er sagte: »Wissen Sie, wo sie ist, Mrs. Weaver?«

Glyn kaute gründlich. »Wann können Sie eigentlich jemanden verhaften? Das wollte ich schon immer mal wissen. Brauchen Sie Augenzeugen? Was für Beweise müssen Sie haben? Ich meine, Sie müssen doch der Staatsanwaltschaft etwas vorlegen können, nicht wahr? Sie müssen Beweise haben, die wirklich stichhaltig sind.«

»Hatte sie einen Termin?«

Glyn wischte sich die Hände an ihrem Rock ab und begann, an den Fingern aufzuzählen: »Erstens, der Anruf über das Schreibtelefon, den sie angeblich am Sonntag abend erhalten hat. Zweitens, sie ist am Montag morgen ohne den Hund gelaufen. Drittens, sie hat genau gewußt, wo, wie und wann sie zu finden war. Viertens, sie hat sie gehaßt und ihren Tod gewünscht. Brauchen Sie sonst noch etwas? Fingerabdrücke? Blut? Sonstige Spuren?«

»Ist sie zu ihrer Familie gefahren?«

»Alle haben Elena geliebt. Justine konnte das nicht ertragen. Am wenigsten konnte sie ertragen, daß Anthony seine Tochter geliebt hat. Sie hat Elena dafür gehaßt, daß er ständig versucht hat, ihr seine Liebe zu zeigen und gut mit ihr zu sein. Das wollte sie nicht. Sie hatte Angst, zu kurz zu kommen. Sie war krankhaft eifersüchtig. Sie sind endlich gekommen, um sie zu holen, nicht wahr?«

Sie schmatzte förmlich vor Eifer und Begierde. Lynley fühlte sich an die Menschenmengen erinnert, die sich früher bei den öffentlichen Hinrichtungen verlustiert hatten. Hätte eine Möglichkeit bestanden zuzusehen, wie Justine Weaver von Pferden zu Tode geschleift und in Stücke gerissen wurde, diese Frau hätte sie sich nicht entgehen lassen.

Sein Blick fiel auf den unaufgeräumten Tisch. Neben dem Tellerstapel und einem Buttermesser lag ein Briefumschlag mit dem Emblem der University Press und Justine Weavers Name darauf – in einer energischen, männlichen Hand geschrieben.

Offenbar hatte Glyn seinen Blick bemerkt, denn sie sagte: »Ja, sie ist eine Managerin von hohem Kaliber. Von so jemandem kann man doch nicht erwarten, daß er tatenlos hier herumsitzt.«

Er nickte und machte Anstalten zu gehen.

»Verhaften Sie sie jetzt?« fragte sie wieder.

»Ich habe eine Frage an sie.«

»Ach so. Nur eine Frage. Ah ja. Na gut. Würden Sie sie verhaften, wenn Sie den Beweis in der Hand hätten? Wenn ich Ihnen den Beweis gäbe?« Sie wartete auf seine Reaktion und lächelte befriedigt, als er zögerte und sich nach ihr herumdrehte: »Ja«, sagte sie langsam. «Ja, Inspector, ich kann Ihnen den Beweis liefern.«

Sie eilte aus dem Zimmer. Er hörte von neuem das Gebell des Hundes und ihren lauten ärgerlichen Ruf: »Ach, jetzt sei endlich still!« Der Hund bellte weiter.

»Hier«, sagte sie, als sie zurückkam. Sie hatte zwei Hefter in der Hand und unter dem Arm eine zusammengerollte Leinwand. »Die hatte mein geschiedener Mann in seinem Arbeitszimmer, ganz hinten in einer Schublade. Ich habe ihn dabei ertappt, wie er sie sich angesehen hat. Er hat dabei geweint. Vor einer Stunde ungefähr. Kurz bevor er weggegangen ist. Schauen Sie sich die Bilder selbst an. Bitte.«

Sie reichte ihm zuerst die Hefter. Er blätterte die Skizzen durch. Alle zeigten sie Elena Weaver, alle schienen sie von derselben Hand zu stammen. Sie waren gut, er bewunderte ihre Ausdruckskraft. Aber keine konnte als Mordmotiv interpretiert werden. Er wollte das Glyn Weaver sagen, als sie ihm die Leinwand hinhielt.

»Und jetzt sehen Sie sich das an«, sagte sie

Er rollte die Leinwand auf. Er ging in die Knie, um sie auf dem Boden auszubreiten. Sie war sehr groß, und man hatte sie einmal gefaltet, ehe man sie aufgerollt hatte. Die ganze Leinwand war mit Farbe zugeschmiert. Zwei lange Schnitte oder Risse liefen diagonal zur Bildmitte, wo sie mit einem kürzeren Riß zusammentrafen. Die Kleckse stammten von großen Farbklumpen – weiß und rot vor allem –, die, wie es schien, mit einem Palettenmesser willkürlich auf der Leinwand verschmiert worden waren. Wo sie nicht ineinanderliefen oder sich überlappten, schimmerten die Farben eines anderen Ölgemäldes durch. Er richtete sich auf, und während er auf die Leinwand hinuntersah, begann er zu verstehen.

»Und das hier«, sagte Glyn. »Ich habe es in der Rolle gefunden, als ich sie zum ersten Mal ausgebreitet habe.«

Sie drückte ihm ein kleines Messingschildchen in die Hand – vielleicht fünf Zentimeter lang und zwei Zentimeter breit. Er nahm es und hielt es ans Licht, obwohl er schon wußte, was er sehen würde. *Elena* stand in geschwungener Schrift darauf.

Er sah Glyn Weaver an. Sie genoß diesen Moment. Er wußte, daß sie auf einen Kommentar von ihm wartete, aber er fragte statt dessen: »Ist Justine Weaver in der Zeit, seit Sie in Cambridge sind, morgens gelaufen?«

Das war offensichtlich nicht die Reaktion, die sie von ihm erwartet hatte. Mit mißtrauisch zusammengekniffenen Augen sah sie ihn an und sagte kurz: »Ja.«

»Im Trainingsanzug?«

»Jedenfalls nicht im Chanel-Kostüm.«

»Welche Farbe, Mrs. Weaver?«

»Welche Farbe?« Mit einem Anflug von Empörung darüber, daß er das ruinierte Gemälde und das, was man daraus entnehmen konnte, völlig unerwähnt ließ.

»Ja, welche Farbe.«

»Schwarz«

»Wieviele Beweise wollen Sie denn noch, daß Justine meine Tochter gehaßt hat?« Glyn Weaver folgte ihm aus dem Wintergarten hinaus. »Was braucht es denn noch, um Sie zu überzeugen?«

Sie hielt ihn am Arm und zog, bis er sich nach ihr umdrehte. Er stand so dicht neben ihr, daß er ihren Atem in seinem Gesicht fühlte und den öligen Fischgeruch wahrnahm, wenn sie ausatmete.

»Er hat Elena gezeichnet und nicht seine Frau. Er hat Elena gemalt und nicht seine Frau. Und sie mußte zusehen. Hier in diesem Wintergarten. Denn hier ist das Licht gut, und er hat sie sicher in gutem Licht malen wollen.«

Lynley lenkte den Wagen in die Bulstrode Gardens. Der Schein der Straßenlampen drang milchig durch den Nebel. Er fuhr den Wagen über einen glitschigen Teppich feuchter Blätter, die von Birken am Rand des Grundstücks herabgefallen waren, direkt in die halbrunde Auffahrt und hielt an. Einen Moment blieb er noch sitzen und dachte, den Blick auf das Haus gerichtet, über die Art der Beweisstücke nach, die er bei sich hatte, über die Skizzen von Elena und was sie über das zerstörte Gemälde sagten. Er dachte an das Schreibtelefon, und vor allem spielte er mit der Zeit. Denn an der Zeit hing der ganze Fall.

Zuerst, so hatte Glyn Weaver gemeint, hatte sie das Bild zerstört. Als ihr das keine bleibende Befriedigung verschafft hatte, hatte sie das Mädchen selbst vernichtet, ihr Gesicht zerstört wie sie das Gemälde zerstört hatte, brutal und gewalttätig, um ihrer rasenden Wut Luft zu machen.

Aber das war Spekulation. Nur zum Teil kam es der Wahrheit nahe. Er klemmte die Leinwand unter den Arm und ging zur Tür.

Harry Rodger machte ihm auf. Christian und Perdita standen hinter ihm. Er sagte nur: »Du willst zu Pen?« und dann zu seinem Sohn: »Lauf und hol Mami, Chris.«

Der kleine Junge stürmte, ein Steckenpferd in den Händen »Mami! Mami!« rufend die Treppe hinauf, und Rodger führte Lynley ins Wohnzimmer. Er hob seine kleine Tochter hoch, setzte sie auf seine Hüfte und blickte ohne ein Wort auf das Gemälde unter Lynleys Arm.

Über sich hörten sie Christian, der auf seinem Steckenpferd durch den Korridor galoppierte und »Mami!« schrie.

»Du hast ihr Arbeit mitgebracht, wie ich sehe«, sagte Rodger höflich und kühl.

»Ich möchte, daß sie sich dieses Bild ansieht, Harry. Ich brauche ihr Expertenurteil.«

Rodger lächelte flüchtig und sagte: »Entschuldige mich bitte.« Dann ging er in die Küche und schloß die Tür hinter sich.

Einen Augenblick später galoppierte Christian seiner Mutter und seiner Tante voraus ins Wohnzimmer. Irgendwo unterwegs hatte er eine Spielzeugpistole gefunden, die er jetzt auf Lynley richtete. »Ich schieß dich gleich tot«, rief er.

»So was solltest du zu einem Polizeibeamten lieber nicht sagen, Chris«, meinte Helen und drückte ihn an sich.

Er lachte und rief: »Peng-peng, ich schieß dich tot, Mister.« Dann rannte er zum Sofa und schlug mit seiner Pistole auf die Polster ein.

»Na, er hat auf jeden Fall eine große Zukunft in der Unterwelt«, bemerkte Lynley.

Penelope hob hilflos die Hände. »Er braucht seinen Mittagsschlaf. Wenn er müde wird, dreht er immer durch.«

»Peng, peng!« brüllte Christian und warf sich auf den Boden, um in Richtung zum Flur zu robben.

Penelope sah ihm kopfschüttelnd zu. »Ich habe mir schon überlegt, ob ich ihn nicht bis zu seinem achtzehnten Geburtstag einmotten soll, aber dann gäbe es hier gar nichts mehr zu lachen.« Während Christian eine Attacke auf die Treppe startete, sagte sie mit einer Kopfbewegung zu der Leinwand: »Was hast du da mitgebracht?«

Lynley rollte das Gemälde aus, ließ ihr Zeit, es aus angemessener Entfernung zu studieren und sagte dann: »Was kannst du damit machen?«

»Machen?«

»Du denkst doch nicht an eine Restaurierung, Tommy«, sagte Helen zweifelnd.

Penelope blickte von dem Gemälde auf. »Moment mal, das kann doch nur ein Scherz sein.«

»Wieso?«

»Tommy, es ist total hinüber.«

»Ich will es ja nicht restauriert haben. Ich möchte nur wissen, was sich unter dem Geschmier befindet.«

»Woher willst du wissen, daß überhaupt etwas darunter ist?«

»Schau's dir genauer an. Es muß etwas darunter sein.

Man kann es sehen. Außerdem ist es die einzige Erklärung.«

Penelope stellte keine Fragen mehr. Sie ging durch das Zimmer, um sich das Gemälde aus der Nähe anzusehen und berührte mit den Fingern leicht die Oberfläche der Leinwand. »Es würde Wochen brauchen, das zu entfernen«, sagte sie. »Du hast keine Ahnung, was da an Arbeit dazugehört. Das wird Zentimeter um Zentimeter gemacht, eine Schicht nach der anderen. Man kippt nicht einfach eine Flasche Terpentin darüber und wischt die Farben weg wie den Schmutz von einer Fensterscheibe.«

»Ach, verdammt«, murmelte Lynley.

»Peng, peng!« schrie Christian aus seinem Hinterhalt unter der Treppe.

»Aber warte mal...« Penelope legte den Zeigefinger an den Mund. »Komm, gehen wir in die Küche, da ist das Licht besser.«

Rodger stand am Herd und sah die Post durch, Perdita lehnte an ihm, einen Arm um seinen Oberschenkel geschlungen. »Mami«, sagte sie schläfrig, und Rodger hob den Kopf von dem Brief, den er gerade las. Mit ausdruckslosem Gesichtsausdruck warf er einen Blick auf das Gemälde, das Penelope in den Händen hielt.

Penelope sagte: »Wenn ihr mal schnell die Arbeitsplatte freimacht«, und wartete mit dem Gemälde in den Händen, während Lynley und Helen Geschirr und Töpfe, Bilderbücher und Besteck wegräumten. Dann legte sie die Leinwand nieder und betrachtete sie konzentriert.

»Pen«, sagte Rodger.

»Augenblick«, antwortete sie. Sie ging zu einer Schublade und holte ein Vergrößerungsglas heraus. Zärtlich fuhr sie ihrer kleinen Tochter durch das Haar, als sie an ihr vorüberkam.

»Wo ist die Kleine?« fragte Rodger.

Penelope beugte sich über das Gemälde und musterte unter dem Vergrößerungsglas zuerst die einzelnen Farbkleckse, dann die Schnitte in der Leinwand. »Ultraviolett«, sagte sie. »Vielleicht Infrarot.« Sie sah Lynley an. »Brauchst du das Gemälde selbst? Oder würde dir eine Fotgrafie reichen?«

»Eine Fotografie?«

»Pen, ich habe dich...«

»Wir haben drei Möglichkeiten. Eine Röntgenaufnahme würde uns das gesamte Skelett des Gemäldes zeigen – alles, was auf die Leinwand gemalt worden ist, ganz gleich, wieviel Farbschichten. Mit ultraviolettem Licht würden wir feststellen können, was auf den Firnis aufgetragen worden ist – bei einer Übermalung zum Beispiel. Und eine Infrarotaufnahme würde uns den ursprünglichen Entwurf für das Gemälde zeigen. Und ob an der Signatur herumgedoktert worden ist. Vorausgesetzt natürlich, es ist eine da. Würde dir das nützen?«

Lynley blickte nachdenklich auf die zerfetzte Leinwand. »Am ehesten wahrscheinlich eine Röntgenaufnahme«, sagte er schließlich. »Aber wenn es damit nicht klappt, können wir dann noch etwas anderes versuchen?«

»Natürlich. Ich will nur...«

»Penelope!« Rodgers Gesicht war fleckig, auch wenn seine Stimme betont freundlich war. »Wird es nicht Zeit, daß die Zwillinge ins Bett kommen? Christian fuhrwerkt hier seit zwanzig Minuten wie ein Verrückter herum, und Perdita schläft im Stehen ein.«

Penelope sah zu der Wanduhr über dem Herd hinauf. Dann sah sie ihre Schwester an. Helen lächelte, zur Ermutigung vielleicht. »Natürlich, du hast recht«, sagte Penelope seufzend. »Sie müssen ins Bett.«

»Gut. Dann...«

»Bring du sie doch gleich rauf, Schatz, dann können wir

inzwischen mit dem Bild hier ins Fitzwilliam hinüberfahren und sehen, was sich da machen läßt. Die Kleine habe ich gestillt. Sie schläft schon. Und die Zwillinge machen dir bestimmt keinen Ärger, wenn du ihnen noch etwas aus dem Märchenbuch vorliest.« Sie rollte die Leinwand zusammen. »Ich will mir nur schnell was anziehen«, sagte sie zu Lynley.

Als sie verschwunden war, nahm Rodger seine Tochter auf den Arm. Er blickte zur Tür, als erwartete er Penelopes Rückkehr. Als sie nicht kam, sie nur aus dem Flur ihre Stimme hörten: »Daddy geht mit euch nach oben, Christian«, wandte er sich Lynley zu.

»Es geht ihr nicht gut«, sagte er. »Ihr wißt, daß sie zu Hause bleiben sollte. Ich mache euch verantwortlich – euch beide, Helen –, wenn ihr etwas passiert.«

»Wir fahren doch nur ins Fitzwilliam-Museum«, entgegnete Helen beschwichtigend. »Was soll ihr da schon passieren?«

»Daddy!« Christian stürmte in die Küche und warf sich an seinen Vater. »Komm, geh jetzt mit uns rauf und lies uns was vor.«

»Ich warne dich, Helen«, sagte Rodger und stach dann mit dem spitzen Zeigefinger in Lynleys Richtung. »Ich warne euch beide.«

»Daddy! Komm endlich!«

»Die Pflicht ruft, Harry«, mahnte Helen freundlich. »Ihre Schlafanzüge liegen unter den Kopfkissen. Und das Buch...«

»Ich weiß, wo das gottverdammte Buch ist«, fuhr Rodger sie an und ging mit seinen Kindern hinaus.

»Hm«, machte Helen. »Das wird bestimmt ein Nachspiel geben.«

»Das glaube ich nicht«, widersprach Lynley. »Harry ist doch ein gebildeter Mensch. Zumindest wissen wir, daß er lesen kann.«

»Was? Das Märchenbuch?«

Lynley schüttelte den Kopf. »Die Schrift an der Wand.«

»Nach einer Stunde haben wir uns schließlich geeinigt, wenn auch mit Mühe. Das meiste spricht dafür, daß es Glas war. Als ich ging, hat Pleasance immer noch wortreich seine Theorie verteidigt, daß es eine Champagner- oder Weinflasche gewesen sein müsse – vorzugsweise eine gefüllte. Aber er ist ja auch gerade erst von der Universität gekommen. Da nutzt man noch jede Gelegenheit, um Vorträge zu halten.«

Simon Allcourt St. James trat zu Barbara Havers, die in der Kantine der Polizeidienststelle allein an einem Tisch saß. Die letzten zwei Stunden hatte er im gerichtsmedizinischen Institut mit den beiden streitenden Parteien des gerichtsmedizinischen Teams zugebracht und nicht nur die Röntgenaufnahmen von Elena Weaver studiert, sondern auch den Leichnam selbst. Danach hatte er seine Schlußfolgerungen mit denen des jüngeren der beiden Gerichtsmediziner verglichen. Barbara hatte es vorgezogen, an diesen Aktivitäten nicht teilzunehmen. In dem kurzen Abschnitt ihrer Ausbildung, da sie als Beobachterin an Obduktionen hatte teilnehmen müssen, hatte sie jegliches Interesse, das sie vielleicht einmal an forensischer Medizin gehabt hatte, endgültig verloren.

»Bitte achten Sie darauf«, hatte der Pathologe gesagt, als sie vor dem abgedeckten Leichentisch standen, »daß der Einschnitt, den der Strick am Hals dieser Frau, hinterlassen hat, noch deutlich zu sehen ist, obwohl der Mörder sich alle Mühe gegeben hat, die Spuren zu verwischen. Bitte treten Sie näher.«

Wie Idioten – oder Automaten – waren die Ausbildungskandidaten der Aufforderung gefolgt. Drei von ihnen waren sofort in Ohnmacht gefallen, als der Pathologe mit einem boshaften Grinsen das Leintuch von den grausig verkohlten Überresten eines menschlichen Körpers weggezogen hatte, der erst mit Paraffin getränkt und dann angezündet worden war. Barbara hatte sich auf den Beinen gehalten, wenn auch mit Müh und Not. Und sie hatte von da an nie wieder Wert darauf gelegt, bei einer Autopsie dabeizusein.

»Tee?« fragte sie St. James, als der sich auf einem Stuhl niederließ und vorsichtig das linke Bein mit der Schiene ausstreckte. »Er ist ganz frisch.« Sie warf einen Blick auf ihre Uhr. »Na ja, taufrisch nicht mehr. Aber dafür schön stark.«

St. James ließ sich von ihr einschenken und kippte drei Löffel Zucker in seine Tasse. Dann kostete er kurz und gab noch einen vierten Löffel dazu. »Meine einzige Entschuldigung ist Falstaff, Barbara«, sagte er.

Sie hob ihre Tasse. »Prost«, sagte sie, und sie tranken beide.

Er sieht gut aus, dachte sie, nachdem sie ihre Tasse abgesetzt hatte. Immer noch zu schmal, zu knochig, immer noch mit diesen tiefen Linien im Gesicht, aber er strahlte Ruhe aus, und seine Hände, die auf dem Tisch lagen, waren völlig entspannt. Ein Mensch, der mit sich im reinen ist, dachte sie, und fragte sich, wie lange St. James gebraucht hatte, um dieses innere Gleichgewicht zu erreichen. Er war Lynleys ältester und nächster Freund, ein Gerichtsgutachter aus London, mit dem sie oft zusammenarbeiteten.

»Wenn es keine Weinflasche war – es lag übrigens eine am Tatort herum – was war es dann?« fragte sie. »Und wieso streiten sich die Herren von der Gerichtsmedizin überhaupt?«

»Platzhirschverhalten, wenn Sie mich fragen«, antwortete St. James lächelnd. »Der Chef ist knapp über fünfzig. Er sitzt seit gut fünfundzwanzig Jahren auf der Stelle. Und dann kommt plötzlich Pleasance an, gerade mal sechsundzwanzig Jahre alt, und spielt sich auf. Typischer Fall von...«

»Männerwirtschaft«, sagte Barbara schlicht. »Warum gehen sie nicht einfach raus und schlichten ihren Streit, indem sie sehen, wer am weitesten pinkeln kann?«

St. James lachte. »Keine schlechte Idee!«

»Ha! Frauen sollten die Welt regieren.« Sie schenkte sich noch eine Tasse Tee ein. »Also, warum kann es keine Wein- oder Champagnerflasche gewesen sein?«

»Die Form paßt nicht. Wir suchen etwas, das da, wo die Seitenwände in den Boden übergehen, etwas bauchiger ist. Ungefähr so.« Er formte mit seiner rechten Hand ein halbes Oval.

»Und die Boxhandschuhe entsprechen nicht diesem Bogen?«

»Dem Bogen vielleicht, ja. Aber mit Boxhandschuhen von diesem Gewicht könnte man einen Wangenknochen nicht mit einem einzigen Schlag zertrümmern. Ich bin nicht einmal sicher, ob ein Schwergewicht das schaffen würde, und das scheint der Junge, dem die Handschuhe gehören, nun ja wahrhaftig nicht zu sein.«

»Was dann also?« fragte Barbara. »Eine Vase?«

»Nein, glaube ich nicht. Das Ding hatte einen Griff oder so was, und es war sehr schwer. So schwer, daß man mit geringstem Kraftaufwand den schlimmsten Schaden anrichten konnte. Sie hat nur drei Schläge bekommen.«

»Hm, eine Art Griff... Vielleicht doch ein Flaschenhals?«

»Das ist genau der Grund, warum Pleasance an seiner Theorie von der vollen Champagnerflasche festhält, obwohl alle anderen Indizien dagegen sprechen.« St. James nahm seine Papierserviette und machte eine Skizze. »Der Gegenstand, den wir suchen, hat einen flachen Boden und bauchige Seitenwände und vermutlich einen kräftigen Hals, den man gut umfassen kann.« Er schob Barbara die Zeichnung hin.

»Sieht aus wie eine große Karaffe«, sagte sie und zupfte nachdenklich an ihrer Oberlippe. »Simon, ist das Mädchen mit dem Familienkristall umgebracht worden?«

»Schwer wie Kristall war das Ding sicher«, antwortete St. James. »Aber mit einer glatten Oberfläche. Nicht geschliffen. Außerdem nicht hohl, meiner Ansicht nach, und daher kein Gefäß.«

»Was denn dann?«

Er blickte auf die Skizze, die zwischen ihnen lag. »Ich habe keine Ahnung.«

»An Metall glauben Sie nicht?«

»Ich bezweifle es. Glas – besonders wenn es schwer und glatt ist – halte ich für wahrscheinlicher. Zumal wir keinerlei Materialspuren gefunden haben.«

»So ein Mist«, sagte sie seufzend.

Er widersprach ihr nicht, sondern sagte: »Sind Sie und Tommy immer noch überzeugt davon, daß die beiden Morde zusammengehören? Die Methoden sind doch völlig unterschiedlich. Wieso sind nicht beide Opfer erschossen worden, wenn wir es mit ein und demselben Killer zu tun haben?«

Sie aß ein Stück von dem Kirschtörtchen, das sie sich zum Tee bestellt hatte. »Wir glauben, daß bei den beiden Morden das Motiv die Methode bestimmt hat. Beim ersten Mord war es ein persönliches Motiv, darum wurde eine, sagen wir mal ›persönliche‹ Methode gewählt.«

»Handgreiflich, meinen Sie? Erst schlagen, dann erdrosseln?«

»Ja, so könnte man sagen. Der zweite Mord war nicht von persönlichen Motiven bestimmt. Da ging es nur darum, eine mögliche Zeugin zu beseitigen. Zur Ausführung dieses

Mordes genügte ein Gewehr. Wobei die Täterin allerdings nicht wußte, daß sie das falsche Mädchen getötet hatte.«

»Schrecklich!«

»Ja.« Sie spießte mit der Gabel eine Kirsche von ihrem Törtchen und fand, sie habe eine ekelhafte Ähnlichkeit mit einem Blutklumpen. Angewidert legte sie die Gabel nieder. »Aber wenigstens haben wir jetzt einen Hinweis auf die Täterin. Der Inspector ist zu –« Sie brach ab, als sie Lynley durch die Schwingtür kommen sah, seinen Mantel über der Schulter, mit flatterndem Schal. In der Hand trug er einen großen braunen Umschlag. Helen Clyde und eine zweite Frau – vermutlich ihre Schwester – folgten ihm.

»St. James«, sagte er anstelle eines Grußes zu seinem Freund, »ich stehe wieder mal in deiner Schuld. Vielen Dank, daß du gekommen bist. Pen kennst du ja.« Er warf seinen Mantel über eine Stuhllehne, während St. James Penelope begrüßte und Helen einen leichten Kuß auf die Wange gab. Dann machte er Barbara mit Helens Schwester bekannt, und St. James zog noch zwei Stühle an den Tisch.

Barbara war perplex. Sie hatte, nachdem Lynley zu den Weavers gefahren war, eine Verhaftung erwartet, aber die hatte es offensichtlich nicht gegeben. Irgend etwas hatte ihn in eine ganz andere Richtung geführt.

»Sie haben sie nicht mitgebracht?« fragte sie.

»Nein. Sehen Sie sich das an, Barbara.«

Aus dem Umschlag nahm er einen dünnen Stapel Fotografien und berichtete ihnen von dem großen Ölgemälde und den Bleistiftzeichnungen, die Glyn Weaver ihm gegeben hatte. »Das Gemälde ist völlig ruiniert«, sagte er. »Mit Farbe zugeschmiert und die Leinwand mit einem Messer zerschnitten. Weavers geschiedene Frau vermutet, daß es ein Gemälde von Elena war und daß Justine Weaver es zerstört hat.«

»Aber sie irrt sich, nehme ich an?« fragte Barbara und

griff nach den Fotografien. Jede zeigte einen anderen Teil des Ölgemäldes. Es waren merkwürdige Aufnahmen, manche von ihnen sahen aus wie doppelt belichtet. Sie zeigten mehrere Porträts einer weiblichen Person von der Kindheit bis zum jungen Erwachsenenalter. »Was sind das für Aufnahmen?« fragte Barbara, die jede Fotografie nach der Besichtigung an St. James weitergab.

»Infrarot und Röntgenaufnahmen«, antwortete Lynley. »Pen kann es Ihnen näher erklären. Wir haben sie im Museum gemacht.«

»Sie zeigen, was sich ursprünglich auf der Leinwand befand«, sagte Pen. »Ehe sie mit Farbe verschmiert wurde.«

Es waren mindestens fünf Porträtstudien, von denen eine mehr als doppelt so groß war wie die anderen. Barbara sah sie sich alle kopfschüttelnd an. »Ein komisches Gemälde, finden Sie nicht?«

»Nein, gar nicht, man muß die Fotos nur richtig zusammensetzen«, sagte Pen. »Warten Sie. Ich zeige es Ihnen.«

Lynley machte den Tisch frei, indem er Teekanne und Geschirr einfach auf den Nachbartisch verfrachtete. »Wir konnten das Gemälde wegen seiner Größe nur in Teilen fotografieren«, erklärte er Barbara.

»Und wenn man die einzelnen Teile zusammensetzt«, fuhr Pen fort, »sieht das Ganze so aus.« Sie legte die Fotografien auf dem Tisch aus, so daß sie ein unvollständiges Rechteck bildeten, an dessen rechter unterer Ecke ein Blatt fehlte, und Barbara sah einen Halbkreis aus vier Porträtstudien eines heranwachsenden Mädchens – Säugling, Kleinkind, Kind, junges Mädchen –, der das fünfte, wesentlich größere Porträt der jungen Erwachsenen umschloß.

»Wenn das nicht Elena Weaver ist«, begann Barbara.

»O ja, das ist schon Elena«, bestätigte Lynley. »In der Hinsicht hatte ihre Mutter recht. Aber alle anderen Schlüsse, die sie gezogen hat, sind falsch. Sie sah die Skizzen und das Gemälde in Weavers Arbeitszimmer. Sie wußte, daß er malt, und glaubte, das Gemälde sei von ihm. Aber dieses Gemälde ist nicht von einem Dilettanten gemalt. Das ist ein Kunstwerk.«

Er zog noch eine Fotografie aus dem Umschlag. Barbara streckte die Hand aus und legte sie an die freie Stelle am rechten unteren Bildrand. Es war die Signatur. Wie die Künstlerin selbst hatte sie nichts Spektakuläres. Nur das Wort »Gordon« in dünnen schwarzen Strichen.

»Und damit wären wir wieder beim Ausgangspunkt«, sagte er. »Und Sie hatten recht. Es gibt keine Zufälle«, bemerkte Barbara.

»Jetzt brauchen wir nur noch die Waffe.« Lynley sah St. James an, während Helen die Bilder einsammelte und wieder in den Umschlag steckte. »Hast du eine Idee?« fragte er.

»Glas«, antwortete St. James.

»Eine Weinflasche?«

»Nein. Die Form paßt nicht.«

Barbara ging zum Nachbartisch und suchte unter dem Geschirr, das Lynley dort abgestellt hatte, die Papierserviette mit St. James' Skizze heraus. Sie wollte sie den beiden Männern zuwerfen, aber sie fiel zu Boden. Helen hob sie auf, warf einen Blick darauf und reichte sie achselzuckend Lynley.

»Was ist das?« fragte er. »Sieht aus wie eine Karaffe.«

»Das habe ich auch gesagt«, stimmte Barbara zu. »Aber Simon ist anderer Meinung.«

»Das Ding kann nicht hohl sein. Es muß so schwer sein, daß man damit mit einem einzigen Schlag einen Knochen zersplittern kann.«

»Ach, verdammt!« Lynley warf die Papierserviette auf den Tisch.

Penelope beugte sich vor und zog die Zeichnung zu sich

heran. »Tommy«, sagte sie überlegend, »ich bin mir zwar nicht sicher, aber dieses Ding hier hat eine starke Ähnlichkeit mit einem Stößel.«

»Mit einem Stößel?« wiederholte Lynley.

»Was ist das denn?« fragte Barbara.

»Ein Werkzeug«, antwortete Penelope. »Maler benutzen es, wenn sie ihre eigene Farbe herstellen.«

22

Sarah Gordon lag auf ihrem Bett und starrte zur Zimmerdecke hinauf. Sie versuchte, in den Unebenheiten und unregelmäßigen Mustern des Verputzes Bilder zu entdecken, die Silhouette einer Katze, das eingefallene Gesicht einer alten Frau, das boshafte Grinsen eines Dämons. Es war der einzige Raum im Haus, dessen Wände sie ganz schmucklos gelassen, dem sie eine asketische Schlichtheit gegeben hatte, weil sie glaubte, diese werde Phantasie und Schaffenskraft beflügeln.

Aber jetzt plagte sie nur die Erinnerung. An den dumpfen Schlag, das Knirschen, das Splittern von Knochen. An das Blut, das unerwartet warm vom Gesicht des Mädchens in ihr eigenes spritzte. An das Mädchen selbst. Elena.

Sie drehte sich auf die Seite und zog die Wolldecke fester um sich. Sie zog die Knie hoch. Die Kälte war unerträglich. Sie hatte unten Feuer gemacht und die Heizung ganz aufgedreht, aber sie fror immer noch. Die Kälte schien aus den Wänden und aus dem Boden zu kriechen, ja, aus dem Bett sogar. Wie ein heimtückisches Gift, das ihren Körper überwältigen wollte.

Eine kleine Grippe, sagte sie sich zähneklappernd. Das schlechte Wetter. Es wäre ja ein Wunder, wenn man sich bei der Feuchtigkeit, dem Nebel, dem eisigen Wind nichts holen würde. Aber es half nichts. Unerbittlich trat ihr das Bild Elena Weavers vor Augen.

Zwei Monate lang war sie zweimal in der Woche nachmittags nach Grantchester gekommen. Auf ihrem alten Fahrrad sauste sie die Einfahrt herauf, das lange Haar zurückgebunden, damit es ihr nicht ins Gesicht flatterte, die Taschen mit Leckerbissen für Flame gefüllt, die sie dem Hund zusteckte, wenn sie glaubte, Sarah sähe es nicht. Zottel nannte sie den Hund und zupfte ihn liebevoll an seinen Schlappohren, während sie sich von ihm die Nase lecken ließ. »Schau, was ich für'n klein' Zo'l hab«, sagte sie und lachte, wenn der Hund an ihren Taschen schnupperte und schwanzwedelnd an ihr hochsprang.

Danach kam sie ins Haus, warf irgendwo ihren Mantel ab, öffnete ihr Haar und sagte lächelnd hallo, ein wenig verlegen manchmal, wenn Sarah das liebevolle Begrüßungsritual mit dem Hund beobachtet hatte.

»Fertig?« fragte sie dann. Am Anfang hatte sie scheu gewirkt, damals, als Tony sie abends ein paarmal zum Aktzeichnen als Modell mitgebracht hatte. Aber es war nur die anfängliche Scheu einer jungen Frau gewesen, die sich ihres Andersseins bewußt war und wußte, daß es bei anderen Unbehagen auslösen konnte. Sobald sie gespürt hatte, daß die anderen sich in ihrer Gegenwart wohl fühlten – sobald sie gemerkt hatte, daß Sarah sich mit ihr wohl fühlte –, war sie aufgeschlossener geworden. Sie hatte gelacht und geschwatzt und sich in die Gruppe eingefügt, als hätte sie schon immer dazu gehört.

Punkt halb drei kletterte sie an diesem Nachmittag auf den hohen Hocker in Sarahs Atelier. Neugierig sah sie sich um, gespannt zu sehen, woran Sarah während ihrer Abwesenheit gearbeitet hatte, was sie Neues in Angriff genommen hatte. Und immer sprach sie. In dieser Beziehung war sie ihrem Vater sehr ähnlich.

»Du warst nie verheiratet, Sarah?« Selbst die Themenwahl war die gleiche wie bei ihrem Vater.
»Nein.«
»Warum nicht?«
Sarah studierte das Gemälde, an dem sie arbeitete, verglich die Bilder mit dem lebhaften Geschöpf auf dem Hokker und fragte sich, ob es ihr je gelingen werde, die Lebenslust und Energie, die das Mädchen ausströmte, einzufangen. Selbst in Ruhe – den Kopf ein wenig schräg geneigt, so daß ihr das Haar nach vorn über die Schulter fiel – pulsierte sie vor Lebendigkeit. Rastlos und wissensdurstig, schien sie stets begierig zu lernen und zu verstehen.
»Ich habe mir wahrscheinlich gedacht, ein Mann wäre nur hinderlich«, antwortete Sarah. »Ich wollte Malerin werden. Alles andere war von zweitrangiger Bedeutung.«
»Mein Vater möchte auch malen.«
»Ja, ich weiß.«
»Ist er gut? Was meinst du?«
»Ja, er ist gut.«
»Und magst du ihn?«
Bei dieser letzten Frage sah sie Sarah aufmerksam zu. Nur damit sie die Antwort gut ablesen kann, sagte sich Sarah. Dennoch antwortete sie brüsk: »Natürlich. Ich mag alle meine Schüler. Du bewegst dich, Elena. Nicht. Bitte halte den Kopf wieder so wie vorher.«
Elena streckte ein Bein abwärts, um Flame, der am Fuß des Hockers lag, mit den Zehenspitzen über den Rücken zu streicheln. Sarah wartete schweigend, um den Moment der Frage nach Tony vorüberziehen zu lassen. Elena ließ es geschehen wie immer. Denn Elena besaß ein ausgeprägtes Gespür für unsichtbare Grenzen. Was sie allerdings nicht daran hinderte, sie häufig zu überschreiten.
Lächelnd sagte sie: »'tschuldige, Sarah«, und nahm ihre Pose wieder ein, während Sarah, um dem forschenden

Blick zu entgehen, zur Stereoanlage ging und sie einschaltete.

»Dad wird staunen, wenn er das sieht«, sagte Elena. »Wann darf ich es anschauen?«

»Wenn es fertig ist. Setz dich wieder richtig hin, Elena. Ach, verflixt, jetzt geht das Licht weg.«

Danach tranken sie zusammen Tee, mit Keksen, die Elena heimlich Flame zusteckte, und mit Törtchen und Kuchen, die Sarah nach Rezepten machte, an die sie schon jahrelang nicht mehr gedacht hatte. Und während sie aßen und tranken und miteinander sprachen, klang die Musik aus der Stereoanlage, und Sarah klopfte den Rhythmus auf ihrem Knie.

»Wie ist das eigentlich?« fragte Elena eines Nachmittags.

»Was?«

Sie wies mit dem Kopf zu einem der Lautsprecher. »Na das«, sagte sie. »Du weißt schon. Das da.«

»Die Musik?«

»Wie ist sie?«

Sarah blickte auf ihre Hände und lauschte einen Moment ganz konzentriert auf die einzelnen Instrumente, ihre unterschiedlichen Klänge, den Rhythmus der Musik, die kristallene Klarheit der Töne. Sie dachte so lange über eine Antwort nach, daß Elena schließlich sagte: »Entschuldige, ich hab nur gedacht...«

Sarah hob hastig den Kopf und sah die Verlegenheit des Mädchens. Elena schien zu glauben, sie fände es peinlich, so deutlich auf ihre – Elenas – Behinderung hingewiesen zu werden.

»Nein, nein, Elena«, sagte sie. »Das ist es nicht. Ich habe überlegt, wie ich dir... Hier. Komm mit.«

Sie drehte die Stereoanlage auf volle Lautstärke, dann nahm sie Elena mit zum Lautsprecher. Sie legte ihre Hand darauf. Elena lachte.

»Percussion«, sagte Sarah. »Das ist das Schlagzeug. Und der Baß. Die tiefen Töne. Du kannst sie fühlen, nicht wahr?« Als Elena nickte, sah Sarah sich nach etwas anderem um und fand es: das weiche Kamelhaar trockener Pinsel, das kühle scharfe Metall eines sauberen Palettenmessers, die glatte, kalte Rundung eines Terpentinglases.
»So«, sagte sie. »Paß auf. So klingt es.«
Während die Musik anschwoll, Melodien sich ineinander schlangen und wieder auseinanderstrebten, spielte sie auf dem Arm des Mädchens, an der Innenseite, wo das Fleisch zart und für Berührung am sensibelsten war. »Elektrische Harfe«, sagte sie und schlug mit dem Palettenmesser leicht das perlende Muster der Töne auf die Haut. »Und jetzt. Eine Flöte.« Der Pinsel in anmutig wirbelndem Tanz. »Und das ist der Synthesizer, Elena. Das ist synthetische Musik. Kein Instrument. Es ist eine Maschine, die Töne produziert. So.« Sie rollte das Glas in einer langen, gleichmäßigen Bewegung.
»Und das passiert alles zur gleichen Zeit?« fragte Elena.
»Ja. Alles zur gleichen Zeit.« Sie gab Elena das Palettenmesser. Sie selbst behielt Pinsel und Glas. Während die Platte weiterlief, machten sie zusammen Musik. Und auf dem Bord über ihren Köpfen, keine fünf Schritte entfernt, stand der Stößel, mit dem Sarah sie vernichten würde.
Auf ihrem Bett jetzt, im trüben Licht des Nachmittags, umklammerte Sarah ihre Decke und versuchte, das Zittern zu beherrschen. Es war nicht anders möglich, dachte sie. Es war nicht anders möglich, ihn zu zwingen, der Wahrheit ins Gesicht zu sehen.
Aber sie selbst würde den Rest ihres Lebens mit dem Grauen leben müssen. Sie hatte Elena gern gehabt.
Vor acht Monaten hatte sie den Schmerz abgeschüttelt und sich in einen Zustand der Betäubung zurückgezogen, in dem nichts sie berühren konnte. So daß sie, als sie den

Wagen in der Einfahrt hörte, dann Flames Bellen, dann die nahenden Schritte, überhaupt nichts gefühlt hatte.

»Gut, ich geb zu, daß dieser Stößel die Waffe sein könnte«, sagte Barbara und blickte dem Polizeifahrzeug nach, das eben abfuhr, um Helen und ihre Schwester nach Hause zu bringen. »Aber wir *wissen*, daß Elena gegen halb sieben tot war, Inspector. Das besagt zumindest Rosalyn Simpsons Aussage. Ich weiß zwar nicht, wie Sie's sehen, aber ich denke, sie ist zuverlässig. Und wenn Sarah Gordon – deren Aussage von zwei Nachbarn bestätigt wird, wohlgemerkt! – erst kurz vor sieben von zu Hause weggefahren ist...« Sie drehte sich in ihrem Sitz herum und sah Lynley ins Gesicht. »Sagen Sie's mir. Wie kann sie an zwei Orten zu gleicher Zeit gewesen sein – zu Hause in Grantchester und gleichzeitig auf Crusoe's Island?«

Lynley lenkte den Bentley vom Parkplatz auf die Straße hinaus. »Sie nehmen an, daß Sarah Gordon an diesem Morgen das erste Mal aus dem Haus ging, als die Nachbarn sie um sieben wegfahren sahen«, sagte er. »Das entsprach genau ihrer Absicht. Aber sie hat uns selbst erzählt, daß sie an diesem Morgen schon kurz nach fünf auf war – sie mußte uns da die Wahrheit sagen, denn es hätte ja sein können, daß einer der Nachbarn, die sie um sieben wegfahren sahen, viel früher schon das Licht in ihrem Haus gesehen hatte und es uns erzählen würde. Meiner Ansicht nach können wir davon ausgehen, daß sie bereits vorher in Cambridge gewesen war.«

»Aber warum ist sie dann noch mal reingefahren? Wenn sie unbedingt die Finderin der Leiche spielen wollte, nachdem Rosalyn sie gesehen hatte, warum ist sie dann nicht direkt zur Polizei gelaufen – direkt nach dem Mord.«

»Das konnte sie nicht«, antwortete Lynley. »Sie mußte sich umziehen.«

Barbara starrte ihn verständnislos an. »Ah ja. Ich scheine wirklich auf den Kopf gefallen zu sein. Wieso mußte sie sich umziehen?«

»Blut«, warf St. James ein.

Lynley nickte seinem Freund im Rückspiegel zu, ehe er zu Barbara sagte: »Sie konnte doch nicht zur Polizei laufen und die Auffindung einer Toten melden, wenn sie einen Trainingsanzug anhatte, der vorn mit dem Blut des Opfers bespritzt war.«

»Warum ist sie dann überhaupt zur Polizei gegangen?«

»Weil Rosalyn Simpson sie gesehen hatte, und sie fürchtete, daß sie der Polizei davon erzählen und möglicherweise eine so akkurate Beschreibung geben würde, daß man sie ausfindig machen würde. Aber wenn sie als Finderin der Leiche selbst zur Polizei ging, meinte sie, würde kein Mensch auf den Gedanken kommen, sie sei zweimal auf der Insel gewesen. Warum hätte jemand vermuten sollen, sie habe diese junge Frau getötet, sei nach Hause gefahren, um sich umzuziehen und dann wieder zurückgekommen?«

»Eben, Sir. Warum hat sie's also getan?«

»Um auf Nummer Sicher zu gehen«, sagte St. James. »Für den Fall, daß Rosalyn zur Polizei gehen sollte, ehe sie sie beseitigen konnte.«

»Wenn sie andere Kleidung trug als die, die Rosalyn an der Mörderin gesehen hatte«, fuhr Lynley fort, »wenn einer oder mehrere ihrer Nachbarn bestätigen konnten, daß sie erst um sieben ihr Haus verlassen hatte, warum hätte dann jemand auf die Idee kommen sollen, sie sei die Mörderin eines Mädchens, das ungefähr eine halbe Stunde zuvor umgekommen war?«

»Aber Rosalyn sagte uns doch, die Frau habe helles Haar gehabt, Sir. Das war praktisch das einzige, woran sie sich erinnerte.«

»Richtig. Ein Schal, eine Mütze, eine Perücke.«

»Wozu die Umstände?«

»Damit Elena glaubte, Justine zu sehen.« Lynley fädelte in den Kreisverkehr an der Lensfield Road ein, ehe er fortfuhr. »Über den Zeitfaktor sind wir von Anfang an gestolpert, Sergeant. Und weil wir da nicht klar kamen, haben wir uns zwei Tage lang in allen möglichen Sackgassen von der sexuellen Belästigung bis zur Schwangerschaft, verschmähter Liebe, Eifersucht und verbotenen Affären locken lassen, obwohl uns das eine hätte auffallen müssen, das sie alle gemeinsam hatten, die beiden Opfer und alle Verdächtigen. Alle konnten laufen.«

»Aber jeder kann laufen.« Sie warf einen entschuldigenden Blick nach rückwärts zu St. James, der selbst in seinen besten Momenten höchstens schnell humpeln konnte. »Ich meine, allgemein gesprochen.«

Lynley nickte. »Genau das ist es. Allgemein gesprochen.«

Barbara stieß einen Seufzer der Frustration aus. »Jetzt komme ich wirklich nicht mehr mit. Ich sehe das Mittel. Ich sehe die Gelegenheit. Aber ich sehe kein Motiv. Ich meine, wenn hier schon jemand mißhandelt und umgebracht werden sollte – und wenn Sarah Gordon die Täterin war –, dann doch nicht Elena. Justine hätte das Opfer sein müssen. Man braucht sich doch nur die Fakten anzusehen. Ganz abgesehen davon, daß Sarah wahrscheinlich monatelang an dem Porträt gemalt hatte, war es bestimmt Hunderte von Pfund wert, möglicherweise sogar mehr, ich hab da wenig Ahnung. Und dann macht Justine das Bild kaputt. Kriegt einen Wutanfall und klatscht einen Haufen Farbe drauf. *Das* wäre doch ein Motiv! Also, warum Elena und nicht Justine?« Ihr Ton wurde nachdenklich. »Es sei denn, Justine hat das Gemälde gar nicht zerstört. Es sei denn, Elena selbst... Glauben Sie *das*, Inspector?«

Lynley antwortete nicht. Kurz ehe sie die Brücke erreichten, die am Fen Causeway den Fluß überspannte, fuhr er auf den Bürgersteig hinauf und hielt an. Ohne den Motor auszuschalten, sagte er: »Ich bin sofort wieder da.« Zehn Schritte, und schon war er vom Nebel eingehüllt.

Er ging nicht über die Straße, um sich die Insel ein drittes Mal anzusehen. Sie barg keine Geheimnisse mehr für ihn. Vielleicht ging er zum Ende der Brücke am Fen Causeway, wo das schmiedeeiserne Tor war. Zum zweiten Mal vermerkte er, daß jeder, der vom Queen's College – oder vom St. Stephen's – am unteren Fluß entlanglief, drei Möglichkeiten hatte, wenn er den Fen Causeway erreichte. Man konnte nach links abbiegen und an der Technischen Fakultät vorbeilaufen. Man konnte nach rechts abbiegen in Richtung zur Newnham Road. Und man konnte, wie er am Dienstag nachmittag selbst gesehen hatte, geradeaus weiterlaufen, die Straße überqueren, an der er jetzt stand, das Tor passieren und in südlicher Richtung am oberen Flußarm weiterlaufen.

Nur hatte er am Dienstag nachmittag nicht bedacht, daß jemand, der aus der entgegengesetzten Richtung in die Stadt hinein lief, ebenfalls drei Möglichkeiten hatte. Nur hatte er am Dienstag nachmittag nicht bedacht, daß vielleicht tatsächlich jemand in der entgegengesetzten Richtung gelaufen war, also dem oberen Weg gefolgt war und nicht dem unteren, den Elena Weaver am Morgen ihres Todes genommen hatte. Er blickte jetzt diesen oberen Weg entlang, der sich wie ein dünner Bleistiftstrich im Nebel verlor. Die Sicht war schlecht, genau wie am Montag – fünf Meter vielleicht –, aber der Fluß und der Weg an seinem Ufer verliefen hier schnurgerade in nördlicher Richtung, ohne Biegung oder Knick, die einen Spaziergänger oder Läufer veranlaßt hätten innezuhalten.

Aus dem Nebel kam ihm ein Fahrrad entgegen. Der Strahl seines Scheinwerfers war gerade fingerbreit. Als der Radfahrer, ein junger bärtiger Mann in Jeans und schwarzer Öljacke, abstieg, um das Tor aufzumachen, sprach Lynley ihn an.

»Wohin führt der Weg?«

Der junge Mann warf einen kurzen Blick über seine Schulter zurück. »Ein Stück den Fluß entlang.«

»Wie weit?«

»Das kann ich Ihnen nicht mit Sicherheit sagen. Ich nehme ihn immer erst von Newnham Driftway aus. Die andere Richtung bin ich nie gefahren.«

»Führt er nach Grantchester?«

»Der Weg hier? Nein. Nach Grantchester führt der nicht.«

»Ach, verflixt.« Lynley sah mißmutig zum Fluß hinunter. Seine Vermutung, wie der Mord an Elena Weaver ausgeführt worden war, schien doch nicht zu stimmen. Er würde eine neue Erklärung finden müssen.

»Aber Sie können von hier aus hinkommen, wenn Sie nichts gegen einen Fußmarsch haben«, fuhr der junge Mann fort, der wohl den Eindruck hatte, Lynley sei auf einen Spaziergang im Nebel scharf. »Ein Stück den Fluß entlang ist ein Parkplatz, gleich hinter Lammas Land. Wenn Sie den überqueren und dann die Eitsley Avenue hinunter, kommen Sie auf einen öffentlichen Fußweg, der durch die Felder führt. Er ist gut ausgeschildert. Da kommen Sie direkt nach Grantchester. Ich weiß allerdings nicht...« Er musterte Lynleys eleganten Mantel und teure zwiegenähte Schuhe... »ob das bei dem Nebel das Richtige ist, wenn Sie die Gegend nicht kennen. Wenn Sie Pech haben, laufen Sie dauernd im Kreis.«

Lynley verspürte leichte Erregung bei den Worten des jungen Mannes. Also doch! »Wie weit ist es?«

»Bis nach Grantchester? Anderthalb Meilen, vielleicht auch ein bißchen mehr.«

Lynleys Blick glitt zu dem Fußweg und zur glatten Fläche

des trägen Flusses hinunter. Die Zeit. Die Zeit war der Schlüssel. Er kehrte zu seinem Wagen zurück.

»Und?« fragte Barbara.

»Als sie das erste Mal herkam, ist sie bestimmt nicht mit dem Auto gefahren«, sagte Lynley. »Das Risiko, daß jemand von den Nachbarn sie beobachtet, oder jemand den Wagen in der Nähe der Insel gesehen hätte, wäre zu groß gewesen.«

Barbara blickte in die Richtung, aus der er eben gekommen war. »Also ist sie auf einem Fußweg hergekommen. Da muß sie aber auf dem Rückweg teuflisch gerannt sein.«

Er zog seine Taschenuhr heraus und machte sie los. »Hat nicht die eine Nachbarin uns gesagt, sie habe es sehr eilig gehabt, als sie um sieben losgefahren ist? Jetzt wissen wir wenigstens, warum. Sie mußte die Leiche finden, ehe jemand anders sie fand.« Er klappte die Uhr auf und reichte sie Barbara. »Stoppen Sie die Fahrt nach Grantchester, Sergeant«, sagte er.

Er reihte sich wieder in die langen dahinkriechenden Autoschlangen ein. Erst als sie den Kreisverkehr an der Newnham Road hinter sich hatten, ließ der Verkehr nach, und obwohl es immer noch sehr neblig war, trat Lynley das Gaspedal vorsichtig ein wenig weiter durch.

»Zeit?« fragte er.

»Zweiunddreißig Sekunden bis jetzt.« Sie drehte sich nach ihm um. »Aber sie ist keine Läuferin, Sir.«

»Eben. Deshalb brauchte sie fast dreißig Minuten, um nach Hause zu kommen, sich umzuziehen, ihre Malsachen in den Wagen zu packen und nach Cambridge zurückzufahren. Über die Felder ist es etwas mehr als anderthalb Meilen nach Grantchester«, sagte er. »Eine Langstreckenläuferin hätte das in weniger als zehn Minuten geschafft. Und wäre Sarah Gordon eine Langstreckenläuferin gewesen, so hätte Georgina Higgins-Hart nicht sterben müssen.«

»Weil sie dann so schnell wieder auf der Insel hätte zurück sein können, daß sie hätte sagen können, sie sei direkt, nachdem sie die Tote gefunden hatte, von der Insel zur Polizei gelaufen.«

»Richtig.«

Sie fuhren auf der Westseite an Lammas Land vorbei, einem großen Park mit Picknicktischen und Kinderspielplätzen an der Newnham Road. Sie nahmen den Knick, an dem aus der Newnham Road die Barton Road wurde, und passierten eine Siedlung trister Reihenhäuser, dann eine Kirche, neuere komfortable Klinkerbauten einer Stadt wissenschaftlichen Wachstums.

»Eine Minute fünfzehn Sekunden«, sagte Barbara, als sie nach Süden, in Richtung Grantchester, abbogen.

Lynley warf einen Blick in den Rückspiegel auf St. James. Er hatte die Fotografien zur Hand genommen, die Pen im Fitzwilliam Museum gemacht hatte, und sah sie auf seine gewohnte, nachdenkliche und konzentrierte Art durch.

Sie ließen die letzten Häuser der Außenbezirke von Cambridge im grauen Nebel hinter sich. Winterlich kahle Hecken traten an ihre Stelle. Barbara sah auf die Uhr. »Zwei Minuten, dreißig Sekunden«, sagte sie.

Als sie in Grantchester einfuhren, überholten sie einen alten Mann in Tweedmantel und schwarzen Gummistiefeln, der, schwer auf seinen Stock gestützt, auf seinen am Straßenrand schnüffelnden Collie wartete. »Mr. Davies und Mr. Jeffries«, bemerkte Barbara und sah wieder auf die Uhr. »Fünf Minuten, siebenunddreißig Sekunden«, verkündete sie und rief erschrocken »Hoppla, Sir, was ist denn?« als Lynley plötzlich so scharf auf die Bremse trat, daß sie nach vorn geschleudert wurde.

Vor Sarah Gordons Haus stand ein metallicblauer Citroën. »Wartet hier«, sagte Lynley und sprang aus dem

Wagen. Er schloß die Tür geräuschlos und näherte sich dem ehemaligen Schulhaus zu Fuß.

Die Vorhänge an den vorderen Fenstern waren geschlossen. Das Haus wirkte still, wie unbewohnt.

Plötzlich war er weg. Vermutlich irrt er da draußen im Nebel herum und überlegt, was er als nächstes tun soll...

Wie hatte sie sich ausgedrückt? Moralische Verpflichtung gegen schnöde Lust. Auf den ersten Blick bezog sich diese Bemerkung nur auf das unglückliche Ende ihrer eigenen Ehe. Glyn hatte wohl auf Weavers inneren Zwiespalt zwischen seiner Pflicht seiner toten Tochter gegenüber und seiner fortwährenden Begierde nach seiner schönen Ehefrau angespielt. Lynley aber war jetzt sicher, daß die Worte noch eine ganz andere Interpretation zuließen, von der Glyn Weaver wahrscheinlich keine Ahnung hatte, die jedoch der Wagen vor dem Haus bestätigte.

Daher kenne ich ihn. Eine Zeitlang waren wir einander sehr nahe.

Lynley trat an den Wagen heran. Er war abgesperrt. Und er war leer. Bis auf eine kleine, braun-weiße Pappschachtel, die halb offen auf dem Beifahrersitz lag. Lynley erschrak, als er sie sah. Sein Blick flog zum Haus, dann zurück zu der Schachtel und den drei roten Patronen, die zu sehen waren. Er rannte zum Bentley zurück.

»Was ist –?«

Ehe Barbara die Frage aussprechen konnte, schaltete er die Zündung aus und wandte sich St. James zu.

»Ein Stück weiter ist auf der linken Seite ein Pub«, sagte er. »Geh dahin. Ruf die Polizei in Cambridge an. Sag Sheehan, er soll sofort mit ein paar Leuten herkommen. Bewaffnet. Aber keine Sirenen und kein Blinklicht.«

»Inspector –«

»Anthony Weaver ist bei ihr«, sagte Lynley zu Barbara. »Er hat eine Schrotflinte bei sich.«

Sie sahen St. James nach, bis er im Nebel verschwunden war. Dann richteten sie ihre Aufmerksamkeit wieder auf das Haus, das etwa zehn Meter von ihnen entfernt an der Hauptstraße stand.

»Was meinen Sie?« fragte Barbara.

»Daß wir nicht auf Sheehan warten können.« Sie blickten die Dorfstraße hinauf, auf der sie gekommen waren. Der alte Mann und sein Collie bogen eben um die Ecke. »Irgendwo hier muß es einen Fußweg geben, den sie am Montag morgen benutzt hat«, sagte Lynley. »Und wenn sie beim Verlassen des Hauses nicht gesehen werden wollte, wird sie wohl kaum vornherum gegangen sein. Also...« Er sah wieder die Straße hinauf. »Kommen Sie.«

Sie liefen den Weg zurück, den sie gerade gekommen waren. Aber sie hatten noch keine fünf Meter hinter sich, da hielt der alte Mann mit dem Hund sie auf. Er hob seinen Spazierstock und richtete ihn auf Lynleys Brust.

»Dienstag«, sagte er. »Sie waren am Dienstag schon mal hier. So was vergeß ich nicht so leicht, wissen Sie. Norman Davies. Hab noch gute Augen im Kopf.«

»Das hat gerade noch gefehlt«, murmelte Barbara.

Der Hund setzte sich neben Mr. Davies nieder, die Ohren gespitzt, freundliche Erwartung im Blick.

»Mr. Jeffries und ich...« mit einer Kopfbewegung zu dem Collie hinunter, der bei der Erwähnung seines Namens höflich grüßend zu nicken schien... »haben Sie eben vorbeifahren sehen. Diese Herrschaften waren schon einmal hier, Mr. Jeffries, hab ich gesagt. Und ich habe recht, nicht wahr? Ja, ja, so was vergeß ich nicht so leicht nicht.«

»Wo ist der öffentliche Fußweg nach Cambridge?« fragte Lynley ohne Rücksicht auf Form und Höflichkeit.

Der alte Mann kratzte sich am Kopf. Der Collie kratzte sich am Ohr. »Der öffentliche Fußweg, hm? Sie wollen doch bei dem Nebel keinen Spaziergang machen. Ich weiß schon, was Sie denken: Wenn der Alte mit seinem Hund das kann, warum dann nicht auch wir? Aber wir sind nur der Not gehorchend unterwegs, verstehen Sie? Wenn Mr. Jeffries nicht sein Geschäft erledigen müßte, säßen wir hübsch warm und gemütlich im Haus.« Er wies mit seinem Stock zu einem kleinen reetgedeckten Haus auf der anderen Straßenseite. »Meistens sitzen wir beide vorn am Fenster. Auf der Hauptstraße ist doch wenigstens ab und zu was los, da gibt's mal was zu sehen, nicht wahr, Mr. Jeffries?« Der Hund hechelte zustimmend.

Lynley hätte den alten Mann am liebsten beim Revers seines Mantels gepackt und geschüttelt. »Der Fußweg nach Cambridge«, sagte er scharf.

Mr. Davies wippte in seinen Gummistiefeln auf und nieder. »Sie sind genau wie Sarah, hm? Die ist auch immer zu Fuß nach Cambridge gegangen. ›Ich hab meinen Verdauungsspaziergang schon gemacht‹, hat sie immer gesagt, wenn Mr. Jeffries und ich sie mal nachmittags abholen wollten. Und wenn ich dann gesagt hab: ›Sarah, wenn Sie so verrückt auf Cambridge sind, sollten Sie hinziehen‹, meinte sie immer: ›Das habe ich vor, Mr. Davies. Lassen Sie mir nur ein bißchen Zeit.‹« Er lachte leise vor sich hin. »Zwei-, dreimal die Woche...«

»Wo zum Teufel ist der Fußweg?« fuhr Barbara ihn an.

Der alte Mann erstarrte. Er wies die Straße hinaus. »Gleich da beim Broadway.«

Sie rannten sofort los, und er rief ihnen entrüstet hinterher: »Sie könnten wenigstens danke sagen. Keinem Menschen fällt es ein...«

Der Nebel verhüllte seine Gestalt und dämpfte seine Stimme, als sie um die Ecke bogen, an der aus der Hauptstraße der Broadway wurde, ein völlig irreführender Name für die schmale, auf beiden Seiten von hohen Hecken gesäumte Dorfstraße. Gleich hinter dem letzten Haus, keine dreihundert Meter von der alten Schule entfernt, hing in rostigen Angeln ein altes Gatter. Eine große Eiche breitete über ihm ihre Äste aus, und nicht weit entfernt stand auf einem Wegweiser: *Öffentlicher Weg nach Cambridge, 1,5 Meilen.*

Das Gatter führte auf grünes Weideland, dessen üppiges Gras von der Last der Feuchtigkeit niedergedrückt war. Sie folgten dem Weg an Zäunen und Mauern der Gärten entlang, in denen die Häuser zur Hauptstraße standen.

»Glauben Sie wirklich, daß sie bei solchem Nebel zu Fuß nach Cambridge gelaufen ist?« fragte Barbara. »Und dann im Eiltempo wieder zurück, ohne sich zu verlaufen?«

»Sie kannte doch den Weg«, versetzte er. »Wenn man sich auskennt, findet man sich hier wahrscheinlich mit verbundenen Augen zurecht.«

»Oder im Dunklen«, fügte sie hinzu.

Der Garten hinter dem alten Schulhaus war von Stacheldraht eingezäunt. Er bestand aus einem Gemüsegarten, der dringend Pflege brauchte, und verwildertem Rasen, an dessen Ende die Hintertür war. Drei Stufen führten zu ihr hinauf, und auf der obersten stand leise winselnd Sarah Gordons Hund Flame.

»Der wird einen Höllenlärm machen, wenn er uns sieht«, sagte Barbara.

»Kommt auf seine Nase und sein Gedächtnis an«, meinte Lynley. Er pfiff leise. Der Hund hob den Kopf. Lynley pfiff noch einmal. Der Hund bellte zweimal kurz –

»Verdammt«, sagte Barbara.

– und sprang die Stufen herunter. Ein Ohr aufgestellt, rannte er geschäftig über den Rasen zum Zaun.

»Hallo, Flame.« Lynley hielt ihm die Hand hin. Der Hund schnupperte und begann mit dem Schwanz zu wedeln. »Wir haben es geschafft«, sagte Lynley und schlüpfte durch den Stacheldraht. Flame sprang mit einem kurzen

Kläffen an ihm hoch. Lynley packte ihn, hob ihn auf seinen Arm und drehte sich zum Zaun herum, während der Hund ihm begeistert das Gesicht leckte. Er reichte das Tier an Barbara weiter und zog sich seinen Schal vom Hals.

»Ziehen Sie den durch sein Halsband«, sagte er. »Als Leine.«

»Aber ich...«

»Er muß hier weg, Sergeant. Er ist zwar sehr freundlich, aber ich glaube kaum, daß er brav auf der Hintertreppe sitzen bleiben wird, wenn wir uns ins Haus schleichen.«

Barbara hatte einige Mühe, das Tier, das nur aus Beinen und Zunge zu bestehen schien, unter Kontrolle zu bekommen. Sie zog Lynleys Schal unter dem Halsband durch und setzte Flame zu Boden.

»Bringen Sie ihn St. James«, sagte Lynley.

»Und Sie? Sie können doch da nicht allein hineingehen, Inspector. Sie haben gesagt, daß er bewaffnet ist. Und wenn das zutrifft...«

»Verschwinden Sie, Sergeant. Sofort.«

Er wandte sich von ihr ab, ehe sie widersprechen konnte, und rannte geduckt über den Rasen zur Hintertür. Sie war nicht abgeschlossen. Der Türknauf war kalt und feucht, glitschig unter seiner Hand, ließ sich aber geräuschlos drehen. Lynley trat in einen Vorraum, hinter dem sich die Küche befand. Irgendwo in der Düsternis miaute eine Katze. Gleich darauf erschien Silk. Lautlos wie ein altgeübter Einbrecher, kam sie aus dem Wohnzimmer hereingehuscht. Sie blieb abrupt stehen, als sie Lynley sah, und musterte ihn mit unerschrockenem Blick. Dann sprang sie auf eine der Arbeitsplatten und blieb dort wie versteinert sitzen. Lynley ging an ihr vorüber, vom Blick ihrer gelben Augen verfolgt, und glitt lautlos zu der Tür, die ins Wohnzimmer führte.

Der Raum war leer wie die Küche, hinter geschlossenen Vorhängen von Schatten eingehüllt. Im offenen Kamin brannte ein Feuer. Ein kleines Holzscheit lag davor, als hätte Sarah Gordon es gerade auf das Feuer legen wollen, als Anthony Weaver gekommen war und sie gestört hatte.

Lynley legte seinen Mantel ab und ging durch das Wohnzimmer in den Flur, der zu Sarah Gordons Atelier führte. Die Tür war angelehnt, Licht fiel durch den schmalen Spalt auf den hellen Eichenboden.

Er hörte sie sprechen. Es war Sarah Gordons Stimme. Sie klang tonlos, erschöpft.

»Nein, Tony, so war es nicht.«

»Dann sag es mir, verdammt noch mal.« Weavers Stimme war im Gegensatz zu ihrer erregt und heiser.

»Du hast es vergessen, nicht wahr? Du hast nie den Schlüssel zurückverlangt.«

»O Gott.«

»Ja. Nachdem du Schluß gemacht hattest, glaubte ich zuerst, du hättest vergessen, daß ich den Schlüssel zu deinen Diensträumen noch hatte. Dann sagte ich mir, du hättest wahrscheinlich neue Schlösser anbringen lassen, weil es dir einfacher schien, als mich um den Schlüssel zu bitten und eine neuerliche Szene zu riskieren. Später...« ein kurzes, lebloses Lachen, dessen Spott gegen sie selbst gerichtet zu sein schien... »später habe ich doch tatsächlich angefangen zu glauben, du wolltest nur warten, bis deine Berufung auf den Penford-Lehrstuhl erfolgt ist, um dich dann wieder zu melden und mit mir zu treffen. Dafür hätte ich ja den Schlüssel gebraucht, nicht?«

»Wie kannst du glauben, daß das, was zwischen uns passiert ist – gut, das, was ich getan habe –, auch nur das Geringste mit der Berufung auf den Lehrstuhl zu tun hatte!«

»Weil du mich nicht belügen kannst, Tony. Ganz gleich,

wie du dich selbst und alle anderen belügst. Es ging dir immer nur um die Berufung. Elena war nichts als ein Vorwand. Das hörte sich besser an als Karrieresucht. Wieviel nobler, aus Rücksicht auf deine Tochter Schluß zu machen als aus Angst, daß aus deiner Berufung nichts werden würde, wenn bekannt werden sollte, daß du deine zweite Frau wegen einer anderen verlassen hattest.«

»Es war Elena. Nur Elena. Das weißt du.«

»Ach, hör doch auf, Tony. Bitte.«

»Du hast nie versucht zu verstehen, wie es war. Sie war endlich bereit, mir zu verzeihen, Sarah. Sie war bereit, Justine zu akzeptieren. Wir waren dabei, gemeinsam etwas aufzubauen. Wir drei, als Familie. Sie hat das gebraucht.«

»*Du* hast es gebraucht. Du wolltest diesen schönen Schein von der heilen Welt für dein Publikum.«

»Ich hätte sie verloren, wenn ich Justine verlassen hätte. Zwischen ihnen hatte sich eine Beziehung angebahnt, und wenn ich Justine verlassen hätte – genau wie ich damals Glyn verlassen habe –, dann hätte ich Elena vielleicht für immer verloren. Und Elena kam für mich an erster Stelle.« Seine Stimme wurde lauter, als er seinen Platz im Zimmer wechselte. »Sie ist zu uns gekommen. Sie hat gesehen, wie ein harmonisches Zuhause aussehen kann. Das konnte ich doch nicht kaputtmachen – ich konnte doch ihren Glauben an uns nicht zerstören, indem ich Justine verließ.«

»Und darum hast du zerstört, was mir das Wichtigste war. Das war ja auch viel bequemer.«

»Ich mußte Justine halten. Ich mußte ihre Bedingungen annehmen.«

»Für deine Karriere.«

»Nein! Verdammt noch mal. Ich habe es für Elena getan. Für meine Tochter. Aber das hast du nie einsehen wollen. Du wolltest nicht glauben, daß ich zu Gefühlen fähig sei, die über...«

»...über Narzißmus und Selbstsucht hinausgehen?«

Statt einer Antwort hörte Lynley den klirrenden Klang von Metall an Metall, das unverwechselbare Geräusch, das mit dem Laden einer Schrotflinte einhergeht. Er schob sich ganz nahe an die Tür heran, aber er konnte weder Weaver noch Sarah Gordon sehen. Er versuchte, am Klang ihrer Stimme auszumachen, wo sie standen.

»Ich glaube nicht, daß du mich wirklich erschießen willst, Tony«, sagte Sarah Gordon. »So wenig, wie du mich der Polizei ausliefern willst. Denn in jedem Fall wird es einen Riesenskandal geben, und ich kann mir nicht vorstellen, daß du das möchtest.«

»Du hast meine Tochter getötet. Du hast am Sonntag abend Justine von meinem Collegezimmer aus angerufen. Du hast dafür gesorgt, daß Elena allein laufen würde, und dann hast du sie getötet. Du hast Elena getötet.«

»Deine Schöpfung, Tony. Ja. Ich habe Elena getötet.«

»Sie hat dir nie etwas getan. Sie wußte nicht einmal...«

»...daß ich deine Geliebte war? Nein, da war ich wirklich brav. Sie hat es nie erfahren. Sie hat bis zum Schluß geglaubt, du seist Justine treu ergeben. Und das wolltest du doch, nicht wahr? Alle sollten das glauben.«

Obwohl ihre Stimme unendlich müde klang, war sie klarer, deutlicher zu hören als seine. Sie steht wahrscheinlich mit dem Gesicht zur Tür, dachte Lynley. Er drückte ganz vorsichtig gegen das Holz. Die Tür glitt einige Zentimeter nach innen. Er konnte den Rand von Weavers Tweedsakko sehen. Er konnte ein Stück des Gewehrs sehen, das an seiner Hüfte lag.

»Wie hast du das fertiggebracht, Sarah? Du hast sie gekannt. Sie hat hier in diesem Zimmer gesessen. Du hast mit ihr gesprochen, du hast sie...« Seine Stimme brach.

»Was?« fragte sie. »Was habe ich, Tony?« Sie lachte brüchig, als er nicht antwortete. »Ich habe sie *gemalt*. Ja. Aber das war nicht das Ende der Geschichte. Dafür hat Justine gesorgt.«

»Nein.«

»Doch. *Meine* Schöpfung, Tony. Das Original. Genau wie Elena.«

»Ich habe dir doch gesagt, wie leid –«

»Leid? *Leid?*« Zum ersten Mal brach auch ihr die Stimme.

»Ich mußte ihre Bedingungen annehmen. Als sie über uns Bescheid wußte, hatte ich keine Wahl.«

»Und ich hatte auch keine.«

»Du hast also meine Tochter getötet – einen Menschen aus Fleisch und Blut, nicht ein lebloses Stück Leinwand –, um dich zu rächen.«

»Nein, ich wollte keine Rache. Ich wollte Gerechtigkeit. Aber vor einem Gericht hätte ich sie nie bekommen. Denn das Gemälde gehörte ja dir. Es war mein *Geschenk* an dich. Wen interessierte es schon, was ich ihm von mir selbst mitgegeben hatte. Es gehörte ja nicht mehr mir. Ich hatte keinen Anspruch. Darum mußte ich selbst den Ausgleich schaffen.«

»So, wie ich das jetzt tun werde.«

Plötzlich war Bewegung im Raum. Sarah Gordon kam in Lynleys Blickfeld. Sie war unfrisiert, ihre Füße waren nackt. Sie war in eine Decke gehüllt, weiß wie die Wand.

»Dein Wagen steht vor dem Haus. Bestimmt hat dich jemand kommen sehen. Wie willst du mich töten, ohne daß sämtliche Nachbarn es merken?«

»Das will ich gar nicht. Es ist mir gleichgültig.«

»Der Skandal, meinst du? Aber natürlich, da hast du ja nicht viel zu fürchten, nicht wahr? Du bist ja der gramgebeugte Vater, den der Schmerz über den Tod seiner Tochter fast in den Wahnsinn getrieben hat.« Sie straffte die Schultern und sah ihn an. »Du solltest froh sein, daß ich sie getötet habe. Die gesamte Öffentlichkeit ist auf deiner Seite, da bekommst du die Berufung bestimmt.«

»Du gemeine...«

»Aber wie willst du denn abdrücken, ohne daß Justine dir die Flinte hält?«

»Das schaffe ich schon. Das kannst du mir glauben. Das schaffe ich mit Vergnügen.« Er trat einen Schritt näher an sie heran.

»Weaver!« schrie Lynley und stieß gleichzeitig die Tür ganz auf.

Weaver fuhr herum. Lynley warf sich zu Boden. Das Gewehr krachte. Der Gestank von Pulver breitete sich im Raum aus. Eine Wolke blauschwarzen Qualms erhob sich aus dem Nichts, wie es schien. Durch sie hindurch konnte er Sarah Gordon sehen, die keine drei Schritte von ihm entfernt gekrümmt auf dem Boden lag.

Ehe er zu ihr eilen konnte, hörte er von neuem das Klirren von Metall an Metall. Er sprang auf und war bei Weaver, ehe dieser die Waffe gegen sich selbst richten konnte. Er sprang ihn an und schlug die Flinte auf die Seite. Ein zweiter Schuß löste sich, und im selben Moment wurde draußen die Haustür aufgestoßen. Ein halbes Dutzend Polizeibeamte stürmten mit gezückten Waffen durch den Korridor ins Atelier.

»Nicht schießen!« rief Lynley laut.

Und es gab in der Tat keinen Anlaß zu weiterer Gewalt. Weaver sank wie betäubt auf einen der Hocker. Er nahm seine Brille ab und ließ sie zu Boden fallen. Er zertrat die Gläser.

»Ich mußte es tun«, sagte er. »Für Elena.«

Das Team von der Spurensicherung traf nur Minuten nach der Abfahrt des Krankenwagens ein, der eine breite Schneise in die Menge der Neugierigen am Ende der Auffahrt pflügte. Mr. Davies und Mr. Jeffries hielten dort hof, stolz darauf, die ersten am Tatort gewesen zu sein und allen, die es hören wollten, mitteilen zu können, sie hätten sofort gewußt, daß da etwas nicht in Ordnung sei; sobald sie gesehen hätten, wie die dicke kleine Frau Flame ins Pub gebracht hatte.

»Niemals würde Sarah ihren Hund freiwillig hergeben«, behauptete er. »Und nicht mal an der Leine war er. Ich habe sofort gewußt, daß da was nicht stimmt, wie ich das gesehen hab. Richtig, Mr. Jeffries?«

Unter anderen Umständen wäre Lynley diese neuerliche Begegnung mit Mr. Davies wahrscheinlich auf die Nerven gegangen; so, wie die Dinge jedoch lagen, war er froh, den alten Mann zu sehen: Sarah Gordons Hund kannte ihn, kannte seine Stimme, war bereit ihm zu folgen, nachdem man seine Herrin mit einem Druckverband, um die Blutungen zu drosseln, im Krankenwagen abtransportiert hatte.

»Die Katze nehme ich auch gleich mit«, sagte Mr. Davies und schlurfte mit Flame im Schlepptau die Einfahrt hinunter. »Wir sind zwar nicht gerade Katzenfreunde, Mr. Jeffries und ich, aber wir können das arme Vieh doch nicht auf der Straße sitzen lassen, bis Sarah wiederkommt.« Er sah beunruhigt zu ihrem Haus hinüber, vor dem mehrere Polizeibeamte standen. »Sie kommt doch wieder nach Hause, oder? Sie kommt doch durch?«

»O ja, sie kommt durch.« Aber der Schuß hatte ihren rechten Arm getroffen, und nach dem Blick, den die Sanitäter angesichts des angerichteten Schadens getauscht hatten, fragte sich Lynley, wie dieses »Durchkommen« für Sarah Gordon, die Malerin, aussehen würde. Langsam ging er zum Haus zurück.

Aus dem Atelier konnte er Barbaras scharfe Stimme hören und Anthony Weavers, der mit letzter Kraft Antwort gab. Er konnte die Leute von der Spurensicherung hören, die dort drinnen ihrer Arbeit nachgingen. Er hörte, wie eine Tür zugeschlagen wurde und St. James zu Superintendent Sheehan sagte: »Das ist der Stößel.« Aber er ging nicht zu ihnen.

Sie hatte sich ihrer Kunst ganz gegeben. Als sie versucht hatte, sich auch im Leben ganz zu geben, war sie gescheitert.

»Inspector?« Barbara Havers trat ins Zimmer.

»Ich weiß nicht, ob er wirklich auf sie schießen wollte, Barbara. Er hat sie bedroht, ja. Aber der Schuß kann sich ebensogut versehentlich gelöst haben. Das muß ich vor Gericht aussagen.«

»Gut dastehen wird er auf keinen Fall, ganz gleich, was Sie aussagen.«

»Ach was, er braucht nur einen anständigen Anwalt und die Sympathie der Leute, dann hat er nichts zu fürchten.«

»Kann sein. Sie haben jedenfalls Ihr Bestes getan.« Sie hielt ihm einen gefalteten weißen Zettel hin. »Hier, das hatte Weaver bei sich. Aber er wollte nichts dazu sagen.«

Lynley nahm das Papier und entfaltete es. Es war eine Zeichnung, die einen Tiger zeigte, wie er ein Einhorn riß. Das Maul des Einhorns war weit aufgerissen zu einem lautlosen Schrei des Entsetzens und des Schmerzes.

»Er sagte nur«, fuhr Barbara fort, »er habe es gestern in einem Briefumschlag in seinem Arbeitszimmer im College gefunden. Verstehen Sie das, Sir? Ich erinnere mich, daß Elena Weaver Poster mit Einhörnern in ihrem Zimmer aufgehängt hatte. Aber der Tiger – sagt mir gar nichts.«

Lynley gab ihr den Zettel zurück. »Es ist eine Tigerin«, sagte er und verstand jetzt Sarah Gordons Reaktion, als er bei seinem ersten Gespräch mit ihr Whistler erwähnt hatte. Sie hatte sich nicht auf John Ruskins Kritik bezogen und auch nicht auf Whistlers Kunst und seine Versuche, die Nacht zu malen. Nein, bei der Erwähnung Whistlers hatte

Sarah Gordon an die Frau gedacht, die Whistlers Geliebte gewesen war, an die namenlose kleine Midinette, die er *La Tigresse* genannt hatte. »Mit dieser Zeichnung hat sie ihm mitgeteilt, daß sie seine Tochter getötet hatte.«

Barbara blieb der Mund offenstehen. »Aber warum?«

»Um den Kreis der Zerstörung zu schließen, in dem sie beide gefangen waren. Er hatte ihr Werk zerstört. Sie wollte ihn wissen lassen, daß sie seines zerstört hatte.«

23

Justine machte ihm auf, noch ehe er den Schlüssel umdrehen konnte. Sie hatte immer noch das schwarze Kostüm und die perlgraue Bluse an, und obwohl sie die Kleidungsstücke nun seit mindestens dreizehn Stunden trug, hatte sie nirgends das kleinste Fältchen. Sie hätte sie eben erst angelegt haben können.

Sie sah an ihm vorbei den Rücklichtern des davonfahrenden Polizeiwagens nach. »Wo warst du?« fragte sie. »Wo ist dein Wagen? Anthony, wo hast du deine Brille?«

Sie folgte ihm zu seinem Arbeitszimmer und blieb an der Tür stehen, während er in seinem Schreibtisch nach der alten Hornbrille suchte, die er schon lange nicht mehr aufsetzte. Seine Woody-Allen-Brille, hatte Elena sie genannt. *Mit der siehst du aus wie ein alter Spießer, Dad.* Er hatte sie nie wieder getragen.

Er sah zum Fenster, in dessen dunkler Scheibe er sein Spiegelbild und dahinter das seiner Frau erkennen konnte. Sie war eine schöne Frau. In den zehn Jahren ihrer Ehe hatte sie wenig von ihm verlangt, nur daß er sie liebte und zu ihr stand. Dafür hatte sie dieses Heim geschaffen. Sie hatte ihn unterstützt, sie hatte an seine Karriere geglaubt, sie war absolut loyal gewesen. Aber jene tiefe innere Beziehung, die zwischen Menschen besteht, deren Seelen eins sind, hatte sie nicht herzustellen vermocht.

Solange sie gemeinsame Ziele gehabt hatten, gemeinsame Projekte – das Haus, die Einrichtung, der Garten –, hatten sie sicher in der Illusion der idealen Ehe gelebt. Aber als diese gemeinsamen Projekte weggefallen waren – als das Haus gekauft und perfekt eingerichtet war, als der Garten angelegt und bepflanzt war und die blitzenden französischen Autos in der Einfahrt standen –, hatte er bei sich eine unerklärbare innere Leere entdeckt und ein quälendes Gefühl des Unerfüllten. Irgend etwas fehlte.

Ich brauche ein Ventil für meine Kreativität, hatte er gedacht. Mehr als zwanzig Jahre meines Lebens habe ich über alten Büchern gesessen, habe Vorträge und Seminare gehalten, bin langsam aufgestiegen. Es ist Zeit, daß ich meinen Horizont erweitere und neue Erfahrungen mache.

Wie in allem hatte sie ihn auch darin unterstützt. Sie schloß sich ihm in seiner Tätigkeit nicht an – sie hatte kein tieferes Interesse an der Kunst –, aber sie bewunderte seine Skizzen, sie ließ seine Aquarelle rahmen und schnitt aus der Zeitung den Bericht über Sarah Gordon und ihre Malklassen aus. Das wäre vielleicht etwas für dich, Darling, hatte sie zu ihm gesagt. Ich habe zwar nie von ihr gehört, aber in der Zeitung steht, sie sei eine bemerkenswerte Künstlerin. Es wäre doch interessant für dich, eine richtige Malerin kennenzulernen, meinst du nicht?

Das, dachte er, war die größte Ironie. Daß Justine die Vermittlerin ihrer Bekanntschaft gewesen war. Justine, die letztendlich allein verantwortlich war für das Ende dieser obszönen Tragödie.

Wenn zwischen euch Schluß ist, dann trenn dich von dem Bild, hatte Justine gesagt. Vernichte es. Ich will es nicht in meinem Leben haben. Ich will *sie* nicht in meinem Leben haben.

Aber es hatte nicht genügt, daß er es mit Farben entstellt hatte. Nur seine völlige Zerstörung konnte Justines Zorn beschwichtigen und den Schmerz über seine Untreue lindern. Und nur an einem einzigen Ort und zu einer einzigen Zeit konnte dieser Akt der Zerstörung durchgeführt werden, sollte er seine Frau von der Aufrichtigkeit seines Entschlusses, die Affäre mit Sarah zu beenden, überzeugen. Dreimal hatte er daher das Messer in die Leinwand gestoßen, während Justine zugesehen hatte. Doch am Ende hatte er es nicht fertiggebracht, das zerstörte Bild zurückzulassen.

Hätte sie mir das gegeben, was ich brauchte, so wäre dies alles nicht geschehen, dachte er. Wäre sie nur bereit gewesen, sich zu öffnen; hätte nur schöpferisches Tun ihr mehr bedeutet als Besitzen; hätte sie nur mehr getan, als nur zuzuhören und Anteilnahme zu zeigen; hätte sie nur versucht, mich wirklich zu verstehen...

»Wo ist dein Wagen, Anthony?« wiederholte Justine. »Wo ist deine Brille? Wo warst du überhaupt. Es ist nach neun.«

»Wo ist Glyn?« fragte er.

»Sie nimmt ein Bad. Und verbraucht dazu praktisch das gesamte heiße Wasser.«

»Morgen nachmittag ist sie weg. Bis dahin wirst du es wohl noch aushalten können. Sie hat schließlich...«

»Ja, ja, ich weiß schon. Sie hat ihre Tochter verloren. Sie leidet fürchterlich, und deshalb sollte ich fähig sein, über alles hinwegzusehen, was sie tut – und all die Gemeinheiten, die sie sagt. Aber ich lasse mir das nicht gefallen. Und wenn du es tust, bist du schön dumm.«

»Tja, dann bin ich wohl schön dumm.« Er wandte sich vom Fenster ab. »Aber das hast du ja mehr als einmal zu deinem Vorteil ausgenützt, nicht wahr?«

Röte schoß ihr in die Wangen. »Wir sind Mann und Frau.

Wir sind eine Verpflichtung eingegangen. Wir haben in der Kirche ein Versprechen abgelegt. Ich jedenfalls habe das getan. Und ich habe es niemals gebrochen. Nicht ein einziges Mal. Ich war nicht diejenige...«

»Schon gut«, unterbrach er. »Ich weiß.« Es war zu warm im Zimmer. Er sollte sein Jackett ausziehen.

»Wo warst du?« sagte sie wieder. »Was hast du mit dem Auto gemacht?«

»Es steht bei der Polizei. Sie haben mich nicht nach Hause fahren lassen.«

»Sie – die Polizei? Was ist denn passiert?«

»Nichts. Jetzt passiert gar nichts mehr.«

»Was soll das nun wieder heißen?« Sie schien zu wachsen, als etwas wie eine Erkenntnis ihr zu kommen schien. »Du warst wieder bei ihr«, sagte sie anklagend. »Ich sehe es dir im Gesicht an. Ja, ganz deutlich. Ich sehe es. Du hast mir versprochen, daß Schluß ist, Anthony. Du hast es mir geschworen. Du hast gesagt, es sei Schluß.«

»Es ist Schluß. Glaub mir.« Er ging aus dem Arbeitszimmer hinaus zum Wohnzimmer, hörte das Klappern ihrer hohen Absätze, das ihm folgte.

»Was ist dann... Hast du einen Unfall gehabt? Ist das Auto kaputt? Bist du irgendwie verletzt?«

Verletzt, ein Unfall. Eine andere Wahrheit konnte es nicht geben. Er hätte gern gelacht. Immer würde sie vermuten, daß er Opfer war, nicht Täter. Sie konnte sich nicht vorstellen, daß er ausnahmsweise einmal die Dinge selbst in die Hand nehmen würde. Sie konnte sich nicht vorstellen, daß er einmal doch in eigener Sache handeln würde, ohne Rücksicht auf die Meinung und das Urteil anderer, sondern einfach, weil er glaubte, es sei richtig so. Wann hatte er denn je für sich gehandelt? Außer daß er damals Glyn verlassen hatte. Und dafür hatte er fünfzehn Jahre lang bezahlt.

»Anthony, antworte mir! Was ist passiert?«
»Ich habe endlich ein Ende gemacht.« Er ging ins Wohnzimmer.

»Anthony...«

Er hatte einmal geglaubt, die Stilleben, die über dem Sofa hingen, seien sein Bestes. *Mal doch etwas, das wir ins Wohnzimmer hängen können, Darling. In Farben, die passen.* Er hatte es getan. Aprikosen und Mohn. Auf den ersten Blick konnte man sehen, was es sein sollte. Und war nicht eben das Kunst? Die genaue Abbildung der Wirklichkeit?

Er hatte sie von der Wand genommen und mitgenommen, um sie ihr am ersten Abend des Malkurses stolz zu zeigen. Es machte nichts, daß in diesem Kurs mit lebenden Modellen gearbeitet werden sollte; sie sollte von Anfang an sehen, daß er allen anderen überlegen war, ein ungeschliffenes Talent, das nur darauf wartete, gebildet zu werden.

Sie hatte ihn vom ersten Moment an überrascht. Auf einem hohen Hocker in einer Ecke ihres Ateliers sitzend, hatte sie zunächst einmal keinerlei Instruktionen oder Anweisungen gegeben. Sie hatte geredet. Die Füße hinter die Leisten des Hockers gehakt, die Ellbogen auf die Knie gestützt, das Gesicht in den Händen, so daß ihr dunkles Haar zwischen ihren Fingern hindurchfloß, hatte sie geredet.

»Sie sind nicht hier, um zu lernen, wie man Farbe auf Leinwand aufträgt«, hatte sie zu der Gruppe gesagt. Sie waren zu sechst: drei ältere Frauen in losen Kitteln und Gesundheitsschuhen, die Frau eines amerikanischen Soldaten, die überflüssige Zeit hatte, eine zwölfjährige Griechin, deren Vater für ein Jahr als Gastdozent an der Universität war, und er selbst. Er wußte sofort, daß er unter ihnen der ernsthafteste Schüler war. Ihre Worte schienen direkt an ihn gerichtet zu sein.

»Jeder kann ein paar Farbkleckse machen und es Kunst nennen«, sagte sie. »Aber darum geht es in diesem Kurs nicht. Sie sind hier, um etwas von sich selbst auf die Leinwand zu bringen, durch Ihre Komposition zu zeigen, wer Sie sind. Es geht darum, eine Vorstellung zu malen. Ich kann Ihnen Technik und Methode vermitteln, aber das, was Sie auf die Leinwand bringen, muß aus Ihrem eigenen Inneren kommen, wenn Sie es Kunst nennen wollen.« Sie lächelte. Es war ein eigenartiges strahlendes Lächeln, natürlich und völlig unaffektiert. Sie konnte nicht wissen, daß sie dabei ihre Nase auf unattraktive Weise krauste. Aber wenn sie es doch wußte, so war es ihr wahrscheinlich gleichgültig. Äußerlichkeiten schienen ihr nicht wichtig zu sein. »Und wenn Sie dieses Eigene in Ihrem Inneren nicht entdecken können, oder wenn Sie aus irgendeinem Grund Angst haben, es zu entdecken, dann wird es Ihnen dennoch gelingen, mit Ihren Farben etwas zu schaffen. Es wird hübsch anzusehen sein und Ihnen Freude machen. Aber es wird nicht unbedingt Kunst sein. Der Sinn – unser Sinn – ist, sich über ein Medium mitzuteilen. Aber um das zu tun, müssen Sie etwas zu sagen haben.«

Am Ende hatte er sich seiner einfältigen Arroganz geschämt, die Aquarelle mitzubringen und sich mit ihnen zu brüsten. Er beschloß, sich unauffällig aus dem Atelier zu schleichen und die Bilder, wohlverpackt in ihrem braunen Umschlag, wieder mitzunehmen, ohne sie ihr gezeigt zu haben. Aber er war nicht flink genug. Als er mit den anderen hinausgehen wollte, sagte sie: »Ich sehe, Sie haben ein paar Arbeiten von sich dabei, Dr. Weaver. Möchten Sie sie mir nicht zeigen?« Sie trat an seinen Arbeitstisch und wartete, während er die Aquarelle auspackte, so nervös wie schon seit vielen Jahren nicht mehr und mit dem Gefühl, ein absoluter Stümper zu sein.

Sie betrachtete sie nachdenklich. »Aprikosen und –«

Er spürte, wie sein Gesicht heiß wurde. »Mohn.«

»Ah«, sagte sie. »Ja. Sehr hübsch.«

»Hübsch. Aber keine Kunst.«
Sie sah ihn an. Ihr Blick war freundlich und offen. Er fand es verwirrend, von einer Frau so direkt angesehen zu werden. »Verstehen Sie mich nicht falsch, Dr. Weaver. Das sind sehr hübsche Aquarelle. Und hübsche Aquarelle haben ihren Platz.«
»Aber würden Sie sie bei sich an die Wand hängen?«
Noch einmal betrachtete sie die Aquarelle. Sie setzte sich auf die Kante des Arbeitstisches und hielt die Bilder auf den Knien, erst das eine, dann das andere. Sie preßte ihre Lippen zusammen. Sie blies ihre Wangen auf.
»Ich vertrage es schon«, sagte er mit einem kleinen Lachen, das, wie er selbst merkte, weit nervöser als amüsiert war. »Sie brauchen kein Blatt vor den Mund zu nehmen.«
Sie nahm ihn beim Wort. »Gut«, sagte sie. »Sie können zweifellos kopieren. Den Beweis haben wir hier. Aber können Sie kreieren?«
Es tat nicht halb so weh, wie er gefürchtet hatte. »Stellen Sie mich auf die Probe«, versetzte er.
Sie lächelte. »Mit Vergnügen.«
In den folgenden zwei Jahren hatte er sich hineingestürzt, erst als Teilnehmer ihrer Kurse, dann als ihr Privatschüler. Im Winter arbeiteten sie am lebenden Modell im Atelier. Im Sommer fuhren sie mit Skizzenblöcken, Staffelei und Farben aufs Land hinaus und arbeiteten im Freien. Häufig zeichneten sie sich gegenseitig, zur Übung des Blicks und des Verständnisses für die menschliche Anatomie. Immer füllte sie den Raum, der sie umgab, mit Musik. Hör mir zu, wenn du einen Sinn anregst, regst du andere an, erklärte sie. Kunst kann nicht geschaffen werden, wenn der Künstler selbst ein gefühlloses Vakuum ist. Höre die Musik, versuche, sie zu sehen, fühle sie.
Unter dem Eindruck ihrer Intensität und Hingabe hatte er das Gefühl bekommen, aus dreiundvierzig Jahren

schwarzer Finsternis emporzutauchen, um endlich im Sonnenschein zu wandeln. Er fühlte sich völlig neu belebt, intellektuell herausgefordert. Er spürte, wie das Gefühl erwachte. Und sechs Monate lang, bevor sie seine Geliebte wurde, nannte er es sein leidenschaftliches künstlerisches Engagement. Das war ungefährlich. Das verlangte keine Entscheidung für die Zukunft.

Sarah, dachte er und war erstaunt, daß er selbst jetzt noch – nach allem, nach Elena sogar – den Wunsch haben konnte, den Namen zu denken, den auszusprechen er sich die vergangenen acht Monate verboten hatte – seit Justine angeklagt und er gestanden hatte. Sarah.

An einem Donnerstag abend, genau um die Zeit, zu der er immer kam, hatten sie vor dem alten Schulhaus gehalten. Seine Fenster waren erleuchtet, und im Kamin brannte ein Feuer – er konnte das Flackern durch die zugezogenen Vorhänge sehen. Er wußte, daß Sarah ihn erwartete, daß sie auf sein Läuten zur Tür laufen würde, um ihm zu öffnen; daß sie ihn ins Haus ziehen und sagen würde, Tony, ich habe eine ganz tolle Idee für das Bild von der Frau in Soho. Du weißt schon, das, mit dem ich jetzt schon seit drei Wochen nicht zu Rande komme...

Ich kann nicht, sagte er zu Justine. Verlang das nicht von mir. Es wird sie vernichten.

Es ist mir ziemlich egal, was mit ihr geschieht, sagte Justine und stieg aus dem Wagen.

Sie war wohl zufällig gerade in der Nähe der Tür, als sie läuteten, denn sie öffnete sie im selben Moment, als der Hund zu bellen anfing. Sie rief über ihre Schulter, Flame, sei still, das ist Tony, du kennst doch Tony, dummer Kerl. Dann wandte sie sich der Tür zu und sah sie beide – ihn im Vordergrund, Justine einen halben Schritt zurück und das Porträt, das er in braunes Papier eingeschlagen unter dem Arm trug.

Sie sagte nichts. Sie rührte sich nicht. Sie sah nur an ihm vorbei zu Justine, und ihr Gesicht spiegelte ihm seine Schuld.

Sie traten ins Haus. Flame trottete mit einem verknoteten alten Socken zwischen den Zähnen aus dem Wohnzimmer und kläffte beim Anblick des Freundes erfreut.

Jetzt, Anthony, sagte Justine.

Ihm fehlte der Wille: es zu tun, sich zu weigern, selbst zu sprechen. Er sah Sarahs Blick, der auf dem Gemälde lag. Sie sagte: Was hast du mir da mitgebracht, Tony, als stünde Justine nicht an seiner Seite.

Er hatte es mit Farben entstellt, aber das war nicht genug gewesen. Nur ein Menschenopfer reichte aus.

Im Wohnzimmer stand eine Staffelei. Er packte das Gemälde aus und stellte es auf die Staffelei. Er erwartete, daß sie zu ihm hinstürzen würde, wenn sie die ungeheuren roten, weißen und schwarzen Flecken sah, die die Gesichter seiner Tochter verdeckten. Doch sie näherte sich dem Bild ganz langsam und stieß einen schwachen Schrei aus, als sie auf der unteren Rahmenleiste sah, was sie schon gewußt hatte, daß sie es sehen würde. Das kleine Messingschild. *Elena.*

Er hörte, wie Justine sich bewegte. Er hörte, wie sie seinen Namen sagte, und er fühlte, wie sie ihm das Messer in die Hand drückte. Es war ein praktisches Messer zum Gemüseschneiden. Sie hatte es in der Küche ihres Hauses aus der Schublade genommen. Mach, daß es aus meinem Leben verschwindet, hatte sie gesagt. Mach, daß *sie* aus meinem Leben verschwindet. Du tust es heute abend, in meinem Beisein, damit ich auch sicher sein kann.

Den ersten Schnitt machte er in einem heißen Aufruhr von Zorn und Verzweiflung. Er hörte Sarah *Nein, Tony!* schreien und spürte ihre Finger an seiner Faust und sah ihr Blut, als das Messer über ihre Fingerknöchel glitt, um den zweiten Schnitt in die Leinwand zu machen. Und dann der dritte, aber da war sie schon zurückgewichen. Wie ein Kind hielt sie ihre blutende Hand an sich gedrückt, ohne zu weinen. Nein, weinen würde sie nicht. Nicht vor ihm und nicht vor seiner Frau.

Das reicht, sagte Justine. Sie drehte sich herum und ging hinaus.

Er folgte ihr. Er hatte nicht ein Wort gesprochen.

Sie hatte einmal abends in der Malklasse über das Risiko und den Lohn der tiefsten persönlichen Äußerung in der Kunst gesprochen, den Mut, einer Öffentlichkeit, die vielleicht mißverstehen, verspotten oder zurückweisen würde, etwas vom eigenen innersten Wesen zu zeigen. Er hatte ihren Worten pflichtschuldig zugehört, aber ihre Bedeutung hatte er erst verstanden, als er ihr Gesicht bei Zerstörung ihres Gemäldes gesehen, als er diesen einen schwachen Todesschrei gehört hatte. Mit drei Messerstichen hatte er Sarahs persönlichsten Ausdruck ihrer Liebe zu ihm und ihre Anteilnahme an seinem Leben negiert und ausgelöscht.

Das war vielleicht seine größte Schuld. Das Geschenk herausgefordert zu haben. Es in Stücke gerissen zu haben.

Er nahm seine Aquarelle – diese ganz ungefährlichen Aprikosen und Mohnblumen – von der Wand über dem Sofa. Sie hinterließen zwei helle Flecken auf der Tapete, aber das war nicht zu ändern. Justine würde sicher einen passenden Ersatz für sie finden.

»Was tust du?« fragte sie. »Anthony, antworte mir!« Ihre Stimme klang ängstlich.

»Ich mache reinen Tisch«, sagte er.

Er trug die Bilder in den Vorsaal hinaus und hielt das eine nachdenklich auf seinen Fingerspitzen. *Sie können kopieren*, hatte sie gesagt. *Können Sie kreieren?*

Die letzten vier Tage hatten ihm die Antwort gegeben,

die er zwei ganze Jahre nicht gefunden hatte. Manche Menschen sind Schaffende. Andere sind Zerstörer.

Er schleuderte das Bild gegen den Treppenpfosten. Glas splitterte und fiel klirrend auf den Parkettboden.

»Anthony!« Justine packte ihn am Arm. »Hör auf! Das sind doch deine Bilder. Das ist doch deine Kunst. Hör auf.«

Er zerschlug das zweite mit noch mehr Wut. Der Schmerz, als seine Hand den Treppenpfosten traf, raste wie eine Kanonenkugel durch seinen Arm. Glassplitter flogen ihm ins Gesicht.

»Ich habe keine Kunst«, sagte er.

Trotz der Kälte ging Barbara mit ihrer Tasse Kaffee in den verwahrlosten Garten des Hauses in Acton hinaus und setzte sich auf den kalten Betonklotz, der als Treppenstufe an der Hintertür diente. Sie zog ihren Mantel fester um sich und stellte die Kaffeetasse auf ihr Knie. Stockfinster war es hier draußen nicht – konnte es nicht sein, wenn man von mehreren Millionen Menschen und einer niemals schlafenden Metropole umgeben war –, aber die nächtlichen Schatten machten den Garten doch zu einem weniger vertrauten Ort, als es das Innere des Hauses war, zu einem neutraleren Ort, der weniger von ihrem Kampf mit Schuldgefühlen belastet war.

Welcher Art, fragte sie sich, ist denn überhaupt die Bindung, die zwischen Eltern und Kind besteht? Und wann wird es schließlich notwendig, diese Bindung zu lösen oder vielleicht neu zu definieren? Und ist die Lösung oder die Neudefinierung überhaupt möglich?

In den letzten zehn Jahren ihres Lebens war ihr langsam klar geworden, daß sie niemals Kinder haben würde. Anfangs hatte diese Erkenntnis ihr Schmerz bereitet, da sie untrennbar mit der Einsicht verbunden war, daß sie wahrscheinlich niemals heiraten würde. Sie wußte, daß man nicht unbedingt verheiratet zu sein brauchte, um Kinder haben zu können. Immer häufiger wurden jetzt auch Alleinstehenden Kinder zur Adoption zugesprochen. Aber sie hatte, allzu konventionell vielleicht, die Elternschaft stets als ein Gemeinschaftsunternehmen zweier Partner gesehen. Und auch die Wahrscheinlichkeit, daß in ihrem Leben ein Partner auftauchen würde, wurde von Jahr zu Jahr geringer.

Sie dachte nicht oft über dieses Thema nach. Doch während die meisten Menschen mit zunehmendem Alter ihre Familie wachsen sahen, durch Heirat und Kinder neue Verbindungen knüpften, bröckelte bei ihr mehr und mehr ab. Ihr Bruder und ihr Vater, beide tot und begraben. Und jetzt würde sie auch das letzte Band durchschneiden müssen, die Verbindung zu ihrer Mutter.

Letzten Endes, dachte sie, ist das Leben eine einzige Suche nach Sicherheit... Alle suchen wir dauernd nach einem Zeichen, das uns sagt, daß wir nicht allein sind. Und diese Sicherheit können uns nur Menschen geben. Wenn ich geliebt werde, bin ich etwas wert. Wenn ich gebraucht werde, bin ich etwas wert.

Wo war im Grunde genommen der Unterschied zwischen Anthony Weaver und ihr? War nicht ihr Verhalten – genau wie seines – von der unausgesetzten Angst bestimmt, daß die Welt ihr ihre Zustimmung versagen würde? Versteckte sich nicht auch hinter ihrem Verhalten eine Verzweiflung, die dem Gefühl der Schuld entsprang?

»Ihre Mutter hat heute einen guten Tag gehabt, Barbie«, hatte Mrs. Gustafson gesagt. »Wenn's auch zuerst ein bißchen schwierig war. Sie wollte überhaupt nicht auf mich hören und hat mich dauernd Pearl genannt. Ihre Kekse wollte sie nicht essen und ihre Suppe auch nicht. Und als der Postbote gekommen ist, hat sie gedacht, es wäre Ihr Vater und wollte unbedingt mit ihm weg. Nach Mallorca, hat sie immer gesagt. Jimmy hat's mir versprochen. Und als ich ihr klarmachen wollte, daß es gar nicht Jimmy ist, wollte sie mich rausschmeißen. Einfach zur Tür raus. Aber dann hat sie sich endlich doch beruhigt.« Sie hob nervös die Hand zu ihrer Perücke und betatschte mit den Fingern die steifen grauen Locken. »Aber sie wollte einfach nicht aufs Klo. Ich versteh das gar nicht. Ich hab ihr den Fernseher angemacht. Und die letzten drei Stunden war sie wirklich brav.«

Barbara fand sie im Wohnzimmer, im zerschlissenen Sessel ihres Mannes, den Kopf in der fettigen Kuhle, die sein Kopf im Lauf der Jahre hinterlassen hatte. Der Fernsehapparat lief mit brüllender Lautstärke. Es war ein Film mit Humphrey Bogart und Lauren Bacall. Der Film, in dem jene Bemerkung über das Pfeifen vorkam. Barbara hatte ihn schon x-mal gesehen. Sie schaltete das Gerät aus, als Bacall ganz am Schluß durchs Zimmer zu Bogart hinüber tänzelte. Der Moment hatte Barbara immer am besten gefallen, das verschleierte Versprechen für die Zukunft, das er beinhaltete.

»Jetzt geht's ihr gut, Barbie«, sagte Mrs. Gustafson eifrig von der Tür her. »Das sehe ich doch, nicht? Es geht ihr gut.«

Doris Havers hing zusammengesunken im Sessel. Ihr Mund war schlaff. Ihre Hände spielten mit dem Saum ihres Kleides, das sie bis zu den Oberschenkeln heraufgezogen hatte. Gestank nach Exkrementen und Urin hüllte sie ein.

»Mama?« sagte Barbara.

Doris Havers antwortete nicht. Sie summte nur vier Töne, als wollte sie ein Lied anstimmen.

»Da sehen Sie mal, wie schön still und brav sie sein kann«, sagte Mrs. Gustafson. »Sie kann ein richtiges Goldstück sein, wenn sie will.«

Auf dem Boden, fast unmittelbar vor den Füßen ihrer Mutter, lag zusammengerollt der Schlauch des Staubsaugers.

»Was tut der denn hier?« fragte Barbara.

»Barbie, er hilft mir wirklich, um sie...«

Barbara hatte das Gefühl, daß in ihr etwas brach, wie ein Damm, der den Wassermassen nicht länger standhalten kann. »Haben Sie nicht gesehen, daß sie sich vollgemacht hat?« fragte sie Mrs. Gustafson und fand es ein Wunder, wie ruhig ihre Stimme klang.

Mrs. Gustafson wurde blaß. »Vollgemacht? Aber, Barbie, Sie täuschen sich bestimmt. Ich hab sie zweimal gefragt. Sie wollte nicht zum Klo.

»Riechen Sie's denn nicht? Haben Sie nicht nachgesehen? Haben Sie sie allein gelassen?«

Auf Mrs. Gustafsons Lippen zitterte ein zaghaftes Lächeln. »Jetzt sind Sie böse, Barbie. Aber wenn man eine Weile mit ihr zusammen ist –«

»Ich bin seit Jahren mit ihr zusammen. Ich bin mein ganzes Leben mit ihr zusammen gewesen.«

»Ich wollte doch nur sagen –«

»Danke, Mrs. Gustafson. Wir brauchen Sie in Zukunft nicht mehr.«

»Aber – ich...« Mrs. Gustafson griff sich etwa in Höhe ihres Herzens an ihre Kittelschürze. »Nach allem, was ich getan habe.«

»Ganz recht«, sagte Barbara.

Jetzt, draußen auf der Treppenstufe, in der Kälte, die durch den Mantel kroch, sah sie wieder ihre Mutter, die schlaff und leblos wie eine Puppe im Sessel gelegen hatte. Barbara hatte sie gebadet, von einer tiefen Traurigkeit überkommen beim Anblick ihres welken Körpers. Sie führte sie zu ihrem Bett, legte sie hin, deckte sie zu und schaltete das Licht aus. Und die ganze Zeit sprach ihre Mutter nicht ein einziges Wort. Sie war eine lebende Tote.

Manchmal ist das Richtige auch das Offensichtliche, hatte Lynley gesagt. Und es war wahr. Sie hatte von Beginn an gewußt, was getan werden mußte. Aber aus Angst, als gefühllose und gleichgültige Tochter verurteilt zu werden, hatte Barbara gezögert, auf Rat und Hilfe gewartet, vielleicht auch auf eine Erlaubnis, die niemals erfolgen würde. Die Entscheidung lag allein bei ihr, wie immer. Was sie nicht gewußt hatte, war, daß auch das Urteil bei ihr selbst lag.

Sie stand von der Treppenstufe auf und ging in die Küche. Der Geruch nach altem Käse hing in der Luft. Die Spüle war voll mit schmutzigem Geschirr, der Boden mußte gewischt werden, es gab hundert Möglichkeiten der Ablenkung, die ihr erlaubten, das Unausweichliche aufzuschieben. Aber sie hatte es lange genug aufgeschoben, seit dem Tod ihres Vaters im März. So konnte das nicht weitergehen. Sie ging zum Telefon.

Merkwürdig eigentlich, daß sie sich die Nummer auswendig gemerkt hatte. Sie mußte gleich gewußt haben, daß sie sie noch einmal brauchen würde.

Das Telefon läutete viermal. Eine angenehme Stimme meldete sich. »Hier Mrs. Flo, Hawthorn Lodge.«

Barbara begann mit einem Seufzer. »Hier spricht Barbara Havers. Ich weiß nicht, ob Sie sich noch an meinen Besuch am Montag abend erinnern.«

24

Lynley und Barbara kamen um halb zwölf im St. Stephen's College an. Am frühen Vormittag hatten sie ihre Berichte zusammengestellt, hatten sich mit Superintendent Sheehan zusammengesetzt und darüber gesprochen, was für Vorwürfe man überhaupt gegen Anthony Weaver erheben konnte. Lynley wußte, daß es völlig müßig war, auf versuchten Mord hinzuwirken. Betrachtete man den Fall vom rein juristischen Standpunkt aus, so war schließlich Weaver der Geschädigte. Ganz gleich, was an Schmerz und Verrat zu der Ermordung Elena Weavers geführt hatte, ein Verbrechen war in den Augen des Gesetzes erst begangen worden, als Sarah Gordon das Mädchen umgebracht hatte.

Vom Schmerz über den Tod seines Kindes getrieben, würde die Verteidigung sagen. Und Weaver – der in weiser Voraussicht nicht in den Zeugenstand treten und ein Kreuzverhör riskieren würde – würde aus dem Prozeß als liebender Vater, ergebener Ehemann, brillanter Wissenschaftler und Gelehrter hervorgehen. Und wenn die Wahrheit über sein Verhältnis mit Sarah Gordon ans Licht kommen sollte, wie leicht konnte man sie als verzeihlichen Fehltritt eines sensiblen, musischen Menschen abtun, der in einem Augenblick der Schwäche oder einer Zeit ehelicher Entfremdung einer tödlichen Versuchung erlegen war. Wie leicht konnte er als ein Mann hingestellt werden, der sein Bestes getan hatte – ja, alles, was in seiner Macht stand –, um diese Affäre hinter sich zu lassen und in sein gewohntes Leben zurückzukehren, sobald er gemerkt hatte, wie weh er seiner Ehefrau damit tat, die in unerschütterlicher Treue zu ihm stand.

Aber *sie*, würde die Verteidigung argumentieren, konnte nicht vergessen. Sie war besessen von dem Verlangen, sich für diese Zurückweisung zu rächen. Darum tötete sie seine Tochter. Sie belauerte sie, wenn sie morgens mit ihrer Stiefmutter ihr Lauftraining absolvierte, sie merkte sich, was für Kleidung ihre Stiefmutter trug, sie sorgte dafür, daß das Mädchen an dem betreffenden Morgen allein laufen mußte, sie lauerte ihr auf, sie zertrümmerte ihr auf brutale Weise das Gesicht und tötete sie. Und nachdem sie das getan hatte, suchte sie bei Nacht die Diensträume Dr. Weavers auf und hinterließ ihm eine Nachricht, aus der hervorging, daß sie seine Tochter getötet hatte. Was hätte er da tun sollen? Was hätte ein anderer – angesichts des Todes seines Kindes in tiefster Verzweiflung – an seiner Stelle getan?

Und so würde die Aufmerksamkeit langsam von Anthony Weaver auf das Verbrechen verschoben werden, das an ihm begangen worden war. Denn welches Gericht würde je fähig sein, das Verbrechen zu erkennen, das Weaver an Sarah Gordon begangen hatte? Es war doch nur ein Gemälde gewesen. Wie sollten die Geschworenen verstehen können, daß Weaver, indem er ein Gemälde zerstört hatte, eine menschliche Seele in ihrer Einzigartigkeit zerstört hatte?

...wenn man nicht mehr daran glaubt, daß der Schaffensakt an sich wichtiger ist als jede Analyse oder Zurückweisung durch andere, tritt die Lähmung ein. So war es bei mir.

Doch wie sollten Geschworene das verstehen, wenn sie nie den Drang verspürt hatten, etwas zu schaffen? Wieviel einfacher war es, sie als abgewiesene Liebhaberin abzustempeln, als zu versuchen, das Ausmaß ihres Verlusts zu verstehen.

Sarah Gordon hatte Gewalt gesät, würde die Verteidigung vorbringen, und sie hatte Gewalt geerntet.

Und es war wahr. Lynley dachte daran, wie er die Frau zuletzt gesehen hatte, in den frühen Morgenstunden, fünf Stunden nachdem man sie aus dem Operationssaal geschoben hatte. Sie lag in einem Zimmer, vor dessen Tür ein uniformierter Constable Wache hielt, eine lächerliche Formalität, um sicherzustellen, daß die Gefangene – die Mörderin – nicht zu fliehen versuchte. Sie wirkte sehr klein in dem Krankenhausbett, und ihr Körper war unter der Decke kaum wahrnehmbar. Immer noch betäubt, lag sie da, mit bläulich angelaufenen Lippen und fahlem Gesicht. Sie lebte, aber sie wußte noch nicht, daß sie einen zusätzlichen Verlust würde ertragen müssen.

Wir konnten den Arm retten, sagte ihm der Chirurg, aber ich weiß nicht, ob sie ihn je wieder gebrauchen kann.

Lynley hatte am Bett gestanden und zu Sarah Gordon

hinuntergesehen und über Rache und Gerechtigkeit nachgedacht. In unserer Gesellschaft, dachte er, verlangt das Gesetz Gerechtigkeit, doch der einzelne will immer noch Rache. Aber erlaubt man einem Menschen, auf eigene Faust Vergeltung zu üben, so fordert man damit nur neue Gewalt heraus. Denn außerhalb des Gerichtssaals gibt es keine Möglichkeit, den Ausgleich zu schaffen, wenn einem Unschuldigen Unrecht getan worden ist. Jeder Versuch, es dennoch zu tun, schafft nur Schmerz, zusätzliche Verletzung und neuerliches Bedauern.

Aber jetzt, während er mit Barbara Havers zum College ging, um seine Sachen aus dem kleinen Zimmer im Ivy Court zu holen, fand er diese Philosophie ziemlich bequem. Vor der St. Stephen's Kirche stand ein Leichenwagen. Vor und hinter ihm reihten sich mehr als ein Dutzend Autos.

»Hat sie etwas zu Ihnen gesagt?« fragte Barbara. »Irgend etwas?«

»›Sie dachte, es sei ihr Hund. Elena hat Tiere geliebt.‹«

»Und das war alles?«

»Ja.«

»Kein Bedauern? Keine Reue?«

»Nein«, antwortete Lynley. »Und ich kann nicht behaupten, daß ich den Eindruck hatte, sie hätte etwas dergleichen empfunden.«

»Aber was hat sie sich denn nur dabei gedacht, Sir? Daß sie wieder würde malen können, wenn sie Elena Weaver tötete? Daß der Mord irgendwie ihre Kreativität freisetzen würde?«

»Ich denke, sie glaubte, wenn sie Weaver leiden ließe, wie er sie hatte leiden lassen, dann würde sie irgendwie weiterleben können.«

»Nicht sehr rational, wenn Sie mich fragen.«

»Nein, Sergeant. Aber in menschlichen Beziehungen darf man Rationalität nicht erwarten.«

Sie gingen am Friedhof vorbei. Barbara blickte zum normannischen Turm der Kirche hinauf. Das Schieferdach war nur eine Schattierung heller als der düstere Morgenhimmel. Es war ein passender Tag für die Toten.

»Sie haben von Anfang an den richtigen Riecher gehabt«, bemerkte Barbara. »Gute Arbeit, Sir.«

»Keine Komplimente, bitte. Sie hatten auch den richtigen Riecher.«

»Ich? Wieso?«

»Sie hat mich vom ersten Moment an an Helen erinnert.«

Er brauchte nur ein paar Minuten, um seine Sachen einzusammeln und in den Koffer zu packen. Barbara stand am Fenster und blickte in den Ivy Court hinunter, während er Schrank und Schubladen leerte. Sie schien ruhiger zu sein als in den letzten Monaten.

Als er das letzte Paar Socken in den Koffer warf, sagte er beiläufig: »Haben Sie Ihre Mutter nach Greenford gebracht?«

»Ja. Heute morgen.«

»Und?«

Barbara sah immer noch zum Fenster hinaus. »Und ich werde mich daran gewöhnen müssen. Loszulassen, meine ich. Allein zu sein.«

»Ja, das muß man manchmal.«

Sie gingen. Sie durchquerten den Hof und gingen wieder am Friedhof vorbei, durch den sich zwischen Sarkophagen und Grabmälern ein schmaler Pfad wand, alt und holprig, von Unkraut überwuchert. Aus der Kirche schallten die letzten Töne einer Hymne herüber, und danach stiegen die klaren Töne einer Trompete in die Stille. Miranda Webberly, vermutete Lynley, die auf ihre eigene Weise von Elena Abschied nahm.

Dann öffnete sich das Kirchenportal, und gemessenen Schrittes trat der Trauerzug heraus, angeführt von sechs jungen Männern, die den bronzefarbenen Sarg trugen. Einer der jungen Männer war Adam Jenn. Dann folgte die Familie. Anthony Weaver mit seiner geschiedenen Frau und hinter ihnen Justine Weaver. Danach kamen die Trauergäste, Mitglieder der Universität. Kollegen und Freunde von Anthony und Justine Weaver, viele Studenten und Dozenten, unter ihnen, wie Lynley sah, Victor Herington.

Weavers Gesicht zeigte keine Regung, als er an Lynley vorüberkam. Sein Blick war auf den Sarg gerichtet, den ein Bukett rosafarbener Rosen schmückte. Ihr Duft hing süß in der Luft. Als die hinteren Türen des langen schwarzen Wagens geöffnet wurden, drängten sich die Trauergäste mit ernsten Gesichtern um Weaver und seine beiden Frauen, um ihrer Anteilnahme Ausdruck zu verleihen. Unter ihnen war Terence Cuff, und Cuff war derjenige, zu dem sich unter vielen Entschuldigungen der Collegepförtner durchdrängte. Er hatte einen dicken Briefumschlag in der Hand, den er dem Rektor des Colleges überreichte.

Cuff nickte dankend und riß den Umschlag auf. Er überflog das Schreiben, und ein flüchtiges Lächeln huschte über sein Gesicht. Er stand nicht weit von Anthony Weaver entfernt und brauchte daher nur einen Moment, um ihn zu erreichen. Danach sprach es sich schnell herum.

Lynley hörte es von verschiedenen Stellen zu gleicher Zeit.

»Penford-Lehrstuhl.«

»Seine Berufung...«

»So verdient...«

»...eine Ehre.«

Neben ihm sagte Barbara: »Was ist denn los?«

Lynley sah, wie Weaver den Kopf senkte, die Faust auf den Mund preßte, dann den Kopf wieder hob und ihn schüttelte, vielleicht verwirrt, vielleicht gerührt, vielleicht ungläubig. Er sagte: »Dr. Weaver hat soeben den Zenit seiner beruflichen Karriere erreicht, Sergeant. Er ist auf den Penford-Lehrstuhl berufen worden.«

»Was? Das gibt's doch nicht!«

Sie blieben noch einen Moment, sahen zu, wie aus den Kondolenzen gedämpfte Glückwünsche wurden.

»Wenn er unter Anklage gestellt wird, wenn er vor Gericht kommt«, sagte Barbara, »machen sie dann die Berufung wieder rückgängig?«

»Das ist eine Berufung auf Lebenszeit, Sergeant.«

»Aber wissen sie denn nicht...«

»Was er gestern getan hat? Das Berufungskomitee, meinen Sie? Woher sollten sie es wissen? Die Entscheidung war um diese Zeit wahrscheinlich schon gefallen. Und selbst wenn es bekannt war, selbst wenn es erst heute morgen entschieden worden ist – er ist schließlich nur ein Vater, den der Schmerz an den Rand des Wahnsinns getrieben hat.«

Sie gingen um die Menschenmenge herum in Richtung Trinity Hall. Barbara schob die Hände in die Manteltaschen. »Hat er es für die Berufung getan?« fragte sie abrupt. »Wollte er Elena wegen der Berufung am St. Stephen's haben? Wollte er wegen der Berufung mit ihr Eindruck machen? Hat er deswegen die Ehe mit Justine aufrechterhalten? Wollte er deswegen seine Beziehung zu Sarah Gordon beenden?«

»Wir werden es nie erfahren, Havers«, antwortete Lynley. »Und ich habe meine Zweifel, daß Weaver selbst es weiß.«

Sie bogen um die Ecke zur Garret Hostel Lane. Barbara blieb plötzlich stehen und schlug sich mit der Hand an die Stirn. »Nkatas Buch!« sagte sie.

»Was?«

»Ich habe Nkata versprochen, ihm ein Buch zu besorgen. Es soll hier eine ganz gute Buchhandlung namens

Heffers geben. Er wollte – hey, wie heißt es gleich wieder – ach, wo hab ich jetzt den verdammten...« Sie zerrte den Reißverschluß ihrer Umhängetasche auf und begann in ihr herumzuwühlen. »Fahren Sie ruhig ohne mich, Inspector.«

»Aber wir haben Ihren Wagen –«

»Kein Problem. Die Polizeidienststelle ist ja nicht weit, und ich will sowieso noch mit Sheehan reden, ehe ich nach London zurückfahre.«

»Aber...«

»Denken Sie sich nichts. Es ist schon in Ordnung. Bis später.« Sie winkte einmal kurz und sauste zurück um die Ecke.

Er starrte ihr verblüfft nach. Constable Nkata hatte seines Wissens seit mindestens zehn Jahren die Nase in kein Buch mehr gesteckt. Was also hatte Barbaras merkwürdiges Verhalten zu bedeuten?

Lynley drehte sich um und sah die Antwort auf einem großen Koffer neben seinem Wagen sitzen. Havers hatte sie gesehen, sobald sie um die Ecke gebogen waren. Sie hatte gewußt, was die Stunde geschlagen hatte, und hatte sich diskret aus dem Staub gemacht.

Helen stand auf. »Tommy!«

Er eilte ihr entgegen und versuchte, den Koffer zu ignorieren, um sich nicht falsche Hoffnungen zu machen.

»Wie hast du mich gefunden?« fragte er.

»Mit Glück und viel Telefonieren.« Sie lächelte ihn liebevoll an. Dann sah sie zur Trinity Lane hin, wo Autos angelassen wurden und die Leute sich verabschiedeten. »Es ist also vorbei.«

»Der offizielle Teil jedenfalls.«

»Und der Rest?«

»Welcher Rest?«

»Nun, deine Neigung, dir Vorwürfe zu machen, daß du nicht schneller begriffen hast, daß du nicht schneller warst und daß du die Leute nicht daran hindern konntest, sich gegenseitig das Schlimmste anzutun.«

»Ach so, das.« Er blickte einer Gruppe von Studenten nach, die auf Fahrrädern zum Camp hinunterfuhren. »Ich weiß nicht, Helen. Das ist irgendwie nie vorüber.«

Sie berührte seinen Arm. »Du siehst todmüde aus.«

»Ich war die ganze Nacht auf. Ich muß nach Hause. Ich brauche dringend eine Mütze voll Schlaf.«

»Nimm mich mit«, sagte sie.

Er sah sie an. Sie schien unsicher, wie er ihre Worte aufnehmen würde. Und er wollte kein Mißverständnis riskieren.

»Nach London?« fragte er.

»Nach Hause«, antwortete sie. »Zu dir.«

Wie seltsam, dachte er. Es fühlte sich an, als hätte ihm jemand mit einem völlig schmerzfreien Schnitt das Herz geöffnet, und seine ganze Lebenskraft ströme heraus. Es war ein unglaubliches Gefühl. Und von diesem Gefühl überwältigt, sah er sie, spürte seinen eigenen Körper, konnte aber nicht sprechen.

Sie wurde unsicher unter seinem Blick, schien zu glauben, sie habe sich in ihrem Urteil getäuscht. Sie sagte: »Du kannst mich auch am Onslow Square absetzen. Du bist müde. Du bist nicht in Stimmung für Gesellschaft. Und meine Wohnung kann es bestimmt gebrauchen, wenn sie mal gründlich gelüftet wird. Caroline wird noch nicht zurück sein. Sie ist bei ihren Eltern – hatte ich dir das erzählt? –, und ich sollte wirklich nach dem rechten...«

Er fand seine Stimme. »Es gibt keine Garantien, Helen. Keine.«

Ihr Gesicht wurde weich. »Das weiß ich«, sagte sie.

»Und es macht nichts?«

»Doch, natürlich macht es was. Aber du bist wichtiger. Du und ich, wir sind wichtig. Wir beide zusammen.«

Er wollte sich dem Glück noch nicht überlassen. Es schien eine zu flüchtige Empfindung, ein zu zerbrechlicher Zustand. Darum blieb er einen Moment lang nur still stehen und fühlte: die kalte Luft vom Fluß, das Gewicht seines Mantels, den Boden unter seinen Füßen. Und dann, als er sicher war, jede Antwort von ihr ertragen zu können, sagte er: »Ich begehre dich noch immer, Helen. Daran hat sich nichts geändert.«

»Ich weiß«, sagte sie, und als er etwas erwidern wollte, fiel sie ihm ins Wort und sagte: »Komm, fahren wir nach Hause, Tommy.«

Leichten Herzens verstaute er ihren Koffer im Wagen. Mach nicht zuviel daraus, sagte er sich barsch, und glaube nie, dein Leben hinge davon ab. Glaub niemals, daß dein Leben von irgend etwas abhängt. Das ist die richtige Lebensweise.

Er setzte sich in den Wagen, entschlossen, gelassen zu bleiben, die Kontrolle zu bewahren. Er sagte: »Du hast ganz schön etwas riskiert, Helen, hier einfach so auf mich zu warten. Es hätte doch sein können, daß ich erst nach Stunden gekommen wäre. Du hättest vielleicht den ganzen Tag in der Kälte gesessen.«

»Das macht nichts.« Sie zog die Beine auf den Sitz und machte es sich bequem. »Ich war bereit, auf dich zu warten, Tommy.«

»Oh. Wie lange?« Immer noch war er gelassen. Bis sie lächelte. Bis sie seine Hand berührte.

»Ein kleines bißchen länger, als du auf mich gewartet hast.«

ELIZABETH GEORGE

Denn keiner ist ohne Schuld

Roman

Aus dem Amerikanischen von
Mechtild Sandberg-Ciletti

Weltbild

Für Deborah

Für Deborah

Ich tat nichts als aus Sorge nur für dich,
Für dich, mein Teuerstes, dich, meine Tochter,
Die unbekannt ist mit sich selbst, nicht wissend,
Woher ich bin...

William Shakespeare, *Der Sturm*

November: Regen

Cappuccino – *das* neue Mittel gegen Weltschmerz und Depression. Ein wenig Espresso, ein Schuß geschäumter heißer Milch, dazu eine im allgemeinen geschmacklose Prise Kakaopulver, und schon war angeblich alles wieder in Butter. So ein Blödsinn!

Deborah St. James seufzte. Sie nahm die Quittung, die eine vorüberkommende Kellnerin ihr diskret auf den Tisch gelegt hatte.

»Wahnsinn!« sagte sie und starrte bestürzt und verärgert auf den geforderten Betrag. Dabei hätte sie sich eine Straße weiter in ein Pub setzen und damit die hartnäckige innere Stimme befriedigen können, die ihr immer wieder gesagt hatte: Was soll dieses Schicki-Micki-Gehabe, Deb? Du kannst doch genausogut irgendwo ein simples Guinness trinken. Aber nein, sie hatte ins *Upstairs* gehen müssen, das aufgedonnerte, von Marmor und Glas blitzende Café des Savoy Hotels, wo jeder, der etwas anderes als Wasser trank, für dieses Privileg teuer bezahlen mußte.

Deborah war ins Savoy gekommen, um ihre Mappe zu präsentieren – einem jungen, aufstrebenden Produzenten namens Richie Rica, der im Auftrag eines neugegründeten Unternehmens der Unterhaltungsbranche namens L. A. Sound Machine arbeitete. Der junge Mann war einmal eben für sieben Tage nach London gekommen, um einen Fotografen zu suchen. Rica hatte den Auftrag bekommen, das neueste Album von *Dead Meat*, einer fünfköpfigen Band aus Leeds, vom Entwurf bis zur Fertigstellung zu betreuen. Sie sei, bemerkte er, als Deborah kam, »der neunte beschissene Knipser«, dessen Arbeiten er sich ansehen müsse. Er hatte offensichtlich keine Lust mehr.

Daran änderte leider auch ihr Gespräch nichts. Rittlings auf einem zierlichen vergoldeten Stuhl sitzend, ging Rica ihre Mappe mit dem Interesse und dem Tempo eines Kartengebers in einem Spielcasino durch. Eine nach der anderen segelten Deborahs Aufnahmen zu Boden. Sie sah zu, wie sie abstürzten: ihr Mann, ihr Vater, ihre Schwägerin, ihre Freunde, die neuen Verwandten, die sie durch ihre Heirat gewonnen hatte. Kein Sting oder Bowie oder George Michael war unter ihnen. Sie hatte den Termin sowieso nur der Empfehlung eines Kollegen zu verdanken, dessen Arbeit dem Amerikaner nicht zugesagt hatte. Nach Ricas Miene zu urteilen, würde auch sie nicht weiterkommen als alle anderen.

Aber das kümmerte sie weniger als das ständige Anwachsen des grauweißen Felds von Fotografien neben Ricas Stuhl. Unter ihnen war eine Aufnahme ihres Mannes, und seine Augen – seine hellen, graublauen Augen, die scharf gegen sein schwarzes Haar abstachen – schienen sie direkt anzusehen. Flucht ist nicht der Weg, schien er zu sagen.

Immer dann, wenn Simon im Grunde recht hatte, wollte sie ihm einfach nicht glauben. Das war die Hauptschwierigkeit in ihrer Ehe: ihre Weigerung, Gefühlsregungen vor Augen Vernunft walten zu lassen, ihre ständige Fehde mit seiner kühlen Beurteilung der gegebenen Fakten. Verdammt noch mal, Simon, rief sie dann, sag mir nicht, was ich für Gefühle habe, du *kennst* meine Gefühle nicht... Und am heftigsten, am bitterlichsten pflegte sie zu weinen, wenn sie wußte, daß er recht hatte.

So wie jetzt, da er fast hundert Kilometer entfernt in Cambridge eine Tote untersuchte und eine Serie Röntgenbilder studierte, um mit der ihm eigenen unbestechlichen Sachlichkeit festzustellen zu versuchen, mit was für einer Waffe das Gesicht dieses fremden toten Mädchens entstellt worden war.

Schließlich kam Richie Rica mit Märtyrermiene wegen der immensen Vergeudung seiner kostbaren Zeit zu einem Urteil: »Okay, das ist ja ganz nett, aber wollen Sie die Wahrheit wissen? Mit den Bildern da ließe sich Scheiße nicht mal verkaufen, wenn sie vergoldet wäre.« Deborah nahm die Aussage betont cool. Erst als er, in der Absicht aufzustehen, seinen Stuhl zurückschob, fing ihr leise schwelender Unmut Feuer. Er schob seinen Stuhl nämlich mitten in das Meer von Fotografien, das er auf dem Boden geschaffen hatte, und eines der Stuhlbeine durchbohrte das faltige Gesicht ihres Vaters, wobei ein klaffender Riß entstand.

Doch auch das brachte ihr Blut eigentlich noch nicht in Wallung. Genaugenommen war es Ricas lässiger Kommentar: »O Mist, tut mir leid. Aber Sie können den Alten ja noch mal abziehen, oder?«

Sie kniete nieder, sammelte ihre Bilder ein, legte sie wieder in die Mappe, band die Mappe zu, sah dann auf und sagte: »Sie sehen eigentlich gar nicht aus wie ein Ignorant. Warum benehmen Sie sich dann wie einer?«

Womit natürlich – ganz abgesehen einmal vom künstlerischen Wert der Bilder – feststand, daß sie den Auftrag nicht bekommen würde.

Es hat eben nicht sollen sein, Deb, hätte ihr Vater gesagt. Das war natürlich richtig. Es gab vieles im Leben, was nicht sein sollte.

Sie nahm ihre Umhängetasche, ihre Mappe, ihren Schirm und ging durch das riesige Foyer hinaus. Ein paar Schritte an den wartenden Taxis vorbei, und sie war draußen auf dem Bürgersteig. Der morgendliche Regen hatte für einen Augenblick nachgelassen, aber es blies ein scharfer Wind, wie er in London gern herrschte; ein Wind, der aus dem Südosten angefegt kommt, über dem offenen Wasser Geschwindigkeit zulegt und dann durch die Straßen pfeift und Schirme und Kleider packt. Deborah sah blinzelnd in den Himmel. Graue Wolken türmten sich übereinander. Es konnte sich nur um Minuten handeln, ehe es erneut zu regnen anfangen würde.

Sie hatte vorgehabt, ein Stück spazierenzugehen. Sie war nicht weit vom Fluß, und ein Spaziergang das Embankment hinunter erschien ihr ungleich verlockender als die Rückkehr in ein Haus, das bei diesem Wetter düster war und in dem noch ihre letzte unerfreuliche Auseinandersetzung mit Simon nachhallte. Doch in Anbetracht des Windes, der ihr die Haare in die Augen schlug, und der regenschweren Luft überlegte sie es sich anders.

Kurz darauf stand sie gepufft und gestoßen mitten im Gedränge im Bus und fand schon nach wenigen Metern Fahrt, daß ein Marsch selbst im tobenden Sturm dieser Busfahrt eindeutig vorzuziehen sei: Sie war so eingepfercht, daß sie kaum atmen konnte; ein von Kopf bis Fuß in Burberry gekleideter Fremder malträtierte mit der Spitze seines Regenschirms ihre kleine Zehe, und die reizende, großmütterlich aussehende alte Dame neben ihr verströmte penetranten Knoblauchgeruch – das genügte, um Deborah davon zu überzeugen, daß dieser Tag nur noch schlimmer werden konnte.

An der Craven Street brach der Verkehr zusammen. Weitere acht Personen nutzten die Gelegenheit, um sich in den Bus zu drängen. Es begann zu regnen. Scheinbar als Reaktion auf die sich ständig verschlimmernde Situation stieß die reizende alte Dame einen tiefen Seufzer aus, und der Burberry-Mensch stützte sich mit seinem gesamten Gewicht auf seinen Schirm. Deborah versuchte, die Luft anzuhalten; ihr wurde flau.

Nichts – nicht Sturm und Regen, nicht einmal eine Begegnung mit allen vier Reitern der Apokalypse zugleich – konnte schlimmer sein als dies. Nicht einmal ein zweites Gespräch mit Richie Rica. Während der Bus im Schneckentempo in Richtung Trafalgar Square kroch, kämpfte sich Deborah an fünf Skinheads, zwei Punks, einem halben Dutzend Hausfrauen und einer fröhlich schnatternden Gruppe amerikanischer Touristen vorbei. Als die Nelson-Säule in Sicht kam, hatte sie den Ausgang erreicht und rettete sich mit einem resoluten Sprung hinaus in Wind und Regen.

Sie wußte, daß es keinen Sinn hatte, den Schirm aufzuspannen. Der Wind würde ihn packen und wie einen Fetzen Papier die Straße hinunterwirbeln. Statt dessen suchte sie daher einen geschützten Winkel. Der Platz selbst war wie leergefegt, eine große nackte Betonfläche mit ein paar Springbrunnen und ein paar steinernen Löwen. Ohne die Scharen von Tauben, die sich hier niedergelassen hatten, und ohne die Obdachlosen und Freudlosen, die sonst immer bei den Brunnen oder auf den Löwen hockten und die Touristen ermunterten, die Vögel zu füttern, gehörte der Platz ausnahmsweise einmal tatsächlich dem Heldenmonument, das auf ihm stand. Drüben, auf der anderen Seite, war die National Gallery, wo einige Menschen in ihre Mäntel schlüpften, mit Regenschirmen kämpften und wie die Mäuse die breiten Stufen hinaufhuschten. Dort war man vor Wind und Wetter geschützt. Dort gab es zu essen und zu trinken, wenn Deborah das wollte. Kunst, wenn sie das brauchte. Und verlockende Ablenkung, wie sie Deborah in den letzten acht Monaten bewußt gesucht hatte.

Der Regen begann schon durch ihre Haare bis auf die Kopfhaut durchzudringen, als sie die Treppe zum Fußgängertunnel hinunterlief und wenig später auf dem Platz selbst wieder an die Oberfläche kam. Ihre schwarze Mappe fest an sich gedrückt, überquerte sie ihn schnell. Als sie den Museumseingang erreichte, schwamm sie in ihren Schuhen, ihre Strümpfe waren von oben bis unten bespritzt, ihr Haar fühlte sich auf ihrem Kopf an wie eine feuchte Wollmütze.

Und wohin nun? Sie war seit einer Ewigkeit nicht mehr in der National Gallery gewesen. Wie peinlich, dachte sie. Und ich will Künstlerin sein!

Tatsache jedoch war, daß sie sich in Museen unweigerlich überwältigt fühlte, nach spätestens einer Viertelstunde erschlagen vom ästhetischen Overkill. Andere konnten umhergehen, schauen und, die Nasen keine zehn Zentimeter von der Leinwand entfernt, ihre Kommentare zum Pinselstrich geben. Deborah brauchte nur zehn Gemälde weit zu gehen, und schon hatte sie das erste vergessen.

Sie gab ihre Sachen an der Garderobe ab, nahm sich einen Plan des Museums und begann ihre Wanderung, froh, der Kälte entronnen zu sein, dankbar bei dem Gedanken, daß das Museum wenigstens vorübergehend eine Atempause erlaubte. Ein Fotoauftrag, der sie abgelenkt hätte, mochte im Augenblick außer Reichweite sein, aber die Ausstellung hier ließ sie wenigstens noch ein paar Stunden alles andere verdrängen. Und wenn sie wirklich Glück hatte, würde die Arbeit Simon über Nacht in Cambridge festhalten. Dann mußte sie nicht die abgebrochene Diskussion weiterführen, gewann noch ein paar Stunden Schonzeit.

Auf der Suche nach etwas, das sie fesseln konnte, überflog sie rasch den Museumsplan. Frühes Italien, Italien des 15. Jahrhunderts, Niederlande 17. Jahrhundert, England 18. Jahrhundert. Nur ein Künstler wurde mit Namen genannt. »Leonardo«, hieß es da. »Entwurf. Saal 7.«

Sie fand den Raum mühelos, etwas abseits gelegen, nicht größer als Simons Arbeitszimmer in Chelsea. Im Gegensatz zu den Ausstellungsräumen, die sie passiert hatte, hing in

Saal 7 nur ein einziges Werk, Leonardo da Vincis lebensgroße Darstellung der Jungfrau mit dem Kind zusammen mit der heiligen Anna und Johannes dem Täufer als Kind. Der Raum erinnerte an eine Kapelle, dämmrig erleuchtet von schwachen Lampen, die nur auf das Kunstwerk selbst gerichtet waren, mit einer Reihe Bänken ausgestattet, auf denen die Bewunderer sich niedersetzen konnten, um, wie es im Museumsplan hieß, eines der schönsten Werke Leonardos zu betrachten. Im Augenblick allerdings war sie alleine.

Deborah setzte sich. In ihrem Rücken begann sich eine Spannung aufzubauen, die bis zu ihrem Nacken hochstieg. Sie war gegen die feine Ironie, die in der Entscheidung für dieses Gemälde lag, keineswegs gefeit.

Sie entsprang dem Ausdruck der Heiligen Jungfrau, dieser absoluten Hingabe und selbstlosen Liebe. Sie entsprang dem Ausdruck in den Augen der heiligen Anna – tiefes Verständnis in einem Gesicht voller Zufriedenheit –, die auf die Jungfrau gerichtet waren. Wer hätte denn auch besser diese Mutterliebe verstehen können als die heilige Anna: die Liebe ihrer eigenen Tochter für das wundersame Kind, das sie geboren hatte! Und das Kind selbst strebte fort aus den Armen seiner Mutter, streckte die Ärmchen nach dem Täufer aus, verließ schon jetzt – schon jetzt die Mutter…

Genau auf diesen Punkt, auf die Trennung, würde Simon sich berufen. Da sprach der Wissenschaftler aus ihm, ruhig, analytisch, geneigt, die Welt im Licht der praktischen Gegebenheiten zu sehen, wie sie von den Statistiken dokumentiert wurden. Aber sein Blick auf die Welt war ein anderer als ihrer – ja, seine ganze Welt war eine andere. Er konnte sagen, hör mir zu, Deborah, es gibt andere Bindungen als die des Bluts – weil es für ihn einfach war, gerade für ihn, diese Haltung einzunehmen. Für sie jedoch definierte sich das Leben durch andere Faktoren.

Mühelos konnte sie das Bild der Fotografie heraufbeschwören, das Rica mit seinem Stuhlbein durchbohrt und zerstört hatte: das schüttere Haar ihres Vaters, in dem ein leichter Frühlingswind spielte; der Schatten eines Asts, der wie eine Vogelschwinge geformt auf das Grab ihrer Mutter sank; die Narzissen, die ihr Vater gerade in die Vase steckte und die in der Sonne wie kleine Trompeten leuchteten; seine Hand, die die Blumen hielt, die Finger fest um die Stengel gelegt. Ihr Vater war achtundfünfzig Jahre alt. Er war ihr einziger Blutsverwandter.

Deborah hatte ihren Blick auf die Da-Vinci-Zeichnung gerichtet. Die beiden weiblichen Figuren hätten verstanden, was Simon nicht verstand. Es war die Macht, das Glück, die tiefe Ehrfurcht angesichts des Lebens, das aus dem eigenen entstanden und auf die Welt gekommen war.

Sie sollten Ihrem Körper mindestens ein Jahr Ruhe gönnen, hatte der Arzt zu ihr gesagt. Sie haben sechs Fehlgeburten gehabt. Drei davon allein in den letzten neun Monaten. Die physische Belastung, den gefährlichen Blutverlust, die hormonellen Schwankungen, all dies muß Ihr Körper erst einmal verarbeiten.

Sie haben mich nicht verstanden. Das kommt im Augenblick überhaupt nicht in Frage.

Und in vitro.

Sie wissen, daß nicht die Befruchtung das Problem ist, Deborah, sondern die Erhaltung der Schwangerschaft.

Ich werde neun Monate lang liegen, wenn es sein muß. Ich rühre mich nicht von der Stelle. Ich tue alles.

Dann lassen Sie sich auf eine Adoptionsliste setzen, nehmen Sie die Pille und versuchen Sie es in einem Jahr noch einmal. Wenn Sie nämlich auf diese Art und Weise weitermachen, laufen Sie Gefahr, noch vor Ihrem dreißigsten Lebensjahr Ihre Gebärmutter zu verlieren.

Er hatte ihr ein Rezept ausgeschrieben.

Aber es muß doch eine Chance geben, sagte sie und bemühte sich, die Bemerkung so beiläufig wie möglich klingen zu lassen. Sie konnte es sich nicht erlauben, sich aufzuregen. Sie wollte nicht zeigen, wie angespannt und nervös sie das Thema machte.

Der Arzt zeigte Verständnis. Es *gibt* eine Chance, sagte er. Nächstes Jahr. Wenn Sie Ihrem Körper Zeit lassen, sich zu erholen. Dann sehen wir uns alle Möglichkeiten an. In vitro. Tabletten. Wir machen sämtliche Untersuchungen, die wir machen können. In einem Jahr.

Sie begann also gehorsam die Pille zu nehmen. Aber als Simon mit den Adoptionsformularen nach Hause gekommen war, hatte sie abgeblockt.

Es war völlig sinnlos, jetzt darüber nachzudenken. Sie zwang sich, das Kunstwerk zu betrachten. Die Gesichter waren heiter, entschied sie. Sie schienen ihr klar konturiert zu sein. Der Rest der Zeichnung war großenteils Impression, hingeworfen wie eine Reihe von Fragen, die für immer unbeantwortet bleiben würden. Würde die Jungfrau ihren Fuß erhoben halten, oder würde sie ihn senken? Würde die heilige Anna weiterhin zum Himmel hinaufweisen? Würde die runde Hand des Kindes das Kinn des Täufers umschließen? Und war der Hintergrund Golgatha, oder war das eine allzu schaurige Vision in diesem Moment ruhigen Friedens, etwas, das besser unausgesprochen und unsichtbar blieb?

»Kein Josef. Ja. Natürlich. Kein Josef.«

Deborah drehte sich herum, als sie die geflüsterten Worte hörte, und sah, daß ein Mann – noch im nassen Mantel, mit einem Schal und Hut – in das Kabinett getreten war. Er schien sie gar nicht zu bemerken, und hätte er nicht gesprochen, so hätte auch sie ihn wahrscheinlich nicht bemerkt.

»Kein Josef«, flüsterte er wieder in resigniertem Ton.

Rugbyspieler, dachte Deborah, denn er war groß, und der Körper unter dem schwarzen Mantel schien kräftig zu sein. Und auch die Hände, in denen er einen zusammengerollten Museumsplan hielt, waren groß und kantig, mit kräftigen Fingern, durchaus in der Lage, andere Spieler aus dem Weg zu stoßen, wenn er über das Spielfeld stürmte.

Jetzt allerdings kam er nur ein Stück nach vorn und trat in den gedämpften Schein eines der Lichter. Sein Schritt schien ehrfürchtig. Den Blick auf Leonardos Zeichnung gerichtet, hob er die Hand zum Hut und nahm ihn ab, wie ein Mann das vielleicht in der Kirche tun würde. Er legte ihn auf eine der Bänke. Dann setzte er sich.

Er trug Schuhe mit dicken Sohlen – geländegängiges Schuhwerk –, und er kippte die Füße nach außen auf die Kanten und ließ die Hände zwischen seinen Knien herabhängen. Dann fuhr er sich mit einer Hand durch das lichte Haar, das zu ergrauen begann. Es schien weniger eine Geste der Sorge um sein Aussehen zu sein als eine der Nachdenklichkeit. Sein Gesicht, leicht erhoben, damit er die Zeichnung studieren konnte, sah besorgt und gequält aus; halbmondförmige Tränensäcke unter den Augen, tiefe Falten in der Stirn.

Er hielt die Lippen zusammengepreßt. Die untere war voll, die obere schmal. Sie bildeten eine Naht aus Trauer in seinem Gesicht, die nur unzulänglich seinen inneren Aufruhr überdecken konnte. Auch ein Kämpfender, dachte Deborah, angerührt von seinem Leiden.

»Die Zeichnung ist wunderschön, nicht wahr?« Sie sprach gedämpft, beinahe flüsternd, wie man das an Orten der Meditation und des Gebets automatisch macht. »Ich sehe sie heute zum erstenmal.«

Er wandte sich ihr zu. Er war dunkelhäutig, älter, als er zuerst gewirkt hatte. Er schien überrascht darüber, aus heiterem Himmel von einer Fremden angesprochen zu werden.

»Ich auch«, sagte er.

»Schlimm, wenn ich mir überlege, daß ich seit achtzehn Jahren in London lebe. Ich frage mich, was mir sonst noch alles entgangen ist.«

»Josef«, sagte er.

»Wie bitte?«

Mit dem gerollten Museumsplan deutete er auf die Zeichnung. »Josef ist Ihnen entgangen. Er fehlt immer. Ist Ihnen das noch nie aufgefallen? Daß es immer nur die Madonna mit dem Kind ist.«

»Darüber habe ich tatsächlich noch nie nachgedacht.«

»Oder Jungfrau mit Kind. Oder Mutter mit Kind. Oder die Anbetung der Heiligen Drei Könige mit einer Kuh und einem Esel. Und ein paar Engeln im Hintergrund. Aber Josef sieht man höchst selten. Haben Sie sich nie gefragt, wie das kommt?«

»Vielleicht – na ja, er war natürlich nicht der wirkliche Vater, nicht wahr?«

Der Mann schloß einen Moment die Augen. »Lieber Gott«, sagte er.

Er wirkte so betroffen, daß Deborah eilig zu sprechen fortfuhr: »Ich meine, man lehrt uns doch zu glauben, er sei nicht der Vater gewesen. Aber wir wissen es nicht mit Gewißheit. Woher sollten wir auch? Wir waren ja nicht dabei. Und sie hat kein Tagebuch über ihr Leben geführt. Uns wird nur gesagt, daß der Heilige Geist zu ihr kam oder so ähnlich und... es war eben ein Wunder, nicht wahr? Eben noch war sie eine Jungfrau, und schon in der nächsten Minute war sie schwanger, und nach neun Monaten – kam das Kind auf die Welt. Sie hielt es in ihren Armen und konnte wahrscheinlich gar nicht richtig glauben, daß es ein leibhaftiges Kind war, ihr eigenes Kind, dieses Kind, nach dem sie solche Sehnsucht gehabt hatte... Ich meine, wenn man an Wunder glaubt...«

Erst als sie sah, wie sich das Gesicht des Mannes veränderte, bemerkte sie, daß sie zu weinen angefangen hatte. Und dann hätte sie über die verrückte Situation am liebsten gelacht. Absurd, dieser seelische Schmerz. Sie warfen ihn wie einen Tennisball zwischen sich hin und her.

Er zog ein Taschentuch aus einer Tasche seines Mantels und drückte es ihr zerknittert in die Hand. »Bitte.« Sein Ton war ernst. »Es ist noch fast sauber. Ich habe es nur einmal benützt. Um mir den Regen vom Gesicht zu wischen.«

Deborah lachte zittrig. Sie drückte den Stoff kurz unter ihre Augen und gab es ihm zurück. »Gedanken haben eine Art, einfach ineinander überzugehen, nicht wahr? Man rechnet überhaupt nicht damit. Man bildet sich ein, man hätte sich gut abgeschirmt. Und plötzlich sagt man etwas, das an der Oberfläche absolut vernünftig und risikolos erscheint, und merkt, daß man vor dem, was man nicht fühlen möchte, überhaupt nicht abgeschirmt ist.«

Er lächelte. Der Rest seines Gesichts war müde und alt, Falten an den Augen, schlaffe Haut unter dem Kinn, aber sein Lächeln war wunderschön. »Genauso geht es mir. Ich bin nur hierhergekommen, weil ich einen Ort gesucht habe, wo ich umhergehen und denken könnte, ohne naß zu werden, und statt dessen stieß ich auf diese Zeichnung.«

»Und da dachten Sie an Josef, obwohl Sie das gar nicht wollten?«

»Nein. In gewisser Weise hatte ich sowieso an ihn gedacht.« Er steckte sein Taschentuch wieder ein, und als er zu sprechen fortfuhr, schlug er einen leichteren Ton an. »Ich wäre lieber im Park spazierengegangen, um ehrlich zu sein. Ich war auf dem Weg zum St. James' Park, als es wieder zu regnen anfing. Ich denke nämlich am liebsten draußen im Freien nach. Im Herzen bin ich ein Landmensch, und wenn ich Probleme wälzen oder Entscheidungen fällen muß, dann tue ich das am liebsten in der freien Natur. So ein Marsch an der frischen Luft klärt den Kopf. Und das Herz auch. Es fällt einem leichter, das Richtige und das Falsche im Leben – das Ja und das Nein – zu sehen.«

»Es fällt einem vielleicht leichter, es zu sehen«, meinte sie, »aber es macht es einem nicht leichter, damit umzugehen. Jedenfalls mir nicht. Ich kann nicht ja sagen, nur weil bestimmte Leute es gern hätten, ganz gleich, wie richtig es sein mag, es zu tun.«

Er richtete seinen Blick wieder auf die Zeichnung, rollte den Plan in seiner Hand fester zusammen. »Auch ich kann das nicht immer«, sagte er. »Und da muß ich dann hinaus ins Freie. Ich wollte auf der Brücke im St. James' Park die Spatzen füttern und zusehen, wie sie mir aus der Hand fressen. Die Probleme hätten sich dann ganz von selbst geklärt.« Er zuckte die Achseln und lächelte bekümmert. »Aber dann kam der Regen.«

»Und da sind Sie hierhergekommen. Und mußten sehen, daß Josef fehlt.«

Er griff nach seinem Hut und setzte ihn auf. Die Krempe warf einen dreieckigen Schatten über sein Gesicht. »Und Sie, nehme ich an, haben nur das Kind gesehen.«

»Ja.« Deborah zwang sich zu einem kurzen, mühsamen Lächeln. Sie sah sich um, als hätte auch sie Sachen hier, die sie vor dem Aufbruch einsammeln mußte.

»Was für ein Kind ist es? Eines, das Sie sich wünschen, oder eines, das gestorben ist, oder eines, das Sie nicht haben wollen?«

»Nicht haben –!«

Rasch hob er die Hand. »Eines, das Sie sich wünschen«, sagte er. »Tut mir leid. Das hätte ich eigentlich sehen müssen. Ich hätte die Sehnsucht erkennen müssen. Lieber Gott im Himmel, warum nur sind die Menschen solche Narren?«

»Er möchte, daß wir adoptieren. Ich möchte mein eigenes Kind – sein Kind –, eine richtige Familie, eine, die wir selbst gründen, nicht eine, die man per Fragebogen beantragt. Er hat die Papiere mit nach Hause gebracht. Sie liegen auf seinem Schreibtisch. Ich brauche nur noch meinen Teil auszufüllen und zu unterschreiben, aber das schaffe ich nicht. Es wäre nicht mein Kind, sage ich ihm immer wieder. Es wäre nicht von mir. Nicht von uns. Ich könnte es nicht wirklich lieben, wenn es nicht meines wäre.«

»Das ist sehr wahr«, sagte er. »Sie würden es ganz gewiß nicht auf die gleiche Weise lieben.«

Sie faßte seinen Arm. Die Wolle seines Mantels war feucht und kratzig unter ihren Fingern. »Sie verstehen mich nicht. Genau wie er. Er behauptet, es gäbe Bindungen, die über Blutsbande hinausgehen. Aber bei mir ist das nicht so. Und ich kann nicht verstehen, warum es bei ihm so ist.«

»Vielleicht weil er weiß, daß wir Menschen letztlich immer das, worum wir kämpfen müssen – wofür wir alles aufgeben würden –, weit stärker lieben als die Dinge, die uns zufallen.«

Sie ließ seinen Arm los. Ihre Hand fiel mit einem dumpfen Aufprall auf die Bank zwischen ihnen. Ohne es zu wissen, hatte der Mann mit Simons eigenen Worten gesprochen. Ebensogut hätte ihr Mann hier mit ihr in diesem Raum sein können.

Sie fragte sich, wie sie dazu gekommen war, einem Fremden ihr Herz auszuschütten. Ich brauche einfach so dringend einen Menschen, der meine Partei ergreift, dachte sie; ich suche einen Ritter, der meine Flagge trägt. Es kümmert mich noch nicht einmal, wer dieser Ritter ist, Hauptsache, er versteht mich, stimmt mir zu und läßt mich meinen Weg gehen.

»Ich kann nichts für meine Gefühle«, sagte sie dumpf.

»Ich weiß nicht, ob überhaupt jemand etwas für seine

Gefühle kann.« Der Mann lockerte seinen Schal, knöpfte seinen Mantel auf und griff unter den Mantel in seine Jakkentasche. »Ich würde sagen, Sie brauchen einen langen Marsch an der frischen Luft, um gründlich nachzudenken und einen klaren Kopf zu bekommen«, sagte er. »Weiten Himmel und endlose Blicke. In London können Sie das nicht finden. Wenn Sie Lust haben, Ihre Wanderung im Norden zu machen, dann kommen Sie nach Lancashire.« Er reichte ihr seine Karte.

Robin Sage, stand darauf. *Pfarrei, Winslough*.

»Pfar–«, Deborah blickte auf und sah, was Mantel und Schal bisher verborgen hatten, den steifen weißen Kragen, der seinen Hals umschloß. Sie hätte es gleich erkennen müssen, an der Farbe seiner Kleider, seinen Worten über Josef, an der Ehrfurcht, mit der er sich der Zeichnung genähert hatte.

Kein Wunder, daß es ihr leichtgefallen war, ihm ihr Herz auszuschütten. Sie hatte sich einem anglikanischen Geistlichen anvertraut.

Dezember: Schnee

Brendan Power drehte sich um, als knarrend die Tür aufging und sein jüngerer Bruder Hogarth in die eisige Kälte der Sakristei der Johanneskirche in dem Dorf Winslough trat. Hinter ihm spielte der Organist zum heftigen Tremolo einer einzigen dünnen Stimme, um deren Begleitung bestimmt kein Mensch gebeten hatte, *Ihr alle, die Ihr Rettung sucht*, nachdem er davor *Unerforschlich sind die Wege des Herrn* zum besten gegeben hatte. Brendan war überzeugt, daß beide Stücke den teilnehmenden, aber unerwünschten Kommentar des Organisten zu den Vorgängen dieses Morgens darstellten.

»Nichts«, sagte Hogarth. »Keine Spur. Der Pfarrer ist nicht zu finden. Bei *ihr* drüben sind sie alle kurz vorm Durchdrehen, Bren. Ihre Mutter jammert, daß das Hochzeitsfrühstück verkommt, *sie* hat ganz giftig gesagt, daß sie sich an irgendeiner ›gemeinen Sau‹ rächen will, und ihr Vater ist gerade abgehauen, um sich ›diese widerliche kleine Ratte zu schnappen‹. Echt klasse Leute, diese Townley-Youngs.«

»Vielleicht geht der Kelch noch mal an dir vorüber, Bren«, sagte Tyrone, sein älterer Bruder und Trauzeuge, von Rechts wegen eigentlich der einzige, der außer dem Pfarrer in der Sakristei sein dürfte, in vorsichtig hoffnungsvollem Ton.

»Nie im Leben«, widersprach Hogarth. Er griff in die Tasche seines gemieteten Cuts, der trotz aller Bemühungen des Schneiders die Hängeschultern nicht verbergen konnte, und zog eine Packung Silk Cut heraus. Er steckte sich eine der Zigaretten an und schnippte das Streichholz auf den kalten Steinboden. »Die läßt ihn nicht mehr aus den Klauen, das kannst du mir glauben, Ty. Da mach dir mal keine Illusionen. Und laß dir's 'ne Lehre sein. Behalt ihn in der Hose, bis er das richtige Zuhause findet.«

Brendan wandte sich ab. Sie mochten ihn beide. Und jeder von ihnen hatte seine eigene Art, ihm Trost zu bieten. Aber weder Hogarths Witze noch Tyrones Optimismus konnten an der Realität des Tages etwas ändern. Mochte kommen, was wollte, er würde heute Rebecca Townley-Young heiraten. Er versuchte nicht daran zu denken; versuchte das schon seit dem Tag, an dem sie mit dem Resultat des Schwangerschaftstests zu ihm ins Büro in Clitheroe gekommen war.

»Ich weiß nicht, wie das passieren konnte«, sagte sie. »Ich hab mein Leben lang die Periode nicht regelmäßig bekommen. Mein Arzt hat mir sogar erklärt, ich müßte erst Medikamente nehmen, damit sich das einpendelt, wenn ich mal Kinder haben möchte. Und jetzt... Schau dir die Bescherung an, Brendan.«

Schau dir an, was du mir angetan hast, hieß das. Ausgerechnet du, Brendan Power, Juniorpartner in Daddys Anwaltskanzlei. Gott, wär das nicht ein Pech, dafür jetzt an die Luft gesetzt zu werden?

Nichts von alledem brauchte sie auszusprechen. Sie brauchte nur mit gesenktem Kopf verzweifelt zu sagen: »Brendan, ich habe keine Ahnung, was ich Daddy sagen soll. Was soll ich nur tun?«

Ein Mann in einer anderen Situation hätte gesagt: »Treib ab, Rebecca«, und hätte sich wieder seiner Arbeit zugewandt. Ein anderer Mann hätte vielleicht sogar in Brendans Situation ebendies gesagt. Aber Brendan wußte, daß in anderthalb Jahren St. John Andrew Townley-Young darüber entscheiden würde, welche der Anwälte der Sozietät seine Geschäfte als Seniorpartner übernehmen und sein Vermögen verwalten sollte, wenn er sich aus der Kanzlei zurückzog, und die Vorteile, die dem winkten, für den Townley-Young sich entschied, waren so verlockend, daß Brendan ihnen nicht einfach leichten Herzens den Rücken kehren konnte: Einführung in die feine Gesellschaft, weitere Mandanten vom Kaliber Townley-Youngs, steiler beruflicher Aufstieg.

Eben die Möglichkeiten, die Townley-Youngs Förderung verhießen, hatten Brendan überhaupt erst veranlaßt, sich mit der achtundzwanzigjährigen Tochter des Mannes einzulassen. Er war knapp ein Jahr in der Kanzlei. Er wollte unbedingt vorwärtskommen. Als daher der Seniorpartner, St. John Andrew Townley-Young, Brendan eingeladen hatte, Miss Townley-Young zum Pferde- und Ponymarkt in Cowper zu begleiten, schien Brendan das eine günstige Gelegenheit, die er unmöglich ausschlagen konnte.

Die Vorstellung, ihren Begleiter zu spielen, hatte ihn damals überhaupt nicht geschreckt. Es war zwar richtig, daß Rebecca selbst unter den besten Bedingungen – gut ausgeschlafen und nach anderthalb Stunden vor dem Spiegel – eine fatale Ähnlichkeit mit der alternden Königin Viktoria hatte, aber Brendan war überzeugt, ein oder zwei gemeinsame Ausflüge mit Anstand und vorgetäuschter Kameradschaftlichkeit überstehen zu können. Er verließ sich auf seine Fähigkeit zur Verstellung. Er wußte ja, daß jeder gute Anwalt sich auf anständige Heuchelei verstehen mußte. Er hatte allerdings nicht mit Rebeccas Fähigkeit gerechnet, von Anfang an ihre Beziehung ziemlich eindeutig zu bestimmen und zu gestalten. Als sie sich das zweite Mal trafen, schleppte sie ihn in ihr Bett und ritt ihn wie der Master, der einen Fuchs gesichtet hat. Und als sie das dritte Mal zusammen waren, stürzte sie sich nach kurzem Vorspiel auf ihn und stand schwanger wieder auf.

Er hätte so gern ihr allein die Schuld gegeben. Aber er konnte nicht leugnen, daß er, als sie keuchend und japsend auf ihm herumgehopst war und ihm ihre seltsamen mageren Brüste ins Gesicht schlugen, die Augen geschlossen und lächelnd gesagt hatte: »Mann, du bist eine tolle Frau, Becky!« Dabei hatte er die ganze Zeit an seine bevorstehende Karriere gedacht.

Und heute würde sie ihn heiraten. Nicht einmal das Ausbleiben des Pfarrers, Mr. Sage, würde den Lauf von Brendan Powers Zukunft aufhalten können.

»Wie weit ist es schon über der Zeit?« fragte Hogarth.

Sein Bruder sah auf die Uhr. »Eine gute halbe Stunde.«

»Und es ist noch niemand gegangen?«

Hogarth schüttelte den Kopf. »Aber es wird natürlich getuschelt, du seist derjenige, der nicht erschienen ist. Ich hab mein Bestes getan, um deinen Ruf zu retten, alter Freund, aber vielleicht solltest du dich doch mal auf der Kanzel zeigen und freundlich winken, um das Volk zu beruhigen. Ich frage mich allerdings, wie du deine Braut beruhigen willst. Wer ist diese Sau, der sie Rache geschworen hat? Machst du jetzt schon Seitensprünge? Na ja, übelnehmen würd ich's dir nicht. Ihn bei Becky hochzukriegen, da braucht's schon einiges. Aber dich hat ja die Herausforderung schon immer gereizt, hm?«

»Hör auf, Howie«, sagte Tyrone. »Und mach die Zigarette aus. Wir sind hier in einer Kirche, Herrgott noch mal.«

Brendan ging zum einzigen Fenster der Sakristei, einem gotischen Spitzbogenfenster, das tief in die Mauer eingelassen war. Seine Scheiben waren so staubig wie der Raum selbst, und er mußte erst einen Fleck blank reiben, um hinaussehen zu können. Draußen lag der Friedhof mit seinen dunklen Schiefersteinen, die aussahen wie verunglückte Daumenabdrücke im Schnee, und, in der Ferne, die Hänge von Cotes Fell, dessen Kegel sich vom grauen Himmel abhob.

»Es hat wieder angefangen zu schneien.« Geistesabwesend zählte er nach, wie viele Gräber mit weihnachtlicher Stechpalme geschmückt waren. Sieben, soweit er sehen konnte. Die grünen Sträuße mit den glänzenden roten Beeren mußten am Morgen von Hochzeitsgästen gebracht worden sein, denn sie waren nur leicht mit Schnee bestäubt. »Der Pfarrer mußte wahrscheinlich heute schon in aller Frühe weg. Ja, so muß es gewesen sein. Und dann ist er irgendwo hängengeblieben.«

Tyrone kam zu ihm ans Fenster. Hinter ihm trat Hogarth seine Zigarette in den Boden. Brendan fröstelte. Obwohl die Heizung der Kirche unüberhörbar arbeitete, war es in der Sakristei unerträglich kalt. Er legte seine Hand an die Wand. Sie war eisig und feucht.

»Wie halten sich die Eltern?« fragte er.

»Oh, Mutter ist ein bißchen nervös, aber soweit ich sehen kann, hält sie es immer noch für eine tolle Partie. Gleich ihr erster Sohn, der heiratet, schafft, Gott sei gepriesen, den Sprung in den Schoß des Landadels, wenn nur endlich der Pfarrer aufkreuzen würde. Aber Vater fixiert die Tür, als hätte er die Nase voll.«

»Er war seit Jahren nicht mehr so weit von Liverpool weg«, stellte Tyrone fest. »Er ist nur nervös.«

»Nein. Er fühlt sich nicht wohl in seiner Haut.« Brendan wandte sich vom Fenster ab und musterte seine Brüder. Sie sahen aus wie er, und er wußte es. Hängende Schultern, Hakennasen, alles andere unbestimmt: Haare, weder braun noch blond, Augen, weder blau noch grün; das Kinn, weder stark noch schwach ausgebildet. Sie waren alle, einer wie der andere, Prototypen des potentiellen Massenmörders, mit Gesichtern, die sich in jeder Menge verloren. Entsprechend hatten die Townley-Youngs reagiert, als sie zum erstenmal die ganze Familie zu Gesicht bekommen hatten: als stünden ihnen plötzlich ihre schlimmsten Erwartungen und ihre schrecklichsten Träume in Fleisch und Blut gegenüber. Brendan fand es überhaupt nicht verwunderlich, daß sein Vater die Tür fixierte und die Minuten zählte, bis er endlich würde verschwinden können. Seinen Schwestern ging es wahrscheinlich ebenso. Er beneidete sie ein wenig. Ein, zwei Stunden, dann war es vorbei. Für ihn hingegen hieß es lebenslänglich.

Cecily Townley-Young hatte sich nur deshalb bereit erklärt, bei der Hochzeit ihrer Cousine als Brautjungfer zu fungieren, weil ihr Vater es ihr geboten hatte. Am liebsten hätte sie überhaupt nicht an der Hochzeit teilgenommen. Sie und Rebecca hatten, abgesehen davon, daß sie demselben schwachen Familienstamm entsprangen, nie etwas gemeinsam gehabt, und wenn es nach Cecily ging, konnte das auch in Zukunft so bleiben.

Sie mochte Rebecca nicht. Eben weil sie nichts mit ihr gemeinsam hatte. Für Rebecca war es das höchste der Gefühle, sich auf irgendwelchen Pferdemärkten herumzudrücken, über Widerriste und Schulterhöhe zu fachsimpeln und gummiweiche Pferdelippen anzuheben, um sich mit scharfem Blick diese gräßlichen gelben Gebisse anzusehen. Sie schleppte Äpfel und Karotten wie Kleingeld in ihren Taschen mit sich herum und untersuchte Hufe, Hoden und Augäpfel mit dem brennenden Interesse, das andere Frauen auf Klamotten konzentrierten. Außerdem hatte Cecily ihre Cousine Rebecca ganz einfach satt. Zweiundzwanzig Jahre gequälter Familienfeste auf dem Gut ihres Onkels – zum Zwecke eines Familiensinns, der nie existiert hatte – hatten jeglicher Zuneigung, die sie vielleicht für ihre ältere Cousine übriggehabt hatte, den Garaus gemacht. Die wenigen Kostproben, die Rebecca ihr von ihren unverständlichen und extremen Verhaltensweisen gegeben hatte, hatten sie gelehrt, sicheren Abstand zu wahren, wann immer sie sich länger als eine Viertelstunde unter demselben Dach aufhielten. Und schließlich kam hinzu, daß sie Rebecca unerträglich dumm fand. Noch nie hatte Rebecca sich selbst ein Ei gekocht, noch nie hatte sie einen Scheck ausgeschrieben, niemals selbst ihr Bett gemacht. Auf jedes auch noch so kleine Problem des täglichen Lebens gab es für sie nur eine Antwort: Daddy wird sich schon darum kümmern. Eine Art der Bequemlichkeit und Abhängigkeit von den Eltern, die Cecily verabscheute.

Und auch heute kümmerte sich natürlich Daddy um alles. Sie hatten ihren Teil getan; gehorsam hatten sie mit blauen Lippen von einem Fuß auf den anderen tretend in der Eiseskälte unter dem Nordportal der Kirche auf den Pfarrer gewartet, während drinnen, im mit Stechpalme und Efeu geschmückten Kirchenschiff, die Gäste unruhig wurden und sich wunderten, wieso die Kerzen immer noch nicht angezündet wurden und der Organist noch immer nicht den Hochzeitsmarsch anstimmte. Eine Viertelstunde lang hatten sie im bräutlich weiß fallenden Schnee gewartet, ehe Daddy schließlich über die Straße gefegt war und wutschnaubend beim Pfarrer angeklopft hatte. In weniger als zwei Minuten war er wieder da gewesen, sein sonst so rosiges Gesicht kreideweiß vor Wut.

»Er ist nicht einmal zu Hause«, hatte St. John Andrew Townley-Young in heller Empörung berichtet. »Diese dämliche Kuh...« Cecily kam zu dem Schluß, daß er damit die Haushälterin des Pfarrers meinte... »sagte, er sei heute morgen, als sie kam, schon weg gewesen. Wenn man das glauben kann. Dieser inkompetente, elende...« Die Hände in den perlgrauen Handschuhen ballten sich zu Fäusten. Sein Zylinder bebte. »Geht in die Kirche. Los, rein mit euch. Es hat keinen Sinn, hier in der Kälte herumzustehen. Ich erledige das schon.«

»Aber Brendan ist doch hier, oder?« hatte Rebecca ängstlich gefragt. »Daddy, Brendan ist doch hier?«

»Ja, leider«, antwortete ihr Vater brummig. »Die ganze Familie ist da. Wie die Ratten, die das sinkende Schiff *nicht* verlassen.«

»St. John!« murmelte seine Frau mahnend.

»Los, geht rein!«

»Aber dann bekommen doch die Leute die Braut schon vorher zu sehen«, jammerte Rebecca.

»Himmelherrgott, Rebecca!« Townley-Young verschwand noch einmal für zwei Minuten in der Kirche, ehe er zurückkam und sagte: »Ihr könnt im Glockenturm warten.« Dann machte er sich wieder auf die Suche nach dem Pfarrer.

Und nun warteten sie also immer noch unten im Glockenturm, den Blicken der Hochzeitsgäste durch eine hölzerne Gittertür entzogen, die mit einem staubigen, widerlich riechenden roten Samtvorhang verkleidet war. Der Stoff war so dünn, daß sie dahinter den Glanz der Leuchter im Kirchenschiff sehen konnten. Sie konnten auch das Getuschel und unruhige Füßescharren der Menge hören. Gesangbücher wurden geöffnet und wieder zugeklappt. Der Organist spielte. Unter ihren Füßen, in der Krypta, ächzte und stöhnte die Zentralheizung.

Cecily warf einen taxierenden Blick auf ihre Cousine. Sie hätte es nicht für möglich gehalten, daß Rebecca wirklich einen Mann finden würde, der dumm genug war, sie zu heiraten. Es stimmte zwar, daß sie einmal ein beträchtliches Vermögen erben würde und ihr schon jetzt diese Monströsität von einem Herrenhaus, Cotes Hall, gehörte, wohin sie sich, sobald der Ring an ihrer Hand steckte und der Trauschein unterschrieben war, in der Ekstase jungen Eheglücks zurückziehen würde, doch Cecily konnte sich nicht vorstellen, daß das Vermögen – wie groß auch immer – oder das bröckelnde viktorianische Herrenhaus – ganz gleich, wie prächtig man es wieder herrichten lassen konnte – einen Mann dazu verleitet haben konnte, sich zu einem Leben mit Rebecca zu verurteilen. Doch jetzt... sie erinnerte sich der morgendlichen Szene in der Toilette. Sie hatte gehört, wie Rebecca sich übergeben und dann schrill gefragt hatte: »Geht das vielleicht jetzt jeden Morgen so?« »Rebecca!« hatte ihre Mutter besänftigend gesagt. »Bitte! Wir haben Gäste im Haus.« Worauf Rebecca geschrien hatte: »Das ist mir doch egal. Mir ist überhaupt alles egal. Rühr mich bloß nicht an. Laß mich hier raus.« Eine Tür fiel krachend zu. Jemand rannte durch den oberen Korridor.

Schwanger? fragte sich Cecily, während sie sich mit Sorgfalt die Wimpern tuschte und dann etwas Rouge auflegte. Sie fand die Vorstellung, daß Rebecca tatsächlich einen Mann gefunden haben sollte, der freiwillig mit ihr geschlafen hatte, fast unglaublich. Wenn das zutraf, dann war alles möglich. Sie musterte ihre Cousine forschend.

Rebecca sah nicht gerade aus wie eine Frau, die ihre Erfüllung gefunden hatte. Wenn es stimmte, daß Frauen in der Schwangerschaft aufblühten, so war Rebecca offensichtlich erst in einem Vorstadium des Knospens – mit einer Neigung zu Hängebacken und Augen, die die Größe und Form von Murmeln hatten. Immerhin, sie hatte eine sehr schöne Haut und einen recht hübschen Mund. Aber irgendwie ergaben die einzelnen Details nicht ein harmonisches Ganzes.

Es war im Grunde nicht ihre Schuld, sagte sich Cecily. Eigentlich hätte man wenigstens ein Fünkchen Mitleid mit einer Frau haben müssen, deren Äußeres so vom Schicksal benachteiligt war. Aber jedesmal, wenn Cecily sich bemühte, aus den Tiefen ihres Herzens ein, zwei freundliche Gedanken hervorzukramen, zerquetschte Rebecca sie wie lästige Insekten.

Wie auch jetzt.

Ihren Brautstrauß wütend in den Händen drehend, lief Rebecca in dem kleinen Raum unter den Kirchenglocken hin und her. Der Boden war schmutzig, aber sie raffte weder ihren Rock noch ihre Schleppe. Das tat ihre Mutter für sie. Satin und Samt in den Händen, folgte sie ihrer Tochter wie ein treues Hündchen. Cecily stand abseits zwischen zwei Blecheimern, einer Rolle Seil, einer Schaufel, einem Besen und einem Haufen Lumpen. Ein alter Staubsauger lehnte an einem Stapel Kartons, und vorsichtig hängte sie ihren eigenen Strauß an dem Metallhaken auf, der eigentlich für das Kabel des Staubsaugers gedacht war. Sie hob den Rock ihres Samtkleids, damit er den Boden nicht berührte. Die Luft in dem kleinen Raum war muffig, und man konnte kaum eine Bewegung machen, ohne irgend etwas zu berühren, was nicht vor Schmutz starrte. Aber wenigstens war es warm.

»Ich hab ja gewußt, daß so etwas passieren würde.« Rebecca erwürgte die zarten Blumen in ihren Händen. »Die ganze Trauung fällt ins Wasser, und die draußen lachen sich kaputt über mich. Ich kann ihr Gelächter richtig hören.«

Mrs. Townley-Young vollführte im Gleichschritt mit ihrer Tochter eine Vierteldrehung und raffte dabei noch etwas mehr Satin in ihren Armen zusammen. »Kein Mensch lacht«, versicherte sie. »Mach dir keine Gedanken, Herzchen. Das ist nur irgendein dummes Mißverständnis. Dein Vater bringt das bestimmt sofort in Ordnung.«

»Wieso soll es ein Mißverständnis sein? Wir waren doch

erst gestern nachmittag bei Mr. Sage. Und als letztes sagte er noch: ›Wir sehen uns dann morgen vormittag.‹ Und das soll er einfach vergessen haben und verschwunden sein?«

»Vielleicht hatte er einen Notfall. Es kann doch sein, daß jemand im Sterben liegt. Vielleicht wollte jemand...«

»Aber Brendan ist noch mal umgekehrt.« Rebecca hielt in ihren Wanderungen inne. Mit zusammengekniffenen Augen starrte sie nachdenklich auf die Westwand des Glockenturms, als könnte sie durch sie hindurch das Pfarrhaus über der Straße sehen. »Ich war schon beim Auto, da sagte er, er hätte noch etwas vergessen, was er Mr. Sage fragen wollte. Er ist noch einmal umgekehrt. Er ist noch einmal ins Haus gegangen. Ich habe bestimmt eine Minute gewartet. Nein, länger, zwei oder drei. Und...« Sie wirbelte herum und begann wieder zu marschieren. »Er hat überhaupt nicht mit Mr. Sage gesprochen. Es ist dieses Weib. Diese Hexe! Die steckt dahinter, Mutter. Das weißt du doch so gut wie ich. Aber warte nur, der werd ich's zeigen.«

Cecily fand diese Wendung der Dinge einigermaßen interessant. Das versprach unter Umständen noch ganz unterhaltsam zu werden. Wenn sie diesen Tag schon im Namen der Familie ertragen mußte, dann, sagte sie sich, konnte sie wenigstens versuchen, sich die Qual ein wenig zu versüßen. Sie fragte also: »Wem denn?«

Mrs. Townley-Young sagte in freundlichem, aber strengem Ton: »Cecily!«

Doch die kurze Frage hatte genügt. »Polly Yarkin.« Rebecca stieß den Namen zähneknirschend hervor. »Dieser widerlichen kleinen Schlampe im Pfarrhaus.«

»Die Haushälterin, meinst du?« fragte Cecily. Diese überraschende Wendung mußte doch näher erforscht werden. Schon jetzt eine andere Frau? Alles in allem konnte sie es dem armen Brendan nicht verübeln, fand allerdings, er sei etwas stark abgesunken im Niveau. Sie setzte das Spielchen fort.

»Du meine Güte, Becky, was hat die denn mit dem allen hier zu tun?«

»Cecily, mein Kind.« Mrs. Townley-Youngs Stimme klang nicht mehr ganz so freundlich.

»Jedem Mann hält sie ihre Riesenlollos unter die Nase und wartet auf die Reaktion«, sagte Rebecca. »Er findet die Ziege toll. Ich weiß es. Das kann er mir nicht verheimlichen.«

»Brendan liebt dich, Herzchen«, sagte Mrs. Townley-Young. »Er heiratet dich doch.«

»Er hat letzte Woche im *Crofters Inn* mit ihr einen getrunken. Nur schnell ein Glas vor der Rückfahrt nach Clitheroe, hat er zu mir gesagt. Er hätte gar nicht gewußt, daß sie dort sei. Er hätte schließlich nicht so tun können, als würde er sie nicht kennen, sagte er. Wir lebten schließlich in einem Dorf. Da hätte er doch nicht fremd tun können.«

»Liebes, du regst dich wegen nichts und wieder nichts auf.«

»Du glaubst, er ist in die Haushälterin vom Pfarrer verknallt?« fragte Cecily und riß die Augen auf, um sich den Anschein der Naivität zu geben. »Aber Becky, warum heiratet er dich dann?«

»Cecily!« zischte ihre Tante.

»Er heiratet mich ja gar nicht«, rief Rebecca. »Er heiratet überhaupt nicht. Wir haben ja gar keinen Pfarrer.«

In der Kirche auf der anderen Seite des roten Samtvorhangs wurde es totenstill. Der Organist hatte einen Moment zu spielen aufgehört, und Rebeccas Worte schienen durch das ganze Schiff zu hallen. Eilig griff der Organist wieder in die Tasten. Diesmal wählte er *Krön, Herr, mit Liebe diesen frohen Tag*.

»Du meine Güte«, hauchte Mrs. Townley-Young.

Schritte knallten auf dem Steinboden, der rote Vorhang

wurde auf die Seite geschoben. Rebeccas Vater trat herein. »Nichts.« Er klopfte sich den Schnee vom Mantel und Hut. »Nirgends zu finden. Nicht im Dorf. Nicht am Fluß. Nicht auf dem Anger. Einfach weg. Aber das wird er mir mit seinem Posten bezahlen.«

Seine Frau steckte flehend die Arme nach ihm aus, berührte ihn aber nicht. »St. John, um Himmels willen, was sollen wir tun? Die vielen Leute. Das Essen zu Hause. Und Rebeccas Zust...«

»Ich kenne die Details. Du brauchst sie mir nicht aufzuzählen.« Townley-Young zog den Vorhang zur Seite und spähte in die Kirche. »Wir werden für die nächsten zehn Jahre die Zielscheibe des allgemeinen Spotts sein.« Er drehte sich nach den Frauen herum, richtete seinen Blick insbesondere auf seine Tochter. »Du hast dir diese Suppe eingebrockt, Rebecca, und ich sollte sie dich, verdammt noch mal, auch allein auslöffeln lassen.«

»Daddy!« Es klang jammervoll.

»Also wirklich, St. John...«

Cecily fand, dies wäre der Moment, Hilfsbereitschaft zu zeigen. Zweifellos würde gleich ihr Vater aus der Kirche zu ihnen herüberkommen – emotionale Krisen waren ihm stets ein Quell besonderen Ergötzens –, und wenn das der Fall war, konnte es für sie nur von Vorteil sein zu zeigen, daß sie bestens fähig war, bei Familienkrisen erfolgreich in die Bresche zu springen. Er hatte sich schließlich bezüglich ihrer Bitte, das Frühjahr in Kreta zu verbringen, immer noch nicht verbindlich geäußert.

Sie sagte: »Vielleicht sollten wir jemanden anrufen, Onkel St. John. Es muß doch einen anderen Pfarrer in der Nähe geben.«

»Ich habe bereits mit dem Constable gesprochen«, sagte Townley-Young.

»Aber der kann sie doch nicht trauen, St. John«, protestierte seine Frau. »Wir brauchen einen Geistlichen. Wir brauchen eine ordentliche Hochzeitsfeier. Das Essen wartet. Die Gäste werden allmählich hungrig. Die...«

»Ich möchte Sage sehen«, unterbrach er. »Ich möchte ihn hier sehen. Und zwar auf der Stelle. Und wenn ich diesen Low-Church-Banausen eigenhändig zum Altar schleifen muß!«

»Aber wenn er dringend weggerufen worden ist...« Mrs. Townley-Young gab sich offenkundig alle Mühe, die Stimme der Vernunft zu vertreten.

»Er ist nicht weggerufen worden. Diese Yankin kam mir im Dorf hinterhergelaufen. Sein Bett sei nicht benutzt, sagte sie. Sein Wagen steht aber in der Garage. Er muß also irgendwo in der Nähe sein. Und mir ist völlig klar, was der Bursche getrieben hat.«

»Der Pfarrer?« fragte Cecily und schaffte es, Entsetzen zu zeigen, während die Entwicklung des Dramas ihr in Wirklichkeit höchstes Vergnügen bereitete. Eine Hochzeit mit Rückenwind, von einem hurenden Geistlichen vorgenommen, zwischen einem widerstrebenden Bräutigam, der die Haushälterin des Pfarrers liebt, und einer wutschäumenden Braut, die auf bittere Rache sinnt. Da lohnte es sich doch fast, Brautjungfer zu sein. »Nein, Onkel St. John. Doch nicht der Pfarrer. Du meine Güte, so ein Skandal.«

Ihr Onkel warf ihr einen scharfen Blick zu. Er deutete mit spitzem Finger auf sie und wollte gerade zu sprechen beginnen, als der Vorhang von neuem auf die Seite gezogen wurde. Wie auf Kommando drehten sie sich alle herum. An der Tür stand der Dorfpolizist. Seine dicke Jacke war voller Schnee, die Gläser seiner Brille beschlagen. Er hatte keine Mütze auf, und sein rotes Haar war mit einer dünnen Schneeschicht bedeckt.

»Und?« fragte Townley-Young. »Haben Sie ihn gefunden, Shepherd?«

»Ja«, antwortete der Constable. »Aber der traut niemanden mehr.«

JANUAR: FROST

1

»Was war das für ein Schild? Hast du es gesehen, Simon? Es war so eine Art Plakat am Straßenrand.«

Deborah St. James bremste den Wagen ab und sah sich um. Sie hatte die Kurve schon hinter sich, und das dichte Gestrüpp kahler Äste von Eichen und Kastanien verbarg sowohl die Straße selbst als auch die von Flechten überzogene Kalksteinmauer die Straße entlang. »War da ein Hotelschild? Hast du eine Einfahrt gesehen?«

Simon St. James riß sich von den Gedanken los, die ihn auf der langen Fahrt vom Flughafen in Manchester gefangen gehalten hatten: Da war einerseits das winterliche Hochmoor Lancashires mit seinen gedämpften rostroten Farben und dem zartgrünen Weideland; andererseits hatte er darüber gerätselt, mit welchem Instrument man einen dicken Elektrodraht durchtrennen konnte, um damit die Hände und Füße einer weiblichen Leiche so zu fesseln, wie sie in der letzten Woche in Surrey gefunden worden war.

»Eine Einfahrt?« wiederholte er. »Kann schon sein, daß da eine war. Aber ich habe nichts gesehen. Das Schild war ein Hinweis auf die Dorfwahrsagerin.«

»Ach, hör auf!«

»Wirklich! Ist das vielleicht ein Service, den das Hotel bietet und von dem du mir nichts gesagt hast?«

»Nicht, daß ich wüßte.« Die Straße begann zu steigen, und in der Ferne, vielleicht noch anderthalb Kilometer entfernt, schimmerten die Lichter eines Dorfes. »Wir sind wahrscheinlich einfach noch nicht weit genug gefahren.«

»Wie heißt das Hotel?«
»*Crofters Inn.*«
»Nein, das stand eindeutig nicht auf dem Schild. Vergiß nicht, daß wir hier in Lancashire sind. Es wundert mich, daß das Hotel nicht *Zum Hexenkessel* heißt.«
»Dann wären wir nicht hergekommen, Schatz. Mit fortschreitendem Alter werde ich nämlich abergläubisch.«
»Ach, so das ist das.« Er lächelte. Mit fortschreitendem Alter. Sie war gerade fünfundzwanzig und verfügte über die ganze Kraft und den Elan der jungen Jahre.

Aber sie sah müde aus – er wußte, daß sie in letzter Zeit schlecht geschlafen hatte –, und ihr Gesicht war blaß. Ein paar Tage auf dem Land, lange Spaziergänge und viel Ruhe, das war es, was sie jetzt brauchte. Sie hatte in den letzten Monaten zuviel gearbeitet, mehr als er, und war morgens viel zu früh zu Fototerminen aufgebrochen, die mit ihren eigentlichen Interessen nur am Rande zu tun hatten. Ich möchte meinen Horizont erweitern, pflegte sie zu sagen. Landschaften und Porträts reichen nicht, Simon. Ich muß vielseitiger werden. Ich würde meine neuen Arbeiten gern im kommenden Sommer ausstellen. Aber ich bekomme die Bilder nicht zusammen, wenn ich mich nicht auf die Socken mache und Neues ausprobiere, ein paar Kontakte knüpfe und so... Er erhob keine Einwände und versuchte nicht, sie zurückzuhalten. Er wartete einfach darauf, daß die Krise vorbeigehen würde. Sie hatten in den ersten zwei Jahren ihrer Ehe mehrere kritische Phasen gemeistert. Diese Tatsache versuchte er sich vor Augen zu halten, wenn er die Hoffnung zu verlieren drohte, daß sie dies momentan nicht meistern würden.

Sie schob eine kupferrote Haarsträhne hinter ihr Ohr zurück, legte den Gang ein und sagte: »Dann laß uns doch weiterfahren, ins Dorf, ja?«

»Es sei denn, du möchtest dir vorher aus der Hand lesen lassen.«

»Meine Zukunft, meinst du? Nein, besten Dank.«

Er hatte die Bemerkung ganz ohne Absicht gemacht. Der falschen Munterkeit ihrer Antwort entnahm er, daß sie es anders verstanden hatte. »Deborah«, sagte er.

Sie nahm seine Hand. Den Blick auf die Straße gerichtet, drückte sie sie an ihre Wange. Ihre Haut war kühl. Sie war weich, wie die Dämmerung. »Es tut mir leid«, sagte sie. »Diese Zeit gehört uns beiden. Laß mich nicht alles verpatzen.«

Aber sie sah ihn nicht an. Immer häufiger geschah es, daß sie ihm in Momenten der Spannung nicht in die Augen sah. Es war, als glaubte sie, sie räumte ihm sonst Vorteile ein, die sie ihm nicht gönnen wollte; und dabei hatte er den Eindruck, alle Vorteile seien auf ihrer Seite.

Er ließ den Moment verstreichen. Er berührte ihr Haar. Er legte seine Hand auf ihren Schenkel. Sie fuhr weiter.

Vom Schild der Wahrsagerin bis zu dem kleinen Dorf Winslough, das sich einen Hügel hinaufzog, waren es gut anderthalb Kilometer. Zuerst kamen sie an der Kirche vorbei – einem normannischen Bau mit Festungsturm und einer Uhr mit blauem Zifferblatt, auf der es für immer und ewig drei Uhr zwanzig war –, dann an der Grundschule, dann an einer Zeile Reihenhäuser, die am Rand eines freien Felds standen. Auf dem Gipfel des Hügels, an einer Kreuzung, an der die Straße nach Clitheroe mit den West-Ost-Verbindungsstraßen nach Lancaster und Yorkshire zusammentraf, stand das *Crofters Inn*.

An der Kreuzung hielt Deborah an. Sie wischte über die Windschutzscheibe, musterte mit zusammengekniffenen Augen das Haus und seufzte. »Hm, weltbewegend ist es nicht gerade, wie? Ich dachte – ich hatte gehofft... In der Broschüre klang es so romantisch.«

»Es ist doch ganz in Ordnung.«
»Es stammt aus dem vierzehnten Jahrhundert. Es hat einen großen Saal, wo früher das Gericht getagt hat. Der Speisesaal hat eine alte Balkendecke, und in der Bar ist seit zweihundert Jahren alles unverändert geblieben. In der Broschüre stand sogar, daß...«
»Es ist völlig in Ordnung.«
»Aber ich wollte doch, daß es...«
»Deborah!« Endlich sah sie ihn an. »Wir sind doch nicht des Hotels wegen hergekommen, nicht wahr?«

Sie sah wieder zu dem alten Haus hinüber. Trotz seiner Worte sah sie es durch das Objektiv ihrer Kamera und taxierte genau jedes Element der Gesamtkonzeption: wie das Haus auf seinem Zipfel Land stand, wie es im Verhältnis zum übrigen Dorf stand, wie es gebaut war. Es war eine Betrachtungsweise, die für sie so selbstverständlich geworden war wie das Atmen.

»Nein«, sagte sie schließlich, wenn auch mit Widerstreben. »Nein. Wegen des Hotels sind wir wohl nicht hier.«

Sie fuhr durch das Tor auf der Westseite des Gasthauses und hielt auf dem Parkplatz hinter dem Haus an. Wie alle anderen Gebäude des Dorfes war das Haus aus dem hellen erdfarbenen Kalkstein der Gegend und Kohlensandstein erbaut. Nicht einmal von hinten hatte es, abgesehen von den weißgestrichenen Holzarbeiten und den grünen Blumenkästen, die schon mit überwinternden Stiefmütterchen bepflanzt waren, irgendwelche besonderen Merkmale oder Zierden aufzuweisen. Das Auffallendste war ein gefährlich nach innen gesenktes Schieferdach, bei dessen Anblick Simon inbrünstig hoffte, ihr Zimmer würde sich nicht gerade unter der Mulde befinden.

»Tja«, meinte Deborah mit einer gewissen Resignation.

Simon neigte sich zu ihr, drehte leicht den Kopf und küßte

sie. »Habe ich dir eigentlich gesagt, daß ich schon seit Jahren mal nach Lancashire wollte?«

Darauf lächelte sie. »In deinen Träumen«, antwortete sie und stieg aus.

Als er die Tür öffnete, hatte er das Gefühl, die kalte, feuchte Luft schwappte ihm wie Wasser entgegen. Er nahm Holzrauch war und den morastigen Geruch nasser Erde und verfaulenden Laubs. Er hob sein krankes Bein aus dem Wagen und ließ es auf die Pflastersteine niederfallen. Es lag kein Schnee, aber Rauhreif überzog den Rasen des Wirtsgartens, der jetzt leer und verlassen war. Er konnte ihn sich im Sommer vorstellen, wenn hier die Urlauber saßen, die zum Wandern und zum Angeln hergekommen waren. Simon konnte den nahen Fluß hören, aber nicht sehen. Ein Weg führte zu ihm hin – den konnte er sehen, da die vereisten Steinplatten im Licht der Hofbeleuchtung glitzerten –, und obwohl der Fluß ganz offensichtlich nicht zum Grund des Gasthauses gehörte, war in die Grenzmauer eine Pforte eingelassen, durch die man ihn bequem erreichen konnte. Die Pforte stand offen, und noch während er dort hinübersah, rannte ein junges Mädchen durch das offene Tor und stopfte im Laufen eine weiße Plastiktüte in ihren übergroßen Anorak. Der Anorak war grell orangefarben und hing dem Mädchen, das recht hoch aufgeschossen war, bis zu den Knien. Darunter kamen dünne Beine zum Vorschein, die in großen, schlammverschmierten Gummistiefeln steckten.

Sie fuhr zusammen, als sie Deborah und St. James bemerkte. Doch anstatt an ihnen vorbeizulaufen, ging sie direkt auf sie zu und packte ohne ein Wort der Erklärung oder Bekanntmachung den Koffer, den St. James gerade aus dem Kofferraum des Wagens gehoben hatte. Sie warf einen Blick ins Innere des Kofferraums und nahm auch gleich seine Krücken.

»So, hier sind Sie also«, sagte sie, als hätte sie sie unten am Fluß gesucht. »Bißchen spät, oder? In unserem Buch steht, Sie würden spätestens um vier kommen.«

»Ich kann mich nicht erinnern, eine Zeit angegeben zu haben«, versetzte Deborah einigermaßen verwirrt. »Unsere Maschine ist erst...«

»Ist ja auch egal«, unterbrach das Mädchen. »Jetzt sind Sie jedenfalls hier, stimmt's? Und bis zum Abendessen ist noch massenhaft Zeit.« Sie sah zu den beschlagenen unteren Fenstern des Gasthauses hinüber, hinter denen sich im grellen Licht einer Küche eine schemenhafte Gestalt hin und her bewegte. »Wenn ich Ihnen einen Tip geben darf – nehmen Sie auf keinen Fall das Bœuf Bourguignon. Das ist nämlich ordinärer Eintopf. Kommen Sie. Ich zeige Ihnen den Weg.«

Sie setzte sich in Richtung Hintertür in Bewegung. Mit dem Koffer in der Hand und St. James' Krücken unter dem anderen Arm bewegte sie sich merkwürdig tolpatschig, beinahe humpelnd, wobei sie den einen Gummistiefel über das Pflaster schleifte und mit dem anderen klatschend auftrat. Es blieb ihnen gar nichts anderes übrig, als ihr zu folgen. Sie gingen hinter ihr her über den Parkplatz, dann eine kurze Treppe hinauf und durch die Hintertür in das Gasthaus. Durch einen kurzen Korridor kamen sie zu einer Tür mit einem handbeschrifteten Schild, auf dem *Aufenthaltsraum für Hotelgäste* stand.

Das Mädchen ließ den Koffer auf den Teppich fallen und lehnte die Krücken dagegen, deren Enden sich in eine verblichene Axminster-Rose bohrten. »So!« sagte sie und rieb sich die Hände, als wollte sie sagen, ich habe meinen Teil getan. »Würden Sie meiner Mutter sagen, daß Josie Sie draußen erwartet hat? Josie, das bin ich.« Dabei stieß sie sich ihren Daumen in die Brust. »Sie täten mir einen Riesengefallen. Ich würd mich auch revanchieren. Ehrlich.«

Es hätte St. James interessiert, wie sie das machen wollte. Das junge Mädchen sah ihn und Deborah mit ernster Miene an.

»Okay«, sagte sie dann, »ich seh schon, was Sie denken. Also, um ganz ehrlich zu sein, sie *ist fertig mit mir*, Sie verstehen, was ich meine. Dabei hab ich eigentlich gar nichts getan. Ich meine, es ist nur lauter blödes Zeug. Aber hauptsächlich sind's meine Haare. Ich mein, die schauen sonst nicht so aus, wissen Sie. Aber jetzt werden sie wohl eine Weile so bleiben.«

St. James war sich nicht schlüssig, ob sie über den Schnitt oder die Farbe sprach; beides war fürchterlich. Der Schnitt, Versuch eines Bubikopfes, schien mit Nagelschere und Rasierapparat unternommen worden zu sein. Er verlieh ihr eine bemerkenswerte Ähnlichkeit mit Heinrich V., wie er auf einem Gemälde in der National Portrait Gallery zu sehen war. Die Farbe war ein unglücklicher Lachston, der sich mit dem Orange ihres Anoraks biß. Gefärbt vermutlich, wobei offensichtlich mehr Begeisterung als Expertise im Spiel gewesen war.

»Schaum«, sagte sie aus heiterem Himmel.

»Bitte?«

»Schaum. Sie wissen schon. Das Zeug für die Haare. Auf der Schachtel stand *Rötlicher Lichterglanz*, aber es hat nicht funktioniert.« Sie schob ihre Hände in die Taschen des Anoraks. »Irgendwie ist einfach alles gegen mich, wissen Sie. Glauben Sie vielleicht, Sie finden in der vierten Klasse einen Jungen, der meine Größe hat? Na ja, da hab ich mir gedacht, wenn ich mir eine andere Frisur mache, dann könnte ich mir vielleicht einen aus der fünften oder sechsten angeln. Blöd, ich weiß schon. Sie brauchen's mir gar nicht erst zu sagen. Das tut nämlich meine Mutter schon seit drei Tagen ununterbrochen. *Was soll ich nur mit dir machen, Josie?* Josie, das bin ich. Meiner Mutter und Mr. Wragg gehört das Gasthaus. *Ihr*

Haar ist übrigens echt geil.« Diese letzten Worte waren an Deborah gerichtet, der schon eine Weile Josies intensives Interesse galt. »Und groß sind Sie auch. Aber Sie haben wahrscheinlich schon aufgehört zu wachsen, oder?«

»Ja, ich denke, schon.«

»Ich noch nicht. Der Doktor hat gesagt, daß ich mal über einsachtzig groß werde. Eine echte Wikingertochter, sagt er immer, und dann lacht er und haut mir auf die Schulter, als ob das der beste Witz aller Zeiten wär. Aber ich möcht gern wissen, was die blöden Wikinger hier in Lancashire zu suchen hatten.«

»Und deine Mutter wird sicher wissen wollen, was du am Fluß zu suchen hattest«, meinte St. James.

Josie wurde rot und wedelte mit beiden Händen. »Ich war gar nicht am Fluß. Und ich hab auch nichts Schlimmes getan. Ehrlich. Und es wär ja nur eine Gefälligkeit. Wenn Sie meinen Namen erwähnen, mein ich. – Ach, übrigens hat uns auf dem Parkplatz ein junges Mädchen erwartet, Mrs. Wragg. Groß. Ein bißchen schlaksig. Sie hat uns gesagt, sie heiße Josie. Sie war sehr freundlich. Wenn Sie das ungefähr so bringen würden, würde meine Mutter sich vielleicht wieder ein bißchen abregen.«

»Jo-se-*phine*!« rief von irgendwo eine Frau mit lauter Stimme. »Jo-se-phine Eugenia Wragg!«

Josie schnitt eine Grimasse. »Ich hasse es, wenn sie das tut. Erinnert mich immer an die Schule. ›Josephine Eugenia Wragg, Bohnenstange und Klassenschreck‹.«

So sah sie nicht aus. Aber sie war groß, und sie bewegte sich linkisch, wie junge Mädchen das tun, die sich plötzlich ihres Körpers bewußt geworden sind und sich noch nicht an ihn gewöhnt haben. St. James mußte an seine Schwester denken, als sie in diesem Alter gewesen war: geschlagen mit ihrer Größe, mit den scharf ausgeprägten Gesichtszügen, in die sie noch nicht hineingewachsen war, und mit einem unglücklich zweideutigen Namen. Sydney, pflegte sie sich selbst mit grimmigem Spott vorzustellen, der letzte der St.-James-Jungen. Jahrelang hatte sie das Gespött ihrer Schulkameraden ertragen müssen.

Ernsthaft sagte er: »Danke, daß du uns auf dem Parkplatz erwartet hast, Josie. Es ist immer angenehm, wenn man am Ziel einer Reise erwartet wird.«

Das Gesicht des Mädchens leuchtete auf. »Danke. Das ist echt nett«, sagte sie und steuerte auf die Tür zu, durch die sie gekommen waren. »Ich revanchier mich. Sie werden schon sehen.«

»Ich zweifle nicht daran.«

»Gehen Sie einfach durch die Gaststube. Da nimmt Sie schon jemand in Empfang.« Sie deutete auf eine zweite Tür auf der anderen Seite des Raums. »Ich muß schleunigst die Gummistiefel ausziehen.« Mit einem beschwörenden Blick fügte sie hinzu: »Ach, bitte sagen Sie nichts von den Gummistiefeln. Die gehören nämlich Mr. Wragg.«

Kein Wunder, daß sie in ihnen herumgeschlappt war wie ein Taucher mit Schwimmflossen. »Ich werde schweigen wie ein Grab«, versprach St. James. »Deborah?«

»Ich auch.«

Josie grinste dankbar und schlüpfte zur Tür hinaus.

Deborah nahm St. James' Krücken und sah sich in dem L-förmigen Raum um, der als Salon für die Hotelgäste diente. Die Polstermöbel waren schäbig, und mehrere Lampenschirme saßen schief. Aber auf einer Kredenz lag ein Sortiment von Zeitschriften für die Gäste bereit, und der Bücherschrank war zum Bersten voll. Die Wände schienen frisch tapeziert zu sein – ein Muster von ineinanderverschlungenen Rosen und Mohnblumen –, und es roch deutlich nach Potpourri. Sie wandte sich Simon zu. Er sah sie lächelnd an.

»Was ist?« fragte sie.

»Ganz wie zu Hause«, antwortete er.

»Fragt sich nur, wessen Zuhause.« Sie ging ihm voraus in die Gaststube.

Sie waren offenbar außerhalb der Geschäftszeit angekommen; am Mahagonitresen stand niemand, die Brauereitische, auf denen die Bierdeckel wie Farbkleckse lagen, waren leer. Unter der niedrigen Zimmerdecke, deren massive Holzbalken von Rauch geschwärzt waren, gingen sie zwischen Tischen und Stühlen hindurch. Im offenen Kamin schwelten noch die Reste eines Feuers vom Nachmittag; mit einem gelegentlichen lauten Knacken barsten letzte Harznester.

»Wo ist sie nur jetzt wieder hin verschwunden, das verflixte Gör?« schalt eine Frau. Ihre Stimme kam aus einem Raum, der wohl das Büro war. Er befand sich links von der Bar, seine Tür stand offen. Unmittelbar daneben führte eine Treppe, deren Stufen so schief hingen, als lastete ein doppelseitiges Gewicht schwer auf ihnen, nach oben. Die Frau kam heraus, rief die Treppe hinauf: »Josephine!« und bemerkte dann erst St. James und Deborah. Genau wie Josie fuhr sie erst einmal zusammen. Genau wie Josie war sie groß und dünn, und ihre Ellbogen waren so spitz wie Pfeilspitzen. Ein wenig verlegen hob sie eine Hand zu ihrem Haar und zog eine Plastikspange, die mit rosaroten Rosenblüten verziert war, heraus. Mit der anderen Hand strich sie sich über den Rock, der voller Fussel war. »Die Handtücher«, bemerkte sie erklärend. »Eigentlich sollte meine Tochter sie falten. Aber sie hat es wieder mal vergessen. So geht's einem mit den Töchtern.«

»Ich glaube, wir haben sie gerade kennengelernt«, sagte St. James. »Auf dem Parkplatz.«

»Ja, sie hat uns erwartet«, steuerte Deborah bei. »Sie hat uns die Sachen hereingetragen.«

»Ach, wirklich?« Der Blick der Frau wanderte zu ihrem Koffer. »Sie müssen Mr. und Mrs. St. James sein. Herzlich willkommen. Wir haben Ihnen Himmelsblick gegeben.«
»Himmelsblick?«
»Das Zimmer. Es ist unser schönstes. Um diese Jahreszeit nur leider ein bißchen kalt. Aber wir haben Ihnen einen extra Heizofen hineingestellt.«
Kalt war milde ausgedrückt für die Temperatur in dem Zimmer, in das die Frau sie führte, im zweiten Stock, direkt unter dem Dach. Der elektrische Ofen lief zwar auf Hochtouren und sandte spürbare Wärmequellen aus, aber die drei Fenster und die beiden zusätzlichen Oberlichte wirkten wie Kältespender. Man brauchte nur bis auf einen halben Meter an sie heranzugehen, um den eisigen Zug zu spüren.
Mrs. Wragg zog die Vorhänge zu. »Abendessen gibt es von halb acht bis um neun. Haben Sie vorher irgendeinen Wunsch? Haben Sie schon Tee getrunken? Josie kann Ihnen gern eine Kanne heraufbringen, wenn Sie möchten.«
»Für mich nicht, danke«, sagte St. James. »Und du, Deborah?«
»Nein, danke.«
Mrs. Wragg nickte. Sie rieb sich mit den Händen die Oberarme. »Gut«, sagte sie und bückte sich, um einen langen weißen Faden vom Teppich aufzuheben. Sie wand ihn um ihren Finger. »Das Bad ist da durch die Tür. Aber seien Sie vorsichtig. Die Tür ist ein bißchen niedrig. Sind sie übrigens alle. Das ist eben so in einem alten Haus. Sie kennen so was ja.«
»Ja, natürlich.«
Sie ging zu der Kommode zwischen den beiden vordersten Fenstern und rückte den Ankleidespiegel zurecht, zupfte an dem Spitzendeckchen, das darunter lag. Sie öffnete den Kleiderschrank und sagte: »Hier haben Sie zusätzliche Decken, wenn Sie welche brauchen«, und sie klopfte auf die Chintzpol-

sterung des einzigen Sessels im Zimmer. Als es beim besten Willen nichts mehr zu zeigen oder zu tun gab, sagte sie: »Sie kommen aus London, nicht?«

»Ja«, antwortete St. James.

»Wir haben hier nicht oft Leute aus London.«

»Es ist ja auch ziemlich weit.«

»Nein. Das ist es nicht. Die Londoner zieht's alle nach Süden. Dorset oder Cornwall. Da fahren die alle hin.« Sie trat an die Wand hinter dem Sessel und machte sich an einem der beiden Drucke zu schaffen, die dort hingen, eine Reproduktion von Renoirs *Zwei Mädchen am Klavier* in weißem Passepartout, das an den Rändern vergilbt war. »Die meisten Leute mögen die Kälte nicht«, bemerkte sie.

»Ja, das ist wahr.«

»Und die Leute aus dem Norden ziehen auch gern nach London. Aber die machen sich meiner Ansicht nach nur Illusionen. Wie Josie. Hat sie – es würde mich interessieren, hat sie sich bei Ihnen nach London erkundigt?«

Simon sah seine Frau an. Deborah hatte den Koffer aufs Bett gelegt und geöffnet. Bei der Frage hielt sie im Auspacken inne und richtete sich auf, einen feinen grauen Schal in den Händen.

»Nein«, sagte sie. »Sie hat nicht nach London gefragt.«

Mrs. Wragg nickte, lächelte dann flüchtig. »Na, das ist ein Trost. Sie wäre nämlich wirklich zu jeder Dummheit bereit, nur um aus Winslough wegzukommen.« Sie rieb sich die Hände, faltete sie auf dem Bauch und sagte: »Gut dann. Sie wollen frische Luft und lange Spaziergänge. Wir können beides bieten. Im Hochmoor. Auf den Feldern. Über die Hügel. Im letzten Monat hatten wir Schnee – seit einer Ewigkeit das erste Mal, daß es hier in der Gegend geschneit hat –, aber jetzt haben wir nur Reif. Da wird's tagsüber matschig, aber Sie haben sicher Gummistiefel dabei, oder?«

»Ja.«

»Gut. Wenn Sie wandern wollen, fragen Sie nur Ben – das ist mein Mann –, der kennt sich hier aus wie kein anderer.«

»Danke«, sagte Deborah. »Das werden wir tun. Wir freuen uns aufs Wandern. Und auf einen Besuch beim Pfarrer.«

»Beim Pfarrer?«

»Ja.«

Mrs. Wraggs rechte Hand glitt von der Taille zum Kragen ihrer Bluse hinauf.

»Was ist denn?« fragte Deborah. Sie und Simon tauschten einen Blick. »Mr. Sage ist doch noch hier an der Kirche?«

»Nein. Er ist...« Mrs. Wragg drückte ihre Finger fest an ihren Hals und sagte hastig: »Er hat's wie alle anderen gemacht. Er ist nach Cornwall gegangen. Könnte man sagen.«

»Wieso?« fragte St. James.

»Da...«, sie schluckte, »da ist er begraben.«

2

Polly Yarkin wischte mit einem feuchten Tuch über die Arbeitsplatte und hängte es dann sauber gefaltet über den Rand der Spüle. Es war überflüssige Mühe. In den letzten vier Wochen hatte kein Mensch die Küche im Pfarrhaus benutzt, und es sah ganz so aus, als würde so bald auch keiner sie wieder benutzen. Dennoch kam sie täglich hierher, so wie sie das die letzten sechs Jahre getan hatte, und sah nach dem Rechten, so wie sie für Mr. Sage nach dem Rechten gesehen hatte und ebenso für seine zwei jugendlichen Vorgänger, die jeder dem Dorf genau drei Jahre gegeben hatten, ehe sie weitergezogen waren, um sich höheren Dingen zu widmen. Wenn es so etwas in der anglikanischen Kirche gab.

Polly trocknete sich die Hände an einem karierten Geschirrtuch und hängte dieses an seinen Haken über der Spüle. Sie hatte am Morgen den Linoleumboden gewachst und bemerkte mit Genugtuung, daß sie, wenn sie hinunterblickte, ihr Spiegelbild in der glänzenden Fläche sehen konnte. Natürlich nicht klar und deutlich. Ein Fußboden ist schließlich kein Spiegel. Aber sie konnte ganz gut ihre krausen karottenroten Löckchen erkennen, die sich aus dem fest gebundenen Tuch um ihren Kopf herausgestohlen hatten. Und sie konnte – viel zu klar – die Silhouette ihres Körpers sehen, ihrer Schultern, die sich unter dem Gewicht ihres schweren Busens nach vorn wölbten.

Das Kreuz tat ihr weh wie immer, und ihre Schultern schmerzten vom Zug der Büstenhalterträger. Sie schob den Zeigefinger unter einen und zog ein Gesicht, da die Erleichterung auf der einen Seite den Druck auf der anderen nur um so fühlbarer machte. Mensch, Polly, du kannst vielleicht froh sein, hatten ihre Freundinnen früher neidisch gesagt, den Jungs schlottern schon die Knie, wenn sie nur an dich denken. Und ihre Mutter hatte auf ihre typisch mütterlich-kryptische Art gesagt, im Zeichen des Kreises gezeugt, von der Göttin gesegnet, und hatte ihrer Tochter zum ersten- und letztenmal den Hintern versohlt, als diese verkündet hatte, sie wollte sich operieren lassen, um ihren großen Busen, den sie als bleischwer und unförmig empfand, verkleinern zu lassen.

Sie bohrte sich beide Fäuste ins Kreuz und sah zu der Wanduhr über dem Küchentisch. Es war halb sieben. So spät am Tag würde kein Mensch mehr ins Pfarrhaus kommen. Es gab keinen Grund, länger zu bleiben.

Tatsächlich gab es keinen Grund, überhaupt noch hierherzukommen. Dennoch kam Polly jeden Morgen und blieb bis nach Einbruch der Dunkelheit. Sie wischte Staub, sie putzte und erklärte den Kirchenvorstehern, es sei wichtig – ja, um diese Zeit gerade unerläßlich –, das Haus für Mr. Sages Nachfolger in Ordnung zu halten. Und während sie arbeitete, paßte sie ständig auf, ob sich drüben beim nächsten Nachbarn des Pfarrers etwas rührte.

Tag für Tag tat sie das, seit Mr. Sages Tod, als Colin Shepherd zum erstenmal mit seinen amtlichen Fragen und seinem amtlichen Notizbuch gekommen war und auf seine ruhige, kompetente Art Mr. Sages Sachen durchgesehen hatte. Immer hatte er ihr nur einen Blick zugeworfen, wenn sie ihm morgens die Tür geöffnet hatte. Immer sagte er nur *Hallo, Polly,* und sah dann sofort weg. Meistens ging er ins Arbeitszimmer oder ins Schlafzimmer des Pfarres. Manchmal setzte er sich auch nieder und sah die Post durch. Dann machte er sich Notizen und starrte lange in den Terminkalender des Pfarrers, als sei die Lösung des Rätsels, das den Tod von Mr. Sage umgab, in seinen Terminen zu finden.

Sprich mit mir, Colin, hätte sie am liebsten gesagt, wenn er da war. Komm zurück. Mach, daß es wieder so wird, wie es einmal war. Laß uns doch wieder Freunde sein.

Aber sie sagte nichts dergleichen. Statt dessen bot sie ihm Tee an. Und wenn er ablehnte – nein, danke, Polly, ich gehe gleich wieder –, kehrte sie an ihre Arbeit zurück, polierte den Spiegel, putzte die Fenster, schrubbte Toiletten, Böden, Waschbecken und Badewanne, bis ihre Hände rot und rauh waren und das ganze Haus vor Sauberkeit blitzte. Wann immer sich eine Möglichkeit ergab, musterte sie ihn und zählte sich die Einzelheiten auf, die es ihr leichter machen sollten, ihr Schicksal zu ertragen. Das Kinn ist zu eckig. Die Augen haben zwar eine schöne Farbe, dieses klare Grün, aber sie sind viel zu klein. Die Haare sind unmöglich. Er kämmt sie zurück, aber dann fallen sie in der Mitte auseinander und hängen ihm in die Stirn. Dauernd fummelt er daran herum, fährt mit den Fingern durch, anstatt einen Kamm zu benutzen.

Weiter als bis zu den Fingern kam sie nie mit ihrer nutzlosen schwarzen Liste. Er hatte nämlich die schönsten Hände der Welt. Und wegen dieser Hände, der Vorstellung, sie auf ihrer Haut zu fühlen, endete es immer da, wo es angefangen hatte. Sprich mit mir, Colin. Mach, daß es wieder so wird, wie es einmal war.

Aber das tat er nicht, und es war gut so. Denn im Grund wollte sie gar nicht, daß es zwischen ihnen wieder so wurde, wie es gewesen war.

Allzu bald waren die Ermittlungen abgeschlossen. Colin Shepherd, Constable in Winslough, trug bei der Leichenschau des Coroner mit rauchiger Stimme die Ergebnisse seiner Nachforschungen vor. Sie war zur Leichenschau gegangen, weil alle anderen im Dorf auch hingegangen waren. Der große Saal im Gasthaus war brechend voll gewesen. Aber im Gegensatz zu den anderen war sie nur hingegangen, um Colin zu sehen und seine Stimme zu hören.

»Tod durch Mißgeschick«, verkündete der Coroner. Und damit war der Fall erledigt.

Aber das machte dem Getuschel und den versteckten Anspielungen kein Ende, änderte nichts an der Realität, daß in einem Dorf wie Winslough *Vergiftung* und *durch Unfall* Reizwörter waren, die unweigerlich zu Klatsch und Gerüchten einluden. Polly war also auf ihrem Posten im Pfarrhaus geblieben, kam jeden Morgen pünktlich um halb acht und wartete, hoffte Tag für Tag darauf, daß der Fall wiederaufgerollt und Colin zurückkehren werde.

Müde ließ sie sich auf einen der Küchenstühle sinken und schob ihre Füße in die Arbeitsstiefel, die sie am frühen Morgen auf dem wachsenden Stapel Zeitungen abgestellt hatte. Niemand hatte bisher daran gedacht, Mr. Sages Abonnements zu kündigen. Sie selbst war zu sehr mit ihren Gedanken an Colin beschäftigt gewesen, um es zu tun. Ich tu's morgen, sagte sie sich. Das würde ein Grund sein, noch einmal hierherzukommen.

Nachdem sie die Haustür geschlossen hatte, blieb sie einen Moment auf der Treppe stehen, um das Tuch abzunehmen, mit dem sie ihr Haar gebändigt hatte. Befreit krauste es sich wie Stahlwolle um ihr Gesicht, und der Abendwind blies es ihr über die Schultern nach hinten. Sie faltete das Tuch zu einem Dreieck, wobei sie sorgfältig darauf achtete, daß die Worte *Rita hat in mir wie in einem offenen Buch gelesen* nicht zu sehen waren. Sie schob sich das Dreieck über den Kopf und knotete es unter dem Kinn. Das so eingefangene Haar kitzelte sie an Wangen und Hals. Sie wußte, daß diese Tracht nicht attraktiv aussah, aber wenigstens würde ihr so das Haar auf dem Heimweg nicht dauernd um den Kopf flattern und in Mund und Augen geweht werden. Außerdem bot sich hier, auf der Treppe unter dem Außenlicht, das sie stets brennen ließ, wenn es dunkel wurde, Gelegenheit zu einem ungehinderten Blick auf das Nachbarhaus. Wenn die Lichter brannten, wenn sein Wagen in der Einfahrt stand...

Beides war nicht der Fall. Während Polly mit knirschenden Schritten über den Kies zur Straße ging, fragte sie sich, was sie denn getan hätte, wenn Colin Shepherd an diesem Abend zu Hause gewesen wäre.

Hätte sie bei ihm angeklopft?

Ja? Ach, hallo. Was gibt's denn, Polly?

Auf die Klingel gedrückt?

Ist etwas nicht in Ordnung?

Das Gesicht ans Fenster gepreßt?

Brauchst du Hilfe von der Polizei?

Wäre sie schnurstracks hineingegangen und hätte zu reden angefangen und gehofft, daß auch Colin reden würde?

Ich versteh nicht, was du eigentlich von mir willst, Polly.
Sie knöpfte ihren Mantel bis zum Kinn zu und stieß warmen Atem auf ihre Hände. Es wurde kälter. Es mußte mindestens fünf Grad unter null sein. Die Straßen würden eisig und glatt werden, wenn es jetzt zu regnen anfing. Wenn er nicht vorsichtig fuhr, konnte er leicht die Herrschaft über seinen Wagen verlieren. Vielleicht würde sie ihn dann finden. Sie würde die einzige sein, die sofort Hilfe leisten konnte. Sie würde seinen Kopf in ihren Schoß legen und ihre Hand auf seine Stirn, sie würde ihm das Haar aus dem Gesicht streichen und ihn warm halten. Colin.

»Er kommt wieder, Polly«, hatte Mr. Sage drei Tage vor seinem Tod zu ihr gesagt. »Bleiben Sie standhaft und harren Sie aus. Seien Sie bereit, ihm zuzuhören. Er wird Sie in seinem Leben noch brauchen. Vielleicht schon früher, als Sie glauben.«

Aber das war natürlich nichts als christliches Geschwafel, Ausgeburt dieser albernsten aller religiösen Vorstellungen, daß es da einen Gott gäbe, der, wenn man nur lange genug betete, tatsächlich zuhörte, das Anliegen prüfte, sich den langen weißen Bart strich, ein nachdenkliches Gesicht machte, hm, ja, ich verstehe, sagte und einem seinen Traum erfüllte.

Lauter Quatsch.

Polly ging in südlicher Richtung aus dem Dorf hinaus, folgte der Straße nach Clitheroe. Der Pfad am Straßenrand war schlammig und mit welkem Laub bedeckt. Sie hörte lauter als das Ächzen des Windes in den Bäumen das Schmatzen ihrer Schritte im Matsch.

Die Kirche drüben auf der anderen Straßenseite war dunkel. Solange kein neuer Pfarrer da war, mußte der Abendgottesdienst ausfallen. Der Kirchenrat war seit zwei Wochen mit Bewerbern im Gespräch, aber es schien nicht viele Geistliche zu geben, die das Landleben schätzten. Keine grellen Lichter, keine große Stadt, das schien für sie zu heißen, daß es keine Seelen zu retten gab. In Winslough gab es aber für Heil und Erlösung Aufgaben genug. Mr. Sage hatte das schnell erkannt, besonders – und vielleicht am deutlichsten – in Pollys Fall.

Denn sie war eine langjährige, tief gefallene Sünderin. Nackt in der Kälte des Winters, in den milden Nächten des Sommers, im Frühjahr und im Herbst hatte sie den Kreis gezogen. Sie hatte den Altar nach Norden gerichtet. Sie hatte die Kerzen an den vier Toren des Kreises aufgestellt, und mit Wasser, Salz und Kräutern hatte sie einen heiligen magischen Kosmos erschaffen, von dem aus sie beten konnte. Die vier Elemente waren gegenwärtig: Wasser, Luft, Feuer, Erde. Der Strick lag um ihren Oberschenkel. Der Stab lag fest und sicher in ihrer Hand. Zum Feuermachen nahm sie Lorbeersalz und verbrannte Gewürznelken und gab sich – mit Leib und Seele, erklärte sie – dem Kult der Sonne hin. Für Gesundheit und Lebenskraft. Betete um Hoffnung, wo es den Ärzten zufolge keine mehr gab. Flehte um Heilung, obwohl die Ärzte nichts mehr versprechen konnten als Morphium gegen die Schmerzen, bis endlich der Tod der Qual ein Ende bereitete.

Von den Kerzenflammen und dem Schein des brennenden Lorbeers umstrahlt, hatte sie singend ihre Bitte an jene vorgetragen, die sie in tiefem Ernst angerufen hatte:

Gott und Göttin, erhört meine Lieder,
Gebt Annie die Gesundheit wieder.

Und sie hatte sich eingeredet – sich vorgemacht –, alle ihre Absichten seien rein und edel. Sie betete für Annie, die Freundin aus der Kindheit, Annie Shepherd, Colins Frau.

Aber nur die Unbefleckten konnten die Göttin anrufen und erwarten, erhört zu werden. Der Zauber der Bittsteller mußte rein sein.

Einem plötzlichen Impuls folgend, ging Polly zur Kirche und trat auf den Friedhof. Er war so schwarz wie der Schlund des Gehörnten Gotts, aber sie brauchte kein Licht, um ihren Weg zu finden. Und sie brauchte auch keines, um die Inschrift auf dem Stein zu lesen. *Annie Alice Shepherd.* Und darunter die Daten und die Worte *Geliebte Ehefrau.* Nicht mehr, nichts Auffallendes, denn Extravaganz war nicht Colins Art.

»Ach, Annie«, sagte Polly zu dem Stein, der in dem tiefen Schatten eines Kastanienbaumes dicht bei der Friedhofsmauer stand. »Dreifach hat es mich heimgesucht, genau wie es im Buch vorausgesagt war. Aber ich schwöre dir, Annie, ich wollte dir nie etwas Böses.«

Doch die Zweifel bedrängten sie, noch während sie schwor. Wie eine Heuschreckenplage fielen sie über sie her und legten ihr Gewissen bloß. Sie zeigten das Schlimmste, was sie gewesen war, eine Frau, die den Ehemann einer anderen für sich selbst begehrte.

»Sie haben getan, was Sie konnten, Polly«, hatte Mr. Sage gesagt und ihre Hand mit seiner großen bedeckt. »Niemand kann Krebs durch Gebete heilen. Man kann darum beten, daß die Ärzte die Weisheit und das Wissen besitzen, um helfen zu können. Oder daß der Patient die Kraft entfaltet, um auszuhalten. Oder daß die Angehörigen lernen, mit dem Schmerz umzugehen. Aber die Krankheit selbst... nein, meine liebe Polly, die kann man nicht einfach wegbeten.«

Der Pfarrer hatte es gut gemeint, aber er hatte sie im Grunde nicht gekannt. Er war nicht der Typ, der ihre Sünden verstehen konnte. Für das, was sie sich im finstersten Teil ihres Herzens gewünscht hatte, gab es keine Absolution, kein *Gehe hin in Frieden.*

Jetzt bezahlte sie dreifach dafür, daß sie sich den Zorn der Götter zugezogen hatte. Aber nicht den Krebs hatten sie ihr zur Heimsuchung geschickt. Ihr war eine Rache subtilerer Art vorbehalten.

»Ich würde mit dir tauschen, Annie«, flüsterte Polly. »Ja, wirklich. Ich würde sofort mit dir tauschen.«

»Polly?« Ein leises, körperloses Flüstern in der Finsternis.

Sie sprang vom Grab zurück, die Hand auf den Mund gedrückt.

»Polly, sind Sie das?«

Gleich auf der anderen Seite der Mauer hörte sie knirschende Schritte, das Knistern dürrer Blätter unter Gummistiefeln. Dann sah sie ihn, einen Schatten unter Schatten. Sie roch den Pfeifenrauch, der in seinen Kleidern hing.

»Brendan?« Sie brauchte nicht auf Bestätigung zu warten. Das schwache Licht fiel direkt auf Brendan Powers Hakennase. Niemand sonst in Winslough hatte ein solches Profil. »Was tun Sie denn hier draußen?«

Er schien eine unterschwellige und unbeabsichtigte Aufforderung aus der Frage herauszuhören. Er sprang über die Mauer. Sie trat zurück. Er kam ihr eilig nach. Sie konnte sehen, daß er seine Pfeife in der Hand hielt.

»Ich war draußen im Haus, Cotes Hall.« Er klopfte seine Pfeife an Annies Grabstein aus, und der verbrannte Tabak, der herunterfiel, legte sich schwarz auf die gefrorene Decke des Grabs. Im nächsten Moment wurde ihm bewußt, wie ungehörig das war, was er getan hatte, und er sagte hastig: »Oh. Verdammt. Tut mir leid.« Er ging in die Hocke und fegte den Tabak weg. Dann richtete er sich wieder auf, steckte die Pfeife ein und trat von einem Fuß auf den anderen. »Ich war auf dem Rückweg ins Dorf. Zu Fuß. Da habe ich jemand auf dem Friedhof gesehen und...« Er senkte den Kopf und schien die kaum sichtbaren Spitzen seiner schwarzen Gummistiefel zu studieren. »Ich hab gehofft, daß Sie es wären, Polly.«

»Wie geht's Ihrer Frau?« fragte sie.

Er hob den Kopf. »Ach, bei den Renovierungsarbeiten in Cotes Hall hat's schon wieder Sabotage gegeben. Jemand hat im Bad einen Wasserhahn nicht zugedreht. Ein ganzes Stück Teppich ist ruiniert. Rebecca hat sich wahnsinnig aufgeregt.«

»Das ist doch verständlich«, meinte Polly. »Sie möchte ihr eigenes Heim. Es ist bestimmt nicht einfach, bei den Eltern zu leben, noch dazu, wenn ein Kind unterwegs ist.«

»Nein, einfach ist das nicht«, bestätigte er. »Für keinen, Polly.«

Bei der Wärme seines Tons sah sie weg, in die Richtung des fernen Herrenhauses, wo seit vier Monaten Innendekorateure und Handwerker an der Arbeit waren, um das heruntergekommene Gebäude für Brendan und seine Frau bewohnbar zu machen. »Ich verstehe nicht, warum er nicht einen Nachtwächter einstellt.«

»Er sagt, er läßt sich nicht nötigen. Schließlich habe er ja Mrs. Spence direkt auf dem Grundstück. Er bezahlt sie dafür, daß sie aufpaßt. Und sie müßte bei Gott abschreckend genug sein. Sagt er jedenfalls.«

»Und hört...« Es kostete sie Anstrengung, den Namen auszusprechen und sich dabei nichts anmerken zu lassen. »Und hört Mrs. Spence denn nie was, wenn da jemand Unfug treibt?«

»Von ihrem Haus aus nicht. Das steht zu weit weg vom Herrenhaus, sagt sie. Und wenn sie ihre Runden macht, ist nie eine Menschenseele zu sehen.«

»Hm.«

Sie schweigen beide. Brendan bewegte sich nervös. Der eisige Boden knackte unter seinen Füßen. Ein Windstoß fuhr durch die kahlen Äste der Kastanie und packte hinten, wo das Kopftuch lose saß, Pollys Haare.

»Polly.«

Sie hörte das Drängen und Flehen in seiner Stimme. Beides hatte sie auch stets auf seinem Gesicht gesehen, wenn er sie im Pub gefragt hatte, ob er sich zu ihr an den Tisch setzen dürfte. Als habe er einen siebten Sinn für ihr Tun und Treiben, erschien er jedesmal, wenn sie ins *Crofters Inn* ging, um ein Glas zu trinken. Und genau wie all die anderen Male wurde ihr innerlich kalt bei seinem Ton.

Sie wußte, was er wollte. Das gleiche, was alle wollten: Rettung, Flucht, ein Geheimnis, an das man sich klammern konnte, einen hübschen Traum. Was spielte es für eine Rolle, wenn sie dabei verletzt wurde? Wo wurde schon darüber Buch geführt, was für eine kranke Seele zu zahlen sei?

Sie sind verheiratet, Brendan, hätte sie gern in einem Ton, in dem Geduld und Mitgefühl lagen, zu ihm gesagt. Selbst wenn ich Sie liebte – was nicht der Fall ist, wie Sie wissen –, Sie haben eine Frau. Gehen Sie jetzt nach Hause zu Rebecca und schlafen Sie mit ihr. Sie haben es doch mal ganz gern getan.

Aber sie war keine Frau, der Zurückweisung und Kälte leichtfielen. Darum sagte sie statt dessen nur: »Ich muß jetzt gehen, Brendan. Meine Mutter wartet mit dem Essen.« Und sie ging den Weg zurück, den sie gekommen war.

Sie hörte, daß er ihr folgte. Er sagte: »Ich begleite Sie. Sie sollten um diese Zeit nicht allein unterwegs sein.«

»Es ist zu weit«, widersprach sie. »Und den Weg sind Sie doch gerade gekommen, oder nicht?«

»Aber auf dem Fußweg«, erwiderte er mit einer Gelassenheit, als bewiese seine Antwort unerschütterbare Logik. »Über die Wiese. Über die Mauern. Ich bin nicht die Straße entlang gegangen.« Er paßte seinen Schritt dem ihren an. »Ich habe eine Taschenlampe«, fügte er hinzu und zog sie aus seiner Tasche. »Sie sollten hier nachts nicht ohne eine Lampe herumwandern.«

»Es sind doch nicht mal zwei Kilometer, Brendan. Das schaff ich schon noch.«

»Ich auch.«

Sie seufzte. Sie hätte ihm gern erklärt, daß er nicht einfach im Dunkeln mit ihr spazierengehen konnte. Daß man sie sehen würde. Daß die Leute es in den falschen Hals bekommen würden.

Aber sie wußte im voraus, wie er auf ihre Erklärung reagieren würde. Sie werden nichts weiter glauben, als daß ich auf dem Weg nach Cotes Hall bin, würde er entgegnen. Ich marschier da ja jeden Tag hinaus.

Wie naiv er war. Wie wenig Ahnung er vom Leben in einem Dorf hatte. Den Leuten, die sie sahen, würde es völlig gleichgültig sein, daß Polly und ihre Mutter seit zwanzig Jahren in dem kleinen Giebelhäuschen am Beginn der Auffahrt zum Herrenhaus lebten. Kein Mensch würde das in Betracht ziehen oder einen Gedanken daran verschwenden, daß Brendan vielleicht nur den Fortschritt der Renovierungsarbeiten am Herrenhaus überprüfte, um dort so bald wie möglich mit seiner jungen Frau einziehen zu können. Nein, von einem heimlichen Stelldichein würde man im Dorf tuscheln. Es würde Rebecca zu Ohren kommen. Und dann würde sie es sie und Brendan büßen lassen.

Aber Brendan büßte sowieso schon. Daran gab es für Polly keinen Zweifel. Sie hatte mit Rebecca Townley-Young oft genug zu tun gehabt, um zu wissen, daß die Ehe mit ihr selbst unter den besten Bedingungen kein Honigschlecken sein konnte.

Brendan tat ihr leid, und das war der Grund, warum sie ihm abends im *Crofters Inn* gestattete, sich zu ihr zu setzen; warum sie jetzt einfach nur am Straßenrand weiterging und den Blick auf den ruhigen, hellen Strahl von Brendans Taschenlampe gerichtet hielt. Sie versuchte nicht, ein Gespräch in Gang zu bringen. Sie wußte ziemlich genau, wohin ein Gespräch mit Brendan Power unweigerlich führen würde.

Ungefähr vierhundert Meter weiter rutschte sie auf einem glitschigen Stein aus, und Brendan griff nach ihrem Arm.

»Vorsicht«, sagte er.

Sie spürte seine Finger an ihrem Busen. Bei jedem ihrer Schritte hoben und senkten sich die Finger und rieben wie liebkosend über die Seite ihres Busens. Sie zuckte die Achseln, in der Hoffnung, seine Hand abzuschütteln. Doch er packte nur fester zu.

»Es war Craigie Stockwell«, sagte Brendan zaghaft in das sich zwischen ihnen vertiefende Schweigen hinein.

Sie zog die Augenbrauen zusammen. »Craigie wie?«

»Der Teppich in Cotes Hall. Craigie Stockwell. Aus London. Jetzt ist er total ruiniert. Der Ablauf im Becken war mit einem Lappen zugestopft. Freitag abend ist das gemacht worden, vermute ich. Es sah ganz so aus, als sei das Wasser das ganze Wochenende gelaufen.«

»Und kein Mensch hat das gemerkt?«

»Wir waren in Manchester.«

»Aber schaut denn niemand im Haus nach, wenn die Handwerker nicht da sind? Sieht denn da niemand nach dem Rechten?«

»Mrs. Spence, meinen Sie?« Er schüttelte den Kopf. »Sie überprüft im allgemeinen nur die Fenster und die Türen.«

»Aber ist es denn nicht ihre Aufgabe...«

»Sie ist Hausmeisterin, kein Wachposten. Außerdem kann ich mir vorstellen, daß es ihr ziemlich unheimlich ist, ganz allein da draußen. So ganz ohne Mann, meine ich. Das Haus liegt einsam.«

Aber mindestens einmal hatte sie unbekannte Eindringlinge erfolgreich in die Luft geschlagen, das wußte Polly. Sie hatte selbst das Krachen des Gewehrs gehört. Und ein paar

Minuten später die trampelnden Schritte von zwei oder drei eilig davonlaufenden Flüchtlingen sowie bald darauf das Knattern eines Motorrads. Danach hatte es sich im ganzen Dorf herumgesprochen, daß mit Juliet Spence nicht gut Kirschen essen war.

Polly fröstelte. Der Wind frischte auf. Er pfiff in kurzen, bitterkalten Böen durch die kahle Weißdorndecke, die die Straße säumte. Er versprach stärkeren Frost für den kommenden Morgen.

»Ihnen ist kalt«, sagte Brendan.

»Nein.«

»Aber Sie zittern ja, Polly. Hier.« Er legte ihr den Arm um die Schultern und zog sie fest an sich. »Das ist doch gleich besser, oder nicht?« Sie antwortete ihm nicht. »Wir gehen im Gleichschritt. Haben Sie das gemerkt? Aber wenn Sie Ihren Arm um meine Taille legen, geht es sich noch leichter.«

»Brendan!«

»Sie waren diese Woche gar nicht im Pub. Warum denn nicht?«

Wieder antwortete sie nicht. Sie bewegte ihre Schultern. Aber er ließ sie nicht los.

»Polly, waren Sie oben auf dem Cotes Fell?«

Sie fühlte die Kälte auf ihren Wangen. Unaufhaltsam kroch sie ihren Hals hinunter. Ah, dachte sie, jetzt kommt es endlich. Er hatte sie im letzten Herbst eines Abends dort gesehen. Er wußte das Schlimmste.

Doch er fuhr ganz zwanglos fort. »Ich merke, daß mir das Wandern von Woche zu Woche mehr Spaß macht. Stellen Sie sich das mal vor, ich war schon dreimal draußen beim Stausee. Ich habe eine lange Wanderung durch den Trouth of Bowland gemacht und dann noch eine, in der Nähe von Claughton, den Beacon Fell hinauf. Die Luft ist so herrlich frisch. Ist Ihnen das auch aufgefallen? Wenn man oben angekommen ist, meine ich. Aber Sie sind wahrscheinlich viel zu beschäftigt, um Wanderungen machen zu können.«

Gleich wird er's sagen, dachte sie. Gleich nennt er mir den Preis, den ich ihm dafür bezahlen muß, daß er den Mund hält.

»Bei den vielen Männern in Ihrem Leben.«

Die Anspielung war ihr ein Rätsel.

Er warf ihr einen Blick zu. »Es gibt doch Männer in Ihrem Leben, oder? Eine ganze Menge bestimmt. Das ist wahrscheinlich auch der Grund, warum Sie in letzter Zeit nie im Pub waren. Sie waren beschäftigt, hm? Mit Ihren Verehrern, meine ich. Da gibt's doch sicher einen besonderen?«

Einen besonderen? Polly lachte müde.

»Es gibt jemanden, nicht wahr? Bei einer Frau wie Ihnen. Ich meine, ich kann mir nicht vorstellen, daß ein Mann da nein sagen würde. Wenn er nur die geringste Chance hätte. Ich jedenfalls bestimmt nicht. Sie sind eine tolle Frau, Polly. Das sieht doch jeder.«

Er schaltete die Taschenlampe aus und steckte sie ein. Mit der jetzt freien Hand faßte er sie beim Arm.

»Sie sehen so gut aus, Polly«, sagte er und neigte sich näher zu ihr. »Sie riechen so gut. Ich fasse Sie so gern an. Wer da kalt bleibt, der braucht einen Arzt.«

Er ging immer langsamer und blieb schließlich ganz stehen. Es hatte seinen Grund, sagte sie sich. Sie hatten die Einfahrt zu dem Häuschen erreicht, in dem sie wohnte. Aber dann drehte er sie herum, so daß er ihr ins Gesicht sehen konnte.

»Polly«, sagte er drängend. Er streichelte ihre Wange. »Ich empfinde so viel für Sie. Ich weiß, Sie haben es gemerkt. Würden Sie mich bitte...«

Das blendende Licht zweier Autoscheinwerfer fing sie ein wie die Kaninchen. Der Wagen kam nicht die Clitheroe Road herunter, sondern rumpelte holpernd auf der schmalen Straße dahin, die hinter dem Häuschen zum Herrenhaus hinaufführte. Und genau wie Kaninchen erstarrten sie im Lichtschein, Brendan mit einer Hand an Pollys Wange und der anderen auf ihrem Arm. Seine Absichten waren unmißverständlich.

»Brendan!« sagte Polly.

Hastig senkte er beide Hände und trat zur Sicherheit zwei Schritte zurück. Aber es war zu spät. Der Wagen näherte sich ihnen langsam, wurde noch langsamer. Es war ein alter grüner Landrover, schmutzig und mit Schlamm bespritzt. Windschutzscheibe und Fenster waren jedoch sauber.

Polly wandte sich ab, weniger weil sie nicht gesehen, nicht zum Gegenstand des Dorfklatschs werden wollte – sie wußte, daß nichts sie davor bewahren würde –, sondern vielmehr, um den Fahrer nicht sehen zu müssen und die Frau, die neben ihm saß, mit ihrem gerade geschnittenen, graugesprenkelten Haar und dem kantigen Gesicht. Ach, ohne es zu wollen, konnte Polly es alles so klar sehen – wie die Frau den Arm auf der Rückenlehne des Sitzes ausgestreckt hatte, so daß ihre Fingerspitzen den Nacken des Fahrers berührten.

Colin Shepherd und Mrs. Spence verbrachten wieder einmal einen idyllischen Abend miteinander. Die Götter ließen Polly ihre Sünden nicht vergessen.

Verdammt, die Luft und der Wind, dachte Polly. Es gab eben keine Gerechtigkeit. Sie konnte tun, was sie wollte, immer lief es falsch. Sie knallte die Tür hinter sich zu und schlug einmal mit der Faust dagegen.

»Polly? Bist du das, Schatz?«

Sie hörte den watschelnden Schritt ihrer Mutter, als diese schwerfällig durch das Wohnzimmer schlurfte. Sie hörte ihren pfeifenden Atem und das Klappern und Klirren ihres

Schmucks – Armbänder, Halsketten, Golddublonen und was ihre Mutter sonst noch so anzulegen pflegte, wenn sie morgens Toilette machte.

»Ja, klar, ich bin's, Rita«, antwortete sie. »Wer denn sonst?«

»Keine Ahnung, Kind. Ein gutaussehender junger Mann vielleicht, der Unterhaltung sucht. Man muß immer auf eine Überraschung gefaßt sein. Ist jedenfalls mein Motto.« Rita lachte.

Duftwolken lagen in den Räumen: Giorgio. Sie pflegte es eßlöffelweise über sich zu gießen. Sie kam zur Tür, füllte die ganze Öffnung, eine ungeheuer voluminöse Frau, die vom Hals bis zu den Knien zu einer einzigen formlosen Masse auseinanderquoll. Sie lehnte sich an den Türpfosten und atmete mühsam. Das Flurlicht glitzerte auf dem Schmuck auf ihrem gewaltigen Busen. Ihr Körper warf einen grotesken Schatten an die Wand.

Polly hockte sich nieder, um ihre Stiefel aufzuschnüren. An den Sohlen klebten dicke feuchte Erde und Lehmklumpen. Ihrer Mutter entging das nicht.

»Wo warst du, Kind?« Rita klimperte mit einer ihrer langen Halsketten, eine Gliederkette aus großen Katzenköpfen in Messing. »Hast du 'ne Wanderung gemacht?«

»Die Straße ist matschig«, antwortete Polly mit einem Ächzen, während sie sich einen Stiefel vom Fuß zog und sich den anderen vornahm. Die Schnürsenkel waren klatschnaß und ihre Finger steif. »Wir haben Winter. Hast du vielleicht vergessen, wie's da hier aussieht?«

»Ha, ich wünschte, das könnte ich«, antwortete ihre Mutter. »So, und wie war's heute in der großen Metropole?«

Sie betonte das Wort falsch, legte den Akzent auf die zweite Silbe. Sie tat es absichtlich. Das gehörte zu ihrer Selbstinszenierung. Hier im Dorf umgab sie sich mit dem Schein der Unwissenheit, Teil der Rolle, in die sie schlüpfte, wenn sie für den Winter nach Hause, nach Winslough, kam. Im Frühling, Sommer und Herbst war sie Rita Rularski, Wahrsagerin, die aus den Tarot-Karten, aus geworfenen Steinen, aus der Hand las. In ihrer Bude blickte sie für all jene, die bereit waren, die geforderte Geldsumme hinzublättern, in die Zukunft, legte die Vergangenheit aus und erläuterte den Sinn einer unruhigen, widerspenstigen Gegenwart. Ob Einheimische, Touristen, Urlauber, neugierige Hausfrauen oder feine Damen, die sich amüsieren wollten, Rita empfing sie alle mit gleicher Grandezza, in einen Kaftan gehüllt, der groß genug für einen Elefanten war, auf dem Kopf ein leuchtendes Tuch, das ihr graues krauses Haar bedeckte.

Doch im Winter wurde sie wieder Rita Yarkin, kehrte für die drei kalten Monate zu ihrem einzigen Kind nach Winslough zurück. Sie stellte ihr handgefertigtes Schild am Straßenrand auf und wartete auf Kundschaft, die selten kam. Sie las Zeitschriften und saß vor dem Fernseher. Sie fraß wie ein Scheunendrescher und lackierte sich regelmäßig die Nägel.

Polly warf einen neugierigen Blick darauf. Purpurrot heute, mit einem Goldstreifen, der sich diagonal über jeden Nagel zog. Die Farbe biß sich mit ihrem kürbisfarbenen Kaftan, doch sie war dem gestrigen Gelb entschieden vorzuziehen.

»Hast du heute abend mit jemand Streit gehabt, Schätzchen?« fragte Rita. »Du hast eine Aura, weißt du, die ist echt auf nichts geschrumpft. Das ist gar nicht gut, hm? Komm, laß mich mal dein Gesicht ansehen.«

»Es ist nichts.« Polly gab sich geschäftig. Sie knallte ihre Stiefel in den Holzkasten, der neben der Haustür stand. Sie nahm das Kopftuch ab und faltete es säuberlich Ecke auf Ecke. Dann schob sie es in ihre Manteltasche und fegte mit der Hand über den Mantel, um Fussel und nicht vorhandene Schmutzspritzer zu entfernen.

Aber so leicht ließ ihre Mutter sich nicht ablenken. Sie stieß sich mit einiger Anstrengung vom Türpfosten ab und wälzte ihre Massen watschelnd zu Polly hinüber. Sie drehte ihre Tochter herum und blickte ihr aufmerksam ins Gesicht. Mit der offenen Hand zeichnete sie in einem Abstand von ungefähr zwei Zentimetern die Form von Pollys Kopf und Schultern nach.

»Hm. Ich seh schon.« Sie schürzte die Lippen und ließ seufzend die Arme herabfallen. »Sterne und Erde, Mädchen, hör endlich auf, so dumm zu sein.«

Polly wich zur Seite aus und steuerte auf die Treppe zu. »Ich brauche meine Hausschuhe«, sagte sie. »Ich hol sie schnell. Ich bin gleich wieder da. Ich riech schon das Essen. Hast du Gulasch gemacht, wie du gesagt hast?«

»Jetzt hör mir mal zu, Pol. Mr. C. Shepherd ist nichts Besonderes«, sagte Rita. »Er hat einer Frau wie dir nichts zu bieten. Siehst du das denn immer noch nicht?«

»Rita...«

»Was zählt, ist das Leben. Das Leben, verstehst du? Du hast Leben und Wissen wie Blut in deinen Adern. Du hast Gaben, wie ich sie nie gehabt, wie ich sie nie gesehen habe. Gebrauch sie! Verdammt noch mal, wirf sie nicht einfach weg! Bei allen Göttern im Himmel, wenn ich nur die Hälfte von dem hätte, was du hast, würde mir die ganze Welt gehören. Jetzt bleib endlich stehen, Mädchen, und hör mir zu!« Sie schlug mit der Hand krachend auf das Treppengeländer.

Polly spürte, wie die ganze Treppe zitterte. Mit einem Seufzer der Resignation drehte sie sich herum. Sie und ihre Mutter waren jedes Jahr nur diese drei Monate im Winter zusammen, aber in den letzten sechs Jahren zogen sich diese immer unerträglich in die Länge, da Rita den geringsten Anlaß nutzte, um Pollys Lebensart unter die Lupe zu nehmen und zu kritisieren.

»Das war doch er, der da eben im Auto vorbeigefahren ist, oder?« fragte Rita. »Mr. C. Shepherd höchstpersönlich. Mit *ihr* zusammen, stimmt's? Sie sind von oben, vom Herrenhaus gekommen. Und das tut dir weh, nicht wahr?«

»Es ist nichts«, sagte Polly wieder.

»Da hast du ausnahmsweise recht. Es ist nichts. *Er* ist nichts. Was grämst du dich dann?«

Aber es stimmte ja nicht, daß er für Polly nichts war. Nur, wie konnte sie das ihrer Mutter erklären, deren einzige Liebe ein abruptes Ende gefunden hatte, als ihr Mann an einem regnerischen Morgen, dem Morgen von Pollys siebtem Geburtstag, Winslough verlassen hatte, um nach Manchester zu fahren und »seinem kleinen Mädchen etwas ganz Besonderes zu kaufen«, und nie wieder nach Hause gekommen war.

Wenn sie erzählte, was ihr und ihrem einzigen Kind zugestoßen war, sagte Rita Yarkin nie, sie sei verlassen worden. Sie sagte immer, es sei ein Segen gewesen. Wenn der Mann zu dumm gewesen sei, um zu erkennen, was er an diesen beiden Frauen gehabt hatte, dann seien sie ohne ihn besser dran. Das war Ritas Sichtweise des Lebens. Jede Schwierigkeit, jede Prüfung und jedes Unglück ließen sich mit Leichtigkeit zu verkappten Glücksfällen umdefinieren. Enttäuschungen waren wortlose Botschaften der Göttin. Zurückweisungen waren nichts weiter als Hinweise darauf, daß der am brennendsten gewünschte Weg nicht der beste war. Schon vor langer Zeit nämlich hatte sich Rita Yarkin – mit Leib und Seele – dem Schutz und der Obhut der Bruderschaft der Weisen anvertraut. Polly bewunderte sie für soviel Vertrauen und Hingabe. Sie wünschte nur, sie wäre ebenfalls dazu imstande.

»Ich bin nicht wie du, Rita.«

»Bist du schon«, widersprach Rita. »Du bist mir ähnlicher als ich mir selbst. Wann hast du das letzte Mal den Kreis gezogen? Seit ich wieder da bin, bestimmt nicht.«

»Doch. Zwei- oder dreimal.«

Ihre Mutter zog skeptisch eine nachgezogene Braue hoch. »Da warst du aber sehr zurückhaltend, hm? Wo hast du ihn denn gezogen?«

»Oben am Cotes Fell. Das weißt du doch, Rita.«

»Und zu wem hast du gebetet?«

Polly hätte ihr am liebsten nicht geantwortet, aber die Macht ihrer Mutter wurde mit jeder Antwort, die sie gab, stärker. Sie fühlte sie jetzt ganz deutlich, als flösse die Energie aus Ritas Fingern und kröche das Treppengeländer hinauf in Pollys Hand.

»Venus«, antwortete sie unglücklich und wandte den Blick von Rita ab. Sie wartete auf den Spott.

Aber der kam nicht. Statt dessen hob Rita ihre Hand vom Geländer und sah ihre Tochter nachdenklich an. »Venus«, sagte sie. »Aber hier geht's doch nicht darum, Liebestränke zu mischen, Polly.«

»Das weiß ich.«

»Dann...«

»Aber um Liebe geht es. Du willst nicht, daß ich Liebe empfinde. Das weiß ich, Mama. Aber sie ist trotzdem da. Ich kann sie nicht abstellen, nur weil du das gern hättest. Ich liebe ihn. Glaubst du nicht, ich würde sofort damit aufhören, wenn ich das könnte? Glaubst du nicht, daß ich darum bete, nichts für ihn zu empfinden – oder wenigstens nicht mehr als er für mich? Glaubst du denn, ich hab mir diese Folter ausgesucht?«

»Ich glaube, jeder von uns sucht sich seine eigene Folter aus.« Rita watschelte zu einem alten Zeitungsständer aus Rosenholz, der neben der Treppe stand. Ächzend bückte sie sich und zog die einzige Schublade des kleinen Möbels auf. Sie entnahm ihr zwei rechteckige Holzstücke. »Hier«, sagte sie. »Nimm.«

Wortlos nahm Polly das Holz. Sie roch seinen unverwechselbaren Duft, scharf, aber angenehm, durchdringend. »Zeder«, sagte sie.

»Richtig«, bestätigte Rita. »Verbrenn es für Mars. Bitte ihn um Kraft. Überlaß die Liebe denen, die nicht deine Gaben besitzen.«

3

Mrs. Wragg verließ sie sofort, nachdem sie ihnen vom Tod des Pfarrers berichtet hatte. Auf Deborahs bestürzte Fragen antwortete sie zurückhaltend: »Tja, Genaues kann ich Ihnen da nicht sagen. Sie waren mit ihm befreundet?«

Nein. Natürlich nicht. Befreundet waren sie nicht gewesen. Sie hatten lediglich an einem regnerischen, windigen Novembertag ein paar Minuten zusammen in der National Gallery verbracht. Aber Deborah, die sich gut an Robin Sages freundliche Art erinnerte, fühlte sich von der Nachricht wie gelähmt.

»Das tut mir wirklich leid, Liebes«, sagte Simon, nachdem Mrs. Wragg die Tür hinter sich geschlossen hatte. Deborah sah die Besorgnis, die seine Augen verdunkelten, und sie wußte, daß er ihre Gedanken las, wie dies nur ein Mensch konnte, der sie ihr Leben lang gekannt hatte. Sie wußte, daß er nicht sagte, was er gern gesagt hätte: Es hat nichts mit dir zu tun, Deborah. Du bist kein Todesbringer, ganz gleich, was du denkst... Statt dessen nahm er sie einfach in die Arme und hielt sie fest.

Später, um halb acht, stiegen sie die Treppe zwischen der Bar und dem Büro hinunter. Das Pub hatte sich gefüllt. Bauern standen in lebhaftem Gespräch am Tresen. An einigen Tischen saßen Hausfrauen, die sich einen freien Abend gönnten. Zwei ältere Ehepaare unterhielten sich über die

Qualität von Spazierstöcken, während in einer Ecke sechs junge Leute laut ihre Witze machten und rauchten.

Aus dieser Gruppe junger Leute – unter denen sich ein Pärchen befand, das ganz ungeniert schmuste und höchstens eine Pause einlegte, wenn das blutjunge Mädchen einen Schluck aus der Flasche nehmen oder der Bursche an seiner Zigarette ziehen wollte – löste sich Josie Wragg. Sie hatte sich für den Abend umgezogen, trug jetzt eine Art Arbeitstracht. Doch an ihrem schwarzen Rock war ein Stück Saum heruntergerissen, und die rote Schleife an ihrem Haar saß völlig schief.

Sie verschwand kurz hinter dem Tresen, wo sie zwei Speisekarten holte, und sagte dann sehr förmlich, mit einem etwas ängstlichen Blick auf den fast kahlköpfigen Mann, der mit der selbstverständlichen Autorität des Wirts das Bier zapfte: »Guten Abend, Sir. Guten Abend, Madam. Ist alles zu Ihrer Zufriedenheit?«

»Vollkommen«, antwortete Simon.

»Dann möchten Sie jetzt sicher die Speisekarte sehen.« Sie reichte ihnen die Karten und fügte mit gesenkter Stimme hinzu: »Aber vergessen Sie nicht, was ich Ihnen über das Bœuf gesagt habe.«

Sie gingen an den Bauern vorbei, von denen einer mit rotem Kopf und drohend erhobener Faust erklärte: »...ihm sagen, daß es ein öffentlicher Fußweg ist – *öffentlich*, wohlgemerkt...«, und suchten sich ihren Weg zwischen den Tischen hindurch zum offenen Kamin, in dem mehrere Birkenscheite brannten. Neugierige Blicke folgten ihnen auf ihrem Weg durch die Gaststube – Touristen waren um diese Zeit in Lancashire eine Seltenheit –, und auf ihr freundliches »Guten Abend« nickten die Männer brüsk und wortlos, die Frauen neigten leicht die Köpfe. Nur die Teenager in ihrer Ecke zollten ihnen keinerlei Beachtung. Ihr ganzes Interesse galt dem Schauspiel, das die kesse kleine Blondine und ihr Freund boten, der seine Hand gerade unter ihr gelbes Sweat-Shirt schob.

Deborah setzte sich auf eine Bank unter einer verblaßten Petit-Point-Wiedergabe von *Sonntag nachmittag auf der Grande Jatte*. Simon nahm auf dem Stuhl ihr gegenüber Platz. Sie bestellten Sherry und Whisky, und als Josie ihnen die Getränke an den Tisch brachte, stellte sie sich so, daß ihnen der Blick auf das innig umschlungene Liebespärchen versperrt war.

»Tut mir leid, das da drüben«, sagte sie mit einem Naserümpfen, als sie Deborah ihren Sherry hinstellte und Simon seinen Whisky. »Das ist Pam Rice, spielt zur Abwechslung mal das leichte Mädchen. Fragen Sie mich nicht, warum. Sie ist kein schlechter Kerl. Nur wenn sie mit Todd zusammen ist... Der ist schon siebzehn.«

Sie sagte es, als erklärte das Alter des Jungen alles. Aber vielleicht fürchtete sie, es könnte doch nicht genügen, denn sie fügte hinzu: »Und dreizehn. Pam, meine ich. Sie wird im nächsten Monat vierzehn.«

»Und irgendwann im nächsten Jahr zweifellos fünfunddreißig«, meinte Simon trocken.

Josie sah sich mit zusammengekniffenen Augen nach dem Pärchen um. Trotz ihres vorher so verächtlichen Blickes stieß sie jetzt einen zitternden Seufzer aus. »Ja. Na ja...« Und dann wandte sie sich, mit einer Anstrengung, wie es schien, wieder ihnen zu.

»Also, was darf es sein? Außer dem Bœuf, meine ich. Der Lachs ist gut. Und die Ente auch. Und das Kalbfleisch...« Die Außentür des Pubs wurde geöffnet, und ein eisiger Luftzug fegte herein und umspielte wie flatternde Seide ihre Beine »... ist mit Tomaten und Champignons gemacht. Außerdem haben wir heute abend Seezunge mit Kapern und...« Josie geriet ins Stocken, als hinter ihr das Stimmengewirr der Gäste auffallend plötzlich verstummte.

Ein Mann und eine Frau standen an der Tür unter der Deckenlampe, die deutlich den Kontrast zwischen ihnen zeigte. Zunächst das Haar: seins ingwerfarben; das ihre dunkel, mit Grau gesprenkelt, dick, glatt, auf Schulterlänge geschnitten. Dann das Gesicht: seins jugendlich und gut geschnitten, jedoch fiel sofort das harte Kinn auf; sie stark und kraftvoll, ungeschminkt, das Gesicht einer Frau mittleren Alters. Und die Kleidung: er in Tweedjacke mit langer Hose; sie in einer abgetragenen dicken Seemannsjacke und ausgebleichten Blue jeans mit einem Flicken auf einem Knie.

Einen Moment lang blieben sie Seite an Seite am Eingang stehen. Die Hand des Mannes lag auf dem Arm der Frau. Er trug eine Brille, in deren Gläsern sich funkelnd das Licht brach und das Spiel seiner Augen verdeckte. Sie jedoch sah sich langsam um, nahm bewußt mit jedem, der dies wollte, Blickkontakt auf.

»...mit Kapern und – und...« Josie schien ihren Text vergessen zu haben. Sie schob ihren Bleistift in ihr Haar und kratzte sich damit am Kopf.

Mr. Wragg, der hinter dem Tresen gerade ein Guinness zapfte, sagte: »Guten Abend, Constable. Guten Abend, Mrs. Spence. Kalter Abend, was? Ich glaub, da kommt noch einiges auf uns zu, wenn Sie mich fragen. Na, wie steht's, Frank Fowler? Noch ein Dunkles?«

Endlich riß wenigstens einer der Bauern seinen Blick von der Tür los. Andere folgten seinem Beispiel. »Da sag ich nicht nein, Ben«, antwortete Frank Fowler und schob sein Glas über den Tresen.

Ben zapfte. Irgend jemand sagte: »He, Billy, hast du zufällig Zigaretten bei dir?« Ein Stuhl wurde krachend über den Fußboden geschoben. Aus dem Büro war das Läuten des

Telefons zu hören. Langsam kehrte im Pub wieder Normalität ein.

Der Constable ging zum Tresen und sagte: »Ein Black Bush und eine Limonade, Ben«, während Mrs. Spence auf einen Tisch zusteuerte, der etwas abseits von den anderen stand. Sie bewegte sich ohne Eile, eine ziemlich große Frau mit hocherhobenem Kopf und geraden Schultern. Doch anstatt sich auf der Bank an der Wand niederzulassen, nahm sie auf einem Stuhl Platz, der mit dem Rücken zum Gastraum stand. Sie zog ihre Jacke aus. Darunter trug sie einen hellen Rolli.

»Na, wie geht's, Constable?« erkundigte sich Ben Wragg. »Ist Ihr Vater nun schon im Altenheim?«

Der Constable zählte ein paar Münzen ab und legte sie auf den Tresen. »Ist letzte Woche eingezogen«, antwortete er.

»Tja, war schon ein bemerkenswerter Mann, Ihr Vater, Colin. Erstklassiger Polizist.«

Der Constable schob das Geld zu Wragg hinüber. »Ja«, sagte er. »Kann man wohl sagen. Wir haben ja auch alle lang genug Zeit gehabt, das zu merken.« Damit nahm er die beiden Gläser und ging zu seiner Begleiterin hinüber.

Er setzte sich auf die Bank, den Blick in die Gaststube. Langsam sah er von einem Tisch zum anderen. Und einer nach dem anderen sahen die Leute weg. Die Gespräche im Raum waren so gedämpft, daß man aus der Küche deutlich das Klappern der Töpfe hören konnte.

Nach einem Moment sagte einer der Bauern: »Tja, ich denk, das wär's für heute, Ben«, und ein anderer sagte: »Ich muß noch rüber zu meiner Großmutter.« Ein dritter warf wortlos eine Fünf-Pfund-Note auf den Tresen und wartete auf das Wechselgeld. Innerhalb von Minuten nach der Ankunft des Constables und Mrs. Spences hatte sich das Pub praktisch geleert; zurück blieben nur ein Mann im Tweedjakket, der träge an die Wand gelehnt stand und den Gin in seinem Glas schwenkte, und die Gruppe Teenager, die jetzt zu einem Spielautomaten am anderen Ende des Raums trottete, um dort ihr Glück versuchen.

Josie hatte die ganze Zeit mit halb offenem Mund und großen Augen am Tisch gestanden. Erst als Ben Wragg blaffte: »Los, Josephine, mach voran!«, wachte sie auf und erinnerte sich, daß sie die Gäste ja zum Abendessen beraten sollte. Aber selbst dann brachte sie nicht mehr zustande als ein gestammeltes: »Äh – was möchten Sie essen?« Noch ehe sie eine Wahl treffen konnten, fügte sie hinzu: »Der Speisesaal ist gleich nebenan, wenn Sie bitte mitkommen würden.«

Sie führte sie durch eine niedrige Tür neben dem offenen Kamin. Die Temperatur fiel mit einem Schlag um gut fünf Grad, statt nach Zigarettenrauch und Ale roch es hier nach frisch gebackenem Brot. Sie führte sie zu einem Tisch neben einem glühenden Heizkörper und sagte: »Sie haben heute abend den ganzen Saal für sich allein. Wir haben außer Ihnen keine Gäste. Ich geh mal rasch in die Küche und sag denen, was Sie –«, worauf ihr endlich bewußt zu werden schien, daß sie niemandem etwas zu sagen hatte. Sie biß sich betreten auf die Unterlippe. »Ach, entschuldigen Sie«, sagte sie. »Ich bin ganz durcheinander. Sie haben ja noch gar nicht bestellt.«

»Ist denn etwas nicht in Ordnung?« erkundigte sich Deborah.

»Nicht in Ordnung?« Wieder schob sie den Bleistift in ihr Haar, mit der Mine voraus diesmal, und zog ihn hin und her, als mache sie eine Zeichnung auf ihrer Kopfhaut.

»Ich meine, gibt es ein Problem?«

»Problem?«

»Ist jemand in Schwierigkeiten?«

»In Schwierigkeiten?«

Simon machte dem Spiel ein Ende. »Ich glaube, ich habe noch nie erlebt, daß ein Polizist ein Gasthaus so schnell geleert hat. Ohne daß Polizeistunde war, meine ich.«

»Ach nein«, sagte Josie. »Wegen Mr. Shepherd ist das nicht. Ich meine – jedenfalls eigentlich nicht... Es ist nur... Wissen Sie, hier sind ein paar Sachen passiert, und Sie wissen ja, wie das in einem Dorf ist, und... Aber jetzt sollte ich vielleicht wirklich Ihre Bestellung aufnehmen. Mr. Wragg wird immer stocksauer, wenn ich zuviel mit den Gästen rede. ›Die Leute sind nicht nach Winslough gekommen, damit jemand wie du ihnen Geschichten erzählt, Miss Josephine.‹ So sagt er immer. Mr. Wragg, mein ich.«

»Ist es wegen der Frau, die mit dem Constable hier war?« fragte Deborah.

Josie warf einen Blick zu der Schwingtür, die in die Küche zu führen schien. »Ich sollte wirklich nicht soviel reden.«

»Durchaus verständlich«, sagte Simon und sah in seine Speisekarte. »Also dann, für mich zuerst die gefüllten Champignons und dann die Seezunge. Und was möchtest du haben, Deborah?«

Aber Deborah wollte sich nicht einfach so abwimmeln lassen. Sie sagte sich, wenn Josie über das eine Thema nicht sprechen wollte, dann würde vielleicht der Wechsel zu einem anderen Thema ihr die Zunge lösen.

»Josie«, sagte sie daher, »kannst du uns etwas über den Pfarrer sagen, Mr. Sage?«

Josie hob mit einem Ruck den Kopf von ihrem Block. »Woher wissen Sie denn davon?«

»Wovon?«

Sie schlenkerte ihren Arm in Richtung zur Gaststube. »Da draußen. Woher wissen Sie das?«

»Wir wissen gar nichts. Außer, daß er tot ist. Wir sind auch deshalb hierher, nach Winslough, gekommen, weil wir ihn besuchen wollten. Kannst du uns erzählen, was passiert ist? War sein Tod unerwartet? War er vorher krank?«

»Nein.« Josie senkte den Blick wieder zu ihrem Block und konzentrierte sich ganz darauf, die Bestellung aufzuschreiben. »Krank war er nicht direkt. Jedenfalls nicht lang.«

»Wieso? War es eine plötzliche Krankheit?«

»Plötzlich war's, ja. Richtig plötzlich.«

»Ein Herzanfall? Oder ein Schlaganfall? Etwas in dieser Richtung?«

»Etwas – es ist jedenfalls sehr schnell gegangen. Er ist ganz schnell gestorben.«

»Eine Infektion? Ein Virus?«

Josie machte ein gequältes Gesicht. Sie war offensichtlich hin und her gerissen zwischen dem Gefühl, diskret sein zu müssen, und der Lust, richtig auszupacken. Sie wedelte unschlüssig mit ihrem Bleistift.

»Er ist doch nicht ermordet worden?« fragte Simon.

»Nein!« stieß Josie entsetzt hervor. »Nein, ganz bestimmt nicht. Es war ein Unfall. Wirklich. Ganz ehrlich. Sie wollte nicht... Sie kann gar nicht... Ich meine, ich kenne sie doch. Wir kennen sie alle. Sie hat ihm bestimmt nichts Böses gewollt.«

»Wer?« fragte Simon.

Josies Blick glitt zur Tür.

»Mrs. Spence, nicht wahr?« sagte Deborah.

»Aber es war kein Mord«, beteuerte Josie.

Während sie das Essen brachte, Wein einschenkte, das Käsebrett auftrug und ihnen den Kaffee hinstellte, erzählte sie in Bruchstücken die Geschichte.

Eine Lebensmittelvergiftung, berichtete sie. Im vergangenen Dezember. Während sie in kurzen, abgerissenen Sätzen erzählte, flog ihr Blick immer wieder zur Küchentür. Sie wollte offensichtlich nicht dabei ertappt werden, daß sie klatschte. Mr. Sage hatte regelmäßig seine Runden in der Gemeinde gemacht, jede einzelne Familie besucht, entweder nachmittags zum Tee oder abends zum Essen.

»Mr. Wragg hat immer gesagt, er esse sich zum Ruhme Gottes durch. Aber auf den darf man nicht hören, der geht nämlich nie in die Kirche, außer an Weihnachten oder bei einer Beerdigung.«

Und an einem Freitag abend besuchte er Mrs. Spence. Er war allein mit ihr, weil Mrs. Spences Tochter...

»Sie ist meine beste Freundin – Maggie.«

»...den Abend mit Josie zusammen hier, im Pub, verbracht hatte. Mrs. Spence hatte immer jedem, der es wissen wollte, klar und deutlich gesagt, daß sie im allgemeinen nichts davon hielt, zur Kirche zu gehen, obwohl der Kirchgang im Dorf das einzige gesellschaftliche Ereignis war, das regelmäßig wiederkehrte. Aber sie wollte dem Pfarrer gegenüber auch nicht unhöflich sein, deshalb war sie bereit, ihn anzuhören, als er versuchte, sie dazu zu überreden, der Kirche noch einmal eine Chance in ihrem Leben zu geben. Sie war immer eine höfliche Frau. So war sie einfach. Der Pfarrer ging also an dem Abend zu ihrem Haus hinaus und hoffte, es werde ihm gelingen, sie in den Schoß der Kirche zurückzuholen. Am nächsten Morgen hatte er eine Trauung.

»Da sollte er diese dürre Ziege, Becca Townley-Young, und Brendan Power verheiraten – der draußen an der Bar steht und Gin trinkt, haben Sie ihn gesehen?«

Aber er erschien nicht, und da suchte man ihn und fand ihn tot.

»Er war schon ganz steif und hatte ganz blutige Lippen, und die Zähne hatte er so fest zusammengebissen, als hätten sie sie ihm zusammengeklammert.«

»Na, das muß aber schon eine merkwürdige Lebensmittelvergiftung gewesen sein«, bemerkte Simon skeptisch. »Denn wenn Nahrungsmittel verdorben sind...«

Nein, *so* eine Lebensmittelvergiftung sei es ja nicht gewesen, erklärte Josie, und legte eine kurze Pause ein, um sich durch ihren dünnen Rock hindurch am Po zu kratzen. Es sei eine richtige Lebensmittelvergiftung gewesen.

»Du meinst, es war Gift im Essen?« fragte Deborah.

Das Essen war das Gift. Wilde Pastinaken, die sie unten am Teich gleich beim Herrenhaus gepflückt hatte. »Aber es waren gar keine wilden Pastinaken, wie Mrs. Spence gedacht hat. Überhaupt nicht. Es war was ganz anderes.«

»Ach Gott«, sagte Deborah, als die Umstände klarer wurden. »Wie tragisch.«

»Es war Schierling, Giftwasserschierling«, sagte Josie atemlos. »Wie das Zeug, das Sokrates damals in Griechenland getrunken hat. Sie hat gedacht, es wäre Pastinake, und der Pfarrer dachte es auch, und darum hat er's gegessen, und dann...« Sie packte sich selbst an der Kehle und gab Röchelgeräusche von sich. Gleich darauf sah sie sich ängstlich und verstohlen um. »Sagen Sie bloß meiner Mutter nicht, daß ich das gemacht hab. Die bringt mich um, wenn sie hört, daß ich mit dem Tod gespaßt hab. Bei den Jungs im Dorf ist es so 'ne Art schwarzer Witz, wissen Sie: Zieh-ku-ta-jetzt und gleich-biste-mausetot.«

»Zieh was?« fragte Deborah.

»*Cicuta*«, sagte Simon. »Der lateinische Name für die Gattung. *Cicuta maculata. Cicuta virosa.* Die Sache ist wohl eindeutig.«

Die Stirn gerunzelt, spielte er geistesabwesend mit dem Messer, mit dem er sich kurz zuvor ein Stück Käse abgeschnitten hatte. Doch den Käse beachtete er nicht; aus irgendeinem Grund, den er in diesem Moment nicht verstand, mußte er plötzlich an Professor Ian Rutherford von der

Universität Glasgow denken, der selbst zu den Vorlesungen stets im weißen Kittel erschien und immer sagte: *Einer Leiche kann man nichts übelnehmen, Herrschaften*. Wieso, zum Teufel, fragte sich Simon, kam ihm der alte Professor so unversehens in den Sinn?

»Und zu der Hochzeit am nächsten Morgen ist er nicht erschienen«, fuhr Josie fort. »Mr. Townley-Young ärgert sich darüber heute noch grün. Erst nachmittags um halb drei haben sie einen anderen Pfarrer gefunden, und das ganze Hochzeitsfrühstück war total im Eimer. Mehr als die Hälfte der Gäste war schon wieder abgehauen. Manche Leute behaupteten, Brendan hätte das alles eingefädelt – weil's nämlich eine Muß-Heirat war und keiner sich vorstellen kann, daß es einen Mann gibt, der nicht versuchen würde, eine Heirat mit Becca Townley-Young irgendwo doch noch abzubiegen. Aber jetzt mach ich schon wieder meine Witzchen. Wenn meine Mutter das erfährt, gibt's Riesenzoff. Sie hat Mr. Sage nämlich gern gemocht.«

»Und du?«

»Ich hab ihn auch gemocht. Alle haben ihn eigentlich gemocht. Außer Mr. Townley-Young. Der hat immer gesagt, der Pfarrer wär ihm viel ›zu volkstümlich und zu protestantisch‹, weil nämlich der Pfarrer nie Weihrauch benutzt hat und sich auch nicht mit Seidengewändern und Spitze aufgedonnert hat. Aber ich finde, für einen richtigen Pfarrer gibt's viel wichtigere Dinge. Und um die wichtigen Dinge hat Mr. Sage sich echt gekümmert.«

Simon hörte dem Geplapper des Mädchens mit halbem Ohr zu. Sie goß ihnen Kaffee ein und reichte ihnen einen Porzellanteller, auf dem sechs Petits fours in Regenbogenfarben lagen, gastronomisch äußerst fragwürdig.

Der Pfarrer sei wirklich sehr aktiv gewesen, berichtete Josie. Er hatte eine Jugendgruppe ins Leben gerufen – *sie* sei übrigens zweiter Vorstand und für die Kontaktpflege verantwortlich –, er hatte regelmäßig die Kranken besucht, die das Haus nicht verlassen konnten, und er hatte sich bemüht, die Leute dazu zu bewegen, wieder in die Kirche zu kommen. Er hatte jeden im Dorf beim Namen gekannt. Dienstag nachmittags hatte er den Kindern in der Grundschule vorgelesen. Wenn er zu Hause gewesen war, hatte er die Tür immer selbst geöffnet. Er war überhaupt nicht eingebildet gewesen.

»Ich habe ihn in London flüchtig kennengelernt«, sagte Deborah, »und fand ihn sehr nett.«

»Das war er auch. Wirklich. Und deswegen wird's auch immer ein bißchen heikel, wenn Mrs. Spence hier aufkreuzt.« Josie beugte sich über den Tisch und rückte die Tortenspitze unter den Petits fours zurecht. Den Teller selbst schob sie näher an die kleine Tischlampe mit dem Troddelschirm heran, um das farbenprächtige Gebäck ins rechte Licht zu rücken. »Ich meine, es war ja schließlich nicht *irgend jemand*, dem dieser Irrtum passiert ist. Sondern ausgerechnet sie.«

»Aber jeder, dem so ein Fehler unterlaufen wäre, wäre eine Zeitlang gewiß mit einer gewissen Skepsis behandelt worden«, meinte Deborah. »Besonders, da Mr. Sage so beliebt war.«

»Ja, aber Mrs. Spence ist eine Kennerin«, widersprach Josie eilig. »Sie sammelt Kräuter und Pflanzen. Sie kennt sich aus. Sie hätte doch eigentlich wissen müssen, was sie da ausgegraben hat, ehe sie's dem Pfarrer vorsetzte. So sagen jedenfalls die Leute. Im Pub. Sie wissen schon. Die kauen die Geschichte immer wieder durch, wie einen alten Knochen. Und sie lassen nicht locker. Denen ist es ganz egal, was bei der Leichenschau rausgekommen ist.«

»Eine Kräutersammlerin, die den Schierling nicht erkannt hat?« fragte Deborah.

»Ja, genau darüber regen sich die Leute auf.«

Simon hörte schweigend zu. Unversehens kehrte das Bild Ian Rutherfords wieder, wie er auf dem Arbeitstisch mit der Sorgfalt des Kenners die Gläser mit den Proben aufreihte, während der Formaldehydgeruch, der wie das Parfum eines Leichenfledderers von ihm ausging, jeden Gedanken ans Mittagessen abtötete. *Kommen wir gleich zu den Primärsymptomen, Herrschaften,* pflegte er kreuzfidel zu sagen, während er jedes Glas mit großer Geste bezeichnete. *Brennender Schmerz in der Kehle, exzessive Speichelbildung, Nausea. Weiter Schwindel, ehe die Konvulsionen anfangen. Es handelt sich hier um spasmodische Zuckungen, die die Muskulatur versteifen. Erbrechen wird durch krampfhaftes Verschließen des Mundes ausgeschlossen.* Befriedigt pochte er auf den Metalldeckel eines der Gläser, in dem ein menschlicher Lungenflügel zu schweben schien. *Tod innerhalb von fünfzehn Minuten, kann aber auch bis zu acht Stunden dauern. Asphyxie. Herzversagen. Komplettes Versagen der Atemorgane.* Und wieder pochte er auf den Deckel. *Fragen? Nein? Gut. Genug des Cicutoxins. Weiter zum Curare. Primärsymptome...*

Doch St. James hatte seine eigenen Symptome, und er spürte sie, noch während Josie weiterplapperte: Unruhe zunächst, ein ausgeprägtes Unbehagen. *Hier nun haben wir ein typisches Beispiel,* sagte Rutherford. Aber das Beispiel, das er gab, der Punkt, auf den er hinaus wollte, war nicht zu fassen. St. James legte sein Messer weg und nahm sich eines von den Petits fours. Josie strahlte.

»Den Guß habe ich selbst gemacht«, sagte sie. »Ich finde, die mit Grün und Rosa schauen am schönsten aus.«

»Zu welchem Zweck sammelt sie Kräuter?«

»Mrs. Spence?«

»Ja.«

»Sie macht Medizin aus ihnen. Sie pflückt alles mögliche im

Wald und oben in den Hügeln und vermischt es miteinander und zerstampft es. Gegen Fieber und Krämpfe, Kopfschmerzen und so. Maggie – Mrs. Spence ist ihre Mutter, und sie ist meine beste Freundin, sie ist echt nett –, also Maggie war noch nie in ihrem Leben beim Arzt, hat sie gesagt. Wenn sie irgendwo eine Wunde hat, mixt ihre Mutter gleich eine Salbe. Wenn sie Fieber hat, macht ihre Mutter ihr einen Tee. Sie hat zum Beispiel mir ein Gurgelwasser aus Pfennigkraut gemacht, als ich das letzte Mal draußen beim Herrenhaus war – da wohnen sie nämlich, gleich bei Cotes Hall –, und ich hab nur einen Tag damit gegurgelt, und die Halsschmerzen waren weg.«

»Sie kennt sich also mit Pflanzen aus.«

Josie nickte. »Deswegen hat's ja so verdächtig ausgesehen, wie Mr. Sage gestorben ist. Wie konnte ausgerechnet die sich irren, haben die Leute bei sich gedacht. Ich meine, *ich* könnte natürlich wilde Pastinaken nicht mal von Heu unterscheiden, aber Mrs. Spence...« Statt fertigzusprechen, breitete sie in einer Geste der Ratlosigkeit die Hände aus.

»Aber das ist doch alles bei der Leichenschau abgehandelt worden«, meinte Deborah.

»O ja. Gleich hier oben, im Gerichtssaal – haben Sie den schon gesehen? Da müssen Sie noch reinschauen, ehe Sie zu Bett gehen.«

»Und wer hat ausgesagt?« fragte St. James, der ziemlich sicher war, wie die Antwort lauten würde, und erwartete, daß sie sein Unbehagen neu beleben würde. »Ich meine, außer Mrs. Spence.«

»Der Constable.«

»Der Mann, der heute abend mit ihr hier war?«

»Ja, genau, Mr. Shepherd. Er hat Mr. Sage gefunden – die Leiche, mein ich. Draußen auf dem Fußweg zum Herrenhaus und zum Cotes Fell. Das war am Samstag morgen.«

»Hat er die Untersuchung allein durchgeführt?«
»Soviel ich weiß, ja. Er ist schließlich für unser Dorf zuständig, oder?«

St. James sah, wie Deborah sich ihm neugierig zuwandte. Sie sagte nichts, aber sie kannte ihn gut genug, um zu wissen, wohin seine Gedanken führten.

Es war, dachte er, nicht ihre Angelegenheit. Sie waren in dieses Dorf gekommen, um Urlaub zu machen. Fern von London und fern von zu Hause, hatten sie geglaubt, würde es keine Ablenkungen geben, das Gespräch zu verdrängen, das zwischen ihnen notwendig geworden war.

Aber es war eben nicht so leicht, dem analytischen Fragen, das ihm zur zweiten Natur geworden war und Antwort verlangte, einfach den Rücken zu kehren. Noch schwerer war es, die Stimme Rutherfords zu überhören. *Sie brauchen das dickere Ende der Pflanze, Herrschaften. Ganz typisch, dieses Prachtexemplar hier, der Stengel und die Wurzel. Der Stengel ist verdickt, wie Sie sehen werden, und daran hängt nicht nur eine Wurzel, sondern mehrere. Wenn wir den Stengel anschneiden, so etwa, steigt uns sofort der Geruch roher Pastinake in die Nase. Also, rekapitulieren wir... Wer wagt es?* Die buschigen Brauen zusammengezogen, die selbst wie verwilderte Pflanzen aussahen, pflegte Rutherford sich mit seinen blauen Augen im Labor umzusehen, um den Unglücksraben unter den Studenten zu ertappen, der allem Anschein nach am wenigsten begriffen hatte. Er besaß eine besondere Gabe dafür, sowohl Verwirrung als auch Desinteresse zu erkennen, und rief mit Vorliebe diejenigen auf, bei denen Derartiges zu bemerken war. *Mr. Allcourt-St. James. Klären Sie uns auf. Bitte. Oder ist das an diesem herrlichen Morgen zuviel verlangt?*

St. James hörte die Worte so deutlich, als stünde er, in diesem Moment gerade einundzwanzig Jahre alt, in dem Labor in Glasgow, jedoch mit seinen Gedanken keineswegs bei organischen Giften, sondern bei der heißen Nacht, die er beim letzten Besuch zu Hause mit seiner Freundin verbracht hatte. Aus seinen Phantasien gerissen, unternahm er einen tapferen Versuch zu bluffen. *Cicuta virosa*, sagte er und räusperte sich, um Zeit zu gewinnen, *Gift: Cicutoxin. Wirkt direkt auf das zentrale Nervensystem, ruft heftige Konvulsionen hervor...* Der Rest war ein Geheimnis.

Und, Mr. St. James? Was noch? Was noch?

Aber ach, seine Gedanken ließen sich nicht aus dem Schlafzimmer losreißen. Sonst erinnerte er sich an nichts.

Doch hier, in Lancashire, mehr als fünfzehn Jahre später, gab Josephine Eugenia Wragg ihm die Antwort. »Sie hebt die Wurzeln und Knollen immer im Keller auf. Kartoffeln und Karotten und Pastinaken und alles, jedes in einem extra Korb. Und da hat's dann geheißen, wenn sie's dem Pfarrer nicht absichtlich hingestellt hat, dann könnte vielleicht sich jemand in den Keller geschlichen und den Schierling heimlich zu den Pastinaken gelegt haben. Und dann hat er einfach abgewartet. Aber sie hat bei der gerichtlichen Untersuchung gesagt, das könnte nicht passiert sein, weil der Keller immer abgeschlossen ist. Na schön, haben daraufhin alle gesagt, dann wollen wir das glauben, aber wenn es so ist, dann hätte gerade sie wissen müssen, daß es keine wilde Pastinake war, weil...«

Ja, natürlich hätte sie es wissen müssen. Wegen der Wurzel. Auf die Wurzel nämlich hatte Ian Rutherford damals hinaus gewollt. Eine Beschreibung der Wurzel hatte er von seinem unaufmerksamen und zerstreuten Studenten ungeduldig erwartet.

In der Wissenschaft werden Sie keinen Fuß auf den Boden bekommen, mein Junge.

Ja, nun, man würde sehen.

4

Da war es wieder, das Geräusch. Es klang wie das leise Knirschen zögernder Schritte auf dem Kies. Zuerst hatte sie geglaubt, es käme aus dem Hof. Ihre Angst hatte sich ein wenig gelegt, als sie merkte, daß derjenige, der da draußen in der Dunkelheit herumschlich, anscheinend nicht zum Verwalterhäuschen wollte, sondern zum Herrenhaus selbst. Und es mußte ein *Er* sein, sagte sich Maggie Spence. Bei Nacht in alten Häusern herumgeistern, das war nichts für Frauen.

Maggie wußte, daß sie nach allem, was in den letzten Monaten im Herrenhaus vorgefallen war, insbesondere seit der Zerstörung des teuren Teppichs am letzten Wochenende, wachsam sein mußte. Wachsam sein und die Hausaufgaben machen, das war das einzige, was ihre Mutter von ihr verlangt hatte, ehe sie am Abend mit Mr. Shepherd weggegangen war.

»Ich bleib höchstens zwei, drei Stunden, Schatz«, hatte sie gesagt. »Wenn du etwas hörst, dann geh nicht hinaus. Ruf mich einfach an. In Ordnung?«

Genau das hätte sie jetzt eigentlich tun müssen. Die Nummern hatte sie ja alle. Sie lagen unten neben dem Telefon in der Küche. Mr. Shepherds Privatnummer, die Nummer vom *Crofters Inn* und die der Townley-Youngs nur für den Fall. Sie hatte sie überflogen, ehe ihre Mutter gegangen war, und hätte am liebsten mit falscher Ungeduld gesagt: Aber du gehst doch nur ins Pub, oder, Mami? Warum hast du mir dann Mr. Shepherds Nummer auch noch aufgeschrieben? Doch die Antwort auf diese Frage wußte sie bereits, und wenn sie sie gestellt hätte, so nur, um die beiden in Verlegenheit zu bringen.

Manchmal hatte sie gute Lust, sie so richtig in Verlegenheit zu bringen. Da hätte sie am liebsten lauthals gerufen: Der dreiundzwanzigste März! Ich weiß, was da passiert ist. Ich weiß, daß ihr's da getan habt. Ich weiß sogar, wo, und ich weiß auch, wie. Aber sie sagte es nie. Selbst wenn sie sie nicht zusammen im Wohnzimmer beobachtet hätte – da sie nach einem Streit mit Josie und Pam zu früh nach Hause gekommen war –, selbst wenn sie sich beim Anblick ihrer Mutter und dessen, was sie da tat, nicht mit weichen Knien vom Fenster weggeschlichen hätte, selbst wenn sie sich nicht auf die von Unkraut überwucherte Terrasse von Cotes Hall zurückgezogen hätte, um in Gesellschaft von Punkin, der sich zu ihren Füßen zusammenrollte, nachzudenken, hätte sie es gewußt. Ein Blinder konnte es sehen – so wie Mr. Shepherd ihre Mutter immer anstarrte, mit schmachtendem Blick und ganz weichem Mund, und so wie ihre Mutter sich Mühe gab, ihn nur ja nicht anzusehen.

»Die *tun's?*« hatte Josie Wragg atemlos geflüstert. »Und du hast tatsächlich, ganz in Wirklichkeit gesehen, wie sie's getan haben? Nackt und so? Im Wohnzimmer? Mensch, Maggie!« Sie zündete sich eine Gauloise an und streckte sich auf ihrem Bett aus. Alle Fenster standen offen, damit ihre Mutter nicht merkte, daß sie geraucht hatte. Aber Maggie zweifelte daran, daß selbst der stärkste Wind der Welt den widerlichen Gestank vertreiben konnte, den Josies französische Lieblingszigaretten hinterließen. Sie klemmte sich ihre eigene Zigarette zwischen die Lippen und füllte ihren Mund mit Rauch. Sie stieß ihn aus. Das mit dem Inhalieren klappte noch nicht so recht, und sie war sich gar nicht sicher, ob sie es überhaupt lernen wollte.

»Sie waren nicht ganz ausgezogen«, sagte sie. »Jedenfalls Mom nicht. Ich meine, sie war überhaupt nicht ausgezogen. Es war auch gar nicht nötig.«

»Nicht nötig? Ja, aber was haben sie denn getan?« fragte Josie.

»Du meine Güte, Josephine!« Pam Rice gähnte. Sie warf das blonde Haar in den Nacken, und es fiel wie immer zu einem perfekt geschnittenen Pagenkopf. »Vielleicht wirst du langsam mal gescheit. Was glaubst du denn, was die getan haben? Ich dachte, du wärst die Expertin hier.«

Josie runzelte die Stirn. »Aber ich verstehe nicht, wie... ich meine, wenn sie überhaupt nicht ausgezogen waren.«

Pam hob mit Märtyrermiene den Blick zum Himmel. Sie zog intensiv an ihrer Zigarette und ließ den Rauch langsam durch die Nase heraus. »Er war in ihrem Mund«, sagte sie. »M-u-n-d. Soll ich's dir aufzeichnen, oder hast du's jetzt kapiert?«

»In ihrem...« Josie schien verwirrt. Sie berührte mit den Fingerspitzen ihre Zunge, als würde das ihr erlauben, besser zu verstehen. »Du meinst, sein Ding war allen Ernstes...«

»Sein *Ding*? Lieber Gott? Penis heißt das Ding, Josie. P-e-n-i-s. Okay?« Pam wälzte sich auf den Bauch und starrte mit zusammengekniffenen Augen das glühende Ende ihrer Zigarette an. »Dazu kann ich nur sagen, ich hoffe, sie hat auch was davon gehabt, was wahrscheinlich nicht der Fall war, wenn sie alle ihre Sachen anhatte.« Wieder warf sie das Haar zurück. »Todd weiß genau, daß er sich gar nicht erst einzubilden braucht, er könnte Schluß machen, bevor's mir gekommen ist, das kannst du mir glauben.«

Josie runzelte angestrengt die Stirn. Sie war offensichtlich immer noch damit beschäftigt, diese Information zu verdauen. Sie, die sich stets als wandelnde Autorität über die weibliche Sexualität ausgab – dank einer eselsohrigen Ausgabe von *Das entfesselte Weib – weibliche Sexualität zu Hause (Bd. I)*, aus dem Müll stibitzt, dem ihre Mutter das Buch übergeben hatte, nachdem sie auf Insistieren ihres Ehemanns zwei Monate lang versucht hatte »libidinös zu werden oder so was« –, war völlig ratlos.

»Haben sie...«, sie schien Mühe zu haben, das richtige Wort zu finden. »Haben sie sich dabei bewegt oder so was, Maggie?«

»Mensch, das gibt's doch nicht!« rief Pam. »Hast du denn überhaupt keine Ahnung? Da braucht sich keiner zu bewegen. Sie braucht nur zu lutschen.«

»Zu...« Josie drückte ihre Zigarette auf dem Fensterbrett aus. »Maggies Mutter? Bei einem Mann? Igitt, das ist ja widerlich!«

Pam lachte träge. »Nein, das ist *entfesselt*. Mit allen Schikanen, wenn du mich fragst. Hat davon denn in deinem Buch nichts gestanden, Jo? Die raten einem wohl nur, daß man seine Titten in Schlagsahne tauchen und sie dem lieben Ehemann dann mit den Erdbeeren zum Tee servieren soll, was? Das kennen wir doch: Machen Sie Ihrem Mann das Leben zu einer einzigen Überraschung.«

»Ich finde es ganz in Ordnung, wenn eine Frau sich auf ihre Sinnlichkeit einstellt«, entgegnete Josie mit Würde. Sie senkte den Kopf und zupfte an einem Schorf an ihrem Knie. »Oder auf die eines Mannes.«

»Genau. Du sagst es. Eine richtige Frau muß wissen, was wen aufgeilt und wo. Findest du nicht, Maggie?« Pam sah sie mit blauem Unschuldsblick an. »Findest du nicht auch, daß das wichtig ist?«

Maggie kreuzte die Beine im Schneidersitz und kniff sich in den Handballen. Das war ihre Methode, sich zu ermahnen, ja nichts zu verraten. Sie wußte genau, was Pam aus ihr herauslocken wollte – sie sah Josie an, daß die es auch wußte –, aber sie hatte nie in ihrem Leben jemanden verpetzt, und sich selbst würde sie bestimmt nicht verpetzen.

Josie kam ihr zu Hilfe. »Hast du was gesagt? Ich mein, nachdem du sie gesehen hast?«

Nein, sie hatte nichts gesagt, jedenfalls damals nicht. Und

als sie es schließlich zur Sprache gebracht hatte, als schrillen Vorwurf, halb im Zorn, halb zur eigenen Verteidigung, hatte ihre Mutter ihr eine Ohrfeige gegeben. Nein, nicht eine, sondern gleich zwei. Eine Sekunde später – und vielleicht war der Ausdruck ungläubiger Überraschung und des Schocks auf Maggies Gesicht schuld daran, denn ihre Mutter hatte sie nie zuvor geschlagen – schrie sie auf, als sei sie selbst geschlagen worden, zog Maggie an sich und drückte sie so fest, daß Maggie kaum atmen konnte. Dennoch, darüber gesprochen hatte sie nicht. »Das ist alles meine Sache, Maggie«, hatte ihre Mutter mit Entschiedenheit gesagt.

Na schön, dachte Maggie. Und meins ist allein meine Sache.

Aber so war es nicht. Ihre Mutter ließ es nicht zu. Vierzehn Tage lang hatte sie nach dem großen Krach Maggie jeden Morgen den scheußlichen Tee ins Zimmer gebracht. Sie hatte sich neben Maggie gestellt und gewartet, bis sie ihn bis auf den letzten Tropfen ausgetrunken hatte. Auf ihre Proteste hatte sie entgegnet: »Ich weiß, was gut für dich ist.« Und auf ihre weinerlichen Klagen, wenn der Schmerz ihren Magen zusammenzog: »Das geht schon vorüber, Maggie.« Und sie tupfte ihr die Stirn mit einem kühlen weichen Tuch.

Maggie sah die schwarzen Schatten in ihrem Zimmer an und lauschte wieder. Sie konzentrierte sich ganz, um das Geräusch von Schritten vom Klappern einer leeren Plastikflasche zu unterscheiden, die der Wind draußen über den Kies trieb. Sie hatte oben nirgends Licht gemacht, schlich leise zum Fenster und spähte in die Nacht hinaus. In der Gewißheit, daß sie sehen konnte, ohne selbst gesehen zu werden, fühlte sie sich sicher. Unter ihr im Hof glotzten sie die Schatten des Ostflügels von Cotes Hall wie große schwarze Löcher an und boten jedem, der verborgen bleiben wollte, großzügigen Schutz. Mit zusammengekniffenen Augen prüfte sie ein schwarzes Loch nach dem anderen und versuchte auszumachen, ob die massige Gestalt drüben an der Mauer nur ein Eibenbusch war, der gestutzt werden mußte, oder ein Einbrecher, der versuchte, durch das Fenster einzusteigen. Sie konnte es nicht erkennen. Sie wünschte, ihre Mutter und Mr. Shepherd würden zurückkommen.

Früher hatte es ihr nie etwas ausgemacht, allein zu Hause zu bleiben, aber schon bald nach ihrer Ankunft in Lancashire hatte sich in ihr eine Abneigung dagegen entwickelt, allein in dem Häuschen zu bleiben, ob nun bei Tag oder bei Nacht. Es war vielleicht kindisch, aber sobald ihre Mutter mit Mr. Shepherd davonfuhr, sobald sie in den Opel stieg, um allein wegzufahren, oder in den Wald ging, um Kräuter und Pflanzen zu suchen, hatte Maggie das Gefühl, daß die Mauern ihr immer näher rückten. Sie war sich dauernd ängstlich bewußt, daß sie auf dem riesigen Anwesen von Cotes Hall ganz allein war. Zwar wohnte Polly Yarkin gleich vorn an der Einfahrt, aber das war fast anderthalb Kilometer entfernt, und Polly würde sie bestimmt nicht hören, wenn sie schreien sollte, weil sie Hilfe brauchte.

Da half es Maggie nicht viel zu wissen, wo ihre Mutter ihre Pistole aufbewahrte. Selbst wenn sie schon einmal zur Übung mit ihr geschossen hätte – was sie nie getan hatte –, konnte sie sich nicht vorstellen, die Waffe tatsächlich auf einen Menschen zu richten, geschweige denn abzudrücken. Deshalb vergrub sie sich statt dessen, wenn sie allein war, wie ein Maulwurf in ihrem Zimmer. Im Dunkeln wartete sie auf das Motorengeräusch oder das Knirschen des Schlüssels ihrer Mutter im Haustürschloß. Und während sie wartete, lauschte sie Punkins leisem Schnurren, das in gleichmäßigen Wellen von der Mitte ihres Betts aufstieg. Den Blick auf das kleine Bücherregal aus Birkenholz gerichtet, auf dem Bozo, der geliebte alte Stoffelefant, wie ein tröstlicher Hüter unter den anderen Stofftieren hockte, hielt sie ihr Album mit Zeitungsausschnitten und Pressefotos an sich gedrückt. Sie dachte an ihren Vater.

Er existierte in der Phantasie, Eddie Spence, tot noch vor Erreichen seines dreißigsten Lebensjahrs, sein Körper so verstümmelt wie die Karosserie seines Rennwagens in Monte Carlo. Er war der Held einer nie erzählten Geschichte, auf die ihre Mutter nur ein einziges Mal angespielt hatte: »Daddy ist bei einem Autounfall ums Leben gekommen, Schatz«, und »Bitte, Maggie. Ich kann mit niemandem darüber sprechen.« Sie hatte zu weinen angefangen, als Maggie weitere Fragen hatte stellen wollen. Maggie versuchte oft, sein Gesicht aus der Erinnerung heraufzubeschwören, aber es gelang ihr nicht. So hielt sie denn das, was ihr von ihrem Vater geblieben war, in ihren Armen: die Fotos von Formel-Eins-Rennwagen, die sie ausschnitt und sammelte und mit Berichten über jeden Grand Prix in ihr Album einklebte.

Sie warf sich auf ihr Bett, und Punkin rührte sich. Er hob den Kopf, gähnte und spitzte plötzlich die Ohren. Wie kleine Radarantennen drehten sie sich in Richtung Fenster, und mit einer einzigen, geschmeidigen Bewegung stand er auf und sprang lautlos vom Bett auf das Fensterbrett. Dort hockte er sich nieder, den zuckenden Schwanz um die Vorderpfoten gelegt.

Vom Bett aus beobachtete Maggie, wie er, ähnlich wie sie selbst kurz zuvor, in den Hof hinunterblickte. Träge blinzelnd spähte er hinaus, während sein unruhiger Schwanz gegen die Fensterscheibe schlug. Aus den Büchern, die sie gelesen hatte, als er noch klein gewesen war, hatte sie gelernt, daß Katzen ein äußerst feines Gespür für jede Veränderung in ihrer Umgebung besitzen. Es beruhigte sie ein wenig zu wissen, daß Punkin ihr sofort mitteilen würde, wenn draußen etwas geschah, vor dem sie sich fürchten mußte.

Nicht weit vom Fenster stand eine alte Linde. Ihre Äste knarrten. Maggie horchte angespannt. Zweige kratzten zitternd am Glas. Etwas rieb an der gefurchten Rinde des alten Baums. Es ist nur der Wind, sagte sich Maggie, doch noch während sie dies dachte, gab Punkin ihr das Zeichen, daß etwas nicht in Ordnung war. Er sprang auf und machte einen Riesenbuckel. Maggie klopfte das Herz plötzlich bis zum Hals. Punkin sprang vom Fensterbrett auf den Teppich hinunter. Wie ein orangefarbener Blitz sauste er zur Tür hinaus, noch ehe Maggie Zeit hatte, sich klarzumachen, daß jemand den Baum hinaufgeklettert sein mußte.

Und dann war es schon zu spät. Sie hörte den gedämpften Aufprall eines Körpers auf dem Schieferdach des Häuschens. Leise Schritte folgten. Dann hörte sie vorsichtiges Klopfen an der Fensterscheibe.

Am liebsten hätte sie geschrien: Sie haben sich geirrt, Sie wollen doch ins Herrenhaus, oder nicht? Statt dessen jedoch ließ sie das Album mit den Zeitungsausschnitten neben dem Bett auf den Boden sinken und glitt an der Wand entlang in die dunkelste Ecke des Raumes. Ihre Handflächen juckten. Ihr Magen knurrte. Sie wollte nach ihrer Mutter rufen, aber das hätte überhaupt keinen Sinn gehabt. Einen Augenblick später war sie froh, daß ihre Mutter nicht da war.

»Maggie? Bist du da?« hörte sie ihn leise rufen. »Mach auf, ja? Ich frier mir hier draußen den Hintern ab.«

Nick! Maggie flitzte durch das Zimmer. Sie konnte ihn sehen. Er kauerte auf dem schrägen Dach gleich neben ihrem Dachfenster und lachte sie an. Seidige schwarze Haarsträhnen lagen wie Vogelschwingen auf seinen Wangen. Sie sperrte auf. Nick, Nick, dachte sie. Aber gerade, als sie das Fenster hochschieben wollte, hörte sie ihre Mutter sagen: Ich möchte dich nie wieder allein mit Nick Ware erwischen. Ist das klar, Margaret Jane? Schluß damit. Das ist vorbei.

Sie zögerte.

»Maggie!« flüsterte Nick. »Laß mich rein. Es ist kalt.«

Sie hatte ihr Wort gegeben. Ihre Mutter hatte fast geweint bei ihrem Streit, und der Anblick ihrer roten, feuchten Augen hatte Maggie dazu gebracht, das Versprechen zu geben, ohne darüber nachzudenken, was es tatsächlich bedeutete.

»Ich kann nicht«, sagte sie.

»Was?«

»Nick, meine Mutter ist nicht zu Hause. Sie ist mit Mr. Shepherd ins Dorf gefahren, und ich hab ihr versprochen...«

Sein Grinsen wurde noch breiter. »Na wunderbar. Das ist doch bestens. Komm schon, Mag. Laß mich rein.«

Sie schluckte krampfhaft. »Ich kann nicht. Ich darf nicht mit dir allein sein. Ich hab's versprochen.«

»Warum denn?«

»Weil – ach Nick, du weißt doch.«

Er senkte die Hand, die bis jetzt an der Fensterscheibe gelegen hatte. »Aber ich wollte dir doch nur zeigen – ach, verdammter Mist.«

»Was denn?«

»Nichts. Vergiß es. Laß es.«

»Nick, sag's mir.«

Er wandte das Gesicht ab. Er trug das Haar in einer Art Bubikopf, das Deckhaar übermäßig lang, genau wie die anderen Jungen, aber bei ihm sah es nie modisch aus. Es sah genau richtig aus, so als hätte er die Frisur erfunden.

»Nick.«

»Es ist nur ein Brief«, sagte er. »Ganz unwichtig. Vergiß es.«

»Ein Brief? Von wem denn?«

»Es ist nicht wichtig.«

»Aber wenn du extra hergekommen bist...« Dann fiel es

ihr ein. »Nick, hat etwa Lester Piggott dir geschrieben? Ja? Hat er dir auf deinen Brief geantwortet?«

Es war kaum zu glauben. Aber Nick schrieb an alle Jockeys und vergrößerte beständig seine Sammlung an Briefen. Er hatte von Pat Eddery Antwort bekommen, von Graham Starkey, Eddie Hide. Aber Lester Piggott war die Krönung, ganz zweifellos.

Sie schob die Scheibe hoch. Der kalte Wind blies wie eine Wolke ins Zimmer.

»Hab ich recht?« fragte sie.

Aus seiner abgewetzten alten Lederjacke – angeblich das Geschenk eines amerikanischen Bomberpiloten des Zweiten Weltkriegs an seinen Großonkel – zog Nick einen Brief hervor. »Viel ist es nicht«, sagte er. »Nur *Nett von Dir zu hören, mein Junge.* Aber er hat selbst unterschrieben, ganz klar und deutlich. Keiner hat geglaubt, daß er mir antworten würde, weißt du noch, Mag? Das wollte ich dir nur erzählen.«

Es wäre gemein gewesen, ihn draußen in der Kälte zu lassen, wo er doch aus so unschuldigem Grund gekommen war. Selbst ihre Mutter konnte dagegen nichts einzuwenden haben. »Komm rein«, sagte Maggie.

»Lieber nicht, wenn du dann Ärger mit deiner Mutter kriegst.«

»Nein, nein, das ist schon in Ordnung.«

Er schob sich durch die Fensteröffnung und ließ das Fenster demonstrativ offen. »Ich hab gedacht, du wärst schon ins Bett gegangen. Ich hab zu den Fenstern reingeschaut.«

»Und ich hab gedacht, du wärst ein Einbrecher.«

»Warum machst du kein Licht?«

Sie senkte den Blick. »Ich hab Angst. Wenn ich allein bin.« Sie nahm den Brief aus seiner Hand und bewunderte die Anschrift. *Nick Ware, Esq., Skelshaw Farm*, stand da mit fester, großer Hand geschrieben. Sie gab ihn Nick zurück. »Das freut mich wirklich, daß er dir geantwortet hat. Ich hab mir gedacht, daß er's tun würde.«

»Ja, ich weiß. Darum wollte ich dir ja den Brief auch zeigen.« Er schüttelte sich das Haar aus dem Gesicht und sah sich im Zimmer um. Maggie beobachtete es mit Schrecken. Jetzt würde er die Stofftiere und Puppen sehen, die dicht gedrängt im Rohrstuhl saßen. Er würde zum Bücherregal gehen und die Kinderbücher sehen, die sie immer noch las, und merken, was für ein Baby sie in Wirklichkeit war. Er würde nicht mehr mit ihr gehen wollen. Er würde sie wahrscheinlich überhaupt nicht kennen wollen. Warum nur hatte sie daran nicht gedacht, bevor sie ihn hereingelassen hatte?«

»Ich war noch nie in deinem Zimmer«, sagte er. »Es ist echt schön, Mag.«

Die Angst schmolz. Sie lächelte. »Findest du?«

»Grübchen«, sagte er und berührte mit dem Zeigefinger das Grübchen in ihrer Wange. »Ich hab's gern, wenn du lächelst.« Wie versuchsweise legte er ihr die Hand auf den Arm. Sie konnte seine kalten Finger sogar durch ihren Pullover spüren.

»Du bist ja Eis«, sagte sie.

»Es ist kalt draußen.«

Sie war sich klar bewußt, daß sie sich auf verbotenem Terrain befand. Das Zimmer erschien ihr kleiner mit ihm darin, und sie wußte, es hätte sich gehört, ihn jetzt hinunterzubringen und zur Haustür hinauszulassen. Aber jetzt, da er hier war, wollte sie nicht, daß er ging, nicht ohne ein Zeichen, daß er sie noch mochte, trotz allem, was seit dem letzten Oktober in ihrer beiden Leben geschehen war. Es reichte nicht zu wissen, daß er es gern hatte, wenn sie lächelte und er das Grübchen in ihrer Wange berühren konnte. Bei Babys hatten es die Leute auch gern, wenn sie lächelten, das sagten sie jedenfalls immer. Aber sie war kein Baby.

»Wann kommt deine Mutter heim?« fragte er.
Jeden Augenblick, hätte sie sagen müssen. Es war nach neun. Aber wenn sie die Wahrheit sagte, würde er sofort wieder gehen. Er würde es vielleicht für sie tun, um ihr Ärger zu ersparen, aber er würde es tun. Darum sagte sie: »Ich weiß nicht. Sie ist mit Mr. Shepherd weggefahren.«
Nick wußte Bescheid über ihre Mutter und Mr. Shepherd, er wußte also, was das hieß. Der Rest war seine Sache.
Sie wollte das Fenster schließen, doch seine Hand lag noch auf ihrem Arm, es war also einfach genug für ihn, sie daran zu hindern. Er war nicht grob. Das brauchte er nicht zu sein. Er küßte sie nur, streichelte mit seiner Zunge verheißend ihre Lippen.
»Da wird sie sicher noch eine Weile ausbleiben.« Sein Mund wanderte zu ihrem Hals. Sie schauderte. »Die kriegt ja schön regelmäßig, was sie braucht.«
Ihr Gewissen gebot ihr, ihre Mutter gegen Nicks Interpretation des Dorfklatsches zu verteidigen, aber jedesmal, wenn er sie küßte, rannen ihr Schauder die Arme und die Beine hinunter, so daß sie überhaupt nicht mehr klar denken konnte. Dennoch versuchte sie, ihre fünf Sinne beisammenzuhalten und ihm eine strenge Antwort zu geben, aber da begann er, ihren Busen zu streicheln, und entfachte eine so heftig prickelnde Hitze in ihr, daß sie nur noch stöhnen konnte. Es tat so gut. So unglaublich gut.
Sie wußte, daß sie über ihre Mutter hätte sprechen, ihr Verhalten hätte erklären sollen. Aber sie konnte diesen Gedanken immer nur in dem flüchtigen Augenblick fassen, da Nick aufhörte, sie zu liebkosen. Sobald seine Finger wieder ihren Busen berührten, konnte sie nur daran denken, daß sie jetzt keine Diskussion riskieren wollte, sondern nur auf ein Zeichen wartete, daß zwischen ihnen alles in Ordnung war. Darum sagte sie schließlich ganz unbewußt: »Meine Mutter

und ich haben jetzt eine Vereinbarung«, und fühlte sein Lächeln an ihrem Mund. Nick war ein kluger Junge. Er glaubte ihr wahrscheinlich keine Sekunde.

»Du hast mir gefehlt«, flüsterte er und zog sie eng an sich. »Mag, komm, faß mich an.«

Sie wußte, was er wollte. Sie wollte es auch. Sie wollte es durch seine Jeans fühlen, wie es groß und steif wurde wegen ihr. Sie drückte ihre Hand dagegen. Er bewegte ihre Finger hinauf und hinunter.

»O Gott«, flüsterte er. »O Gott. Mag.«

Er schob ihre Finger die ganze Länge hinauf bis zur Spitze. Er legte sie darum herum. Sie drückte sachte, dann fester, als er stöhnte.

»Maggie«, sagte er. »Mag.«

Er atmete laut. Er zog ihr den Pullover aus. Sie fühlte den Nachtwind auf ihrer Haut. Und dann fühlte sie nur noch seine Hände auf ihrem Körper. Und dann nur noch seinen Mund.

Sie fühlte sich dahinschmelzen. Sie schwebte. Die Finger an seiner Blue jeans waren nicht ihre. Sie war es nicht, die den Reißverschluß öffnete. Sie war es nicht, die ihn entblößte.

Er sagte: »Warte, Mag. Wenn deine Mutter heimkommt...«

Sie brachte ihn mit ihrem Kuß zum Schweigen. Sie tastete blind nach ihm, nach seiner Süße und Fülle, und er half ihren Fingern. Er stöhnte, seine Hände krochen unter ihren Rock, seine Finger rieben heiße Kreise zwischen ihren Beinen.

Und dann lagen sie zusammen auf dem Bett, Nicks Körper blaß und mager über dem ihren. Sie selbst bereit, mit erhobenen Hüften, gespreizten Beinen. Nichts sonst war von Bedeutung.

»Sag mir, wenn ich aufhören soll«, sagte er. »Maggie, ja?
Diesmal tun wir's nicht. Sag mir nur, wenn ich aufhören soll.«
Nur noch einmal. Nur dieses eine Mal. Es konnte doch
keine so schreckliche Sünde sein. Sie zog ihn dichter an sich.
»Maggie. Mag, meinst du nicht, wir sollten aufhören?«
Sie drückte es mit ihrer Hand dichter und dichter an sich.
»Mag! Ich kann es nicht zurückhalten.«
Sie hob den Mund, um ihn zu küssen.
»Wenn deine Mutter heimkommt —«
Sie ließ langsam ihre Hüften kreisen.
»Maggie. Nicht.« Er drang in sie ein.

Hure, dachte sie. Hure, Nutte, Flittchen. Sie lag auf dem Bett
und starrte zur Zimmerdecke. Ihr Blick verschleierte sich, als
ihr die Tränen aus den Augen traten und über die Schläfen
zu den Ohren herunterrannen.

Ich bin nichts, dachte sie. Ich bin eine Hure. Ich bin eine
Nutte. Ich treib's mit jedem. Jetzt ist es nur Nick. Aber wenn
morgen ein anderer kommt und ihn mir reinstecken will,
erlaub ich's ihm wahrscheinlich auch. Ich bin eine Hure. Eine
Nutte.

Sie setzte sich auf und schwang die Beine aus dem Bett. Sie
sah sich im Zimmer um. Bozo, der Elefant, trug seine übliche
Dickhäuter-Versonnenheit zur Schau, aber an diesem Abend
schien ihr sein Blick noch etwas anderes auszudrücken. Enttäuschung. Sie hatte Bozo enttäuscht. Aber das war nichts im
Vergleich mit dem, was sie sich selbst angetan hatte.

Sie stieg aus dem Bett und ließ sich zum Boden hinunter.
Dort kniete sie nieder. Sie spürte die Wülste des alten
Flickenteppichs, die sich in ihre Knie preßten. Sie faltete fest
die Hände und suchte nach den Worten, die zur Vergebung
führen würden.

»Es tut mir leid«, flüsterte sie. »Ich wollte es nicht, lieber

Gott. Ich hab mir nur gedacht: Wenn er mich küßt, dann weiß ich, daß zwischen uns noch alles in Ordnung ist, ganz gleich, was ich Mami versprochen habe. Aber wenn er mich so küßt, dann will ich immer nicht, daß er aufhört, und dann tut er andere Dinge, und ich will ja auch, daß er sie tut, und dann will ich immer mehr. Ich will nicht, daß er aufhört. Ich weiß, daß es unrecht ist. Ich weiß es. Wirklich, ja. Aber ich kann doch nicht für meine Gefühle. Es tut mir leid. Lieber Gott, es tut mir leid. Bitte gib, daß das keine bösen Folgen hat. Es kommt bestimmt nie wieder vor. Bestimmt nicht. Es tut mir leid.«

Aber wie oft konnte Gott ihr verzeihen, wenn sie doch wußte, daß es unrecht war; und er wußte, daß sie es wußte, und sie es trotzdem tat, nur weil sie Nick ganz nah fühlen wollte? Man konnte nicht endlos mit Gott verhandeln. Sie würde teuer für ihre Sünden bezahlen müssen, und es war nur eine Frage der Zeit, wann der Moment der Abrechnung gekommen war.

»Aber so denkt Gott nicht, mein Kind. Er führt nicht Buch. Er ist unendlicher Vergebung fähig. Darum ist er ja unser Höchstes Wesen, der Maßstab, an dem wir uns orientieren. Wir können natürlich nicht hoffen, seine Vollkommenheit zu erreichen, und das erwartet er auch gar nicht von uns. Er verlangt lediglich, daß wir unverzagt immer wieder versuchen, uns zu bessern, aus unseren Fehlern zu lernen, andere zu verstehen.«

Wie einfach das alles geklungen hatte, als Mr. Sage ihr das an jenem Abend im letzten Oktober in der Kirche gesagt hatte. Sie hatte in der zweiten Bank gekniet, vor dem Lettner, die Stirn auf ihre ineinandergekrampften Fäuste gedrückt. Ihr Gebet war dem von heute abend sehr ähnlich gewesen. Nur war es damals das erste Mal gewesen, auf einem Berg steifer Abdeckplane, von der die getrocknete Malerfarbe abbröckelte, in einer Ecke der Spülküche von Cotes Hall. »Wir tun's nicht richtig«, hatte Nick gesagt, genau wie heute abend. »Sag mir, wenn ich aufhören soll, Mag.« Er hatte das immer wieder gesagt: Sag mir, wenn ich aufhören soll, Maggie, sag's mir, während sein Mund den ihren bedeckt und seine Finger sie in heiße Erregung gestürzt und sie sich gegen seine Hand gepreßt hatte. Sie wollte Hitze und Nähe. Sie wollte gehalten werden. Sie sehnte sich danach, größer zu werden, zusammenzugehören. Und er war die lebende Verheißung all dessen, was sie begehrte, dort in der Spülküche. Sie brauchte nur ja zu sagen.

Das, was danach kam, das hatte sie nicht erwartet, den Moment, als die Reue, kein anständiges Mädchen mehr zu sein, sie übermannte: Jungen haben keinen Respekt vor Mädchen, die... sie prahlen vor ihren Freunden damit... sag einfach nein, das kannst du schon... sie wollen immer nur das eine... willst du dir eine Krankheit holen... was, wenn er dich schwängert, glaubst du vielleicht, daß er dann auch noch so scharf auf dich ist... du hast einmal nachgegeben, du hast mit ihm eine Grenze überschritten, jetzt wird er es immer wieder versuchen... er liebt dich nicht; wenn er es täte, würde er nicht...

In ihrer Verzweiflung war sie schließlich zur Abendandacht in die Kirche gegangen. Sie war nur mit halbem Ohr der Lesung gefolgt. Sie hatte mit halbem Ohr die Lieder gehört. Die ganze Zeit hatte sie den fein gearbeiteten Lettner betrachtet und den Altar dahinter: Texte und Darstellungen der zehn Gebote – in einzelne Bronzetafeln eingeritzt –, und es gelang ihr nicht, ihren Blick vom siebten Gebot loszureißen. Es war Erntedankfest. Auf den Altarstufen war eine Fülle herbstlicher Opfergaben ausgebreitet. Kornähren, gelbe und grüne Kürbisse, Kartoffeln in Körben, Bohnen in Fässern verströmten ihren markigen frischen Geruch in der

Kirche. Maggie jedoch nahm all das nur am Rande wahr, so wie sie die Gebete, die gesprochen wurden, die Orgelstücke, die gespielt wurden, nur am Rande wahrnahm. Das Licht des großen Leuchters im Altarraum fiel glitzernd direkt auf das Retabel, und das Wort Ehebruch flimmerte vor ihren Augen. Es schien immer größer zu werden, schien auf sie zu zeigen, sie anzuklagen.

Sie versuchte sich zu sagen, daß bei Ehebruch mindestens einer der Partner ein Ehegelöbnis abgelegt haben mußte. Aber sie wußte, daß ein ganzes Heer abscheulicher Verhaltensweisen unter dem Dach dieses einen Wortes vereinigt war, und der meisten dieser Dinge hatte sie sich schuldig gemacht: unreiner Gedanken, sinnlichen Begehrens, sexueller Phantasien und jetzt des Beischlafs, der schlimmsten Sünde überhaupt. Sie war schwarz und verderbt, auf dem Weg in die ewige Verdammnis.

Ach, könnte sie doch nur vor ihrem eigenen Benehmen entsetzt zurückschrecken! Dann würde Gott ihr vielleicht verzeihen. Wenn nur der Akt ihr das Gefühl gegeben hätte, unrein zu sein, würde er diesen einen kleinen Ausrutscher vielleicht übersehen. Wenn sie nicht Nick und die unbeschreiblich schöne Wärme bei der Vereinigung ihrer Körper immer wieder wollte!

Sünde, Sünde, Sünde. Sie senkte den Kopf auf ihre Fäuste und blieb so, während der Rest des Gottesdienstes über sie hinwegging. Sie begann zu beten, flehte Gott um Vergebung an und hielt dabei die Augen so fest zugedrückt, daß sie Sterne sah.

»Es tut mir leid, es tut mir leid, es tut mir leid«, flüsterte sie immer wieder. »Bitte, laß mir nichts Böses geschehen. Ich tue es nicht wieder. Ich verspreche es. Es tut mir leid.«

Es war das einzige Gebet, das ihr einfiel, und sie wiederholte es immer wieder, ohne nachzudenken, getrieben allein von ihrem Bedürfnis, die Stimme von oben zu vernehmen. Sie hörte den Pfarrer nicht kommen, und sie merkte nicht, daß der Gottesdienst vorüber und die Kirche fast leer war. Erst als sie eine Hand fühlte, die fest ihre Schulter umschloß, fuhr sie mit einem Aufschrei in die Höhe. Alle Leuchter waren gelöscht. Nur auf dem Altar brannte noch eine grünliche Lampe. Ihr Schein fiel von der Seite auf das Gesicht des Pfarrers und zeichnete lange, halbmondförmige Schatten unter seinen Augen.

»Gott *ist* die Vergebung«, sagte er leise. Seine Stimme war so beruhigend wie ein warmes Bad. »Daran brauchst du niemals zu zweifeln. Er existiert, um zu vergeben.«

Die ruhige Heiterkeit seines Tons und die Güte seiner Worte trieben ihr die Tränen in die Augen. »Aber nicht das«, sagte sie. »Ich weiß nicht, wie er das vergeben kann.«

Er drückte noch einmal kurz ihre Schulter und ließ die Hand herabfallen. Er kam zu ihr in die Kirchenbank, kniete aber nicht nieder, sondern setzte sich, und sie stand auf und setzte sich ebenfalls. Er wies auf das Kruzifix auf dem Lettner. »Wenn die letzten Worte unseres Herrn Jesus lauteten *Vergib ihnen, Vater*, und wenn sein Vater in der Tat vergeben hat – und daran gibt es keinen Zweifel –, warum sollte er dann nicht auch dir vergeben können? Ganz gleich, was für eine Sünde du begangen haben magst, Kind, sie kann niemals so schlimm sein wie der Tod von Gottes Sohn, was meinst du?«

»Nein«, flüsterte sie, obwohl sie zu weinen angefangen hatte. »Aber ich habe gewußt, daß es unrecht war, und hab's trotzdem getan, weil ich wollte.«

Er zog ein Taschentuch heraus und reichte es ihr. »Das ist die Natur der Sünde. Wir sind in Versuchung, wir können wählen, und wir wählen unklug. Da bist du nicht die einzige. Aber wenn du in deinem Herzen entschlossen bist, nicht wieder zu sündigen, dann verzeiht Gott dir. Siebzig mal siebenmal. Darauf kannst du bauen.«

Aber eben die Entschlossenheit im Herzen war ihr Problem. Sie wollte ja gern das Versprechen geben. Sie wollte so gern an ihr Versprechen glauben. Aber leider war ihr Verlangen nach Nick noch stärker.

»Das ist es ja gerade«, sagte sie. Und dann erzählte sie dem Pfarrer alles.

»Meine Mutter weiß es«, schloß sie, während sie sein Taschentuch fältelte und es wieder auseinanderzog. »Meine Mutter ist furchtbar böse auf mich.«

Der Pfarrer senkte den Kopf. Er schien die verblichene Stickerei auf den Kniekissen zu begutachten. »Wie alt bist du, mein Kind?«

»Dreizehn«, antwortete sie.

Er seufzte. »Guter Gott.«

Neue Tränen stiegen ihr in die Augen. Sie tupfte sie weg und sagte stockend: »Ich bin böse. Ich weiß es. Ja, ich weiß es. Und Gott weiß es auch.«

»Nein. Das ist es nicht.« Er legte flüchtig seine Hand auf die ihre. »Was mich bekümmert, ist dieser Drang, erwachsen zu werden. Diese Bereitschaft, so früh schon so viel Kummer auf sich zu nehmen.«

»Aber für mich ist es doch kein Kummer.«

Er lächelte sanft. »Nein?«

»Ich liebe ihn. Und er liebt mich.«

»Ja, und da fängt der Kummer im allgemeinen an, nicht wahr?«

»Sie machen sich lustig«, sagte sie steif.

»Ich spreche die Wahrheit.« Er sah von ihr weg zum Altar. Seine Hände lagen auf seinen Knien, und Maggie sah, wie seine Finger sich anspannten, als er seine Knie fester umfaßte. »Wie heißt du?«

»Maggie Spence.«
»Ich sehe dich heute zum erstenmal in der Kirche, nicht?«
»Ja. Wir – meine Mutter und ich gehen nie in die Kirche.«
»Ach so.« Immer noch hielt er seine Knie umfaßt. »Tja, Maggie Spence, du bist in reichlich zartem Alter auf eine der größten Herausforderungen der Menschheit gestoßen. Wie soll man mit der Fleischeslust umgehen? Noch vor der Zeit unseres Herrn haben die alten Griechen Mäßigung in allen Dingen empfohlen. Sie wußten nämlich, was für Folgen es haben kann, wenn man seinen Begierden nachgibt.«

Sie runzelte verwirrt die Stirn.

Er bemerkte ihren Blick und sagte erklärend: »Auch der Sex ist eine Begierde, Maggie. Ähnlich wie der Hunger. Der Anfang ist zwar nicht Magenknurren, sondern eher eine zaghafte Neugier, aber daraus wird bald eine heftige Neigung, die immer wieder Stillung verlangt. Und leider liegt der Fall hier anders als bei übermäßigem Essen oder Alkoholgenuß, auf die ziemlich prompt ein mehr oder weniger starkes körperliches Unbehagen eintritt, das uns später an die Folgen unüberlegter Genußsucht erinnert. Der Sex löst nämlich ein Gefühl des Wohlbefindens und der Befreiung aus, und das ist ein Gefühl, das wir dann immer wieder haben möchten.«

»Wie bei einer Droge?« fragte sie.

»Ganz ähnlich einer Droge, ja. Und genau wie bei vielen Drogen zeigen sich die schädlichen Eigenschaften nicht sofort. Und selbst wenn wir sie kennen – vom Kopfe, meine ich –, besitzt die Verheißung des Genusses häufig eine so starke verführerische Kraft, daß wir es wider die eigene Vernunft nicht bleiben lassen können. In solchen Momenten müssen wir uns an Gott wenden. Wir müssen ihn bitten, uns die Kraft zu geben zu widerstehen. Er wurde selbst in Versuchung geführt, das weißt du ja. Er weiß, was es heißt, ein Mensch zu sein.«

»Meine Mutter redet nie von Gott«, sagte Maggie. »Sie redet von Aids und Herpes und Warzen und Schwangerschaft. Sie meint, ich werd's schon nicht tun, wenn meine Angst groß genug ist.«

»Du bist ungerecht zu ihr, mein Kind. Die Sorgen, die sie sich macht, sind durchaus realistisch. Der Sex hat in unserer heutigen Zeit schlimme Begleiterscheinungen. Es ist klug – und gut – von deiner Mutter, dich auf sie aufmerksam zu machen.«

»Ja, ja, das kann ja sein. Aber was ist denn mit ihr selber? Wenn sie und Mr. Shepherd...« Sie brach ab. Nein, so erbost sie auch war, sie konnte ihre Mutter nicht an den Pfarrer verraten. Das wäre nicht recht gewesen.

Der Geistliche neigte den Kopf leicht zur Seite, gab aber sonst durch nichts zu verstehen, ob er wußte, in welche Richtung Maggies Worte gezielt hatten. »Schwangerschaft und Krankheit sind auf lange Sicht die Konsequenzen, mit denen wir rechnen müssen, wenn wir uns dem Genuß der Fleischeslust hingeben«, sagte er. »Doch mitten in einer Begegnung, die zum Geschlechtsverkehr führt, denken wir leider nur selten an etwas anderes als die dringliche Forderung des Augenblicks.«

»Bitte?«

»Das Bedürfnis, es zu tun. Sofort.« Er nahm das bestickte Kniekissen von seinem Haken an der Rückwand des Kirchenstuhls vor ihm und legte es auf den unebenen Steinboden. »Statt dessen sagen wir uns *Es wird bestimmt nicht, ich werde schon nicht* und *Es ist ausgeschlossen*. Das Verlangen nach Befriedigung unserer körperlichen Begierden gebiert die Verleugnung aller unangenehmen Möglichkeiten. Und diesem Akt der Verleugnung entspricht letztlich unser tiefster Kummer.«

Er kniete nieder und bedeutete ihr mit einer Geste, es ihm

gleichzutun. »Herr«, sagte er leise, den Blick auf den Altar gerichtet, »hilf uns, in allen Dingen deinen Willen zu erkennen. Wenn wir geprüft und in Versuchung geführt werden, dann laß uns erkennen, daß nur deine Liebe uns diese Prüfungen schickt. Wenn wir stolpern und sündigen, vergib uns unsere Missetaten. Und verleihe uns die Kraft, allen Gelegenheiten zu Sünde in Zukunft aus dem Weg zu gehen.«

»Amen«, flüsterte Maggie. Durch ihr dichtes Haar hindurch fühlte sie die Hand des Pfarrers, die leicht auf ihrem Nacken lag, ein Ausdruck von Kameradschaft, der ihr seit Tagen erstmals Ruhe brachte.

»Kannst du den Entschluß fassen, nicht mehr zu sündigen, Maggie Spence?«

»Ich möchte es.«

»Dann spreche ich dich frei von aller Sünde im Namen des Vaters, des Sohnes und des Heiligen Geistes. Amen.«

Er ging mit ihr in den Abend hinaus. Im Pfarrhaus auf der anderen Straßenseite brannten die Lichter, und Maggie konnte in der Küche Polly Yarkin sehen, die dem Pfarrer den Abendbrottisch deckte.

»Natürlich«, sagte der Pfarrer wie in Fortführung eines Gedankens, »sind Absolution und Entschluß nur die eine Seite. Das andere ist schwieriger.«

»Es nicht wieder zu tun?«

»Und sich mit anderen Dingen zu beschäftigen, damit man gar nicht erst in Versuchung kommt.« Er sperrte die Kirchentür ab und steckte den Schlüssel ein. Er betrachtete sie nachdenklich und strich sich dabei das Kinn. »Ich gründe hier in der Gemeinde eine Jugendgruppe. Vielleicht möchtest du auch dazukommen. Wir werden eine Menge unternehmen. Du wirst viel zu tun haben. Das wäre vielleicht in Anbetracht der Dinge gar nicht so übel.«

»Ich würde gern kommen, aber... Wir sind nicht in der

Kirche, meine Mutter und ich. Und ich glaube nicht, daß sie mir erlaubt mitzumachen. Die Religion... Sie sagt immer, die Religion hinterläßt einen üblen Nachgeschmack.« Maggie senkte den Kopf bei dieser letzten Enthüllung. Sie erschien ihr angesichts der Güte, die der Pfarrer ihr gezeigt hatte, besonders unfair. Hastig fügte sie hinzu: »Ich selbst sehe das nicht so. Jedenfalls glaub ich nicht, daß ich es tu. Es ist nur, eigentlich weiß ich überhaupt nichts über die Kirche. Ich meine – ich war fast nie in der Kirche.«

»Hm.« Seine Mundwinkel zogen sich nach unten, und er griff in seine Jackentasche. Er zog eine kleine weiße Karte heraus, die er ihr reichte. »Sag deiner Mutter, ich würde sie gern einmal besuchen«, sagte er. »Mein Name steht auf der Karte. Meine Telefonnummer auch. Vielleicht gelingt es mir, ihr die Kirche etwas sympathischer zu machen. Oder wenigstens den Weg so weit zu ebnen, daß du in unsere Gruppe kommen kannst.« Neben ihr trat er aus dem Kirchhof hinaus und berührte zum Abschied flüchtig ihre Schulter.

Mit einer Jugendgruppe, dachte sie, würde ihre Mutter vielleicht einverstanden sein, wenn sie ihren ersten Widerwillen darüber, daß sie von der Kirche organisiert war, überwunden hatte. Aber als Maggie ihr die Karte des Pfarrers gab, blickte ihre Mutter nur lange wortlos darauf, und als sie wieder aufsah, war ihr Gesicht leichenblaß, und ihr Mund hatte einen ganz merkwürdigen Zug.

Du bist zu jemand anderem gegangen, sagte ihre Miene so deutlich, als hätte sie gesprochen. Du hast deiner Mutter nicht vertraut.

Maggie bemühte sich, sie zu besänftigen und den unausgesprochenen Vorwurf zurückzuweisen, indem sie hastig sagte: »Josie kennt Mr. Sage, Mom. Pam Rice auch. Josie hat erzählt, daß er erst seit drei Wochen hier ist und versucht, die

Leute wieder in die Kirche zu holen. Josie hat gesagt, daß die Jugendgruppe...«
»Gehört Nick Ware auch zu der Gruppe?«
»Ich weiß nicht. Ich hab nicht gefragt.«
»Lüg mich nicht an, Maggie.«
»Das tu ich doch gar nicht. Ich hab nur gedacht... Der Pfarrer möchte mit dir darüber sprechen. Du sollst ihn mal anrufen.«
Ihre Mutter ging zum Abfalleimer, zerriß die Karte und warf sie zu Kaffeesatz und Grapefruitschalen. »Ich habe nicht die Absicht, mit einem Geistlichen über irgend etwas zu sprechen, Maggie.«
»Aber, Mami, er wollte doch nur...«
»Die Diskussion ist beendet.«
Aber trotz der Weigerung ihrer Mutter, ihn anzurufen, war Mr. Sage dreimal zum Häuschen hinausgekommen. Winslough war ja nur ein kleines Dorf, da war es nicht schwierig gewesen, zu erfragen, wo die Familie Spence wohnte. Als er eines Nachmittags unerwartet erschienen war, vor Maggie, die ihm öffnete, den Hut zog, war ihre Mutter allein im Treibhaus gewesen, um einige Pflanzen umzutopfen. Sie hatte Maggies nervöse Mitteilung, der Pfarrer sei da, mit den kurzen Worten entgegengenommen: »Geh solang ins Pub. Ich ruf dich an, wenn du nach Hause kommen kannst.« Ihr zorniger Ton und ihr starres Gesicht hatten Maggie gesagt, daß es klüger sei, keine Fragen zu stellen. Sie wußte schon lange, daß ihre Mutter für Kirche und Religion nichts übrig hatte. Aber über die Gründe schwieg sie so beharrlich wie über das Schicksal von Maggies Vater.

Und dann war Mr. Sage gestorben. Genau wie Daddy, dachte Maggie. Und er hat mich gemocht, genau wie Daddy. Ich weiß, daß er mich gemocht hat.

Jetzt, in ihrem kleinen Zimmer, gingen Maggie die Worte

aus, die sie zum Himmel hinaufsenden konnte. Sie war eine Sünderin, eine Hure, eine Nutte, ein Flittchen. Sie war das schlechteste Geschöpf, das Gott je auf die Welt gebracht hatte.

Sie stand auf und rieb sich die Knie, die von den Wülsten des Teppichs rot und wund waren. Niedergeschlagen trottete sie ins Badezimmer und kramte im Schrank, um das Ding herauszusuchen, das ihre Mutter dort versteckt hielt.

»Es ist nämlich so«, hatte Josie in vertraulichem Ton erklärt, als sie eines Tages zufällig auf den komischen Plastikbehälter mit dem noch komischeren abnehmbaren Schnabel gestoßen war, der tief unter den Handtüchern vergraben gewesen war. »Nach dem Geschlechtsakt macht die Frau dieses Ding voll Öl und Essig. Dann steckt sie sich den langen Schnabel unten rein, ihr wißt schon, und pumpt ganz fest, dann kriegt sie kein Kind.«

»Aber hinterher riecht sie wie eine Schüssel Salat«, warf Pam Rice ein. »Ich glaub, du bringst da was durcheinander, Jo.«

»Überhaupt nicht, du Supergescheite.«

Maggie sah sich die Flasche an. Sie schauderte bei dem Gedanken. Die Knie wurden ihr ein bißchen weich, aber sie würde es tun müssen. Sie nahm das Ding mit hinunter in die Küche, legte es auf die Arbeitsplatte und holte Öl und Essig. Josie hatte nicht gesagt, wieviel man nehmen mußte. Halb und halb höchstwahrscheinlich. Sie schraubte die Essigflasche auf.

Da öffnete sich die Küchentür. Ihre Mutter kam herein.

5

Es gab nichts zu sagen, darum machte Maggie einfach weiter, den Blick starr auf den steigenden Pegel des Essigs gerichtet. Als der Behälter etwa zur Hälfte gefüllt war, schraubte sie die Flasche wieder zu und öffnete die Ölflasche.

»Was, in Gottes Namen, tust du da, Margaret?«
»Nichts«, antwortete sie. Es war doch offensichtlich genug. Der Essig. Das Öl. Die Plastikflasche mit dem abnehmbaren, langen Schnabel, der neben der Flasche auf dem Tisch lag. Was sollte sie wohl anderes tun, als Vorbereitungen dafür zu treffen, ihren Körper von den Spuren zu befreien, die ein Mann in ihm hinterlassen hatte? Und wer anders konnte dieser Mann sein als Nick Ware?

Juliet Spence schloß mit einer entschiedenen Bewegung hinter sich die Tür. Bei dem Geräusch erschien Punkin aus der Dunkelheit des Wohnzimmers und huschte durch die Küche, um ihr um die Beine zu streichen. Er miaute leise.

»Du hast ihn wohl nicht gefüttert?«
»Ich hab's vergessen.«
»Wieso? Was hast du denn getan?«

Maggie antwortete nicht. Sie goß Öl in die Flasche und beobachtete, wie es sich in bernsteinfarbenen Schlieren verbreitete, als es mit dem Essig zusammentraf.

»Antworte mir, Margaret.«

Maggie hörte, wie die Handtasche ihrer Mutter auf einen Küchenstuhl fiel. Die schwere Seemannsjacke folgte. Dann hörte sie das Klappern ihrer Stiefelabsätze auf dem Küchenboden. Nie war sich Maggie der körperlichen Überlegenheit ihrer Mutter stärker bewußt gewesen als in diesem Moment, als diese neben sie an die Arbeitsplatte trat. Sie schien vor ihr zu stehen wie ein drohender Racheengel. Eine falsche Bewegung, und das Schwert würde herabsausen.

»Würdest du mir vielleicht verraten, was du mit diesem Gebräu vorhast?« fragte Juliet. Ihre Stimme klang angestrengt, ähnlich wie bei jemand, der sich gleich übergeben muß.

»Ich brauch's eben.«

»Wozu?«

»Für nichts.«

»Das erleichtert mich ungemein.«

»Wieso?«

»Weil eine Spülung mit Öl eine Riesenschweinerei ist, falls du plötzlich die weibliche Hygiene entdeckt haben solltest. Denn es geht doch wohl um Hygiene, Margaret? Es steckt doch nichts anderes dahinter, nicht wahr? Abgesehen von einem seltsamen und recht plötzlichen Bedürfnis nach innerer Reinheit.«

Maggie stellte das Öl neben den Essig auf die Arbeitsplatte und betrachtete angelegentlich das wabernde Gemisch, das sie bereitet hatte.

»Ich habe auf dem Heimweg Nick Ware gesehen. Er war mit dem Fahrrad in Richtung Clitheroe unterwegs«, fuhr ihre Mutter fort. Sie sprach jetzt schneller, und jedes Wort klang kurz und abgehackt. »Ich möchte lieber nicht darüber nachdenken, was das – in Verbindung mit dem faszinierenden Experiment, das du hier gerade durchführst – bedeuten könnte.«

Maggie berührte mit dem Zeigefinger die Plastikflasche. Sie betrachtete ihre Hand. Wie alles an ihrem Körper war sie klein und rundlich, mit Grübchen versehen. Sie hätte der Hand ihrer Mutter kaum unähnlicher sein können. Sie eignete sich nicht zu Hausarbeit und schwerer Arbeit, sie war es nicht gewöhnt, zu graben und mit Erde zu arbeiten.

»Diese Essig-und-Öl-Geschichte hat doch nichts mit Nick Ware zu tun? Sag mir, daß es reiner Zufall war, daß ich ihn vor nicht einmal zehn Minuten auf dem Weg ins Dorf gesehen habe.«

Maggie bewegte die Flasche hin und her und sah zu, wie das Öl über dem Essig schwebte und schwankte. Ihre Mutter packte sie beim Handgelenk.

»Au, du tust mir weh«, rief Maggie.

»Dann rede endlich, Margaret. Sag mir, daß du nicht wieder mit ihm geschlafen hast. Ich rieche es doch. Weißt du das, daß du danach riechst? Du riechst wie eine Hure, Margaret.«

»Na und? Du riechst doch genauso.«

Krampfartig zog sich die Hand ihrer Mutter zusammen. Ihre kurzen Fingernägel preßten sich scharf in die weiche Unterseite von Maggies Arm. Maggie schrie auf und wollte sich losreißen, schlug jedoch statt dessen nur ihre beiden verkrampften Hände gegen die Plastikflasche, so daß diese ins Spülbecken rutschte. Essig und Öl spritzten in hohem Bogen heraus und bildeten eine schlierige Pfütze, die langsam versickerte und rote und goldene Tropfen auf dem weißen Porzellan hinterließ.

»Du meinst wohl, ich hätte diese Erwiderung verdient«, sagte Juliet. »Du findest, wenn du mit Nick schläfst, ist das die perfekte Retourkutsche für mich. Das bezweckst du doch damit, nicht wahr? Auge um Auge... Darauf hast du doch seit Monaten gewartet, hm? Meine Mutter hat sich einen Liebhaber genommen, aber ich werd's ihr zeigen.«

»Es hat mit dir überhaupt nichts zu tun. Es ist mir egal, was du tust. Es ist mir egal, wie du es tust. Und es ist mir auch egal, wann. Ich liebe Nick. Und er liebt mich.«

»Ach, so ist das. Und wenn er dich geschwängert hat und du sein Kind erwartest, wird er dich dann auch noch lieben? Glaubst du, er wird die Schule verlassen, um euch beide zu ernähren? Und wie wirst du dich dabei fühlen, Margaret

Jane Spence – als Mutter mit noch nicht einmal vierzehn Jahren?«

Juliet ließ sie los und ging in die altmodische Speisekammer. Maggie rieb sich das Handgelenk und lauschte dem Knallen von luftdicht verschlossenen Behältern, die draußen auf- und wieder zugemacht wurden. Als ihre Mutter wieder in die Küche kam, füllte sie den Wasserkessel und stellte ihn auf den Herd.

»Setz dich«, sagte sie.

Maggie zögerte. Sie verschmierte mit den Fingern die Reste von Essig und Öl im Spülbecken. Sie wußte, was jetzt kam – genau das, was nach ihrem ersten Stelldichein mit Nick im Oktober gekommen war. Doch im Gegensatz zu damals wußte sie jetzt, was diese beiden Worte bedeuteten, und ihr wurde eiskalt bei diesem Wissen. Wie dumm sie vor drei Monaten noch gewesen war. Was hatte sie denn eigentlich geglaubt? Jeden Morgen hatte ihre Mutter ihr eine Tasse Tee mit der sämigen Flüssigkeit gebracht, die sie ihr als einen besonderen Tee, extra für Frauen, angepriesen hatte, und Maggie hatte die Zähne zusammengebissen und das Gebräu brav getrunken, weil sie geglaubt hatte, es seien zusätzliche Vitamine, wie ihre Mutter behauptete; Vitamine, die jedes Mädchen brauchte, wenn es zur Frau wurde. Jetzt jedoch, in Zusammenhang mit den Worten ihrer Mutter an diesem Abend, erinnerte sie sich eines getuschelten Gesprächs, das ihre Mutter hier, in dieser Küche, vor fast zwei Jahren mit Mrs. Rice geführt hatte; damals hatte Mrs. Rice sie um etwas gebeten, um »es abzutöten, ein Ende zu machen, ich bitte Sie, Juliet«, und ihre Mutter hatte gesagt: »Das kann ich nicht tun, Marion. Sicher, es ist ein rein persönlicher Eid, aber es ist nun einmal ein Eid, und ich werde ihn halten. Sie müssen in eine Klinik gehen, wenn Sie es nicht haben wollen.« Worauf Mrs. Rice zu weinen anfing und sagte: »Aber davon will Ted nichts wissen. Er würde mich umbringen, wenn er auch nur den Verdacht hätte, daß ich etwas dagegen unternommen habe...« Und sechs Monate später waren ihre Zwillinge zur Welt gekommen.

»Ich habe gesagt, du sollst dich setzen«, sagte Juliet Spence. Sie goß Wasser über getrocknete und fein gemahlene Chinarindenwurzel. Der Dampf trug den scharfen Geruch durch den Raum. Sie goß zwei Teelöffel voll Honig zu dem Getränk, rührte es kräftig um und trug es zum Tisch. »Komm hierher.«

Ohne getrunken zu haben, spürte Maggie schon die schneidenden Krämpfe in ihrem Magen, ein Phantomschmerz, den die Erinnerung geboren hatte. »Nein, ich trinke das nicht.«

»Und wie du es trinkst!«

»Nein. Du willst ja nur das Baby umbringen, aber es ist *mein* Baby. Meins und Nicks. Das hast du damals, im Oktober, auch schon getan. Du hast gesagt, es wären Vitamine, damit ich kräftige Knochen bekomme und mehr Kraft. Du hast gesagt, daß Frauen mehr Calcium brauchen als kleine Mädchen, und ich sei kein kleines Mädchen mehr und darum müßte ich das Zeug trinken. Aber du hast mich angelogen, stimmt's? Stimmt's, Mom? Du wolltest nur ganz sicher sein, daß ich kein Kind kriege.«

»Du bist ja hysterisch.«

»Du glaubst, daß es passiert ist. Du glaubst, daß ich ein Kind in meinem Bauch hab, stimmt's? Deswegen willst du doch, daß ich das Zeug trinke.«

»Wir machen es ungeschehen, wenn es geschehen sein sollte. Das ist alles.«

»Nein! Es ist mein Kind!« Maggie wich vor ihrer Mutter zurück, bis sie hart gegen die Kante der Arbeitsplatte stieß.

Juliet stellte den Becher auf den Tisch und stemmte eine

Hand in die Hüfte. Mit der anderen Hand rieb sie sich die Stirn. Im Schein der Küchenlampe wirkte ihr Gesicht hager. Die grauen Strähnen in ihrem Haar schienen plötzlich stumpfer und deutlicher hervorzutreten. »Was hattest du denn dann mit dem Öl und dem Essig vor, wenn nicht den Versuch – ein ziemlich unwirksamer Versuch übrigens –, die Entstehung eines Kindes zu verhüten?«

»Das ist...« Maggie wandte sich unglücklich ab.

»...etwas anderes? Und wieso? Weil da etwas schmerzlos fortgespült wird? Weil da etwas beendet wird, das noch gar nicht angefangen hat? Wie bequem für dich, Maggie. Nur leider ist es nicht so. Komm jetzt her und setz dich.«

Maggie zog Essig- und Ölflasche an sich. Eine sinnlose Geste.

»Selbst wenn Essig und Öl wirksame Verhütungsmittel wären – was sie nicht sind –, so ist eine Spülung, die mehr als fünf Minuten nach dem Geschlechtsverkehr vorgenommen wird, völlig nutzlos.«

»Das ist mir doch egal. Dafür hab ich's überhaupt nicht gebraucht. Ich wollte nur sauber sein. Genau wie du gesagt hast.«

»Na also. Wunderbar. Ganz wie du willst. Also, wirst du jetzt das hier trinken, oder müssen wir die ganze Nacht hier herumstehen und streiten und die Realität verleugnen? Keine von uns beiden wird nämlich diesen Raum verlassen, solange du das hier nicht getrunken hast, Maggie. Darauf kannst du dich verlassen.«

»Aber ich trinke es nicht. Du kannst mich nicht dazu zwingen. Ich bring das Baby auf die Welt. Es gehört mir. Ich will es haben. Ich werde es liebhaben. Ja.«

»Du weißt überhaupt nicht, was es heißt, einen Menschen liebzuhaben.«

»Doch!«

»Ach ja? Was heißt es dann, einem Menschen, den man liebt, ein Versprechen zu geben? Sind das nur leere Worte? Ist das etwas, das man nur sagt, um den anderen loszuwerden? Etwas, das man nur sagt, um den anderen zu besänftigen? Oder um das zu bekommen, was man haben möchte?«

Maggie spürte Tränen aufsteigen. Alles auf der Arbeitsplatte – der zerbeulte Toaströster, vier Metallbehälter, ein Mörser mit Stößel, sieben Einmachgläser – verschwamm vor ihrem Blick, als sie zu weinen begann.

»Du hast mir ein Versprechen gegeben, Maggie. Wir hatten eine Vereinbarung. Muß ich dich erst daran erinnern?«

Maggie packte den Wasserhahn über dem Spülbecken und schob ihn hin und her, rein um der Gewißheit willen, etwas unter der Hand zu haben, das sie beherrschen konnte. Punkin sprang auf die Arbeitsplatte und schlängelte sich zwischen Gläsern und Metallbehältern hindurch zu ihr. Einmal blieb er kurz stehen, um an ein paar Krümeln auf dem Toaster zu schnuppern. Er miaute klagend und rieb sich an ihrem Arm. Blind zog sie ihn zu sich heran und senkte ihr Gesicht zu seinem Nacken hinunter. Er roch nach feuchtem Heu. Sein Fell blieb an ihren nassen Wangen kleben.

»Wenn wir im Dorf bleiben würden, hast du gesagt, wenn wir nur dies eine Mal nicht weiterziehen würden, dann würde ich das nie bereuen. Du würdest alles tun, damit ich stolz auf dich sein könnte. Erinnerst du dich daran? Erinnerst du dich, daß du mir dein Wort gegeben hast? Hier an diesem Tisch hast du gesessen, im August, und hast darum gebettelt, in Winslough zu bleiben. ›Nur das eine Mal, Mami. Bitte. Laß uns bleiben. Ich habe so gute Freundinnen hier, Mami. Ich möchte die Schule fertigmachen. Ich tu auch alles, was du willst. Bitte. Nur laß uns bleiben.‹«

»Das stimmt auch. Ich hab hier Freundinnen. Josie und Pam.«

»Es war eine Art Abwandlung der Wahrheit, weniger als die halbe Wahrheit. Und schon zwei Monate später hast du es drüben im Herrenhaus mit einem fünfzehnjährigen Bauernlümmel getrieben und weiß der Himmel mit wieviel anderen Burschen.«

»Das ist nicht wahr!«

»Was ist nicht wahr, Maggie? Daß du es mit Nick getrieben hast? Oder daß du jeden seiner scharfen kleinen Freunde rangelassen hast, der mal mit dir bumsen wollte?«

»Ich hasse dich!«

»Ja. Seit das angefangen hat, hast du mir das klar und deutlich zu verstehen gegeben. Und es tut mir leid. Denn ich hasse dich nicht.«

»Du tust doch nichts anderes.« Maggie drehte sich nach ihrer Mutter herum. »Du hältst mir Vorträge darüber, daß man so was nicht tun darf, und dabei tust du es die ganze Zeit selber. Du bist überhaupt nicht besser als ich. Du tust es mit Mr. Shepherd. Das weiß jeder.«

»Das ist der springende Punkt, oder? Du bist dreizehn Jahre alt. Dein Leben lang hab ich niemals einen Freund oder Geliebten gehabt. Und du bist entschlossen, es mir auch diesmal gründlich auszutreiben. Ich soll gefälligst weiterhin nur für dich leben, so wie du es gewöhnt bist. Richtig?«

»Nein.«

»Und wenn du schwanger werden mußt, um mich kirre zu machen, dann ist das auch in Ordnung?«

Maggie packte die Essigflasche und schleuderte sie auf den Fliesenboden. Glasscherben sprangen in alle Richtungen. Die Luft in der Küche roch augenblicklich beißend sauer. Punkin fauchte und wich mit gesträubtem Fell und hohem Katzenbuckel zurück.

»Ich werde mein Kind liebhaben«, schrie Maggie schrill. »Ich werde es liebhaben und für es sorgen, und es wird mich liebhaben. So ist das mit allen Babys. Sie haben ihre Mütter lieb, und ihre Mütter haben sie lieb.«

Juliet Spence sah auf die Bescherung am Boden. Auf den hellen Fliesen sah der Essig aus wie verdünntes Blut.

»Es ist Veranlagung.« Ihre Stimme klang erschöpft. »Lieber Gott, es ist dir im Innersten eingeimpft.« Sie zog sich einen Küchenstuhl heran und sank darauf nieder. Sie legte beide Hände um den Porzellanbecher mit dem Tee. »Babys sind keine Liebesmaschinen«, sagte sie. »Sie wissen nicht, wie man liebt. Sie wissen nicht, was Liebe ist. Sie haben Hunger und Durst, sie brauchen Schlaf, sie machen in die Windeln. Und das ist alles.«

»Gar nicht wahr!« widersprach Maggie. »Babys lieben ihre Mutter. Sie machen, daß die Mutter sich gut fühlt. Sie gehören einem. Hundert Prozent. Man kann sie festhalten und mit ihnen in einem Bett schlafen und sich ganz eng mit ihnen zusammenkuscheln. Und wenn sie groß werden...«

»Dann brechen sie einen in Stücke. So oder so. Darauf läuft es am Ende immer hinaus.«

Maggie rieb sich mit dem Handrücken die nassen Wangen. »Du willst nur nicht, daß ich was habe, das ich liebhaben kann. Du hast Mr. Shepherd. Aber ich soll nichts haben.«

»Glaubst du das im Ernst? Glaubst du denn nicht, daß du mich hast?«

»Du bist nicht genug.«

»Ach so.«

Maggie nahm die Katze auf den Arm und drückte sie an sich. Sie sah die Niedergeschlagenheit und den Schmerz in der Haltung ihrer Mutter, die zusammengesunken auf ihrem Stuhl saß, die langen Beine kraftlos vor sich ausgestreckt. Es war ihr gleichgültig. Sie wollte nur ihren Vorteil wahren. Mom konnte sich ja bei Mr. Shepherd Trost holen, wenn sie sich verletzt fühlte.

»Ich möchte jetzt endlich wissen, was mit Daddy war.«
Ihre Mutter sagte nichts. Auf dem Tisch lag ein Stapel Fotografien, die sie in den Weihnachtstagen aufgenommen hatte. Sie griff danach. Die Feiertage waren noch vor der Leichenschau gewesen, und sie hatten sich große Mühe gegeben, guter Dinge zu sein und nicht daran zu denken, wie die Zukunft aussähe, wenn Juliet der Prozeß gemacht werden sollte. Sie sah die Bilder durch, die alle nur sie beide zeigten. Immer war es so gewesen, Jahr für Jahr nur sie und Maggie, eine Beziehung, die das Eindringen eines Dritten nicht geduldet hatte.

Maggie beobachtete ihre Mutter. Sie wartete auf eine Antwort. Ihr Leben lang hatte sie so gewartet, zu ängstlich, um zu fordern, zu ängstlich, um zu drängen, sofort von Schuldgefühlen überwältigt und von Mitleid erfüllt, wenn ihre Mutter mit Tränen reagierte. Aber heute abend war es anders.

»Ich möchte endlich wissen, was mit Daddy war«, wiederholte sie.

Ihre Mutter sagte noch immer nichts.

»Er ist gar nicht tot, stimmt's? Er sucht mich. Und das ist der Grund, warum wir dauernd von einem Ort zum anderen ziehen.«

»Nein.«

»Weil er mich bei sich haben möchte. Er liebt mich. Er möchte wissen, wo ich bin. Er denkt Tag und Nacht an mich. So ist es doch.«

»Das ist Phantasterei, Maggie.«

»Ist es nicht so, Mami? Ich will es endlich wissen.«

»Was denn?«

»Wer er ist. Was er tut. Wie er aussieht. Warum wir nicht mit ihm zusammenleben. Warum wir nie mit ihm zusammengelebt haben.«

»Es gibt nichts zu erzählen.«

»Ich sehe ihm ähnlich, nicht wahr? Denn dir sehe ich ja überhaupt nicht ähnlich.«
»Solche Diskussionen bringen nichts.«
»Doch. Doch. Weil ich dann endlich weiß, was los ist. Und wenn ich ihn suche...«
»Das kannst du nicht. Er ist tot.«
»Ist er nicht.«
»Maggie, er ist tot. Und ich möchte nicht darüber sprechen. Ich werde mir keine Geschichten ausdenken. Ich werde dir keine Lügen erzählen. Er ist aus unserem Leben verschwunden. Er war immer abwesend. Von Anfang an.«
Maggies Lippen bebten. Sie versuchte, das Zittern zu unterdrücken, aber es gelang ihr nicht. »Er hat mich lieb. Daddy hat mich lieb. Und wenn du mir erlauben würdest, ihn zu suchen, dann könnte ich es dir auch beweisen.«
»Dir selbst möchtest du es beweisen, Maggie. Und wenn du es nicht mit deinem Vater beweisen kannst, wie du das gern tätest, dann muß Nick herhalten.«
»Nein.«
»Aber Maggie, es ist doch offensichtlich.«
»Das ist nicht wahr. Ich liebe ihn. Er liebt mich.« Sie wartete auf eine Erwiderung ihrer Mutter. Als Juliet nichts tat, nur den Becher auf dem Tisch ein Stück verschob, wurde Maggie innerlich ganz hart. Ihr war, als wüchse in ihrem Herzen eine finstere schwarze Bedrohung. »Wenn ich schwanger bin, dann bring ich das Baby auf die Welt. Hast du das gehört, Mom? Aber ich werd nicht so eine Mutter wie du. Ich werde keine Geheimnisse vor meinem Kind haben. Mein Kind wird wissen, wer sein Vater ist.«

Sie stürmte am Tisch vorbei aus der Küche hinaus. Ihre Mutter machte keinen Versuch, sie zurückzuhalten. Zorn und Selbstgerechtigkeit trugen sie bis in den oberen Flur hinauf, wo sie endlich haltmachte.

Unten in der Küche hörte sie das Scharren eines Stuhls. Das Wasser wurde aufgedreht. Der Becher schlug klirrend gegen das Porzellan. Ein Schrank wurde geöffnet. Sie hörte, wie trockenes Katzenfutter in einen Napf geschüttet und auf den Boden gestellt wurde.

Danach Stille. Und dann ein tiefer, rauher Seufzer und die Worte: »O Gott!«

Seit beinahe vierzehn Jahren hatte Juliet kein Gebet mehr gesprochen, nicht weil sie nicht das Bedürfnis gehabt hätte, die Hilfe Gottes zu beschwören – es hatte Momente gegeben, da hatte sie sich solche Hilfe verzweifelt gewünscht –, sondern weil sie nicht mehr an Gott glaubte. Früher waren das tägliche Gebet, der Kirchgang, die von Herzen kommende Zwiesprache mit einer liebenden Gottheit für sie so selbstverständlich gewesen wie das Atmen. Aber sie hatte das blinde Vertrauen verloren, das für den Glauben an das Unbenennbare so notwendig ist, als ihr langsam klargeworden war, daß es in einer Welt, in der die Guten Qualen leiden mußten, während die Bösen ungestraft tun konnten, was sie wollten, keine Gerechtigkeit gab. In ihrer Jugend hatte sie geglaubt, einst käme der Tag der Abrechnung für alle. Ihr war klar gewesen, daß sie vielleicht nicht erfahren würde, auf welche Weise ein Sünder vom ewigen Gericht bestraft werden würde, aber daß er vor Gericht gestellt werden würde, im Leben oder nach dem Tod, dessen war sie sicher gewesen. Jetzt wußte sie es anders. Es gab keinen Gott, der Gebete erhörte, Unrecht wiedergutmachte oder Leiden linderte. Es gab nichts als die schwere Bewältigung des Lebens und das Warten auf jene flüchtigen Glücksmomente, die das Leben lebenswert machten.

Sie warf zwei weiße Handtücher auf den Küchenboden und beobachtete, wie der Essig das Weiß mit wachsenden rosafarbenen Blüten durchtränkte. Punkin sah mit ernster Miene und starrem Blick von seinem Posten auf der Arbeitsplatte aus zu, wie sie die Handtücher ins Spülbecken warf und dann Besen und Schrubber holte. Der Schrubber war überflüssig – die Tücher hatten alle Flüssigkeit aufgesogen, und das Glas ließ sich mit dem Besen entfernen –, aber sie hatte schon vor langem die Erfahrung gemacht, daß körperliche Anstrengung quälende Grübelei erstickte. Das war auch der Grund, weshalb sie jeden Tag in ihrem Treibhaus arbeitete, schon bei Tagesanbruch mit ihrem Korb durch den Eichenwald marschierte, ihren Gemüsegarten mit fanatischer Gewissenhaftigkeit pflegte und ihre Blumen mehr aus innerem Drang denn aus Stolz betreute.

Sie fegte die Scherben auf und warf sie in den Müll. Sie beschloß, auf den Schrubber zu verzichten. Besser, den Fliesenboden auf Händen und Knien zu scheuern und den dumpfen Schmerz zu spüren, der meist in ihren Kniescheiben begann und dann in die Beine ausstrahlte. Noch wirksamer als körperliche Anstrengung war Schmerz. Als sie fertig war, wischte sie sich den Schweiß mit dem Ärmel ihres Pullovers vom Gesicht. Colins Geruch hing noch in ihm: Zigarettentabak und Sex, der schwüle Geruch seines Körpers, wenn sie sich liebten.

Sie zog sich den Rolli über den Kopf und warf ihn auf ihre dunkelblaue Jacke auf dem Stuhl. Einen Moment lang redete sie sich ein, daß sich an ihrem Zusammenleben mit Maggie nichts geändert hätte, wenn sie nicht in einem Augenblick egoistischen Verlangens der Begierde nachgegeben hätte. So lang war das Begehren nach einem Mann in ihr verschüttet gewesen, daß sie es schon tot geglaubt hatte. Als sie es völlig unerwartet und ohne Vorwarnung überfallen hatte, hatte sie ihm nichts entgegenzusetzen gehabt.

Sie machte sich bittere Vorwürfe, daß sie nicht stärker

gewesen war, daß sie vergessen hatte, was elterliche Vorhaltungen sie in der Kindheit gelehrt hatten, ganz zu schweigen von den »Großen Romanen«, die sie ihr Leben lang gelesen hatte: daß die Leidenschaft unausweichlich zu Zerstörung führt.

Aber es war nicht Colins Schuld. Wenn er gesündigt hatte, dann nur, indem er liebte und in seiner Liebe blind war. Sie konnte es verstehen. Sie liebte ja selbst. Nicht Colin – niemals mehr würde sie einen Mann als Partner in ihr Leben eindringen lassen –, sondern Maggie, die ihr Leben war, mit einer Art qualvoller Selbstaufgabe, die an Verzweiflung grenzte.

Mein Kind. Mein schönes Kind. Meine Tochter. Was würde ich nicht tun, um dich vor Kummer zu bewahren.

Doch alle elterliche Obhut hatte ihre Grenzen. Sie zeigten sich, sobald das Kind darauf bestand, seinen eigenen Weg einzuschlagen; wenn es die Herdplatte berührte, obwohl es hundertmal das Wort nein gehört hatte; wenn es im Winter bei Hochwasser allzu nahe beim Fluß spielte; wenn es einen Schluck Brandy oder eine Zigarette stibitzte. Maggies unbeirrbare Entschlossenheit, in die sexuelle Welt der Erwachsenen einzudringen, obwohl sie noch ein Kind war. Juliet war auf diese Art pubertärer Rebellion nicht vorbereitet gewesen.

Maggie und Sex. Juliet wollte nicht daran denken. Im Lauf der Jahre war sie in der Kunst der Verdrängung immer routinierter geworden. Dinge, die Kummer oder inneren Aufruhr hervorriefen, verbot sie sich einfach. Sie sah immer nur vorwärts, konzentrierte ihre Aufmerksamkeit auf den fernen Horizont, zog als schweigsame Fremde von Ort zu Ort. Und bis zum letzten August hatte sich Maggie immer ihrem Lebensrhythmus gefügt.

Juliet ließ die Katze hinaus und sah ihr nach, bis sie in den Schatten des Herrenhauses verschwunden war. Dann ging sie nach oben. Die Tür zu Maggies Zimmer war geschlossen, aber sie klopfte nicht an, wie sie das normalerweise getan hätte, um hineinzugehen und sich ans Bett ihrer Tochter zu setzen, ihr das Haar aus dem Gesicht zu streichen und mit ihren Fingerspitzen über die pfirsichweiche Haut zu streichen. Statt dessen ging sie in ihr eigenes Zimmer auf der anderen Seite des Flurs und zog sich im Dunkeln aus. Normalerweise hätte sie dabei vielleicht an die Berührung und die Wärme von Colins Händen auf ihrem Körper gedacht und hätte sich fünf Minuten gegönnt, um sich seine Umarmung ins Gedächtnis zu rufen, den Anblick seines Gesichts über ihr, scharf umrissen im Halbdunkel seines Zimmers. An diesem Abend jedoch bewegte sie sich wie ein Automat, schlüpfte in ihren wollenen Morgenrock und ging ins Badezimmer, um die Wanne einlaufen zu lassen.

Du riechst doch genauso.

Wie konnte sie mit gutem Gewissen ihrer Tochter etwas verbieten, dem sie selbst sich hingab – mit Wonne und Sehnsucht. Sie konnte es nur verbieten, wenn sie ihn aufgab und weiterzog, wie sie das in der Vergangenheit stets getan hatte, ohne einen Blick zurück. Das war die einzige Lösung. Wenn der Tod des Pfarrers nicht ausgereicht hatte, sie zur Vernunft zu bringen – hatte sie denn auch nur einen Moment lang im Ernst geglaubt, sie könnte als liebende Ehefrau des Dorfpolizisten ein neues Leben beginnen? –, dann würde Maggies Beziehung zu Nick Ware dies tun.

Mrs. Spence, mein Name ist Robin Sage. Ich bin gekommen, weil ich mit Ihnen über Maggie sprechen wollte.

Und sie hatte ihn vergiftet. Diesen teilnahmsvollen Mann, der ihr und ihrer Tochter nur Gutes gewollt hatte. Was für ein Leben konnte sie sich jetzt noch in Winslough erhoffen, da jeder an ihr zweifelte, jedes geflüsterte Wort sie verurteilte und keiner außer dem Coroner selbst die Courage besaß, sie zu fragen, wie ihr dieser tödliche Irrtum hatte unterlaufen können.

Sie badete mit Muße, gestattete sich lediglich die unmittelbaren körperlichen Empfindungen, die das Bad – der Waschlappen auf ihrer Haut; der aufsteigende Dampf; die Wasserrinnsale zwischen ihren Brüsten – auslösten. Die Seife roch nach Rosen, und sie atmete den Duft ein, um alle anderen Gerüche zu vergessen. Sie wünschte, das Bad würde alle Erinnerung fortspülen und sie von aller Leidenschaft befreien.

Ich möchte endlich wissen, was mit Daddy war.

Was kann ich dir sagen, mein Liebstes? Daß es ihm nichts bedeutete, mit seinen Fingern dein daunenweiches Haar zu berühren; daß der Anblick deiner zarten Wimpern, die wie gefiederte Schatten auf deinen Wangen ruhten, wenn du schliefst, in ihm nicht den Wunsch weckte, dich zu nehmen und zu halten; daß er niemals vor Entzücken gelacht hätte, wenn er dich mit schmutzigen Händchen ein tropfendes Eis am Stiel hätte halten sehen; daß es in seinem Leben für dich nur einen Platz gab: still und schlafend hinten im Auto, kein Geschrei, kein Aufhebens und keine Forderungen. Daß du für ihn niemals so real warst wie er für sich selbst. Du warst nicht der Mittelpunkt seiner Welt. Wie kann ich dir das erklären, Maggie? Soll ausgerechnet ich deinen Traum zerstören?

Die Glieder waren ihr schwer, als sie sich abtrocknete. Ihre Arme schienen ihr mit Gewichten beschwert, als sie sich das Haar bürstete. Der Badezimmerspiegel war beschlagen. Sie beobachtete darin ihre Bewegungen, ein gesichtsloses Bild, dessen einziges Erkennungsmerkmal dunkles, rasch ergrauendes Haar war. Den Rest ihres Körpers konnte sie im Spiegel nicht sehen, aber sie kannte ihn gut genug. Er war kräftig und widerstandsfähig, ohne Furcht vor harter Arbeit. Es war der Körper einer Bäuerin, die einer Schar Kinder das Leben schenkte. Ihr aber war nur ein junges Lebewesen anvertraut worden, und sie hatte nur eine Chance, diesen Menschen auf seinen Weg zu bringen.

Hatte sie versagt? fragte sie sich nicht zum erstenmal. Hatte sie die elterliche Wachsamkeit um ihrer eigenen Wünsche willen vernachlässigt?

Sie legte die Haarbürste auf den Rand des Waschbeckens und ging über den Flur zur geschlossenen Zimmertür ihrer Tochter. Sie lauschte. Durch die Ritze unter der Tür fiel kein Licht. Lautlos drehte sie den Knauf und trat ins Zimmer.

Maggie schlief und wachte auch nicht auf, als der dämmrige Lichtstrahl vom Flur über ihr Bett fiel. Sie hatte, wie so oft, die Decken weggeschoben und lag zusammengerollt auf der Seite, die Knie hochgezogen, eine Kind-Frau im rosa Schlafanzug. Die beiden obersten Knöpfe an der Jacke fehlten, so daß der halbmondförmige Ansatz einer vollen Brust zu sehen war. Sie hatte ihren Stoffelefanten vom Bücherregal genommen. Er lag zusammengedrückt in der Mulde ihres Magens. Seine Beine ragten steif in die Luft, sein Rüssel war von Jahren der Zärtlichkeit und Liebkosungen zum Stummel geschrumpft.

Juliet deckte ihre Tochter wieder zu und sah auf sie hinab. Mein Kind. Meine Tochter. Ich kann dir nicht alle Antworten geben, Margaret. Die meiste Zeit habe ich das Gefühl, daß ich selbst bloß eine ältere Version eines Kindes bin. Ich fürchte mich, aber ich darf dir meine Furcht nicht zeigen. Ich verzweifle, aber ich darf meinen Schmerz nicht mit dir teilen. In deinen Augen bin ich stark – Herrin über mein Leben und mein Schicksal –, während ich in Wirklichkeit dauernd das Gefühl habe, daß mir jeden Moment die Maske heruntergerissen wird und die Welt mich so sehen wird – du mich so sehen wirst –, wie ich wirklich bin, schwach und von Zweifeln geplagt. Du wünschst dir Verständnis. Ich soll dir sagen, wie alles werden wird. Ich soll die Dinge richten – das Leben richten –, indem ich den Zauberstab meiner Empörung über aller Ungerechtigkeit und deinen Verletzungen schwenke, aber das kann ich nicht. Ich weiß ja nicht einmal, wie es geht.

Die Mutterrolle lernt man nicht, Maggie. Die Mutterrolle muß man einfach leben. Nicht jeder Frau ist diese Fähigkeit von der Natur gegeben, weil es nicht natürlich ist, daß ein anderes Leben völlig von einem selbst abhängt. Es ist eine Aufgabe, bei der man sich unentbehrlich und zugleich völlig allein fühlen kann. Und in Krisenmomenten – wie dieser einer ist, Maggie – hat man kein kluges Buch zur Hand, in dem man nachschlagen kann, wie man verhindern kann, daß ein Kind sich selbst schadet.

Kinder stehlen einem mehr als das Herz, mein Liebes. Sie stehlen einem das Leben. Sie holen das Schlechteste und das Beste aus uns heraus und schenken uns dafür ihr Vertrauen. Aber der Preis ist hoch und der Lohn gering, und es dauert lange, bis man ihn ernten kann.

Und am Ende, wenn man sich darauf vorbereitet, das Kind ins Erwachsenenleben zu entlassen, tut man es mit der Hoffnung, daß das, was zurückbleibt, größer – und mehr – sein wird als die leeren Hände einer Mutter.

Das Getuschel nimmt kein Ende

6

Das hoffnungsvolle Zeichen war, daß sie, als er sie berührte – mit der Hand über die glatte Linie ihres Rückens strich –, weder zusammenzuckte noch die Liebkosung gereizt abschüttelte. Das machte ihm Hoffnung. Gewiß, sie sagte kein Wort, und sie fuhr fort, sich anzukleiden, aber im Augenblick war Lynley bereit, alles zu akzeptieren, was nicht offene Zurückweisung mit nachfolgendem Abgang war. Es war, dachte er, entschieden die Schattenseite der Intimität mit einer Frau. Wenn mit gegenseitiger Liebe ein »glücklich bis an ihr Lebensende« verbunden war, so war es ihm und Helen noch nicht geglückt, dies zu finden.

Aller Anfang ist schwer, versuchte er sich zu sagen. Sie hatten sich noch nicht daran gewöhnt, Liebende zu sein, nachdem sie mehr als fünfzehn Jahre lang mit eiserner Entschlossenheit gute Freunde gewesen waren. Dennoch wünschte er, sie würde die Kleider Kleider sein lassen und wieder ins Bett kommen, wo die Laken von ihrem Körper noch warm waren und der Duft ihres Haars noch an seinem Kopfkissen haftete.

Sie hatte kein Licht gemacht. Sie hatte auch die Vorhänge nicht aufgezogen, um das fahle Morgenlicht des Londoner Winters hereinzulassen. Dennoch konnte er sie in dem schwachen Lichtschein, der durch die Vorhänge schimmerte, deutlich sehen. Aber auch wenn das Zimmer stockfinster gewesen wäre, hätte er mit seinen Händen den Bogen ihrer Taille beschreiben können, den genauen Winkel, in dem sie den Kopf zu neigen pflegte, bevor sie ihr Haar zurückwarf, die Rundung ihrer Waden, den Schwung ihres Fußes, die Schwellung ihrer Brüste.

Er hatte auch früher schon geliebt, häufiger in seinen sechsunddreißig Jahren, als er sich und anderen gern eingestand. Nie zuvor jedoch hatte er dieses befremdliche, absolut primitive Bedürfnis empfunden, eine Frau zu unterwerfen und zu besitzen. Seit zwei Monaten, seit Helen seine Geliebte geworden war, sagte er sich, daß dieses Bedürfnis sich legen würde, wenn sie nur einwilligte, ihn zu heiraten. Das Verlangen, zu dominieren, konnte in einer Atmosphäre der Partnerschaft, der Gleichwertigkeit und des Dialogs kaum gedeihen. Und wenn dies die wesentlichen Bestandteile der Beziehung waren, die er sich mit ihr wünschte, dann würde jene Triebkraft in ihm, die er so dringend beherrschen und bestimmen wollte, bald geopfert werden müssen.

Das Problem war, daß er selbst jetzt, da er wußte, daß sie verstimmt war, da er den Grund dafür kannte und ihr, wenn er ehrlich bleiben wollte, keine Schuld daran geben konnte, daß er selbst dann das völlig irrationale Verlangen verspürte, sie zu unterwürfigem und verzeihungsheischendem Eingeständnis einer Schuld zu zwingen, die sie logischerweise mit der Rückkehr in sein Bett hätte büßen müssen. Und darin lag das zweite und drängendere Problem. Bei Morgengrauen war er, erregt von der Wärme ihres Körpers, der sich im Schlaf an den seinen drängte, erwacht. Er hatte mit der Hand über die Linie ihrer Hüfte gestrichen, und noch im Schlaf hatte sie sich herumgedreht und war voll schläfriger Zärtlichkeit in seine Arme gekommen. Dann hatten sie still unter verhedderten Decken gelegen, und, den Kopf an seiner Schulter, die Hand auf seiner Brust, hatte sie gesagt: »Ich kann dein Herz schlagen hören.«

»Na, Gott sei Dank«, hatte er geantwortet. »Das heißt, daß du es mir noch nicht gebrochen hast.«

Darauf hatte sie gelacht, ihm einen Kuß gegeben, gegähnt und eine Frage gestellt, auf die er, vernarrter Tölpel, der er war, ihr brav und direkt Antwort gegeben hatte. Der Streit war nicht mehr zu vermeiden gewesen. »Du machst Frauen zu Objekten, du machst mich zum Objekt, Tommy, mich, die du zu lieben behauptest«, hatte Helen ihm vorgeworfen. Seine Antwort hatte Helen jedenfalls bewogen, sich ohne weitere Diskussion anzukleiden, um zu gehen. Nicht im Zorn, o nein, jedoch aus dem Bedürfnis heraus – und dies nicht zum erstenmal –, sich »damit allein auseinanderzusetzen«.

Du lieber Gott, das Bett macht uns wirklich zu Narren, dachte er. Einen Augenblick völliger Hingabe und danach lebenslanges Bedauern. Und das Verflixte war, daß er, während er ihr beim Ankleiden zusah, die Hitze und das wachsende Drängen seiner eigenen Begierde spürte. Sein Körper war der schlagende Beweis dafür, daß ihr Vorwurf berechtigt war. Der Fluch, ein Mann zu sein, schien ihm unausrottbar in dem aggressiven und primitiven Trieb verwurzelt, der daran schuld war, daß der Mann die Frau begehrte, ohne Rücksicht auf die Umstände und manchmal – zu seiner Schande – gerade aufgrund der Umstände. Er verfluchte den ewigen Kampf des Fleisches gegen den Geist.

»Helen«, sagte er.

Sie ging zur Kommode und nahm seine schwere silberne Bürste, um sich damit das Haar zu richten. Ein kleiner Drehspiegel stand zwischen Familienfotos, sie stellte ihn auf ihre Größe ein.

Er wollte nicht mit ihr streiten, aber er fühlte sich genötigt, sich zu verteidigen. Aufgrund der Frage jedoch, die sie zum Gegenstand ihres Streits gemacht hatte, konnte seine Verteidigung nur auf einer gründlichen Durchleuchtung ihres Lebenswandels aufbauen. Schließlich war ihre Vergangenheit um keinen Deut besser als seine.

»Helen«, sagte er. »Wir sind beide erwachsen. Wir haben eine gemeinsame Geschichte. Aber wir haben auch jeder eine eigene Geschichte, und ich glaube nicht, daß es uns hilft, wenn wir diese vergessen machen wollen. Oder wenn wir Urteile aufgrund von Situationen fällen, die vielleicht schon vor unserer Beziehung bestanden haben. Ich meine jetzt, vor dieser gegenwärtigen Beziehung. Und ich meine ihren körperlichen Aspekt.«

Im Geist verdrehte er die Augen über sein tolpatschiges Bemühen, dieser Unstimmigkeit zwischen ihnen ein Ende zu bereiten. Verdammt noch mal, wir lieben uns doch, hätte er am liebsten gesagt. Ich begehre dich, ich liebe dich, und du mich doch verdammt noch mal auch. Hör also auf, so lächerlich empfindlich auf etwas zu reagieren, das mit dir überhaupt nichts zu tun hat, weder mit meinen Gefühlen für dich noch mit dem, was ich von dir möchte, und zwar mit dir zusammen für den Rest unseres Lebens. Ist das klar, Helen? Antworte mir! Ist das klar? Gut. Das freut mich. Dann komm jetzt wieder zu Bett.

Sie legte die Haarbürste weg, aber sie drehte sich nicht herum. Sie hatte ihre Schuhe noch nicht angezogen, und daraus schöpfte Lynley neue, wenn auch zaghafte, Hoffnung. Ebenso aus seiner festen Überzeugung, daß sie eine Entfremdung zwischen ihnen ebensowenig wollte wie er. Sicher, Helen war verärgert über ihn – vielleicht nur geringfügig mehr als er über sich selbst –, aber sie hatte ihn nicht ganz abgeschrieben. Irgendwie mußte ihr doch Vernunft beizubringen sein, und wenn nur, indem man ihr vor Augen hielt, wie leicht er selbst in den vergangenen zwei Monaten ihre einstigen romantischen Bindungen hätte falsch auslegen können, wäre er je auf den idiotischen Gedanken gekommen, die Geister ihrer früheren Liebhaber heraufzubeschwören, wie sie das jetzt bei ihm getan hatte. Sie würde ihm natürlich entgegenhalten, daß es ihr überhaupt nicht um seine früheren Geliebten ginge, daß sie sie ja nicht einmal ins Gespräch gebracht habe. Ihr ginge es vielmehr um die Frauen im allgemeinen und seine Einstellung ihnen gegenüber und um dieses machohafte Hey-hey-ich-schieb-heute-nacht-wieder-eine-heiße-Nummer, das ihrer Auffassung nach hinter seiner Gewohnheit steckte, eine Krawatte um den äußeren Knauf seiner Schlafzimmertür zu schlingen.

Er sagte: »Natürlich habe ich kein Mönchsleben geführt. Und du hast auch nicht wie eine Nonne gelebt. Aber das wußten wir doch beide schon immer voneinander.«

»Was soll das heißen?«

»Nichts. Es ist schlicht Tatsache. Wenn wir jetzt anfangen, einen Balanceakt zwischen der Vergangenheit und der Zukunft unseres gemeinsamen Lebens zu versuchen, stürzen wir garantiert ab. Das geht einfach nicht. Was wir haben, ist jetzt. Darüber hinaus die Zukunft. Meiner Meinung nach sollte dem unsere erste Sorge gelten.«

»Das hier hat mit der Vergangenheit nichts zu tun, Tommy.«

»Doch. Es ist noch keine zehn Minuten her, daß du gesagt hast, du kämst dir vor wie ›Seiner Lordschaft flottes kleines Sonntagnacht-Vergnügen‹.«

»Du hast überhaupt nicht verstanden, worum es mir geht.«

»Ach ja?« Er neigte sich über die Bettkante und hob seinen Morgenrock auf, der irgendwann am vergangenen Abend dort auf dem Boden gelandet war. »Bist du ärgerlicher über eine Krawatte am Türknopf...«

»Über das, was die Geste impliziert.«

»...oder über die Tatsache, daß ich meinem eigenen absolut blöden Geständnis zufolge diese Masche schon früher drauf hatte?«

»Ich denke, du kennst mich gut genug, um eine solche Frage gar nicht erst stellen zu müssen.«

Er stand auf, schlüpfte in den blauen Morgenrock und sammelte die Kleider ein, die er am vergangenen Abend kurz vor Mitternacht in aller Eile hatte fallen lassen. »Und ich denke, du bist in deinem Innern ehrlicher mit dir selbst, als du jetzt mit mir bist.«

»Wieder eine Anschuldigung. Das gefällt mir nicht besonders. Und ebensowenig gefällt mir der Beigeschmack von Überheblichkeit.«

»Deine oder meine?«

»Du weißt, was ich meine, Tommy.«

Er ging durch das Zimmer und zog die Vorhänge auf. Es war ein trister Tag draußen. Ein böiger Wind trieb schwere Wolken von Ost nach West, und eine dünne Frostschicht lag wie Gaze auf dem Rasen und den Rosenbüschen im Garten seines Hauses. Eine der Katzen aus der Nachbarschaft hockte auf der Backsteinmauer, an der dichter Nachtschatten in die Höhe kletterte. Wie zwei übereinanderliegende Kugeln aus Kopf und Körper hockte sie dort, das scheckige Fell vom Wind zerzaust, das Gesicht verschlossen, und schaffte es, nach typischer Katzenmanier, gleichzeitig majestätisch und unberührbar zu wirken. Lynley wünschte, er besäße dieses Talent auch.

Er wandte sich vom Fenster ab und bemerkte, daß Helen ihn im Spiegel beobachtete. Er ging zu ihr und stellte sich hinter sie.

»Wenn ich wollte«, sagte er, »könnte ich mich beim Gedanken an die Männer, die deine Liebhaber waren, in blinde Wut steigern. Um der Wut nicht direkt Ausdruck geben zu müssen, könnte ich dich dann beschuldigen, du hättest diese Männer nur für deine eigenen Zwecke mißbraucht, nämlich um dir selbst zu schmeicheln und dein Selbstwertgefühl zu heben. Aber meine Wut wäre dennoch die ganze Zeit da, würde unmittelbar unter der Oberfläche schwelen, ganz gleich, wie heftig meine Vorwürfe wären. Ich würde die Wut lediglich ablenken, indem ich meine Aufmerksamkeit – ganz zu schweigen von meiner selbstgerechten Empörung – auf dich richte.«

»Clever«, sagte sie und sah ihn an.

»Was?«

»Diese Methode, der entscheidenden Frage auszuweichen.«

»Und die wäre?«

»Was ich nicht sein möchte.«

»Meine Frau.«

»Nein. Lord Ashertons Spielgefährtin. Inspector Lynleys neue heiße Tussi. Anlaß für ein Augenzwinkern und ein verständnisinniges Grinsen zwischen dir und Denton, wenn er dir das Frühstück bringt.«

»Okay. Das ist verständlich. Dann heirate mich. Das will ich seit zwölf Monaten und will es immer noch. Wenn du dich dazu durchringen kannst, diese Affäre auf die konventionelle Art zu legitimieren – was ich von Anfang an vorgeschlagen habe, wie du weißt –, brauchst du dich in Zukunft um Klatsch und mögliche Abschätzigkeiten nicht mehr zu sorgen.«

»So einfach ist das nicht. Es geht nicht um den Klatsch.«

»Du liebst mich nicht?«

»Doch, natürlich liebe ich dich. Du weißt, daß ich dich liebe.«

»Was ist es dann?«

»Ich lasse mich nicht zum Objekt machen.«

Er nickte bedächtig. »Und du hast dich in den vergangenen zwei Monaten wie ein Objekt gefühlt? Wenn wir zusammen waren? Letzte Nacht vielleicht?«

Ihr Blick wurde unsicher. Er sah, wie ihre Finger sich um den Griff der Haarbürste krümmten. »Nein. Natürlich nicht.«

»Aber heute morgen?«

Sie schüttelte den Kopf. »Gott, ich hasse es, mit dir zu streiten.«

»Wir streiten nicht, Helen.«

»Du versuchst, mir eine Falle zu stellen.«

»Ich versuche, die Wahrheit herauszufinden.« Er hätte ihr gern mit der Hand über das weiche Haar gestrichen, sie zu sich herumgedreht, ihr Gesicht mit seinen Händen umschlossen. Er begnügte sich damit, ihr die Hände auf die Schultern zu legen. »Wenn wir nicht mit der Vergangenheit des anderen leben können, haben wir keine Zukunft. Das ist der springende Punkt, auch wenn du etwas anderes behauptest. Ich kann mit deiner Vergangenheit leben: St. James, Cusick, Rhys Davies-Jones und mit wem du sonst noch geschlafen hast, sei es eine Nacht oder ein Jahr. Die Frage ist: Kannst du mit meiner leben? Denn darum geht es doch in Wirklichkeit. Mit meiner Einstellung Frauen gegenüber hat das alles überhaupt nichts zu tun.«

»Es hat alles damit zu tun.«

Er bemerkte den Nachdruck in ihrer Stimme und sah die Resignation in ihrem Gesicht. Da begriff er und begriff mit Trauer die Wahrheit. Nun drehte er sie doch zu sich herum. »Ach Gott, Helen«, sagte er seufzend. »Ich habe keine andere Frau gehabt. Ich habe nicht mal nach einer ausgeschaut.«

»Ich weiß«, sagte sie und legte den Kopf an seine Schulter. »Wieso hilft das nicht?«

Nachdem Sergeant Barbara Havers die zweite Seite des weitschweifigen Memorandums aus der Feder von Chief Superintendent Sir David Hillier gelesen hatte, knüllte sie sie zu einer kleinen Kugel zusammen und warf sie, wie schon die erste, geschickt quer durch Lynleys Büro in den Papierkorb, den sie zur Übung neben die Tür gestellt hatte. Sie gähnte, massierte sich mit den Fingern einen Moment energisch die Kopfhaut, stützte den Kopf auf die geballte Faust und las weiter. »Papst Davids Enzyklika zur reifen Dienstauffassung«, hatte McPherson in der Kantine mit gesenkter Stimme gesagt.

Alle waren sich darin einig, daß sie Wichtigeres zu tun hatten, als Hilliers Epistel über die »Schwerwiegenden Verpflichtungen der Polizei bei Bearbeitung eines Falles mit möglicher Verbindung zur IRA« zu lesen. Sie verstanden selbstverständlich, daß der Anlaß zu diesem Schreiben die Entlassung der Sechs von Birmingham gewesen war – und keiner von ihnen hatte das geringste Verständnis für jene Angehörigen der West Midlands Polizei, gegen die infolge davon ein Ermittlungsverfahren eingeleitet worden war –, aber das änderte nichts an der Tatsache, daß sie alle viel zu sehr mit ihrer eigenen Arbeit beschäftigt waren, um dem Traktat ihres Chief Superintendent mehr als flüchtige Aufmerksamkeit zu gönnen.

Barbara allerdings strampelte gegenwärtig nicht wie einige ihrer Kollegen in einem Morast von einem halben Dutzend Fällen zugleich. Sie hatte Urlaub. In diesen zwei lang ersehnten freien Wochen hatte sie vorgehabt, das alte Haus ihrer Eltern in Acton herzurichten, um es dann einem Makler zu übergeben und selbst in ein kleines Cottage zu ziehen, das sie in Chalk Farm, hinter einem großen Eduardischen Haus versteckt, aufgestöbert hatte. Das Vorderhaus war in vier Wohnungen und ein geräumiges Parterreapartment aufgeteilt, deren Mieten jedoch für Barbaras begrenztes Budget unerschwinglich waren. Doch das Cottage, hinten im Garten unter einer Akazie, war praktisch für jeden, der nicht bereit war, wie in einem Puppenhaus zu leben, zu klein. Nun war Barbara zwar kein Zwerg, aber die Ansprüche, die sie an ein Zuhause stellte, waren äußerst bescheiden. Sie hatte nicht vor, große Einladungen zu geben, sie wollte weder heiraten noch eine Familie gründen, sie arbeitete viel und brauchte im Grund nur einen Ort, an dem sie nachts Ruhe finden konnte. Das Cottage würde völlig genügen.

Sie hatte den Mietvertrag sehr aufgeregt unterschrieben. Dies würde ihr erstes eigenes Zuhause sein. Sie machte Pläne, wie sie das Häuschen einrichten würde, wo sie die Möbel kaufen, welche Fotos und Bilder sie an die Wände hängen würde. Sie ging in ein Gartencenter und sah sich Pflanzen an, schrieb sich auf, was für Pflanzen für Blumenkästen geeignet waren, welche viel Sonne brauchten und welche wenig. Sie ging das Häuschen der Länge und der Breite nach ab, sie nahm für die Fenster und Türen Maß und war, als sie nach Acton zurückkehrte, voller Pläne und Ideen, die sämtlich total unrealistisch und undurchführbar erschienen, als sie erkannte, wie umfangreich die Instandsetzungsarbeiten für das alte Haus sein würden.

Innenanstrich, Außenreparaturen, neue Tapeten, Ausbesserung des Holzes, Teppichreinigung – die Liste schien endlos. Und nicht genug damit, daß sie bei dem Bemühen, ein Haus zu renovieren, für das nichts mehr getan worden war, seit sie von der Schule abgegangen war, ganz auf sich allein gestellt war – das allein war schon reichlich entmutigend –, wenn sie eine Aufgabe dann wirklich in die Tat umgesetzt hatte, überkam sie immer ein unbestimmbares Gefühl von Unbehagen.

Dies betraf ihre Mutter, die seit zwei Monaten in Greenford, etwas außerhalb Londons, lebte. Sie hatte sich in dem Heim mit dem Namen *Hawthorn Lodge* relativ gut eingelebt, aber Barbara fragte sich auch jetzt noch, wie weit sie das Schicksal herausforderte, wenn sie das alte Haus in Acton tatsächlich verkaufte und in eine hübschere Gegend umzog, um sich unter dem Motto *Neues Leben – Neue Träume* in einem verlockend bohemienhaften Häuschen einzunisten, in dem für ihre Mutter eigentlich kein Platz war. Ging es nicht in Wirklichkeit um etwas ganz anderes als lediglich darum, durch den Verkauf eines nunmehr zu großen Hauses den möglicherweise langen Aufenthalt ihrer Mutter in Greenford zu finanzieren? War der Verkauf des Hauses nicht vielleicht nur ein Vorwand, hinter dem sich ihr persönlicher Egoismus versteckte?

Du hast dein eigenes Leben, sagte sie sich mindestens zehnmal am Tag mit Nachdruck. Es ist kein Verbrechen, dein eigenes Leben zu führen, Barbara. Aber wenn nicht gerade das ganze Projekt ihr über den Kopf wuchs, fühlte sie sich wie eine Verbrecherin. Sie war ständig hin und her gerissen, machte Listen all der Dinge, die erledigt werden mußten; sagte sich verzweifelt, daß sie das niemals alles schaffen würde; fürchtete den Tag, an dem das ganze über die Bühne, das Haus verkauft und sie endlich frei sein würde.

Wenn sie zwischendurch auf ihre innere Stimme horchte, gestand Barbara sich ein, daß das Haus etwas war, an dem sie sich festhalten konnte, eine letzte Illusion von Geborgenheit in einer Welt, zu der sie keinerlei Bindung hatte. Obwohl sie seit Jahren hier keinen Menschen mehr gehabt hatte, auf den sie hatte bauen können – das lang andauernde Leiden ihres Vaters und der geistige Verfall ihrer Mutter hatten das unmöglich gemacht –, das Leben in demselben alten Haus, in demselben alten Viertel vermittelte wenigstens einen Anschein von Geborgenheit. Dies aufzugeben und ins Unbekannte vorzustoßen... Manchmal erschien ihr Acton ungleich besser.

Es gibt keine einfachen Antworten, hätte Inspector Lynley gesagt; nur das Leben bringt die Antworten. Aber der Gedanke an Lynley machte sie unruhig, und sie zwang sich, Hilliers Memo weiterzulesen. Die Zeilen sagten ihr nichts. Sie konnte sich nicht konzentrieren. Da sie nun einmal, ohne es zu wollen, den Gedanken an ihren Vorgesetzten heraufbeschworen hatte, würde sie sich damit auseinandersetzen müssen.

Nur wie? Sie legte das Memorandum zu den anderen Berichten und Akten, die sich während seiner Abwesenheit auf dem Schreibtisch gestapelt hatten, und kramte in ihrer Schultertasche nach ihren Zigaretten. Als sie sie gefunden hatte, zündete sie sich eine an, blies den Rauch in die Luft und starrte mit zusammengekniffenen Augen ins Leere.

Sie stand in Lynleys Schuld. Er würde es natürlich bestreiten, ganz zweifellos mit einem Ausdruck so tiefer Verwunderung, daß sie einen Moment lang an ihren eigenen Schlußfolgerungen zweifeln würde. Die Situation, in die er sie gebracht hatte, paßte ihr gar nicht. Wie sollte sie sich revanchieren, solange ihre Lebensverhältnisse in so krassem Gegensatz standen? Er würde ja nicht einmal das Wort »Schuld« akzeptieren.

Ach, verdammt, dachte sie, er sieht zuviel, er weiß zuviel, er ist zu schlau, um sich ertappen zu lassen. Sie drehte den Schreibtischsessel, so daß sie das Bild von Lynley und Helen Clyde sehen konnte, das auf dem Aktenschrank stand. Mit finsterer Miene starrte sie Lynley an.

»Zum Teufel mit Ihnen«, sagte sie heftig und schnippte Asche auf den Boden. »Lassen Sie gefälligst Ihre Finger aus meinem Leben, Inspector.«

»Muß es gleich sein, Sergeant? Oder hat es noch etwas Zeit?«

Barbara fuhr herum. Lynley stand in der Tür, den Kaschmirmantel lose über der Schulter, und hinter ihm hüpfte mit verzweifelter Miene Dorothea Harriman – die Sekretärin des Abteilungsleiters – auf und nieder. Mit den Lippen formte sie unhörbar die Worte *Tut mir leid. Ich hab ihn nicht kommen sehen und konnte Sie nicht warnen*, und unterstrich sie mit wildem verzeihungsheischendem Armewedeln. Als Lynley über die Schulter zurückblickte, klimperte Harriman rasch mit allen zehn Fingern, lächelte ihn strahlend an und verschwand im Sprayglanz ihres blonden Haares.

Barbara stand sofort auf. »Sie sind doch im Urlaub«, sagte sie.

»Genau wie Sie.«

»Was tun Sie dann...«

»Und Sie?«

Sie zog lang an ihrer Zigarette. »Ich dachte mir, schau mal kurz vorbei. Ich war gerade in der Gegend.«

»Ah ja.«

»Und Sie?«

»Das gleiche.« Er kam herein und hängte seinen Mantel auf. Im Gegensatz zu ihr, die die Illusion von Urlaub wenigstens insofern aufrechterhalten hatte, als sie in löchriger Blue jeans und Sweatshirt ins Yard gekommen war, war Lynley in gewohnt korrekter Dienstkleidung: Anzug mit Weste, frisches, leicht gestärktes Hemd, seidene Krawatte und schräg über der Weste die Uhrkette, die niemals fehlte. Er ging zu seinem Schreibtisch – wo sie ihm eiligst Platz machte –, warf einen scheelen Blick auf ihre schwelende Zigarette und begann, die Papierberge durchzusehen.

»Was ist denn das?« fragte er und hielt die restlichen acht Seiten des Memorandums hoch, das Barbara zu lesen versucht hatte.

»Hilliers Überlegungen zur Zusammenarbeit mit der IRA.«

Er klopfte auf seine Jackentasche, nahm seine Lesebrille heraus und überflog den Text. »Komisch, das fängt ja mitten im Text an«, bemerkte er.

Verlegen griff sie in den Papierkorb und holte die beiden ersten Seiten heraus. Sie glättete sie auf ihrem kräftigen Schenkel und reichte sie ihm, wobei sie Zigarettenasche auf seinen Jackenärmel fallen ließ.

»Havers...« Seine Stimme war der Inbegriff von Langmut.

»Tut mir leid.« Sie fegte die Asche weg. Ein Fleck blieb zurück. Sie rieb ihn in den Stoff. »Das ist gut fürs Material«, sagte sie. »Altes Ammenmärchen.«

»Machen Sie das verdammte Ding doch aus.«

Seufzend drückte sie die Zigarette an der Sohle ihres linken Turnschuhs aus. Sie schnippte den Stummel in Richtung Papierkorb, traf jedoch nicht, und der Stummel landete auf dem Fußboden. Lynley hob den Kopf von Hilliers Memorandum, beäugte die Kippe über den Rand seiner Brille und zog irritiert eine Augenbraue hoch.

»Tut mir leid«, sagte Barbara wieder und ging hin, um den Stummel in den Korb zu befördern. Dann stellte sie den Papierkorb wieder an seinen Platz neben Lynleys Schreibtisch und ließ sich in einen der Besuchersessel fallen. Sie begann an den ausgefransten Rändern eines Lochs in ihrer Jeans zu zupfen und warf ab und zu einen verstohlenen Blick auf Lynley, während er las.

Er wirkte frisch und sorglos. Das blonde Haar lag perfekt geschnitten wie immer – sie hätte schon lange gern gewußt, wer eigentlich auf so wunderbare Weise dafür sorgte, daß es stets so aussah, als wachse sein Haar nicht einen Millimeter über eine bestimmte Länge hinaus – an seinem Kopf an, seine braunen Augen waren klar, keine dunklen Ringe beschatteten die Haut unter ihnen, keine tiefen Furchen infolge von Abgespanntheit oder Sorge hatten sich den Alterslinien auf seiner Stirn zugesellt. Dennoch blieb die Tatsache bestehen, daß er in diesem Augenblick eigentlich auf der Fahrt in den lang geplanten Urlaub mit Helen Clyde hätte sein müssen. Sie wollten nach Korfu. Ihre Maschine ging um elf. Aber es war jetzt Viertel nach zehn, und wenn der Inspector nicht vorhatte, innerhalb der nächsten zehn Minuten per Helikopter nach Heathrow zu fliegen, würde er die Maschine verpassen.

»Ist Helen mit Ihnen gekommen, Sir?« erkundigte sie sich in munterem Ton.

»Nein.« Er las weiter. Er hatte soeben die dritte Seite des Traktats fertig gelesen und knüllte sie wie Barbara zusammen, nur schien es bei ihm eher ein unbewußtes Vorgehen zu sein. Er hatte es geschafft, ein ganzes Jahr nicht zu rauchen, aber manchmal war es, als brauchten seine Finger dringend einen Ersatz für die Zigarette, die sie sonst immer gehalten hatten.

»Sie ist doch nicht krank? Ich meine, Sie beide wollten doch...«

»Ja, wir wollten. Pläne ändern sich manchmal.« Er sah sie über den Rand seiner Brille an. »Und wie sieht es mit Ihren Plänen aus, Sergeant? Haben die sich auch geändert?«

»Ich leg nur mal eine kleine Pause ein. Sie wissen ja, wie das ist. Man schuftet und schuftet, und nach einer Weile sehen die Hände aus wie durch den Wolf gedreht. Ich will ihnen mal eine kleine Pause gönnen.«

»Ah ja.«

»Das Anstreichen ist ihnen allerdings sowieso erspart geblieben.«

»Wie?«

»Das Anstreichen. Sie wissen schon. Der Innenanstrich im Haus. Vor zwei Tagen kreuzten plötzlich drei Kerle bei mir auf, Maler, mit einem ordnungsgemäß unterschriebenen Auftrag, mein Haus zu streichen. Das war wirklich verdammt komisch, wissen Sie, weil ich überhaupt keinen Auftrag gegeben hatte. Und noch komischer war, daß die ganze Arbeit schon im voraus bezahlt worden war.«

Lynley runzelte die Stirn und legte das Memorandum auf einen gebundenen Bericht über die Beziehungen zwischen Bürger und Polizei in London. »Ja, das ist wirklich komisch«, meinte er. »Und Sie sind sicher, daß die Leute bei Ihnen an der richtigen Adresse waren?«

»Todsicher«, bestätigte sie. »Hundert Pro. Sie wußten ja sogar meinen Namen. Sie nannten mich sogar Sergeant. Sie haben sogar gefragt, wie man sich als Frau bei der Kripo fühlt. Waren ganz schön geschwätzig, die Burschen. Aber ich frag mich, woher sie gewußt haben können, daß ich hier im Yard arbeite.«

Lynleys Gesicht war, wie sie erwartet hatte, ein Bild tiefster Verwunderung. Halb erwartete sie, daß er jetzt die Miranda aus dem Hut ziehen und in Bewunderungsrufe über die herrlichen Geschöpfe einer wackeren neuen Welt ausbrechen würde, obwohl sie beide wußten, daß diese Welt im allgemeinen korrupt und nicht von herrlichen Geschöpfen bevölkert war.

»Und Sie haben den Auftrag gelesen? Sie haben sich vergewissert, daß die Männer an der richtigen Adresse waren?«

»Aber ja. Und sie waren verdammt gut, Sir, alle drei. Innerhalb von zwei Tagen waren sämtliche Räume im Haus wie neu.«

»Faszinierend.« Er wandte sich wieder dem Bericht zu.

Sie ließ ihn so lange lesen, wie sie brauchte, um von eins bis hundert zu zählen. »Sir«, sagte sie dann.

»Hm?«

»Was haben Sie ihnen bezahlt?«

»Wem?«

»Den Malern.«

»Welchen Malern?«

»Tun Sie doch nicht so, Inspector. Sie wissen genau, wovon ich rede.«

»Von den Leuten, die Ihr Haus gestrichen haben?«

»Was haben Sie ihnen bezahlt? Ich weiß genau, daß Sie ihnen den Auftrag gegeben haben, Sie brauchen gar nicht erst zu versuchen zu leugnen. Außer Ihnen wissen nur Mac-Pherson, Stewart und Hale, daß ich im Urlaub das Haus renoviere, und von den dreien kann es sich keiner leisten, die Kohle hinzulegen, die so was kostet. Also, was haben Sie ihnen bezahlt, und wieviel Zeit hab ich, um es Ihnen zurückzuzahlen?«

Lynley legte den Bericht auf die Seite und spielte mit seiner Uhrkette. Er zog die Taschenuhr heraus, klappte den Deckel auf und sah demonstrativ nach der Zeit.

»Ich will Ihre verdammte Wohltätigkeit nicht«, sagte sie. »Ich hab keine Lust, mich als Sozialfall behandeln zu lassen. Und ich möchte niemandem etwas schulden.«

»Ja, Schulden sind lästig«, sagte er. »Immer fühlt man sich verpflichtet, das eigene Verhalten an der Schuld zu messen. Wie kann ich meine Wut an ihm auslassen, wenn ich ihm doch verpflichtet bin? Wie kann ich ohne jede Diskussion meinen eigenen Weg gehen, wenn ich doch in seiner Schuld stehe? Wie kann ich mir den Rest der Welt sicher vom Leib halten, wenn ich da irgendwo in einer Beziehung stehe.«

»Schulden machen keine Beziehung, Sir.«

»Nein. Aber Dankbarkeit im allgemeinen.«

»Ach, dann wollten Sie mich also kaufen? Ja?«

»Einmal vorausgesetzt, ich hätte mit der Sache überhaupt etwas zu tun – und ich warne Sie lieber gleich: das ist eine Unterstellung, für die Sie keinerlei Beweise finden werden –, so darf ich Sie darauf aufmerksam machen, Sergeant, daß ich Freundschaft im allgemeinen nicht kaufe.«

»Womit Sie sagen wollen, daß Sie die Leute bar bezahlt haben und ihnen wahrscheinlich auch noch eine Prämie dafür gegeben haben, daß sie den Mund halten.« Sie beugte sich vor und schlug mit einer Hand leicht gegen seinen Schreibtisch. »Ich will Ihre Hilfe nicht, Sir, jedenfalls nicht auf diese Art. Ich möchte nichts von Ihnen haben, was ich nicht zurückgeben kann. Und außerdem... Auch wenn es nicht so wäre, ich bin einfach noch nicht so weit –« Sie verlor plötzlich die Nerven und hielt seufzend inne.

Manchmal vergaß sie, daß er ihr Vorgesetzter war. Schlimmer, manchmal vergaß sie, was sie sich geschworen hatte, in seinem Beisein niemals zu vergessen: Der Mann war von Adel, er hatte einen Titel, es gab in seinem Leben Leute, die ihn *Mylord* nannten. Zugegeben, unter seine Kollegen im Yard sah seit nunmehr zehn Jahren keiner etwas Besonderes in ihm, aber ihr fehlte eben diese Kaltblütigkeit, die es ihr erlaubt hätte, sich mit einem Mann auf eine Stufe zu stellen, dessen Familie mit Leuten verkehrte, die es gewöhnt waren, mit *Euer Hoheit* und *Euer Gnaden* angesprochen zu werden. Ihr sträubten sich die Haare, wenn sie daran dachte, und sie wurde wütend, wenn sie länger bei der Vorstellung verweilte. Und wenn sie es vergessen hatte und es ihr dann unversehens wieder einfiel – so wie jetzt –, kam sie sich vor wie eine Vollidiotin. Man schüttete nicht einem Blaublütigen sein Herz aus. Man konnte ja nicht einmal sicher sein, ob die Blaublütigen überhaupt selber ein Herz besaßen.

»Und auch wenn es nicht so wäre«, führte Lynley ihren Gedanken weiter, »bekommt die Aussicht, Acton zu verlassen, etwas immer Bedrohlicheres, je näher der Stichtag rückt. Es ist schön, einen Traum zu haben, o ja. Aber wenn der Traum dann Wirklichkeit wird, sieht die Sache wieder ganz anders aus.«

Sie ließ sich in ihrem Sessel zurücksinken und starrte ihn an. »Mann o Mann«, sagte sie, »wie, zum Teufel, hält Helen es nur mit Ihnen aus?«

Er lächelte flüchtig, nahm die Brille ab und steckte sie ein. »Tut sie ja nicht. Jedenfalls im Augenblick nicht.«

»Die Reise nach Korfu findet nicht statt?«

»Leider nein. Es sei denn, sie reist allein. Was sie ja, wie wir beide wissen, schon einmal getan hat.«

»Warum?«

»Ich habe sie aus dem Gleichgewicht gebracht.«

»Ich meine nicht, warum damals. Ich spreche von heute.«

»Ach so.« Er drehte seinen Sessel, aber nicht zum Aktenschrank, auf dem Helens Bild stand, sondern zum Fenster, wo man die oberen Etagen des öden grauen Nachkriegsbaus sehen konnte, in dem das Innenministerium untergebracht war. Er legte unter dem Kinn seine Hände aufeinander. »Wir sind leider über eine Krawatte gestolpert.«

»Eine Krawatte?«

Zur Verdeutlichung griff er sich an den Schlips, den er trug. »Ich hatte gestern abend eine Krawatte über den Türknauf gehängt.«

Barbara runzelte die Stirn. »Macht der Gewohnheit, meinen Sie? So wie man die Zahnpasta aus der Mitte der Tube drückt? So was, das dem anderen auf die Nerven geht, wenn der erste romantische Glanz ein bißchen verblaßt ist?«

»Ich wünschte, es wäre das.«

»Was ist es dann?«

Er seufzte.

»Lassen Sie nur«, sagte sie. »Es geht mich ja gar nichts an. Es tut mir leid, daß es nicht geklappt hat. Ich meine, mit dem Urlaub. Ich weiß, daß Sie sich darauf gefreut haben.«

Er spielte mit dem Krawattenknoten an seinem Hals. »Ich habe meine Krawatte am Türknauf hängen lassen – außen an der Tür –, bevor wir zu Bett gegangen sind.«

»Und?«

»Ich habe mir nicht überlegt, daß sie es vielleicht bemerken könnte. Ich tu das gelegentlich einfach.«

»Und?«

»Tatsächlich hat sie es auch nicht bemerkt. Aber sie hat mich gefragt, wie es kommt, daß Denton uns nicht ein einziges Mal morgens überrascht hat, seit wir – wir zusammen sind.«

Barbara ging ein Licht auf. »Ach so, jetzt begreif ich. Er sieht die Krawatte. Sie ist ein Zeichen. Er weiß dann, daß jemand bei Ihnen ist.«

»Äh – ja.«

»Und das haben Sie ihr gesagt? Du meine Güte, was sind Sie doch für ein Idiot, Inspector.«

»Ich habe nicht darüber nachgedacht. Ich befand mich in einem Zustand der Euphorie, in dem keiner überlegt. Und da sagte sie: Tommy, wie kommt es eigentlich, daß Denton an den Tagen, an denen ich hier übernachtet habe, nicht ein einziges Mal mit deinem Morgentee ins Zimmer gestolpert ist? Und ich habe ihr die Wahrheit gesagt.«

»Daß Sie Denton durch die Krawatte das Zeichen gegeben haben, daß Helen bei Ihnen war?«

»Ja.«

»Und daß Sie es mit anderen Frauen früher auch schon so gehalten haben?«

»Guter Gott, nein, so blöd bin ich nun auch wieder nicht. Obwohl es an der Lage der Dinge kaum etwas geändert hätte, wenn ich es gesagt hätte. Sie nahm sofort an, daß ich dieses Zeichen schon seit Jahren verwende.«

»Und hat sie recht damit?«

»Ja. Nein. In letzter Zeit hab ich die Krawatte ja überhaupt nicht mehr gebraucht. Ich meine, außer wenn sie da war. Es hat keine andere Frau gegeben, seit sie und ich – ach, zum Teufel.« Er winkte ungeduldig ab.

Barbara nickte mit ernster Miene. »Mir ist jetzt ziemlich klar, wie Sie sich in die Nesseln gesetzt haben.«

»Sie behauptet, es sei ein Beispiel für meine tiefsitzende Frauenfeindlichkeit: Mein Diener und ich verständigen uns beim Frühstück mit einem verschmitzten Grinsen darüber, wer in meinem Bett am lautesten gestöhnt hat.«

»Was Sie selbstverständlich niemals getan haben.«

Er drehte seinen Sessel wieder zu ihr herum. »Wofür halten Sie mich, Sergeant!«

Sie zuckte die Achseln, zupfte mit wachsendem Interesse an dem Loch in ihrer Hose. »Sie hätten den Morgentee natürlich auch ganz aufgeben können. Ich meine, als Sie angefangen haben, Frauen über Nacht bei sich zu behalten. Dann hätten Sie so ein Zeichen gar nicht gebraucht. Oder Sie hätten anfangen können, den Morgentee selbst zu machen und dann mit dem Tablett in Ihr Schlafzimmer zu huschen.« Sie preßte die Lippen aufeinander bei der Vorstellung, wie Lynley in seiner Küche herumstolperte – immer vorausgesetzt, er wußte überhaupt, wo sie war – und verzweifelt den Wasserkessel suchte. »Ich meine, das wäre eine Art Emanzipation für Sie gewesen, Sir. Mit der Zeit hätten Sie sich vielleicht sogar ans Toströsten herangewagt.«

Und dann kicherte sie, was durch die zusammengepreßten Lippen allerdings mehr wie ein Grunzen klang. Sie schlug sich mit der Hand auf den Mund und sah ihn an, halb beschämt darüber, daß sie sich über seine Situation lustig machte, halb amüsiert bei der Vorstellung, wie er – mitten in der heißesten Verführungsszene – klammheimlich eine Krawatte an den Türknauf hängte.

Sein Gesicht war steinern. Er schüttelte den Kopf. »Ich weiß nicht«, sagte er, ohne eine Miene zu verziehen. »Ich kann mir nicht vorstellen, daß ich's je bis zum Toaströsten bringen werde.«

Sie platzte laut heraus. Er schmunzelte.

»Na, die Sorgen haben wir in Acton wenigstens nicht«, sagte sie lachend.

»Und das ist zweifellos einer der Gründe, weshalb Sie sich so schwer entschließen, dort wegzugehen.«

Was für ein sicheres Ziel, dachte sie. Selbst mit einer Binde vor den Augen würde er ins Schwarze treffen. Sie erhob sich aus ihrem Sessel und ging zum Fenster. Dort blieb sie stehen, die Finger in den Gesäßtaschen ihrer Jeans.

»Ist das nicht der Grund, weshalb Sie hier sind?« fragte er.

»Ich habe Ihnen doch gesagt, ich war gerade in der Gegend.«

»Sie haben Ablenkung gesucht, Havers. Wie ich.«

Sie sah zum Fenster hinaus. Sie konnte die Wipfel der Bäume von St. James' Park sehen. Ganz kahl, vom Wind bewegt, hoben sie sich wie mit Kohle gezeichnet vom Himmel ab.

»Ich weiß nicht, Inspector«, sagte sie. »Ich weiß so genau, was ich tun möchte. Und ich habe Angst davor, es zu tun.«

Das Telefon auf Lynleys Schreibtisch begann zu läuten. Sie wollte hingehen.

»Lassen Sie«, sagte er. »Wir sind doch gar nicht hier.« Sie blickten beide auf den läutenden Apparat, als glaubten sie, ihn mit vereintem Willen beschwören zu können. Schließlich hörte das Läuten auf.

»Ich nehme an, Sie können das nachvollziehen«, fuhr Barbara fort, als hätte das Telefon sie nicht unterbrochen.

»Es hat was mit den Göttern zu tun«, sagte Lynley. »Wenn

sie einen richtig quälen wollen, geben sie einem das, was man am meisten begehrt.«

»Helen«, sagte sie.

»Die Freiheit«, sagte er.

»Wir sind ein großartiges Paar.«

»Inspector Lynley?« Dorothea Harriman stand an der Tür. Sie trug ein schmales schwarzes Kostüm und auf dem Kopf ein Pillbox-Hütchen. Sie hätte sich jederzeit mit der gesamten königlichen Familie auf dem Balkon von Buckingham Palace dem Volk zeigen können.

»Ja, Dee?« sagte Lynley.

»Telefon.«

»Ich bin nicht hier.«

»Aber...«

»Sergeant Havers und ich sind nicht zu erreichen, Dee.«

»Aber es ist Mr. St. James. Er ruft aus Lancashire an.«

»St. James?« Lynley sah Barbara an. »Sind er und Deborah nicht in Urlaub gefahren?«

Barbara zuckte die Achseln. »Sind wir das nicht alle?«

7

Am späten Nachmittag erreichte Lynley, auf der Clitheroe Road fahrend, die Steigung, die nach Winslough hinaufführte. Zaghaft drang die Sonne, die gegen Abend zu verblassen begann, durch den winterlichen Nebel. In schmalen Streifen fiel sie auf die alten Steinbauten – Kirche, Schule, Wohnhäuser und Läden, reihenweise Musterbeispiele für Lancashires rustikale Architektur – und verlieh den normalerweise düsterbraunen, von Ruß geschwärzten Mauern einen lichten Ockerton. Die Straße war naß, und Pfützen, mit Eis und Reif überzogen, glitzerten im Licht.

Etwa fünfzig Meter vor der Kirche bremste Lynley den Bentley ab. Er hielt am Straßenrand und stieg aus. Die Luft war bitter kalt, und er konnte den Rauch eines frischen Holzfeuers riechen, das irgendwo in der Nähe brannte. Der würzige Duft mischte sich mit den vorherrschenden Gerüchen von Mist, aufgeworfener Erde und feuchter, langsam verfaulender Vegetation, die vom freien Land jenseits der struppigen Hecke am Straßenrand aufstiegen. Er blickte über die Hecke hinweg. Zu seiner Linken bog sie sich nach Nordosten, der Straße zur Kirche folgend. Etwa einen halben Kilometer weiter begann das eigentliche Dorf. Zu seiner Rechten, drüben auf der anderen Straßenseite, verdichtete sich eine Baumgruppe zu einem alten Eichenwald, über dem weiß ein Hügel aus dem Dunst herausragte. Und direkt vor ihm fiel das freie Feld sachte zu einem gewundenen Bach ab, auf dessen anderem Ufer das Gelände, von einem Gitterwerk niedriger alter Steinmauern durchzogen, wieder anstieg. Höfe lagen dort drüben, und Lynley konnte selbst auf diese Entfernung Schafe blöken hören.

Er lehnte sich an den Wagen und betrachtete die Johanneskirche. Wie die Häuser des Dorfes war die Kirche ein schlichter Bau, mit Schiefer gedeckt, ihr einziger Schmuck der Glockenturm mit der Uhr und den normannischen Ziffern. Vor einem dunstigen eierschalenfarbenen Himmel inmitten eines Kirchhofs mit einer Gruppe Kastanien stehend, sah sie eigentlich nicht aus wie die Kulisse zu einem Drama, dessen Kern ein Mord bildete.

»Irgend etwas Merkwürdiges geht hier vor«, hatte St. James gesagt. »Soweit ich gehört habe, hat es der Constable im Dorf geschafft, mehr als eine oberflächliche Untersuchung durch die zuständige Kriminalpolizei abzubiegen. Und er scheint mit der Frau, die dem Pfarrer – Robin Sage – den Schierling verabreicht hat, ein Verhältnis zu haben.«

»Aber es hat doch bestimmt eine Leichenschau stattgefunden, St. James.«

»Ja, natürlich. Die Frau – sie heißt übrigens Juliet Spence – hat zugegeben, daß sie dem Geistlichen die giftige Pflanze zu essen gegeben hat, und behauptete, es sei ein Versehen gewesen.«

»Ja, aber wenn die Sache dann nicht weiterverfolgt wurde und der Coroner auf Tod durch Unglücksfall erkannt hat, müssen wir doch annehmen, daß die Autopsie, oder was sonst an Beweismaterial vorlag, ihre Aussage bestätigt hat.«

»Aber wenn man berücksichtigt, daß sie eine ganze Menge von Pflanzen und Kräutern versteht...«

»Jeder macht mal einen Fehler. Überleg doch mal, wie viele Leute schon gestorben sind, weil ein angeblicher Pilzkenner im Wald die falschen Pilze gepflückt und seinen Lieben aufgetischt hat.«

»Das ist nicht ganz das gleiche.«

»Du hast doch gesagt, sie habe den Schierling mit wilder Pastinake verwechselt.«

»Richtig. Und genau da stinkt die Sache.«

St. James legte ihm die Fakten vor. Es sei zwar zutreffend, sagte er, daß die Pflanze nicht auf Anhieb von verschiedenen anderen ihrer Gattung – den *umbelliferae* – zu unterscheiden sei, aber die Ähnlichkeiten zwischen Arten und Gattungen beschränkten sich größtenteils auf jene Teile der Pflanzen, die zu essen man sowieso nicht in Versuchung käme: nämlich Blätter, Stengel, Blüten und Früchte.

Warum nicht die Früchte, wollte Lynley wissen. War denn diese ganze Situation nicht daraus entstanden, daß jemand die Frucht gepflückt, gekocht und zum Essen serviert hatte?

Keineswegs, klärte ihn St. James auf. Die Frucht, die genauso giftig sei wie der Rest der Pflanze, bestehe aus trockenen, zweigeteilten Kapseln, die anders als beim Pfirsich oder

Apfel nicht fleischig seien, daher nicht zum Essen reizten. Wenn jemand in dem Glauben, es handle sich um Pastinake, Giftwasserschierling erntete, so ginge es ihm keineswegs um die Früchte. Vielmehr würde er die Pflanze ausgraben, um die Wurzel zu verwenden.

»Und genau da liegt der Hase im Pfeffer«, fügte St. James hinzu.

»Die unterscheidenden Merkmale sind also an der Wurzel zu finden, nehme ich an.«

»Richtig.«

Nun regte sich bei Lynley doch ein gewisses Unbehagen. Dies war zum Teil der Grund dafür, daß er den Koffer, den er für eine Woche im milden Winter Korfus eingepackt hatte, wieder leerte, um ihn mit geeigneter Kleidung für den bitterkalten Norden zu füllen, und dann den M1 bis zum M6 hinauffuhr und auf diesem weiter bis tief hinein zu den gottverlassenen Hochmooren, wolkenverhangenen Bergen und alten Dörfern Lancashires, aus denen vor mehr als dreihundert Jahren der Hexenwahn in seinen häßlichsten Auswüchsen aufgestanden war.

Roughlee, Blacko und Pendle Hill und die Erinnerung, die mit diesen Namen verbunden war, waren von dem Dorf Winslough nicht allzu weit entfernt. Und nahe war auch das Trough of Bowland, durch das zwanzig Frauen zu ihrem Prozeß und ihrer nachfolgenden Hinrichtung auf Lancaster Castle gebracht worden waren. Immer wieder konnte man in der Geschichte beobachten, daß Wahn und Verfolgung am ehesten gediehen, wenn in einer Gemeinschaft wachsende Spannungen vorhanden waren und man einen Sündenbock brauchte, um sie zu lösen. Lynley fragte sich, ob der Tod eines Dorfpfarrers durch die Hand einer Frau wohl Spannung genug hervorgebracht hatte.

Er löste sich von seiner Betrachtung der Kirche und kehrte

zu seinem Bentley zurück. Er schaltete die Zündung ein, und die Musik, die er sich auf der Fahrt angehört hatte, setzte wieder ein. Mozarts Requiem. Die düsteren Töne von Streichern und Holzbläsern, die den feierlichen Chorgesang begleiteten, schienen den Umständen angemessen. Er lenkte den Wagen wieder auf die Straße hinaus.

Wenn Robin Sage nicht durch einen Irrtum ums Leben gekommen war, dann auf andere Weise, aus den Fakten zu schließen, durch Mord.

»An der Wurzel kann man den Giftwasserschierling von den anderen *umbelliferae* unterscheiden«, hatte St. James erklärt. »Die wilde Pastinake hat einen einzelnen Wurzelstock. Der Giftwasserschierling hat ein Büschel von Wurzelknollen.«

»Aber wäre es nicht im Bereich des Möglichen, daß diese besondere Pflanze nur einen einzigen Wurzelstock hatte?«

»Möglich ist es, ja. Ebenso wie eine andere Pflanze statt eines einzigen Wurzelstocks zwei oder drei Nebenwurzeln haben kann. Aber statistisch gesehen ist es höchst unwahrscheinlich, Tommy.«

»Trotzdem, man kann es nicht ausschließen.«

»Gut. Aber selbst wenn diese spezielle Pflanze in dieser Hinsicht anormal gewesen wäre, gibt es am unterirdischen Teil der Sproßachse noch andere Charakteristika, die, sollte man meinen, einer Frau, die sich mit Pflanzen und Kräutern auskennt, aufgefallen wären. Wenn man nämlich die Sproßachse des Giftwasserschierlings der Länge nach aufschneidet, sieht man, daß sie in Knoten und Internodien gegliedert ist.«

»Moment mal, Simon. Ich bin kein Naturwissenschaftler.«

»Entschuldige. Man könnte vielleicht von Kammern sprechen. Sie sind hohl, und über dem hohlen Teil spannt sich horizontal eine Scheidewand aus Markgewebe.«

»Und die wilde Pastinake hat diese Kammern nicht?«

»Nein. Und sie verliert auch keine ölige gelbe Flüssigkeit, wenn man ihren Stengel anschneidet.«

»Aber hätte sie den Stengel denn überhaupt angeschnitten? Hätte sie ihn der Länge nach aufgemacht?«

»Nein, letzteres wahrscheinlich nicht. Aber wie hätte sie die Wurzel entfernen können – selbst wenn es normalerweise nur eine einzige war –, ohne den Stengel abzuschneiden? Selbst wenn sie die Wurzel abgebrochen hätte, hätte die Pflanze diese Flüssigkeit abgesondert.«

»Und du meinst, das müßte für einen Kenner Warnung genug sein? Ist es nicht möglich, daß sie abgelenkt war und deshalb nicht aufgepaßt hat? Vielleicht war sie in Begleitung, als sie die Pflanze ausgegraben hat. Vielleicht hat sie sich mit jemand unterhalten oder gestritten oder war sonst in irgendeiner Weise abgelenkt. Vielleicht wurde sie sogar ganz bewußt abgelenkt.«

»Das sind alles Möglichkeiten. Und man sollte ihnen nachgehen, nicht wahr?«

»Laß mich erst mal ein paar Anrufe machen.«

Die hatte er gemacht. Die Antworten, die er erhielt, hatten sein Interesse geweckt. Da der geplante Urlaub in Korfu nur zu einem weiteren unerfüllten Versprechen geschrumpft war, hatte er kurzentschlossen Jeans, Pullover und Anorak eingepackt und den Koffer zusammen mit Gummi- und Wanderstiefeln im Kofferraum seines Wagens verstaut. Schon seit Wochen hatte er den Wunsch, London eine Weile den Rücken zu kehren. Zwar wäre es ihm lieber gewesen, mit Helen Clyde nach Korfu zu verschwinden, aber nun mußte er sich eben mit Lancashire begnügen.

Er fuhr langsam an den Reihenhäusern vorbei, die den Beginn des eigentlichen Dorfes signalisierten, und fand das Pub an der Kreuzung der drei Straßen, genau wie St. James es ihm beschrieben hatte. St. James selbst fand er zusammen mit Deborah in der Gaststube.

Das Pub selbst war noch nicht geöffnet. Die schmiedeeisernen Wandlämpchen mit den kleinen Quastenschirmchen brannten nicht. An der Bar hatte jemand eine schwarze Tafel hingestellt, auf der in einer Handschrift mit merkwürdig spitzen Buchstaben die Tageskarte zu lesen war, in schräg abfallenden Zeilen, mit fuchsienfarbener Kreide. *Lasagnia* wurde da angeboten, *Minutten-Steak* und *Charamellpudding*. Wenn die Orthographie ein Hinweis auf die Qualität der Küche war, sah das nicht gerade vielversprechend aus. Lynley nahm sich vor, lieber im offiziellen Restaurant zu essen.

St. James und Deborah saßen an einem der beiden Fenster, die zur Straße hinausgingen. Auf dem Tisch zwischen ihnen lag neben dem Teegeschirr ein Bündel Papiere, das St. James jetzt gerade zu Hand nahm, um sie in die Innentasche seines Jacketts zu stopfen.

»Hör mir zu, Deborah«, sagte er, worauf sie antwortete: »Ich will aber nicht. Du brichst unsere Vereinbarung.« Sie kreuzte die Arme auf der Brust. Lynley kannte diese Geste. Er verlangsamte seinen Schritt.

Drei Scheite brannten im offenen Kamin neben ihrem Tisch. Deborah drehte sich auf ihrem Stuhl herum und blickte in die Flammen.

»Sei doch vernünftig«, sagte St. James.

»Sei du fair«, entgegnete sie.

Eines der Scheite brach, und ein Funkenregen ging auf die Kaminplatte nieder. St. James griff zum Schürhaken, Deborah rückte weg. Sie gewahrte Lynley. »Tommy«, rief sie lächelnd und fast ein wenig erleichtert. Er stellte seinen Koffer an der Treppe ab und ging auf sie zu.

»Du bist aber schnell da«, sagte St. James, als Lynley erst ihn und dann Deborah begrüßte.

»Ich hatte Rückenwind.«
»Und keine Schwierigkeiten, vom Yard wegzukommen?«
»Du vergißt, daß ich Urlaub habe. Ich war nur ins Büro gefahren, um meinen Schreibtisch aufzuräumen.«
»Und wir haben dich aus dem Urlaub geholt?« fragte Deborah. »Simon! Das ist ja grausam.«
Lynley lächelte. »Eine Gnade, Deb.«
»Aber ihr hattet doch sicher Pläne, Helen und du.«
»Ja. Aber sie hat sich's plötzlich anders überlegt, und da stand ich nun und wußte nicht, was mit mir anfangen. Entweder eine Fahrt nach Lancashire oder einsame Wanderungen durch mein Haus in London. Da war mir Lancashire schon lieber. Das ist wenigstens eine Abwechslung.«
»Weiß Helen, daß du hier bist?« fragte Deborah.
»Ich ruf sie heute abend an.«
»Tommy...«
»Ich weiß. Es ist nicht die feine englische Art, sich auf französisch zu empfehlen.«
Er ließ sich auf den Stuhl neben Deborah fallen und nahm einen Keks. Er goß sich etwas Tee in ihre leere Tasse und gab Zucker dazu, während er kaute. Er sah sich um. Die Tür zum Speisesaal war geschlossen. Die Lichter hinter dem Tresen brannten nicht. Die Bürotür war einen Spalt offen, aber von drinnen war nichts zu hören, und eine dritte Tür – schräg hinter dem Tresen – war zwar so weit geöffnet, daß ein durch den Spalt fallender Lichtstrahl die Etiketten auf den Flaschen über dem Tresen beleuchtete, aber aus dem Raum dahinter war ebenfalls kein Geräusch zu hören.
»Es ist wohl gar niemand da?« fragte Lynley.
»Irgendwo werden sie schon sein. Auf dem Tresen steht eine Glocke.«
Er nickte, machte aber keine Anstalten hinüberzugehen.
»Sie wissen schon, daß du vom Yard kommst, Tommy.«

Lynley zog eine Braue hoch. »Wieso?«

»Während des Mittagessens kam ein Anruf für dich. Das hat im Pub sofort die Runde gemacht.«

»Adieu incognito.«

»Es hätte uns wahrscheinlich sowieso nicht gedient.«

»Wer weiß Bescheid?«

»Daß du vom CID bist?« St. James lehnte sich zurück und ließ seinen Blick schweifen, als versuche er, sich zu erinnern, wer in der Gaststube gewesen war, als der Anruf gekommen war. »Auf jeden Fall der Wirt und seine Frau. Sechs oder sieben Einheimische. Eine Gruppe Wanderer, die sicherlich längst wieder weg ist.«

»Und bei den Einheimischen bist du dir sicher?«

»Ben Wragg – das ist der Wirt – unterhielt sich gerade mit einigen von ihnen, als seine Frau mit der Neuigkeit aus dem Büro kam. Den übrigen wurde die Information mit dem Mittagessen serviert. Jedenfalls Deborah und mir.«

»Na, hoffentlich haben die Wraggs dafür wenigstens was extra berechnet.«

St. James lachte. »Das haben sie nicht getan, aber sie haben uns alle prompt benachrichtigt. Ein Anruf von Sergeant Dick Hawkins, Polizeidienststelle Clitheroe, für Inspector Thomas Lynley.«

»›Ich hab ihn gefragt, wer dieser Inspector Thomas Lynley denn sein soll‹«, ergänzte Deborah, bemüht, den Dialekt der Einheimischen nachzuahmen, »›und ob Sie's glauben oder nicht‹ – mit einer herrlichen dramatischen Pause, Tommy – ›er ist von New Scotland Yard. Und will hier bei uns wohnen. Er hat das Zimmer vor noch nicht mal drei Stunden persönlich reserviert. Ich hab selbst mit ihm gesprochen. Also, was glauben Sie, was der hier will?‹« Deborahs Nase krauste sich, als sie lächelte. »Du bist die Sensation der Woche. Du hast aus Winslough St. Mary Mead gemacht.«

Lynley lachte. St. James sagte nachdenklich: »Clitheroe ist nicht die Regionaldienststelle für Winslough, nicht wahr? Und dieser Hawkins hat nichts davon gesagt, daß er zu irgendeinem CID gehört, sonst hätten wir das bestimmt erfahren.«

»Clitheroe ist lediglich die Bezirksdienststelle«, antwortete Lynley. »Hawkins ist der vorgesetzte Beamte des örtlichen Constable. Ich habe heute morgen mit ihm gesprochen.«

»Aber er ist nicht CID?«

»Nein. Und du hattest recht mit deinen Schlußfolgerungen in dieser Hinsicht, St. James. Als ich mit Hawkins sprach, bestätigte er mir, daß das CID von Clitheroe sich darauf beschränkt hat, die Leiche zu fotografieren, den Tatort zu besichtigen, die Spuren zu sichern und eine Autopsie zu veranlassen. Den Rest hat Shepherd selbst erledigt: Ermittlungen und Vernehmungen. Aber nicht allein.«

»Wer hat ihm denn geholfen?«

»Sein Vater.«

»Na, das ist aber wirklich etwas seltsam.«

»Seltsam und regelwidrig, aber nicht gesetzeswidrig. Sergeant Hawkins sagte mir, daß Shepherds Vater zur fraglichen Zeit Chief Inspector des CID bei der Regionaldienststelle in Hutton-Preston war. Offensichtlich hat er Hawkins gegenüber auf seinen höheren Rang gepocht und die Sache selbst in die Hand genommen.«

»Er *war* Chief Inspector?«

»Die Sache mit Sage war sein letzter Fall. Kurz nach der Leichenschau ist er pensioniert worden.«

»Dann muß also Colin Shepherd seinen Vater mobil gemacht haben, um die Kriminalpolizei Clitheroe aus der Sache herauszuhalten«, bemerkte Deborah.

»Oder sein Vater hat es so gewollt.«

»Aber warum?« meinte St. James verwundert.

»Nun, um das herauszufinden, sind wir, denke ich, hier.«

Sie gingen zu Fuß die Clitheroe Road hinunter zur Kirche. Colin Shepherd wohnte unmittelbar neben dem Pfarrhaus, gleich gegenüber der Johanneskirche. Hier trennten sich die drei. Deborah ging mit einem »Ich habe sie mir sowieso noch nicht angesehen« zur Kirche hinüber, um die beiden Männer ihr Gespräch mit Shepherd allein führen zu lassen.

Zwei Autos standen in der Einfahrt vor dem rotbraunen Backsteinhaus, ein schlammbespritzter Landrover, der mindestens zehn Jahre alt war, und ein Golf, der relativ neu zu sein schien. Vor dem Nachbarhaus stand kein Auto, aber als sie auf dem Weg zu Colin Shepherds Haustür um den Rover und den Golf herumgingen, trat eine Frau an eines der Fenster des Pfarrhauses und beobachtete sie, ohne einen Versuch zu machen, sich zu verstecken. Mit der einen Hand löste sie den Knoten eines Schals, der ihr krauses karottenrotes Haar im Nacken zusammenhielt, mit der anderen knöpfte sie einen marineblauen Mantel auf. Sie ging selbst dann nicht vom Fenster weg, als klar war, daß Lynley und St. James sie bemerkt hatten.

Colin Shepherds Haus war durch ein schmales, rechteckiges Schild gekennzeichnet, das zur Straße hervorsprang. Es war blau-weiß und trug nur das Wort *Polizei*. Wie in den meisten Dörfern war das Haus des Constable auch seine Dienststelle. Lynley überlegte flüchtig, ob Shepherd Juliet Spence zum Verhör hierhergebracht hatte.

Auf ihr Läuten antwortete Hundegebell, gedämpft zunächst, aus einem entfernten Teil des Hauses kommend, dann rasch lauter werdend, als das Tier zur Haustür rannte und unmittelbar dahinter Position bezog. Ein großer Hund, dem Krawall nach zu urteilen, und nicht unbedingt ein freundlicher Hund.

»Ruhig, Leo, setz dich«, sagte ein Mann, und augenblicklich hörte das Bellen auf. Das Licht der Veranda flammte auf – obwohl es noch nicht ganz dunkel war –, und die Tür wurde geöffnet.

Colin Shepherd, an dessen Seite ein großer schwarzer Retriever saß, musterte sie mit einer Miene, die weder Unwissenheit noch Verwunderung zeigte, und seine Worte erklärten sogleich, wie das kam. Mit einem kurzen, förmlichen Nicken sagte er: »Scotland Yard. Sergeant Hawkins sagte mir schon, daß Sie wahrscheinlich heute bei mir vorbeikommen würden.«

Lynley zeigte seinen Dienstausweis und stellte St. James vor, zu dem Shepherd nach einem prüfenden Blick sagte: »Sie wohnen im *Crofters Inn*, nicht wahr? Ich habe Sie gestern abend dort gesehen.«

»Ja, meine Frau und ich wollten Mr. Sage besuchen.«

»Die Dame mit dem roten Haar. Sie war heute morgen draußen am Stausee.«

»Ja, sie wollte einen Spaziergang machen.«

»Hier in der Gegend kann es sehr plötzlich neblig werden. Da sollte man lieber nicht allein wandern, wenn man das Gebiet nicht kennt.«

»Ich werde es ihr sagen.«

Shepherd trat von der Tür zurück. Der Hund stand auf und knurrte leise. »Ruhig jetzt«, sagte Shepherd. »Geh wieder ans Feuer.« Gehorsam trottete der Hund davon.

»Sie brauchen ihn dienstlich?« fragte Lynley.

»Nein. Nur zur Jagd.«

Shepherd wies mit dem Kopf auf einen Garderobenständer am einen Ende des Flurs. Darunter standen drei Paar Gummistiefel, zwei davon auf den Seiten mit frischem Schlamm beschmiert. Neben den Stiefeln stand ein Milchkorb aus Metall; von einer seiner Querstangen hing an einem

Fädchen die Puppe eines bereits ausgeschlüpfen Insekts herab. Shepherd wartete, während Lynley und St. James ihre Mäntel aufhängten. Dann führte er sie in der Richtung, die schon der Retriever eingeschlagen hatte, weiter durch den Korridor.

Sie traten in ein Wohnzimmer, in dem ein Feuer brannte. Ein älterer Mann war gerade dabei, ein Scheit in die Flammen zu legen. Man sah auf den ersten Blick, daß es Colin Shepherds Vater war. Die beiden hatten viel Ähnlichkeit. Nur die langgliedrigen sensiblen Finger, die bei Colin sofort auffielen, fehlten dem Vater, dessen Hände breit und grobknochig waren.

Der ältere Shepherd klatschte kurz in die Hände, um sie von Holzstaub zu befreien. Dann trat er auf Lynley und St. James zu. »Kenneth Shepherd«, sagte er. »Chief Inspector CID Hutton-Preston. Jetzt im Ruhestand. Aber ich vermute, das wissen Sie bereits.«

»Sergeant Hawkins hat es mir gesagt, ja.«

»Freut mich, Sie beide kennenzulernen.« Er warf einen Blick auf seinen Sohn. »Möchtest du den Herren nicht etwas anbieten, Col?«

Der Constable blieb trotz der Jovialität seines Vaters reserviert. Die Augen hinter den Brillengläsern blieben wachsam. »Bier«, sagte er. »Whisky. Cognac. Ich habe auch einen Sherry da, der schon seit sechs Jahren Staub ansetzt.«

»Ja, Annie hat gern Sherry getrunken, nicht wahr?« meinte der Vater. »Sie ruhe in Frieden. Ich versuch mal den Sherry. Und Sie?«

»Nichts«, antwortete Lynley.

»Für mich auch nicht«, sagte St. James.

An einem kleinen Beistelltisch an der Wand goß Shepherd den Sherry für seinen Vater ein und aus einer Karaffe etwas für sich. Lynley sah sich derweilen im Zimmer um.

Die Einrichtung war spärlich und machte den Eindruck, als hätte der Bewohner in aller Eile bei Hausstandsauflösungen zusammengekauft, was er gerade gebraucht hatte, ohne dem Aussehen des Mobiliars Beachtung zu schenken. Über dem Rücken eines mitgenommenen Sofas hing wie der Mantel der Nächstenliebe eine selbstgestrickte Decke aus vielen bunten Quadraten, die den ursprünglichen Bezug mit den großen, mittlerweile zum Glück verblaßten pinkfarbenen Anemonen größtenteils verbarg. Zwei Ohrensessel, die nicht zusammenpaßten, standen sich mit abgewetzten Bezügen und Mulden in den Rückenlehnen, wo unzählige Köpfe ihren Eindruck hinterlassen hatten, gegenüber. Abgesehen von einem Couchtisch mit geschwungenen Beinen, einer Messingstehlampe und dem Beistelltisch, auf dem die Getränke standen, war nur ein gutes Stück in dem Raum, und das hing an der Wand. Es war eine Glasvitrine mit einer Sammlung von Gewehren und Schrotflinten. Die Waffen waren das einzige in diesem Raum, das gepflegt aussah. Sie waren Shepherd wohl ebenso wichtig wie sein Hund, der es sich inzwischen auf einem fleckigen alten Polster vor dem Feuer bequem gemacht hatte. Seine Pfoten waren, wie die Gummistiefel im Flur, schlammverkrustet.

»Vögel?« fragte Lynley mit einem Blick zu den Gewehren.

»Eine Zeitlang auch Rotwild. Aber das habe ich aufgegeben. Der Abschuß ist der Pirsch nie gerecht geworden.«

»Ah ja.«

Mit dem Sherryglas in der Hand wies Shepherd senior zu Sofa und Sesseln. »Nehmen Sie Platz«, sagte er und ließ sich in das Sofa sinken. »Wir sind selber gerade erst von einem langen Marsch heimgekommen. Da setzt man sich gern. Ich muß in einer Viertelstunde wieder weg. In meinem Apartment im Heim wartet ein Mäuschen von achtundfünfzig mit dem Abendessen auf mich.«

»Sie leben nicht hier in Winslough?« fragte St. James.

»Seit Jahren nicht mehr. Ich hab's gern, wenn ein bißchen was los ist, und gegen hübsche Frauen hab ich auch nichts einzuwenden. Abwechslung gibt's in Winslough nicht, und die hübschen Frauen sind alle gebunden.«

Der Constable kam zum Kamin, hockte sich neben seinem Hund nieder und strich dem Tier mit einer Hand über den Kopf. Leo öffnete kurz die Augen und drehte sich so, daß sein Kinn auf Shepherds Schuhen zum Liegen kam. Befriedigt klopfte er mit dem Schwanz auf den Boden.

»Du schaust ja sauber aus«, sagte Shepherd und zupfte den Hund sachte am Ohr. »Als hättest du eine Schlammschlacht hinter dir.«

Shepherd senior prustete. »Du meine Güte, Hunde! Die können einem genauso unter die Haut gehen wie Frauen.«

Lynley nahm die Bemerkung als Aufhänger für seine Frage, obwohl ihm klar war, daß der alte Shepherd sie dazu nicht gedacht hatte. »Was können Sie uns über Mrs. Spence und den Tod von Robin Sage sagen?«

»Das ist eigentlich nicht Sache des Yard, hm?« Der Ton war freundlich, doch die Erwiderung folgte der Frage ein wenig zu schnell. Das ließ darauf schließen, daß er vorbereitet war.

»Offiziell? Nein.«

»Aber inoffiziell?«

»Sie werden doch nicht leugnen, daß die Untersuchung reichlich ordnungswidrig war, Chief Inspector? Kein CID. Die persönliche Verbindung Ihres Sohnes zur Täterin.«

»Es war ein Unglücksfall, kein Verbrechen.« Colin Shepherd blickte auf, blieb aber neben seinem Hund in der Hocke sitzen.

»Eine ordnungswidrige Entscheidung, aber nicht gesetzeswidrig«, sagte Shepherd senior. »Colin war der Überzeugung, er könne den Fall allein erledigen. Ich war auch der

Meinung. Und er hat ihn erledigt. Ich habe ihm die meiste Zeit assistiert, das Yard braucht sich also nicht darüber aufzuregen, daß das CID nicht zugezogen wurde. Das CID war da.«

»Sie waren bei allen Vernehmungen anwesend?«

»Bei den wichtigen, ja.«

»Chief Inspector, Sie wissen, das ist mehr als ordnungswidrig. Ich brauche Ihnen nicht zu sagen, daß wir, wenn ein Verbrechen vorliegt...«

»Aber es lag kein Verbrechen vor«, warf der Constable ein. Er sah Lynley unverwandt an. »Die Leute von der Spurensicherung sind sofort gekommen und haben sich am Tatort genau umgesehen. Innerhalb einer Stunde war die Sache klar. Es war kein Verbrechen. Es war eindeutig ein Unglücksfall. So hab ich es gesehen. So hat es der Coroner gesehen. Und die Geschworenen haben es auch so gesehen. Ende der Geschichte.«

»Und Sie waren von Anfang an sicher?«

Der Hund zuckte zusammen, als die Hand, die ihn hielt, fester zupackte. »Natürlich nicht.«

»Und dennoch beschlossen Sie, nachdem die Spurensicherung zunächst den Tatort untersucht hatte, Ihr zuständiges CID nicht zuzuziehen, eben die Leute, die geschult sind festzustellen, ob einem Todesfall ein Unfall, ein Selbstmord oder ein Mord zugrunde liegt.«

»Die Entscheidung habe ich getroffen«, bemerkte der Vater.

»Wie das?«

»Ich habe ihn angerufen«, antwortete sein Sohn.

»Sie haben den Todesfall Ihrem Vater gemeldet? Nicht der Bezirksdienststelle in Clitheroe?«

»Beiden. Ich habe Hawkins gesagt, ich würde mich um alles kümmern. Mein Vater hat das bestätigt. Nachdem ich mit Juliet – Mrs. Spence – gesprochen hatte, schien alles ziemlich klar zu sein.«

»Und Mr. Spence?« fragte Lynley.

»Den gibt es nicht.«

»Ach so.«

Der Constable senkte die Lider. »Das hat mit unserer Beziehung nichts zu tun. Es war kein Mord.«

St. James beugte sich in seinem Sessel vor. »Wieso sind Sie so sicher? Wieso waren Sie da gleich so sicher, Constable?«

»Sie hatte kein Motiv. Sie hat den Mann ja gar nicht gekannt. An dem Abend haben sie sich erst zum drittenmal getroffen. Er wollte sie dazu bringen, wieder zur Kirche zu gehen. Und er wollte mit ihr über Maggie sprechen.«

»Maggie?« fragte Lynley.

»Ihre Tochter. Juliet hatte Schwierigkeiten mit ihr, und da hat der Pfarrer sich eingemischt. Er wollte helfen. Vermitteln. Raten. Das ist alles. Hätte ich deswegen das CID zuziehen sollen? Oder hätten Sie lieber zuerst ein Motiv gehabt?«

»Auch Mittel und Gelegenheit für sich sind Hinweise, die man nicht außer acht lassen darf«, sagte Lynley.

»Das ist doch Quatsch, und das wissen Sie auch«, warf der alte Shepherd ein.

»Vater...«

Der Alte winkte mit dem Sherryglas ab. »Jedesmal, wenn ich mich ans Steuer meines Wagens setze, verfüge ich über das Mittel, einen Mord zu begehen. Jedesmal, wenn ich aufs Gaspedal trete, habe ich die Gelegenheit dazu. Ist es Mord, Inspector, wenn ich jemand überfahre, der mir vor den Wagen läuft? Müssen wir da dann das CID zuziehen, oder können wir davon ausgehen, daß es ein Unfall war?«

»Vater...«

»Wenn Sie so argumentieren wollen, warum haben Sie

selbst dann eingegriffen, Sie sind doch auch CID – waren es damals.«

»Weil er eine persönliche Beziehung zu der Frau unterhält, Herrgott noch mal. Er wollte mich an seiner Seite haben, um sicherzustellen, daß er einen klaren Kopf behalten würde. Und er hat einen klaren Kopf behalten, sage ich Ihnen. Die ganze Zeit.«

»Die ganze Zeit, die Sie bei ihm waren. Ihren eigenen Worten zufolge waren Sie nicht bei jeder Vernehmung zugegen.«

»Verdammt noch mal, das war auch gar nicht...«

»Vater!« Shepherds Stimme war scharf. Sie wurde ruhig, als er zu sprechen fortfuhr. »Natürlich sah es übel aus, als Sage starb. Juliet kennt sich mit Pflanzen aus, und es war schwer zu glauben, daß sie Giftwasserschierling mit wilder Pastinake verwechselt haben sollte. Aber so war es nun mal.«

»Da sind Sie ganz sicher?« fragte St. James.

»Natürlich. Sie wurde ja selbst krank in der Nacht, in der Mr. Sage ums Leben kam. Sie hatte hohes Fieber. Sie hat sich bis zwei Uhr morgens mehrmals übergeben. Sie werden mir doch nicht sagen wollen, daß sie ohne Motiv *wissentlich* von der giftigsten Pflanze essen würde, die es gibt, nur um einen Mord als Unglücksfall hinzustellen. Schierling ist etwas anderes als Arsen, Inspector Lynley. Dagegen kann man nicht langsam immun werden. Wenn Juliet Mr. Sage hätte umbringen wollen, wäre sie bestimmt nicht so verrückt gewesen, selbst etwas von dem Schierling zu essen. Sie hätte ja sterben können. Es war reines Glück, daß das nicht passiert ist.«

»Sie wissen mit Gewißheit, daß sie selbst krank war?« fragte Lynley.

»Ich war bei ihr.«

»Beim Essen?«

»Später. Ich bin bei ihr vorbeigefahren.«

»Um welche Zeit?«

»Gegen elf. Nach meiner letzten Runde.«

»Warum?«

Shepherd kippte den Rest seines Drinks hinunter und stellte das leere Glas auf den Boden. Er nahm seine Brille ab und beschäftigte sich einen Moment damit, das rechte Glas am Ärmel seines Flanellhemdes zu polieren.

»Constable?«

»Sag's, wie's war, mein Junge«, riet sein Vater. »Das ist das beste.«

Shepherd zuckte die Achseln, setzte die Brille wieder auf. »Ich wollte sehen, ob sie allein war. Maggie hat an dem Abend bei einer Freundin übernachtet...« Er seufzte.

»Und Sie glaubten, Mr. Sage könnte das gleiche bei Mrs. Spence tun?«

»Er war dreimal bei ihr gewesen. Juliet hatte mir keinen Anlaß gegeben zu glauben, daß sie mit ihm etwas angefangen hatte. Aber ich hab mir meine Gedanken gemacht. Ja, ich geb's zu. Stolz darauf bin ich weiß Gott nicht.«

»Wäre es denn wahrscheinlich gewesen, daß sie schon nach so kurzer Bekanntschaft mit einem Mann intim geworden wäre, Constable?«

Shepherd griff zu seinem Glas, sah, daß es leer war, stellte es wieder ab. Eine Sprungfeder im Sofa quietschte, als Shepherd senior sich vorbeugte.

»Nun, Constable?«

Die Brillengläser Colin Shepherds blitzten im Licht auf, als er den Kopf hob, um Lynley besser ins Gesicht zu sehen. »Das kann man doch bei keiner Frau mit Sicherheit wissen. Schon gar nicht bei der Frau, die man liebt.«

So unrichtig, dachte Lynley, war das gar nicht, auch wenn er es nicht gern zugab. Die Leute redeten immer von Vertrauen. Er fragte sich, wie viele von ihnen tatsächlich im

Vertrauen lebten, ohne je von Zweifeln bedrängt zu werden, die wie ruhelose Zigeuner am Rand ihres Bewußtseins kampierten. »Ich nehme an, Sage war schon weg, als Sie kamen?«

»Ja. Sie sagte, er sei um neun gegangen.«

»Und wo war sie?«

»Im Bett.«

»Krank?«

»Ja.«

»Aber sie hat Sie hereingelassen?«

»Ich hab geklopft. Sie reagierte nicht. Da bin ich einfach reingegangen.«

»Die Tür war nicht versperrt?«

»Ich hab einen Schlüssel.« Er sah, wie St. James einen schnellen Blick auf Lynley warf, und fügte hinzu: »Nicht von ihr. Von Townley-Young. Die Schlüssel zum Pförtnerhäuschen, zum Herrenhaus, für alle Gebäude auf dem Anwesen. Er ist der Eigentümer. Sie ist eine Art Verwalterin.«

»Sie weiß, daß Sie die Schlüssel haben?«

»Ja.«

»Zur Sicherheit?«

»Könnte man sagen.«

»Und benutzen Sie die Schlüssel häufig? Bei Ihren dienstlichen Runden?«

»Nein, im allgemeinen nicht.«

Lynley sah, daß St. James den Constable mit zusammengezogenen Brauen nachdenklich betrachtete. Er sagte: »War schon ein bißchen riskant, da einfach an dem Abend in ihr Haus zu marschieren, finden Sie nicht? Was wäre denn gewesen, wenn Sie sie mit Mr. Sage im Bett angetroffen hätten?«

Shepherds Gesicht spannte sich, aber er antwortete ganz ruhig: »Da hätte ich ihn wahrscheinlich eigenhändig umgebracht.«

8

Die erste Viertelstunde verbrachte Deborah in der Johanneskirche. Unter der Stichbalkendecke hindurch ging sie langsam den Mittelgang entlang zum Altarraum und ließ dabei einen behandschuhten Finger über die Schneckenverzierungen des Gestühls gleiten. Gegenüber der Kanzel und von den übrigen durch eine Pforte mit gedrehten Säulen getrennt, stand eine einzelne Bank. Das Törchen trug ein kleines Bronzeschild mit geschwärzter Schrift. *Townley-Young*, hieß es da. Deborah öffnete die Pforte und trat ein, während sie sich fragte, was für Leute das waren, die es nötig hatten, diesen unschönen alten Brauch aufrechtzuerhalten und sich von denen abzukapseln, die sie als unter ihrem Stand betrachteten.

Sie setzte sich auf die schmale Bank und sah sich um. Die Luft in der Kirche war muffig und kalt, und als sie ausatmete, war der Hauch zu sehen. An einer Säule hing die Tafel mit den Liedernummern vom letzten Gottesdienst. Nummer 338 stand an erster Stelle, und ohne sonderliches Interesse schlug sie eines der Gesangbücher an der entsprechenden Stelle auf und las:

Lamm Gottes, das du getragen hast
Schand und Sünde deiner Herde,
Dich beugt am Kreuze nun die Last
Von Streit und Furcht auf diese Erde.

Und dann weiter:

Wie dereinst du, so wollen wir sorgen
Für alle Lahmen, Blinden, Kranken,
Und auferstehen wollen wir alle Morgen,
Den Schmerz zu teilen, dir zu danken.

Sie starrte auf die Worte, und ihre Kehle schnürte sich schmerzhaft zu. Es war, als seien die Verse für sie geschrieben. Aber das waren sie nicht. Nein, das waren sie *nicht*.

Heftig klappte sie das Buch zu. Links von der Kanzel hing schlaff eine Kirchenfahne an einer Metallstange herab. *Winslough* stand in eingestickten gelben Buchstaben auf blaßblauem Hintergrund. Darunter prangte eine Darstellung der Johanneskirche in wattiertem Patchwork, aus dem an mehreren Stellen die Füllung quoll und wie Schnee auf dem Glockenturm und dem Ziffernblatt der Uhr lag. Sie überlegte, bei welchen Gelegenheiten die Fahne wohl gebraucht wurde, wann man sie hier aufgehängt, wer sie angefertigt hatte und warum. Sie stellte sich vor, wie eine alte Frau aus der Gemeinde an dem Bild arbeitete, sich gewissermaßen die Gunst des Herrn erstickte, indem sie diesen Schmuck für sein Heiligtum anfertigte. Wie lange mochte sie gebraucht haben? Hatte sie Hilfe gehabt? Wußte jemand Näheres darüber? Gab es jemanden, der diese Art der Kirchengeschichte pflegte?

Ach, diese Spielchen, dachte Deborah. Was für Mühe sie sich gab, nur um ihre Gedanken an der Kandare zu halten. Wie wichtig es war, die Ruhe und den Frieden zu spüren, die ein Besuch in der Kirche und ein Zwiegespräch mit Gott verhießen.

Aber deshalb war sie nicht hierhergekommen. Sie war hergekommen, weil ein Spaziergang am späten Nachmittag in Begleitung ihres Mannes und des Mannes, der sein engster Freund war, der einmal ihr Liebhaber gewesen war und der Vater des Kindes, das sie hätte haben können – niemals haben würde –, ihr der beste Weg schien, dem Gefühl zu entkommen, verraten worden zu sein.

Unter Vorspiegelung falscher Tatsachen nach Lancashire

geschleppt, dachte sie und lachte schwach bei dem Gedanken; gerade sie, die letztlich die Verräterin war.

Sie hatte die Unterlagen zur Adoption unter Simons Schlafanzügen und Socken entdeckt und war tief empört gewesen, daß er dies zum Thema ihrer gemeinsamen Tage fern des Londoner Alltags machen wollte. Er habe mit ihr darüber sprechen wollen, erklärte er, als sie die Papiere auf die Kommode geknallt hatte. Er fände, es sei an der Zeit, sich gründlich auszusprechen.

Es gab nichts, worüber man sich aussprechen mußte. So eine Aussprache führte höchstens zu einem Streit, der sich zu einem ziemlichen Gewitter entwickelte, aus Mißverständnissen Tempo und Kraft gewann und mit Worten, die im Zorn und zur Selbstverteidigung herausgeschleudert wurden, zerstörerisch wirkte. Nicht das gemeinsame Blut machte eine Familie aus, würde er ach so vernünftig sagen, weil Gott wußte, daß Simon Allcourt-St. James Wissenschaftler, Gelehrter und die Logik in Person war. Menschen machen eine Familie aus. Menschen, die durch Zeit, durch Nähe und gemeinsame Erfahrung miteinander verbunden sind, Deborah. Wir bauen unsere Beziehung auf dem Geben und Nehmen von Gefühlen, auf der wachsenden Sensibilität für die Bedürfnisse des anderen, auf gegenseitiger Unterstützung auf. Die Anhänglichkeit eines Kindes an seine Eltern hat überhaupt nichts damit zu tun, wer es geboren hat. Sie entwickelt sich aus dem täglichen Zusammenleben, aus dem Genährtwerden und Geführtwerden, aus der Tatsache, daß da ein Mensch ist – ein zuverlässiger Mensch –, dem man vertrauen kann. Das weißt du.

Aber das ist es doch gar nicht, das ist es nicht, wollte sie dann sagen, während ihr schon die verhaßten Tränen kamen und sie am Sprechen hinderten.

Was ist es dann? Sag es mir. Hilf mir zu begreifen.

Meines – es wäre nicht – deines. Es wäre nicht wir. Verstehst du das denn nicht? Warum willst du das nicht sehen?

Er pflegte sie dann einen Moment anzusehen, ohne etwas zu sagen, nicht um sie durch inneren Rückzug zu strafen, so hatte sie sein Schweigen früher ausgelegt, sondern um nachzudenken, eine Lösung zu finden. Dabei wünschte sie sich doch nichts weiter, als daß auch er weinen und durch seine Tränen zeigen würde, daß er ihren Kummer verstand.

Weil er das niemals tun würde, konnte sie das Letzte, Unsagbare zu ihm nicht sagen. Sie hatte es ja noch nicht einmal zu sich selbst gesagt. Sie wollte den Schmerz nicht spüren, der die Worte begleiten würde. Daß er sich niemals geschlagen gab; daß er das Leben nahm, wie es auf ihn zukam, und es seinem Willen gefügig machte.

Dir ist es ja gleichgültig, waren die Worte, die sie wählen würde. Dir bedeutet das ja nichts. Du willst mich gar nicht verstehen.

Wie praktisch so ein Schlagabtausch war.

Sie war an diesem Morgen losgezogen, um eine Konfrontation zu vermeiden. Draußen auf dem Hochmoor, während sie mit dem Wind im Gesicht über holprigen Boden wanderte, hier und dort einem dornigen Ginsterstrauch auswich und durch winterbraunes Heidekraut stapfte, hatte sie sich ganz auf die körperliche Verausgabung konzentriert.

Jetzt jedoch, in der Stille der Kirche, gab es kein Ausweichen. Sie konnte die Gedenksteine betrachten, zusehen, wie mit dem Sterben des Lichts die Farben der Fenster dunkler wurden, die zehn Gebote lesen, die in Bronze gemeißelt das Retabel bildeten, und darüber nachdenken, wie viele von ihnen sie bisher gebrochen hatte. Sie konnte über dem schiefgetretenen Boden der Kirchenbank der Familie Townley-Young ihre Beine baumeln lassen, und sie konnte die Mottenlöcher im roten Altartuch zählen. Sie konnte die kunstvollen Holzarbeiten des Lettners bewundern. Sie konnte über den Klang der Glocken nachsinnen. Aber der Stimme ihres Gewissens, das die Wahrheit sprach, konnte sie nicht entrinnen:

Wenn ich diese Papiere ausfülle, so heißt das, ich gebe auf. Es ist ein Eingeständnis der Niederlage. Es bestätigt mir, daß ich eine Versagerin bin, keine Frau. Der Schmerz wird zwar nachlassen, aber vergehen wird er nie. Und das ist nicht gerecht. Denn dies ist das einzige, was ich mir wünsche.

Deborah stand auf und stieß die Pforte des Kirchenstuhls auf. Sie hörte wieder Simons Worte: Willst du dich selbst bestrafen, Deborah? Sagt dir dein Gewissen, du habest gesündigt und könntest nun Buße tun, indem du ein Leben durch ein anderes ersetzt, das du selbst hervorgebracht hast? Ist es das? Glaubst du, mir das zu schulden?

Vielleicht zum Teil. Denn er war die Vergebung selbst. Wäre er ein anderer Mensch gewesen – einer, der gelegentlich geschimpft oder ihr den Vorwurf gemacht hätte, sie sei selbst an der Situation schuld –, so hätte sie es vielleicht leichter ertragen können. Aber gerade weil er nichts tat, als nach einer Lösung zu suchen und seiner wachsenden Besorgnis über ihr Befinden Ausdruck zu geben, fiel es ihr so schwer, sich selbst zu verzeihen.

Auf dem abgetretenen roten Teppich ging sie den Weg zurück zum Nordportal der Kirche. Sie trat ins Freie. Sie fröstelte in der zunehmenden Kälte und schob ihren Schal unter den Kragen ihres Mantels. Drüben, auf der anderen Straßenseite, standen immer noch die zwei Autos vor dem Haus des Constables. Auf der vorderen Veranda brannte Licht. Aber hinter dem großen Fenster rührte sich nichts.

Deborah wandte sich ab und ging auf den Friedhof. Sein Boden war uneben wie das Hochmoor, an den Rändern war er von dornigem Gestrüpp begrenzt. Im Dickicht um eines der Gräber glühte das tiefe Rot von Hartriegel. Über der Grabstätte stand ein Engel, den Kopf gesenkt, die Arme ausgestreckt, als wollte er sich sogleich in das feuerrote Ästegewirr stürzen.

Robin Sage war seit einem Monat tot, aber die Vernachlässigung der Gräber und des Kirchhofs schien früheren Ursprungs zu sein. Der Weg war von Unkraut überwuchert. Die Gräber waren mit schwarzen, toten Blättern gesprenkelt. Die Steine waren grün von Flechten und voller Schmutzflecken.

Nur ein Grab wirkte wie ein stummer Vorwurf inmitten von soviel Gleichgültigkeit. Es war sauber gepflegt. Seine Decke aus zähem Moosgras war ordentlich geschnitten. Sein Stein war rein und ohne Flecken. Deborah trat näher, um es sich anzusehen.

Anne Alice Shepherd stand auf dem Stein. Sie war bei ihrem Tod siebenundzwanzig Jahre alt gewesen. Der Zustand des Grabs ließ vermuten, daß die *geliebte Ehefrau* auch im Tode noch geliebt wurde.

Ein heller Farbtupfer erheischte Deborahs Aufmerksamkeit. Er schien so fehl am Platz wie der rote Hartriegel auf dem eintönigen Friedhof, und sie bückte sich zum Fuß des Grabsteins hinunter, wo zwei leuchtend pinkfarbene, ineinandergeschlungene Ovale sich von grauer Unterlage abhoben. Auf den ersten Blick schien es, als fließe das Grau aus dem Stein, als sei dieser im Begriff, in Staub zu zerfallen. Doch bei näherem Hinsehen erkannte sie, daß es sich um ein Häufchen Asche handelte, in dessen Mitte mit Sorgfalt ein kleiner glatter Stein eingebettet war. Auf diesen Stein waren die ineinandergeschlungenen Ovale aufgemalt, die zuerst ihr Augenmerk auf sich gezogen hatten, zwei pinkfarbene Ringe von gleicher Größe.

Ein seltsamer Grabschmuck, wollte ihr scheinen. Im Winter legte man Stechpalmenkränze aufs Grab oder Wacholder. Schlimmstenfalls griff man zu den gräßlichen Plastikblumen, die in Plastiketuis langsam verschimmelten. Aber Asche und Stein und, wie sie jetzt entdeckte, vier Holzstäbchen, die den Stein festhielten?

Sie berührte ihn mit dem Finger. Er war so glatt wie Glas. Und er war ziemlich flach. Genau vor der Mitte des Grabsteins hatte man ihn auf den Boden gelegt, aber das Ganze war anscheinend nicht in liebevollem Gedenken an die Tote geschehen, sondern wirkte wie ein Botschaft an die Lebenden.

Zwei Ringe, ineinander verschlungen. Vorsichtig, ohne die Asche aufzuwirbeln, hob Deborah den Stein auf. Von Größe und Gewicht war er einer Ein-Pfund-Münze nicht unähnlich. Sie zog einen Handschuh aus – und fühlte den Stein kalt wie eine Lache stehenden Wassers auf ihrer Handfläche.

Trotz der ausgefallenen Farbe erinnerten die Ringe sie an Trauringe, wie man sie in Gold gestanzt oder graviert auf Hochzeitseinladungen zu sehen pflegt. Kreisrund als Symbol von Einheit und der Einigkeit, deren Verkörperung eine gute Ehe sein sollte.

Aber soweit Deborah sehen konnte, war dies im Leben immer etwas anders. Gewiß, mit der Liebe wuchs allmählich Vertrauen. Die Intimität gab Wärme und Sicherheit. Und der Leidenschaft entsprangen Momente des Glücks. Aber wenn völlige Übereinstimmung des Fühlens und Denkens das Ziel einer Ehe war, so hatte diese Integration bei ihr und Simon noch nicht stattgefunden.

Ihre Finger schlossen sich um den Stein mit den zwei Ringen. Sie würde ihn als Talisman behalten. Er sollte ihr Symbol für das sein, was aus der Einigkeit der Ehe eigentlich wachsen sollte.

»Na, diesmal hast du's wirklich gründlich vermasselt. Das weißt du ja wohl? Sie sind entschlossen, die Untersuchungen über diesen Todesfall neu aufzurollen, und du hast nicht die geringste Chance, sie davon abzuhalten. Das ist dir doch wohl klar, oder?«

Colin trug sein Whiskyglas in die Küche. Er stellte es direkt unter den Wasserhahn. Obwohl sonst kein Geschirr im Spülbecken stand und nichts auf dem Tisch oder der Arbeitsplatte, was gespült werden mußte, spritzte er das nach Zitrone riechende Spülmittel in das Glas und ließ Wasser hineinlaufen, bis es schäumte.

»Jetzt geht's um deine Karriere. Von Constable Nit, der in der Besserungsanstalt den Jugendlichen Beine macht, bis zum Chief Constable von Hutton-Preston werden alle von dieser Geschichte hören. Du hast einen Fleck auf deiner weißen Weste, Col, und wenn das nächste Mal beim CID eine Stelle frei wird, wird das leider keiner vergessen. Ist dir das klar?«

Colin zog den gestreiften Spüllappen vom Wasserhahn herunter und tauchte ihn mit einer Präzision in das Glas, wie er sie vielleicht bei der Reinigung seiner Gewehre angewendet hätte. Er drückte ihn zu einem dicken Bausch zusammen, wischte damit das Glas mehrmals aus und säuberte dann sorgfältig seinen Rand. Wie merkwürdig, daß es ihm selbst heute noch passieren konnte, in einem unerwarteten Moment wie diesem plötzlich von der Erinnerung an Annie überwältigt zu werden. Stets überfiel sie ihn ohne jede Warnung – ein blitzartiges Aufwallen von Kummer und Sehnsucht, das ihm aus den Lenden bis zum Herz hinaufschoß –, und stets wurde es durch eine Alltäglichkeit heraufbeschworen, so daß er nie darüber nachdachte, wie heimtückisch der Angriff war, der ihn stets völlig unvorbereitet traf. Ein Zittern schüttelte ihn. Er rieb das Glas noch energischer.

»Du glaubst, ich kann dir auch jetzt noch helfen, nicht, Junge?« fuhr sein Vater fort. »Ich habe einmal eingegriffen...«

»Weil du selbst es wolltest. Ich hab dich hier nicht gebraucht, Vater.«

»Hast du eigentlich völlig den Verstand verloren? Bist du verrückt geworden? Dieses Weib hat dir wohl total den Kopf verdreht, was?«

Colin spülte das Glas aus, trocknete es mit der gleichen Sorgfalt, mit der er es gesäubert hatte, und stellte es neben den Toaströster, der, wie er bemerkte, staubig war und oben voller Krümel. Erst dann sah er seinen Vater an.

Kenneth Shepherd stand, wie das seine Gewohnheit war, direkt vor der Tür und blockierte den Fluchtweg.

»Was, zum Teufel, hast du dir eigentlich gedacht?« fragte Kenneth Shepherd. »Was, verdammt noch mal, hast du dir dabei gedacht?«

»Das haben wir alles schon x-mal besprochen. Es war ein Unfall. Ich habe Hawkins informiert. Ich habe mich genau an die Vorschriften gehalten.«

»Den Teufel hast du! Du hast mit einer Leiche dagestanden, die aus sämtlichen Poren nach Mord gestunken hat. Die Zunge in Fetzen gebissen. Der Körper aufgedunsen wie der von einem Schwein. Das ganze Umfeld verwüstet, als hätte er mit dem Teufel persönlich Ringkämpfe ausgetragen. Und das nennst du Unfall? Hast du das deinem Vorgesetzten gemeldet? Heiliger Herr im Himmel, ich versteh nicht, warum sie dich nicht längst an die Luft gesetzt haben.«

Colin verschränkte die Arme auf der Brust, lehnte sich an die Arbeitsplatte und bemühte sich, ruhig und langsam zu atmen. Sie wußten beide, warum. Er faßte die Antwort in Worte. »Du hast ihnen keine Chance gegeben, Vater. Aber mir hast du auch keine Chance gegeben.«

Das Gesicht seines Vaters lief rot an. »Heiliger Vater! Keine Chance! Das ist doch hier kein Spiel. Hier geht's immer noch um Leben und Tod. Nur mußt du diesmal allein sehen, wie du damit fertig wirst, Jungchen.«

Er hatte nach der Rückkehr von ihrer Wanderung, sobald sie ins Haus getreten waren, die Ärmel aufgekrempelt. Jetzt rollte er sie wieder herunter, zog den Stoff über seine Arme und klopfte und zupfte, bis er richtig lag. An der Wand rechts von ihm wedelte Annies Katzenuhr mit dem schwarzen Pendelschweif und rollte die Augen mit jedem Tick und Tack. Er mußte gehen, wenn er noch zu seinem »Mäuschen« wollte. Colin brauchte nur abzuwarten.

»Verdächtige Umstände erfordern die Zuziehung des CID. Das weißt du doch, oder?«

»Ich *habe* das CID zugezogen.«

»Ja, den verdammten Fotografen.«

»Die ganze Mannschaft von der Spurensicherung war da. Ich habe gesehen, was sie gesehen haben. Es gab nicht einen einzigen Anhaltspunkt dafür, daß außer Mr. Sage jemand am Tatort war. Im Schnee waren nur seine Fußabdrücke. Es gab keinen Zeugen, der an diesem Abend noch eine andere Person auf dem Fußweg gesehen hatte. Das Umfeld war verwüstet, weil er Krämpfe gehabt hatte. Man brauchte ihn nur anzusehen, um zu erkennen, daß er irgendeinen heftigen Anfall gehabt hatte. Ich brauchte jedenfalls keinen Inspector, um mir das zu sagen.«

Sein Vater ballte die Fäuste, schwang die Arme hoch und senkte sie wieder. »Du bist heute noch genauso stur wie vor zwanzig Jahren. Und auch noch genauso dumm.«

Colin zuckte die Achseln.

»Du hast jetzt keine Wahl. Das weißt du doch, nicht wahr? Du hast wegen dieser scharfen Muschi, hinter der du so her bist, das ganze Dorf...«

»Das reicht, Vater«, sagte Colin mit erzwungener Ruhe. »Fahr jetzt lieber. Wenn ich mich nicht irre, wartet ja auf dich selbst irgendwo eine scharfe Muschi.«

»Du bist für eine Tracht Prügel noch nicht zu alt, Junge.«

»Kann sein. Aber diesmal würdest du wahrscheinlich den kürzeren ziehen.«

»Nach allem, was ich für dich getan...«

»Du brauchtest nichts zu tun. Ich habe dich nicht gebeten, hierherzukommen. Ich habe dich nicht gebeten, mir hinterherzulaufen wie ein Hund, der den Fuchs in die Nase gekriegt hat. Ich hatte alles im Griff.«

Sein Vater nickte spöttisch. »Stur, dumm und blind dazu.« Er ging aus der Küche hinaus zur Haustür, schlüpfte in seine Jacke, stieß wütend einen Fuß in einen seiner Stiefel. »Du kannst froh sein, daß sie gekommen sind.«

»Ich brauche sie nicht. Sie hat nichts getan.«

»Außer daß sie den Pfarrer vergiftet hat.«

»Versehentlich, Vater.«

Sein Vater stieg in den zweiten Stiefel und richtete sich auf. »Da bete mal lieber dafür, Junge. Im Moment sieht's für dich nämlich verdammt schwarz aus. Im Dorf. Und in Clitheroe genauso wie in Hutton-Preston. Und die schwarze Wolke wird sich nur verziehen, wenn die Freunde vom Yard nicht im Bett deiner Freundin Verdacht wittern.«

Er kramte seine Lederhandschuhe aus seiner Tasche und zog sie über. Schweigend setzte er seine Schirmmütze auf, dann warf er seinem Sohn einen scharfen Blick zu. »Du warst mir gegenüber doch offen? Du hast mir doch nichts verheimlicht?«

»Vater...«

»Wenn du sie nämlich gedeckt hast, dann bist du erledigt. Sie feuern dich, und sie hängen dir ein Verfahren an. So läuft das. Das begreifst du wohl, wie?«

Colin sah die ängstliche Sorge in den Augen seines Vaters und hörte sie durch den Zorn in seiner Stimme. Er wußte, daß eine Menge väterlicher Fürsorge dahintersteckte, aber er wußte auch, daß vor allem sein absolut unverständlicher Mangel an Ehrgeiz und Erfolgssucht seinen Vater zur Weißglut trieb. Nie hatte es ihn gejuckt, aufzusteigen. Er gierte nicht nach einem höheren Rang und dem Recht, es sich hinter einem Schreibtisch bequem zu machen. Er war vierunddreißig Jahre alt und immer noch Dorfpolizist, und sein Vater war der Meinung, das ließe sich nur durch einen triftigen Grund rechtfertigen. *Es gefällt mir so*, reichte nicht aus. *Ich lebe gern auf dem Land*, würde niemals akzeptiert werden. Vor einem Jahr hätte sein Vater vielleicht ein *Ich kann meine Annie nicht verlassen* noch gelten lassen, wenn Colin jetzt von Annie gesprochen hätte, da sein Leben sich um Juliet Spence drehte, hätte er getobt.

Und nun drohte auch noch Demütigung infolge der Beteiligung seines Sohns an der Vertuschung eines Verbrechens. Nachdem der Coroner sein Urteil gefällt hatte, war der alte Shepherd beruhigt gewesen. Jetzt würde er Qualen leiden, bis die Leute vom Yard ihre Ermittlungen abgeschlossen und sichergestellt hatten, daß kein Verbrechen vorlag.

»Colin«, sagte er wieder. »Du warst doch offen zu mir? Du hast mir nichts verheimlicht?«

Colin sah ihm direkt in die Augen. Er war stolz darauf, daß er es schaffte. »Ich habe nichts verheimlicht«, sagte er.

Erst als Colin die Tür hinter seinem Vater geschlossen hatte, wurden ihm die Knie weich. Er hielt sich am Türknauf fest und drückte die Stirn gegen das Holz. Es war nichts, worüber er sich Sorgen zu machen brauchte. Kein Mensch brauchte es je zu erfahren. Er hatte selbst nicht einmal daran gedacht, bis der Inspector vom Yard seine Frage gestellt und die Erinnerung an Juliet und die Pistole wachgerufen hatte.

Er war zu ihr hinausgefahren, um mit ihr zu sprechen, nachdem drei zornige und verängstigte Elternpaare ihn angerufen hatten, deren Söhne auf dem Anwesen von Cotes Hall Unfug getrieben hatten. Sie hatte damals gerade ein Jahr im Verwalterhaus gewohnt, eine großgewachsene, herbe Frau, die niemals Gesellschaft suchte, sich ihr Leben mit dem Anbau von Pflanzen und Kräutern verdiente, aus denen sie heilende Tränke mischte, mit ihrer Tochter zusammen ausgedehnte Wanderungen im Hochmoor machte und nur äußerst selten ins Dorf kam. Ihre Lebensmittel kaufte sie in Clitheroe ein, was sie für ihren Garten brauchte, in Burnley. Pflanzen und getrocknete Kräuter verkaufte sie in Laneshawbridge. Sie unternahm ab und zu einen Ausflug mit ihrer Tochter, immer war die Wahl des Ziels dabei eher ungewöhnlich, so besichtigte sie lieber das Lewis Textil-Museum in Lancaster Castle, zog die Sammlung von Puppenhäusern von Hoghton Tower den Vergnügungen Blackpools am Meer vor. Als er in seinem alten Landrover die holprige Straße entlanggerattert war, hatte er zunächst nur gedacht, wie hirnverbrannt eine Frau sein mußte, die in der Dunkelheit auf drei Jungen schoß, die am Waldrand Tiergeräusche machten. Und dann auch noch mit einer Schrotflinte. Da hätte das Schlimmste passieren können.

Sonnenlicht fiel an diesem Nachmittag in den Eichenwald. Helles Grün sproß an den Ästen der Bäume, erstes Zeichen des nahenden Frühlings. Er fuhr um die Kurve auf der miserablen Straße, die die Townley-Youngs seit Jahren nicht mehr ausgebessert hatten, als plötzlich durch das offene Fenster Lavendelduft hereinwehte und eines jener schmerzlichen Erinnerungsbilder an Annie heraufbeschwor. So lebendig war es, daß er unwillkürlich auf die Bremse trat und einen Moment lang fast erwartete, sie würde aus dem Wald gelaufen kommen, wo man vor mehr als hundert Jahren, als

Cotes Hall auf den Bräutigam gewartet hatte, der nie erschienen war, am Straßenrand den Lavendel in dichten Büschen gepflanzt hatte.

Tausendmal waren sie hier gewesen, er und Annie. Sie pflegte an den Lavendelbüschen zu zupfen, so daß der Duft der Blüten und des Laubs in die Luft stieg, während sie an seiner Seite vor sich hin ging. Sie sammelte die Knospen für Duftkissen, die sie zu Hause zwischen die Wollsachen und die Bettwäsche legte. Er erinnerte sich auch dieser Duftkissen, unförmige kleine Gazebeutel, die mit ausgefranstem roten Band gebunden waren. Immer gingen sie innerhalb einer Woche auf. Dauernd las er sich Lavendelblüten aus den Socken oder fegte sie vom Bettlaken. Aber trotz seines Protests »Ach, hör doch auf, Annie. Was soll das denn?« verteilte sie weiterhin die Beutelchen eifrig in sämtlichen Nischen und Winkeln des Hauses, einmal hatte sie ihm sogar eins in die Schuhe gesteckt und erklärte dazu: »Die Motten, Col. Wir wollen doch keine Motten haben, oder?«

Nach ihrem Tod warf er sie alle hinaus. Gleich nachdem er ihre Medikamente vom Nachttisch gefegt, gleich nachdem er ihre Kleider von den Bügeln gerissen und ihre Schuhe in Müllsäcke gestopft, gleich nachdem er ihre Parfumflaschen in den Garten hinausgetragen und eine nach der anderen mit einem Hammer zertrümmert hatte, als könnte er damit seine Wut loswerden, hatte er sich auf die Suche nach Annies Duftkissen gemacht. Der Geruch von Lavendel beschwor unweigerlich ihr Bild herauf. Es war schlimmer als nachts, wenn er sie in seinen Träumen sah, sich erinnerte und nach dem sehnte, was einmal gewesen war. Am Tag, wenn nur der Duft ihn verfolgte, war sie da, aber unerreichbar wie ein Wispern, das auf dem Wind an ihm vorübergetragen wurde.

Annie, dachte er, Annie, und starrte, die Hände um das Lenkrad gekrampft, auf die Straße hinaus.

Deshalb sah er Juliet Spence nicht gleich, und deshalb war sie ihm gegenüber im Vorteil gewesen, den sie, dachte er manchmal, bis heute gewahrt hatte. Sie sagte: »Alles in Ordnung, Constable?«, und er drehte den Kopf mit einem Ruck zum offenen Fenster und sah, daß sie mit einem Korb am Arm und verdreckten Jeans aus dem Wald getreten war.

Er fand es überhaupt nicht merkwürdig, daß Juliet Spence wußte, wer er war. Das Dorf war klein. Sie hatte ihn gewiß schon des öfteren gesehen, obwohl sie einander nie vorgestellt worden waren. Außerdem hatte Townley-Young ihr wahrscheinlich gesagt, daß er im Rahmen seiner abendlichen Runden auch nach dem Herrenhaus zu sehen pflegte. Vielleicht hatte sie ihn ab und zu sogar vom Fenster ihres Häuschens aus gesehen, wenn er durch den Hof gefahren war und mit seiner Taschenlampe hier und dort die verbretterten Fenster des Herrenhauses angeleuchtet hatte, um sicherzustellen, daß diese bröckelige alte Ruine dem Zahn der Zeit überlassen blieb und nicht von Menschen vereinnahmt wurde.

Er überging ihre Frage und stieg aus. Er sagte, obwohl er die Antwort schon wußte: »Sie sind Mrs. Spence, nicht wahr?«

»Richtig.«

»Sind Sie sich darüber im klaren, daß Sie gestern abend mit Ihrer Schrotflinte auf drei zwölfjährige Jungen geschossen haben? Auf Kinder also, Mrs. Spence.«

Sie hatte verschiedene Grünpflanzen, Wurzeln und Zweige in ihrem Korb und dazu eine kleine Schaufel und eine Gartenschere. Sie nahm die Schaufel heraus, schob einen Klumpen feuchter Erde von ihrer Spitze herunter und wischte sich die Finger an ihrer Jeans ab. Ihre Hände mit kurzgeschnittenen Nägeln waren groß und schmutzig. Sie sahen aus wie Männerhände. Sie sagte: »Kommen Sie mit ins Haus, Mr. Shepherd.«

Damit machte sie auf dem Absatz kehrt und verschwand wieder im Wald. Allein rumpelte er das letzte Stück Straße hinunter, lenkte den Wagen im Hof über den knirschenden Kies und hielt schließlich im Schatten des Herrenhauses an. Als er zum Haus kam, hatte sie ihren Korb bereits weggestellt, sich den Schmutz von den Jeans gebürstet, sich die Hände so gründlich gewaschen, daß die Haut fast wundgescheuert war, und Wasser aufgesetzt. Die Haustür stand offen, und als er die einzige Stufe hinaufstieg, sagte sie: »Ich bin in der Küche, Constable. Kommen Sie herein.«

Tee, dachte er. Fragen und Antworten in Schach gehalten vom Ritual des Einschenkens, des Weiterreichens von Milch und Zucker und einem geblümten Teller mit Keksen. Geschickt, dachte er.

Aber anstatt Tee zu machen, goß sie das kochende Wasser langsam in einen großen Topf, in dem eine Anzahl Einmachgläser stand. Dann stellte sie den Topf auf den Herd.

»Es muß alles steril sein«, erläuterte sie. »Es stirbt so leicht jemand, wenn die Leute so dumm sind zu glauben, sie könnten einkochen, ohne vorher zu sterilisieren.«

Er schaute sich in der Küche um und versuchte, einen Blick in die Speisekammer auf der anderen Seite zu werfen. Merkwürdige Jahreszeit zum Einkochen, dachte er. »Was kochen Sie denn ein?«

Statt einer Antwort ging sie zu einem Schrank und nahm zwei Gläser und eine Karaffe heraus, aus der sie eine Flüssigkeit einschenkte, deren Farbe etwa zwischen Schmutzigbraun und Bernsteingelb lag. Es war eine trübe Flüssigkeit, und als sie ein Glas damit vor ihn auf den Tisch stellte, an dem er sich, in dem Bemühen, Autorität zu demonstrieren, ohne Aufforderung niedergelassen hatte, hob er es mißtrauisch hoch und roch daran. Was für einen Geruch hatte das Zeug? Wie Baumrinde? Alter Käse?

Sie lachte und trank einen kräftigen Schluck aus ihrem eigenen Glas. Sie stellte die Karaffe auf den Tisch, setzte sich ihm gegenüber und legte eine Hand um ihr Glas. »Trinken Sie nur«, sagte sie. »Es ist Löwenzahn und Holunder. Ich trinke es jeden Tag.«

»Und wozu ist es gut?«

»Es reinigt.« Sie lächelte und trank wieder.

Er hob das Glas. Sie beobachtete ihn. Nicht seine Hände, als er das Glas hob, nicht seinen Mund, als er trank, sondern seine Augen. Das war es, was ihm später auffiel, als er über ihre erste Begegnung nachdachte: daß sie nicht einen Moment ihren Blick von ihm abgewandt hatte. Er war selbst auch neugierig und sammelte erste Eindrücke von ihr: Sie war nicht geschminkt; ihr Haar begann grau zu werden, aber ihre Haut hatte kaum Falten, sie konnte also nicht viel älter sein als er; sie roch schwach nach Schweiß und Erde, und ein Schmutzfleck über ihrem Auge sah aus wie ein Muttermal; sie trug ein Männerhemd, übergroß, am Kragen zerschlissen und an den Manschetten ausgefranst; im Ausschnitt konnte er den Ansatz ihres Busens sehen; sie hatte starke Handgelenke; breite Schultern; er meinte, sie beide könnten die gleichen Sachen tragen.

»Ja, so ist das«, sagte sie leise. Sie hatte dunkle Augen, mit Pupillen, so groß, daß die Augen selbst schwarz wirkten. »Anfangs ist es die Angst vor etwas, das größer ist als man selbst – über das man keine Kontrolle hat und das man nicht begreift –, das sich aus eigener Macht in ihrem Körper, dem Körper der eigenen Frau breitmacht. Dann kommt der Zorn, daß eine gemeine Krankheit ihr Leben und das eigene angegriffen und kaputtgemacht hat. Und dann folgt die Panik, weil niemand eine Antwort weiß, der man glauben kann, und weil einem jeder eine andere Antwort gibt. Dann folgt die tiefe Niedergeschlagenheit darüber, daß man mit ihr und ihrer Krankheit geschlagen ist, wo man doch nichts weiter wollte als eine Frau, eine Familie, ein ganz normales Leben.

Dann kommt das Grauen darüber, im eigenen Haus mit dem Anblick, den Gerüchen und Geräuschen ihres Sterbens eingesperrt zu sein. Aber so seltsam es erscheinen mag, am Ende wird es alles Bestandteil des täglichen Lebens, der Art und Weise, wie man als Frau und Mann zusammenlebt. Man gewöhnt sich an die grausame Realität von Bettpfanne und Nachtstuhl, von Erbrechen und Urin. Man erkennt, wie wichtig man für sie ist. Man ist ihr Anker und ihr Retter, man ist Vernunft und Normalität für sie. Alle Bedürfnisse, die man selbst hat, werden zur Nebensache – unwichtig, selbstsüchtig, gemein sogar – im Licht der Rolle, die man für sie spielt. Darum fühlt man sich, wenn es vorbei ist, wenn sie tot ist, gar nicht erlöst, wie alle glauben. Man fühlt sich vielmehr wie eine Form des Wahnsinns. Die anderen sagen einem, es sei ein Segen, daß Gott sie endlich zu sich genommen habe. Aber man weiß, daß es gar keinen Gott gibt. Es gibt nur diese klaffende Wunde im eigenen Leben, die Lücke, die sie hinterlassen hat, nun, da sie uns nicht mehr braucht und nicht mehr unsere Zeit in Anspruch nimmt.«

Sie goß ihm noch etwas von dem Getränk in sein Glas. Er wollte irgend etwas antworten, aber noch lieber wollte er aufstehen und davonlaufen, um nicht antworten zu müssen. Er nahm seine Brille ab – drehte seinen Kopf, anstatt sie einfach von seinem Nasenrücken zu ziehen –, und indem er das tat, gelang es ihm, seinen Blick dem ihren zu entziehen.

Sie sagte: »Der Tod ist für niemanden außer den Sterbenden eine Erlösung. Für die Lebenden ist er die Hölle, die nur ständig ihr Gesicht verändert. Man glaubt, es wird einem bessergehen. Man glaubt, eines Tages wird man den Schmerz loslassen können. Aber der Tag kommt nie. Niemals kann man den Schmerz ganz loslassen. Und die einzigen Menschen, die das verstehen können, sind die, die das gleiche durchgemacht haben.«

Natürlich, dachte er. Ihr Mann. Er sagte: »Ich habe sie geliebt. Dann habe ich sie gehaßt. Dann habe ich sie wieder geliebt. Sie brauchte mehr, als ich geben konnte.«
»Sie haben gegeben, was Sie konnten.«
»Am Ende nicht mehr. Ich war nicht stark, als ich stark hätte sein sollen. Ich habe mich an die erste Stelle gestellt. Als sie im Sterben lag.«
»Vielleicht hatten Sie schon genug ertragen.«
»Sie wußte, was ich getan hatte. Sie hat nie ein Wort gesagt, aber sie hat es gewußt.«

Er fühlte sich eingeengt, bedrängt. Er setzte seine Brille wieder auf. Er stand vom Tisch auf und ging zur Spüle, wo er sein Glas auswusch. Er sah aus dem Fenster. Es ging nicht zum Herrenhaus, sondern zum Wald hinaus. Sie hatte einen großen Garten angelegt, wie er sah. Sie hatte das alte Gewächshaus repariert. Ein Schubkarren stand daneben, anscheinend mit Mist gefüllt. Er stellte sich vor, wie sie ihn in der Erde verteilte, mit kräftigen, großen Bewegungen. Und sie würde dabei schwitzen. Sie würde innehalten, um sich die Stirn mit dem Hemdsärmel abzuwischen. Sie würde keine Handschuhe tragen – sie würde den hölzernen Stiel des Spatens fühlen wollen und die sonnenwarme Erde –, und wenn sie durstig war, würde das Wasser, das sie trank, ihr an den Mundwinkeln herabrinnen und ihren Hals befeuchten. Ein kleines Rinnsal würde zwischen ihre Brüste sickern.

Er zwang sich, sich vom Fenster abzuwenden und sie anzusehen. »Sie besitzen eine Schrotflinte, Mrs. Spence.«
»Ja.« Sie blieb, wo sie war, nur ihre Haltung war verändert. Sie stützte jetzt den Ellbogen auf den Tisch und hielt mit einer Hand ihr Knie umfaßt.
»Und Sie haben gestern abend damit geschossen?«
»Ja.«

»Warum?«

»Das ganze Anwesen ist für Unbefugte gesperrt. Alle hundert Meter steht ein Verbotsschild, Constable.«

»Aber es besteht ein öffentlicher Fußweg, für den das Verbot nicht gilt. Das wissen Sie sehr wohl. Und Townley-Young ebenfalls.«

»Die Jungen waren nicht auf dem Fußweg zum Cotes Fall. Und sie waren auch nicht auf dem Rückweg ins Dorf. Sie waren im Wald hinter meinem Haus und schlichen sich zum Herrenhaus hinauf.«

»Wissen Sie das mit Sicherheit?«

»Aber ja, ich habe ja ihre Stimmen gehört.«

»Und Sie haben die Jungen zunächst durch Zuruf gewarnt?«

»Zweimal.«

»Sie haben nicht daran gedacht, telefonisch Hilfe zu erbitten?«

»Ich brauchte keine Hilfe. Ich mußte sie nur vertreiben. Und Sie müssen zugeben, daß mir das recht gut gelungen ist.«

»Mit einer Schrotflinte. Sie haben mit Schrot ins Dunkle geschossen. Da hätte leicht...«

»Es war Salz.« Sie strich sich das Haar aus dem Gesicht. »Die Flinte war mit Salz geladen, Mr. Shepherd.«

»Und laden Sie sie manchmal auch mit etwas anderem?«

»Gelegentlich, ja. Aber wenn ich das tue, schieße ich nicht auf Kinder.«

Erst jetzt bemerkte er, daß sie Ohrringe trug, kleine goldene Stecker, in denen sich das Licht fing, wenn sie den Kopf drehte. Sie waren ihr einziger Schmuck, abgesehen von einem Ehering, der, wie sein eigener, völlig schmucklos war und beinahe so schmal wie eine Bleistiftmine. Auch in ihm fing sich das Licht, wenn sie mit den Fingern ruhelos auf ihre

Knie klopfte. Sie hatte lange Beine. Er sah, daß sie ihre Stiefel ausgezogen hatte und nur graue Socken trug.

Weil er irgend etwas sagen mußte, um bei der Sache zu bleiben, sagte er: »Mrs. Spence, Schußwaffen sind in den Händen von unerfahrenen Leuten ein gefährliches Spielzeug.«

Sie entgegnete: »Wenn ich die Absicht gehabt hätte, jemanden zu verletzen, hätte ich genau das getan, Mr. Shepherd, das können Sie mir glauben.«

Sie stand auf. Er erwartete, sie würde durch die Küche gehen, ihr Glas in die Spüle stellen, die Karaffe wieder im Schrank verstauen, sich in sein Territorium hineindrängen. Aber sie sagte nur: »Kommen Sie mit.«

Er folgte ihr ins Wohnzimmer, an dem er vorher schon, auf dem Weg zur Küche, vorübergekommen war. Das Nachmittagslicht fiel in breiten Streifen auf den Teppich, und Hell und Dunkel glitten über sie hinweg, als sie zu einer alten Kommode ging, die an der Wand stand. Sie zog die oberste linke Schublade auf. Sie nahm ein kleines Frotteebündel heraus, das mit einer Schnur gebunden war. Sie packte es aus, und ein Revolver kam zum Vorschein, der sehr sauber und gut geölt aussah.

Wieder sagte sie: »Kommen Sie mit.«

Er folgte ihr zur Haustür. Sie stand immer noch offen, und es wehte ein leichter frischer Wind, der ihr Haar erfaßte. Auf der anderen Seite des Hofs stand leer, mit verbretterten Fenstern, verrosteten Regenrinnen und bröckelnden Mauern das alte Herrenhaus.

Sie sagte: »Die zweite Schornsteinklappe von rechts. Ihre linke Ecke.« Sie hob den Arm, zielte, drückte ab. Ein Terracotta-Splitter flog wie eine Rakete vom zweiten Schornstein weg.

Noch einmal sagte sie: »Wenn ich jemanden hätte verletzen wollen, dann hätte ich genau das getan, Mr. Shepherd.« Damit kehrte sie ins Wohnzimmer zurück und wickelte die Waffe wieder in den Stoff, der zwischen einem Nähkorb und mehreren Fotografien ihrer Tochter auf der Kommode lag.

»Haben Sie einen Waffenschein?« fragte er sie.

»Nein.«

»Warum nicht?«

»Das war nicht notwendig.«

»Aber es ist gesetzliche Vorschrift.«

»Da, wo ich das Ding gekauft habe, nicht.«

Sie stand mit dem Rücken an die Kommode gelehnt. Er blieb an der Tür. Er dachte daran, das zu sagen, was er eigentlich hätte sagen müssen. Er erwog, das zu tun, was das Gesetz von ihm erwartete. Sie besaß eine Handfeuerwaffe, ohne einen Waffenschein dafür zu haben, er hätte ihr die Waffe abnehmen und sie wegen illegalen Waffenbesitzes belangen müssen. Statt dessen sagte er: »Wozu benutzen Sie die Waffe?«

»Hauptsächlich zum Üben. Ansonsten zu meinem Schutz.«

»Vor wem?«

»Vor jedem, dem ein Zuruf oder ein Schuß mit der Büchse nicht genug ist. Es ist eine Form der Versicherung.«

»Sie wirken aber durchaus sicher.«

»Keiner, der ein Kind im Haus hat, ist sicher. Besonders nicht eine Frau allein.«

»Und der Revolver ist immer geladen?«

»Ja.«

»Das ist leichtsinnig. Das ist eine Herausforderung.«

Ein Lächeln zuckte flüchtig um ihren Mund. »Vielleicht. Aber vor heute habe ich ihn nie im Beisein anderer abgefeuert. Außer in Maggies Beisein.«

»Es war dumm von Ihnen, ihn mir zu zeigen.«

»Ja, das stimmt.«
»Warum haben Sie es dann getan?«
»Aus dem gleichen Grund, aus dem ich die Waffe überhaupt hier habe. Zum Schutz, Constable.«

Er starrte sie an. Sein Herz schlug schnell, und er fragte sich, wann das begonnen hatte. Irgendwo im Haus tropfte ein Wasserhahn, von draußen hörte er das schrille Tirilieren eines Vogels. Er sah die sachte Bewegung ihres Busens, den tiefen Ausschnitt ihres Hemdes, in dem ihre Haut zu glänzen schien, die straffe Spannung der Blue jeans über ihren Hüften. Sie war ungraziös und verschwitzt. Sie sah verdreckt und unordentlich aus. Er hatte nicht von ihr lassen können.

Ohne einen Gedanken machte er zwei große Schritte, und sie kam ihm in der Mitte des Zimmers entgegen. Er riß sie in seine Arme, tauchte seine Finger in ihr Haar und drückte seinen Mund auf den ihren. Er hatte nicht gewußt, daß es eine solche Begierde nach einer Frau überhaupt geben konnte. Hätte sie nur den geringsten Widerstand geleistet, so hätte er, das wußte er, sie gezwungen, aber sie widerstand nicht und wollte offensichtlich auch gar nicht widerstehen. Ihre Hände suchten sein Haar, seinen Hals, seine Brust. Ihre Arme umschlossen ihn, als er sie fest an sich zog, ihr Gesäß umfaßte und sich an sie drängte. Er hörte einen Knopf herunterfallen, als er ihr das Hemd vom Leib riß und ihren Busen suchte. Dann fiel auch sein Hemd zu Boden, und ihr Mund war auf seiner nackten Haut, suchte sich unter Küssen und Bissen einen Weg zur Taille. Sie kniete nieder, machte sich an seinem Gürtel zu schaffen und schob seine Hose herunter.

Nur zwei Dinge jagten ihm durch den Sinn, daß er sich in ihren Mund ergießen könnte, daß sie ihn loslassen könnte, bevor er dazu kam.

9

Sie hätte nicht weniger Ähnlichkeit mit Annie haben können. Vielleicht lag darin die anfängliche Anziehung begründet. An die Stelle von Annies weicher, williger Fügsamkeit trat nun Juliets Eigenständigkeit und Stärke. Sie hatte sich leicht nehmen lassen, hatte es eilig gehabt, genommen zu werden, aber sie machte es einem nicht leicht, ihr nahezukommen. In der ersten Stunde ihrer wilden Umarmung an jenem Märznachmittag hatte sie nur zwei Worte zustande gebracht: *Gott* und *fester*. Letzteres hatte sie dreimal wiederholt. Und als sie sich aneinander gesättigt hatten – lang nachdem sie aus dem Wohnzimmer in ihr Schlafzimmer hinaufgegangen waren –, hatte sie gesagt: »Wie heißt du mit Vornamen, Mr. Shepherd, oder soll ich dich weiterhin Mr. Shepherd nennen?«

Er zeichnete mit einem Finger die helle Linie auf ihrem Bauch nach, einziges Anzeichen – außer dem Kind selbst –, daß sie ein Kind zur Welt gebracht hatte. Er hatte das Gefühl, sein ganzes Leben würde nicht ausreichen, um jeden Zentimeter ihres Körpers ganz kennenzulernen, und obwohl er bereits viermal mit ihr zusammengewesen war, weckte der Anblick ihres ausgestreckten Körpers bereits wieder seine Lust. Mit Annie hatte er nie öfter als einmal in vierundzwanzig Stunden geschlafen. Er hatte gar nicht daran gedacht, etwas anderes zu machen. Die Liebe mit ihr war zärtlich und süß gewesen, und er hatte hinterher immer ein Gefühl von Glück und Harmonie empfunden, voll tiefer Dankbarkeit für das Empfangene. Die Liebe mit Juliet hatte seine Sinne geweckt, ein Begehren offengelegt, das unstillbar zu sein schien. Nach einem Abend, einer Nacht, einem Nachmittag mit ihr brauchte er nur irgendwo ihren Duft aufzufangen – an seinen Händen, an seinen Kleidern, wenn er sich das Haar kämmte –, und schon flammte das Begehren wieder auf, so daß es ihn zum Telefon trieb, und er wartete, bis sie mit leiser Stimme antwortete: »Ja. Wann?«

Doch auf ihre erste Frage überhaupt sagte er nur: »Colin.«

»Wie hat deine Frau dich genannt?«

»Col. Und wie hat dich dein Mann genannt?«

»Ich heiße Juliet.«

»Und dein Mann?«

»Wie er heißt?«

»Nein, wie er dich genannt hat.«

Sie strich mit den Fingern über seine Augenbrauen, folgte dem Schwung seines Ohrs, seiner Lippen. »Du bist schrecklich jung«, war ihre Antwort.

»Ich bin dreiunddreißig. Und du?«

Sie lächelte, eine kleine traurige Bewegung ihres Mundes. »Ich bin älter als dreiunddreißig. Alt genug, um...«

»Um was?«

»Um klüger zu sein, als ich bin. Weit klüger, als ich heute nachmittag war.«

Seine männliche Eitelkeit antwortete: »Aber du wolltest es doch, nicht wahr?«

»O ja. Sobald ich dich da in dem Rover sitzen sah. Ja. Ich wollte. Es. Dich. Was auch immer.«

»War das so eine Art Liebestrank, was du mir da gegeben hast?«

Sie hob seine Hand zu ihrem Mund, nahm seinen Zeigefinger zwischen ihre Lippen, sog sachte daran. Ihm stockte der Atem. Sie ließ ihn los und lachte leise. »Du brauchst keinen Liebestrank, Mr. Shepherd.«

»Wie alt bist du?«

»Auf jeden Fall so alt, daß es bei diesem einen Nachmittag bleiben muß.«

»Das ist nicht dein Ernst.«

»Doch, das muß mein Ernst sein.«

Doch er hatte nicht lockergelassen, und mit der Zeit ließ ihr Widerstand nach. Sie verriet ihr Alter, dreiundvierzig, und sie erlag immer wieder dem Begehren. Aber wenn er von der Zukunft sprach, verwandelte sie sich in Stein. Ihre Antwort war immer die gleiche.

»Du brauchst eine Familie. Kinder, die du großziehen kannst. Du bist zum Vater bestimmt. Das kann ich dir nicht geben.«

»Unsinn! Frauen, die älter sind als du, bekommen noch Kinder.«

»Ich habe bereits mein Kind, Colin.«

In der Tat. Maggie war das Problem, das gelöst werden mußte, wenn er Juliet für sich gewinnen wollte, und er wußte es. Doch sie war nicht zu fassen, ein Irrlicht von einem Kind, das ihn von der anderen Seite des Hofs aus mit ernster Miene beobachtet hatte, als er an jenem ersten Nachmittag das Haus verlassen hatte. In den Armen hatte sie eine ungepflegte Katze gehalten und ihn unverwandt angesehen. Sie weiß es, dachte er. Er sagte hallo, nannte ihren Namen, aber sie verschwand um die Ecke des Herrenhauses. Seitdem war sie ihm gegenüber stets höflich gewesen – ein wahrer Ausbund an guter Erziehung –, aber in ihrem Gesicht sah er das Urteil. Schon lange bevor Juliet erkannte, wohin Maggies Verliebtheit in Nick Ware führte, hätte er prophezeien können, auf welche Weise sie von ihrer Mutter Vergeltung fordern würde.

Er hätte irgendwie eingreifen können. Er kannte Nick Ware, er war gut bekannt mit den Eltern des Jungen. Er hätte von Nutzen sein können, wenn Juliet es ihm erlaubt hätte.

Statt dessen hatte sie zugelassen, daß der Pfarrer sich in ihr und Maggies Leben drängte. Und Robin Sage hatte nicht lange gebraucht, um das zu schaffen, was Colin erfolglos herzustellen versucht hatte: eine Verbindung zu Maggie. Er sah sie vor der Kirche miteinander sprechen, Seite an Seite ins Dorf wandern, wobei die schwere Hand des Pfarrers auf der Schulter des Mädchens ruhte. Er sah sie mit dem Rücken zur Straße auf der Kirchhofsmauer sitzen, die Gesichter dem Cotes Fell zugewandt. Er registrierte die Besuche, die Maggie im Pfarrhaus machte. Und er nahm sie zum Anlaß, mit Juliet über das Thema zu sprechen.

»Ach, da ist doch nichts dahinter«, meinte Juliet. »Sie sucht ihren Vater. Sie weiß, daß du es nicht sein kannst – sie hält dich für zu jung, und außerdem bist du ja niemals aus Lancashire weggewesen, nicht wahr? –, also versucht sie, Mr. Sage in die Rolle zu pressen. Sie ist überzeugt, daß ihr Vater ständig auf der Suche nach ihr ist. Warum also nicht in Gestalt eines Pfarrers?«

»Und wer ist ihr Vater?«

Ihr Gesicht verschloß sich wie immer. Er fragte sich manchmal, ob dieses Schweigen ihre Art war, seine Leidenschaft wachzuhalten, ihn, indem sie sich interessanter machte, als andere Frauen es waren, herauszufordern, brav und bereitwillig immer weiter seine Männlichkeit unter Beweis zu stellen. Aber nicht einmal das schien für sie große Bedeutung zu haben; wenn er in seinem verzweifelten Wunsch, die Wahrheit zu erfahren, darauf anspielte, daß er sie verlassen würde, pflegte sie nur zu sagen: »Nichts dauert ewig, Colin.«

»Wer ist er, Juliet? Er ist gar nicht tot, nicht wahr?«

»Maggie möchte daran glauben.«

»Und ist es wahr?«

Sie schloß einen Moment die Augen. Er hob ihre Hand, küßte die Innenseite, zog sie auf seine Brust. »Juliet, ist es wahr?«

»Ich glaube, ja.«

»Du glaubst? Bist du noch mit ihm verheiratet?«

»Colin. Bitte!«

»Warst du überhaupt mit ihm verheiratet?«

Wieder schloß sie die Augen. Unter ihren Wimpern sah er Tränen aufblitzen, und für einen Moment konnte er weder ihren Schmerz noch ihre Traurigkeit verstehen. Dann sagte er: »Ach Gott! Juliet! Juliet, bist du vergewaltigt worden? Ist Maggie... Hat jemand...«

Sie flüsterte: »Erniedrige mich nicht.«

»Du warst nie verheiratet, nicht wahr?«

»Bitte, Colin!«

Doch diese Tatsache änderte nichts. Sie weigerte sich dennoch, ihn zu heiraten. Zu alt für dich, lautete ihre Ausrede.

Jedoch nicht zu alt für den Pfarrer.

Den Kopf an das kühle Holz der Haustür gedrückt, hinter der die Schritte seines Vaters längst verklungen waren, stand Colin Shepherd da und lauschte Lynleys Frage nach, die wie ein hartnäckiges Echo all seiner Zweifel in seinem Schädel dröhnte.

Wäre es denn wahrscheinlich gewesen, daß sie schon nach so kurzer Bekanntschaft mit einem Mann intim werden würde?

Er drückte die Augen zu.

Was änderte es, daß Mr. Sage nur nach Cotes Hall hinausgegangen war, um mit ihr über Maggie zu sprechen? Der Dorfpolizist war auch nur hinausgefahren, um eine Frau zu verwarnen, die mit einer Schrotflinte auf kleine Jungen geschossen hatte, und binnen einer Stunde hatte er ihr in blindem Begehren die Kleider vom Leib gerissen. Und sie hatte keine Einwände erhoben, sie hatte nicht versucht, ihm Einhalt zu gebieten. Im Gegenteil, sie war so aggressiv gewesen wie er. Was war das für eine Frau?

Eine Sirene, dachte er und versuchte, die warnenden Worte seines Vaters zu verdrängen. *Bei einer Frau muß man immer die Oberhand haben, Junge, und man muß die Oberhand behalten. Von Anfang an. Die machen dich zum Waschlappen, wenn du ihnen nur die kleinste Chance gibst.*

Hatte sie das mit ihm getan? Und mit Sage auch? Er meint es gut, hatte sie gesagt. Sie sei, was das Kind anging, am Ende ihrer Weisheit angelangt und wollte sich daher dem Pfarrer nicht verschließen, wenn dieser Hilfe anböte.

Sie hatte ihm forschend ins Gesicht geblickt. »Du traust mir nicht, Colin, nicht wahr?«

Nein. Nicht einen Schritt. Dennoch sagte er: »Aber natürlich vertraue ich dir.«

»Du kannst auch kommen, wenn du möchtest. Am Tisch zwischen uns sitzen. Aufpassen, daß ich nicht meinen Schuh auszieh und meinen Fuß an seinem Bein reibe.«

»Das will ich nicht.«

»Was dann?«

»Ich möchte einfach, daß zwischen uns alles klar ist. Ich möchte, daß alle es wissen.«

»Das ist nicht möglich.«

Und nun, solange nicht Scotland Yard sie von allem Verdacht reinwusch, würde es erst recht nicht möglich sein. Denn er wußte, daß er – nun einmal abgesehen von all ihren Hinweisen auf den Altersunterschied – Juliet Spence nicht heiraten und gleichzeitig seine Position in Winslough behalten konnte, solange jedes gemeinsame Auftreten in der Öffentlichkeit unüberhörbares Getuschel auslöste. Und er konnte Juliet nicht einfach heiraten und mit ihr aus Winslough weggehen, wenn er sich nicht mit ihrer Tochter überwerfen wollte. Er saß in einer selbstverschuldeten Zwickmühle. Nur New Scotland Yard konnte ihn da herausholen.

Die Türglocke über seinem Kopf schellte so schrill und unerwartet, daß er zusammenfuhr. Der Hund begann zu bellen. Colin wartete, bis er aus dem Wohnzimmer gesprungen kam.

»Ruhig!« sagte er. »Sitz!« Leo gehorchte, den Kopf zur Seite geneigt. Colin öffnete die Tür.

Die Sonne war untergegangen. Schon war es fast stockdunkel. Unter der Lampe auf der Veranda, die er zum Empfang von New Scotland Yard eingeschaltet hatte, stand Polly Yarkin. Mit einer Hand zerknäulte sie ihren Schal zwischen den Fingern, mit der anderen hielt sie den Kragen ihres alten marineblauen Mantels zu. Ihr Filzrock reichte bis zu den Knöcheln, und darunter waren ihre abgewetzten Stiefel zu sehen. Verlegen trat sie von einem Fuß auf den anderen, lächelte scheu.

»Ich hab gerade drüben im Pfarrhaus fertig gemacht, und da hab ich gesehen...« Sie warf einen Blick zurück zur Clitheroe Road. »Ich hab gesehen, wie die beiden Herren gegangen sind. Ben im Pub hat gesagt, daß sie von Scotland Yard kommen. Ich hätt ja keine Ahnung gehabt, wenn mich Ben nicht angerufen hätte – er gehört ja zum Kirchenvorstand, wie du weißt – und mir gesagt hätte, daß sie sich wahrscheinlich das Pfarrhaus würden anschauen wollen. Er hat gesagt, ich soll warten. Aber sie sind gar nicht gekommen. Ist alles in Ordnung?«

Während sie mit der einen Hand den Mantelkragen fester zuzog, drehte sie mit der anderen die beiden Enden des Schals zusammen. Er konnte den Namen ihrer Mutter darauf erkennen und sah, daß er eines der Souvenirs war, mit denen sie für ihren Laden in Blackpool Reklame machte. Sie hatte Schals, Bierdeckel, bedruckte Streichholzheftchen verteilt – wie die Geschäftsführerin eines schicken Hotels –, und eine Zeitlang, als sie »in aller Reinheit und Wahrhaftigkeit sicher« gewesen war, daß der Tourismus aus dem Orient bald ein nie dagewesenes Ausmaß erreichen würde, hatte sie sogar kostenlos Eßstäbchen ausgegeben. Rita Yarkin – alias Rita Rularski – war die geborene Unternehmerin.

»Colin?«

Er wurde sich bewußt, daß er den Schal anstarrte und darüber nachdachte, warum Rita ausgerechnet ein schreiendes Grasgrün gewählt und dessen Farbe dann mit scharlachroten Rauten verziert hatte. Er richtete sich auf, warf einen Blick zu Leo hinunter und sah, daß dieser freudig mit dem Schwanz wedelte. Der Hund kannte Polly.

»Ist alles in Ordnung?« fragte sie wieder. »Ich hab deinen Vater auch weggehen sehen. Ich hab ihn angesprochen – ich war gerade dabei, die Veranda zu fegen –, aber er hat mich anscheinend nicht gehört. Jedenfalls hat er nicht geantwortet. Deshalb wollte ich wissen, ob alles in Ordnung ist.«

Er wußte, daß er sie nicht da draußen auf der kalten Veranda stehen lassen konnte. Er kannte sie schließlich seit frühester Kindheit, und selbst wenn das nicht der Fall gewesen wäre, sie war, so schien es jedenfalls, aus freundschaftlicher Anteilnahme gekommen.

»Komm rein.« Er schloß die Tür hinter ihr.

Im Vorraum blieb sie stehen, knüllte ihren Schal zusammen und drehte ihn mehrmals in den Händen, ehe sie ihn schließlich in ihre Manteltasche stopfte. Sie sagte: »Meine Stiefel sind ganz schmutzig.«

»Das macht nichts.«

»Soll ich sie hier draußen ausziehen?«

»Unsinn, du hast sie ja eben erst angezogen.«

Mit dem Hund an seiner Seite kehrte er ins Wohnzimmer zurück. Das Feuer brannte noch, und er legte ein Scheit nach. Er spürte die Hitze, die ihm in Wellen ins Gesicht schlug. Er verharrte über die Flammen geneigt – und ließ sein Gesicht schmoren.

Hinter sich hörte er Pollys zögernden Schritt. Ihre Stiefel knarrten. Ihre Kleider raschelten.

»Ich war schon lange nicht mehr hier«, sagte sie zaghaft.

Nun, sie würde feststellen, daß sich alles sehr verändert hatte: Annies chintzbezogene Couchgarnitur verschwunden, Annies Bilder nicht mehr an den Wänden, Annies Teppich herausgerissen, all ihre Sachen durch ein geschmackloses Mischmasch ersetzt, nur danach ausgesucht, ob es zu gebrauchen war. Zweckmäßigkeit war das einzige, was er von dem Haus und seiner Einrichtung verlangte, seit Annie tot war.

Er erwartete eine Bemerkung von ihr, aber sie sagte nichts. Schließlich wandte er sich vom Feuer ab. Sie hatte ihren Mantel nicht ausgezogen. Sie war nur drei Schritte ins Zimmer hereingekommen. Mit bebenden Lippen lächelte sie ihn an.

»Ein bißchen kalt hier«, sagte sie.

»Stell dich doch vors Feuer.«

»Danke. Das mach ich.« Sie hielt die Hände an die Flammen, knöpfte dann ihren Mantel auf, zog ihn aber nicht aus. Sie hatte einen voluminösen lavendelblauen Pullover an, dessen Farbe sich mit dem Rostrot ihres Haares und dem Magenta ihres Rockes biß. Ein schwacher Geruch nach Mottenpulver schien von ihr auszugehen.

»Geht es dir gut, Colin?«

Er kannte sie gut genug, um zu wissen, daß sie diese Frage immer stellen würde. »Ja. Möchtest du etwas trinken?«

Ihr Gesicht hellte sich auf. »Ach ja. Danke.«

»Einen Sherry?«

Sie nickte. Er ging zum Tisch und schenkte ihr ein, nahm aber selbst nichts. Sie kniete vor dem offenen Kamin nieder und streichelte den Hund. Als er ihr das Glas reichte, blieb sie, wo sie war. An den Sohlen ihrer Stiefel haftete eine dicke Lehmschicht. Bröckchen davon waren auf den Boden gefallen.

Obwohl es das Natürliche gewesen wäre, wollte er sich nicht zu ihr setzen. Mit Annie hatten sie oft im Halbkreis um den Kamin gesessen, aber damals war ihre Beziehung noch eine andere gewesen: Keine Sünde hatte ihre Freundschaft zur Lüge gemacht. Er entschied sich daher für den Sessel, setzte sich auf seine Kante, die Arme auf den Knien, die Hände lose gefaltet vor sich wie eine Barriere.

»Wer hat sie angerufen?« fragte sie.

»Scotland Yard, meinst du? Der Mann mit dem kaputten Bein hat den anderen angerufen, vermute ich. Er war hierhergekommen, um Mr. Sage zu besuchen.«

»Und was wollen sie jetzt?«

»Den Fall wieder aufrollen.«

»Haben sie das gesagt?«

»Das brauchten sie nicht zu sagen.«

»Aber wissen sie denn etwas: Ist denn etwas Neues rausgekommen?«

»Sie brauchen nichts Neues. Sie brauchen nur Zweifel zu haben. Die teilen sie dem CID Clitheroe oder der Dienststelle Hutton-Preston mit. Und dann fangen sie an zu schnüffeln.«

»Macht es dir Sorgen?«

»Sollte es?«

Sie sah auf ihr Glas hinunter. Sie hatte noch nicht davon getrunken. Er fragte sich, wann sie es tun würde.

»Ich meine nur, dein Vater ist ein bißchen sehr streng mit dir«, sagte sie. »So war er immer, nicht wahr? Ich hab mir gedacht, er wird das vielleicht ausnützen, um dir die Hölle heiß zu machen. Er sah richtig sauer aus, als er ging.«

»Wie mein Vater reagiert, kümmert mich überhaupt nicht, falls du das meinst.«

»Na, dann ist ja alles in Ordnung, oder?« Sie drehte das kleine Sherryglas auf ihrer Handfläche. Leo, der neben ihr lag, gähnte und legte seinen Kopf auf ihre Oberschenkel. »Er hat mich immer gemocht«, sagte sie, »schon von klein auf. Er ist wirklich ein netter Hund.«

Colin erwiderte nichts. Die Flammen ließen ihr Haar noch feuriger glitzern und überzogen ihre Haut mit einem goldenen Schimmer. Sie war auf eine aparte Weise attraktiv. Und die Tatsache, daß ihr dies nicht bewußt zu sein schien, hatte einmal einen Teil ihres Charmes ausgemacht. Jetzt weckte es nur Erinnerungen, die er seit langem zu vergessen suchte.

Sie sah auf. Er wich ihrem Blick aus. Sie sagte leise und unsicher: »Ich hab gestern abend den Kreis für dich gezogen, Colin. Ich habe Mars angerufen. Und um Kraft gebeten. Rita hat gesagt, ich soll für mich selbst bitten, aber das habe ich nicht getan. Ich hab's für dich getan. Ich möchte das Beste für dich, Colin.«

»Polly...«

»Ich weiß noch, wie es früher war. Wir waren so gute Freunde, nicht wahr? Wir sind zum Stausee rausgewandert. Wir waren in Burnley im Kino. Und einmal sind wir auch nach Blackpool gefahren.«

»Mit Annie.«

»Aber wir beide waren auch Freunde, du und ich.«

Er sah auf seine Hände hinunter, um ihrem Blick nicht begegnen zu müssen. »Ja, das stimmt. Aber wir haben alles verpfuscht.«

»Nein, wieso denn? Wir haben doch nur...«

»Annie hat's gewußt. Sofort als ich ins Schlafzimmer kam, hat sie's gewußt. Wie war euer Picknick, hat sie gesagt. War's schön? Hast du ein bißchen frische Luft geschnappt, Col? Sie hat's gewußt.«

»Wir wollten ihr doch gar nicht weh tun.«

»Sie hat mich nie gebeten, ihr treu zu sein. Hast du das gewußt? Sie hat es gar nicht erwartet, nachdem sie erfahren hatte, daß sie sterben würde. Einmal nachts im Bett hat sie meine Hand genommen und gesagt, sorg gut für dich, Col, ich weiß, wie dir zumute ist, ich wollte, wir könnten wieder so miteinander sein, aber das geht nicht, mein Liebster, darum mußt du gut für dich sorgen, das ist nur richtig so.«

»Aber wieso sagst du dann...«

»Weil ich mir an dem Abend geschworen hab, daß ich sie niemals betrügen würde, ganz gleich, was geschehen würde. Und dann hab ich sie trotzdem betrogen. Mit dir. Ihrer Freundin.«

»Aber es war doch nicht Absicht. Wir hatten es doch überhaupt nicht so geplant.«

Er sah sie an, hob den Kopf mit einer heftigen Bewegung, die sie offenbar nicht erwartet hatte, denn sie fuhr zurück. Etwas von dem Sherry, den sie in der Hand hielt, schwappte aus dem Glas und tropfte auf ihren Rock. Leo beschnupperte ihn neugierig. »Ist ja auch egal«, sagte er. »Annie hat im Sterben gelegen. Und du und ich, wir haben draußen im Moor in einer Scheune gebumst. Wir können an diesen Tatsachen nichts ändern. Wir können sie nicht beschönigen oder entschuldigen.«

»Aber wenn sie doch zu dir gesagt hat...«

»Nein. Nicht – mit – ihrer – Freundin.«

Polly schossen die Tränen in die Augen. »Von dem Tag an hast du mich nicht mehr angesehen, Colin, du hast dich von mir abgewandt, du hast mich nie mehr angefaßt, kaum noch mit mir gesprochen. Wie lange soll ich denn noch für das leiden, was damals geschehen ist? Und jetzt...« Sie schluckte.

»Jetzt was?«

Sie senkte die Lider.

»Jetzt was? Sag schon!«

Ihre Antwort klang wie eine Beschwörung. »Ich habe Zedernholz für dich verbrannt, Colin. Ich habe die Asche auf ihr Grab gelegt. Ich habe den Ringstein dazu gelegt. Ich habe Annie den Ringstein geschenkt. Er liegt auf ihrem

Grab. Du kannst ihn sehen, wenn du willst. Ich habe den Ringstein hergegeben. Ich hab's für Annie getan.«

»Was jetzt?« fragte er wieder.

Sie neigte sich zu dem Hund hinunter und rieb ihre Wange an seinem Kopf.

»Antworte mir, Polly!«

Sie hob den Kopf. »Und jetzt strafst du mich noch mehr.«

»Wieso?«

»Und das ist nicht fair, weil ich dich liebe, Colin. Ich habe dich zuerst geliebt. Ich liebe dich schon länger als sie.«

»Sie? Wer? Wieso strafe ich dich?«

»Ich kenne dich besser als alle anderen. Du brauchst mich. Du wirst schon sehen. Mr. Sage hat es mir gesagt.«

Bei ihren letzten Worten bekam er die Gänsehaut. »Was hat er dir gesagt?«

»Daß du mich brauchst. Daß du es noch nicht weißt, aber daß du es schon bald merken wirst, wenn ich dir nur treu bleibe. Und ich bin dir treu geblieben. Immer. Ich lebe nur für dich, Colin.«

Ihr Geständnis unverbrüchlicher Liebe war völlig nebensächlich; zuerst mußte geklärt werden, was hinter dem *Mr. Sage hat es mir gesagt* steckte, damit man entsprechend handeln konnte. »Sage hat mit dir über Juliet gesprochen, stimmt's?« fragte Colin. »Was hat er gesagt?«

»Nichts.«

»Er hat dir doch eine Art Zusicherung gegeben. In welcher Form? Daß sie mit mir Schluß machen würde?«

»Nein.«

»Du weißt doch etwas.«

»Nein, ich weiß gar nichts.«

»Sag es mir.«

»Ich weiß nichts.«

Er stand auf. Er war einen guten Meter von ihr entfernt,

dennoch schreckte sie zurück. Leo hob den Kopf, spitzte die Ohren, begann zu knurren. Polly stellte ihr Sherryglas auf den Kaminsims, hielt es aber fest, als fürchtete sie, es könnte davonfliegen.

»Was weißt du über Juliet?«

»Nichts. Das hab ich dir doch schon gesagt.«

»Und über Maggie?«

»Auch nichts.«

»Über ihren Vater? Was hat Robin Sage dir gesagt?«

»Nichts!«

»Aber du warst dir deiner Sache über mich und Juliet ziemlich sicher, oder vielleicht nicht? Die Sicherheit hat er dir gegeben. Was hast du getan, um die Information von ihm zu kriegen, Polly?«

Ihr Haar flog, als sie den Kopf in die Höhe riß. »Was soll das heißen?«

»Hast du mit ihm geschlafen? Du warst doch jeden Tag stundenlang mit dem Mann allein im Pfarrhaus. Hast du's vielleicht mit irgendeinem Zauber versucht?«

»Niemals!«

»Bist du auf ein Mittel gekommen, um zwischen uns alles kaputtzumachen? Hast du die Idee von ihm?«

»Nein! Colin...«

»Hast *du* ihn umgebracht? Polly? Und Juliet soll dafür büßen?«

Sie sprang auf, stellte sich breitbeinig vor ihn hin, stemmte die Fäuste in die Hüften. »Du solltest dich mal hören! Du redest von mir. Sie hat dich verhext. Sie hat dir den Kopf verdreht, hat dich so weit gebracht, daß du ihr aus der Hand frißt, dann hat sie den Pfarrer umgebracht und ist ungeschoren davongekommen. Und dich macht deine eigene hirnlose Lust so blind, daß du nicht einmal siehst, wie sie dich benützt hat.«

»Es war ein Unglücksfall.«

»Es war Mord, Mord, Mord, und sie hat's getan, und alle wissen es. Keiner kann sich vorstellen, daß du so dumm bist, auch nur ein Wort von dem zu glauben, was sie behauptet. Nur wissen wir ja alle, warum du ihr glaubst, nicht wahr, wir wissen ja alle, was du von ihr kriegst, wir wissen sogar, wann du's kriegst. Und meinst du nicht, sie könnte unserem netten kleinen Herrn Pfarrer auch ein bißchen was davon gegeben haben?«

Der Pfarrer... Der Pfarrer... Es überkam Colin: Blut und Hitze. Seine Muskeln spannten sich, und seine Mutter schrie: *Nein, Ken, nicht!*, als er seinen Arm in die Höhe schwang, rechte Hand zur linken Schulter, und vorwärtsstürzte, um zuzuschlagen. Mit Feuerlunge und rasendem Herzen und dem Wunsch nach Kontakt und Schmerz und Vergeltung und –

Polly schrie auf, taumelte nach rückwärts. Ihr Stiefel stieß gegen das Sherryglas. Es flog zum Feuer und zerbrach am Kamingitter. Der Sherry tropfte zischend ins Feuer. Der Hund begann zu bellen.

Und Colin stand mit erhobenen Armen und lechzte danach zuzuschlagen. Polly war nicht Polly, und er war nicht Colin, und die Vergangenheit und die Gegenwart tobten um ihn wie der Wind. Die Arme erhoben, das Gesicht in einem Ausdruck entstellt, den er tausendmal gesehen, aber niemals an sich selbst gefühlt hatte, von dem er niemals geglaubt, niemals geträumt hatte, daß er ihn je fühlen würde. Weil er unmöglich der Mann sein konnte, von dem er sich geschworen hatte, daß es ihn niemals geben würde.

Leos Bellen wurde zu schrillem Gekläff. Es klang wild und ängstlich.

»Ruhig!« fuhr Colin ihn an.

Polly zuckte zusammen. Sie machte einen Schritt zurück.

Ihr Rock streifte die Flammen. Colin packte sie am Arm und zog sie vom Feuer weg. Sie riß sich los. Leo sprang zurück. Seine Krallen kratzten über den Boden. Neben dem Knakken des Feuers und Colins keuchendem Atem war dieses Kratzen das einzige Geräusch im Raum.

Colin hielt seine Hand in Brusthöhe hoch. Er starrte auf seine zitternden Finger. Nie in seinem Leben hatte er eine Frau geschlagen. Er hätte nie geglaubt, dazu überhaupt fähig zu sein. Sein Arm fiel herab wie ein schweres Gewicht.

»Polly!«

»Ich hab den Kreis für dich gezogen. Und für Annie auch.«

»Polly, es tut mir leid. Ich bin völlig durcheinander. Ich kann keinen klaren Gedanken fassen.«

Sie begann, ihren Mantel zuzuknöpfen. Er sah, daß ihre Hände noch stärker zitterten als seine, und er wollte ihr helfen, hielt jedoch sogleich inne, als sie laut »Nein!« schrie, als fürchtete sie, geschlagen zu werden.

»Polly...« Seine Stimme klang verzweifelt, selbst in seinen eigenen Ohren. Aber er wußte nicht, was er sagen wollte.

»Sie hat dich so weit gebracht, daß du keinen klaren Gedanken mehr fassen kannst«, sagte Polly. »Ja, das ist es. Aber du merkst es nicht. Du willst es nicht einmal merken. Du willst es nicht sehen, weil genau das, was macht, daß du mich haßt, auch das ist, was dich davon abhält, die Wahrheit über sie zu erkennen.«

Sie zog ihren Schal aus der Tasche, versuchte mit zitternden Händen, ihn zu einem Dreieck zu falten, und warf ihn über ihren Kopf, um ihr Haar zu bändigen. Sie knotete die Enden unter ihrem Kinn. Ohne ihn eines weiteren Blickes zu würdigen, ging sie an ihm vorüber, ging mit ihren knarrenden alten Stiefeln durch das Zimmer. An der Tür blieb sie stehen und erklärte, ohne sich umzudrehen:

»Während du an dem Tag in der Scheune gebumst hast, habe ich geliebt.«

»Auf dem Wohnzimmersofa?« rief Josie Wragg ungläubig. »Hier im Haus, meinst du? Obwohl deine Eltern da waren? Das gibt's doch nicht!« Sie näherte ihr Gesicht so weit wie möglich dem Spiegel über dem Waschbecken und versuchte sich mit ungeschickter Hand an dem flüssigen Eyeliner. Ein Klümpchen blieb in ihren Wimpern hängen. Sie zwinkerte, kniff krampfhaft die Augen zu, als die Schminke mit dem Auge in Berührung kam. »Aua! Das brennt vielleicht. So ein Mist. Schau doch mal, was ich da gemacht habe.« Sie sah aus, als hätte ihr jemand eins aufs Auge gegeben. Mit einem Papiertaschentuch begann sie zu reiben und verwischte das schwarze Zeug über ihre Wange. »Das hast du nie getan«, sagte sie. »Das glaub ich dir nicht.«

Pam Rice hockte auf dem Badewannenrand und blies Zigarettenrauch in die Luft. Dabei ließ sie den Kopf träge nach rückwärts fallen. Wahrscheinlich hat sie das in einem alten amerikanischen Film gesehen, dachte Maggie, Bette Davis. Joan Crawford. Vielleicht Lauren Bacall.

»Soll ich dir den Fleck zeigen?« fragte Pam.

Josie runzelte die Stirn. »Was für einen Fleck?«

Pam schnippte Asche in die Badewanne und schüttelte den Kopf. »Mann o Mann! Du weißt aber auch gar nichts, oder, Josephine Bohnenstange?«

»Wieso? Natürlich weiß ich Bescheid.«

»Ach wirklich? Na prima. Dann sag du mir doch, was für ein Fleck.«

Das mußte Josie erst einmal gründlich durchkauen. Maggie sah ihr an, daß sie krampfhaft versuchte, sich eine gute Antwort zu überlegen, auch wenn sie so tat, als konzentrierte sie sich auf die schwarze Bescherung um ihre Augen.

Sie waren im Badezimmer des Reihenhauses, schräg gegenüber vom *Crofters Inn,* in dem Pam Rice wohnte. Während direkt unter ihnen Pams Mutter die Zwillinge mit Rührei und Bohnen auf Toast fütterte – zur Begleitung von Edwards vergnügtem Geschrei und Alans Gelächter –, sahen sie Josie beim Experimentieren mit ihrer neuesten kosmetischen Errungenschaft zu: einer halben Flasche Eyeliner, die sie einer Fünftkläßlerin abgekauft hatte, welche sie wiederum ihrer Schwester aus der Kommode geklaut hatte.

»Gin«, erklärte Josie schließlich. »Wir wissen doch alle, daß du den dauernd trinkst, wir haben ja die Flasche gesehen.«

Pam lachte und blies wieder lässig den Rauch in die Luft. Dann warf sie ihre Zigarette in die Toilette. Sie hielt sich am Badewannenrand fest und lehnte sich zurück, noch weiter diesmal, so daß ihre Brüste spitz zur Decke hinaufzeigten. Sie hatte noch ihre Schuluniform an – genau wie die anderen beiden Mädchen –, aber sie hatte die Wolljacke ausgezogen und die Bluse aufgeknöpft, so daß man das Tal zwischen ihren Brüsten sehen konnte, und die Ärmel hochgekrempelt. Pam schaffte es immer, eine harmlose weiße Baumwollbluse so hinzudrapieren, daß es so aussah, als schreie sie nur danach, ihr vom Leib gerissen zu werden.

»Mensch, heut hab ich's echt nötig«, sagte sie. »Wenn Todd heut abend keine Lust hat, hol ich's mir bei einem anderen Kerl.« Sie drehte ihren Kopf in der Richtung zur Tür, wo Maggie im Schneidersitz auf dem Boden hockte. »Na, wie geht's denn unserm Nicky?« fragte sie ganz cool.

Maggie rollte ihre Zigarette zwischen ihren Fingern hin und her. Sie hatte sechs Alibizüge gemacht – durch den Mund hinein, durch die Nase hinaus, nichts in die Lunge – und ließ die Zigarette jetzt einfach herunterbrennen, bis sie sie ebenfalls in die Toilette werfen konnte. »Gut«, sagte sie.

»Und groß ist er auch?« fragte Pam und drehte dabei den Kopf hin und her, daß ihr Haar wie ein dichter blonder Vorhang von einer Seite zur anderen flog. »Wie eine Salami, hab ich gehört. Stimmt das?«

Maggie sah zu Josies Spiegelbild hinauf, flehte stumm um Hilfe.

»Und, hab ich recht?« sagte Josie in Pams Richtung.

»Womit?«

»Daß es Gin ist.«

»Samen«, sagte Pam höchst gelangweilt.

»Sa – was?«

»Na komm schon.«

»Wohin?«

»Mensch, bist du blöd! Das ist es doch.«

»Was?«

»Der Fleck. Der ist von ihm. Okay? Das tropft raus, verstehst du? Wenn man fertig ist.«

Josie musterte aufmerksam ihr Spiegelbild und wagte noch einen Versuch mit dem Eyeliner. »Ach *so*«, sagte sie und tauchte das Bürstchen in die Flasche. »So wie du geredet hast, hab ich gedacht, es müßte was ganz Besonderes sein.«

Pam hob ihre Umhängetasche auf, die auf dem Boden lag. Sie nahm ihre Zigaretten heraus und zündete sich wieder eine an. »Meine Mutter hatte Schaum vorm Mund, als sie ihn gesehen hat. Sie hat sogar daran gerochen. Könnt ihr euch das vorstellen? Und dann hat sie losgelegt. ›Du widerliches kleines Flittchen‹, hat sie gesagt. ›Du legst dich wohl für jeden von diesen Burschen hin? Ich kann mich ja in diesem Dorf nicht mehr sehen lassen. Und dein Vater auch nicht.‹ Ich hab gesagt, wenn ich endlich mein eigenes Zimmer hätte, müßte ich's nicht mehr auf dem Sofa machen, und dann bräuchte sie die Flecken nicht zu sehen.« Sie lachte und streckte sich. »Todd macht immer so unheimlich lange, dem kommt's immer in einem Riesenguß.« Und mit einem listigen Blick zu Maggie: »Wie ist das bei Nick?«

»Also ich kann dazu nur sagen, ich hoffe, du verhütest«, warf Josie, die gute Freundin, eilig ein. »Denn wenn ihr's wirklich so oft tut, wie du sagst, und wenn er dich jedesmal – na ja, du weißt schon – befriedigt, dann kriegst du früher oder später Ärger, Pam Rice.«

Pam, die gerade an ihrer Zigarette ziehen wollte, hielt inne. »Was redest du da?«

»Das weißt du ganz genau. Tu doch nicht so.«

»Ich hab keine Ahnung, Josie. Erklär's mir doch.« Sie nahm einen kräftigen Zug an ihrer Zigarette, aber Maggie konnte sehen, daß sie es vor allem tat, um ihr Lächeln zu verbergen.

Josie schluckte den Köder. »Wenn du einen – na du weißt schon...«

»Orgasmus?«

»Genau.«

»Ja, wenn du also einen Orgasmus hast, was ist dann?«

»Dann kommen diese kleinen Kaulquappen viel leichter in dich rein. Und deswegen wollen viele Frauen keinen – du weißt schon...«

»Keinen Orgasmus?«

»Ja, weil sie die Kaulquappen nicht haben wollen. Ach, und sie können sich nicht entspannen. Das kommt auch noch dazu. Das hab ich in einem Buch gelesen.«

Pam brüllte vor Lachen. Sie sprang vom Badewannenrand und riß das Fenster auf, um laut hinauszuschreien: »Josie mit dem Spatzenhirn, Josie mit dem Spatzenhirn«, ehe sie sich lachend den Bauch hielt und an der Wand entlang abwärts rutschte, bis sie auf dem Boden zu sitzen kam.

Maggie war froh, daß sie das Fenster geöffnet hatte. Man konnte ja kaum noch atmen. Sie wollte sich einreden, es wäre wegen des vielen Rauchs in dem kleinen Raum. Aber sie wußte, es war wegen Nick. Sie wollte irgend etwas sagen, um Josie gegen Pams Spott zu helfen.

»Wann hast *du* denn das letztemal was darüber gelesen?« fragte Josie, während sie die Flasche mit dem Eyeliner zuschraubte und im Spiegel die Früchte ihrer mühsamen Arbeit begutachtete.

»Ich brauch nichts zu lesen. Ich mache praktische Erfahrungen«, antwortete Pam.

»Wissenschaftliche Forschung ist genauso wichtig wie praktische Erfahrung, Pam.«

»Ach wirklich? Und wie sieht die wissenschaftliche Forschung aus, die du gemacht hast?«

»Ich weiß einiges.« Josie war dabei, sich das Haar zu kämmen. Aber es half nichts. Ganz gleich, was sie tat, es endete immer wieder mit der gleichen scheußlichen Frisur: hochstehende Stirnfransen, Borsten im Genick. Sie hätte niemals versuchen sollen, sich die Haare selbst zu schneiden.

»Du weißt nur das, was du gelesen hast.«

»Nein, ich habe auch Beobachtungen gemacht. Das nennt man imperische Forschung.«

»Und was hast du beobachtet?«

»Mama und Mr. Wragg.«

Diese Auskunft schien Pam sehr zu gefallen. Sie schleuderte ihre Schuhe weg und zog ihre Beine unter sich. Sie schnippte ihre Zigarette in die Toilette und sagte nichts, als Maggie die Gelegenheit benutzte, das gleiche zu tun. »Was?« fragte sie mit blitzenden Augen. »Wie denn?«

»Ich lausche an der Tür, wenn sie miteinander schlafen. Er sagt dann dauernd, ›Komm schon, Dora, komm, komm, komm, Baby, komm, Schatz‹, und sie macht keinen Mucks. Daher weiß ich übrigens auch mit Sicherheit, daß er nicht mein Vater ist.« Als Pam und Maggie diese Neuigkeit ohne sichtbares Verständnis aufnahmen, fügte sie hinzu: »Kann er doch auch gar nicht sein, ihr braucht euch ja nur die Tatsachen anzuschauen. Nicht ein einziges Mal ist sie von ihm – na, ihr wißt schon, befriedigt worden. Ich bin ihr einziges Kind. Ich bin sechs Monate nach ihrer Hochzeit auf die Welt gekommen. Und ich hab so einen alten Brief gefunden, von einem Paddy Lewis...«

»Wo denn?«

»In der Schublade, wo sie ihre Unterhosen hat. Und mit ihm hat sie's auch gemacht, das hab ich an dem Brief gesehen. Und er hat sie befriedigt. Ganz oft. *Bevor* sie Mr. Wragg geheiratet hat.«

»Wie lange vorher?«

»Zwei Jahre.«

»Ach«, sagte Pam spöttisch, »dann hat deine Mutter mit dir wohl die längste Schwangerschaft aller Zeiten erlebt?«

»Ich hab doch nicht gesagt, daß sie's nur einmal gemacht haben, Pam. Sie haben's zwei Jahre, bevor sie Mr. Wragg geheiratet hat, regelmäßig getan. Und sie hat schließlich den Brief behalten! Ganz bestimmt liebt sie ihn noch.«

»Aber du schaust doch genau aus wie dein Vater«, sagte Pam.

»Er ist nicht...«

»Okay, okay. Du siehst aus wie Mr. Wragg.«

»Das ist der reine Zufall«, behauptete Josie. »Wahrscheinlich sieht Paddy Lewis auch wie Mr. Wragg aus. Ist ja auch ganz einleuchtend, oder nicht? Ist doch klar, daß sie sich einen suchen würde, der sie an Paddy erinnert.«

»Das heißt dann, daß Maggies Vater wie Mr. Shepherd aussieht«, verkündete Pam. »Alle Liebhaber von ihrer Mutter müssen so ausgesehen haben.«

»Pam«, sagte Josie peinlich berührt. Über die eigenen Eltern konnte man Spekulationen anstellen bis in alle Ewigkeit, aber es gehörte sich nicht, das mit fremden Eltern zu tun. Aber Pam war ja schon immer gleichgültig gewesen, was sich gehörte und was nicht.

Maggie sagte leise: »Meine Mama hat vor Mr. Shepherd nie einen Liebhaber gehabt.«

»Sie hat mindestens einen gehabt«, widersprach Pam.

»Das ist nicht wahr.«

»Ist doch wahr. Woher bist du sonst gekommen?«

»Von meinem Vater. Und meiner Mama.«

»Genau. Er war ihr Liebhaber.«

»Ihr Mann.«

»Wirklich? Wie hat er denn geheißen?«

Maggie zupfte an einem losen Faden ihrer Strickjacke.

»Na, wie hat er geheißen?«

Maggie zuckte die Achseln.

»Du weißt es nicht, weil er keinen Namen hatte. Oder vielleicht hat sie ihn auch nicht gewußt. Weil du ein uneheliches Kind bist.«

»Pam!« Den Eyeliner in der geballten Faust, machte Josie einen drohenden Schritt nach vorne.

»Was denn?«

»Red nicht solchen Quatsch.«

Pam strich sich mit einer trägen Handbewegung das Haar aus dem Gesicht. »Ach, mach doch nicht so ein Theater, Josie. Du kannst mir doch nicht weismachen, daß *du* diesen ganzen Blödsinn glaubst, daß Daddy ein Rennfahrer war und Mom ihm davongelaufen ist und Daddy jetzt seit dreizehn Jahren sein süßes kleines Mädchen sucht.«

Maggie hatte das Gefühl, immer kleiner zu werden. Sie sah Josie an, konnte sie aber nicht klar erkennen, weil sie in einer Nebelwolke zu stehen schien.

»Wenn sie überhaupt verheiratet waren«, fuhr Pam im Konversationston fort, »hat sie ihn wahrscheinlich eines

Abends beim Essen mit einer Portion Pastinaken ins Jenseits befördert.«

»Pam!«

Maggie stemmte sich gegen die Tür und stand auf. »Ich muß gehen«, sagte sie. »Mom wird sich schon wundern...«

»Na, das würden wir aber wirklich nicht wollen«, sagte Pam.

Ihre Mäntel lagen in einem Haufen auf dem Boden. Maggie zog den ihren heraus, aber ihre Hände zitterten so, daß sie es nicht schaffte, ihn überzuziehen. Es machte nichts. Ihr war sowieso ziemlich heiß.

Sie riß die Tür auf und rannte die Treppe hinunter. Sie hörte Pam lachend sagen: »Nick Ware sollte lieber aufpassen, daß er sich bei Maggies Mutter nicht unbeliebt macht.«

Josie antwortete: »Ach, gib's doch endlich auf«, ehe sie selbst die Treppe hinuntergepoltert kam. »Maggie!« rief sie.

Draußen war es dunkel. Ein kalter Wind blies aus Westen die Straße hinunter. Maggie zwinkerte und wischte sich die Tränen weg, dann schob sie einen Arm in ihren Mantel und ging los.

»Maggie!« Schon nach zehn Schritten holte Josie sie ein. »Es ist nicht so, wie du glaubst. Ich meine, du hast schon recht, aber es ist nicht so. Ich hab dich damals ja noch gar nicht gut gekannt. Pam und ich haben miteinander geredet. Und da hab ich ihr von deinem Vater erzählt, das stimmt, aber das ist wirklich alles, was ich ihr je erzählt habe. Ehrenwort.«

»Es war gemein von dir, es weiterzuerzählen.«

Josie hielt sie fest und blieb stehen. »Ja, das war es. Ja. Aber ich hab's ihr nicht zum Jux erzählt. Bestimmt nicht. Ich hab's ihr erzählt, weil es bei dir so ähnlich ist wie bei mir.«

»Aber das stimmt doch gar nicht, Josie. Mr. Wragg ist dein Vater, und das weißt du auch.«

»Na ja, kann schon sein. Womöglich hätt ich damit noch Glück! Meine Mom brennt mit Paddy Lewis durch, und ich sitz in Winslough mit Mr. Wragg fest. Aber das habe ich sowieso nicht gemeint. Ich hab gemeint, daß wir beide unsere Traumwelt haben. Wir sind anders. Wir denken viel weiter. Wir denken über andere Dinge nach, nicht nur über das, was hier im Dorf vorgeht. Ich hab dich als Beispiel benützt, verstehst du? Ich hab gesagt, ich bin nicht die einzige, Pamela Bammela. Maggie macht sich auch ihre Gedanken über ihren Vater. Und da wollte sie wissen, was das für Gedanken sind, und da hab ich's ihr gesagt, und das hätt ich nicht tun sollen. Aber ich hab mich echt nicht über dich lustig gemacht.«

»Das mit Nick weiß sie auch.«

»Aber nicht von mir. Ich hab ihr kein Wort gesagt, ehrlich nicht.«

»Wieso fragt sie dann dauernd?«

»Weil sie glaubt, was zu wissen. Sie will auf den Busch klopfen und hofft, daß dir mal was rausrutscht.«

Maggie sah ihre Freundin forschend an. Das trübe Licht von der einzelnen Straßenlampe gegenüber, an der Einfahrt zum Parkplatz des Pub, ließ Josies Gesicht sehr ernst wirken. Und ein wenig seltsam. Der Eyeliner war noch nicht richtig trocken gewesen, als sie nach dem Auftragen die Augen wieder geöffnet hatte, und war auf ihren Augenlidern verlaufen wie Tinte im Regen.

»Ich hab ihr nichts von Nick gesagt«, beteuerte Josie wieder. »Das bleibt unter uns. Ich versprech's dir.«

Maggie sah auf ihre Schuhe hinunter. Sie waren vorn abgestoßen.

»Maggie! Es ist wahr. Wirklich.«

»Er ist gestern abend zu mir gekommen. Wir – es ist wieder passiert. Meine Mama weiß es.«

»Nein!« Josie packte sie am Arm und führte sie über die

Straße auf den Parkplatz. Sie gingen um einen blitzenden silbergrauen Bentley herum und dann den Weg hinunter, der zum Bach führte. »Und du hast keinen Ton gesagt.«

»Ich wollt's dir ja erzählen. Ich hab den ganzen Tag nur darauf gewartet, es dir zu erzählen. Aber sie ist ja nie gegangen.«

»Diese Pam«, sagte Josie, als sie durch das Tor gingen. »Die ist echt wie ein Bluthund, wenn sie irgendwo Klatsch wittert.«

Ein schmaler Weg führte im rechten Winkel vom Pub zum Bach hinunter. Josie ging voraus. Etwa dreißig Meter weiter stand ein altes Eishaus, genau an jener Stelle, wo der Bach über steil abfallenden Kalkstein sprudelte und die sprühende Gischt die Luft selbst an den heißesten Sommertagen kühl hielt. Es war aus dem gleichen Stein erbaut wie die übrigen Häuser des Dorfs und hatte genau wie diese ein Schieferdach. Aber es hatte keine Fenster, nur eine Tür, deren Schloß Josie schon vor langer Zeit aufgebrochen hatte, um das Eishaus zu ihrem geheimen Lager zu machen.

Mit der Schulter drückte sie die Tür auf und trat ein. »Augenblick«, sagte sie und zog den Kopf ein, als sie unter dem niedrigen Türsturz hindurchging. Sie tastete im Dunkeln umher, stieß gegen irgend etwas, sagte: »Verdammter Mist!«, und riß ein Streichholz an. Einen Augenblick später flammte ein Licht auf. Maggie trat ein.

Auf einem alten Faß stand eine Laterne, die zischend gelbes Licht verströmte. Es fiel auf einen Flickenteppich – hier und dort bis auf sein strohfarbenes Unterfutter durchgetreten –, zwei dreibeinige Melkschemel, eine Pritsche, auf der eine alte rote Steppdecke lag, und eine aufgestellte Kiste, über der ein Spiegel hing. Auf diesen provisorischen Toilettentisch stellte Josie die Flasche mit dem Eyeliner zu all ihren anderen heimlichen Schätzen wie Wimperntusche, Rouge, Lippenstift, Nagellack und Haargel.

Von irgendwoher holte sie eine Flasche Eau de toilette und sprühte reichlich davon auf Wände und Boden. Ihre Bewegungen erinnerten an ein Kultopfer. Doch Moder und Schimmelgeruch, die in der Luft hingen, waren damit für einige Zeit verdrängt.

»Willst du eine Zigarette?« fragte sie, nachdem sie sich vergewissert hatte, daß die Tür richtig verschlossen war.

Maggie schüttelte den Kopf. Sie fröstelte. Es war klar, warum man das Eishaus gerade an dieser Stelle gebaut hatte.

Josie zündete sich eine Gauloise an, ließ sich auf die Pritsche fallen und sagte: »Was hat deine Mom gesagt? Wie hat sie's gemerkt?«

Maggie zog einen der beiden Hocker näher zur Laterne, die etwas Wärme abstrahlte. »Sie hat's einfach gewußt. Genau wie letztesmal.«

»Und?«

»Es ist mir gleich, was sie denkt. Ich hör bestimmt nicht auf damit. Ich liebe ihn.«

»Na ja, sie kann dich schließlich nicht überall überwachen.« Josie legte sich auf den Rücken und schob einen Arm unter ihren Kopf. Sie zog die knochigen Knie an, schlug ein Bein über das andere und wippte mit dem Fuß. »Mensch, du hast so ein Glück.« Sie seufzte. Das Ende ihrer Zigarette glühte feuerrot. »Ist er – na ja, du weißt schon – befriedigt er dich?«

»Ich weiß nicht genau. Es geht ziemlich schnell.«

»Ach so. Aber ist er – du weißt schon, was ich meine. Das, was Pam auch wissen wollte.«

»Ja.«

»Wahnsinn. Kein Wunder, daß du nicht aufhören willst.« Sie kuschelte sich tiefer in die alte Steppdecke und streckte einen imaginären Liebhaber die ausgebreiteten Arme entgegen. »Komm und hol dir's, Baby«, sagte sie mit der Zigarette im Mund. »Es wartet nur auf dich, und es ist alles – für – dich.«

Mit einem Ruck wälzte sie sich plötzlich auf die Seite. »Ihr paßt doch auf?«

»Eigentlich nicht.«

Sie riß die Augen auf. »Maggie! Mensch! Du mußt doch aufpassen. Verhüten. Oder er wenigstens. Hat er Kondome?«

»Nein. Das will ich auch gar nicht.«

»Das willst du nicht! Bist du verrückt? Er *muß* sie benützen.«

»Warum denn?«

»Weil du sonst ein Kind kriegst.«

»Aber du hast doch vorher gesagt, daß eine Frau befriedigt sein muß...«

»Vergiß es. Es gibt immer Ausnahmen. Ich bin ja schließlich auch hier, wie du siehst. Und ich bin Mr. Wraggs Kind, stimmt's? Bei diesem Paddy Lewis hat meine Mutter geseufzt und gestöhnt, aber ich bin entstanden, als sie eiskalt war. Das ist doch der beste Beweis dafür, daß alles passieren kann, ganz gleich, ob man befriedigt wird oder nicht.«

Maggie ließ sich das durch den Kopf gehen, während sie an dem letzten Knopf ihres Mantels herumfingerte. »Na dann ist es ja gut«, sagte sie.

»Gut? Maggie, verdammt noch mal, du kannst doch nicht...«

»Ich möchte ein Kind«, sagte sie. »Ich möchte ein Kind von Nick. Wenn er versuchen sollte, ein Kondom zu benützen, erlaube ich's ihm einfach nicht.«

Josie starrte sie an wie ein Weltwunder. »Du bist doch noch nicht mal vierzehn.«

»Na und?«

»Du kannst nicht Mutter werden, wenn du noch nicht mal mit der Schule fertig bist.«

»Wieso nicht?«

»Was würdest du denn mit einem Kind anfangen? Wohin würdest du gehen?«

»Nick und ich würden heiraten. Dann würden wir das Kind bekommen. Und dann wären wir eine Familie.«

»Das kannst du doch nicht im Ernst wollen?«

Maggie lächelte froh. »O doch, das will ich.«

10

»Guter Gott«, murmelte Lynley bei dem plötzlichen Temperaturabfall, der sich bemerkbar machte, als er im *Crofters Inn* die Schwelle zwischen Gaststube und Speisesaal überschritt. In der Gaststube entwickelte das Feuer im großen offenen Kamin immerhin so viel Hitze, daß selbst in den entferntesten Winkeln noch eine gewisse, wenn auch moderate Wärme herrschte. Die müde Zentralheizung im Speisesaal hingegen ließ allenfalls die zaghafte Hoffnung aufkommen, daß der Körperteil, den man dem Heizkörper zuwandte, nicht vor Kälte erstarren würde. Auf dem Weg zu Deborah und St. James, die an ihrem Ecktisch saßen, mußte er jedesmal, wenn er unter einem der niedrigen Deckenbalken aus dunkler Eiche hindurchging, den Kopf einziehen. Am Tisch hatten die Wraggs aufmerksamerweise einen Heizlüfter aufgestellt, von dem halbherzige Wärmewellen bis zu ihren Knöcheln gelangten und zu ihren Knien aufstiegen.

An den Tischen war für mindestens dreißig Gäste gedeckt, aber es sah ganz so aus, als sollten die drei den Raum mit lebloser Gesellschaft teilen: An den Wänden hing eine Serie goldgerahmter Drucke, in denen die historische Sternstunde von Lancashire festgehalten war, die Karfreitagsversammlung am Malkin Tower und die Hexenprozesse, die ihr vorausgegangen waren und ihr folgten. Der Künstler hatte die Protagonisten mit bewundernswerter Subjektivität dargestellt. Richter Roger Nowell war wirklich der strenge Dickwanst, den man sich vorstellte, mit einem Gesicht, das von göttlichem Zorn und der Macht christlicher Gerechtigkeit gezeichnet war. Chattox sah angemessen heruntergekommen aus: alt und grau, gebeugt, in Lumpen gekleidet. Elizabeth Davies wirkte mit ihren wild rollenden Augen so entstellt, daß leicht zu glauben war, daß sie sich für den Kuß des Teufels verkauft hatte. Die übrigen bildeten eine lüstern dreinschauende Gruppe von Teufelsliebchen, einzige Ausnahme Alice Nutter, die mit gesenktem Blick abseits stand, sich augenscheinlich in Schweigen hüllend, wie sie das getan hatte, bis sie in ihr Grab gesunken war. Sie war die einzige verurteilte Hexe adeliger Herkunft.

»Ah«, sagte Lynley mit Blick auf die Bilder, während er seine Serviette ausbreitete, »Lancashires geschichtliche Größen. Abendessen mit Aussicht auf ernsthafte Disputation. Haben sie oder haben sie nicht? Waren sie oder waren sie nicht?«

»Ich denke, da besteht die Gefahr, daß man den Appetit verliert«, meinte St. James trocken. Er schenkte dem Freund ein Glas süßen Schaumwein ein.

»Ja, da hast du wahrscheinlich recht. Daß damals der Schlaganfall eines einzigen Mannes ausreichte, um schwachsinnige Mädchen und hilflose alte Weiber an den Galgen zu bringen, macht einen schon nachdenklich, nicht wahr? Wie können wir essen, trinken und fröhliche Lieder singen, wenn der Tod hier von der Wand auf uns herunterschaut?«

»Wer sind die Frauen eigentlich?« fragte Deborah, als Lynley einen Schluck von seinem Wein trank und sich dann eines der Brötchen nahm, die Josie Wragg gerade auf den Tisch gestellt hatte. »Ich weiß, daß sie alle Hexen sind, aber erkennst du sie, Tommy?«

»Nur weil sie alle karikiert sind. Ich bezweifle, daß ich sie erkannt hätte, wenn der Maler nicht so übertrieben hätte.« Lynley gestikulierte mit seinem Buttermesser. »Da haben wir den gottesfürchtigen Ritter und da die armen Geschöpfe, die er der gerechten Strafe zugeführt hat. Die Demdikes und die Chattox' – das sind die runzligen Alten, vermute ich. Alice und Elizabeth Davies, Mutter und Tochter. Die anderen habe ich vergessen, außer Alice Nutter. Sie ist diejenige, die so entschieden fehl am Platz wirkt.«

»Also ehrlich gesagt, ich finde, sie hat Ähnlichkeit mit deiner Tante Augusta.«

Lynley, der sich gerade ein Brötchen mit Butter bestreichen wollte, hielt inne und musterte das Konterfei Alice Nutters mit taxierendem Blick. »Da könnte etwas dran sein. Sie haben die gleiche Nase.« Er grinste. »Da muß ich mir wirklich überlegen, ob ich nächstes Weihnachten bei meiner Tante esse. Weiß der Himmel, was sie uns in den Weihnachtspunsch mischt.«

»War das ihr Verbrechen? Haben sie Zaubertränke gemischt? Jemanden verwünscht? Oder haben sie vielleicht Kröten regnen lassen?«

»Letzteres klingt ziemlich abstrus«, meinte Lynley. Er betrachtete die anderen Drucke, während er sein Brötchen kaute, und versuchte, sich an Einzelheiten zu erinnern. Eine seiner Arbeiten in Oxford hatte sich am Rande mit den Hexenverfolgungen im siebzehnten Jahrhundert befaßt. Er erinnerte sich ganz genau an die Dozentin – sechsundzwanzig Jahre alt und eine schrille Feministin, die schönste Frau, die er je gesehen hatte, und etwa so zugänglich wie ein Eisberg.

»Heute würden wir vom Dominoeffekt sprechen«, sagte er. »Eine von ihnen ist in den Malkin Tower eingebrochen, in dem eine der anderen wohnte, und besaß dann die Frechheit, in aller Öffentlichkeit irgendein Kleidungsstück zu tragen, das sie gestohlen hatte. Als sie vor den Kadi geschleppt wurde, verteidigte sie sich damit, daß sie die Familie, die im Malkin Tower wohnte, der Zauberei beschuldigte. Der Richter hätte das möglicherweise als lächerliches Manöver abgetan, von der eigenen Schuld abzulenken, aber ein paar Tage später verfluchte Alizon Davies, die eben in diesem Turm wohnte, einen Mann, der danach innerhalb von zwei Minuten einen Schlaganfall bekam. Von dem Moment an wurde zum Halali auf die Hexen geblasen.«

»Und mit Erfolg, wie es aussieht«, sagte Deborah, den Blick auf die Abbildungen gerichtet.

»O ja. Die Frauen bekannten sich zu allen möglichen lächerlichen Verfehlungen, als sie vor den Richter geschleppt wurden: mit Katzen, Hunden und Bären intim gewesen zu sein; Tonfiguren in Gestalt ihrer Feinde gefertigt und sie mit Dornen durchbohrt zu haben; Kühe getötet zu haben; die Milch gesäuert zu haben; gutes Bier verdorben zu haben...«

»Also, das ist wirklich ein Verbrechen, das bestraft werden muß«, stellte St. James fest.

»Und gab es Beweise?« fragte Deborah.

»Wenn eine alte Frau, die mit ihrer Katze tuschelt, ein Beweis ist. Wenn ein Fluch, der zufällig von einem Dorfbewohner gehört wurde, ein Beweis ist.«

»Aber warum haben sie dann gestanden?«

»Sozialer Druck. Angst. Es handelt sich fast durchweg um einfache, ungebildete Frauen, die vor einen Richter gezerrt wurden, der einer anderen Schicht entstammte. Man hatte sie gelehrt, vor den Höhergestellten zu katzbuckeln. Konnte man das wirksamer tun, als wenn man dem zustimmte, was die Höhergestellten behaupteten?«

»Obwohl das ihren Tod bedeutete?«

»O ja.«

»Aber sie hätten doch leugnen können. Sie hätten einfach schweigen können.«

»Das hat Alice Nutter ja getan. Und sie wurde trotzdem gehängt.«

Deborah runzelte die Stirn. »Und das wird nun mit einer ganzen Bilderserie gefeiert.«

»Das ist der Tourismus«, sagte Lynley. »Die Leute bezahlen doch auch dafür, daß sie die Totenmaske der Königin von Schottland sehen dürfen.«

»Ganz zu schweigen von den Verliesen im Tower«, warf St. James ein.

»Richtig, weshalb an die Kronjuwelen Zeit verschwenden, wenn es den Richtblock zu sehen gibt?« fügte Lynley hinzu. »Das Verbrechen macht sich nicht bezahlt, aber Tod und Folter locken die Leute allemal. Sie sind sogar bereit, dafür Geld auszugeben.«

»Ist das etwa Ironie von einem Mann, der mindestens fünfmal am zweiundzwanzigsten August zum Bosworth Field gepilgert ist?« fragte Deborah heiter. »Eine alte Kuhweide irgendwo draußen in der Prärie, wo man aus dem Brunnen trinkt und Richards Geist schwört, daß man auf Seiten der Yorks gekämpft hätte?«

»Das ist nicht Tod und Folter«, erklärte Lynley mit einiger Würde und hob sein Glas, um ihr zuzuprosten. »Das ist Geschichte, mein Kind. Es muß doch jemanden geben, der bereit ist, klare Verhältnisse zu schaffen.«

Die Tür zur Küche flog auf, und Josie Wragg brachte ihnen ihre Vorspeisen. »Räucherlachs für Sie«, murmelte sie, »Pâté für Sie und Garnelencocktail für Sie«, während sie die Teller auf dem Tisch verteilte. Danach versteckte sie Tablett und ihre Hände hinter ihrem Rücken. »Haben Sie genug Brötchen?« Sie stellte die Frage an alle und machte dabei einen recht erfolglosen Versuch, Lynley unauffällig zu mustern.

»Danke«, sagte St. James.

»Möchten Sie mehr Butter?«

»Nein, danke.«

»Und der Wein ist in Ordnung? Mr. Wragg hat den ganzen Keller voll, falls der hier nicht mehr gut ist. Das passiert bei Wein manchmal, wissen Sie. Da muß man vorsichtig sein. Wenn man ihn nicht richtig lagert, trocknet der Korken aus und schrumpft, und dann kommt Luft rein, und der Wein wird ganz salzig. Oder so was ähnliches.«

»Der Wein ist sehr gut, Josie. Und wir freuen uns schon auf den Bordeaux.«

»Mr. Wragg ist ein richtiger Weinkenner, ja.« Sie bückte sich, um sich am Fuß zu kratzen, und sah dabei zu Lynley auf. »Sie sind aber nicht im Urlaub hier, oder?«

»Nicht direkt, nein.«

Sie richtete sich auf, packte wieder das Tablett hinter ihrem Rücken. »Das hab ich mir gleich gedacht. Meine Mutter hat gesagt, daß Sie ein Detektiv aus London sind, und zuerst hab ich gedacht, Sie wären gekommen, weil Sie ihr was über Paddy Lewis sagen wollten, was sie mir natürlich nicht erzählt hätte, weil sie Angst gehabt hätte, daß ich es Mr. Wragg weitersagen würde. Ich würd das natürlich nie im Leben tun, nicht mal, wenn sie vorhätte, mit ihm wegzugehen – mit Paddy, meine ich – und mich hier mit Mr. Wragg zurückzulassen. Ich weiß schließlich, was wahre Liebe ist. Aber so ein Detektiv sind Sie wohl nicht, was?«

»Was für einer?«

»Ach, Sie wissen schon. Wie im Fernsehen. So einer, den man engagiert.«

»Ein Privatdetektiv? Nein, das bin ich nicht.«

»Zuerst hab ich gedacht, Sie wären einer. Aber dann hab

ich Sie eben telefonieren hören. Ich hab nicht gelauscht, ehrlich nicht. Aber Ihre Tür war nur angelehnt, und ich hab grade frische Handtücher in die Zimmer gebracht, und da hab ich zufällig gehört, was Sie gesagt haben.« Sie machte eine kleine Pause, dann sagte sie: »Sie ist doch die Mutter von meiner besten Freundin, wissen Sie. Sie hat's bestimmt nicht bös gemeint. Das ist so ähnlich, wie wenn jemand Marmelade einkocht und irgendwas Falsches reintut und dann ein Haufen Leute krank werden. Zum Beispiel wenn Sie die Marmelade bei einem Flohmarkt vor der Kirche kaufen oder so. Erdbeer oder Brombeer. Ich mein, so was wär doch möglich, nicht? Und dann nehmen Sie sie mit nach Hause, und am nächsten Morgen streichen Sie sie auf Ihren Toast, und dann wird Ihnen schlecht oder so. Aber dann weiß jeder, daß es ein Unglücksfall war. Verstehen Sie?«

»Natürlich, so etwas kann passieren.«

»Und so was ist hier auch passiert. Nur war's nicht bei einem Flohmarkt. Und es war auch keine Marmelade.«

Keiner von ihnen sagte etwas. St. James drehte nachdenklich sein Weinglas, Lynley saß still und tat gar nichts, und Deborah blickte von den Männern zu dem jungen Mädchen und wartete darauf, daß einer von ihnen etwas sagen würde. Als das nicht geschah, fuhr Josie fort.

»Ich mein, Maggie ist doch meine beste Freundin. Und ich hab vorher noch nie eine beste Freundin gehabt. Ihre Mutter – Mrs. Spence –, die ist ziemlich eigenbrötlerisch. Die Leute finden das komisch und möchten gern so tun, als ob was dahintersteckt. Aber es steckt nichts dahinter. Ich finde, daran sollten Sie denken, meinen Sie nicht?«

Lynley nickte. »Doch, das ist klug von dir. Ich bin ganz deiner Meinung.«

»Ja dann ...« Sie neigte nickend den Kopf mit dem völlig verschnittenen Haar, und einen Moment sah es aus, als wollte sie knicksen. Statt dessen jedoch entfernte sie sich rückwärts gehend in Richtung Küche. »Sie wollen jetzt sicher essen, nicht wahr? Die Pâté hat meine Mutter selbst gemacht. Der Räucherlachs ist ganz frisch. Und wenn Sie irgendwas brauchen...« Ihre Stimme verklang, als die Tür hinter ihr zufiel.

»Das ist Josie«, sagte St. James, »für den Fall, daß man dich nicht mit ihr bekannt gemacht hat. Eine überzeugte Verfechterin der Unfalltheorie.«

»Das ist mir bereits aufgefallen.«

»Was hat eigentlich Sergeant Hawkins gesagt? Ich nehme an, das war das Telefongespräch, das Josie zufällig mitgehört hat.«

»Richtig.« Lynley schob ein Stück Lachs in den Mund und stellte angenehm überrascht fest, daß er tatsächlich ganz frisch war. »Er wollte nur noch einmal darauf hinweisen, daß er von Anfang an den Anordnungen aus Hutton-Preston gefolgt ist. Die Dienststelle Hutton-Preston wurde über Shepherds Vater mit der Sache befaßt, und was Hawkins angeht, war von dem Moment an alles in bester Ordnung. Und ist es immer noch. Er steht also voll hinter seinem Mann, Shepherd, und ist überhaupt nicht begeistert davon, daß wir hier herumschnüffeln.«

»Nun ja, das ist verständlich. Er ist schließlich für Shepherd verantwortlich. Wenn dem Dorf-Constable etwas Negatives nachgesagt werden kann, wird sich das auch in Hawkins' Akte nicht gut ausnehmen.«

»Er wollte mich außerdem wissen lassen, daß Mr. Sages Bischof mit der Untersuchung, der Leichenschau und dem Urteil völlig zufrieden war.«

St. James sah von seinem Garnelencocktail auf. »Er war bei der Leichenschau?«

»Er hat offensichtlich einen Vertreter geschickt. Und Hawkins scheint zu glauben, wenn die Untersuchung und die Leichenschau schon den Segen der Kirche haben, dann sollte verdammt noch mal auch das Yard seinen Segen geben.«

»Er ist also nicht zur Kooperation bereit?«

Lynley spießte das nächste Stück Lachs auf. »Es ist keine Frage der Kooperation, St. James. Er weiß, daß die Untersuchung nicht ganz korrekt war und daß es für ihn und seinen Mann die beste Verteidigung ist, wenn sie uns Gelegenheit geben, die Richtigkeit ihrer Schlußfolgerungen zu beweisen. Aber sympathisch braucht ihnen das deswegen noch lange nicht zu sein.«

»Es wird ihnen noch unsympathischer werden, wenn wir uns etwas eingehender mit Juliet Spences Gesundheitszustand an dem fraglichen Abend befassen.«

»Was heißt das?« fragte Deborah.

Lynley berichtete, was der Constable ihnen über die Erkrankung der Frau an dem Abend, als der Pfarrer gestorben war, gesagt hatte. Er erklärte die Beziehung zwischen dem Constable und Juliet Spence und schloß mit den Worten: »Und ich muß zugeben, St. James, ich habe den Verdacht, daß du mich vielleicht doch für nichts und wieder nichts hierher gehetzt hast. Es macht zwar wirklich keinen guten Eindruck, daß Colin Shepherd nach einer flüchtigen Tatortbesichtigung durch die Spurensicherung des CID Clitheroe den Fall ganz allein bearbeitet hat, nur mit sporadischer Hilfe seines Vaters, aber wenn die Frau ebenfalls erkrankte, verleiht das der Unfalltheorie weit mehr Wahrscheinlichkeit, als wir ihr zunächst zubilligen wollten.«

»Es sei denn«, bemerkte Deborah, »der Constable lügt, um sie zu schützen, und sie war überhaupt nicht krank.«

»Ja, das ist natürlich eine Möglichkeit, die wir nicht ignorieren können. Das würde allerdings bedeuten, daß die beiden gemeinsame Sache gemacht haben. Wenn aber sie allein schon kein Motiv hatte, den Mann zu ermorden – was natürlich im Moment noch strittig ist –, was sollte dann das gemeinsame Motiv gewesen sein?«

»Wenn wir einen Schuldigen suchen, geht es nicht nur darum, Motive aufzudecken«, sagte St. James. Er schob seinen Teller auf die Seite. »An dieser Erkrankung der Frau an dem fraglichen Abend stimmt etwas nicht. Das paßt nicht zusammen.«

»Wie meinst du das?«

»Shepherd hat uns erzählt, daß sie sich mehrmals übergeben hat. Außerdem hatte sie hohes Fieber.«

»Und?«

»Das sind nicht die Symptome einer Vergiftung mit Giftwasserschierling.«

Lynley stocherte einen Moment in seinem letzten Stück Lachs herum, gab ein paar Tropfen Zitrone darauf, ließ es aber dann doch liegen. Nach dem Gespräch mit Constable Shepherd war er bereit gewesen, St. James' Befürchtungen hinsichtlich des Todes des Pfarrers als unbegründet abzutun. Ja, er war sogar so weit gewesen, das ganze Abenteuer als ein etwas übertriebenes Abkühlungsmanöver nach der morgendlichen Unstimmigkeit mit Helen zu sehen. Aber jetzt...

»Erzähl«, sagte er.

St. James zählte ihm die Symptome auf: übermäßige Speichelbildung, Zittern, Krämpfe, Schmerzen im Unterleib, Vergrößerung der Pupillen, Delirium, Versagen der Atmung, völlige Lähmung. »Das Gift wirkt auf das zentrale Nervensystem«, schloß er. »Schon eine geringe Dosis kann einen Menschen umbringen.«

»Shepherd lügt also?«

»Nicht unbedingt. Sie ist eine Kräuterkundige. Das hat uns Josie gestern abend erzählt.«

»Und du hast es mir heute morgen erzählt. Das vor allem

war der Grund, warum ich hier heraufgesaust bin wie Nemesis auf Rädern. Aber ich verstehe nicht, was...«

»Pflanzen sind genau wie Drogen, Tommy, und sie wirken auch wie Drogen. Sie regen den Kreislauf an oder das Herz, sie entspannen, sie führen ab, sie wirken schleimlösend... Kurz, sie tun all das, was auch die Mittel tun, die der Arzt dir verschreibt.«

»Du willst damit sagen, daß sie etwas genommen hat, um sich krank zu machen?«

»Sie hat etwas genommen, um Fieber herbeizuführen. Um Erbrechen herbeizuführen.«

»Aber ist es nicht möglich, daß sie auch etwas von dem Schierling gegessen hat, den sie für wilde Pastinake hielt, daß ihr dann, nachdem der Pfarrer gegangen war, übel wurde und sie irgend etwas eingenommen hat, um sich von dieser Übelkeit zu befreien, ohne sie mit dem Abendessen in Verbindung zu bringen? Das wäre doch eine Erklärung für das wiederholte Erbrechen. Und könnte das wiederholte Erbrechen nicht zu einer erhöhten Körpertemperatur geführt haben?«

»Möglich ist es, ja. Aber wenn es so gewesen sein sollte – und ich kann es mir ehrlich gesagt nicht vorstellen, Tommy, vor allem nicht in Anbetracht dessen, wie schnell das Gift des Wasserschierlings wirkt –, hätte sie dann nicht dem Constable gesagt, daß sie etwas genommen hatte, weil ihr nach dem Essen nicht gut war? Und hätte uns das der Constable nicht heute erzählt?«

Lynley hob den Kopf und richtete den Blick wieder auf die Bilder an der Wand. Dort hing immer noch Alice Nutter und hüllte sich in hartnäckiges Schweigen. Wenn sie wirklich Geheimnisse gehabt hatte, so hatte sie sie alle mit ins Grab genommen. Ob es ihre Verachtung des Katholizismus war, der ihre Zunge lähmte, oder Stolz oder die zornige Gewißheit, daß sie von einem Richter ungerecht verurteilt wurde, wußte niemand. Doch in einem abgelegenen Dorf umgab eine Frau mit Geheimnissen, die sie nicht zu teilen bereit war, stets eine Aura des Geheimnisvollen. Und stets war da eine bösartige kleine Sucht, so einer Person etwas anzuhängen und sie auf diese Weise für ihre Eigenbrötelei bezahlen zu lassen.

»Wie auch immer, irgend etwas stimmt hier nicht«, sagte St. James. »Ich neige zu der Auffassung, daß Juliet Spence den Wasserschierling ausgrub, genau wußte, was es war, und ihn für den Pfarrer kochte. Aus welchem Grund auch immer.«

»Und wenn sie keinen Grund hatte?« fragte Lynley.

»Dann hat garantiert jemand anders einen gehabt.«

Nachdem Polly gegangen war, trank Colin Shepherd den ersten Whisky. Damit endlich die Hände aufhören zu zittern, dachte er. Er kippte das erste Glas hinunter. Der Whisky brannte wie Feuer in seiner Kehle. Aber als er das Glas auf den Beistelltisch stellte, klapperte es so heftig, daß es wie das Klopfen eines Spechts klang. Noch eins, sagte er sich. Die Karaffe schlug klirrend gegen das Glas.

Den nächsten trank er, um sich zu zwingen, daran zu denken. Great Stone of Fourstones, dann Back End Barn, der Schafstall. Der Great Stone war ein massiger Granitbrokken, ein Kuriosum dieser Gegend, mitten im wilden Grasland von Loftshaw Moss, ein ganzes Stück nördlich von Winslough. Dort hatten sie an jenem schönen Frühlingstag ihr Picknick gemacht. Back End Barn war ihr Ziel gewesen, als sie nach dem Essen wieder aufgebrochen waren. Die Wanderung war Pollys Vorschlag gewesen. Er hatte jedoch die Richtung gewählt, und er wußte, was dort wartete. Er, der diese Hochmoore seit seiner Kindheit durchstreifte. Er, der jede

Quelle und jeden Bach kannte, der den Namen jedes Hügels wußte und jeden Steinhaufen finden konnte. Er hatte sie direkt zum Back End Barn geführt. Er hatte vorgeschlagen, einen Blick hineinzuwerfen.

Den dritten Whisky trank er, um alles wieder lebendig zu machen. Den Einstich eines Splitters, der sich ihm in die Schulter gebohrt hatte, als er die verwitterte Tür aufgestoßen hatte. Den durchdringenden Schafsgeruch und die federleichten Wollbüschel, die am Mörtel hingen. Die zwei Lichtstreifen, die durch Ritzen in dem alten Schieferdach hereinfielen und einen Keil bildeten, an dessen Spitze Polly stehengeblieben war und lachend gesagt hatte: »Wie im Scheinwerferlicht, nicht wahr, Colin?«

Als er die Tür schloß, schien der Rest des Stalls in Dunkelheit zu versinken. Und mit dem Stall versank auch die Welt. Das einzige, was blieb, waren diese beiden goldgelben Lichtstrahlen und Polly, die an ihrem Schnittpunkt stand.

Sie blickte von ihm zu der Tür, die er geschlossen hatte. Dann strich sie mit beiden Händen an ihrem Rock hinunter und sagte: »Wie ein geheimes Versteck, nicht wahr? Ich meine, wenn die Tür zu ist und so. Kommt ihr immer hierher, du und Annie? Ich meine, seid ihr früher hierhergekommen? Bevor – du weißt schon.«

Er schüttelte den Kopf. Sie mußte aus seinem Schweigen geschlossen haben, daß er in Gedanken bei der Kranken in Winslough war. Impulsiv sagte sie: »Ich hab die Steine mitgebracht. Komm, ich werfe sie für dich.«

Ehe er etwas antworten konnte, ging sie in die Knie und zog aus ihrer Rocktasche einen kleinen schwarzen Samtbeutel, der mit roten und silbernen Sternen bestickt war. Sie öffnete ihn und schüttete die acht Runensteine in ihre Hand.

»Daran glaube ich nicht«, sagte er.

»Weil du es nicht verstehst.« Sie hockte sich auf ihre Fersen und klopfte neben sich auf den Steinboden, uneben und holprig. Und er starrte vor Dreck. Colin kniete neben ihr nieder. »Was möchtest du wissen?«

Er antwortete nicht. Ihr Haar leuchtete im Licht. Ihre Wangen waren gerötet.

»Nun komm schon, Colin«, sagte sie. »Irgend etwas mußt du doch wissen wollen.«

»Nein, nichts.«

»Aber irgendwas doch.«

»Nein.«

»Gut, dann werf ich die Steine eben für mich selbst.« Sie schüttelte sie wie Würfel in ihrer Hand, neigte den Kopf zur Seite und schloß die Augen. »So, jetzt. Was soll ich fragen?« Die Steine klirrten und schepperten. Schließlich sagte sie hastig: »Wenn ich in Winslough bleibe, finde ich dann den Mann meiner Träume?« Und zu Colin sagte sie mit einem schelmischen Lächeln: »Falls der nämlich hier sein sollte, scheint er ziemlich schüchtern zu sein. Er hat sich mir noch nicht vorgestellt.« Mit einem Schlenkern ihres Handgelenks warf sie die Steine. Sie sprangen klappernd über den Boden. Drei Steine zeigten ihre bemalte Seite. Polly beugte sich vor, um sie sich anzusehen, und drückte erfreut die Hände auf ihre Brust. »Siehst du«, sagte sie, »lauter gute Omen. Da der Ringstein, der ist am weitesten weg. Der steht für Liebe und Heirat. Und der Glücksstein liegt daneben. Schau, sieht doch aus wie eine Ähre, nicht wahr. Das bedeutet Reichtum und Wohlstand. Und die drei fliegenden Vögel liegen mir am nächsten. Das bedeutet eine plötzliche Veränderung.«

»Also wirst du ganz plötzlich jemanden mit Geld heiraten, wie? Mir scheint, du steuerst schnurstracks auf Townley-Young zu.«

Sie lachte. »Na, der würde vielleicht einen schönen

Schrecken kriegen.« Sie sammelte die Steine wieder ein. »Jetzt bist du dran.«

Es hatte nichts zu bedeuten. Er glaubte nicht daran. Aber er stellte die Frage dennoch, die einzige Frage, die er hatte. Es war dieselbe Frage, die er jeden Morgen beim Aufstehen stellte, jeden Abend, wenn er sich endlich in sein Bett legte. »Wird Annie die neue Chemotherapie helfen?«

Polly krauste die Stirn. »Willst du das wirklich fragen?«

»Los, wirf die Steine.«

»Nein. Wenn es deine Frage ist, dann mußt du sie selbst werfen.«

Er tat es, warf sie von sich, wie sie es zuvor getan hatte, aber als er hinschaute, sah er, daß nur ein Stein seine bemalte Seite zeigte, ein großes schwarzes H. Wie der Ringstein bei Polly, lag dieser Stein am weitesten von ihm entfernt.

Sie blickte auf die Steine hinunter. Er sah, wie sie mit der linken Hand ihren Rock raffte. Dann beugte sie sich vor, als wollte sie die Steine zu einem einzigen Häufchen zusammenfegen. »Einen einzigen Stein kann man leider nicht lesen. Du mußt es noch einmal versuchen.«

Er packte sie am Handgelenk, um ihr Einhalt zu gebieten. »Das ist doch nicht die Wahrheit, oder? Was hat der Stein zu bedeuten?«

»Nichts. Einen Stein allein kann man nicht deuten.«

»Lüg mich nicht an.«

»Ich lüge überhaupt nicht.«

»Es bedeutet nein, stimmt's? Aber wir hätten die Frage gar nicht zu stellen brauchen. Wir haben die Antwort sowieso gewußt.« Er ließ ihre Hand los.

Einen nach dem anderen hob sie die Steine auf und legte sie wieder in den Beutel, bis nur noch der schwarze dalag.

»Was hat er zu bedeuten?« fragte er noch einmal.

»Kummer. Trennung. Verlust.«

»Ja. Ja, natürlich.« Er hob den Kopf und blickte zum Dach hinauf, als könnte das den Druck hinter seinen Augen lindern. Er versuchte, sich auf die Frage zu konzentrieren, wie viele Schieferschindeln man brauchen würde, um das Sonnenlicht auszusperren, das in den Stall hereinströmte. Eine? Zwanzig? Konnte man die Ritzen überhaupt schließen? Würde nicht das ganze Dach einstürzen, wenn man hinaufkletterte, um den Schaden auszubessern?

»Es tut mir leid«, sagte Polly. »Es war dumm von mir. Ich bin eben dumm. Ich denke immer erst hinterher.«

»Es ist nicht deine Schuld. Sie stirbt. Das wissen wir doch beide.«

»Aber ich wollte doch so gern, daß das heute ein besonderer Tag für dich wird. Ein paar Stunden weg von allem. Und dann hab ich die Steine rausgeholt. Ich habe überhaupt nicht daran gedacht, was du fragen würdest... Aber was sonst hättest du denn überhaupt fragen sollen. Ach, ich bin ja so dumm. Wirklich dumm.«

»Hör auf.«

»Ich hab alles nur noch schlimmer gemacht.«

»Man kann es nicht schlimmer machen.«

»Doch. Ich hab es schlimmer gemacht.«

»Nein.«

»Ach, Col...«

Er senkte den Kopf. Es überraschte ihn, den eigenen Schmerz in ihrem Gesicht gespiegelt zu sehen. Seine Augen waren die ihren, seine Tränen waren die ihren, die Linien und Schatten, die seinen Schmerz verrieten, waren in ihre Haut eingekerbt, verdunkelten ihre Schläfen und ihre Wangen.

Er dachte, nein, das kann ich nicht tun, und streckte doch die Arme aus, um ihr Gesicht mit seinen Händen zu umschließen. Er dachte, nein, das werde ich nicht tun, und begann doch schon, sie zu küssen. Er dachte, Annie, Annie, als er sie mit sich zu Boden zog, sie auf sich fühlte, mit seinem Mund ihre Brüste suchte, die sie ihm darbot, während gleichzeitig seine Hände unter ihren Rock glitten, er ihr den Slip abstreifte, seine eigene Hose herunterzog, sie in heißem Verlangen, hitzigem Begehren auf sich herabdrückte, die Wärme, so weich, und jene erste gemeinsame Stunde, wie wunderbar sie war, überhaupt nicht scheu, wie er gedacht hatte, sondern offen für ihn, voller Liebe, ein wenig erschrocken zuerst über die Fremdheit, das Ungewohnte, ehe sie sich auf den Rhythmus seines Körpers einließ und ihm entgegenkam, seinen nackten Rücken liebkoste und sein Gesäß mit ihren Händen umschloß, um ihn mit jedem Stoß tiefer in sich aufzunehmen, und die ganze Zeit, ihr Blick so tief in dem seinen, leuchtend vor Glück und Liebe, während er aus den Wonnen ihres Körpers Energie schöpfte, aus der Hitze, aus der Feuchtigkeit, aus dem süßen Gefängnis, das ihn gefangenhielt und ebenso begehrte, wie er begehrte und begehrte, bis er auf der Höhe der Lust »Annie! Annie!« rief und über dem Körper von Annies Freundin zusammensank.

Colin trank einen vierten Whisky, um zu vergessen. Er wollte ihr die Schuld geben, obwohl er wußte, daß er die Verantwortung trug. Schlampe, hatte er gedacht, sie hat nicht einmal den Anstand, Annie gegenüber loyal zu sein. Sie war bereit und willens gewesen, sie hatte nicht versucht, ihm Einhalt zu gebieten, sie hatte sogar eigenhändig ihre Bluse und ihren BH ausgezogen, und sie hatte ihn ohne ein Wort des Protests eingelassen.

Doch er hatte ihr Gesicht gesehen, als er nur Augenblicke nachdem er Annies Namen gerufen hatte, die Augen öffnete. Er hatte gesehen, wie tief er sie getroffen hatte. Und egoistisch hatte er sich gesagt, wer einen verheirateten Mann verführt, verdient nichts Besseres. Sie hatte die Steine absichtlich mitgebracht. Sie hatte alles geplant. Wie immer sie auch bei ihrem Wurf gefallen wären, sie hätte sie so interpretiert, daß das Ende vom Lied gewesen wäre, daß er mit ihr bumste. Sie war eine Hexe. Jeden Tag, jeden Augenblick wußte sie, was sie tat. Bei ihr war alles genau geplant.

Colin wußte, daß ein *Es tut mir leid* die Sünden nicht geringer machte, die er an jenem Frühlingsnachmittag im Back End Barn und jeden folgenden Tag seither an Polly Yarkin begangen hatte. Sie hatte ihm in Freundschaft die Hand geboten – wie schwierig das für sie angesichts ihrer Liebe auch gewesen sein mochte –, und er hatte sich von ihr abgewandt, immer wieder, weil er wie besessen war von dem Drang, sie zu strafen, weil ihm der Mut fehlte, sich das Schlimmste über sich selbst einzugestehen.

Nun hatte sie sogar den Ringstein herausgegeben, hatte ihn zusammen mit all ihren naiven Zukunftshoffnungen auf Annies Grab gelegt. Er wußte, daß sie es zur Buße getan hatte, in dem Bemühen, für eine Sünde zu bezahlen, an der sie nur geringen Anteil gehabt hatte. Es war nicht recht.

»Leo!« sagte Colin. Der Hund, der am Feuer lag, hob erwartungsvoll den Kopf. »Komm!«

Er nahm seine dicke Jacke und eine Taschenlampe. Er trat in die Nacht hinaus. Leo ging an seiner Seite, nicht angeleint, die Nase witternd erhoben, um die verschiedenen Gerüche aufzunehmen, die in der winterlichen Luft hingen: Rauch und feuchte Erde, die Abgase eines vorüberfahrenden Autos, frisch gebratener Fisch. Für ihn war der Abendspaziergang lange nicht so aufregend wie ein Marsch am Tag, wenn er Vögel jagen und hin und wieder ein Schaf mit seinem Kläffen erschrecken konnte. Aber es war besser als nichts.

Sie überquerten die Straße und traten in den Friedhof. Sie suchten ihren Weg zu der alten Kastanie, Colin leuchtete ihnen mit der Taschenlampe, Leo lief etwas rechts von ihm, außerhalb des Lichtkegels, schnuppernd vor ihm her. Der Hund wußte, wohin sie gingen. Sie waren ja schon oft genug hiergewesen. Er erreichte daher Annies Grab vor seinem Herrn und schnüffelte am Fuß des Grabsteins herum – und nieste –, als Colin sagte: »Leo! Nein!«

Er leuchtete auf das Grab. Und darum herum. Er ging in die Hocke, um genauer sehen zu können.

Was hatte sie gesagt? *Ich habe Zedernholz für dich verbrannt, Colin. Ich habe die Asche auf ihr Grab gelegt. Ich habe den Ringstein dazugelegt. Ich habe Annie den Ringstein geschenkt.* Aber er war nicht hier. Und das einzige, was man mit einigem guten Willen als Zedernasche hätte sehen können, waren ein paar schwache graue Flecken auf der Rauhreifdecke. Gewiß, die konnten von der Asche stammen, wenn sie vom Wind fortgeweht und durch das Stöbern des Hundes aufgewirbelt worden war, aber der Runenstein konnte nicht vom Wind weggetragen worden sein.

Er ging langsam um das ganze Grab herum. Er wollte Polly glauben. Vielleicht hatte ja der Hund den Stein zur Seite geschoben. Er leuchtete den Boden rund um das Grab mit der Lampe ab und drehte jeden Stein um, der die passende Größe zu haben schien. Aber er fand nichts, und schließlich gab er auf.

Er lachte voller Hohn über seine Leichtgläubigkeit. Offensichtlich hatte sie das Erstbeste gesagt, was ihr in den Kopf gekommen war, um sich selbst gut hinzustellen, um wie immer zu versuchen, ihm die Schuld zu geben. Und gleichzeitig setzte sie alles daran – wie das auch alle anderen zu tun schienen –, ihn von Juliet zu trennen. Aber das würde nicht klappen.

Er senkte die Taschenlampe, so daß ihr Licht hell und weiß auf den Boden fiel. Zuerst blickte er nach Norden, in Richtung des Dorfs, wo die Lichter den Hang sprenkelten, so vertraut in ihrer Anordnung, daß er jede Familie hinter jedem Lichtpunkt hätte nennen können. Dann blickte er nach Süden, zum Eichenwald, hinter dem sich wie eine schwarz verhüllte Gestalt Cotes Fell vor dem dunklen Nachthimmel erhob. Und am Fuß des Bergs, halb versteckt in einer Lichtung, standen das Herrenhaus, Cotes Hall, und das Verwalterhäuschen, in dem Juliet Spence wohnte.

Wie dumm von ihm, wegen nichts hierher auf den Friedhof zu laufen! Er stieg über Annies Grab und war mit zwei großen Schritten bei der Mauer. Er übersprang sie, rief den Hund und wandte sich zum öffentlichen Fußweg, der vom Dorf nach Cotes Fell hinaufführte. Er hätte zurückgehen und den Rover holen können. Das wäre schneller gegangen. Aber er redete sich ein, daß er den Spaziergang jetzt brauchte, um sich in seiner Entscheidung ganz geerdet zu fühlen. Und gab es da eine bessere Möglichkeit, als die Erde selbst unter seinen Füßen zu spüren, das Spiel seiner Muskeln und den raschen Fluß seines Bluts?

Den Gedanken, der so beharrlich in sein Bewußtsein drängte, während er auf dem Pfad dahinging, schob er zur Seite: Wenn er in seiner Position auf Umwegen zum Verwalterhäuschen ging, so konnte man daraus nicht nur auf ein heimliches Stelldichein mit Juliet schließen, sondern außerdem auf ein geheimes Einverständnis zwischen ihnen. Weshalb nahm er den verschwiegenen Fußweg zum Häuschen, obwohl er nichts zu verbergen hatte? Obwohl er ein Auto hatte? Obwohl er mit dem Auto viel schneller dagewesen wäre? Obwohl die Nacht kalt war?

So kalt wie damals im Dezember, als Robin Sage den gleichen Weg zum selben Ziel gegangen war. Robin Sage, der ein Auto besaß, der hätte fahren können, der es vorzog, zu Fuß zu gehen, obwohl Schnee lag, obwohl für die Nacht weitere

Schneefälle vorausgesagt waren. Warum war Robin Sage an jenem Abend zu Fuß gegangen?

Er liebte Bewegung, frische Luft, das Wandern auf dem Hochmoor, sagte sich Colin. Er hatte Sage in den zwei Monaten, die dieser vor seinem Tod in Winslough gelebt hatte, oft genug mit Gummistiefeln und Spazierstock im Dorf und der Umgebung gesehen. Zu seinen Besuchen bei den Dorfbewohnern war er stets zu Fuß gegangen. Und zu Fuß war er auch zur Gemeindewiese gegangen, um die Enten zu füttern. Weshalb hätte er Juliet Spence im Verwalterhäuschen von Cotes Hall nicht auch zu Fuß aufsuchen sollen?

Wegen der Entfernung, des Wetters, der Jahreszeit, der Kälte, der Dunkelheit. Die Antworten kamen Colin ganz von selbst, und sogleich stand ihm die Tatsache vor Augen, die er die ganze Zeit zurückzudrängen suchte. Niemals hatte er Sage nach Einbruch der Dunkelheit zu Fuß unterwegs gesehen. Wenn der Pfarrer abends noch außerhalb des Dorfs zu tun gehabt hatte, hatte er seinen Wagen genommen. Er hatte das auch das einzige Mal getan, als er zur Skelshaw Farm hinausgefahren war, um Nick Wares Eltern aufzusuchen. Und er hatte es bei seinen Besuchen auf den übrigen Höfen ebenso gehalten.

Und auch zu den Townley-Youngs war er mit dem Auto gefahren, als diese ihn kurz nach seiner Ankunft in Winslough zum Abendessen eingeladen hatten, bevor St. John Andrew Townley-Young die tiefverwurzelte Sympathie für die Low Church erkannt und ihn von seiner Liste erstrebenswerter Bekanntschaften gestrichen hatte. Warum also war Sage zu Juliet zu Fuß gegangen?

Der Gedanke, den er bisher abzuwehren versucht hatte, brach sich Bahn: Sage hatte nicht gesehen werden wollen, ebenso wie Colin selbst nicht dabei ertappt werden wollte, daß er ausgerechnet am Abend jenes Tages, an dem New

Scotland Yard im Dorf erschienen war, Juliet Spence besuchte. *Gib es zu! Gib es doch zu...*

Nein, dachte Colin. Das war nur ein Angriff des giftigen grünäugigen Ungeheuers auf Vertrauen und Glauben. Wenn er ihm nachgab, so bedeutete das den sicheren Tod der Liebe und die Vernichtung all seiner Zukunftshoffnungen.

Er beschloß, nicht mehr darüber nachzudenken, und knipste, um sich selbst in seinem Vorsatz zu bestärken, die Taschenlampe aus. Obwohl er den Fußweg seit fast dreißig Jahren kannte, mußte er sich ganz darauf konzentrieren, um nicht über irgendeine Unebenheit zu straucheln. Doch die Sterne halfen ihm.

Leo trabte voraus. Colin konnte ihn nicht sehen, doch er konnte das Brechen der dünnen Eisdecke unter den Pfoten des Hundes hören und mußte lächeln, als Leo beim Überspringen einer Mauer übermütig bellte. Einen Augenblick später schon begann der Hund richtig zu bellen. Und dann rief ein Mann: »Nein! Nein! Immer mit der Ruhe!«

Colin knipste die Taschenlampe wieder an und ging schneller. Leo rannte vor der nächsten Mauer hin und her und sprang immer wieder an einem Mann hoch, der auf dem Treppchen saß, das über die Mauer führte. Colin leuchtete ihm ins Gesicht. Der Mann kniff die Augen zusammen und fuhr zurück. Es war Brendan Power. Der Anwalt hatte eine Taschenlampe bei sich, benützte sie jedoch nicht.

Colin befahl dem Hund, Ruhe zu geben. Leo gehorchte, hob jedoch einen Vorderlauf und scharrte eifrig am rauhen Stein der Mauer, als wollte er den anderen Mann begrüßen.

»Tut mir leid«, sagte Colin. »Hoffentlich hat er Sie nicht zu sehr erschreckt.«

Powers Pfeife glühte schwach, und ein süßlicher Tabaksgeruch hing in der Luft. Laffentabak, hätte Colins Vater verächtlich gesagt. Wenn du schon rauchst, Junge, dann wenigstens etwas, das beweist, daß du ein Mann bist.

»Nicht so schlimm«, sagte Power und hielt dem Hund seine Hand hin, um ihn daran schnuppern zu lassen. »Ich bin ein Stück gelaufen. Ich dreh abends gern noch mal eine Runde, wenn es geht. Ein bißchen Bewegung tut gut, wenn man den ganzen Tag am Schreibtisch gesessen hat. Hält einen in Form.« Er paffte an seiner Pfeife und schien auf eine ähnliche Erwiderung von Colin zu warten.

»Waren Sie drüben beim Herrenhaus?«

»Beim Herrenhaus?« Power griff in seine Jacke und zog einen Beutel heraus, den er öffnete. Ohne die Pfeife gereinigt zu haben, begann er sie mit frischem Tabak zu stopfen. Colin beobachtete ihn neugierig. »Ja. Richtig. Ich war draußen beim Herrenhaus. Um nach dem Rechten zu sehen. Becky ist unruhig. Es ist soviel schiefgegangen, aber das wissen Sie ja schon.«

»Es hat doch seit dem Wochenende nicht neuen Ärger gegeben?«

»Nein, nein. Nichts. Aber man kann nicht vorsichtig genug sein. Es beruhigt Becky, wenn ich nach dem Rechten sehe. Und ich hab nichts gegen den Spaziergang. Frische Luft, das ist gut für die Lunge.« Wie zur Demonstration holte er einmal tief Atem. Dann versuchte er, seine Pfeife anzuzünden, doch der Erfolg war von kurzer Dauer. Der Tabak begann zwar zu brennen, aber da er zu fest gestopft war, zog es nicht. Nachdem Power noch zwei weitere Versuche gemacht hatte, gab er auf und steckte Pfeife, Tabaksbeutel und Streichhölzer ein. Er sprang von der Mauer. »Becky wird sich wundern, wo ich bleibe. Also dann, guten Abend, Constable.« Er setzte sich in Bewegung.

»Mr. Power!«

Abrupt drehte Brendan Power sich herum. Er achtete

darauf, außerhalb des Lichtkegels zu bleiben, den Colin auf ihn richtete. »Ja?«

Colin nahm die Taschenlampe, die auf der Mauer lag. »Sie haben die Lampe vergessen.«

Power bleckte die Zähne, es sollte wahrscheinlich ein Lächeln sein. Er lachte kurz. »Ja, die frische Luft muß mir zu Kopf gestiegen sein. Vielen Dank.«

Als er nach der Taschenlampe griff, hielt Colin sie einen Augenblick länger als unbedingt nötig fest. Und da New Scotland Yard ohnehin bald den Finger auf die Wunde legen würde, bemerkte er: »Wußten Sie, daß dies die Stelle ist, wo Mr. Sage gestorben ist? Gleich hier, auf der anderen Seite der Treppe.«

Power schluckte. »Äh, ich...«

»Er hat versucht, auf die andere Seite herüberzukommen, aber er hatte Konvulsionen. Wußten Sie das? Er ist mit dem Kopf auf die unterste Stufe aufgeschlagen.«

Powers Blick flog rasch von Colin zur Mauer. »Nein, das habe ich nicht gewußt. Nur, daß er – daß Sie ihn irgendwo hier auf dem Weg gefunden haben.«

»Sie waren doch am Morgen vor seinem Tod noch bei ihm, nicht wahr? Zusammen mit Miss Townley-Young?«

»Ja. Aber das wissen Sie doch schon. Was...«

»Das waren doch Sie gestern abend mit Polly, nicht wahr? Draußen vor dem Pförtnerhäuschen?«

Power antwortete nicht gleich. Er sah Colin leicht verwundert an, und als er schließlich sprach, tat er es langsam, als dächte er noch darüber nach, was diese Frage überhaupt bedeuten sollte. Er war schließlich Anwalt. »Ich war auf dem Weg zum Herrenhaus. Polly war auf dem Weg nach Hause. Wir sind zusammen gegangen. Irgend etwas dagegen?«

»Und was ist mit dem Pub?«

»Mit dem Pub?«

»*Crofters*. Da waren Sie doch auch mit ihr. Am Abend. Und haben was getrunken.«

»Ein-, zweimal, ja, da hab ich Polly zufällig im Pub getroffen, wenn ich nach meinem Spaziergang noch auf ein Bier hineingegangen bin. Natürlich hab ich mich zu ihr gesetzt.« Er warf die Taschenlampe von einer Hand in die andere: »Was soll das alles?«

»Sie haben Polly schon vor Ihrer Heirat gekannt. Sie sind ihr im Pfarrhaus begegnet. Hat sie Sie gut behandelt?«

»Was soll das heißen?«

»Ich meine, hat sie Ihre Gesellschaft gesucht? Hat sie Sie um Gefälligkeiten gebeten?«

»Nein. Natürlich nicht. Worauf wollen Sie hinaus?«

»Sie haben doch Zugang zu den Schlüsseln zum Herrenhaus, nicht wahr? Und auch zu denen für das Verwalterhäuschen? Hat sie nie gefragt, ob sie die Schlüssel einmal ausleihen kann, und Ihnen zur Belohnung ein Angebot gemacht?«

»Das ist eine Unverschämtheit! Was, zum Teufel, wollen Sie damit andeuten? Daß Polly...?« Power brach ab und blickte zum Cotes Fell hinüber. »Was soll das alles? Ich dachte, die Angelegenheit wäre erledigt.«

»Nein«, antwortete Colin. »Jetzt haben wir Besuch von New Scotland Yard.«

Power drehte den Kopf. Sein Blick war kühl. »Ach, und Sie versuchen, sie auf eine falsche Spur zu setzen.«

»Ich versuche, die Wahrheit herauszufinden.«

»Ich dachte, die hätten Sie schon gefunden. Ich dachte, die hätten wir bei der Leichenschau zu hören bekommen.« Power zog seine Pfeife wieder heraus. Er klopfte den Pfeifenkopf am Absatz seines Schuhs aus, ohne den Blick von Colin zu wenden. »Sie sitzen in der Tinte, wie, Constable Shepherd? Nun, dann lassen Sie mich einen Vorschlag machen: Versuchen Sie lieber nicht, Polly Yarkin anzuschwärzen.«

Ohne ein weiteres Wort ging er davon, blieb erst nach etwa zwanzig Metern stehen, um seine Pfeife neu zu stopfen und anzuzünden. Das Streichholz flammte auf, die nachfolgende Glut verriet, daß es diesmal funktionierte.

11

Den Rest des Wegs machte Colin seine Taschenlampe nicht mehr aus. Jeder Versuch, sich in die Dunkelheit zu flüchten, war jetzt sinnlos geworden. Brendan Powers letzte Worte hatten ihn wachgerüttelt.

Er versuchte sich abzusichern, das konnte er nicht leugnen, indem er falsche Spuren legte. Er war auf der Suche nach einer Alternativrichtung, in die er die Londoner Polizei führen konnte.

Nur für den Fall, sagte er sich. Weil die Alternativen in seinem Hirn immer lauter zu rumoren begannen und er etwas tun mußte, um dem ein Ende zu bereiten. Er mußte etwas unternehmen, das in seiner Zuständigkeit lag, unter den Umständen geboten war und ihm garantierte, daß er ruhig schlafen konnte.

Er hatte nicht darüber nachgedacht, wohin ein solcher Versuch führen würde; erst bei der Begegnung mit Brendan Power war ihm plötzlich klargeworden, was geschehen sein konnte, was geschehen sein *mußte*, daß Juliet sich die Schuld gab, obwohl sie nur indirekt verantwortlich war.

Gleich von Anfang an war er überzeugt gewesen, daß der Tod des Pfarrers auf einen Unfall zurückzuführen war; hätte er eine andere Erklärung auch nur in Betracht gezogen, so hätte er sich morgens nicht mehr im Spiegel ansehen können. Jetzt aber sah er, wie grundlegend er sich möglicherweise geirrt hatte, wie sehr er Juliet in jenen finstern Augenblicken unrecht getan hatte, da er – wie alle anderen im Dorf – sich gefragt hatte, wie ausgerechnet ihr dieser tödliche Irrtum hatte unterlaufen können. Jetzt erkannte er, wie sie manipuliert worden war, damit sie glauben mußte, einen Fehler gemacht zu haben. Jetzt sah er klar, wie alles eingefädelt worden war.

Dieser Gedanke und das stürmische Verlangen, das Unrecht, das ihr angetan worden war, zu rächen, trieben ihn nun vorwärts. Ein kurzes Stück hinter dem Pförtnerhäuschen, in dem Polly Yarkin mit ihrer Mutter lebte, bog er, vom vergnügt tollenden Leo begleitet, in den Eichenwald ab. Wie einfach es war, sich vom Pförtnerhäuschen zum Herrenhaus zu schleichen, dachte er. Man brauchte nicht einmal die katastrophale kleine Straße zu benützen.

Der Fußweg führte ihn unter Bäumen hindurch, über zwei Stege, deren Holz vermoost war und mit jedem feuchten Winter etwas weiter faulte, und über schwammigen Laubboden, der mit Wasser und Fäulnis vollgesogen unter einer feinen Reifdecke lag. Er endete dort, wo die Bäume dem Garten des Verwalterhäuschens wichen, und als Colin diese Stelle erreichte, blieb er stehen. Leo sprang über Komposthaufen und brachliegende Erde zum Haus, um an der Tür zu kratzen. Colin schwenkte den Strahl seiner Lampe hierhin und dorthin, um sich der Details zu vergewissern: das Gewächshaus unmittelbar zu seiner Linken, abseits vom Häuschen, kein Schloß an der Tür; dahinter der Schuppen, vier Holzwände und ein Dach aus Teerpappe, Aufbewahrungsraum für die Geräte, die sie im Garten und bei ihren Ausflügen in den Wald zum Sammeln von Pflanzen und Wurzeln brauchte; das Häuschen selbst mit der grünen Kellertür – von der die grüne Farbe in großen Stücken abblätterte –, die in die dunkle, nach Lehm riechende Höhle unter dem Häuschen führte, in der sie ihre Wurzeln aufbewahrte. Er hielt den Strahl der Taschenlampe auf diese Tür gerichtet, während er durch den Garten ging. Er untersuchte das Vorhängeschloß, das die Tür sicherte. Leo kam angesprungen und rammte seinen Kopf gegen Colins Schenkel. Er sprang auf die schrägliegende Fläche der Tür. Seine Krallen machten Kratzgeräusche auf dem Holz, und ein Scharnier quietschte.

Colin richtete sein Licht darauf. Es war alt und verrostet, saß nur noch locker im hölzernen Pfosten, der seinerseits in dem schrägen Steinsockel verankert war, der als Fundament diente. Colin bewegte das Scharnier mit seinen Fingern, vor und zurück, hinauf und hinunter. Er senkte die Hand zum unteren Scharnier. Es saß fest im Holz. Er beleuchtete es, besah es sich genau, fragte sich, ob man die Kratzer, die er erkennen konnte, als Anzeichen dafür deuten konnte, daß jemand versucht hatte, die Schrauben zu lockern, oder ob das nur Schmirgelspuren waren, zurückgeblieben, als man das Metall von den Flecken gereinigt hatte, die ein schlampiger Handwerker beim Streichen der Tür hinterlassen hatte.

All dies, sagte er sich, hätte er schon vorher sehen müssen. Er hätte nicht so versessen darauf sein dürfen, »Tod durch Unfall« zu hören, daß er darüber die Spuren übersah, die ihm hätten verraten können, daß Robin Sages Tod eben doch nicht auf einen Unfall zurückzuführen war. Hätte er sich mit Juliets eigenen Schlußfolgerungen auseinandergesetzt, hätte er einen klaren Kopf behalten und ihr vertraut, so hätte er ihr den schwarzen Fleck des Verdachts, den nachfolgenden Klatsch, die schreckliche Überzeugung, den Mann tatsächlich getötet zu haben, ersparen können.

Er schaltete die Taschenlampe aus und ging zur Hintertür. Er klopfte. Es rührte sich nichts. Er klopfte ein zweites Mal, dann drehte er den Knauf. Die Tür öffnete sich.

»Bleib«, sagte er zu Leo, der sich gehorsam setzte. Er trat in das Haus.

In der Küche roch es nach Abendessen – ein Duft nach gebratenem Hühnchen und frisch gebackenem Brot, nach Knoblauch und Olivenöl. Ihm fiel ein, daß er seit dem vorhergehenden Abend nichts mehr gegessen hatte. Er hatte den Appetit zusammen mit der Selbstsicherheit verloren, als Sergeant Hawkins ihn am Morgen angerufen hatte, um ihm mitzuteilen, daß er mit einem Besuch von New Scotland Yard rechnen müsse.

»Juliet?« Er knipste das Küchenlicht an. Auf dem Herd stand ein Topf, auf der Arbeitsplatte eine Schüssel mit Salat, der alte Resopaltisch mit dem Brandfleck, der wie ein Halbmond geformt war, war für zwei gedeckt. Zwei Gläser waren gefüllt – das eine mit Milch, das andere mit Wasser –, aber niemand hatte gegessen, und als er das Glas mit der Milch berührte, fühlte er an der Temperatur, daß es schon eine ganze Weile so gestanden haben mußte. Wieder rief er ihren Namen und ging dann durch den Gang ins Wohnzimmer.

Sie stand am Fenster im Dunkeln, einem Schatten gleich, die Arme unter der Brust verschränkt, und sah in die Nacht hinaus. Er sagte ihren Namen. Sie antwortete, ohne sich vom Fenster abzuwenden.

»Sie ist nicht nach Hause gekommen. Ich habe überall angerufen. Am Nachmittag war sie mit Pam Rice zusammen. Dann mit Josie. Und jetzt...« Sie lachte kurz und bitter. »Ich kann mir schon denken, wo sie jetzt ist. Und was sie treibt. Er war gestern abend hier, Colin. Nick Ware. Schon wieder.«

»Soll ich gehen und sie suchen?«

»Was hätte das für einen Sinn? Sie hat es sich in den Kopf gesetzt. Wir können sie nach Hause schleppen und in ihrem Zimmer einsperren, aber damit würden wir das Unvermeidliche nur hinausschieben.«

»Was denn?«

»Sie will unbedingt ein Kind bekommen.« Juliet drückte

die Fingerspitzen auf ihre Stirn, massierte in Kreisen bis zum Haaransatz hinauf, packte ein Büschel ihrer Haare und zog so fest, als wollte sie sich selbst Schmerz zufügen. »Sie hat von nichts eine Ahnung. Und ich genausowenig, Gott im Himmel. Wieso hab ich mir je eingebildet, ich könnte einem Kind etwas geben?«

Er kam durch das Zimmer zu ihr und blieb hinter ihr stehen. Sachte zog er ihre Hand aus dem Haar. »Aber natürlich kannst du ihr etwas geben. Das ist doch nur eine Phase.«

»Die ich herbeigeführt habe.«

»Wie denn?«

»Mit dir.«

Colin fühlte ein dunkles Unbehagen in sich aufwallen. »Juliet«, sagte er. Aber er wußte nicht, wie er sie beruhigen könnte.

Das alte Arbeitshemd, das sie zu ihrer Blue jeans trug, roch schwach nach irgendeinem Gewürz. Rosmarin, dachte er. An etwas anderes wollte er jetzt nicht denken. Er drückte seine Wange an ihre Schulter und fühlte den Stoff weich an seiner Haut.

»Wenn ihre Mutter sich einen Liebhaber nehmen kann, warum dann nicht auch sie?« sagte Juliet. »Ich habe dich in mein Leben gelassen, und jetzt muß ich dafür bezahlen.«

»Da wird sie drüber hinauswachsen. Du mußt ihr nur Zeit lassen.«

»Und in dieser Zeit schläft sie regelmäßig mit einem fünfzehnjährigen Jungen?« Sie löste sich von ihm, und er spürte die Kälte, die von ihr ausging. »Ich kann ihr keine Zeit lassen. Und selbst wenn ich es könnte – das, was sie tut, was sie sucht, wird durch die Tatsache kompliziert, daß sie ihren Vater sucht, und wenn ich ihn nicht schleunigst aus dem Ärmel schütteln kann, wird sie Nick zum Vater machen.«

»Dann laß mich ihr Vater sein.«

»Darum geht es doch nicht. Sie will den echten Vater, nicht irgendeinen Ersatz, der zehn Jahre zu jung ist und blindverliebt in ihre Mutter, der sich einbildet, Ehe und Kinder seien die Antwort auf alles, der...« Sie brach ab. »O Gott. Entschuldige. Es tut mir leid.«

Er versuchte so zu tun, als sei er nicht getroffen. »Nun, die Worte entsprachen doch ziemlich genau den Tatsachen. Das wissen wir beide.«

»Nein. Sie waren grausam. Maggie ist überhaupt nicht nach Hause gekommen. Ich habe überall herumtelefoniert. Ich habe das Gefühl, in der Falle zu sitzen und...« Sie ballte die Hände zu Fäusten und drückte sie an ihr Kinn. Im schwachen Licht, das aus der Küche hereinfiel, sah sie selbst wie ein Kind aus. »Colin, du weißt nicht, wie sie ist – oder wie ich bin. Die Tatsache, daß du mich liebst, kann daran nichts ändern.«

»Und du?«

»Was?«

»Liebst du mich nicht auch?«

Sie drückte die Augen zu. »Ob ich dich *liebe*? Ach, es ist ja grotesk, natürlich liebe ich dich. Und sieh dir an, wohin mich das mit Maggie gebracht hat.«

»Maggie kann nicht dein Leben bestimmen.«

»Maggie *ist* mein Leben. Wieso kannst du das nicht verstehen? Es geht hier nicht um uns – um dich und mich, Colin. Es geht nicht um unsere Zukunft, denn wir haben keine Zukunft. Aber Maggie hat eine. Und ich werde nicht zulassen, daß sie sie zerstört.«

Er hörte nur einen Teil ihrer Worte und wiederholte langsam und sorgfältig, um sich zu vergewissern, daß er richtig verstanden hatte: »Wir haben keine Zukunft.«

»Das hast du doch von Anfang an gewußt. Du wolltest es dir nur nicht eingestehen.«

»Wieso?«

»Weil die Liebe uns der realen Welt gegenüber blind macht. Sie gibt uns das Gefühl, so heil zu sein – so sehr Teil eines anderen Menschen –, daß wir ihre andere Seite, die Macht zu zerstören, gar nicht sehen.«

»Ich wollte eigentlich nicht wissen, warum ich es mir nicht eingestehen wollte. Ich wollte wissen, wieso wir keine Zukunft haben«, sagte er.

»Selbst wenn ich nicht zu alt wäre, selbst wenn ich Kinder haben wollte, selbst wenn Maggie akzeptieren könnte, daß wir heiraten...«

»Du weißt ja gar nicht, daß sie das nicht kann.«

»Laß mich ausreden. Bitte. Dies eine Mal. Und hör mir zu.« Sie wartete einen Moment, vielleicht um sich wieder in den Griff zu bekommen. Sie streckte ihm die Hände zu einer Muschel zusammengelegt entgegen, als wollte sie ihm geben, was sie sagte. »Ich habe einen Menschen getötet, Colin. Ich kann nicht länger hier in Winslough bleiben. Und ich werde nicht zulassen, daß du diesen Ort verläßt, den du liebst.«

»Die Polizei ist hier«, sagte er statt einer Antwort. »Sie sind aus London gekommen.«

Sogleich ließ sie ihre Hände sinken, und ihr Gesicht veränderte sich. Es war, als stülpe sie eine Maske über. Er spürte die Distanz, die dadurch zwischen ihnen geschaffen wurde. Sie war unverletzlich und unerreichbar, ihre Rüstung undurchdringlich. Als sie sprach, klang ihre Stimme völlig ruhig.

»Aus London? Und was wollen sie?«

»Sie wollen herausbekommen, wer Robin Sage getötet hat.«

»Aber wer...? Wieso...?«

»Es spielt keine Rolle, wer sie angerufen hat. Oder warum. Entscheidend ist, daß sie jetzt hier sind. Sie wollen die Wahrheit wissen.«

Sie hob ein klein wenig den Kopf. »Dann werd ich's ihnen sagen.«

»Stell dich nicht als die Schuldige hin. Das ist nicht nötig.«

»Ich habe schon einmal das gesagt, was du für richtig hieltst. Ich werde es nicht wieder tun.«

»Du hörst mir nicht zu, Juliet. Es besteht überhaupt keine Notwendigkeit, daß du dich opferst. Du bist genauso unschuldig wie ich.«

»Ich habe diesen Menschen getötet.«

»Du hast ihm wilde Pastinake zu essen gegeben.«

»Was ich für wilde Pastinake hielt. Die ich selbst ausgegraben hatte.«

»Das kannst du nicht mit Sicherheit sagen.«

»Aber natürlich kann ich das! Ich hab sie doch genau an dem Tag ausgegraben.«

»Alles?«

»Alles? Was soll die Frage bedeuten?«

»Juliet, hast du an dem Abend auch etwas Pastinake aus dem Keller geholt? Hast du sie auch mitgekocht?«

Sie trat einen Schritt zurück, als wollte sie sich von dem distanzieren, was seine Worte implizierten. Nun stand sie noch tiefer im Schatten. »Ja.«

»Und merkst du nicht, was das bedeutet?«

»Es bedeutet gar nichts. Es waren nur noch zwei Wurzeln im Keller, als ich an dem Morgen nachsah. Deswegen bin ich losgegangen, um noch welche zu holen. Ich...«

Er hörte, wie sie schluckte, als sie zu begreifen begann. Er ging zu ihr. »Du begreifst es also, nicht wahr?«

»Colin...«

»Du hast die Schuld völlig grundlos auf dich genommen.«

»Nein. Das ist nicht wahr. Das kannst du nicht glauben. Das darfst du gar nicht glauben.«

Er strich ihr mit dem Finger über die Wange, zeichnete die

Linie ihres Kiefers nach. Gott, sie war sein Lebenselixier. »Du merkst es gar nicht, nicht wahr? Du bist so gut, daß du es nicht einmal erkennen willst.«

»Was denn?«

»Es ging überhaupt nicht um Robert Sage. Es ist nie um Robert Sage gegangen. Juliet, wie kannst du am Tod des Pfarrers Schuld haben, wenn doch du es warst, die sterben sollte?«

Sie starrte ihn an. Sie begann zu sprechen. Mit einem Kuß gebot er ihren Worten – und der Furcht, die, wie er wußte, hinter ihnen lag – Einhalt.

Sie hatten gerade den Speisesaal verlassen und gingen durch die Gaststube zum Aufenthaltsraum für die Hotelgäste, als der ältere Mann ihnen in den Weg trat. Er musterte Deborah mit einem einzigen Blick von oben bis unten, vom roten Haar – dessen Zustand immer zwischen nachlässig frisiert und total zerzaust zu bezeichnen war – bis zu den grauen Wildlederschuhen mit den glänzenden Altersflecken. Dann richtete er seine Aufmerksamkeit auf St. James und Lynley, inspizierte beide mit der Schärfe, mit der man gemeinhin die Integrität eines Fremden einzuschätzen versucht.

»Scotland Yard?« fragte er. Sein Ton war gebieterisch, ein Ton, der vom Angesprochenen absolute Untertänigkeit erwartete. Gleichzeitig sagte er *Ihre Sorte kenn ich, treten Sie zwei Schritte zurück und nehmen Sie die Mütze ab.* Es war der Herrenton, jener Ton, den abzuschütteln sich Lynley jahrelang bemüht hatte und bei dem sich ihm augenblicklich die Haare sträubten, wenn er ihn hörte.

St. James sagte ruhig: »Ich trinke einen Cognac. Und du, Deborah? Tommy?«

»Ja. Gerne.« Lynley sah St. James und Deborah nach, als sie zum Tresen gingen.

Keiner der Stammgäste im Pub schien dem Mann, der vor Lynley stand und auf Antwort wartete, sonderliche Beachtung zu schenken. Dennoch waren sich offensichtlich alle seiner Anwesenheit bewußt. Ihr Bemühen, ihn zu ignorieren, war zu demonstrativ, die hastigen Blicke, die sie ihm zuwarfen, nicht unauffällig genug.

Lynley musterte den Mann. Er war groß und mager, mit grauem Haar, das sich zu lichten begann, und einer hellen Haut von gesunder Farbe, die verriet, daß der Mann viel Zeit im Freien verbrachte; beim Jagen und Fischen vermutlich, denn nichts an ihm ließ darauf schließen, daß er sich den Elementen aus anderen Gründen aussetzte als zum Vergnügen. Er trug einen Anzug aus erstklassigem Tweed; seine Hände waren gepflegt; er strahlte Selbstsicherheit aus. Und der Ausdruck des Widerwillens, mit dem er zu Ben Wragg hinüberblickte, der gerade mit der Faust auf den Tresen schlug und über einen Witz lachte, den er selbst St. James erzählt hatte, sagte klar, daß ein Besuch im *Crofters Inn* eigentlich weit unter seiner Würde war.

»Ich habe Ihnen eine Frage gestellt«, sagte der Mann. »Ich hätte gern eine Antwort. Und zwar sofort. Ist das klar? Wer von Ihnen ist vom Yard?«

Lynley nahm den Cognac, den St. James ihm brachte. »Ich«, antwortete er. »Inspector Thomas Lynley. Und ich nehme an, Sie sind Townley-Young.«

Er verabscheute sich selbst, als er es tat. Der Mann hatte aus Lynleys Äußerem keinerlei Schlüsse über ihn oder seine Herkunft ziehen können, da er sich zum Abendessen gar nicht erst groß umgezogen hatte. Er trug einen burgunderroten Pullover über seinem gestreiften Hemd, dazu eine graue Flanellhose und Schuhe, in deren Naht noch etwas Schmutz saß. Bis zu dem Moment also, als Lynley den Mund aufmachte – als er beschloß, jenen Ton anzuschlagen, der

Nobelinternat und alter Adel schrie –, hatte Townley-Young nicht wissen können, daß er es mit einem Grafen reinsten Geblüts zu tun hatte. Mit Sicherheit wußte er es immer noch nicht. Niemand flüsterte ihm *der achte Graf von Asherton* ins Ohr. Niemand wies ihn auf Vermögen und Abstammung hin; Stadthaus in London, Familienanwesen in Cornwall, Anrecht auf einen Sitz im Oberhaus (auch wenn Lynley davon bestimmt nie Gebrauch machen würde).

Während Townley-Young noch verdattert schwieg, stellte Lynley St. James und Deborah vor. Dann trank er einen Schluck von seinem Cognac und musterte Townley-Young über den Rand seines Glases.

Der Mann machte soeben eine merkliche Haltungsänderung durch. Die eingekniffenen Nasenflügel blähten sich, der Rücken lockerte sich. Es war klar, daß er am liebsten ein halbes Dutzend Fragen gestellt hätte, die in der Situation absolut verboten waren, und daß er den Eindruck zu erwecken versuchte, er habe von Anfang an gewußt, wie er Lynley einzuordnen habe.

»Kann ich Sie unter vier Augen sprechen?« sagte er und fügte dann mit einem Blick auf St. James hastig hinzu: »Ich meine, außerhalb des Pubs. Ich würde mich selbstverständlich freuen, wenn Ihre Freunde uns Gesellschaft leisten.« Es gelang ihm, diesen Vorschlag in angemessenem Ton vorzubringen.

Lynley wies mit dem Kopf zu der Tür, die in den Aufenthaltsraum für Hotelgäste führte. Townley-Young ging voraus. Im Aufenthaltsraum war es, wenn dies überhaupt möglich war, noch kälter als im Speisesaal, und hier gab es keinen zusätzlichen Heizlüfter, der wenigstens die Füße wärmte.

Deborah schaltete die Lampe ein und richtete ihren Schirm gerade. St. James nahm eine aufgeschlagene Zeitung aus einem der Sessel, warf sie auf das Sideboard, auf dem das Lektüreangebot für die Gäste lag – größtenteils uralte Ausgaben von *Country Life*, die aussahen, als würden sie sofort in Staub zerfallen, wenn man sie unbedacht aufschlug –, und setzte sich. Deborah ließ sich auf einem Sitzkissen nieder.

Lynley bemerkte, daß Townley-Young einen neugierigen Blick auf St. James' krankes Bein warf, sich dann hastig abwandte, um nach einem Platz für sich Ausschau zu halten. Er wählte das Sofa, über dem eine grauenvolle Reproduktion der *Kartoffelesser* hing.

»Ich bin gekommen, weil ich Ihre Hilfe brauche«, sagte Townley-Young. »Beim Abendessen hörte ich, daß Sie hier sind – so etwas spricht sich in Winslough mit der Geschwindigkeit eines Lauffeuers herum –, und da beschloß ich, sofort herzukommen und selbst mit Ihnen zu sprechen. Sie sind im Urlaub hier, nehme ich an?«

»Nicht direkt.«

»Dann wegen dieser Geschichte mit Sage?«

Lynley antwortete mit einer Gegenfrage. »Können Sie mir über Mr. Sages Tod etwas sagen?«

Townley-Young drückte den Knoten seiner grünen Krawatte. »Nicht direkt.«

»Aber?«

»Nun, auf seine Art war Sage wahrscheinlich ganz in Ordnung. Aber wir waren eben in der Frage der Rituale unterschiedlicher Auffassung.«

»Er war Ihnen wohl zu volksverbunden?«

»In der Tat.«

»Nun, das ist aber gewiß kein Mordmotiv.«

»Ein Mord...« Townley-Youngs Hand fiel herab. Sein Ton war von eisiger Höflichkeit. »Ich bin nicht hergekommen, um ein Geständnis abzulegen, Inspector, wenn Sie das meinen sollten. Ich habe Sage nicht sonderlich gemocht, und mir hat die Nüchternheit seiner Gottesdienste nicht gefallen. Keine Blumen, keine Kerzen, nur das unbedingt Notwendige. So etwas bin ich nicht gewöhnt. Aber als Pfarrer war er nicht schlecht, und er hatte, wie man so schön sagt, das Herz auf dem rechten Fleck.«

Lynley nahm seinen Cognac und wärmte den Schwenker in seiner Hand. »Gehören Sie nicht zu den Mitgliedern des Kirchenvorstands, die mit Sage gesprochen haben, bevor er eingestellt wurde?«

»Doch, doch. Ich war gegen seine Einstellung.« Townley-Youngs rotgeäderte Wangen färbten sich noch eine Schattierung tiefer. Die Tatsache, daß der Herr und Gutsbesitzer auf den Kirchenvorstand, dessen vornehmstes Mitglied er zweifellos war, keinen Einfluß hatte, sprach Bände über das Verhältnis der Dorfbewohner zu ihm.

»Nun, dann wird sein Hinscheiden Sie nicht allzu tief bekümmert haben.«

»Wir waren keine Freunde, wenn Sie darauf hinaus wollen. Aber selbst wenn eine Freundschaft zwischen uns hätte entstehen können – er hatte ja gerade erst zwei Monate hier gelebt, als er starb. Ich weiß, in manchen Kreisen unserer heutigen Gesellschaft zählen zwei Monate soviel wie zwei Jahrzehnte, aber ich gehöre, offen gesagt, nicht zu den Leuten, die jeden gleich beim Vornamen nennen, Inspector.«

Lynley lächelte. Sein Vater war seit vierzehn Jahren tot, und seine Mutter besaß eine Vorliebe dafür, traditionelle Schranken einzureißen, da vergaß er manchmal, welches Gewicht die ältere Generation der Art der Anrede als Gradmesser für die Qualität einer Beziehung beimaß. Es überraschte und amüsierte ihn immer wieder, wenn er im Rahmen seiner Arbeit darauf gestoßen wurde.

»Sie sagten vorhin, Sie hätten mir etwas zu berichten, was

indirekt mit Mr. Sages Tod zu tun habe«, erinnerte er Townley-Young, der eben zu einer längeren Ausführung über Anredeformen ausholen wollte.

»Insofern, als er sich vor seinem Tod mehrmals auf dem Gelände von Cotes Hall aufgehalten hat.«

»Ich fürchte, ich kann Ihnen nicht ganz folgen.«

»Ich bin wegen Cotes Hall hier.«

»Cotes Hall?« Lynley warf einen Blick auf St. James, der mit einer Frag-mich-nicht-Geste die Hand hob.

»Ich möchte, daß Sie untersuchen, was da draußen eigentlich vorgeht. Mutwillige Zerstörung. Dumme Streiche. Seit vier Monaten versuche ich, das Haus zu renovieren, und ständig machen mir irgendwelche Rowdys einen Strich durch die Rechnung. Mal ist es ein umgestoßener Farbtopf, mal eine abgerissene Tapete. Mal laufendes Wasser, das nicht abgestellt worden ist, mal Schmierereien auf den Türen.«

»Glauben Sie etwa, daß Mr. Sage da die Hand im Spiel hatte? Das erscheint mir doch höchst unwahrscheinlich. Er war Geistlicher!«

»Ich glaube, daß da jemand die Hand im Spiel hat, der mir nicht grün ist. Und ich denke, Sie – ein Polizeibeamter – wird der Sache auf den Grund gehen und dafür sorgen, daß dieser Unfug aufhört.«

»Ach so.« Gereizt von dieser letzten, in herrischem Ton hervorgebrachten Bemerkung, fragte sich Lynley, wie viele Leute hier in der Gegend Townley-Young wohl nicht grün waren. »Sie haben einen Dorf-Constable, der sich um solche Angelegenheiten kümmert.«

Townley-Young prustete verächtlich. »Er hat sich von Anfang an mit dieser Sache befaßt.« Das letzte Wort troff vor Sarkasmus. »Er hat nach jedem Zwischenfall brav ermittelt. Und hat nach jedem Zwischenfall nichts zu melden gehabt.«

»Sie haben nicht daran gedacht, bis zum Abschluß der Arbeiten einen Wächter einzustellen?«

»Ich zahle pünktlich meine Steuern, Inspector. Ich möchte gern wissen, wozu sie verwendet werden, wenn ich nicht einmal mit der Hilfe der Polizei rechnen kann, wenn ich sie brauche.«

»Was ist mit Ihrer Hausmeisterin oder Verwalterin?«

»Mrs. Spence, meinen Sie? Sie hat einmal einen Trupp junger Tunichtgute vertrieben – auf sehr wirksame Art und Weise, wenn Sie mich fragen, auch wenn es hier deshalb Wirbel gab –, aber die Leute, die hinter dieser Welle mutwilliger Anschläge stecken, arbeiten mit weit mehr Finesse. Niemals werden Spuren gewaltsamen Eindringens gefunden, niemals irgendwelche Hinweise, abgesehen von dem Schaden.«

»Es muß also jemand mit einem Schlüssel sein, würde ich sagen. Wer hat Schlüssel zum Haus?«

»Ich. Mrs. Spence. Der Constable. Meine Tochter und ihr Mann.«

»Und wünscht einer von Ihnen vielleicht, daß das Haus niemals fertiggestellt wird? Wer soll denn dort einmal leben?«

»Becky – meine Tochter – und ihr Mann. Mit dem Kind, das im Juni kommt.«

»Kennt Mrs. Spence die beiden?« fragte St. James, der sich alles interessiert angehört hatte.

»Becky und Brendan? Wieso?«

»Wäre es ihr vielleicht lieber, wenn die beiden nicht einziehen würden? Wäre es dem Constable vielleicht lieber? Könnte es sein, daß diese beiden selbst das Haus benutzen? Wir haben gehört, daß sie eng befreundet sind.«

Diese Überlegungen, fand Lynley, führten in der Tat in eine interessante Richtung, wenn auch nicht in die von St.

James beabsichtigte. »Haben da in der Vergangenheit Leute genächtigt?« fragte er.

»Das Haus ist abgeschlossen und vernagelt.«

»Ein Brett kann man leicht lockern, wenn man unbedingt hinein will.«

St. James überlegte laut weiter: »Und wenn ein Paar sich in dem Haus heimlich zu treffen pflegte, wird es vielleicht übelnehmen, daß ihm das nun verwehrt sein soll.«

»Es ist mir ziemlich egal, wer in dem Haus was tut. Ich möchte nur, daß es aufhört. Und wenn Scotland Yard dafür nicht sorgen kann...«

»Was war das für ein Wirbel?« unterbrach Lynley.

Townley-Young starrte ihn verständnislos an. »Was, zum Teufel...?«

»Sie sagten vorhin, es habe Wirbel gegeben, als Mrs. Spence jemanden von Ihrem Grundstück vertrieben hat. Warum hat es Wirbel gegeben?«

»Weil sie mit der Schrotflinte geschossen hat. Darüber haben sich die Eltern dieser kleinen Rumtreiber maßlos aufgeregt.« Wieder ließ er sein verächtliches Prusten hören. »Die lassen ihre Kinder wirklich wie die Wilden herumlaufen, diese Eltern hier im Dorf. Und wenn dann jemand versucht, ihnen Disziplin beizubringen, tun sie so, als wäre die Apokalypse über sie hereingebrochen.«

»Disziplinierung mit einer Schrotflinte, das ist ziemlich happig«, meinte St. James.

»Und dann noch auf Kinder abgefeuert«, fügte Deborah hinzu.

»Kinder sind das nicht mehr, und selbst wenn es welche wären...«

»Bedient sich Mrs. Spence mit Ihrer Zustimmung – oder vielleicht sogar auf Ihren Rat hin – einer Schrotflinte, um in Cotes Hall für Ordnung zu sorgen?« fragte Lynley.

Townley-Young kniff die Augen zusammen. »Es paßt mir nicht, wie Sie versuchen, den Spieß umzudrehen und gegen mich zu richten. Ich bin hergekommen, weil ich Ihre Hilfe wollte, Inspector, wenn Sie sie mir nicht geben können, werde ich jetzt wieder gehen.« Er machte Anstalten aufzustehen.

Lynley hob kurz die Hand, um ihn aufzuhalten, und sagte: »Wie lange arbeitet Mrs. Spence schon für Sie?«

»Über zwei Jahre. Fast drei.«

»Was wissen Sie von ihr? Was hat Sie bewogen, sie anzustellen?«

»Sie wollte Frieden und Ruhe, und ich habe da draußen genau so jemand gebraucht. Das Haus liegt einsam. Ich wollte keinen Hausmeister, der sich jeden Abend bemüßigt gefühlt hätte, sich unters Dorfvolk zu mischen. Das hätte meinen Zwecken nicht gedient.«

»Woher kam Mrs. Spence?«

»Aus Cumbria.«

»Von wo?«

»In der Nähe von Wigton.«

»Von wo genau?«

Townley-Young fuhr hoch. »Hören Sie mal zu, Lynley, eines wollen wir doch klarstellen. Ich bin hierhergekommen, um Ihre Dienste in Anspruch zu nehmen und nicht umgekehrt. Ich lasse mich nicht behandeln, als wäre ich ein Verdächtiger, ganz gleich, wer Sie sind oder woher Sie kommen. Ist das klar?«

Lynley stellte sein Cognacglas auf das Tischchen neben seinem Sessel. Er maß Townley-Young mit gleichmütigem Blick. Die Lippen des Mannes waren verkniffen, das Kinn war angriffslustig vorgeschoben. Wäre Sergeant Havers jetzt hiergewesen, so hätte sie an dieser Stelle ausgiebig gegähnt, mit dem Daumen lässig auf Townley-Young gedeutet und gesagt: »Hören Sie sich den mal an!« Und dann hätte sie wenig freundlich, dafür aber um so gelangweilter hinzugefügt: »Beantworten Sie die Frage, ehe wir Sie wegen mangelnder Kooperationsbereitschaft im Rahmen eines polizeilichen Ermittlungsverfahrens einlochen lassen.« Havers scheute sich nie, wenn sie eine heiße Information witterte, die Wahrheit so zu verdrehen, daß sie ihren Zwecken diente. Lynley fragte sich, ob diese Methode auch bei einem Mann wie Townley-Young gefruchtet hätte. Selbst wenn nicht, hätte er es immerhin genießen können, Townley-Youngs Reaktion darauf zu sehen, auf eine solche Art und Weise und in einem solchen Ton angesprochen zu werden. Der »richtige Tonfall« fehlte Havers ganz und gar, und sie pflegte das besonders demonstrativ herauszustellen, wenn sie es mit jemand zu tun hatte, der über ihn verfügte.

»Ich weiß, warum Sie mich aufgesucht haben«, sagte Lynley schließlich.

»Dann ist es ja gut. Ich...«

»Und das Schicksal wollte es, daß Sie mitten in ein Ermittlungsverfahren hineingeplatzt sind. Sie können selbstverständlich Ihren Anwalt anrufen, bevor Sie weiter meine Fragen beantworten. Woher genau ist Mrs. Spence gekommen?« Es war nur eine ganz kleine Verdrehung der Wahrheit. Lynley zog im stillen den Hut vor Havers. Damit konnte er leben.

Die Frage war, ob auch Townley-Young damit leben konnte. Mit Blicken trugen sie einen Machtkampf aus. Townley-Young zwinkerte schließlich.

»Aus Aspatria«, sagte er.

»In Cumbria?«

»Ja.«

»Wie kam sie zu Ihnen?«

»Ich hatte annonciert. Sie bewarb sich. Sie kam zu einem Gespräch. Sie gefiel mir. Sie ist eine gescheite Person, sie ist unabhängig und absolut fähig zu tun, was nötig ist, um meinen Besitz zu schützen.«

»Und Mr. Sage?«

»Was meinen Sie?«

»Woher kam er?«

»Aus Cornwall.« Und noch ehe Lynley die nächste Frage stellen konnte, fügte er hinzu: »Über Bradford. Das ist alles, woran ich mich erinnere.«

»Danke.« Lynley stand auf.

Townley-Young tat es ihm nach. »Was Cotes Hall angeht...«

»Ich werde mit Mrs. Spence sprechen«, sagte Lynley. »Aber ich würde vorschlagen, Sie überlegen sich einmal, wer ein Interesse daran haben könnte, daß Ihre Tochter und ihr Mann nicht in Cotes Hall einziehen.«

Die Hand schon auf dem Türknopf, blieb Townley-Young noch einmal stehen. Er hielt den Kopf gesenkt, und seine Stirn lag in Falten. »Die Hochzeit«, sagte er.

»Wie bitte?«

»Sage ist am Abend vor der Hochzeit meiner Tochter gestorben. Er hätte sie trauen sollen. Keiner von uns wußte, wo er geblieben war, und wir hatten die größten Schwierigkeiten, einen Ersatz für ihn aufzutreiben.« Er sah auf. »Jemand, der nicht möchte, daß meine Tochter in Cotes Hall einzieht, könnte auch gewollt haben, daß sie nicht heiratet.«

»Und warum?«

»Eifersucht. Rache. Neid.«

»Worauf?«

Townley-Young blickte durch die offene Tür in die Gaststube. »Auf das, was Becky schon hat«, sagte er.

Brendan fand Polly Yarkin im Pub. Er ging zum Tresen, ließ sich einen Gin geben, nickte den vier Männern zu, die dort standen, und ging zu ihrem Tisch beim offenen Kamin. Er wartete nicht auf eine Aufforderung, sich zu ihr zu setzen. Heute abend wenigstens hatte er einen Vorwand.

Sie blickte auf, als er sehr bestimmt sein Glas auf den Tisch stellte und sich auf dem dreibeinigen Hocker niederließ. Ihr Blick wanderte von ihm zur Tür auf der anderen Seite, hinter der sich der Aufenthaltsraum für die Hotelgäste befand. »Bren«, sagte sie, »Sie dürfen sich nicht hierher setzen. Fahren Sie lieber nach Hause.«

Sie sah schlecht aus. Obwohl sie direkt am Feuer saß, hatte sie weder Mantel noch Schal abgelegt, und als er seine Jacke aufknöpfte und seinen Hocker näher an den ihren heranschob, schien sie sich wie zum Schutz zusammenzuziehen.

»Bren«, sagte sie wieder, leise und drängend, »bitte, hören Sie auf mich.«

Brendan sah sich gleichgültig in der Gaststube um. Sein Gespräch mit Colin Shepherd – insbesondere die letzte Bemerkung, die er dem Constable im Weggehen hingeworfen hatte – hatte seinem Selbstbewußtsein Auftrieb gegeben wie schon lange nicht mehr. Er fühlte sich gegen neugierige Blicke und Getuschel, ja, sogar gegen direkte Konfrontation gefeit. »Wen haben wir denn hier schon, Polly? Arbeiter, Bauern, ein paar Hausfrauen, ein paar Jugendliche. Was die denken, ist mir doch völlig gleich. Die denken sich doch sowieso, was sie wollen, oder nicht?«

»Um die geht's doch gar nicht. Haben Sie nicht seinen Wagen gesehen?«

»Wessen Wagen?«

»Seinen. Mr. Townley-Youngs. Er ist da drinnen.« Sie wies mit dem Kopf zum Aufenthaltsraum. »Mit ihnen.«

»Mit wem?«

»Den Polizeibeamten aus London. Verschwinden Sie also lieber, bevor er rauskommt und...«

»Und was? Was?«

Sie antwortete mit einem Achselzucken. Die Bewegung ihrer Schultern, die Linie ihres Mundes verrieten ihm, was sie von ihm hielt. Das gleiche wie Rebecca. Alle hier sahen ihn so; jeder einzelne in diesem ganzen gottverdammten Dorf. Alle glaubten sie, er stünde unter der Fuchtel seines Schwiegervaters, ein Schwächling, auf Lebenszeit an der Kandare.

»Ich habe keine Angst vor meinem Schwiegervater«, sagte er kurz. »Auch wenn das alle glauben. Ich bin durchaus in der Lage, mich gegen ihn zu behaupten. Ich bin zu weit mehr fähig, als diese Bande hier mir zutraut.« Er erwog flüchtig, eine Wenn-sie-nur-wüßten-Andeutung anzuhängen, um seiner Behauptung Glaubwürdigkeit zu verleihen. Aber Polly Yarkin war kein kleines Dummchen. Sie würde fragen und bohren, und am Ende würde er preisgeben, was er am dringendsten für sich behalten wollte. Darum sagte er statt dessen: »Ich habe ein Recht, hier zu sein. Ich habe das Recht, mich hinzusetzen, wo ich will. Ich habe das Recht zu sprechen, mit wem ich will.«

»Sie benehmen sich dumm.«

»Außerdem handelt es sich um eine geschäftliche Angelegenheit.« Er kippte seinen Gin. Der Alkohol rann ihm angenehm die Kehle hinunter. Er erwog einen Gang zum Tresen, um sich ein zweites Glas zu holen. Das würde er auch gleich kippen und dann vielleicht noch ein drittes trinken, und zum Teufel mit jedem, der versuchte, ihn davon abzuhalten.

Polly spielte mit einem Stapel Bierdeckel. Sie konzentrierte sich so angestrengt darauf, als könnte sie auf diese Weise weiterhin vermeiden, seine Anwesenheit offen zur Kenntnis zu nehmen. Er wünschte, sie würde ihn ansehen. Er wünschte, sie würde sich ihm zuwenden und seinen Arm berühren. Er war jetzt wichtig in ihrem Leben, und sie wußte es noch nicht einmal. Aber sie würde es bald genug erfahren.

»Ich war draußen in Cotes Hall«, sagte er.

Sie antwortete nicht.

»Zurück bin ich den Fußweg gegangen.«

Sie richtete sich auf ihrem Hocker auf, als wollte sie aufstehen und gehen. Mit einer Hand griff sie sich in den Nacken und rieb ihn.

»Ich habe Constable Shepherd getroffen.«

Sie machte keine Bewegung mehr. Ihre Augenlider schienen zu beben, als wollte sie ihn ansehen, könnte sich aber nicht einmal diese Art des Kontakts gestatten. »Und?« sagte sie.

»Sie sollten sich lieber in acht nehmen.«

Endlich Kontakt. Sie sah ihn an. Aber nicht Neugier las er in ihrem Gesicht. Da war kein Verlangen, mehr zu erfahren oder Klarheit zu erhalten. Ganz langsam stieg eine fleckige Röte von ihrem Hals auf und breitete sich in ihrem Gesicht aus.

Das brachte ihn aus der Fassung. Sie hätte jetzt fragen müssen, was er mit seiner Bemerkung meinte, und auf seine Erläuterung hin hätte sie ihn um Rat bitten müssen, den er ihr nur allzu gern gegeben hätte, was dann wiederum ihre Dankbarkeit geweckt hätte. Aus Dankbarkeit würde sie ihm dann endlich einen Platz in ihrem Leben einräumen. Und wenn er den erst einmal erobert hatte, würde langsam ihre Liebe zu ihm erwachen. Und wenn es nicht Liebe war, was sie schließlich empfand, dann würde er sich gern mit Begehren zufriedengeben.

Nur leider erzeugte seine Bemerkung nicht die geringste Spur jener Neugier, die er erhofft hatte, um die Schutzmauer ins Wanken zu bringen, die sie gegen ihn aufgezogen hatte. Sie sah nur wütend aus.

»Ich habe weder ihr noch sonst jemandem etwas getan«, zischte sie. »Ich weiß nichts über sie.«

Er wich zurück. Sie beugte sich vor. »Über sie?« fragte er verständnislos.

»Nichts«, wiederholte sie. »Und wenn Constable Shepherd Ihnen beim Schwatz auf dem Fußweg eingeredet haben sollte, Mr. Sage hätte mir etwas gesagt, was ich benutzen könnte, um ihn zu...«

»...töten«, sagte Brendan.

»Was?«

»Er hält Sie für die Schuldige. Am Tod des Pfarrers. Er sucht nach Beweisen. Shepherd, meine ich.«

Sie machte den Mund auf und schloß ihn wieder. »Er sucht nach Beweisen?« wiederholte sie.

»Ja. Seien Sie also auf der Hut. Und wenn er Sie verhören will, Polly, dann rufen Sie mich sofort an. Sie haben doch die Nummer von der Kanzlei, nicht wahr? Sprechen Sie auf keinen Fall mit ihm allein. Bleiben Sie überhaupt nicht mit ihm allein. Haben Sie verstanden?«

»Er sucht nach Beweisen«, sagte sie wieder, als wollte sie sich von der Wahrheit der Worte überzeugen. Die Drohung, die sie enthielten, schien sie gar nicht zu berühren.

»Polly, antworten Sie mir. Haben Sie verstanden? Der Constable sucht Beweise dafür, daß Sie am Tod des Pfarrers schuldig sind. Er war auf dem Weg nach Cotes Hall, als ich ihn getroffen habe.«

Sie starrte ihn an, schien ihn jedoch gar nicht zu sehen. »Aber Col war doch nur ängstlich«, sagte sie. »Er hat es nicht ernst gemeint. Ich habe es zu weit getrieben – das tue ich manchmal –, und da hat er etwas gesagt, was er in Wirklichkeit gar nicht gemeint hat. Das wußte ich doch. Und er wußte es auch.«

Brendan verstand nicht, was sie da redete. Sie schien völlig weggetreten zu sein. Er nahm ihre Hand. Sie starrte immer noch wie blind ins Leere und entzog ihm ihre Hand nicht. Er verschränkte seine Finger mit den ihren.

»Polly, Sie müssen auf mich hören.«

»Nein, es ist nichts. Er hat es überhaupt nicht so gemeint.«

»Er hat mich nach den Schlüsseln gefragt«, fuhr Brendan fort. »Ob ich Ihnen die Schlüssel gegeben hätte, ob Sie mich darum gebeten hätten.«

Sie runzelte die Stirn, sagte aber nichts.

»Ich habe ihm keine Antwort gegeben, Polly. Ich habe ihm eine Abfuhr erteilt und ihn zum Teufel geschickt. Wenn er also bei Ihnen erscheint —«

»Das kann er nicht glauben.« Sie sprach so leise, daß Brendan sich vorbeugen mußte, um sie zu hören. »Er kennt mich doch. Colin kennt mich, Brendan.«

Sie faßte seine Hand fester, zog sie an ihr Herz. Er war verblüfft, entzückt, zu allem bereit.

»Wie kann er glauben, daß ich jemals... Ganz gleich, was... Brendan!« Sie stieß seine Hand weg. Sie sagte: »Jetzt ist es noch schlimmer.« Und gerade als Brendan sie fragen wollte, was sie damit meinte, als er sich von ihr erklären lassen wollte, was denn jetzt noch schlimm sein konnte, da sie ihn endlich akzeptiert hatte, fiel eine schwere Hand auf seine Schulter.

Brendan blickte auf und sah direkt in das Gesicht seines Schwiegervaters. »Gottverdammich!« sagte St. John Andrew Townley-Young kurz und scharf. »Mach, daß du hinauskommst, ehe ich dir sämtliche Knochen breche, du elender Wurm.«

Lynley schloß die Tür zu seinem Zimmer und blieb mit dem Rücken dagegengelehnt stehen, den Blick auf das Telefon gerichtet, das neben dem Bett stand. An der Wand darüber hingen weitere Zeugnisse der Vorliebe der Wraggs für die Impressionisten und ihre direkten Nachfolger. Monets zärtliches *Madame Monet mit Kind* nahm sich etwas seltsam aus neben Toulouse-Lautrecs *Im Moulin Rouge*, und beide Drucke waren mit mehr Begeisterung als Sorgfalt aufgezogen und gerahmt worden. Der Toulouse-Lautrec hing so schief, daß man den Eindruck hatte, das berühmte Nachtlokal sei soeben von einem Erdbeben heimgesucht worden. Lynley richtete ihn gerade. Er zupfte eine Spinnwebe aus Madame Monets Haar. Aber weder die Betrachtung der Bilder noch der flüchtige Gedanke an die merkwürdige Zusammenstellung konnte ihn daran hindern, zum Telefon zu greifen und ihre Nummer zu wählen.

Er kramte seine Uhr heraus. Es war kurz nach neun. Sie würde noch nicht im Bett sein. Nicht einmal die Uhrzeit gab einen plausiblen Grund ab, den Versuch zu unterlassen. Er hatte keine Entschuldigung, den Anruf nicht zu machen.

Außer Feigheit, an der es ihm Helen gegenüber weiß Gott nicht mangelte. Wollte ich wirklich Liebe, fragte er sich mit bitterer Ironie, und wenn ja, wann wollte ich sie? Und wäre nicht eine Affäre – wäre nicht ein Dutzend Affären – weniger kompliziert und weit bequemer als dies hier? Er seufzte. Wie entsetzlich die Liebe war; keineswegs so einfach wie das Tier mit zwei Rücken.

Im Bett hatten sie nie Probleme miteinander gehabt. An einem Freitag im November hatte er sie von Cambridge nach Hause gefahren. Sie hatten sich bis zum Sonntag morgen nicht aus ihrer Wohnung gerührt. Bis Samstag abend vergaßen sie sogar das Essen. Er konnte die Augen schließen – selbst jetzt, wenn er daran dachte – und ihr Gesicht über sich sehen, ihr herabfallendes Haar, in der Farbe dem Cognac nicht unähnlich, den er soeben getrunken hatte. Er konnte die Bewegungen ihres Körpers fühlen, die Wärme unter seinen Händen, wenn sie von ihren Brüsten zu ihrer Taille unter ihre Schenkeln glitten; er konnte hören, wie ihr Atem stockte und dann seinen Rhythmus völlig veränderte und ihrer wachsenden Erregung folgte, bis sie wie besinnungslos seinen Namen rief. Er hatte, seine Finger unter ihrer Brust, den hämmernden Schlag ihres Herzens gespürt. Sie hatte gelacht, ein wenig verlegen darüber, wie einfach das alles zwischen ihnen war.

Sie war das, was er sich wünschte. Zusammen waren sie das, was er sich wünschte. Aber ihr Leben bestand nicht auf Dauer aus den Stunden, die sie miteinander im Bett verbrachten.

Denn man konnte eine Frau lieben, man konnte mit ihr schlafen, man konnte erreichen, daß sie einen rückhaltlos wiederliebte, und dennoch konnte es passieren, daß man im Innersten nicht berührt wurde. Denn dies hätte eine endgültige Aufhebung aller Schranken bedeutet, die Bereitschaft zur Selbstaufgabe. Das wußten sie beide, hatten sie beide schon erfahren.

Wie lernen wir zu vertrauen, fragte er sich. Wie entwickeln wir den Mut, uns ein zweites oder drittes Mal verletzbar zu machen, das Herz immer wieder von neuem der Gefahr auszusetzen, daß es gebrochen wird? Helen wollte das nicht tun, und er konnte es ihr nicht verübeln. Er war selbst nicht immer sicher, ob er so weit gehen wollte.

Er dachte mit Ärger an sein heutiges Verhalten. Er hatte an diesem Morgen gar nicht schnell genug aus London herauskommen können. Er kannte seine Motive gut genug, um sich einzugestehen, daß ihn die Aussicht auf Distanz zu Helen, aber auch der Wunsch, sie zu bestrafen, getrieben hatte. Ihre Zweifel und Ängste reizten ihn, vielleicht weil sie so genau seine eigenen spiegelten.

Müde und verdrossen setzte er sich auf die Bettkante und

lauschte dem eintönigen Tropfen des Wasserhahns im Bad. Er wußte, daß das Geräusch ihn verrückt machen würde, wenn er erst im Bett lag und zu schlafen versuchte. Wahrscheinlich, dachte er, brauchte der Hahn nur eine neue Dichtung. Ben Wragg konnte ihm sicher eine geben. Er brauchte nur den Telefonhörer abzunehmen und darum zu bitten. Wie lange würde es schon dauern, den Hahn zu reparieren? Fünf Minuten vielleicht? Vier? Und er konnte nachdenken. Während seine Hände beschäftigt waren, würde er den Kopf frei haben, um in bezug auf Helen eine Entscheidung zu treffen. Er konnte sie schließlich nicht einfach anrufen, ohne zu wissen, was er mit seinem Anruf eigentlich wollte. Fünf Minuten Abstand würden verhindern, daß er sich gedankenlos in etwas hineinstürzte und ebenso gedankenlos riskierte, sich preiszugeben – ganz zu schweigen von Helen, die weit sensibler war als er... Er unterbrach den inneren Monolog. Preisgeben? Wem denn? Wem denn? Der Liebe? Der Verbindlichkeit? Der Ehrlichkeit? Dem Vertrauen? Nur Gott konnte wissen, wie sie beide eine solche Herausforderung überstehen würden.

Er lachte bitter über sein Spiel der Selbsttäuschung und griff zum Telefon, als es plötzlich läutete.

»Denton hat mir gesagt, wo ich dich erreichen kann«, war das erste, was sie sagte.

Und das erste, was er sagte, war: »Helen! Hallo, Darling. Ich wollte dich gerade anrufen.« Wobei ihm klar war, daß sie ihm das wahrscheinlich nicht glauben würde und er keinen Grund hatte, ihr dies zu verübeln.

Aber sie antwortete: »Ach, da bin ich aber froh.«

Und dann trat Schweigen ein. In diesem Schweigen konnte er sich vorstellen, wo sie war – in ihrem Schlafzimmer in der Wohnung am Onslow Square, auf dem Bett, die Beine untergeschlagen. Die in Gelb und Creme gehaltene Tagesdecke bildete einen schönen Kontrast zu ihrem Haar und ihren Augen. Er konnte sehen, wie sie den Telefonhörer hielt – mit beiden Händen umschlossen, als wollte sie ihn, sich selbst oder das Gespräch, das sie führte, schützen. Er wußte, welchen Schmuck sie trug – Ohrringe, die sie vielleicht schon auf dem Walnußtisch neben dem Bett abgelegt hatte, ein schmales goldenes Armband und eine dazu passende Halskette, die sie ab und zu mit der Hand berührte wie einen Talisman. Und aus dem Grübchen an ihrem Hals stieg der leise Duft des Parfums empor, das sie benutzte, etwas Blumiges mit einem Hauch von Zitrus.

Sie begannen beide zugleich zu sprechen.

»Ich hätte nicht...«, sagte der eine.

»Ich war den ganzen Tag...«, der andere.

Und dann brachen sie mit einem raschen, nervösen Lachen ab, wie es oft Gespräche zwischen Liebenden begleitet, die beide fürchten, das zu verlieren, was sie gerade erst gefunden haben. Und das war der Grund, weshalb Lynley sämtliche Pläne, die er unmittelbar vor ihrem Anruf gemacht hatte, schlagartig aufgab.

»Ich liebe dich, Darling«, sagte er. »Die ganze Sache tut mir wirklich leid.«

»Bist du davongelaufen?«

»Diesmal, ja. In gewisser Weise.«

»Darüber darf ich mich dann nicht aufregen. Ich habe das ja selbst oft genug getan.«

Wieder Schweigen. Sie hatte wahrscheinlich eine seidene Bluse an und dazu eine Flanellhose oder einen Rock. Ihre Jacke lag vermutlich am Fußende des Bettes, wo sie sie hingeworfen hatte. Ihre Schuhe standen neben dem Bett. Das Licht brannte und beleuchtete sanft die Streifen und Blüten der Tapete und ihre Haut.

»Aber du bist nie fortgelaufen, um mir weh zu tun!«

»Ist das denn der Grund, weshalb du davongelaufen bist? Um mir weh zu tun?«

»Da kann ich wieder nur sagen, in gewisser Weise. Ich bin jedenfalls nicht stolz darauf.« Er ergriff das Telefonkabel und schlang es nervös um seine Finger. Er sagte: »Helen, diese blöde Geschichte mit der Krawatte heute morgen...«

»Das war doch gar nicht der springende Punkt. Du hast es gleich gemerkt. Aber ich wollte es nicht zugeben. Es war nur ein Vorwand.«

»Wofür?«

»Angst.«

»Wovor?«

»Angst davor, vorwärts zu gehen, vermute ich. Dich noch mehr zu lieben, als ich es schon tue. Dich zu sehr in mein Leben einzubeziehen.«

»Helen...«

»Ich könnte mich in der Liebe zu dir leicht verlieren. Das Problem ist, daß ich nicht weiß, ob ich das will.«

»Wie kann denn so etwas schlimm sein? Kann es falsch sein?«

»Es ist weder das eine noch das andere. Aber der Liebe folgt früher oder später immer der Schmerz. Das ist so. Die Frage ist nur, wann. Und damit habe ich versucht, mich auseinanderzusetzen: ob ich den Schmerz will, und in welchem Maß. Manchmal...« Sie zögerte. Er konnte sehen, wie sie in einer schützenden Geste die Hand an ihren Halsansatz legte, ehe sie fortfuhr. »Es ist dem Schmerz näher als alles, was ich je erlebt habe. Ist das nicht verrückt? Davor habe ich Angst. Ich glaube, ich habe tatsächlich Angst vor dir.«

»Irgendwann mußt du anfangen, mir zu vertrauen, Helen, wenn wir gemeinsam weiterkommen wollen.«

»Das weiß ich.«

»Ich werde dir keinen Schmerz zufügen.«

»Absichtlich nicht. Nein, das weiß ich sehr wohl.«

»Aber?«

»Wenn ich dich verliere, Tommy.«

»Das wird nicht geschehen. Wie sollte es auch? Warum?«

»Ach, da gibt es tausend verschiedene Möglichkeiten.«

»Wegen meiner Arbeit?«

»Weil du der bist, der du bist.«

Er hatte ein Gefühl, als würde er von einer riesigen Welle fortgetragen, fortgetragen von allem, vor allem aber von ihr.

»Es ist also doch die Krawatte«, sagte er.

»Andere Frauen?« erwiderte sie. »Ja. Am Rande. Aber es ist mehr eine Angst vor dem Alltag, vor dem täglichen Leben, vor der Art und Weise, wie die Menschen sich aneinander aufreiben. Ich will das nicht. Ich möchte nicht eines Morgens aufwachen und erkennen, daß ich bereits vor fünf Jahren aufgehört habe, dich zu lieben. Ich möchte nicht eines Abends vom Essen aufblicken und sehen müssen, daß du mich beobachtest, und auf deinem Gesicht genau das gleiche lesen.«

»Das ist das Risiko, Helen. Letztendlich läuft es darauf hinaus, Vertrauen zu wagen. Weiß der Himmel allerdings, was auf uns wartet, wenn wir es nicht einmal schaffen, für eine Woche zusammen nach Korfu zu fliegen.«

»Ja, das tut mir leid. Und es tut mir auch leid, wie ich mich benommen habe. Ich hab mich heute morgen so eingeengt gefühlt.«

»Na, das bist du jetzt los.«

»Und dabei will ich das gar nicht. Dich los sein. Das will ich überhaupt nicht, Tommy.« Sie seufzte. Es klang fast wie ein unterdrücktes Schluchzen. Helen hatte nur einmal in ihrem Leben geschluchzt, soviel er wußte – als junges Mädchen von einundzwanzig Jahren, als ihre Welt in Trümmer gegangen war, durch einen Autounfall, an dem er selbst beteiligt gewe-

sen war –, und er zweifelte, daß sie jetzt seinetwegen zu schluchzen beginnen würde. »Ich wollte, du wärst hier.«
»Das wünschte ich mir auch.«
»Kommst du zurück? Morgen?«
»Ich kann nicht. Hat Denton es dir nicht gesagt? Ich habe hier mit einem Fall zu tun, oder etwas in dieser Art.«
»Dann wäre ich dir auch nur eine Plage, wenn ich käme.«
»Nein, eine Plage wärst du nicht. Aber es würde nicht gutgehen.«
»Wird denn je etwas gutgehen?«
Ja, das war die Frage. Er blickte zum Boden hinunter, starrte auf den Schmutz an seinen Schuhen, auf den Teppich mit dem Blumenmuster. »Ich weiß es nicht«, antwortete er. »Und genau das ist das Teuflische. Ich kann dich bitten, alles mit einem Sprung ins Leere zu riskieren. Ich kann dir beim besten Willen nicht garantieren, was du dort vorfinden wirst.«
»Dann kann es niemand.«
»Jedenfalls niemand, der ehrlich ist. Wir können die Zukunft nicht vorhersagen. Wir können uns nur der Gegenwart anvertrauen und hoffen, daß sie uns in die richtige Richtung führt.«
»Glaubst du daran, Tommy?«
»Mit ganzem Herzen.«
»Ich liebe dich.«
»Ich weiß. Darum glaube ich daran.«

12

Maggie hatte Glück. Er kam allein aus dem Pub. Das hatte sie gehofft, seit sie sein Fahrrad gegen das weiße Tor gelehnt, durch das man auf den Parkplatz des *Crofters Inn* gelangte, entdeckt hatte. Es war gar nicht zu übersehen, ein Mädchenrad mit dicken Reifen, einst Augapfel von Nicks älterer Schwester, das er sich nach ihrer Heirat unter den Nagel gerissen hatte und auf dem er jetzt mit fliegender Bomberjacke und seinem Kofferradio am Lenker zwischen dem Dorf und der Skelshaw Farm hin und her zu radeln pflegte, ohne sich darum zu kümmern, wie komisch er darauf aussah. Meistens donnerten Rock 'n' Roll-Rhythmen von Depeche Mode aus dem Radio. Diese Gruppe hatte es Nick nämlich besonders angetan.

Als er aus dem Pub kam, spielte er an dem Radio herum, seine ganze Konzentration anscheinend darauf gerichtet, einen Sender zu finden, den er möglichst störungsfrei und möglichst laut hereinbekam. Liederfetzen von Simple Minds, UB 40, Fairground Attraction lösten einander ab, ehe er die richtige Musik fand, die vor allem aus hohen, schrillen Tönen einer elektrischen Gitarre bestand. Sie hörte Nick sagen: »Clapton, das geht schon«, und sah, wie er den Träger des Radios über die Lenkstange seines Fahrrads streifte. Er bückte sich, um sein linkes Schuhband zu binden, und diese Gelegenheit benutzte Maggie, um sich aus dem Schatten der Türnische des *Pentagram Tearoom* auf der anderen Straßenseite herauszuwagen. Sie war noch eine ganze Weile in Josies Versteck geblieben, nachdem diese gegangen war, weil sie im Restaurant und im Pub aushelfen mußte. Sie hatte vorgehabt, erst nach Hause zu gehen, wenn das Abendessen nicht mehr zu retten war und ihr Ausbleiben bei vernünftiger Überlegung nur noch Mord, Entführung oder offene Rebellion bedeuten konnte. Zwei Stunden Verspätung nach dem Abendessen waren da gerade richtig. Ihre Mutter verdiente es.

Trotz dem, was sich gestern abend zwischen ihnen abgespielt hatte, hatte sie Maggie heute morgen wieder einen

Becher mit diesem gräßlichen Tee auf den Tisch gestellt und gesagt: »Trink das, Margaret. Und zwar sofort. Eh du gehst.« Sie wirkte hart und unerbittlich – aber wenigstens sagte sie jetzt nicht mehr, der Tee sei gut für ihre Knochen, auch wenn er scheußlich schmeckte, und enthielte alle Vitamine und Mineralien, die eine junge Frau brauchte. Diese Lüge war aus der Welt. Aber die eiserne Entschlossenheit ihrer Mutter war geblieben.

Ebenso allerdings die Maggies. »Ich trink den Tee nicht. Du kannst mich nicht zwingen. Vorher hast du's geschafft. Aber jetzt kannst du mich nicht mehr zwingen, das Zeug zu trinken.« Ihre Stimme war hoch und schrill. Sie wußte, sie hörte sich an wie eine am Schwanz aufgehängte Maus. Und als ihre Mutter ihr den Becher an die Lippen drückte, sie mit der anderen Hand im Nacken festhielt und sagte: »Du *wirst* ihn trinken, Margaret. Du bleibst hier so lange sitzen, bis du ihn getrunken hast«, riß Maggie ihre Arme hoch und schleuderte den heißen Tee ihrer Mutter an die Brust.

Der Pullover sog die Flüssigkeit auf wie ein Schwamm und wurde zu einer glühendheißen zweiten Haut. Juliet Spence schrie auf und rannte zum Spülbecken. Maggie starrte sie voller Entsetzen an.

»Mom!« rief sie. »Ich wollte nicht...«

»Hinaus! Mach, daß du hinauskommst«, schrie ihre Mutter um Atem ringend. Und als Maggie sich nicht rührte, rannte sie zum Tisch zurück und riß an Maggies Stuhl. »Du hast gehört, was ich gesagt hab. Mach, daß du hinauskommst.«

Es war nicht die Stimme ihrer Mutter. Es war auch nicht ihre Mutter, die da über dem Spülbecken stand und sich mit zusammengebissenen Zähnen das eiskalte Wasser, das aus dem Hahn strömte, mit vollen Händen auf ihren Pullover schüttete. Sie gab Geräusche von sich, als könnte sie nicht atmen. Und als sie endlich fertig war und der Pullover ganz von kaltem Wasser durchtränkt, beugte sie sich vor und zog ihn sich über den Kopf. Sie zitterte am ganzen Körper.

»Mom!« sagte Maggie mit heller, unsicherer Stimme.

»Hinaus! Ich kenn dich überhaupt nicht«, war die Antwort.

Sie war stolpernd in den grauen Morgen hinausgelaufen und hatte auf der ganzen Fahrt zur Schule allein in einer Ecke des Busses gesessen. Im Lauf des Tages hatte sie sich langsam mit dem Ausmaß ihres Verlusts abgefunden. Sie erholte sich. Sie schlüpfte in einen starren kleinen Panzer, um sich zu schützen. Wenn ihre Mutter wollte, daß sie verschwand, dann würde sie eben verschwinden. O ja. Den Gefallen konnte sie ihr leicht tun.

Nick liebte sie. Hatte er ihr das nicht immer wieder gesagt? Sagte er es ihr nicht jeden Tag, an dem er eine Möglichkeit dazu hatte? Sie brauchte ihre Mutter nicht. Wie schwachsinnig, zu glauben, daß sie sie je gebraucht hatte. Und ihre Mutter brauchte sie nicht. Wenn sie erst weg war, konnte ihre Mutter endlich ihr eigenes Leben mit Mr. Shepherd führen. Vielleicht war *das* sogar der Grund, warum sie sie – Maggie – immer wieder zwingen wollte, diesen Tee zu trinken. Vielleicht...

Maggie fröstelte. Nein. Mom war gut. Sie war gut. Ganz bestimmt.

Es war halb acht, als Maggie das alte Eishaus am Fluß verließ. Bis sie zu Hause war, würde es nach acht sein. Hocherhobenen Hauptes und ohne ein Wort zu sagen, würde sie hineingehen. Sie würde in ihr Zimmer hinaufgehen und die Tür schließen. Nie wieder würde sie mit ihrer Mutter sprechen. Wozu auch?

Aber dann hatte sie Nicks Fahrrad gesehen und ihre Pläne über den Haufen geworfen. Sie war über die Straße gegangen zur tiefen Türnische des Tearooms, die vor dem Wind geschützt war. Dort wollte sie auf ihn warten.

Sie hatte nicht gedacht, daß sie so lang würde warten müssen. Aus irgendeinem Grund hatte sie geglaubt, Nick würde spüren, daß sie hier draußen war, und seine Freunde drinnen stehenlassen, um sie zu suchen. Sie konnte nicht zu ihm hineingehen, weil es ja sein konnte, daß ihre Mutter auf der Suche nach ihr im Pub anrief, aber es machte ihr nichts aus zu warten. Er würde ja bald kommen.

Fast zwei Stunden später kam er endlich heraus. Und als sie sich jetzt von hinten heranschlich und ihm den Arm um die Taille legte, fuhr er vor Schreck zusammen und kreischte wie eine Katze. Dann wirbelte er herum. Das Haar flog ihm in die Augen. Er warf es zurück und sah sie.

»Mag!« Er lachte.

»Ich hab auf dich gewartet. Dort drüben.«

Er drehte den Kopf. Der Wind blies ihm das Haar ins Gesicht. »Wo?«

»Da, beim Tearoom.«

»Draußen? Mag, bist du verrückt? Bei dem Wetter? Du bist bestimmt total durchgefroren. Warum bist du nicht reingekommen?« Er richtete den Blick auf die erleuchteten Fenster des Pub, nickte einmal und sagte: »Wegen der Polizei. Stimmt's?«

Sie runzelte die Stirn. »Wieso wegen der Polizei?«

»New Scotland Yard. Der Mann scheint so gegen fünf gekommen zu sein, jedenfalls hat Ben Wragg das gesagt. Hast du das nicht gewußt? Ich war ganz sicher, du wüßtest es.«

»Wieso?«

»Wegen deiner Mutter.«

»Wegen meiner Mutter? Was...?«

»Die sind doch wegen Mr. Sage hier. Die sind anscheinend nicht zufrieden. Wir müssen mal miteinander reden, Mag.«

Er blickte die Straße hinunter in Richtung Gemeindewiese, wo auf dem Parkplatz auf der anderen Straßenseite ein altes

Steinhäuschen stand, in dem die öffentlichen Toiletten untergebracht waren. Dort würden sie vor dem Wind geschützt sein, wenn auch nicht vor der Kälte; doch Maggie hatte eine bessere Idee.

»Komm mit«, sagte sie. Sie wartete, bis er sein Radio an sich genommen hatte – das er wie in stillschweigender Gewißheit der Heimlichkeit ihres Tuns leiser stellte –, und führte ihn dann durch das Tor auf den Parkplatz des *Crofters Inn*. Sie huschten zwischen den Autos hindurch. Nick gab mit einem unterdrückten Pfiff seine Bewunderung für den silbernen Bentley zum Ausdruck, der schon einige Stunden zuvor hier gestanden hatte, als Josie und Maggie zum Fluß hinuntergegangen waren.

»Wohin...«

»Das wirst du gleich sehen«, antwortete Maggie. »Es ist Josies Versteck. Aber sie hat bestimmt nichts dagegen. Hast du Streichhölzer? Wir brauchen Feuer für die Laterne.«

Vorsichtig stiegen sie den Pfad hinunter. Das Eis, das sich mit der Kälte der Nacht zu bilden begonnen hatte, und nasse Gräser und Binsen, die ständig vom fliegenden Schaum des sprudelnden Bachs benetzt wurden, machten ihn glitschig. Nick sagte: »Laß mich«, und ging voraus, einen Arm nach rückwärts gestreckt, um ihr die Hand zu reichen und ihr Halt zu geben. Jedesmal wenn er ein wenig rutschte, sagte er: »Vorsichtig, Mag«, und faßte sie fester. Er paßte auf sie auf, und dies zu sehen und zu spüren, wärmte sie.

»Hier«, sagte sie, als sie das alte Eishaus erreichten. Sie drückte gegen die Tür. Die Angeln quietschten, die schiefhängende Tür kratzte über den Boden und schob den Flickenteppich ein Stück zusammen. »Das ist Josies geheimes Versteck«, sagte Maggie. »Du sagst doch niemand was davon, Nick?«

Er schlüpfte durch die Tür, während Maggie nach der

Laterne tastete, die auf dem alten Faß stand. Sie sagte: »Ich brauch die Streichhölzer«, und da drückte er ihr schon ein Heftchen in die Hand. Sie zündete die Laterne an, drehte ihr Licht herunter, bis es so mild und weich wie das einer Kerze war, und drehte sich nach ihm herum.

Er sah sich um. »Toll«, sagte er lächelnd.

Sie ging an ihm vorüber, um die Tür zu schließen, und besprühte dann, wie vorher Josie das getan hatte, Wände und Boden mit Eau de Toilette.

»Hier drinnen ist es kälter als draußen«, stellte Nick fest. Er zog den Reißverschluß seiner Bomberjacke zu und schlug sich mit den Händen auf die Arme.

»Hier«, sagte sie. Sie setzte sich auf das alte Feldbett und klopfte auf den Platz neben sich. Als er sich neben ihr niederfallen ließ, nahm sie die Steppdecke und legte sie ihm und sich um wie ein Cape.

Er schlüpfte noch einmal einen Moment aus dem Kokon heraus, um seine Zigaretten zu holen. Maggie gab ihm seine Streichhölzer zurück, und er zündete zwei Zigaretten zugleich an, eine für jeden von ihnen. Er sog den Rauch tief ein und hielt den Atem an. Maggie tat so, als machte sie es genauso.

Sie kannte nichts Schöneres als seine Nähe. Die sachten Geräusche, die das Leder seiner Bomberjacke verursachte, den Druck seines Beins an ihrem, die Wärme seines Körpers und – wenn sie ihn ansah – seine langen Wimpern und die schwerlidrigen Augen. »Der Junge hat einen richtigen Schlafzimmerblick«, hatte sie eine der Lehrerinnen sagen hören. »Noch ein paar Jahre, und die Frauen werden sich darum reißen, von ihm beglückt zu werden.« Eine andere hatte bemerkt: »Ich hätte nichts dagegen, schon jetzt von ihm beglückt zu werden«, und sie hatten alle gelacht und abrupt aufgehört, als sie gesehen hatten, daß Maggie in Hörweite war. Nicht daß sie von Maggie und Nick gewußt hätten. Niemand wußte davon, außer ihre Mutter und Josie. Und Mr. Sage.

»Es hat eine gerichtliche Leichenschau stattgefunden«, sagte Maggie. »Und sie haben gesagt, es sei ein Unfall gewesen. Und wenn das einmal bei der Leichenschau festgestellt worden ist, dann kann niemand mehr was anderes behaupten. Oder stimmt das vielleicht nicht? Sie können jetzt nicht wieder von vorn anfangen. Weiß die Polizei das denn nicht?«

Nick schüttelte den Kopf. Er stäubte die Asche von seiner Zigarette auf den Teppich und trat sie mit der Schuhspitze in den Stoff hinein. »Das ist beim Prozeß so, Mag. Niemand kann wegen desselben Verbrechens zweimal vor Gericht gestellt werden, wenn nicht ganz neue Beweise auftauchen. Ich glaube, so ist das. Aber das ist sowieso egal, weil hier ja gar kein Prozeß stattgefunden hat. Eine Leichenschau ist kein Prozeß.«

»Und jetzt? Wird es jetzt einen Prozeß geben?«

»Das kommt darauf an, was sie herausfinden.«

»Herausfinden? Wo denn? Suchen sie denn was? Glaubst du, sie werden auch zu uns nach Hause kommen?«

»Ganz sicher werden sie mit deiner Mutter reden wollen. Sie haben heute abend schon mit Mr. Townley-Young gesprochen. Wenn du mich fragst, hat der sie überhaupt angerufen.« Nick grinste. »Das hättest du sehen sollen, Mag, als er aus dem Salon für die Gäste herauskam. Brendan hockte bei Polly Yarkin und trank ganz gemütlich seinen Gin, und als T-Y die beiden sah, ist er echt kreidebleich geworden und so starr wie ein toter Fisch. Dabei haben sie überhaupt nichts gemacht, nur einen zusammen getrunken. Aber T-Y hat Brendan sofort rausgeschmissen. Er hat ihn angefunkelt, als hätte er Laserstrahlen in den Augen. Echt, wie im Film.«

»Aber meine Mutter hat doch überhaupt nichts getan«,

sagte Maggie. Sie spürte, wie ein kleiner Knoten der Furcht sich in ihrer Brust zusammenzog. »Jedenfalls nicht mit Absicht. Das hat sie doch gesagt. Und der Coroner und das Gericht haben gesagt, daß es stimmt.«

»Ja, natürlich, nach allem, was sie gehört haben. Aber es könnte ja sein, daß jemand gelogen hat.«

»Meine Mutter hat nicht gelogen!«

Nick schien ihre Ängste augenblicklich zu erkennen. »Ist ja gut, Mag«, sagte er beruhigend. »Du brauchst keine Angst zu haben. Aber sie werden eben wahrscheinlich mit dir reden wollen.«

»Wer? Die Polizei?«

»Ja. Du hast Mr. Sage gekannt. Du und er, ihr wart doch Freunde, könnte man sagen. Und wenn die Polizei ein Verbrechen untersucht, dann redet sie immer mit den Freunden der Toten.«

»Aber Mr. Shepherd hat nie mit mir geredet. Und der Mann bei der Leichenschau auch nicht. Ich war doch an dem Abend gar nicht zu Hause. Ich weiß überhaupt nicht, was passiert ist. Ich kann denen gar nichts sagen. Ich...«

»Hey!« Er zog ein letztes Mal an seiner Zigarette, ehe er sie an der Steinmauer hinter sich ausdrückte und dann das gleiche mit ihrer Zigarette tat. Er legte den Arm um ihre Taille. Auf der anderen Seite des Eishauses hustete und spuckte das Radio. »Es ist ja gut, Mag. Du brauchst keine Angst zu haben. Es hat doch mit dir gar nichts zu tun. Ich meine, du hast ja schließlich den Pfarrer nicht umgebracht, oder?« Er lachte leise bei diesem unmöglichen Gedanken.

Maggie stimmte nicht in sein Lachen ein. Im Grunde ging doch alles um Verantwortung, nicht wahr?

Sie konnte sich erinnern, wie zornig ihre Mutter geworden war, als sie von Maggies Besuchen im Pfarrhaus gehört hatte. Auf Maggies empörte und anklagende Frage »Wer hat dir das erzählt? Wer hat mir nachspioniert?« – die ihre Mutter ignoriert hatte, aber das spielte im Grunde keine Rolle, weil Maggie sowieso genau wußte, wer ihr nachspioniert hatte – hatte ihre Mutter gesagt: »Jetzt hör mir mal genau zu, Maggie. Sei vernünftig. Du kennst diesen Mann im Grunde überhaupt nicht. Und er ist ein Mann, kein Junge. Er ist mindestens fünfundvierzig Jahre alt. Ist dir das eigentlich klar? Was denkst du dir dabei, einen Mann in diesem Alter in seinem Haus zu besuchen? Auch wenn er Pfarrer ist. Gerade weil er Pfarrer ist. Begreifst du denn nicht, in was für eine Lage du ihn bringst?«

Auf Maggies Entgegnung »Aber er hat gesagt, ich könnte jederzeit zum Tee kommen. Und er hat mir ein Buch geschenkt. Und...« sagte ihre Mutter: »Es ist mir gleichgültig, was er dir geschenkt hat. Ich möchte nicht, daß du dich mit ihm triffst. Nicht in seinem Haus. Nicht allein. Überhaupt nicht.«

Maggie waren die Tränen in die Augen geschossen. Sie hatte sie laufen lassen und gesagt: »Er ist mein Freund. Das hat er selbst gesagt. Du willst nur nicht, daß ich Freunde habe, stimmt's?«

Da hatte ihr Mutter sie am Arm gepackt, mit harter Hand, die sagte, hör mir jetzt genau zu und untersteh dich, mir zu widersprechen, und hatte gesagt: »Daß du mir nie wieder zu diesem Mann gehst!« Auf Maggies quengelige Frage »Aber warum?« hatte sie den Arm ihrer Tochter losgelassen und nur erwidert: »Du hast keine Ahnung, was da passieren kann. Was tatsächlich täglich passiert. Vielleicht fängst du mal an, die Zeitung zu lesen.« Mit diesen Worten war die Diskussion zwischen ihnen an jenem Abend beendet gewesen. Aber es folgten andere: »Du warst heute wieder mit ihm zusammen. Lüg mich nicht an, Maggie. Ich weiß, daß es so ist. Von heute an hast du Hausarrest.«

»Das ist gemein.«
»Was wollte er von dir?«
»Nichts.«
»Sei ja nicht bockig, sonst wird es dir noch mehr leid tun, daß du mir nicht gehorcht hast. Ist das klar? Also, was wollte er von dir?«
»Nichts.«
»Was hat er gesagt? Was hat er getan?«
»Wir haben nur miteinander geredet. Und ein paar Plätzchen gegessen. Polly hat Tee gemacht.«
»Sie war auch da?«
»Ja. Sie ist immer...«
»Im selben Zimmer?«
»Nein. Aber...«
»Worüber habt ihr gesprochen?«
»Alles mögliche.«
»Zum Beispiel?«
»Über die Schule. Über Gott.« Ihre Mutter machte ein Geräusch, das wie ein Schnauben klang. Maggie konterte mit: »Er hat mich gefragt, ob ich schon mal in London war. Ob ich Lust hätte, mal hinzufahren. Er hat gesagt, mir würde London bestimmt gefallen. Er ist schon oft dort gewesen. Erst letzte Woche war er zwei Tage dort. Er hat gesagt, Leute, die mit London nichts am Hut haben, sollten gar nicht leben dürfen. Oder so was ähnliches jedenfalls.«

Ihre Mutter antwortete nicht. Sie rieb nur wie eine Verrückte ein Stück Käse und hielt den Blick auf ihre Hand gesenkt. Sie rieb mit solcher Verbissenheit, daß die Knöchel an ihrer Hand ganz weiß wurden. Aber sie waren nicht so weiß wie ihr Gesicht.

Das ratlose Schweigen ihrer Mutter machte Maggie Mut: »Er hat gesagt, daß wir vielleicht mal mit der Jugendgruppe einen Ausflug nach London machen«, fuhr sie fort. »Er hat gesagt, in London gibt es Familien, bei denen wir übernachten könnten. Dann bräuchten wir uns kein Hotel zu suchen. Und er hat gesagt, daß London eine ganz tolle Stadt ist, und wir könnten ins Museum gehen und in den Tower und in den Hyde Park und zu Harrod's zum Mittagessen. Er hat gesagt...«

»Geh auf dein Zimmer!«

»Aber Mom!«

»Hast du nicht gehört!«

»Aber ich wollte dir doch nur...«

Weiter kam sie nicht. Die Hand ihrer Mutter traf sie voll im Gesicht. Schreck und Überraschung, weit mehr als Schmerz, trieben ihr die Tränen in die Augen. Und mit ihnen erwachten Zorn und der Wunsch, gleichen Schmerz zu bereiten.

»Er ist mein Freund«, rief sie weinend. »Er ist mein Freund, und wir reden miteinander, und du willst nur nicht, daß er mich mag. Nie willst du, daß ich Freunde habe. Darum zieh'n wir dauernd um, oder nicht? Immer wieder. Damit auch ja niemand mich mag. Damit ich immer allein bin. Und wenn Daddy...«

»Hör auf!«

»Nein! Fällt mir nicht ein! Wenn Daddy mich findet, dann geh ich mit ihm. Ja, das tu ich. Du wirst schon sehen. Und du kannst mich nicht aufhalten, ganz gleich, was du tust.«

»Darauf verlaß dich mal lieber nicht, Margaret.«

Und vier Tage später war Mr. Sage gestorben. Wer war wirklich dafür verantwortlich? Und was war wirklich das Verbrechen?

»Meine Mutter ist gut«, sagte sie leise zu Nick. »Sie wollte bestimmt nicht, daß dem Pfarrer was Schlimmes geschieht.«

»Ich glaub dir, Mag«, antwortete Nick. »Aber irgend jemand hier sieht's anders.«

»Was passiert denn, wenn sie vor Gericht muß? Und wenn sie ins Gefängnis muß?«
»Ich kümmere mich schon um dich.«
»Ehrlich?«
»Klar.«
Das klang so stark und sicher. Er *war* stark und sicher. Es tat gut, ihm so nahe zu sein. Sie legte einen Arm um seine Taille und ihren Kopf an seine Brust.
»So müßte es immer sein«, sagte sie.
»Dann wird's auch immer so sein.«
»Wirklich?«
»Wirklich. Du bist meine Nummer eins, Mag. Du bist die einzige. Mach dir wegen deiner Mutter keine Gedanken.«
Sie schob ihre Hand von seinem Knie zu seinem Oberschenkel. »Mir ist kalt«, sagte sie und schmiegte sich enger an ihn. »Ist dir auch kalt, Nick?«
»Ein bißchen, ja.«
»Ich kann dich wärmen.«
Sie konnte sein Lächeln spüren. »Ja, das glaub ich dir.«
»Soll ich?«
»Ich hätt nichts dagegen.«
»Ich kann's. Ich tu's gern.« Sie machte es genauso, wie er es ihr gezeigt hatte, mit langsamen, geschmeidigen Bewegungen ihrer Hand. »Ist das gut, Nick?«
»Hm.« Nick stöhnte leise. Er richtete sich auf.
»Was ist?«
Er griff in seine Jacke. »Ich hab das von einem der Jungs bekommen«, sagte er. »Wir dürfen's nicht mehr ohne Kondom tun, Mag. Das wär Wahnsinn. Viel zu riskant.«
Sie küßte seine Wange und dann seinen Hals. Ihre Finger schoben sich zwischen seine Beine, und er stöhnte wieder und legte sich auf dem Feldbett nieder. »Aber diesmal müssen wir das Kondom nehmen«, sagte er.

Sie öffnete den Reißverschluß seiner Blue jeans, schob ihm die Hosen an den Hüften hinunter. Sie schlüpfte aus ihrer Strumpfhose und legte sich neben ihm nieder und hob ihren Rock.

»Mag, wir müssen...«

»Ja, gleich, Nick. Nur noch einen Moment. Ja?«

Sie schob ein Bein über seine Beine. Sie begann, ihn zu küssen, ihn zu liebkosen und zu streicheln, ohne ihre Hände zu gebrauchen.

»Ist das schön?« flüsterte sie.

Er hatte den Kopf zurückgeworfen. Seine Augen waren geschlossen. Statt einer Antwort stöhnte er.

Ein Moment war mehr als genug Zeit, stellte sie fest.

St. James saß im einzigen Sessel des Zimmers, einem Ohrenbackensessel, abgesehen vom Bett das bequemste Möbelstück im ganzen Hotel. Zum Schutz gegen die eisige Kälte, die durch die beiden Oberlichte des Zimmers drang, zog er seinen Morgenrock fester um sich.

Hinter der geschlossenen Badezimmertür konnte er Deborah in der Wanne planschen hören. Im allgemeinen summte oder sang sie beim Baden, aus irgendeinem Grund immer entweder eine Melodie von Cole Porter oder etwas von Gershwin. Sie pflegte diese Lieder mit dem Enthusiasmus einer unentdeckten Edith Piaf und dem Talent eines Marktschreiers wiederzugeben. Sie war nicht fähig, einen Ton zu halten, auch wenn ein ganzer Chor sie unterstützt hätte. An diesem Abend jedoch sang sie nicht.

Normalerweise war er für jede größere Kunstpause froh und dankbar, besonders wenn er gerade zu lesen versuchte. An diesem Abend jedoch hätte er viel lieber als ihr beharrliches Schweigen ihre unbeschwerten schiefen Gesänge vernommen und sich Gedanken darüber gemacht, wie er ihnen am besten ein Ende bereiten sollte und ob er das überhaupt wollte.

Abgesehen von einem kurzen Scharmützel beim Tee hatten sie nach ihrer Rückkehr von der ausgedehnten Morgenwanderung in stillschweigendem Einverständnis einen Waffenstillstand geschlossen und auch eingehalten. In Anbetracht des Todes von Robin Sage und in Erwartung von Lynley war es nicht allzu schwierig gewesen. Doch jetzt, da Lynley hier und alles zur Aufnahme der Ermittlungen bereit war, merkte St. James, daß seine Gedanken immer wieder zu der Mißstimmung in seiner Ehe zurückkehrten und zu der Frage, welchen Anteil er selbst daran hatte.

So sehr Deborah Gefühlsmensch war, so sehr war er Vernunftmensch. Er hatte sich vorgemacht, dieser grundlegende Wesensunterschied zwischen ihnen bilde das Fundament aus Feuer und Eis, auf dem ihre Ehe fest verankert war. Doch ihre Ehe war in eine Phase eingetreten, in der seine Fähigkeit, logisch zu denken, nicht nur ein Nachteil zu sein schien, sondern eben der Punkt, an dem sich Deborahs Weigerung, einen Konflikt anders als dickköpfig anzugehen, verhärtete. Die Worte *Um noch einmal auf diese Adoptionsgeschichte zurückzukommen, Deborah* reichten aus, um sie in halsstarrige Defensive zu treiben. Die Übergänge von Zorn zu Anklage und schließlich zu Tränen waren so rasant bei ihr, daß er nicht wußte, wie er damit umgehen sollte. Und so kam es, daß er, wenn wieder einmal eine Diskussion damit endete, daß sie Türen knallend aus dem Zimmer oder aus dem Haus lief, häufiger einfach erleichtert aufatmete, anstatt sich zu fragen, was er selbst dazu tun konnte, das Problem auf andere Art anzugehen. Ich hab's versucht, pflegte er zu denken; dabei hatte er in Wirklichkeit nur das alte Muster durchgespielt und gar nichts versucht.

Er rieb sich seinen verspannten Nacken. Stets zeigte dies

ihm den Grad seelischer Belastung, die er zu verleugnen suchte. Er setzte sich etwas tiefer in den Sessel. Bei der Bewegung fiel sein Morgenrock etwas auseinander. Die kalte Luft stieg an seinem gesunden rechten Bein empor. In seinem linken Bein konnte er wie immer überhaupt nichts fühlen, stellte er ganz sachlich fest; in den letzten Jahren gönnte er dem Bein nur noch beiläufige Beachtung. Früher allerdings, in den Jahren vor seiner Ehe, hatte er es fast unablässig beobachtet, wie besessen.

Es ging dabei immer nur um eines: festzustellen, wie weit die Atrophie seiner Muskeln fortgeschritten war, und den Verfall, der früher oder später der Lähmung folgte, abzuwehren. Sein linker Arm hatte dank qualvollen Monaten harter physikalischer Therapie seine Bewegungsfähigkeit wiedergewonnen. Doch das Bein hatte sich allen Bemühungen der Rehabilitation widersetzt, wie ein Soldat, der sich die psychischen Verletzungen des Krieges bewahrt, als könnten sie allein beweisen, daß er an der Front war.

»Die Arbeit des Gehirns ist uns zum großen Teil immer noch ein Geheimnis«, hatten die Ärzte nachdenklich zur Erklärung dafür vorgebracht, daß er zwar seinen Arm wieder gebrauchen konnte, nicht aber sein Bein. »Bei einer so schweren Kopfverletzung wie der Ihren muß man mit Entwicklungsprognosen äußerst vorsichtig sein.«

Worauf dann die Liste der »Vielleichts« folgte: Vielleicht würde er das Bein eines Tages wieder völlig ungehindert gebrauchen können. Vielleicht würde er eines Tages ohne Stöcke gehen können. Vielleicht würde er eines Morgens aufwachen und sein Bein wieder spüren, die Muskeln spannen, die Zehen bewegen, das Knie beugen können. Aber nach zwölf Jahren war das nicht wahrscheinlich. So hielt er denn an dem fest, was geblieben war, nachdem er die hartnäckige Illusion der ersten vier Jahre begraben hatte: dem

Anschein der Normalität. Solange er seine Muskeln vor dem Verfall bewahren konnte, wollte er zufrieden sein und keinen Träumen nachhängen.

Er hatte die Atrophie mit elektrischem Strom bekämpft. Daß ihn die Eitelkeit dazu trieb, hatte er nie geleugnet; hatte sich gesagt, es sei ja wohl keine Sünde, wie ein vollkommener Mensch aussehen zu wollen, auch wenn man keiner mehr war.

Er haßte seinen ungelenken Gang, und selbst jetzt noch, nachdem er Jahre damit gelebt hatte, konnte er unter dem neugierigen Blick eines Fremden vorübergehend ins Schwitzen geraten. Anders, sagte dieser Blick, nicht so wie wir. Und wenn auch dieses körperliche Anderssein sich auf seine Invalidität beschränkte, so wurde es doch im Beisein von Fremden hundertfach verstärkt.

Wir haben gewisse Erwartungen an andere, dachte er, während er zerstreut sein Bein betrachtete. Daß sie gehen, sprechen, sehen und hören können. Wenn sie das nicht können – oder wenn sie es auf eine Art tun, die unseren vorgefaßten Vorstellungen nicht entspricht –, nageln wir sie auf eine Rolle fest, scheuen wir vor dem Kontakt mit ihnen zurück, zwingen wir sie, Teil eines Ganzen sein zu wollen, in dem es keine Unterschiede gibt.

Er hörte, wie das Wasser im Badezimmer abzulaufen begann. Er blickte zur Tür und fragte sich, ob dies die Wurzel der Schwierigkeiten war, die zwischen ihm und Debórah bestanden. Sie wollte das, was ihr zustand, die Norm. Er hatte schon lange aufgehört, an den Wert der Normalität zu glauben.

Mühsam stand er auf und lauschte ihren Bewegungen. Das geräuschvolle Schwappen des Wassers verriet ihm, daß sie soeben aufgestanden war. Jetzt würde sie aus der Wanne steigen, nach einem Badetuch greifen und es sich um den Körper wickeln. Er klopfte an die Tür und öffnete sie.

Sie war dabei, den beschlagenen Spiegel abzuwischen. Das

Haar fiel ihr in feuchten lockigen Strähnen aus dem Turban, den sie sich aus einem zweiten Handtuch gedreht hatte. Sie stand mit dem Rücken zu ihm, und er konnte die Wassertropfen auf ihrer Haut sehen, die glatt und geschmeidig war und weich von dem Badeöl, dessen Duft den Raum erfüllte.

Sie sah ihn im Spiegel an und lächelte. Der Ausdruck ihres Gesichts war liebevoll. »Jetzt ist es wohl wirklich und wahrhaftig aus zwischen uns.«

»Wieso?«

»Du bist nicht zu mir ins Bad gekommen.«

»Du hast mich ja nicht eingeladen.«

»Ich habe dir beim Abendessen die ganze Zeit telepathische Einladungen geschickt. Hast du sie nicht bekommen?«

»Ach, dann war das unterm Tisch dein Fuß? Hm, wenn ich's mir jetzt überlege, hatte er mit Tommys wirklich keine Ähnlichkeit.«

Sie lachte und schraubte ihre Gesichtsmilch auf. Er sah zu, wie sie sie in ihrem Gesicht verrieb. Muskeln arbeiteten mit den kreisenden Bewegungen ihrer Finger, und er machte eine Übung aus ihrer Identifizierung: *trapezius, levator scapulae, splenius cerviscis*. Es war eine Form der Disziplin, um seine Gedanken auf einer gewünschten Bahn zu halten. Die Versuchung, ein Gespräch mit Deborah auf ein andermal zu verschieben, gewann durch den Anblick der frisch dem Bad Entstiegenen stets zusätzliche Macht.

»Es tut mir leid, daß ich die Adoptionsunterlagen mitgenommen habe«, sagte er. »Ich habe mich nicht an unsere Vereinbarung gehalten. Ich hoffte, dich dazu verleiten zu können, mit mir über das Problem zu sprechen, solange wir hier sind. Schreib es männlicher Eitelkeit zu und verzeih mir bitte.«

»Schon verziehen«, sagte sie. »Aber es gibt kein Problem.«

Sie schraubte die Flasche mit der Gesichtsmilch zu und

begann sich mit mehr Energie als unbedingt nötig abzutrocknen. Als er das sah, wußte er, daß Vorsicht geboten war. Er sagte nichts mehr, bis sie ihren Morgenrock übergezogen und ihr Haar von dem Turban befreit hatte. Sie stand vornübergeneigt und kämmte sich, statt eine Bürste zu benutzen, das Haar mit den Fingern, als er von neuem zu sprechen begann. Er wählte seine Worte mit Sorgfalt.

»Das ist eine Frage der Semantik. Wie können wir das, was zwischen uns ist, sonst nennen? Verstimmung? Disput? Diese Worte scheinen mir nicht sehr treffend zu sein.«

»Und wir dürfen doch um Gottes willen nicht ungenau sein, wenn wir wissenschaftliche Begrifflichkeiten verteilen.«

»Das ist nicht fair.«

»Nein?« Sie richtete sich auf, kramte einen Moment in ihrer Toilettentasche und zog dann das flache Heftchen mit der Pille heraus. Sie drückte eine heraus, hielt sie zur Demonstration zwischen Daumen und Zeigefinger hoch und schob sie in den Mund. Sie drehte den Wasserhahn so resolut auf, daß das Wasser vom Boden des Beckens wie eine Fontäne aufspritzte.

»Deborah!«

Sie ignorierte ihn. Sie schluckte die Pille mit Wasser. »So. Jetzt kannst du ganz beruhigt sein. Ich habe das Problem soeben aus dem Weg geräumt.«

»Ob du die Pille nimmst oder nicht, ist deine Entscheidung, nicht meine. Ich kann natürlich aufpassen wie ein Schießhund. Ich kann versuchen, dich zu zwingen. Aber das möchte ich nicht. Ich möchte nur sicher sein, daß du meine Sorge verstehst.«

»Worum?«

»Um deine Gesundheit.«

»Das machst du mir bereits seit zwei Monaten klar. Und

ich habe getan, was du wolltest, und habe die Pille genommen. Ich werde nicht schwanger werden. Bist du damit nicht zufrieden?«

Ihre Haut fing an fleckig zu werden, immer das erste Zeichen, daß sie sich in die Enge getrieben fühlte. Und ihre Bewegungen wurden linkisch. Er wollte nicht der Anlaß zu Panik sein, gleichzeitig jedoch wollte er klare Verhältnisse zwischen ihnen schaffen. Er wußte, daß er genauso störrisch war wie sie, dennoch ließ er nicht locker. »So wie du das sagst, klingt es, als wollten wir nicht dasselbe.«

»Das tun wir auch nicht. Oder willst du von mir verlangen, so zu tun, als erkenne ich das nicht?« Sie ging an ihm vorbei ins Schlafzimmer, um möglichst umständlich den elektrischen Heizofen einzustellen. Er folgte ihr, wahrte den Abstand, indem er sich wieder in den Ohrensessel setzte.

»Es geht doch um die Familie«, sagte er. »Um Kinder. Am liebsten zwei. Und vielleicht auch drei. Das war es doch, was wir beide wollten, nicht wahr?«

»Ja, *unsere* Kinder, Simon. Nicht zwei Kinder, die uns gnädigerweise vom Jugendamt überlassen werden, sondern zwei, die wir gezeugt haben. Das ist es, was ich möchte.«

»Und warum?«

Sie sah auf. Ihre Haltung wurde starr, und er erkannte, daß er mit einer Frage, die zu stellen ihm vorher einfach nicht eingefallen war, den Nerv getroffen hatte. Bisher war er in ihren Disputen stets zu stark darauf bedacht gewesen, seine eigenen Argumente durchzubringen, um sich über ihre eigensinnige Entschlossenheit, um jeden Preis ein Kind zur Welt zu bringen, Gedanken zu machen.

»Warum?« fragte er wieder und neigte sich vor, die Ellbogen auf seine Knie gestützt. »Kannst du mit mir nicht darüber sprechen?«

Sie sah wieder zum Heizlüfter hinunter, legte ihre Finger

um einen seiner Knöpfe und drehte ihn heftig. »Sei nicht so gönnerhaft. Du weißt, das kann ich nicht ausstehen.«
»Ich bin nicht gönnerhaft.«
»Doch, bist du schon. Du psychologisierst. Du stocherst in allem herum und drehst und wendest es nach allen Seiten. Warum kann ich nicht einfach fühlen, was ich fühle, und wollen, was ich will, ohne mich unter einem deiner verdammten Mikroskope sezieren lassen zu müssen?«
»Deborah...«
»Ich möchte ein eigenes Kind. Ist das vielleicht ein Verbrechen?«
»Das habe ich doch gar nicht gesagt.«
»Bin ich deshalb vielleicht verrückt?«
»Nein. Natürlich nicht.«
»Ist es vielleicht erbärmlich von mir, daß ich gern ein Kind mit dir möchte? Daß ich mir wünsche, auf diese Weise Wurzeln zu schlagen? Daß ich gerne wissen möchte, daß wir es gezeugt haben – du und ich? Daß ich mir eine Verbindung zu diesem Kind wünsche? Wieso ist das alles ein solches Verbrechen?«
»Ist es doch gar nicht.«
»Ich möchte eine richtige Mutter sein. Ich möchte es erleben. Ich möchte das Kind.«
»Es sollte nicht um die Befriedigung des eigenen Egoismus gehen«, sagte er. »Denn dann, denke ich, hast du nicht wirklich verstanden, was es heißt, Mutter oder Vater zu sein.«

Mit einem Ruck wandte sie sich nach ihm um. Ihr Gesicht war brennend rot. »Wie gemein, mir das zu sagen. Ich hoffe, du hast es genossen.«

»O Gott, Deborah.« Er streckte die Arme nach ihr aus, konnte aber den Raum, der zwischen ihnen lag, nicht überbrücken. »Ich wollte dir doch nicht weh tun.«

»Das kannst du aber gut verbergen.«

»Es tut mir leid.«

»Ja, hm. Es ist nun mal gesagt.«

»Nein. Nicht alles.« Mit einer gewissen Verzweiflung suchte er nach Worten, die dieser Gratwanderung zwischen dem Bemühen, sie nicht noch tiefer zu verletzen, und dem Wunsch, selbst zu verstehen, gerecht wurden. »Ich finde, wenn Vater oder Mutter sein mehr bedeutet, als ein Kind in die Welt zu setzen, dann kann man diese Erfahrung mit jedem Kind machen – mit einem Kind, das man selbst geboren hat, mit einem, das man nur in seine Obhut nimmt, oder mit einem, das man adoptiert. Wenn es einem wirklich ums Elternsein geht und nicht lediglich darum, ein Kind zu produzieren. Wie ist das bei dir?«

Sie antwortete nicht. Aber sie sah auch nicht weg. Er glaubte es wagen zu können, weiterzusprechen.

»Ich glaube, viele Menschen setzen einfach Kinder in die Welt, ohne sich im geringsten zu überlegen, was diese Kinder im Laufe ihres Lebens alles von ihnen verlangen werden. Aber ein Kind großzuziehen verlangt seinen Preis. Und ihn zu zahlen muß man bereit sein. Man muß sich das ganze Erleben, die ganze Erfahrung wünschen. Nicht nur den Akt der Geburt, weil der einem das Gefühl gibt, vollständig zu sein.«

Den Rest brauchte er gar nicht zu sagen: daß er diese Erfahrung der Elternschaft schon einmal gemacht hatte, mit ihr. Sie kannte ja die Fakten ihrer gemeinsamen Geschichte: Elf Jahre älter als sie, hatte er von dem Tag an, an dem er achtzehn Jahre alt geworden war, für sie Verantwortung übernommen. Der Mensch, der sie heute war, war großenteils durch seinen Einfluß entstanden. Die Tatsache, daß er ihr eine Art zweiter Vater gewesen war, war für ihre Ehe einerseits ein Segen, andererseits, und zum größeren Teil, ein Fluch.

Jetzt baute er auf den positiven Einfluß seiner damaligen Vaterrolle und hoffte, es würde ihr gelingen, ihren Weg durch Angst und Zorn zu finden oder was sonst es war, das sich zwischen sie beide geschoben hatte; er hoffte, ihre gemeinsame Vergangenheit würde ihnen helfen, einen Weg in die Zukunft zu finden.

»Deborah«, sagte er, »du brauchst keinem Menschen etwas zu beweisen. Niemandem. Und ganz gewiß nicht mir. Wenn es hier also darum gehen sollte, etwas zu beweisen, dann laß das um Himmels willen sein, ehe es dich vernichtet.«

»Es geht nicht darum, etwas zu beweisen.«

»Worum geht es denn?«

»Es ist nur, daß – ich habe mir immer ausgemalt, wie es werden würde.« Ihre Unterlippe bebte. Sie drückte die Fingerspitzen darauf. »Ich hab mir vorgestellt, wie es in mir wachsen würde, wie ich seine Bewegungen spüren und wie ich deine Hand auf meinen Bauch legen würde. Damit du es auch spüren könntest. Wir würden uns gemeinsam überlegen, wie wir es nennen wollen, und wir würden ein Kinderzimmer einrichten. Und bei der Entbindung würdest du dabeisein. Es wäre so etwas wie ein Akt für die Ewigkeit, weil wir dieses – dieses kleine Wesen zusammen gezeugt hätten. Das ist es, was ich mir immer gewünscht habe.«

»Aber das sind doch Hirngespinste, Deborah. Das ist es nicht, was bindet. Das Leben mit seinen Alltäglichkeiten schafft die Bindungen. Dies hier – was jetzt zwischen uns ist –, das ist die Bindung. Und wir sind die Ewigkeit.« Wieder hielt er ihr seine Hand hin. Diesmal nahm sie sie, auch wenn sie blieb, wo sie war. »Komm zu mir zurück«, sagte er. »Spring mit deinem Rucksack und deinen Kameras die Treppe hinauf und hinunter. Laß überall im Haus deine Fotos herumliegen. Mach zu laute Musik. Wirf deine Kleider in Häufchen auf den Boden. Sprich mit mir und streite mit mir und sei neugierig. Sei lebendig bis in deine Fingerspitzen. Ich möchte dich zurückhaben.«

Sie begann zu weinen. »Ich weiß nicht mehr, wie das geht.«

»Das glaube ich nicht. Es steckt doch in dir. Aber irgendwie – aus irgendeinem Grund – hat die Vorstellung von einem Kind das alles verdrängt. Warum, Deborah?«

Sie sah zu Boden und schüttelte den Kopf. Ihre Finger, die seine Hand hielten, wurden schlaff. Ihrer beider Hände fielen herab. Und er erkannte, daß trotz all seiner guten Absichten und all seiner Worte etwas unausgesprochen geblieben war.

DER FALL WIRD WIEDER AUFGEROLLT
13

Cotes Hall war nach bester viktorianischer Tradition ein Bau, der einzig aus Wetterfahnen, Kaminen und Giebeln zu bestehen schien, unter denen Erker- und Turmfenster den aschgrauen Morgenhimmel spiegelten. Es war aus Kalkstein erbaut, und auf seinen Mauern hatten sich infolge von Verwahrlosung und Witterungseinflüssen häßliche Flechten gebildet, die sich in graugrünen Streifen vom Dach abwärts zogen. Das Land, das Cotes Hall umgab, war von Unkraut überwuchert, und wenn man auch vom Herrenhaus aus nach Westen und Osten einen beeindruckenden Blick auf Wälder und Hügel hatte, so war doch angesichts der trostlosen Winterlandschaft und des Allgemeinzustands des Anwesens dem Gedanken, in diesem Haus zu leben, wenig abzugewinnen.

Vorsichtig lenkte Lynley den Bentley über die letzten Schlaglöcher in den Hof hinein, den Cotes Hall überschattete wie das Haus der Familie Usher. Flüchtig dachte er an St. John Townley-Youngs Erscheinen im *Crofters Inn* am vergangenen Abend. Beim Gehen hatte dieser seinen Schwiegersohn entdeckt, der mit einer Frau, die ganz offensichtlich nicht seine Ehefrau war, zusammengesessen hatte, und nach Townley-Youngs Reaktion zu urteilen, war das nicht der erste solche Seitensprung des jungen Mannes gewesen. Im ersten Moment hatte Lynley geglaubt, sie seien rein zufällig gleichzeitig auf die unerfreulichen Zwischenfälle in Cotes Hall und auf die Identität der Urheberin gestoßen. Die heimliche Geliebte eines verheirateten Mannes würde möglicherweise bis zum Äußersten gehen, um die Ehe eines Mannes zu erschüttern, den sie für sich selbst haben wollte. Doch als Lynley das alte Haus von den rostenden Wetterhähnen und den durchlöcherten Regenrinnen bis zum wuchernden Unkraut und dem großen feuchten Flecken am Sockel des Gebäudes betrachtete, mußte er sich eingestehen, daß dies eine voreilige, von männlichem Chauvinismus bestimmte Schlußfolgerung gewesen war. Selbst er, der dies gar nicht zu fürchten brauchte, schauderte bei dem Gedanken, hier leben zu müssen. Mochte drinnen noch so gründlich renoviert worden sein, es würde Jahre hingebungsvoller Arbeit brauchen, das Äußere des Hauses sowie den Garten und den Park zu retten. Man konnte es niemandem verübeln, ob glücklich verheiratet oder nicht, wenn er alles versuchte, einem Leben dort zu entkommen.

Er parkte seinen Wagen zwischen einem Lastwagen, der Bauholz geladen hatte, und dem Lieferwagen einer Installationsfirma namens Crackwell & Sons. Ein Durcheinander von Geräuschen, Hammerschläge, das Kreischen einer Säge, lautes Fluchen und die Klänge von »Auf in den Kampf, Torero«, drang aus dem Haus. Schwankend unter der Last einer Teppichrolle auf seiner Schulter, kam, unbewußt im Takt zur Musik gehend, ein älterer Mann in einem fleckigen Overall durch eine Hintertür heraus. Der Teppich schien völlig durchnäßt zu sein. Der Mann ließ ihn neben dem Lastwagen auf den Boden fallen und nickte Lynley zu. »Kann ich was für Sie tun, Meister?« fragte er und zündete sich eine Zigarette an, während er auf Antwort wartete.

»Können Sie mir sagen, wo das Verwalterhaus ist?« sagte Lynley. »Ich suche Mrs. Spence.«

Der Mann schob sein stoppeliges Kinn vor, um auf eine Remise auf der anderen Seite des Hofs zu deuten. An sie angelehnt stand ein kleineres Haus, eine Miniaturausgabe des Herrenhauses. Nur war seine Fassade im Gegensatz zu der des alten Hauses gereinigt worden, und in den Fenstern hingen Vorhänge. Zu beiden Seiten der Haustür hatte jemand Winteriris gepflanzt. Ihre gelben und purpurroten Blüten hoben sich leuchtend von den grauen Mauern ab.

Die Tür war geschlossen. Als Lynley klopfte und sich nichts rührte, rief der Mann im Overall: »Versuchen Sie's mal im Garten. Im Gewächshaus«, ehe er wieder im Herrenhaus verschwand.

Der Garten hinter dem Haus war vom Hof durch eine Mauer abgetrennt, in die ein grünes Tor eingelassen war. Es ließ sich leicht öffnen, obwohl die Scharniere verrostet waren. Das Stück Land dahinter war ganz offensichtlich Juliet Spences Reich. Hier war die Erde umgegraben und frei von Unkraut. Es roch nach Kompost. Auf einem Blumenbeet am Haus waren Zweige kreuzweise über eine Strohdecke gebreitet, die die Wurzelstöcke mehrjähriger Stauden vor dem Frost schützte. Auf der anderen Seite des Gartens wollte Juliet Spence offensichtlich etwas anpflanzen; mit in die Erde gehauenen Brettern hatte sie dort ein Gemüsefeld abgesteckt, und die Enden der Furchen, in denen bald die ersten grünen Pflanzen sprießen würden, waren mit Holzpfosten markiert.

Gleich dahinter stand das Gewächshaus. Seine Tür war geschlossen. Hinter den trüben Glasscheiben konnte Lynley die Gestalt einer Frau erkennen, die mit erhobenen Armen dastand und sich um eine Pflanze kümmerte, die auf Höhe ihres Kopfes hing. Er durchquerte den Garten. Seine Gummistiefel sanken in den feuchten Boden des Wegs ein, der vom Haus zum Gewächshaus führte und weiter in den Wald.

Die Tür war nur angelehnt. Der Druck eines kurzen, leichten Klopfens genügte, und sie öffnete sich lautlos. Mrs. Spence hörte offenbar weder das Klopfen, noch nahm sie das plötzliche Eindringen kühlerer Luft war; sie blieb in ihre Arbeit vertieft und bot ihm so Gelegenheit, sich umzusehen.

Die hängenden Pflanzen waren Fuchsien. Sie wuchsen in Drahtkörben, die mit irgendeinem Moos ausgekleidet waren. Sie waren für den Winter gestutzt, aber nicht all ihrer Blätter beraubt worden. Mrs. Spence war damit beschäftigt, die Blumen mit einer übelriechenden Flüssigkeit zu besprühen, wobei sie immer wieder eine Pause machte, um jeden Korb zu drehen, damit die Pflanze auch von allen Seiten gründlich behandelt wurde.

Wie sie sich da im Gewächshaus ihrer Pflanzen annahm, sah sie völlig harmlos aus. Gewiß, ihre Kopfbedeckung war ein wenig ausgefallen, aber man konnte eine Frau schließlich nicht dafür verurteilen, daß sie ein verblichenes rotes Tuch um die Stirn trug. Sie sah damit ein wenig wie eine Navajo-Indianerin aus. Und es erfüllte seinen Zweck, es hielt ihr nämlich das Haar aus dem Gesicht. Ihr Gesicht hatte Schmutzflecken, die sie weiter verschmierte, als sie sich mit der Hand, an der sie einen fingerlosen Handschuh trug, über die Wange wischte. Sie war mittleren Alters, aber mit der Konzentration eines jungen Menschen bei ihrer Arbeit, und Lynley, der sie beobachtete, fiel es schwer, von ihr als *Mörderin* zu denken.

Die Tatsache flößte ihm Unbehagen ein. Sie zwang ihn, nicht nur die Fakten zu bedenken, die er bereits hatte, sondern auch jene, die sich zu zeigen begannen, während er an der Tür stand. Das Gewächshaus enthielt ein buntes Allerlei von Pflanzen. Sie standen in Ton- und Plastiktöpfen auf einem langen Tisch in der Mitte. Sie reihten sich auf den beiden Arbeitstischen, die sich an den Seitenwänden des Gewächshauses erstreckten. Und während er sich umsah, fragte sich Lynley, wie genau Colin Shepherd seine Untersuchung hier drinnen durchgeführt hatte.

Juliet Spence wandte sich von der letzten Hängefuchsie ab. Sie fuhr zusammen, als sie ihn sah. Mit der rechten Hand griff sie sich instinktiv an den losen Rollkragen ihres schwarzen Pullovers, eine weibliche Geste der Abwehr. In der linken Hand jedoch hielt sie noch immer die Sprühpumpe. Sie war offensichtlich geistesgegenwärtig genug, sie nicht abzustellen, da sie sie doch notfalls gegen ihn einsetzen konnte.

»Was wollen Sie?«

»Entschuldigen Sie«, sagte er. »Ich habe geklopft. Sie haben mich nicht gehört. Inspector Lynley, New Scotland Yard.«

»Ich verstehe.«

Er wollte seinen Dienstausweis herausholen. Sie winkte ab und zeigte dabei ein großes Loch unter der Achsel ihres Pullovers.

»Nicht nötig«, sagte sie. »Ich glaube Ihnen. Colin hat mir schon gesagt, daß Sie wahrscheinlich heute morgen vorbeikommen würden.« Sie stellte die Pumpe auf den Arbeitstisch zwischen die Pflanzen und befühlte die noch verbliebenen Blätter der ihr am nächsten hängenden Fuchsie. Er konnte sehen, daß sie zerfressen waren. »Capsiden«, sagte sie erklärend. »Sie sind heimtückisch. Wie Blasenfüßer. Im allgemeinen merkt man erst, daß sie die Pflanze überfallen haben, wenn der Schaden sichtbar wird.«

»Ist das nicht immer so?«

Sie schüttelte den Kopf. »Manchmal hinterläßt ein Schädling eine Visitenkarte. Manchmal merkt man erst, daß er da war, wenn es zu spät ist, etwas anderes zu tun, als ihn zu töten und zu hoffen, daß die Pflanze nicht auch gleich stirbt. Aber mit Ihnen sollte ich wohl lieber nicht übers Töten sprechen, als machte es mir Spaß, auch wenn es so ist.«

»Vielleicht muß ein Geschöpf, das die Ursachen für die Vernichtung eines anderen ist, getötet werden.«

»Der Meinung bin ich auf jeden Fall. Blattläuse habe ich in meinem Garten noch nie mit offenen Armen aufgenommen.«

Er wollte ins Gewächshaus treten. Sie sagte: »Zuerst da hinein bitte«, und wies auf eine flache Plastikschale mit einem grünen Puder, die gleich neben der Tür stand. »Ein Desinfektionsmittel«, erklärte sie. »Zum Abtöten von Mikroorganismen. Wozu noch andere unwillkommene Gäste an den Schuhsohlen hereintragen.«

Er kam ihrer Aufforderung nach. Er schloß die Tür und stieg in die Schale, in der sie selbst bereits ihre Fußabdrücke hinterlassen hatte. An den Nähten und den Seiten ihrer Stiefel konnte er Spuren des Desinfektionsmittels sehen.

»Sie sind sehr viel hier im Gewächshaus«, stellte er fest.

»Ich arbeite gern mit Pflanzen.«

»Ein Hobby?«

»Es ist eine sehr friedliche Tätigkeit – Pflanzen zu ziehen. Ein paar Minuten mit den Händen in der Erde, und die ganze Welt scheint zu versinken. Es ist eine Form der Flucht.«

»Haben Sie's denn nötig zu fliehen?«

»Hat es nicht jeder irgendwann mal nötig? Haben Sie es nicht nötig?«

»Doch, ich kann es nicht bestreiten.«

Über den Kiesboden erhob sich ein Trampelpfad aus Backstein. Auf diesem Weg ging er zwischen dem Mitteltisch und dem seitlichen Arbeitstisch zu ihr. In dem geschlossenen Gewächshaus war es einige Grade wärmer als draußen. Die Luft roch durchdringend nach Blumenerde, Fischmehl und dem Insektenvernichtungsmittel, das sie versprüht hatte.

»Was für Pflanzen ziehen Sie hier?« fragte er. »Außer den Fuchsien.«

Sie lehnte sich beim Sprechen an den Arbeitstisch und zeigte die verschiedenen Beispiele mit einer Hand, deren Nägel männlich kurz geschnitten waren und schmutzverkrustet. Sie schien das nicht zu stören, sie schien es nicht einmal zu bemerken.

»Ich versuche seit Ewigkeiten, Zyklamen großzuziehen. Das sind die mit den beinahe durchsichtig wirkenden Stielen, die da drüben in den gelben Töpfen stehen. Das andere ist Philodendron, Efeu, Amaryllis. Ich habe außerdem Usambaraveilchen, verschiedene Farne und Palmen, aber ich denke, die erkennen Sie selbst. Und das hier –«, sie trat zu einem Bord, über dem ein helles Licht auf vier breite schwarze Saatkästen hinunterschien, »– sind meine Schößlinge.«

»Schößlinge?«

»Ich ziehe hier im Winter die Pflanzen für meinen Garten. Grüne Bohnen, Gurken, Erbsen, grünen Salat, Tomaten. Das hier sind Karotten und Zwiebeln.«

»Und was tun Sie mit den vielen Pflanzen?«

»Einen Teil verkaufe ich. Einen Teil setze ich in den Garten. Das Gemüse essen wir. Meine Tochter und ich.«

»Und ziehen Sie auch Pastinaken?«

»Nein«, antwortete sie und verschränkte die Arme. »Aber jetzt sind wir beim Thema, nicht wahr?«

»Ja. Es tut mir leid.«

»Sie brauchen sich nicht zu entschuldigen, Inspector. Das ist nun mal Ihr Job. Aber ich hoffe, es macht Ihnen nichts aus, wenn ich weiterarbeite, während wir uns unterhalten.« Sie ließ ihm gar keine Wahl. Sie nahm aus dem Durcheinander von Geräten, die in einem Blecheimer unter dem Mitteltisch standen, einen kleinen Kultivator und ging daran, vorsichtig die Erde in verschiedenen Töpfen zu lockern.

»Haben Sie schon früher wilde Pastinake aus dieser Gegend gegessen?«

»Mehrmals, ja.«

»Sie erkennen die Pflanze also, wenn Sie sie sehen.«

»Ja, natürlich.«

»Aber im letzten Monat haben Sie sich doch getäuscht.«

»Ja, ich hatte keine Ahnung.«

»Erzählen Sie.«

»Was? Über die Verwechslung? Über das Essen?«

»Beides. Wo haben Sie den Wasserschierling gefunden?« Sie knipste von einem der größeren Philodendren ein welkes Blatt ab und warf es in einen Plastiksack unter dem Tisch. »Ich dachte, es sei wilde Pastinake«, erklärte sie.

»Gut, akzeptieren wir das für den Moment. Wo fanden Sie die Pflanze?«

»Nicht weit vom Herrenhaus. Es gibt da einen kleinen Teich auf dem Gelände. Rundherum ist alles völlig verwildert – Sie haben wahrscheinlich schon gesehen, wie es hier aussieht –, und da entdeckte ich ein Fleckchen mit wilden Pastinaken. Oder was ich für Pastinaken hielt.«

»Hatten Sie früher schon Pastinaken gegessen, die Sie am Teich gefunden hatten?«

»Direkt vom Teich nicht, nein. Ich hatte die Pflanzen nur bemerkt.«

»Wie sah der Wurzelstock aus?«

»Wie bei einer Pastinake natürlich.«

»War es eine einzelne Wurzel? Oder ein Büschel?«

Sie neigte sich über einen besonders üppigen Farn, bog die Blätter auseinander, betrachtete eingehend die unteren Stengel und hob die Pflanze dann auf den Arbeitstisch gegenüber. Sie arbeitete weiter mit dem Kultivator. »Es muß eine einzelne Wurzel gewesen sein, aber ich erinnere mich nicht, wie sie ausgesehen hat.«

»Sie wissen aber, wie sie hätte aussehen müssen.«

»Ja, natürlich. Ein einzelner Wurzelstock. Das weiß ich, Inspector. Und es würde uns beiden alles bedeutend leichter machen, wenn ich jetzt einfach lügen und behaupten würde, es sei eine einzelne Wurzel gewesen und nichts anderes. Aber Tatsache ist, daß ich an dem Tag in Hetze war. Ich war in den

Keller hinuntergegangen und hatte gesehen, daß ich nur noch zwei kleine Pastinaken hatte. Draufhin lief ich zum Teich hinaus, wo ich mehr zu sehen geglaubt hatte. Ich grub eine der Pflanzen aus und nahm sie mit ins Haus. Ich nehme an, die Wurzel, die ich ausgrub, war eine Einzelwurzel, aber ich erinnere mich nicht so genau, daß ich das beschwören könnte. Ich sehe sie nicht bildlich vor mir.«

»Finden Sie das nicht etwas merkwürdig? Schließlich ist das eines der wichtigsten Details.«

»Ich kann es nicht ändern. Aber es wäre nett, wenn Sie mir anrechnen würden, daß ich die Wahrheit sage. Glauben Sie mir, eine Lüge wäre weit bequemer.«

»Und was war mit Ihrer Erkrankung?«

Sie legte den Kultivator nieder und drückte ihren Handrücken an das verblichene rote Stirnband. »Was meinen Sie?«

»Constable Shepherd sagte uns, daß Sie an dem Abend selbst krank wurden. Er sagte, Sie hätten auch etwas von dem Wasserschierling gegessen. Er behauptete, er sei am Abend bei Ihnen vorbeigekommen und habe Sie gefunden...«

»Colin will mich schützen. Er hat Angst. Er macht sich Sorgen.«

»Jetzt?«

»Schon damals.« Sie legte den Kultivator wieder zu den anderen Geräten und stellte einen Zähler ein, der offenbar zum Bewässerungssystem gehörte. Einen Augenblick später begann irgendwo rechts Wasser zu tropfen. Sie ließ Blick und Hand auf dem Zähler, als sie zu sprechen fortfuhr. »Das war auch eine bequeme Lüge, Inspector, Colins Behauptung, er sei ganz zufällig vorbeigekommen.«

»Er war also gar nicht bei Ihnen?« fragte Lynley.

»O doch. Er war hier. Aber es war kein Zufall. Er kam nicht zufällig auf seiner abendlichen Runde vorbei. So hat er es bei der Leichenschau dargestellt. Das hat er auch seinem Vater und Sergeant Hawkins erzählt. Das hat er allen erzählt. Aber so war es nicht.«

»Sie hatten mit ihm ausgemacht, daß er zu Ihnen kommen würde?«

»Ich habe ihn angerufen.«

»Ach so. Das Alibi.«

Jetzt erst sah sie auf. Ihre Miene wirkte eher resigniert als schuldbewußt oder ängstlich. Sie nahm sich einen Moment Zeit, um die ausgefransten fingerlosen Handschuhe auszuziehen und in den Ärmel ihres Pullovers zu stopfen. Dann sagte sie: »Genau das hat Colin mir vorausgesagt: daß die Leute glauben würden, ich hätte ihn angerufen, um von ihm meine Unschuld bezeugen zu lassen; damit er dann bei der Leichenschau sagen müßte: ›Sie hat auch von der giftigen Pflanze gegessen. Ich war bei ihr. Ich habe es selbst gesehen.‹«

»Und genau das hat er ja gesagt, wenn ich recht unterrichtet bin.«

»Er hätte auch den Rest erzählen sollen, wenn es nach mir gegangen wäre. Aber ich konnte ihn nicht von der Notwendigkeit überzeugen, dem Coroner zu sagen, daß ich ihn angerufen hatte, weil ich mich dreimal übergeben hatte, weil ich mit dem Schmerz nicht fertig wurde und ihn in meiner Nähe haben wollte. Statt dessen hat er sich selbst in eine prekäre Lage gebracht, indem er die Wahrheit verschleiert hat. Ich kann ehrlich gesagt nicht gut damit leben.«

»Seine Situation ist im Augenblick in mehrfacher Hinsicht prekär, Mrs. Spence. Das ganze Ermittlungsverfahren ist völlig unvorschriftsmäßig gelaufen. Er hätte den Fall einem Team der Kriminalpolizei von Clitheroe übergeben müssen. Da er das nicht getan hat, hätte er seine Vernehmungen mindestens im Beisein eines amtlichen Zeugen führen müssen. Und in Anbetracht seiner persönlichen Beziehung zu Ihnen hätte er den ganzen Fall eigentlich abgeben müssen.«

»Er möchte mich schützen.«

»Das mag sein, aber der Eindruck, den man bekommt, ist weit weniger harmlos.«

»Was meinen Sie damit?«

»Es hat den Anschein, als wollte Shepherd sein eigenes Verbrechen vertuschen. Welcher Art auch immer es gewesen sein mag.«

Mit einer abrupten Bewegung stieß sie sich vom Mitteltisch ab, an dem sie bisher gestanden hatte. Sie ging zwei Schritte von ihm weg, kam wieder zurück, zog sich dabei das Stirnband herunter. »Bitte! Hören Sie zu. Hier sind die Tatsachen.« Sie sprach kurz und heftig. »Ich bin zum Teich hinausgelaufen. Ich habe den Wasserschierling ausgegraben. Ich habe ihn für Pastinake gehalten. Ich habe ihn gekocht. Ich habe ihn serviert. Mr. Sage ist daran gestorben. Colin Shepherd hatte mit dem allem nichts zu tun.«

»Wußte er, daß Mr. Sage zum Essen kommen wollte?«

»Ich habe eben gesagt, er hatte mit dem allem nichts zu tun.«

»Hat er Sie je nach Ihrer Beziehung zu Sage gefragt?«

»Colin hat nichts getan!«

»Gibt es einen Mr. Spence?«

Sie ballte das rote Tuch in ihrer Faust zusammen. »Ich – nein!«

»Und der Vater Ihrer Tochter?«

»Das geht Sie nichts an. Diese ganze Sache hat mit Maggie absolut nichts zu tun. Sie war ja nicht einmal hier.«

»An dem Tag, meinen Sie?«

»Zum Abendessen. Sie war im Dorf, sie hat bei den Wraggs übernachtet.«

»Aber tagsüber war sie da, vorher, als Sie weggegangen

sind, um die wilden Pastinaken zu holen? Vielleicht auch, während Sie kochten?«

Ihr Gesicht schien wie erstarrt. »So hören Sie doch, Inspector. Maggie hat nichts damit zu tun.«

»Sie weichen den Fragen aus. Das könnte man als einen Hinweis darauf auslegen, daß Sie etwas zu verbergen haben. Vielleicht im Hinblick auf Ihre Tochter?«

Sie ging an ihm vorbei zur Tür des Gewächshauses. Ihr Arm streifte ihn, und er hätte sie festhalten können, aber er tat es nicht. Er folgte ihr hinaus. Ehe er eine weitere Frage stellen konnte, begann sie zu sprechen. »Ich war in den Wurzelkeller gegangen. Es waren nur noch zwei da. Ich brauchte aber mehr. Das ist alles.«

»Zeigen Sie mir doch den Keller.«

Sie führte ihn durch den Garten zum Haus, öffnete die Tür, zur Küche, wie es schien, und nahm von dem Haken gleich neben der Tür einen Schlüssel. Keine drei Meter weiter öffnete sie das Vorhängeschloß an der schrägliegenden Kellertür und hob diese hoch.

»Einen Augenblick«, sagte er. Er senkte und hob die Tür mit eigener Hand. Wie das Tor in der Mauer bewegte sie sich geschmeidig und geräuschlos. Er nickte, und sie stieg die Treppe hinunter.

Der Keller hatte keine Beleuchtung.

Licht fiel durch die Tür und durch ein kleines Fenster unter der Decke. Es hatte die Größe eines Schuhkartons und war von dem Stroh, mit dem draußen die Pflanzen zugedeckt waren, teilweise verdunkelt. Es war feucht und düster im Keller, einem Raum von vielleicht zweieinhalb Quadratmetern. Die Mauern waren Stein und Erde, unverputzt, ebenso der Boden, den man allerdings zu ebnen versucht hatte.

Juliet Spence wies zu einem der vier rohgezimmerten Borde, die an der dunkelsten Wand befestigt waren. Abgesehen von einem ordentlichen Stapel Körbe waren die Regalbretter einziges Inventar des Kellerraums. Auf den oberen drei Borden standen Konserven in Gläsern, deren Etiketten in der Düsternis nicht zu entziffern waren. Auf dem untersten standen fünf kleine Drahtkörbe, drei davon mit Kartoffeln, Karotten und Zwiebeln gefüllt. Die anderen beiden waren leer.

Lynley sagte: »Sie haben Ihren Vorrat nicht aufgefüllt.«

»Mir ist der Appetit auf Pastinaken vergangen. Besonders auf wilde.«

Er berührte den Rand eines der leeren Drahtkörbe. Ließ die Hand zu dem Brett hinuntergleiten, auf dem er stand. Völlig staubfrei.

»Warum schließen Sie den Keller ab? Haben Sie das schon immer getan?«

Als sie nicht gleich antwortete, wandte er sich vom Regal nach ihr um. Das gedämpfte Morgenlicht, das durch die offene Tür fiel, beleuchtete sie von hinten, so daß er ihren Gesichtsausdruck nicht erkennen konnte.

»Mrs. Spence?«

»Ich schließe seit letzten September ab.«

»Warum?«

»Das hat mit dieser Sache nichts zu tun.«

»Ich wäre dennoch für eine Antwort dankbar.«

»Die habe ich Ihnen doch eben gegeben.«

»Mrs. Spence, sehen wir uns doch einen Moment die Fakten an, ja? Nach dem Genuß eines Essens, das Sie gekocht haben, ist ein Mensch gestorben. Sie haben eine sehr persönliche Beziehung zu dem Polizeibeamten, der in dem Todesfall ermittelte. Wenn einer von Ihnen glaubt...«

»Ja, ja, schon gut. Ich schließe wegen Maggie ab, Inspector. Ich wollte nicht, daß sie sich hier unten mit ihrem Freund trifft. Sie war schon einmal mit ihm intim gewesen. Drüben im Herrenhaus. Das hatte ich sofort unterbunden. Ich wollte auch alle übrigen Möglichkeiten ausschließen. Und der Keller schien mir eine zu sein, deshalb habe ich angefangen, ihn abzusperren. Was allerdings, wie ich inzwischen entdeckt habe, überhaupt nichts geändert hat.«

»Aber Sie haben den Schlüssel an einem Haken in der Küche hängen?«

»Ja.«

»Ganz offen.«

»Ja.«

»Jederzeit greifbar für Ihre Tochter.«

»Jederzeit greifbar für mich.« Mit einer ungeduldigen Bewegung strich sie ihr Haar zurück. »Inspector, bitte, Sie kennen meine Tochter nicht. Maggie gibt sich alle Mühe, brav zu sein und zu gehorchen. Sie fand schlimm genug, was sie getan hatte. Sie gab mir ihr Wort, daß sie nicht wieder mit Nick Ware intim werden würde, und ich versprach ihr, ihr dabei zu helfen, ihr Wort zu halten. Es reichte vollkommen, daß ich den Keller absperrte.«

»Ich dachte nicht an Maggie und ihren Freund«, sagte Lynley. Er sah, wie ihr Blick von seinem Gesicht zu dem Regal hinter ihm flog, und eben weil er nur einen Moment dort verweilte, wußte Lynley, was er dort gesucht hatte. »Schließen Sie Ihr Haus ab, wenn Sie weggehen?«

»Ja.«

»Auch wenn Sie im Gewächshaus sind? Oder wenn Sie im Herrenhaus nach dem Rechten sehen? Wenn Sie weggehen, um wilde Pastinaken zu sammeln?«

»Nein. Aber da bin ich auch niemals lange weg. Und ich würde es merken, wenn jemand hier gewesen wäre.«

»Nehmen Sie im allgemeinen Ihre Handtasche mit? Ihre Autoschlüssel? Die Hausschlüssel? Den Kellerschlüssel?«

»Nein.«

»Sie haben also an dem Tag, an dem Sie zum Teich gegangen sind, um Pastinake zu holen, nicht abgesperrt?«

»Nein. Ich weiß, worauf Sie hinauswollen, aber das bringt nichts. Niemand kann hier kommen oder gehen, ohne daß ich es merke. Das kommt einfach nicht vor. Es ist wie ein sechster Sinn. Wenn Maggie sich mit Nick traf, habe ich es jedesmal gewußt.«

»Ja«, sagte Lynley. »Natürlich. Bitte zeigen Sie mir jetzt, wo Sie den Wasserschierling gefunden haben, Mrs. Spence.«

»Ich habe Ihnen doch gesagt, ich hielt ihn für...«

»Sicher. Für wilde Pastinake.«

Sie zögerte, eine Hand erhoben, als wollte sie auf etwas hinweisen. Doch dann sagte sie nur: »Bitte kommen Sie.«

Sie gingen durch das Tor hinaus. Drüben, auf der anderen Seite des Hofs, saßen drei Arbeiter auf einem der Bretterstapel auf der Pritsche des Lastwagens und hielten Brotzeit. Sie beobachteten Lynley und Juliet Spence mit unverhohlener Neugier. Es wurde klar, daß dieser Besuch dem Dorfklatsch neue Nahrung liefern würde.

Lynley nutzte die Gelegenheit, als sie über den Hof und um den Ostflügel des Herrenhauses herumgingen, um Juliet Spence bei Tageslicht noch einmal genauer zu betrachten. Sie zwinkerte mehrmals hastig, als wäre ihr etwas ins Auge geflogen, und er bemerkte, daß ihre Halsmuskeln unter dem losen Rollkragen ganz verkrampft waren. Offensichtlich versuchte sie mit aller Anstrengung, nicht zu weinen.

Mit das Schwierigste bei der Polizeiarbeit war, keine Anteilnahme zuzulassen. Die Ermittlungsarbeit verlangte ein Herz, das allein für das Opfer eines Verbrechens schlug und für die Gerechtigkeit. Während Lynleys Sergeant, Barbara Havers, gelernt hatte, sich emotionale Scheuklappen aufzusetzen, wenn sie einen Fall bearbeitete, fühlte sich Lynley häufig emotional durch die Mangel gedreht, während er Informationen sammelte und sich mit den Umständen des Falls und den Beteiligten vertraut machte. Es gab da selten nur Schwarz oder Weiß, wie er festgestellt hatte.

Auf der Terrasse vor dem Ostflügel von Cotes Hall blieb er stehen. Die Pflastersteine zeigten hier lauter Risse und erstickten in winterwelkem Unkraut. Der Blick ging auf einen weißbereiften Hang, der sich zu einem Teich hinuntersenkte. Auf der anderen Seite stieg steil ein Berg auf, dessen Gipfel vom Nebel verhüllt war.

»Ich habe gehört, daß Sie hier Ärger hatten. Mit mutwilliger Zerstörung und dergleichen. Es hat ganz den Anschein, als wollte irgend jemand verhindern, daß das junge Paar im Herrenhaus einzieht.«

Sie schien ihn mißzuverstehen, die Bemerkung als weiteren Versuch einer Anklage zu sehen, nicht als eine Art Gnadenfrist. Sie räusperte sich und riß sich aus der Verzweiflung, die sie vielleicht empfand. »Maggie war höchstens drei-, viermal hier. Das ist alles.«

Er überlegte flüchtig, ob er sie über den Zweck seiner Bemerkung beruhigen sollte, verwarf den Gedanken und folgte ihrer Vorgabe. »Wie ist sie denn überhaupt hineingekommen?«

»Nick – ihr Freund – hat eines der Bretter über den Fenstern im Westflügel gelockert. Ich hab es inzwischen wieder festgenagelt. Leider hat das dem Unfug kein Ende bereitet.«

»Sie wußten nicht sofort, daß Maggie und ihr Freund das Herrenhaus als Versteck benutzten? Sie haben nicht sofort gemerkt, daß sich da jemand herumgetrieben hatte?«

»Ich habe vorhin von meinem Haus gesprochen, Inspector Lynley. Sie selbst würden es doch bestimmt auch merken, wenn jemand in Ihr Haus oder Ihre Wohnung eingedrungen wäre.«

»Wenn der Betreffende etwas gesucht oder mitgenommen hätte, ja. Andernfalls bin ich mir nicht sicher.«

»Aber ich bin mir völlig sicher.«

Mit ihrer Stiefelspitze grub sie ein Büschel Löwenzahn aus der Ritze zwischen zwei Pflastersteinen. Sie hob es auf, musterte einen Moment die Blätter und warf die Pflanze dann weg.

»Aber Sie haben den Übeltäter nie erwischt? Er – oder sie – war immer so leise, daß Sie nichts gemerkt haben? Ist auch nie versehentlich in Ihren Garten geraten?«

»Nein.«

»Sie haben nie ein Auto oder ein Motorrad gehört?«

»Nein.«

»Und Sie machen Ihre Runden jeden Abend, zu unterschiedlichen Zeiten, so daß jemand, der hier Unfug machen wollte, nicht vorhersagen könnte, wann er mit Ihrem Erscheinen zu rechnen hätte?«

Ungeduldig schob sie sich das Haar hinter die Ohren. »Ganz recht, Inspector. Darf ich fragen, was das mit der Sache mit Mr. Sage zu tun hat?«

Er lächelte freundlich. »Das weiß ich nicht genau.«

Sie sah zum Teich am Fuß des Hügels, ihre Absicht war klar. Aber er wollte noch nicht gehen. Er richtete seine Aufmerksamkeit auf den Ostflügel des Hauses. Die unteren Erkerfenster waren vernagelt. Zwei der oberen Scheiben hatten Sprünge.

»Das Haus steht wohl schon seit Jahren leer?«

»Es ist eigentlich nie bewohnt worden – abgesehen von drei Monaten kurz nach seiner Erbauung.«

»Und warum nicht?«

»Angeblich spukt es dort.«

»Und wer spukt da herum?«

»Die Schwägerin von Mr. Townley-Youngs Urgroßvater.

In welchem Verhältnis steht sie also zu ihm? Sie ist seine Urgroßtante?« Sie wartete nicht auf eine Antwort. »Sie hat sich dort das Leben genommen. Alle glaubten, sie sei ausgegangen, um einen Spaziergang zu machen. Als sie am Abend immer noch nicht zurück war, begann man zu suchen. Erst nach fünf Tagen kam jemand auf den Gedanken, im Haus selbst zu suchen.«

»Und?«

»Sie hatte sich an einem Deckenbalken in der Gepäckkammer oben unterm Dach erhängt. Es war Sommer. Die Hausangestellten folgten dem Geruch.«

»Und ihr Mann wollte danach nicht mehr in dem Haus leben?«

»Ein romantischer Gedanke, aber er war bereits tot. Er war auf der Hochzeitsreise ums Leben gekommen. Es hieß, es sei ein Jagdunfall gewesen, aber niemand wollte sich näher darüber auslassen, wie es dazu gekommen war. Seine Frau kehrte allein zurück, das glaubte man jedenfalls. Man wußte zunächst nicht, daß sie die Syphilis mitgebracht hatte, sein Hochzeitsgeschenk an sie anscheinend.« Sie lächelte ohne Erheiterung, sah jedoch dabei nicht ihn an, sondern hielt den Blick auf das Haus gerichtet. »Es heißt, daß sie nun weinend im oberen Korridor herumgeistert. Die Townley-Youngs möchten gern glauben, aus Trauer um den verschiedenen Mann. Ich glaube eher aus Bedauern darüber, daß sie diesen Mann überhaupt geheiratet hat. Es war schließlich 1853. Da gab es noch keine Heilverfahren.«

»Für die Syphilis.«

»Und auch nicht für die Ehe.«

Sie schlug den Weg zum Weiher ein. Lynley sah ihr einen Moment nach. Trotz ihrer schweren Stiefel machte sie große Schritte. Ihr Haar hob sich im Luftzug ihrer Bewegung und fiel ihr grau schimmernd aus dem Gesicht zurück.

Er folgte ihr. Der Hang war eisig, das Gras darauf längst von Ginster und Farn zurückgedrängt. An seinem Fuß lag der nierenförmige Weiher, zugewachsen und verwildert, mit trübem Wasser, das im Sommer zweifellos eine Brutstätte nicht nur für Insekten, sondern auch für Krankheiten war. Schilf und braunes Unkraut standen hüfthoch. Dornen hängten sich in Juliet Spences Kleider, aber sie schien es gar nicht zu bemerken. Sie ging mitten durch das Gestrüpp und schob alles, was sie festhalten wollte, einfach beiseite. Etwa einen Meter vom Wasser entfernt blieb sie endlich stehen. »Hier«, sagte sie.

Soweit Lynley sehen konnte, waren die Pflanzen, auf die sie zeigte, vom Rest der Vegetation rundherum nicht zu unterscheiden. Im Frühling oder Sommer waren Blumen oder Früchte vielleicht besser zu erkennen. Doch das Schilf veränderte sich kaum mit dem Wechsel der Jahreszeiten. Lynley konnte dem Ganzen offensichtlich nicht viel abgewinnen.

Juliet sah das offenbar, denn sie erklärte: »Es ist natürlich wichtig, sich, wenn die Pflanze grün ist, ihren Standort zu merken, Inspector. Die Wurzeln bleiben ja in der Erde, auch wenn Stengel, Blätter und Blüten längst verdorrt sind.« Sie wies nach links zu einem ovalen Fleckchen Erde, wo aus einem Teppich welken Laubs ein spindeldürrer Busch herauswuchs. »Hier wachsen im Sommer Spierstrauch und Eisenhut. Ein bißchen weiter oben gibt es herrliche Kamille.« Sie bückte sich und sagte, während sie die Unkräuter zu ihren Füßen teilte: »Und wenn man Zweifel hat, sieht man sich die Blätter der Pflanze an, die unten, in Bodennähe, lange erhalten bleiben. Irgendwann zerfallen sie, aber das dauert sehr lange.« Sie richtete sich auf und streckte ihre Hand aus. In ihr hielt sie die Überreste eines gefiederten Blattes, das dem der Petersilie nicht unähnlich war. »Daran erkennen Sie, wo Sie graben müssen«, sagte sie.

»Zeigen Sie's mir.«

Das tat sie. Schaufel oder Hacke waren nicht nötig. Die Erde war feucht. Sie hatte keine Mühe, eine Pflanze zu entwurzeln, indem sie einfach die Stengel packte, die über der Erde noch vorhanden waren. Sie schlug die Wurzel kurz und hart gegen ihr Knie, um die Erdklumpen zu entfernen, und beide sahen sich wortlos an, was übrigblieb. Sie hielt einen verdickten Wurzelstock, an dem ein Büschel Knollen hing. Sie ließ ihn augenblicklich fallen, als besäße er die Macht, allein durch Berührung zu töten.

»Erzählen Sie mir, wie das mit Mr. Sage war«, sagte Lynley.

14

Sie schien nicht in der Lage zu sein, ihren Blick von dem Schierling zu wenden, den sie fallengelassen hatte. »Ich hätte doch bestimmt die Knollen gesehen«, sagte sie. »Ich hätte sofort Bescheid gewußt. Ich würde mich selbst jetzt noch daran erinnern.«

»Wurden Sie abgelenkt? War jemand bei Ihnen? Hat jemand nach Ihnen gerufen, während Sie gruben?«

Noch immer sah sie ihn nicht an. »Ich hatte es eilig. Ich weiß noch, ich bin den Hang hinuntergelaufen, direkt hierher, an diese Stelle, hab den Schnee weggeschoben und die Pastinake ausgegraben.«

»Den Schierling, Mrs. Spence. Genau wie jetzt.«

»Es muß eine einzelne Wurzel gewesen sein. Knollen hätte ich doch bemerkt. Ich hätte sie gesehen.«

»Erzählen Sie mir, wie das mit Mr. Sage war«, wiederholte er.

Sie hob den Kopf. Ihr Gesicht wirkte düster. »Er kam

mehrmals zu uns. Er wollte mit mir über die Kirche sprechen. Und über Maggie.«

»Warum über Maggie?«

»Sie hatte sich mit ihm angefreundet. Er nahm Anteil an ihrem Leben.«

»Welcher Art?«

»Er wußte, daß sie und ich Schwierigkeiten miteinander hatten. Aber das kommt zwischen Müttern und Töchtern immer einmal vor. Er wollte vermitteln.«

»Hatten Sie dagegen etwas einzuwenden?«

»Es war mir nicht besonders angenehm, als unzulängliche Mutter zu gelten, falls Sie das meinen. Aber ich ließ ihn kommen. Und ich ließ ihn reden. Maggie wollte es. Und ich wollte Maggie den Gefallen tun.«

»Und an dem Abend, an dem er starb – was war da?«

»Nichts Besonderes. Es war genauso wie die anderen Male. Er wollte mir Ratschläge geben.«

»In Glaubensfragen? Oder bezüglich Maggie?«

»Beides. Er meinte, ich sollte in die Kirche kommen, und wollte mich dazu überreden, auch Maggie zur Kirche gehen zu lassen.«

»Und das war alles?«

»Nicht ganz.« Sie wischte sich die Hände an dem verblichenen Tuch ab, das sie aus der Tasche ihrer Jeans gezogen hatte. Sie knüllte es zusammen und schob es zu ihren Handschuhen in den Ärmel ihres Pullovers. Sie fröstelte. Der Pullover war dick, aber bei dieser Kälte war er sicher nicht warm genug. Lynley, der sah, daß sie fror, beschloß, das Gespräch hier, an Ort und Stelle, weiterzuführen. Im Moment war er aufgrund ihres Schreckens über den Wasserschierling, den sie herausgezogen hatte, im Vorteil, und er war entschlossen, diesen Vorteil auszunützen und zu wahren, gleich, mit welchen Mitteln. Auch die Kälte war eines.

»Was wollte er noch?« fragte er.

»Er wollte mit mir über Kindererziehung sprechen, Inspector. Er war der Meinung, ich sei zu streng mit meiner Tochter. Mit meinen Verboten würde ich Maggie nur immer weiter in die Opposition treiben. Er meinte, wenn sie mit einem Jungen schliefe, dann sollte sie sich vor einer Schwangerschaft schützen. Ich war der Meinung, sie sollte überhaupt nicht mit einem Jungen schlafen, ob mit oder ohne Verhütung. Sie ist dreizehn Jahre alt. Sie ist ja noch ein halbes Kind.«

»Haben Sie sich Ihrer Tochter wegen mit dem Pastor gestritten?«

»Hab ich ihn vergiftet, weil er mit meinen Erziehungsmethoden nicht einverstanden war?« Sie zitterte, aber nicht aus seelischer Not, glaubte er. Abgesehen von den Tränen vorhin, die sie sofort unterdrückt hatte, schien sie ihm nicht eine Frau zu sein, die es sich vor der Polizei gestatten würde, Angst oder Schmerz zu zeigen. »Er hatte keine Kinder. Er war nicht einmal verheiratet. Ein Rat, der aus vergleichbarer Erfahrung gegeben wird, ist etwas ganz anderes als einer, der lediglich auf der Lektüre theoretischer Bücher und einer glorifizierenden Vorstellung des heilen Familienlebens basiert. Wie hätte ich mich mit seinen Kümmernissen identifizieren können?«

»Und trotzdem haben Sie nicht mit ihm gestritten?«

»Nein. Wie ich schon sagte, ich war bereit, mir anzuhören, was er zu sagen hatte. Ich habe es für Maggie getan, weil sie ihn gern hatte. Und das ist auch schon alles. Ich hatte meine Meinung. Er hatte seine. Er war der Auffassung, Maggie sollte Verhütungsmittel benützen. Ich war und bin der Meinung, sie sollte aufhören, sich viel zu früh mit sexuellen Beziehungen das Leben schwer zu machen. Meiner Meinung nach ist sie einfach noch nicht soweit. Aber er meinte, es sei zu spät, um da noch etwas rückgängig zu machen. Wir waren uns ganz einfach darin einig, daß wir uns nicht einig waren.«

»Und Maggie?«

»Was?«

»Auf welcher Seite stand sie bei dieser Auseinandersetzung?«

»Wir haben darüber gar nicht gesprochen.«

»Hat sie mit Sage darüber gesprochen?«

»Das weiß ich nicht.«

»Aber die beiden waren befreundet.«

»Sie hatte ihn gern.«

»War sie oft mit ihm zusammen?«

»Hin und wieder.«

»Mit Ihrem Wissen und Ihrer Billigung?«

Sie senkte den Kopf, stieß mit kurzen, abgerupften Bewegungen mehrmals die Fußspitze in die Erde. »Maggie und ich waren einander immer sehr nahe, bis diese Geschichte mit Nick anfing. Ich wußte es also immer, wenn sie mit dem Pfarrer zusammen war.«

Ihre Antwort verriet alles: Furcht, Liebe, Angst. Er fragte sich, ob diese Gefühle mit jeder Mutterschaft Hand in Hand gingen.

»Was hatten Sie an jenem Abend für ihn zu essen gemacht?«

»Lamm. Minzgelee. Erbsen. Pastinaken.«

»Und wie verlief der Abend?«

»Wir haben miteinander gesprochen. Und er ging dann kurz nach neun.«

»Fühlte er sich schlecht?«

»Er hat nichts davon gesagt. Er sagte nur, er hätte noch einen langen Weg vor sich, und es wäre wohl besser, wenn er ginge, weil es geschneit hatte.«

»Haben Sie ihm angeboten, ihn nach Hause zu fahren?«
»Es ging mir nicht gut. Ich dachte, es wäre die Grippe. Ich war, ehrlich gesagt, ganz froh, daß er ging.«

»Kann es sein, daß er auf dem Heimweg noch irgendwo einen Besuch gemacht hat?«

Ihr Blick wanderte zum Herrenhaus hinauf, von dort zum Eichenwald dahinter. Sie schien eine solche Möglichkeit in Betracht zu ziehen, dann jedoch sagte sie mit Entschiedenheit: »Nein. Hier in der Nähe ist das Pförtnerhäuschen – da wohnt seine Haushälterin, Polly Yarkin –, aber um dort hinzukommen, hätte er einen ziemlich großen Umweg machen müssen, und ich kann mir eigentlich nicht denken, was für einen Grund er gehabt haben sollte, Polly zu besuchen, die er doch sowieso jeden Tag im Pfarrhaus sah. Außerdem ist es einfacher, auf dem Fußweg ins Dorf zurückzukommen. Und Colin hat ihn ja am nächsten Morgen auch auf dem Fußweg gefunden.«

»Und Sie kamen, obwohl Sie sich an diesem Abend selbst so schlecht fühlten, nicht auf die Idee, ihn anzurufen, um sich nach seinem Befinden zu erkundigen?«

»Ich brachte mein Unwohlsein gar nicht mit dem Essen in Verbindung. Ich habe ja schon gesagt, ich fürchtete, eine Grippe zu bekommen. Hätte er im Weggehen etwas davon gesagt, daß er sich nicht wohl fühlte, so hätte ich ihn vielleicht angerufen. Aber er hatte nichts davon erwähnt. Wie sollte ich also darauf kommen?«

»Und doch ist er noch unterwegs gestorben. Wie weit von hier ist die Stelle, an der man ihn fand? Anderthalb Kilometer? Oder weniger? Es muß ihn sehr schnell erwischt haben, nicht wahr?«

»Ja. Anscheinend.«

»Es würde mich interessieren, wie es kommt, daß er sterben mußte und Sie nicht.«

Sie hielt seinem Blick stand. »Das kann ich nicht sagen.«

Zehn lange Sekunden des Schweigens wartete er darauf, daß sie den Blick von ihm abwenden würde. Als sie es nicht tat, nickte er schließlich und blickte seinerseits zum Weiher. An den Rändern, sah er, hatte sich eine schmutzige Eisschicht gebildet, einer Wachshaut ähnlich, die die Schilfgräser einschloß. Mit jeder Nacht und jedem weiteren Frost würde sich diese Haut mehr zur Mitte des Wassers hinausschieben. Ganz zugedeckt, würde der Weiher nicht anders aussehen als die hartgefrorene, bereifte Erde rundherum, wie ein unebenes, aber doch harmloses Stück Land. Die Vorsichtigen würden es meiden, es klar als das erkennen, was es war. Die Unschuldigen oder Unachtsamen würden versuchen, es zu überqueren, und durch die trügerische, dünne Decke in das faulige Wasser darunter einbrechen.

»Wie ist das Verhältnis zwischen Ihnen und Ihrer Tochter jetzt, Mrs. Spence?« fragte er. »Hört sie jetzt, wo der Pfarrer tot ist, auf Sie?«

Juliet Spence zog die Handschuhe aus dem Ärmel ihres Pullovers. Sie schob ihre Hände hinein. Es war klar, daß sie wieder an die Arbeit gehen wollte. »Maggie hört auf niemanden«, sagte sie.

Lynley legte eine Kassette ein und drehte das Radio in seinem Bentley lauter. Helen wäre mit seiner Wahl zufrieden gewesen, Haydns Es-Dur-Konzert mit dem Trompeter Wenton Marsalis. Heiter und beschwingt stand dieses Konzert, bei dem die Geigen den Kontrapunkt zu den klaren Tönen der Trompeten lieferten, im krassen Gegensatz zu seiner gewöhnlichen Vorliebe für »irgend so einen düsteren Russen. Du meine Güte, Tommy, haben die denn nie irgendwas komponiert, was auch nur im geringsten hörerfreundlich ist? Wieso waren die so düster? Meinst du, das liegt am Klima?«

Er lächelte bei dem Gedanken an sie. »Johann Strauß«, pflegte sie zu verlangen. »Ja, schon gut, ich weiß schon. Einfach zu prosaisch für deinen erhabenen Geschmack. Dann eben einen Kompromiß. Mozart.« Und schon pflegte sie *Eine kleine Nachtmusik* einzulegen, das einzige Stück von Mozart, das Helen mit Sicherheit erkennen konnte. Sie wollte nicht zur »absoluten Philisterin« werden, war ihre erklärende Entschuldigung.

Er fuhr in südlicher Richtung, vom Dorf weg. Er schob die Gedanken an Helen weg. Unter kahlen Bäumen hindurch fuhr er zum Hochmoor hinaus und dachte dabei über einen der grundlegenden Lehrsätze der Kriminologie nach: Bei vorsätzlichem Mord besteht zwischen dem Mörder und dem Opfer stets eine Beziehung. Das trifft nicht zu bei Serienmorden, zu denen der Mörder von Zwängen getrieben wird, die der Gesellschaft, in der er lebt, unbegreiflich sind. Und auch bei einem Verbrechen aus Leidenschaft, wenn ein unerwarteter, vorübergehender, aber dennoch heftiger Ausbruch von Zorn, Eifersucht, Rachsucht oder Haß zum Mord führt, trifft dies nicht immer zu. Etwas ganz anderes ist dagegen ein Zufallsverbrechen, wo die Mächte des Schicksals den Mörder und das Opfer unabänderlich zusammenführen. Der vorsätzliche Mord ergibt sich aus einer Beziehung. Prüft man die Beziehungen des Opfers, so stößt man unvermeidlich auf den Mörder.

Dieses Stück Weisheit war Teil der Bibel jedes Polizeibeamten. Es ging Hand in Hand mit der Tatsache, daß die meisten Opfer ihren Mörder gekannt hatten und häufig dem Opfer sehr nahestehende Personen die Täter sind. Es war gut möglich, daß Juliet Spence den Pastor Robin Sage infolge eines schrecklichen Versehens getötet hatte, mit dessen Konsequenzen sie sich ihr Leben lang würde quälen müssen. Es wäre nicht das erste Mal gewesen, daß ein Naturfreund die falsche Wurzel oder Blüte, den falschen Pilz oder die falsche Frucht gepflückt hatte und durch diesen Irrtum den eigenen Tod oder den eines anderen Menschen herbeigeführt hatte. Aber wenn St. James recht hatte – wenn Juliet Spence selbst den kleinsten Bissen von dem Giftwasserschierling nicht hätte überleben können, wenn die Symptome Fieber und Erbrechen sich überhaupt nicht auf eine Schierlingsvergiftung zurückführen ließen –, dann mußte es eine Verbindung zwischen Juliet Spence und dem Mann geben, der von ihrer Hand gestorben war. Und wenn das zutraf, schien diese Verbindung Juliets Tochter, Maggie, zu sein.

Die höhere Schule, ein unscheinbarer Backsteinbau an einer Straßenecke, war nicht weit vom Zentrum Clitheroes entfernt. Es war zwanzig vor zwölf, als er auf den Parkplatz fuhr und den Wagen in eine Lücke zwischen einem schon antiken Austin-Healey und einem Golf jüngeren Modells mit Kindersitz lenkte.

Nach den leeren Gängen und den geschlossenen Türen zu urteilen, war im Augenblick Unterricht. Die Verwaltungsbüros waren gleich im Erdgeschoß, links und rechts vom Eingang. Irgendwann hatte man schwarze Lettern auf die Milchglasfenster in den Türen gesetzt, doch die Jahre hatten die Buchstaben in rußfarbene Sprenkel zersetzt, aus denen man mit Müh und Not die Wörter *Direktorin, Sekretariat, Lehrerzimmer* erschließen konnte.

Er entschied sich für die Direktorin. Nach einem lauten und durch Verständigungsprobleme in die Länge gezogenen Wortwechsel mit einer etwa achtzigjährigen Sekretärin, die er beim Eintreten über einem Strickzeug dösend vorfand, wurde Lynley in das Arbeitszimmer der Direktorin geführt.

Mrs. Crone widersprach allen Erwartungen, die er sich nach der Begegnung mit der Sekretärin gemacht hatte. Sie war jung, trug einen knalligen Rock, der gut zehn Zentimeter über ihrem Knie aufhörte, und dazu eine überlange Jacke mit Schulterpolstern und riesigen Knöpfen. An ihren Ohren hingen große goldene Scheiben, um den Hals hatte sie eine passende Kette, und die Schuhe mit den hohen, bleistiftdünnen Absätzen lenkten den Blick unwiderstehlich auf ein Paar prächtiger Beine. Sie war die Art von Frau, die zu eingehender Betrachtung verlockte, und Lynley, der sich zwang, den Blick auf ihr Gesicht gerichtet zu halten, fragte sich, was die Schulbehörde veranlaßt hatte, einem solchen Geschöpf diesen Posten zu geben. Sie war bestimmt noch keine dreißig Jahre alt.

Er schaffte es, sein Anliegen vorzubringen, ohne sich länger auszumalen, wie sie nackt aussehen mochte. Fluch der Männlichkeit: Immer fühlte Lynley sich in der Gegenwart einer schönen Frau zu einem knieschlotternden Häufchen Haut, Knochen und Testosteron reduziert. Er wollte gern glauben, daß diese Reaktion auf weibliche Reize nichts damit zu tun hatte, wer er wirklich war und wem seine Loyalität galt. Aber er konnte sich Helens Reaktion auf dieses selbstverständlich völlig belanglose Ringen mit der Fleischeslust vorstellen, deshalb versuchte er, sein Verlangen mit Wendungen wie *reine Neugier* und *wissenschaftliches Interesse* hinwegzuerklären, und rechtfertigte es im stillen mit *Lieber Himmel, deine Reaktion ist doch völlig übertrieben, Helen*, als wäre sie anwesend, stünde hier in der Ecke, beobachtete ihn schweigend und kannte jeden seiner Gedanken.

Maggie Spence hatte gerade Latein, teilte ihm die Schulleiterin mit. Ob die Sache nicht bis zur Mittagspause Zeit habe? In einer Viertelstunde.

Nein, die Sache dulde keinen Aufschub. Und selbst wenn, würde er es vorziehen, mit dem Mädchen in aller Stille Kontakt aufzunehmen. In der Mittagspause, wenn es überall von Schülern wimmle, bestünde doch die Chance, daß man sie mit ihm sehen würde. Und er würde dem Kind gerne jede Peinlichkeit ersparen, soweit das in seiner Macht stehe. Es sei gewiß nicht leicht für sie, daß die Polizei sich nun wieder für ihre Mutter interessierte. Ob Mrs. Crone die Mutter übrigens kenne?

Sie habe sie beim Elternsprechtag im letzten Frühjahr kennengelernt. Eine sehr nette Frau. Streng, aber sehr liebevoll mit Maggie, offensichtlich sehr besorgt um das Kind. Die Gesellschaft könnte mehr Eltern dieser Art gebrauchen, meinen Sie nicht, Inspector?

In der Tat. Da müsse er Mrs. Crone zustimmen. Aber könne er denn nur Maggie sehen...?

Ob ihre Mutter wüßte, daß er hier in der Schule sei?

Wenn Mrs. Crone sie anrufen wolle...

Die Direktorin warf ihm einen scharfen Blick zu und musterte dann seinen Dienstausweis mit so konzentrierter Aufmerksamkeit, daß er glaubte, sie würde gleich darauf beißen, um zu prüfen, ob er echt sei. Schließlich reichte sie ihm das Papier zurück und sagte, sie würde das Mädchen holen lassen, wenn der Inspector so gut sein würde, einen Moment zu warten. Er könnte sich ruhig hier in diesem Zimmer mit dem Mädchen unterhalten, sagte sie, da sie selbst auf dem Weg in den Speisesaal sei, wo sie während der Pause Aufsicht habe. Sie erwarte jedoch, sagte sie warnend, bevor sie ging, daß der Inspector Maggie nicht zu lange in Anspruch nehmen würde; wenn das Mädchen um Viertel nach zwölf noch nicht im Speisesaal sein sollte, würde sie jemanden schicken, um sie holen zu lassen. Ob das klar sei? Ob sie einander verstanden hätten?

Aber selbstverständlich.

Keine fünf Minuten später öffnete sich die Tür, und Maggie Spence kam herein. Lynley stand auf. Das Mädchen schloß die Tür hinter sich mit übertriebener Sorgfalt und völlig geräuschlos. Dann blieb sie stehen, die Hände auf dem Rücken, den Kopf gesenkt.

Er wußte, daß er selbst im Vergleich zu der heutigen Jugend relativ spät seine Unschuld verloren hatte – auf enthusiastisches Betreiben der Mutter eines seiner Freunde während der Winterferien in seinem letzten Jahr in Eton. Er war gerade achtzehn geworden. Aber auch wenn sich die Sitten geändert hatten und sexuelle Freizügigkeit unter den Jugendlichen praktisch gang und gäbe war, fiel es ihm schwer zu glauben, daß dieses Mädchen irgendwelche sexuelle Erfahrung hatte.

Sie sah aus wie ein Kind. Zum Teil lag es an ihrer Größe. Sie war höchstens knapp über einen Meter fünfzig. Zum Teil lag es an ihrer Haltung und ihrem Verhalten. Sie stand mit leicht einwärts gedrehten Füßen; ihre dunkelblauen Strümpfe schlugen an den Knöcheln Falten; sie wackelte hin und her und kippte dabei ihre Füße auf die Außenkanten; sie sah aus, als erwarte sie, mit dem Rohrstock verhauen zu werden. Und es lag an ihrer äußeren Erscheinung: Möglich, daß die Schulvorschriften Schminke verboten, aber es gab doch sicherlich nichts, was sie daran hinderte, sich das Haar etwas schicker herzurichten. Sie hatte dasselbe kräftige Haar wie ihre Mutter, und es fiel ihr voll und wellig bis zu den Hüften herunter. Eine große bernsteinfarbene Spange in Form einer Schleife hielt es ihr aus dem Gesicht. Sie trug keinen Pagenkopf, keinen Stufenschnitt, keinen raffinierten französischen Zopf. Sie machte keinen Versuch, irgendeine Schauspielerin oder Popsängerin nachzuahmen.

»Hallo«, sagte er zu ihr und merkte, daß er einen so behutsamen Ton anschlug, als hätte er ein verschrecktes Kätzchen vor sich. »Hat Mrs. Crone dir gesagt, wer ich bin, Maggie?«

»Ja. Aber das wäre gar nicht nötig gewesen. Ich wußte es schon.« Ihre Arme bewegten sich. Sie schien auf dem Rücken die Hände zu ringen. »Nick hat gestern abend gesagt, daß Sie gekommen sind. Er hat Sie im Pub gesehen. Er hat gesagt, Sie würden mit allen guten Freunden von Mr. Sage reden wollen.«

»Und du bist einer von ihnen, nicht wahr?«

Sie nickte.

»Es ist schlimm, wenn man einen Freund verliert.«

Sie antwortete nicht, kippte nur wieder auf ihren Füßen hin und her. Hierin hatte sie Ähnlichkeit mit ihrer Mutter. Lynley mußte daran denken, wie Juliet Spence auf der Terrasse mit der Stiefelspitze in den Boden gestoßen hatte.

»Komm«, sagte er. »Setz dich zu mir.«

Er zog einen zweiten Sessel zum Fenster, und als sie sich gesetzt hatte, sah sie ihn endlich an. Mit ihren himmelblauen Augen betrachtete sie ihn offen, mit etwas zaghafter Neugier, ganz ohne Verstellung. Sie lutschte an der Innenseite ihrer Unterlippe. Dabei entstand in ihrer Wange ein Grübchen.

Jetzt, da sie ihm näher war, konnte er schon eher die knospende Frau entdecken, die bald die Hülle des Kindes abwerfen würde. Sie hatte einen vollippigen Mund. Sie hatte einen vollen Busen. Ihre Hüften waren breit genug, um einladend zu wirken. Sie hatte einen üppigen Körper und würde später wahrscheinlich immer mit ihrem Gewicht zu kämpfen haben. Jetzt jedoch wirkte der Körper unter der braven Schuluniform reif und voller Erwartung. Wenn es Juliet Spence war, die darauf bestand, daß Maggie sich nicht schminkte und ihr Haar wie eine Zehnjährige trug, so konnte man es ihr, fand Lynley, nicht verübeln.

»Du warst an dem Abend, an dem Mr. Sage gestorben ist, nicht zu Hause, nicht wahr?« fragte er sie.

Sie schüttelte den Kopf.

»Aber tagsüber warst du da?«

»Ab und an, ja. Es waren Weihnachtsferien, wissen Sie.«
»Du wolltest nicht zusammen mit Mr. Sage essen? Er war doch dein Freund. Es wundert mich, daß du die Gelegenheit nicht wahrgenommen hast.«

Ihre linke Hand bedeckte die rechte. Sie hielt die Hände zusammengeballt im Schoß. »Es war unser Rundumschlafabend«, sagte sie. »Von Josie, Pam und mir. Einmal im Monat übernachten zwei von uns bei der dritten.«

»Und ihr wechselt euch ab?«

»Ja, es geht in alphabetischer Reihenfolge. Josie, Maggie, Pam. An dem Tag war gerade Josie an der Reihe. Bei ihr ist es immer am lustigsten, weil wir uns da ein Zimmer aussuchen dürfen, wenn das Hotel nicht voll ist. An dem Abend haben wir das Zimmer ganz oben genommen, das mit den Oberlichtern. Es hat geschneit, und wir haben zugesehen, wie der Schnee auf dem Glas liegengeblieben ist.« Sie saß sehr gerade, die Beine an den Knöcheln gekreuzt, wie es sich für ein wohlerzogenes Mädchen gehörte. Feine Strähnen rotbraunen Haars, die der Spange entronnen waren, ringelten sich an ihren Wangen und ihrer Stirn. »Bei Pam übernachten macht am wenigsten Spaß, weil wir da immer im Wohnzimmer schlafen müssen. Wegen ihren Brüdern. Die haben ihr Zimmer oben. Es sind Zwillinge. Pam mag sie nicht besonders. Sie findet es eklig, daß ihre Mutter und ihr Vater noch mal Babys gemacht haben, obwohl sie schon so alt sind. Sie sind zweiundvierzig. Pams Mutter und Vater, meine ich. Pam sagt, ihr graust's, wenn sie sich ihre Mutter und ihren Vater so vorstellt. Aber ich finde sie süß. Die Zwillinge, meine ich.«

»Und wie organisiert ihr euren Rundumschlaftag?« fragte Lynley.

»Ach, wir organisieren eigentlich gar nichts. Wir tun's einfach.«

»Ganz ohne Plan?«

»Na ja, wir wissen, daß es immer am dritten Freitag im Monat ist. Und es geht nach dem Alphabet, wie ich schon gesagt hab. Josie – Maggie – Pam. Pam ist die nächste. Diesen Monat haben wir schon bei mir geschlafen. Ich hab gedacht, daß die Eltern von Josie und Pam mich vielleicht diesmal nicht bei sich übernachten lassen würden, aber sie haben's doch getan.«

»Wegen der Leichenschau, meinst du?«

»Die war natürlich schon vorbei, aber die Leute im Dorf...« Sie sah zum Fenster hinaus. Zwei grauschopfige Dohlen hatten sich auf dem Fensterbrett niedergelassen und pickten wie die Wilden auf ein paar Brotrinden ein, wobei jeder der Vögel versuchte, den anderen wegzudrängen. »Mrs. Crone mag Vögel gern. Sie füttert sie immer. Sie hat in ihrem Garten so ein großes Ding, wie ein Käfig, und da züchtet sie Finken. Und sie legt hier immer Körner oder irgendwas zu essen aufs Fensterbrett. Ich finde das nett. Aber die Vögel streiten sich immer um ihr Futter. Ist Ihnen das schon mal aufgefallen? Die tun immer so, als wär nicht genug da. Ich versteh gar nicht, warum.«

»Und die Leute im Dorf?«

»Ich merke, daß sie mich manchmal beobachten. Sie hören auf zu reden, wenn sie mich kommen sehen. Aber die Mütter von Josie und Pam tun das nicht.« Sie wandte den Blick von den Vögeln und sah ihn mit einem schiefen Lächeln an. Das Grübchen machte ihr Gesicht ein wenig schief und sehr liebenswert. »Vorigen Frühling haben wir mal im Herrenhaus geschlafen. Meine Mutter hat's uns erlaubt. Sie sagte, wir dürften nur keine Unordnung machen. Wir haben Schlafsäcke mitgenommen. Und dann haben wir im Eßzimmer geschlafen. Pam wollte eigentlich raufgehen, aber Josie und ich hatten Angst, daß uns dann das Gespenst begegnen würde. Da ist Pam mit einer Taschenlampe nach oben gegangen und hat allein im Westflügel geschlafen. Aber später haben wir dann rausgekriegt, daß sie überhaupt nicht allein war. Josie fand das gar nicht gut. Sie hat gesagt, das war doch nur für *uns*, Pamela. Männer verboten. Pam hat gesagt, du bist ja nur eifersüchtig, weil du noch nie einen Mann gehabt hast, stimmt's? Und Josie hat gesagt, ich hab schon massig Männer gehabt, du alte Angeberin – aber das hat in Wirklichkeit gar nicht gestimmt –, und dann haben sie sich so gestritten, daß Pam in den nächsten zwei Monaten nicht mehr mit uns zusammen übernachtet hat. Aber dann ist sie doch wieder gekommen.«

»Wissen eure Mütter immer, wann ihr euren Rundumschlaftag habt?«

»Immer am dritten Freitag im Monat. Das wissen alle.«

»Hast du gewußt, daß du ein Abendessen mit dem Pfarrer verpassen würdest, wenn du an dem Abend zu Josie gingst?«

Sie nickte. »Aber ich hab irgendwie gedacht, er wollte mit meiner Mutter allein sein.«

»Warum?«

Sie spielte am Ärmel ihres Pullovers. »Mr. Shepherd will doch auch immer mit ihr allein sein. Ich dachte, das wär vielleicht auch so was.«

»Hast du es gedacht oder gehofft?«

Sie sah ihn mit ernsthafter Miene an. »Er war schon vorher mal bei uns gewesen, Mr. Sage, meine ich. Da hat meine Mutter mich zu Josie geschickt, drum hab ich gedacht, sie wär interessiert. Sie haben miteinander geredet, er und meine Mutter. Dann kam er wieder. Ich hab mir gedacht, wenn sie ihm gefällt, wär's gut, wenn ich verschwinde. Aber dann kam ich dahinter, daß sie ihm überhaupt nicht gefallen hat. Nein, meine Mutter hat ihm gar nicht gefallen. Und er ihr auch nicht.«

Lynley runzelte die Stirn. Ein Alarmsignal schrillte in seinem Kopf. »Wie meinst du das?«

»Na ja, sie haben doch überhaupt nichts getan. Ich meine, nicht so wie sie und Mr. Shepherd.«

»Aber sie hatten einander doch auch nur wenige Male gesehen.«

Sie nickte zustimmend. »Aber er hat nie mit mir über meine Mutter geredet, wenn ich mit ihm zusammen war. Er hat auch nie gefragt, wie ich gedacht hab, daß er es tun würde, wenn er sich für sie interessierte.«

»Worüber hat er denn mit dir gesprochen?«

»Er ist gern ins Kino gegangen, und er hat gern gelesen. Er hat über Filme und Bücher geredet. Und über die Bibel. Manchmal hat er mir Geschichten aus der Bibel vorgelesen. Ganz besonders mochte er die Geschichte von den alten Männern, die zuschauen, wie die Frau im Gebüsch badet. Ich meine, die alten Männer waren im Gebüsch, nicht die Frau. Sie wollten gern mit ihr schlafen, weil sie so jung und so schön war, und obwohl sie selber schon so alt waren, hatten sie immer noch Lust darauf. Mr. Sage hat mir das erklärt. Er konnte gut erklären.«

»Was hat er dir denn noch erklärt?«

»Ach, einen Haufen über Männer. Zum Beispiel, wieso ich diese Gefühle für...« Sie brach ab. »Ach, alles mögliche eben.«

»Er hat mit dir über deinen Freund gesprochen? Darüber, daß du mit ihm geschlafen hattest?«

Sie senkte den Kopf und konzentrierte sich darauf, einen Zipfel ihres Pullovers zu einem festen Röllchen zu drehen. Ihr Magen knurrte. »Ich hab Hunger«, murmelte sie. Noch immer sah sie nicht auf.

»Ihr müßt sehr gute Freunde gewesen sein, du und der Pfarrer«, sagte Lynley.

»Er hat gesagt, daß es nicht schlecht ist. Er hat gesagt, daß Begehren und Lust was Natürliches sind. Er hat gesagt, daß alle Menschen es fühlen. Auch er selbst.«

Wieder dieses Alarmsignal. Lynley beobachtete das Mädchen mit scharfer Aufmerksamkeit, während er versuchte, hinter jedes Wort zu sehen, das sie äußerte, und sich fragte, wieviel sie unausgesprochen ließ. »Wo habt ihr denn diese Gespräche geführt, Maggie?«

»Im Pfarrhaus. Polly hat Tee gemacht und hat ihn uns ins Arbeitszimmer gebracht. Und wir haben Plätzchen gegessen und geredet.«

»Ihr beide allein?«

Sie nickte. »Polly hatte keine Lust, über die Bibel zu reden. Sie geht nicht in die Kirche. Aber wir natürlich auch nicht.«

»Aber er hat mit dir über die Bibel gesprochen.«

»Ja, weil wir Freunde waren. Mit seinen Freunden kann man über alles reden, hat er gesagt. Man kann seine Freunde daran erkennen, daß sie einem zuhören.«

»Und du hast ihm zugehört. Er hat dir zugehört. Ihr hattet eine ganz besondere Beziehung zueinander.«

»Wir waren Freunde.« Sie lächelte. »Josie hat gesagt, daß der Pfarrer mich lieber hätte als alle anderen in der Gemeinde, obwohl ich nicht mal zur Kirche ging. Sie war richtig eingeschnappt deswegen. Sie hat gesagt, wieso lädt er gerade dich zum Tee ein und geht mit dir wandern, Miss Maggie Spence? Ich hab gesagt, weil er eben einsam sei und ich seine Freundin sei.«

»Hat er dir erzählt, er sei einsam?«

»Das brauchte er gar nicht. Ich hab's gleich gesehen. Er hat sich immer so gefreut, wenn ich kam. Er hat mich immer umarmt, wenn ich wieder gegangen bin. Das war richtig schön.«

»Du mochtest es, wenn er dich umarmte?«

»Ja.«

Er überlegte einen Moment, wie er das Thema am besten anschneiden konnte, ohne sie zu verschrecken. Robin Sage war ihr Freund gewesen, ihr Vertrauter. Was immer die beiden miteinander geteilt hatten, dem Mädchen war es heilig.

»Ja, es tut gut, wenn einen jemand umarmt«, meinte er nachdenklich. »Es gibt kaum was Schöneres, wenn du mich fragst.« Er merkte, daß sie ihn beobachtete, und hätte gern gewußt, ob sie sein Zögern spürte. Gespräche dieser Art zu führen, war nicht gerade seine starke Seite. Sie rührten an Ängste und Tabus, und um damit zurechtzukommen, war das Fingerspitzengefühl eines Psychologen nötig. Er versuchte, sich auf dem unsicheren Boden vorwärtszutasten, und fühlte sich nicht besonders wohl dabei. »Freunde haben auch manchmal Geheimnisse, nicht wahr, Maggie, zum Beispiel Dinge, die sie voneinander wissen oder die sie sagen oder die sie zusammen tun. Manchmal sind es gerade die Geheimnisse und das Versprechen, sie nicht preiszugeben, die einen zu Freunden machen. War es bei dir und Mr. Sage auch so?«

Sie schwieg. Er sah, daß sie wieder angefangen hatte, an der Innenseite ihrer Unterlippe zu lutschen. Ein Erdklumpen war von ihrem Schuh auf den Teppich gefallen. Sie hatte ihn mit den rastlosen Bewegungen ihrer Füße zu braunen Krümeln zerstampft. Mrs. Crone würde sich nicht darüber freuen.

»Haben sie deiner Mutter Sorgen gemacht, Maggie? Die Versprechungen vielleicht? Oder die Geheimnisse?«

»Er hat mich lieber gemocht als alle anderen«, sagte sie.

»Hat deine Mutter das gewußt?«

»Er hat gesagt, ich soll in die Jugendgruppe kommen. Er würde mit ihr sprechen, damit sie's mir erlaubt. Sie wollten einen Ausflug nach London machen. Er hat mich extra gefragt, ob ich mitwill. Und eine Weihnachtsfeier wollten sie auch veranstalten. Er hat gesagt, da würde ich bestimmt kommen dürfen. Er hat mit meiner Mutter telefoniert.«

»An dem Tag, an dem er starb?«

Die Frage kam zu prompt. Sie zwinkerte ein paarmal hastig und sagte: »Mama hat nichts getan. Meine Mama würde niemals jemandem etwas Böses tun.«

»Hatte sie ihn an dem fraglichen Abend zum Essen eingeladen, Maggie?«

Das Mädchen schüttelte den Kopf. »Sie hat nichts davon gesagt.«

»Sie hat ihn nicht eingeladen?«

»Sie hat nicht gesagt, daß sie ihn eingeladen hatte.«

»Aber sie hat dir gesagt, daß er kommen würde.«

Maggie zögerte. Er sah, wie sie überlegte, den Kopf gesenkt, die Augen niedergeschlagen. Er brauchte die Antwort nicht mehr.

»Woher hast du gewußt, daß er kam, wenn sie es dir nicht gesagt hat?«

»Er hat angerufen. Ich hab's gehört.«

»Was?«

»Es ging um die Jugendgruppe und um die Weihnachtsfeier, wie ich schon gesagt hab. Meine Mutter war ärgerlich. ›Ich beabsichtige nicht, es ihr zu erlauben. Es hat keinen Sinn, weiter darüber zu diskutieren.‹ Das hat sie gesagt. Dann hat er etwas gesagt. Er hat lange geredet. Und schließlich hat sie gesagt, er könnte ja zum Essen kommen, und dann könnten sie noch einmal alles besprechen. Aber ich hab nicht geglaubt, daß sie sich's noch einmal anders überlegen würde.«

»Und er kam am selben Abend?«

»Mr. Sage hat immer gesagt, man dürfte die Flinte nicht

gleich ins Korn werfen.« Sie runzelte nachdenklich die Stirn. »Oder so was Ähnliches. Jedenfalls hat er's nie einfach akzeptiert, wenn jemand nein gesagt hat. Er meinte, einmal nein ist nicht immer nein. Er hat gewußt, daß ich gern zu der Jugendgruppe wollte. Er fand es wichtig, daß ich mitmache.«
»Wer leitet die Gruppe?«
»Niemand. Jetzt, wo Mr. Sage tot ist.«
»Und wer war dabei?«
»Pam und Josie. Mädchen aus dem Dorf. Ein paar von den Bauernhöfen.«
»Keine Jungen?«
»Nur zwei.« Sie krauste die Nase. »Die Jungs fanden, die Jugendgruppe wäre Pipikram. ›Aber sie werden schon noch kommen‹, sagte Mr. Sage. ›Wir setzen uns zusammen, und dann machen wir einen Plan.‹ Das war auch einer der Gründe, warum er mich in der Gruppe haben wollte, wissen Sie.«

»Damit ihr euch zusammensetzen konntet?« fragte Lynley mit Unschuldsmiene.

Sie reagierte nicht. »Damit Nick auch kommen würde. Weil nämlich, wenn Nick gekommen wäre, dann wären die andern auch alle gekommen. Und das hat Mr. Sage gewußt. Mr. Sage hat alles gewußt.«

Regel Nummer eins: Man vertraue seiner Intuition.
Regel Nummer zwei: Man untermaure sie mit Fakten.
Regel Nummer drei: Man nehme eine Verhaftung vor.
Regel Nummer vier hatte etwas damit zu tun, wo ein Polizeibeamter sich Erleichterung verschaffen sollte, nachdem er zur Feier eines abgeschlossenen Falles vier Liter Bier in sich hineingekippt hatte, und Regel Nummer fünf bezog sich ausschließlich auf jene Unternehmung, die als Form der Feier empfohlen wurde, wenn es gelungen war, den Schuldi-

gen der Gerechtigkeit zuzuführen. Inspector Angus MacPherson hatte diese Regeln, auf grelles pinkfarbenes Papier gedruckt und mit passenden Illustrationen versehen, eines Tages bei einer Teambesprechung in New Scotland Yard verteilt, und wenn auch Regel Nummer vier und fünf mit Gelächter und zotigen Bemerkungen aufgenommen worden waren, so hatte es Lynley doch für wert befunden, sich die ersten drei in einem müßigen Augenblick, während er am Telefon wartete, auszuschneiden. Er benutzte sie als Lesezeichen und betrachtete sie als Ergänzung zu den *Judge's Rules*, den Verfahrensregeln bezüglich der Zulässigkeit der Aussage eines Angeklagten als Beweismittel.

Die Vermutung, daß Maggie in den Geschehnissen um Robin Sages Tod eine zentrale Rolle spielte, hatte ihn in die höhere Schule nach Clitheroe geführt. Nichts, was sie während ihres Gesprächs gesagt hatte, hatte an seiner Überzeugung etwas geändert.

Ein einsamer Mann mittleren Alters und ein junges Mädchen an der Schwelle zum Frausein, das war eine brisante Kombination, mochte auch der Mann allem Anschein nach noch so rechtschaffen sein, das Mädchen noch so naiv. Lynley wußte, daß es ihn überhaupt nicht wundern würde, wenn sich bei näherer Betrachtung der Hintergründe von Robin Sages Tod die Geschichte der Verführung eines Kindes zeigen würde. Es wäre nicht das erste Mal, daß Mißbrauch mit Freundschaft und frommem Getue bemäntelt wurde. Und gewiß auch nicht das letzte Mal. Eben daß man sich hier an einem Kind vergehen konnte, war Teil der heimtückischen Verlockung. Und da in diesem Fall das Kind ja bereits intime sexuelle Beziehungen unterhielt, hatte der Mann die Schuldgefühle, die ihn sonst vielleicht an der Tat gehindert hätten, leicht ignorieren können.

Maggie suchte Freundschaft und Anerkennung. Sie

sehnte sich nach Wärme und Kontakt. Gab es für einen Mann ein besseres Angebot, seine körperliche Begierde zu stillen? Es mußte Robin Sage nicht unbedingt um Macht gegangen sein. Es mußte auch nicht zwangsläufig ein Beweis seiner Unfähigkeit gewesen sein, eine normale Erwachsenenbeziehung einzugehen. Es konnte schlicht und einfach menschliche Schwäche angesichts der Versuchung gewesen sein.

Er hatte sie zum Abschied immer umarmt, hatte Maggie erzählt. Sie war ein Kind, dem seine Umarmungen gutgetan hatten. Daß sie tatsächlich in mancher Hinsicht längst über das Kindesalter hinaus war, hatte der Pfarrer vielleicht zu seiner eigenen Überraschung entdeckt.

Und weiter, fragte sich Lynley. Sinnliche Erregung, die Sage nicht bezwingen konnte oder wollte? Die kribbelnde Verlockung, Kleider abzustreifen, um bloßes Fleisch zu sehen? Heißes Blut, das keinen vernünftigen Gedanken mehr zuließ und zum Handeln trieb? Und diese hinterlistige Stimme, die flüsterte: Was macht es denn schon aus, sie tut's ja sowieso schon, sie ist keine kleine Unschuld, es ist schließlich nicht so, als würdest du eine Jungfrau verführen, wenn es ihr nicht paßt, kann sie dir ja sagen, du sollst aufhören, drück sie doch einfach einmal fest an dich, damit sie dich fühlen kann und weiß, worum es geht, streichle ihr wie zufällig den Busen, schieb ihr eine Hand zwischen die Schenkel, erzähl ihr, wie schön es ist zu kuscheln, nur wir beide, Maggie, es soll unser ganz besonderes Geheimnis sein, du, meine liebste Freundin...

Wie leicht konnte sich so etwas innerhalb von ein paar kurzen Wochen abgespielt haben. Sie lag im Streit mit ihrer Mutter. Sie brauchte einen Freund.

Lynley lenkte den Bentley auf die Straße hinaus, fuhr bis zur Ecke und wendete, um zur Stadtmitte zurückzufahren. Es war möglich, dachte er. Aber im Augenblick waren auch noch alle anderen Möglichkeiten offen. Regel Nummer eins war von entscheidender Bedeutung. Daran gab es keinen Zweifel. Aber sie durfte Regel Nummer zwei nicht verdrängen.

Er hielt nach einem Telefon Ausschau.

15

Dicht unter dem Gipfel des Cotes Fell stehend, noch oberhalb des großen, aufrecht stehenden Steins, den man den Great North nannte, beschaffte sich Colin Shepherd all jene Erkenntnisse, die er seiner Faktensammlung über den Tod Robin Sages bisher anzufügen versäumt hatte: Wenn der Dunst sich lichtete oder wenn der Wind ihn auseinandertrieb, konnte man Cotes Hall und die umliegenden Ländereien ganz klar sehen, besonders im Winter, wenn die Bäume kahl waren. Ein paar Meter tiefer, wenn man an den Stein gelehnt eine Zigaretten- oder Verschnaufpause einlegte, sah man nur das Dach des alten Herrenhauses mit seinem Gewirr von Kaminen, Dachgauben und Wetterhähnen. Aber man brauchte nur ein kleines Stück höher zu steigen und sich unter dem bauchig gewölbten Felsvorsprung niederzusetzen, und man konnte alles sehen, das Herrenhaus selbst in seiner ganzen gespenstischen Verwahrlosung, den Hof, der es auf drei Seiten umgab, die ehemaligen Stallungen und Wirtschaftsgebäude. Zu letzteren gehörte das Verwalterhaus, und eben dorthin hatte Colin Inspector Lynley gehen sehen.

Während Leo oben auf dem Gipfel herumstöberte, beobachtete Colin voll staunender Verwunderung über den klaren Blick, der sich ihm bot, wie Lynley vom Garten ins Gewächshaus ging. Von unten hatte es ausgesehen, als bildete der Nebel eine dichte Decke, die ein Vorwärtskommen behindern und den Blick versperren würde. Hier oben jedoch zeigte sich, daß die scheinbar undurchdringliche Decke so fein und fragil wie Spinnweben war. Der Nebel war feucht und kalt, sonst jedoch kaum von Belang.

Er beobachtete alles, zählte die Minuten, die sie im Gewächshaus verbrachten, vermerkte den Besuch im Keller, die Tatsache, daß Juliet auch jetzt, als sie mit Lynley über den Hof ging, die Küchentür zum Haus, die nicht abgesperrt gewesen war, während sie im Gewächshaus gearbeitet hatte, nicht abschloß. Er sah, wie sie auf der Terrasse des Herrenhauses stehenblieben und miteinander sprachen, und als Juliet zum Teich hinunterwies, wußte er, was folgen würde.

Und die ganze Zeit konnte er auch etwas hören. Nicht ihr Gespräch, aber ganz deutlich die Klänge von Musik. Selbst als ein plötzlicher Windstoß die Nebel zusammentrieb und verdichtete, konnte er noch immer flotte Marschmusik hören.

Jeder, der sich die Mühe machte, zum Cotes Fell hinaufzusteigen, konnte sich über das Kommen und Gehen im Herrenhaus und im Verwalterhäuschen genau informieren. Man brauchte es nicht einmal zu riskieren, unbefugt den Grund und Boden der Familie Townley-Young zu betreten. Der Weg zum Gipfel war ein öffentlicher Fußweg. Der Anstieg war gelegentlich steil – besonders das letzte Stück oberhalb des Great North –, aber für jemanden, der in Lancashire geboren und aufgewachsen war, kein Problem. Ganz sicher kein Problem für eine Frau, die die Wanderung regelmäßig machte.

Als Lynley sein Monstrum von einem Auto rückwärts aus dem Hof hinausmanövriert hatte, um die Rückfahrt durch die Schlaglöcher und den Schlamm anzutreten, wandte sich Colin ab und ging hinüber zu dem Felsvorsprung. Er hockte sich in seinem Schatten nieder, fegte mit der Hand nachdenklich ein Häufchen Scherben und Kiesel auf und ließ sie durch die Finger rieseln. Leo kam angetrottet, rannte schnuppernd und witternd um den Fels herum und trat dabei einiges Geröll los. Colin zog einen alten Tennisball aus seiner Jackentasche, hielt ihn Leo unter die Nase, schleuderte ihn in den Nebel hinaus und sah zu, wie der Hund ausgelassen hinterherrannte. Er wußte genau, was er zu tun hatte, und tat es ganz selbstverständlich, ohne Schwierigkeiten.

Nicht weit von dem Felsvorsprung entfernt konnte Colin eine schmale, erdfarbene Schneise im Gras erkennen. Es war eine kreisförmige Schneise von knapp drei Metern Durchmesser, deren Rund von Steinen markiert war, die in gleichmäßigen Abständen von vielleicht fünfzehn Zentimetern angeordnet waren. In der Mitte des Kreises lag ein ovaler Granit, und Colin brauchte gar nicht hinzugehen und ihn sich anzusehen, um zu wissen, daß er darauf getrocknete Wachsreste finden würde, Kratzer von einer Kohlenpfanne und, deutlich eingemeißelt, das Bild eines fünfzackigen Sterns.

Alle im Dorf wußten, daß der Gipfel von Cotes Fell ein heiliger Ort war. Er wurde bewacht vom Great North, von dem es lange geheißen hatte, er besäße übersinnliche Kräfte und könnte Fragen beantworten, wenn man nur mit reinem Herzen und offenem Geist fragte und hinhörte. Die bauchige Wölbung des Felsvorsprungs sahen einige als ein Fruchtbarkeitssymbol an, den Leib einer Mutter, der von neuem Leben aufgeschwollen war. Und die Granitformation, die aussah wie eine Kreuzblume – einem Altar so ähnlich, daß man es nicht leicht ignorieren konnte –, war schon zu Beginn des vergangenen Jahrhunderts als geologische Besonderheit eingestuft worden. Der Gipfel von Cotes Fell war also ein heiliger Ort der Vorzeit, wo sich die alten Bräuche gehalten hatten.

Solange Colin denken konnte, übten die Yarkins den alten

Kult aus und huldigten der Göttin. Sie hatten nie ein Geheimnis daraus gemacht. Sie widmeten sich den Gesängen und Ritualen, den Zauber- und Beschwörungsformeln mit einer Hingabe, die ihnen, wenn auch nicht Respekt, so doch einen höheren Grad an Toleranz eingebracht hatte, als man ihn normalerweise von den Leuten auf dem Land erwarten konnte. Das abgeschottete Leben bildete hier häufig einen konservativen Nährboden, auf dem die alten Werte, wie Gott, König und Vaterland, gediehen. Doch in Zeiten der Bedrängnis wandte man sich mit seiner Fürbitte an die Gottheit, die einem am einflußreichsten zu sein schien. Wenn also ein geliebtes Kind erkrankte, eine Seuche die Schafe eines Bauern dahinzuraffen drohte, ein junger Mann als Soldat nach Nordirland versetzt werden sollte, lehnte keiner je Rita oder Polly Yarkins Angebot ab. Wer konnte schließlich wissen, welche Gottheit am Ende zuhörte? Warum nicht auf Nummer sicher gehen, für alle Eventualitäten vorsorgen und das Beste hoffen?

Colin selbst war da keine Ausnahme. Mehrmals hatte er Polly um Annies willen den Berg hinaufsteigen lassen. Sie hatte ein goldenes Gewand angehabt und in einem Korb Lorbeerzweige mit sich getragen, die sie zusammen mit Gewürznelken zu Weihrauch verbrannte. In Buchstaben, die er nicht lesen konnte und die er im Grunde für eine Spielerei hielt, ritzte sie seine Bitte in eine dicke orangefarbene Kerze und ließ diese herunterbrennen, während sie um ein Wunder bat. Alles, erklärte sie ihm, sei möglich, wenn das Herz der Hexe rein sei. Hatte nicht Nick Wares Mutter endlich doch den ersehnten Jungen zur Welt gebracht, und das trotz ihrer neunundvierzig Jahre? Hatte sich nicht Mr. Townley-Young, o Wunder, bereit erklärt, den Männern, die auf seinen Höfen arbeiteten, eine Pension auszusetzen? War nicht das Wasserspeicherprojekt entwickelt worden, um neue Arbeitsplätze für die Einheimischen zu schaffen? Dies alles, behauptete Polly, seien die Wohltaten der Göttin.

Niemals erlaubte sie ihm, beim Ritual dabeizusein. Er war kein Eingeweihter. Manche Dinge, erklärte sie, durften einfach nicht sein. Um also ganz ehrlich zu sein, er hatte keine Ahnung, was sie eigentlich tat, wenn sie den Gipfel von Cotes Fell erklommen hatte. Nicht ein einziges Mal hatte er sie die Göttin anrufen hören.

Aber vom Gipfel des Cotes Fell, wo sie, wie die Wachsreste auf dem Granitaltar verrieten, noch immer den Kult ausübte, konnte Polly Cotes Hall sehen. Alles, was im Hof, auf dem Grundstück, im Garten des Verwalterhauses vor sich ging, hätte sie beobachten können. Kein Kommen und kein Gehen wäre ihr entgangen, und selbst wenn jemand vom Verwalterhaus in den Wald gegangen wäre, hätte sie das von hier oben aus sehen können.

Colin stand auf und pfiff dem Hund. Leo kam mit großen Sprüngen aus dem Nebel angejagt. Den Tennisball hatte er im Maul und warf ihn Colin verspielt vor die Füße, die Nase dicht am Boden, bereit, den Ball sofort zu schnappen, sollte sein Herr danach greifen. Colin tat dem Retriever den Gefallen, ihn ein bißchen zu necken, und lächelte über das grimmige Knurren des Hundes, jedesmal, wenn er so tat, als greife er den Ball. Schließlich ließ Leo den Ball liegen, machte einen Sprung nach rückwärts und wartete. Colin warf den Ball in Richtung Herrenhaus den Hang hinunter und sah dem davonschießenden Hund einen Moment nach. Dann folgte er langsam auf dem Fußweg. Beim Great North blieb er stehen und legte die Hand auf den Stein. Seine Kälte durchzuckte ihn wie ein Schock. Die Alten hätten von der Zauberkraft des Steins gesprochen.

»Hat sie?« fragte er und schloß die Augen, um auf Antwort zu warten. Er konnte sie in seinen Fingern fühlen. *Ja... ja...*

Der Abstieg war nicht gleichmäßig steil. Es war ein kalter Weg, aber er war zu bewältigen. So viele Füße hatten im Lauf der Zeit den Pfad ausgetreten, daß das Gras, das an anderen Stellen schlüpfrig war vom Reif, auf dem Pfad bis auf Steine und Erde heruntergetrampelt war. Man hatte daher guten Halt, das Risiko zu stürzen oder abzurutschen war gering. Jeder konnte zum Cotes Fell hinaufsteigen. Man konnte im Nebel hinaufsteigen. Man konnte bei Nacht hinaufsteigen.

In drei spitzen Wenden zog sich der Weg abwärts, so daß der Ausblick ins Tal sich immer wieder änderte. Auf den Blick auf das Herrenhaus folgte die Aussicht auf das Hochmoor und die Häuser der Skelshaw Farm in der Ferne. Einen Moment später schon wich der Blick auf die Skelshaw Farm dem Bild der Kirche und der Häuser von Winslough. Und schließlich, als der Hang in Weideland überging, stieß der Fußweg an das Gelände von Cotes Hall.

Hier machte Colin halt. Die aus losen Steinen aufgetürmte Mauer hatte kein Treppchen, das dem Wanderer leichten Zugang zum Herrenhaus geboten hätte. Doch sie war in schlechtem Zustand. An manchen Stellen war sie von Dornengestrüpp überwuchert. An anderen Stellen bröckelte sie und hatte Lücken. Mit Leichtigkeit konnte man durch so eine Lücke steigen, und er tat es, pfiff dem Hund, der ihm folgte.

Noch einmal senkte sich hier das Land, führte sachte abwärts zum Weiher etwa zwanzig Meter entfernt. Dort angekommen, blickte Colin auf den Weg zurück, den er gekommen war. Er konnte den Great North sehen, darüber nichts. Himmel und Dunst verschmolzen in eintönigem Grau, das bereifte Land hob sich kaum vom Horizont ab. Der verhüllende Schleier täuschte den scharfen Blick. Ein Beobachter hätte sich nichts Besseres wünschen können.

Mit dem Hund an seiner Seite ging er um den Weiher herum, machte halt, um sich zu bücken und die Wurzel zu untersuchen, die Juliet für Lynley ausgegraben hatte. Er rieb die Oberfläche, bis das schmutzig cremefarbene Fleisch freigelegt war, und preßte seinen Daumennagel in den Stengel. Ein dünnes Rinnsal öliger Flüssigkeit tropfte heraus. *Ja... ja.*

Er schleuderte sie in die Mitte des Teichs und sah zu, wie sie sank. Die Wellen breiteten sich kreisförmig zum Rand der Eisdecke aus. »Nein, Leo!« sagte er scharf, als der Hund, seinem Instinkt folgend, ans Wasser rannte. Er nahm ihm den Tennisball ab und warf ihn zur Terrasse hinauf und folgte.

Sie war jetzt sicher wieder im Gewächshaus. Er hatte sie dorthin zurückkehren sehen, nachdem Lynley abgefahren war. Er wußte, daß sie sich dort, bei ihren Pflanzen, beim Graben und Umtopfen und Schneiden, entspannen wollte. Er überlegte, ob er zu ihr gehen sollte. Er wollte ihr unbedingt mitteilen, was er bisher wußte. Aber sie würde es nicht hören wollen. Sie würde protestieren und die Vorstellung abschreckend finden. Anstatt also den Hof zu überqueren und in den Garten zu treten, ging er die von Lavendelhekken gesäumte schmale Fahrstraße entlang. Bei der ersten Lücke in der Hecke schwenkte er in den Wald ab.

Nach einer Viertelstunde Marsch erreichte er das Pförtnerhäuschen. Hier war kein Garten, nur eine kleine ungepflegte Fläche, auf der eine unglückliche italienische Zypresse stand. Windschief lehnte sie am einzigen Nebengebäude des Pförtnerhauses, einem alten Schuppen, dessen Dach unübersehbare Löcher zeigte.

Die Tür hatte kein Schloß, weder Klinke noch Knauf, nur einen verrosteten Eisenring, der Vernachlässigung und die Unbilden der Witterung überlebt hatte. Als er dagegenstieß, löste sich eine Türangel aus dem Rahmen, Schrauben fielen aus dem verrotteten Holz, die Tür senkte sich schief in den weichen Lehmboden und blieb so. Die entstandene Öffnung war groß genug, um in den Schuppen hineinzuschlüpfen.

Er wartete, bis seine Augen sich an die veränderte Beleuchtung gewöhnt hatten. Es gab kein Fenster, nur das fahle Tageslicht, das durch die Ritzen in den Wänden und die Türöffnung eindrang. Draußen hörte er den Hund an der Zypresse herumschnüffeln.

Langsam begannen sich Formen von dem Halbdunkel abzuheben. Was zunächst nur als eine merkwürdige Zickzacksilhouette erkennbar gewesen war, entpuppte sich jetzt als Arbeitstisch, auf dem Farbtöpfe standen und eingetrocknete Pinsel sowie erstarrte Malerrollen lagen. Auf der einen Seite standen mehrere flache Aluminiumwannen gestapelt, hinter den Farbtöpfen zwei Kartons mit Nägeln und ein Glas mit Schrauben, Muttern und Dübeln. Alles war mit einer Staubschicht überzogen, die offenbar seit zehn Jahren nicht mehr angerührt worden war.

Zwischen zwei Farbtöpfen hatte eine Spinne ihr Netz gespannt. Es erzitterte unter seiner Bewegung, aber in der Mitte wartete keine Spinne auf Beute. Er griff mit der Hand hinein, spürte die geisterhafte Berührung der zarten Fäden auf seiner Haut. Keine Spur des klebrigen Safts, der zum Insektenfang gebraucht wurde, haftete an ihnen. Die Architektin des Netzes war längst fort.

Das alles war unwichtig. Man konnte den Schuppen betreten, ohne den Eindruck, daß er längst außer Gebrauch und dem Verfall überlassen sei, zu stören.

Er ließ seinen Blick über die Wand schweifen, wo an Nägeln Werkzeuge und Gartengeräte hingen: eine rostige Säge, eine Hacke, ein Rechen, zwei Spaten und ein fast kahler Besen. Darunter lag zusammengerollt ein grüner Gartenschlauch. In der Mitte des Schuppens stand ein verbeulter Eimer. Er sah hinein. Nur ein Paar Gartenhandschuhe, Daumen und Zeigefinger durchgescheuert, lag darin. Nach der Größe zu urteilen, handelte es sich um Männerhandschuhe. Sie paßten Colin. An der Stelle, wo sie auf dem Grund des Eimers gelegen hatten, schimmerte das Metall hell und blitzte im Licht. Er legte die Handschuhe wieder hinein und sah sich weiter um.

Drei Säcke, einer mit Grassamen, ein zweiter mit Dünger und ein dritter mit Torferde, lehnten an einem schwarzen Schubkarren, der aufgerichtet in der hintersten Ecke stand. Er hievte die Säcke auf die Seite und zog den Schubkarren von der Wand weg, um einen Blick dahinter zu werfen. Von einer kleinen Holzkiste, die mit alten Lumpen gefüllt war, stieg ein schwacher Gestank nach Mäusen oder Ratten auf. Er stellte die Kiste auf und sah zwei kleine Tiere schutzsuchend unter den Arbeitstisch huschen. Er wühlte mit der Stiefelspitze in den Lumpen, fand aber nichts. Schubkarren und Säcke hatten genauso unberührt gewirkt wie alles andere im Schuppen; er war daher nicht überrascht, nur nachdenklich.

Es gab zwei Möglichkeiten, und er ließ sie sich durch den Kopf gehen, während er alles wieder an seinen Platz stellte. Ihm war aufgefallen, daß in dem Schuppen die meisten kleineren Alltagswerkzeuge fehlten. Er hatte keinen Hammer für die Nägel gesehen, keinen Schraubenzieher, keinen Schraubenschlüssel. Er hatte weder kleine Schaufeln noch einen Kultivator entdeckt, obwohl Rechen, Hacke und Spaten hier hingen. Nur das Schäufelchen oder den Kultivator verschwinden zu lassen, wäre natürlich zu auffällig gewesen. Alles verschwinden zu lassen, war entschieden schlau.

Die zweite Möglichkeit war, daß es diese Werkzeuge hier nie gegeben hatte, daß der lang verschwundene Mr. Yarkin sie bei seiner überstürzten Flucht aus Winslough vor mehr als fünfundzwanzig Jahren mitgenommen hatte. Etwas merkwürdig, gewiß, aber vielleicht hatte er sie für seine Arbeit gebraucht. Was für einen Beruf hatte er ausgeübt? Colin versuchte, sich zu erinnern. War er Schreiner gewesen? Aber warum hatte er dann die Säge zurückgelassen?

Er spann seinen Gedankengang weiter. Wenn es hier im Haus und im Schuppen kein Werkzeug gab, dann hatte sie sie sich eben ausgeliehen. Sie hatte gewußt, wo sie sich welche holen konnte, und auch, wann, da sie ja den rechten Moment oben auf ihrem Ausguck auf dem Cotes Fell hatte abwarten können. Im übrigen hätte sie den rechten Moment auch hier im Pförtnerhäuschen abpassen können. Sie hätte hier jeden vorüberkommenden Wagen gehört und nur ans Fenster zu gehen brauchen, um zu sehen, wer am Steuer saß.

Das war einleuchtend. Selbst wenn sie ihr eigenes Werkzeug gehabt hätte, weshalb hätte sie es riskieren sollen, es zu benützen, wenn sie sich doch nur Juliets auszuleihen und sie später ins Gewächshaus zurückzubringen brauchte, ohne daß ein Mensch etwas merkte? Sie hätte ja sowieso in den Garten gehen müssen, um zum Keller zu kommen. Ja. Genau so war es gewesen. Sie hatte Motiv, Mittel und Gelegenheit gehabt. Aber obwohl Colin sich seiner Sache völlig sicher war, wußte er, daß er es sich nicht leisten konnte, diesen Weg weiterzuverfolgen, ohne noch ein paar weitere Fakten hieb- und stichfest zu machen.

Er schlüpfte aus dem Schuppen, schloß die Tür und ging durch den Matsch zum Haus. Leo kam aus dem Wald getrottet, ein Bild hündischer Glückseligkeit, schmutzverschmiert und mit welkem Laub im Fell. Welch ein Feiertag für ihn: erst eine Bergwanderung, dann fröhliches Ballspiel und zum Abschluß ein Schlammbad im Wald. Nichts tat er lieber, als unter den Eichen herumzustöbern wie ein Trüffelschwein.

»Bleib«, befahl Colin ihm und deutete auf einen Platz neben der Tür. Er klopfte und hoffte, auch ihm würde dieser Tag noch Anlaß zum Feiern bringen.

Er hörte sie, noch ehe sie ihm aufmachte. Der Boden knarrte unter ihrem schlurfenden Schritt. Ihr pfeifender Atem begleitete das Quietschen des Riegels, der zurückgeschoben wurde. Dann stand sie vor ihm wie ein Walroß auf dem Eis, eine Hand auf dem gewaltigen Busen gespreizt, als könnte sie sich durch den Druck das Atmen erleichtern. Er konnte sehen, daß er sie beim Lackieren ihrer Fingernägel gestört hatte. Zwei waren aquamarinblau, drei waren noch unlackiert. Alle waren sie unnatürlich lang.

»Sonne, Mond und Sterne, wenn das nicht Mr. C. Shepherd höchstpersönlich ist!« Sie musterte ihn von Kopf bis Fuß und ließ ihren Blick dabei vor allem auf seinem Unterleib ruhen. Unter ihrem Blick verspürte er ein verrücktes heißes Kribbeln in den Hoden. Als wüßte Rita Yarkin das, lächelte sie und stieß einen Seufzer aus, der sich wie ein Wonneseufzer anhörte. »So. Und was verschafft mir die Ehre, Mr. C. Shepherd? Sind Sie gekommen, um das heiße Flehen einer Jungfrau zu erhören? Wobei natürlich ich die Jungfrau bin. Nicht, daß Sie da was falsch verstehen.«

»Ich würde gern hereinkommen, wenn es Ihnen recht ist«, sagte er.

»Ach ja?« Sie verlagerte ihre Massen und lehnte sich an den Türpfosten. Sie streckte den Arm aus – mindestens ein Dutzend Reifen klirrten an ihrem Handgelenk – und strich ihm mit der Hand über das Haar. Er gab sich alle Mühe, nicht zusammenzuzucken. »Spinnweben«, sagte sie. »Hm. Noch eine. Wo haben Sie denn Ihr hübsches Köpfchen niedergelegt, Jungchen?«

»Darf ich hereinkommen, Mrs. Yarkin?«

»Rita.« Sie sah ihn an. »Kommt darauf an, was Sie mit

›hereinkommen‹ meinen. Es gibt bestimmt 'ne Menge Frauen, die Sie mit Freuden aufnehmen würden, ganz gleich, wann und wohin es Sie treibt. Aber ich? Hm, ich bin ein bißchen wählerisch mit meinen Spielgefährten. War ich immer schon.«

»Ist Polly da?«

»Ach, auf Polly haben Sie's abgesehen, Mr. C. Shepherd? Na, ich möchte doch wissen, warum? Ist sie Ihnen plötzlich gut genug? Hat die andere Sie an die Luft gesetzt?«

»Rita, ich möchte keinen Streit mit Ihnen, lassen Sie mich rein, oder soll ich später wiederkommen?«

Sie spielte mit einer ihrer drei Halsketten. Sie war aus Federn und bunten Glasperlen gemacht und hatte einen holzgeschnitzten Ziegenkopf als Anhänger. »Ich kann mir nicht denken, daß wir hier was haben, was Sie interessieren könnte.«

»Vielleicht doch. Wann sind Sie dieses Jahr gekommen?«

Er sah, wie ihre Mundwinkel zuckten, und kam einer spöttischen Bemerkung zuvor, indem er sich hastig verbesserte: »Wann sind Sie in Winslough angekommen?«

»Am vierundzwanzigsten Dezember. Wie immer.«

»Nach dem Tod des Pfarrers.«

»Ja. Ich hab den Mann nie kennengelernt. Nach allem, was da passiert ist und was ich so von Polly über ihn gehört hab, wär es interessant gewesen, ihm mal aus der Hand zu lesen.« Sie ergriff Colins Hand. »Soll ich mir Ihre mal ansehen, Jungchen?« Und als er sich losriß, meinte sie: »Angst vor der Zukunft, hm? Wie die meisten Leute. Na kommen Sie schon, sehen wir sie uns mal an. Wenn's gut ausschaut, zahlen Sie. Wenn's schlecht ausschaut, halt ich die Klappe. Na, ist das ein Angebot?«

»Wenn Sie mich reinlassen.«

Sie lächelte und trat ein paar watschelnde Schritte von der

Tür zurück. »Nur drauf, Jungchen. Haben Sie schon mal mit 'ner Frau gebumst, die mehr als zwei Zentner Lebendgewicht auf die Waage bringt? Bei mir gibt's so viele Löcher, daß Sie da gar nicht fertig werden.«

»Schon recht«, sagte Colin und drängte sich an ihr vorbei. Sie hatte sich so stark parfümiert, daß das ganze Haus roch. Der Duft strömte in Wellen von ihr aus, wie die Hitze von einem Kohlefeuer. Er versuchte, die Luft anzuhalten.

In dem kleinen Vorraum schnürte er seine schmutzigen Stiefel auf und stellte sie zu den Gummistiefeln, Regenschirmen und Regenmänteln. Er ließ sich Zeit beim Ausziehen der Stiefel und benutzte die Gelegenheit, sich gründlich umzusehen. Besonders vermerkte er, was da neben einem Abfalleimer mit verfaultem Rosenkohl, Lammknochen, vier leeren Puddingtüten, den Überresten eines Frühstücks, das aus Toast und Schinken bestanden hatte, und einer kaputten Lampe ohne Schirm stand. Es war ein Einkaufskorb mit Kartoffeln, Karotten, Kürbissen und einem Kopfsalat.

»Polly war beim Einkaufen?« fragte er.

»Das ist von vorgestern. Sie hat's mittags vorbeigebracht.«

»Bringt sie Ihnen auch manchmal Pastinaken fürs Abendessen?«

»Natürlich. Genau wie alles andere. Warum?«

»Weil man die nicht zu kaufen braucht. Die wachsen hier wild, wußten Sie das nicht?«

Rita strich mit ihrem Krallenfinger über den Ziegenbock an ihrer Halskette. Sie spielte erst mit dem einen Horn, dann mit dem anderen und betrachtete Colin dabei gedankenvoll.

»Und was ist, wenn ich's weiß?«

»Es würde mich interessieren, ob Sie es auch Polly gesagt haben. Es wäre doch die reine Geldverschwendung, sie im Laden einkaufen zu lassen, was sie hier selbst ausgraben kann.«

»Richtig. Aber meine Polly ist keine Wurzelsammlerin, Mr. Constable. Wir sind total fürs natürliche Leben, das können Sie mir glauben, aber auf allen vieren im Wald rumkriechen und im Dreck wühlen, da hört's für Polly auf. Sie hat im Gegensatz zu gewissen anderen Leuten, die ich Ihnen nennen könnte, Besseres zu tun.«

»Aber sie kennt sich aus mit Pflanzen. Das gehört zum Kult. Man muß die verschiedenen Hölzer kennen, die man verbrennen kann. Und die Kräuter auch. Die braucht man doch fürs Ritual?«

Ritas Gesicht wurde völlig ausdruckslos. »Fürs Ritual braucht's mehr, als Sie wissen oder verstehen, Mr. C. Shepherd. Und mit Ihnen werde ich mich darüber bestimmt nicht unterhalten.«

»Aber die Kräuter haben doch Zauberkraft?«

»Vieles hat Zauberkraft. Aber sie entspringt immer dem Willen der Göttin, gelobt sei ihr Name, ob man nun den Mond, die Sterne, die Erde oder die Sonne gebraucht.«

»Oder die Pflanzen.«

»Oder das Wasser oder das Feuer oder sonst etwas. Die Zauberkraft entsteht aus dem Geist des Bittstellers und dem Willen der Göttin. Man gewinnt sie nicht, indem man irgendwelche Tränke mischt und die dann runterkippt.«

Sie watschelte durch eine Tür in die Küche, ging zum Wasserhahn und hielt den Kessel unter den erbärmlich dünnen Wasserstrahl.

Colin nahm die Gelegenheit wahr, um seine Untersuchung des Vorraums abzuschließen. Er enthielt die merkwürdigsten Dinge: zwei Fahrradfelgen ohne Reifen, einen rostigen Anker, einen ausrangierten Katzenkorb, in dem ein Berg zerfledderter Taschenbücher lag, mit Umschlägen, deren Illustrationen vorzugsweise vollbusige Frauen in den Armen von zügellos leidenschaftlichen Männern zeigten. Wenn hier zwischen Kartons voller Altkleidung, einem uralten Staubsauger und dem Bügelbrett irgendwo ein Satz Haushaltswerkzeuge versteckt war, so würde schon eine gründliche Durchsuchung nötig sein, um sie aufzustöbern.

Colin ging zu Rita in die Küche. Sie hatte sich an den Tisch gesetzt, auf dem noch die Reste ihres zweiten Frühstücks standen, und widmete sich wieder ihren Fingernägeln. Der Nagellack hatte einen starken Geruch, aber gegen ihr Parfum und fetten Schinkenspeck, der in einer Pfanne auf dem Herd brutzelte, kam er nicht an. Colin tauschte die Pfanne mit dem Wasserkessel aus. Rita bedeutete ihm ihren Dank mit dem Lackpinselchen, und er fragte sich, was sie wohl zu dieser Farbe inspiriert hatte und wo sie eine solche Farbe überhaupt aufgetrieben hatte.

Um sich vorsichtig an den Grund seines Besuchs heranzutasten, sagte er: »Ich bin hinten herum gekommen.«

»Ja, das ist mir aufgefallen, Süßer.«

»Ich meine, durch den Garten. Ich hab mir Ihren Schuppen angesehen. Der schaut ja übel aus, Rita. Die Tür hängt schief. Soll ich sie Ihnen richten?«

»Na, das ist aber mal eine tolle Idee, Mr. Constable.«

»Haben Sie Werkzeuge da?«

»Bestimmt. Irgendwo.« Sie streckte ihr rechte Hand auf Armeslänge aus und begutachtete ihre Fingernägel.

»Wo denn?«

»Keine Ahnung, Süßer.«

»Und Polly, weiß sie es?«

Sie wedelte mit der Hand.

»Rita, benützt Polly das Werkzeug?«

»Kann sein. Kann auch nicht sein. Aber uns geht's doch nicht ums schöner Wohnen, hm?«

»Ja, ich glaube, das ist typisch. Wenn Frauen längere Zeit ohne Mann leben, brauchen sie...«

»Ich hab nicht von mir und Polly gesprochen«, fiel sie ihm ins Wort. »Ich hab von mir und von Ihnen gesprochen. Oder gehört das neuerdings zu Ihrem Dienst, daß Sie durch Hintergärten streifen und Geräteschuppen prüfen und hilflosen Frauen Ihre Dienste anbieten?«

»Wir sind alte Freunde. Ich würde mich freuen, wenn ich helfen kann.«

Sie lachte. »Ja, das glaub ich! Freut sich wie ein Schneekönig, der gute Mr. Constable, wenn er nur helfen kann. Ich wette, wenn ich Polly frage, wird sie mir erzählen, daß Sie seit Jahren einmal oder zweimal jede Woche vorbeikommen, um ihr bei der Arbeit zu helfen.« Sie legte ihre linke Hand auf den Tisch und griff nach dem Nagellack.

Das Wasser begann zu kochen. Er nahm den Kessel vom Herd. Sie hatte bereits zwei klobige Becher mit Pulverkaffee bereitgestellt. Der eine Becher war schon benützt, wie die Lippenstiftspuren an seinem Rand verrieten. Der andere – mit dem Wort *Pisces* verziert und einem silbriggrünen Fisch, der in einem von Sprüngen durchzogenen azurblauen Meer schwamm – war offenbar für ihn gedacht. Er zögerte einen Moment, ehe er das Wasser hineingoß, und kippte den Becher so verstohlen wie möglich, um prüfend hineinsehen zu können.

Rita beobachtete ihn und zwinkerte. »Nun machen Sie schon, Schätzchen. Wagen Sie doch mal was. Irgendwann müssen wir ja alle sterben, oder nicht?« Lachend senkte sie den Kopf und widmete sich wieder ihren Fingernägeln.

Er goß das Wasser ein. Auf dem Tisch lag nur ein Teelöffel, allem Anschein nach kein sauberer. Ihm wurde ein wenig schwummrig bei dem Gedanken, ihn in seinen Becher zu stecken, aber kochendes Wasser sterilisierte ja, sagte er sich und tauchte den Löffel rasch ein, um ein paarmal hastig herumzurühren. Dann trank er. Es war eindeutig Kaffee.

»Ich seh jetzt mal nach dem Werkzeug«, sagte er und nahm den Becher mit ins Eßzimmer, wo er ihn in der Absicht, ihn zu vergessen, auf den Tisch stellte.

»Schauen Sie sich nur um«, rief Rita ihm nach. »Wir haben nichts zu verbergen als das, was wir unter unseren Röcken haben. Sagen Sie mir Bescheid, wenn Sie da nachsehen wollen.«

Ihr schrilles Gelächter folgte ihm ins Eßzimmer, wo die eilige Durchsuchung einer Kommode nicht mehr zum Vorschein brachte als einen Satz Geschirr und mehrere Tischdecken, die nach Mottenpulver rochen. Am Fuß der Treppe stand ein müder alter Zeitungsständer mit vergilbten Exemplaren eines Londoner Sensationsblatts. Ein rascher Blick zeigte ihm, daß offenbar nur die saftigeren Ausgaben aufgehoben wurden, in denen über zweiköpfige Säuglinge berichtet wurde, Leichen, die in Särgen geboren hatten, über Wolfskinder und einen Besuch Außerirdischer in einem Kloster in Southend-on-Sea. Er zog die einzige Schublade auf, die voller kleiner Holzstücke war. Er erkannte den Duft von Zeder und Fichte, an dem Stück Lorbeer hing noch ein Blatt. Die anderen Hölzer hätte er nicht benennen können, Polly und ihre Mutter jedoch wußten sicher genau, worum es sich handelte. Sie konnten die Hölzer an ihrer Farbe, ihrem Geruch, ihrer Maserung auseinanderhalten.

Er lief die Treppe hinauf, machte schnell, da er wußte, daß Rita der Durchsuchung ein Ende machen würde, sobald sie für sie keinen Unterhaltungswert mehr hatte. Er blickte nach rechts und nach links, taxierte die Möglichkeiten, die ein Bad und zwei Schlafzimmer boten. Direkt vor ihm stand eine Truhe, auf der die wenig gefällige Bronze irgendeines priapischen, gehörnten männlichen Wesens thronte. Auf der anderen Seite des Flurs war ein Schrank, dessen Tür offenstand, unordentlich vollgestopft mit Bettwäsche und anderen Dingen. Sisyphosarbeit, dachte er. Er war auf dem Weg zu einem der Schlafzimmer, als Rita nach ihm rief.

Er ignorierte sie, blieb an der Tür stehen und fluchte. Die Frau war wirklich der Gipfel der Faulheit. Seit mehr als einem Monat war sie im Haus und lebte immer noch aus ihrem gigantischen Koffer. Und was nicht gerade aus dem Koffer heraushing, lag auf dem Boden verstreut, über den Lehnen der beiden Sessel, am Fuß des ungemachten Betts. Der Toilettentisch unter dem Fenster sah aus, als sei gerade die Spurensicherung der Kriminalpolizei hier gewesen. Dosen und Töpfchen und Nagellackflaschen in sämtlichen Regenbogenfarben standen auf ihm zusammengedrängt, und das Ganze war überdeckt von einer dicken Schicht Gesichtspuder, der ihn an das Pulver erinnerte, das man zur Spurensicherung benützte. Halsketten hingen vom Türknauf und einem der Bettpfosten herab. Schals schlängelten sich zwischen herumliegenden Schuhen. Und das ganze Zimmer atmete Ritas charakteristischen Geruch: teils reife Frucht kurz vor dem Faulen, teils alternde Frau, die ein Bad nötig hatte.

Flüchtig sah er die Kommode durch, ging weiter zum Schrank, kniete nieder, um unter das Bett zu schauen. Dort entdeckte er nichts als Flusen und eine schwarze Plüschkatze mit hochgestelltem Buckel und einem Wimpel am Schwanz, auf dem »Rita weiß und sieht alles« stand.

Er ging ins Bad. Wieder rief Rita nach ihm. Er antwortete nicht. Er sah einen Stapel Handtücher durch, der ganz hinten in dem Regal mit Putzmitteln, Scheuerlappen, zwei verschiedenen Desinfektionsmitteln und einer Keramikkröte lag. Die Wand schmückte ein halbzerfetztes Poster irgendeiner jungfräulichen Schönheit von Typ Lady Godivas, die in einer Muschelschale stand und mit züchtiger Miene ihre Blößen bedeckt hielt.

Irgendwo im Haus mußte etwas zu finden sein. Er spürte das mit der gleichen Gewißheit, wie er das wellige grüne Linoleum unter seinen Füßen spürte. Und wenn es nicht das Werkzeug war, so würde er die Bedeutsamkeit des Funds doch sofort erkennen, ganz gleich, was es sein würde.

Er öffnete das Apothekerschränkchen und suchte zwischen Aspirin, Mundwasser, Zahnpasta und Abführmitteln. Er sah die Taschen eines Bademantels durch, der innen an der Tür hing. Er hob einen Stapel Taschentücher vom Wasserbehälter der Toilette, blätterte sie durch, legte sie auf dem Badewannenrand ab. Und dann hatte er es gefunden.

Als erstes stach ihm die Farbe ins Auge: ein lavendelblauer Schimmer vor der gelben Badezimmerwand, hinter dem Spülkasten eingeklemmt. Ein Buch, nicht groß, vielleicht zwölf mal zweiundzwanzig Zentimeter, und dünn, mit zerschlissenem Buchrücken, so daß man den Titel nicht mehr lesen konnte. Mit einer Zahnbürste aus dem Apothekerschränkchen schob er das Buch hoch. Es fiel neben einem zusammengeknüllten Waschlappen mit dem Titel nach oben zu Boden, und einen Moment lang starrte er nur auf den Titel und genoß das Gefühl, seinen Verdacht bestätigt zu sehen.

Zauberkraft der Alchimie: Kräuter, Gewürze und Pflanzen.

Wieso hatte er geglaubt, der Beweis könnte ein Schäufelchen, ein Kultivator oder ein Werkzeugkasten sein? Hätte sie wirklich so etwas benützt, hätte sie so etwas überhaupt ihr eigen genannt, wie einfach wäre es gewesen, diese Dinge loszuwerden. Sie hätte nur irgendwo ein Loch zu graben und sie im Wald zu verscharren brauchen. Dieser schmale Band jedoch verriet die Wahrheit dessen, was geschehen war.

Er schlug das Buch auf, las die Überschriften der einzelnen Kapitel und wurde mit jedem Moment sicherer. *Zauber der Erntezeit, Planeten und Pflanzen, Magische Eigenschaften.* Er blätterte weiter. Sein Blick fiel auf Gebrauchsanweisungen. Er las auch die angefügten Warnungen.

»Schierling, Schierling«, murmelte er und blätterte hastig. Seine Gier, Genaueres zu erfahren, wuchs, und Informationen über den Schierling sprangen ihm entgegen, als hätten sie nur auf die Gelegenheit gewartet, seine Wißbegier zu stillen. Er las, blätterte, las wieder. Die Worte flogen ihm entgegen, glühten wie mit Leuchtschrift an einen Nachthimmel geschrieben. Und bei den Worten *bei Vollmond* hielt er schließlich inne.

Er starrte darauf. Unvorbereitet traf ihn die Erinnerung. *Nein, nein, nein.* Wut und Schmerz schossen gleichzeitig in ihm hoch.

Sie hatte im Bett gelegen, sie hatte ihn gebeten, den Vorhang weit aufzumachen, sie hatte zum Mond hinausgeschaut. Es war der blutig orangerote Herbstmond, eine riesige glühende Scheibe, zum Greifen nah. Der Erntemond, Col, hatte Annie geflüstert. Und als er sich vom Fenster abgewandt hatte, um ihr zu antworten, war sie ins Koma gesunken, das sie in den Tod geführt hatte.

»Nein«, flüsterte er. »Nicht Annie, nein.«

»Mr. C. Shepherd?« rief Rita von unten herauf. Herrisch, näher als zuvor. Sie schien an der Treppe zu sein. »Amüsieren Sie sich vielleicht mit meiner Unterwäsche?«

Er nestelte an den Knöpfen seines Wollhemds, schob das Buch darunter, drückte es flach an seinen Magen und schob es in seinen Hosenbund. Ihm war schwindlig. Er warf einen Blick in den Spiegel und sah, daß sein Gesicht hochrot war. Er nahm seine Brille ab und drehte das Wasser auf, schöpfte das eisige Wasser auf sein Gesicht, bis dem Schmerz der Kälte Betäubung folgte.

Er trocknete sich ab und betrachtete sein Spiegelbild. Er fuhr sich mit beiden Händen durch das Haar. Er musterte seine Haut und seine Augen, und als er bereit war, ihr mit Gelassenheit gegenüberzutreten, ging er nach unten.

Sie stand am Fuß der Treppe und klatschte mit der Hand auf das Geländer. Ihre Armreifen klapperten. Ihr Doppelkinn schwabbelte.

»Was suchen Sie hier, Mr. Constable Shepherd? Ihnen geht's doch nicht um Schuppentüren, und ein Freundschaftsbesuch ist das auch nicht.«

»Kennen Sie die Tierkreiszeichen?« fragte er, noch im Hinuntergehen. Er war erstaunt, wie ruhig seine Stimme klang.

»Warum? Wollen Sie wissen, ob wir zwei zusammenpassen? Klar kenn ich die. Widder, Krebs, Jungfrau, Schütze...«

»Steinbock«, sagte er.

»Sie sind Steinbock?«

»Nein. Ich bin Waage.«

»Ah, ein gutes Zeichen. Genau das Richtige für jemand in Ihrem Beruf.«

»Waage ist Oktober. Wann ist Steinbock? Wissen Sie das, Rita?«

»Natürlich weiß ich das. Was glauben Sie denn, mit wem Sie's hier zu tun haben, irgendeinem Penner auf der Straße? Steinbock ist Dezember.«

»Wann?«

»Fängt am zweiundzwanzigsten an. Warum? Ist die da oben im Verwalterhaus recht bockig?«

»Nein, nein, es war nur so ein Gedanke.«

»Ja, ich hab mir auch schon so meine Gedanken gemacht.« Sie manövrierte ihre wogenden Massen um die Ecke und watschelte in Richtung Küche davon. An der Tür zum Vorraum blieb sie stehen und winkte ihm mit wackelndem Zeigefinger. »Wir haben doch eine Vereinbarung«, sagte sie.

»Eine Vereinbarung?« wiederholte er, und vor Schreck begannen ihm die Knie zu zittern.

»Na, kommen Sie schon, Süßer. Nur keine Angst. Ich beiß nur Männer, die im Stier geboren sind. Geben Sie mir Ihre Hand.«

Da fiel es ihm ein. »Rita, ich glaub nicht an...«

»Ihre Hand.« Wieder wackelte sie mit dem Finger, fast wie eine böse Hexe diesmal.

Er gehorchte. Sie blockierte schließlich den einzigen Zugang zu seinen Stiefeln.

»Ah, eine hübsche Hand, wirklich.« Sie strich mit ihren Fingern über die seine und streichelte ganz leicht seine Handfläche. Sie hauchte eine kreisförmige Liebkosung auf sein Handgelenk. »Sehr schön«, sagte sie und schloß mit flatternden Lidern die Augen. »Ja, sehr schön. Eine Männerhand. Eine Hand, die auf den Körper einer Frau gehört. Wonnehände sind das. Die setzen das Fleisch in Brand.«

»Das klingt mir nicht sehr nach Handleserei.« Er versuchte, ihr seine Hand zu entziehen. Aber sie hielt sie nur fester, umspannte mit einer Hand sein Handgelenk und hielt mit der anderen seine Finger ausgestreckt.

Sie drehte seine Hand und legte sie auf einen der Fleischberge, die er für ihre Brüste hielt. Sie zwang seine Finger zu drücken. »Davon würden Sie gern mal kosten, was, Mr. Constable? So was haben Sie doch bestimmt noch nie probiert?«

So unrichtig war das gar nicht. Sie fühlte sich nicht wie eine Frau an. Eher wie eine riesige Menge Brotteig. Die Berührung war etwa so erotisch wie der Griff in einen Batzen trocknenden Lehms.

»Na, da wird Ihnen der Mund wäßrig, was, Süßer? Hm?« Ihre Wimpern waren stark getuscht. Sie bildeten Halbmonde von Fliegenbeinen auf ihren Wangen. Ihr Busen hob und senkte sich mit einem zitternden Seufzer, und Zwiebelgeruch wehte ihm ins Gesicht. »O gehörnter Gott, mach ihn bereit«, murmelte Rita. »Mann zur Frau, Pflug zum Feld, Wonnespender und Kraft des Lebens. Aaahi-ooo-uuu.«

Er spürte ihre Brustwarze unter seiner Hand, groß und aufgerichtet, und sein Körper rührte sich trotz der abschreckenden Vorstellung... Er und Rita Yarkin... Dieser Wal im knallroten Turban... Diese Fettmassen, diese schwammigen Finger, die seinen Arm hinaufglitten, sein Gesicht küßten und seine Brust hinunterzuspazieren begannen...

Er zog seine Hand weg. Sie riß die Augen auf. Ihr Blick wirkte benommen und glasig, aber nach einem kurzen Kopfschütteln waren ihre Augen wieder klar. Sie musterte sein Gesicht und schien darin zu lesen, was er nicht verbergen konnte. Sie kicherte leise, dann lachte sie, lehnte sich gegen die Arbeitsplatte in der Küche und brüllte vor Lachen.

»Sie haben gedacht... Sie haben gedacht... ich und Sie... O Wellen des Ozeans...« Unaufhörliches Gelächter zwischen abgerissenen Worten. Tränen bildeten sich in den Falten ihrer Augen. Als sie sich endlich wieder gefaßt hatte, sagte sie: »Ich hab Ihnen doch gesagt, Mr. C.Shepherd, wenn ich was von einem Mann will, dann hol ich's mir von einem Stier.« Sie schneuzte sich in ein schmutziges Geschirrtuch und streckte ihm ihre Hand hin. »Kommen Sie. Her damit. Keine Gebete mehr, damit Sie sich noch in die Hose machen, Sie Armer.«

»Ich muß gehen.«

»Ach was.« Mit den Fingern schnalzend, verlangte sie nach seiner Hand. Noch immer blockierte sie den Ausgang, darum gehorchte er nun doch, zeigte aber durch seine Miene klar, wie wenig dieses Spielchen nach seinem Geschmack war.

Sie zog ihn mit sich zum Spülbecken, wo das Licht besser war. »Gute Linien«, sagte sie. »Klare Kennzeichnung von

Geburt und Heirat. Die Liebe ist...« Sie zögerte stirnrunzelnd und zupfte zerstreut an einer ihrer Augenbrauen. »Stellen Sie sich hinter mich«, befahl sie.
»Was?«
»Machen Sie schon. Schieben Sie Ihre Hand unter meinem Arm durch, so kann ich sie mir besser ansehen, aus der richtigen Perspektive.« Als er zögerte, schnauzte sie: »Los, das soll kein Witz sein. Machen Sie schon.«
Wieder gehorchte er. Infolge ihrer Leibesfülle konnte er nicht sehen, was sie tat, doch er fühlte ihre Fingernägel auf seiner Handfläche, wie sie einzelne Linien nachzeichneten. Schließlich klappte sie seine Hand zur Faust zusammen und ließ sie los.
»Tja«, sagte sie lebhaft. »Da war nicht viel zu sehen nach Ihrer ganzen Anstellerei. Nichts als das Übliche. Nichts Wichtiges. Nichts, weshalb Sie sich Sorgen machen müßten.« Sie drehte den Wasserhahn über der Spüle auf und machte sich umständlich daran, drei Gläser auszuwaschen, in denen Milchreste eine Haut gebildet hatten.
»Sie halten sich vorbildlich an die Vereinbarung, nicht wahr?« fragte Colin.
»Wie meinen Sie das, Süßer?«
»Sie halten die Klappe, wie Sie so schön gesagt haben.«
»Ist doch sowieso nichts. Sie glauben doch nicht daran.«
»Aber Sie, Rita.«
»Ich glaube an vieles. Das heißt noch lang nicht, daß das alles Realität ist.«
»Zugegeben. Dann sagen Sie mir jetzt, was Sie gesehen haben. Lassen Sie mich selber urteilen.«
»Ich dachte, Sie hätten was Wichtiges zu tun, Mr. Constable. Wollten Sie nicht eben dringend weg?«
»Sie weichen der Antwort aus.«
Sie zuckte die Achseln.

»Aber ich will eine Antwort haben.«

»Man kann nun mal nicht alles haben, was man will, Süßer, auch wenn Sie's im Moment im Überfluß kriegen.« Sie hielt eines der Gläser ans Licht. Es war noch fast genauso schmutzig wie vorher. Sie nahm die Flasche mit dem Spülmittel und gab ein paar Tropfen hinein, nahm einen Schwamm und begann das Glas ernsthaft zu säubern.

»Was soll das heißen?«

»Stellen Sie sich doch nicht dümmer, als Sie sind. Sie sind doch ein schlauer Bursche. Überlegen Sie mal.«

»Ach, und das haben Sie aus meiner Hand gelesen? Wie praktisch für Sie, Rita. Erzählen Sie das auch den Dummköpfen, die Sie in Blackpool dafür bezahlen, daß Sie ihnen ihre Zukunft voraussagen?«

»Moment mal, ganz ruhig«, sagte sie.

»Das geht doch alles nach dem gleichen Muster, dieser ganze Hokuspokus, den Sie und Polly veranstalten. Steine deuten, Hand lesen, Tarotkarten legen. Das ist doch alles nur ein Spiel. Sie nützen eine menschliche Schwäche dazu aus, um an Geld zu kommen.«

»Ihre Dummheit ist gar keine Antwort wert.«

»Ja, klar, das ist auch so eine Taktik, stimmt's? Man hält die andere Wange hin, verpaßt aber dem Gegenüber trotzdem noch einen Schlag. Schaut so Ihre tolle Religion aus? Vertrocknete Weiber, die vom Leben nichts mehr zu erwarten haben und dafür das Leben anderer kaputtmachen? Ein Zauber hier, ein Fluch dort, was macht es schon, wenn dabei jemand verletzt wird, es erfährt ja keiner außer den anderen Angehörigen eurer Gemeinschaft. Und ihr haltet natürlich alle den Mund, nicht wahr, Rita? So ist das doch unter Hexen der Brauch.«

Sie fuhr fort, die Gläser zu waschen, eines nach dem anderen. Sie hatte sich einen Fingernagel eingerissen. An einem

anderen war der Lack verkratzt. »Liebe und Tod«, sagte sie. »Liebe und Tod. Dreimal.«
»Was?«
»Das hat Ihre Hand gezeigt. Nur eine Ehe. Aber dreimal Liebe und Tod. Tod. Überall. Sie gehören der Priesterschaft des Todes an, Mr. Constable.«
»Na klar.«
Sie drehte den Kopf nach ihm, fuhr jedoch fort zu spülen. »Es steht in Ihrer Hand, Jungchen. Und die Handlinien lügen nicht.«

16

St. James war in der vergangenen Nacht am Ende seiner Weisheit gewesen. Er hatte im Bett gelegen und durch das Oberlicht zu den Sternen hinaufgesehen und über die schreckliche Vergeblichkeit der Ehe nachgedacht. Er wußte, daß dieses in Zeitlupe Mit-ausgebreiteten-Armen-Aufeinanderzulaufen - sich - glückselig - in - die - Arme - Sinken - Ausblendung, diese Zelluloidfassung menschlicher Beziehungen, den Romantiker, der in jedem wohnte, dazu verleitete, ein Glücklich-und-Zufrieden bis ans Ende aller Tage zu erwarten. Er wußte auch, daß die Realität des Lebens Schritt um Schritt gnadenlos lehrte, daß dieses Glücklich-und-Zufrieden, wenn es sich überhaupt einstellte, niemals für länger blieb und man, wenn man auf sein vermeintliches Klopfen die Tür öffnete, immer damit rechnen mußte, statt seiner von Brummig-und-Zornig oder einer ganzen Schar anderer überrannt zu werden. Es war manchmal schon sehr entmutigend, sich mit den Widrigkeiten des Lebens herumschlagen zu müssen. Gerade als er sich sagen wollte, die einzig vernünftige Art, mit einer Frau umzugehen, sei, strikt den

Mund zu halten, schob sich Deborah von der anderen Seite des Betts an ihn heran.

»Es tut mir leid«, flüsterte sie und legte ihren Arm über seine Brust. »Du bist mein Traummann Nummer eins.«

Er wandte sich ihr zu. Sie drückte ihre Stirn an seine Schulter. Er legte seine Hand in ihren Nacken, fühlte ihr schweres Haar und ihre zarte Haut.

»Da bin ich sehr froh«, flüsterte er. »Weil du nämlich mein Herzblatt Nummer eins bist. Du warst es immer, und du wirst es immer sein, das weißt du.«

Er spürte, daß sie gähnte. »Es ist schwierig für mich«, murmelte sie. »Ich sehe den Weg vor mir, aber der erste Schritt ist unendlich schwer. Ich komm einfach nicht zurecht damit.«

»So ist das mit den meisten Dingen. Ich vermute, das ist unsere Art zu lernen.« Er legte seinen Arm um sie. Er merkte, wie sie in Schlaf glitt. Er hätte sie gern zurückgerufen, statt dessen jedoch gab er ihr einen Kuß auf die Stirn und ließ sie ziehen.

Beim Frühstück jedoch blieb er vorsichtig. Gewiß, sie war seine Deborah, aber sie war sprunghafter als die meisten Frauen. Eben dies, das Unerwartete, war eines der Dinge, die er im Zusammenleben mit ihr genoß. Da brauchte nur in einem Zeitungsartikel angedeutet zu werden, die Polizei konstruiere möglicherweise einen Fall gegen einen IRA-Verdächtigen, und schon geriet sie in hellen Zorn und brachte es fertig, eine Foto-Odyssee nach Belfast oder Derry zu organisieren, um »sich mit eigenen Augen zu vergewissern, was eigentlich los ist«. Ein Bericht über Tierquälereien trieb sie auf die Straße hinaus, um sich einem öffentlichen Protestmarsch anzuschließen. Hörte sie von Diskriminierung gegen Aidskranke, so suchte sie sofort das nächste Hospiz auf, wo man Freiwillige nahm, die den Patienten vorlasen, sich mit ihnen unterhielten, ihnen Gesellschaft leisteten. So war er von einem Tag auf den nächsten niemals ganz sicher, in was für einer Stimmung er sie vorfinden würde, wenn er zum Mittagessen oder zum Abendessen aus seinem Labor herunterkam. Das einzig Sichere am Zusammenleben mit Deborah war, daß nichts besonders sicher war.

Im Prinzip genoß er ihr leidenschaftliches Naturell. Sie war lebendiger als jeder, den er kannte. Aber ohne Vorbehalt lebendig zu sein, verlangte auch, ohne Vorbehalt zu fühlen, und so war sie in ihren Tiefs natürlich ebenso hoffnungslos wie in ihren Hochs ekstatisch. Diese Tiefs waren es, die ihm angst machten, so daß er ihr am liebsten geraten hätte, sich zurückzunehmen. *Versuch, nicht so tief zu fühlen* lag ihm ständig auf der Zunge. Er hatte ja selbst längst gelernt, sich an dieses Rezept zu halten. Doch ihr zu sagen, sie solle nicht fühlen, war so, als rate man ihr, sie solle nicht atmen. Außerdem gefiel ihm dieser Emotionensturm, in dem sie lebte. Vor Langeweile waren sie garantiert bewahrt.

Als sie deshalb, nachdem sie ihr letztes Grapefruitstückchen gegessen hatte, sagte: »Ich weiß jetzt, was es ist. Ich brauche eine feste Richtung. Ich kann dieses blinde Herumtappen nicht mehr aushalten. Es wird Zeit, daß ich mich auf eins konzentriere. Ich muß mich endlich einmal auf etwas einlassen und dann dabeibleiben«, gab er eine vage zustimmende Antwort, während er sich fragte, wovon, zum Teufel, sie da redete.

»Ja, das ist wichtig«, er strich etwas Butter auf eine dreieckige Scheibe Toast. Auf seine zustimmenden Worte nickte sie heftig und klopfte mit ihrem Kaffeelöffel enthusiastisch ihr Ei auf. Als sie keine Anstalten machte, ihre Pläne expliziter zu formulieren, meinte er versuchsweise: »Bei diesem Herumtappen hat man das Gefühl, man hätte keinen Boden unter den Füßen, nicht wahr?«

»Simon, genau das ist es. Du verstehst mich wirklich immer.«

Er klopfte sich im stillen auf die Schulter, während er erwiderte: »Und wenn man sich für eine bestimmte Richtung entscheidet, schafft man sich eine Basis, nicht wahr?«

»Genau.« Sie kaute glücklich ihren Toast. Sie sah zum Fenster hinaus in den grauen Tag, auf die feuchte Straße und die tristen, rußgeschwärzten Häuser. Ihre Augen leuchteten im Glanz irgendwelcher obskuren Möglichkeiten, die sie dem eiskalten Wetter und der bedrückenden Umgebung abzugewinnen schien.

»Und worauf willst du dich nun konzentrieren?« fragte er in dem Versuch, sich auf dem schmalen Grat zwischen freundlicher Zusammenfassung und eingehenderem Interesse zu halten.

»Da bin ich mir noch nicht ganz sicher«, antwortete sie.

»Ach so.«

Sie griff nach der Erdbeermarmelade und klatschte einen Teelöffel voll auf ihren Teller. »Aber man braucht sich ja nur anzusehen, was ich bisher gemacht habe. Landschaften, Stilleben, Porträts. Häuser, Brücken, Hotelinterieurs. Frau Kunterbunt persönlich. Kein Wunder, daß es mir nicht gelingt, mir einen Ruf zu schaffen.« Sie strich Marmelade auf ihren Toast und gestikulierte temperamentvoll. »Ich muß für mich entscheiden, welche Art der Fotografie mir persönlich am meisten Freude macht. Ich muß meinem Herzen folgen. Ich muß aufhören, mich in alle Richtungen zu verzetteln und jedem Angebot nachzulaufen. Ich kann nicht in allem hervorragend sein. Das kann niemand. Aber in einem Teilbereich kann ich hervorragend sein. Anfangs, als ich noch in der Schule war, dachte ich, es wäre die Porträtfotografie, das weißt du ja. Dann hab ich mich davon abbringen lassen und habe Landschaften und Stilleben gemacht. Und jetzt übernehm ich jeden Auftrag, den ich ergattern kann. Das ist nicht gut. Ich muß mich jetzt endlich entscheiden.«

Auf ihrem Morgenspaziergang zum Park, wo Deborah die Enten mit den Toastresten fütterte und sie das Kriegerdenkmal des einsamen Soldaten betrachteten, sprach sie von ihrer Kunst. Stilleben böten eine Fülle von Möglichkeiten – ob er eigentlich wüßte, was die Amerikaner derzeit mit Blumen und Farbe machten? Ob er diese Studien mit erhitztem und säurebehandeltem Metall kenne? Yoshidas Darstellung von Früchten? –, andererseits mache das Ganze einen ziemlich distanzierten Eindruck. Es sei kein großes emotionales Risiko dabei, wenn man eine Tulpe oder eine Birne fotografierte. Landschaften seien herrlich – ein Genuß mußte das sein, als Reisefotograf in Afrika oder im Orient zu fotografieren –, aber sie verlangten eigentlich nur ein Auge für die Komposition, Geschick im Umgang mit dem Licht, Filtern und Filmarten, kurz, rein technisches Wissen. Porträts hingegen – nun, da spielte ein Element des Vertrauens mit, das zunächst zwischen dem Künstler und seinem Modell hergestellt werden mußte. Und Vertrauen setzte Risikobereitschaft voraus. Beim Porträt waren beide Parteien gezwungen, aus sich herauszugehen. Man fotografierte einen Körper, aber wenn man gut war, fing man die Persönlichkeit in ihm ein. Dabei spiele sich Leben ab, erklärte sie St. James, sich auf die Gefühle und den Geist des Modells einzulassen, sein Vertrauen zu gewinnen, ihn wahrhaftig einzufangen.

St. James, der ein wenig zu Zynismus neigte, hätte kein Geld darauf gewettet, daß die meisten Menschen hinter ihrer äußeren Persona »Wahrhaftiges« zu bieten hatten. Aber er war froh und glücklich, an Deborahs Überlegungen Anteil zu haben. Als sie angefangen hatte zu sprechen, hatte er zunächst versucht, an Worten, Ton und Ausdruck zu erkennen, ob sie vielleicht den Kern des Themas umgehen wollte.

Sie war am vergangenen Abend verstimmt und erregt gewesen, weil er in ihre Domäne eingedrungen war. Sie würde bestimmt nicht eine Wiederholung dieser Situation wollen. Doch je mehr sie sprach – diese Möglichkeit erwog und jene verwarf, ihre eigenen Motive auszuloten versuchte –, desto ruhiger wurde er. Deborah strahlte eine Energie aus, wie er sie in den letzten zehn Monaten bei ihr nicht erlebt hatte. Ganz gleich, aus welchen Gründen sie diese Ausführungen über ihre berufliche Zukunft begonnen hatte, die Stimmung, die sie herbeizuführen schienen, war weit positiver als ihre Depression vorher. Als sie darum ihr Stativ mit der Hasselblad aufstellte und sagte: »Jetzt ist das Licht gerade gut«, und ihn bat, ihr im verlassenen Biergarten des *Crofters Inn* Modell zu sitzen, damit sie sich an ihm gleich mit einigen Porträtaufnahmen versuchen konnte, ließ er sich von ihr trotz der Kälte über eine Stunde lang aus sämtlichen erdenklichen Perspektiven auf die Platte bannen.

»Verstehst du, ich möchte nicht diese üblichen Atelierporträts machen. Ich meine, ich habe überhaupt keine Lust, daß die Leute zu mir kommen, um für das Hochzeitstagsfoto oder so was Modell zu sitzen. Ich hätte nichts dagegen, vielleicht mal irgendwas Besonderes zu machen, aber hauptsächlich, glaube ich, möchte ich auf der Straße und an öffentlichen Plätzen arbeiten. Ich möchte ganz einfach interessante Gesichter finden und sich dann alles von selbst entwickeln lassen«, erklärte sie gerade, als Ben Wragg an der Hintertür des Pubs erschien und ihnen zurief, Inspector Lynley wolle Mr. St. James sprechen.

Das Ergebnis dieses Telefongesprächs – bei dem Lynley sich die Seele aus dem Leib schreien mußte, weil irgendwo in seiner Nachbarschaft Straßenarbeiten stattfanden, die kleinere Sprengungen notwendig machten – war eine Fahrt nach Bradford.

»Wir suchen nach einer Verbindung zwischen ihnen«, hatte Lynley gesagt. »Vielleicht kann der Bischof sie uns liefern.«

»Und du?«

»Ich habe eine Verabredung beim CID Clitheroe. Danach in der Pathologie. Das ist zwar hauptsächlich Formalität, aber es muß getan werden.«

»Du hast mit Mrs. Spence gesprochen?«

»Ja, und auch mit der Tochter.«

»Und?«

»Ich weiß nicht. Mir ist nicht wohl bei der ganzen Sache. Ich habe kaum einen Zweifel daran, daß die Spence es getan hat und auch genau wußte, was sie tat. Ich habe allerdings erhebliche Zweifel daran, daß es sich um einen Mord konventioneller Art handelt. Wir müssen mehr über Sage in Erfahrung bringen. Wir müssen herausbekommen, warum er aus Cornwall weggegangen ist.«

»Verfolgst du eine bestimmte Spur?«

Er hörte Lynley seufzen. »In diesem Fall hoffe ich nicht, St. James.«

So fuhren sie also, nachdem sie sich telefonisch angemeldet hatten, in ihrem Mietwagen an Pendle Hill vorbei die nicht unbeträchtliche Strecke bis nach Bradford, nördlich des Keighley Moors.

Im Amtssitz des Bischofs von Bradford, nicht weit von der Kathedrale aus dem fünfzehnten Jahrhundert entfernt, empfing sie der Sekretär des hohen Herrn. Er war ein junger Mann mit großen vorstehenden Zähnen, der einen in rostbraunes Leder gebundenen Terminkalender mit sich herumtrug, in dessen goldgeränderten Seiten er ständig blätterte, als wollte er sie daran erinnern, wie kostbar die Zeit des Bischofs sei und wie glücklich sie sich preisen könnten, daß er ihnen eine halbe Stunde davon gönnte. Er führte sie nicht in ein Büro oder Konferenzzimmer, sondern durch holzgetäfelte Gänge zu einer Hintertreppe, die in einen kleinen Fitneßraum mit Spiegelwand führte. Darin warteten ein Übungsfahrrad, eine Rudermaschine, irgendein komplizierter Aufbau zum Bodybuilding mit Gewichten und Robert Glennaven, der Bischof von Bradford, der seinen Körper auf einer vierten Maschine, die aus beweglichen Treppen und Rollstangen bestand, folterte.

»Euer Hochwürden«, sagte der Sekretär, stellte St. James und Deborah vor, machte hackenknallend auf dem Absatz kehrt und ließ sich auf einem harten geradlehnigen Stuhl am Fuß der Treppe nieder. Er faltete seine Hände über dem Terminkalender – der jetzt an angemessener Stelle aufgeschlagen war –, nahm seine Armbanduhr vom Handgelenk, legte sie auf sein Knie und stellte seine schmalen Füße flach auf den Boden.

Glennaven nickte ihnen kurz zu und wischte sich mit einem Handtuch den Schweiß von der glänzenden Glatze. Er trug eine graue Trainingshose und dazu ein ausgewaschenes schwarzes T-Shirt, auf dem über dem Datum *4. Mai* die Worte *Tenth UNICEF Jog-A-Thon* standen.

»Um diese Zeit macht der Bischof täglich sein Fitneßtraining«, verkündete der Sekretär überflüssigerweise. »Er hat in einer Stunde bereits den nächsten Termin und muß vorher noch duschen. Seien Sie so gut und denken Sie daran.«

Abgesehen von dem Stuhl, auf dem der Sekretär Platz genommen hatte, gab es keine Sitzgelegenheit in dem kleinen Raum. St. James fragte sich, wie viele andere unerwartete oder unerwünschte Gäste genötigt wurden, ihre Besuche beim Bischof kurz zu halten, indem man sie zwang, sie im Stehen zu absolvieren.

»Das Herz«, sagte Glennaven und klopfte sich auf die Brust, bevor er einen Knopf an der Treppenmaschine einstellte. Er verzog keuchend das Gesicht beim Sprechen, offensichtlich kein Fitneßfreak, sondern ein Mann, der keine andere Wahl hatte. »Eine Viertelstunde muß ich noch weitermachen. Tut mir leid. Ich kann jetzt nicht aufhören, sonst bringt es nichts. Sagt jedenfalls der Kardiologe. Manchmal hab ich den Verdacht, die Sadisten, die diese infernalischen Maschinen herstellen, beteiligen ihn am Gewinn.« Er arbeitete schwitzend weiter. »Der *Deacon* sagte mir...«, sein Kopf deutete erklärend zum Sekretär... »Scotland Yard möchte Auskünfte von mir, und natürlich, wie das heute so üblich ist, wenn möglich sofort.«

»Das ist richtig«, bestätigte St. James.

»Ich wüßte nicht, wie ich Ihnen da helfen soll. Dominic hier...«, wieder wies er mit dem Kopf auf den Sekretär... »kann Ihnen wahrscheinlich mehr sagen. Er war bei der Leichenschau.«

»In Ihrem Auftrag, wenn ich recht unterrichtet bin.«

Der Bischof nickte. Er grunzte vor Anstrengung bei seinen Übungen, und die Adern an seiner Stirn und seinen Armen schwollen an.

»Entspricht es Ihren Geschäftsgepflogenheiten, jemanden zu einer Leichenschau abzuordnen?«

Er schüttelte den Kopf. »Es ist noch nie passiert, daß einer meiner Geistlichen vergiftet wurde. Es gibt da keine Gepflogenheiten.«

»Würden Sie es wieder tun, wenn ein anderer Geistlicher unter fragwürdigen Umständen ums Leben käme?«

»Das käme auf den Geistlichen an. Wenn er wie Sage wäre, ja.«

Daß Glennaven selbst das Thema ansprach, erleichterte St. James seine Aufgabe. Seiner Sache schon sicherer als zu Anfang, ließ er sich auf der Bank des Bodybuildingapparats nieder. Deborah wählte das Übungsfahrrad. Der Sekretär quittierte dies mit einem mißbilligenden Blick zum Bischof. Alles so gut geplant und alles schiefgegangen, sagte seine Miene. Er tippte auf seine Uhr, als wollte er sich vergewissern, daß sie noch funktionierte.

»Sie meinen, wenn es sich um einen Mann handelt, bei dem man mit großer Wahrscheinlichkeit vermuten kann, daß er absichtlich vergiftet wurde«, sagte St. James.

»Wir brauchen Priester, die sich ihrem Amt mit Hingabe widmen«, erklärte der Bischof, dazwischen immer wieder grunzend, »besonders in Gemeinden, in denen der weltliche Lohn minimal ist. Aber religiöser Eifer hat auch seine negativen Seiten. Die Leute nehmen daran Anstoß. Der religiöse Eiferer hält den Menschen den Spiegel vor und verlangt von ihnen, sich selbst ins Gesicht zu sehen.«

»Und Sage war ein religiöser Eiferer?«

»In mancher Leute Augen, ja.«

»In Ihren Augen?«

»Ja. Aber es hat mich nicht gestört. Meine Toleranzschwelle bei religiösem Aktivismus ist ziemlich hoch. Er war ein anständiger Kerl. Er hatte einen klaren Verstand. Er setzte ihn ein. Aber natürlich schafft Eifer Probleme. Darum habe ich Dominic zur Leichenschau geschickt.«

»Soviel ich weiß, waren Sie mit dem, was Ihnen zu Ohren kam, zufrieden«, sagte St. James zu dem Sekretär.

»Nichts, was bei der Leichenschau zur Sprache kam, ließ darauf schließen, daß es an der Amtsführung Mr. Sages irgend etwas auszusetzen gab.« Diese Art nichtssagender Bemerkungen nach dem Motto »Nichts hören, nichts sehen und niemand auf die Zehen treten« waren dem Sekretär auf der politisch religiösen Ebene, auf der er tätig war, sicherlich dienlich. St. James hatte gar nichts davon.

»Und Mr. Sage selbst?« fragte St. James.

Der Sekretär fuhr sich mit der Zunge über seine vorstehenden Zähne und zupfte einen kleinen Fussel vom Revers seines schwarzen Jacketts. »Bitte?«

»Gab es an Mr. Sage selbst etwas auszusetzen?«

»Soweit es die Gemeinde betraf und soweit ich dank meiner Anwesenheit bei der Leichenschau in Erfahrung bringen konnte...«

»Ich meine, in Ihren Augen. Gab es an ihm etwas auszusetzen? Sie haben ihn doch sicher gekannt und nicht nur bei der Leichenschau von ihm gehört.«

»Keiner von uns ist vollkommen«, antwortete der Sekretär gouvernantenhaft.

»Wissen Sie, aus der Luft gegriffene Mutmaßungen sind bei der Untersuchung eines ungewöhnlichen Todesfalls keine Hilfe«, sagte St. James.

Der Hals des Sekretärs schien um einiges länger zu werden, als er den Kopf hob. »Wenn Sie sich mehr erhoffen – vielleicht etwas Nachteiliges –, muß ich Ihnen sagen, daß ich nicht die Angewohnheit habe, über geistliche Kollegen zu Gericht zu sitzen.«

Der Bischof lachte. »Was reden Sie für einen Blödsinn, Dominic. Die meisten Tage sitzen Sie zu Gericht wie der heilige Petrus persönlich. Sagen Sie dem Mann, was Sie wissen.«

»Hochwürden...«

»Dominic, Sie klatschen doch wie ein zehnjähriges Schulmädchen. Das war immer schon so. Hören Sie auf mit Ihrer Doppelzüngigkeit, sonst muß ich noch von dieser verflixten Maschine heruntersteigen und Ihnen eine kräftige Ohrfeige geben. Verzeihen Sie, gnädige Frau«, sagte er zu Deborah gewandt, die lächelte.

Der Sekretär machte ein Gesicht, als röche er etwas Unangenehmes und habe soeben den Befehl erhalten, so zu tun, als handelte es sich um Rosenduft. »Also gut«, sagte er. »Ich fand immer, Mr. Sage habe eine ziemlich eingeengte Betrachtungsweise. Sein einziger Bezugspunkt war die Bibel.«

»Ich würde das bei einem Geistlichen nicht als Beschränkung empfinden«, meinte St. James.

»Aber es ist eine Beschränkung, eine sehr schwerwiegende sogar für einen Geistlichen im Gemeindedienst. Eine strenge Auslegung der Bibel und ein striktes Festhalten an ihrem Wort kann absolut blind machen, ganz zu schweigen davon, daß dadurch gerade die Gemeinde, die man zu vergrößern sucht, abgeschreckt wird. Wir sind keine Puritaner, Mr. St. James. Wir wettern nicht mehr von der Kanzel. Wir fördern nicht religiöse Hingabe, die auf Furcht basiert.«

»Nichts, was wir über Sage gehört haben, gibt Anlaß zu glauben, daß er das getan hat.«

»In Winslough vielleicht noch nicht. Aber bei *unserem* letzten Zusammentreffen mit ihm hier in Bradford war klar ersichtlich, welche Richtung er einzuschlagen gedachte. Über dem Mann zog sich ein regelrechtes Gewitter zusammen. Man spürte, daß es nur noch eine Frage der Zeit war, bis es zum Ausbruch kommen würde.«

»Ein Gewitter? Sie meinen Ärger zwischen Sage und der Gemeinde? Oder mit einem Gemeindemitglied? Wissen Sie da etwas Bestimmtes?«

»Obwohl er jahrelang im Amt war, begriff er die konkreten Probleme seiner Gemeindemitglieder oder auch anderer nicht in ihrem wesentlichen Kern. Um Ihnen ein Beispiel zu geben: Etwa einen Monat vor seinem Tod nahm er an einer Konferenz über Ehe und Familie teil, und während ein Psychologe sich bemühte, unseren Brüdern eine Anleitung zu geben, wie sie mit Gemeindemitgliedern, die eheliche Schwierigkeiten hatten, umgehen sollten, wollte Mr. Sage unbedingt eine Diskussion über die Frau führen, die im Ehebruch ergriffen wurde.«

»Die Frau...?«

»Johannes, Kapitel acht«, sagte der Bischof. »›Aber die Schriftgelehrten und Pharisäer brachten eine Frau zu ihm, im Ehebruch ergriffen...‹ und so weiter, und so weiter. Sie kennen die Geschichte. ›Wer unter euch ohne Sünde ist, der werfe den ersten Stein.‹«

Der Sekretär berichtete weiter, als hätte der Bischof gar nicht gesprochen. »Wir waren mitten in der Diskussion darüber, wie man am besten einem Paar helfen kann, das nicht mehr vernünftig und offen miteinander sprechen kann, weil einer den anderen beherrschen will, und Sage wollte die Frage erörtern, was recht und was moralisch vertretbar sei. Aufgrund der Gesetze der Hebräer sei es moralisch gutgeheißen worden, diese Frau zu steinigen, erklärte er. Aber sei das damit auch recht gewesen? Und sollten wir bei unseren gemeinsamen Gesprächen nicht dieser Frage nachgehen, Brüder: dem Dilemma dessen, was in den Augen unserer Gesellschaft moralisch ist und was in den Augen Gottes recht ist? Es war der absolute Unsinn. Er war unfähig, über konkrete Dinge zu sprechen. Er meinte, wenn es ihm gelänge, uns die Köpfe mit Luft zu füllen und uns in nebulöse Diskussionen zu verwickeln, würden seine eigenen Schwächen als Priester – ganz zu schweigen von seinen menschlichen Mängeln – vielleicht nie ans Licht kommen.« Zum Abschluß seiner Rede wedelte der Sekretär mit der Hand vor seinem Gesicht herum, als wollte er eine lästige Fliege verjagen. Dann schnalzte er spöttisch mit der Zunge. »Die Frau, die im Ehebruch ergriffen wurde. Sollen wir nun die armen Sünder auf dem Marktplatz steinigen oder nicht. Du lieber Gott. So ein Gewäsch. Wir leben schließlich im zwanzigsten Jahrhundert.«

»Dominic legt den Finger immer auf die offene Wunde«, warf der Bischof ein.

Der Sekretär machte ein pikiertes Gesicht.

»Sie stimmen mit Mr. Sages Beurteilung des Problems nicht überein?«

»Doch. Sie ist zutreffend. Traurig, aber wahr. Er war in seinem Eifer ausgesprochen bibelstreng. Und das ist, offen gesagt, abschreckend, selbst für Geistliche.«

Der Sekretär senkte zum Zeichen dafür, daß er sich der lakonischen Zustimmung des Bischofs unterwürfig anschloß, kurz den Kopf.

Glennaven trampelte weiter keuchend auf seiner Treppenmaschine, und die Schweißflecken auf T-Shirt und Trainingshose wurden immer größer. Die Maschine ratterte und summte. Der Bischof keuchte. St. James dachte darüber nach, wie merkwürdig Religion sein konnte.

Alle Formen des christlichen Glaubens entsprangen derselben Quelle, dem Leben und dem Wort des Nazareners. Doch die Arten, dieses Leben und dieses Wort zu feiern, schienen unendlich in ihrer Vielfalt. St. James konnte sich vorstellen, daß es über der Auslegung des Worts und der Art der Gottesverehrung zu hitzigen Meinungsverschiedenheiten und schwelendem Unmut kommen konnte, aber würde man einen Geistlichen, dessen Art von Frömmigkeit die Gemeindemitglieder irritierte, nicht eher auswechseln als eliminieren? St. John Townley-Young mochte Robin Sage in seiner Glaubensausübung allzu volksverbunden gefunden haben. Der Sekretär mochte ihn allzu fundamentalistisch gefunden haben. Die Gemeinde hatte vielleicht sein leidenschaftlicher Eifer gestört. Aber dies alles waren doch keine Gründe, den Mann zu ermorden. Die Wahrheit mußte woanders liegen. Religiöser Eifer war sicherlich nicht die Verbindung, die Lynley zwischen Mörder und Opfer aufzudecken hoffte.

»Soviel ich weiß, kam er aus Cornwall zu Ihnen«, bemerkte St. James.

»Das ist richtig.« Der Bischof rubbelte sich mit dem Handtuch das Gesicht und tupfte sich den Schweiß vom Hals. »Er war fast zwanzig Jahre dort. Dann um die drei Monate hier. Ein Teil davon bei mir, während er zu den verschiedenen Vorstellungsgesprächen fuhr. Den Rest in Winslough.«

»Ist es üblich, daß ein Geistlicher sich während des Auswahlprozesses hier bei Ihnen aufhält?«

»Nein, das war ein Sonderfall«, antwortete Glennaven.

»Inwiefern?«

»Es war eine Gefälligkeit. Ludlow hatte darum gebeten.«

St. James runzelte die Stirn. »Die Stadt Ludlow?«

»Michael Ludlow«, erklärte der Sekretär. »Der Bischof von Truro. Er bat den Bischof, dafür zu sorgen, daß Mr. Sage ...« Er nahm sich ostentativ Zeit, um aus dem Spreu seiner Gedanken ein Weizenkorn des Euphemismus auszusondern. »Er war der Meinung, Mr. Sage brauchte Tapetenwechsel. Er glaubte, eine neue Umgebung würde seine Chancen auf Erfolg erhöhen.«

»Ich hatte keine Ahnung, daß ein Bischof so persönlichen Anteil an der Arbeit eines einzelnen Geistlichen nimmt. Ist das normal?«

»Im Falle dieses Geistlichen, ja.« An der Treppenmaschine ging ein Summer los. »Gott sei gepriesen«, seufzte Glennaven und griff nach einem Knopf, den er mit großem Enthusiasmus gegen den Uhrzeigersinn drehte. Er verringerte sein Tempo, um sich allmählich zu entspannen. Sein Atem wurde langsam wieder normal. »Robin Sage war ursprünglich Michael Ludlows Archidiakon, also sein Vertreter«, sagte er. »Er war innerhalb von sieben Jahren zu diesem Amt aufgestiegen. Er war erst zweiunddreißig, als er auf den Posten berufen wurde. Ein Erfolg ohnegleichen. Man könnte sagen, daß er sich *carpe diem* zum persönlichen Motto gemacht hatte.«

»Das klingt aber gar nicht nach dem Mann aus Winslough«, murmelte Deborah.

Glennaven nickte. »Er machte sich Michael unentbehrlich. Er saß in allen möglichen Ausschüssen, war politisch tätig...«

»Im Rahmen dessen, was die Kirche guthieß«, warf der Sekretär ein.

»...las an verschiedenen Universitäten. Durch seine Initiative wurden Tausende von Pfund für die Instandhaltung der Kathedrale und für die örtlichen Kirchen gesammelt. Er besaß die Fähigkeit, sich ohne Anstrengung oder Verlegenheit in jedem gesellschaftlichen Umfeld zu bewegen.«

»Der reinste Wunderknabe«, bemerkte der Sekretär mit saurer Miene.

»Merkwürdig, sich vorzustellen, daß einen solchen Mann plötzlich das Leben eines Dorfpfarrers locken sollte«, sagte St. James.

»Genau das dachte Michael auch. Er war unglücklich darüber, ihn zu verlieren, aber er ließ ihn gehen. Es war Sages eigene Bitte. Seine erste Pfarrei war Boscastle.«

»Wieso Boscastle?«

Der Bischof wischte sich die Hände am Handtuch ab und faltete es. »Vielleicht war er da im Urlaub mal gewesen.«

»Aber wieso dieser plötzliche Umschwung? Wieso der Wunsch, Macht und Einfluß aufzugeben, um irgendwo in der Versenkung zu verschwinden? Das ist doch nicht die Norm. Selbst für einen Geistlichen nicht, denke ich.«

»Er hatte kurz zuvor offenbar sein eigenes Damaskus erlebt. Er hatte seine Frau verloren.«

»Seine Frau?«

»Sie kam bei einem Bootsunfall ums Leben. Michael sagte, er sei danach nie wieder der alte geworden. Er betrachtete ihren Tod als eine Strafe Gottes für seine weltlichen Interessen und beschloß, sie aufzugeben.«

St. James sah zu Deborah hinüber. Er sah ihr an, daß sie das gleiche dachte wie er. Sie hatten sich von unvollständigen Informationen zu voreiligen Vermutungen verleiten lassen. Sie hatten angenommen, Robin Sage sei nicht verheiratet gewesen, weil niemand in Winslough eine Ehefrau erwähnt hatte. Deborahs nachdenklichem Gesicht sah er an, daß sie in Gedanken bei jenem Tag im November war, als sie mit dem Mann gesprochen hatte.

»Sein Streben nach Erfolg wurde also von dem Bestreben abgelöst, irgendwie für die Vergangenheit Wiedergutmachung zu leisten«, sagte St. James zum Bischof.

»Das Problem war nur, daß sich letzteres nicht so leicht in die Tat umsetzen ließ. Er wechselte neunmal den Posten.«

»In welcher Zeit?«

Der Bischof sah seinen Sekretär an. »In etwa zehn bis fünfzehn Jahren, nicht wahr?« Der Sekretär nickte.

»Und nirgends kam er an? Ein Mann mit seinen Talenten?«

»Wie ich schon sagte, dieses Bestreben um Wiedergutmachung ließ sich nicht gut umsetzen. Er wurde zu dem religiösen Eiferer, von dem wir vorhin sprachen, der mit größter Vehemenz gegen alles, von der abnehmenden Zahl der Kirchenbesucher bis zu dem, was er die Säkularisation der Geistlichkeit nannte, wetterte. Er lebte die Bergpredigt und war nicht bereit, Kollegen oder sogar Gemeindemitglieder zu akzeptieren, die es nicht ebenso hielten. Und um das Maß vollzumachen, war er auch noch felsenfest davon überzeugt, daß Gott seinen Willen durch das kundtat, was den Menschen in ihrem Leben zustößt. Das ist nun wirklich eine bittere Pille für jemanden, der gerade das Opfer einer sinnlosen Tragödie geworden ist.«

»Was ja auch auf ihn selbst zutraf.«

»Ja, aber er meinte, er habe es nicht anders verdient.«

»›Ich war absolut egozentrisch‹, pflegte er zu sagen«, imitierte der Sekretär im Deklamationston. »›Nur mein eigenes Bedürfnis nach Ruhm war mir wichtig. Bis Gott eingriff, um mich zu verändern. Auch Sie können sich verändern.‹«

»Leider waren seine Worte, so wahr sie auch gewesen sein mögen, kein Erfolgsrezept«, sagte der Bischof.

»Und als Sie von seinem Tod hörten, dachten Sie da an eine Verbindung?«

»Ich konnte nicht umhin, es in Betracht zu ziehen«, antwortete der Bischof. »Deshalb schickte ich meinen Sekretär zur Leichenschau.«

»Der Mann war von Dämonen besessen«, sagte der Sekretär. »Und er kämpfte vor aller Augen gegen sie. Er konnte für seine eigenen weltlichen Neigungen nur büßen, indem er alle anderen für die ihren geißelte. Ist das ein Motiv zum Mord?« Er klappte den Terminkalender des Bischofs zu. Das Gespräch war beendet. »Ich denke, das kommt darauf an, wie man reagiert, wenn man sich einem Menschen gegenübersieht, der davon überzeugt zu sein scheint, daß sein Lebensstil der einzig richtige ist.«

»Ich hab so was nie gekonnt, Simon, das weißt du doch.« Sie hatten endlich in Downham, auf der anderen Seite des Forest of Pendle, angehalten, um Rast zu machen. Sie parkten vor der Post und gingen die schmale abfallende Straße hinunter. Im Vorbeifahren hatten sie eine an eine aus losen Steinen aufgeschichtete Mauer gelehnte alte Bank entdeckt.

»Mach dir doch deswegen keine Gedanken. Du mußt hier nicht brillieren. Versuch einfach, dich zu erinnern. Der Rest kommt dann irgendwann von selbst.«

»Wieso bist du eigentlich so widerlich verständnisvoll?«

Er lächelte. »Ich dachte immer, das wäre ein Teil meines Charmes.«

Deborah setzte sich auf die Bank. Sie nickte grüßend einer Frau zu, die in Parka und roten Gummistiefeln mit einem drahtigen schwarzen Terrier an der Leine an ihnen vorüberging. Dann stützte sie ihr Kinn auf ihre Faust. St. James setzte sich zu ihr. Er berührte mit einem Finger die steile Falte zwischen ihren Augenbrauen.

»Ich denke nach«, sagte sie. »Ich versuche, mich zu erinnern.«

»Das ist mir schon aufgefallen.« Er schlug seinen Mantelkragen hoch. »Ich frage mich nur, ob man einen Denkprozeß zwingend bei arktischen Temperaturen in Gang setzen muß.«

»Bist du aber empfindlich! So kalt ist es gar nicht.«

»Du solltest dir mal deine Lippen ansehen. Die werden schon langsam blau.«

»Unsinn! Mich fröstelt ja nicht einmal.«

»Das wundert mich nicht. Du bist längst darüber hinaus. Du befindest dich im letzten Stadium der Unterkühlung und weißt es nicht einmal. Komm, gehen wir zu dem Pub zurück. Aus dem Kamin steigt Rauch auf.«

»Da werde ich zu stark abgelenkt.«

»Deborah, es ist kalt. Hat ein Brandy nicht was Verlockendes?«

»Ich muß nachdenken.«

St. James schob seine Hände in die Manteltaschen.

»Josef«, verkündete Deborah endlich. »Daran erinnere ich mich ganz deutlich, Simon. Er verehrte den heiligen Josef.«

St. James hob zweifelnd eine Braue hoch und kroch tiefer in seinen Mantel. »Na ja, das ist immerhin ein Anfang.« Er bemühte sich um einen positiven Ton.

»Nein, wirklich. Es ist wichtig. Es muß wichtig sein.« Deborah erzählte von ihrer Begegnung mit dem Pfarrer in der

National Gallery. »Ich sah mir den da Vinci an – Simon, warum hast du mir den eigentlich nie gezeigt?«

»Weil du Museen haßt. Ich hab's versucht, als du neun warst. Erinnerst du dich nicht? Du wolltest lieber auf der Serpentine rudern gehen und bist ziemlich ekelhaft geworden, als ich mit dir statt dessen ins British Museum gegangen bin.«

»Aber das waren ja auch Mumien. Ich mußte mir Mumien ansehen, Simon. Ich hatte wochenlang Alpträume.«

»Ich auch.«

»Du hättest dich ja von einem kleinen Temperamentsausbruch nicht gleich unterkriegen lassen müssen.«

»Das werde ich mir für die Zukunft merken. Aber erzähl mir weiter von Sage.«

Sie schob ihre Hände in die Mantelärmel. »Er machte mich darauf aufmerksam, daß es auf der Da-Vinci-Zeichnung keinen Josef gab. Er sagte, fast nie werde auf Gemälden mit der Heiligen Jungfrau auch Josef dargestellt, er fände das sehr traurig. Ja, so etwas in der Art sagte er.«

»Na ja, Josef war schließlich nur der Versorger. Der brave Ehemann, der das Geld heimbrachte.«

»Aber das schien ihn so – so traurig zu machen. Es wirkte beinahe so, als nähme er es persönlich.«

St. James nickte. »Das ist der Frust. Männer bilden sich gern ein, daß sie im Leben ihrer Frauen eine bedeutendere Rolle spielen. Woran erinnerst du dich noch?«

Sie drückte ihr Kinn auf ihre Brust. »Er wollte eigentlich gar nicht dort sein.«

»In London?«

»Im Museum. Er wollte woandershin – war es nicht der Hyde Park? –, als es zu regnen anfing. Er liebte die Natur. Er liebte das Land. Er sagte, im Freien könnte er besser nachdenken.«

»Worüber?«

»Über Josef?«

»Na, über dieses Thema kann man wahrlich endlos nachdenken.«

»Ich hab's dir ja gleich gesagt, daß ich das nicht kann. Ich habe kein Gedächtnis für Gespräche. Frag mich, was er anhatte, wie er aussah, welche Haarfarbe er hatte, welche Form sein Mund. Aber verlang von mir nicht, dir zu erzählen, was er gesagt hat. Selbst wenn ich mich an jedes einzelne Wort erinnern könnte, wäre ich nicht fähig, nach tieferen Bedeutungen zu schürfen. Ich bin nicht fürs Tiefschürfende. Ich begegne jemandem. Ich spreche mit ihm. Ich mag ihn, oder ich mag ihn nicht. Ich denke: Mit diesem Menschen könnte ich mich anfreunden. Und damit hat sich's. Ich rechne nicht damit, daß er tot ist, wenn ich komme, um ihn zu besuchen, deshalb hab ich auch nicht jedes einzelne Detail unserer ersten Begegnung im Gedächtnis. Wär das bei dir anders?«

»Nur wenn ich mich mit einer schönen Frau unterhalten würde. Und selbst da merk ich immer wieder, daß mich Details ablenken, die mit dem, was sie zu sagen hat, gar nichts zu tun haben.«

Sie sah ihn scharf an. »Was für Details?«

Er neigte nachdenklich den Kopf zur Seite und musterte ihr Gesicht. »Der Mund zum Beispiel.«

»Der Mund?«

»Ich finde, der Frauenmund ist eine Studie wert. Ich hab schon seit einigen Jahren gute Lust, eine wissenschaftliche Theorie über ihn aufzustellen.« Er lehnte sich auf der Bank zurück. Er spürte ihre Empörung und unterdrückte ein Lächeln.

»Erwarte jetzt bloß nicht, daß ich frage, was das für eine Theorie ist. Ich weiß, das hättest du gern. Seh ich dir an. Aber ich will sie gar nicht wissen.«

»Auch gut.«

»Gut.« Genau wie er lehnte sie sich zurück, streckte die Beine aus und starrte auf ihre Stiefelspitzen. Sie schlug die Absätze aneinander. Sie schlug die Spitzen aneinander. »Ach, verdammt noch mal, sag schon. Los, *sag mir's*.«

»Gibt es eine Beziehung zwischen Ausmaß und Wichtigkeit einer Äußerung?« sagte er ernsthaft.

»Du machst wohl Witze.«

»Durchaus nicht. Ist dir nie aufgefallen, daß Frauen mit kleinem Mund höchst selten etwas von Bedeutung zu sagen haben?«

»So ein sexistischer Quatsch.«

»Nimm zum Beispiel Virginia Woolf. Das war eine Frau mit großem Mund.«

»Simon!«

»Sieh dir Antonia Fraser an, Margaret Drabble, Jane Goodall...«

»Margaret Thatcher?«

»Na ja, Ausnahmen gibt es immer. Aber in der Regel, und ich unterstelle, daß Untersuchungen das absolut bestätigen werden, stimmt meine These. Und ich habe die Absicht, sie wissenschaftlich zu untermauern.«

»Wie denn?«

»Mit persönlichem Einsatz. Ich hab mir gedacht, ich fange gleich bei dir an. Größe, Form, Proportionen, Weichheit, Sinnlichkeit...« Er küßte sie. »Wieso hab ich eigentlich das Gefühl, daß du von allen die Beste bist?«

Sie lächelte. »Ich glaub, deine Mutter hat dich nicht oft genug verhauen, als du noch klein warst.«

»Na, dann sind wir quitt. Ich weiß genau, daß dein Vater nicht ein einziges Mal die Hand gegen dich erhoben hat.« Er stand auf und streckte ihr seine Hand hin. Sie nahm sie. »Und was hältst du jetzt von einem Brandy?«

Sie hatte nichts dagegen einzuwenden, und Arm in Arm gingen sie den Weg zurück, den sie gekommen waren. Ähnlich wie in Winslough dehnte sich gleich jenseits des Dorfs welliges Hügelland aus, das in Acker- und Weideland aufgeteilt war. Dahinter begann das Hochmoor. Vor ihnen lagen ausgedehnte Schafweiden. Hier und dort sprang ein Hund, meist ein Collie, um sie herum. Hier und dort arbeitete ein Bauer auf seinem Land.

Auf der Schwelle des Pubs blieb Deborah stehen. St. James, der ihr die Tür hielt, drehte sich nach ihr um und sah, daß sie zum Hochmoor hinausblickte und sich dabei mit dem Zeigefinger nachdenklich ans Kinn klopfte.

»Was ist?«

»Er sagte, er ginge gern im Hochmoor spazieren. Er sei gern draußen im Freien, wenn er über eine Entscheidung nachdenken müßte. Deshalb wollte er in den Park. Den St. James Park. Er hatte vorgehabt, die Spatzen auf der Brücke zu füttern. Er kannte die Brücke, Simon. Er muß schon früher dort gewesen sein.«

St. James lächelte und zog sie ins Haus.

»Glaubst du, das ist wichtig?« fragte sie.

»Ich weiß es nicht.«

»Glaubst du, er hatte vielleicht einen Grund dafür, über die Ehebrecherin zu sprechen, die die Hebräer steinigen wollten? Denn wir wissen ja jetzt, daß er verheiratet war. Wir wissen, daß seine Frau einen tödlichen Unfall hatte... Simon!«

»Jetzt wirst du tiefschürfend«, sagte er.

17

»...die Spence holen lassen. Hast du das nicht gehört?«
»Die Direktorin hat sie holen lassen und...«
»...sein Auto gesehen?«
»Es war wegen ihrer Mutter.«
Maggie blieb auf der Treppe vor der Schule stehen, als sie sich der taxierenden Blicke bewußt wurde, die auf sie gerichtet waren. Sie mochte die Zeit zwischen der letzten Stunde und der Abfahrt des Schulbusses gern. Es war die beste Gelegenheit, mit denjenigen, die in anderen Dörfern oder in der Stadt wohnten, zu klatschen. Aber sie hatte nie daran gedacht, daß das Kichern und Tuscheln eines Tages ihr gelten könne.

Zunächst hatte alles ganz normal gewirkt. Die Schüler standen wie immer draußen auf dem Vorplatz der Schule herum, einige beim Schulbus, andere bei wartenden Autos. Mädchen kämmten sich die Haare und schminkten sich die Lippen. Jungen trugen spielerische kleine Kämpfe miteinander aus oder bemühten sich, möglichst cool zu wirken. Als Maggie durch die Tür kam, langsam die Treppe hinunterging und nach Josie und Nick Ausschau hielt, war sie innerlich noch mit den Fragen beschäftigt, die der Londoner Polizeibeamte ihr gestellt hatte. Sie dachte sich nicht einmal etwas dabei, als bei ihrem Erscheinen eine Welle zischenden Geflüsters durch die Menge ging. Seit dem Gespräch in Mrs. Crones Zimmer fühlte sie sich irgendwie schmutzig und verstand nicht recht, wieso. Sie war daher ganz damit beschäftigt, jeden möglichen Grund dafür zu drehen und zu wenden, als handelte es sich um einen Stein, und wartete eigentlich nur darauf zu sehen, ob eine Portion bisher unbewußten Schuldgefühls aus dem Dunkel ans Licht kommen würde.

Sie war Schuldgefühle gewöhnt. Sie sündigte ja dauernd,

sie versuchte, sich einzureden, sie sündige gar nicht, sie entschuldigte sogar ihre schlimmsten Taten damit, daß sie sich einredete, es sei die Schuld ihrer Mutter. *Nick liebt mich, Mom, auch wenn du es nicht tust. Siehst du, wie er mich liebt? Siehst du's? Siehst du's?*

Niemals hatte ihre Mutter mit Schuldzuweisungen nach dem Motto »Nach allem, was ich für dich getan habe, Margaret« geantwortet, wie Pam Rices Mutter das völlig ohne Wirkung zu tun pflegte. Niemals sprach sie von tiefer Enttäuschung, wie nach Josies Berichten deren Mutter dies bei mehr als einer Gelegenheit getan hatte. Und dennoch fühlte sich Maggie ihrer Mutter gegenüber ständig schuldig: sie glaubte ihre Mutter zu enttäuschen; sie machte ihre Mutter ärgerlich; sie bereitete ihrer Mutter Kummer. All dies wußte Maggie, sie brauchte es gar nicht zu hören. Sie hatte schon immer ihrer Mutter die Gefühle vom Gesicht ablesen können.

So war ihr am vergangenen Abend klar geworden, wieviel Macht sie in diesem Krieg mit ihrer Mutter besaß. Sie besaß die Macht zu strafen, zu verletzen, zu warnen, zu rächen... Die Liste konnte man fortsetzen. Sie hätte gern triumphiert in dem Wissen, daß sie ihrer Mutter die Kontrolle über ihr Leben aus den Händen gerissen hatte. Aber es beunruhigte sie nur. Und als sie gestern spätabends nach Hause gekommen war – nach außen stolz auf die Knutschflecken, die Nick ihr auf den Hals gedrückt hatte –, waren die warmen Flammen der Befriedigung beim Anblick der verzweifelten Sorge ihrer Mutter schlagartig erloschen. Sie äußerte nicht ein einziges Wort des Vorwurfs. Sie kam nur zur Tür des dunklen Wohnzimmers und sah ihre Tochter apathisch an. Sie sah aus, als wäre sie hundert Jahre alt.

»Mama?« sagte Maggie.

Ihre Mutter griff ihr mit einer Hand unter das Kinn und

drehte sachte ihren Kopf, um die Flecken auf dem Hals sichtbar zu machen; dann ließ sie sie los und ging die Treppe hinauf. Maggie hörte, wie die Tür leise hinter ihr ins Schloß fiel. Es war ein Geräusch, das mehr schmerzte als die Ohrfeige, die sie verdient hatte.

Sie war schlecht. Sie wußte es. Gerade wenn sie Nick am nächsten war, sich bei ihm geborgen fühlte, gerade wenn er sie liebte, wenn er sie mit seinen Händen und seinem Mund streichelte, sie an sich drückte und festhielt, sich auf sie legte und in sie eindrang und Maggie, Maggie sagte, war sie schwarz und schlecht. Sie war voller Schuld. Jeden Tag gewöhnte sie sich mehr an die Scham über ihr Tun, niemals jedoch hatte sie erwartet, daß eines Tages das Gefühl in ihr geweckt werden würde, sich auch ihrer Freundschaft mit Mr. Sage schämen zu müssen.

Was sie fühlte, war wie das brennende Jucken von Brennnesselblättern. Nur quälte der lästige Reiz nicht ihre Haut, sondern ihre Seele. Immer wieder hörte sie, wie der Polizeibeamte sie nach Geheimnissen fragte, und fühlte sich dabei wie von einem inneren Juckreiz geplagt. Mr. Sage hatte gesagt, du bist ein gutes Mädchen, Maggie, vergiß das nie und glaub ganz fest daran. Er hatte gesagt, wir geraten durcheinander, wir laufen in die Irre, aber durch unsere Gebete können wir immer den Weg zu Gott zurückfinden. Gott hört uns zu, hatte er gesagt, Gott verzeiht alles. Ganz gleich, was wir tun, Maggie, Gott verzeiht.

Er war der Trost in Person gewesen, Mr. Sage. Er war verständnisvoll gewesen. Er war die Güte und die Liebe gewesen.

Maggie hatte die Vertrautheit ihrer gemeinsamen Stunden nie verraten. Sie waren ihr kostbar gewesen. Und nun sah sie sich dem Verdacht des Londoner Polizisten ausgesetzt, daß eben das, was für sie an ihrer Freundschaft mit Mr.

Sage das Besondere gewesen war, zu seinem Tod geführt hatte.

Das war der Wurm, der sich unter dem letzten Stein wand, den sie umgedreht hatte. Sie war schuld. Und wenn das zutraf, dann hatte ihre Mutter genau gewußt, was sie tat, als sie dem Pfarrer an jenem Abend sein Essen aufgetischt hatte.

Nein. Maggie begann sich selbst zu widersprechen. Ihre Mutter konnte nicht gewußt haben, daß sie ihm Giftwasserschierling vorgesetzt hatte. Sie tat anderen Gutes. Sie schadete ihnen nicht. Sie machte Salben und Umschläge. Sie mischte besondere Tees. Sie braute Elixiere und Tinkturen. Alles, was sie tat, tat sie, um zu helfen, nicht um zu schaden.

Allmählich drang das Geflüster ihrer Schulkameraden zwischen Maggies Gedanken.

»Sie hat den Mann vergiftet.«

»...doch nicht ungestraft davongekommen.«

»Die Polizei ist extra aus London gekommen.«

»...Teufelsanbeter, hab ich gehört, und...«

Maggie begriff plötzlich. Dutzende von Augen waren auf sie gerichtet. Blitzten vor Neugier und Spekulationen. Sie drückte die Tasche mit ihren Schulbüchern an ihre Brust und sah sich nach einem Freund oder einer Freundin um. Sie hatte das Gefühl, als hätte ihr Kopf überhaupt kein Gewicht, als schwebte er schwerelos über ihrem Körper. Und auf einmal war es das Wichtigste von der Welt, so zu tun, als hätte sie keine Ahnung, wovon sie alle redeten.

»Habt ihr Nick gesehen?« fragte sie. Ihre Lippen fühlten sich steif an. »Oder Josie?«

Ein Mädchen mit einem Fuchsgesicht und einem großen Pickel an der Nase machte sich zur Sprecherin. »Die wollen nichts mit dir zu tun haben, Maggie. Die sind schlau genug, um zu wissen, wie riskant das wäre.«

Beifälliges Gemurmel folgte den Worten des Mädchens

und verklang. Die Gesichter schienen sich näher an Maggie heranzuschieben.

Sie hielt ihre Schultasche fester. Die spitze Ecke eines Buchs grub sich in ihre Hand. Sie wußte, daß die anderen sie nur neckten – Freunde neckten einen doch immer, wenn sich eine Gelegenheit bot –, und sie richtete sich gerade auf, um der Herausforderung zu begegnen. »Klar«, sagte sie mit einem Lächeln, als sei sie amüsiert. »Logisch. Jetzt sagt schon. Wo ist Josie? Wo ist Nick?«

»Die sind schon weg«, sagte das Mädchen mit dem Fuchsgesicht.

»Aber der Bus...« Er stand da, wo er immer stand, nur wenige Meter entfernt, innerhalb des Schultors. An den Fenstern waren Gesichter zu sehen, aber Maggie war zu weit weg, um erkennen zu können, ob ihre Freunde dabei waren.

»Die haben was anderes ausgemacht. In der Mittagspause. Als sie's erfahren haben.«

»Als sie was erfahren haben?«

»Bei wem du warst.«

»Ich war bei gar niemand.«

»Klar, klar. Wer's glaubt, wird selig. Du lügst ungefähr genauso gut wie deine Mutter.«

Maggie wollte etwas sagen, aber die Zunge klebte ihr am Gaumen. Sie machte einen Schritt in Richtung Bus. Die Gruppe ließ sie gehen, rückte aber hinter ihr enger zusammen. Sie konnte hören, wie die Jungen und Mädchen miteinander sprachen; sie taten so, als unterhielten sie sich nur untereinander, in Wirklichkeit jedoch galt jedes Wort ihr.

»Die sind mit einem Auto weggefahren, hast du das gewußt?«

»Nick und Josie?«

»Ja, und das Mädchen, das ihm schon lang hinterherläuft. Du weißt schon, wen ich meine.«

Sie machten nur Spaß. Sie machten bestimmt nur Spaß. Maggie ging schneller. Aber der Schulbus schien sich immer weiter zu entfernen. Vor ihm tanzte ein Lichtreflex, der in glitzernde Punkte zerfiel.

»Der wird ihr von jetzt an bestimmt aus dem Weg gehen.«

»Ja, wenn er schlau ist. Würde doch jeder tun.«

»Stellt euch das mal vor. Wenn ihre Mutter ihre Freunde nicht mag, lädt sie sie einfach zum Essen ein.«

»Wie im Märchen. Möchtest du vielleicht einen schönen Apfel, mein Kind? Da schläfst du besser.«

Gelächter.

»Nur wirst du leider so schnell nicht wieder aufwachen.«

Gelächter. Gelächter. Der Bus war zu weit weg.

»Hier, iß das. Ich hab's extra für dich gekocht. Nur für dich allein.«

»Nimm dir ruhig noch mal. Ich seh dir doch an, daß es dir todesgut schmeckt.«

Maggie fühlte ein heißes Brennen in der Kehle. Der Bus schimmerte, schrumpfte, wurde ganz klein. Die Luft schloß sich um ihn und verschluckte ihn. Nur das schmiedeeiserne Tor der Schule war noch da.

»Es ist mein eigenes Rezept. Pastinakeneintopf nenn ich es. Alle sagen, er schmeckt zum Sterben gut.«

Jenseits des Tors war die Straße...

»Man nennt mich Dr. Crippen, aber lassen Sie sich davon nicht vom Essen abhalten.«

...war die Rettung. Maggie begann zu laufen.

Sie rannte keuchend in Richtung Ortsmitte, als sie ihn rufen hörte. Sie lief weiter, hetzte die Hauptstraße hinauf, überquerte sie, jagte zum Parkplatz am Fuß des Hügels hinunter. Was sie dort tun wollte, hätte sie nicht sagen können. Wichtig war nur wegzukommen.

Ihr Herz hämmerte gegen die Brust. Sie hatte Seitenstechen. Sie rutschte auf einer eisigen Stelle aus und stolperte, fing sich jedoch an einem Laternenpfahl und rannte weiter.

»Vorsichtig, Kind«, warnte ein Bauer, der am Straßenrand gerade aus seinem Auto stieg.

»Maggie!« rief jemand anders.

Sie hörte sich aufschluchzen. Die Straße verwischte sich vor ihren Augen. Immer noch stürzte sie vorwärts.

Sie rannte an der Bank vorbei, an der Post, an mehreren Läden, an einem Tearoom. Sie wich einer jungen Frau mit Kinderwagen aus. Sie hörte das Knallen schneller Schritte hinter sich, dann wieder ihren Namen. Sie schluckte die Tränen hinunter und rannte weiter.

Die Angst beflügelte sie. Sie glaubte, sie verfolgten sie. Sie lachten und zeigten mit den Fingern auf sie. Sie warteten nur auf die Gelegenheit, sie einzukreisen und wieder anzufangen zu tuscheln: ...was ihre Mutter getan hat... weißt du das, weißt du das... Maggie und der Pfarrer... ein Pfarrer?... Was, der?... Mensch, der war doch alt genug, um...

Nein! Wirf den Gedanken weg, trampel ihn nieder, vergrab ihn, stoß ihn weg. Maggie raste die Straße hinunter. Bis ein blaues Schild, das vor einem niedrigen Backsteinbau herabhing, sie zum Stehen brachte. Sie hätte es gar nicht gesehen, hätte sie nicht den Kopf gehoben, weil sie hoffte, daß dann ihre Augen aufhören würden zu tränen. Und selbst da war das Wort ganz verschwommen, aber sie konnte es dennoch entziffern. *Polizei.* Abrupt blieb sie stehen und fiel gegen eine Mülltonne. Das Schild schien größer zu werden. Das Wort flirrte vor ihren Augen.

Sie schreckte vor ihm zurück, duckte sich auf dem Bürgersteig, versuchte zu atmen und nicht zu weinen. Ihre Hände waren gefühllos. Ihre Finger waren um die Riemen ihrer Tasche gekrampft. Ihre Ohren waren so kalt, daß sie das

Gefühl hatte, spitze Nadeln des Schmerzes schössen ihren Hals hinunter. Es war das Ende des Tages, es begann kälter zu werden, und nie in ihrem Leben hatte sie sich so allein gefühlt.

Sie hat es nicht getan, sie hat es nicht getan, sie hat es nicht getan, dachte Maggie.

Aber irgendwo schrie eine Menge im Chor: Sie hat es doch getan.

»Maggie!«

Sie schrie auf. Sie versuchte, sich ganz klein zu machen, so klein wie eine Maus. Sie verbarg ihr Gesicht in den Händen und rutschte an der Seite der Mülltonne abwärts, bis sie auf dem Bürgersteig saß, zog sich ganz klein zusammen, als könnte das sie schützen.

»Maggie, was ist denn los? Warum bist du weggelaufen? Hast du mich nicht rufen hören?« Jemand setzte sich neben sie aufs Pflaster. Legte einen Arm um sie.

Sie roch das alte Leder seiner Jacke, noch ehe ihr Gehirn die Tatsache verarbeitete, daß es Nicks Stimme war, die sie da hörte. Sie mußte unvermittelt daran denken, wie er die Jacke während der Schulstunden, wenn er Uniform tragen mußte, immer zusammengeknüllt in seinem Rucksack aufbewahrte, wie er sie stets in der Mittagspause herausnahm, um »sie zu lüften«, wie er sie jede Minute trug, wenn er nicht in der Schule war. Komisch eigentlich, daß sie seinen Geruch noch vor seiner Stimme erkannte. Sie umfaßte sein Knie.

»Ihr seid einfach weg. Du und Josie.«

»Weg? Wohin denn?«

»Die andern haben gesagt, ihr wärt weg. Ihr wärt mit ... du und Josie. Die andern haben's gesagt.«

»Wir waren im Bus wie immer. Wir haben dich weglaufen sehen. Du hast total fertig ausgesehen, drum bin ich dir nachgelaufen.«

Sie hob den Kopf. Ihre Haarspange hatte sie irgendwo unterwegs verloren. Das Haar hing ihr lose um und ins Gesicht.

Er lächelte. »Du siehst ganz erledigt aus, Mag.« Er schob seine Hand in seine Jackentasche und zog seine Zigaretten heraus. »Du schaust aus, als hättest du ein Gespenst gesehen.«

»Ich geh nicht zurück«, sagte sie.

Er neigte den Kopf, um Zigarette und Flamme vor dem Wind zu schützen, und schnippte das abgebrannte Streichholz auf die Straße hinaus. »Das wär auch sinnlos.« Mit Genuß sog er den Rauch ein. »Der Bus ist sowieso weg.«

»Ich mein, in die Schule zurück. Morgen. Zum Unterricht. Ich geh da nicht hin. Nie wieder.«

Er sah sie schweigend an, während er sich das Haar aus dem Gesicht strich. »Ist es wegen dem Kerl aus London, Mag? Dem mit dem dicken Auto, der heute in der Schule war?«

»Ich weiß schon, du wirst gleich sagen, ich soll's einfach vergessen. Ich soll nicht auf die achten. Aber die hören bestimmt nicht auf. Ich geh da nicht wieder hin.«

»Warum denn? Es kann dir doch gleich sein, was diese Affen denken.«

Sie drehte den Riemen ihrer Schultasche um ihre Finger, bis sie sah, daß ihre Nägel blau anliefen.

»Wen interessiert das schon, was die sagen?« fragte er. »Du weißt, wie's wirklich ist. Und das ist die Hauptsache.«

Sie schloß die Augen vor der Wahrheit und preßte die Lippen aufeinander, um es nicht zu sagen. Sie fühlte, wie die Tränen unter ihren Lidern hervorquollen, und sie verachtete sich für das Schluchzen, das sie mit einem Hüsteln zu vertuschen suchte.

»Mag?« sagte er. »Du weißt doch, was wahr ist. Da kann es

dir doch völlig egal sein, was diese Idioten in der Schule sagen. Was die sagen, zählt nicht. Was du weißt, zählt.«

»Aber ich weiß es ja *nicht*.« Das Bekenntnis sprang ihr wie eine Übelkeit über die Lippen, die sie nicht länger zurückhalten konnte. »Ich weiß die Wahrheit nicht. Was sie... ich weiß es nicht. Ich *weiß* es einfach nicht.« Noch mehr Tränen flossen. Sie versteckte ihr Gesicht, indem sie den Kopf auf die Knie legte.

Nick pfiff leise durch die Zähne. »Das hast du vorher noch nie gesagt.«

»Immer zieh'n wir um. Alle zwei Jahre. Aber diesmal wollte ich unbedingt bleiben. Ich hab ihr versprochen, daß ich brav sein würde, daß sie stolz auf mich sein könnte, daß ich mir in der Schule Mühe geben würde. Wenn wir nur hierbleiben könnten. Nur das eine Mal. Und sie hat ja gesagt. Und dann hab ich den Pfarrer kennengelernt, nachdem du und ich... nach dem, was wir getan hatten, als meine Mutter so böse war und ich mir so schlecht vorkam. Er hat mich getröstet und... sie war furchtbar wütend darüber.« Sie schluchzte.

Nick warf seine Zigarette auf die Straße und legte auch den anderen Arm um sie.

»Er hatte mich gefunden. Das war es, Nick. Er hatte mich endlich gefunden. Und das wollte sie nicht. Deswegen sind wir dauernd umgezogen. Und diesmal sind wir geblieben, und da hatte er genug Zeit. Und da ist er gekommen. Genau so, wie ich immer gewußt habe, daß er eines Tages kommen würde.«

Nick schwieg einen Augenblick. Sie hörte, wie er Atem holte. »Maggie, du glaubst, daß der Pfarrer dein Vater war?«

»Sie wollte nicht, daß ich zu ihm gehe, und ich bin trotzdem zu ihm gegangen.« Sie hob den Kopf und packte seine Jacke. »Und jetzt verbietet sie mir, dich zu sehen. Aber ich geh nicht mehr heim. Nie mehr. Und du kannst mich auch nicht dazu zwingen. Niemand kann das. Wenn du's versuchst...«

»Habt ihr irgendwelche Probleme, ihr beiden?«

Beim Klang der fremden Stimme fuhren sie beide zusammen und drehten sich herum. Eine zaundürre Polizeibeamtin stand vor ihnen, fest eingepackt gegen die Kälte, die Mütze in kesser Schrägstellung auf dem Kopf. In der einen Hand hatte sie ein Notizbuch, in der anderen einen Plastikbecher mit irgendeiner dampfenden Flüssigkeit. Sie trank daraus, während sie auf Antwort wartete.

»Ach, Krach in der Schule«, sagte Nick. »Nichts Besonderes.«

»Braucht ihr Hilfe?«

»Nein, nein. Ist schon in Ordnung.«

Die Polizeibeamtin musterte Maggie mit einem Blick, der mehr Neugier als Teilnahme enthielt. Dann richtete sie ihre Aufmerksamkeit auf Nick. Demonstrativ blickte sie über den Rand ihres Bechers zu ihnen hinunter, während sie wieder einen Schluck trank. Dann nickte sie und sagte: »Dann macht mal, daß ihr nach Hause kommt«, und blieb abwartend stehen.

»Ja, in Ordnung«, sagte Nick. Er zog Maggie hoch. »Komm. Gehen wir.«

»Wohnt ihr hier in der Nähe?« fragte die Polizeibeamtin.

»Nicht weit von der Hauptstraße.«

»Ich hab euch hier noch nie gesehen.«

»Nein? Ich hab Sie schon oft gesehen. Sie haben doch einen Hund, nicht?«

»Einen Corgi, ja.«

»Sehen Sie. Ich hab's gewußt. Ich hab Sie gesehen, wenn Sie mit ihm spazierengegangen sind.« Nick tippte sich zum Gruß mit dem Zeigefinger an die Stirn. »Wiedersehen«, sagte er, legte Maggie den Arm um die Taille und zog sie mit sich in

Richtung Hauptstraße. Sie drehten sich beide nicht um, um zu sehen, ob die Polizeibeamtin sie beobachtete.

An der ersten Ecke bogen sie rechts ab. Ein kurzes Stück die Straße hinunter gelangten sie an einer weiteren Rechtsbiegung zu einem Fußweg, der zwischen den Rückfronten der öffentlichen Gebäude und den ungepflegten Hintergärten einer Reihe Sozialhäuser hindurchführte. Dann ging es wieder den Hang hinunter, und keine fünf Minuten später erreichten sie den öffentlichen Parkplatz von Clitheroe. Er war um diese Zeit fast leer.

»Woher hast du gewußt, daß sie einen Hund hat?« fragte Maggie.

»Ich hab einfach geraten. Reines Glück.«

»Du bist schlau. Und gut. Ich liebe dich, Nick. Du kümmerst dich um mich.«

Im Schutz der öffentlichen Toilette blieben sie stehen. Nick blies sich in die Hände. »Heut nacht wird's kalt werden«, sagte er und sah in Richtung Ort, wo Rauch aus den Kaminen aufstieg und sich am Himmel verlor. »Hast du Hunger, Mag?«

Maggie verstand, was hinter den Worten steckte. »Du kannst ruhig nach Hause gehen.«

»Nein. Nur wenn du...«

»Ich geh nicht.«

»Dann geh ich auch nicht.«

Sie schwiegen beide. Der Abendwind hatte aufgefrischt. Ungehindert blies er über den leeren Parkplatz und schlug ihnen Papierfetzen um die Füße.

Nick grub eine Handvoll Kleingeld aus seiner Hosentasche. Er zählte. »Zwei Pfund siebenundsechzig«, sagte er. »Was hast du?«

Sie schlug die Augen nieder, sagte: »Nichts«, sah dann rasch wieder auf. Sie gab sich Mühe, in stolzem Ton zu sprechen. »Du brauchst nicht zu bleiben. Geh nur. Ich komm schon zurecht.«

»Ich hab dir doch schon mal gesagt...«

»Wenn sie mich mit dir zusammen findet, wird's für uns beide nur noch schlimmer. Geh doch nach Hause.«

»Kommt nicht in Frage. Ich bleibe.«

»Nein. Ich möcht nicht schuld sein. Ich hab sowieso schon so viel Schuld... wegen Mr. Sage...« Sie wischte sich das Gesicht mit dem Mantelärmel. Sie war todmüde und wollte nur schlafen. Sie versuchte, die Toilettentür zu öffnen, aber sie war abgeschlosen. Sie seufzte. »Geh nur«, sagte sie wieder. »Du weißt, was passieren kann, wenn du's nicht tust.«

Nick stellte sich zu ihr in die etwas tiefer liegende Türnische der Damentoilette. »Glaubst du das wirklich, Mag?«

Sie ließ den Kopf hängen. Das schreckliche Wissen lag ihr schwer und drückend auf den Schultern.

»Glaubst du im Ernst, sie hat ihn getötet, weil er zu dir wollte? Weil er dein Vater war?«

»Sie hat mir nie was über meinen Vater gesagt. Sie wollte nicht.«

Nick strich ihr mit der Hand leicht über den Kopf. »Ich glaube nicht, daß er dein Vater war, Mag.«

»Doch, ganz bestimmt, weil...«

»Nein. Paß mal auf.« Er trat einen Schritt näher. Er nahm sie in die Arme. Sein Mund berührte ihr Haar, als er sprach. »Seine Augen waren braun, Mag. Und die von deiner Mutter sind auch braun.«

»Na und?«

»Deswegen kann er nicht dein Vater sein. Die Chancen stehen alle dagegen.« Sie wollte etwas sagen, aber er ließ sie nicht zu Wort kommen. »Verstehst du, das ist wie bei den Schafen. Mein Vater hat's mir erklärt. Die sind doch alle weiß, nicht wahr? Na ja, so ungefähr war es jedenfalls. Aber

alle heilige Zeiten taucht plötzlich ein schwarzes auf. Hast du mal drüber nachgedacht, wie das kommt? Das ist ein rezessives Gen, verstehst du. Das ist was Ererbtes. Mutter und Vater von dem Lamm hatten beide irgendwo ein schwarzes Gen, und als sie sich dann gepaart haben, kam anstelle von einem weißen ein schwarzes Lamm heraus, obwohl sie selbst alle beide weiß waren. Aber die Chance, daß so was passiert, ist ganz, ganz winzig. Deshalb sind die meisten Schafe weiß.«
»Ich versteh nicht...«
»Du bist so was wie ein schwarzes Schaf, weil deine Augen blau sind. Mag, was glaubst du wohl, wie die Chancen stehen, daß zwei braunäugige Leute ein Kind mit blauen Augen kriegen?«
»Was?«
»Bestimmt eine Million zu eins. Vielleicht sogar eine Billion zu eins.«
»Glaubst du?«
»Ich weiß es. Der Pfarrer war nicht dein Vater. Und wenn er nicht dein Vater war, dann hat deine Mutter ihn auch nicht getötet. Und wenn sie ihn nicht getötet hat, dann tötet sie auch sonst niemand.«

In seiner Stimme lag so ein Fertig-und-basta-Ton, der keinen Widerspruch duldete. Maggie wollte ihm ja auch glauben. Alles wäre soviel einfacher, wenn sie sicher sein könnte, daß seine Theorie stimmte. Sie würde nach Hause gehen können. Sie würde ihrer Mutter gegenübertreten können. Sie würde sich keine Gedanken über die Form ihrer Nase und ihrer Hände machen – waren sie nun so wie die des Pfarrers oder nicht? Und sie würde nicht mehr darüber nachdenken, warum er sie auf Armeslänge von sich abgehalten und so genau gemustert hatte. Es wäre eine solche Erleichterung, etwas mit Sicherheit zu wissen, auch wenn es nicht die Erfüllung ihrer Wünsche war. Ja, sie wollte es glauben. Und sie hätte es geglaubt, wenn nicht in diesem Moment Nick der Magen geknurrt hätte, wenn Nick nicht in der Kälte gefröstelt hätte, wenn sie nicht im Geist seines Vaters eine riesige Herde von Schafen gesehen hätte, die wie leicht angeschmutzte Wolken vor einem grünen Himmel dahinzogen. Sie stieß ihn weg.

»Was ist?« fragte er.

»Es gibt immer mehr als nur ein schwarzes Schaf in einer Herde, Nick.«

»Und?«

»Und deshalb stehen die Chancen nicht eine Million zu eins.«

»Aber es ist ja auch nicht ganz genau so wie bei den Schafen. Wir sind ja Menschen.«

»Du willst heimgehen. Ich weiß schon. Geh nur. Geh nach Hause. Du hast mich angelogen, und ich will dich überhaupt nicht mehr sehen.«

»Mag, nein, ich hab nicht gelogen. Ich versuch doch nur, es dir zu erklären.«

»Du liebst mich nicht.«

»Doch.«

»Du willst nur heim zum Abendbrot.«

»Ich hab doch nur gesagt...«

»Und zu deiner Marmelade und zu deinen Brötchen. Dann geh ruhig. Geh nur. Ich komm schon allein zurecht.«

»Ohne Geld?«

»Ich brauch kein Geld. Ich such mir einen Job.«

»Heute abend noch?«

»Ich mach irgendwas. Du wirst schon sehen. Aber heim geh ich nicht, und in die Schule geh ich auch nicht mehr, und du brauchst mit mir nicht über Schafe zu reden, als ob ich zu blöd wäre, um zu kapieren, worum's geht. Wenn nämlich zwei weiße Schafe ein schwarzes auf die Welt bringen können, dann können auch zwei braunäugige Menschen mich geboren haben, und das weißt du ganz genau. Oder stimmt das vielleicht nicht? Los, sag schon, stimmt's nicht?«

Er fuhr sich mit den Fingern durch das Haar. »Ich hab ja gar nicht gesagt, daß es nicht möglich ist. Ich hab nur gesagt, die Chance...«

»Die Chance interessiert mich nicht. Das ist doch nicht wie beim Pferderennen. Hier geht's doch um mich. Wir reden von meiner Mutter und meinem Vater. Und sie hat ihn getötet. Das weißt du. Du spielst dich nur auf und versuchst mich dazu zu bringen, daß ich wieder nach Hause gehe.«

»Ist ja gar nicht wahr.«

»Doch.«

»Ich hab gesagt, daß ich dich nicht verlasse, und das tu ich auch nicht. Okay?« Er sah sich um, die Augen gegen die Kälte zusammengekniffen. »Jetzt brauchen wir erst mal was zu essen. Warte solange hier.«

»Wo gehst du hin? Wir haben ja doch nicht mal drei Pfund. Was willst du denn...«

»Ich hol uns ein paar Chips und Cookies und so. Du hast jetzt vielleicht keinen Hunger, aber später bestimmt, und da sind wir dann nicht mehr in der Nähe von einem Laden.«

»Wie?« Sie zwang ihn, sie anzusehen. »Du brauchst nicht mitzukommen«, sagte sie ein letztes Mal.

»Willst du's denn?«

»Daß du mitkommst?«

»Und so.«

»Ja.«

»Liebst du mich? Vertraust du mir?«

Sie versuchte, in seinem Gesicht zu lesen. Er hatte es eilig wegzukommen. Aber vielleicht war er doch nur hungrig. Und wenn sie erst einmal marschierten, dann würde ihm schon warm werden. Sie konnten ja auch rennen.

»Mag?« sagte er.
»Ja.«
Er lächelte und streifte mit seinem Mund den ihren. Seine Lippen waren spröde. Es fühlte sich gar nicht wie ein Kuß an.
»Warte hier«, sagte er. »Ich bin gleich wieder da. Wenn wir abhauen, ist es am besten, wenn uns hier niemand zusammen sieht. Sonst erinnert er sich womöglich daran, wenn deine Mutter die Polizei anruft.«
»Das wird sie nicht tun. Das traut sie sich gar nicht.«
»Also, darauf würd ich nicht wetten.« Er klappte den Kragen seiner Jacke hoch, sah sie ernst an. »Also, alles okay?«
Sie merkte, wie ihr warm ums Herz wurde. »Alles okay.«
»Und dir macht's nichts aus, wenn wir heut nacht irgendwo in einem Schuppen schlafen müssen?«
»Nicht, wenn ich mit dir zusammen bin.«

18

Colin aß stehend an der Spüle in der Küche. Sardinen auf Toast. Das Öl rann ihm zwischen den Fingern hindurch und tropfte auf das von Töpfen verkratzte Porzellan. Er war überhaupt nicht hungrig, aber die letzte halbe Stunde war ihm flau gewesen, und er hatte sich zittrig gefühlt. Essen schien die einfachste Methode, um Abhilfe zu schaffen.

Er war auf der Clitheroe Road zum Dorf zurückgegangen, denn dies war der kürzere Weg zum Pförtnerhäuschen als der Pfad, der vom Cotes Fell herunterkam. Er ging schnell. Er redete sich ein, es sei das Verlangen nach Vergeltung, das ihn so rasch vorwärtstrieb. Unentwegt wiederholte er sich beim Gehen im Geiste ihren Namen: Annie, Annie, Annie, meine Liebste. Er tat es, um die Worte *Dreimal Liebe und Tod* nicht hören zu müssen, die ihm im Gleichklang mit dem

Pulsen seines Bluts in den Ohren dröhnten. Als er endlich zu Hause ankam, glühte er am ganzen Körper, aber Hände und Füße waren eiskalt. Er konnte den unregelmäßigen Schlag seines Herzens in seinen Ohren hören, und seine Lunge schien nicht genug Luft zu bekommen. Er ignorierte die Symptome gut drei Stunden lang, aber als sich nichts besserte, beschloß er, etwas zu essen.

Er spülte den Fisch mit drei Flaschen Watney's hinunter. Die erste trank er schon, während das Brot noch im Toaster steckte. Er warf die Flasche in den Müll und suchte mit der zweiten in der Hand im Schrank nach Sardinen. Die Dose machte ihm Schwierigkeiten. Den Metalldeckel um den Öffner zu drehen, verlangte eine ruhige Hand, und die hatte er im Moment nicht. Er schaffte es, ihn bis zur Hälfte aufzurollen, dann rutschten seine Finger ab, und der scharfe Rand des Deckels schnitt ihm die Hand auf. Blut schoß aus der Wunde. Es mischte sich mit dem Öl des Fischs, begann zu sinken, bildete dann kleine Perlen, die auf dem Öl trieben wie scharlachrote Köder. Er spürte keinen Schmerz. Er wickelte sich ein Geschirrtuch um die Hand, tupfte mit seinem Zipfel das Blut von der Oberfläche des Öls und führte mit der anderen Hand die Bierflasche zum Mund.

Als der Toast fertig war, grub er den Fisch mit den Fingern aus der Dose. Er reihte die Sardinen nebeneinander auf dem Brot auf, gab Salz und Pfeffer und eine Zwiebelscheibe dazu und begann zu essen. Das Brot schmeckte und roch nach nichts, und das wunderte ihn, weil er sich lebhaft erinnern konnte, wie seine Frau sich einmal über den Fischgeruch von Sardinen beschwert hatte. Dieser Fischgeruch treibt mir gleich das Wasser in die Augen, Col, hatte sie gesagt, »Und ich hab das Gefühl, mir dreht sich gleich der Magen um.« Ihre Katzenuhr tickte an der Wand über dem Herd, schwanzwedelnd und augenrollend. Sie schien ihm ewig ihren Namen zu wiederholen: nicht mehr tick-tack, sondern An-nie, An-nie, An-nie. Colin konzentrierte sich ganz darauf. Wie zuvor der Rhythmus seiner Schritte verdrängte die ständige Wiederholung ihres Namens andere Gedanken.

Mit dem dritten Bier schwemmte er die Reste des geschmacklosen Fischs aus seinem Mund. Dann schenkte er sich einen kleinen Whisky ein und kippte ihn in zwei großen Schlucken hinunter, um wieder Leben in seine tauben Glieder zu bringen. Aber er konnte die Kälte nicht ganz besiegen, obwohl er eingeheizt hatte und immer noch seine dicke Jacke trug.

Nur sein Gesicht war so glühend heiß, daß seine Haut brannte. Sein Körper jedoch zitterte vor Kälte wie Espenlaub. Er trank noch einen Whisky. Er ging von der Spüle zum Küchenfenster und sah hinüber zum Pfarrhaus. Und da vernahm er es wieder, so deutlich, als stünde Rita direkt hinter ihm. *Dreimal Liebe und Tod*. Er hörte die Worte so klar, daß er mit einem Aufschrei herumfuhr, den er sofort unterdrückte, als er sah, daß er allein war. Er fluchte laut. Die verdammten Worte hatten keine Bedeutung. Sie waren nichts weiter als ein Köder, ein kleines Teil eines in Wahrheit gar nicht existierenden Lebenspuzzles, mit dem jede Handleserin versuchte, ihren Zauberbann auszuüben.

Er wandte sich wieder dem Fenster zu. Das Haus drüben auf der anderen Seite blickte zu ihm zurück. Drinnen war Polly und tat zweifellos das, was sie immer tat – schrubbte, polierte, wischte Staub und wachste die Böden, kurz, demonstrierte mit Hingabe ihre Nützlichkeit. Aber das war nicht alles, wie er nun endlich begriff. Zugleich nämlich wartete Polly nur auf den Augenblick, daß Juliet Spences blinde Bereitschaft, Schuld auf sich zu nehmen, zu ihrer Verhaftung führen würde. Zwar war eine Juliet im Gefängnis nicht ganz das gleiche wie eine tote Juliet, aber es war besser als nichts. Und Polly war zu schlau, um einen zweiten Anschlag auf Juliets Leben zu wagen.

Colin war kein religiöser Mensch. Er hatte seinen Glauben an Gott im zweiten Jahr von Annies langem Sterben aufgegeben. Dennoch mußte er zugeben, daß an jenem Abend im Dezember, als der Pfarrer gestorben war, im Verwalterhaus von Cotes Hall eine höhere Macht am Werk gewesen war. Normalerweise hätte Juliet an diesem Abend allein gegessen. Und wenn es so gewesen wäre, dann hätte der Coroner bei ihrem Tod auf *Unfalltod durch Vergiftung von eigener Hand* erkannt, und keiner hätte je erfahren, wie es zu diesem Unfall gekommen war.

Sofort wäre sie zur Stelle gewesen, um ihn in seinem Kummer zu trösten, die gute Polly. Sie verstand sich besser als jeder, den er kannte, auf Teilnahme und Mitgefühl.

Er entfernte das Sardinenöl von den Händen und klebte zwei Pflaster auf den Schnitt. Ehe er zur Tür ging, spülte er noch einen weiteren Schluck Whisky hinunter.

Luder, dachte er. Dreimal Liebe und Tod.

Sie kam nicht an die Tür, als er klopfte, deshalb drückte er den Finger auf die Glocke und ließ ihn darauf. Das schrille Läuten verschaffte ihm eine gewisse Befriedigung. Es war ein Geräusch, das einem auf die Nerven gehen konnte.

Die innere Tür wurde geöffnet. Durch das Milchglas konnte er ihre Silhouette erkennen. Mit dem großen Busen und den unförmigen Kleidern sah sie aus wie eine Miniaturausgabe ihrer Mutter. Er hörte sie sagen: »Du lieber Himmel! Nehmen Sie doch den Finger von der Glocke.« Dann riß sie die Tür auf und öffnete schon den Mund, um etwas zu sagen.

Als sie ihn erkannte, verstummte sie. Sie blickte an ihm vorbei zu seinem Haus hinüber, und er fragte sich, ob sie es wie üblich beobachtet hatte, aber vielleicht einen Moment vom Fenster weggegangen war und so nicht gesehen hatte, daß er kam.

Er wartete nicht auf ihre Aufforderung hereinzukommen. Er drängte sich einfach an ihr vorbei. Sie schloß beide Türen hinter ihm. Er ging den schmalen Korridor nach rechts hinunter direkt ins Wohnzimmer. Sie war dort drinnen an der Arbeit gewesen. Die Möbel glänzten. Eine Dose Bienenwachs und eine Flasche Möbelpolitur standen vor einem leeren Bücherregal. Daneben lagen mehrere Tücher. Nirgends war auch nur ein Staubkorn zu sehen. Der Teppich war gerade gesaugt. Die Spitzenvorhänge hingen frisch und sauber in den Fenstern.

Er drehte sich nach ihr herum und zog den Reißverschluß seiner Jacke auf. Sie blieb linkisch an der Tür stehen – den einen nur mit einem Socken bekleideten Fuß an den Rist des anderen gedrückt – und folgte ihm mit ihrem Blick. Er warf seine Jacke auf das Sofa, warf nicht weit genug, sie rutschte herunter. Sie wollte hingehen, eifrig darauf bedacht, alles ordentlich an seinen Platz zu legen. Tat ja nur ihre Arbeit, die gute Polly.

»Laß sie liegen.«

Sie blieb stehen. Mit beiden Händen umfaßte sie den Bund ihres unförmigen braunen Pullovers, der ihr lose und formlos auf die Hüften herabhing.

Sie öffnete den Mund, als er anfing, sein Hemd aufzuknöpfen. Er sah, wie sie ihre Zähne in die Unterlippe grub. Er wußte nur zu gut, was sie dachte und was sie wollte, und es verschaffte ihm eine tiefe Befriedigung zu wissen, daß er sie enttäuschen würde. Er zog das Buch heraus, das er unter dem Hemd getragen hatte, und warf es ihr vor die Füße. Sie sah nicht gleich zu ihm hinunter. Vielmehr rutschten ihre Hände vom Pullover zum dünnen Stoff ihres weiten Zigeunerrocks herab. Seine Farben schimmerten im Licht einer Stehlampe, die neben dem Sofa stand.

»Ist das deins?« fragte er.

Zauberkraft der Alchimie: Kräuter, Gewürze und Pflanzen. Er sah, wie ihre Lippen die ersten beiden Wörter formten.

»Du lieber Himmel, wo hast du denn das alte Ding gefunden?« Ihre Stimme klang nur neugierig und verwundert und sonst nichts.

»Da, wo du es gelassen hast.«

»Wo ich...?« Ihr Blick flog von dem Buch zu ihm. »Col, was soll das?«

Col. Er spürte, daß seine Hand zitterte von dem Verlangen, sie zu schlagen. Ihre vorgetäuschte Arglosigkeit schien weniger unverschämt als die Vertraulichkeit, die darin lag, daß sie ihn bei diesem Namen nannte.

»Ist es deins?«

»Es war mal meins, ja. Ich meine, es ist wahrscheinlich immer noch meins. Aber ich hab es seit Ewigkeiten nicht mehr gesehen.«

»Das glaub ich gern«, sagte er. »Es war ja auch gut versteckt.«

»Was soll das heißen?«

»Im Klo hinter dem Spülkasten.«

Das Licht in der Lampe flackerte, eine Birne gab ihren Geist auf. Sie gab ein feines Zischen von sich und verlosch. Das graue Licht des Tages sickerte durch die Spitzenvorhänge. Polly reagierte nicht, schien es gar nicht zu bemerken. Sie war anscheinend immer noch dabei, seine Worte zu verarbeiten.

»Es wär gescheiter gewesen, du hättest es weggeworfen. Wie das Werkzeug.«

»Das Werkzeug?«

»Oder hast du ihres benützt?«

»Wessen Werkzeug denn? Was redest du, Colin?« In ihrer Stimme lag Mißtrauen. Sie wich so vorsichtig vor ihm zurück, daß er es vielleicht gar nicht bemerkt hätte, hätte er nicht jedes Zeichen ihrer Schuld vorausgesehen. Sogar ihre Finger, die sie eben hatte krümmen wollen, erstarrten plötzlich. Er fand das interessant. Sie war klug genug, die Hände nicht zu Fäusten zu ballen.

»Oder vielleicht hast du auch gar kein Werkzeug benützt. Vielleicht hast du die Pflanze einfach gelockert – ganz sachte, du weißt schon, wie man das macht – und hast sie dann samt der Wurzel aus dem Boden gezogen. War es so? Denn du kennst diese Pflanze natürlich, nicht wahr, du würdest sie genauso leicht erkennen wie sie.«

»Ach, es geht um Mrs. Spence.« Sie sprach langsam, wie zu sich selbst, und schien ihn gar nicht zu sehen, obwohl sie in seine Richtung blickte.

»Wie oft benützt du den Fußweg?«

»Welchen?«

»Hör auf mit den Spielchen. Du weißt genau, warum ich hier bin. Du hast es nur nicht erwartet. Nachdem Juliet die ganze Schuld auf sich genommen hatte, war es ja auch unwahrscheinlich, daß je einer auf dich kommen würde. Aber ich hab dich erwischt, und ich möchte jetzt die Wahrheit wissen. Wie oft benutzt du den Fußweg?«

»Du bist ja verrückt.« Es gelang ihr, noch einen kleinen Schritt zurückzuweichen. Sie stand mit dem Rücken zur Tür und wußte, daß ein Blick über die Schulter ihre Absichten verraten und sie um den Vorteil bringen würde, den sie gegenwärtig zu haben glaubte.

»Mindestens einmal im Monat, würde ich sagen«, fuhr er fort. »Ist das richtig? Stimmt es nicht, daß das Ritual mehr Kraft hat, wenn es bei Vollmond vollzogen wird? Und stimmt es nicht, daß die Kommunikation mit der Göttin viel inniger ist, wenn das Ritual an einem heiligen Ort vollzogen wird? Wie zum Beispiel auf dem Gipfel von Cotes Fell?«

»Du hast immer gewußt, daß ich oben auf dem Cotes Fell bete. Ich habe nie ein Geheimnis daraus gemacht.«

»Aber dafür hast du andere Geheimnisse, nicht wahr? Hier, in diesem Buch.«

»Das ist nicht wahr.« Ihre Stimme war schwach. Ihr schien bewußt zu werden, wie Schwäche ausgelegt werden konnte, denn sie richtete sich auf und sagte mit einem Unterton des Trotzes: »Und du machst mir angst, Colin Shepherd.«

»Ich war heute dort oben.«

»Wo?«

»Auf dem Cotes Fell. Oben auf dem Gipfel. Ich war seit Jahren nicht mehr oben gewesen, seit der Zeit vor Annies Tod nicht mehr. Ich hatte ganz vergessen, wie gut man von dort oben sieht, Polly, und was man alles sieht.«

»Ich gehe nur zum Gebet da hinauf, und das weißt du auch.« Sie wich noch ein Stück zurück und sagte hastig: »Ich habe Lorbeer für Annie verbrannt. Ich habe die Kerze herunterbrennen lassen. Ich habe Nelken verbrannt. Ich habe gebetet...«

»Und sie ist gestorben. In derselben Nacht. Welch ein glücklicher Zufall.«

»Nein!«

»Bei Vollmond, während du oben auf dem Cotes Fell gebetet hast. Und bevor du zum Beten hinaufgegangen bist, hast du ihr Brühe gebracht. Erinnerst du dich? Du hast gesagt, es wäre deine ganz besondere Brühe. Du hast gesagt, ich sollte dafür sorgen, daß sie sie ganz aufißt.«

»Es war nur eine Gemüsebrühe, für euch beide. Was denkst du denn? Ich hab selbst welche gegessen. Es war doch kein...«

»Hast du gewußt, daß die Pflanzen bei Vollmond die

größte Wirkung haben? Das steht in dem Buch. Man muß sie bei Vollmond ernten, ganz gleich, welchen Teil man braucht, auch die Wurzel.«

»Ich gebrauche Pflanzen nicht auf diese Weise. Das gehört nicht zu unserem Glauben. Wir tun nichts Böses. Das weißt du auch. Wir suchen vielleicht Kräuter, um sie zu Weihrauch zu verbrennen, ja, aber das ist auch alles.«

»Es steht alles ganz genau in diesem Buch hier. Was man nimmt, um sich zu rächen, was den Geist verändert, was man als Gift nehmen kann. Ich hab's gelesen.«

»Nein!«

»Du hattest das Buch hinter dem Spülkasten im Klo versteckt. Wie lang ist das her?«

»Es war nicht versteckt. Wenn es da hinten gelegen hat, ist es einfach heruntergefallen. Es lagen doch noch Mengen anderer Sachen auf dem Spülkasten, oder nicht? Ein ganzer Stapel Bücher und Zeitschriften.« Sie berührte das Buch mit der Fußspitze und zog sie gleich wieder zurück, wobei sie noch ein kleines Stück Abstand zu ihm gewann. »Ich hab überhaupt nichts versteckt.«

»Was ist mit dem Zeichen des Steinbocks, Polly?«

Sie erstarrte. Ihre Lippen bewegten sich lautlos. Er sah, wie die Panik langsam von ihr Besitz ergriff.

»Die Kraft des Schierlings liegt im Zeichen des Steinbocks«, sagte er.

Sie fuhr sich mit der Zunge über die Unterlippe. Er roch ihre Angst, sauer und durchdringend.

»Der zweiundzwanzigste Dezember«, sagte er.

»Was war da?«

»Das weißt du ganz genau.«

»Ich weiß es nicht. Colin, ich weiß es nicht.«

»Das ist der erste Tag im Steinbock. In dieser Nacht ist der Pfarrer gestorben.«

»Das ist ja...«

»Und noch was. In der Nacht war Vollmond. Es paßt also alles zusammen. Du hattest deine Gebrauchsanweisung für Mord in diesem Buch hier: Man muß die Wurzel ausgraben, wenn die Pflanze nicht im Wachstum ist; man muß wissen, daß ihre Kraft im Steinbock liegt; man muß wissen, daß ihr Gift tödlich ist; man muß wissen, daß das Gift seine größte Wirkung bei Vollmond entfaltet. Soll ich es dir alles vorlesen? Oder möchtest du es lieber selbst lesen? Du brauchst nur im Inhaltsverzeichnis unter S nachzuschauen. S wie Schierling.«

»Nein! Das hat sie dir eingeblasen, nicht wahr? Mrs. Spence. Ich seh's dir am Gesicht an. Sie hat zu dir gesagt, geh doch mal zu dieser Polly, frag sie, was sie weiß, frag sie, wo sie gewesen ist. Und dann hat sie's dir überlassen, dir den Rest zusammenzuspinnen. So war es doch, stimmt's nicht? Stimmt's nicht, Colin?«

»Untersteh dich, ihren Namen zu sagen.«

»Ich sag ihn trotzdem. Und ich sag nicht nur ihren Namen, ich sag noch mehr.« Sie bückte sich und hob das Buch vom Boden auf. »Ja, es gehört mir. Ja, ich habe es gekauft. Ich hab's auch benützt. Und das weiß sie, weil ich einmal dumm genug war – vor mehr als zwei Jahren, als sie gerade nach Winslough gekommen war –, sie zu fragen, wie man eine Zaunrübentinktur macht. Ich war sogar so dumm, ihr zu sagen, warum ich das wissen wollte.« Sie hob das Buch und schüttelte es zornig. »Aus Liebe, Colin Shepherd. Zaunrübe ist für die Liebe. Und Apfel als Kettenanhänger auch. Hier, möchtest du's sehen?« Sie zog eine silberne Kette unter ihrem Pullover hervor. Eine kleine, filigrane Kugel hing daran. Sie riß den Anhänger herunter und warf ihn zu Boden, wo er gegen seinen Fuß schlug. Er konnte vertrocknete Stückchen der Frucht im Inneren sehen. »Und Aloe für Duftkissen, und Benzoe für Parfum. Und Fingerkraut für einen Trank, den du niemals trinken würdest. Das steht auch alles in dem Buch. Aber du siehst ja nur, was du sehen willst, nicht wahr? So ist es jetzt. So war es immer. Sogar mit Annie.«

»Mit dir rede ich nicht über Annie.«

»Ach nein? Annie Annie Annie mit dem Heiligenschein. Ich red über sie, soviel ich will, weil ich weiß, wie es wirklich war. Ich war dabei, genau wie du. Und sie war keine Heilige. Sie war keine heldenhafte Patientin, die schweigend gelitten hat, während du an ihrem Bett gesessen hast und ihr kühle Kompressen auf die Stirn gelegt hast. So war's nicht.«

Er machte einen Schritt auf sie zu. Sie wich nicht vor ihm zurück.

»Sei nett zu dir, Col, hat Annie gesagt, sorg für dich, mein Allerliebster. Und als du's getan hast, hat sie's dich niemals vergessen lassen.«

»Sie hat nie gesagt...«

»Sie *brauchte* es nicht zu sagen. Warum willst du das nicht sehen? Sie lag in ihrem Bett, und es war stockdunkel. Sie sagte: Ich war zu schwach, um die Lampe anzumachen. Sie sagte: Ich dachte, ich würde heute sterben, Col, aber jetzt ist alles gut, weil du endlich zu Hause bist. Mach dir also nur keine Sorgen um mich. Sie sagte: Ich verstehe, daß du eine Frau brauchst, mein Liebster, tu du nur, was du tun mußt, und denk nicht an mich, wie ich hier in diesem Haus, in diesem Zimmer, in diesem Bett liege. Ohne dich.«

»So war es nicht.«

»Und wenn die Schmerzen schlimm waren, hat sie nicht dagelegen wie eine Märtyrerin. Erinnerst du dich nicht mehr? Sie hat geschrien. Sie hat dich verflucht. Sie hat die Ärzte verflucht. Sie hat Sachen an die Wand geschmissen. Und wenn es ganz schlimm war, dann hat sie gesagt: Das hast du mir angetan, du bist schuld daran, daß ich hier bei lebendigem Leib verfaule, und ich sterbe, und ich hasse dich, ich *hasse* dich, ich wollte, du müßtest an meiner Stelle sterben.«

Er antwortete nichts. Er hatte das Gefühl, als kreischte eine Sirene in seinem Kopf. Polly stand vor ihm, nur Zentimeter entfernt, doch sie schien hinter blutroten Schleiern hervorzusprechen.

»Und da hab ich oben auf dem Cotes Fell gebetet, ja. Zuerst hab ich darum gebetet, daß sie wieder gesund wird. Und dann... Und dann, nachdem sie gestorben war, hab ich für dich allein gebetet. Ich hab gehofft, du würdest sehen... Du würdest merken... Ja, ich hab mir dieses Buch gekauft«, wieder schüttelte sie es, »aber ich hab es gekauft und benützt, weil ich dich geliebt habe und weil ich mir gewünscht habe, daß du mich auch lieben würdest. Ich war bereit, alles zu versuchen, um dich heil zu machen. Denn als du mit Annie zusammen warst, da warst du nicht heil. Du warst jahrelang nicht mehr heil gewesen. Sie hat dich mit ihrem Sterben ausgeblutet, aber das willst du nicht sehen, weil du dir dann vielleicht auch anschauen müßtest, wie das Leben mit Annie in Wirklichkeit war. Es war nicht vollkommen. Weil nichts vollkommen ist.«

»Du hast ja keine Ahnung, wie es war, als Annie gestorben ist.«

»Du meinst, ich weiß nicht, wie widerlich es dir war, ihre Bettpfannen ausleeren zu müssen? Du meinst, ich weiß nicht, daß es dir jedesmal fast den Magen umgedreht hat, wenn du sie abwischen mußtest? Du meinst, ich weiß nicht, daß sie es jedesmal genau gespürt hat, wenn du das Bedürfnis hattest, mal aus dem Haus zu gehen und ein bißchen frische Luft zu schnappen, oder daß sie dann regelmäßig angefangen hat zu weinen und es ihr plötzlich schlecht gegangen ist und du jedesmal Schuldgefühle bekommen hast, weil *du* nicht krank warst? Weil du nicht im Sterben lagst.«

»Sie war mein Leben. Ich habe sie geliebt.«

»Am Ende auch noch? Daß ich nicht lache! Am Ende war nur noch Bitterkeit und Zorn. Weil kein Mensch so lange ohne Freude leben und etwas anderes empfinden kann.«

»Du verdammtes Luder.«

»Ja, meinetwegen. Du kannst mich nennen, wie du willst. Aber ich sehe der Wahrheit ins Auge, Colin. Ich takle sie nicht mit Herzchen und Blümchen auf wie du.«

»Dann gehen wir doch noch einen Schritt weiter mit der Wahrheit.« Als er den Anhänger mit dem Fuß zur Seite schleuderte, kam er ihr noch etwas näher. Die kleine Kugel flog klirrend an die Wand und zerbrach. Der Inhalt fiel auf den Teppich. Die Apfelstückchen sahen aus wie verschrumpelte Haut. Er traute es ihr zu, daß sie so etwas als Talisman mit sich herumtrug. Er traute Polly Yarkin alles zu.

»Du hast darum gebetet, daß sie stirbt, nicht, daß sie lebt. Und als es dir nicht schnell genug ging, da hast du nachgeholfen. Und als du nach ihrem Tod nicht sofort das bekommen hast, was du haben wolltest – und wann wolltest du's denn, Polly? Hätt ich dich gleich am Tag nach der Beerdigung bumsen sollen? –, da hast du beschlossen, es mit Zaubertränken und Magie zu versuchen. Dann kam Juliet. Sie hat alle deine Pläne durcheinandergebracht. Du wolltest sie benützen. Und es war verdammt schlau von dir, sie gleich wissen zu lassen, daß ich eigentlich nicht zu haben sei, nur für den Fall, daß sie sich für mich interessieren und dir in die Quere kommen sollte. Aber wir haben einander trotzdem gefunden – Juliet und ich –, und das konntest du nicht ertragen. Annie war tot. Das letzte Hindernis, das der Erfüllung deiner Wünsche entgegengestanden hatte, war tot und begraben auf dem Friedhof. Und plötzlich war da ein neues Hindernis. Du hast gesehen, was zwischen uns passierte, nicht wahr? Die einzige Lösung war, auch sie zu begraben.«

»Nein!«

»Du hast gewußt, wo der Schierling zu finden war. Du gehst ja jedesmal am Weiher vorbei, wenn du zum Cotes Fell hinaufsteigst. Du hast den Schierling ausgegraben, du hast die Wurzel in den Keller gelegt, und dann hast du darauf gewartet, daß Juliet davon essen und sterben würde. Und wenn Maggie auch gestorben wäre, dann wäre das zwar schade gewesen, aber du hättest es in Kauf genommen, nicht wahr? Jeder Mensch ist ja entbehrlich. Nur mit dem Pfarrer hattest du nicht gerechnet. Das war wirklich Pech. Du hattest wahrscheinlich ein paar unangenehme Tage, nachdem er gestorben war und während du darauf gewartet hast, daß Juliet die Schuld auf sich nehmen würde.«

»Und was hab ich gewonnen, wenn es sich wirklich so abgespielt hat? Der Coroner hat gesagt, daß es ein Unfall war, Colin. Sie ist frei. Du auch. Und seitdem treibst du's mit ihr wie ein geiler Bauernbursche, der den Böcken seines Vaters zugesehen hat. Also, was hab ich gewonnen?«

»Das, worauf du gewartet und gehofft hast, seit es aus Versehen den Pfarrer erwischt hat. Daß die Londoner Polizei sich einschaltet. Daß der Fall wieder aufgerollt wird. Daß sämtliche Indizien auf Juliet hinweisen.« Er riß ihr das Buch aus den Händen. »Aber das hier, Polly, das hier hast du vergessen.« Sie grapschte nach dem Buch. Er warf es in die Ecke des Zimmers und hielt sie am Arm fest. »Und wenn Juliet sicher eingesperrt ist, dann kriegst du, was du immer haben wolltest, was du schon haben wolltest, als Annie noch lebte, worum du gebetet hast, als du für ihren Tod gebetet hast, wofür du deine Zaubertränke zusammengebraut und deine Amulette getragen hast, worauf du's schon seit Jahren abgesehen hast.« Er trat einen Schritt näher an sie heran. Sie versuchte, sich loszureißen. Er spürte deutlich ein Prickeln der Genugtuung beim Gedanken an ihre Furcht. Es durchzuckte seinen ganzen Körper und versetzte ihn in unerwartete Erregung.

»Du tust mir weh.«

»Mit Liebe hat das nichts zu tun. Es hatte nie was mit Liebe zu tun.«

»Colin!«

»Liebe hat nichts mit dem zu tun, worauf du's abgesehen hast seit dem Tag...«

»Nein!«

»Du erinnerst dich also? Stimmt's, Polly?«

»Laß mich los!« Sie versuchte, sich ihm zu entwinden. Sie atmete in winzigen Stößen. Nicht mehr als ein Kind, so leicht zu unterwerfen. Wie sie sich drehte und wand. Tränen in den Augen. Sie wußte, was kam. Es gefiel ihm, daß sie es wußte.

»Damals, auf dem Boden im Stall. Wo die Tiere es treiben. Du erinnerst dich daran.«

Sie entriß ihm ihren Arm und wirbelte herum, um davonzulaufen. Er bekam sie am Rock zu fassen, der sich mit ihrer Bewegung blähte. Er zerrte sie zurück. Der Stoff riß. Er wickelte ihn um seine Hand und zog fester. Sie stolperte, fiel jedoch nicht.

»Weißt du noch, wie ich ihn dir reingesteckt hab und du gegrunzt hast wie eine Sau? Weißt du noch?«

»Bitte! Nein!« Sie fing an zu weinen, und er stellte fest, daß der Anblick ihrer Tränen ihn noch mehr entflammte als zuvor der Gedanke an ihre Furcht. Sie war die Sünderin. Er war der rächende Gott. Und sie würde ihre gerechte Strafe empfangen.

Er griff tiefer in ihren Rock hinein, zerrte heftig daran und hörte mit Befriedigung, wie der Stoff riß. Noch einmal zog er. Dann noch einmal. Und jedesmal, wenn Polly versuchte, ihm zu entkommen, riß der Rock weiter.

»Genau wie an dem Tag im Stall«, sagte er. »Du kriegst genau das, was du willst.«

»Nein. Ich will es nicht. Nicht so. Col. Bitte.«

Der Name. Der Name. Er packte mit beiden Händen zu und riß ihr den Rest des Rocks vom Leib. Doch sie nutzte den Moment und rannte davon. Sie kam bis zum Korridor. Sie war fast bei der Tür. Noch einen Meter, und sie würde entkommen.

Er sprang und zwang sie nieder, als sie nach dem Knauf der inneren Tür griff. Sie schlugen krachend auf den Boden. Verzweifelt wehrte sie sich mit Armen und Beinen. Sie sagte kein Wort. Ihr ganzer Körper zuckte.

Er hatte Mühe, ihre Arme auf den Boden zu drücken, grunzte: »...dich vögeln... daß dir Hören... und Sehen vergeht.«

»Nein! Colin!«

Aber er brachte sie mit seinem Mund zum Schweigen. Mit Gewalt stieß er ihr seine Zunge in den Mund, drückte ihr mit der einen Hand den Hals zu, während er mit der anderen an ihrer Unterwäsche zerrte. Mit dem Knie drückte er ihr die Beine auseinander. Sie fuhr ihm mit den Händen ins Gesicht. Sie fand seine Brille, riß sie ihm herunter. Ihre Finger suchten seine Augen. Doch er war dicht über ihr, drückte sein Gesicht in das ihre, seine Zunge in ihren Mund und spie, spie, während ihn die Gier, es ihr zu zeigen, sie zu unterwerfen, zu bestrafen, mit jedem Moment wilder machte. Sie würde vor ihm kriechen und betteln. Sie würde um Gnade bitten. Sie würde ihre Göttin anrufen. Aber ihr Gott war *er*.

»Fotze«, spie er in ihren Mund. »Sau... Kuh.« Er nestelte an seiner Hose, während sie sich wälzte und strampelte und nach ihm trat. Jeder ihrer Atemzüge war ein Schrei. Sie riß ihr Knie nach oben, verfehlte seine Hoden aber um einen Zentimeter. Er schlug sie. Er genoß das Gefühl, das dieser

Schlag in ihm auslöste – wie er seiner Hand Leben und Kraft zurückgab. Er schlug sie noch einmal, härter diesmal. Er schlug sie mit den Fingerknöcheln und sah mit Genugtuung die roten Flecken auf ihrer Haut.

Sie weinte. Sie sah häßlich aus. Ihr Mund stand offen. Ihre Augen waren zugedrückt. Schleim tropfte ihr aus der Nase. So gefiel sie ihm. Weinen sollte sie. Ihr Entsetzen war wie eine Droge. Noch weiter drückte er ihr die Beine auseinander und fiel auf sie. Er, der Gott, feierte ihre Bestrafung.

So, dachte sie, ist es, wenn man stirbt. Sie lag da, wie er sie hatte liegen lassen, das eine Bein angezogen, das andere ausgestreckt, mit hochgeschobenem Pullover und heruntergerissenem Büstenhalter, die eine Brust, auf der noch sein brutaler Biß brannte, entblößt. Der Nylonslip mit dem Spitzenbesatz – »Hey, da hast du dir aber was Schickes zugelegt«, hatte Rita lachend gesagt. »Du bist wohl auf der Suche nach einem, der was für hübsche Verpackung übrig hat?« – hing an ihrem linken Fuß, ein Stoffetzen von ihrem Rock lag über ihrem Hals.

Ihr Blick war nach oben gerichtet und irrte über die Risse in der Decke. Irgendwo im Haus war ein metallisches Knakken und Klirren zu hören, dem ein gleichmäßiges, leises Summen folgte. Der Boiler, dachte sie. Es wunderte sie, daß er heizte; sie konnte sich nicht erinnern, an diesem Tag Wasser verbraucht zu haben. Sie ging Schritt für Schritt alles durch, was sie im Pfarrhaus getan hatte, weil es so wichtig schien zu wissen, warum der Boiler gerade jetzt das Wasser aufheizte. Er konnte schließlich nicht wissen, wie dreckig sie sich fühlte. Er war ja nur eine Maschine. Maschinen konnten die Bedürfnisse eines menschlichen Körpers nicht voraussehen.

In Gedanken machte sie eine Liste. Zuerst die Zeitungen.

Sie hatte sie gebündelt, wie sie sich das vorgenommen hatte, und zum Müll hinausgetragen. Dann hatte sie telefonisch das Abonnement gekündigt. Als nächstes die Topfpflanzen. Es waren nur vier, aber sie sahen traurig aus, und eine hatte fast alle ihre Blätter verloren. Sie hatte sie regelmäßig gegossen und konnte nicht verstehen, wieso sie alle gelb wurden. Sie hatte sie hinausgetragen und auf die Veranda gestellt; vielleicht, dachte sie, brauchten die armen Dinger ein bißchen Sonne, aber die Sonne war gar nicht herausgekommen. Danach die Bettwäsche. Sie hatte bei allen drei Betten – zwei Einzelbetten, ein Doppelbett – Laken und Bezüge gewechselt, so wie sie das jede Woche getan hatte, seit sie hier zu arbeiten angefangen hatte. Es spielte keine Rolle, daß die Betten nie benutzt wurden. Man mußte die Wäsche regelmäßig wechseln. Aber gewaschen hatte sie nicht, also konnte sich der Boiler auch nicht deshalb eingeschaltet haben. Weshalb dann?

Sie versuchte, sich alles, was sie an diesem Tag getan hatte, vor Augen zu führen. Sie versuchte, die Bilder an der Decke erscheinen zu lassen. Zeitungen. Telefon. Pflanzen auf die Veranda. Und danach... Es war zu anstrengend, über die Pflanzen hinauszudenken. Warum? Hatte es mit Wasser zu tun? Hatte sie Angst vor Wasser? War irgend etwas mit Wasser geschehen? Nein, wie albern. Denke an Räume mit Wasser.

Sie erinnerte sich. Sie lächelte, aber es tat ihr weh, weil ihre Haut sich so starr anfühlte, als wäre Kleber darauf erhärtet, deshalb eilte sie in Gedanken von den Schlafzimmern in die Küche. Denn das war es ja. Sie hatte das ganze Geschirr gespült, die Gläser, die Töpfe und die Pfannen. Und sie hatte die Schränke innen ausgewischt. Deshalb war der Boiler jetzt angesprungen. Außerdem arbeitete so ein Boiler doch immer. Schaltete er sich nicht von selbst ein, wenn das Wasser abzukühlen begann? Niemand brauchte ihn anzuwerfen. Er legte einfach los. Wie von Zauberhand.

Zauber. Das Buch. Nein. Weg mit diesen Gedanken. Sie beschworen Alpträume herauf. Sie wollte diese Bilder nicht.

Die Küche, die Küche, dachte sie. Sie spülte das Geschirr, wischte die Schränke aus und ging weiter ins Wohnzimmer, das schon klinisch sauber und ordentlich war, aber sie polierte trotzdem die Möbel, weil sie es aus irgendeinem Grund nicht fertigbrachte, dieses Haus zu verlassen, zu gehen, sich etwas anderes zu suchen, und dann war er bei ihr. Und mit seinem Gesicht stimmte etwas nicht. Sein Rücken schien zu steif zu sein. Seine Arme hingen nicht locker herab, sie warteten nur.

Polly wälzte sich auf die Seite, zog die Beine hoch und versuchte, sich zu wiegen. Schmerzen, dachte sie. Es fühlte sich an, als seien ihr die Beine aus dem Körper gerissen worden. Unerträgliche Schmerzen durchzuckten ihren Unterleib. Sie glaubte von innen zu verbrennen. Sie fühlte sich leer. Sie war nichts.

Allmählich begann sie die Kälte wahrzunehmen, ein dünner Luftstrom, der stetig über ihre bloße Haut zog. Sie fröstelte. Sie sah, daß er die innere Tür offengelassen hatte und daß die äußere Tür nicht richtig geschlossen war. Ihre Finger zupften ziellos am Pullover, sie wollte ihn zum Schutz gegen die Kälte herunterziehen, aber sie hatte ihn erst knapp über ihren Busen gezogen, als sie aufgab. Die Wolle scheuerte auf ihrer Haut.

Von der Stelle, an der sie lag, konnte sie die Treppe sehen, und sie begann, langsam zu ihr hinzukriechen, keinen anderen Gedanken im Kopf, als dem kalten Luftzug zu entkommen, einen dunklen, sicheren Ort zu finden. Sie begann sich hinaufzuwinden. Sie konnte ihre Beine nicht gebrauchen, deshalb zog sie sich mit den Händen am Geländer hoch. Ihre

Knie schlugen gegen die Stufen. Als sie einmal zur Seite schwankte, prallte sie mit der Hüfte an die Wand und entdeckte das Blut. Sie hielt inne, um es neugierig zu betrachten, einen Finger in die rote Feuchte zu tauchen, und sie wunderte sich, wie schnell es trocknete, wie es die Farbe veränderte und fast braun wurde, wenn es sich mit Luft vermischte. Sie sah, daß es zwischen ihren Beinen hervorsikkerte, daß es schon lange genug lief, um auf den Innenseiten ihrer Schenkel farnähnliche Muster zu bilden.

Schmutzig, dachte sie. Sie würde baden müssen.

Der Gedanke an ein Bad breitete sich in ihrem Hirn aus und vertrieb die alptraumhaften Bilder. Sie klammerte sich an diese Vorstellung von Wasser und seiner Wärme, während sie sich weiter die Treppe hinaufzog und oben ins Bad kroch. Sie schloß die Tür und blieb auf den kalten weißen Kacheln sitzen, den Kopf an die Wand gelehnt, die Knie hochgezogen. Das Blut drang unter der Faust heraus, die sie zwischen ihre Beine drückte, um es zu stoppen.

Nach einer kurzen Verschnaufpause drückte sie ihre Schultern an die Wand, schob sich einen halben Meter vorwärts und erreichte so die Badewanne. Sie legte den Kopf auf den Wannenrand und griff mit einer Hand nach dem Hahn. Ihre Finger kämpften, schafften es nicht, ihn zu drehen, und glitten schließlich ab.

Irgendwie wußte sie, daß sie wieder ganz und heil werden würde, wenn sie sich nur waschen konnte. Wenn sie seinen Geruch entfernen und die Berührung seiner Hände von ihrem Körper schrubben konnte, wenn sie mit Seife ihren Mund säubern konnte. Wenn es ihr nur gelang, das Wasser aufzudrehen.

Wieder griff sie nach dem Hahn. Wieder vergeblich. Sie versuchte es blind, weil sie die Augen nicht öffnen und sich in dem Spiegel sehen wollte, der, wie sie wußte, an der Badezimmertür hing. Wenn sie den Spiegel sah, würden ihr erneut Gedanken durch den Kopf schießen, und sie war fest entschlossen, jetzt an nichts zu denken. Außer ans Baden.

Sie würde sich in die Wanne legen und nie wieder herauskommen, nur das Wasser steigen und sinken lassen. Sie würde auf sein Blubbern horchen, seinem Plätschern lauschen. Sie würde seine sanfte Berührung zwischen Fingern und Zehen spüren. Sie würde es lieben.

Nur dauerte eben nichts ewig, nicht einmal das Baden, und wenn das Bad vorüber war... Denn was ihr hier jetzt geschah, war Sterben, ganz gleich, was sie sich vormachte, es war das Ende. Und sie erkannte, daß der Mensch im Zweifel immer allein war. Und wenn Leben Alleinsein bedeutete, würde das Sterben nicht anders sein.

Sie konnte damit fertig werden. Allein sterben. Aber nur, wenn es hier und jetzt geschah. Weil es dann vorüber sein würde. Sie würde nicht aufstehen, ins Wasser steigen, ihn von sich abwaschen und zur Tür hinausgehen müssen. Sie würde niemals nach Hause gehen – o Göttin, dieser lange Weg – und ihrer Mutter gegenübertreten müssen. Sie würde ihn nie wiedersehen, ihm nie wieder in die Augen blicken und immer von neuem, wie in einem nicht enden wollenden Film den Moment erleben müssen, als ihr klar geworden war, daß er sie verletzen würde.

Ich weiß nicht, was es heißt, einen anderen zu lieben, sagte sie sich. Ich dachte, es sei etwas Gutes, das Bedürfnis zu teilen. Ich dachte, es sei so, als streckte man die Hand aus und ein anderer nähme sie, hielte sie fest und zöge einen ans sichere Ufer. Man spricht. Man erzählt dem anderen von sich. Man sagt, hier tut es mir weh, und man vertraut ihm seine Verletzung an, und er nimmt sie an sich und vertraut einem dafür seine Verletzungen an. Man nimmt sich ihrer an, und so lernt man lieben. Man lehnt sich an, wo der andere stark ist. Er lehnt sich an, wo man selbst stark ist. Und irgendwo wächst man zusammen. Aber so wie es heute war, hier, in diesem Haus, so ist es nicht. Nein, so ist es nicht.

Das war das Schlimmste, daß sie ihn liebte und sich nicht vom Schmutz dieser Liebe befreien konnte. Selbst in all ihrem Entsetzen, selbst in dem Augenblick, als sie genau wußte, was er vorhatte, selbst als sie ihn angefleht hatte, es nicht zu tun, und er es dennoch getan hatte – sie niedergeworfen und mißhandelt und sie dann wie ein Bündel alter Kleider liegengelassen hatte –, war das Schlimmste daran gewesen, daß er der Mann war, den sie liebte. Und wenn der Mann, den sie liebte, ihr dies antun konnte, ihr zeigte, wer der Herr war und wer die Sklavin, dann war das, was sie für Liebe gehalten hatte, nichts. Denn wenn man jemanden liebte und wenn der andere wußte, daß man ihn liebte, dann, meinte sie, würde er doch darauf achten, einem nicht weh zu tun. Auch wenn seine Liebe vielleicht nicht so groß war, würde er die Gefühle, die man ihm entgegenbrachte, achten und eine gewisse zärtliche Zuneigung verspüren. Denn so ging man doch mit den Menschen um.

Aber wenn das nicht so war, wenn die Wahrheit des Lebens eine andere war, dann wollte sie nicht mehr leben. Sie würde sich in die Wanne legen und sich dem Wasser überlassen. Sollte es sie reinigen und töten und davontragen.

19

»Sieh dir dies hier mal an.«

Lynley reichte St. James den Hefter mit Fotografien über den Tisch. Er nahm sein Bierglas und dachte daran, *Die Kartoffelesser* geradezuhängen oder den Staub von Rahmen und Glas von *Die Kathedrale von Rouen* abzuwischen, um zu sehen, ob sie wirklich, wie es schien, *im vollen Sonnenlicht* stand. Deborah schien seine Gedanken zumindest zu ahnen. Sie murmelte: »Ach verflixt, das macht mich ganz verrückt«, und richtete den Van-Gogh-Druck gerade, ehe sie sich wieder neben ihrem Mann aufs Sofa fallen ließ. Lynley sagte: »Gott segne dich, mein Engel«, und wartete auf St. James' Reaktion auf das Material, das er aus Clitheroe mitgebracht hatte.

Dora Wragg war so freundlich gewesen, sie im Aufenthaltsraum für Hotelgäste zu bedienen. Das Pub war zwar für den Nachmittag schon geschlossen, aber als Lynley von seinen Besuchen bei Maggie, der Polizei und dem Gerichtsarzt zurückgekehrt war, hatten am heruntergebrannten Kaminfeuer noch zwei ältere Frauen in langen Hosen und Wanderstiefeln gesessen. Obwohl sie in ein angeregtes Gespräch vertieft waren und nicht anzunehmen war, daß sie sich für anderes interessieren würden, hatte Lynley nach einem Blick auf ihre neugierigen, scharfen Augen Diskretion für ratsam gehalten.

Er wartete also, bis Dora die Getränke auf den Tisch im Aufenthaltsraum gestellt und sich in die unteren Regionen des Gasthauses entfernt hatte, ehe er seinem Freund den Hefter reichte. St. James sah sich zuerst die Fotos an. Deborah warf nur einen Blick darauf, schauderte und sah rasch wieder weg. Lynley konnte es ihr nicht verübeln.

Die Fotografien von diesem speziellen Todesfall waren aus irgendeinem Grund beunruhigender als vieles, was er im Lauf seiner Tätigkeit gesehen hatte, und zunächst konnte er gar nicht verstehen, weshalb. Ihm waren die vielfältigen Todesbilder schließlich nicht fremd. Der Anblick eines Erdrosselten – das blau verfärbte Gesicht, die hervorquellenden Augen, der Blutschaum vor dem Mund – war nichts Ungewohntes für ihn. Er hatte Tote gesehen, die erschlagen worden waren. Er hatte eine Vielfalt von Messerverletzungen untersucht – von der durchgeschnittenen Kehle bis zum aufgeschlitzten Bauch. Er hatte Menschen mit abgerissenen Gliedern und verstümmelten Körpern gesehen, die durch Bomben oder bei Schießereien ums Leben gekommen waren. Doch dieser Tod hatte etwas an sich, das ihn ganz persönlich erschreckte, aber er konnte nicht sagen, was es war. Deborah tat es für ihn.

»Das muß ein langes, grausames Sterben gewesen sein«, murmelte sie. »Der arme Mann.«

Genau das war es. Der Tod war nicht von einem Moment auf den anderen über Robin Sage gekommen, nicht in Gestalt eines kurzen, gewaltsamen Überfalls mit Schußwaffe, Messer oder Drahtschlinge, dem auf den Fuß gnädiges Vergessen folgte. Er hatte ihn langsam zu sich geholt, so langsam, daß Sage Zeit blieb, zu erkennen, was geschah, und schrecklich zu leiden. Die Fotografien gaben das wieder.

Es handelte sich um Farbaufnahmen der Polizei Clitheroe, aber was sie zeigten, war vorherrschend schwarzweiß. Weiß der frischgefallene Schnee auf dem Boden und der Mauer, neben der der Tote lag. Schwarz der Tote selbst, in der Kleidung des Geistlichen, der schwarze Mantel um Hüften und Taille zusammengeschoben, als hätte der Pfarrer versucht, sich aus ihm herauszuwinden. Doch selbst hier siegte das Schwarz nicht ganz über das Weiß, denn der Tote war, wie die Mauer, nach der er die Hand ausstreckte, von einer feinen weißen Schneeschicht bedeckt. Sieben Fotografien bezeugten dies, dann hatte man den Schnee von der Leiche gefegt, und der Fotograf hatte sich noch einmal an die Arbeit gemacht.

Die restlichen Bilder dokumentierten eingehend den Todeskampf des Pfarrers Robin Sage. Tiefe Furchen, kreuz und quer im Boden, dicke Lehmklumpen an den Absätzen der Schuhe, Erde und Graspartikel unter seinen Fingernägeln legten davon Zeugnis ab, wie verzweifelt er versucht hatte, den Konvulsionen zu entkommen. Blut an seiner linken Schläfe, drei Risse in seiner Wange, ein zertrümmerter Augapfel und ein blutverschmierter Stein unter seinem Kopf ließen die Stärke der Konvulsionen ahnen und zeigten, daß er nicht fähig gewesen war, sie zu bezwingen. Die Haltung von Kopf und Hals – so weit nach rückwärts geworfen, daß ein Wirbelbruch unausweichlich schien – zeugte von einem verzweifelten Kampf um Atem. Und die Zunge, aufgeschwollen und blutig gebissen, sagte alles über die letzten Momente dieses Mannes.

Zweimal sah St. James die Bilder durch. Dann legte er eine Großaufnahme des Gesichts und eine zweite von einer der Hände zur Seite. »Wenn man Glück hat, stirbt man an Herzversagen. Wenn nicht, an Erstickung. Der arme Teufel. Er hat überhaupt kein Glück gehabt.«

Lynley brauchte sich die Fotografien, die St. James zur Untermauerung seiner Worte ausgesucht hatte, nicht anzusehen. Er hatte die bläuliche Verfärbung der Lippen und der Ohren gesehen. Er hatte das gleiche an den Fingernägeln bemerkt. Das unverletzte Auge war fast aus der Höhle getreten. Die bläulich-weiße Verfärbung der Haut war weit fortgeschritten. Dies alles waren Anzeichen für Atemstillstand.

»Was glaubst du, wie lange es dauerte, bis er endlich starb?« fragte Deborah.

»Auf jeden Fall viel zu lang.« St. James sah über den Autopsiebericht hinweg zu Lynley. »Du hast mit dem Pathologen gesprochen?«

»Alle Symptome sprechen eindeutig für eine Vergiftung durch Wasserschierling. Keine spezifischen Läsionen der Magenschleimhaut. Gastrische Irritation und Lungenödem.

Todeszeit zwischen zweiundzwanzig Uhr abends und zwei Uhr morgens.«

»Und was sagte Sergeant Hawkins? Wieso hat das CID Clitheroe den Befund so schnell akzeptiert und sich aus den Ermittlungen zurückgezogen? Wieso hat man Shepherd den Fall ganz allein bearbeiten lassen?«

»Die Leute vom CID waren am Tatort gewesen, als die Leiche noch dort war. Es war, abgesehen von den äußeren Verletzungen, die er sich selbst im Gesicht beigebracht hatte, klar, daß sein Tod durch irgendeinen Anfall verursacht worden war. Sie wußten nicht, was für ein Anfall das gewesen sein konnte. Der Constable, der dabei war, dachte, als er die Zunge sah, tatsächlich, es handle sich um Epilepsie...«

»Guter Gott«, murmelte St. James.

Lynley nickte zustimmend. »Nachdem sie also ihre Aufnahmen gemacht hatten, überließen sie es Shepherd, die Einzelheiten zu diesem Todesfall zusammenzutragen. Es war ja sein Zuständigkeitsbereich. Zu diesem Zeitpunkt wußten sie nicht einmal, daß Sage die ganze Nacht draußen im Schnee gelegen hatte, denn er wurde ja erst vermißt, als er am folgenden Tag nicht zu der Trauung erschien, die er hätte vornehmen sollen.«

»Aber nachdem sie erfahren hatten, daß er zum Abendessen bei Juliet Spence gewesen war? Wieso haben sie da nicht eingegriffen?«

»Hawkins – er war übrigens jetzt, als ich mit meinem Dienstausweis in der Hand vor ihm stand, etwas entgegenkommender als am Telefon – erklärte mir, ihre Entscheidung sei von drei Faktoren beeinflußt worden: dem Eingreifen von Shepherds Vater in die Ermittlungen des Constable, dem, wie Hawkins glaubte, rein zufälligen Besuch Shepherds bei Juliet Spence am selben Abend und einigen zusätzlichen Informationen von seiten der Gerichtsmediziner.«

»War der Besuch denn ein Zufall?« fragte St. James.

»Nein, Mrs. Spence hat ihn angerufen und gebeten zu kommen«, antwortete Lynley. »Sie sagte mir, sie habe das auch bei der gerichtlichen Untersuchung aussagen wollen, aber Shepherd habe darauf bestanden, daß sie sage, er sei zufällig auf seiner abendlichen Runde bei ihr vorbeigekommen. Sie sagte, er habe gelogen, weil er sie vor Klatsch und Verdächtigungen nach dem Urteilsspruch habe schützen wollen.«

»Wenn ich daran denke, wie das neulich abends hier im Pub war, scheint das aber nicht geklappt zu haben.«

»Richtig. Aber soll ich dir mal sagen, was ich an der ganzen Sache merkwürdig finde, St. James: Als ich heute morgen bei ihr war, gab sie unumwunden zu, daß sie Shepherd angerufen hatte. Warum? Warum ist sie nicht bei der Geschichte geblieben, die sie vereinbart hatten, die inzwischen von allen geglaubt wurde, auch wenn sie gegen den Dorfklatsch nichts ausgerichtet hat?«

»Vielleicht war sie nie mit Shepherds Geschichte einverstanden«, meinte St. James. »Wenn er bei der gerichtlichen Untersuchung vor ihr ausgesagt hat, wollte sie ihn wahrscheinlich nicht bloßstellen.«

»Ja, aber warum ist sie dann nicht bei der Geschichte geblieben? Ihre Tochter war an dem Abend nicht zu Hause. Wenn nur sie und Shepherd wußten, daß sie ihn angerufen hatte, weshalb fühlt sie sich dann genötigt, jetzt mir eine andere Geschichte zu erzählen, auch wenn es die Wahrheit ist? Sie bringt sich doch durch dieses Geständnis nur selbst in die Bredouille.«

»Keiner wird glauben, daß ich schuldig bin, wenn ich zugebe, daß ich schuldig bin«, murmelte Deborah.

»Du lieber Gott, das ist ein ganz schön gefährliches Spiel.«

»Bei Shepherd hat's gewirkt«, sagte St. James. »Warum

nicht auch bei ihr? Sie sorgte dafür, daß er sie als Leidende sah, der übel geworden war, die sich übergeben hatte. Er glaubte ihr und ergriff Partei für sie.«

»Das war der dritte Punkt, der zu Hawkins' Entscheidung beitrug, das CID zurückzupfeifen. Ihre Übelkeit. Den Gerichtsmedizinern zufolge...« Lynley stellte sein Glas nieder, setzte seine Brille auf und griff zu dem Bericht. Er überflog die erste Seite, die zweite und fand, was er suchte, auf der dritten. »Ah, hier ist es«, sagte er. »›Die Chancen auf Wiederherstellung bei Vergiftung mit Schierling ist gut, wenn bei dem Betroffenen Erbrechen herbeigeführt werden kann.‹ Die Tatsache, daß sie an Übelkeit und Erbrechen litt, bestätigt also Shepherds Behauptung, sie habe versehentlich auch von dem Schierling gegessen.«

»Absichtlich. Oder, was ich für wahrscheinlicher halte, überhaupt nicht.« St. James trank einen Schluck von seinem Bier. »*Herbeigeführt* ist das Schlüsselwort, Tommy. Daraus geht nämlich hervor, daß das Erbrechen nicht eine natürliche Folge des Genusses von Schierling ist. Es muß herbeigeführt werden. Sie hätte also ein entsprechendes Mittel nehmen müssen. Und dazu hätte sie wissen müssen, daß sie Gift zu sich genommen hatte. Und wenn das der Fall ist, warum hat sie nicht Sage angerufen, um ihn zu warnen, oder jemand mobil gemacht, um ihn zu suchen?«

»Wäre es möglich, daß ihr tatsächlich nicht gut war, sie aber nicht wußte, woher die Übelkeit kam, und sie auf etwas ganz anderes zurückführte? Schlechte Milch vielleicht oder ein Stück Fleisch, das nicht mehr gut war.«

»Wenn sie unschuldig ist, kann sie die Übelkeit auf alles mögliche zurückgeführt haben. Das ist ganz klar.«

Lynley ließ den Bericht auf den Tisch hinunterfallen, nahm seine Brille ab und fuhr sich mit der Hand durch das Haar. »Dann können wir eigentlich einpacken. Wir sagen, ja, sie hat's getan, und sie sagt, nein, ich hab's nicht getan. Und dabei wird's bleiben, solange wir kein Motiv haben. Wie sieht es aus, hat euch vielleicht der Bischof in Bradford eines geliefert?«

»Robin Sage war verheiratet«, sagte St. James.

»Er wollte mit seinen Kollegen über die Frau reden, die im Ehebruch aufgegriffen wurde«, fügte Deborah hinzu.

Lynley beugte sich auf seinem Stuhl vor. »Keiner hat ein Wort davon gesagt...«

»Ich habe den Eindruck, daß niemand es wußte.«

»Und was ist aus der Ehefrau geworden? Ist Sage geschieden? Das wäre für einen Geistlichen schon sehr befremdlich.«

»Sie ist vor zehn oder fünfzehn Jahren ums Leben gekommen. Bei einem Bootsunfall in Cornwall.«

»Welcher Art?«

»Glennaven – das ist der Bischof in Bradford – wußte es nicht. Ich habe mit Truro telefoniert, kam aber zu dem Bischof dort nicht durch. Und sein Sekretär war nicht sehr entgegenkommend, sondern beschränkte sich darauf, mir zu sagen, daß es ein Bootsunfall gewesen sei. Er könnte am Telefon keine weiteren Auskünfte geben, sagte er. Was für ein Boot es war, unter welchen Umständen es zu dem Unfall kam, wo er geschah, wie das Wetter war, ob Sage bei seiner Frau war, als es geschah – nichts.«

»Eine Krähe hackt der anderen nicht die Augen aus?«

»Nun ja, er wußte ja wirklich nicht, mit wem er es da zu tun hatte. Ich konnte mich auch nicht darauf berufen, von der Polizei zu sein. Und außerdem kann man unser Unternehmen hier wohl kaum als offizielles Ermittlungsverfahren bezeichnen.«

»Ja, aber was meinst du?«

»Zu dem Gedanken, daß sie versuchen, Sage zu schützen?«

»Und durch ihn den Ruf der Kirche.«

»Möglich wär's. Die Anspielung auf die Frau, die im Ehebruch aufgegriffen wurde, kann nicht so leicht vom Tisch gewischt werden, nicht wahr?«

»Wenn er sie getötet hat...«, meinte Lynley nachdenklich.

»Dann hat vielleicht jemand anderer nur auf eine Gelegenheit zur Vergeltung gewartet.«

»Zwei Menschen in einem Segelboot. Stürmisches Wetter. Eine Böe. Der Baum dreht sich im Wind, trifft die Frau am Kopf, und sie geht über Bord.«

»Kann man so einen Unfall inszenieren?« fragte St. James.

»Du meinst Mord als Unfall getarnt? Es war gar nicht der Baum, sondern ein Schlag auf den Kopf? Natürlich.«

»Das nennt man dann poetische Gerechtigkeit«, sagte Deborah. »Ein zweiter Mord, der als Unfall getarnt ist. Erstaunliche Duplizität.«

»Eine perfekte Art der Vergeltung«, sagte Lynley. »Das ist wahr.«

»Aber wer ist dann Mrs. Spence?« fragte Deborah.

St. James zählte mehrere Möglichkeiten auf. »Eine ehemalige Haushälterin, die die Wahrheit weiß, eine Nachbarin, eine alte Freundin der Ehefrau.«

»Die Schwester der Ehefrau«, meinte Deborah. »Vielleicht sogar seine eigene Schwester.«

»Die hier in Winslough gedrängt wurde, in den Schoß der Kirche zurückzukehren, und entdeckte, daß er ein Heuchler war, den sie nicht ertragen konnte?«

»Vielleicht war sie auch eine Verwandte, Simon. Oder hat früher ebenfalls für den Bischof von Truro gearbeitet.«

»Vielleicht hatte sie früher ein Verhältnis mit Sage. Ehebruch kommt in den besten Familien vor.«

»Er hat seine Frau getötet, um mit Mrs. Spence zusammensein zu können, aber als sie die Wahrheit entdeckte, wollte sie ihn nicht mehr haben? Und ist ihm davongelaufen?«

»Es gibt unendlich viele Möglichkeiten. Der Schlüssel ist ihre Vergangenheit.«

Lynley drehte nachdenklich sein Bierglas. Er hatte sich das alles angehört, war aber dennoch nicht geneigt, seine früheren Mutmaßungen einfach zu verwerfen. »Sonst keine Auffälligkeiten in seiner Geschichte, St. James? Alkohol, Drogen, unmoralische oder verbotene Interessen vielleicht?«

»Er war ein Bibelfanatiker, aber das scheint mir bei einem Geistlichen nichts Auffälliges zu sein. Woran denkst du denn?«

»Ein unnatürliches Interesse an Kindern vielleicht?«

»Pädophilie?« Als Lynley nickte, sagte St. James: »Nicht der kleinste Hinweis darauf.«

»Aber könnte man denn überhaupt einen Hinweis erwarten, wenn die Kirche ihn schützt, um ihren eigenen Ruf zu wahren? Kannst du dir vorstellen, der Bischof gäbe zu, daß Robin Sage einen Hang zu den Chorknaben hatte und daß er versetzt werden mußte...«

»Und wie uns der Bischof von Bradford sagte, hat er sich ständig versetzen lassen«, warf Deborah ein.

»...weil er die Hände nicht von den Knaben lassen konnte? Glaubst du, die würden so etwas jemals öffentlich zugeben?«

»Gut, eine Möglichkeit wäre es. Aber mir scheint es die am wenigsten plausible Erklärung zu sein. Wer sind denn hier die Chorknaben?«

»Vielleicht waren es keine Knaben.«

»Du denkst an Maggie? Und daß Mrs. Spence ihn getötet hat, um dem – was? Mißbrauch? – ein Ende zu machen. Wenn das wirklich der Fall war, warum verschweigt sie es dann?«

»Weil es dennoch Mord ist, St. James. Das Mädchen hat nur sie. Hätte sie sich darauf verlassen können, daß die Geschworenen bei der gerichtlichen Untersuchung die Sache so gesehen hätten wie sie und sie freigesprochen hätten, so daß sie weiterhin für das Kind hätte sorgen können? Das wäre doch ein sehr großes Risiko gewesen.«

»Warum hat sie ihn dann nicht der Polizei gemeldet? Oder der Kirche?«

»Da hätte ihr Wort gegen seins gestanden.«

»Aber das Wort ihrer Tochter...«

»Vielleicht hätte Maggie den Mann geschützt? Vielleicht wünschte sie sich diese Beziehung sogar. Vielleicht bildete sie sich ein, den Mann zu lieben, oder bildete sich ein, er liebe sie.«

St. James rieb sich den Nacken. Deborah stützte den Kopf in ihre Hände. Beide seufzten. Deborah sagte: »Ich komm mir vor wie die rote Königin in *Alice*. Wir müßten doppelt so schnell laufen, und ich bin schon außer Atem.«

»Es sieht nicht gut aus«, stimmte St. James zu. »Wir brauchen mehr Informationen, und die anderen brauchen nur den Mund zu halten, dann tappen wir auf immer und ewig im Dunkeln.«

»Nicht unbedingt«, entgegnete Lynley. »Wir haben immer noch Truro. Da haben wir eine Menge Spielraum. Wir können Nachforschungen über den Tod der Frau anstellen und über Robin Sages Vorleben.«

»Du lieber Gott, das ist der nächste Weg. Willst du da hinfahren, Tommy?«

»Nein.«

»Wer dann?«

Lynley lächelte. »Jemand, der gerade im Urlaub ist. Genau wie wir.«

In Acton drehte Barbara Havers das Radio auf dem Kühlschrank an und unterbrach Sting mitten in seinen Gesängen über die Hand seines Vaters. »Genau, Baby. Sing du nur, Traumjunge.« Sie lachte über sich selbst. Sie hörte Sting gern. Lynley behauptete, ihr Interesse an Sting beruhe einzig auf der Tatsache, daß dieser sich in einer Zurschaustellung vermeintlicher Männlichkeit, die weibliche Fans anlocken sollte, nur einmal alle vierzehn Tage zu rasieren schien. Aber darüber konnte Barbara nur lachen. Sie hielt dagegen, Lynley sei ein musikalischer Snob, der sich zu fein sei, sein aristokratisches Ohr irgendwelchen Klängen auszusetzen, die erst in den letzten achtzig Jahren komponiert worden waren. Sie selbst hatte in Wahrheit keine Vorliebe für den Rock 'n' Roll, doch sie zog ihn immer noch der klassischen Musik, dem Jazz, dem Blues vor und dem, was Constable Nkata als die »Schmachtfetzen aus Omas Zeiten« bezeichnete. Nkata selbst liebte den Blues, Havers wußte allerdings, daß er ohne Zögern seine Seele – ganz zu schweigen von seiner wachsenden Sammlung von CDs – für nur fünf Minuten allein mit Tina Turner verkaufen würde. »Ist mir völlig egal, daß sie alt genug ist, um meine Mutter zu sein«, pflegte er zu seinen Kollegen zu sagen. »Wenn meine Mutter so aussehen würde, wär ich nie von zu Hause weggegangen.«

Barbara stellte die Musik lauter und öffnete den Kühlschrank. Sie hoffte, irgend etwas darin zu finden, das ihren Gaumen reizen würde. Doch der durchdringende Geruch einer fünf Tage alten Scholle trieb sie schleunigst zur anderen Seite der Küche. »Na, lecker«, sagte sie ironisch, während sie überlegte, wie sie das feuchte Fischpäckchen hinausbugsieren könnte, ohne es berühren zu müssen. Sie fragte sich, was sonst noch für übelriechende Überraschungen auf sie warteten, in Folie, in Plastik oder in praktischen kleinen Behältern, die sie für ein schnelles Abendessen nach Hause getragen und längst vergessen hatte. Von ihrem sicheren Beobachtungsposten aus gewahrte sie etwas Grünes, das an den Rändern eines Behälters emporkletterte. Sie hätte gern geglaubt, es handle sich um einen Rest Erbsenpüree. Die Farbe stimmte, aber die pelzige Beschaffenheit deutete auf Schimmel. Gleich daneben schien sich auf einem Teller uralter Spaghetti eine neue Form von Leben entwickelt zu haben. Ja, der ganze Kühlschrank sah aus wie ein kleines Labor, in dem Alexander Fleming in der Hoffnung auf eine weitere Reise nach Stockholm alle möglichen unappetitlichen Experimente machte.

Den Blick argwöhnisch auf diese unerquickliche Bescherung gerichtet, ging Barbara zur Spüle hinüber. Sie kramte in Putzmitteln, Drahtschwämmen, Bürsten und mehreren zu steifen Klumpen erstarrten Lappen, ehe sie die Müllbeutel fand. Mit einem Beutel und einem Pfannenheber bewaffnet, eröffnete sie den Kampf. Zuerst wanderte die Scholle in den Beutel. Platschend schlug sie auf seinem Grund auf und verströmte dabei eine Duftwolke, die Barbara schaudern machte. Als nächstes kam das Erbsenpüree mit Antibiotikum, gefolgt von den Spaghetti, einem Stück Käse, dem ein bartähnliches Gebilde gewachsen war, einem Teller versteinerter Würstchen und Kartoffelpüree und einer Pizza, die noch im Karton war, den zu öffnen Barbara sich hütete. Ein Rest Schweinefleisch *mu shu*, eine verschimmelte halbe Tomate, drei halbe Grapefruit und ein Karton Milch, den sie, wie sie sich ganz klar erinnerte, im vergangenen Juni gekauft hatte, verschwanden ebenfalls in dem Müllbeutel.

Sobald Barbara bei dieser Säuberungsaktion ein System entwickelt hatte, beschloß sie, sie auch konsequent zu Ende zu führen. Alles, was nicht festverschlossen in einem Glas oder einer Dose war, professionell eingelegt und mariniert, oder unbegrenzte Haltbarkeit auswies, ging denselben Weg wie die Scholle und Konsorten. Als sie fertig war, lag nichts mehr im Kühlschrank, was auch nur einen Imbiß hergegeben hätte; doch der Appetit war ihr sowieso längst vergangen.

Sie knallte die Tür zu und verschnürte den Müllbeutel. Sie öffnete die Hintertür, warf den Beutel hinaus und wartete einen Augenblick, um zu sehen, ob ihm nicht vielleicht Beine wachsen würden, damit er sich aus eigener Kraft dem anderen Haushaltsmüll zugesellen konnte. Als das nicht geschah, nahm sie sich vor, ihn später zur Tonne zu tragen.

Sie zündete sich eine Zigarette an. Der Geruch des Streichholzes und des brennenden Tabaks überdeckten den noch im Raum hängenden ekelhaften Gestank nach verfaulten Lebensmitteln. Sie zündete ein zweites Streichholz an und dann ein drittes und sog die ganze Zeit den Rauch der Zigarette so tief wie möglich ein.

War doch ganz gut, dachte sie; zwar habe ich kein Abendessen, dafür hab ich aber wieder etwas erledigt. Jetzt brauchte sie den Kühlschrank nur noch auszuwischen, dann konnte sie ihn verkaufen, nicht mehr ganz neu vielleicht, nicht mehr ganz zuverlässig, aber entsprechend preiswert. Nach Chalk Farm konnte sie ihn nicht mitnehmen – in der Wohnung hatte höchstens ein Minikühlschrank Platz –, deshalb mußte sie ihn loswerden, früher oder später... Wenn sie so weit war, daß sie umziehen konnte...

Sie ging zum Tisch und setzte sich. Die Stuhlbeine schrammten geräuschvoll über den klebrigen alten Linoleumboden. Sie drehte die Zigarette zwischen Daumen und Zeigefinger und sah zu, wie das Papier um den rotglühenden Tabak langsam verbrannte. Bei dieser unvorgesehenen Reinigung des Kühlschranks war wieder einmal, das wußte sie, ihre Gespaltenheit zu Tage getreten. Wieder war eine Arbeit erledigt, wieder konnte sie einen Punkt von der Liste streichen, wieder war der Hausverkauf und damit der Umzug in ein neues, unbekanntes Leben einen Schritt näher gerückt.

Es gab Tage, da fühlte sie sich zum Umzug bereit, und andere, an denen sie vor der Veränderung, die er bedeutete, eine unerklärliche Angst empfand. Ein halbes dutzendmal war sie schon in Chalk Farm gewesen, sie hatte die Kaution für die kleine Wohnung bezahlt, sie hatte mit dem Hauswirt gesprochen und den Anschluß eines Telefons veranlaßt. Sie hatte sogar ganz flüchtig einen ihrer neuen Hausgenossen gesehen, der am Fenster seiner Erdgeschoßwohnung in der Sonne gesessen hatte. Während dieser Teil ihres Lebens – mit der Überschrift *Zukunft* – sie stetig vorwärtszog, hielt der andere, größere Teil – mit der Überschrift *Vergangenheit* – sie an Ort und Stelle fest. Sie wußte, daß es kein Zurück gab, wenn dieses Haus in Acton erst einmal verkauft war. Eines der letzten Bande zu ihrer Mutter würde dann durchtrennt sein.

Barbara hatte den Morgen mit ihr verbracht. Sie waren zum kleinen Gemeindepark von Greenford spaziert und hatten sich dort auf eine der Bänke am Spielplatz gesetzt und einer jungen Frau zugesehen, die ihr lachendes kleines Kind auf dem Karussell gedreht hatte. Ihre Mutter hatte einen ihrer guten Tage gehabt. Sie erkannte Barbara, und obwohl sie sich dreimal versprach und Barbara Pearl nannte, widersprach sie nicht, als Barbara sie behutsam daran erinnerte, daß Tante Pearl seit fast fünfzig Jahren tot war. Sie sagte nur mit einem zaghaften Lächeln: »Ich vergesse so leicht, Barbie. Aber heute geht's mir gut. Kann ich bald nach Hause?«

»Gefällt es dir denn hier nicht?« fragte Barbara. »Mrs. Flo hat dich doch gern. Und du verstehst dich doch mit Mrs. Pendlebury und Mrs. Salkild, nicht wahr?«

Ihre Mutter scharrte mit den Füßen und streckte dann die Beine aus wie ein Kind. »Mir gefallen meine neuen Schuhe, Barbie«, sagte sie.

»Dann hab ich's ja richtig getroffen.« Es waren lavendelfarbene Baseballstiefel mit silbernen Streifen an den Seiten. Barbara hatte sie auf dem Wühltisch eines Warenhauses gefunden. Sie hatte sich ein Paar in Rot und Gold gekauft – erheitert von der Vorstellung, welch entsetztes Gesicht Inspector Lynley bei ihrem Anblick machen würde –, und obwohl sie in der Größe ihrer Mutter keine gehabt hatten, hatte sie die lavendelfarbenen gekauft, weil sie am unmöglichsten waren und ihr daher am ehesten gefallen würden. Sie hatte zwei Paar Wollsocken dazu gekauft, die ihre Mutter überziehen konnte, um in den Schuhen nicht herumzurutschen. Lächelnd hatte sie zugesehen, mit welcher Erwartungsfreude ihre Mutter das Paket ausgepackt und im Seidenpapier nach ihrer »Überraschung« gesucht hatte.

Barbara hatte sich angewöhnt, immer eine kleine Überraschung mitzubringen, wenn sie zweimal in der Woche nach Hawthorn Lodge hinausfuhr, wo ihre Mutter seit zwei Monaten mit zwei alten Frauen bei Mrs. Florence Magentry – Mrs. Flo, die sich um sie kümmerte – lebte. Barbara versuchte sich einzureden, sie täte es nur, um ihrer Mutter eine Freude zu bereiten. Aber sie wußte, daß jedes Päckchen ihr dazu diente, sich von Schuld freizukaufen. »Es gefällt dir doch hier bei Mrs. Flo, nicht wahr, Mama?«

Doris Havers beobachtete das kleine Kind auf dem Karussell. Sie wiegte sich zu irgendeiner inneren Melodie. »Mrs. Salkild hat gestern abend in die Hose gemacht«, teilte sie Barbara in vertraulichem Ton mit. »Aber Mrs. Flo ist nicht mal böse geworden, Barbie. Sie hat nur gesagt: ›So was kommt vor, Schätzchen, wenn wir älter werden. Machen Sie sich also keinen Kummer deswegen.‹ Aber ich hab nicht in die Hose gemacht.«

»Das ist gut, Mama.«

»Ich hab geholfen. Ich hab den Waschlappen geholt und

die Plastikschüssel, und ich hab sie so gehalten, daß Mrs. Flo sie saubermachen konnte. Mrs. Salkild hat geweint. Sie hat immer wieder gesagt: ›Es tut mir leid. Ich hab's nicht gemerkt. Ich hab's gar nicht gemerkt.‹ Sie hat mir leid getan. Ich hab ihr hinterher von meinen Pralinen gegeben. Ich hab nicht in die Hose gemacht, Barbie.«

»Du bist Mrs. Flo eine große Hilfe, Mama. Ohne dich käme sie wahrscheinlich gar nicht zurecht.«

»Ja, das sagt sie, nicht wahr? Sie wird traurig sein, wenn ich wieder gehe. Komm ich heute nach Hause?«

»Nein, heute noch nicht, Mama.«

»Aber bald?«

»Aber nicht heute.«

Barbara fragte sich manchmal, ob es nicht besser wäre, ihre Mutter einfach der Obhut der fähigen Mrs. Flo zu überlassen, ihren Unterhalt zu bezahlen und zu verschwinden, in der Hoffnung, daß ihre Mutter mit der Zeit vergessen würde, daß sie ganz in der Nähe eine Tochter hatte. Wenn sie über den Sinn dieser Besuche nachdachte, fiel sie stets von einem Extrem ins andere. Einmal glaubte sie, sie dienten einzig der Beschwichtigung ihrer persönlichen Schuldgefühle auf Kosten der inneren Ruhe ihrer Mutter, dann wieder sagte sie sich, ihr regelmäßiges Auftauchen würde den völligen geistigen Verfall ihrer Mutter verhindern. Es gab, soviel Barbara wußte, zu diesem Dilemma keinerlei Literatur. Und selbst wenn sie versucht hätte, welche zu finden – was hätten ihr die Theorien irgendeines Sozialwissenschaftlers bringen können, der aus seiner Distanz heraus gut reden hatte? Dies war schließlich ihre Mutter. Sie konnte sie nicht einfach im Stich lassen.

Barbara drückte ihre Zigarette im Aschenbecher auf dem Küchentisch aus und zählte die Kippen, die sich bereits angesammelt hatten. Achtzehn Zigaretten hatte sie seit heute morgen geraucht. Sie mußte aufhören. Diese Raucherei war ungesund und ekelhaft. Sie zündete sich eine neue Zigarette an.

Von ihrem Stuhl aus konnte sie durch den Korridor bis zur Haustür sehen. Sie konnte rechts die Treppe sehen und links das Wohnzimmer. Unmöglich zu ignorieren, wie weit die Renovierung des Hauses bereits fortgeschritten war. Die Wände waren gestrichen. Neuer Teppich war gelegt worden. Die Installationen in Bad und Küche waren repariert oder ersetzt worden. Herd und Backofen waren sauberer als die letzten zwanzig Jahre. Nur das Linoleum mußte neu verlegt werden, und es fehlten noch Tapeten. Wenn diese beiden Dinge erledigt waren, konnte Barbara sich dem Äußeren des Hauses und dem Garten zuwenden.

Der Garten hinten war ein einziger Alptraum, der Garten vorn existierte nicht mehr. Und das Haus selbst brauchte grundlegende Reparaturen: Regenrinnen mußten ersetzt werden, Fenster- und Türrahmen gestrichen, Fenster geputzt, die vordere Haustür neu lackiert werden. Obwohl ihre Ersparnisse rapide schrumpften und ihre Zeit wegen ihrer beruflichen Tätigkeit begrenzt war, ging alles nach Plan, wenn auch langsam, vorwärts. Falls sie also nicht etwas unternahm, um den Gang der Dinge zu bremsen, würde sie sehr bald allein und ohne Haus dastehen.

Barbara wünschte sich diese Selbständigkeit, sagte sie sich jedenfalls. Sie war dreiunddreißig Jahre alt und hatte nie ein eigenes Leben, unabhängig von Familie und deren niemals endenden Bedürfnissen, geführt. Daß sie dies nun würde tun können, hätte eigentlich ein Grund zum Jubeln sein müssen; zum Jubel über die Befreiung aus der Knechtschaft. Aber aus irgendeinem Grund wollte sich dieses Gefühl nicht einstellen, genaugenommen seit jenem Tag nicht mehr, als sie ihre Mutter nach Greenford gefahren und einem neuen, geordneten Leben bei Mrs. Flo übergeben hatte.

Mrs. Flo hatte ihnen einen Empfang bereitet, der eigentlich alle Zweifel und Sorgen hätte beiseite wischen müssen. Am Geländer der schmalen Treppe hing ein Willkommensschild, und im Vorsaal waren Blumen. Oben, im Zimmer ihrer Mutter, drehte sich ein kleines Porzellankarussell zu den perlenden Tönen der Melodie von *Der Clou*.

»Ach Barbie, Barbie, schau doch!« hauchte ihre Mutter und sah entzückt dem Auf und Nieder der winzigen Pferde zu.

Auch im Schlafzimmer ihrer Mutter standen Blumen in einer hohen weißen Vase.

»Ich hab mir gedacht, es würde ihr guttun, wenn man ein bißchen Aufhebens macht«, sagte Mrs. Flo und strich sich mit beiden Händen über das Oberteil ihres feingestreiften Hemdblusenkleids. »Damit sie weiß, daß sie uns hier willkommen ist. Ich hab unten zum Kaffee gedeckt. Es ist zwar noch ein bißchen früh dafür, aber ich dachte, Sie würden vielleicht nicht viel Zeit haben und müßten bald wieder weg.«

Barbara nickte. »Ja, ich arbeite an einem Fall in Cambridge.« Sie sah sich im Zimmer um. Es war sauber, frisch und freundlich mit dem Fleckchen Sonnenlicht auf dem geblümten Teppich. »Vielen Dank«, sagte sie nur.

Mrs. Flo tätschelte ihr die Hand. »Machen Sie sich nur keine Sorgen um Ihre Mutter. Wir kümmern uns schon um sie, Barbie. Darf ich Sie Barbie nennen?«

Barbara wollte ihr sagen, daß niemand außer ihren Eltern sie je so genannt hatte, daß es ihr das Gefühl gab, ein Kind zu sein, das Fürsorge brauchte. Sie wollte sie eben verbessern und sagen: »Barbara, bitte«, als ihr klar wurde, daß sie damit die Illusion zerstören würde, daß dies ihr Zuhause war und diese Frauen – ihre Mutter, Mrs. Flo, Mrs. Salkild und Mrs. Pendlebury, von denen die eine blind war und die andere fast völlig verwirrt – eine Familie, in die man sie aufzunehmen anbot. Sie brauchte nur einzuwilligen. Und sie tat es.

Es war also weniger die Vorstellung, ihre Mutter auf Dauer im Stich zu lassen, die Barbara jetzt, da ihr Traum von Freiheit und Selbständigkeit der Verwirklichung immer näher rückte, bedrückte. Es war die Aussicht, wirklich allein zu sein.

Seit zwei Monaten war es nun so, daß sie abends, wenn sie nach Hause kam, sich um niemanden mehr zu kümmern brauchte. Jahrelang, während des langen Leidens ihres Vaters, hatte sie sich das sehnlichst gewünscht, und als sie nach seinem Tod mit ihrer kranken Mutter allein dagestanden hatte, hatte sie verzweifelt und, wie ihr schien, eine Ewigkeit angemessene und liebevolle Betreuung für diese gesucht. Nun, da sie allem Anschein nach genau das Richtige gefunden hatte – es gab bestimmt keine zweite Mrs. Flo auf Erden –, stand nicht mehr die Sorge um die Mutter im Mittelpunkt ihrer Pläne, sondern nun mußte sie sich um das Haus kümmern. Und wenn das Haus keine Aufmerksamkeit mehr von ihr verlangte, wenn es verkauft war, würde sie sich selbst ausgeliefert sein.

Allein, würde sie anfangen müssen, über ihre Isolation nachzudenken. Und wenn abends das *King's Arms* sich leerte und die Kollegen einer nach dem anderen gingen – MacPherson nach Hause zu seiner Frau und seinen fünf Kindern, Lynley zum Abendessen mit Helen, Nkata zu einer heißen Nacht mit einer seiner sechs, sich dauernd zankenden Freundinnen –, würde sie langsam zum U-Bahnhof St. James' Park trotten und mit den Füßen die Abfälle wegstoßen, die es ihr in den Weg blies. Sie würde bis Waterloo fahren, dort in die Northern Line umsteigen, sich einen Platz suchen und hinter der *Times* verstecken, Interesse an

Politik und Wirtschaft heucheln, um ihre wachsende Panik im Angesicht des Alleinseins zu bemänteln.

Es ist kein Verbrechen, sich so zu fühlen, sagte sie sich immer wieder. Dreiunddreißig Jahre lang warst du an der Kandare. Was soll man denn sonst fühlen, wenn der Druck plötzlich weg ist? Was empfinden Sträflinge, wenn sie auf freien Fuß gesetzt werden? Na, man könnte sich vielleicht befreit fühlen. Man könnte Freudensprünge machen, man könnte sich bei einem dieser schicken Friseure in Knightsbridge eine neue Frisur verpassen lassen.

Jede andere in ihrer Situation, meinte sie, steckte wahrscheinlich voller Pläne, würde wie verrückt arbeiten, um das Haus auf Vordermann zu bringen, um es endlich verkaufen und ein neues Leben anfangen zu können, das zweifellos nicht nur mit einer nagelneuen Garderobe beginnen würde, sondern auch mit einer körperlichen Rundumerneuerung dank Fitneßtrainer, einem plötzlichen Interesse an Make-up und einem Anrufbeantworter, der alle Nachrichten der zahllosen Bewunderer aufnahm, die nur darauf warteten, ihr Leben mit dem ihren zu verflechten.

Aber Barbara war immer schon zu pragmatisch gewesen. Sie wußte, daß Veränderungen sich langsam entwickelten, wenn überhaupt. Für sie bedeutete daher der Umzug nach Chalk Farm im Augenblick nicht mehr als fremde Geschäfte, an die sie sich gewöhnen mußte, fremde Straßen, mit denen sie sich vertraut machen mußte, fremde Nachbarn, die sie kennenlernen mußte. Dies alles würde sie allein schaffen müssen, ohne teilnehmenden Freund und Gefährten, der bereit und begierig war, sich von ihr erzählen zu lassen, was sich an diesem oder jenem Tag ereignet hatte.

In ihrem Leben hatte es allerdings noch nie einen teilnehmenden Freund oder Gefährten gegeben, auch ihre Eltern, die jeden Abend ungeduldig ihre Heimkehr erwartet hatten, waren es nicht gewesen. Dennoch, dreiunddreißig Jahre lang hatten ihre Eltern ihr Leben begleitet. Sie hatten ihr das Leben zwar nicht gerade leicht gemacht, ihr nie das Gefühl gegeben, sie habe noch eine verheißungsvolle Zukunft vor sich, aber sie waren dagewesen, und sie hatten sie gebraucht. Jetzt brauchte sie niemand mehr.

Sie wurde sich darüber klar, daß sie nicht so sehr das Alleinsein fürchtete als vielmehr die Möglichkeit, eine der Unsichtbaren zu werden, eine Frau, die für niemanden besonders wichtig war. Dieses Haus in Acton – ganz besonders, wenn sie ihre Mutter hierher zurückholte – würde ihr ersparen, erkennen zu müssen, daß sie in dieser Welt ein überflüssiges Wesen war, das wie alle anderen Menschen schlief und arbeitete, Nahrung zu sich nahm und wieder ausschied, sonst jedoch entbehrlich war. Wenn sie die Tür hinter sich abschloß, dem Immobilienmakler den Schlüssel übergab und ihres Weges ging, riskierte sie damit die Aufdeckung ihrer eigenen Bedeutungslosigkeit. Das wollte sie vermeiden, solange es ging.

Sie drückte ihre Zigarette aus, stand auf und streckte sich. Sie war hungrig und beschloß, zum Griechen zum Essen zu gehen. Souvlaki mit Reis, Dolmades und eine halbe Flasche von Aristides' nicht allzu üblem Wein. Aber zuerst der Müllbeutel vor der Hintertür. Sie nahm ihn hoch und trug ihn über die von Unkraut überwachsenen Steinplatten zu den Mülltonnen. Gerade als sie den Beutel hineinfallen ließ, begann im Haus das Telefon zu läuten.

»Ah, das ist bestimmt mein Traummann, der mich zum Essen einladen will«, brummte sie. Und dann: »Ja ja, ich komm ja schon«, als ließe der Anrufer Ungeduld spüren.

Beim achten Läuten war sie dort, hob den Hörer ab und hörte eine Männerstimme sagen: »Ah, gut. Sie sind da. Ich hatte schon Angst, ich würde Sie nicht erwischen.«

»Ja, wäre das nicht schrecklich gewesen?« fragte Barbara. »Ich wette, Sie tun keine Nacht ein Auge zu, seit wir getrennt sind.«

Lynley lachte. »Wie läuft der Urlaub, Sergeant?«

»Mehr recht als schlecht.«

»Sie brauchen Tapetenwechsel, um auf andere Gedanken zu kommen.«

»Kann schon sein. Aber irgendwie hab ich das Gefühl, Sie wollen mir da was überstülpen, was mir später vielleicht leid tut.«

»Wie wär's mit Cornwall?«

»Hey, das klingt gar nicht schlecht. Und wer zahlt?«

»Ich.«

»In Ordnung, Inspector. Wann fahre ich los?«

20

Es war Viertel vor fünf, als Lynley und St. James die kurze Einfahrt zum Pfarrhaus hinaufgingen. Es war kein Auto zu sehen, aber in einem der Räume des Hauses, es schien die Küche zu sein, brannte Licht. Und auch im ersten Stock war eines der Fenster erleuchtet. Sie konnten den Schattenriß einer Gestalt sehen, die sich hinter den Vorhängen bewegte. Neben der Haustür wartete eine Ladung Müll darauf, beseitigt zu werden. Sie schien größtenteils aus Zeitungen, leeren Putzmittelbehältern und schmutzigen Lappen zu bestehen. Von letzteren stieg ein starker Ammoniakgeruch auf.

Lynley läutete. St. James sah über die Straße und betrachtete mit nachdenklichem Stirnrunzeln die Kirche. »Ich vermute, sie wird im Archiv der Lokalzeitung kramen müssen, um einen Bericht über den Unfall zu finden, Tommy. Ich kann mir nicht denken, daß der Bischof von Truro Barbara mehr sagen wird, als sein Sekretär mir verraten hat. Immer vorausgesetzt, daß es ihr überhaupt gelingt, bis zu ihm vorzudringen. Er kann sie tagelang hinhalten, wenn er will, besonders wenn es tatsächlich etwas zu verbergen gibt und Glennaven ihn von unserem Besuch unterrichtet hat.«

»Havers wird das schon irgendwie deichseln. Ich trau ihr ohne weiteres zu, daß sie auch einen Bischof in die Zange nimmt.« Lynley läutete wieder.

»Aber ob Truro irgendwelche unvorteilhaften Neigungen von Sage zugeben wird...«

»Ja, das ist ein Problem. Aber unvorteilhafte Neigungen sind nur eine Möglichkeit. Es gibt Dutzende anderer, wie wir bereits festgestellt haben. Wenn Havers irgend etwas Fragwürdiges aufdecken sollte, ganz gleich, was es ist, haben wir wenigstens einen besseren Ansatzpunkt als jetzt.« Lynley spähte durch das Küchenfenster. Das Licht, das nach draußen fiel, kam von einer kleinen Lampe über dem Herd. Der Raum war leer. »Ben Wragg hat uns doch gesagt, es gebe hier eine Haushälterin, nicht wahr?« Er läutete ein drittes Mal.

Endlich hörten sie eine Stimme hinter der Tür, zaghaft und leise. »Wer ist da, bitte?«

»Scotland Yard«, antwortete Lynley. »Ich habe einen Ausweis, wenn Sie ihn sehen möchten.«

Die Tür wurde einen Spalt geöffnet und sofort wieder geschlossen, nachdem Lynley seinen Dienstausweis durch den Spalt gereicht hatte. Nahezu eine Minute verging. Auf der Straße ratterte ein Traktor vorbei. Am Rand des Parkplatzes vor der Kirche stiegen sechs Jugendliche in Schuluniformen aus dem Schulbus, der dann den Hang hinauf weiterfuhr.

Die Tür wurde wieder geöffnet. Eine Frau stand auf der Schwelle. Sie hatte den Dienstausweis in der einen Hand und hielt mit der anderen den Rollkragen ihres Pullovers zusammen, als hätte sie Angst, er bedeckte sie sonst nicht ausreichend. Ihr Haar – lang und kraus, so abstehend, daß es aussah wie elektrisch geladen – verbarg mehr als die Hälfte ihres Gesichts. Die Schatten verbargen den Rest.

»Der Pfarrer ist tot«, sagte sie undeutlich. »Er ist letzten Monat gestorben. Der Constable hat ihn auf dem Fußweg gefunden. Er hatte etwas Schlechtes gegessen. Es war ein Unfall.«

Sie erzählte ihnen das, als hätte sie keine Ahnung davon, daß New Scotland Yard bereits seit vierundzwanzig Stunden im Dorf die Spuren dieses Todesfalls verfolgte. Es war schwer zu glauben, daß sie noch nicht davon gehört haben sollte, zumal sie, wie Lynley erkannte, als er sie musterte, am vergangenen Abend, als St. John Townley-Young ins *Crofters Inn* gekommen war, mit einem männlichen Begleiter in der Gaststube gesessen hatte. Und eben den Mann, mit dem sie zusammengesessen hatte, hatte Townley-Young angegangen.

Sie machte keine Anstalten, sie hereinzulassen. Doch sie zitterte vor Kälte, und als Lynley abwärts blickte, sah er, daß ihre Füße nackt waren. Und er sah, daß sie eine lange Hose in feinem Fischgrätenmuster anhatte.

»Können wir einen Moment hereinkommen?«

»Es war ein Unfall«, sagte sie. »Das weiß jeder.«

»Wir bleiben nicht lange. Und Sie sollten nicht hier in der Kälte stehen.«

Sie zog den Kragen ihres Pullovers fester zusammen. Sie sah von Lynley zu St. James und wieder zu Lynley, ehe sie von der Tür zurücktrat und sie ins Haus ließ.

»Sie sind die Haushälterin?« fragte Lynley.

»Polly Yarkin«, antwortete sie.

Lynley stellte ihr St. James vor und sagte dann: »Können wir Sie einen Augenblick sprechen?« Er hatte das merkwürdige Gefühl, sehr sanft mit ihr sein zu müssen, ohne genau zu wissen, warum. Sie wirkte irgendwie verschreckt und gebrochen. Sie machte den Eindruck, als wollte sie jeden Moment auf und davon laufen.

Sie führte sie in das Wohnzimmer, wo sie auf den Schalter einer Stehlampe drückte, ohne daß etwas geschah. »Da ist anscheinend die Birne hinüber«, sagte sie und ließ sie allein.

Im schwindenden Licht des frühen Abends konnten Lynley und St. James sehen, daß alles, was der Pfarrer möglicherweise an persönlicher Habe besessen hatte, verschwunden war. Zurückgeblieben waren ein Sofa, ein Sitzkissen und zwei Sessel, dies alles um einen Couchtisch gruppiert. An der Wand war ein deckenhohes Bücherregal, allerdings ohne Bücher. Auf dem Boden daneben lag irgend etwas Glitzerndes. Lynley ging es sich ansehen.

St. James trat zum Fenster und schob die Vorhänge beiseite. »Nicht viel zu sehen da draußen. Die Büsche sehen übel aus. Auf der Treppe stehen Pflanzen«, sagte er mehr zu sich selbst.

Lynley hob eine kleine silberne Kugel auf, die zersprungen auf dem Teppich lag. Rundherum verstreut lagen verschrumpelte Schnipsel irgendeiner Substanz, vielleicht vertrocknete Überreste einer Frucht. Er hob auch eines dieser Schnipsel auf. Es hatte keinen Geruch, und seine Beschaffenheit erinnerte an getrockneten Schwamm. Die Kugel hing an einer passenden silbernen Kette, deren Verschluß beschädigt war.

»Ach, das ist meine.« Polly Yarkin war mit einer Glühbirne in der Hand zurückgekommen. »Ich hab mich schon gefragt, wo sie hingekommen ist.«

»Was ist das denn?«

»Ein Amulett. Für die Gesundheit. Meine Mutter will, daß ich es trage. Albern. Wie Knoblauch. Aber das darf man meiner Mutter nicht sagen. Sie glaubt fest an solche Talismane.«

Lynley reichte ihr die Kette und die kleine Kugel. Sie gab ihm seinen Dienstausweis zurück. Ihre Finger waren fiebrig heiß. Sie ging zur Stehlampe, wechselte die Birne aus, schaltete die Lampe ein und zog sich dann hinter einen der Sessel zurück. Dort blieb sie stehen, die Hände auf seiner Rückenlehne.

Lynley ging zum Sofa. St. James gesellte sich zu ihm. Mit einer Kopfbewegung forderte Polly sie auf, Platz zu nehmen, obwohl klar war, daß sie selbst nicht die Absicht hatte, sich zu setzen. Lynley wies auf den Sessel, sagte: »Wir halten Sie nicht lange auf«, und wartete darauf, daß sie hinter dem Sessel hervortreten würde.

Sie tat es widerstrebend, eine Hand weiterhin auf seiner Rückenlehne, als wollte sie sich gleich wieder hinter ihn zurückziehen. Sitzend war sie im Licht, und es schien, daß sie vor allem das Licht und weniger ihre Gesellschaft am liebsten gemieden hätte.

Zum erstenmal sah er, daß die Hose, die sie anhatte, zu einem Herrenanzug gehörte. Sie war viel zu lang. Sie hatte sie unten hochgekrempelt.

»Sie hat dem Pfarrer gehört«, erklärte sie zögernd. »Ich glaube, da hätte niemand was dagegen. Ich bin vorhin auf der Hintertreppe gestolpert und hab mir den Rock zerrissen. So was Dummes, ich bin wirklich ungeschickt.«

Er hob seinen Blick zu ihrem Gesicht. Ein brennend roter Striemen zog sich hinter dem schützenden Schleier ihres Haars hervor über ihr Gesicht bis zu ihrem Mundwinkel.

»Furchtbar ungeschickt«, sagte sie wieder und lachte ein wenig. Es klang nicht überzeugend. »Dauernd ecke ich irgendwo an. Meine Mutter hätte mir lieber ein Amulett schenken sollen, das mich sicher auf den Beinen hält.«

Sie schob ihr Haar noch ein wenig weiter vor. Lynley fragte sich, was sie noch zu verbergen suchte. Die Haut des Stücks Stirn, das er sehen konnte, glänzte; Schweiß, von Nervosität oder Unwohlsein hervorgerufen. Es war nicht so warm im Haus, daß das Schwitzen eine andere Ursache hätte haben können.

»Geht es Ihnen nicht gut?« fragte er. »Sollen wir vielleicht einen Arzt für Sie rufen?«

Sie rollte die aufgeschlagenen Hosenbeine herunter und zog den Stoff über ihre Füße. »Ich war seit zehn Jahren nicht mehr beim Arzt. Ich bin nur hingefallen. Ich hab mir nichts getan.«

»Aber wenn Sie sich den Kopf angeschlagen haben...«

»Ach, ich bin nur mit dem Gesicht in die blöde Tür gerannt.« Sie lehnte sich tiefer in den Sessel und legte ihre Hände auf seine Armlehnen. Es war eine langsame und bedächtige Bewegung, als müßte sie sich erst ins Gedächtnis rufen, wie man zu sitzen und sich zu benehmen hatte, wenn Besuch da war. Aber irgendwie hatte man das Gefühl – vielleicht lag es an der mechanischen Bewegung ihrer Arme oder an dem Eindruck, daß es sie Mühe kostete, ihre gekrümmten Finger auf der Armlehne auszustrecken –, daß sie nur den einen Wunsch hatte, sich zusammenzukrümmen und sich selbst in die Arme zu schließen, bis irgendein innerer Schmerz nachließ. Als weder Lynley noch St. James gleich etwas sagten, bemerkte sie: »Die Leute vom Kirchenvorstand haben gesagt, ich soll das Haus sauberhalten, damit jederzeit ein neuer Pfarrer einziehen kann. Ich hab geputzt. Manchmal mach ich ein bißchen zuviel und bin dann hinterher ziemlich fertig.«

»Sie kommen immer noch regelmäßig hierher, obwohl der Pfarrer tot ist?« Das schien einigermaßen unwahrscheinlich. So groß war das Haus nicht.

»Ja, wissen Sie, es braucht schon seine Zeit, alles zu ordnen und sauberzumachen, wenn jemand gestorben ist.«

»Sie haben gute Arbeit geleistet.«

»Na ja, sie wollen doch immer das Pfarrhaus sehen, die Neuen, meine ich. Das hilft ihnen, sich zu entscheiden, wenn ihnen die Stelle angeboten wird.«

»War das mit Mr. Sage auch so? Hat er sich das Pfarrhaus angesehen, ehe er die Stelle annahm?«

»Ihm war es gleich, wie es aussah. Ich denke, das kam, weil er keine Familie hatte, da spielte das Haus keine große Rolle. Er war ja ganz allein.«

»Hat er mal von einer Ehefrau gesprochen?« fragte St. James.

Polly nahm den Talisman in die Hand, der in ihrem Schoß lag. »Von einer Ehefrau? Hat er denn daran gedacht, zu heiraten?«

»Er ist verheiratet gewesen. Er war Witwer.«

»Das hat er mir nie gesagt. Ich dachte... Na ja, ich hatte nicht den Eindruck, daß er an Frauen großes Interesse hatte.«

Lynley und St. James tauschten einen Blick. Lynley sagte: »Wie meinen Sie das?«

Polly schloß die Finger um den Talisman und legte ihre Hand wieder auf die Armlehne des Sessels. »Er war zu den Frauen, die die Kirche saubergemacht haben, nie anders als zu den Burschen, die die Glocken geläutet haben. Ich dachte immer... Ich dachte, na ja, vielleicht ist der Pfarrer zu heilig. Vielleicht denkt er gar nicht an Frauen und so was. Er hat ja viel in der Bibel gelesen. Und gebetet. Er hat mich oft aufgefordert, mit ihm zusammen zu beten. Kommen Sie, liebe Polly, hat er immer gesagt, beginnen wir den neuen Tag mit einem Gebet.«

»Und was war das für ein Gebet?«

»Gott hilf uns deinen Willen erkennen und den Weg finden.«

»Das war das ganze Gebet?«

»Es war die Hauptsache. Es war schon ein bißchen länger. Ich hab eigentlich nie gewußt, welchen Weg ich finden sollte.« Ihr Mund verzog sich zu einem flüchtigen Lächeln. »Vielleicht den Weg zum guten Kochen. Aber er hat sich nie über meine Küche beschwert, der Pfarrer. Er sagte oft, Sie kochen wie der heilige Sowieso, liebe Polly. Ich weiß nicht mehr, wer es war. Der heilige Michael? Hat der gekocht?«

»Ich glaube, er hat gegen den Teufel gekämpft.«

»Ach so. Na ja. Ich bin nämlich nicht fromm, wissen Sie. Ich meine fromm in dem Sinn, daß ich in die Kirche gehe und so. Aber der Pfarrer hat das nicht gewußt.«

»Wenn er Ihre Küche so gut fand, muß er Ihnen doch gesagt haben, daß er an dem Abend, an dem er dann starb, zum Abendessen nicht zu Hause sein würde.«

»Er hat mir nur gesagt, daß ich ihm nichts zu richten brauchte. Ich hab nicht gewußt, daß er weggehen wollte. Ich hab nur gedacht, er fühlte sich vielleicht nicht wohl.«

»Warum?«

»Na ja, er hatte sich den ganzen Tag in seinem Schlafzimmer vergraben und hat mittags überhaupt nichts gegessen. Nur einmal kam er raus, so um die Nachmittagsteezeit, und hat im Arbeitszimmer telefoniert, aber dann ist er gleich wieder in sein Zimmer gegangen.«

»Um welche Zeit war das?«

»So gegen drei, würde ich sagen.«

»Haben Sie das Gespräch gehört?«

Sie öffnete ihre Hand und blickte auf das Amulett. Dann krümmte sie wieder die Finger darum. »Ich hab mir ein bißchen Sorgen um ihn gemacht. Es war sonst gar nicht seine Art, nichts zu essen.«

»Sie haben das Gespräch also gehört.«

»Nur einen kleinen Teil. Und nur, weil ich mir Sorgen gemacht hab. Ich meine, ich hab nicht absichtlich gelauscht. Wissen Sie, der Pfarrer hat schlecht geschlafen. Morgens war sein Bett immer so zerwühlt, als hätte er die ganze Nacht mit dem Bettzeug gekämpft. Und er...«

Lynley beugte sich vor und stützte seine Ellbogen auf seine Knie. Er sagte: »Es ist schon in Ordnung, Polly. Sie hatten die besten Absichten. Niemand wird Sie dafür verurteilen, daß Sie an einer Tür gelauscht haben.«

Sie sah nicht überzeugt aus. Mißtrauen flackerte in ihren Augen, die rasch von Lynley zu St. James und dann wieder zu Lynley wanderten.

»Was sagte er?« fragte Lynley. »Mit wem hat er gesprochen?«

»Niemand kann beurteilen, was damals geschehen ist. Niemand kann wissen, was heute das Rechte ist. Das liegt allein in Gottes Hand.«

»Wir sind nicht hier, um zu urteilen. Das ist...«

»Nein, nein«, unterbrach Polly. »Das ist das, was ich gehört habe. Was der Pfarrer am Telefon gesagt hat. Niemand kann beurteilen, was damals geschehen ist. Niemand kann wissen, was heute das Rechte ist. Das liegt allein in Gottes Hand.«

»Und war das der einzige Anruf, den er an dem Tag gemacht hat?«

»Soviel ich weiß, ja.«

»War er zornig? Hat er mit erhobener Stimme gesprochen?«

»Er klang eigentlich hauptsächlich müde.«

»Und danach haben Sie ihn nicht mehr gesehen?«

Sie schüttelte den Kopf. Danach, sagte sie, hätte sie ihm den Tee ins Arbeitszimmer gebracht und festgestellt, daß er schon wieder in sein Schlafzimmer gegangen war. Sie folgte ihm dorthin und klopfte an die Tür, um ihm den Tee anzubieten, den er ablehnte.

»Ich hab gesagt, Sie haben den ganzen Tag keinen Bissen gegessen, Herr Pfarrer, und Sie müssen etwas essen, und ich gehe erst wieder, wenn Sie etwas von dem Toast genommen haben. Da hat er endlich die Tür aufgemacht. Er war angezogen, und das Bett war gemacht, aber ich wußte gleich, was er getan hatte.«

»Was denn?«

»Er hatte gebetet. Er hatte einen kleinen Betstuhl in einer Ecke vom Zimmer – mit einer Bibel darauf. Und da war er gewesen.«

»Woher wissen Sie das?«

Zur Erklärung rieb sie mit den Fingern ihr Knie. »Die Hose. Da am Knie war keine Bügelfalte mehr. Und hinten war sie vom Knien zerknittert:«

»Was sagte er zu Ihnen?«

»Ich wäre eine gute Seele, aber ich sollte mir keine Sorgen machen. Ich fragte ihn, ob er krank sei. Er sagte nein.«

»Haben Sie ihm geglaubt?«

»Ich hab gesagt, Sie übernehmen sich mit diesen Reisen nach London, Herr Pfarrer. Er war gerade am Tag vorher zurückgekommen, wissen Sie. Und jedesmal, wenn er nach London gefahren ist, sah er hinterher ein bißchen schlechter aus als beim Mal davor. Und jedesmal, wenn er in London war, kam er nach Hause und hat gebetet. Manchmal hab ich mich wirklich gefragt ... Na ja, was er da wohl in London tat, daß er immer so müde und abgespannt zurückkam. Er ist natürlich mit dem Zug gefahren, und da hab ich mir gedacht, vielleicht ist es einfach die Anstrengung von der Reise und so.«

»Wo in London hatte er denn zu tun, wissen Sie das?«

Nein, das wußte Polly nicht. Sie konnte ihnen auch nicht

sagen, was er in London zu tun gehabt hatte. Ob seine Reisen dienstlicher oder privater Natur waren, hatte der Pfarrer für sich behalten. Das einzige, was Polly ihnen mit Sicherheit sagen konnte, war, daß er in einem Hotel nicht weit vom Euston Bahnhof abzusteigen pflegte. Immer im selben Hotel. Daran erinnerte sie sich. Ob sie den Namen wissen wollten?

Ja, wenn sie ihn hätte.

Sie wollte aufstehen und schnappte wie überrascht nach Luft, als ihr das Schwierigkeiten bereitete. Sie vertuschte einen kleinen Aufschrei mit einem Hüsteln. Aber er konnte die Tatsache, daß sie Schmerzen hatte, kaum vertuschen.

»Entschuldigen Sie«, sagte sie. »Dieser Sturz war wirklich blöd. Ich hab mir richtig weh getan. Wie kann man nur so ungeschickt sein.« Sie rutschte im Sessel nach vorn und stemmte sich in die Höhe, als sie die Sesselkante erreicht hatte.

Lynley beobachtete sie stirnrunzelnd. Wieder fiel ihm auf, wie sie den Kragen ihres Pullovers mit beiden Händen an ihrem Hals zusammenhielt. Sie richtete sich nicht gerade auf. Als sie ging, schonte sie ihr rechtes Bein.

»Wer war heute bei Ihnen, Polly?« fragte er unvermittelt.

Sie blieb abrupt stehen. »Niemand. Jedenfalls erinnere ich mich nicht.« Sie tat so, als dächte sie angestrengt nach, krauste die Stirn und starrte zum Teppich hinunter, als könnte der ihr Antwort geben. »Nein. Keine Menschenseele.«

»Das glaube ich Ihnen nicht. Sie sind gar nicht gestürzt, nicht wahr?«

»Doch. Hinten draußen.«

»Wer war es? War Mr. Townley-Young bei Ihnen? Wollte er mit Ihnen über die Zwischenfälle oben im Herrenhaus sprechen?«

Sie schien ehrlich überrascht. »Im Herrenhaus? Nein!«

»Dann vielleicht über gestern abend? Über den Mann, mit dem Sie im Pub waren? Das ist sein Schwiegersohn, nicht wahr?«

»Nein. Ich meine, ja, es ist sein Schwiegersohn. Es war Brendan, ja. Aber Mr. Townley-Young war nicht hier.«

»Wer dann...«

»Ich bin gestürzt. Ich hab mich angeschlagen. Ich muß eben in Zukunft ein bißchen vorsichtiger sein.« Sie ging aus dem Zimmer.

Lynley stand auf und ging zum Fenster, von dort zum Bücherregal, dann wieder zurück zum Fenster. Ein kleiner Heizkörper zischte darunter, unaufhörlich und irritierend. Er versuchte, den Knopf zu drehen. Der schien festzusitzen. Er umfaßte ihn fester, versuchte es mit Gewalt, verbrannte sich die Hand und fluchte.

»Tommy.«

Er drehte sich nach St. James herum, der ruhig auf dem Sofa saß. »Wer?«

»Vielleicht wär es wichtiger zu fragen, warum?«

»Warum? Um Himmels willen...«

St. James' Stimme war leise und völlig ruhig. »Halte dir die Situation vor Augen. Plötzlich trifft Scotland Yard ein und fängt an, Fragen zu stellen. Es wird von allen erwartet, daß sie sich an die bereits etablierte Version halten. Vielleicht wollte Polly das nicht. Vielleicht weiß das jemand.«

»Herrgott noch mal, darum geht's doch gar nicht, St. James. Sie ist geschlagen worden. Jemand hat sie...«

»Aber sie will nicht darüber sprechen. Vielleicht hat sie Angst. Vielleicht will sie auch jemanden schützen. Wir wissen es nicht. Die wesentlichere Frage ist doch im Augenblick, ob das, was ihr zugestoßen ist, mit Robin Sages Tod in Zusammenhang steht.«

»Du redest wie Barbara Havers.«

»Irgend jemand muß es ja tun.«
Polly kehrte mit einem Zettel in der Hand zurück. »Hamilton House«, sagte sie. »Die Telefonnummer ist auch dabei.«
Lynley steckte den Zettel ein. »Wie oft war Mr. Sage in London?«
»Viermal, vielleicht auch fünfmal. Ich kann in seinem Terminkalender nachsehen, wenn Sie es genau wissen wollen.«
»Sein Terminkalender ist noch hier?«
»Alle seine Sachen sind hier. In seinem Testament stand, daß alle seine Sachen einem wohltätigen Verein übergeben werden sollen, aber es stand nicht dabei, welchem. Die Leute vom Kirchenvorstand haben gesagt, ich soll schon mal alles einpacken, sie würden dann bestimmen, wohin die Sachen gehen sollen. Möchten Sie sie mal durchsehen?«
»Wenn das möglich ist.«
»Im Arbeitszimmer.«
Sie führte sie wieder durch den Korridor, an der Treppe vorbei. Sie hatte an diesem Tag offenbar den Teppich gereinigt; Lynley fielen feuchte Flecken auf, die er beim Eintritt ins Haus nicht gesehen hatte: Von der Tür führten sie in einer unregelmäßigen Spur bis zur Treppe, wo auch eine der Wände gewaschen worden war. Unter einem Blumenständer gegenüber der Treppe lag ein bunter Stoffetzen. Während Polly weiterging, ohne ihn zu sehen, hob Lynley ihn auf. Es war ein dünner Stoff, Gaze ähnlich, von goldschimmernden Metallfäden durchzogen. Er erinnerte ihn an die indischen Kleider und Röcke, die er häufig auf Märkten gesehen hatte. Nachdenklich drehte er den Stoffstreifen um seinen Finger, bemerkte eine ungewöhnliche Steifheit und hielt ihn gegen das Deckenlicht, das Polly gerade eingeschaltet hatte. Der Stoff hatte mehrere große rostrote Flecken. An den Rändern war der Stoffstreifen ausgefranst, also von einem größeren Stück Stoff abgerissen und nicht abgeschnitten worden. Lyn-

ley war nicht sonderlich überrascht. Er steckte das Stück Stoff ein und folgte St. James in das Arbeitszimmer des Pfarrers.

Polly stand neben dem Schreibtisch. Sie hatte die Tischlampe angeknipst, sich jedoch so gestellt, daß ihr Haar ihr Gesicht beschattete. Überall im Zimmer standen zugeklebte und mit Etiketten versehene Kartons; nur einer von ihnen war offen. Er enthielt Kleider, ihm hatte Polly offensichtlich die Hose entnommen, die sie trug.

Lynley sagte: »Er scheint ja eine Menge Dinge gehabt zu haben.«

»Ja, aber nichts wirklich Wertvolles. Er konnte sich nur nie von den Dingen trennen. Immer wenn ich etwas wegwerfen wollte, mußte ich es ihm erst auf den Schreibtisch legen und ihn entscheiden lassen. Die meisten Sachen behielt er, besonders alles, was mit London zu tun hatte. Die Eintrittskarten für die Museen, die U-Bahnfahrscheine. Als wären es Souvenirs. Er hat alles mögliche gesammelt. Manche Leute sind so, nicht wahr?«

Lynley ging von Karton zu Karton und las die Etiketten. *Bücher, Toilette, Gemeindeangelegenheiten, Wohnzimmer, Amtsgewänder, Schuhe, Arbeitszimmer, Schreibtisch, Schlafzimmer, Predigten, Briefe, Zeitschriften, Verschiedenes...* »Was ist in dem Karton?« fragte er, sich auf den letzten beziehend.

»Sachen aus seinen Taschen und so. Theaterprogramme zum Beispiel.«

»Und der Terminkalender? Wo finde ich den?«

Sie wies auf die Kartons mit den Etiketten *Arbeitszimmer, Schreibtisch* und *Bücher*. Es waren mindestens ein Dutzend Kartons. Lynley schob sie erst einmal auf die Seite, um besser an sie heranzukommen. Er sagte: »Wer hat außer Ihnen noch die Sachen des Pfarrers durchgesehen?«

»Niemand«, antwortete sie. »Die Leute vom Kirchenvorstand haben mir gesagt, ich soll alles einpacken und verschließen und etikettieren, aber sie haben sich noch nichts angesehen. Ich vermute, sie werden den Karton mit den Gemeindesachen behalten wollen, nicht wahr, und vielleicht wollen sie auch die Predigten dem neuen Pfarrer übergeben. Die Kleider können dafür...«

»Und bevor Sie die Sachen eingepackt haben?« fragte Lynley. »Wer hat sich die Sachen da angesehen?«

Sie zögerte. Sie stand neben ihm. Er roch ihren Schweiß, der sich in der Wolle ihres Pullovers festgesetzt hatte.

»Ich meine, nach dem Tod des Pfarrers«, erläuterte Lynley, »während des Ermittlungsverfahrens, hat da jemand seine Sachen durchgesehen?«

»Der Constable«, antwortete sie.

»Hat er sich die Sachen allein angesehen? Oder waren Sie dabei? Oder vielleicht sein Vater?«

Sie fuhr sich mit der Zunge über die Oberlippe. »Ich hab ihm immer Tee gebracht. Jeden Tag. Ich war mal drinnen und mal draußen.«

»Er hat also allein gearbeitet?« Als sie nickte, sagte er: »Ich verstehe«, und öffnete den ersten Karton, während St. James sich einen anderen vornahm. Er sagte: »Maggie Spence war oft hier im Pfarrhaus, wie ich gehört habe. Der Pfarrer hatte sie offenbar sehr gern.«

»Ja, ich glaub, schon.«

»Waren die beiden meistens allein?«

»Allein?«

»Der Pfarrer und Maggie. Waren sie hier meistens allein? Im Wohnzimmer? Oder in einem anderen Raum? Oben?«

Polly sah sich im Zimmer um, als suchte sie die Erinnerung. »Meistens hier, würde ich sagen.«

»Allein?«

»Ja.«

»War die Tür offen oder geschlossen?«

Sie ging daran, einen der Kartons zu öffnen. »Geschlossen. Meistens.« Ehe Lynley eine weitere Frage stellen konnte, fuhr sie fort: »Die zwei haben gern miteinander geredet. Über die Bibel. Die Bibel war ihr ein und alles. Ich hab ihnen immer den Tee gebracht. Er saß da in dem Sessel...«, sie wies auf einen Polstersessel, auf dem jetzt drei weitere Kartons gestapelt waren... »und Maggie da auf dem Hocker. Vor dem Schreibtisch.«

Diskrete anderthalb Meter entfernt, stellte Lynley fest. Er hätte gern gewußt, wer den Hocker dort hingestellt hatte: Sage, Maggie oder Polly. Er sagte: »Hat der Pfarrer auch von anderen jungen Leuten aus der Gemeinde Besuch bekommen?«

»Nein. Nur von Maggie.«

»Fanden Sie das ungewöhnlich? Soviel ich weiß, gab es doch eine Jugendgruppe. Mit den anderen hat er sich nie privat getroffen?«

»Gleich am Anfang, als er herkam, war in der Kirche eine Versammlung für die Jugendlichen. Da haben sie die Gruppe gegründet. Ich hab Brötchen gebacken dafür. Das weiß ich noch.«

»Aber hier ins Haus kam immer nur Maggie? Und ihre Mutter?«

»Mrs. Spence?« Polly kramte in den Sachen in dem Karton, studierte eingehend die enthaltenen Papiere. »Mrs. Spence war nie hier.«

»Hat sie angerufen?«

Polly ließ sich die Frage durch den Kopf gehen. Ihr gegenüber sah St. James ein Bündel Papiere und Flugblätter durch.

»Einmal. Abends. Maggie war noch hier. Sie sagte, sie solle sofort nach Hause kommen.«

»War sie böse?«

»Wir haben nur kurz miteinander gesprochen. Ich kann es nicht sagen. Sie fragte nur, ob Maggie da sei, ein bißchen kurz und aufgebracht vielleicht. Ich hab ja gesagt und hab Maggie geholt. Dann hat Maggie mit ihr am Telefon gesprochen, eigentlich nur ja, Mom, und nein, Mom, und dann ist sie nach Hause gegangen.«

»War sie aufgeregt oder ängstlich?«

»Ein bißchen blaß war sie und wollte sofort los. So, als sei sie bei was Verbotenem erwischt worden. Sie hat den Pfarrer gern gemocht, und er hat sie auch gern gemocht. Aber ihre Mutter war damit nicht einverstanden. Deshalb hat Maggie ihn heimlich besucht.«

»Und ihre Mutter kam dahinter. Wie denn?«

»Die Leute. Sie sehen alles. Und dann reden sie. In einem Dorf wie Winslough gibt es keine Geheimnisse.«

Das nun schien Lynley eine höchst leichtfertige Behauptung zu sein. Soweit er bisher erfahren hatte, schien es in Winslough Geheimnisse in Hülle und Fülle zu geben, und beinahe alle hatten mit dem Pfarrer, Maggie, dem Constable und Juliet Spence zu tun.

»Suchen wir das hier?« fragte St. James und hielt einen kleinen Terminkalender in schwarzem Plastikumschlag mit einem Spiralrücken hoch. Er reichte Lynley das Büchlein und fuhr fort, in dem Karton zu kramen, den er geöffnet hatte.

»Dann laß ich Sie jetzt allein«, sagte Polly. Wenig später hörten sie, daß sie in der Küche Wasser in einen Topf laufen ließ.

Lynley setzte seine Brille auf und blätterte den Terminkalender vom Dezember an nach rückwärts durch. Unter dem Dreiundzwanzigsten war ein Vermerk über die Townley-Young-Trauung, unter dem Zweiundzwanzigsten stand *Power/Townley-Young, halb elf*, aber das Abendessen mit Juliet

Spence am selben Tag war nicht eingetragen. Doch für den Vortag gab es einen Eintrag. Der Name *Yanapapoulis* zog sich diagonal über die ganze Seite.

»Wann ist Deborah ihm begegnet?« fragte Lynley.

»Als wir beide in Cambridge waren. Im November. Es war ein Donnerstag. Kann es so um den Zwanzigsten gewesen sein?«

Lynley blätterte weiter. Die Seiten waren gefüllt mit Anmerkungen zum Leben des Pfarrers. Versammlungen der Altargesellschaft, Besuche bei Kranken, Zusammentreffen der Jugendgruppe, Taufen, drei Beerdigungen, zwei Hochzeiten, Gespräche, die nach Eheberatung rochen, Besprechungen mit dem Kirchenvorstand, zwei geistliche Veranstaltungen in Bradford.

Das, was er suchte, fand er unter Donnerstag, dem Sechzehnten. *SD*, stand da in der Rubrik *Dreizehn Uhr*. Von dort führte die Spur jedoch nicht weiter zurück. Auf den nachfolgenden Seiten bis zum Tag von Sages Ankunft in Winslough tauchten alle möglichen Namen in dem Kalender auf, Vornamen oder auch Nachnamen. Doch es war unmöglich zu erkennen, ob sie Gemeindemitgliedern gehörten oder mit Sages Geschäften in London zu tun hatten.

Er sah auf. »SD«, sagte er zu St. James. »Sagt dir das etwas?«

»Irgend jemandes Initialen.«

»Möglich. Nur hat er sonst an keiner Stelle Initialen eingetragen. Immer sind es vollständige Namen. Was wäre daraus zu schließen?«

»Eine Organisation?« St. James machte ein nachdenkliches Gesicht. »Die Nazis fallen mir ein.«

»Robin Sage ein Neonazi? Heimlicher Skinhead?«

»Oder der Geheimdienst?«

»Robin Sage, der neue James Bond?«

»Nein, dann wäre es MI5 oder 6, nicht? Oder SIS.« St. James begann, die Sachen, die er aus dem Karton genommen hatte, wieder einzupacken. »Außer dem Terminkalender war ja nichts Aufregendes zu finden. Briefpapier, Visitenkarten – seine eigenen, Tommy –, Teile einer Predigt über die Lilien auf dem Felde, Tinte, Stifte, Gartenbücher, zwei Päckchen Tomatensamen, ein Hefter mit Korrespondenz voller Entlassungs- und Bewerbungsschreiben. Eine Bewerbung an...« St.James runzelte die Stirn.

»Was denn?«

»Cambridge. Nur teilweise ausgefüllt. Doktor der Theologie.«

»Und?«

»Das ist es nicht. Es ist die Bewerbung. Das Formular, nur teilweise ausgefüllt. Das hat mich daran erinnert, was Deborah und ich – und dabei fällt mir ein, was es bedeuten könnte. Wie wär's mit Sozialdienst?«

Lynley sah den Bezug zu St. James' persönlichem Leben. »Er wollte ein Kind adoptieren?«

»Oder ein Kind unterbringen?«

»Du lieber Gott. Maggie?«

»Vielleicht fand er Juliet Spence als Mutter untauglich.«

»Das hätte sie zur Gewalt treiben können, ja.«

»Es ist auf jeden Fall eine Überlegung wert.«

»Aber in der Richtung hat es doch nicht einmal eine Andeutung gegeben – von keinem hier.«

»Das ist bei Mißhandlungen meistens so. Du weißt, wie das läuft. Das Kind ist voller Mißtrauen und hat Angst, sich jemandem anzuvertrauen. Wenn es schließlich doch jemanden findet, dem es vertraut...« St. James schloß die Klappen des Kartons und drückte das Klebeband wieder fest.

»Wir haben Robin Sage vielleicht in ganz falschem Licht betrachtet«, sagte Lynley. »Diese vielen Zusammentreffen mit Maggie allein. Da ging es vielleicht gar nicht um Verführung, sondern um das Bemühen, die Wahrheit herauszubekommen.« Lynley setzte sich in den Schreibtischsessel und legte den Terminkalender nieder. »Aber das sind zwecklose Spekulationen. Wir wissen nicht genug. Wir wissen nicht einmal, wann er in London war, weil aus dem Terminkalender nicht hervorgeht, *wo* er war. Der Kalender enthält zwar Namen und Zeiten, aber abgesehen von Bradford wird niemals ein Ort genannt.«

»Aber er hat sich die Quittungen aufgehoben«, sagte Polly Yarkin von der Tür her. Sie hatte ein Tablett mit einer Teekanne, zwei Tassen und einem zerdrückten Päckchen Schokoladenbiskuits in den Händen. »Die Hotelquittungen. Die hat er aufgehoben. Da können Sie doch die Daten vergleichen.«

Sie fanden den Hefter mit Robin Sages Hotelquittungen im dritten Karton, mit dem sie ihr Glück versuchten. Fünfmal war er diesen Unterlagen zufolge in London gewesen, das erste Mal im Oktober, dem Tag, der in seinem Terminkalender mit dem Namen Yanapapoulis markiert war. Lynley verglich die Daten der Quittungen mit den entsprechenden Eintragungen im Terminkalender, doch das brachte ihm lediglich drei weitere Hinweise ein, die halbwegs verheißungsvoll aussahen: den Namen *Kate*, der am elften Oktober, also bei Sages erstem Londoner Besuch, in das Buch eingetragen war; eine Telefonnummer zur Zeit des zweiten Besuchs; *SS* wiederum zur Zeit seines dritten.

Lynley wählte die Nummer. Es war eine Londoner Nummer. Eine Frau, deren Stimme die Erschöpfung eines langen Arbeitstags verriet, sagte: »Sozialdienst«, und Lynley lächelte St. James zu und hob die Faust mit aufgerichtetem Daumen. Das Gespräch jedoch war wenig gewinnbringend. Es gab keine Möglichkeit festzustellen, aus welchem Grund Robin

Sage mit dem Sozialdienst in Kontakt gestanden hatte. Es gab dort niemanden namens Yanapapoulis, und es war unmöglich, rückwirkend festzustellen, mit wem Sage gesprochen hatte, als er angerufen hatte, wenn überhaupt. Doch wenigstens hatten sie jetzt etwas, womit sie arbeiten konnten, wenn es auch nicht viel war.

»Hat Mr. Sage zu Ihnen einmal etwas über den Sozialdienst gesagt, Polly?« fragte Lynley. »Hat irgend jemand vom Sozialdienst ihn einmal hier angerufen?«

»Vom Sozialdienst? Sie meinen, wegen der Betreuung von alten Leuten oder so?«

»Ganz gleich, aus welchem Grund.« Als sie den Kopf schüttelte, fragte Lynley: »Hat er etwas gesagt, daß er den Sozialdienst in London aufsuchen wollte? Hat er je irgendwelche Unterlagen oder Dokumente mitgebracht, wenn er von einer Reise zurückkam?«

»Vielleicht liegt was in dem Karton mit *Verschiedenes*«, sagte sie.

Der Karton enthielt, wie Lynley sah, als er ihn öffnete, ein kunterbuntes Durcheinander von Papieren, die in einer Art Collage Robin Sages Leben spiegelten. Das Sammelsurium reichte von uralten Plänen des Londoner U-Bahnnetzes bis zu einer vergilbten Sammlung jener historischen Handzettel, die man in jeder Dorfkirche für zehn Pence kaufen kann. Ein kleiner Packen Buchbesprechungen, aus der *Times* ausgeschnitten und brüchig vom Alter, verriet ihnen, als sie ihn durchsahen, wenigstens, daß der Pfarrer eine Vorliebe für Biografien und philosophische Werke hatte und sich immer auch für die Bücher interessiert hatte, die gerade den Booker Preis erhalten hatten. Lynley reichte St. James ein Bündel Papiere und setzte sich wieder in den Schreibtischsessel, um sich ein anderes vorzunehmen. Polly huschte zaghaft im Zimmer umher, schob hier und dort einen Karton zurecht, prüfte bei anderen, ob sie auch noch richtig verschlossen waren. Lynley spürte, daß sie ihn immer wieder verstohlen ansah.

Er ging die Papiere durch, die er vor sich liegen hatte. Informationsblätter zu Ausstellungen; einen Führer durch die Turner-Ausstellung in der Tate Gallery; Gebrauchsanweisungen für eine elektrische Säge, die Montage eines Fahrradkorbs, ein Dampfbügeleisen; Reklamezettel, die die Freuden und Vorteile der Mitgliedschaft in einem Fitneßclub priesen, Handzettel und Flugblätter, wie sie einem in London auf der Straße in die Hand gedrückt werden. Dazu gehörten das Angebot eines Frisiersalons (*Das Goldene Haar*, Clapham High Street, fragen Sie nach Sheelah), körnige Fotografien von Automobilen (Fahren Sie den neuen Metro von Lambeth Ford); politische Bekanntmachungen (Heute abend um 20 Uhr spricht im Rathaus Camden Ihr Labour-Abgeordneter); außerdem diverse Spendenaufrufe von wohltätigen Vereinen aller Art. Eine Broschüre der Hare Krischnas lag als Buchzeichen in einem Gebetbuch. Lynley schlug es auf und las das angekreuzte Gebet aus Hesekiel: *Und wenn sich der Gottlose von seiner Gottlosigkeit bekehrt und tut, was recht und gut ist, so soll er deshalb am Leben bleiben.* Er las es noch einmal, laut, und sah zu St. James hinüber. »Was sagte Glennaven gleich wieder, was Sage mit Vorliebe diskutierte?«

»Den Unterschied zwischen dem, was moralisch ist – vom Gesetz vorgeschrieben –, und dem, was recht ist.«

»Diesem Text hier zufolge scheint die Kirche aber der Meinung zu sein, das sei ein und dasselbe.«

»Ja, das sind die wunderbaren Wege der Kirche, nicht wahr?« St. James entfaltete ein Blatt Papier, las es, legte es auf die Seite, nahm es wieder zur Hand.

»War es Haarspalterei von ihm, daß er das Moralische und das Rechte einander gegenüberstellte? Oder ging es ihm darum, etwas zu vermeiden, indem er seine Kollegen in sinnlose Diskussionen verwickelte?«

»Dieser Meinung war auf jeden Fall Glennavens Sekretär.«

»Oder saß er selbst im Dilemma?« Lynley sah noch einmal zu dem Gebet hinunter. »›...so soll er deshalb am Leben bleiben.‹«

»Hier ist was«, sagte St. James. »Oben ist ein Datum. Es steht zwar nur der elfte darauf, aber das Papier ist wenigstens relativ frisch, vielleicht hat es also etwas mit einem seiner Londoner Besuche zu tun.« Er reichte Lynley das Blatt.

Der las die gekritzelten Worte. »Charing Cross bis Sevenoaks, High Street links, Richtung... Das ist eine Wegbeschreibung, St. James.«

»Stimmt das Datum mit einem der Londoner Besuche überein?«

Lynley blätterte im Terminkalender. »Ja, mit dem ersten. Am elften Oktober, wo der Name *Kate* vermerkt ist.«

»Vielleicht hat er diese Kate aufgesucht. Vielleicht ergaben sich aus diesem einen Besuch die anderen Reisen. Der Kontakt zum Sozialdienst. Vielleicht auch zu – was war das im Dezember gleich wieder für ein Name?«

»Yanapapoulis.«

St. James warf einen raschen Blick auf Polly Yarkin und schloß vielsagend mit: »Und jeder dieser Besuche könnte der Anlaß gewesen sein.«

Es war alles Spekulation, aus der Luft gegriffen, und Lynley wußte es. Jedes neue Gespräch und jede neue Tatsache lenkte ihre Gedanken in eine neue Richtung. Sie hatten keine konkreten Beweise, und soweit er sehen konnte, hatte es auch nie welche gegeben, es sei denn, irgend jemand hatte sie entfernt. Keine Waffe am Tatort, kein belastender Fingerabdruck, kein Härchen. Die einzige Verbindung, die sich zwischen der angeblichen Mörderin und ihrem Opfer herstellen ließ, waren ein Telefongespräch, das Maggie mitgehört und Polly bestätigt hatte, und ein Abendessen, nach dem beide Personen, die davon gegessen hatten, erkrankt waren.

Lynley war sich im klaren darüber, daß er und St. James dabei waren, aus dünnsten Fädchen ein Gewebe der Schuld zu flechten. Er fühlte sich nicht wohl dabei. Und ihm war auch nicht wohl angesichts des versteckten Interesses und der Neugier von Polly Yarkin, die sich anscheinend unbeteiligt in dem Raum zu schaffen machte.

»Waren Sie bei der Leichenschau?« fragte er sie.

Sie zog den Arm von der Lampe weg, als fühlte sie sich bei einem Vergehen ertappt. »Ich? Ja. Alle waren dort.«

»Warum? Hatten Sie eine Aussage zu machen?«

»Nein.«

»Aber...?«

»Nur... ich wollte einfach wissen, was passiert. Ich wollte es hören.«

»Was denn?«

Sie hob leicht die Schultern und ließ sie wieder herabfallen. »Was sie zu sagen hatte. Nachdem ich erfahren hatte, daß der Pfarrer an dem Abend bei ihr gewesen war. Alle sind hingegangen«, wiederholte sie.

»Weil es sich um den Pfarrer handelte? Und eine Frau? Oder um diese besondere Frau, Juliet Spence?«

»Weiß ich nicht«, antwortete sie.

»Was alle anderen betrifft? Oder was Sie selbst betrifft?«

Sie senkte den Blick. Das reichte aus, um ihm zu verraten, warum sie ihnen den Tee gebracht hatte und warum sie, nachdem sie ihn eingeschenkt hatte, im Arbeitszimmer geblieben war.

21

Als Polly die Tür hinter ihnen geschlossen hatte, gingen St. James und Lynley die Einfahrt hinunter. An ihrem Ende blieb Lynley stehen und richtete seine Aufmerksamkeit auf die Silhouette der Johanneskirche. Es war mittlerweile ganz dunkel geworden. An der Straße, die leicht ansteigend durch das Dorf führte, brannten schon die Laternen. Hier bei der Kirche jedoch, außerhalb des eigentlichen Dorfs, spendeten nur der Vollmond – der jetzt über dem Gipfel des Cotes Fell aufstieg – und die Sterne, die ihn begleiteten, Licht.

»Ich könnte eine Zigarette gebrauchen«, sagte Lynley zerstreut. »Was meinst du, wann dieses Bedürfnis, mir eine anzuzünden, endlich aufhören wird?«

»Wahrscheinlich nie.«

»Na, das ist wirklich tröstlich.«

»Es ist eine statistische Wahrscheinlichkeit, die auf wissenschaftlichen und medizinischen Erfahrungen beruht. Tabak ist eine Droge. Man wird die Sucht niemals ganz los.«

»Und wie bist du ihr entronnen? Ich weiß noch, wie wir nach dem Sport immer heimlich gepafft haben. Kaum waren wir über die Brücke in Windsor, haben wir uns eine ins Gesicht gesteckt und uns selbst mit unserer Lässigkeit mächtig imponiert. Nicht zu vergessen, daß wir natürlich auch allen anderen unbedingt imponieren wollten. Warum ging dir das nicht so?«

»Ich nehme an, weil ich in ziemlich zartem Alter einer Schocktherapie ausgesetzt worden bin.« Als Lynley ihm einen fragenden Blick zuwarf, fuhr St. James fort: »Meine Mutter erwischte David mit einer Packung Dunhill, als er zwölf war. Sie sperrte ihn in die Toilette ein und zwang ihn, die Zigaretten alle zu rauchen. Uns andere hat sie gleich mit ihm eingesperrt.«

»Solltet ihr auch rauchen?«

»Nein, zusehen. Meine Mutter hat von Anschauungsunterricht immer viel gehalten.«

»Und er hat ja auch gewirkt.«

»Bei mir, ja. Und bei Andrew auch. Aber für Sid und David hat die Genugtuung, Mutter ärgern zu können, immer alle Scherereien, die sie dadurch hatten, mehr als wettgemacht. Sid hat geraucht wie ein Schlot, bis sie dreiundzwanzig war. David tut es immer noch.«

»Aber deine Mutter hatte recht. Mit dem Tabak.«

»Natürlich. Ich bin mir nur nicht sicher, ob ihre Erziehungsmethoden gerade das Richtige waren. Wenn wir es zu weit getrieben haben, konnte sie wirklich fuchsteufelswild werden. Sidney behauptete immer, das läge an ihrem Namen: Was kann man sonst von einer Frau erwarten, die Hortense heißt, fragte Sidney immer, wenn wir mal wieder für dies oder jenes verdroschen worden waren. Ich glaube hingegen, für sie war das Muttersein eher ein Fluch als ein Segen. Mein Vater war ja fast nie zu Hause. Sie mußte allein fertig werden, unterstützt von einem Kindermädchen, wenn David und Sid es nicht gerade zum Haus hinausgetrieben hatten.«

»Bist du dir mißhandelt vorgekommen?«

St. James knöpfte seinen Mantel zu. Hier ging kaum ein Lüftchen – die Kirche schützte vor dem Wind, der fast immer durch das Tal fegte –, aber der feuchte Nebel legte sich ihm klamm auf die Haut und schien durch Muskeln und Blut bis in die Knochen zu sickern. Er unterdrückte ein Frösteln und dachte über die Frage nach.

Seine Mutter im Zorn war immer ein beängstigender Anblick gewesen. Wie Medea pflegte sie zu toben. Sie schlug schnell zu und wurde noch schneller laut und ließ die Kinder, wenn sie eine Schandtat begangen hatten, im allgemeinen stundenlang – manchmal tagelang – links liegen. Niemals handelte sie ohne Ursache; niemals strafte sie ohne Erklärung. Und doch hätten manche – und in der heutigen Zeit wahrscheinlich viele – ihr höchste Unzulänglichkeit vorgeworfen, das wußte er.

»Nein«, sagte er mit Überzeugung. »Wir waren eine wilde Bande und haben bei jeder Gelegenheit über die Stränge geschlagen. Ich glaube, sie hat ihr Bestes getan.«

Lynley nickte und wandte sich wieder der Betrachtung der Kirche zu. Viel, fand St. James, gab es da nicht zu sehen. Das Mondlicht glänzte auf dem Dach und umfloß silbern die Silhouette eines Baumes auf dem Friedhof. Alles andere lag im Dunkeln: die Glocke im Glockenturm, das Giebeldach der Friedhofspforte, das kleine Nordportal. Die Stunde des Abendgottesdiensts näherte sich, aber es war niemand da, der die Vorbereitungen dafür traf.

St. James wartete. Unter dem Arm trug er den Karton *Verschiedenes*, den sie mitgenommen hatten. Er stellte ihn zu Boden und versuchte mit seinem Atem die Hände zu wärmen. Lynley schien aus seinen Gedanken zu erwachen. Er sah St. James an und sagte: »Entschuldige. Wir sollten gehen. Deborah wird sich schon wundern, was aus uns geworden ist.« Aber er rührte sich nicht von der Stelle. »Ich habe nachgedacht.«

»Über gewalttätige Mütter?«

»Zum Teil. Aber mehr darüber, wie das alles zusammenpaßt. Wenn es alles zusammenpaßt. Wenn die geringste Möglichkeit besteht, daß da irgend etwas zusammenpaßt.«

»Die Kleine, als sie heute mit dir sprach, hat nichts gesagt, was auf Mißhandlung hätte schließen lassen?«

»Maggie? Nein. Aber das würde sie bestimmt auch niemals tun. Wenn es so war, daß sie Sage etwas gesagt hat – etwas, das ihn veranlaßte zu handeln und das ihm dann von der Hand ihrer Mutter den Tod brachte –, würde sie bestimmt kein zweites Mal mit irgend jemand darüber sprechen. Sie würde sich ja für das, was passiert ist, voll verantwortlich fühlen.«

»Ich habe den Eindruck, du glaubst trotz des Anrufs beim Sozialdienst sowieso nicht recht an diese Idee.«

Lynley nickte. Der Nebel dämpfte das Mondlicht, und im Halbschatten wirkte sein Gesicht grüblerisch. »›Und wenn sich der Gottlose von seiner Gottlosigkeit bekehrt und tut, was recht und gut ist, so soll er deshalb am Leben bleiben.‹ Hat Sage dieses Gebet auf Juliet Spence bezogen oder auf sich selbst?«

»Vielleicht auf gar niemand. Du liest da vielleicht zuviel hinein. Es kann doch sein, daß diese Stelle nur zufällig in dem Gebetbuch eingemerkt war. Oder sie kann sich auf etwas ganz anderes beziehen. Vielleicht wollte Sage damit jemanden trösten, der zur Beichte zu ihm gekommen war. Vielleicht wollte er mit diesem Satz die Leute wieder in die Kirche locken, wir wissen ja, daß ihm das am Herzen lag. Tuet das, was gut und recht ist: Geht sonntags zum Gottesdienst.«

»An Beichte hatte ich gar nicht gedacht«, bekannte Lynley. »Ich behalte meine schlimmsten Sünden für mich, und ich kann mir gar nicht vorstellen, daß andere es anders halten. Aber mal angenommen, es hat tatsächlich jemand Sage gebeichtet und hat es später bereut.«

St. James ließ sich den Gedanken einen Moment durch den Kopf gehen. »Da sind die Möglichkeiten so gering, daß ich es für unwahrscheinlich halte, Tommy. Dieser Geständige, der es hinterher bedauerte, sich Sage anvertraut zu haben, hätte dann ja jemand sein müssen, der wußte, daß Sage an dem fraglichen Abend zum Essen zu Juliet Spence ging. Und wer wußte es?« Er begann die Personen aufzuzählen. »Einmal Mrs. Spence selbst. Dann Maggie...«

Auf der anderen Straßenseite wurde krachend eine Tür zugeschlagen. Sie drehten sich herum und hörten im selben

Moment eilige Schritte. Colin Shepherd öffnete die Tür zu seinem Landrover, hielt jedoch inne, als er die beiden Männer sah.

»Und der Constable natürlich«, murmelte Lynley und ging über die Straße, um Shepherd aufzuhalten, ehe er abfuhr.

St. James blieb zunächst, wo er war, am Ende der Einfahrt, einige Meter entfernt. Er sah, wie Lynley am Rand des Lichtkegels, der aus dem Inneren des Rover fiel, einen Moment stehenblieb. Er sah, wie Lynley seine Hände aus den Taschen zog, und bemerkte etwas erschrocken und verwirrt, daß seine rechte Hand zur Faust geballt war. St. James kannte seinen Freund gut genug, um zu wissen, daß es jetzt geraten war, sich zu ihm zu gesellen.

Lynley sagte gerade in einem jovialen, aber eiskalten Ton: »Sie hatten anscheinend einen Unfall, Constable?«

»Nein«, antwortete Shepherd.

»Und was ist mit Ihrem Gesicht?«

St. James erreichte den Rand des Lichtfelds. Das Gesicht des Constable zeigte Schrammen an der Stirn und den Wangen.

»Das hier, meinen Sie?« sagte Shepherd und berührte eine der verletzten Stellen mit den Fingern. »Ich hab ein bißchen mit dem Hund herumgetobt. Oben auf dem Cotes Fell. Sie waren ja selbst heute dort.«

»Ich? Auf dem Cotes Fell?«

»Beim Herrenhaus. Das sieht man vom Fell aus. Jeder, der da oben ist, kann alles sehen. Das Herrenhaus, das Verwalterhäuschen, den Garten, überhaupt alles. Wußten Sie das, Inspector? Jeder, der es nur möchte, kann alles sehen, was unten vorgeht.«

»Ich hab meine Gespräche gern weniger indirekt, Constable. Wollen Sie mir irgend etwas mitteilen, abgesehen davon natürlich, was mit Ihrem Gesicht passiert ist?«

»Man kann alles genau beobachten, das Kommen und Gehen, ob das Verwalterhaus abgeschlossen ist, wer im Herrenhaus an der Arbeit ist.«

»Und zweifellos auch, ob das Haus leer ist und wo der Schlüssel zum Rübenkeller aufbewahrt wird«, fügte Lynley hinzu. »Denn darauf wollen Sie doch hinaus. Wollen Sie jemanden anzeigen?«

Shepherd hatte eine Taschenlampe bei sich. Er warf sie auf den vorderen Sitz des Rover. »Warum fragen Sie nicht mal, was oben auf dem Gipfel vom Fell vorgeht? Warum erkundigen Sie sich nicht mal, wer da regelmäßig raufgeht?«

»Sie selbst offensichtlich, Ihrem eigenen Geständnis zufolge. Ein ziemlich belastendes Geständnis, meinen Sie nicht?«

Der Constable prustete geringschätzig und machte Anstalten, in den Wagen zu steigen. Lynley hielt ihn zurück, indem er sagte: »Sie scheinen die Unfalltheorie, die Sie gestern noch vertreten haben, fallengelassen zu haben. Darf ich wissen, warum? Hat vielleicht irgend etwas Sie zu der Schlußfolgerung veranlaßt, daß Ihre ursprünglichen Ermittlungen nicht vollständig waren?«

»Das haben Sie gesagt, nicht ich. Sie sind einzig auf Ihren eigenen Wunsch hier. Niemand hat Sie hergebeten. Ich wäre Ihnen dankbar, wenn Sie daran denken würden.« Er legte seine Hand auf das Lenkrad, als wollte er nun endlich in den Wagen steigen.

»Haben Sie sich mal mit seiner Reise nach London befaßt?« fragte Lynley.

Shepherd zögerte. Sein Gesicht war mißtrauisch. »Wessen Reise nach London?«

»Mr. Sage ist wenige Tage vor seinem Tod nach London gefahren. Wußten Sie das?«

»Nein.«

»Polly Yarkin hat es Ihnen nicht gesagt? Haben Sie Polly verhört? Sie war schließlich seine Haushälterin. Sie weiß sicherlich mehr über den Pfarrer als jeder andere hier. Sie hätte Ihnen...«

»Ich habe mit Polly gesprochen. Aber ich habe sie nicht verhört. Nicht offiziell.«

»Inoffiziell dann? Und vielleicht erst vor kurzem? Heute?«

Die Fragen standen zwischen ihnen. In der Stille nahm Shepherd seine Brille ab. Der feuchte Nebel hatte sie leicht beschlagen. Er wischte sie vorn an seinem Jackett ab.

»Die Brille haben Sie sich auch zerbrochen«, stellte Lynley fest. Ein kleines Stück Pflaster hielt sie, wie St. James sah, über dem Nasenrücken zusammen. »Da haben Sie aber ganz schön getobt mit Ihrem Hund. Oben auf Cotes Fell.«

Shepherd setzte die Brille wieder auf. Er griff in seine Tasche und zog einen Schlüsselbund heraus. Er sah Lynley direkt ins Gesicht. »Maggie Spence ist ausgerissen«, sagte er. »Wenn Sie also weiter nichts mehr zu bemerken haben, Inspector, würde ich jetzt gern fahren. Mrs. Spence erwartet mich. Sie ist etwas erregt. Offenbar haben Sie ihr nicht gesagt, daß Sie in die Schule gehen würden, um mit Maggie zu sprechen. Die Schulleiterin glaubte, Maggies Mutter wäre unterrichtet. Und Sie haben mit dem Mädchen allein gesprochen. Sind das die neuen Methoden des Yard?«

Touché, dachte St. James. Der Constable war nicht bereit, sich einschüchtern zu lassen. Er hatte seine eigenen Waffen und war kaltschnäuzig genug, sie zu gebrauchen.

»Haben Sie nach einer Verbindung zwischen den beiden gesucht, Mr. Shepherd? Haben Sie nach einer weniger erquicklichen Wahrheit gesucht als der, die Sie zutage gefördert haben?«

»Das Ergebnis meiner Ermittlungen hatte Hand und Fuß«, entgegnete er. »Clitheroe hat die Sache gesehen wie ich. Der

Coroner ebenfalls. Was für eine Verbindung auch immer ich vielleicht übersehen habe, ich wette, sie führt zu einer anderen Person, und nicht zu Juliet Spence. Wenn Sie mich jetzt entschuldigen würden...«

Er schwang sich in den Wagen und steckte den Schlüssel ins Zündschloß. Der Motor heulte auf. Die Scheinwerfer wurden hell. Krachend schaltete er in den Rückwärtsgang.

Lynley beugte sich in den Wagen hinein, um noch ein paar Worte zu sagen. St. James hörte nur »...Ihnen das hier...« und sah, wie sein Freund Shepherd etwas in die Hand drückte. Dann fuhr der Wagen zur Straße hinaus, wieder wurde krachend geschaltet, dann brauste der Constable davon.

Lynley sah ihm nach. St. James beobachtete Lynley. Dessen Gesicht war hart. »Ich bin meinem Vater nicht ähnlich genug«, sagte er. »Er hätte den Kerl auf die Straße hinausgeschleppt, wäre ihm ins Gesicht getreten und hätte ihm wahrscheinlich sechs oder acht Finger gebrochen. Das hat er einmal wirklich getan, weißt du, draußen, vor einem Pub in St. Just. Er war damals zweiundzwanzig. Irgendein Mann hatte Augustas Gefühle mit Füßen getreten, und da machte er kurzen Prozeß. ›Niemand bricht meiner Schwester das Herz‹, sagte er.«

»Aber eine Lösung ist das nicht.«

»Nein.« Lynley seufzte. »Ich hab nur immer gedacht, es müßte so verdammt guttun.«

»Ja, aber nur für den Augenblick. Die Komplikationen folgen auf dem Fuß.«

Sie gingen wieder zum Pfarrhaus hinüber, wo Lynley den Karton an sich nahm. Etwa eine Viertelmeile die Straße hinunter konnten sie die roten Rücklichter des Landrovers sehen. Shepherd war aus irgendeinem Grund an den Straßenrand gefahren. Seine Scheinwerfer erleuchteten eine kahle Hecke. Sie warteten einen Augenblick ab, ob er weiterfahren würde. Als er es nicht tat, traten sie den Rückweg zum Gasthaus an.

»Und was kommt jetzt?« fragte St. James.

»London«, antwortete Lynley. »Das ist das einzige, was mir im Augenblick einfällt, da auch harte Bandagen bei den Verdächtigen offenbar keine nennenswerte Wirkung zeigen.«

»Läßt du das Havers machen?«

»Du meinst, weil ich von harten Bandagen spreche?« Lynley lachte. »Nein, darum muß ich mich selbst kümmern, da ich sie auf meine Kosten nach Truro geschickt habe, wird sie vermutlich nicht gerade alles dransetzen, innerhalb der üblichen vierundzwanzig Polizeistunden hin- und wieder zurückzukommen. Ich würde sagen, drei Tage... Bei erstklassiger Unterkunft zweifellos. Darum werde ich mich selbst um London kümmern.«

»Wie können wir helfen?«

»Genießt euren Urlaub. Mach eine Tour mit Deborah. Nach Cumbria vielleicht.«

»Zu den Seen?«

»Ja, gute Idee. Aber ich hab mir sagen lassen, daß auch Aspatria im Januar recht hübsch ist.«

St. James lächelte. »Das wird ein verdammt anstrengender Tagesausflug. Da müssen wir spätestens um fünf raus. Dafür schuldest du mir dann was. Und wenn's dann nichts über die Spence zu holen gibt, schuldest du mir gleich doppelt.«

»Wie immer.«

Vor ihnen huschte eine schwarze Katze mit etwas Grauem, Schlaffem im Maul aus den Schatten zweier Häuser. Auf dem Bürgersteig ließ sie die Beute fallen und begann in der unbewußt grausamen Art aller Katzen, sie sachte mit den Pfoten anzustupsen, um sich noch einen Moment des Spiels zu gönnen, ehe sie den Überlebenshoffnungen ihres Opfers ein Ende bereitete. Das Tier erstarrte, als sie näher kamen, kauerte mit gesträubtem Fell wartend über seiner Beute. Als St. James hinunterblickte, erkannte er eine kleine Ratte, die hoffnungslos zwischen den Pfoten der Katze hing. Er dachte daran, die Katze zu verscheuchen. Dieses Todesspiel, das sie spielte, war unnötig herzlos. Aber Ratten, das wußte er, waren Krankheitsüberträger. Es war das Beste – wenn auch nicht das Barmherzigste –, die Katze ihr Werk vollenden zu lassen.

»Was hättest du getan, wenn Polly Shepherd beschuldigt hätte?« fragte St. James.

»Ich hätte das Schwein festgenommen. Ihn dem CID Clitheroe übergeben. Dafür gesorgt, daß er seine Stellung verliert.«

»Und da sie ihn nicht beschuldigt hat?«

»Werd ich's aus einer anderen Richtung angehen müssen.«

»Um ihm ins Gesicht zu treten?«

»Bildlich gesprochen, ja. In Gedanken bin ich auf jeden Fall der Sohn meines Vaters, wenn auch nicht in Taten. Ich bin nicht stolz darauf, aber so ist es nun einmal.«

»Was hast du Shepherd gegeben, bevor er abfuhr?«

Lynley schob den Karton unter seinem Arm zurecht. »Ich hab ihm etwas zum Nachdenken gegeben.«

Colin Shepherd erinnerte sich mit absoluter Klarheit daran, wann sein Vater ihn das letzte Mal geschlagen hatte. Wie ein Narr, viel zu sehr in Rage, um die Folgen von Widerstand zu bedenken, war er für seine Mutter in die Bresche gesprungen. Er hatte seinen Stuhl vom Eßtisch zurückgestoßen – er konnte noch heute das Geräusch hören, wie der Stuhl über den Boden geschrammt und dann an die Wand geflogen war

– und hatte laut geschrien, laß sie endlich in Ruhe, Papa! Dabei hatte er seinen Vater bei den Armen gepackt, um zu verhindern, daß er ihr noch einmal ins Gesicht schlug.

Die Wut seines Vaters entzündete sich stets an irgendeiner Kleinigkeit, und weil sie niemals wußten, wann damit zu rechnen war, daß sein Zorn sich zur Gewalttätigkeit steigerte, machte er ihnen um so mehr angst. Alles konnte der Auslöser sein: das Essen, ein fehlender Knopf an seinem Hemd, die Bitte um Geld für die Gasrechnung, eine Bemerkung über sein spätes Nachhausekommen am vergangenen Abend. An jenem Abend war ein Anruf von Colins Biologielehrer der Auslöser gewesen. Wieder ein Ungenügend, wieder keine Hausaufgaben, ob es vielleicht zu Hause Probleme gäbe, wollte Mr. Tranville wissen.

Soviel immerhin hatte seine Mutter beim Essen angedeutet, zaghaft, als wollte sie ihrem Mann auf telepathischem Weg eine Botschaft übermitteln, die sie vor ihrem Sohn nicht aussprechen wollte. »Colins Lehrer hat gefragt, ob es Probleme gäbe, Ken. Hier zu Hause. Er meinte, eine Beratung wäre vielleicht...«

Weiter kam sie nicht. »Eine Beratung?« sagte sein Vater. »Habe ich dich richtig verstanden? Beratung?« Sein Ton hätte ihr sagen müssen, daß es klüger von ihr gewesen wäre, in aller Ruhe zu essen und den Anruf für sich zu behalten.

Doch statt dessen sagte sie: »Er kann nicht lernen, Ken, wenn alles so chaotisch ist. Das mußt du doch verstehen.« Ihr Ton flehte um Einsicht, verriet jedoch nur ihre Furcht.

Ken Shepherd genoß es, wenn man ihn fürchtete. Und er liebte es, die Furcht noch zu schüren. Er legte zuerst sein Messer nieder, dann die Gabel. Er schob seinen Stuhl vom Tisch zurück. Er sagte: »Ach sag mir doch, was alles so chaotisch ist, Clare.« Sie spürte, was er vorhatte, und sagte, es wäre wahrscheinlich gar nichts, wirklich nichts, doch sein

Vater ließ sich nicht abspeisen. »Nein«, sagte er. »Sag es mir. Ich möchte es hören.« Als sie darauf nicht einging, stand er auf. »Antworte mir, Clare«, sagte er scharf, und als sie erwiderte: »Ach, es ist nichts, Ken. Iß doch weiter«, ging er schon auf sie los.

Er hatte sie erst dreimal ins Gesicht geschlagen – wobei er mit der einen Hand ihre Haare packte, während er mit der anderen jedesmal, wenn sie aufschrie, härter zuschlug –, als Colin ihn ergriff. Die Reaktion seines Vaters war die gleiche wie immer seit Colins Kindheit. Frauen prügelte man mit der offenen Hand. Bei Jungen und Männern gebrauchte ein richtiger Mann die Fäuste.

Diesmal jedoch war der Unterschied, daß Colin größer war. Zwar war die Furcht vor seinem Vater so groß wie immer, gleichzeitig jedoch war er zornig. Und der Zorn besiegte die Furcht. Als sein Vater ihn traf, schlug Colin zum erstenmal in seinem Leben zurück. Sein Vater brauchte mehr als fünf Minuten, um ihn niederzuprügeln. Er tat es mit den Fäusten, mit dem Gürtel, mit den Füßen. Aber als alles vorbei war, hatte sich das Schwergewicht der Macht verlagert. Und als Colin sagte: »Das nächste Mal bring ich dich um, du dreckiges Schwein«, sah er im Gesicht seines Vaters, wenn auch nur flüchtig, daß auch er fähig war, Furcht einzuflößen.

Colin war stolz darauf gewesen, daß sein Vater seine Mutter nie wieder geschlagen hatte, daß seine Mutter einen Monat später die Scheidung eingereicht hätte und vor allem, daß sie beide dank seinem Eingreifen dieses Schwein auf immer los waren. Er hatte sich geschworen, niemals so zu werden wie sein Vater. Er hatte nie wieder einen Menschen geschlagen. Bis zu Polly.

Colin saß in seinem Landrover an der Straße, die aus Winslough hinausführte, und rollte zwischen seinen Händen das Stück Stoff von Pollys Rock hin und her, das der Inspector ihm in die Hand gedrückt hatte. Er hatte solche Genugtuung verspürt: wie ihre Haut unter seiner Hand brannte, wie er ihr den Stoff vom Leib riß, den salzigen Schweiß ihres Entsetzens schmeckte, ihre Schreie hörte, ihr Betteln und besonders das erstickte Schluchzen des Schmerzes – kein Stöhnen der Lust jetzt, Polly, ist es das, was du wolltest, hast du's dir so erträumt? – und schließlich die Unterwerfung. Er hatte sie niedergemacht, bezwungen und sie dabei die ganze Zeit mit der Stimme seines Vaters beschimpft, Kuh, Luder, Sau, Fotze.

Er hatte dies alles in einem Sturm blinder Wut und Verzweiflung getan, um sich die Erinnerung an Annie und ihre Wahrheit vom Leib zu halten.

Colin drückte das Stück Stoff an seine geschlossenen Augen und bemühte sich, nicht an sie zu denken, weder an Polly noch an seine Frau. Mit Annies Sterben hatte er jede Grenze überschritten, jeden Code verletzt, war durch die Dunkelheit gegangen und hatte sich schließlich ganz verloren, irgendwo zwischen tiefsten Depressionen und schwärzester Verzweiflung. Die Jahre seit ihrem Tod hatte er in dem Bemühen hingebracht, die Geschichte ihrer qualvollen Krankheit neu zu schreiben und in der Erinnerung das Bild einer Ehe neu zu erfinden, das bis ins letzte vollkommen war. Mit der selbst erschaffenen Lüge war so viel leichter zu leben gewesen als mit der Realität.

Immer hatte er das Gefühl gehabt, wenn er nur diese Fiktion aufrechterhalte, könnte er mit dem Leben zurechtkommen und vorwärtsschreiten. Dazu gehörte das, was er das Wunderbare ihrer Beziehung nannte, das sichere Wissen, daß zwischen ihm und Annie Wärme und Zärtlichkeit bestanden hatten, vollkommenes Verstehen, Mitgefühl und Liebe. Dazu gehörte auch eine Krankengeschichte, die sich aus Momenten heldenhaften Erduldens, seinen Bemühungen, sie zu retten, und schließlich seiner gelassenen Einsicht, daß er nichts ausrichten konnte, zusammensetzte.

Du wirst das alles vergessen, hatten die Leute bei der Beerdigung gesagt. Mit der Zeit wirst du dich nur noch an das Schöne erinnern. Und du hast zwei wunderbare Jahre mit ihr zusammen gehabt, Colin. Laß also die Zeit ihre heilende Wirkung tun und warte ab, was geschieht. Du wirst wieder erstarken, glücklich zurückblicken und immer die Erinnerung an diese zwei Jahre besitzen.

Es war nicht so geschehen. Daher hatte er seine Erinnerung an das Ende und an ihren gemeinsamen Weg dorthin verändert. In seiner überarbeiteten Version ihrer Geschichte hatte Annie ihr Schicksal mit Anmut und Würde angenommen, und er hatte keine Sekunde in seinem Bemühen nachgelassen, sie zu stützen. Aus der Erinnerung gelöscht waren ihre tiefen Abstiege in die Bitterkeit. Aus dem Denken verbannt war seine unversöhnliche Wut. Statt dessen existierte eine neue Realität, die all das verdeckte, dem er nicht ins Auge sehen konnte.

Laß es anders sein, hatte er nach ihrem Tod gedacht, laß mich besser sein, als ich war. Und er hatte die vergangenen sechs Jahre dazu benützt, dieses Ziel zu erreichen, hatte Vergessen gesucht statt Verzeihung.

Er rieb den dünnen Stoff an seinem Gesicht, spürte, wie er an den Stellen, an denen Pollys Nägel seine Haut aufgerissen hatte, hängenblieb. Er konnte Pollys geronnenes Blut ertasten und nahm den Eigengeruch ihres Körpers wahr.

»Es tut mir leid, Polly«, flüsterte er.

Er hatte sich standhaft geweigert, Polly Yarkin gegenüberzutreten, weil sie das verkörperte, was für ihn gefährlich war. Sie kannte die Realität. Sie verzieh sie auch. Aber ihr Wissen allein machte sie zu einer Gefahr, der er unbedingt aus dem

Weg gehen mußte, wenn er in Seelenfrieden leben wollte. Sie sah das nicht. Sie begriff einfach nicht, wie wichtig es war, daß sie beide völlig getrennte Leben führten. Für sie gab es nichts anderes als ihre Liebe zu ihm und ihre Sehnsucht, ihn zu heilen. Hätte sie nur begreifen können, daß es nach Annie für sie beide niemals eine gemeinsame Zukunft geben konnte, so hätte sie die Grenzen, die er nach dem Tod seiner Frau ihrer Beziehung auferlegte, akzeptieren gelernt. Dann hätte sie ihn seinen eigenen Weg gehen lassen. Letztlich hätte sie sich über seine Liebe zu Juliet gefreut. Und dann wäre Robin Sage am Leben geblieben.

Colin wußte, was geschehen war und wie sie es bewerkstelligt hatte. Er verstand auch, warum. Wenn er Wiedergutmachung an Polly nur leisten konnte, indem er dieses Wissen für sich behielt, so würde er das tun. Die Herren von New Scotland Yard würden die Zusammenhänge schon aufdecken, wenn sie erst einmal ihren Wanderungen zum Cotes Fell nachgingen. Er, der er zu einem so großen Teil mitverantwortlich war für das, was sie getan hatte, würde sie nicht verraten.

Er fuhr weiter. Anders als am vergangenen Abend brannten im Verwalterhaus alle Lichter, als er im Hof von Cotes Hall anhielt. Als er die Wagentür öffnete, kam Juliet herausgerannt. Im Laufen zog sie ihre dunkelblaue Jacke über. Ein rotgrüner Schal flatterte wie ein Banner an ihrem Arm.

»Gott sei Dank«, sagte sie. »Das Warten hat mich ganz wahnsinnig gemacht.«

»Tut mir leid.« Er stieg aus dem Landrover. »Die Kerle von Scotland Yard haben mich aufgehalten, als ich gerade losfahren wollte.«

Sie zögerte. »Dich? Warum?«

»Sie waren vorher im Pfarrhaus gewesen.«

Sie knöpfte die Jacke zu, wickelte sich den Schal um den

Hals. Sie zog Handschuhe aus ihrer Tasche und schlüpfte hinein. »Ah ja. Denen hab ich zu verdanken, daß Maggie weggelaufen ist.«

»Ich denke, sie werden bald wieder verschwinden. Der Inspector hat was gehört, daß der Pfarrer an dem Tag, bevor er – du weißt schon –, an dem Tag vor seinem Tod in London war. Da wird er sich wohl bald mit diesem Hinweis befassen. Und dann wieder mit irgendeinem anderen. So läuft das bei diesen Typen. Maggie wird er bestimmt nicht wieder belästigen.«

»O Gott.« Juliet blickte auf ihre Hände hinunter. Sie brauchte viel zu lange, um in die Handschuhe richtig hineinzukommen. Mit ruckhaften Bewegungen, die ihre ängstliche Nervosität verrieten, streifte sie das Leder über jeden einzelnen Finger. »Ich habe mit der Polizei in Clitheroe telefoniert, aber sie haben mich überhaupt nicht ernst genommen. Sie ist dreizehn Jahre alt, sagten sie mir, sie ist erst seit drei Stunden weg, Madam, spätestens um neun wird sie wieder da sein. Das ist immer so bei den jungen Leuten. Aber das stimmt nicht, Colin. Du weißt es. Es stimmt nicht, daß sie immer wieder zurückkommen. Maggie wird bestimmt nicht zurückkommen. Ich weiß nicht einmal, wo ich nach ihr suchen soll. Josie hat gesagt, sie sei aus dem Schulhof gerannt. Nick ist ihr nachgelaufen. Ich muß sie finden.«

Er nahm sie beim Arm. »Ich suche sie schon. Du mußt hierbleiben.«

Sie riß sich von ihm los. »Nein! Das kann ich nicht. Ich muß doch wissen... Ich – glaub mir, ich muß sie finden. Ich muß selbst nach ihr suchen.«

»Aber du mußt hierbleiben. Es kann doch sein, daß sie anruft. Und wenn sie das tut, dann wirst du sie doch holen wollen, nicht wahr?«

»Aber ich kann nicht einfach hier sitzen und warten.«

»Du hast keine andere Wahl.«

»Und du verstehst mich nicht. Du willst mich trösten. Das weiß ich. Aber sie wird nicht anrufen. Glaub mir. Der Inspector hat mit ihr gesprochen. Er hat ihr alle möglichen Dinge eingeflüstert... Bitte. Colin. Ich muß sie selbst suchen. Hilf mir.«

»Das will ich ja. Das tu ich ja. Ich rufe sofort an, wenn ich etwas weiß. Ich fahr in Clitheroe vorbei und laß ein paar Wagen losschicken. Wir finden sie. Das verspreche ich dir. Geh jetzt wieder rein.«

»Nein. Bitte.«

»Anders geht's nicht, Juliet.« Er führte sie zum Haus. Er spürte ihren Widerstand. Er öffnete die Tür. »Bleib in der Nähe des Telefons.«

»Er hat ihr den Kopf mit Lügen gefüllt«, sagte sie. »Colin, wo kann sie nur sein? Sie hat kein Geld, nichts zu essen. Sie hat nur ihren Schulmantel an, der ist doch nicht warm genug. Es ist kalt, und Gott weiß...«

»Sie kann noch nicht so weit gekommen sein. Und vergiß nicht, Nick ist bei ihr. Der paßt schon auf sie auf.«

»Aber wenn sie per Anhalter gefahren sind... Wenn jemand sie mitgenommen hat. Mein Gott, sie können inzwischen in Manchester sein. Oder in Liverpool.«

Er strich ihr mit den Fingern über die Schläfen. Ihre großen dunklen Augen zeigten Tränen und Panik. »Sch«, flüsterte er. »Hab keine Angst, Liebes. Ich hab dir gesagt, ich finde sie, und das werd ich auch. Du kannst dich darauf verlassen. Vertrau mir. Beruhige dich jetzt. Ruh dich aus.« Er lockerte ihren Schal und knöpfte ihren Mantel auf. Er streichelte zärtlich ihr Gesicht. »Mach ihr jetzt etwas zu essen und halt es warm. Glaub mir, sie wird es früher essen, als du dir vorstellen kannst.« Er berührte ihre Lippen und ihre Wangen. »Ich verspreche es dir.«

Sie schluckte. »Colin.«

»Ich versprech es dir. Du kannst dich auf mich verlassen.«

»Das weiß ich. Du bist so gut zu uns.«

»Und so will ich immer sein.« Er küßte sie behutsam. »Kann ich dich jetzt allein lassen, Liebes?«

»Ich – ja. Ich warte. Ich geh nicht weg.« Sie hob seine Hand und drückte sie an ihre Lippen. Dann krauste sie plötzlich die Stirn. Sie zog ihn ins Licht der offenen Tür. »Du hast dir weh getan«, sagte sie. »Colin, was ist mit deinem Gesicht?«

»Es ist nichts. Du brauchst dir deswegen keine Sorgen zu machen«, sagte er. »Niemals.« Und er küßte sie wieder.

Als er abgefahren war, als das Geräusch des Rover allmählich verklang und vom Seufzen des Abendwinds übertönt wurde, ließ Juliet an der Haustür ihre Jacke von den Schultern fallen. Ihren Schal warf sie obenauf. Die Handschuhe behielt sie an.

In Gedanken versunken betrachtete sie das alte Leder, innen mit Kaninchenfell gefüttert, das vom langen Tragen so weich wie Flaum geworden war. An einem der Handschuhe war am Handgelenk die Naht aufgegangen, und ein Fädchen hing herunter. Sie drückte die Hände in den Handschuhen an ihre Wangen. Das Leder war kühl. Die Temperatur ihres Gesichts konnte sie so nicht wahrnehmen; es war beinahe so, als berührte eine andere Person ihr Gesicht, als fließe aus diesen Händen Zärtlichkeit, Liebe, Erheiterung oder irgendeine Gefühlsäußerung, die im entferntesten auf eine Liebesbeziehung schließen ließ.

Ja, dadurch war alles erst ins Rollen gekommen: durch ihre Sehnsucht nach einem Mann. Jahrelang hatte sie es geschafft, diese Sehnsucht zu verleugnen, indem sie sich und ihre Tochter von den Menschen abgesondert hatte – Mom und Maggie gegen die ganze Welt. Sie hatte sich von der

Sehnsucht und dem dumpfen Schmerz des Verlangens abgelenkt, indem sie alle ihre Energien auf Maggie konzentriert hatte; denn Maggie war es, die ihrem Leben seinen Sinn gab.

Juliet wußte, daß sie die Gewissensqualen und die Angst dieses Abends einer Seite von sich selbst zu verdanken hatte, die ihr immer wieder zu schaffen gemacht hatte. Das Verlangen nach einem Mann, die Begierde, einen männlichen Körper zu berühren, die Sehnsucht, unter ihm zu liegen und die Wonne jenes Augenblicks zu spüren, wenn ihre Körper sich vereinigten... Diese Sehnsucht hatte sie schließlich in die Katastrophe getrieben.

Sie hatte durch Polly von Colin gehört, lange ehe sie ihn das erstemal gesehen hatte. Und sie hatte sich vor allen Versuchungen sicher geglaubt, da sie wußte, daß Polly diesen Mann liebte; daß er erheblich jünger war als sie; daß sie ihn kaum je zu Gesicht bekommen würde – sie sah ja jetzt, da sie glaubte, das ideale Zuhause gefunden zu haben, um endlich zur Ruhe kommen zu können, sowieso kaum Menschen. Selbst als er an jenem Tag dienstlich hier herausgekommen war, als sie ihn bei der Lavendelhecke in seinem Wagen hatte sitzen sehen und die blanke Verzweiflung auf seinem Gesicht gesehen und sich an die Geschichte von seiner Frau erinnert hatte; selbst als sie gespürt hatte, wie im Angesicht seines Schmerzes ihre innere Abwehr zu bröckeln begann, als sie zum erstenmal seit Jahren den Schmerz eines anderen wahrgenommen hatte, hatte sie die Gefahr nicht gesehen, die er für sie war, da sie ihre Schwäche längst bezwungen glaubte.

Erst als er im Haus war und sie die kaum verhohlene Sehnsucht sah, mit der er in der Küche ihre alltäglichen Verrichtungen beobachtete, rührte sich ihr Herz. Während sie sich und ihm ein Glas von ihrem selbstgemachten Wein eingeschenkt hatte, hatte sie selbst sich umgesehen und zu erfassen versucht, was ihn bewegte. Sie wußte, die Äußerlichkeiten konnten es nicht sein – der Herd, der Tisch, die Stühle, die Schränke –, und sie fand es verwunderlich, daß ihn dies in irgendeiner Weise berühren sollte.

Armer Mann, hatte sie gedacht. Und das war ihr Verhängnis gewesen. Sie wußte von seiner Frau, sie begann zu sprechen, und von diesem Moment an hatte es keine Umkehr mehr gegeben. Irgendwann im Lauf des Gesprächs hatte sie gedacht, *nur dies eine Mal, einfach mit einem Mann zusammensein, nur dies eine Mal, nur einmal noch, er quält sich so, und wenn ich die Fäden in der Hand behalte, wenn ich diejenige bin, wenn es nur zu seiner Freude ist, ohne einen Gedanken an meine eigene, kann es doch nicht so schlecht sein,* und als er sie nach der Büchse fragte und warum sie damit geschossen habe und wie, hatte sie seine Augen beobachtet. Sie antwortete ihm, kurz und sachlich. Und als er eigentlich hätte gehen sollen – das wäre alles, und danke Ihnen, Madam, daß Sie sich die Zeit genommen haben –, da beschloß sie, ihm die Pistole zu zeigen, um ihn noch festzuhalten. Sie feuerte sie ab und wartete auf seine Reaktion, wartete, daß er sie ihr wegnehmen, ihre Hand berühren würde, wenn er sie ihr abnahm, aber das tat er nicht, er wahrte den Abstand zwischen ihnen, und sie wurde sich beinahe ungläubig bewußt, daß er genau das gleiche dachte wie sie, *nur dies eine Mal, nur dies eine Mal.*

Liebe, sagte sie sich, konnte es nicht sein. Sie war zehn Jahre älter als er, sie kannten einander nicht einmal, hatten vor diesem Tag nie miteinander gesprochen, und der christliche Glaube, dem sie vor langer Zeit den Rücken gekehrt hatte, behauptete ja, daß niemals Liebe entstehen konnte, wenn die Begierden des Fleisches jene der Seele beherrschten.

An diese Gedanken klammerte sie sich an jenem ersten gemeinsamen Nachmittag und glaubte sich vor der Liebe sicher. Sie hätte das Ausmaß der Gefahr, die er für sie darstellte, erkennen müssen, als sie auf der Uhr auf ihrem Nachttisch sah, daß mehr als vier Stunden vergangen waren und sie nicht ein einziges Mal an Maggie gedacht hatte. Da hätte sie Schluß machen sollen – in dem Moment, als die Schuldgefühle hochkamen und den schläfrigen Frieden der Erfüllung verdrängten. Sie hätte ihr Herz verschließen und ihn mit einer abrupten und verletzenden Bemerkung wie *Für einen Bullen bumsen Sie gar nicht übel* aus ihrem Leben verbannen sollen. Statt dessen jedoch sagte sie: »O mein Gott«, und er hatte alles gewußt. Er hatte gesagt: »Ich war selbstsüchtig. Du machst dir Sorgen um deine Tochter. Ich gehe jetzt lieber. Ich habe dich viel zu lange für mich in Anspruch genommen. Ich habe...« Als er schwieg, sah sie ihn nicht an, aber sie fühlte, wie seine Hand ihren Arm berührte. »Ich weiß nicht, wie ich das nennen soll, was ich empfunden habe«, sagte er, »und was ich jetzt empfinde. Ich weiß nur, dieses Zusammensein mit dir – es war nicht genug. Es ist selbst jetzt noch nicht genug. Ich weiß nicht, was das bedeutet.«

Sie hätte trocken sagen sollen: »Es bedeutet, daß Sie scharf waren, Constable. Wir waren es beide. Sind es immer noch.« Aber sie sagte es nicht. Sie hörte auf die Geräusche, die er beim Anziehen machte, und versuchte, sich irgend etwas Kurzes und unmißverständlich Endgültiges einfallen zu lassen, um ihn wegzuschicken. Als er sich auf die Bettkante setzte und sie herumdrehte und sie mit einem Gesicht, in dem sich Staunen und Furcht mischten, ansah, hätte sie die Gelegenheit gehabt, den Schlußstrich zu ziehen. Aber sie zog ihn nicht. Statt dessen hörte sie ihm zu, als er sagte: »Ist es möglich, daß ich dich so schnell liebe, Juliet Spence? Einfach so, aus heiterem Himmel? An einem Nachmittag? Kann das Leben sich so plötzlich verändern?«

Und da sie nichts besser wußte, als daß das Leben sich in

dem einen Moment unwiderruflich ändern kann, sagte sie: »Ja. Aber tu es nicht.«

»Was?«

»Liebe mich nicht. Laß nicht zu, daß dein Leben sich verändert.«

Er verstand sie nicht. Er konnte sie ja auch nicht verstehen. Er glaubte vielleicht, sie sei kokett. Er sagte: »Das hat man doch nicht unter Kontrolle.« Als er mit der Hand langsam ihren Körper hinunterstrich und ihr Körper sich gegen ihren Willen der Liebkosung begierig öffnete, wußte sie, daß er recht hatte.

Lange nach Mitternacht rief er sie in dieser Nacht an und sagte: »Ich weiß nicht, was das ist. Ich weiß nicht, wie ich es nennen soll. Ich dachte, wenn ich deine Stimme höre... Ich habe noch nie solche Gefühle... Aber das sagen Männer immer, wie? Noch nie habe ich solche Gefühle gehabt, darum laß mich mit dir schlafen, damit ich diese Gefühle ausloten kann. Sicher, das spielt auch mit, ich will nicht lügen, aber es geht darüber hinaus, und ich weiß nicht, wieso.«

Sie hatte sich wie ein albernes Ding benommen, weil sie nicht genug davon bekommen konnte, von einem Mann geliebt zu werden. Auch Maggie hatte das nicht verhindern können: nicht mit ihrem Wissen, das ihr unausgesprochen im bleichen Gesicht geschrieben stand, als sie keine fünf Minuten nach Colins Gehen mit ihrer Katze in den Armen und glänzenden Wangen, von denen sie die Tränen abgewischt hatte, ins Haus gekommen war; nicht mit der Art, wie sie Colin schweigend zu taxieren pflegte, wenn er zum Essen kam oder mit ihnen wandern ging; nicht mit ihrem Betteln, sie nicht allein zu lassen, wenn Juliet wegging, um ein, zwei Stunden mit Colin in seinem Haus zu verbringen. Nein, Maggie hatte sie nicht bremsen können. Aber es war im Grunde auch gar nicht nötig gewesen, weil Juliet wußte, daß das Ganze keine Zukunft hatte. Sie hatte nur vergessen, daß sie sich in den vielen Jahren, da sie einzig für den Augenblick gelebt hatte – an der Schwelle zu einem Morgen, das stets das Schlimmste zu bringen drohte –, die größte Mühe gegeben hatte, Maggie ein Leben zu bieten, das normal zu sein scheinen sollte. Darum waren Maggies Ängste, daß Colin dieses Leben dauerhaft stören könnte, ganz natürlich. Ihr zu erklären, daß sie gleichzeitig unbegründet waren, hätte geheißen, ihr Dinge sagen zu müssen, die ihre Kinderwelt zerstört hätten. Und das brachte Juliet nicht über sich. Sie brachte es aber auch nicht über sich, Colin fortzuschicken. Nur noch eine Woche, pflegte sie zu denken, lieber Gott, bitte gönne mir nur noch eine Woche mit ihm, dann beende ich es. Ich verspreche es.

Und so hatte sie sich diesen Abend eingehandelt. Sie wußte es nur zu gut.

Wie die Mutter, so die Tochter, darauf, dachte Juliet, lief es letztlich hinaus. Maggies intime Beziehung zu Nick Ware war mehr als der Racheakt einer Pubertären gegen ihre Mutter; sie war mehr als nur die Suche nach einem Mann, den sie ganz im geheimen *Daddy* nennen konnte; in ihr bewies sich letztlich ihr Erbe. Aber Juliet wußte, daß sie es hätte verhindern können, hätte sie selbst sich nicht mit Colin eingelassen und so ihrer Tochter ein Beispiel gegeben.

Juliet zog sich die Lederhandschuhe von den Fingern und warf sie zu Jacke und Schal auf den Boden. Sie ging nicht in die Küche, um ein Abendessen zu richten, das ihre Tochter doch nicht essen würde, sondern zur Treppe. Vor der ersten Stufe blieb sie mit der Hand auf dem Geländer stehen und versuchte, die Kraft zu finden, hinaufzugehen. So viele Treppen im Lauf der Jahre, eine wie die andere: abgetretener Teppichboden, kahle Wände. Wenn man Bilder an die Wände hängte, hatte sie sich immer gesagt, mußte man sie beim Umzug nur wieder abnehmen; es war ihr daher sinnlos erschienen, sie überhaupt aufzuhängen. Halte alles schlicht, einfach, funktional. Dieser Parole folgend, hatte sie stets allen Schmuck abgelehnt, der emotionale Bindung an die Wohnung, in der sie zufällig gerade lebte, hätte fördern können. Es sollte kein Verlust entstehen, wenn sie weiterzogen.

Ein neues Abenteuer hatte sie jeden Umzug genannt; schauen wir mal, wie es in Northumberland ist. Sie hatte versucht, aus dem Auf-der-Flucht-Sein ein Spiel zu machen. Erst als sie nicht mehr geflohen war, hatte sie verloren.

Sie ging die Treppe hinauf. Die Angst ergriff immer mehr von ihr Besitz. Warum ist sie ausgerissen, fragte sie sich. Was haben sie ihr erzählt? Was weiß sie?

Die Tür zu Maggies Zimmer war nur angelehnt. Sie drückte sie auf. Mondlicht schimmerte zwischen den Ästen der Linde draußen vor dem Fenster und fiel in einem welligen Muster auf das Bett. Auf ihm lag zusammengerollt Maggies Katze, den Kopf tief zwischen den Pfoten, Schlaf vortäuschend, in der Hoffnung, Juliet würde Gnade vor Recht ergehen lassen und sie nicht verjagen. Punkin war der erste Kompromiß, auf den Juliet sich mit Maggie eingelassen hatte. *Bitte, bitte, darf ich eine kleine Katze haben, Mom* – so ein bescheidener Wunsch war das gewesen, so leicht zu gewähren. Sie hatte damals nicht gewußt, daß Maggies freudige Dankbarkeit über die Erfüllung eines kleinen Wunsches unausweichlich in ihr die Lust wecken würde, weitere zu erfüllen. Kleinigkeiten waren es zu Anfang gewesen – bei den Freundinnen übernachten, eine Fahrt nach Lancaster mit Josie und ihrer Mutter –, aber sie erzeugten ein Gefühl der Zugehörigkeit, das Maggie nie zuvor gekannt hatte, und führten schließlich zu der Bitte zu bleiben. Und die Entscheidung zu bleiben hatte zu Nick geführt, zum Pfarrer, zu diesem Abend...

Juliet setzte sich aufs Bett und knipste das Licht an. Punkin schob seinen Kopf tiefer zwischen seine Pfoten, doch sein Schwanz zuckte einmal und verriet ihn. Juliet strich ihm mit der Hand über den Kopf und die Rundung seines Rückens. Er war nicht so sauber, wie er hätte sein sollen. Er war zuviel draußen im Wald. Noch sechs Monate, und er würde ganz verwildert sein. Instinkt war eben Instinkt.

Auf dem Boden neben Maggies Bett lag ihr dickes Album. Der Einband war abgegriffen und rissig, die Seiten hatten unzählige Eselsohren, so daß an manchen Stellen ihre Ecken zerfielen. Juliet hob das Buch auf und legte es auf ihren Schoß. Auf die erste Seite hatte sie mit großen Druckbuchstaben geschrieben *Wichtige Ereignisse in Maggies Leben*. Juliet konnte fühlen, daß die meisten Seiten beklebt waren. Sie hatte das Album nie zuvor durchgesehen – es wäre ihr wie ein unbefugtes Eindringen in Maggies kleine geheime Welt vorgekommen –, aber jetzt sah sie hinein, weniger aus Neugier als aus dem Bedürfnis, ihre Tochter zu verstehen.

Der erste Teil enthielt Erinnerungen aus der Kindheit: die Zeichnung einer großen Hand, in die eine kleinere hineingezeichnet war, darunter die Worte *Mom und ich*; ein phantasievoller Aufsatz mit dem Titel *Mein Hund Fred*, zu dem die Lehrerin geschrieben hatte: »Das muß ja wirklich ein lieber Hund sein, Margaret«; das Programm für eine Weihnachtsfeier, bei der Maggie im Chor mitgesungen hatte; eine Urkunde für den zweiten Preis bei einem Naturkundewettbewerb; und zahllose Fotos und Postkarten von ihren gemeinsamen Campingurlauben auf den Hebriden, auf Holy Island, weitab von der Welt im Lake District. Juliet blätterte langsam, zeichnete mit der Fingerspitze die kleine Hand nach, studierte jedes Foto, das das Gesicht ihrer Tochter zeigte. Dies war die reale Geschichte ihres gemeinsamen Lebens, eine Zusammenstellung, die erzählte, was ihr und ihrer Tochter auf Sand aufzubauen gelungen war.

Der zweite Teil des Albums jedoch zeugte von dem Preis eben dieser gemeinsamen Geschichte. Er enthielt eine Sammlung Zeitungsausschnitte und Zeitschriftenartikel über Autorennen. Eingestreut waren Fotografien von Männern. Zum erstenmal sah Juliet, daß die Bemerkung *Er ist bei einem Autounfall ums Leben gekommen, Herzchen* in Maggies Augen heroische Ausmaße angenommen hatte, und Juliets Weigerung, über das Thema zu sprechen, einen Vater hatte wachsen lassen, den Maggie lieben konnte. Ihre Väter waren die Sieger von Indianapolis, Monte Carlo und Le Mans. Sie sprangen auf einer Rennbahn in Italien aus einem brennenden Wagen und gingen hocherhobenen Hauptes davon. Reifen platzten ihnen, sie hatten Zusammenstöße, sie ließen Champagnerkorken knallen und winkten mit Trophäen. Alle waren sie lebendig.

Juliet schloß das Album und legte die Hände auf seinen Umschlag. Es geht immer nur um Schutz und Geborgenheit, sagte sie im Geist zu Maggie. Wenn du einmal Mutter bist, Maggie, dann wirst du wissen, daß es das Schlimmste ist, ein Kind zu verlieren. Alles andere kann man ertragen, und meistens muß man es auch irgendwann ertragen – daß man seine Habe verliert, sein Heim, die Arbeit, den Geliebten, den Ehemann. Aber ein Kind zu verlieren, das bringt einen um. Und darum vermeidet man jedes Risiko, das einen solchen Verlust verursachen könnte.

Du weißt das noch nicht, mein Kind, weil du noch nicht diesen Moment erlebt hast, wenn mit dem schiebenden, stoßenden Druck deiner Muskeln und dem Drang, auszustoßen und zu schreien zugleich, dieses kleine Bündel Mensch hervorgebracht wird, das dann schreiend und atmend auf deinem Bauch liegt, nackt auf deiner Haut, abhängig von dir, blind noch, mit winzigen Händen, instinktiv zu greifen versuchend. Und wenn du einmal diese kleinen Finger um einen deiner eigenen geschlossen hast – nein, nicht erst dann –, wenn du einmal dieses Leben betrachtest, das du geschaffen hast, dann weißt du, daß du alles tun und alles erleiden wirst, um es zu beschützen. Größtenteils beschützt du es natürlich um seinetwillen, weil es Schutz braucht. Aber zum Teil beschützt du es auch um deiner selbst willen.

Und das ist die schwerste meiner Sünden, Maggie, mein Liebes. Ich habe den Prozeß umgekehrt und habe gelogen, als ich es tat, weil ich die Ungeheuerlichkeit des Verlusts nicht ertragen konnte. Aber jetzt sage ich die Wahrheit, ich sage sie dir, hier und jetzt. Was ich getan habe, das habe ich zum Teil für dich getan, meine Tochter. Aber was ich vor vielen Jahren getan habe, das tat ich vor allem für mich selbst.

22

»Ich finde nicht, daß wir schon anhalten sollten, Nick«, sagte Maggie so bestimmt, wie sie es eben fertigbrachte. Der Kiefer tat ihr weh, weil sie die ganze Zeit die Zähne fest zusammengebissen hatte, damit sie nicht vor Kälte aufeinanderschlugen, und ihre Fingerspitzen waren schon taub, obwohl sie die Hände in den Taschen fast den ganzen Weg zusammengeballt hatte. Sie war müde vom Marschieren und spürte ihre Muskeln, die das Springen hinter Hecken, über Mauern oder in Straßengräben – jedesmal, wenn ein Auto kam – nicht gewöhnt waren. Auch wenn es schon dunkel war, war es noch relativ früh, und sie wußte, daß die Dunkelheit ihre Flucht begünstigte.

Unterwegs nach Südwesten, Richtung Blackpool, hatten sie die Straße weitestgehend gemieden. Der Weg über Weideland und Hochmoor war beschwerlich, aber Nick wollte auf jeden Fall erst mindestens zehn Kilometer von Clitheroe entfernt sein, ehe sie die normale Landstraße benutzten. Und selbst dann war er nicht einverstanden, der Hauptstraße nach Longridge zu folgen, wo sie einen Lastwagen nach Blackpool hätten anhalten können. Sie sollten besser auf den schmalen, von Hecken gesäumten Landstraßen bleiben, die sich durch kleine Dörfer und an Einödhöfen vorbeischlängelten, meinte er, und wenn es nicht anders ging, würden sie eben Feldwege nehmen. So sei zwar die Strecke nach Longridge viel weiter, aber auch sicherer. In Longridge würde kein Mensch sich nach ihnen umdrehen. Bis dahin jedoch mußten sie der Straße fernbleiben.

Sie hatte keine Uhr, aber sie wußte, daß es nicht viel später als acht oder halb neun sein konnte, auch wenn sie bereits sehr gegen Erschöpfung, Kälte und Hunger ankämpften. Die Lebensmittel, die Nick im Ort gekauft hatte, hatten sie gerecht geteilt und sich vorgenommen, bis zum Morgen damit auszukommen, aber dann hatten sie zuerst die Chips gegessen, danach die Äpfel, um ihren Durst zu löschen, und schließlich die Kekse, weil sie solchen Appetit auf etwas Süßes hatten. Nick rauchte seitdem eine Zigarette nach der anderen, um den Hunger zu vertreiben.

Nick kletterte über eine aus losen Steinen zusammengefügte Mauer, als Maggie wieder sagte: »Es ist noch zu früh zum Anhalten, Nick. Wir sind noch lange nicht weit genug weg. Wohin willst du überhaupt?«

Er deutete auf drei gelbe Lichtflecke am anderen Ende der Wiese. »Da ist ein Hof«, sagte er. »Da gibt's bestimmt auch einen Stall. Da können wir übernachten.«

»In einem Stall?«

Er strich sich das Haar aus dem Gesicht. »Was hast du denn gedacht, Mag? Wir haben kein Geld. Wir können uns nicht einfach irgendwo ein Zimmer nehmen.«

»Aber ich hab gedacht...« Sie zögerte und blickte mit

zusammengekniffenen Augen zu den Lichtern hinüber. Was hatte sie eigentlich gedacht? Nur weg, davonlaufen, nie wieder einen Menschen sehen außer Nick, aufhören zu denken, aufhören, sich Gedanken zu machen, ein Versteck finden.

Er wartete. Er griff unter seine Jacke und zog seine Zigaretten heraus. Er schüttelte die Packung, und die letzte Zigarette fiel heraus. Er begann die Packung zusammenzuknüllen, und Maggie sagte: »Willst du dir die letzte nicht aufheben? Für später, meine ich.«

»Nein.« Er knüllte die Packung zusammen und ließ sie fallen. Während sie über die Mauer kletterte, zündete er sich seine Zigarette an. Sie hob die weggeworfene Packung auf, glättete sie sorgfältig und steckte sie ein.

»Wir dürfen keine Spuren hinterlassen«, sagte sie zur Erklärung. »Ich meine, für den Fall, daß sie uns suchen.«

Er nickte. »Richtig. Jetzt komm.« Er nahm ihre Hand und zog sie mit sich in Richtung der Lichter.

»Aber warum halten wir jetzt schon an?« fragte sie wieder. »Es ist doch noch viel zu früh, findest du nicht?«

Er sah zum Nachthimmel hinauf, prüfte den Stand des Mondes. »Vielleicht«, sagte er und rauchte einen Moment lang nachdenklich. »Paß auf. Wir rasten hier eine Weile und übernachten dann später irgendwo anders. Bist du nicht auch hundemüde? Möchtest du dich nicht eine Weile irgendwo hinsetzen?«

Doch, das wollte sie. Aber sie befürchtete, wenn sie sich irgendwo niedersetzte, würde sie nicht wieder aufstehen. Ihre Schulschuhe waren zum Wandern nicht sonderlich geeignet, und sie meinte, wenn ihre Füße erst einmal zum Stillstand gekommen wären, würden sie später den Dienst verweigern.

»Ich weiß nicht...« Sie fröstelte.

»Und du mußt dich dringend ein bißchen aufwärmen«, sagte er mit Entschiedenheit und zog sie weiter, den Lichtern entgegen.

Dort an der Mauer jenseits der Weide drängte sich eine große Schafherde zusammen. Nick sprach mit leiser, beruhigender Stimme, während sie sich langsam der Herde näherten. Er hielt eine Hand ausgestreckt vor sich. Willig wichen die Tiere zurück, um Nick und Maggie durchzulassen.

»Du kennst dich aus«, sagte Maggie bewundernd. »Nick, wieso weißt du immer ganz genau, was man tun muß?«

»Es sind doch nur Schafe, Mag.«

»Ja, aber du kennst dich aus. Das mag ich so an dir, Nick. Du weißt immer das Richtige.«

Er sah zu dem Bauernhaus hinüber. Es stand jenseits einer Koppel und einer weiteren Mauer. »Ja, mit Schafen kenn ich mich aus«, sagte er.

»Nicht nur mit Schafen«, erwiderte sie. »Ehrlich.«

Er duckte sich an der Mauer und schob einen Schafbock zur Seite. Maggie kauerte neben ihm nieder. Er rollte seine Zigarette zwischen seinen Fingern hin und her und holte plötzlich tief Atem, als wollte er etwas sagen. Sie wartete auf seine Worte, dann sagte sie selbst: »Was?« Er schüttelte den Kopf. Sein Haar fiel ihm über Stirn und Wange, und er konzentrierte sich einzig aufs Rauchen. Maggie umfaßte seinen Arm und lehnte sich an ihn. Es war schön hier, wo die dichte Wolle und der Atem der Tiere sie wärmten. Beinahe hätte sie sich vorstellen können, die ganze Nacht hier an dieser Stelle zu verbringen. Sie hob den Kopf.

»Die Sterne«, sagte sie. »Ich wünsch mir immer, ich wüßte ihre Namen. Aber immer kann ich nur den Polarstern finden, weil der am hellsten leuchtet. Er ist...« Sie drehte sich herum. »Er müßte doch eigentlich...« Sie runzelte die Stirn. Wenn Longridge westlich von Clitheroe lag und ein ganz klein wenig südlich, dann mußte doch der Polarstern... Wo war sein helles Licht?

»Nick«, sagte sie langsam, »ich kann den Polarstern nicht finden. Haben wir uns verirrt?«

»Verirrt?«

»Ich glaube, wir gehen in die falsche Richtung, der Polarstern ist nicht da, wo...«

»Wir können uns nicht nach den Sternen richten, Mag. Wir müssen uns nach dem Land richten.«

»Wie meinst du das? Woher weißt du denn, in welcher Richtung du dich bewegst, wenn du dich nach dem Land richtest?«

»Weil ich mich hier auskenne. Weil ich schon immer hier gelebt habe. Wir können nicht mitten in der Nacht die Berge rauf und runter klettern, und das müßten wir tun, wenn wir direkt nach Westen gehen wollten. Wir müssen um die Berge rumgehen.«

»Aber...«

Er drückte seine Zigarette an der Sohle seines Schuhs aus. Er richtete sich auf. »Komm.« Er kletterte über die Mauer und reichte ihr die Hand, um ihr zu helfen. Dann sagte er: »Wir müssen jetzt ganz leise sein. Hier gibt's bestimmt Hunde.«

Fast lautlos huschten sie über die Koppel, nur die Sohlen ihrer Schuhe knirschten leise auf dem reifbedeckten Boden. An der letzten Mauer duckte sich Nick, hob langsam den Kopf und sah sich um. Maggie beobachtete ihn von unten, in der Hocke an die Mauer gedrückt, beide Arme um ihre Knie geschlungen.

»Der Stall ist drüben auf der anderen Seite vom Hof«, sagte er. »Und alles voll Mansche, wie es aussieht. Das wird eine schöne Schweinerei. Halt dich an mir fest.«

»Gibt's Hunde?«

»Sehen kann ich keine. Aber sie sind bestimmt irgendwo.«
»Aber Nick, wenn sie bellen oder auf uns losgehen, was sollen wir dann...«
»Denk nicht drüber nach. Komm lieber jetzt.«
Er kletterte über die Mauer. Sie folgte, schrammte mit ihrem Knie über den obersten Stein und spürte, wie ihre Strumpfhose zerriß. Sie schrie leise auf bei dem plötzlichen brennenden Schmerz. Aber so ein Kratzer war jetzt wirklich Babykram. An der Mauer wuchs dichter Farn, der Boden war von Furchen durchzogen und matschig. Mit jedem Schritt sank Maggie tiefer in den Morast, spürte, wie er seitlich in ihre Schuhe quoll. »Nick, ich bleibe bei jedem Schritt kleben«, flüsterte sie. Doch da kamen schon die Hunde.

Zuerst hörten sie ihr Kläffen. Dann sahen sie von den Stallungen her drei Collies mit wütendem Gebell und gefletschten Zähnen über den Hof jagen. Nick stieß Maggie hinter sich. Keine zwei Meter von ihm entfernt kamen die Hunde rutschend zum Stehen, knurrend und kläffend, bereit, sich auf ihn zu stürzen.

Nick streckte ihnen seine Hand entgegen.

Maggie flüsterte: »Nick! Nein!« und beobachtete voller Angst das Haus. Jeden Moment würde krachend die Tür auffliegen und der Bauer selbst herausgestürmt kommen, rot im Gesicht, wütend, schimpfend. Er würde die Polizei anrufen, denn sie hatten ja hier nichts zu suchen.

Die Hunde begannen zu heulen.

»Nick!«

Nick ging in die Hocke. Er sagte: »He, kommt doch mal her, ihr ulkigen Kerle. Ihr könnt mir keine Angst machen.« Und er pfiff leise.

Es wirkte wie ein Zauber. Die Hunde wurden still, kamen näher, beschnupperten seine Hand, und schon einen Augenblick später behandelten sie ihn wie einen alten Freund. Nick streichelte sie und kraulte sie leise lachend hinter den Ohren. »Ihr tut uns nichts, hm, ihr Kerle?« Schwanzwedeln war die Antwort, und einer von ihnen leckte Nick das Gesicht. Als Nick sich aufrichtete, sprangen sie vergnügt um ihn herum und folgten ihm wie eine Eskorte in den Hof.

Maggie war voller Bewunderung. »Wie hast du das gemacht, Nick?«

Er nahm sie bei der Hand. »Es sind doch nur Hunde, Mag.«

Der alte Stall war Teil eines aus Stein erbauten länglichen Gebäudes, das dem Wohnhaus auf der anderen Seite des Hofs gegenüberstand. Er schloß direkt an ein schmales Haus an, in dessen erstem Stockwerk hinter einem Fenster mit zugezogenen Vorhängen ein Licht brannte. Früher war dies wahrscheinlich ein Getreidespeicher mit einer Wagenremise darunter gewesen. Irgendwann war der Speicher in eine Wohnung für einen Arbeiter und seine Familie umgewandelt worden. Eine Treppe führte zu einer dunkelroten Tür hinauf, über der jetzt eine einsame Glühbirne brannte. Darunter befand sich die Remise mit einem einzigen unverglasten Fenster und einem breiten Tor.

Nick blickte von der Remise zum Stall, in dem früher wohl Kühe untergebracht worden waren und der jetzt langsam verfiel. Das Mondlicht beleuchtete die Silhouette des windschiefen Dachs, die ungleichmäßige Reihe runder Fenster im Oberstock, die großen, altersschwachen Holztore. Während die Hunde schnüffelnd um sie herumstrichen, schien Nick die sich bietenden Möglichkeiten gegeneinander abzuwägen und stapfte schließlich durch den Morast auf die Remise zu.

»Sind da oben nicht Leute?« flüsterte Maggie und wies zu dem erleuchteten Fenster hinauf.

»Doch, wahrscheinlich. Wir müssen eben ganz leise sein.

Da ist es wärmer. Der Stall ist viel zu groß, und er steht genau im Wind. Komm.«

Er führte sie unter die Treppe zu der Bogentür, durch die man in die Remise gelangte. Durch ihr Fenster fiel ein Lichtschimmer von der Glühbirne über der oberen Wohnungstür. Die Hunde folgten ihnen, liefen einen Moment schnüffelnd um ein paar schmutzige alte Decken herum, die in einer Ecke auf dem Steinboden lagen, ihr Schlafquartier offenbar, traten sich scharrend ihre Kuhlen und ließen sich zum Schlaf nieder.

Die Steinwände der Remise schienen die Kälte, die von draußen hereindrang, noch zu verstärken. Maggie versuchte, sich mit dem Gedanken zu trösten, daß es genau war wie in der Hütte, in der das Jesuskind geboren war – nur waren da keine Hunde dabeigewesen, soweit sie sich erinnern konnte. Doch das merkwürdige Pfeifen und Rascheln aus den tiefen Schatten in den Ecken war ihr unheimlich.

Sie stellte fest, daß die Remise als Lager- und Abstellraum benutzt wurde. An der einen Wand waren große Säcke gestapelt, schmutzige Eimer standen daneben, Werkzeug, ein Fahrrad, ein Schaukelstuhl, dem die Sitzfläche fehlte, sowie eine Toilette, die zur Seite gekippt war. Gegenüber an der Wand stand eine völlig verstaubte Kommode. Ruckweise zog Nick die oberste Schublade des Möbels auf und sagte mit einiger Erregung in der Stimme: »He, schau dir das an, Mag. Da haben wir echt Glück gehabt.«

Sie stieg über das alte Gerümpel hinweg. Nick zog erst eine große, warme Decke, dann noch eine zweite aus der Schublade. Sie schienen sauber zu sein. Nick stieß die Schublade wieder zu. Das Holz krachte. Die Hunde hoben die Köpfe. Maggie hielt den Atem an und lauschte auf verräterische Geräusche aus der Wohnung über ihnen. Undeutlich konnte sie jemanden sprechen hören – einen Mann zuerst, dann eine

Frau, danach folgten dramatische Musik und das Krachen einer Schießerei –, aber es kam niemand.

»Das ist der Fernseher«, sagte Nick. Er machte ein Stück Boden frei, breitete die erste Decke darauf aus und faltete sie einmal zur Polsterung gegen die Härte der Steine und zum Schutz gegen die Kälte. Dann winkte er Maggie zu sich. Die zweite Decke wickelte er um sie beide herum und sagte: »Das tut's erst einmal. Ist dir schon wärmer, Mag?« Er zog sie an sich.

Ihr war tatsächlich augenblicklich wärmer, doch der frische Lavendelduft der Decke weckte Zweifel bei ihr. »Wieso heben die ihre Decken hier draußen auf? Da werden sie doch ganz feucht, oder nicht? Werden die da nicht modrig oder so was?«

»Ist doch egal. Für uns ist es jedenfalls gut, daß sie so blöd sind. Komm, leg dich hin. Tut gut, nicht? Ist dir wärmer, Mag?«

Das Rascheln und gelegentliche Pfeifen in den Ecken schien ihr jetzt, da sie unten auf dem Boden lag, lauter zu sein. Sie kuschelte sich dichter an Nick und sagte: »Was sind das für Geräusche?«

»Hab ich dir doch schon gesagt. Der Fernseher.«

»Nein, ich mein die anderen – das da, hast du's gehört?«

»Ach, das! Ratten wahrscheinlich.«

Sie fuhr in die Höhe. »Ratten! Nick, nein! Ich kann nicht – bitte – ich hab Angst... Nick!«

»Pscht. Die tun dir doch nichts. Komm, leg dich wieder hin.«

»Aber Ratten beißen doch. Und wenn sie einen beißen, stirbt man. Und ich...«

»Wir sind doch viel größer als sie. Die haben mehr Angst als wir. Die kommen bestimmt nicht in unsere Nähe.«

»Aber meine Haare...Ich hab mal gelesen, daß sie Haare sammeln und daraus ihre Nester bauen.«

»Ich paß schon auf, daß sie dir nicht zu nahe kommen.« Er

zog sie wieder zu sich hinunter und legte sich auf seine Seite. »Leg deinen Kopf auf meinen Arm«, sagte er. »Meinen Arm klettern sie bestimmt nicht rauf. Mensch, Mag, du zitterst ja. Komm her. Rück näher an mich ran. Du brauchst keine Angst zu haben.«

»Aber wir bleiben nicht lange hier?«

»Nur zum Verschnaufen.«

»Versprichst du's mir?«

»Ja, ich versprech's dir. Komm schon. Es ist kalt.« Er öffnete den Reißverschluß seiner Bomberjacke und hielt sie auf. »Hier. Doppelte Wärme.«

Mit einem furchtsamen Blick in die Schatten, wo die Ratten zwischen den Säcken umherhuschten, legte sie sich auf der Decke nieder und kuschelte sich in Nicks Bomberjacke. Sie war steif vor Kälte und Angst. Gewiß, die Hunde hatten niemanden aufgeschreckt, aber wenn der Bauer vor dem Zubettgehen noch eine letzte Runde auf dem Hof machte, würde er sie wahrscheinlich finden.

Nick gab ihr einen Kuß auf den Kopf. »Okay?« fragte er. »Wir bleiben nicht lange. Wir ruhen uns nur ein Weilchen aus.«

»Okay.«

Sie schlang ihre Arme um ihn und ließ sich wärmen. Sie zwang sich, nicht an die Ratten zu denken, sondern stellte sich vor, sie wären zusammen in ihrer ersten gemeinsamen Wohnung. Es wäre ihre erste richtige gemeinsame Nacht, so ähnlich wie eine Hochzeitsnacht. Und am Fuß des Bettes läge Punkin. Er würde es natürlich tun wollen – er würde es immer tun wollen –, und sie würde es auch immer tun wollen. Weil es so ein schönes, warmes Gefühl war.

»Mag«, sagte Nick, »hör auf. Lieg still.«

»Ich tu doch gar nichts.«

»Doch, tust du schon.«

»Ich wollte nur ein bißchen näher ran. Es ist kalt. Du hast gesagt...«

»Es geht jetzt nicht. Hier nicht. Okay?«

Sie drückte sich an ihn. Sie konnte spüren, daß er wollte, obwohl er das Gegenteil behauptet hatte. Sie schob ihre Hand zwischen ihre beiden Körper.

»Mag!«

»Es ist so schön warm«, flüsterte sie und rieb, so wie er es ihr beigebracht hatte.

»Mag, ich hab nein gesagt«, flüsterte er scharf.

»Aber du magst es doch, oder nicht?« Sie drückte. Sie ließ wieder los.

»Mag! Hör endlich auf!«

Sie streichelte und liebkoste.

»Nein! Verdammt noch mal! Mag, laß das doch!«

Sie zuckte zurück, als er ihre Hand wegschlug, und die Tränen schossen ihr in die Augen. »Ich wollte doch nur...« Das Atmen tat ihr weh. »Es war doch schön, oder nicht? Ich wollte es dir doch nur schön machen.«

Im dämmrigen Licht sah er aus, als täte ihm innerlich etwas weh. Er sagte: »Ja, es ist schön. Du bist lieb, Mag. Aber wenn du das tust, dann möchte ich es mit dir tun, und das geht jetzt nicht. Wir können jetzt nicht. Okay. Leg dich doch hin.«

»Ich wollte doch nur, daß wir einander ganz nah sind.«

»Wir sind einander nah, Mag. Komm jetzt. Komm, ich nehm dich in die Arme.« Behutsam zog er sie wieder zu sich herunter. »Es ist doch auch so schön, wenn wir einfach so hier liegen, du und ich.«

»Aber ich wollte doch nur...«

»Ist ja gut. Es macht doch nichts.« Er öffnete ihren Mantel und legte seinen Arm um sie. »Es ist schön, einfach so«, flüsterte er, seinen Mund an ihrem Haar. Er schob seine Hand auf ihren Rücken und begann sie zu streicheln.

»Aber ich wollte doch nur...«

»Sch. Schau, ist es nicht auch so schön? Wenn wir uns einfach nur in den Armen halten? So?« Seine Finger zogen lange, langsame Kreise auf ihrem Rücken und blieben schließlich in ihrem Kreuz liegen, wo sie einen sanften Druck ausübten, der sie völlig entspannte. Behütet und geliebt glitt sie schließlich in den Schlaf.

Die Hunde weckten sie. Die Tiere waren auf den Beinen, rannten schnüffelnd herum und schossen beim Geräusch eines Autos, das in den Hof fuhr, zur Tür hinaus. Als sie anfingen zu bellen, war Maggie bereits hellwach, hatte sich aufgesetzt und sah, daß sie allein auf der Decke war. Sie zog die andere Decke um sich herum und flüsterte erschrocken: »Nick!« Er trat aus der Dunkelheit beim Fenster. Das Licht im ersten Stock brannte nicht mehr. Sie hatte keine Ahnung, wie lange sie geschlafen hatte.

»Es ist jemand hier«, sagte er ganz überflüssigerweise.

»Polizei?«

»Nein.« Er blickte zum Fenster zurück. »Ich glaub, es ist mein Vater.«

»Dein Vater? Aber wie –«

»Keine Ahnung. Komm her. Sei leise.«

Sie raffte die Decken zusammen und schlich zum Fenster. Die Hunde machten ein Spektakel, das Tote aufgeweckt hätte, und draußen gingen Lichter an.

»He, hallo! Das reicht!« rief jemand unwirsch. Die Hunde blafften noch ein paarmal, dann waren sie still. »Was ist los? Wer ist da?«

Jemand watete durch den Schlamm im Hof. Dann wurde gesprochen. Maggie versuchte, etwas zu hören, aber die Stimmen waren leise. Eine Frau, die weiter entfernt zu sein schien, sagte gedämpft: »Ist es Frank?«, und ein Kind rief: »Mami, ich will schauen.«

Maggie zog die Decke fester um sich. Sie klammerte sich an Nick. »Wo können wir jetzt hin? Nick, wenn wir abhauen?«
»Sei leise. Er müßte eigentlich – ach, verdammt.«
»Was denn?«
Aber sie hörte es selbst: »Kann ich mich vielleicht mal kurz umsehen?«
»Natürlich. Es sind also zwei?«
»Ja, ein Junge und ein Mädchen. Sie haben wahrscheinlich ihre Schuluniformen an. Und der Junge trägt möglicherweise eine Bomberjacke.«
»Von den beiden hab ich keine Spur gesehen. Aber wer weiß. Ich zieh mir nur schnell meine Stiefel über, dann können wir ja mal schauen. Taschenlampe?«
»Ich hab eine, danke.«
Schritte entfernten sich in Richtung Stall. Maggie packte Nick bei der Jacke. »Komm, Nick, hauen wir ab. Jetzt gleich. Wir können zur Mauer rennen. Wir können uns auf der Weide verstecken. Wir können...«
»Und die Hunde?«
»Was?«
»Die laufen uns bestimmt nach und verraten uns. Außerdem hat der andere Mann gesagt, daß er beim Suchen mithilft.« Nick wandte sich vom Fenster ab und sah sich in der Remise um. »Wir müssen uns hier verstecken. Das ist unsere einzige Hoffnung.«
»Hier? Wo denn?«
»Wir schieben die Säcke weg und hocken uns hinter sie.«
»Aber die Ratten!«
»Das ist nicht zu ändern. Komm. Du mußt mir helfen.«
Der Bauer ging hinter Nicks Vater her über den Hof, als sie die Decken hinwarfen und darangingen, die Säcke von der Wand wegzuziehen. Sie hörten, wie Nicks Vater rief: »Im Stall ist nichts«, und der andere Mann sagte: »Dann schauen

wir doch mal da in der Remise nach.« Der Klang ihrer sich nähernden Schritte trieb Maggie, wie eine Wahnsinnige an den Säcken zu zerren, bis sie einige so weit von der Wand weggebracht hatte, daß dahinter eine Höhle entstanden war. Sie war hineingekrochen – und Nick ebenfalls –, als der Lichtstrahl einer Taschenlampe durch das Fenster fiel.

»Da scheint nichts zu sein«, sagte Nicks Vater.

Ein zweiter Lichtstrahl gesellte sich zum ersten; es wurde heller in der Remise. »Hier drinnen schlafen die Hunde. Ich glaub nicht, daß ich zu denen reingehen würde, wenn ich ausreißen wollte.« Er schaltete seine Taschenlampe aus. Maggie atmete auf. Sie hörte Schritte. Dann: »Aber vielleicht sollten wir uns trotzdem noch mal genauer umschauen«, und das Licht erschien wieder, heller, von der Tür her kommend.

Das Winseln eines Hundes begleitete das Klatschen nasser Stiefel auf dem Fußboden. Krallen schlugen klappernd gegen den Stein. »Nein«, hauchte Maggie in lautloser Verzweiflung und fühlte, daß Nick näher an sie heranrückte.

»Hier haben wir was«, sagte der Bauer. »Da war jemand an der Kommode.«

»Gehören die Decken da auf den Boden?«

»Bestimmt nicht.« Der Lichtstrahl wanderte durch den ganzen Raum, von den Ecken zur Decke. Er huschte über die ausrangierte Toilette und streifte über den Staub auf dem Schaukelstuhl. Auf den Säcken kam er zur Ruhe und beleuchtete die Wand über Maggies Kopf. »Aha«, sagte der Bauer. »Da haben wir's. Heraus mit euch, ihr beiden. Los, kommt sofort heraus, sonst schick ich euch die Hunde, die werden euch schon Beine machen.«

»Nick?« sagte Frank Ware. »Bist du's, mein Junge? Ist das Mädchen bei dir? Komm jetzt raus da. Na los, wird's bald.«

Maggie stand zuerst auf, zitternd, ins Licht blinzelnd. Sie wollte sagen, bitte seien Sie Nick nicht böse, Mr. Ware. Er wollte mir doch nur helfen, aber statt dessen begann sie zu weinen und konnte immer nur denken, schickt mich bitte nicht nach Hause, ich will nicht nach Hause.

Frank Ware sagte: »Was, in Gottes Namen, hast du dir dabei gedacht, Nick? Los, raus mit dir. Versohlen sollte ich dich. Ist dir eigentlich klar, was für eine Angst deine Mutter um dich hat, Junge?«

Nick drehte den Kopf, die Augen gegen das Licht zusammengekniffen, mit dem ihm sein Vater ins Gesicht leuchtete. »Tut mir leid«, sagte er.

Frank Ware räusperte sich. »Na, so billig kommst du mir nicht weg. Ist dir eigentlich klar, daß ihr hier unbefugt eingedrungen seid? Ist dir klar, daß diese Leute euch die Polizei auf den Hals hetzen können? Was hast du dir bloß dabei gedacht? Ich hätte dich für vernünftiger gehalten. Und was hattest du mit der Kleinen vor?«

Nick schwieg.

»Du starrst vor Dreck.« Frank Ware ließ den Lichtstrahl an Nick hinauf- und hinunterwandern. »Allmächtiger, wie du aussiehst! Wie ein Landstreicher.«

»Nein, bitte!« rief Maggie und rieb sich die nasse Nase am Mantelärmel trocken. »Es ist nicht Nicks Schuld. Es ist meine Schuld. Er wollte mir nur helfen.«

Frank Ware räusperte sich wieder und schaltete die Taschenlampe aus. Der Bauer tat es ihm nach. Er war etwas abseits stehengeblieben, hatte zwar das Licht auf sie gerichtet, selbst jedoch zum Fenster rausgesehen. Als Frank Ware sagte: »Hinaus ins Auto mit euch beiden«, hob der Bauer die beiden Decken vom Boden auf und folgte ihnen nach draußen.

Die Hunde strichen um Frank Wares alten Nova herum, schnupperten an den Reifen und am Boden darunter. Am Haus brannte die Außenbeleuchtung, und in ihrem Licht konnte Maggie zum erstenmal sehen, wie ihre Kleider zugerichtet waren: schmutzig, zerknittert, schlammverkrustet. An manchen Stellen waren Flechten von den Mauern hängengeblieben, über die sie hinweggeklettert waren. An ihren Schuhen klebte der Lehm in Klumpen, aus denen Farn und Stroh heraushingen. Bei diesem Anblick brach sie von neuem in Tränen aus. Was hatte sie sich nur gedacht? Wohin hatte sie in diesem Zustand gehen wollen? Ohne Geld, ohne Kleider, ohne einen Plan. Was hatte sie sich nur gedacht?

Sie umklammerte Nicks Arm, als sie zum Wagen gingen, und sagte schluchzend: »Es tut mir leid, Nick. Es ist meine Schuld. Ich sag's deiner Mutter. Du wolltest ja gar nichts Böses tun. Ich erklär's ihr. Ganz bestimmt.«

»Steigt ein«, sagte Frank Ware barsch. »Wir können uns später darüber unterhalten, wer schuld ist.« Er öffnete die Tür auf der Fahrerseite und sagte zu dem Bauern: »Ich bin Frank Ware. Ich bin auf der Skelshaw Farm in Richtung Winslough zu erreichen. Meine Nummer steht im Telefonbuch, falls die beiden hier irgendwelchen Schaden angerichtet haben sollten.«

Der Bauer nickte, sagte aber nichts. Er trat von einem Fuß auf den anderen und machte den Eindruck, als wünschte er, sie würden endlich abfahren. »Los, raus aus dem Dreck«, rief er den Hunden zu, als sich die Tür des Wohnhauses öffnete. Ein kleines Mädchen von vielleicht sechs Jahren stand im Nachthemd im Licht. Sie lachte und winkte und rief: »Hallo, Onkel Frank. Darf Nick heute bei uns schlafen? Bitte, erlaub's ihm doch.« Ihre Mutter kam hastig zur Tür und zog sie mit einem erschrockenen und entschuldigenden Blick zum Auto wieder ins Haus.

Maggie blieb stehen. Sie sah Nick an. Sie blickte von ihm zu seinem Vater und dann zu dem Bauern. Zuerst sah sie die Ähnlichkeit – der gleiche Haaransatz, auch wenn die Haarfarbe nicht stimmte; der gleiche Höcker auf der Nase; die gleiche Kopfhaltung. Dann begriff sie den Rest – die Hunde, die Decken, Nicks Vorschlag, in dieser Richtung zu gehen, sein Bestehen darauf, genau auf diesem Hof Rast zu machen. Und als sie aufgewacht war, hatte er am Fenster gestanden und gewartet...

In ihrem Inneren wurde es so still, daß sie zuerst glaubte, ihr Herz hätte aufgehört zu schlagen. Ihr Gesicht war immer noch naß, aber die Tränen versiegten. Sie stolperte einmal auf dem glitschigen Boden, hielt sich am Türgriff des Nova fest und spürte, wie Nick ihren Arm nahm. Wie aus weiter Ferne hörte sie ihn ihren Namen sagen. Sie hörte, wie er sagte: »Bitte, Mag. Hör mir zu. Ich hab nicht gewußt, was ich sonst...«, dann verschwamm alles in ihrem Kopf, und sie konnte den Rest nicht mehr hören. Sie stieg hinten ins Auto. Direkt in ihrem Blickfeld lag unter einem Baum ein Stapel alter Dachschindeln, und auf sie konzentrierte sie ihre Aufmerksamkeit. Sie waren groß, viel größer als sie gedacht hatte, und sie sahen aus wie Grabsteine. Sie zählte sie langsam, eins, zwei, drei, und war über zehn hinaus, als sie merkte, wie der Wagen sich neigte, als Frank Ware einstieg. Dann rutschte Nick neben sie auf den Rücksitz. Sie spürte, daß er sie ansah, aber das war ohne Bedeutung. Sie zählte weiter – vierzehn, fünfzehn, sechzehn. Wieso hatte Nicks Onkel so viele Dachschindeln? Und warum hob er sie unter dem Baum auf? Siebzehn, achtzehn, neunzehn.

Nicks Vater kurbelte sein Fenster herunter. »Danke, Kev«, sagte er leise. »Denk dir jetzt bloß nichts.«

Der andere Mann kam zum Wagen und lehnte sich dagegen. Er richtete das Wort an Nick. »Tut mir leid, Junge«, sagte er. »Wir kriegten die Kleine nicht ins Bett, als sie hörte, daß du kommen würdest. Sie hat dich einfach so gern.«

»Ist schon okay«, sagte Nick.

Sein Onkel nickte kurz und trat vom Wagen zurück. »He, ihr ulkigen Kerle«, rief er den Hunden zu. »Macht, daß ihr da wegkommt.«

Der Wagen setzte sich schlingernd in Bewegung, drehte und fuhr zur Straße hinaus. Frank Ware schaltete das Radio ein. »Was wollt ihr hören, Kinder?« fragte er freundlich, aber Maggie schüttelte nur den Kopf und sah zum Fenster hinaus, und Nick sagte: »Irgendwas, Dad. Es ist ganz egal.« Die Wahrheit dieser Worte traf Maggie eiskalt. Nick berührte vorsichtig ihre Hand. Sie zuckte zurück.

»Es tut mir leid«, sagte er leise. »Ich hab nicht gewußt, was ich sonst tun sollte. Wir hatten doch kein Geld. Und wir wußten nicht, wohin. Ich hab einfach nicht gewußt, wie ich richtig für dich sorgen kann.«

»Aber du hast gesagt, du würdest für mich sorgen«, sagte sie tonlos. »Gestern abend. Da hast du's gesagt.«

»Aber ich hab doch nicht gedacht, daß es so...« Sie sah, wie seine Hand sich um sein Knie legte. »Mag, hör mir doch mal zu. Ich kann nicht richtig für dich sorgen, wenn ich nicht zur Schule geh. Ich möchte Tierarzt werden. Ich muß erst die Schule machen, danach können wir für immer zusammensein. Aber ich muß...«

»Du hast gelogen.«

»Hab ich nicht.«

»Du hast deinen Vater von Clitheroe aus angerufen, als du weggegangen bist, um was zu essen zu kaufen. Du hast ihm gesagt, wo er uns finden kann. Stimmt's oder nicht?«

Er sagte nichts, das war Bestätigung genug. Die nächtliche Landschaft glitt am Fenster vorbei. Steinmauern wichen den kahlen Gerippen von Hecken. Äcker und Weiden wichen wildem Land. Hinter dem Hochmoor erhoben sich wie Lancashires dunkle Wächter die Fells zum Himmel.

Frank Ware hatte die Heizung eingeschaltet, aber Maggie

war nie in ihrem Leben so kalt gewesen. Ihr war kälter als am Nachmittag, als sie über die Felder gelaufen waren, kälter als auf dem Steinboden der Remise. Ihr war kälter als am vergangenen Abend in Josies Versteck, als Nick auf ihr gelegen und sie mit Versprechen, die nichts bedeuteten, gewärmt hatte.

Es endete dort, wo es angefangen hatte, bei ihrer Mutter. Als Frank Ware in den Hof von Cotes Hall hineinfuhr, ging die Tür des Verwalterhauses auf, und Juliet Spence kam heraus. Maggie hörte, wie Nick drängend flüsterte: »Mag! Warte!«, aber sie stieß die Wagentür auf. Der Kopf war ihr so schwer, daß sie ihn nicht heben konnte. Und gehen konnte sie auch nicht.

Sie hörte, wie ihre Mutter sich näherte. Sie hörte das Klappern ihrer Stiefel auf den Pflastersteinen. Sie wartete. Worauf, wußte sie nicht. Auf den Zorn, die Vorhaltungen, die Strafe: es spielte keine Rolle. Was auch immer, es konnte sie nicht berühren. Nichts würde sie je wieder berühren.

Juliet sagte in seltsam ungläubigem Ton: »Maggie?«

Frank Ware redete. Maggie hörte Satzfetzen wie »zu seinem Onkel mitgenommen... Ganz hübscher Marsch... Wahrscheinlich hungrig... todmüde... diese jungen Leute. Manchmal weiß man wirklich nicht, was man von ihnen...«

Juliet räusperte sich und sagte: »Ich danke Ihnen vielmals. Ich weiß nicht, was ich getan hätte, wenn... Vielen Dank noch einmal, Frank.«

»Ich glaube nicht, daß sie es bös gemeint haben«, sagte Frank Ware.

»Nein«, antwortete Juliet. »Nein, sicher nicht.«

Der Wagen stieß zurück, wendete, fuhr davon. Immer noch hielt Maggie den Kopf gesenkt. Noch drei klappernde Schritte, und sie konnte die Stiefelspitzen ihrer Mutter sehen.

»Maggie.«

Sie konnte nicht aufsehen. Sie war bleischwer. Sie spürte eine zarte Berührung auf ihrem Haar und zog sich furchtsam vor ihr zurück.

»Was ist?« Die Stimme ihrer Mutter klang verwirrt. Mehr als verwirrt, sie klang ängstlich.

Maggie konnte nicht verstehen, wie das hatte geschehen können, denn wieder hatten sich die Machtverhältnisse geändert, und noch dazu das Schlimmste war geschehen: Sie war allein mit ihrer Mutter, ohne eine Möglichkeit, entkommen zu können. Verzweifelt kämpfte sie gegen die Tränen an.

Juliet trat zurück. »Komm mit rein, Maggie«, sagte sie. »Es ist kalt. Du zitterst.« Sie ging zum Haus.

Maggie hob den Kopf. Sie trieb im Nichts. Nick war fort, und ihre Mutter entfernte sich von ihr. Nichts war mehr da, an dem man sich festhalten konnte. Das Schluchzen brach sich Bahn. Ihre Mutter blieb stehen.

»Sprich mit mir«, sagte Juliet. Ihre Stimme schwankte. Sie klang verzweifelt. »Du mußt mit mir reden. Du mußt mir sagen, was passiert ist. Du mußt mir sagen, warum du weggelaufen bist. Solange du nicht mit mir sprichst, können wir keine Lösung finden.«

Sie standen weit auseinander, Juliet auf der Türschwelle, Maggie im Hof. Maggie war es, als trennten sie Meilen. Sie wollte näher kommen, aber sie wußte nicht, wie. Sie konnte das Gesicht ihrer Mutter nicht klar genug erkennen, um festzustellen, was sie erwartete. Sie wußte nicht, ob das Zittern in der Stimme ihrer Mutter Schmerz oder Wut war.

»Maggie, Liebling. Bitte.« Juliets Stimme brach. »Sprich mit mir. Ich bitte dich.«

Die Qual ihrer Mutter – sie schien so echt – riß ein kleines Loch in Maggies Herz. Sie sagte mit einem Schluchzen: »Nick hat versprochen, daß er für mich sorgen würde, Mom. Er hat gesagt, daß er mich liebt. Er hat gesagt, ich wäre was Besonderes, wir wären beide was Besonderes, aber er hat gelogen, und dann hat er seinen Vater angerufen, damit der uns holt, und hat mir gar nichts davon gesagt, und ich hab die ganze Zeit geglaubt...« Sie weinte. Sie wußte schon längst nicht mehr, was die eigentliche Quelle ihres Kummers war. Außer daß sie nicht wußte, wohin, und keinen Menschen hatte, dem sie vertrauen konnte. Obwohl sie doch so dringend jemanden brauchte, einen Anker, ein Zuhause.

»Ach, das tut mir leid, meine Kleine.«

So viel Güte in diesen wenigen Worten. Diesen Klang in den Ohren, war es leichter fortzufahren.

»Er hat so getan, als könnte er die Hunde zähmen, als hätte er die Decken ganz zufällig gefunden und...« Die ganze Geschichte sprudelte heraus. Von dem Polizeibeamten aus London, dem Tuscheln, dem Flüstern, dem Klatsch. Und schließlich: »Und da hatte ich eben Angst.«

»Wovor?«

Maggie konnte es nicht in Worte fassen. Sie stand im Hof, und der Nachtwind pfiff durch ihre schmutzigen Kleider, und sie konnte nicht vor und nicht zurück. Weil es kein Zurück gab, wie sie sehr wohl wußte. Und weil Vorwärtsgehen Vernichtung bedeutete.

Aber offenbar brauchte sie nirgendwohin zu gehen, denn Juliet sagte: »Mein Gott, Maggie«, und schien schon alles zu wissen. Sie sagte: »Wie konntest du je glauben... Du bist mein Leben. Du bist alles, was ich habe. Du bist...« Den Kopf zum Himmel erhoben, die Fäuste auf ihre Augen gedrückt, lehnte sie sich an den Türpfosten. Sie begann zu weinen.

Es war ein schreckliches Geräusch, als risse ihr jemand die Eingeweide heraus. Es war leise und häßlich. Es machte ihren Atem stocken. Es klang wie Sterben.

Nie zuvor hatte Maggie ihre Mutter weinen sehen. Es

machte ihr angst. Sie starrte ihre Mutter an und wartete, die Hände in ihren Mantel gekrallt, denn ihre Mutter war doch die Starke, war die, die immer wußte, was zu tun war. Aber jetzt erkannte Maggie, daß ihre Mutter im Schmerz gar nicht so anders war als sie. Sie ging zu ihr. »Mom?«

Juliet schüttelte den Kopf. »Ich kann es jetzt nicht wiedergutmachen. Ich kann nichts ändern. Jetzt nicht. Das schaff ich nicht. Bitte mich nicht darum.« Mit einer heftigen Bewegung wandte sie sich vom Türpfosten ab und ging ins Haus. Wie betäubt folgte Maggie ihr in die Küche und sah, wie sie sich an den Tisch setzte und ihr Gesicht in die Hände vergrub.

Maggie wußte nicht, was sie tun sollte, deshalb setzte sie Wasser auf und huschte in der Küche umher, um den Tee zu richten. Als sie ihn fertig hatte, hatte Juliet aufgehört zu weinen, aber im harten Licht der Deckenlampen sah sie alt und krank aus. Ihre Augen waren von Falten umgeben. Ihr Gesicht war grau, voll roter Flecken. Das Haar hing ihr strähnig um das Gesicht. Sie nahm eine Papierserviette aus dem Metallständer und schneuzte sich damit. Sie nahm noch eine und tupfte sich das Gesicht ab.

Das Telefon läutete. Maggie rührte sich nicht. Ihre Mutter stand auf und hob den Hörer ab. Sie sprach kurz und emotionslos. »Ja, sie ist hier... Frank Ware hat sie gefunden... Nein... Nein... Ich – ich glaube nicht, Colin... Nein, heute abend nicht.« Langsam legte sie den Hörer wieder auf und ließ die Hand wie bei einem Tier, dessen Ängste man zu beruhigen versucht, darauf liegen. Einen Moment lang tat sie nichts, als das Telefon anzustarren, und Maggie starrte sie an, dann ging sie zum Tisch zurück und setzte sich wieder.

Maggie brachte ihr den Tee. »Kamille«, sagte sie. »Hier, Mom.«

Maggie schenkte ein. Sie verschüttete etwas von dem Tee

und griff hastig nach einer Serviette, um es aufzuwischen. Ihre Mutter faßte sie am Handgelenk.

»Setz dich«, sagte sie.

»Willst du nicht...«

»Setz dich.«

Maggie setzte sich. Juliet nahm die Teetasse von der Untertasse und umschloß sie mit beiden Händen. Sie blickte in den Tee, während sie langsam die Tasse drehte. Ihre Hände wirkten jetzt kräftig, ruhig und sicher.

Maggie wußte, daß gleich etwas sehr Bedeutsames geschehen würde. Sie fühlte es. Es lag in der Luft und in dem Schweigen zwischen ihnen. Der Kessel zischte auf dem Herd noch immer leise vor sich hin, und der Herd knackte, während er langsam abkühlte. Die Geräusche verhallten als Hintergrundmusik, als ihre Mutter den Kopf hob und sagte: »Ich erzähle dir jetzt von deinem Vater.«

23

Polly streckte sich in der Wanne aus. Sie wollte spüren, wie sich die Wärme zwischen ihren Beinen ausbreitete, während sie langsam tiefer sank, doch statt dessen schrie sie auf und drückte hastig die Augen zu. Sie merkte, wie das Negativbild ihres Körpers langsam auf der Innenseite ihrer Augenlider verblaßte. Winzige rote Pünktchen verdrängten es. Dann wurde alles schwarz. Das war es, was sie wollte, das Schwarz. Sie brauchte die Schwärze hinter ihren Augenlidern, sie brauchte sie in ihrem Kopf.

Sie hatte jetzt stärkere Schmerzen als am Nachmittag im Pfarrhaus. Ihr ganzer Körper tat ihr so weh, als hätte man sie aufs Rad gespannt. Es war ein Gefühl, als wären sämtliche Muskeln und Sehnen ihres Unterleibs gerissen, als wäre sie bis auf die Knochen geprügelt worden. Ein ziehender Schmerz pochte in ihrem Rücken und ihrem Nacken. Aber dieser Schmerz würde mit der Zeit nachlassen. Der andere Schmerz jedoch, der würde wohl niemals vergehen.

Wenn sie nur die Schwärze sah, würde sie sein Gesicht nicht mehr sehen müssen: die hochgezogenen Lippen, die entblößten Zähne, die Augen, die wie Schlitze waren. Wenn sie nur die Schwärze sah, würde sie nicht sehen müssen, wie er hinterher schwankend und keuchend aufstand und sich mit dem Handrücken über den Mund wischte, um ihren Geschmack zu beseitigen. Sie würde nicht sehen müssen, wie er an die Wand gelehnt seine Kleider in Ordnung brachte. Aber das andere würde sie natürlich dennoch aushalten müssen. Diese heisere, gemeine Stimme, die ihr klargemacht hatte, daß sie der letzte Dreck für ihn war. Die Roheit und die Gewalt und die Grausamkeit, mit der er sie gezüchtigt hatte. Damit würde sie leben müssen. Es gab kein Mittel, dies zu vergessen, auch wenn sie sich das noch so sehr wünschte.

Das Schlimmste an allem war, zu wissen, daß sie das, was Colin ihr angetan hatte, verdient hatte. Schließlich wurde ihr Leben von den Gesetzen des Kults regiert, und sie hatte das wichtigste verletzt: *Acht Worte erfüllen der Göttin Gebot/Wenn es nicht schadet, tut, was ihr wollt.*

Damals, vor Jahren, hatte sie sich eingeredet, sie zöge den magischen Kreis, um Annie zu helfen. In Wirklichkeit jedoch hatte sie die ganze Zeit tief in ihrem Inneren geglaubt – und gehofft –, daß Annie sterben würde und daß ihr Tod ihr – Polly – Colin in seinem Schmerz, den er mit einem Menschen würde teilen wollen, der seine Frau gekannt hatte, näherbringen würde. Und daraus wiederum, hatte sie geglaubt, würde Liebe entstehen, die ihn schließlich vergessen lassen würde. Mit diesem Ziel im Auge – das sie edel, selbstlos und gut nannte – begann sie, Venus zu huldigen. Es spielte keine

Rolle, daß sie sich dieser Göttin erst zugewandt hatte, als Annie schon beinah ein Jahr tot gewesen war. Die Göttin ließ sich nicht täuschen. Sie sah den Menschen tief in die Seele hinein. Die Göttin hatte das Gebet gehört: *O Göttin, aller Himmel Zier/sende Colin voll der Liebe zu mir,* und erinnerte sich, wie drei Monate vor Annie Shepherds Tod deren Freundin Polly Yarkin – mit wunderbaren Kräften begabt, da sie das Kind einer Hexe war, im magischen Kreis gezeugt – aufgehört hatte, der Sonne zu huldigen, und sich statt dessen an Saturn gewandt hatte. Schwarz gekleidet und in Wolken duftenden Weihrauchs gehüllt, hatte Polly Eichenholz verbrannt und um Annies Tod gebetet. Sie hatte sich eingeredet, das Ende eines Lebens, wenn das erduldete Leiden lang und schwer gewesen sei, könnte sogar ein Segen sein. So hatte sie das Böse gerechtfertigt und dabei doch die ganze Zeit gewußt, daß die Göttin Böses nicht ungestraft lassen würde.

Heute nun hatte die Göttin ihren Zorn auf sie herabgelassen. Und sie hatte Polly auf eine Weise gestraft, die genau der begangenen Sünde entsprach: Sie hatte Colin nicht in Liebe gesandt, sondern in Lüsternheit und Gewalt und so den Zauber in dreifacher Stärke gegen die Urheberin gewendet. Wie einfältig, auch nur einen Moment lang zu glauben, Juliet Spence sei die von der Göttin gewollte Strafe. Colin und Juliet zusammen sehen und erkennen zu müssen, was sie einander waren, das war nichts weiter gewesen als ein Vorgeschmack der wahren Demütigung.

Jetzt war es vorbei. Schlimmeres konnte ihr nicht widerfahren, es sei denn der Tod. Und da sie schon jetzt halbtot war, erschien ihr selbst der nicht mehr so schrecklich.

»Polly? Herzenskind? Was treibst du eigentlich?«

Polly öffnete die Augen und stand so schnell auf, daß das Wasser über den Badewannenrand schwappte. Sie starrte auf die Badezimmertür. Dahinter konnte sie den pfeifenden Atem ihrer Mutter hören. Rita stieg die Treppe im allgemeinen nur einmal am Tag hinauf – um zu Bett zu gehen –, und da sie niemals vor Mitternacht nach oben kam, hatte Polly angenommen, sie wäre sicher, als sie bei ihrer Heimkehr gerufen hatte, sie wolle kein Abendessen, und gleich ins Badezimmer hinaufgelaufen war. Jetzt antwortete sie nicht. Sie griff nach einem Badetuch. Wieder schwappte Wasser über den Rand.

»Polly! Sitzt du denn immer noch in der Wanne? Hab ich das Wasser nicht lang vor dem Essen laufen hören?«

»Ich bin eben erst rein, Rita.«

»Eben erst? Ich hab doch das Wasser laufen hören, gleich nachdem du nach Hause kamst. Das war vor mehr als zwei Stunden. Also sag schon, was ist los, Herzenskind?« Rita kratzte mit ihren langen Fingernägeln an der Tür. »Polly?«

»Nichts.« Polly wickelte sich in das Badetuch und stieg aus der Wanne. Es kostete sie Anstrengung, die Beine zu heben.

»Mach mir doch nichts vor! Hygiene in allen Ehren, aber du treibst's mir schon ein bißchen weit. Los, was gibt's? Machst du dich vielleicht für irgendeinen Kerl schön, der heut nacht bei dir einsteigen will? Triffst du dich mit einem? Willst du ein paar Spritzer von meinem Parfum?«

»Ich bin ganz einfach müde. Ich geh schlafen. Geh du wieder runter zum Fernseher, einverstanden?«

»Nein.« Sie klopfte von neuem. »Was ist denn nur los? Geht's dir nicht gut?«

Polly rubbelte sich die Beine mit dem Badetuch. »Mir geht's gut, Rita.« Sie versuchte, sich den Umgangston ins Gedächtnis zu rufen, der zwischen ihr und ihrer Mutter üblich war, um ihr möglichst normal zu antworten. War sie schon leicht gereizt durch Ritas Fragen? Zeigte ihre Stimme Ungeduld? Sie konnte sich nicht erinnern. Sie entschied sich für ruhige Freundlichkeit. »Geh ruhig wieder runter. Läuft jetzt nicht gerade deine Krimiserie? Schneid dir doch ein Stück von dem Kuchen ab. Und mir auch gleich eins, und laß es mir auf der Arbeitsplatte stehen.«

Sie wartete auf eine Antwort, das Schlurfen und Keuchen, das Ritas Abgang begleiten würde, aber aus dem Flur war kein Laut zu hören. Mißtrauisch beobachtete Polly die Tür. Dort, wo ihre Haut feucht und unbedeckt war, war ihr kalt, aber sie hätte es jetzt nicht geschafft, das Badetuch abzunehmen, um ihren restlichen Körper abzutrocknen, und ihn dabei erneut ansehen zu müssen.

»Kuchen?« sagte Rita endlich.

»Ich eß vielleicht auch ein Stück.«

Der Türknauf klapperte. Ritas Stimme war scharf. »Mach auf, Kind. Du hast seit fünfzehn Jahren keinen Kuchen mehr gegessen. Da stimmt doch was nicht, und ich möchte wissen, was los ist.«

»Rita...«

»Wir machen hier keine Versteckspiele, Herzenskind. Wenn du nicht vorhast, aus dem Fenster zu klettern, machst du die Tür am besten gleich auf, weil ich hier nämlich so lange stehenbleiben werde, bis du rauskommst.«

»Bitte. Es ist nichts.«

Das Klappern des Türknaufs wurde lauter. Die Tür selbst wackelte scheppernd. »Muß ich vielleicht erst die Polizei holen?« fragte Rita. »Ich kann ihn jederzeit anrufen, das weißt du wohl. Aber ich hab so das Gefühl, es wär dir lieber, ich tu das nicht.«

Polly nahm den Bademantel vom Haken und sperrte die Tür auf. Sie zog den Bademantel über und war gerade dabei, den Gürtel zu verknoten, als ihre Mutter die Tür aufdrückte. Hastig wandte Polly sich ab und zog den Gummi aus ihrem Haar, um es nach vorn fallen zu lassen.

»Er war übrigens heute hier, der ehrenwerte Mr. C. Shepherd«, bemerkte Rita. »Angeblich hat er Werkzeug gesucht, um die Tür von unserem Geräteschuppen zu reparieren. Wirklich ein netter Kerl, unser Dorfpolizist. Weißt du vielleicht etwas darüber, Herzenskind?«

Polly schüttelte den Kopf und zupfte an dem Gürtel. Sie sah auf ihre Hände hinunter und wartete darauf, daß ihre Mutter ihre Bemühungen, mit ihr ins Gespräch zu kommen, aufgeben und gehen würde. Doch Rita hatte nichts dergleichen vor.

»Ich finde, du solltest mit mir darüber reden, Kind.«

»Worüber?«

»Über das, was passiert ist.« Sie watschelte ins Badezimmer und schien den ganzen Raum mit ihrem Umfang, dem schwülen Duft ihres Parfums, vor allem aber mit ihrer Energie auszufüllen. Polly versuchte, zur Abwehr ihre eigenen Energien zu mobilisieren, aber ihr Wille war schwach.

Sie hörte das Klirren und Klimpern der Armreifen, als Rita ihren Arm hob. Sie zuckte nicht zusammen – sie wußte, ihre Mutter hatte nicht die Absicht, sie zu schlagen –, aber sie wartete mit Unbehagen auf Ritas Reaktion auf das schwache Kraftfeld ihres Körpers.

»Du hast überhaupt keine Aura«, sagte Rita. »Und Wärme strahlst du auch keine aus. Dreh dich um.«

»Rita, hör auf. Ich bin einfach müde. Ich hab den ganzen Tag geschuftet, und ich möchte jetzt ins Bett.«

»Glaub ja nicht, du kannst mir was vormachen. Ich hab gesagt, du sollst dich umdrehen. Also los!«

Polly machte noch einen Knoten in den Gürtel. Sie schüttelte den Kopf, so daß ihr das Haar noch weiter ins Gesicht fiel. Dann drehte sie sich langsam herum und sagte: »Ich bin doch nur müde. Und hab ein bißchen Schmerzen. Ich bin heute morgen in der Einfahrt vor dem Pfarrhaus ausgerutscht und hab mir das Gesicht aufgeschlagen. Das tut weh. Und im Rücken hab ich mir einen Muskel gezerrt oder so etwas. Ich dachte, ein heißes Bad würde...«

»Heb deinen Kopf. Los, Kopf hoch!«

Sie spürte die Kraft hinter dem Befehl, der sie kaum etwas entgegenzusetzen hatte. Sie hob das Kinn, doch den Blick ließ sie gesenkt. Direkt vor sich sah sie den Bockskopf, der an der Halskette ihrer Mutter hing. Sie richtete ihre Gedanken auf den Bock, seinen Kopf, seine Ähnlichkeit mit der nackten Hexe in Pentagramm-Position, die Ausgangspunkt der Riten und Gebete war.

»Nimm dein Haar aus dem Gesicht.«

Polly gehorchte.

»Sieh mich an.« Sie hob den Blick.

Rita starrte ihrer Tochter ins Gesicht und sog pfeifend die Luft ein. Ihre Pupillen weiteten sich, bis von der Iris kaum noch etwas zu sehen war, dann zogen sie sich wieder zu winzigen schwarzen Pünktchen zusammen. Sie hob die Hand und folgte mit ihren Fingern dem brandroten Striemen, der sich sichelförmig von Pollys Auge zu ihrem Mund zog. Sie berührte ihn nicht, aber Polly empfand es wie eine Berührung. Sie fühlte die Finger, die einen Moment über dem geschwollenen Auge verweilten; die von ihrer Wange zu ihrem Mund hinunterwanderten. Schließlich schoben sie sich in ihr Haar, eine Hand auf jeder Seite ihres Kopfs, und diesmal fand wirklich eine Berührung statt, die in ihrem Schädel Vibrationen hervorzurufen schien.

»Und was noch?« fragte Rita.

Polly spürte, wie die Finger in ihrem Haar fester zupackten, dennoch sagte sie: »Nichts. Ich bin hingefallen. Das ist alles.« Aber ihre Stimme klang schwach und wenig überzeugend.

»Mach den Bademantel auf.«

»Rita!«

Ritas Hände drückten, aber es tat nicht weh, vielmehr breiteten sich unter ihrer Berührung Wärmewellen aus, kreisförmig wie in einem Teich, wenn ein Stein in sein Wasser fällt. »Mach den Bademantel auf.«

Polly zog den ersten Knoten auf, aber beim zweiten konnte sie nicht mehr. Ihre Mutter kam ihr zu Hilfe, öffnete den Gürtel mit ihren langen blaulackierten Fingern, die so unruhig waren wie ihr Atem. Sie schob den Bademantel von den Schultern ihrer Tochter und trat einen Schritt zurück, als er zu Boden glitt.

»Große Mutter!« sagte sie und griff zu dem Bockskopf an ihrer Halskette. Der gewaltige Busen unter dem Kaftan wogte.

Polly senkte den Kopf.

»Das war er«, sagte Rita. »Das hat er getan, nicht wahr, Polly. Nachdem er hier war.«

»Laß sein«, sagte Polly.

»Lassen?« wiederholte Rita ungläubig.

»Ich habe nicht recht an ihm gehandelt. Meine Wünsche waren nicht rein. Ich habe die Göttin belogen. Sie hat es gehört, und Sie hat mich bestraft. Er war es nicht. Er lag in ihren Händen.«

Rita nahm sie beim Arm und drehte sie zum Spiegel über dem Waschbecken. Er war noch beschlagen, und Rita fuhr ein paarmal energisch mit der Hand über das Glas, wischte sie sich dann an ihrem Kaftan ab. »Sieh dir das an, Polly«, sagte sie. »Sieh es dir gut an. Los. Jetzt.«

Polly sah, was sie schon gesehen hatte. Den flammend roten Eindruck seiner Zähne auf ihrer Brust, die Blutergüsse, die Striemen von den Schlägen. Sie schloß die Augen, spürte, wie ihr die Tränen dennoch heraustraten.

»Glaubst du wirklich, daß Sie auf diese Weise straft, Kind?

Glaubst du wirklich, Sie würde einem einen Vergewaltiger auf den Hals schicken?«

»Der Wunsch schlägt in dreifacher Stärke auf den zurück, der ihn ausgesprochen hat. Das weißt du doch. Ich habe nicht mit reinem Herzen gewünscht. Ich wollte Colin für mich haben, aber er hat Annie gehört.«

»Kein Mensch gehört irgend jemandem!« entgegnete Rita. »Und sie benützt nicht die Sexualität – die Urkraft ihrer Schöpfung – als Mittel zur Strafe. Du bist ja völlig verquer. Du siehst dich so, wie diese gräßlichen christlichen Heiden das verlangen: Nahrung für die Würmer... ein stinkender Misthaufen. Sie ist das Tor, durch das der Teufel eintritt... sie ist das, was der Stich des Skorpions ist... So siehst du dich jetzt, stimmt's? Als etwas, das niedergetrampelt werden muß. Etwas, das zu nichts taugt.«

»Ich habe mich an Colin versündigt. Ich habe den Kreis gezogen...«

Rita zog sie herum und packte sie energisch bei den Armen. »Und du wirst ihn wiederziehen, jetzt gleich, mit mir zusammen. Für Mars. Wie ich's dir gelehrt hab.«

»Neulich abend hab ich ja Mars geopfert, wie du gesagt hast. Die Asche habe ich Annie gebracht. Und ich habe den Ringstein dazugelegt. Aber mein Herz war nicht rein.«

»Polly!« Rita schüttelte sie. »Du hast nichts Unrechtes getan.«

»Ich hab gewünscht, daß sie stirbt. Und diesen Wunsch kann ich nicht zurücknehmen.«

»Und glaubst du etwa, sie selbst wollte nicht sterben? Sie war vom Krebs zerfressen. Du hättest sie nicht retten können. Niemand hätte sie retten können.«

»Doch, die Göttin hätte sie retten können. Wenn ich aufrichtig darum gebetet hätte. Aber das hab ich nicht getan. Darum hat sie mich bestraft.«

»Sei nicht naiv. Das, was dir passiert ist, ist keine Strafe. Das war böse. Und das Böse kam von ihm. Wir müssen dafür sorgen, daß er dafür bezahlt.«

Polly löste die Hände ihrer Mutter von ihren Armen. »Du darfst keinen Zauber gegen Colin verwenden. Das laß ich nicht zu.«

»Glaube mir, mein Kind, ich denke gar nicht an Zauber«, versetzte Rita. »Ich denke an die Polizei.« Sie schwang ihre Körpermassen herum und steuerte auf die Tür zu.

»Nein!« Polly zuckte zusammen vor Schmerz, als sie sich bückte, um den Bademantel vom Boden aufzuheben. »Du holst sie umsonst. Ich rede nicht mit ihnen. Kein einziges Wort sage ich.«

Rita drehte sich herum. »Jetzt hör mir mal zu...«

»Nein! Du hörst mir zu, Mama. Es ist ohne Bedeutung, was er getan hat.«

»Was! Ebensogut könntest du sagen, daß du keine Bedeutung hast.«

Polly zog den Gürtel des Bademantels fest zu. »Ja. Das weiß ich«, sagte sie.

»Tommy ist aufgrund dieser Verbindung zum Sozialdienst noch mehr als vorher davon überzeugt, daß ihre Gründe, den Pfarrer zu töten, mit Maggie zu tun haben.«

»Und was glaubst du?«

St. James öffnete die Tür zu ihrem Zimmer und schloß ab, nachdem sie eingetreten waren. »Ich weiß nicht. Irgendwas stört mich da immer noch.«

Deborah streifte ihre Schuhe ab und ließ sich aufs Bett fallen. Sie zog die Beine hoch, kreuzte sie und rieb sich die Füße. »Ich hab das Gefühl, meine Füße sind zwanzig Jahre älter als ich«, sagte sie seufzend. »Die Leute, die Damenschuhe entwerfen, müssen Sadisten sein. Man sollte sie erschießen.«

»Die Schuhe?«

»Die auch.« Sie zog einen Schildpattkamm aus ihrem Haar und warf ihn auf die Kommode. Sie trug ein grünes Wollkleid in der Farbe ihrer Augen, das weich ihren Körper umhüllte.

»Schon möglich, daß deine Füße sich anfühlen wie fünfundvierzig«, meinte St. James, »aber du siehst aus wie höchstens zwanzig.«

»Das liegt an der Beleuchtung, Simon. Weich und gedämpft. Du solltest dich langsam daran gewöhnen. Du wirst sie in den kommenden Jahren immer häufiger auch zu Hause erleben.«

Er lachte und zog sein Jackett aus. Dann nahm er seine Uhr ab und legte sie auf den Nachttisch. Er setzte sich zu ihr aufs Bett und zog sein krankes Bein hoch, um sich nach rückwärts auf die Ellbogen stützen zu können. »Das macht mich sehr froh«, sagte er.

»Wieso? Hast du plötzlich eine Leidenschaft für gedämpfte Beleuchtung entwickelt?«

»Nein. Aber ich habe ganz entschieden eine Leidenschaft für die kommenden Jahre. Ich meine, daß es unsere sein werden.«

»Hast du gedacht, es könnte anders sein?«

»Bei dir weiß ich nie ganz genau, was ich denken soll.«

Sie zog ihre Knie hoch und stützte ihr Kinn darauf. Ihr Blick war auf die Badezimmertür gerichtet. Sie sagte: »Bitte, denk das nie, Liebster. Laß dich nur nicht davon, wie ich bin und was ich tu, zu dem Glauben verleiten, daß wir uns einander entfremden. Ich bin schwierig, das weiß ich...«

»Ja, das warst du immer.«

»...aber unsere Zusammengehörigkeit ist für mich das Wichtigste im Leben.« Als er nicht gleich etwas sagte, drehte sie den Kopf nach ihm. »Glaubst du das?«

»Ich möchte schon.«

»Aber?«

Er wand eine Locke ihres Haars um seinen Finger und betrachtete sie im Licht. Die Farbe lag irgendwo auf einer Skala zwischen Rot, Kastanienbraun und Blond. Er hätte sie nicht beschreiben können. »Manchmal kommen die prosaischen Probleme des Alltags dem Zusammengehörigkeitsgefühl in die Quere«, begnügte er sich zu sagen. »Wenn das passiert, verliert man leicht aus dem Auge, wo man angefangen hat, wohin man wollte und warum man sich überhaupt zusammengetan hat.«

»Damit habe ich nie Schwierigkeiten gehabt. Du warst immer schon mein Leben, und ich liebe dich.«

»Aber?«

Sie lächelte und wich geschickter aus, als er ihr zugetraut hätte. »An dem Abend, an dem du mich das erstemal geküßt hast, hast du aufgehört, Mr. St. James, der Held meiner Kindheit, zu sein und bist zu dem Mann geworden, den ich heiraten wollte. Für mich war es ganz einfach.«

»Es ist nie einfach, Deborah.«

»Doch, ich glaube, es kann einfach sein. Wenn man sich einig ist.« Sie küßte ihn auf die Stirn, den Nasenrücken, den Mund. Seine Hand glitt von ihrem Haar zu ihrem Nacken hinunter, doch da sprang sie vom Bett und zog gähnend den Reißverschluß ihres Kleides auf.

»Unsere Fahrt nach Bradford war dann wohl reine Zeitverschwendung?« Sie ging zum Kleiderschrank und holte einen Bügel heraus.

Er starrte sie verblüfft an. »Bradford?«

»Na ja, wegen Robin Sage. Habt ihr denn im Pfarrhaus etwas über seine Ehe gefunden? Über die Frau, die im Ehebruch ergriffen wurde? Und wie steht's mit dem heiligen Josef?«

Er nahm den Themenwechsel zunächst einmal hin. Er machte das Gespräch unverfänglich. »Nein, nichts. Alle seine Sachen waren schon eingepackt, Dutzende von Kartons, es kann also leicht sein, daß sich noch irgend etwas findet. Tommy scheint es allerdings für unwahrscheinlich zu halten. Er ist der Meinung, daß die Wahrheit in London zu finden ist. Und er glaubt, wie gesagt, daß sie mit der Beziehung zwischen Maggie und ihrer Mutter zu tun hat.«

Deborah zog sich ihr Kleid über den Kopf, und der Stoff dämpfte ihre Stimme, als sie sprach. »Ich versteh trotzdem nicht«, sagte sie, »warum ihr die Vergangenheit ad acta gelegt habt. Es war doch so spannend – eine mysteriöse Ehefrau und ein noch mysteriöseres Bootsunglück, bei dem sie umgekommen ist. Vielleicht hat er beim Sozialdienst aus Gründen angerufen, die mit dem Mädchen überhaupt nichts zu tun haben.«

»Das ist richtig. Aber weshalb den Sozialdienst in London? Hätte er nicht die lokale Dienststelle angerufen, wenn es sich um ein hiesiges Problem handelte?«

»Ebensogut könnte ich fragen, weshalb hat er in London angerufen, wenn es sich um Maggie handelte?«

»Ich könnte mir denken, er wollte nicht, daß ihre Mutter davon erfährt.«

»Da hätte er auch in Manchester oder Liverpool anrufen können. Warum hat er das nicht getan?«

»Frag mich nicht. Mir ist völlig klar, daß uns eine Menge Antworten fehlen. Nehmen wir an, es ging um irgendeine Geschichte, die Maggie ihm anvertraut hatte. Wenn er in ein Gebiet eindrang, das Juliet Spence als ihre ureigenste Domäne ansah – die Erziehung ihrer Tochter –, und wenn er es auf eine Weise tat, durch die sie sich bedroht fühlte, wenn er es vielleicht ganz offen tat, um sie irgendwie aus der Reserve zu locken, glaubst du nicht, daß sie dann eingegriffen hätte?«

»Doch«, antwortete Deborah. »Ich denke, schon.« Sie hängte ihr Kleid über den Bügel. Ihre Stimme klang nachdenklich.

»Aber überzeugt bist du nicht?«

»Das ist es nicht.« Sie nahm ihren Morgenrock, schlüpfte hinein und kehrte zum Bett zurück. Sie setzte sich auf die Kante und hielt den Blick auf ihre Füße gesenkt. »Weißt...« Sie runzelte die Stirn. »Ich glaube, wenn Juliet Spence ihn ermordet hat und es dabei um Maggie ging, dann hat sie es wahrscheinlich nicht getan, weil sie selbst sich bedroht fühlte, sondern weil Maggie bedroht war. Sie ist schließlich ihr Kind. Das darf man nicht vergessen. Man darf nicht vergessen, was das bedeutet.«

St. James spürte ein warnendes Kribbeln im Nacken. Er wußte, daß ihre letzte Bemerkung auf trügerischen Boden führen konnte. Schweigend wartete er, daß sie fortfahren würde. Sie tat es, senkte dabei die Hand, um nachdenklich ein Muster auf die Decke zwischen ihnen zu zeichnen.

»Dieses Kind ist neun Monate lang in ihr gewachsen und war aufs innigste mit ihr verbunden. Maggie ist ein Teil von ihr. Sie hat das Kind gestillt. Ich glaube...« Ihre Finger hielten still; sie bemühte sich, sachlich zu sprechen, doch es mißlang. »Eine Mutter würde alles tun, um ihr Kind zu behüten. Ich meine... Würde sie nicht alles tun, um das Leben, das sie zur Welt gebracht hat, zu schützen? Und glaubst du nicht, wenn du ehrlich bist, daß es genau darum bei diesem Mord geht?«

Irgendwo unten im Gasthaus rief Dora Wragg: »Josephine Eugenia! Wo bist du denn jetzt wieder verschwunden? Wie oft muß ich dir noch sagen...« Eine Tür flog krachend zu und schnitt ihr das Wort ab.

St. James sagte: »Nicht jede Frau ist wie du, Liebes. Nicht jede Frau sieht ein Kind mit solchen Augen.«

»Aber wenn es ihr einziges Kind ist...«
»Dann muß man immer noch fragen, unter welchen Umständen es geboren wurde. Wie es ihr Leben beeinflußt hat. Wie hart es ihre Geduld vielleicht auf die Probe stellt. Wer weiß denn, was zwischen den beiden war? Du kannst Mrs. Spence und ihre Tochter nicht durch den Filter deiner eigenen Wünsche betrachten. Du kannst nicht in ihre Fußstapfen steigen.«

Deborah lachte bitter. »Oh, das weiß ich nur zu gut.«

Er merkte sofort, wie sie seine Worte umgedreht und verletzend gegen sich selbst gerichtet hatte.

»Nein«, sagte er. »Du kannst nicht wissen, was die Zukunft dir bringen wird.«

»Wenn die Vergangenheit ihr Vorspiel ist?« Sie schüttelte den Kopf. Er konnte ihr Gesicht nicht sehen, nur einen schmalen Streifen ihrer Wange.

»Manchmal ist die Vergangenheit das Vorspiel für die Zukunft. Manchmal ist sie es aber auch nicht.«

»Na, das ist eine feine Art, jeder Verantwortung aus dem Weg zu gehen, Simon.«

»Ja, richtig, das kann es sein. Es kann aber auch eine Art sein, das Leben anzupacken und vorwärtszukommen, nicht wahr? Du suchst deine Hinweise immer in der Vergangenheit, Deborah. Doch das scheint dir nur Schmerz zu verursachen.«

»Während du überhaupt nicht auf richtungsweisende Anzeichen achtest.«

»Ja, da hast du recht«, gab er zu. »Jedenfalls nicht, was uns betrifft.«

»Aber was andere betrifft? Tommy und Helen? Deine Brüder? Deine Schwester?«

»Nein, bei denen auch nicht. Die werden letztlich immer ihren eigenen Weg gehen, auch wenn ich mir noch so sehr den Kopf darüber zerbreche, was zu ihrer Entscheidung geführt hat.«

»Bei wem dann?«

Er antwortete nicht. Tatsache war, daß ihre Worte ihn an etwas erinnert und nachdenklich gemacht hatten. Aber er fürchtete, sie könnte einen Themenwechsel als weiteren Beweis für seine innere Distanz zu ihr auslegen.

»Sag's mir.« Er sah den ersten Anflug von Gereiztheit in der Art, wie sie die Finger spreizte und dann in die Decke grub. »Dir geht doch etwas im Kopf herum, und ich mag es nicht, daß du mich einfach ausschließt, wenn wir darüber sprechen, wie...«

Er drückte ihre Hand. »Es hat nichts mit uns zu tun, Deborah.«

»Dann also...« Sie las in ihm wie in einem offenen Buch. »Mit Juliet Spence.«

»Du hast in bezug auf Menschen und Situationen im allgemeinen einen guten Instinkt. Ich nicht. Ich brauche immer die nackten Tatsachen. Du fühlst dich wohler mit Mutmaßungen.«

»Und?«

»Es war diese Bemerkung darüber, daß die Vergangenheit das Vorspiel für die Zukunft ist.« Er lockerte seine Krawatte, zog sie sich über den Kopf und warf sie zur Kommode hinüber. »Polly Yarkin hörte ein Telefongespräch, das Sage an dem Tag führte, an dem er starb. Er sprach von der Vergangenheit.«

»Mit Mrs. Spence?«

»Das vermuten wir. Er sprach von der Beurteilung...« St. James, der dabei war, sein Hemd aufzuknöpfen, hielt inne. Er versuchte sich der Worte zu erinnern, die Polly Yarkin zitiert hatte.»»Niemand kann beurteilen, was damals geschehen ist.‹«

»Das Bootsunglück.«

»Ich glaube, das ist es, was mich umtreibt, seit wir aus dem Pfarrhaus weggegangen sind. Diese Bemerkung paßt meiner Ansicht nach nicht zu seinem Interesse am Sozialdienst. Aber ich habe das Gefühl, daß sie von Bedeutung ist. Er hatte den ganzen Tag gebetet, erzählte uns Polly. Und er wollte nichts essen.«

»Er hat gefastet.«

»Ja. Aber warum?«

»Vielleicht war er nicht hungrig.«

St. James zog andere Möglichkeiten in Betracht. »Askese, Sühne.«

»Wegen einer Sünde? Doch welche?«

Er öffnete die letzten Knöpfe und warf das Hemd der Krawatte hinterher. »Ich weiß es nicht«, sagte er. »Aber ich wette, Mrs. Spence weiß es.«

Wenn die Vergangenheit
wiederaufersteht
24

Da er aufgebrochen war, noch ehe die Sonne über den Hängen des Cotes Fell aufgegangen war, erreichte Lynley gegen zwölf Uhr mittag den Stadtrand von London. Der Verkehr, der von Tag zu Tag chaotischer zu werden schien, verlangte ihm noch eine weitere Stunde Fahrzeit ab, und so war es kurz nach eins, als er am Onslow Square einen Parkplatz ergatterte, aus dem eben ein Mercedes mit eingedrückter Tür und einem Fahrer mit Halskrause herausfuhr.

Er hatte sie nicht angerufen, weder von Winslough aus noch von unterwegs. Es sei ja noch viel zu früh, hatte er sich anfangs gesagt – wann war Helen je vor neun Uhr morgens aufgestanden, wenn es nicht unbedingt sein mußte? –, aber als die Stunden vergingen, hatte er sich neue Gründe überlegt und vorgegeben, er wolle auf keinen Fall, daß sie seinetwegen ihre Pläne für den Tag über den Haufen warf. Sie war nicht die Frau, die ihren Lebensinhalt darin sah, sich dem Herrn und Gebieter jederzeit zur Verfügung zu halten, und er hatte nicht die geringste Absicht, ihr diese Rolle aufzudrücken. Ihre Wohnung war schließlich nicht so weit von seinem Haus entfernt. Wenn sie nicht dasein sollte, konnte er ganz gemütlich zum Eaton Terrace weiterfahren und zu Hause zu Mittag essen. Er fand sich ungemein emanzipiert in seinen Überlegungen, aber das war natürlich auch viel einfacher, als unmittelbar die Wahrheit zuzugeben: Er wollte sie sehen, aber er fürchtete die Enttäuschung einer Absage.

Er läutete und wartete, sah zum grauen Himmel hinauf

und fragte sich, wie lang der Regen noch auf sich warten lassen würde und ob Regen in London Schnee in Lancashire bedeutete. Er läutete ein zweites Mal und hörte ihre Stimme, von der Sprechanlage verzerrt.

»Du bist zu Hause«, sagte er.

»Tommy!« rief sie, und schon summte der Türöffner.

Sie erwartete ihn an ihrer Wohnungstür. Ungeschminkt, das Haar aus dem Gesicht genommen und von einer raffinierten Kombination aus Elastic- und Satinband zusammengehalten, sah sie aus wie ein Teenager. Und ihre ersten Worte waren wie eine Bestätigung dieses Eindrucks.

»Ich hab heute morgen schon wahnsinnigen Krach mit meinem Vater gehabt«, sagte sie, als er sie küßte. »Ich wollte mich eigentlich mit Sidney und Hortense zum Mittagessen treffen – Sid hat in Chiswick ein armenisches Restaurant entdeckt, von dem sie behauptet, es sei absolut himmlisch, wenn die Kombination von armenischem Essen, Chiswick und Himmel überhaupt möglich ist –, aber dann kam gestern mein Vater, weil er hier geschäftlich zu tun hatte, und hat bei mir übernachtet, und daraufhin verbissen wir uns prompt heute morgen in neue ungeahnte Tiefen gegenseitigen Abscheus.«

Lynley zog seinen Mantel aus. Sie hatte sich, wie er sah, wohl zum Trost schon am Mittag den seltenen Luxus eines Feuers geleistet. Auf einem Couchtisch vor dem offenen Kamin lag aufgeschlagen die Morgenzeitung neben zwei Tassen und den Überresten eines Frühstücks, das offenbar überwiegend aus zu hart gekochten Eiern, die angegessen liegengeblieben waren, und verbranntem Toast bestanden hatte.

»Ich wußte gar nicht, daß ihr euch so wenig ausstehen könnt, du und dein Vater«, sagte er. »Ist das etwas Neues? Ich hatte immer eher den Eindruck, du seist sein Liebling.«

»Oh, tun wir auch nicht, und bin ich auch, das ist schon wahr«, sagte sie. »Gerade deshalb ist es ja so gemein von ihm, derartige Erwartungen an mich zu haben. ›Bitte, mißversteh mich jetzt nicht, Darling. Deine Mutter und ich gönnen dir die Wohnung von Herzen‹, sagte er auf diese sonore Art, die er an sich hat. Du weißt schon, was ich meine.«

»Bariton, ja. Möchte er dir denn die Wohnung nehmen?«

»›Deine Großmutter hatte sie für die Familie bestimmt, und da du zur Familie gehörst, können wir weder dir noch uns den Vorwurf machen, daß wir ihre Wünsche ignorierten. Dennoch, wenn deine Mutter und ich uns überlegen, wie du deine Zeit verbringst‹, und so weiter und so fort. Ich finde es einfach widerlich von ihm, mich auf solche Art zu erpressen.«

»Du meinst, ›Ich glaube, du bist eine richtige kleine Tagediebin, liebe Helen‹?« fragte Lynley.

»Genau das ist es.« Sie ging zum Tisch, faltete die Zeitung und begann das Geschirr zusammenzustellen. »Und es kam nur so weit, weil Caroline nicht da war, um ihm sein Frühstück zu machen. Sie ist nach Cornwall zurück – sie hat sich nun definitiv entschlossen, dort zu bleiben. Das ist wirklich die freudigste Nachricht des Jahres! Für meine Begriffe ist ganz allein Denton daran schuld. Und weil Cybele so ein Ausbund ehelicher Glückseligkeit ist und Iris mit ihrem Cowboy in Montana so glücklich ist wie ein Schwein im Morast. Aber hauptsächlich kam es dazu, weil sein Ei nicht ganz so gekocht war, wie er's gern gehabt hätte, und weil ich seinen Toast verbrannt habe. Das war der Auslöser. Er ist sowieso ein richtiger Morgenmuffel.«

Lynley hakte bei dem einzigen Punkt ein, zu dem er überhaupt etwas sagen konnte. Zur Partnerwahl von Helens Schwestern – Cybele hatte einen italienischen Industriellen geheiratet, Iris einen Rancher in den Vereinigten Staaten –

konnte er sich nicht äußern, doch Caroline, die seit mehreren Jahren als Helens Mädchen, Gesellschafterin, Haushälterin, Köchin, Zofe und rettender Engel fungierte, kannte er. Sie war in Cornwall geboren und aufgewachsen, und er hatte gewußt, daß sie es auf die Dauer in London nicht aushalten würde. »Du konntest nicht darauf setzen, daß du Caroline ewig würdest aushalten können«, bemerkte er. »Schließlich ist ihre Familie in Howenstow.«

»Doch, das hätte ich schon hingekriegt, wenn es nicht Denton darauf angelegt hätte, ihr so ungefähr jeden Monat einmal das Herz zu brechen. Ich verstehe nicht, wieso du deinem Diener nicht mal gründlich die Leviten lesen kannst. In bezug auf Frauen ist er einfach schamlos.«

Lynley folgte ihr in die Küche. Sie stellten das Geschirr auf die Arbeitsplatte, und Helen ging zum Kühlschrank. Sie nahm einen Becher Zitronenjoghurt heraus und öffnete ihn.

»Ich wollte dich eigentlich zum Mittagessen einladen«, sagte er eilig, als sie den Löffel in den Becher tauchte.

»Ach ja? Danke dir, Darling, aber ich kann die Einladung unmöglich annehmen. Ich bin leider viel zu sehr damit beschäftigt, mir zu überlegen, wie ich mein Leben auf eine Art einrichten kann, die sowohl meinen Vater als auch mich zufriedenstellen würde.« Sie kniete nieder, griff ein zweites Mal in den Kühlschrank und brachte drei weitere Joghurtbecher zum Vorschein. »Erdbeer, Banane und noch einmal Zitrone«, sagte sie. »Welches möchtest du?«

»Ehrlich gesagt keines. Mir schwebte Räucherlachs und danach Kalbsmedaillon vor. Champagner vorher, dann ein guter Rotwein, hinterher Cognac.«

»Gut, dann nehmen wir Banane«, entschied Helen und reichte ihm den Becher und einen Löffel. »Es ist genau das Richtige. Wirklich erfrischend. Du wirst schon sehen. Ich mache uns Kaffee.«

Lynley betrachtete das Joghurt und schnitt eine Grimasse. »Das soll ich wirklich essen?« Er ging zu einem runden Glastisch, der sehr hübsch in einen Erker in der Küche paßte. Die Post von mindestens drei Tagen lag ungeöffnet darauf, daneben zwei Modezeitschriften, bei denen bestimmte Seiten durch umgeknickte Ecken markiert waren. Er blätterte sie durch, während Helen den Kaffee mahlte. Er fand die Wahl ihrer Lektüre hochinteressant. Sie schien sich recht eingehend mit Hochzeitskleidern und Hochzeitsfeiern befaßt zu haben. Satin oder Seide, Leinen oder Baumwolle. Blumen im Haar oder ein Hut oder ein Schleier. Ein Empfang oder ein Frühstück. Standesamt oder Kirche.

Als er aufblickte, sah er, daß sie ihn beobachtete. Sofort wandte sie sich ab und beschäftigte sich sehr eingehend mit der Kaffeemühle. Aber er hatte die Verwirrung in ihren Augen gesehen – wann hatte sich Helen je durch irgend etwas aus der Fassung bringen lassen? – und fragte sich, wie weit, wenn überhaupt, ihr derzeitiges Interesse an Hochzeiten mit ihm zu tun hatte und wie weit es mit der Unzufriedenheit ihres Vaters zu tun hatte. Sie schien seine Gedanken zu lesen.

»Ständig hält er mir Cybele vor«, sagte sie. »Was für eine tolle Frau sie ist, Mutter von vier Kindern, pflichttreue Ehefrau, *Grande dame* der Mailänder Gesellschaft, Kunstmäzenin, Mitglied der Gesellschaft der Opernfreunde, des Vorstands des Museums für moderne Kunst, Vorsitzende sämtlicher Komitees und Vereine der Welt. Und dazu spricht sie noch Italienisch wie eine Einheimische. Entsetzlich, so eine älteste Schwester zu haben. Sie könnte wenigtens so anständig sein, unglücklich zu sein. Oder mit einem Flegel verheiratet zu sein. Aber nein, Carlo betet sie an, liegt ihr zu Füßen, nennt sie seine zarte englische Rose.« Helen rammte die Glaskanne unter die Öffnung der Kaffeemaschine. »Cybele ist ungefähr so zart wie ein Ackergaul, und das weiß er auch ganz genau.«

Sie öffnete einen Schrank und nahm ein Sortiment von Dosen, Gläsern und Pappkartons heraus, trug sie alle zum Tisch. Käsekräcker kamen zusammen mit einem Stück Brie auf einem Teller, Oliven und süß-saure Gürkchen kamen in eine Schale. Sie gab noch ein paar Cocktailzwiebeln dazu. Zum Schluß trug sie noch ein großes Stück Salami auf einem Holzbrett auf.

»Mittagessen«, sagte sie und setzte sich ihm gegenüber, während der Kaffee langsam durchlief.

»Ein echter bunter Teller«, stellte er fest. »Was hab ich mir nur dabei gedacht, dir Räucherlachs und Kalbsmedaillon vorzuschlagen.«

Helen schnitt sich ein Stück Brie ab und drückte es auf einen Kräcker. »Er meint, einen Beruf brauchte ich ja gar nicht – er ist wirklich viktorianisch bis ins letzte –, aber er findet, ich sollte etwas Nützliches tun.«

»Das tust du doch.« Lynley nahm mit Todesverachtung sein Bananenjoghurt in Angriff. »Oder ist es etwa nichts, wie du Simon unter die Arme greifst, wenn ihm die Arbeit über den Kopf wächst?«

»Das ist meinem Vater besonders ein Dorn im Auge. Wie kommt ausgerechnet eine seiner Töchter dazu, versteckte Fingerabdrücke zu fotografieren, fremder Leute Haare auf Objektträger zu legen, Berichte über verwesende Leichen zu tippen? Ist das etwa das Leben, das er sich für die Frucht seiner Lenden erträumt hatte? Hat er mich deshalb etwa aufs Pensionat geschickt? Damit ich den Rest meiner Tage – mit Unterbrechungen natürlich, ich behaupte gar nicht, daß ich irgend etwas außer Dummheiten regelmäßig mache – in einem Labor zubringe? Wenn ich ein Mann wäre, könnte ich meine Zeit wenigstens im Club aussitzen. Das würde zweifellos seine Billigung finden. So hat er selbst schließlich den größten Teil seiner Jugend verbracht.«

Lynley zog eine Augenbraue hoch. »War dein Vater nicht Vorsitzender von drei oder vier ziemlich erfolgreichen Investmentgesellschaften? Ist er in einer von ihnen nicht immer noch Aufsichtsratsvorsitzender?«

»Ach, erinnere mich nicht daran. Das hat er selbst schon den ganzen Morgen getan, wenn er nicht gerade die wohltätigen Vereine aufgezählt hat, für die ich mich einsetzen sollte. Wirklich, Tommy, manchmal habe ich den Eindruck, er ist mitsamt seiner Ansichten direkt einem Roman von Jane Austen entsprungen.«

Lynley schob die Zeitschrift hin und her, die er durchgesehen hatte. »Es gibt natürlich noch andere Möglichkeiten, ihn zu beschwichtigen. Du brauchst dich ja nicht gleich in die Wohltätigkeit zu stürzen. Du könntest dich ja für irgend etwas anderes engagieren, das in seinen Augen die Mühe lohnt.«

»Natürlich. Ich könnte für die medizinische Forschung sammeln, alte Leute besuchen oder bei irgendeinem telefonischen Notruf arbeiten. Ich weiß, daß ich endlich etwas mit mir anfangen sollte. Und ich hab's ja auch dauernd vor, aber irgendwie komme ich nie dazu.«

»Ich habe jetzt eigentlich nicht an ehrenamtliche Arbeit gedacht.«

Sie legte das Messer und die Salami weg, von der sie sich gerade ein Stück hatte abschneiden wollen, wischte sich die Finger an einer pfirsichfarbenen Leinenserviette ab und sagte gar nichts.

»Überleg doch mal, wie viele Fliegen du mit einer Klappe schlagen würdest, wenn du heiraten würdest, Helen. Diese Wohnung könnte wieder deiner ganzen Familie offenstehen.«

»Die können doch sowieso jederzeit hierherkommen. Das wissen sie auch.«

»Du könntest immer behaupten, mit den egozentrischen Interessen deines Mannes zuviel zu tun zu haben, um dich so für Soziales und Kultur zu engagieren, wie Cybele das tut.«

»Ich muß mich einfach mehr engagieren, da hat mein Vater schon recht, auch wenn ich es nicht gern zugebe.«

»Und wenn du erst Kinder hättest, könntest du sie als Abwehr gegen alle Vorwürfe deines Vaters verwenden. Obwohl ich kaum glaube, daß er dir da noch Vorwürfe machen würde. Er wär viel zu erfreut.«

»Worüber?«

»Darüber, daß du endlich – im sicheren Hafen der Ehe gelandet wärest, vermute ich.«

»Im sicheren Hafen der Ehe gelandet? Du lieber Himmel, sag mir bloß nicht, daß du wirklich so provinziell bist.«

»Ich wollte nicht...«

»Du kannst doch nicht im Ernst glauben, daß die Frau in den sicheren Hafen der Ehe gehört, Tommy. Oder«, fragte sie mit scharfem Blick, »gehöre vielleicht nur ich da hin?«

»Nein. Tut mir leid. Das war eine etwas unglückliche Wortwahl.«

»Dann wähle doch noch mal.«

Er stellte seinen Joghurtbecher auf den Tisch. Die ersten Löffel hatten nicht allzu übel geschmeckt, aber dann hatte das Zeug seinem Gaumen nicht mehr zugesagt. »Hören wir doch auf, um den heißen Brei herumzureden, Helen. Dein Vater weiß, daß ich dich heiraten möchte.«

»Ja. Und?«

Er hob die Hand, um seine Krawatte zu lockern, nur um zu entdecken, daß er gar keine trug. Er seufzte. »Herrgott noch mal! Nichts! Ich finde nur, daß es so schlecht nicht wäre, wenn wir heiraten würden.«

»Und Daddy wäre darüber ganz gewiß höchlichst erfreut.«
Ihr Sarkasmus verletzte ihn, und er parierte mit Schärfe.
»Es geht mir nicht darum, deinem Vater eine Freude zu machen, aber es gibt...«

»Du selbst hast das Wort *erfreuen* eben gebraucht. Oder hast du das vergessen?«

»...aber es gibt Momente – und das hier ist ehrlich gesagt nicht gerade einer davon –, da bin ich tatsächlich so blind zu glauben, es könnte mich erfreuen.«

Nun war sie ihrerseits verletzt. Sie lehnte sich auf ihrem Stuhl zurück. Schweigend starrten sie einander an. Zum Glück begann das Telefon zu läuten.

»Laß es läuten«, sagte er. »Wir müssen das austragen, und wir müssen es jetzt tun.«

»Der Meinung bin ich nicht.« Sie stand auf. Das Telefon stand auf der Arbeitsplatte neben der Kaffeemaschine. Sie goß zwei Tassen ein, während sie am Telefon sprach. »Gut geraten. Er sitzt hier in meiner Küche bei Salami und Joghurt...« Sie lachte. »Truro? Na, ich hoffe, Sie lassen es sich richtig gutgehen auf seine Kosten... Nein, ich gebe ihn Ihnen... Wirklich, Barbara, es ist schon in Ordnung. Unser höchst tiefschürfendes Gespräch drehte sich gerade darum, ob Hering mariniert oder mit Dill besser schmeckt.«

Sie wußte stets genau, wann er sich durch ihre Frivolität am tiefsten verraten fühlte, daher überraschte es Lynley nicht, daß Helen seinem Blick auswich, als sie ihm den Hörer reichte und überflüssigerweise sagte: »Es ist Sergeant Havers. Für dich.«

Er drückte seine Hand auf die ihre, als er den Hörer nahm, und ließ erst los, als sie ihn ansah. Und auch dann sagte er nichts, denn schließlich war sie selbst ja schuld, verdammt noch mal, und es fiel ihm nicht ein, sich für etwas zu entschuldigen, wozu sie ihn getrieben hatte.

Seine Stimme, als er Sergeant Havers begrüßte, mußte wohl mehr verraten haben, als er beabsichtigt hatte, denn Barbara ging ohne irgendeine vorbereitende Bemerkung direkt *in medias res*. »Es wird Sie freuen zu hören«, sagte sie, »daß die Kirche von England hier unten in Truro der Polizei und ihrer Arbeit höchste Wertschätzung entgegenbringt. Der Sekretär des Bischofs hat mir freundlicherweise einen Termin für morgen in einer Woche gegeben, ist das nicht reizend? Bienenfleißig, der ehrenwerte Bischof, wenn man seinem Sekretär glauben kann.« Sie schnaubte laut und lang ins Telefon. Wahrscheinlich rauchte sie wie üblich. »Und Sie sollten sich mal die Baracke ansehen, in der diese zwei Kerle hier wohnen. Da kann einen echt der Klassenhaß packen. Erinnern Sie mich daran, daß ich bei der nächsten Kollekte in der Kirche mein Geld im Beutel lasse. Die sollten mich unterstützen und nicht umgekehrt.«

»Also die ganze Reise umsonst.« Lynley beobachtete Helen, die sich wieder an den Tisch gesetzt hatte und nun die Ecken der Zeitschriftenseiten glattstrich, die sie zuvor umgeknickt hatte. Sie tat es sehr langsam und bedächtig. Sie wollte, daß er es sah. Er kannte sie gut genug, um das zu wissen, und als es ihm klar wurde, überkam ihn ein so mächtiger, irrationaler Zorn, daß er am liebsten den Tisch umgestoßen hätte.

Havers sagte: »Das Wort ›Bootsunglück‹ war ganz offensichtlich ein Euphemismus.«

Lynley riß seine Aufmerksamkeit von Helen los. »Was?«

»Sie haben mir wohl gar nicht zugehört?« fragte Havers. »Schon gut. Sie brauchen nicht zu antworten. Wann haben Sie sich denn wieder eingeschaltet?«

»Bei dem Bootsunglück.«

»Aha.« Sie wiederholte ihren Bericht.

Nachdem ihr klargeworden war, daß vom Bischof von Truro keine Hilfe zu erwarten war, hatte sie sich in die

Redaktion der Lokalzeitung gesetzt und einen Morgen damit verbracht, alte Zeitungen zu lesen. Auf diese Weise hatte sie entdeckt, daß der Bootsunfall, bei dem Robin Sages Ehefrau...

»Sie hieß übrigens Susanna.«

...ums Leben gekommen war, nicht als Unfall behandelt worden war.

»Es passierte auf der Fähre zwischen Plymouth und Roscoff«, erklärte Havers. »Und der Zeitung zufolge war es Selbstmord.«

Havers skizzierte ihm die Geschichte mit allen Details, die sie den Zeitungsberichten entnommen hatte. Sage und seine Frau, die zu einem zweiwöchigen Urlaub nach Frankreich wollten, hatten bei schlechtem Wetter übergesetzt. Nachdem sie etwa auf halbem Weg...

»Die Fahrt dauert sechs Stunden, wissen Sie.«

...etwas gegessen hatten, war Susanna zur Damentoilette gegangen, während ihr Mann mit seinem Buch in den Salon zurückgekehrt war. Erst nach mehr als einer Stunde fiel ihm auf, daß sie noch immer nicht zurück war, aber da sie ein wenig bedrückt gewesen war, hatte er angenommen, sie wollte allein sein.

»Er sagte, wenn sie in so einer Stimmung gewesen sei, habe sie immer die Tendenz gehabt, sich zurückzuziehen«, erklärte Havers. »Und er wollte ihr Raum lassen. Das sind meine Worte, nicht seine.«

Havers' Informationen zufolge hatte Robin Sage danach den Salon zwei- oder dreimal verlassen, um sich die Beine zu vertreten, sich etwas zu trinken zu besorgen, einen Schokoriegel zu kaufen, nicht aber, um nach seiner Frau zu sehen, deren lange Abwesenheit ihn allem Anschein nach nicht beunruhigt hatte. Als die Fähre in Frankreich anlegte, ging er nach unten zu seinem Wagen. Er nahm an, daß sie dort bereits auf ihn warten würde. Als die Fähre sich zu leeren begann und sie immer noch nicht kam, machte er sich auf die Suche nach ihr.

»Aber er schlug erst Alarm, als er sah, daß ihre Handtasche auf dem Vordersitz des Wagens lag«, berichtete Havers. »In der Handtasche war ein Brief. Moment...« Lynley hörte Papier rascheln. »Da hieß es: ›Robin, es tut mir leid. Ich finde das Licht nicht.‹ Er war nicht unterzeichnet, aber die Handschrift war eindeutig die ihre.«

»Ein ziemlich dürftiger Abschiedsbrief«, bemerkte Lynley.

»Sie sind nicht der einzige mit dieser Meinung«, sagte Havers.

Doch bei der Überfahrt war schließlich schlechtes Wetter gewesen. Man war in die Dunkelheit hineingefahren. Es war kalt gewesen, daher war niemand an Deck gewesen, der es hätte sehen können, wenn eine Frau sich über die Reling gestürzt hätte.

»Oder vielleicht gestürzt worden wäre?« fragte Lynley.

Havers stimmte ihm indirekt zu. »Es könnte Selbstmord gewesen sein, es könnte aber genausogut etwas anderes gewesen sein. Und das dachten ganz offensichtlich auch die Kollegen auf beiden Seiten des Kanals. Sage wurde zweimal durch die Mangel gedreht. Aber er war sauber. Zumindest so sauber, wie er sein konnte, da keinem Menschen irgend etwas aufgefallen war, auch nicht Sages Abstecher zur Bar und sein kleiner Spaziergang, um sich die Füße zu vertreten.«

»Und es ist nicht möglich, daß seine Frau sich einfach klammheimlich davongeschlichen hat, als das Boot anlegte?« fragte Lynley.

»Im Ausland, Inspector? Ihr Paß war in ihrer Handtasche, ebenso ihr Geld, ihr Führerschein, ihre Kreditkarten und was man sonst alles so braucht. Sie konnte sich weder hier noch dort davongeschlichen haben. Das ganze Boot wurde sowohl in Frankreich als auch in England von oben bis unten durchsucht.«

»Und hat man ihre Leiche gefunden? Wer hat sie identifiziert?«

»Das weiß ich noch nicht, aber ich bin schon an der Arbeit. Möchten Sie Wetten plazieren?«

»Sage sprach gern von der Frau, die im Ehebruch ergriffen wurde«, sagte Lynley mehr zu sich selbst als zu ihr.

»Und da es auf der Fähre keine Steine gab, hat er ihr einfach einen kräftigen Stoß gegeben?«

»Vielleicht.«

»Na ja, ganz gleich, was passiert ist, sie schlafen jetzt alle in Jesu Schoß. Auf dem Friedhof von Tresillian. Alle drei. Ich war extra dort und hab mir das Grab angesehen.«

»Alle drei?«

»Susanna, Sage und das Kind. Schön in Reih und Glied.«

»Das Kind?«

»Ja, das Kind. Joseph. Ihr Sohn.«

Mit gerunzelter Stirn hörte Lynley Barbara zu und beobachtete gleichzeitig Helen. Die eine berichtete ihm die restlichen Einzelheiten. Die andere zog mit der Spitze eines Küchenmessers Linien auf einem Stück Brie.

»Er war drei Monate alt, als er starb«, sagte Havers. »Und dann ihr Tod – Moment mal – ach ja, hier ist es. Sie ist sechs Monate später gestorben. Das würde die Theorie vom Selbstmord bestätigen, nicht wahr. Ich kann mir vorstellen, daß sie nach dem Tod ihres Kindes total deprimiert war. Wie hat sie's gleich selber ausgedrückt? Sie hat das Licht nicht gefunden.«

»Woran ist das Kind gestorben?«

»Keine Ahnung.«

»Stellen Sie's fest.«

»In Ordnung.« Er hörte, wie am anderen Ende der Leitung ein Streichholz angerissen wurde. Sie zündete sich schon wieder eine Zigarette an. Es gelüstete ihn selbst nach einer. Er sagte: »Kümmern Sie sich auch gleich um Susanna ein bißchen eingehender. Sehen Sie zu, ob Sie etwas über eine Beziehung zu Juliet Spence herausbekommen können.«

»Spence – in Ordnung. Die Zeitungsartikel hab ich Ihnen kopiert. Viel ist es nicht, aber soll ich sie Ihnen ins Yard faxen?«

»Ja, tun Sie das.«

»In Ordnung. Gut.« Er hörte, wie sie an ihrer Zigarette zog. »Inspector...«

»Was denn?«

»Halten Sie die Ohren steif da oben. Sie wissen schon. Helen.«

Leicht gesagt, dachte er, als er auflegte. Er kehrte zum Tisch zurück und sah, daß Helen die ganze Decke des Brie säuberlich schraffiert hatte. Ihr Joghurt hatte sie stehenlassen, und von der Salami hatte sie auch nichts genommen. Im Augenblick rollte sie mit ihrer Gabel eine schwarze Olive auf ihrem Teller hin und her. Sie sah sehr unglücklich aus. Er fühlte sich zum Mitgefühl gerührt.

»Dein Vater würde es wahrscheinlich auch nicht gutheißen, daß du mit deinem Essen spielst«, sagte er leise.

»Nein. Cybele spielt nie mit ihrem Essen. Und Iris ißt gar nicht erst, soviel ich weiß.«

Er setzte sich und sah ohne Appetit auf den Käsekräcker, den er sich gemacht hatte. Er nahm ihn, legte ihn weg, zog sich die Schale mit den Oliven und den Gurken heran, schob sie wieder weg. Schließlich sagte er: »Also dann. Ich muß los. Ich muß noch bis nach...«, und im selben Moment sagte sie hastig: »Es tut mir so leid, Tommy. Ich will dir überhaupt nicht weh tun. Ich weiß nicht, was in mich fährt und warum ich es tue.«

»Ich reize dich dazu. Wir reizen uns gegenseitig.«

Sie zog das Stirnband aus ihrem Haar und wickelte es sich um die Hand. »Ich glaube«, sagte sie, »ich suche nach Beweisen, und wenn ich keine finde, dann erfinde ich sie.«

»Aber Helen, es handelt sich doch hier um eine Beziehung und nicht um ein Gerichtsverfahren. Was willst du überhaupt beweisen?«

»Unwürdigkeit.«

»Ich verstehe. Meine.« Er bemühte sich, objektiv zu sprechen, wußte jedoch, daß es ihm nicht gelang.

Sie sah auf. Ihre Augen waren trocken, aber ihre Haut war fleckig. »Deine. Ja. Weil ich meine eigene längst fühle.«

Er griff nach dem Band, das sie lose um ihre beiden Hände geschlungen hatte, und entfernte die Fessel. »Wenn du darauf warten solltest, daß ich Schluß mache, wartest du umsonst. Das wird nicht geschehen. Du mußt es schon selber tun.«

»Ich kann es tun, wenn du mich darum bittest.«

»Ich habe nicht die Absicht.«

»Es wäre soviel leichter.«

»Ja. Das wäre es. Aber nur zu Anfang.« Er stand auf. »Ich muß heute nachmittag nach Kent hinaus. Ißt du heute abend mit mir?« Er lächelte. »Würdest du auch mit mir frühstükken?«

»Vor Intimität im Bett hab ich keine Angst, Tommy.«

»Nein«, stimmte er zu. »Intimität im Bett ist einfach. Aber mit der Intimität zu leben, das ist höllisch schwer.«

Als Lynley auf dem Parkplatz des Bahnhofs in Sevenoaks anhielt, klatschten die ersten Regentropfen auf die Windschutzscheibe des Bentley. Er suchte in seiner Manteltasche nach der Wegbeschreibung, die sie in Lancashire unter den Besitztümern des Pfarrers gefunden hatten.

Es war leicht, ihr zu folgen. Sie führte ihn zunächst zur Hauptstraße, dann aus dem Ort hinaus. Ein paar Kurven über die Stelle hinaus, wo früher die Eichen gestanden hatten, die dem Ort ihren Namen gegeben hatten, und er war auf dem Land. An zwei kleinen Seitenstraßen vorbei fuhr er einen sanften Hügel hinauf und bog dann in eine kurze Einfahrt ein, an deren Beginn ein Schild mit der Aufschrift *Wealdon Oast* stand. Sie führte zu einem Backsteinhaus mit weißem Dach, das im Westen nach Sevenoaks hinunterschaute und im Süden auf Wald- und Ackerland. Land und Bäume waren jetzt winterlich trüb, doch während der anderen Jahreszeiten boten sie gewiß ein wunderbares Bild.

Er stellte seinen Wagen zwischen einem Sierra und einem Metro ab und fragte sich, ob Robin Sage den ganzen Weg vom Ort bis hierher zu Fuß gegangen war. Er war auf jeden Fall von Lancashire aus nicht mit dem Auto gefahren, und die Wegbeschreibung schien Lynley zweierlei zu verraten: Er hatte nicht die Absicht gehabt, nach seiner Ankunft mit dem Zug ein Taxi zu nehmen, und es hatte ihn auch niemand abgeholt oder versprochen, ihn abzuholen, weder am Bahnhof noch sonstwo im Ort.

Ein Holzschild, säuberlich gelb beschriftet und links von der Haustür befestigt, verriet, daß es sich hier nicht um ein Privathaus handelte, sondern um den Sitz eines geschäftlichen Unternehmens. *Gitterman Zeitarbeit*, stand darauf, und darunter, in kleineren Buchstaben, *Katherine Gitterman, Geschäftsführerin*.

Kate, dachte Lynley. Wieder eine Antwort auf eine der Fragen, die sich aus Sages Terminkalender ergeben hatten.

Die junge Frau am Empfang sah auf, als Lynley eintrat. Das ehemalige Wohnzimmer war jetzt ein Büro mit cremefarbenen Wänden, grünem Spannteppich und modernen Eichenmöbeln, die schwach nach Zitronenöl rochen. Die junge Frau, die am Telefon war, nickte ihm zu und sprach weiter in die Sprechmuschel.

»Ich kann Ihnen wieder Sandy geben, Mrs. Coatsworth. Sie ist doch mit Ihrem Personal gut ausgekommen, und – ja, das ist die mit der Zahnspange.« Die junge Frau sah Lynley an und verdrehte die Augen, die, wie er bemerkte, mit aquamarinblauem Lidschatten geschminkt waren, der genau zum Pullover paßte. »Ja, natürlich, Mrs. Coatsworth. Einen Augenblick bitte...« Auf ihrem Schreibtisch, auf dem peinliche Ordnung herrschte, lagen sechs braune Hefter. Sie schlug den ersten auf. »Das ist überhaupt kein Problem, Mrs. Coatsworth. Wirklich. Bitte, das ist doch selbstverständlich.« Sie blätterte in dem zweiten Hefter. »Mit Joy haben Sie es noch nicht versucht, nicht wahr?... Nein, sie hat keine Zahnspange. Schreibmaschine... Lassen Sie mich nachsehen...«

Lynley blickte nach links durch die Tür, die sich einem runden Raum öffnete, in dessen gekrümmte Wand ein halbes Dutzend Nischen eingebaut waren. In zwei davon saßen junge Frauen an elektrischen Schreibmaschinen, in einer dritten arbeitete ein junger Mann an einem Computer. Er sah kopfschüttelnd auf den Bildschirm und sagte: »Mann o Mann, das ist nun wirklich hinüber. Ich wette hundert Pfund, das war wieder so eine Stromschwankung.« Er beugte sich zum Boden hinunter und kramte in einem Werkzeugkasten mit Schalttafeln und irgendwelchen geheimnisvollen Geräten.

»Kann ich Ihnen behilflich sein, Sir?«

Lynley wandte sich wieder dem Empfang zu. Die Dame mit den Aquamarinaugen hatte ihren Bleistift gezückt, als wollte sie sich Notizen machen. Die braunen Hefter waren von ihrem Schreibtisch verschwunden, an ihrer Stelle lag ein gelber Schreibblock. Hinter ihr fiel von einem Strauß Gewächshausrosen, die in einer Vase auf einem auf Hochglanz polierten Beistelltischchen standen, ein Blütenblatt zu Boden. Lynley wartete nur darauf, daß augenblicklich ein gehetzter Wächter mit Besen und Schäufelchen erscheinen würde, um das störende Stück Blüte wegzufegen.

»Ich möchte zu Katherine Gitterman«, sagte er und zeigte seinen Dienstausweis. »New Scotland Yard.«

»Sie wollen zu Kate?« Die junge Frau schien so ungläubig, daß sie es versäumte, auch nur einen Blick auf seinen Ausweis zu werfen. »Zu Kate?«

»Ist sie zu sprechen?«

Den Blick immer noch auf ihn gerichtet, nickte sie, hob einen Finger, um ihm zu bedeuten, er möge warten, und tippte eine Nummer in ihr Telefon. Nach einem kurzen und gedämpften Gespräch, bei dem sie ihm den Rücken zuwandte, führte sie ihn an einem zweiten Empfangstisch vorbei, auf dem in gefälliger Fächerformierung die Post des Tages ausgelegt war. Sie öffnete die Tür hinter diesem Schreibtisch und wies auf eine Treppe.

»Da hinauf«, sagte sie und fügte mit einem Lächeln hinzu: »Sie haben ihren ganzen Tag durcheinandergebracht. Überraschungen mag sie gar nicht.«

Kate Gitterman erwartete ihn am Ende der Treppe, eine große Frau in einem Morgenrock aus kariertem Flanell, dessen Gürtel zu einer vollkommen symmetrischen Schleife gebunden war. Die vorherrschende Farbe des Kleidungsstücks war das gleiche Grün wie das des Teppichs, und darunter trug sie einen Pyjama identischer Färbung.

»Ich hatte die Grippe«, sagte sie. »Jetzt kämpfe ich noch mit den letzten Nachwehen. Ich hoffe, Sie lassen sich davon nicht stören.« Sie ließ ihm keine Gelegenheit zu einer Erwiderung. »Bitte kommen Sie.«

Sie führte ihn durch einen schmalen Flur in das Wohnzimmer einer modernen, gut ausgestatteten Wohnung. Irgendwo pfiff ein Wasserkessel, als sie eintraten, und mit einem »Einen Augenblick, bitte« eilte sie davon. Die Sohlen ihrer schmalen Lederpantoffeln klatschten auf das Linoleum, als sie in der Küche hin und her ging.

Lynley sah sich in dem Wohnzimmer um. Wie das Büro im Erdgeschoß war es ordentlich bis zur Zwanghaftigkeit, mit Regalen, Borden und Ständern, in denen jedes Ding seinen festen Platz zu haben schien. Die Kissen auf dem Sofa und in den Sesseln standen genau im selben Winkel, der kleine Orientteppich vor dem offenen Kamin lag genau in der Mitte. Im Kamin selbst brannte weder Holz noch Kohle, vielmehr eine Pyramide künstlicher Scheite, rotglühend wie schwelende Asche.

Er war gerade dabei, die Beschriftung ihrer Videobänder zu lesen – säuberlich aufgereiht unter einem Fernsehapparat –, als sie wieder reinkam.

»Ich versuche, mich fitzuhalten«, sagte sie, wohl um zu erklären, weshalb außer einer Aufnahme von Oliviers *Sturmhöhen* nur Kassetten mit Fitneßprogrammen irgendwelcher Filmschauspielerinnen vorhanden waren.

Er konnte sehen, daß körperliche Fitneß ihr etwa ebenso wichtig war wie peinliche Ordnung; ganz abgesehen davon, daß sie selbst schlank, straff und sportlich wirkte, war das einzige Bild im Zimmer eine gerahmte, auf Postergröße vergrößerte Fotografie von ihr selbst als Wettläuferin, die Nummer 194 auf der Brust. Sie trug ein rotes Stirnband und schwitzte stark, aber für die Kamera hatte sie dennoch ein strahlendes Lächeln zustande gebracht.

»Mein erster Marathonlauf«, bemerkte sie. »Der erste ist immer etwas ganz Besonderes.«

»Ja, das kann ich mir vorstellen.«

»Hm. Also...« Sie fuhr sich mit der Hand durch das hellbraune Haar mit den sorgfältig eingefärbten blonden Strähnchen. Es war ziemlich kurz geschnitten und zu einer modisch sportlichen Frisur geföntt, die auf häufige Besuche bei einem Friseur, der mit Schere und Farbe umzugehen wußte, schließen ließ. Im grauen Licht des regnerischen Tages und angesichts der Fältchen um die Augen hätte Lynley sie auf Mitte bis Ende vierzig geschätzt. Doch er konnte sich vorstellen, daß sie geschminkt und zurechtgemacht und im schmeichelnden künstlichen Licht eines Restaurants gesehen mindestens zehn Jahre jünger wirkte.

Sie hielt eine große Tasse, aus der duftender Dampf aufstieg. »Hühnerbrühe«, sagte sie. »Ich sollte Ihnen wohl auch etwas anbieten, aber ich habe leider keine Erfahrung darin, wie man sich benimmt, wenn die Polizei zu Besuch kommt. Und Sie sind doch von der Polizei, nicht wahr?«

Er reichte ihr seinen Ausweis. Im Gegensatz zu der Empfangsdame unten sah sie ihn sich genau an, ehe sie ihn zurückreichte.

»Ich hoffe, es geht nicht um eine meiner Angestellten.« Sie ging zum Sofa, setzte sich auf seine Kante und stellte die Tasse mit der Hühnerbrühe auf ihr Knie. Sie hatte die Schultern einer Schwimmerin und die kerzengerade Haltung einer viktorianischen Dame im engen Korsett. »Ich prüfe sie immer sehr gründlich, wenn sie sich bewerben. Ich nehme nur Leute mit ausgezeichneten Referenzen. Wenn die Mädchen von mehr als zwei ihrer Arbeitgeber schlechte Zeugnisse bekommen, nehme ich sie nicht. Darum habe ich auch nie Schwierigkeiten.«

Lynley setzte sich in einen der Sessel. »Ich bin wegen eines Mannes namens Robin Sage hier«, erklärte er. »Die Wegbeschreibung zu diesem Haus war unter seinen Sachen, und in seinem Terminkalender stand Ihr Vorname. Kennen Sie ihn? War er in letzter Zeit einmal bei Ihnen?«

»Robin? Ja.«

»Wann?«

Sie zog die Brauen zusammen. »Ich kann mich nicht genau erinnern. Es war irgendwann im Herbst. Vielleicht Ende September.«

»Könnte es der elfte Oktober gewesen sein?«

»Möglich ist es. Soll ich nachsehen?«

»Hatte er einen Termin?«

»So könnte man es nennen. Warum? Steckt er in irgendwelchen Schwierigkeiten?«

»Er ist tot.«

Sie umfaßte den Henkel ihrer Tasse etwas fester, doch das war die einzige Reaktion, die Lynley beobachten konnte. »Ist das ein polizeiliches Ermittlungsverfahren?«

»Er starb unter recht ungewöhnlichen Umständen.« Er wartete darauf, daß sie das Selbstverständliche tun und ihn nach den Umständen fragen würde. Als sie das nicht tat, fügte er hinzu: »Sage hat in Lancashire gelebt. Ich darf wohl annehmen, daß er nicht zu Ihnen kam, weil er eine Aushilfskraft engagieren wollte.«

Sie trank einen Schluck von ihrer Bouillon. »Er war hier, weil er mit mir über Susanna sprechen wollte.«

»Seine Frau.«

»Meine Schwester.« Sie zog ein weißes Taschentuch heraus, tupfte sich die Mundwinkel damit und steckte es wieder ein. »Ich hatte seit dem Tag ihrer Beerdigung nichts mehr von ihm gehört oder gesehen. Er war hier nicht gerade willkommen. Nach allem, was passiert war.«

»Zwischen ihm und seiner Frau?«

»Und mit dem Kind. Diese schreckliche Geschichte mit Joseph.«

»Er starb als Säugling, wenn ich recht unterrichtet bin.«

»Ja, er war gerade drei Monate alt. Es war ein plötzlicher

Kindstod. Susanna ging morgens zu ihm hinein, um ihn zu wecken. Sie glaubte, er hätte das erste Mal durchgeschlafen. Er war bereits seit Stunden tot. Sie brach ihm drei Rippen, als sie versuchte, ihn wiederzubeleben. Natürlich gab es eine Untersuchung. Und als das mit den gebrochenen Rippen bekannt wurde, war von Kindesmißhandlung die Rede.«

»Bei der Polizei?« fragte Lynley erstaunt. »Wenn die Knochen nach dem Tod gebrochen waren –«

»Dann konnte die Polizei das feststellen, ja, das weiß ich. Nein, bei der Polizei war nicht die Rede davon. Natürlich wurde meine Schwester verhört, aber sobald der Befund des Pathologen da war, hatte die Polizei keine Fragen mehr an sie. Aber die Leute haben natürlich getuschelt. Und Susanna befand sich ja in einer exponierten Stellung.«

Kate stand auf und ging zum Fenster. Sie schob die Vorhänge auf die Seite. Regen schlug gegen die Scheiben. Sie sagte sinnend, aber ohne sonderlichen Ingrimm: »Ich habe ihm die Schuld gegeben. Ich gebe sie ihm immer noch. Aber Susanna hat sich allein die Schuld gegeben.«

»Nun, das ist doch eine ziemlich normale Reaktion.«

»Normal?« Kate lachte leise. »Nichts war normal an ihrer Situation.«

Lynley wartete ohne Antwort oder Frage. Der Regen rann in Bächen an den Fensterscheiben herunter. Unten im Büro läutete ein Telefon.

»Joseph schlief die ersten zwei Monate in ihrem gemeinsamen Schlafzimmer.«

»Das ist doch wohl kaum anormal.«

Sie schien ihn nicht zu hören. »Dann bestand Robin darauf, daß er sein eigenes Zimmer bekam. Susanna wollte den Kleinen in ihrer Nähe haben, aber sie gab Robin nach. Das war ihre Art. Und er war sehr überzeugend.«

»Inwiefern?«

»Er behauptete steif und fest, ein Kind, gleich welchen Alters, könnte nicht wiedergutzumachenden Schaden erleiden, wenn es Zeuge der, wie Robin es in seiner unerschöpflichen Bildung nannte, ›Primärszene‹ zwischen seinen Eltern werde.« Kate wandte sich vom Fenster ab. »Robin weigerte sich, Susanna anzurühren, solange das Baby im Zimmer war. Als Susanne die – äh – ehelichen Beziehungen wiederaufnehmen wollte, mußte sie sich deshalb Robins Wünschen fügen. Aber Sie können sich denken, wie der Tod des Kleinen sich auf zukünftige Primärszenen zwischen ihnen auswirkte.«

Die Ehe sei sehr schnell in die Brüche gegangen, berichtete sie. Robin stürzte sich in seine Arbeit. Susanna versank in Depressionen.

»Ich lebte damals in London«, sagte Kate, »und holte sie eine Weile zu mir. Ich ging mit ihr in Galerien. Ich gab ihr Bücher, mit deren Hilfe sie die Vögel im Park identifizieren konnte. Ich habe ihr Spaziergänge durch die Stadt aufgezeichnet und sie gezwungen, jeden Tag einen zu machen. Irgend jemand mußte schließlich etwas tun. Ich hab's versucht.«

»Was?«

»Sie ins Leben zurückzuholen. Was glauben Sie denn? Sie schwelgte förmlich in Schuldgefühlen und Selbstekel. Das war nicht gesund. Und Robin war auch nicht gerade hilfreich.«

»Ich könnte mir denken, er war mit seinem eigenen Schmerz beschäftigt.«

»Sie weigerte sich einfach, einen Strich zu ziehen. Jeden Tag, wenn ich nach Hause kam, saß sie auf dem Bett und hielt das Foto des Babys an ihre Brust gedrückt und wollte einzig darüber sprechen und alles noch einmal durchleben. Tag für Tag. Als ob das ständige Reden etwas geholfen hätte!« Kate kehrte zum Sofa zurück und stellte die Tasse mit der Bouillon auf einen Beistelltisch. »Sie hat sich entsetzlich gequält. Sie konnte einfach nicht loslassen, obwohl ich ihr immer wieder gesagt habe, sie sei doch noch jung, sie könnte wieder ein Kind bekommen. Joseph war tot. Begraben. Ich hab ihr gesagt, wenn sie nicht aufhören würde, sich damit herumzuquälen, und endlich anfangen würde, für sich selbst zu sorgen, würde sie am Ende noch mit ihm begraben werden.«

»Was ja dann auch geschah.«

»*Er* war daran schuld. Er mit seinen Primärszenen und seinem elenden Glauben daran, daß Gott uns schon im Leben richtet. Das hat er nämlich zu ihr gesagt, wissen Sie. Josephs Tod war Gottes Werk. Ein entsetzlicher Mensch! Diesen Blödsinn brauchte Susanna in ihrem Zustand nun wirklich nicht. Man brauchte ihr doch nicht einzureden, sie sei bestraft worden. Und wofür überhaupt? Wofür?«

Zum zweitenmal zog Kate ihr Taschentuch heraus. Sie drückte es an ihre Stirn, obwohl sie nicht zu schwitzen schien.

»Entschuldigen Sie«, sagte sie. »Es gibt Dinge im Leben, an die man sich besser nicht erinnert.«

»Und warum ist Robin Sage nun zu Ihnen gekommen? Wollte er Erinnerungen mit Ihnen teilen?«

»Er hat sich plötzlich für sie interessiert«, antwortete sie. »In den sechs Monaten vor ihrem Tod hatte er sie völlig allein gelassen. Aber plötzlich war ihm das alles sehr wichtig. Was hat sie getan, während sie bei dir war, fragte er mich. Wohin ist sie gegangen? Wovon hat sie gesprochen? Wie hat sie sich verhalten? Mit wem hat sie sich getroffen?« Sie lachte voll Bitterkeit. »Nach all der Zeit. Am liebsten hätte ich ihm mitten in seine erbärmliche Trauermiene geschlagen. Damals konnte er sie gar nicht schnell genug begraben.«

»Wie meinen Sie das?«

»Jedesmal, wenn an der Küste eine Leiche angespült wurde, hat er sie als Susanna identifiziert. Es waren bestimmt zwei oder drei, und jedesmal sagte er, es handelte sich um Susanna. Falsche Größe, falsche Haarfarbe, wenn überhaupt noch Haare vorhanden waren, falsches Gewicht. Aber das spielte für ihn keine Rolle. Er war total versessen, sie begraben zu sehen, einfach widerlich.«

»Aber wieso war er so versessen darauf?«

»Ich weiß es nicht. Anfangs glaubte ich, er hätte eine andere Frau, die er heiraten wollte, und wollte Susanna deshalb so schnell wie möglich für tot erklären lassen.«

»Aber er hat nicht geheiratet.«

»Nein. Ich nehme an, die Frau, wer immer es gewesen sein mag, hat ihn fallenlassen.«

»Sagt Ihnen der Name Juliet Spence etwas? Hat er eine Frau namens Juliet Spence erwähnt, als er hier bei Ihnen war? Hat Susanna je von einer Juliet Spence gesprochen?«

Sie schüttelte den Kopf. »Warum?«

»Sie hat Robin Sage vergiftet. Letzten Monat in Lancashire.«

Kate hob eine Hand, als wollte sie ihr perfekt geföntes Haar berühren. Doch sie senkte sie sofort wieder. Ihr Blick schweifte einen Moment in die Ferne. »Ist das nicht seltsam? Ich stelle fest, daß ich richtig froh darüber bin.«

Lynley wunderte es nicht. »Hat Ihre Schwester je von anderen Männern gesprochen, als sie bei Ihnen wohnte? Hat sie sich mit anderen Männern getroffen, als ihre Ehe in die Brüche ging? Könnte ihr Mann dahintergekommen sein?«

»Sie hat nie von Männern gesprochen. Sie hat immer nur von kleinen Kindern gesprochen.«

»Nun, zwischen beidem besteht eine unvermeidliche Verbindung.«

»Ich habe immer schon gefunden, daß das eine ziemlich

unglückselige Eigenart unserer Gattung ist. Jeder keucht dem Orgasmus entgegen, ohne sich auch nur einen Moment lang bewußtzumachen, daß er lediglich eine biologische Falle zum Zweck der Vermehrung ist. Was für ein Blödsinn.«

»Die Menschen suchen eine Beziehung zueinander. Und mit der Liebe suchen sie Nähe.«

»Um so dümmer«, sagte Kate.

Lynley stand auf. Kate trat hinter ihn und richtete das Kissen in seinem Sessel wieder gerade. Mit einer Hand wischte sie über die Rückenlehne des Sessels. Er sah ihr zu und fragte sich dabei, wie ihre Schwester sich mit ihr gefühlt hatte. Schmerz braucht Akzeptanz und Verständnis. Zweifellos hatte sie sich von der ganzen Menschheit abgeschnitten gefühlt.

»Haben Sie eine Ahnung, weshalb Robin Sage den Sozialdienst London angerufen haben könnte?«

Kate zupfte ein Härchen vom Revers ihres Morgenrocks. »Sicherlich weil er mich suchte.«

»Sie vermitteln Hilfskräfte an den Sozialdienst?«

»Nein. Ich habe diese Firma erst seit acht Jahren. Vorher habe ich für den Sozialdienst gearbeitet. Deswegen wird er dort zuerst angerufen haben.«

»Aber Ihr Name stand vor seinen Anrufen oder Besuchen beim Sozialdienst in seinem Terminkalender. Wie kommt das?«

»Das kann ich nicht sagen. Vielleicht wollte er auf der Reise in die Erinnerung, die er anscheinend angetreten hatte, Susannas Papiere durchsehen. Als das Kind starb, schaltete sich natürlich der Sozialdienst in Truro ein. Vielleicht hat er ihre Papiere nach London verfolgt.«

»Aber warum?«

»Um sie zu lesen? Um irgend etwas zu berichten?«

»Um festzustellen, ob der Sozialdienst wußte, was jemand anders zu wissen behauptete?«

»Über Josephs Tod?«

»Wäre das eine Möglichkeit?«

Sie kreuzte die Arme unter ihrer Brust. »Das kann ich mir eigentlich nicht vorstellen. Wenn sich bei seinem Tod irgendwelche Verdachtsmomente ergeben hätten, dann wäre gehandelt worden, Inspector.«

»Vielleicht war es ein Grenzfall, etwas, das man so oder so auslegen konnte.«

»Aber weshalb sollte er sich dann jetzt plötzlich dafür interessiert haben? Von dem Moment an, als Joseph starb, interessierte Robin nichts anderes mehr als sein Amt. ›Gottes Gnade wird uns über diese Zeit hinweghelfen‹, sagte er immer zu Susanna.« Kate verzog den Mund in einem Ausdruck des Abscheus. »Ich sag's ganz ehrlich, ich hätte es ihr überhaupt nicht verübelt, wenn sie das Glück gehabt hätte, einen anderen Mann zu finden. Robin nur ein paar Stunden vergessen zu können, wäre schon das Paradies gewesen.«

»Ist es möglich, daß sie jemand anders gefunden hat? Hatten Sie das Gefühl?«

»Nein, sie hat nie etwas Derartiges angedeutet. Wenn sie nicht über Joseph gesprochen hat, hat sie mich über meine Fälle ausgefragt. Es war nur eine andere Art der Selbstbestrafung.«

»Sie waren damals Sozialarbeiterin? Ich hatte gedacht...« Er wies zur Treppe hin.

»...daß ich Sekretärin war? Nein. Ich war viel ambitionierter. Ich habe einmal daran geglaubt, ich könnte den Menschen helfen. Etwas verändern. Etwas verbessern. Heute kann ich darüber nur lachen. Zehn Jahre beim Sozialdienst haben gereicht.«

»Auf welchem Gebiet haben Sie gearbeitet?«

»Mit Müttern und Säuglingen«, antwortete sie. »Hausbesuche. Und mit der Zeit wurde mir immer klarer, was für einen Mythos unsere Kultur da um die Geburt kreiert hat, indem sie sie als höchsten Lebenssinn der Frau darstellt. So ein unerträglicher Quatsch, nur von Männern erfunden. Die meisten Frauen, die ich gesehen habe, waren total unglücklich, wenn sie nicht zu ungebildet oder zu unwissend waren, um das Ausmaß ihres Dilemmas überhaupt zu erkennen.«

»Aber Ihre Schwester hat an den Mythos geglaubt.«

»Ja. Und er hat sie umgebracht, Inspector.«

25

»Was mir aufstößt, ist die Tatsache, daß er einfach drauflos identifiziert hat«, sagte Lynley. Er nickte dem diensthabenden Beamten zu, zeigte seinen Ausweis und fuhr die Rampe hinunter in die Tiefgarage von New Scotland Yard. »Warum hat er bei jeder Toten, die gefunden wurde, gesagt, es sei seine Frau? Warum hat er nicht einfach gesagt, er sei nicht sicher? Es spielte doch im Grunde keine Rolle. Eine Obduktion wäre bei den Leichen so oder so durchgeführt worden. Das muß er doch gewußt haben.«

»Mich erinnert das ein bißchen an Max de Winter«, antwortete Helen.

Lynley lenkte den Wagen in eine Lücke in der Nähe des Aufzugs. »Wir sollen glauben, daß sie es verdient hat zu sterben«, meinte er nachdenklich.

»Susanna Sage?«

Er stieg aus dem Wagen und öffnete Helen die Tür. »Rebecca«, sagte er. »Sie war böse, lasziv, sündhaft...«

»Genau die Art von Frau, die man gern bei einer Dinner-party dabeihaben möchte, damit sie ein bißchen Leben in die Bude bringt.«

»Und sie hat ihn mit einer Lüge dazu getrieben, sie zu töten.«

»Ach ja? Ich erinnere mich gar nicht mehr richtig an die Geschichte.«

Lynley nahm ihren Arm und führte sie zum Lift. »Sie hatte Krebs«, sagte er, während sie warteten. »Sie wollte sich das Leben nehmen, aber ihr fehlte der Mut, es selbst zu tun. Und weil sie ihn haßte, brachte sie ihn dazu, es für sie zu tun. Damit zerstörte sie nicht nur sich selbst, sondern auch ihn. Und als er es getan und das Boot in der Bucht von Manderley versenkt hatte, mußte er warten, bis irgendwo an der Küste eine weibliche Leiche angespült wurde, damit er dann behaupten konnte, es handle sich um Rebecca, die bei einem Sturm mit ihrem Boot verschollen war.«

»Armes Ding.«

»Wer?«

Helen tippte sich mit dem Finger nachdenklich an die Wange. »Ja, das ist das Problem, nicht wahr? Wir sollen mit einer Person mitleiden, aber es kommt einem schon ein bißchen schlecht vor, sich auf die Seite eines Mörders zu schlagen.«

»Rebecca war zügellos, sie hatte kein Gewissen. Wir sollten den Mord als entschuldbare Handlung sehen.«

»Und war er das? Ist das ein Mord jemals?«

»Das ist die Frage«, erwiderte er.

Sie traten in den Lift und fuhren schweigend aufwärts. Auf seiner Rückfahrt in die Stadt hatte es zu regnen angefangen. In einem Verkehrsstau in Blackheath steckend, hatte er beinahe die Hoffnung aufgegeben, je auf die andere Seite der Themse zu kommen. Dennoch hatte er es geschafft, um sieben am Onslow Square zu sein, um Viertel nach acht hatten sie sich im *Green's* zum Abendessen gesetzt, und jetzt, zwanzig Minuten vor elf, waren sie auf dem Weg in sein Büro, um zu sehen, was Barbara Havers ihm aus Truro gefaxt hatte.

Zwischen ihnen bestand ein wortloser Waffenstillstand. Sie hatten über das Wetter gesprochen, über die Entscheidung seiner Schwester, ihr Land und ihre Schafherden in West Yorkshire zu verkaufen und in den Süden zurückzukehren, um in der Nähe seiner Mutter sein zu können, und über eine Winslow-Homer-Ausstellung, die bald nach London kommen würde. Er spürte, wie sehr sie darum bemüht war, ihn auf Abstand zu halten, und er half ihr dabei, ohne darüber besonders glücklich zu sein. Aber er wußte, daß er mit Geduld mehr Aussicht hatte, ihr Vertrauen zu gewinnen, als mit Konfrontation.

Die Aufzugtüren öffneten sich, selbst New Scotland Yard schien um diese Zeit wie ausgestorben. Doch zwei von Lynleys Kollegen standen an der Tür zu einem der Büros, tranken Kaffee aus Plastikbechern, rauchten und unterhielten sich über den letzten Minister, der mit heruntergelassener Hose hinter dem King's Cross Bahnhof, wo die Straßenmädchen ihre Waren feilboten, ertappt worden war.

»Da bumst der Idiot irgend so ein Flittchen, während England zum Teufel geht«, bemerkte Phillip Hale finster. »Was ist mit diesen Kerlen eigentlich los?«

John Stewart schnippte Zigarettenasche auf den Boden. »Na, mit so einer Puppe im Lederrock eine Nummer zu schieben ist bestimmt lustiger, als über dem Haushaltsdefizit zu brüten.«

»Aber das war ja nicht einmal ein Callgirl. Das war ein billiges Strichmädchen. Mensch, John, du hast sie doch *gesehen*.«

»Ja, und seine Frau hab ich auch gesehen.«

Die beiden Männer lachten. Lynley warf Helen einen Blick

zu. Ihre Miene war unergründlich. Er führte sie mit einem Nicken an seinen Kollegen vorbei.

»Sind Sie nicht im Urlaub?« rief Hale ihnen nach.

»Wir sind in Griechenland«, antwortete Lynley.

In seinem Büro zog er seinen Mantel aus und hängte ihn an der Tür auf. Er wartete auf ihre Reaktion. Aber sie sagte nichts über das kurze Gespräch, das sie gehört hatte.

»Glaubst du, daß Robin Sage sie getötet hat, Tommy?«

»Es war Nacht und stürmische See. Niemand hat gesehen, daß seine Frau sich von der Fähre stürzte, niemand konnte seine Behauptung bestätigen, er sei, als er den Salon verließ, nur in die Bar gegangen, um etwas zu trinken.«

»Aber er, ein Geistlicher! So etwas zu tun und danach weiterhin sein Amt zu versehen, als wäre nichts geschehen.«

»Genau das hat er ja nicht getan. Er hat seine Position in Truro unmittelbar nach dem Tod seiner Frau aufgegeben. Er hat eine ganz andere Art der Seelsorge übernommen und sich an Orte versetzen lassen, wo ihn keiner kannte.«

»Weil er etwas zu verbergen hatte, meinst du? Weil den Leuten, die ihn ja nicht kannten, sein eventuell verändertes Verhalten nicht aufgefallen wäre?«

»Möglich.«

»Aber warum hätte er sie überhaupt töten sollen? Was wäre sein Motiv gewesen? Eifersucht? Zorn? Rache? Eine Erbschaft?«

Lynley griff zum Telefon. »Mir scheint, es gibt da drei Möglichkeiten. Sie hatten sechs Monate zuvor ihr einziges Kind verloren.«

»Aber du hast doch gesagt, es war plötzlicher Kindstod.«

»Vielleicht hat er sie dafür verantwortlich gemacht. Es kann auch sein, daß er eine Beziehung zu einer anderen Frau hatte und wußte, daß er als Geistlicher, wenn er sich scheiden ließ, keine Karriere mehr zu erwarten hatte.«

»Oder aber sie hatte eine Beziehung zu einem anderen Mann, und er ist dahintergekommen und hat im Affekt gehandelt?«

»Oder die letzte Möglichkeit: Es war tatsächlich Selbstmord, und die kopflosen Identifizierungsversuche waren ehrliche Irrtümer eines in seinem Schmerz völlig verstörten Witwers. Aber keine dieser Möglichkeiten bietet eine Erklärung dafür, warum er im Oktober Susannas Schwester aufgesucht hat. Und wo paßt eigentlich Juliet Spence ins Bild?«

Er hob den Hörer ab. »Du weißt doch, wo das Fax steht, nicht wahr, Helen? Würdest du mal nachsehen, ob Havers die Zeitungsberichte geschickt hat?«

Als sie gegangen war, rief er im *Crofter's Inn* an.

»Ich habe Denton eine Nachricht hinterlassen«, sagte St. James, als Dora Wragg die Verbindung hergestellt hatte. »Er sagte, er habe dich den ganzen Tag nicht zu Gesicht bekommen und habe dich auch nicht erwartet. Ich vermute, er hängt jetzt am Telefon und ruft sämtliche Krankenhäuser zwischen London und Manchester an, weil er glaubt, du wärst irgendwo gegen einen Baum gerast.«

»Ich werd mich bei ihm melden. Wie war es in Aspatria?«

St. James berichtet ihm die Fakten, die sie während ihres Besuchs in Cumbria zusammengetragen hatten. Mittags war, wie er Lynley mitteilte, der erste Schnee gefallen und hatte sie dann bis nach Lancashire zurück verfolgt.

Vor ihrem Umzug nach Winslough war Juliet Spence als Verwalterin im Sewart House angestellt gewesen, einem großen Besitz etwa sechs Meilen außerhalb von Aspatria, einsam gelegen wie Cotes Hall und zu jener Zeit lediglich im Monat August bewohnt, wenn der Sohn des Eigentümers mit seiner Familie zu einem längeren Urlaub aus London heraufzukommen pflegte.

»Ist sie gefeuert worden?« fragte Lynley.

Keineswegs, antwortete St. James. Nach dem Tod des Eigentümers war das Haus in die Hände des National Trust übergegangen. Die Vertreter des Trust hatten Juliet Spence gebeten, auch in Zukunft zu bleiben, wenn das Haus und der Park zur öffentlichen Besichtigung freigegeben werden würden. Sie hatte es vorgezogen, nach Winslough zu gehen.

»Und hat es irgendwelche Probleme gegeben, während sie in Aspatria lebte?«

»Keine. Ich habe mich mit dem Sohn des Eigentümers unterhalten. Er hat sie nur gelobt und hatte die kleine Maggie offensichtlich sehr gern.«

»Also nichts«, meinte Lynley nachdenklich.

»Na ja, wer weiß. Deborah und ich haben fast den ganzen Tag für dich herumtelefoniert.«

Ehe Juliet Spence nach Aspatria gegangen war, berichtete St. James, hatte sie in Northumberland gearbeitet, nicht weit von einem kleinen Dorf namens Holystone. Sie war dort die Haushälterin und Gesellschafterin einer invaliden alten Dame gewesen, Mrs. Soames-West, die allein in einem kleinen Herrenhaus nördlich des Dorfs gelebt hatte.

»Mrs. Soames-West hat keinerlei Angehörige in England«, sagte St. James. »Und ich hatte den Eindruck, daß sie auch seit Jahren keinen Besuch mehr gehabt hat. Aber sie hat sehr viel von Juliet Spence gehalten, hat sie nur ungern ziehen lassen und bat mich extra, sie zu grüßen.«

»Und warum ist Juliet Spence gegangen?«

»Sie hat keinen Grund angegeben. Sie sagte nur, sie habe eine andere Stellung gefunden.«

»Und wie lange war sie bei dieser Mrs. Soames-West?«

»Zwei Jahre. Und zwei Jahre in Aspatria.«

»Und davor?« Lynley sah auf, als Helen mit ganzen Papiergirlanden über dem Arm zurückkehrte. Sie reichte sie ihm. Er legte sie auf den Schreibtisch.

»Zwei Jahre auf Tiree.«

»Hebriden?«

»Ja. Und davor Benbecula. Du siehst wohl, wie der Hase läuft.«

Ja, er sah es. Ein Ort war abgelegener als der nächste. Wenn das so weiterging, dachte er, würde sich herausstellen, daß sie ihre erste Anstellung in Island gehabt hatte.

»Auf Benbecula hat sich die Spur verloren«, fuhr St. James fort. »Sie hat dort in einem kleinen Gästehaus gearbeitet, aber niemand konnte mir sagen, woher sie gekommen war.«

»Merkwürdig.«

»Wenn man bedenkt, wie lange das alles her ist, finde ich diese eine Tatsache nicht sonderlich verdächtig. Andererseits finde ich dieses ewige Umherziehen doch ziemlich suspekt, aber ich bin wahrscheinlich jemand, der fest an der Scholle klebt.«

Helen saß in dem Sessel vor Lynleys Schreibtisch. Er hatte statt der Neonbeleuchtung nur die Schreibtischlampe eingeschaltet, so daß sie jetzt fast ganz im Schatten saß, da Licht nur auf ihre Hände fiel. Er sah, daß sie einen Perlenring trug, den er ihr zu ihrem zwanzigsten Geburtstag geschenkt hatte. Seltsam, daß ihm das nicht früher aufgefallen war.

St. James sagte gerade: »...also werden sie trotz ihrer Wanderlust im Augenblick wohl nirgendwohin gehen.«

»Wer?«

»Juliet Spence und ihre Tochter. Sie war heute nicht in der Schule, wie mir Josie erzählte, und daraufhin dachten wir zunächst, sie hätten davon gehört, daß du nach London gefahren bist, und hätten sich davongemacht.«

»Du bist sicher, daß sie noch in Winslough sind?«

»O ja, sie sind hier. Josie erzählte uns beim Abendessen sehr ausführlich, daß sie gegen fünf Uhr fast eine Stunde

lang mit Maggie telefoniert hätte. Maggie behauptet, sie hätte die Grippe, aber Josie meint, sie hätte die Schule geschwänzt, weil sie sich mit ihrem Freund verkracht hat. Wie dem auch sei, auch wenn sie nicht krank ist und sie vorhaben zu verschwinden, dürfte das jetzt unmöglich sein. Es schneit seit mehr als sechs Stunden, und die Straßen sind die Hölle. Wenn sie weg wollen, dann müssen sie schon Skier nehmen.«
Im Hintergrund machte Deborah eine Bemerkung, worauf St. James hinzufügte: »Richtig. Deborah sagt, du solltest dir vielleicht lieber einen Range Rover mieten und nicht mit dem Bentley zurückkommen. Wenn das so weiterschneit, wirst du so wenig hier hereinkommen, wie alle anderen hinauskommen.«

Lynley versprach, sich das zu überlegen, und legte dann auf.

»Und?« fragte Helen, als er die Faxschreiben nahm und auf dem Schreibtisch ausbreitete.

»Die Sache wird immer merkwürdiger«, antwortete er. Er nahm seine Brille heraus und begann zu lesen. Die Fakten waren völlig ungeordnet, Havers schien die Unterlagen mit einer Nachlässigkeit durchgelassen zu haben, die er bei ihr überhaupt nicht gewöhnt war. Irritiert nahm er eine Schere aus dem Schreibtisch, schnitt die ganze lange Geschichte auseinander und war gerade dabei, die einzelnen Artikel chronologisch zu ordnen, als das Telefon läutete.

»Denton ist überzeugt, daß Sie tot sind«, sagte Sergeant Havers.

»Havers, was haben Sie sich eigentlich gedacht? Auf diesem Fax geht es ja wie Kraut und Rüben durcheinander.«

»Tatsächlich? Oh, da hat mich wahrscheinlich der schöne Mann durcheinandergebracht, der den Kopierer neben mir benützte. Er sah aus wie Ken Branagh. Ich kann mir allerdings nicht vorstellen, wozu Ken Branagh einen Handzettel für einen Antiquitätenmarkt kopieren mußte. Na ja... Er behauptet übrigens, Sie führen viel zu schnell.«

»Wer? Kenneth Branagh?«

»Nein, Denton. Und da Sie sich nicht bei ihm gemeldet haben, nimmt er an, daß Sie irgendwo wie ein zerquetschter Käfer auf dem M1 oder dem M6 liegen. Wenn Sie mit Helen zusammenzögen, oder sie mit Ihnen, würden Sie uns allen das Leben wesentlich erleichtern.«

»Ich arbeite daran, Sergeant.«

»Gut. Rufen Sie den armen Kerl an, ja? Ich hab ihm gesagt, daß Sie um eins noch gelebt haben, aber er hat's mir nicht geglaubt, weil ich Ihr Gesicht nicht gesehen hatte. Ich meine, was ist schon eine Stimme am Telefon? Jeder kann Sie nachgeahmt haben.«

»Okay, ich melde mich«, versprach Lynley. »Also, was haben Sie? Ich weiß, daß Joseph den plötzlichen Kindstod gestorben ist...«

»Fleißig, fleißig, Inspector. Das gleiche noch mal, und Sie wissen, was es mit Juliet Spence auf sich hat.«

»Was?«

»Plötzlicher Kindstod.«

»Sie hatte ein Kind, das an plötzlichem Kindstod gestorben ist?«

»Nein. Sie ist selbst daran gestorben.«

»Havers, um Himmels willen! Das ist die Frau in Winslough.«

»Kann schon sein, aber die Juliet Spence, die mit den Sages in Cornwall zu tun hat, liegt tot und begraben auf demselben Friedhof wie die Familie Sage, Inspector. Sie ist vor vierundvierzig Jahren gestorben. Genauer gesagt, vierundvierzig Jahre, drei Monate und sechzehn Tage.«

Lynley zog das Bündel nunmehr geordneter Papiere zu sich heran, während Helen fragte: »Was ist?« und Havers weitersprach.

»Die Verbindung, nach der Sie gesucht haben, bestand nicht zwischen Juliet Spence und Susanna. Sie bestand zwischen Susanna und Juliets Mutter, Gladys. Sie lebt übrigens heute noch in Tresillian. Ich habe heute nachmittag mit ihr Tee getrunken.«

Er überflog die Kopie des ersten Artikels und schob den Moment hinaus, da er das dunkle, grobkörnige Foto, das zu dem Bericht gehörte, würde betrachten müssen.

»Sie kannte die ganze Familie – Robin ist in Tresillian aufgewachsen, und sie hat seinen Eltern das Haus geführt –, und sie kümmert sich immer noch um den Blumenschmuck der hiesigen Kirche. Ich schätze sie auf ungefähr siebzig und bin überzeugt, sie würde uns beide im Tennis schlagen. Kurz und gut, sie und Susanna kamen sich nach dem Tod des kleinen Joseph eine Weile ziemlich nahe. Da sie das gleiche durchgemacht hatte, wollte sie Susanna helfen, soweit diese das zuließ, aber sehr weit ging es offenbar nicht.«

Er holte ein Vergrößerungsglas aus der Schreibtischschublade, hielt es über die gefaxte Fotografie und wünschte, er hätte das Original vor sich. Die Frau auf dem Foto hatte ein volleres Gesicht als Juliet Spence, das Haar schien dunkler zu sein, fiel ihr lockig über die Schultern herab. Doch seit die Aufnahme gemacht worden war, war mehr als ein Jahrzehnt vergangen. Die Jugendlichkeit dieser Frau war vielleicht der Reife einer anderen gewichen. Trotzdem war die Ähnlichkeit unverkennbar.

Havers fuhr fort: »Sie hat mir erzählt, sie und Susanna seien nach der Beerdigung des Kindes viel zusammengewesen. Sie sagte, der Verlust eines Kindes, besonders ein solcher Verlust eines Säuglings, sei etwas, worüber eine Frau niemals hinwegkommt. Sie denkt heute noch jeden Tag an ihre Juliet und vergißt niemals ihren Geburtstag. Und immer fragt sie sich, zu was für einem Menschen sie sich wohl entwickelt hätte. Sie hat mir erzählt, daß sie heute noch von dem Nachmittag träumt, als das Kind plötzlich nicht mehr erwachte.«

Es war eine Möglichkeit, unklar wie die Fotografie selbst, aber dennoch real.

»Sie bekam nach Juliet noch zwei Kinder, Gladys, meine ich. Sie versuchte, Susanna damit zu trösten, daß der schlimmste Schmerz vorbeigehen würde, wenn andere Kinder kämen. Aber Gladys hatte außerdem ein Kind, das *vor* Juliet geboren und am Leben geblieben war. Susanna hielt ihr das immer vor.«

Er legte das Vergrößerungsglas und die Fotografie weg. Nur über einen Punkt mußte er sich noch Gewißheit verschaffen, ehe er handelte. »Havers«, sagte er, »hat man Susannas Leiche je gefunden? Und wenn ja, wer hat sie gefunden und wo?«

»Sie ist nie gefunden worden. Auch das hat Gladys mir erzählt. Es hat zwar eine Trauerfeier stattgefunden, aber das Grab ist leer. Nicht einmal ein Sarg ist darin.«

Er beendete das Gespräch und nahm seine Brille ab. Er polierte ihre Gläser sorgfältig mit einem Taschentuch, ehe er sie wieder aufsetzte. Er blickte auf seine Notizen hinunter – Aspatria, Holystone, Tiree, Benbecula – und ihm wurde klar, was sie zu tun versucht hatte. Der Grund für dies alles, dessen war er sicher, lag bei Maggie.

»Ein und dieselbe Person, nicht wahr?« Helen stand aus ihrem Sessel auf und stellte sich hinter ihn, um über seine Schulter hinweg auf die Papiere hinunterzublicken, die er vor sich ausgebreitet hatte. Sie legte ihre Hand auf seine Schulter.

Er legte die seine darauf. »Ja, ich glaube, so ist es«, sagte er.

»Und was bedeutet es?«

Er sprach nachdenklich. »Sie wird eine Geburtsurkunde für einen neuen Paß gebraucht haben, da sie in Frankreich ja heimlich von der Fähre verschwinden wollte. Vielleicht hat sie sich auf dem Standesamt eine Kopie der Geburtsurkunde dieser Juliet Spence besorgt, vielleicht hat sie auch Gladys ohne deren Wissen das Original entwendet. Vor ihrem ›Selbstmord‹ war sie bei ihrer Schwester in London. Da hätte sie Zeit gehabt, alles zu arrangieren.«

»Aber warum?« fragte Helen. »Warum hat sie das getan?«

»Vielleicht weil sie tatsächlich die Frau war, die im Ehebruch ergriffen wurde.«

Sachte Bewegung im Bett weckte Helen am folgenden Morgen, und sie öffnete blinzelnd ein Auge. Graues Licht drang durch die Vorhänge und fiel auf ihren Lieblingssessel, über dessen Lehne ein Mantel geworfen war. Die Uhr auf ihrem Nachttisch zeigte kurz vor acht an. »Du lieber Gott«, murmelte sie, knüllte ihr Kopfkissen zusammen und drückte mit Entschlossenheit ihre Augen zu. Wieder bewegte sich das Bett.

»Tommy«, sagte sie, griff blind nach der Uhr und drehte sie zur Wand, »ich glaube, es ist noch nicht einmal Tag. Wirklich, Darling. Du brauchst noch ein bißchen Schlaf. Wann sind wir denn eigentlich ins Bett gekommen? Das war doch bestimmt zwei Uhr?«

»Verdammt«, sagte er leise. »Ich weiß es. Ich weiß es genau.«

»Gut. Dann leg dich wieder hin.«

»Die Lösung ist hier, Helen, irgendwo hier.«

Sie runzelte die Stirn und wälzte sich auf die andere Seite, sah, daß er aufrecht im Bett saß, die Brille fast vorn an der Nasenspitze, und einen ganzen Wust von Zetteln, Flugblättern, Fahrscheinen, Programmen und anderen Papieren durchging, die er auf dem Bett ausgebreitet hatte. Sie gähnte und erkannte im gleichen Moment, was das für Papiere waren. Sie hatten Robin Sages Karton mit dem Etikett *Verschiedenes* am vergangenen Abend dreimal durchgewühlt, ehe sie aufgegeben hatten und zu Bett gegangen waren. Aber Tommy war, wie es schien, noch nicht fertig damit. Er beugte sich vor, blätterte eines der Häufchen durch und lehnte sich wieder gegen das Kopfende des Bettes, als wartete er auf die große Erleuchtung.

»Die Lösung ist hier«, sagte er wieder. »Ich weiß es.«

Helen streckte unter der Decke ihren Arm aus und legte ihre Hand auf seinen Schenkel. »Sherlock Holmes hätte das Rätsel längst gelöst«, stellte sie fest.

»Bitte, erinnere mich nicht daran.«

»Hm. Du bist so schön warm.«

»Helen, ich versuche mich hier im deduktiven Denken.«

»Stör ich dich dabei?«

»Was glaubst du wohl?«

Sie lachte, griff nach ihrem Morgenrock, legte ihn sich um die Schultern und setzte sich zu ihm. Sie nahm eines der Papierhäufchen und blätterte es durch. »Ich dachte, du hättest die Lösung. Wenn Susanna wußte, daß sie schwanger war, und wenn das Kind nicht von ihm war, und wenn es keine Möglichkeit für sie gab, es als seins auszugeben, weil sie nicht mehr miteinander schliefen, was ja ihrer Schwester zufolge der Fall gewesen zu sein scheint... Was brauchst du denn noch?«

»Mir fehlt immer noch ihr Grund, ihn zu töten. Im Augenblick haben wir nur einen Grund für ihn, sie zu töten.«

»Vielleicht wollte er sie zurückhaben, und sie wollte nicht.«

»Na, er konnte sie wohl kaum zwingen.«

»Aber vielleicht hatte er vor zu behaupten, das Kind sei von ihm. Vielleicht wollte er sie durch Maggie zwingen.«

»Eine genetische Untersuchung hätte so einen Plan sehr schnell zum Scheitern gebracht.«

»Dann war Maggie vielleicht doch sein Kind. Vielleicht war er tatsächlich an Josephs Tod schuld, oder vielleicht glaubte Susanna, er sei schuld daran gewesen, und als sie entdeckte, daß sie wieder schwanger war, wollte sie ihn auf keinen Fall an dieses zweite Kind heranlassen.«

Lynley verwarf das mit einem kurzen Brummen und griff nach Robin Sages Terminkalender. Helen sah, daß er, während sie geschlafen hatte, auch das Telefonbuch herbeigeholt hatte. Es lag aufgeschlagen am Fußende des Betts.

»Dann... Warte mal.« Sie ging wiederum das dünne Bündel Papiere durch, das sie in der Hand hielt, und fragte sich, warum, um alles in der Welt, sich irgend jemand bemüßigt fühlte, diese schmutzigen Handzettel aufzuheben, die einem auf der Straße an jeder Ecke in die Hand gedrückt wurden. Sie selbst hätte sie in den nächsten Abfalleimer geworfen.

Sie gähnte. »Erinnert mich irgendwie an die ausgestreuten Brotstückchen, die einem den Weg zeigen sollen«, bemerkte sie.

Er blätterte im Telefonbuch ganz nach hinten und suchte. »Sechs insgesamt«, sagte er. »Ein Glück, daß es nicht Smith war.« Er sah auf seine Taschenuhr, die offen auf seinem Nachttisch lag, und schlug die Decke zurück. Die Zettel flatterten in die Höhe wie vom Wind getriebene Blätter.

»Waren das Hänsel und Gretel, die die Brotkrumen ausgestreut haben, oder Rotkäppchen?« fragte Helen.

Er kramte in seinem Koffer, der offen auf dem Boden stand, die Kleidungsstücke darin ein einziges Durcheinander, bei dessen Anblick Denton entsetzt gewesen wäre. »Wovon redest du überhaupt, Helen?«

»Von diesen Papieren hier. Sie kommen mir vor wie so eine Brotkrumen-Spur. Nur hat er sie nicht ausgestreut, sondern er hat sie aufgehoben.«

Lynley fand den Gürtel seines Morgenrocks, setzte sich zu ihr aufs Bett und las noch einmal die Handzettel. Sie las sie mit ihm: Auf dem ersten wurde ein Konzert in St. Martin-in-the-Fields angekündigt; der zweite war eine Reklame für einen Autohändler in Lambeth; der dritte rief zu einer Versammlung im Rathaus von Camden auf; der vierte pries einen Frisiersalon in der Clapham High Street an.

»Er ist mit dem Zug hergekommen«, sagte Lynley nachdenklich und begann, die Handzettel neu zu ordnen. »Gib mir doch mal den Plan von der Untergrundbahn, Helen.«

Mit dem Plan in einer Hand fuhr er fort, die Handzettel zu ordnen, bis er die Versammlung im Rathaus von Camden an erster Stelle hatte, das Konzert an zweiter, den Autohändler an dritter und den Frisiersalon an vierter Stelle. »Den ersten hat er sicher am Euston Bahnhof mitgenommen«, meinte er.

»Und wenn er nach Lambeth wollte, dann hat er die Northern Line genommen und ist in Charing Cross umgestiegen«, sagte Helen.

»Und da wird er dann den zweiten Zettel bekommen haben, den für das Konzert. Aber wie kommen wir dann zur Clapham High Street?«

»Vielleicht ist er da zuletzt hingefahren, nachdem er in Lambeth war. Steht in seinem Terminkalender nichts?«

»Unter dem Datum seines letzten Tags in London steht nur Yanapapoulis.«

»Yanapapoulis«, wiederholte sie seufzend. »Griechisch.« Sie spürte eine leichte Traurigkeit. »Diese Woche habe ich uns gründlich verpatzt. Jetzt, in diesem Moment, könnten wir dort sein. In Korfu.«

Er legte seinen Arm um sie und küßte sie. »Es spielt doch

keine Rolle. Wir würden dort das gleiche tun, was wir jetzt hier tun.«

»Uns über die Clapham High Street unterhalten? Das bezweifle ich.«

Er lächelte und legte seine Brille auf den Tisch. Er strich ihr das Haar zurück und küßte sie auf den Hals. »Nein, das nicht gerade«, murmelte er. »Über die Clapham High Street sprechen wir später...«

Und das taten sie auch, etwas mehr als eine Stunde später.

Lynley war damit einverstanden, daß Helen den Kaffee machte, aber nach dem Mittagessen, das sie ihm am Tag zuvor geboten hatte, war er nicht bereit, sie das Frühstück machen zu lassen. Er schlug die sechs Eier, die er im Kühlschrank fand, gab Schmelzkäse, entkernte schwarze Oliven und ein paar Pilze dazu. Er machte eine Dose geschnipselte Grapefruit auf, verteilte sie auf Schälchen, zierte sie mit einer Maraschinokirsche und ging daran, den Toast zu machen.

Helen hatte inzwischen Telefondienst. Als er das Frühstück fertig hatte, hatte sie fünf der sechs Yanapapoulis angerufen, die er im Telefonbuch gefunden hatte, hatte sich vier griechische Restaurants notiert, die sie noch nicht kannte, hatte ein Rezept für einen Mohnkuchen mit Ouzo bekommen – »Du meine Güte, das klingt ja richtig feuergefährlich« –, hatte versprochen, eine Beschwerde über Inkompetenz der Polizei bei einem Einbruch in der Nähe von Nottinghill Gate an ihre »Vorgesetzten« weiterzugeben, und ihre Ehre gegen die Anschuldigungen einer kreischenden Frau verteidigt, die sie für die Geliebte ihres auf Abwegen wandelnden Ehegatten hielt.

Lynley hatte ihre Teller auf den Tisch gestellt und schenkte gerade Kaffee und Orangensaft ein, als Helen mit ihrem letzten Anruf endlich einen Volltreffer landete. Sie hatte gefragt, ob sie Mutter oder Vater sprechen könnte. Die

Antwort nahm einige Zeit in Anspruch. Lynley war dabei, Orangenmarmelade auf seinen Teller zu löffeln, als Helen sagte: »Ach, das tut mir aber wirklich leid. Und was ist mit deiner Mutter? Ist sie da?... Aber du bist doch nicht allein zu Hause, oder? Müßtest du nicht in der Schule sein?... Ach so! Ja, wenn Linus eine Erkältung hat, muß sich natürlich jemand darum kümmern... Mit Salzwasser gurgeln, das ist sehr gut bei Halsschmerzen.«

»Helen, was zum Teufel...«

Sie hob abwehrend eine Hand. »Wo ist sie?... Ich verstehe. Könntest du mir vielleicht den Namen geben?« Lynley sah, wie ihre Augen groß wurden und ein Lächeln sich langsam auf ihrem Gesicht ausbreitete. »Wunderbar«, sagte sie. »Das ist ganz wunderbar, Philip. Du warst mir wirklich eine große Hilfe. Vielen herzlichen Dank... Ja, gib ihm die Hühnerbouillon.« Sie legte auf und lief aus der Küche hinaus.

»Helen, ich hab das Frühstück...«

»Nur einen Moment, Darling.«

Brummend probierte er von dem Omelett. So schlecht war es gar nicht. Denton hätte zwar eine solche Kombination niemals serviert oder gutgeheißen, aber Denton war sowieso reichlich engstirnig, was das Essen anging.

»Hier! Schau!« In einem Wirbel burgunderroter Seide kam Helen mit klappernden Absätzen wieder in die Küche gelaufen – sie war die einzige Frau, die Lynley kannte, die tatsächlich hochhackige Pantöffelchen mit puderquastenartigen Pompons trug, die farblich auf ihr jeweiliges nächtliches Ensemble abgestimmt waren – und hielt ihm einen der Handzettel hin, die sie sich zuvor angesehen hatten.

»Was denn?«

»Das goldene Haar«, sagte sie. »Clapham High Street.« Sie setzte sich an den Tisch, nahm sich einen Löffel Grapefruit und sagte: »Tommy, Schatz, du kannst ja tatsächlich kochen. Vielleicht sollte ich dich doch behalten.«

»Mir wird ganz warm ums Herz.« Mit zusammengekniffenen Augen sah er auf das Blatt in seiner Hand hinunter. »*Unisex Styling*«, las er laut. »*Erschwingliche Preise. Fragen Sie nach Sheelah.*«

»Yanapapoulis«, sagte Helen. »Was hast du denn alles an die Eier getan. Sie schmecken köstlich.«

»Sheelah Yanapapoulis?«

»Dieselbe. Und sie muß die Yanapapoulis sein, die wir suchen, Tommy. Der Name Yanapapoulis stand in Robin Sages Terminkalender, und er hatte einen Reklamezettel von einem Frisiersalon in seinem Besitz, in dem ebenfalls eine Yanapapoulis arbeitet. Das kann doch kein Zufall sein, was meinst du?« Sie wartete nicht auf seine Antwort, sondern fügte hinzu: »Das war übrigens ihr Sohn, mit dem ich eben gesprochen habe. Er sagte, wir sollen im Salon anrufen und nach Sheelah fragen.«

Lynley lächelte. »Du bist unglaublich.«

»Du aber auch. Wärst du nur gestern hier gewesen, um meinem Vater das Frühstück zu machen...«

Er legte den Handzettel zur Seite und widmete sich wieder seinem Omelett. »Das läßt sich leicht arrangieren«, sagte er beiläufig.

»Ja, wahrscheinlich.« Sie gab Milch und Zucker in ihren Kaffee. »Kannst du auch staubsaugen und Fenster putzen?«

»Wenn's hart auf hart geht.«

»Hallo, da würde ich ja vielleicht direkt noch ein gutes Geschäft machen.«

»Also dann?«

»Was?«

»Abgemacht.«

»Tommy, du bist wirklich unerbittlich.«

26

Obwohl der Sohn von Sheelah Yanapapoulis einen Anruf im Salon *Das goldene Haar* empfohlen hatte, entschloß sich Lynley zu einem persönlichen Besuch. Der Friseursalon befand sich im Erdgeschoß eines schmalen, rußgeschwärzten viktorianischen Hauses, eingezwängt zwischen einem indischen Restaurant und einer Reparaturwerkstatt für Haushaltsgeräte in der Clapham High Street. Er war über die Albert Bridge gefahren und dann um den Clapham Common herum, auf dessen Nordseite ein Samuel Pepys im Alter liebevoll versorgt worden war. Zu Pepys' Zeiten hatte man die Gegend als das »paradiesische Clapham« bezeichnet, aber damals war es auch noch ein Dorf auf dem platten Land gewesen, mit Häusern und Gärten, die sich vom Nordostzipfel der Gemeindewiese aus in einem Bogen ausbreiteten, und mit Feldern und Gemüsegärten anstelle der dichtbebauten Straßen, die mit der Ankunft der Eisenbahn entstanden waren. Die Gemeindewiese gab es noch, im wesentlichen intakt, aber viele der hübschen Häuser, die sie einst umgeben hatten, waren schon vor langer Zeit abgerissen und durch die kleineren und weniger originellen Gebäude des neunzehnten Jahrhunderts ersetzt worden.

Der Regen, der am Vortag eingesetzt hatte, begleitete Lynley die High Street hinunter und machte aus dem üblichen Sortiment von Einwickelpapieren, Tüten, Zeitungen, das sich im Rinnstein angesammelt hatte, eine einzige triefende Masse, die alle Farbe verloren hatte. Ihm war es auch zuzuschreiben, daß praktisch keine Fußgänger unterwegs waren. Abgesehen von einem unrasierten Mann in zerschlissenem Tweedmantel, der, eine Zeitung über seinen Kopf haltend, auf dem Bürgersteig dahinschlurfte und vor sich hin brabbelte, war im Augenblick nur noch ein Mischlingshund auf der Straße und beschnupperte einen einzelnen Schuh, der auf einer Holzkiste lag.

In der St. Luke's Avenue fand Lynley einen Parkplatz, nahm Schirm und Mantel und ging zu Fuß zurück zu dem Frisiersalon. Offenbar hatte der Regen auch hier für eine Flaute gesorgt. Als er die Tür aufmachte, schlug ihm der beißende Geruch entgegen, der das Legen einer Dauerwelle begleitet, und sah, daß diese übelriechende Verschönerungsmaßnahme soeben bei der einzigen Kundin des Salons vorgenommen wurde, einer rundlichen Frau von etwa fünfzig Jahren, die ein Heft von *Royal Monthly* in den Händen hielt und sagte: »Na, schauen Sie sich doch das mal an, Stace! Dieses Kleid, das sie da zum Ballettabend anhatte, muß gut und gern seine vierhundert Pfund gekostet haben.«

»Ja, Wahnsinn«, antwortete Stace in einem Ton, in dem sich höfliches Interesse mit bleierner Langeweile mischte. Sie spritzte irgendeine chemische Substanz auf einen der kleinen rosaroten Lockenwickler auf dem Kopf ihrer Kundin und betrachtete dabei ihr eigenes Bild im Spiegel. Sie strich sich glättend über ihre Augenbrauen, die merkwürdig spitz in die Höhe gingen und genau die gleiche Farbe hatten wie ihr glattes, kohlschwarzes Haar. Bei dieser Selbstbetrachtung bemerkte sie Lynley, der an dem gläsernen Verkaufstisch im vorderen Teil des Ladens stand.

»Wir nehmen keine Männer, tut mir leid.« Mit einer Kopfbewegung, bei der ihre langen Ohrringe wie Kastagnetten klapperten, wies sie auf den benachbarten Arbeitsplatz. »Ich weiß, in unseren Anzeigen steht Unisex, aber das gilt nur für montags und mittwochs, wenn unser Roger hier ist. Heute sind nur Sheelah und ich da. Tut mir leid.«

»Ich wollte eigentlich zu Sheelah Yanapapoulis«, sagte Lynley.

»Ach ja? Sie nimmt aber keine Männer. Das heißt...«, mit

einem Augenzwinkern ... »nicht zum Frisieren. In anderer Hinsicht – na, ich sag's ja, das Mädchen hat immer schon Glück gehabt.« Sie rief nach hinten: »Sheelah! Komm mal her. Du hast heute deinen Glückstag.«

»Stace, ich hab dir doch gesagt, daß ich jetzt gehe. Linus ist krank, und ich war die ganze Nacht auf den Beinen. Ich hab für heute nachmittag keine Anmeldung, da wär's total sinnlos, wenn ich bleibe.« Geräusche aus dem Hinterzimmer begleiteten die Stimme, die quengelig und müde klang. Eine Handtasche schnappte mit einem metallischen Klicken zu; Stoff raschelte; Gummischuhe klatschten auf den Boden.

»Er sieht gut aus, Sheel«, sagte Stace mit einem neuerlichen Augenzwinkern. »Den würdest du bestimmt nicht verpassen wollen. Glaub's mir.«

»Ach, dann ist es wohl mein Harold, der sich da draußen mit dir amüsiert? Wenn's so ist ...« Sie kam aus dem Hinterzimmer, ganz damit beschäftigt, sich einen schwarzen Schal über das Haar zu legen, das sehr kurz war, raffiniert geschnitten, weißblond, wie es nur aus der Tube kommen konnte, wenn man nicht gerade ein Albino war. Als sie Lynley sah, blieb sie stehen, musterte ihn mit ihren blauen Augen von oben bis unten, Mantel, Schirm, Haarschnitt. Augenblicklich bekam ihr Gesicht einen mißtrauischen Zug; ihre vogelähnlichen Züge schienen sich zu verschließen. Doch das dauerte nur einen Moment, dann hob sie mit einer scharfen Bewegung den Kopf und sagte: »Ich bin Sheelah Yanapapoulis. Darf ich fragen, wer meine Bekanntschaft machen möchte?«

Lynley zog seinen Ausweis heraus. »New Scotland Yard.«

Sie war dabei gewesen, ihren grünen Trenchcoat zuzuknöpfen; als Lynley sich vorstellte, wurden ihre Bewegungen zwar langsamer, aber sie hielt nicht inne. Sie sagte: »Ach, Polizei?«

»Ja.«

»Ihresgleichen hab ich nichts zu sagen.« Sie schob ihre Handtasche über ihren Arm.

»Ich werde Sie nicht lang aufhalten«, sagte Lynley. »Aber es ist leider wichtig.«

Die andere Friseuse hatte sich von ihrer Kundin abgewandt. Sie sagte einigermaßen beunruhigt: »Sheel, soll ich Harold anrufen?«

Sheelah ignorierte sie. »Wichtig wozu?« fragte sie. »Hat einer meiner Jungs heute morgen Mist gebaut? Ich hab sie heut zu Hause gelassen, wenn das ein Verbrechen sein soll. Sie sind alle erkältet. Haben sie was angestellt?«

»Nicht, daß ich wüßte.«

»Sie machen ja immer Dummheiten mit dem Telefon. Letzten Monat hat Gino 999 gewählt und Feuer geschrien. Bekam eine saubere Tracht Prügel dafür, das können Sie mir glauben. Aber der ist stur, genau wie sein Vater. Ich würd's ihm zutrauen, daß er's wieder tut, nur zum Spaß.«

»Ich bin nicht wegen Ihrer Kinder hier, Mrs. Yanapapoulis. Allerdings hat Philip mir gesagt, wo ich Sie finden kann.«

Sie knöpfte ihre Gummistiefel an den Knöcheln zu. Dann richtete sie sich stöhnend auf und drückte sich beide Fäuste ins Kreuz. Als sie so stand, sah Lynley, was ihm vorher entgangen war: Sie war schwanger.

»Können wir uns irgendwo hinsetzen und miteinander reden?«

»Worüber?«

»Über einen Mann namens Robin Sage.«

Sie drückte beide Hände auf ihren Bauch.

»Sie kennen ihn also«, sagte er.

»Und wenn schon?«

»Sheel, ich rufe Harold an«, sagte Stace. »Der will bestimmt nicht, daß du mit den Bullen redest.«

Lynley sagte zu Sheelah: »Wenn Sie sowieso nach Hause wollen, dann erlauben Sie mir, Sie in meinem Wagen mitzunehmen. Wir können uns unterwegs unterhalten.«

»Moment mal. Ich bin eine gute Mutter, Mister. Da gibt's niemanden, der Ihnen was anderes sagen wird. Sie brauchen nur zu fragen. Fragen Sie doch mal Stace hier.«

»Sie ist echt die reinste Heilige«, versicherte Stace. »Wie oft hast du auf neue Schuhe verzichtet, damit deine Kinder die Turnschuhe haben konnten, die sie wollten? Wie oft, hm, Sheel? Und wann hast du das letzte Mal auswärts gegessen? Und wer bügelt bei euch, wenn nicht du? Und wie viele neue Kleider hast du dir letztes Jahr gekauft?« Stace holte Luft. Lynley packte die Gelegenheit beim Schopf.

»Wir ermitteln in einem Mordfall«, sagte er.

Die einzige Kundin des Salons senkte ihre Zeitschrift. Stace drückte ihre Chemikalienflasche an die Brust. Sheelah starrte Lynley an und schien seine Worte abzuwägen.

»Wer ist ermordet worden?« fragte sie.

»Robin Sage.«

Ihr starres Gesicht löste sich, sie atmete tief auf. »Also gut dann. Ich wohne in Lambeth, und meine Jungs warten schon. Wenn Sie mit mir reden wollen, müssen Sie's dort tun.«

»Ich habe meinen Wagen draußen«, sagte Lynley, und als sie aus dem Laden gingen, rief Stace ihnen hinterher: »Ich ruf trotzdem Harold an!«

Als Lynley die Tür hinter ihnen schloß, ging gerade ein Wolkenbruch nieder. Er spannte seinen Schirm auf, doch obwohl er für sie beide groß genug gewesen wäre, hielt Sheelah Abstand und zog sich unter ihren eigenen kleinen Knirps zurück. Sie schwieg, bis sie im Auto saßen und in Richtung Lambeth fuhren, und auch dann sagte sie nur: »Tolles Auto, Mister. Ich hoffe nur, es hat eine Alarmanlage, sonst ist da nichts mehr dran, wenn Sie aus meiner Wohnung wieder rauskommen.« Sie strich über den Ledersitz. »Meinen Jungs würde das gefallen.«

»Sie haben drei Kinder?«

»Fünf.« Sie klappte ihren Mantelkragen hoch und sah zum Fenster hinaus.

Lynley warf ihr einen Blick zu. Sie gab sich resolut und illusionslos, ihre Sorgen waren die einer Erwachsenen, dennoch sah sie nicht alt genug aus, um fünf Kinder geboren zu haben. Sie konnte noch keine dreißig sein.

»Fünf«, wiederholte er. »Die werden Sie auf Trab halten.«

Sie sagte: »Biegen Sie hier links ab. Sie müssen die South Lambeth Road runterfahren.«

Sie fuhren in Richtung Albert Embankment, und als sie in der Nähe des Vauxhall-Bahnhofs in einen Stau gerieten, lotste sie ihn durch ein Gewirr von Seitenstraßen zu dem Hochhaus, in dem sie mit ihrer Familie lebte. Zwanzig Stockwerke, Stahl und Beton, schmucklos, von Wohnsilos gleicher Art umgeben. Die vorherrschenden Farben waren verrostetes Bleigrau und ein schmutziges Beige.

In dem Lift, in dem sie nach oben fuhren, roch es nach nassen Windeln. Seine hintere Wand war mit Bekanntmachungen aller Art gepflastert: Bürgerversammlungen, Vereine zur Verbrechensbekämpfung, Notrufzentralen für sämtliche Eventualitäten, von Vergewaltigung bis zur Aidshilfe, alle hatten sie sich hier verewigt. Die Seitenwände waren aus gesprungenem Spiegelglas. Die Türen waren mit einem Gekritzel unleserlicher Graffiti beschmiert.

Sheelah schüttelte ihren Schirm aus, schob ihn zusammen, steckte ihn in ihre Manteltasche, nahm ihr Kopftuch ab und lockerte ihr Haar. Sie tat das, indem sie es vom Scheitel aus nach vorn zog, so daß es wie ein Hahnenkamm aufstand.

»Hier lang«, sagte sie, als die Lifttüren sich öffneten, und führte ihn einen schmalen Korridor hinunter in den rückwärtigen Teil des Hauses. Rechts und links waren numerierte Türen. Dahinter hörte man Musik, das Dröhnen von Fernsehapparaten, Stimmengewirr. Eine Frau kreischte: »Billy, laß mich sofort los!« Ein Baby schrie.

Aus Sheelahs Wohnung hörte man eine erboste Kinderstimme. »Nein, das tu ich nicht! Und du kannst mich auch nicht dazu zwingen!« Dazu erklang das Scheppern einer Kindertrommel, die jemand schlug, der nicht gerade ein ausgeprägtes Rhythmusgefühl hatte. Sheelah sperrte die Tür auf und rief: »Wer von meinen Jungs hat einen Kuß für Mama?«

Augenblicklich war sie von drei ihrer Kinder umgeben, lauter eifrige kleine Jungen, von denen einer den anderen überschrie.

»Philip hat gesagt, wir müssen ihm gehorchen, aber das stimmt gar nicht, Mama, oder?«

»Er hat Linus zum Frühstück Hühnerbrühe gegeben.«

»Hermes hat meine Socken an und zieht sie einfach nicht aus, und Philip hat gesagt...«

»Wo ist er, Gino?« fragte Sheelah. »Philip! Komm, gib deiner Mama einen Kuß.«

Ein schlanker, braunhäutiger Junge von vielleicht zwölf Jahren kam mit einem Holzlöffel in der einen und einem Topf in der anderen Hand aus der Küche. »Ich mach grade Kartoffelbrei«, sagte er. »Diese blöden Kartoffeln kochen dauernd über. Ich muß aufpassen.«

»Aber erst mußt du deiner Mama einen Kuß geben.«

»Ach, komm.«

»*Du* kommst.« Sheelah deutete auf ihre Wange. Philip trottete zu ihr hin und gab ihr pflichtschuldig einen flüchtigen Kuß. Sie puffte ihn leicht und griff ihm ins Haar, aus dem das Plektron, das er zum Kämmen benutzte, emporragte wie ein Kopfschmuck aus Plastik. Sie zog es heraus. »Hör auf, dich wie dein Vater zu benehmen. Das macht mich ganz verrückt, Philip.« Sie schob es ihm in die Hüfttasche seiner Jeans und gab ihm einen Klaps auf den Hintern. »Das sind meine Jungs«, sagte sie zu Lynley. »Und der Mann hier ist von der Polizei, Freunde. Benehmt euch also lieber anständig, habt ihr verstanden?«

Die Jungen starrten Lynley an. Er gab sich größte Mühe, nicht zurückzustarren. So nebeneinander stehend, sahen sie eher aus wie eine kleine Völkergemeinschaft als wie Angehörige ein und derselben Familie, und es war klar, daß jedem von den Kindern bei den Worten *dein Vater* eine andere Person vorschwebte.

Sheelah stellte sie vor, mit einem zärtlichen Kneifen hier, einem Küßchen dort. Philip, Gino, Hermes, Linus. »Und mein Lämmchen Linus, der mich mit seinen Halsschmerzen die ganze Nacht nicht hat schlafen lassen.«

»Und Peanut«, sagte Linus und klopfte seiner Mutter sanft auf den Bauch.

»Richtig. Und wieviel macht das dann, Schätzchen?«

Linus hielt mit gespreizten Fingern seine Hand hoch und grinste strahlend, mit laufender Nase.

»Und wie viele Finger sind das?« fragte ihn seine Mutter.

»Fünf.«

»Wunderbar.« Sie kitzelte ihn am Bauch. »Und wie alt bist du?«

»Fünf!«

»Richtig.« Sie zog ihren Trenchcoat aus und reichte ihn Gino mit den Worten: »Verlegen wir diese Konferenz in die Küche. Wenn Philip Kartoffelbrei macht, muß ich mich um die Würstchen kümmern. Hermes, räum diese Trommel weg und kümmere dich um Linus' Nase. Ach Mensch, doch nicht mit dem Hemdzipfel.«

Die Jungen folgten ihr in die Küche, einem von vier Räumen, die vom Wohnzimmer abgingen. Die beiden Kinderzimmer, sah Lynley, die mit Spielsachen, zwei Fahrrädern und einem Haufen schmutziger Wäsche vollgestopft waren, blickten zum benachbarten Hochhaus hinaus. Es war so eng in ihnen, daß man sich kaum rühren konnte: zwei Stockbetten in dem einen Zimmer, ein Doppelbett und ein Kinderbett im anderen.

»Hat Harold heute morgen angerufen?« fragte Sheelah gerade Philip, als Lynley in die Küche kam.

»Nee.« Philip wischte den Küchentisch mit einem Spüllappen ab, der tiefgrau war. »Den Kerl mußt du abschieben, Mama. Der ist doch ein Schwein.«

Sie zündete sich eine Zigarette an und legte sie, ohne inhaliert zu haben, in einen Aschenbecher, neigte sich über den aufsteigenden Rauch und atmete tief ein. »Das kann ich nicht, Schatz. Peanut braucht ihren Daddy.«

»Ja, okay. Aber das Rauchen tut ihr bestimmt nicht gut, oder?«

»Ich rauch doch gar nicht. Siehst du mich vielleicht rauchen? Hab ich vielleicht eine Zigarette im Mund?«

»Das ist doch genauso schlecht. Du atmest den Rauch ein, oder vielleicht nicht? Den Rauch einatmen ist genauso schlecht. Wir könnten alle an Krebs sterben.«

»Du bildest dir immer ein, du wüßtest alles. Genau...«

»...wie mein Vater.«

Sie nahm eine Bratpfanne aus einem der Schränke und ging zum Kühlschrank. Zwei Listen hingen an der Tür, die mit vergilbtem Klebeband festgemacht waren. *Regeln* stand oben auf der einen, *Pflichten* auf der anderen. Diagonal über beide hinweg hatte jemand die Worte *Ach, schleich dich, Mama* geschrieben. Sheelah riß die beiden Listen herunter und drehte sich nach ihren Söhnen um. Philip stand am Herd und wachte über seine Kartoffeln. Gino und Hermes krochen unter dem Tisch herum. Linus vergnügte sich mit ein paar Cornflakes, die jemand auf dem Boden liegengelassen hatte.

»Wer von euch war das?« fragte Sheelah. »Los, ich möcht es wissen. Wer von euch war das, verdammt noch mal?«

Schweigen. Die Jungen sahen Lynley an, als wäre er gekommen, sie wegen eines Verbrechens zu verhaften.

Sheelah knüllte die Papiere zusammen und schleuderte sie auf den Tisch. »Wie heißt die Regel Nummer eins? Gino?«

Er versteckte seine Hände hinter dem Rücken, als fürchtete er, eins auf die Finger zu bekommen. »Das Eigentum anderer respektieren«, sagte er.

»Und wessen Eigentum war das? Wessen Eigentum hast du da beschmiert?«

»Ich war's doch gar nicht.«

»Ach nein, du warst es nicht? Erzähl keine Märchen. Du machst doch dauernd nur Mist. Du nimmst jetzt diese Listen mit in euer Zimmer und schreibst sie zehnmal ab.«

»Aber Mama...«

»Und du kriegst erst was zu essen, wenn du fertig bist. Hast du das verstanden?«

»Ich hab doch gar nichts...«

Sie packte ihn am Arm und stieß ihn in Richtung Kinderzimmer. »Laß dich hier nicht wieder blicken, solange die Listen nicht fertig sind.«

Die anderen Jungen tauschten verstohlene Blicke, als er weg war. Sheelah ging zum Aschenbecher und atmete eine neue Dosis Rauch ein. »Ich konnte nicht einfach so aufhören«, sagte sie zu Lynley. »Mit anderen Sachen könnte ich das, aber mit dem Rauchen nicht.«

»Ich habe selbst sehr lange geraucht«, sagte er.

»Ja? Dann wissen Sie ja, wie es ist.« Sie nahm die Würstchen aus dem Kühlschrank und legte sie in die Bratpfanne. Sie machte das Gas an, schlang ihren Arm um Philips Hals und küßte ihren Sohn herzhaft auf die Schläfe. »Mensch, du bist wirklich ein süßer kleiner Bursche, weißt du das? In fünf Jahren werden die Mädchen dir in Scharen nachlaufen.«

Philip grinste und schüttelte ihren Arm ab. »Mama!«

»Warte nur, wenn du ein bißchen älter bist, wird dir das prima gefallen. Genau...«

»...wie meinem Vater.«

Sie kniff ihn in den Hintern. »Frechdachs.« Sie wandte sich zum Tisch. »Hermes, paß mal auf die Würstchen auf. Bring deinen Stuhl hierher. Linus, deck den Tisch. Ich muß mit dem Herrn da reden.«

»Ich will Cornflakes«, sagte Linus.

»Nicht zum Mittagessen.«

»Ich will aber.«

»Und ich habe gesagt, nicht zum Mittagessen.« Sie nahm ihm den Karton ab und warf ihn in einen Schrank. Linus begann zu weinen. »Schluß jetzt«, sagte sie. Und dann zu Lynley: »Das ist nur die Schuld von seinem Vater. Diese verdammten Griechen. Die erlauben ihren Söhnen alles. Schlimmer als die Italiener. Kommen Sie, reden wir hier draußen.«

Sie nahm ihre Zigarette mit ins Wohnzimmer. Bei einem Bügelbrett blieb sie einen Moment stehen und wickelte das brüchige Kabel um den Boden des Bügeleisens. Mit dem Fuß stieß sie einen überquellenden Wäschekorb zur Seite.

»Tut gut, mal wieder zu sitzen.« Seufzend ließ sie sich in das Sofa sinken. Die Polster hatten pinkfarbene Schonbezüge. Durch Brandlöcher konnte man das ursprüngliche Grün darunter sehen. An der Wand hinter ihr hing eine große Collage aus Fotografien. Die meisten waren Momentaufnahmen. Sie umgaben in strählenförmiger Anordnung eine professionelle Atelieraufnahme, die in der Mitte prangte. Einige der Fotos zeigten Erwachsene, auf allen jedoch war mindestens eines ihrer Kinder abgebildet. Selbst auf den Aufnahmen von Sheelahs Hochzeit – sie stand neben einem dunkelhäutigen Mann mit einer Nickelbrille und einer unübersehbaren Lücke zwischen den vorderen Schneidezähnen – fehlten die Kinder nicht: ein weit jüngerer Philip und Gino, der nicht älter als zwei gewesen sein konnte.

»Ist das Ihr Werk?« fragte Lynley mit einer Kopfbewegung zu der Collage.

Sie drehte den Kopf. »Sie meinen, ob ich das gemacht hab? Ja. Die Jungs haben mir geholfen. Aber das meiste hab ich gemacht. Gino!« Sie beugte sich auf dem Sofa nach vorn. »Marsch, geh wieder in die Küche. Iß dein Mittagessen.«

»Aber die Listen...«

»Tu, was ich dir sage. Hilf deinen Brüdern und halt die Klappe.«

Gino trottete mit hängendem Kopf in die Küche zurück. Sheelah klopfte Asche von ihrer Zigarette und hielt sie sich einen Moment unter die Nase. Dann legte sie sie wieder in den Aschenbecher.

»Robin Sage war im Dezember bei Ihnen, nicht wahr?« sagte Lynley.

»Ja, kurz vor Weihnachten. Er kam in den Laden, genau wie Sie. Ich dachte, er wollte sich die Haare schneiden lassen – er hätte mal was Neues gebrauchen können –, aber er wollte nur mit mir reden. Hier. Genau wie Sie.«

»Hat er Ihnen gesagt, daß er anglikanischer Geistlicher war?«

»Er hatte so eine Priestertracht an oder wie man das nennt, aber ich hab gedacht, das wär nur Verkleidung. Ich mein, das hätte der Bande vom Sozialdienst doch ähnlich gesehen, daß sie jemanden herschickt, der als Priester getarnt ist und so tut, als wär er auf der Suche nach armen Sündern. Von denen hab ich die Nase voll, das kann ich Ihnen sagen. Die kreuzen hier mindestens zweimal im Monat auf. Wie die Aasgeier warten sie darauf, daß ich endlich mal einen von meinen Jungs prügle, damit sie ihn mir wegnehmen können.« Sie lachte bitter. »Aber da können sie warten, bis sie schwarz werden, diese verdammten alten Hexen.«

»Wie kamen Sie denn auf den Gedanken, er könnte vom Sozialdienst kommen? Hatte er eine Art Empfehlung von ihnen? Hat er Ihnen eine Karte gezeigt?«

»Es war einfach die Art, wie er sich benommen hat, als er hier war. Über meine Einstellung zur Religion wollte er mit mir reden, sagte er. Wohin ich denn meine Söhne zum Religionsunterricht schickte? Ob wir regelmäßig in die Kirche gingen und wo? Aber dabei hat er sich die ganze Zeit in der Wohnung umgeschaut, als wollte er sehen, ob sie auch das Richtige für Peanut wäre, wenn die kommt. Und dann wollte er mir sagen, was eine gute Mutter ist. Und er wollte wissen, wie ich's meinen Kindern zeig, daß ich sie liebhab, und ob ich's ihnen regelmäßig zeig, und wie ich sie bestrafe, wenn sie mal Quatsch gemacht haben. Na, der gleiche Mist, mit dem Sozialarbeiter immer ankommen.« Sie neigte sich zur Seite und knipste eine Lampe an. Der Schirm war nicht gerade kunstvoll mit einem roten Schal überzogen worden. Im Licht der Glühbirne nahmen sich große Kleberflecken unter dem Stoff wie die beiden Teile Amerikas aus. »Na ja, und da hab ich eben gedacht, er wär mein neuer Sozialarbeiter, und das wäre seine ach so clevere Art, mit mir Bekanntschaft zu schließen.«

»Aber gesagt hat er das nie.«

»Er hat mich nur so angeschaut, wie die das immer tun, mit Hundeblick und Kummerfalten.« Sie ahmte nicht schlecht einen Ausdruck künstlichen Mitgefühls nach. Lynley versuchte, nicht zu lächeln, schaffte es aber nicht. Sie nickte. »Ich hab diese Bande seit meinem ersten Kind auf dem Hals, Mister. Eine Hilfe sind sie nie, und sie verändern auch nichts. Sie glauben einem nicht, daß man sein Bestes tut, und wenn was passiert, dann geben sie einem selbst zuallererst die Schuld. Ich hasse sie alle miteinander. Sie sind schuld, daß ich meine Tracey Joan verloren habe.«

»Tracey Jones?«

»Tracey *Joan*. Tracey Joan Cotton.« Sie drehte sich im Sofa und wies auf die Atelieraufnahme in der Mitte der Collage. Da hielt ein lachendes Baby einen grauen Stoffelefanten. Sheelah berührte mit den Fingern das Gesicht des Kindes. »Mein kleines Mädchen«, sagte sie. »Das war meine Tracey.«

Lynley bekam eine Gänsehaut. Fünf Kinder, hatte sie gesagt. Weil sie schwanger war, hatte er es mißverstanden. Er stand auf und sah sich das Foto genauer an. Das Kind sah nicht älter als vier oder fünf Monate aus. »Was ist ihr denn zugestoßen?« fragte er.

»Sie ist eines Abends entführt worden. Sie haben sie mir aus meinem Auto gestohlen.«

»Wann?«

»Ich weiß nicht.« Sheelah sprach hastig weiter, als sie sein Gesicht sah. »Ich bin ins Pub gegangen, weil ich mich da mit ihrem Vater treffen wollte. Sie hat im Auto geschlafen, und ich hab sie drin gelassen, weil sie ein bißchen Fieber hatte und endlich aufgehört hatte zu quengeln. Als ich wieder rauskam, war sie weg.«

»Ich wollte eigentlich wissen, wie lange das alles her ist«, sagte Lynley.

»Im letzten November waren es zwölf Jahre.« Sheelah drehte sich wieder herum, wandte sich von der Fotografie ab. Sie tupfte sich die Augen. »Sie war erst sechs Monate alt, meine kleine Tracey Joan, und als sie entführt worden ist, da hat diese verdammte Bande vom Sozialdienst keinen Finger gerührt. Das einzige, was sie getan haben, war, daß sie die Sache der Polizei übergeben haben.«

Lynley saß im Bentley. Er dachte daran, das Rauchen wieder anzufangen. Er erinnerte sich des Gebets aus Hesekiel, das in Robin Sages Buch eingemerkt gewesen war: »Und wenn sich der Gottlose von seiner Gottlosigkeit bekehrt und tut, was recht und gut ist, so soll er deshalb am Leben bleiben.«

Das war es, worauf diese ganze Geschichte letztlich hinauslief: Er hatte ihr Leben – sprich: ihre Seele – retten wollen. Doch sie hatte das Kind retten wollen.

Er versuchte, sich das moralische Dilemma vorzustellen, vor dem der Geistliche gestanden hatte, als er Sheelah Yanapapoulis endlich gefunden hatte. Denn zweifellos hatte seine Frau ihm die Wahrheit gesagt. Die Wahrheit war ihre einzige Verteidigung und die beste Möglichkeit gewesen, ihn dazu zu bewegen, das Verbrechen, das sie vor so vielen Jahren begangen hatte, zu übersehen.

Hör mir zu, hatte sie vermutlich zu ihm gesagt. Ich habe sie gerettet, Robin. Möchtest du wissen, was in Kates Unterlagen über ihre Eltern stand, über die Verhältnisse, in die sie hineingeboren war, und über das, was ihr zugestoßen war? Willst du alles wissen, oder hast du vor, mich einfach zu verurteilen, ohne die Fakten zu kennen?

Sicherlich hatte er alles wissen wollen. Er war im Grunde ein anständiger Mensch gewesen, dem es darum gegangen war, das Rechte zu tun, nicht nur das, was das Gesetz vorschrieb. Er würde sich also die Fakten angehört und sie dann persönlich in London überprüft haben. Zuerst indem er Kate Gitterman aufsuchte und herauszubringen versuchte, ob seine Frau tatsächlich Zugang zu den Fallakten ihrer Schwester gehabt hatte, als diese damals, vor so langer Zeit, beim

Sozialdienst tätig gewesen war. Dann indem er direkt zum Sozialdienst gegangen war, um das junge Mädchen ausfindig zu machen, deren Kind einen Schädelbruch und einen Beinbruch erlitten hatte, noch ehe es zwei Monate alt gewesen war, und dann auf einer Straße in Shoreditch entführt worden war. Es konnte nicht allzu schwierig gewesen sein, sich diese Informationen zu beschaffen.

Ihre Mutter war fünfzehn Jahre alt, würde Susanna zu ihm gesagt haben. Ihr Vater war dreizehn. Bei diesen beiden hätte sie nie eine Chance gehabt. Siehst du das denn nicht? Nein? Ja, ich habe sie mitgenommen, Robin. Und ich würde es wieder tun.

Er war nach London gefahren. Er hatte gesehen, was Lynley gesehen hatte. Er hatte sie kennengelernt. Und während er mit ihr in der engen kleinen Wohnung gesessen und geredet hatte, war vielleicht Harold gekommen und hatte gesagt: »Na, wie geht's meinem Baby? Wie geht's meiner süßen kleinen Mama?« Und er hatte seine Hand, an der ein goldener Trauring glänzte, auf ihren Bauch gelegt. Vielleicht hatte er auch gehört, wie Harold ihr draußen im Korridor, bevor er gegangen war, zugeflüstert hatte: »Heute abend schaff ich's nicht, *babe*. Komm, mach jetzt bloß kein Theater, Sheel, ich schaff's einfach nicht.«

Hast du eine Ahnung, wie oft der Sozialdienst einer mißhandelnden Mutter eine zweite Chance gibt, ehe man ihr endlich das Kind abnimmt? würde sie gefragt haben. Hast du eine Ahnung, wie schwierig es ist, Mißhandlung überhaupt nachzuweisen, wenn das Kind nicht sprechen kann und es eine scheinbar plausible Erklärung für die Verletzungen gibt?

»Ich habe ihr nie ein Haar gekrümmt«, hatte Sheelah Lynley versichert. »Aber sie haben mir nicht geglaubt. Oh, sie haben sie mir gelassen, weil sie nichts beweisen konnten, aber sie haben mich gezwungen, irgendwelche Kurse zu besuchen, und jede Woche mußte ich mich bei ihnen melden und...« Sie drückte ihre Zigarette aus. »Dabei war es die ganze Zeit Jimmy. Ihr blöder Vater. Sie hat geschrien, und er hat nicht gewußt, was er machen soll, damit sie aufhört, und dabei hatte ich sie nur für eine Stunde bei ihm gelassen, und da hat Jimmy mein Baby verletzt. Er hat einen Wutanfall gekriegt... Er hat sie an die Wand geschmissen... Niemals hätte ich... Niemals! Aber keiner hat mir geglaubt, und er hat kein Wort gesagt.«

Als daher der Säugling verschwand und die junge Sheelah Cotton, damals noch nicht Yanapapoulis, schwor, das Kind sei entführt worden, hatte Kate Gitterman die Polizei angerufen und erzählt, wie sie die Lage beurteilte. Die Polizei hatte sich die junge Mutter angesehen, den Grad ihrer Hysterie abgewogen und nach einem Leichnam gesucht anstatt nach möglichen Hinweisen auf den Entführer des Kindes. Und niemand, der mit den Ermittlungen zu tun hatte, stellte je zwischen dem Selbstmord einer jungen Frau vor der französischen Küste und der Kindesentführung, die drei Wochen später in London geschah, eine Verbindung her.

»Aber natürlich haben sie keine Leiche gefunden«, hatte Sheelah gesagt und sich die Wangen gewischt. »Ich hatte der Kleinen ja nie was getan, und ich hätt ihr auch nie was getan. Sie war doch mein Baby. Ich hab sie liebgehabt. Ja, ehrlich.« Die Jungen waren an die Tür gekommen, als sie geweint hatte, und Linus war durch das Wohnzimmer gekrabbelt und zu ihr auf das Sofa gekrochen. Sie drückte ihn an sich und wiegte ihn hin und her, ihre Wange in sein Haar gedrückt. »Ich bin eine gute Mutter. Ich sorg für meine Jungs. Keiner kann mir nachsagen, daß ich das nicht tu: Und keiner – verdammt noch mal, keiner! – nimmt mir meine Kinder weg.«

Während Lynley hinter beschlagenen Scheiben in seinem Wagen saß und draußen der Verkehr vorbeirauschte, erinnerte er sich an das Ende der Geschichte von der Frau, die im Ehebruch ergriffen wurde. Es ging dabei ums Steinigen: Nur der Mann, der ohne Sünde war – und interessant, dachte er, daß es die Männer waren, die steinigten, und nicht die Frauen –, durfte zu Gericht sitzen und strafen. Der, dessen Seele nicht fleckenlos rein war, mußte zur Seite treten.

Fahr nach London, wenn du mir nicht glaubst, würde sie zu ihrem Mann gesagt haben. Prüf die Geschichte nach. Sieh selbst, ob sie besser dran wäre, wenn sie bei der Frau lebte, die ihr einen Schädelbruch beigebracht hat.

Und er war nach London gefahren. Er hatte sie kennengelernt. Und dann hatte er sich vor die Entscheidung gestellt gesehen. Ihm würde klar gewesen sein, daß er nicht ohne Sünde war. Er war nicht in der Lage gewesen, seiner Frau über ihren Schmerz hinwegzuhelfen, als ihr gemeinsames Kind gestorben war, war daran mit schuld, daß sie dieses Verbrechen begangen hatte. Wie konnte er es jetzt wagen, einen Stein auf sie zu werfen, da er selbst zumindest teilweise für das verantwortlich war, was sie getan hatte? Wie konnte er einen Prozeß einleiten, der sie für immer vernichten würde und gleichzeitig das Risiko in sich barg, auch dem Kind schwer zu schaden? War Maggie vielleicht wirklich besser bei ihr aufgehoben als bei dieser weißhaarigen Frau mit ihren vielfarbigen Kindern und deren nicht existenten Vätern? Und wenn ja, konnte er vor einem Verbrechen die Augen verschließen, wenn er in der Bestrafung in diesem Fall das größere Unrecht sah?

Er hatte gebetet und um die Einsicht gefleht. Er war auf der Suche nach dem Unterschied zwischen dem, was rechtens war, und dem, was recht war. Jenes letzte Telefongespräch mit seiner Frau hatte ahnen lassen, wie seine Entscheidung ausgefallen war: *Niemand kann beurteilen, was damals geschehen ist. Niemand kann wissen, was heute das Rechte ist. Das liegt allein in Gottes Hand.*

Lynley sah auf seine Taschenuhr. Es war halb zwei. Er würde nach Manchester fliegen und dort einen Range Rover mieten. So konnte er bis zum Abend zurück in Winslough sein.

Er hob den Hörer des Autotelefons ab und tippte Helens Nummer. Sie wußte alles, als er nur ihren Namen sagte.

»Soll ich mitkommen?« fragte sie.

»Nein. Ich bin jetzt schwer zu ertragen. Und später auch.«

»Das macht mir doch nichts aus, Tommy.«

»Aber mir.«

»Ich möchte dir irgendwie helfen.«

»Dann sei für mich da, wenn ich zurückkomme.«

»Wie?«

»Ich möchte nach Hause kommen und möchte die Gewißheit haben, daß du mein Zuhause bist.«

Sie zögerte. Er glaubte, sie atmen hören zu können, wußte aber, daß die Verbindung seines Autotelefons dafür viel zu unklar war. Wahrscheinlich hörte er nur sich selbst.

»Und was werden wir tun?« fragte sie.

»Wir werden einander lieben. Heiraten. Kinder bekommen. Das Beste hoffen. Gott, ich weiß nicht mehr, Helen.«

»Du hörst dich schrecklich an.« Ihre eigene Stimme klang zutiefst unglücklich. »Was wirst du tun?«

»Ich werde dich lieben.«

»Ich meine, nicht hier. Ich meine, in Winslough. Was wirst du tun?«

»Ich würde wünschen, Salomon zu sein, und statt dessen werde ich Nemesis sein.«

»Ach, Tommy.«

»Sag es. Irgendwann mußt du es sagen. Warum also nicht jetzt?«

»Ich werde hier sein. Immer. Wenn es vorbei ist. Das weißt du.«

Sehr langsam legte er auf.

DAS WERK DER RACHEGÖTTIN

27

»Hat er sie gesucht, Tommy?« fragte Deborah. »Meinst du, er hat vielleicht nie geglaubt, daß sie ertrunken ist? Ist er deshalb von Gemeinde zu Gemeinde gezogen? Ist er darum nach Winslough gekommen?«

St. James rührte noch einen Löffel Zucker in seine Tasse und sah seine Frau nachdenklich an. Sie hatte ihnen den Kaffee eingeschenkt, ihrem eigenen jedoch nichts hinzugegeben. Sie drehte das kleine Sahnekännchen hin und her, während sie mit gesenktem Blick auf Lynleys Antwort wartete. Es war das erste Mal, daß sie überhaupt gesprochen hatte, seit Lynley seinen Bericht begonnen hatte.

»Ich glaube, es war reiner Zufall.« Lynley spießte mit der Gabel ein Stück Kalbfleisch auf. Er war im *Crofters Inn* angekommen, als St. James und Deborah gerade ihr Abendessen beendet hatten. Sie hatten zwar an diesem Abend den Speisesaal nicht für sich allein gehabt, doch die beiden Paare, die mit ihnen zusammengegessen hatten, waren zum Kaffee in den Salon für die Hotelgäste umgezogen. So hatte Lynley ungehindert erzählen können, nur ab und zu von Josie Wragg unterbrochen, die ihm Gang für Gang sein verspätetes Abendessen servierte.

»Seht euch die Fakten an«, fuhr er fort. »Sie war keine Kirchgängerin; abgesehen von den letzten Jahren hat sie im Norden gelebt, während er im Süden blieb; sie war dauernd auf Achse; immer wählte sie möglichst abgelegene Gegenden. Wenn irgendein Ort populärer zu werden drohte, ist sie stets weitergezogen.«

»Bis auf dieses letzte Mal«, warf St. James ein.

Lynley griff nach seinem Weinglas. »Ja. Es ist merkwürdig, daß sie nach Ablauf ihrer zwei Jahre hier nicht fortgezogen ist.«

»Vielleicht Maggies wegen«, meinte St. James. »Sie ist jetzt ein Teenager. Sie hat hier einen Freund, und nach dem, was Josie uns gestern abend mit ihrer gewohnten Leidenschaft für Details erzählt hat, scheint das eine ziemlich ernste Angelegenheit zu sein. Vielleicht hat sie sich geweigert, von hier wegzuziehen.«

»Das wäre eine Möglichkeit. Aber für ihre Mutter war Isolation immer noch äußerst wichtig.«

Bei diesen Worten hob Deborah den Kopf. Sie setzte zum Sprechen an, unterbrach sich dann aber gewissermaßen selbst, beinahe mit Gewalt, wie es schien.

»Ich finde es merkwürdig«, fuhr Lynley fort, »daß Juliet – oder Susanna, wenn ihr wollt – keine Entscheidung erzwungen hat. Schließlich wußte sie doch, daß das einsame Leben in Cotes Hall sehr bald ein Ende haben würde. Sobald die Renovierungsarbeiten beendet gewesen wären, wäre Brendan Power mit seiner Frau...« Er unterbrach sich mitten im Satz. »Natürlich«, sagte er.

»Sie war der mutwillige Zerstörer, der in Cotes Hall sein Unwesen getrieben hat«, sagte St. James.

»Sie muß es gewesen sein. Wenn das Haus bezogen worden wäre, wäre für sie die Gefahr, gesehen und erkannt zu werden, gewachsen. Sie mußte damit rechnen, daß Power und seine Frau Gäste empfangen würden: Familienangehörige, Freunde, Besucher von außerhalb.«

»Ganz zu schweigen vom Pfarrer.«

»Diesem Risiko wollte sie bestimmt aus dem Wege gehen.«

»Aber sie muß doch den Namen des neuen Pfarrers, lange bevor er selbst eintraf, erfahren haben«, sagte St. James.

»Hätte sie sich nicht irgendeinen zwingenden Grund einfallen lassen können, um zu entkommen?«

»Vielleicht wollte sie das. Aber der Pfarrer ist erst im Herbst nach Winslough gekommen. Da war Maggie schon in der Schule. Wenn sie – Juliet, meine ich – sich wirklich erst kurz vorher aus Liebe zu Maggie bereit erklärt hatte, im Dorf zu bleiben, wäre es schwierig gewesen, so plötzlich einen plausiblen Vorwand zur Flucht aus dem Ärmel zu schütteln.«

Deborah stellte das Milchkännchen ab und schob es weg. »Tommy«, sagte sie mit so mühsam beherrschter Stimme, daß sie bis aufs äußerste gespannt klang, »ich verstehe nicht, wie du dir deiner Sache so sicher sein kannst.« Als Lynley sie ansah, sprach sie schnell weiter. »Vielleicht hatte sie es gar nicht nötig zu fliehen. Was für einen Beweis hast du denn tatsächlich dafür, daß Maggie nicht ihre leibliche Tochter ist? Sie könnte es doch sein, nicht wahr?«

»Das ist unwahrscheinlich, Deborah.«

»Aber du ziehst Schlüsse, ohne sämtliche Fakten zusammenzuhaben.«

»Was für Fakten brauche ich denn noch?«

»Was wäre, wenn...« Deborah ergriff ihren Löffel und umklammerte ihn, als wollte sie damit auf den Tisch schlagen, um ihr Argument zu unterstreichen. Doch dann legte sie ihn nieder und sagte entmutigt: »Ich nehme an, sie... ach, ich weiß nicht.«

»Ich denke, eine Röntgenaufnahme von Maggies Bein wird zeigen, daß es einmal gebrochen war, und eine Untersuchung der Erbanlagen wird den Rest belegen«, erklärte Lynley.

Zur Antwort stand sie auf, schob sich das Haar aus dem Gesicht. »Ja. Hm. Also, ich – seid mir nicht böse, aber ich bin ein bißchen müde. Ich glaube, ich gehe nach oben. Ich –

Nein, bitte, Simon. Du und Tommy habt bestimmt noch eine Menge zu reden. Bis später. Gute Nacht.«

Sie war gegangen, ehe die beiden reagieren konnten. Lynley sah ihr verwundert nach und fragte St. James: »Habe ich etwas gesagt?«

»Nein, nein.« St. James blickte nachdenklich auf die Tür. Er glaubte, Deborah werde es sich anders überlegen und zurückkommen. Als das nicht geschah, wandte er sich wieder seinem Freund zu. Ihre Gründe, Lynleys Schlußfolgerungen in Frage zu stellen, waren vielfältig, das wußte er, aber Deborah hatte mit ihren Argumenten nicht ganz unrecht. »Warum hat Juliet nicht einfach gebluffst?« fragte er. »Warum hat sie nicht einfach behauptet, Maggie sei ihr leibliches Kind, die Frucht einer Liebschaft?«

»Das habe ich mich zunächst auch gefragt. Denn es wäre logisch gewesen. Aber Sage war zuerst Maggie begegnet, das darfst du nicht vergessen. Ich nehme an, er wußte, wie alt sie war, so alt, wie sein Sohn Joseph gewesen wäre. Juliet hatte also keine Wahl. Sie wußte, daß sie ihn nicht täuschen konnte. Sie konnte ihm nur die Wahrheit sagen und das Beste hoffen.«

»Und hat sie das getan? Ihm die Wahrheit gesagt?«

»Ich denke, schon. Die Wahrheit war schließlich dramatisch genug: ein unverheiratetes Teenager-Pärchen mit einem Säugling, der bereits einen Schädelbruch und einen Beinbruch erlitten hatte. Ich bin überzeugt, sie hat sich als Maggies Retterin gesehen.«

»War sie ja vielleicht auch.«

»Ich weiß. Das ist ja das Tragische. Sie war vielleicht wirklich Maggies Retterin. Und ich nehme an, das war auch Robin Sage klar. Er hatte die erwachsene Sheelah Yanapapoulis aufgesucht. Er konnte nicht wissen, wie sie als fünfzehnjähriges Mädchen gewesen war, das für einen Säugling zu sorgen hatte. Er konnte Mutmaßungen anstellen, die sich auf das stützten, was er bei ihren anderen Kindern sah: wie sie sich entwickelten, was sie über sie urteilte, wie sie mit ihnen umging. Aber er konnte nicht mit Sicherheit wissen, was aus Maggie geworden wäre, wenn sie bei Sheelah aufgewachsen wäre und nicht bei Juliet Spence.« Lynley schenkte sich noch ein Glas ein und lächelte trübe. »Ich bin nur froh, daß ich nicht in Sages Haut stecke. Sein Kampf um eine Entscheidung muß qualvoll gewesen sein. Meine ist nur niederschmetternd. Und nicht einmal niederschmetternd für mich.«

»Du bist nicht verantwortlich«, sagte St. James. »Aber es handelt sich immerhin um ein Verbrechen.«

»Ich diene der Gerechtigkeit. Das weiß ich, Simon. Doch ich muß ehrlich sagen, Vergnügen macht mir das nicht.« Er trank, schenkte nach, trank noch einmal. Dann stellte er das Glas auf den Tisch. Der Wein schimmerte im Licht. »Ich habe den ganzen Tag versucht, nicht an Maggie zu denken. Ich habe versucht, mich ganz auf das Verbrechen zu konzentrieren. Ich bilde mir ein, wenn ich nur immer wieder beleuchte, was Juliet getan hat – damals, vor vielen Jahren, und auch jetzt erst, im vergangenen Dezember –, könnte ich vergessen, warum sie es getan hat. Weil das Warum nicht von Bedeutung ist. Nicht von Bedeutung sein darf.«

»Dann laß alles andere außer Betracht.«

»Seit halb zwei sage ich es mir vor wie eine Litanei. Er hat sie angerufen und ihr seine Entscheidung mitgeteilt. Sie protestierte. Sie sagte, sie würde sie nicht aufgeben. Sie forderte ihn auf, am Abend zu ihr zu kommen, um noch einmal in Ruhe zu sprechen. Sie ging zu der Stelle, an der, wie sie wußte, der Wasserschierling wuchs. Sie grub einen Wurzelstock aus. Sie gab ihn ihm zu essen. Sie schickte ihn nach Hause. Sie wußte, daß er sterben würde. Sie wußte auch, wie er sterben würde.«

St. James fügte den Rest hinzu. »Sie nahm ein Mittel, das

Übelkeit herbeiführte. Dann rief sie den Constable an und zog ihn in die Sache hinein.«

»Wie, in Gottes Namen, kommt es dann, daß ich ihr dennoch verzeihen kann?« fragte Lynley. »Sie hat einen Menschen ermordet. Weshalb möchte ich vor der Tatsache, daß sie eine Mörderin ist, am liebsten die Augen verschließen?«

»Wegen Maggie. Sie war schon einmal in ihrem Leben das Opfer, und sie wird wieder zum Opfer werden, wenn auch auf andere Art. Diesmal durch dein Eingreifen.«

Lynley sagte nichts. Im Gastraum nebenan schwoll eine Männerstimme an und verklang wieder. Stimmengewirr folgte.

»Und jetzt?« sagte St. James.

Lynley knüllte die Leinenserviette zusammen und legte sie auf den Tisch. »Ich habe von Clitheroe eine Beamtin angefordert. Sie ist auf dem Weg hierher.«

»Für Maggie.«

»Sie muß sich um das Kind kümmern, wenn wir die Mutter mitnehmen.« Er sah auf seine Taschenuhr. »Sie war nicht im Dienst, als ich dort war. Aber sie wollten sie benachrichtigen. Sie kommt dann zu Shepherd.«

»Er weiß noch nichts?«

»Nein. Ich fahre jetzt zu ihm.«

»Soll ich mitkommen?« Als Lynley zu der Tür sah, durch die Deborah verschwunden war, sagte St. James: »Es ist schon in Ordnung.«

»Dann wäre ich froh, wenn du mitkämst.«

Im Pub war viel los an diesem Abend. Die Gäste schienen größtenteils Bauern zu sein, die zu Fuß, mit dem Traktor oder mit dem Landrover gekommen waren, um sich lautstark über das Wetter auszulassen. In Rauchschwaden gehüllt, erzählten sie einander, wie sich der anhaltende Schneefall auf ihre Schafe, die Straßen, ihre Ehefrauen und ihre

Arbeit auswirkte. Einzig weil es am Nachmittag einige Stunden aufgeklart hatte, waren sie noch nicht eingeschneit. Aber gegen Abend hatte es erneut angefangen zu schneien. Die Bauern schienen sich für eine lange Belagerung zu stärken.

Sie waren nicht die einzigen. Hinten in der Gaststube hatten sich die Teenager des Dorfs versammelt, versuchten ihr Glück am Spielautomaten und beäugten Pam Rice, die es wieder einmal ganz wild mit ihrem Freund trieb. Brendan Power saß in der Nähe des Feuers und sah jedesmal, wenn die Tür aufging, hoffnungsvoll auf.

»Diesmal erwischt's uns richtig, Ben«, schrie ein Mann laut, um das allgemeine Getöse zu übertönen.

Ben Wragg, der hinter dem Tresen an den Zapfhähnen stand, hätte nicht zufriedener dreinschauen können. Das Geschäft war im Winter weiß Gott schlecht genug. Wenn das Wetter nur so richtig übel wurde, würde die Hälfte der Männer hier Betten haben wollen.

St. James ließ Lynley allein, um nach oben zu gehen und Mantel und Handschuhe zu holen. Deborah saß, sämtliche Kissen im Rücken, auf dem Bett. Ihr Kopf war in den Nakken geneigt, ihre Augen waren geschlossen, und ihre Hände, die in ihrem Schoß lagen, waren zu Fäusten geballt. Sie war immer noch voll angekleidet.

Als er die Tür schloß, sagte sie: »Ich war unaufrichtig. Aber du hast es gewußt, nicht wahr?«

»Ich wußte, daß du nicht müde warst, wenn du das meinst.«

»Du bist mir nicht böse?«

»Sollte ich das denn sein?«

»Ich bin keine gute Frau.«

»Weil du nichts mehr von Juliet Spence hören wolltest? Ich weiß nicht, ob das der richtige Maßstab ist.« Er holte seinen Mantel aus dem Schrank und zog ihn an, griff in die Taschen, um nach seinen Handschuhen zu sehen.

»Du gehst also mit. Um die Sache zu beenden.«

»Es ist mir lieber, wenn er es nicht allein tun muß. Schließlich habe ich ihn da hineingezogen.«

»Du bist ihm ein guter Freund, Simon.«

»Er mir auch.«

»Und du bist auch mir ein guter Freund.«

Er setzte sich auf die Bettkante und legte seine Hand um ihre Faust. Die Faust drehte sich herum, die Finger öffneten sich. Er spürte etwas, das zwischen seiner Handfläche und der ihren lag. Es war ein Stein, sah er, auf den in leuchtendem Pink zwei Ringe aufgemalt waren.

Sie sagte: »Ich habe ihn auf Anne Shepherds Grab gefunden. Er hat mich an Heirat erinnert – die Ringe, wie sie gemalt sind. Seitdem trage ich ihn mit mir herum. Ich dachte, er würde mir vielleicht helfen, ein bißchen mehr an dich zu denken als bisher.«

»Ich habe mich nicht beklagt, Deborah.« Er schloß seine Finger um den Stein und gab ihr einen Kuß auf die Stirn.

»Du wolltest reden. Ich nicht. Es tut mir leid.«

»Ich wollte predigen«, sagte er. »Das ist etwas anderes als reden. Man kann es dir nicht übelnehmen, daß du dir meine Predigten nicht anhören wolltest.« Er stand auf, zog die Handschuhe über. Er nahm seinen Schal aus der Kommode. »Ich weiß nicht, wie lange es dauern wird.«

»Macht nichts. Ich warte.« Als er aus dem Zimmer ging, legte sie den Stein auf den Nachttisch.

Lynley erwartete ihn vor dem Gasthaus, im Schutz der Veranda. Draußen fiel, von Straßenlampen und den Lichtern der benachbarten Reihenhäuser beleuchtet, lautlos der Schnee.

»Sie war nur einmal verheiratet, Simon. Nur mit Yanapapoulis.« Sie gingen zum Parkplatz, wo Lynley den Range Rover abgestellt hatte, den er in Manchester gemietet hatte. »Ich habe versucht zu verstehen, wie Robin Sage zu seiner Entscheidung gekommen ist, und im Grund läuft es schlicht und einfach auf folgendes hinaus: Sie ist kein schlechter Mensch, sie liebt ihre Kinder, und sie war trotz ihres Lebenswandels vorher und nachher nur einmal verheiratet.«

»Was ist aus dem Ehemann geworden?«

»Aus Yanapapoulis? Er hat ihr Linus hinterlassen – ihren vierten Sohn – und sich dann offenbar einem zwanzigjährigen Knaben zugewandt, der frisch aus Delphi eingetroffen war.«

»Mit einer Botschaft des Orakels?«

Lynley lächelte. »Immer noch besser als Danaergeschenke.«

»Hat sie dir sonst noch etwas erzählt?«

»Durch die Blume. Sie sagte, sie habe eine Schwäche für dunkelhäutige Ausländer: Griechen, Italiener, Iraner, Pakistani, Nigerianer. ›Sie brauchen nur mit dem Finger zu wakkeln‹, sagte sie, ›und schon bin ich schwanger. Keine Ahnung, wieso.‹ Nur Maggies Vater sei Engländer gewesen, sagte sie. Und schauen Sie sich an, was der für ein Mensch war, Herr Inspector.«

»Glaubst du ihre Geschichte? Darüber, wie Maggie verletzt wurde?«

»Welchen Unterschied macht es, was ich glaube. Robin Sage hat ihr geglaubt. Deshalb ist er jetzt tot.«

Sie stiegen in den Range Rover. Lynley ließ den Motor an und fuhr rückwärts aus der Lücke heraus. Sie schoben sich an einem Traktor vorbei hinaus zur Straße.

»Er hatte sich für das entschieden, was rechtens war«, bemerkte St. James. »Er stellte sich hinter das Gesetz. Was hättest du getan, Tommy?«

»Ich hätte ihre Geschichte nachgeprüft, genau wie er das getan hat.«

»Und wenn du dann die Wahrheit herausgefunden hättest?«

Lynley seufzte und bog in südlicher Richtung in die Clitheroe Road ein. »Ich weiß es nicht, Simon. Mir fehlt diese moralische Sicherheit, die Sage irgendwie gewonnen zu haben schien. Für mich gibt es bei dieser Geschichte kein Schwarz oder Weiß. Das Grau dehnt sich in die Unendlichkeit, trotz aller Gesetze und meiner beruflichen Verpflichtung ihnen gegenüber.«

»Aber wenn du dich entscheiden müßtest.«

»Dann, denke ich, liefe es auf Verbrechen und Strafe hinaus.«

»Juliet Spences Verbrechen gegen Sheelah Cotton?«

»Nein. Sheelahs Verbrechen: daß sie das Kind mit dem Vater allein ließ und ihm so die Gelegenheit gab, das Kind zu verletzen; daß sie es vier Monate später allein im Auto zurückließ und so einer Fremden die Gelegenheit gab, es zu entführen. Ich vermute, ich würde mich fragen, ob die Strafe, das Kind dreizehn Jahre lang – oder für immer – zu verlieren, den Verbrechen, die gegen es begangen wurden, angemessen sei oder über sie hinausginge.«

»Und dann?«

Lynley sah ihn kurz an. »Dann würde ich in Gethsemane stehen und darum bitten, daß der Kelch an mir vorübergehe. Was vermutlich auch Sage getan hat.«

Colin Shepherd war mittags bei ihr gewesen, aber sie hatte ihn nicht ins Haus gelassen. Maggie ging es nicht gut, hatte sie ihm erklärt. Hohes Fieber, Schüttelfrost, eine Magenverstimmung. Folgen ihres nächtlichen Ausflugs mit Nick Ware. Sie hatte eine zweite schlimme Nacht verbracht, aber jetzt schlief sie, und Juliet wollte unbedingt vermeiden, daß irgend etwas sie weckte.

Sie kam nach draußen, um ihm das zu sagen. Sie zog die Tür hinter sich zu und stand fröstelnd in der Kälte. Das erstere schien ihm eine bewußte Maßnahme zu sein, um ihn nicht ins Haus zu lassen. Das zweite schien ihm ein Mittel zu sein, ihn möglichst schnell wieder loszuwerden. Wenn er sie wirklich liebte, sagte ihr zitternder Körper, würde er nicht wollen, daß sie hier draußen in der Kälte stand und mit ihm schwatzte.

Ja, ihre Körpersprache war mehr als deutlich: fest verschränkte Arme, Finger tief in die Ärmel des Flanellhemds gebohrt, starre Haltung. Aber er redete sich ein, es sei nur die Kälte, und versuchte, aus ihren Worten eine versteckte Botschaft herauszulesen. Er sah ihr ins Gesicht, blickte ihr in die Augen. Höflichkeit und Distanz nahm er wahr. Ihre Tochter brauchte sie; war es nicht ziemlich egoistisch von ihm, zu erwarten, sie wolle oder würde sich in dieser Situation gerne ablenken lassen?

»Juliet, wann können wir einmal in Ruhe miteinander sprechen?« Aber sie sah nur zum Fenster von Maggies Zimmer hinauf und antwortete: »Ich muß zu ihr. Sie träumt schlecht. Ich rufe dich später an, ja?« Damit verschwand sie wieder im Haus und schloß lautlos die Tür. Er hörte, wie sich der Schlüssel im Schloß drehte.

Er hätte gern geschrien: Du hast es wohl vergessen, wie? Ich habe meinen eigenen Schlüssel. Ich kann trotzdem noch rein. Ich kann dich zwingen, mit mir zu reden. Ich kann dich zwingen, mir zuzuhören. Aber statt dessen starrte er lange und intensiv die Tür an und wartete darauf, daß sein Herz sich beruhigen würde.

Er war an seine Arbeit zurückgekehrt, hatte seine Runden gemacht, drei Autofahrern geholfen, die die Straßenverhältnisse falsch eingeschätzt hatten, fünf Schafe über eine bröckelnde Mauer in der Nähe der Skelshaw Farm auf die Weide zurückgetrieben, die heruntergefallenen Steine wieder an ihren Platz gelegt, schließlich einen verwilderten Hund eingefangen, den man endlich in einem Schuppen außerhalb vom Dorf in die Enge getrieben hatte. Nichts als Routine, die sein Denken nicht in Anspruch nahm. Dabei hätten seine Gedanken dringend Ablenkung gebraucht.

»Später« kam, und sie rief nicht an. Ruhelos ging er in seinem Haus umher, während er wartete. Er blickte durchs Fenster hinüber auf den tiefverschneiten Friedhof. Er sah zu den Weiden und den Hängen des Cotes Fell. Er machte Feuer im Kamin, als es dem Abend entgegenging, und beobachtete Leo, der sich davor aalte. Er machte sich eine Tasse Tee, gab einen Schuß Whisky dazu, vergaß, sie zu trinken. Zweimal hob er den Telefonhörer ab, um sich zu vergewissern, daß der Anschluß in Ordnung war. Es konnte ja sein, daß der Schnee die Leitungen heruntergerissen hatte. Aber das herzlose Summen des Freizeichens sagte ihm, daß irgend etwas von Grund auf nicht stimmte.

Er wollte es nicht glauben. Sie machte sich Sorgen um Maggie, sagte er sich. Und sie war zu Recht besorgt. Mehr war es nicht.

Um vier hielt er das Warten nicht mehr aus und rief an. Es war besetzt; immer noch besetzt um Viertel nach; besetzt um halb und jede Viertelstunde danach bis halb sechs, als er endlich begriff, daß sie den Hörer abgenommen hatte, damit ihre Tochter nicht vom Läuten des Telefons gestört wurde.

Von halb sechs bis sechs versuchte er, ihren Anruf herbeizuzwingen. Nach sechs begann er, ziellos herumzuwandern. Er ging jedes einzelne der kurzen Gespräche durch, die sie in den zwei Tagen seit Maggies Rückkehr von ihrem kurzen Ausflug in die große Welt geführt hatten. Er rief sich Juliets

Ton ins Gedächtnis, wie ihre Stimme am Telefon geklungen hatte – resigniert irgendwie, als hätte sie sich mit etwas abgefunden, von dem er aber nicht wissen wollte, was es war –, und seine Hoffnungslosigkeit wurde immer größer.

Als um acht Uhr das Telefon läutete, riß er den Hörer in die Höhe und hörte eine barsche Stimme. »Wo, zum Teufel, bist du den ganzen Tag gewesen, Junge?«

Colin merkte, wie er unwillkürlich die Zähne aufeinanderbiß, und versuchte, sich zu entspannen. »Ich hatte Dienst, Vater. Wie immer.«

»Werd bloß nicht frech. Er hat eine Beamtin angefordert, und sie ist schon unterwegs. Hast du das gewußt, Jungchen? Hast du das gewußt?«

Colin drückte sich den Hörer ans Ohr und ging mit dem Telefon zum Küchenfenster. Er konnte das Licht von der Veranda des Pfarrhauses sehen, sonst jedoch war alles vom dichten Schneetreiben verschleiert.

»Wer hat eine Beamtin angefordert? Wovon sprichst du?«

»Der Kerl vom Yard.«

Colin wandte sich vom Fenster ab. Er sah auf die Uhr. Die Katzenaugen bewegten sich in gleichmäßigem Rhythmus, der Schwanz schwang dazu hin und her. Er sagte: »Woher weißt du das?«

»Manche von uns pflegen eben ihre Beziehungen, Jungchen. Manche von uns haben Kumpel, die für sie durchs Feuer gehen. Manche von uns tun den anderen einen Gefallen, damit sie später, wenn sie's mal brauchen, die Gegenleistung erwarten können. Das hab ich dir doch seit Jahren gepredigt, oder nicht? Aber du willst ja nicht lernen. Du bist ja so verdammt blöd, so eingebildet...«

Colin hörte das Klirren eines Glases, das Klappern von Eiswürfeln. »Und was trinkst du?« fragte er.

Das Glas krachte gegen irgendeinen harten Gegenstand –

die Wand, ein Möbelstück, den Herd, die Spüle. »Du gottverdammter Pinscher, du! Ich versuch, dir zu helfen.«

»Ich brauche deine Hilfe nicht.«

»Haha! Du steckst so tief in der Scheiße, daß du sie nicht mal mehr riechst. Der Kerl hat fast eine Stunde mit Hawkins gequatscht. Er hat die Leute von der Gerichtsmedizin reingerufen und den Constable, der zu euch raufkam, als du die Leiche gefunden hattest. Ich weiß nicht, was er ihnen erzählt hat, aber das Resultat war, daß sie eine Beamtin angefordert haben. Und alles, was der Kerl vom Yard von jetzt an tut, hat Clitheroes Segen, das ist klar. Hast du das kapiert, Jungchen? Hawkins hat dich nicht angerufen und ins Bild gesetzt, hm? Sag schon – hat er dich informiert?«

Colin antwortete nicht.

»Was, glaubst du wohl, hat das zu bedeuten?« fuhr sein Vater fort. »Kannst du dir's selber zusammenreimen, oder soll ich dir ein Bild malen?«

Colin zwang sich, einen gleichgültigen Ton anzuschlagen. »Mir ist's recht, wenn sie eine Beamtin zuziehen, Vater. Du regst dich wegen nichts auf.«

»Was, zum Teufel, soll das jetzt wieder heißen?«

»Das heißt, daß ich ein paar Dinge übersehen habe. Der Fall muß wiederaufgerollt werden.«

»Du verdammter Idiot! Hast du eigentlich eine Ahnung, was es heißt, so ein Ermittlungsverfahren in einer Mordsache zu verpfuschen?«

Colin sah förmlich, wie die Venen in den Armen seines Vaters anschwollen. Er sagte: »Es ist schon öfter vorgekommen, daß ein Verfahren wiederaufgerollt wurde.«

»Du Einfaltspinsel! Du Esel!« zischte sein Vater. »Du hast für sie ausgesagt. Du hast einen Eid geleistet. Du hast ein Verhältnis mit ihr. Glaub ja nicht, daß das einer vergessen wird, wenn es hart auf hart...«

»Ich habe neue Informationen, und sie haben mit Juliet nichts zu tun. Ich werde sie dem Kerl vom Yard übergeben. Es ist ganz gut, daß er eine Beamtin angefordert hat. Er wird sie nämlich brauchen.«

»Was soll das heißen?«

»Daß ich weiß, wer's getan hat.«

Schweigen. Er hörte das Knistern des Feuers im Wohnzimmer und das Schmatzen des Hundes, der eifrig an einem Knochen nagte.

»Bist du sicher?« Der Ton seines Vaters war argwöhnisch. »Hast du Beweise?«

»Ja.«

»Wenn du die Sache nämlich noch mehr vermasselst, Junge, dann gnade dir Gott. Und wenn es soweit ist...«

»Dazu kommt es nicht.«

»...dann komm bloß nicht bei mir an und heul mir was vor, daß du Hilfe brauchst. Ich hab's nämlich endgültig satt, dich dauernd bei den Herrschaften oben zu decken. Kapiert?«

»Kapiert, Vater. Und danke für das Vertrauen.«

»Du und dein verdammtes Mundwerk...«

Colin legte auf. Keine zehn Sekunden später läutete das Telefon wieder. Er nahm nicht ab. Es bimmelte geschlagene drei Minuten. Er starrte es an und stellte sich seinen Vater am anderen Ende der Leitung vor. Er würde fluchen wie ein Wahnsinniger und danach lechzen, irgend jemanden zusammenzuschlagen. Aber wenn nicht eines seiner Mäuschen da war und sich dafür zur Verfügung stellte, würde er seine Wut allein austragen müssen.

Als das Telefon verstummte, goß Colin sich ein Glas Whisky ein, ging wieder in die Küche und tippte Juliets Nummer. Bei ihr war immer noch besetzt.

Er nahm das Glas mit in sein Arbeitszimmer und setzte sich

an den Schreibtisch. Aus der untersten Schublade holte er das schmale Büchlein. *Zauberkraft der Alchimie: Kräuter, Gewürze, Pflanzen.* Er legte es neben einen großen Schreibblock und begann, seinen Bericht zu schreiben. Er floß ihm leicht aus der Feder: Zeile um Zeile verflocht er Tatsachen und Mutmaßungen zu einem Gewebe der Schuld. Er habe keine Wahl, redete er sich ein. Wenn Lynley eine Polizeibeamtin angefordert hatte, so bedeutete das, daß er Juliet Schereien machen wollte. Es gab nur ein Mittel, das zu verhindern.

Er hatte den Bericht gerade fertig geschrieben, noch einmal durchgesehen und ihn getippt, als er draußen das Knallen von Autotüren hörte. Leo fing an zu bellen. Colin stand vom Schreibtisch auf und ging zur Tür, noch ehe sie läuten konnten. Er war vorbereitet.

»Ich bin froh, daß Sie gekommen sind«, sagte er zu ihnen. Sein Tonfall war eine Mischung aus Selbstsicherheit und Jovialität, und das machte ihn zufrieden. Er drückte die Tür hinter ihnen zu und führte sie ins Wohnzimmer.

Der Blonde – Lynley – zog seinen Mantel aus, nahm seinen Schal ab und wischte sich den Schnee aus dem Haar, als habe er die Absicht, eine Weile zu bleiben. Der andere – St. James – lockerte nur seinen Schal und öffnete ein paar Knöpfe seines Mantels. Die Handschuhe behielt er in der Hand und zog sie unter den Fingern der anderen hindurch, während die Schneeflocken auf seinem Haar schmolzen.

»Ich habe in Clitheroe eine Polizeibeamtin angefordert«, sagte Lynley. »Sie wird bald hier sein.«

Colin schenkte beiden Männern Whisky ein und reichte ihnen die Gläser, ohne sich darum zu kümmern, ob sie trinken wollten oder nicht. Sie wollten nicht. St. James nickte und stellte sein Glas auf den Beistelltisch neben dem Sofa. Lynley sagte, danke, und stellte das seine auf den Boden, als er sich unaufgefordert in einen der Sessel setzte.

»Ja, ich habe bereits vernommen, daß sie unterwegs ist«, sagte Colin leichthin. »Mir scheint, zu Ihren Begabungen gehört die Hellsichtigkeit, Inspector. Spätestens in zwölf Stunden hätte ich selbst eine von Sergeant Hawkins angefordert.« Er reichte Lynley zuerst das dünne Buch. »Ich könnte mir denken, daß Sie das haben wollen.«

Lynley nahm es, drehte es herum, setzte seine Brille auf, um zuerst das Titelblatt zu lesen, dann den Text auf der Umschlagrückseite. Er schlug das Buch auf, überflog das Inhaltsverzeichnis. Einige Seiten waren an den Ecken umgeknickt – Colins Werk –, und die las er als nächstes. Vor dem Feuer wandte sich Leo wieder seinem Knochen zu. Vergnügt klopfte er mit dem Schwanz auf den Teppich.

Lynley sah schließlich ohne Kommentar auf. »Das Durcheinander und die Irrtümer in diesem Fall sind meine Schuld«, begann Colin. »Ich hatte Polly zunächst überhaupt nicht in Verdacht, aber ich denke, das hier erklärt alles.« Er reichte Lynley seinen Bericht. Der gab das Buch an St. James weiter, ehe er zu lesen begann.

Colin beobachtete ihn, wartete auf ein Zeichen von Interesse, ein Zeichen der Einsicht und plötzlicher Erkenntnis. »Als Juliet die Schuld auf sich nahm und sagte, es sei ein Unglücksfall gewesen, habe ich meine Aufmerksamkeit nur noch darauf konzentriert. Ich konnte mir nicht vorstellen, wer ein Motiv gehabt haben sollte, Sage zu töten, und als Juliet behauptete, niemand hätte ohne ihr Wissen ihren Wurzelkeller betreten können, glaubte ich ihr das. Zu dem Zeitpunkt war mir nicht klar, daß er überhaupt nicht das Ziel des Anschlags war. Ich machte mir Sorgen um Juliet, wegen der Leichenschau. Ich hab nicht klar gesehen. Ich hätte vorher merken müssen, daß dieser Mord mit dem Pfarrer überhaupt nichts zu tun hatte. Er war nur versehentlich das Opfer geworden.«

Lynley hatte noch zwei Seiten zu lesen, aber er faltete den Bericht zusammen und nahm seine Brille ab. Er steckte sie ein und reichte den Bericht Colin Shepherd.

»Sie hätten es *vorher* merken müssen – eine interessante Wortwahl. Heißt das, vor oder nach Ihrem Überfall auf sie, Constable? Und was sollte der übrigens? Wollten Sie ein Geständnis von ihr? Oder nur Ihr Vergnügen?«

Das Papier in seiner Hand hatte kein Gewicht. Er sah, daß es zu Boden gefallen war. Er hob es auf und sagte: »Wir sind hier, um über einen Mord zu sprechen. Wenn Polly die Tatsachen verdreht, um mich in Verdacht zu bringen, dann sollte Ihnen das doch einiges über sie sagen, meinen Sie nicht?«

»Mir sagen ganz andere Dinge etwas über sie – die Tatsache zum Beispiel, daß sie nicht ein Wort über den tätlichen Angriff verloren hat. Nicht ein Wort über Sie, Constable. Nicht eines über Juliet Spence. Sie verhält sich keineswegs wie eine Frau, die ihre Schuld vertuschen möchte.«

»Na und? Die Person, auf die sie es abgesehen hatte, lebt ja noch. Den anderen kann sie als dummen Fehler abhaken.«

»Und das Motiv, vermute ich, soll blinde Eifersucht sein. Sie halten wohl sehr viel von sich, Mr. Shepherd.«

Colins Gesicht wurde hart. »Ich würde vorschlagen, Sie halten sich an die Fakten.«

»Nein. Jetzt halte ich mich einmal an *Sie*. Hören Sie mir gut zu, denn wenn ich fertig bin, werden Sie Ihren Dienst bei der Polizei quittieren und Gott danken, daß das das einzige ist, was Ihre Vorgesetzten von Ihnen erwarten.«

Und dann begann Lynley zu sprechen. Er erwähnte Namen, die Colin nichts sagten: Susanna Sage und Joseph, Sheelah Cotton und Tracey, Gladys Spence, Kate Gitterman. Er sprach von plötzlichem Kindstod, einem weit zurückliegenden Selbstmord, einem leeren Sarg in einem Familiengrab. Er skizzierte den Weg des Pfarrers durch London und erzählte die Geschichte, die Robin Sage – und er selbst – detailgetreu zusammengetragen hatte. Am Ende breitete er eine schlechte Kopie eines Zeitungsartikels aus und sagte: »Schauen Sie sich das Bild an, Mr. Shepherd.« Colin jedoch hielt seinen Blick auf den Gewehrschrank und die Flinten, die er am Nachmittag gereinigt hatte, gerichtet. Er wollte sie am liebsten benutzen.

Er hörte Lynley sagen, »St. James«, und dann begann der andere zu sprechen. Colin dachte, nein, ich will nicht und ich kann nicht, und beschwor ihr Bild herauf, um sich die Wahrheit vom Leib zu halten. Satzfetzen und Worte drangen hin und wieder durch: giftigste Pflanze der westlichen Hemisphäre... Wurzelstock... hätte gewußt... öliger Saft beim Anschneiden des Stengels... kann sie unmöglich zu sich genommen haben...

Mit einer Stimme, die so tief aus seinem Inneren kam, daß er selbst sie nicht recht hören konnte, sagte er: »Ihr war übel. Sie hatte davon gegessen. Ich war dabei.«

»Das trifft leider nicht zu. Sie hatte ein abführendes Mittel genommen.«

»Das Fieber. Sie war glühend heiß. *Glühend!*«

»Ich vermute, sie hatte auch etwas genommen, um ihre Temperatur in die Höhe zu treiben. Cayenne wahrscheinlich.«

Er fühlte sich niedergetrampelt.

»Sehen Sie sich das Bild an, Mr. Shepherd«, sagte Lynley.

»Polly wollte sie töten. Sie wollte sie aus dem Weg räumen.«

»Polly Yarkin hatte mit dieser Geschichte überhaupt nichts zu tun«, entgegnete Lynley. »Sie waren eine Art Alibi. Bei der gerichtlichen Untersuchung sollten Sie aussagen, daß Juliet Spence am Abend von Robin Sages Tod selbst erkrankt war.

Sie hat Sie benutzt, Constable. Sie hat ihren Mann umgebracht. Sehen Sie sich das Bild an!«

Sah es ihr ähnlich? War dies ihr Gesicht? Waren dies ihre Augen? Es war mehr als zehn Jahre alt, die Kopie war schlecht, dunkel, unscharf.

»Das beweist gar nichts. Es ist ja nicht einmal scharf.«

Aber die beiden Männer waren gnadenlos. Eine simple Gegenüberstellung zwischen Kate Gitterman und ihrer Schwester würde zur Identifizierung ausreichen. Und wenn nicht, dann konnte man immer noch die Leiche Joseph Sages exhumieren und mit Hilfe von Gewebeproben genetische Vergleichsuntersuchungen vornehmen. Denn warum sollte die Frau, die sich Juliet Spence nannte, es ablehnen, sich oder Maggie untersuchen zu lassen, die Geburtsurkunde Maggies vorzulegen, alles Menschenmögliche zu tun, um ihre Identität zu beweisen, wenn sie tatsächlich Juliet Spence war?

Sie ließen ihm nichts. Kein Wort der Widerrede, kein Gegenargument, nichts. Er stand auf und ging mit der kopierten Fotografie und dem Artikel zum offenen Kamin. Er warf beides ins Feuer und sah zu, wie die Flammen darüber herfielen, zuerst die Ränder des Papiers aufbogen, dann gierig leckten, schließlich alles verschlangen.

Leo hob den Kopf von seinem Knochen und beobachtete ihn mit einem leisen Winseln. Gott, wenn alles so einfach wäre wie für einen Hund. Nahrung und Obdach. Wärme. Unverbrüchliche Treue und Liebe.

»Gut, ich bin fertig.«

»Wir brauchen Sie nicht, Constable«, entgegnete Lynley.

Colin wollte protestieren, obwohl er wußte, daß er das Recht dazu verwirkt hatte. Im selben Moment läutete es draußen.

Der Hund bellte und wurde wieder still. »Möchten Sie da

nicht selbst hingehen?« schlug Colin verbittert vor. »Das wird Ihre angeforderte Beamtin sein.«

Es war die Beamtin. Aber sie kam nicht allein. »Constable Garrity, CID Clitheroe, Sergeant Hawkins hat mich schon unterrichtet«, sagte sie, und hinter ihr auf der Veranda wartete ein Mann in dicker Tweedjacke, festen Stiefeln, die Mütze tief ins Gesicht gezogen: Frank Ware, Nicks Vater. Beide wurden von den Scheinwerfern eines ihrer beiden Fahrzeuge angestrahlt, die scharfes, weißes Licht in das Schneegestöber ausbreiteten.

Colin sah Frank Ware an. Ware sah voll Unbehagen von der Beamtin zu Colin. Er stampfte sich den Schnee von den Stiefeln und zog an seiner Nase. »Tut mir leid, wenn ich störe«, sagte er. »Aber gleich beim Stausee liegt ein Auto im Graben, Colin. Ich wollt's Ihnen gleich sagen. Ich glaube, es ist Juliets Opel.«

28

Es blieb ihnen nichts anderes übrig, als Shepherd mitzunehmen. Er war in dieser Gegend aufgewachsen. Er kannte sich aus. Doch Lynley ließ nicht zu, daß er in seinem eigenen Wagen fuhr. Er wies ihn zu dem gemieteten Range Rover, und dann brachen sie, gefolgt von Constable Garrity und St. James in einem zweiten Range Rover, zum Stausee auf.

Der Schnee flog vom Wind getrieben und im Licht der Scheinwerfer glitzernd in zahllosen Wirbeln gegen die Windschutzscheibe. Unter der festgefahrenen Schneedecke lauerte das blanke Eis und machte das Fahren gefährlich. Selbst der Vierradantrieb ihrer Range Rover wurde mit den Kurven und Steigungen nicht problemlos fertig. Sie rutschten und schlingerten und kamen nur im Schneckentempo vorwärts. Als die Scheibenwischer anfingen, eine eisige Bahn auf dem Glas zu hinterlassen, wurde die Sicht immer schlechter.

»Verdammt«, murmelte Lynley. Er stellte den Defroster anders ein, aber das half nichts.

Shepherd, der neben ihm saß, beschränkte sich darauf, einsilbige Anweisungen zu geben, wann immer sie sich einer Kreuzung näherten. Lynley warf ihm einen kurzen Blick zu, als er »Hier links« sagte. Die Scheinwerfer fielen auf einen Wegweiser zum Fork Stausee. Einen Moment lang dachte Lynley daran, sich das Vergnügen zu gönnen, Schimpf mit Schande zu mischen – Shepherd kam mit einer Kündigung statt eines öffentlichen Verfahrens weiß Gott viel zu billig davon –, aber beim Anblick der starren Maske, die das Gesicht des anderen war, verging Lynley das Verlangen, ihn zu demütigen. Colin Shepherd würde die Ereignisse der letzten Tage sein Leben lang nicht vergessen. Und bis zu dem Moment, in dem er für immer die Augen schloß, so hoffte Lynley, würde ihn unablässig das Gesicht Polly Yarkins verfolgen.

Als sie die letzten Häuser des Dorfs hinter sich gelassen hatten, hörte die Straßenbeleuchtung auf; sie mußten sich auf ihre Scheinwerfer der Autos und die wenigen Lichter verlassen, die hier und dort aus Bauernhäusern herüberschimmerten. Es war, als führe man blind. Der fallende Schnee reflektierte das Licht der Scheinwerfer, und man hatte den Eindruck, gegen eine wabernde, milchige Wand zu fahren.

»Sie hat gewußt, daß Sie nach London gefahren waren«, sagte Shepherd endlich. »Ich hab's ihr erzählt. Das können Sie also auch noch in Ihren Bericht aufnehmen, wenn Sie wollen.«

»Beten Sie zu Gott, daß wir sie finden, Constable.« Als vor

ihnen eine Kurve auftauchte, schaltete Lynley runter. Die Räder drehten einen Moment durch, dann griffen sie wieder. Hinter ihnen hupte Constable Garrity aufmunternd. Sie zuckelten weiter.

Etwa sechs bis sieben Kilometer vom Dorf entfernt öffnete sich linker Hand die Zufahrt zum Stausee. Sie war durch eine Gruppe Fichten gekennzeichnet, deren Zweige von der Last des Schnees tief herabgedrückt wurden. Etwa einen halben Kilometer weit säumten die Fichten auf einer Seite die Straße. Auf der anderen begrenzte eine Hecke das Hochmoor.

»Da«, sagte Shepherd, als sie das Ende der Baumreihe erreicht hatten.

Lynley sah es, noch während Shepherd sprach: die Silhouette eines Autos, dessen Fenster, Dach, Kühlerhaube und Kofferraum mit einer Schneeschicht überzogen waren. Der Wagen hing schräg über dem Straßengraben, genau an der Stelle, wo die Straße zu steigen begann.

Sie hielten an. Shepherd bot ihm seine Taschenlampe an. Constable Garrity gesellte sich mit der ihren dazu. Sie richtete den Lichtstrahl auf das Auto. Die Hinterräder hatten sich ein tiefes Grab im Schnee geschaufelt. Sie hingen tief eingesunken im Graben.

»Meine Schwester hat das auch mal versucht«, bemerkte Constable Garrity und wies mit der Hand den Hang hinauf. »Sie wollte einen Berg rauf und rutschte nach rückwärts. Sie hätte sich beinahe das Genick gebrochen.«

Lynley fegte den Schnee von der Tür auf der Fahrerseite und drückte den Griff herunter. Der Wagen war nicht abgeschlossen. Er zog die Tür auf, leuchtete mit der Lampe ins Innere des Wagens und sagte: »Mr. Shepherd?«

Shepherd ging zu ihm. St. James öffnete die andere Tür. Constable Garrity reichte ihm ihre Taschenlampe. Shepherd sah sich die Koffer und Kartons im Wagen an, während St. James das Handschuhfach durchsuchte, das weit offen stand.

»Und?« fragte Lynley. »Ist es ihr Wagen, Constable?«

Es war ein Opel wie hunderttausend andere; aber sein Rücksitz war bis unter das Verdeck mit Gepäck vollgestopft. Shepherd zog einen der Kartons zu sich heran und griff ein Paar Gartenhandschuhe heraus. Lynley sah, wie seine Hand sich fest um sie schloß. Das war ihm Bestätigung genug.

»Hier ist nichts weiter«, bemerkte St. James und klappte das Handschuhfach zu. Er hob ein schmutziges Frotteetuch vom Boden auf und wickelte sich ein kurzes Stück Schnur um die Hand, das daneben gelegen hatte. Nachdenklich blickte er zum Moor hinaus. Lynley folgte seinem Blick.

Ihren Augen bot sich nur Schneetreiben und stockdunkle Nacht, weder von Mond noch von Sternen erhellt. Nichts gab es hier, das die Gewalt des Windes abschwächte – weder Wald noch Hügel unterbrachen die weite Ebene –, so daß der eisige Luftzug scharf und schneidend traf und einem die Tränen in die Augen trieb.

»Was ist da vorn?« fragte Lynley.

Niemand antwortete. Constable Garrity wedelte mit den Armen, stampfte mit den Füßen und sagte: »Es muß mindestens zehn Grad unter Null haben.« St. James stand stirnrunzelnd da und machte Knoten in das Stück Schnur, das er gefunden hatte. Shepherd hielt immer noch die Gartenhandschuhe in seiner Faust auf die Brust gedrückt. Er beobachtete St. James. Er wirkte wie unter Schock, halb benommen, halb hypnotisiert.

»Constable«, sagte Lynley scharf. »Ich habe gefragt, was da vorn liegt?«

Shepherd riß sich zusammen. Er nahm seine Brille ab und wischte sie an seinem Ärmel. Es war sinnlos. Sobald er sie wieder aufsetzte, waren die Gläser wieder von Schnee gesprenkelt.

»Das Hochmoor«, sagte er. »Der nächste Ort ist High Bentham. Im Nordwesten.«

»An dieser Straße hier?«

»Nein. Die hier führt zur A65.«

Nach Kirby Lonsdale, dachte Lynley, und weiter zur M6, zum Lake District und nach Schottland. Oder in südlicher Richtung nach Lancaster, Manchester, Liverpool. Wäre es ihr gelungen, so weit zu kommen, so hätte sie sich einen Vorsprung erobert und vielleicht sogar die Flucht in die Irische Republik geschafft. So jedoch spielte sie die Rolle des Fuchses in einer Winterlandschaft, in der entweder die Polizei oder das gnadenlose Wetter sie schließlich besiegen würde.

»Ist High Bentham näher als die A65?«

»Auf dieser Straße, nein.«

»Und querfeldein? Herrgott noch mal, Mann, die beiden marschieren bestimmt nicht die Straße entlang und warten darauf, daß wir kommen und sie mitnehmen.«

Shepherds Blick flog ins Wageninnere und dann, mit Anstrengung, wie es schien, zu Constable Garrity, als wäre es ihm wichtig, daß sie alle seine Worte hörten und erkannten, daß er sich an diesem Punkt zu uneingeschränkter Kooperation entschieden hatte. Er sagte: »Wenn sie von hier aus direkt östlich über das Moor gegangen sind, treffen sie nach ungefähr acht Kilometern auf die A65. High Bentham ist doppelt so weit.«

»An der A65 würden sie bestimmt ein Auto finden, das sie mitnimmt, Sir«, bemerkte Constable Garrity. »Wenn sie noch passierbar ist.«

»Einen Sechzehn-Kilometer-Marsch nach Nordwesten würden sie bei diesem Wetter niemals schaffen«, sagte St.

James. »Aber wenn sie nach Osten gehen, haben sie Gegenwind. Es ist fraglich, ob sie da selbst die acht Kilometer schaffen könnten.«

Lynley richtete den Strahl seiner Lampe in die Dunkelheit jenseits des Wagens. Constable Garrity folgte seinem Beispiel und tat das gleiche in der anderen Richtung. Doch wenn Juliet Spence und Maggie Fußspuren hinterlassen hatten, so hatte der Neuschnee sie längst überdeckt.

»Kennt sie sich hier aus?« fragte Lynley. »War sie schon früher einmal hier draußen? Gibt es hier irgendwo eine Unterkunft?« Er sah das Zucken, das über Shepherds Gesicht lief. »Wo?« fragte er.

»Es ist zu weit.«

»Wo?«

»Selbst wenn sie vor Einbruch der Dunkelheit losgegangen sind, ehe es so stark zu schneien anfing...«

»Verdammt noch mal, Ihre Analysen interessieren mich nicht, Shepherd. Wo?«

Shepherd zeigte mehr in westlicher als in nördlicher Richtung. Er sagte: »Back End Barn. Das ist gute sechs Kilometer südlich von High Bentham.«

»Und von hier aus?«

»Direkt über das Moor? Vielleicht viereinhalb Kilometer.«

»Konnte sie das wissen? Ich meine, hier, als sie hier festsaß. Konnte sie das wissen?«

Lynley sah, wie Shepherd schluckte, alle Falschheit aus seinen Zügen wich und diese sich zu einer Maske der Hoffnungslosigkeit verhärteten. »Wir sind vier- oder fünfmal vom See aus dahin gewandert. Sie kennt sich hier aus«, sagte er.

»Und das ist die einzige Unterkunft hier?«

»Ja.« Sie würde den Fahrweg finden müssen, der vom Stausee zum Knottend Well führte, erklärte er, eine Quelle, die auf halbem Weg zwischen dem Stausee und Back End Barn lag. Sie war normalerweise gut zu finden, aber eine falsche Wendung in der Dunkelheit, und sie würden sich im Schneetreiben verlaufen. Wenn sie den Weg jedoch fand, konnten sie ihm bis Raven's Castle folgen, wo die Wege zum Cross of Greet und zu den East Cat Stones zusammenliefen.

»Wo ist der Stall von dort aus?« fragte Lynley.

Ungefähr zweieinhalb Kilometer nördlich vom Cross of Greet. Er war nicht weit von der Straße entfernt, die High Bentham und Winslough verband.

»Ich verstehe nicht, warum sie nicht gleich mit dem Wagen dorthin gefahren ist«, schloß Shepherd, »anstatt hier herauszukommen.«

»Wieso?«

»Weil es in High Bentham einen Bahnhof gibt.«

St. James stieg aus dem Wagen und schlug die Tür zu. »Es könnte ein Täuschungsmanöver sein, Tommy.«

»Bei diesem Wetter?« meinte Lynley. »Das bezweifle ich. Da hätte sie schon einen Komplizen gebraucht. Ein zweites Fahrzeug.«

»Man fährt bis hierher, täuscht einen Unfall vor, fährt mit jemand anderem weiter«, sagte St. James. »Hat eine gewisse Ähnlichkeit mit dem Selbstmordspiel.«

»Und wer soll ihr geholfen haben?«

Alle sahen Shepherd an. »Ich war mittags bei ihr draußen. Sie sagte mir, Maggie sei krank. Das war alles. Gott ist mein Zeuge, Inspector.«

»Sie haben vorher auch schon gelogen.«

»Jetzt lüge ich nicht. Sie hat mit dieser Panne nicht gerechnet.« Er deutete mit dem Daumen auf das Auto. »Sie hat keinen Unfall geplant. Sie hat überhaupt nichts geplant. Sie wollte nur weg. Betrachten Sie es doch mal ganz sachlich. Sie weiß, daß Sie in London waren. Wenn Sage in London die

Wahrheit entdeckt hat, dann wird Ihnen das auch gelingen. Sie flieht. Sie ist in Panik. Sie ist nicht so vorsichtig, wie sie sein müßte. Der Wagen kommt auf dem Eis ins Schleudern und landet im Graben. Sie versucht, wieder herauszukommen. Sie schafft es nicht. Sie steht hier auf der Straße, wo wir jetzt stehen. Sie weiß, sie könnte versuchen, über das Moor zur A65 zu kommen, aber es schneit, und sie hat Angst, sich zu verlaufen, weil sie den Weg nicht kennt, und das kann sie bei dieser Kälte nicht riskieren. Sie sieht sich in der anderen Richtung um und erinnert sich an den alten Stall. Nach High Bentham schafft sie es nicht. Aber sie glaubt, daß sie und Maggie den Stall erreichen können. Sie war früher schon dort. Also brechen sie auf.«

»Und vielleicht ist das genau das, was wir glauben sollen.«

»Nein! Verdammt noch mal, so ist es, Lynley. Das ist der einzige Grund, weshalb...« Er brach ab. Er sah über das Moor.

»Der Grund, weshalb was?« hakte Lynley nach.

Shepherds Antwort wurde beinahe vom Wind fortgetragen. »Weshalb sie die Pistole mitgenommen hat.«

Das offene Handschuhfach habe es ihm verraten, sagte er. Das Frotteetuch und die Schnur auf dem Boden des Autos.

Woher er von der Waffe wüßte?

Er hatte sie gesehen. Er hatte gesehen, wie Juliet damit geschossen hatte. Sie hatte sie eines Tages aus der Kommode im Wohnzimmer genommen. Hatte sie ausgepackt. Auf einen Kamin auf dem Dach des Herrenhauses geschossen. Sie...

»Gottverdammich, Shepherd, Sie haben gewußt, daß sie eine Pistole hat? Was tut sie mit einer Pistole? Ist sie Sammlerin? Hat sie einen Waffenschein?«

Nein, hatte sie nicht.

»Du lieber Gott!«

Er glaubte nicht... Damals hatte es irgendwie nicht... Er wußte ja, er hätte sie ihr abnehmen müssen. Aber er hatte es nicht getan. Das war alles.

Shepherds Stimme war leise. Er bekannte sich zu einem weiteren Verstoß gegen die Regeln und Vorschriften, die er um ihretwillen von Anfang an gebrochen hatte, und er wußte, welche Konsequenzen dies haben würde.

Lynley fluchte noch einmal und schlug mit der Hand auf die Gangschaltung. Sie schossen vorwärts, nach Norden. Sie hatten bei dieser Verfolgungsjagd praktisch keine Wahl. Vorausgesetzt, sie hatte den Weg gefunden, der vom Stausee wegführte, dann war sie jetzt durch Dunkelheit und Schneetreiben begünstigt. Wenn sie sich noch auf dem Hochmoor befand und sie versuchten, ihr im Schein ihrer Taschenlampen zu folgen, brauchte sie nur, sobald sie in Schußweite waren, auf die Lichtkegel zu zielen und sie der Reihe nach abzuknallen. Sie hatten nur eine Chance, wenn sie nach High Bentham weiterfuhren und dann in südlicher Richtung die Straße hinunter, die zum Back End Barn führte. Wenn sie den Stall bis zu ihrer Ankunft nicht erreicht hatte, konnten sie nicht riskieren, auf sie zu warten. Die Gefahr, daß sie sich im Schneesturm verlaufen hatte, war zu groß. Dann mußten sie in Richtung zum Stausee über das Moor zurückmarschieren und sie suchen. Sie mußten versuchen, sie zu finden.

Lynley bemühte sich, nicht an Maggie zu denken, die verwirrt und verängstigt Juliet Spence auf ihrem Wahnsinnsweg folgte. Er hatte keine Ahnung, um welche Zeit sie das Haus verlassen hatten. Er hatte keine Ahnung, wie sie angezogen waren. Als St. James etwas von Unterkühlung murmelte, sprang Lynley in den Range Rover und schlug mit der Faust auf die Hupe. So nicht, dachte er. Ganz gleich, wie es enden würde, so auf keinen Fall.

Weder Wind noch Schnee gönnten ihnen auch nur eine Minute Verschnaufpause. Der Schnee fiel so dicht, daß es schien, als sollte die ganze Gegend bis zum Morgen unter anderthalb Meter hohen Verwehungen liegen. Die Landschaft war völlig verändert. Die gedämpften Grün- und Brauntöne des Winters waren zur Mondlandschaft geworden. Heide und Ginster waren zugedeckt. Der Schnee hatte aus Grasland, Farn und Heide eine eintönig weiße Fläche gemacht, auf der die einzigen Markierungen die Findlinge waren, deren Kronen weiß bestäubt, aber noch sichtbar waren, dunkle Flecken auf weißem Grund.

Sie krochen vorwärts, mühten sich Steigungen hinauf, schlitterten Hänge im Schneckentempo hinunter. Die Lichter von Constable Garritys Wagen schlingerten hinter ihnen, doch sie kamen ganz langsam vorwärts.

»Das schaffen sie nicht«, sagte Shepherd, während er in das Schneegestöber hinausstarrte. »Das würde niemand schaffen. Nicht bei diesen Verhältnissen.«

Lynley schaltete in den ersten Gang hinunter. Der Motor jaulte. »Sie ist verzweifelt«, sagte er. »Das hält sie vielleicht auf den Beinen.«

»Sagen Sie ruhig den Rest, Inspector.« Er kroch tiefer in seinen Mantel. Sein Gesicht sah graugrün aus im Schein der Armaturenbeleuchtung. »Es ist meine Schuld. Wenn sie umkommen.« Er wandte sich zum Fenster. Er machte sich an seiner Brille zu schaffen.

»Das wäre nicht das einzige, was Sie auf dem Gewissen haben, Mr. Shepherd. Aber das wissen Sie ja vermutlich.«

Auf einem Wegweiser hinter der nächsten Kurve, der nach Westen wies, stand nur *Keasden*. Shepherd sagte: »Biegen Sie hier ab.« Sie schwenkten nach links in eine kleine Straße ein, die nur noch aus zwei tiefen Rinnen von der Breite eines PKW bestand. Sie führte durch einen Weiler, nicht mehr als eine kleine Kirche, ein Telefonhäuschen und fünf Wegweiser für Wanderwege. Als sie westlich des Weilers in ein Wäldchen hineinfuhren, ließen Sturm und Schnee für einen Moment nach. Aber schon die nächste Kurve führte sie wieder auf offenes Gelände hinaus, und gleich erfaßte ein Windstoß den Wagen.

»Und wenn sie nicht im Stall sind?« fragte Shepherd.

»Dann suchen wir auf dem Moor.«

»Wie denn? Sie haben ja keine Ahnung, was da los ist. Sie können bei der Suche da draußen umkommen. Wollen Sie das wirklich riskieren? Für eine Mörderin?«

»Ich suche nicht nur eine Mörderin.«

Sie näherten sich der Verbindungsstraße zwischen High Bentham und Winslough. Die Entfernung von Keasden zu dieser Straßenkreuzung betrug knapp fünf Kilometer. Sie hatten für die Strecke fast eine halbe Stunde gebraucht.

Sie bogen nach links ab, Richtung Winslough. Auf dem nächsten Kilometer sahen sie hin und wieder Lichter aus Häusern, die weit abseits der Straße lagen. Das Land war hier von einer Mauer umfriedet, die wie ein weißer Schneekamm aussah, aus dem wie zackige Felsen hier und dort einzelne Steine aufragten. Dann waren sie wieder draußen auf dem Hochmoor, wo weder Zaun noch Mauer eine Grenze zwischen Straße und freiem Gelände bildete. Nur die Spuren eines schweren Traktors zeigten ihnen den Weg. In einer halben Stunde würden wahrscheinlich auch sie verschwunden sein.

»Es hört auf zu schneien«, bemerkte Shepherd. Lynley warf ihm einen raschen Blick zu, in dem der andere offenbar Ungläubigkeit las, denn er fügte hinzu: »Das ist hauptsächlich der Wind, der den Schnee herumbläst.«

»Das reicht auch.«

Doch als Lynley genauer hinsah, konnte er erkennen, daß

Shepherd nicht nur den Optimisten spielte. Der Schneefall hatte tatsächlich nachgelassen. Was die Scheibenwischer jetzt noch wegzufegen hatten, wurde hauptsächlich durch den peitschenden Wind wieder vom Boden aufgewirbelt. Die Sicht war kaum besser als zuvor, aber die Verhältnisse würden sich wenigstens nicht weiter verschlechtern.

Endlich fielen die Scheinwerfer auf ein Gatter, das die Straße versperrte. »Hier. Der Stall ist rechts«, sagte Shepherd. »Gleich hinter der Mauer.«

Lynley konnte nichts erkennen.

»Dreißig Meter von der Straße entfernt«, sagte Shepherd. Er drückte die Tür auf. »Ich schau mal nach.«

»Sie tun, was ich Ihnen sage«, sagte Lynley. »Bleiben Sie, wo Sie sind.«

Shepherd war aufgebracht. »Sie hat eine Pistole, Inspector. Wenn sie wirklich hier ist, wird sie auf mich wahrscheinlich nicht schießen. Ich kann mit ihr sprechen.«

»Sie werden nichts dergleichen tun.«

»Aber überlegen Sie doch! Lassen Sie mich...«

»Sie haben schon genug angerichtet.«

Lynley stieg aus dem Wagen. Constable Garrity und St. James folgten ihm. Sie leuchteten mit ihren Taschenlampen in die Dunkelheit und sahen die Steinmauer, die rechtwinklig von der Straße abging. Mit ihren Taschenlampen folgten sie der Mauer und fanden die Lücke eines Tors. Auf der anderen Seite stand Back End Barn, ein Bau aus Stein und Schiefer mit einem großen Tor und einer kleineren Tür. Der Wind hatte den Schnee in hohen Wächten an der Fassade des Gebäudes aufgehäuft. Vor der Tür jedoch war eine der Wächten niedergetrampelt, von einem V-förmigen Einschnitt durchzogen.

»Sie hat es tatsächlich geschafft«, sagte St. James leise.

»Sie oder jemand anders«, erwiderte Lynley. Er blickte

über seine Schulter nach rückwärts. Shepherd war aus dem Wagen gestiegen, stand jedoch gehorsam neben der Tür.

Lynley überlegte. Sie hatten das Überraschungsmoment auf ihrer Seite, Juliet Spence jedoch hatte eine Waffe. Er zweifelte kaum daran, daß sie sie benutzen würde, sobald sie sich von ihm in die Enge getrieben fühlte. Shepherd zu ihr hineinzuschicken, wäre in Wahrheit wirklich das Vernünftigste gewesen. Er war nicht bereit, ein Menschenleben zu riskieren, solange eine Chance bestand, sie ohne Schießerei da herauszuholen. Sie war schließlich eine intelligente Frau. Sie war ja überhaupt nur geflohen, weil sie wußte, daß die Wahrheit jeden Moment aufgedeckt werden würde. Sie konnte nicht hoffen, mit Maggie zu entfliehen und ein zweites Mal in ihrem Leben davonzukommen.

»Inspector.« Constable Garrity drückte ihm etwas in die Hand. »Vielleicht sollten Sie das hier nehmen.« Er blickte hinunter und sah, daß sie ihm ein Megaphon gegeben hatte. »Gehört zum Inventar des Wagens«, sagte sie. Sie machte ein verlegenes Gesicht, als sie mit dem Kopf zu ihrem Range Rover wies. »Sergeant Hawkins sagt, ein Constable muß immer wissen, was möglicherweise am Tatort oder in einer Notsituation gebraucht wird. Ein Seil habe ich auch da. Und Schwimmwesten. Da fehlt nichts.« Sie zwinkerte ernsthaft hinter tropfnassen Brillengläsern.

»Sie sind ein Geschenk des Himmels, Constable«, sagte Lynley. »Danke.« Er hob das Megaphon. Er sah zum Stall hinüber. Kein Lichtschimmer war an den Türen zu sehen. Fenster gab es keine. Wenn sie drinnen war, dann war sie völlig abgeschlossen.

Was, fragte er sich, sollte er sagen. Welche Kino-Albernheit würde wirken und sie bewegen herauszukommen? Sie sind umzingelt, Sie haben keine Hoffnung auf Entkommen, werfen Sie die Waffe heraus, wir wissen, daß...

»Mrs. Spence«, rief er. »Sie haben eine Schußwaffe bei sich. Ich nicht. Wir stecken also in einer Sackgasse. Ich möchte Sie und Maggie hier herausholen, ohne daß jemandem etwas passiert.«

Er wartete. Aus dem Stall kam kein Laut. Der Wind pfiff über das Dach.

»Sie sind immer noch gut acht Kilometer von High Bentham entfernt, Mrs. Spence. Selbst wenn Sie die Nacht in dem Stall überleben sollten, wären Sie und Maggie morgen nicht in der Verfassung weiterzukommen. Das müssen Sie doch wissen.«

Nichts. Aber er fühlte förmlich, wie sie überlegte.

»Machen Sie es nicht noch schlimmer, als es schon ist«, sagte er. »Ich weiß, daß Sie das Maggie nicht antun wollen. Ihre Tochter friert, sie hat Angst und wahrscheinlich auch Hunger. Ich möchte sie jetzt gern ins Dorf zurückbringen.«

Stille. Ihre Augen hatten sich gewiß längst an die Dunkelheit gewöhnt. Wenn er in den Stall einbrach und das Glück hatte, sie mit dem Strahl der Taschenlampe direkt ins Gesicht zu treffen, dann würde sie, selbst wenn sie abdrücken sollte, wohl kaum treffen. Das wäre eine Chance. Wenn er sie nur finden konnte, sobald er durch die Tür gebrochen war...

»Maggie hat noch nie gesehen, wie jemand angeschossen worden ist«, rief er. »Sie weiß nicht, wie das ist. Sie hat noch nie eine Schußwunde bluten sehen. Beschützen Sie das kindliche Vorstellungsvermögen.«

Er wollte mehr sagen. Daß er wußte, daß ihr Mann und ihre Schwester sie im Stich gelassen hatten, als sie sie am dringendsten gebraucht hatte; daß die Trauer über den Tod ihres kleinen Sohns ein Ende gefunden hätte, wenn sie nur einen Menschen gehabt hätte, der ihr darüber hinweggeholfen hätte; daß sie überzeugt gewesen war, in Maggies

Interesse zu handeln, als sie das Baby an jenem lang zurückliegenden Abend aus dem Auto entwendet hatte. Aber er wollte ihr auch sagen, daß sie trotz allem nicht das Recht gehabt hatte, über das Schicksal eines Kindes zu bestimmen, das das Kind einer anderen Frau war; daß sie zwar vielleicht Maggie wirklich ein besseres Leben geboten hatte als ihre wahre Mutter, man das jedoch nicht mit Sicherheit sagen konnte; und daß Robin Sage eben deshalb, weil man es einfach nicht mit Sicherheit sagen konnte, entschieden hatte, daß hier dem Recht Genüge geleistet werden müsse, auch wenn es grausam war.

Er wurde sich bewußt, daß er an dem, was in dieser Nacht geschehen würde, dem Mann die Schuld geben wollte, den sie vergiftet hatte, seinen Moralpredigten und seinem tölpelhaften Bemühen, die Dinge zu richten. Denn letztlich war sie so sehr sein Opfer wie er ihres.

»Mrs. Spence«, sagte er, »Sie wissen, daß wir hier am Ende angelangt sind. Machen Sie es nicht noch schlimmer für Maggie. Bitte. Sie wissen, daß ich in London war. Ich habe mit Ihrer Schwester gesprochen. Ich habe Maggies Mutter gesehen. Ich habe...«

Ein Wimmern erhob sich plötzlich über den Wind. Unheimlich, wie aus einer anderen Welt, griff es direkt ans Herz und verdichtete sich dann zu einem einzigen Wort: *Mom.*

»Mrs. Spence!«

Und wieder ein Wimmern. Schrill vor Angst. »Mom. Ich hab Angst. Mom! Mom!«

Lynley drückte Constable Garrity das Megaphon in die Hand. Er rannte durch das Tor. Und da sah er es. Eine schattenhafte Gestalt bewegte sich jetzt zu seiner Linken wie er selbst über der Mauer.

»Shepherd!« schrie er.

»Mom!« weinte Maggie.

Der Constable rannte durch den Schnee direkt auf den Stall zu.

»Shepherd!« schrie Lynley wieder. »Verdammt noch mal! Weg da!«

»Mom! Bitte! Ich hab so Angst. Mom!«

Shepherd erreichte die Stalltür im selben Moment, als der Schuß krachte. Er war drinnen, als sie ein zweites Mal schoß.

Es war lange nach Mitternacht, als St. James endlich die Treppe zu ihrem Zimmer hinaufstieg. Er glaubte, sie würde schlafen, aber sie erwartete ihn, wie sie gesagt hatte, im Bett sitzend, die Decke bis zur Brust hochgezogen, eine alte Ausgabe von *Elle* auf dem Schoß.

»Ihr habt sie gefunden«, sagte sie, als sie sein Gesicht sah, und als er nickte und nur kurz »Ja« sagte, fragte sie: »Was ist geschehen, Simon?«

Er war so müde, daß er sich richtiggehend schwach fühlte. Sein invalides Bein hing ihm wie ein Zentnergewicht von der Hüfte herab. Er ließ Mantel und Schal auf den Boden gleiten, warf die Handschuhe dazu und ließ alles so liegen.

»Simon?«

Er berichtete ihr. Er begann mit Colin Shepherds Versuch, Polly Yarkin zu belasten. Er schloß mit den Schüssen im Back End Barn.

»Es war eine Ratte«, sagte er. »Sie hatte auf eine Ratte geschossen.«

Sie hockten aneinandergedrängt in einer Ecke, als Lynley sie fand: Juliet Spence, Maggie und eine orangefarbene Katze namens Punkin, die das Mädchen nicht im Auto hatte zurücklassen wollen. Als die Taschenlampe sie traf, fauchte die Katze und flüchtete in die Dunkelheit. Aber weder Juliet noch Maggie rührten sich von der Stelle. Das Mädchen saß in die Arme der Frau geschmiegt, das Gesicht versteckt. Die

Frau hielt sie fest umschlossen, vielleicht um sie zu wärmen, vielleicht um sie zu behüten.

»Im ersten Moment glaubten wir, sie seien tot«, sagte St. James, »ein Mord und ein Selbstmord, aber es war nirgends Blut zu sehen.«

Dann sprach Juliet, als wären die anderen gar nicht da. »Es ist ja gut, Herzchen. Wenn ich sie nicht getroffen habe, habe ich sie wenigstens zu Tode erschreckt. Die tut dir nichts, Maggie. Beruhige dich, mein Kleines. Es ist ja gut.«

»Sie waren völlig verdreckt«, sagte er. »Ihre Kleider waren steif vom Schnee. Ich kann mir nicht vorstellen, daß sie die Nacht überstanden hätten.«

Deborah streckte ihm die Hand hin. »Bitte«, sagte sie.

Er setzte sich aufs Bett. Sie strich ihm mit den Fingern sachte um die Augen und über die Stirn. Sie strich ihm das Haar zurück.

Ihr Kampfgeist war völlig gebrochen, erzählte St. James, und jede Absicht zu fliehen oder zu schießen schien dahinzusein. Sie hatte die Pistole auf den Boden fallen lassen und hielt Maggies Kopf an ihre Schulter gedrückt. Sie begann, sie zu wiegen.

»Sie hatte ihren Mantel ausgezogen und ihn der Kleinen umgelegt«, sagte St. James. »Ich glaube, sie war sich gar nicht bewußt, daß wir da waren.«

Shepherd war zuerst bei ihr. Er riß sich seine dicke Jacke herunter. Er legte sie ihr um und schlang dann seine Arme um beide, weil Maggie ihre Mutter nicht losließ. Er sagte ihren Namen, aber sie reagierte nicht, sondern sagte nur: »Ich habe auf sie geschossen, Herzchen. Ich treffe immer, das weißt du doch. Wahrscheinlich ist sie tot. Du brauchst keine Angst zu haben.«

Constable Garrity rannte zum Auto, um Decken zu holen. Sie hatte von zu Hause eine Thermosflasche mit Tee mitgebracht, und den schenkte sie ein und sagte dabei immer wieder, auf eine Art, die weit eher mütterlich als kühl professionell war: »Ach, die armen Dinger. Die armen Seelen.« Sie wollte Shepherd überreden, seine Jacke wieder anzuziehen, aber er weigerte sich, wickelte sich statt dessen in eine der Decken und beobachtete alles – die Augen wie ein Sterbender auf Juliets Gesicht gerichtet.

Als sie aufgestanden waren, begann Maggie um ihre Katze zu weinen, rief immer wieder, »Punkin! Mami, wo ist Punkin? Er ist weggelaufen. Es schneit doch, da erfriert er ja. Er weiß bestimmt nicht, was er tun soll.«

Sie fanden die Katze mit gesträubtem Fell und gespitzten Ohren hinter der Tür. St. James schnappte sie sich. Die Katze sprang ihm in heller Panik auf den Rücken. Aber sie beruhigte sich, als man sie dem kleinen Mädchen gab.

»Punkin hat uns gewärmt, nicht wahr, Mom? Es war gut, daß wir Punkin mitgenommen haben, wie ich es wollte, nicht? Aber er wird froh sein, wenn er wieder nach Hause kommt.«

Juliet legte ihren Arm um das Mädchen und drückte ihr Gesicht in ihr Haar. Sie sagte: »Paß nur gut auf Punkin auf, Herzchen.«

Und da schien Maggie zu erkennen, worum es ging. »Nein«, sagte sie. »Mom, bitte, ich hab Angst. Ich will nicht zurück. Ich will nicht, daß sie mir weh tun. Mom! Bitte!«

»Tommy beschloß, sie auf der Stelle zu trennen«, berichtet St. James.

Constable Garrity nahm sich Maggies an – »Nimm deine Katze mit, Schätzchen«, sagte sie –, während Lynley die Mutter mitnahm. Er wollte bis Clitheroe durchfahren, und wenn er die ganze Nacht dazu brauchen sollte. Er wollte es hinter sich bringen. Er wollte es los sein.

»Ich kann es ihm nicht verdenken«, sagte St. James. »Ich

werde ihr Schreien, als sie merkte, daß er sie sofort trennen wollte, bestimmt nicht so bald vergessen.«

»Mrs. Spence?«

»Maggie. Wie sie nach ihrer Mutter schrie. Wir konnten sie noch hören, nachdem der Wagen abgefahren war.«

»Und Mrs. Spence?«

Juliet Spence hatte zunächst überhaupt nicht reagiert. Völlig apathisch hatte sie zugesehen, wie Constable Garrity davongefahren war. Die Hände in den Taschen von Shepherds Jacke, stand sie da. Der Wind blies ihr das Haar ins Gesicht, und sie blickte den Rücklichtern des Fahrzeugs nach, das sich schlingernd und schwankend in Richtung Winslough entfernte. Als sie ihrerseits losfuhren, saß Juliet hinten neben Shepherd und wandte nicht ein einziges Mal den Blick von den Lichtern.

»Was hätte ich denn tun sollen?« stammelte sie. »Er sagte, er würde sie nach London zurückbringen.«

»Das war das wahrhaft Tragische an dem Mord«, sagte St. James.

Deborah sah ihn verständnislos an. »Wieso das wahrhaft Tragische? Was denn?«

St. James stand auf und ging zum Kleiderschrank. Er begann sich auszukleiden. »Sage hatte nie die Absicht, seine Frau wegen der Kindesentführung der Polizei auszuliefern«, erklärte er. »An jenem letzten Abend seines Lebens hatte er ihr Geld mitgebracht – so viel, daß sie außer Landes hätte gehen können. Er war eher bereit, ins Gefängnis zu gehen, als irgend jemandem zu verraten, wo er das Mädchen gefunden hatte. Natürlich hätte die Polizei es früher oder später herausgefunden, aber bis dahin wäre seine Frau längst über alle Berge gewesen.«

»Das kann nicht stimmen«, behauptete Deborah. »Da muß sie euch angelogen haben, als sie das erzählte.«

Er drehte sich nach ihr herum. »Warum?« fragte er. »Daß er ihr Geld angeboten hatte, macht die Sache für sie nur noch schlimmer. Weshalb sollte sie lügen?«

»Weil...« Deborah zupfte an der Bettdecke. Langsam und bedächtig, als deckte sie ihre Karten auf, präsentierte sie ihm ihre Fakten: »Er hatte sie gefunden. Er hatte aufgedeckt, wer Maggie war. Wenn er vorhatte, sie ihrer leiblichen Mutter zurückzugeben, warum hätte sie dann nicht das Geld nehmen und sich vor dem Gefängnis retten sollen? Warum hätte sie ihn töten sollen? Warum ist sie nicht einfach geflohen? Sie hat doch gewußt, daß ihr Spiel verloren war.«

St. James knöpfte langsam sein Hemd auf. »Ich vermute, daß sie nicht geflohen ist, weil sie sich immer als Maggies richtige Mutter gesehen hat, Liebes.«

Erst jetzt sah er auf. Sie saß immer noch da und zupfte an der Bettdecke. Sie schien ganz in sich versunken.

Im Badezimmer ließ er sich Zeit. Er wusch sich, putzte sich die Zähne, bürstete sich das Haar. Er nahm seine Beinschiene ab und ließ sie zu Boden fallen. Er stieß sie mit dem Fuß an die Wand. Sie war aus Metall und Kunststoff, Streifen aus Velcro und Polyester. Sie war einfach gemacht, aber sehr funktional. Wenn die Beine ihren Dienst nicht so versahen, wie das von ihnen erwartet wurde, schnallte man eine Schiene an, nahm Zuflucht zu einem Rollstuhl oder behalf sich mit Krücken. Aber man blieb auf den Beinen und bewegte sich vorwärts. Das war immer seine Philosophie gewesen. Er wünschte, auch Deborah würde sie sich zu eigen machen, aber er wußte, daß sie sich freiwillig dafür entscheiden mußte.

Sie hatte die Nachttischlampe ausgeschaltet, aber als er aus dem Bad kam, fiel das Licht hinter ihm ins Zimmer. Er sah, daß sie immer noch aufrecht im Bett saß, jetzt jedoch mit dem Kopf auf den Knien und den Armen um die Beine geschlungen. Ihr Gesicht war verborgen.

Er knipste das Badezimmerlicht aus und tastete sich in der Dunkelheit zum Bett. Er schob sich unter die Decke und legte seine Krücken geräuschlos auf den Boden. Er streckte den Arm aus und strich ihr mit der Hand über den Rücken.

»Du wirst kalt«, sagte er. »Leg dich hin.«

»Gleich.«

Er wartete. Er dachte darüber nach, wieviel im Leben Warten war. Er hatte sich die Kunst des Wartens schon seit langem zu eigen gemacht. Sie war ein Geschenk, das ihm aufgedrängt worden war – nach einem Abend mit zuviel Alkohol, entgegenkommenden Scheinwerfern, dem schrillen Quietschen schleudernder Autoreifen. Aus reiner Notwendigkeit waren Abwarten und Zeitlassen sein Schild geworden. Manchmal zwangen diese Maximen zur Untätigkeit. Manchmal ermöglichten sie ihm innere Gelassenheit.

Deborah richtete sich unter seiner Berührung ein wenig auf. »Du hast neulich abend natürlich recht gehabt«, sagte sie. »Ich wollte es für mich selbst. Aber ich wollte es auch für dich. Vielleicht sogar noch mehr. Ich weiß es nicht.« Sie drehte den Kopf. Er konnte im Dunkeln ihre Umrisse erkennen.

»Zum Ausgleich?« fragte er und spürte, daß sie den Kopf schüttelte.

»Damals waren wir uns entfremdet, nicht wahr? Ich habe dich geliebt, aber du hast dir nicht gestattet, mich wiederzulieben. Darum habe ich versucht, einen anderen zu lieben. Und ich habe ihn geliebt, weißt du.«

»Ja.«

»Tut es dir weh, daran zu denken?«

»Ich denke nicht daran. Tust du's?«

»Manchmal überfällt es mich. Ich bin nie darauf vorbereitet. Plötzlich ist es da.«

»Und dann?«

»Dann fühle ich mich zerrissen. Ich denke daran, wie sehr ich dich verletzt habe. Und ich möchte alles anders haben.«
»Die Vergangenheit?«
»Nein. Die kann man nicht ändern. Die kann man nur verzeihen. Mir geht es um die Gegenwart.«

Er ahnte, daß sie ihn auf etwas hinführte, was sie sorgfältig durchdacht hatte: vielleicht an diesem Abend, vielleicht in den Tagen, die ihm vorausgegangen waren. Er wollte ihr helfen, das auszusprechen, was auszusprechen sie für notwendig hielt, aber er sah die Richtung noch nicht klar. Er konnte nur ahnen, daß sie fürchtete, das Unausgesprochene würde ihn irgendwie verletzen. Und wenn er auch Diskussionen nicht fürchtete – ja, er selbst war entschlossen gewesen, die Diskussion in Gang zu bringen, seit sie aus London abgereist waren –, so merkte er doch, daß er im Moment eine Diskussion nur wollte, wenn er sie auch kontrollieren konnte. Die Tatsache, daß sie die Diskussion in die Hand nehmen und zu einem Ziel führen wollte, das er nicht klar voraussehen konnte, weckte mißtrauische Vorsicht in ihm. Er wollte sie abschütteln, aber es gelang ihm nicht ganz.

»Du bist alles für mich«, sagte sie leise. »Und das wollte ich auch für dich sein. Alles.«
»Das bist du.«
»Nein.«
»Diese Geschichte mit dem Kind, Deborah. Die Adoption...« Er sprach den Satz nicht zu Ende, weil er nicht mehr weiter wußte.
»Ja«, sagte sie. »Das ist es. Die Geschichte mit dem Kind. Ganz werden, heil sein. Das war es, was ich für dich wollte. Das sollte mein Geschenk sein.«

Da erkannte er die Wahrheit. Sie lag zwischen ihnen, und es gelang ihnen nicht, sie zu verdauen. Er hatte in den Jahren ihrer Trennung unablässig darauf herumgenagt. Und seither kaute Deborah darauf herum. Selbst jetzt noch, da es gar nicht mehr nötig war.

Er sagte nichts mehr. Er vertraute darauf, daß sie nun auch den Rest aussprechen würde. Sie war jetzt dem Kern zu nahe, um vor ihm zurückzuscheuen; und vor den Dingen zurückzuschrecken, war ja auch gar nicht ihre Art. Jetzt erkannte er, daß sie es monatelang getan hatte, um ihn zu schützen. Dabei hatte er diesen Schutz gar nicht gebraucht, weder vor ihr noch vor diesem Unausgesprochenen.

»Ich wollte es wiedergutmachen«, sagte sie.

Sprich den Rest aus, dachte er. Es tut mir nicht weh, es wird auch dir nicht weh tun, du kannst ihn aussprechen.

»Ich wollte dir etwas Besonderes schenken.«

Es ist ja gut, dachte er. Es ändert nichts.

»Weil du versehrt bist.«

Er zog sie zu sich herunter. Zuerst widersetzte sie sich, aber als er ihren Namen sagte, kam sie zu ihm. Und dann sprudelte es alles aus ihr heraus. Vieles machte keinen Sinn, ein merkwürdiges Durcheinander von Erinnerungen und den Erlebnissen und Einsichten der letzten Tage. Er hielt sie nur fest und hörte zu.

Sie erinnerte sich, sagte sie, wie man ihn aus dem Sanatorium in der Schweiz zurückgebracht hatte. Vier Monate war er weg gewesen. Sie war damals dreizehn Jahre alt gewesen, und sie erinnerte sich genau an jenen regnerischen Nachmittag. Sie hatte es alles vom obersten Stockwerk des Hauses aus beobachtet. Wie ihr Vater und seine Mutter ihm langsam die Treppe hinauf gefolgt waren. Keinen Moment hatten sie ihn aus den Augen gelassen, während er sich am Geländer hochgezogen hatte, immer wieder hatten sie hastig die Arme ausgestreckt, um ihn zu aufzufangen, sollte er das Gleichgewicht verlieren, aber nicht ein einziges Mal hatten sie ihn berührt, weil sie gewußt hatten, daß man ihn nicht berühren durfte, nicht auf diese Weise, jetzt nicht mehr. Und eine Woche später, als sie beide allein im Haus gewesen waren – sie, Deborah, im Arbeitszimmer und dieser zornige Fremde namens Mr. St. James ein Stockwerk darüber in seinem Schlafzimmer, aus dem er seit Tagen nicht herausgekommen war –, hatte sie das Krachen gehört, den schweren Aufprall, und hatte gewußt, daß er gestürzt war. Sie war die Treppe hinaufgerannt und hatte, von Unschlüssigkeit gequält, vor seiner Tür gestanden. Dann hatte sie ihn weinen hören. Sie hatte gehört, wie er sich auf dem Boden entlanggezogen hatte, und hatte sich davongeschlichen. Sie hatte ihn allein mit seinen Dämonen kämpfen lassen, weil sie nicht gewußt hatte, wie sie ihm helfen sollte.

»Und da hab ich mir geschworen«, flüsterte sie in der Dunkelheit, »daß ich alles für dich tun würde. Damit es besser wird.«

Juliet hatte zwischen dem Kind, das sie geboren, und dem, das sie gestohlen hatte, keinen Unterschied gemacht, erklärte ihm Deborah. Beide waren ihre Kinder. Sie war die Mutter. Und sie machte keinen Unterschied. Muttersein war für sie nicht der Moment der Empfängnis und die nachfolgenden neun Monate. Doch Robin Sage hatte das nicht begriffen, nicht wahr? Er hatte ihr Geld für eine Flucht geboten, dabei hätte er wissen müssen, daß sie Maggies Mutter war und sie ihr Kind nicht verlassen würde, ganz gleich, welchen Preis sie dafür bezahlen mußte, daß sie bei ihm blieb. Sie würde ihn bezahlen. Sie liebte Maggie. Sie war ihre Mutter.

»So empfand sie es, nicht?« flüsterte Deborah.

St. James küßte sie auf die Stirn und zog die Decke fester um sie. »Ja«, sagte er. »Genau so.«

29

Brendan Power stapfte am Straßenrand entlang zum Dorf. Er wäre bis zu den Knien im Schnee eingesunken, wäre nicht schon vor ihm jemand unterwegs gewesen und hätte einen Pfad getrampelt. Ungefähr alle dreißig Meter war der Schnee mit verkohlten Tabakklümpchen gesprenkelt. Der Spaziergänger hatte eine Pfeife geraucht, die nicht besser zog als die Brendans.

Aber er selbst rauchte an diesem Morgen nicht. Er hatte seine Pfeife zwar dabei für den Fall, daß er glaubte, irgendwie seine Hände beschäftigen zu müssen, aber bisher hatte er sie nicht aus ihrem Lederbeutel genommen, dessen leichten Druck an seiner Hüfte er als beruhigend empfand.

Meistens folgte auf einen Schneesturm ein herrlicher Tag. Die Luft war still. Die Morgensonne warf ihre glitzernden Schleier über das weite Land. Mauern und Dächer trugen eine dicke Schneedecke. Als er am ersten Reihenhaus auf seinem Weg ins Dorf vorüberkam, sah er, daß jemand auch an die Vögel gedacht hatte. Drei Spatzen hüpften eifrig pikkend um eine Handvoll Toastbröckchen vor einer Haustür herum. Sie musterten ihn zwar mißtrauisch, als er vorüberkam, doch der Hunger hielt sie davon ab, sich in die Bäume zu flüchten.

Er wünschte, er hätte daran gedacht, etwas mitzunehmen: Toast, eine Scheibe altes Brot, einen Apfel, einfach irgend etwas. Der Wunsch, die Vögel zu füttern, wäre eine halbwegs glaubhafte Entschuldigung für seinen Spaziergang gewesen. Und er würde eine Entschuldigung brauchen, wenn er wieder nach Hause kam. Ja, es wäre vielleicht gar nicht dumm, sich schon jetzt eine auszudenken.

Daran hatte er zuvor überhaupt nicht gedacht. Während er, am Fenster des Speisezimmers stehend, über den Garten hinaus zum weiten weißen Weideland geblickt hatte, das zum Besitz der Townley-Youngs gehörte, hatte er nur das Verlangen verspürt, hinauszulaufen, tiefe Löcher in den Schnee zu stapfen, in eine Welt zu entkommen, in der das Leben erträglich war.

Um acht Uhr war sein Schwiegervater zu ihrem Schlafzimmer gekommen. Als Brendan seinen militärischen Schritt im Korridor hörte, war er hastig aufgestanden, nachdem er sich vorher vom schwer lastenden Arm seiner Frau befreit hatte. Im Schlaf hatte sie ihn diagonal über ihn gelegt, so daß ihre Finger zwischen seinen Schenkeln ruhten. Unter anderen Umständen hätte er vielleicht diese Art unbewußter Intimität erotisch gefunden. So jedoch lag er schlaff und insgeheim abgestoßen unter ihrer Berührung und war froh, daß sie schlief. Ihre Finger würden nicht kokett noch ein paar Zentimeterchen nach links wandern, um männlicher Erregung zu begegnen, wie sie sie des Morgens für angemessen hielt. Sie würde nicht fordern, was er nicht geben konnte, würde nicht wie eine Wilde an ihm herumfummeln und warten – erregt, begierig und schließlich wütend –, daß sein Körper reagierte. Es würden keine kreischenden Vorwürfe folgen. Und auch nicht das tränenlose Weinen, das ihr Gesicht völlig entstellte und durch den ganzen Korridor schallte. Solange sie schlief, gehörte sein Körper ihm, und sein Geist war frei. Darum huschte er, als er seinen Schwiegervater kommen hörte, zur Tür und zog sie einen Spalt auf, ehe Townley-Young klopfen und sie wecken konnte.

Sein Schwiegervater war korrekt gekleidet wie immer. Brendan hatte ihn nie anders gesehen. Sein Tweedanzug, sein Hemd, seine Schuhe und seine Krawatte waren ein schlüssiges Statement vornehmer Gediegenheit, und Brendan wußte, daß von ihm Nachahmung erwartet wurde. Alles, was Townley-Young trug, war gerade alt genug, um die angemessene Nachlässigkeit zu attestieren, die dem Landadel im Blute lag. Mehr als einmal hatte Brendan seinen Schwiegervater gemustert und sich gefragt, wie er es schaffte, sich eine Garderobe zu halten, die – vom Hemd bis zu den Schuhen –, auch wenn sie nagelneu war, immer aussah, als sei sie mindestens zehn Jahre alt.

Townley-Young warf einen Blick auf Brendans wollenen Morgenrock und schürzte in schweigender Mißbilligung die Lippen über die schlampige Schleife, mit der Brendan den Gürtel gebunden hatte. Wirkliche Männer machen nur einen Knoten in ihren Morgenrockgürtel, sagte sein Blick, und die beiden Enden, die von der Taille herabfallen, sind immer absolut gleich lang, du Schwachkopf.

Brendan trat auf den Korridor und zog die Tür hinter sich zu. »Sie schläft noch«, erklärte er.

Townley-Young fixierte die Tür, als könnte er durch das Holz hindurchsehen und sich ein Bild von der Stimmung seiner Tochter verschaffen. »Wieder eine schlimme Nacht?« fragte er.

So konnte man es nennen, dachte Brendan. Er war nach elf nach Hause gekommen und hatte gehofft, sie würde schlafen. Statt dessen hatte er, gezwungen, seine ehelichen Pflichten zu erfüllen, unter der Bettdecke einen erbitterten Kampf ausgetragen. Zum Glück hatte er es geschafft, sie zu befriedigen, aber auch nur, weil das Zimmer dunkel gewesen war und sie es sich angewöhnt hatte, ihm bei ihren zweimal wöchentlich stattfindenden nächtlichen Begegnungen gewisse angelsächsische Reizwörter ins Ohr zu flüstern, die es ihm ermöglichten, frei zu phantasieren. Er stöhnte und zuckte unter ihr, äußerte sein Gefallen, doch vor seinen Augen hatte er Polly Yarkin.

In der vergangenen Nacht war Becky aggressiver gewesen als sonst. Ihre Zuwendungen waren von Zorn geleitet gewesen. Sie hatte ihm weder Vorwürfe gemacht, noch hatte sie geweint, als er nach Gin riechend und niedergeschlagen, sichtlich von Liebeskummer gequält, in ihr Schlafzimmer gekommen war. Vielmehr hatte sie wortlos Entschädigung in der Form verlangt, wie er sie am wenigsten zu leisten wünschte.

Es war also tatsächlich eine schlimme Nacht gewesen, wenn auch nicht in dem Sinn, wie sein Schwiegervater es gemeint hatte. »Es war etwas unangenehm«, murmelte er und hoffte, Townley-Young würde es auf seine Tochter beziehen.

»Ah ja«, sagte Townley-Young. »Nun, wenigstens können wir sie jetzt ein für allemal beruhigen. Das wird ihr in ihrem Zustand sicher guttun.«

Und er hatte erklärt, daß die Renovierungsarbeiten in Cotes Hall nun endlich ohne Unterbrechungen voranschreiten würden. Brendan nickte nur zu seinen Erklärungen und bemühte sich, Vorfreude zu zeigen, während er das Gefühl hatte, sein Leben werde ihm entzogen.

Als er sich jetzt dem *Crofters Inn* näherte, fragte er sich, wieso er sich so sehr darauf verlassen hatte, daß Cotes Hall für sie immer unerreichbar bleiben würde. Er war schließlich mit Becky verheiratet. Er hatte sein Leben verpfuscht. Wieso schien es ihm eine bleibende Katastrophe zu sein, wenn sie ihr eigenes Zuhause hatten?

Er fühlte sich plötzlich in einem Käfig gefangen. Er wollte heraus. Wenn er schon seiner Ehe nicht entfliehen konnte, dann konnte er wenigstens aus dem Haus fliehen. Und so war er in den Wintermorgen hinausgelaufen.

»Wo gehen Sie hin, Bren?« Josie Wragg hockte auf einem der beiden Steinpfosten an der Einfahrt zum Parkplatz des *Crofters Inn*. Sie hatte Schnee geschaufelt, saß jetzt mit den Beinen baumelnd da und sah so tieftraurig aus, wie Brendan sich fühlte. Alles an ihr schien zu hängen: der ganze Körper, die Arme und Beine, die Füße. Selbst ihr Gesicht wirkte schwer und schlaff.

»Ich mach nur einen Spaziergang«, antwortete er. Und weil sie so niedergedrückt aussah und er genau wußte, wie sehr diese Stimmung das ganze Leben verdunkelt, fügte er hinzu: »Hast du Lust mitzukommen?«

»Ich kann nicht. Die hier sind nichts für den Schnee.«

Sie hob ihre Füße, um ihn die Gummistiefel sehen zu lassen. Sie waren riesig, viel zu groß für sie. Mindestens drei Paar Kniestrümpfe waren über ihren Rändern umgeschlagen. »Meine sind mir zu klein. Und wenn ich meiner Mutter sag, daß ich neue brauche, kriegt sie einen Anfall. ›Wann hörst du endlich mal zu wachsen auf, Josephine Eugenia?‹ Sie wissen schon. Die hier gehören Mr. Wragg. Er hat nichts dagegen.« Sie senkte ihre Beine wieder.

»Warum nennst du ihn Mr. Wragg?«

Sie hatte eine frische Packung Zigaretten herausgezogen und mühte sich, das Zellophan mit behandschuhten Händen herunterzuziehen. Brendan kam über die Straße, nahm ihr die Packung aus den Händen, öffnete sie, bot ihr eine Zigarette an und gab ihr Feuer. Sie rauchte, ohne ihm eine Antwort zu geben, versuchte vergeblich, einen Rauchring zustande zu bringen.

»Das ist nur Getue«, sagte sie schließlich. »Blöd, ich weiß schon. Sie brauchen's mir nicht erst zu sagen. Meine Mutter sieht immer rot, wenn ich das sage, aber Mr. Wragg ist es egal. Wenn er nicht mein richtiger Vater ist, kann ich mir einbilden, meine Mutter hätte mal eine große Leidenschaft gehabt, wissen Sie, und ich bin das Produkt dieser großen Liebe. Ich stell mir vor, dieser Mann ist auf der Reise nach weiß Gott wohin durch Winslough gekommen, und da hat er meine Mutter getroffen. Und es war Liebe auf den ersten Blick, aber sie konnten nicht heiraten, weil meine Mutter niemals aus Lancashire weggegangen wäre. Aber er war die große Liebe ihres Lebens, und er hat sie in Flammen gesetzt, wie das die richtigen Männer mit den Frauen eben so machen. Und wenn sie mich ansieht, dann erinnert sie sich an ihn.« Josie schnippte Asche von ihrer Zigarette. »Darum nenn ich ihn Mr. Wragg. Es ist blöd. Ich weiß nicht, warum ich Ihnen das erzählt hab. Ich weiß überhaupt nicht, warum ich überhaupt noch den Mund aufmache. Immer ist es meine Schuld, und irgendwann merken das alle. Ich quassle zuviel.« Ihre Lippen bebten. Sie rieb sich mit dem Finger unter der Nase und warf ihre Zigarette weg. Sie erlosch leise zischend im Schnee.

»Quasseln ist doch kein Verbrechen, Josie.«

»Maggie Spence war meine beste Freundin, wissen Sie. Und jetzt ist sie fort. Mr. Wragg hat gesagt, daß sie wahrscheinlich nicht mehr wiederkommt. Und sie hat Nick geliebt. Haben Sie das gewußt? Das war wahre Liebe. Und jetzt sehen sie sich nie wieder. Ich finde, das ist nicht fair.«

Brendan nickte. »Ja, so ist das Leben, nicht wahr?«

»Und Pam hat Hausarrest bis in alle Ewigkeit, weil ihre Mutter sie gestern abend mit Todd im Wohnzimmer erwischt hat. Wie sie's getan haben. Ihre Mutter hat das Licht angemacht und angefangen zu schreien. Es war wie im Film, hat Pam gesagt. Und jetzt ist niemand mehr da. Niemand, der mir was bedeutet. Ich fühl mich irgendwie leer. Hier.« Sie deutete auf ihren Magen. »Meine Mutter sagt, ich hätte nur Hunger. Aber das ist nicht wahr. Ich hab keinen Hunger. Verstehen Sie, was ich meine?«

Ja, er verstand sie nur zu gut. Er kannte diese Leere. Er fühlte sich manchmal wie die personifizierte Leere.

»Und an den Pfarrer darf ich gar nicht denken«, sagte sie. »Eigentlich darf ich an gar nichts denken.« Sie starrte blinzelnd auf die Straße. »Wenigstens haben wir Schnee. Der ist schön zum Anschauen. Jetzt jedenfalls.«

»Ja.« Er nickte, gab ihr einen Klaps aufs Knie und ging weiter. Er bog in die Clitheroe Road ein und konzentrierte sich ganz aufs Gehen, um nicht denken zu müssen.

In der Clitheroe Road kam man besser vorwärts als auf dem Weg ins Dorf. Mehr als eine Person waren hier schon durch den Schnee gestapft, wahrscheinlich auf dem Weg zur Kirche. Zwei von ihnen – den Londonern – begegnete er nicht weit von der Grundschule entfernt. Sie gingen langsam, die Köpfe nahe beieinander, während sie miteinander sprachen. Sie sahen nur kurz auf, als er an ihnen vorüberging.

Flüchtige Traurigkeit durchzuckte ihn, als er sie sah. Der Anblick von Paaren, wie sie miteinander sprachen und einander berührten, würde ihm in den kommenden Jahren Schmerzen bereiten. Er konnte sich nur zu Gleichgültigkeit erziehen. Doch ob er das schaffen würde, ohne irgendwo Erleichterung zu suchen, war er nicht sicher.

War dies nicht auch der Grund, warum er überhaupt unterwegs war, zielstrebig vorwärts marschierte und sich einzureden versuchte, er wollte nur nach dem Herrenhaus sehen? Die Bewegung war gesund, die Sonne tat ihm gut, er brauchte frische Luft. Aber hinter der Kirche wurde der Schnee tief, und als er das Pförtnerhäuschen endlich erreichte, blieb er erst einmal ein paar Minuten stehen, um zu verschnaufen.

Nur eine kleine Pause, schwor er sich, während er die Fenster anstarrte, eines nach dem anderen, und nach Bewegung hinter den Vorhängen suchte.

Die letzten beiden Abende war sie nicht im Pub gewesen. Er hatte auf sie gewartet, bis Ben Wragg die Polizeistunde verkündete und Dora die Gläser einsammelte. Er wußte, wenn es erst einmal halb zehn war, würde sie kaum noch kommen. Dennoch wartete er und hing seinen Träumen nach.

Er hing ihnen immer noch nach, als sich die Haustür öffnete und Polly herauskam. Sie fuhr zusammen, als sie ihn sah. Er ging ihr eilig ein paar Schritte entgegen. Sie trug einen Korb und war von Kopf bis Fuß in Wolle gehüllt.

»Wollen Sie ins Dorf?« fragte er. »Ich war gerade beim Herrenhaus draußen. Darf ich Sie begleiten, Polly?«

Sie kam näher, blickte das Sträßchen hinauf, in dem der Schnee unberührt war. »Sie sind wohl hingeflogen?« fragte sie.

Er kramte in seiner Jacke nach seinem Lederbeutel. »Na ja, eigentlich wollte ich gerade erst hin. Einen Spaziergang machen. Es ist ja ein herrlicher Tag.«

Etwas Tabak fiel zu Boden. Sie blickte hinunter und schien die Krümel genauer zu untersuchen. Er sah, daß sie ein paar blaue Flecken im Gesicht hatte.

»Sie waren die letzten Tage gar nicht im Pub. Sie hatten wohl viel zu tun?«

Sie nickte, den Blick immer noch auf die Sprenkel im Schnee gerichtet.

»Ich habe Sie vermißt. Die netten Gespräche mit Ihnen und so. Aber Sie haben natürlich viel zu tun. Das kann ich verstehen. Eine Frau wie Sie. Aber trotzdem haben Sie mir gefehlt. Albern, aber so ist es nun mal.«

Sie schob den Korb an ihrem Arm zurecht.

»Ich habe gehört, die Sache ist geklärt. Mit Cotes Hall. Was dem Pfarrer zugestoßen ist. Wußten Sie das? Sie sind von allem Verdacht befreit. Eine gute Nachricht, nicht? Wenn man alles zusammen betrachtet.«

Sie erwiderte nichts. Sie trug schwarze Handschuhe mit einem Loch am Handgelenk. Er wünschte, sie würde sie ausziehen, so daß er ihre Hände betrachten konnte. Sie vielleicht sogar wärmen konnte. Und sie selbst wärmen.

»Ich denke viel an Sie, Polly«, sprudelte er heraus. »Die

ganze Zeit. Tag und Nacht. Nur die Gedanken an Sie halten mich am Leben. Das wissen Sie, nicht wahr? Ich kann meine Gefühle nicht gut verstecken. Sie sehen mir an, wie mir zumute ist, nicht? Sie sehen es mir doch an? Sie haben es mir von Anfang an angesehen.«

Sie schlang sich ein purpurrotes Tuch um den Kopf und sah ihn neugierig an. Er merkte, wie ihm heiß wurde. »Ich hab mich nicht richtig ausgedrückt, nicht wahr? Darum ist alles durcheinander. Ich hab's verkehrt herum gesagt. Ich liebe Sie, Polly.«

»Es ist kein Durcheinander«, erwiderte sie. »Sie haben es nicht verkehrt herum gesagt.«

Ihm ging das Herz auf vor Wonne. »Dann...«

»Sie haben aber nicht alles gesagt.«

»Was gibt es da noch zu sagen? Ich liebe Sie. Ich begehre Sie. Ich bereite Ihnen den Himmel auf Erden, wenn Sie nur...«

»...die Tatsache ignorieren, daß Sie eine Ehefrau haben.« Sie schüttelte den Kopf. »Gehen Sie nach Hause, Brendan. Kümmern Sie sich um Miss Becky. Legen Sie sich in Ihr eigenes Bett. Hören Sie auf, um meines herumzustreichen.«

Sie nickte bestimmt – abweisend, um ihm guten Morgen zu wünschen, er konnte es nehmen, wie er wollte – und ging in Richtung zum Dorf davon.

»Polly!«

Sie drehte sich herum. Ihr Gesicht war steinern. Sie wollte sich nicht berühren lassen. Aber er würde sie dennoch erreichen. Er würde ihr Herz finden. Er würde darum bitten, darum betteln, alles tun. »Ich liebe Sie«, sagte er. »Polly, ich brauche Sie.«

»Ja, brauchen wir nicht alle etwas?« Sie ging.

Colin sah sie vorübergehen. Sie war ein Farbklecks auf weißem Hintergrund. Purpurroter Schal, marineblauer Mantel, rote Hose, braune Stiefel. Sie trug einen Korb und stapfte auf der anderen Straßenseite gleichmäßig durch den Schnee. Sie sah nicht zu seinem Haus herüber. Früher einmal hätte sie das getan. Sie hätte einen verstohlenen Blick zu seinem Haus gewagt, und wenn er zufällig vorn im Garten gearbeitet oder an seinem Auto herumgebastelt hätte, wäre sie mit einem Vorwand über die Straße gekommen. Hast du von den Hunderennen in Lancaster gehört, Colin? Wie geht es deinem Vater? Was hat der Tierarzt zu Leos Augen gesagt?

Jetzt sah sie demonstrativ geradeaus. Die andere Straßenseite, die Häuser, die sie säumten, insbesondere das seine, existierten einfach nicht. Auch gut. Sie schonte sie beide. Hätte sie den Kopf gedreht und bemerkt, daß er sie vom Küchenfenster aus beobachtete, so hätte er vielleicht etwas gefühlt. Und bisher war es ihm gelungen, alle Gefühle auszuschalten.

Wie ein Automat hatte er die gewohnten morgendlichen Verrichtungen erledigt: Kaffee gemacht, sich rasiert, den Hund gefüttert. Cornflakes in eine Schale gegeben, eine Banane aufgeschnitten, Zucker darüber gestreut, Milch dazugegossen. Er hatte sich sogar an den Tisch gesetzt. Er hatte sogar den Löffel eingetaucht. Er hatte ihn zum Mund geführt. Zweimal. Aber er konnte nicht essen.

Er hatte ihre Hand gehalten, aber sie lag wie tot in der seinen. Er hatte ihren Namen gesagt. Er wußte nicht mehr, wie er sie nennen sollte – diese Juliet-Susanna, die sie angeblich war –, aber er hatte dennoch das Bedürfnis, sie beim Namen zu nennen, um zu versuchen, sie zu sich zurückzuholen.

Aber sie war eigentlich gar nicht da. Nur ihre Hülle war da, der Körper, den er geliebt hatte, doch ihre Seele fuhr vorn mit, in dem anderen Range Rover, versuchte, die Ängste ihrer Tochter zu beruhigen, Abschied zu nehmen.

Er griff fester nach ihrer Hand. Mit einer Stimme, der jedes Timbre fehlte, sagte sie: »Der Elefant.«

Er versuchte zu begreifen, was sie wollte. Der Elefant. Warum? Warum hier? Warum jetzt? Was sagte sie ihm da? Was, glaubte sie, müßte er von Elefanten wissen? Daß sie niemals vergaßen? Daß auch sie – Juliet – niemals vergessen würde? Daß sie in ihrer tiefen Verzweiflung noch immer auf seine rettende Hand wartete? Der Elefant.

Und dann hatte Lynley, als spreche er eine Sprache, die nur Juliet und er verstanden, geantwortet:

»Ist er im Opel?«

»Ich habe ihr gesagt, Punkin oder der Elefant«, sagte sie. »Du mußt dich entscheiden, Herzchen.«

»Ich werde dafür sorgen, daß sie ihn bekommt, Mrs. Spence«, beruhigte Lynley sie.

Und das war alles. Colin wollte sie zwingen, auf den Druck seiner Hand zu reagieren. Aber ihre Hand rührte sich nicht, ergriff die seine nicht. Sie ging einfach fort, an einen Ort, wo sie sterben konnte.

Das begriff er jetzt. Er war selbst an diesem Ort. Zunächst schien ihm, der Weg dorthin habe begonnen, als Lynley ihm zum erstenmal die Fakten unterbreitet hatte. Zunächst schien ihm, er sei im Lauf der endlosen Nacht immer weiter dem Verfall entgegengegangen. Er beobachtete, wie Lynley mit ihr sprach, nicht als Polizeibeamter, sondern als wollte er sie beruhigen oder trösten; wie er ihr in den Wagen half; wie er ihr den Arm um die Schulter legte und wie er ihren Kopf an seine Brust drückte, als sie Maggie das letzte Mal schreien hörten. Merkwürdig, daß er nicht einmal darüber zu triumphieren schien, daß seine Vermutungen sich als zutreffend erwiesen hatten. Vielmehr sah er tieftraurig aus. Der Mann

mit dem kranken Bein hatte etwas von den Mühlen der
Gerechtigkeit gesagt, aber Lynley lachte nur bitter. Ich hasse
das alles, sagte er, das Leben, das Sterben, dieses ganze grausame Durcheinander. Und Colin, der wie aus weiter Ferne
zuhörte, stellte fest, daß er überhaupt keinen Haß empfand.
Man kann nicht hassen, wenn man langsam stirbt.

Später erkannte er, daß er den langen Weg in Wirklichkeit
in jenem Moment begonnen hatte, als er seine Hand gegen
Polly erhoben hatte. Als er jetzt am Fenster stand und sie
vorübergehen sah, fragte er sich, ob er nicht schon seit Jahren starb.

Hinter ihm tickte die Uhr in den Tag hinein. Ihre Augen
bewegten sich im Takt mit dem Ticktack des Katzenschweifs.
Wie sie gelacht hatte, als sie die gesehen hatte. Die ist ja
köstlich, Col, hatte sie gesagt. Die muß ich haben. Unbedingt.
Und er hatte sie ihr zum Geburtstag gekauft, in Zeitungspapier eingepackt, weil er das Geschenkpapier und das bunte
Band vergessen hatte. Er hatte sie auf die Veranda gelegt
und geläutet. Wie sie gelacht und in die Hände geklatscht
hatte. Häng sie auf, hatte sie gerufen. Bitte, häng sie mir auf.
Jetzt gleich.

Er nahm die Uhr von der Wand über dem Herd und trug
sie zur Arbeitsplatte. Er legte sie mit dem Zifferblatt nach
unten. Der Schweif wedelte noch. Er spürte, daß sich auch
die Augen noch bewegten. Er konnte immer noch das Vergehen der Zeit hören.

Er versuchte, das Fach zu öffnen, in dem sich ihr Räderwerk befand, aber mit bloßen Fingern schaffte er es nicht. Er
versuchte es dreimal, dann gab er auf und zog eine Schublade unter der Arbeitsplatte auf. Er nahm ein Messer heraus.

Die Uhr tickte. Der Katzenschweif wedelte.

Er schob das Messer zwischen die Rückwand und das Vorderteil und stemmte es hart nach oben. Dann noch einmal.

Das Plastikmaterial gab mit einem Krachen nach, ein Teil der Rückwand flog weg und landete auf dem Boden. Er drehte die Uhr herum und rammte sie mit Wucht einmal gegen die Arbeitsplatte. Ein Rädchen fiel heraus. Schweif und Augen standen still. Das sanfte Ticken verstummte.

Er brach den Schweif ab. Mit dem Holzgriff des Messers zertrümmerte er die Augen. Er schleuderte die Uhr in den Müll. Eine Dose drehte sich unter dem Aufprall, und Tomatenpüree begann auf das Zifferblatt der Uhr zu tropfen.

Wie sollen wir sie taufen, Col? hatte sie gefragt und ihren Arm unter den seinen geschoben. Tiger würde mir gefallen. Hör dir an, wie das klingt: Tiger Ticktack. Bin ich eine Dichterin, Col?

»Vielleicht warst du eine«, sagte er.

Er zog seine Jacke über. Leo stürmte aus dem Wohnzimmer, zu einem Spaziergang bereit. Colin hörte sein aufgeregtes Winseln und strich ihm über den Kopf. Aber als er aus dem Haus ging, ging er allein.

Der Hauch seines Atems sagte ihm, daß die Luft kalt war. Aber er fühlte nichts, weder Wärme noch Kälte.

Er ging über die Straße und trat durch die Pforte. Er sah, daß andere vor ihm auf dem Friedhof gewesen waren. Jemand hatte einen Zweig Wacholder auf eines der Gräber gelegt. Die anderen waren kahl, gefroren unter dem Schnee, aus dem die Grabsteine aufragten wie Schornsteine über den Wolken.

Er ging in Richtung Mauer und zu dem Kastanienbaum, unter dem seit sechs Jahren Annie lag. Er zog ganz bewußt eine neue Spur durch den Schnee und fühlte, wie die Wächten sich an seinen Schienbeinen brachen.

Der Himmel war so blau wie der Flachs, den sie einst vor der Haustür gepflanzt hatte. Die nackten Zweige der Kastanie waren von glitzerndem Eis und Schnee überzogen. Sie warfen ein Gittermuster auf den Boden, streckten ihre dünnen Finger zu Annies Grab hinunter.

Ich hätte etwas mitbringen sollen, dachte er. Einen Strauß Efeu oder Stechpalme, einen Fichtenkranz. Er hätte wenigstens mit einem kleinen Besen herkommen sollen, um den Stein zu fegen und sich zu vergewissern, daß die Flechten nicht überhandnahmen. Er mußte dafür sorgen, daß die Inschrift nicht verblaßte. Und jetzt wollte er ihren Namen lesen.

Der Grabstein war teilweise im Schnee begraben, und er begann, ihn mit den Händen freizuschaufeln. Zuerst fegte er den Stein oben ab, dann machte er die Seiten frei, dann wollte er mit den Fingern die eingemeißelten Buchstaben säubern.

Aber da sah er ihn. Zuerst stach ihm die Farbe ins Auge, grelles Pink auf reinweißem Grund. Dann nahm er die Formen wahr, zwei sich überschneidende Ovale. Es war ein kleiner flacher Stein – glatt geschliffen von tausend Jahren fließenden Wassers –, und er lag am Kopf des Grabs, gleich zu Füßen des Grabsteins.

Er streckte die Hand aus und zog sie wieder zurück. Er kniete im Schnee nieder.

Ich habe Zedernholz für dich verbrannt, Colin. Ich habe die Asche auf das Grab gelegt. Ich habe den Ringstein dazugelegt. Ich habe Annie den Ringstein geschenkt.

Wie von selbst streckte sich sein Arm. Seine Hand hob den Stein auf. Seine Finger schlossen sich um ihn.

»Annie«, flüsterte er. »O Gott. Annie.«

Er spürte den kalten Wind vom Hochmoor über sich hinwegfegen. Er spürte die eisige, gnadenlose Kälte des Schnees. Er spürte den kleinen Stein in seiner Hand. Er spürte ihn hart und glatt.